U0512795

# 中国古代文体学

附卷四

清代文体资料集成（二）

“十二五”国家重点图书出版规划项目
国家出版基金项目

全国高等院校古籍整理研究工作委员会规划项目
上海文化发展基金资助项目

四川师范大学文理学院重点科研项目

# 中国古代文体学

曾枣庄 著

附卷四

## 清代文体资料集成（二）

上海人民出版社
上海書店出版社
SHANGHAI BOOKSTORE PUBLISHING HOUSE

# 目録

# (康熙)《御定詞譜》

《御定詞譜》,康熙時陳廷敬、王奕清等奉康熙之命編撰。陳廷敬(1639—1710)字子端,號説巖。澤州(今山西晉城)人。他本名敬,因同科進士有同名者,由朝廷爲他改名廷敬。順治十五年(1658)進士,改庶吉士。官至吏部尚書、文淵閣大學士、《康熙字典》總修官等職。王奕清字幼芬,號拙園,江蘇太倉人。時敏孫。顓菴相國子。康熙三十年(1691)進士,官詹事府詹事。

《御定詞譜》以萬樹《詞律》爲基礎,並糾正其錯漏予以增訂。全書共收録詞牌八百二十六個,二千三百零六體。但該譜亦有不少錯漏,如唐、宋、金、元人詞中不少詞調詞體即被遺漏,但在未有更完備的詞譜之前,《御定詞譜》算是最權威的詞譜了。《四庫全書總目提要》卷一九九論詞譜源流及編纂此書的必要云:“《御定詞譜》四十卷,康熙五十四年聖祖仁皇帝御定。詞萌於唐而大盛於宋,然唐、宋兩代皆無詞譜,蓋當日之詞猶今日里巷之歌,人人解其音律,能自製腔,無須於譜。其或新聲獨造爲世所傳,如《霓裳》、《羽衣》之類,亦不過一曲一調之譜,無裒合衆體勒爲一編者。元以來南北曲行,歌詞之法遂絶。姜夔《白石詞》中間有旁記,節拍如西域梵書狀者,亦無人能通其説。今之詞譜皆取唐、宋舊詞,以調名相同者互校,以求其句法、字數;取句法、字數相同者互校,以求其平仄;其句法、字數有異同者,則據而注爲‘又一體’;其平仄有異同者,則據而注爲‘可平可仄’。自《嘯餘譜》以下,皆以此法推究,得其崖略,定爲科律而已。然見聞未博,考證未精;又或參以臆斷無稽之説,往往不合於古法。惟近時萬樹作《詞律》析疑辨誤,所得爲多,然仍不免於舛漏。惟我聖祖仁皇帝聰明天授,事事皆深契精微,既御定唐、宋、金、元、明諸詩,立詠歌之準,御纂《律吕精義》通聲氣之元,又以詞亦詩之餘派,其音節亦樂之支流,爰命儒臣輯爲此譜,凡八百二十六調,二千三百六體。凡唐至元之遺篇靡弗採録,元人小令其言近雅者亦間附之,唐、宋大曲柄則匯爲一卷綴於末,每調各注其源流,每字各圖其平仄,每句各注其韻叶,分刌節度,窮極窈眇,倚聲家可永守法程。蓋聖人裁成萬類。雖一事之微必考古而立之制,類若斯矣。”

本書據文淵閣四庫全書本全書收録《御定詞譜》,此本並未標注平仄,本書一仍其舊。

## 《御製詞譜》序(陳邦彦)

詞之有圖譜,猶詩之有體格也。詩本於古歌謡,詞本於詩。《詩》三百篇,皆可歌,凡散見於《儀禮》、《禮記》、《春秋左氏傳》者,班班可考也。漢初樂府亦期協律,魏晉訖唐,諸體雜出,而比於律者蓋寡。唐之中葉,始爲填詞,製調倚聲,歷五代、北宋而極盛。崇寧間,大晟樂府而集有十二律、六十家、八十四調,後遂增至二百餘,换羽移商,品目詳具。逮南渡後,宫調失傳,而詞學亦漸紊矣。

夫詞寄於調,字之多寡有定數,句之長短有定式,韻之平仄有定聲,杪忽無差,始能諧合。否則,音節乖舛,體製混淆,此圖譜之所以不可略也。間覽近代《嘯餘》、《詞統》、《辭彙》、《詞律》諸書,原本《樽前》、《花間》、《草堂》遺説,頗能發明,尚有未備。既命儒臣,先輯歷代詩餘,親加裁定;復命校勘《詞譜》一編,詳次調體,剖析異同,中分句讀,旁列平仄,一字一韻,務正傳訛。按譜填詞,渢渢乎可赴節族而諧筦弦矣。

《樂記》曰:"凡音者,生人心者也。"哀樂喜怒,感於心而傳於聲。詞之有調,亦各以類應,不可牽合,而起調畢曲,七聲一均,旋相爲宫,更與《周禮・大司樂》三宫、《漢志》三統之制相準,故紫陽大儒而詩餘不廢。是編之集,不獨俾承學之士,攄情綴採,有所據依,從此討論宫商,審定調曲,庶幾古昔樂章之遺響亦可窺見於萬一云。

康熙五十四年七月十六日,日講官起居注翰林院侍講學士加三級臣陳邦彦奉敕來敬書。

## 《詞譜》凡例

一、詞者,古樂府之遺也。前人按律以製調,後人按調以填詞。宋元以來,調名日多,舊譜未備。今廣搜博採,次第編輯,俾倚聲者知所考焉。

一、宋元人所撰詞譜,流傳者少。明《嘯餘譜》諸書,不無舛誤。近刻《詞律》,時有發明,然亦得失並見。是譜翻閱群書,互相參訂,凡舊譜分調、分段及句讀、音韻之誤,悉據唐、宋、元詞校定。

一、調以長短分先後。若同一調名,則長短彙列,以又一體别之,其添字、減字、攤破、偷聲、促拍、近拍以及慢詞,皆按字數分編。至唐人大曲如《凉州》、《水調歌》,宋人大曲如《九張機》、《薄媚》,字數不齊,各以類附,輯爲末卷。

一、唐人長短句,悉照《樽前》、《花間》、《花庵》諸選收入,其五、六、七言絶句亦各採一二首，以備其體；至元人小令，略仿《詞林萬選》之例，取其優雅者，非以曲混詞也。

一、每調選用唐、宋、元詞一首，必以創始之人所作本詞爲正體，如《憶秦娥》創自李白，四十六字，至五代馮延巳則三十八字，宋毛滂則三十七字，張先則四十一字，皆李詞之變格也。斷列李詞在前，諸詞附後，其無考者，以時代爲先後。

一、引用之詞，皆宋、元選本及各人本集，其無名氏詞亦注明出某書，以便校勘。

一、圖譜專主備體，非選詞也。然間有俚俗不成句法，並無别首可録者，雖係宋詞，仍不採入。

一、詞名原委及一調異名之故，散見群書者，悉爲採注。

一、詞中句讀不可不辨，有四字句而上一下一中兩字相連者，有五字句而上一下四者，有六字句而上三下三者，有七字句而上三下四者，有八字句而上一下七或上五下三、上三下五者，有九字句而上四下五或上六下三、上三下六者，此等句法，不可枚舉，譜内以整句爲句，半句爲讀；直截者爲句，蟬聯不斷者爲讀，逐一注明行間。至詞有拗句，尤關音律，如温庭筠之"斷腸瀟湘春鴈飛，萬枝香雪開已徧"皆是；又有一句五字皆平聲者，如史達祖《壽樓春》詞之"夭桃花清晨"句；一句五字皆仄者者，如周邦彦《浣溪沙慢》之"水竹舊院落"句，俱一定不可易，譜内各爲注出。

一、韻有三聲協者，有間入仄韻於平韻中者，有换韻者，有疊韻者，有短韻藏於句中者，逐一注明。至宋人填詞，間遵古韻，不外《禮部韻略》所注通轉之法，或有從中原雅音者，俱照原本採録。

一、每調一詞旁列一圖，以虚實朱圈分别平仄，平用虚圈，仄用實圈，字本平而可仄者上虚下實，字本仄而可平者上實下虚。至詞中句法，如詩中五言、七言者，其第一字、第三字類多可平可仄，似不必拘譜，内亦參校舊詞，始爲作圖。至一定平仄，别詞有異同者，必引證其句，注明本詞之下。又可平可仄中遇去聲字，最爲緊要，平聲可以入聲替，上聲不可以去聲替。宋沈伯時《樂府指迷》論之最詳，譜中凡用去聲字不可易者，悉爲標出。

一、宋人集中，如柳永、姜夔詞，間存宫調，悉照原注備載。若夫四聲二十八調，或爲鬲指之聲，或爲三犯、四犯之曲，以至按律譜聲所以被諸管弦者，在宋張炎已云"舊譜零落，姑置勿論"云。

## 《御定詞譜》卷一　起十四字至二十八字

### 竹枝三體

唐教坊曲名。元郭茂倩《樂府詩集》云："《竹枝》本出於巴渝，唐貞元中，劉禹錫在沅、湘,以里歌鄙陋,乃依騷人《九歌》,作《竹枝》新調九章,教里中兒歌之。由是盛於貞元、元和之間。"按《劉禹錫集》,與白居易唱和《竹枝》甚多,其自序云:"《竹枝》,巴渝也。巴兒聯歌,吹短笛擊鼓以赴節,歌者揚袂睢舞。其音協黄鍾羽。"但劉、白詞俱無和聲,今以皇甫松、孫光憲詞作譜,以有和聲也。

**竹枝** 單調十四字,兩句兩平韻。

皇甫松

芙蓉並蒂竹枝一心連女兒韻花侵槅子竹枝眼應穿女兒韻

《尊前集》載皇甫松《竹枝詞》六首,皆兩句體。平韻者五,仄韻者一。每句第二字俱用平聲,餘字平仄不拘。所注"竹枝"、"女兒"叶韻,乃歌時群相隨和之聲。猶《採蓮》之有"舉棹"、"年少"也。按古樂府《江南弄》等曲皆有和聲,如《江南曲》和云:"陽春路,時使佳人度。"《龍笛曲》和云:"江南弄,真龍下翔鳳。"《採蓮曲》和云:"採蓮居,渌水好沾衣。"亦各叶韻。此其遺意耳。

**又一體** 單調十四字,兩句兩仄韻。

皇甫松

山頭桃花竹枝谷底杏女兒韻兩花窈窕竹枝遥相映女兒韻

此首用仄韻。

**又一體** 單調二十八字,四句三平韻。

孫光憲

門前春水竹枝白蘋花女兒韻岸上無人竹枝小艇斜女兒韻商女經過竹枝江欲暮女兒韻散抛殘食竹枝飼神鴉女兒韻

## 歸字謡一體

蔡伸詞名《蒼梧謡》。周玉晨詞名《十六字令》。袁去華詞亦名《歸字謡》。有刻"歸梧謡"者,誤。

**歸字謡** 單調十六字,四句三平韻。

張孝祥

歸韻獵獵薰風颭繡旗韻攔教住句重舉送行杯韻

按,張孝祥詞三首,皆以"歸"字起韻。蔡伸詞以"天"字起韻,袁去華詞亦以"歸"字起韻,皆一字句也。元《天機餘錦》周玉晨詞:"眠。月影穿窗白玉錢。無人弄,移過枕函邊。"本以一字句起,《詞綜》及《草堂別集》訛“眠”字爲“明”，遂以“明月影”三字爲起句者，誤。

按，張詞別首第二句：“十萬人家兒樣啼”，“兒”字平聲。蔡伸詞第二句“休使圓蟾照客眠”，“休”字平聲。第四句：“桂影自嬋娟”，“桂”字仄聲。譜内可平可仄據此。

## 漁父引一體

唐教坊曲名。

**漁父引** 單調十八字，三句三平韻。

顧　况

新婦磯邊月明韻女兒浦口潮平韻沙頭鷺宿魚驚韻

此與張志和《漁歌子》極爲宋人傳誦。黄庭堅、徐俯曾取二詞合爲《浣溪沙》歌之。見《樂府雅詞》注。

## 閒中好二體

調見唐段成式《酉陽雜俎》，有平韻、仄韻二體，即以首句三字爲調名也。

**閒中好** 單調十八字，四句兩平韻。

段成式

閒中好句塵務不縈心韻坐對當窗木句看移三面陰韻

按《酉陽雜俎》，有張希復平韻詞，與此悉同。

**又一體** 單調十八字，四句兩仄韻。

鄭　符

閒中好句盡日松爲侣韻此趣人不知句輕風度僧語韻

此詞用仄韻。

## 紇那曲一體

明胡震亨《唐音癸籤》云：“《紇那曲》，不知所出。考唐天寶中，崔成甫翻《得體歌》，有‘得體紇那也，紇囊得本那’之句，豈其所本歟?”按唐人於舟中唱《得體歌》，有號頭，即和聲。“紇那”者，或曲之和聲也。

**紇那曲** 單調二十字,四句三平韻。

劉禹錫

楊柳鬱青青韻竹枝無限情韻同郎一回顧句聽唱紇那聲韻

此即唐平韻五言絶句。按《尊前集》劉詞别首第一句"蹋曲興無窮","蹋"字仄聲。第三句"願郎千萬壽","願"字仄聲,"千"字平聲,"萬"字仄聲。

## 拜新月一體

唐教坊曲名。

**拜新月** 單調二十字,四句兩仄韻。

李　端

開簾見新月句便即下階拜韻細語人不聞句北風吹裙帶韻

此即唐仄韻五言絶句,而語氣微拗。填此詞者,其平仄當從之。

## 梧桐影一體

宋周紫芝《竹坡詩話》云:"大梁景德寺峨嵋院壁間,有吕巖題字。寺僧相傳,有蜀僧號峨嵋道者,戒律甚嚴,不下席者二十年。一日,有布衣青裘,昂然一偉人,與語良久,期以明年是日,復相見於此,願少見待。明年是日,日方午,道者沐浴端坐而逝。至暮,偉人果來,問道者,曰亡矣。偉人歎息良久,忽不見。明日書數語於堂側壁間絶高處。宣和間,余游京師,猶及見之。"

按,《庚溪詩話》亦載此事,與此小異。後人因詞中有"明月斜"句,更名《明月斜》。

**梧桐影** 單調二十字,四句兩仄韻。

吕　巖

明月斜句秋風冷韻今夜故人來不來句教人立盡梧桐影韻

按,《竹坡詩話》作:"落日斜,西風冷。幽人今夜來不來,教人立盡梧桐影。"與此小異。今照《庚溪詩話》校定。

## 囉嗊曲三體

唐范攄《雲溪友議》云："金陵有囉嗊樓，乃陳後主所建。《囉嗊曲》，劉采春所唱，皆當代才子所作五六七言絶句。一名《望夫歌》。元稹詩所謂'更有惱人腸斷處，選詞能唱《望夫歌》'也。"

**囉嗊曲** 單調二十字，四句兩平韻。

劉采春

不喜秦淮水句生憎江上船韻載兒夫婿去句經歲又經年韻

按，《雲溪友議》所載《囉嗊曲》，其起句不用韻者凡五首。其第四首云："那年離别日，只道往桐廬。桐廬人不見，今得廣州書。"第五首云："昨日勝今日，今年老去年。黄河清有日，白髮黑無緣。"譜内可平可仄據此。

**又一體** 單調二十字，四句三平韻。

劉采春

昨夜黑風寒韻牽船浦裏安韻潮來打纜斷句摇櫓始知難韻

此首起句用韻。

**又一體** 單調二十八字，四句三平韻。

劉采春

閒向江頭采白蘋韻常隨女伴賽江神韻衆中不敢分明語句暗擲金錢卜遠人韻

此本七言絶句，因亦名《囉嗊曲》，故並列之。

## 醉妝詞三體

唐孫光憲《北夢瑣言》："蜀王衍嘗裹小巾，其尖如錐。宫人皆衣道服，簪蓮花冠，施胭脂夾臉，號醉妝，因作《醉妝詞》。"

**醉妝詞** 單調二十二字，六句三仄韻三疊韻。

王　衍

者邊走韻那邊走疊只是尋花柳韻那邊走疊者邊走疊莫厭金杯酒韻

此調衹此一詞。

## 慶宣和一體

元張可久《小山樂府》,自注"雙調"。按《唐書·禮樂志》,雙調乃夾鍾之商聲也。

**慶宣和** 單調二十二字,五句三平韻兩叶韻。

張可久

雲影天光乍有無韻老樹扶疏韻萬柄高荷小西湖韻聽雨叶聽雨叶

此元人小令,亦名《葉兒樂府》。即元曲所自始也。因倣明楊慎《詞林萬選》例,擇其尤雅者,採入以備一體。

## 南歌子七體

唐教坊曲名。此詞有單調、雙調。單調者,始自温庭筠詞。因詞有"恨春宵"句,名《春宵曲》。張泌詞,本此添字,因詞有"高卷水晶簾額"句,名《水晶簾》。又有"驚破碧窗殘夢"句,名《碧窗夢》。鄭子聃有"我愛沂陽好"詞十首,更名《十愛詞》。雙調者有平韻仄韻兩體。平韻者始自毛熙震詞,周邦彦、楊无咎、僧揮五十四字體,無名氏五十三字體,俱本此添字。仄韻者始自《樂府雅詞》,惟石孝友詞最爲諧婉。周邦彦詞名《南柯子》。程垓詞名《望秦川》。田不伐詞有"簾風不動蝶交飛"句,名《風蝶令》。

**南歌子** 單調二十三字,五句三平韻。

温庭筠

手裏金鸚鵡句胸前繡鳳凰韻偷眼暗形相韻不如從嫁與句作鴛鴦韻

按,温庭筠詞共七首,平仄如一,填者宜遵之。

**又一體** 單調二十六字,五句三平韻。

張 泌

錦薦紅鸂鶒句羅衣繡鳳凰韻綺疏飄雪北風狂韻簾幕晝垂無事句鬱金香韻

此詞第三句七字、第四句六字異。按歐陽炯詞第三句"迢迢永夜夢難成",上"迢"字平聲,"永"

字仄聲。

又一體 雙調五十二字，前後段各四句三平韻。

毛熙震

惹恨還添恨句牽腸即斷腸韻凝情不語一枝芳韻獨映畫簾閒立讀繡衣香韻 暗想爲雲女句應憐傅粉郎韻晚來輕步出閨房韻髻慢釵横爲力讀縱倡狂韻

此詞前後兩結，或上六字讀，下三字句；或上四字讀，下五字句。須蟬聯不斷，可讀不可句。詞中此等句法最多，可以類推。如此詞兩結，俱作上六下三句讀，宋詞本此填者甚多。蘇軾詞："正是一年春好、近清明"，"此樂無聲無味、最難名"，秦觀詞"天外不知音耗、百般猜"，"只恐又拋人去、幾時來"，正與此同。

《花間集》毛詞别首起句"遠山愁黛碧"，"山"字平聲，"黛"字仄聲。又秦觀詞起句"愁鬢香雲墜"，"愁"字平聲；第二句"嬌眸冰雪裁"，"冰"字平聲；第三句"月明風幌爲誰開"，"月"字仄聲，"風"字平聲。陳師道詞第四句"人在笙歌聲裏暗生春"，"人"字、"笙"字俱平聲；後段起句"今代無雙士"，"今"字平聲；第三句"杯行到手莫辭頻"，"杯"字平聲，"到"字仄聲；第四句"明日鳳池歸路、隔清塵"，"明"字平聲，"鳳"字仄聲。又賀鑄詞前後兩結句"何處飛來白鷺、立移時"，"睡起芭蕉葉上、自題詩"，"白"字、"葉"字俱仄聲。譜内可平可仄據此。

又一體 雙調五十二字，前後段各四句三平韻。

辛棄疾

散髮披襟處句浮瓜沉李時韻涓涓流水細侵階韻鑿箇池兒讀喚箇月兒來韻 畫棟頻搖動句紅蕖盡倒開韻鬭勾紅粉照香腮韻有箇人兒讀把箇鏡兒猜韻

此詞前後兩結，上作四字一讀，下作五字一句，與毛詞小異，宋詞如此填者甚多。趙師俠詞"喚渡沙頭、欸欸話離情"，"一片瀟湘、真箇畫難成"，范成大詞"可惜高樓、不近木蘭舟"，"江已東流、那肯更西流"，正與此同。

又一體 雙調五十三字，前後段各四句三平韻。

《花草粹編》無名氏

夕露霑芳草句斜陽帶遠邨韻幾聲殘角起譙門韻撩亂栖鴉讀飛舞鬧黄昏韻 天共高城遠句香餘繡被温韻客程常是可銷魂韻怎向人心頭讀横著箇人人韻

此與辛詞同，惟後結多一字。

又一體 雙調五十四字，前後段各四句三平韻。

周邦彦

膩頸凝酥白句輕衫淡粉紅韻碧油涼氣透簾櫳韻指點庭花低映讀雲母屏風韻 恨逐瑶

琴寫句書勞玉指封韻等閒贏得瘦儀容韻何事不教雲雨讀略下巫峰韻

此詞前後兩結俱上六下四句法,較毛詞各多一字。

按,僧揮詞起句"金猊蟠龍尾","金"字平聲;第三句"凉生宫殿不因秋","凉"字平聲;第四句"門外莫尋塵世、捲地江流","門"字平聲,"莫"字、"捲"字俱仄聲。又楊无咎詞後段起句"羅綺紛香陌","羅"字平聲;結句"借問謫仙何在、今爲誰明","借"字仄聲,"今"字平聲。又一首後段第三句"蓬仙應是隱鼇頭","蓬"字平聲;結句"誰道於今雙鬢、猶自淹留","於"字平聲。譜内可平可仄據此。

**又一體**　雙調五十二字,前後段各四句三仄韻。

石孝友

春淺梅紅小句山寒嵐翠薄韻斜風吹雨入簾幕韻夢覺西樓讀嗚咽數聲角韻　歌酒工夫懶句别離情緒惡韻舞衫寬盡不堪著韻若比那回讀相見更消削韻

此詞用仄韻,其字句與毛熙震平韻詞同。

按宋沈伯時《樂府指迷》論,平聲字可以入聲替,如此詞本平聲韻,今更入聲韻是也。曾慥《樂府雅詞》録無名氏詞亦入聲韻,前段:"閣兒雖不大,都無半點俗。牕兒根底數竿竹。畫展江南山景、兩三幅。"後段:"彝鼎燒異香,膽瓶插嫩菊。翛然無事淨心目。共那人人、相對奕棋局。"其前後段起二句平仄微拗,不若此詞諧婉也。

## 荷葉杯三體

唐教坊曲名。此詞有單調、雙調。單調者有温庭筠、顧夐二體,雙調者只韋莊一體。俱見《花間集》。

**荷葉杯**　單調二十三字,六句四仄韻兩平韻。

温庭筠

一點露珠凝冷仄韻波影韻滿池塘平韻緑莖紅豔兩相亂换仄韻腸斷韻水風凉平韻

此調三换韻,以平韻爲主,兩仄韻即間於平韻之内。温詞三首,平仄悉同。

**又一體**　單調二十六字,六句兩仄韻三平韻一疊韻。

顧　夐

春盡小庭花落仄韻寂寞韻憑檻斂雙眉平韻忍教成病憶佳期韻知麽知韻知麽知疊

按,顧夐詞九首,内一首起二句"我憶君詩最苦,知否",故此詞"春"字可仄,"小"字可平,"花"字可仄,"寂"字可平。第三、四句"字字最關心。紅牋寫寄表情深",故此詞"憑"字可仄,"忍"字可平,"成"字可仄。若第六句即疊第五句平韻,其第五句第一字即煞尾平韻也。明程明善《嘯餘譜》於第五句第一字注"可仄",則是仄韻煞尾矣,不可從。

**又一體** 雙調五十字,前後段各五句兩仄韻三平韻。

韋　莊

記得那年花下仄韻深夜韻初識謝娘時平韻水堂西面畫簾垂韻攜手暗相期韻　惆悵曉鶯殘月換仄韻相別韻從此隔音塵換平韻如今俱是異鄉人韻相見更無因韻

此即顧敻詞體又加一段,惟結句五字不疊韻,更減去一字耳。但兩段各自换韻,舊譜或注一韻者誤。

按,韋詞別首前段起句"絶代佳人難得","佳"字平聲;結句"不忍更思維","不"字仄聲;後段第四句"碧天無路信沉沉","碧"字仄聲。許棐詞前段第四句"歸程能隔幾重山","歸"字平聲;後段起句"準備繡輪雕轡","準"字仄聲;第三句"説與百花知","説字仄聲。譜内可平可仄據此。

## 回波樂二體

唐劉肅《大唐新話》:景龍中,中宗嘗遊興慶池,侍宴者遞起鼓舞,並唱《回波詞》。給事中李景伯亦起舞,歌詞云云。《樂府詩集》:回波,商調曲,唐中宗時造,蓋出於曲水引流泛觴也。後亦爲舞曲,《教坊記》謂之軟舞。

**回波樂** 單調二十四字,四句三平韻。

李景伯

回波爾時酒巵韻微臣職在箴規韻侍宴既過三爵句喧嘩竊恐非儀韻

此即唐六言絶句,但第一句俱用"回波爾時"四字起。按沈佺期詞"回波爾時佺期。流向嶺外生歸。身名已蒙齒録,袍笏未復牙緋",其平仄不同,其體則同也。

**又一體** 單調二十四字,四句三仄韻。

《本事詩》無名氏

回波爾時栲栳韻怕婦也是大好韻外邊只有裴談句内裏無過李老韻

此詞用仄韻。按楊廷玉詞起句"回波爾時廷玉",正與此同。但唐人風氣初開,猶有古樂府遺意。其平仄往往不拘,故不復校注。

## 舞馬詞二體

《唐書·禮樂志》:明皇嘗命教舞馬四百蹄,各爲左右,分部目,衣以文繡,絡以金珠,每千秋節舞於勤政樓下。賜讌設酺,其曲數十疊,馬聞聲奮首鼓尾,縱横應節。又施三層板牀,乘馬而上,抃轉如飛。或命壯士舉榻,馬舞其上,歲以爲常。

**舞馬詞** 單調二十四字,四句三平韻。

張 説

彩旄八佾成行韻時龍五色因方韻屈膝銜杯赴節句傾心獻壽無疆韻

此亦唐人六古絶句,其平仄不拘。

按,張説本集詞六首,惟此一首起句用韻。和聲云:"四海和平樂。"

**又一體** 單調二十四字,四句兩平韻。

張 説

天鹿遥徵衛叔句日龍上借羲和韻將共兩驂争舞句來隨八駿齊歌韻

此首起句不用韻。按,張説詞五首皆然。和聲云:"聖代昇平樂。"

## 三臺二體

唐教坊曲名。宋李濟翁《資暇録》:三臺,今之啐酒三十拍促曲。啐,送酒聲也。宋張表臣《珊瑚鉤詩話》:樂部中有促拍催酒,謂之《三臺》。沈括詞名《開元樂》。因結有"翠華滿陌東風"句,名《翠華引》。

**三臺** 單調二十四字,四句兩平韻。

王 建

池北池南草緑句殿前殿後花紅韻天子千秋萬歲句未央明月清風韻

此亦六言絶句,平仄不拘。按,《王建集》有"宫中三臺"、"江南三臺"之分,大約如《竹枝詞》有"蜀中、江南漁父"之目,各隨其所詠之事而名之也。

**又一體** 單調二十四字,四句三平韻。

王 建

樹頭花落花開韻道上人去人來韻朝愁暮愁即老句百年幾度三臺韻

此詞首句用韻。

## 柘枝引一體

唐教坊曲名。《樂府雜録》:健舞曲。《樂苑》:羽調曲。按,此舞因曲爲名,用二女童，帽施金鈴，抃轉有聲。其來也，藏二蓮花中，花坼而後見，對舞相占，實舞中雅妙者也。

**柘枝引** 單調二十四字，四句三平韻。

《樂府詩集》無名氏

將軍奉命即須行韻塞外領强兵韻聞道烽煙動句腰間寶劍匣中鳴韻

按，《宋史・樂志》：小兒舞隊有柘枝。又沈括《筆談》：柘枝舊曲，遍數極多。今已不傳，存此以誌其槩。

## 塞姑一體

見《樂府詩集》。蓋唐時邊塞閨人之詞也。

**塞姑** 單調二十四字，四句三仄韻。

《樂府詩集》無名氏

昨日盧梅塞口韻整見諸人鎮守韻都護三年不歸句折盡江邊楊柳韻

此亦六言絶句，其平仄不拘。

## 晴偏好一體

明陳耀文《花草粹編》云："西湖雖有山泉，而大旱亦嘗龜坼。嘉熙庚子水涸，茂草生焉。"李霜崖作《晴偏好》詞紀之，取詞中結句爲調名。

**晴偏好** 單調二十四字，四句四仄韻。

李霜崖

平湖千頃生芳草韻芙蓉不照紅顛倒韻東坡道韻波光瀲灩晴偏好韻

此調祇此一詞，無別首可校。

## 憑闌人二體

《太平樂府》注"越調"。按，《唐書・禮樂志》：越調，即黄鍾之商聲也。

**憑闌人**　單調二十四字,四句四平韻。

邵亨貞

誰寫江南一段秋韻妝點錢塘蘇小樓韻樓中多少愁韻楚山無盡頭韻

此亦元人小令,可平可仄。參下倪詞。

**又一體**　單調二十五字,五句三平韻一叶韻。

倪　瓚

客有吴郎吹洞簫韻明月沉江春霧曉叶湘靈不可招韻水雲中句環珮摇韻

此詞第二句用仄韻,結作三字兩句,與邵詞小異。按,元人小令,俱叶北音,所謂《中原音韻》也,與古韻三聲叶者微不同,蓋三聲叶只平上去三聲,若《中原音韻》則入聲作平,無所不叶也。

## 花非花一體

調見白居易《長慶集》,以首句爲調名。

**花非花**　單調二十六字,六句三仄韻。

白居易

花非花句霧非霧韻夜半來句天明去韻來如春夢不多時句去似朝雲無覓處韻

此本《長慶集》長短句詩,後人採入詞中,其平仄亦不拘。

## 摘得新一體

唐教坊曲名。

**摘得新**　單調二十六字,六句四平韻。

皇甫松

摘得新韻枝枝葉葉春韻管弦兼美酒句最關人韻平生都得幾十度句展香茵韻

皇甫松詞别首第五句"繁紅一夜驚風雨","一"字仄聲,"驚"字、"風"字俱平聲。

## 梧葉兒五體

《太平樂府》注"商調"。《唐書・禮樂志》:商調,乃夷則之商聲也。

**梧葉兒** 單調二十六字，七句四平韻一叶韻。

吴西逸

韶華過句春色休韻紅瘦緑陰稠韻花凝恨句柳帶愁韻泛蘭舟韻明日尋芳載酒叶

此在元人爲小令，其實則曲也。但其詞未至俚鄙，故並採入以備體。其可平可仄，參後張可久“鴛鴦浦”一詞。

**又一體** 單調二十七字，七句五平韻。

張可久

鴛鴦浦句鸚鵡洲韻竹葉小漁舟韻煙中樹句山外樓韻水邊鷗韻扇面兒讀瀟湘暮秋韻

此與吴詞同，惟結句多一襯字。

**又一體** 單調三十二字，七句五平韻。

張可久

花垂露句柳散煙韻蘇小酒樓前韻舞隊飛瓊珮句遊人碾玉鞭韻詩句縷金箋韻懶上蘇堤畫船韻

此亦與吴詞同，惟第四、五、六句多二襯字，可平可仄，參張雨詞。

**又一體** 單調三十三字，七句五平韻。

張　雨

移家去句市隱間韻幽事頗相關韻劉商觀棋罷句韓康賣藥還韻點檢緑雲鬟韻數不盡讀龜溪好山韻

此與張可久“花垂露”詞同，惟結句多一字。

**又一體** 單調三十七字，七句四平韻一叶韻。

張可久

乘輿詩人棹句新烹學士茶韻風味屬誰家韻瓦甃懸冰筯句天風起玉沙韻海樹放銀花韻愁壓擁讀藍關去馬叶

此與張雨《移家去》詞同，惟第一、二句各多二襯字，結句用仄韻異。

## 漁歌子六體

唐教坊曲名。按，《唐書・張志和傳》：志和居江湖，自稱“烟波釣徒”，每垂釣不設餌,志不在魚也。憲宗圖真,求其人不能致,嘗撰《漁歌》,即此詞也。單調體實始於此。至雙調體,昉自《花間集》顧夐、孫光憲,有魏承班、李珣諸詞可校。若蘇軾單調詞,則又從雙調詞脱化耳。和凝詞更名《漁父》,徐積詞名《漁父樂》。

**漁歌子** 單調二十七字,五句四平韻。

張志和

西塞山前白鷺飛韻桃花流水鱖魚肥韻青箬笠句緑蓑衣韻斜風細雨不須歸韻

按,張志和所撰《漁歌子》詞五首,體調如一,可以參校。其一首起句"釣臺漁父褐爲裘","釣"字仄聲;第二句"兩兩三三舴艋舟",上"兩"字仄聲。又一首第三句"釣車子","釣"字仄聲,"車"字平聲。譜内據之。其餘可平可仄,參後"松江蟹舍"一詞。

**又一體** 單調二十七字,五句四平韻。

張志和

松江蟹舍主人歡韻菰飯蓴羹亦共餐韻楓葉落句荻花乾韻醉宿漁舟不覺寒韻

此詞第一、二句及第五句,平仄與前詞異。

**又一體** 單調二十七字,五句三平韻。

(南唐)李　煜

閬苑有情千里雪句桃李無言一隊春韻一壺酒句一竿身韻快活如儂有幾人韻

此詞起句不用韻。

**又一體** 單調二十五字,五句三仄韻。

蘇　軾

漁父飲句誰家去韻魚蟹一時分付韻酒無多少醉爲期句彼此不論錢數韻

此與顧夐、孫光憲兩段詞中一段略同,惟第三句六字,第四句作七字一句耳。因其單調,故列於前。

**又一體** 雙調五十字,前後段各六句四仄韻。

顧　夐

曉風清句幽沼緑韻倚闌凝望珍禽浴韻畫簾垂句翠屏曲韻滿袖荷香馥鬱韻　好攄懷句堪寓目韻身閒心静平生足韻酒杯深句光影促韻名利無心較逐韻

按,李珣詞四首,其一首前段第三句"春風淡蕩看不足",間作拗句。又一首前段第二句"瀟湘夜","湘"字平聲;第五句"明月下","明"字平聲,"月"字仄聲;後段結句"名利不將心挂","不"字仄聲。又一首前段結句"漁艇棹歌相續","漁"字平聲,"棹"字仄聲。譜内可平可仄據此。餘參後詞。

**又一體** 雙調五十字,前後段各六句三仄韻。

孫光憲

泛流螢句明又滅韻夜涼水冷東灣闊韻風浩浩句水寥寥句萬頃金波重疊韻　　杜若洲句香鬱烈韻一聲宿雁霜時節韻經霅水句過松江句盡屬儂家風月韻

此詞前後段第五句俱不用韻。《花間集》孫詞皆然。

## 憶江南三體

宋王灼《碧雞漫志》:此曲自唐至今,皆南吕宫,字句皆同,止是今曲兩段,蓋近世曲子無單遍者。按,唐段安節《樂府雜録》,此詞乃李德裕爲謝秋娘作,故名《謝秋娘》,因白居易詞更今名。又名《江南好》。又因劉禹錫詞,有"春去也,多謝洛城人"句,名《春去也》。温庭筠詞有"梳洗罷,獨倚望江樓"句,名《望江南》。皇甫松詞有"閒夢江南梅熟日"句,名《夢江南》。又名《夢江口》。李煜詞名《望江梅》。此皆唐詞單調。至宋詞始爲雙調,王安中詞有"安陽好,曲水似山陰"句,名《安陽好》。張滋詞有"飛夢去,閒到玉京遊"句,名《夢仙遊》。蔡真人詞有"鏗鐵板,閒引步虚聲"句,名《步虚聲》。宋自遜詞名《壺山好》。丘長春詞名《望蓬萊》。《太平樂府》名《歸塞北》,注大石調。

**憶江南** 單調二十七字,五句三平韻。

白居易

江南好句風景舊曾諳韻日出江花紅勝火句春來江水緑如藍韻能不憶江南韻

按,温庭筠詞:"千萬恨,恨極在天涯。山月不知心裏事,水風空落眼前花,摇曳碧雲斜。"正與此同,平仄參之。

**又一體** 雙調五十四字,前後段各五句三平韻。

歐陽修

江南蝶句斜日一雙雙韻身似何郎曾傅粉句心如韓壽愛偷香韻天賦與輕狂韻　　微雨過句薄翅膩煙光韻纔伴遊蜂來小苑句又隨飛絮過東牆韻長是爲花忙韻

此即單調詞加一疊,其可平可仄,與單調詞同。按,《嘯餘譜》録李煜作,本單調詞兩首,故前後段各韻。且雙調始自宋人,從無用兩韻者,即《海山記》僞託隋詞八闋,亦前後一韻,不可不辨。

**又一體** 雙調五十九字,前後段各五句兩仄韻、兩平韻。

馮延巳

去歲迎春樓上月仄韻正是西窗句夜凉時節韻玉人貪睡墜釵雲平韻粉銷妝薄見天真韻

人非風月長依舊换仄韻破鏡塵箏句一夢經年瘦韻今宵簾幕颺花陰换平韻空餘枕淚獨傷心韻

按,《陽春集》馮詞二首,前後段俱兩平兩仄四换韻,實與唐、宋《憶江南》本調不同,因調名同,故爲類列。

## 瀟湘神一體

調始自唐劉禹錫詠湘妃詞,所謂賦題本意也。

**瀟湘神** 單調二十七字,五句四平韻。

劉禹錫

斑竹枝韻斑竹枝疊淚痕點點寄相思韻楚客欲聽瑶瑟怨句瀟湘深夜月明時韻

此詞首三字例用疊句,如劉詞别首之"湘水流。湘水流"是也。其第三句"九疑雲物至今秋","雲"字平聲。

## 章臺柳二體

唐韓翃製,以首句爲調名。

**章臺柳** 單調二十七字,五句三仄韻一疊韻。

韓　翃

章臺柳韻章臺柳疊昔日青青今在否韻縱使長條似舊垂句也應攀折他人手韻

起二句亦可不用疊句,觀柳氏作可見。

**又一體** 單調二十七字,五句三仄韻。

柳　氏

楊柳枝句芳菲節韻可恨年年贈離别韻一葉隨風忽報秋句縱使君來豈堪折韻

此詞起句不用韻。

## 解紅一體

按,《宋史·樂志》:小兒舞隊有《解紅》,其曲失傳。陳暘《樂書》載和凝作,乃唐詞也,若《鳴鶴餘音》有《解紅兒慢》,係元人所製,與此不同。

**解紅** 單調二十七字,五句三平韻。

和　凝

百戲罷句五音清韻解紅一曲新教成韻兩箇瑶池小仙子句此時奪却柘枝名韻

此與《赤棗子》、《搗練子》、《桂殿秋》諸詞字句悉同,所辨在每句平仄之間,皆昔人音律所寓,填者宜悉遵之。

## 赤棗子一體

唐教坊曲名。

**赤棗子** 單調二十七字,五句三平韻。

歐陽炯

夜悄悄句燭熒熒韻金爐香盡酒初醒韻春睡起來回雪面句含羞不語倚雲屏韻

此調見《尊前集》。按,歐詞別首第一句"蓮臉薄","蓮"字平聲;第三句"等閒無事莫思量","等"字仄聲;第四句"每一見時明月夜","每"字仄聲;第五句"損人情思斷人腸","損"字仄聲,情字平聲。餘無別詞可校,填者亦從之。

## 南鄉子九體

唐教坊曲名。此詞有單調、雙調。單調者始自歐陽炯詞,馮延巳、李珣俱本此添字。雙調者始自馮延巳詞。《太和正音譜》注越調。歐陽修本此減字,王之道、黄機、趙長卿俱本此添字也。

**南鄉子** 單調二十七字,五句兩平韻三仄韻。

歐陽炯

畫舸停橈平韻槿花籬外竹橫橋韻水上遊人沙上女仄韻回顧韻笑指芭蕉林裏住韻

此詞單遍,平仄兩韻,與宋人兩段全押平韻者異。其可平可仄即參譜内諸詞。

又一體　單調二十八字,五句兩平韻三仄韻。

歐陽炯

路入南中平韻桄榔葉暗蓼花紅韻兩岸人家微雨後仄韻收紅豆韻葉底纖纖抬素手韻

此與"畫舸停橈"詞同,惟第四句添一字,歐詞六首與此悉同。

又一體　單調二十八字,五句兩平韻三仄韻。

馮延巳

細雨濕秋風平韻金鳳花殘滿地紅韻閒蹙黛眉慵不語仄韻情緒韻寂寞相思知幾許韻

此與歐陽炯"畫舸停橈"詞同,惟起句添一字。按,《陽春集》馮詞二首悉同。

又一體　單調三十字,六句兩平韻三仄韻。

李　珣

煙漠漠句雨凄凄平韻岸花零落鷓鴣啼韻遠客扁舟臨野渡仄韻思鄉處韻潮退水平春色暮韻

此亦與歐陽炯"路入南中"詞同,惟起作三字兩句異。唐人知音律,類能添字,此即宋詞襯字所自出也。

按,《花間集》李詞十首,其第一句,或作"攏雲髻";其第四句,或作"迴塘深處遥相見",或作"帶香遊女偎伴笑",或作"春酒香熟鱸魚美",或作"緑鬟紅臉誰家女";其第五句,或作"争窈窕",或作"送春浦";結句,或作"緩唱棹歌極浦去"。譜内可平可仄據此。

又一體　雙調五十四字,前後段各五句四平韻。

歐陽修

翠密紅繁韻水國凉生未是寒韻雨打荷花珠不定句輕翻韻冷潑鴛鴦錦翅斑韻　盡日憑欄韻弄蕊拈花仔細看韻偷得裛蹄新鑄樣句無端韻藏在紅房粉豔間韻

此即歐陽炯"畫舸停橈"詞體,再加一疊,惟第四、五句仍用平韻耳。按,歐集三詞悉同。

又一體　雙調五十六字,前後段各五句四平韻。

馮延巳

細雨濕流光韻芳草年年與恨長韻回首鳳樓無限事句茫茫韻鸞鏡鴛衾兩斷腸韻　魂夢任悠揚韻睡起楊花滿繡牀韻薄幸不來門半掩句斜陽韻負你殘春淚幾行韻

此即"細雨濕秋風"詞體再加一疊,只第四、五句仍用平韻耳。宋、元人俱如此填。

**又一體** 雙調五十六字，前後段各五句四平韻。

王之道

天際彩虹垂韻風起癡雲快一吹韻原隰昀昀句春水更瀰瀰韻布穀聲從野鳥知韻　初霽捲簾時韻巷陌泥融燕子飛韻午醉醒來句紅日欲平西韻一碗新茶乳面肥韻

此即"細雨濕流光"詞體，惟前後段第三、四句作四字一句、五字一句異。

**又一體** 雙調五十八字，前後段各六句四平韻。

黄　機

簾幕閟深沉韻燈暗香銷夜正深韻花落畫屏句簷鳴細雨句岑岑韻滴破相思萬里心韻　曉色未平分韻翠被寒生不自禁韻待得夢成句翻多惡况句堪顰韻飛雁新來也誤人韻

此亦"細雨濕流光"詞體，惟前後段第三句添一字作四字兩句異。

**又一體** 雙調五十八字，前後段各六句四平韻。

趙長卿

楚楚窄衣裳韻腰身占却句多少風光韻共説春來春去事句凄凉韻懶對菱花暈曉妝韻　閒立近紅芳韻遊蜂戲蝶句誤采真香韻何事不歸巫峽去句思量韻故到人間惱客腸韻

此亦"細雨濕流光"詞體，惟前後段第二句添一字作四字兩句異。

## 搗練子二體

《太和正音譜》注雙調。一名《搗練子令》。因馮延巳詞起結有"深院静"及"數聲和月到簾櫳"句，更名《深院月》。

**搗練子** 單調二十七字，五句三平韻。

馮延巳

深院静句小庭空韻斷續寒砧斷續風韻無奈夜長人不寐句數聲和月到簾櫳韻

按，《梅苑》無名氏詞八首，其一首起句"搗練子"，"搗"字仄聲；第三句"枝上商量細細生"，"枝"字平聲；第四句"不是根株貪結子"，"不"字仄聲，"根"字平聲。又一首，第三句"蕙魄蘭魂人再陽"，"人"字平聲；第五句"更須插向鬢雲旁"，"插"字仄聲。譜内可平可仄據此。

**又一體** 雙調三十八字，前後段各五句三平韻。

李　石

心自小句玉釵頭韻月娥飛下白蘋洲韻水中仙句月下游韻　江漢佩句洞庭舟韻香名薄

幸寄青樓韻問何如句打拍浮韻

按,《全芳備祖》李詞二首,其平仄悉同,惟《天機餘錦》無名氏詞,前段第三句"涼吹水曲散餘酲","涼"字平聲,"水"字仄聲;後段第三句"翠荷鬧雨做秋聲","翠"字仄聲;前結"小藤牀,隨意横","隨"字平聲;後結"恁時節,不堪聽","節"字仄聲,"堪"字平聲。又《梅苑》無名氏詞,後段起二句"孤標韻,暗香奇","標"字平聲;結句"借陽和,天付伊","天"字平聲。譜内可平可仄參之。

## 春曉曲二體

朱敦儒詞,有"西樓月落雞聲急"句,又名《西樓月》。

**春曉曲**　單調二十七字,四句三仄韻。

朱敦儒

西樓月落雞聲急韻夜浸疏香淅瀝韻玉人酒渴嚼春冰句曉色入簾横寶瑟韻

此詞見《花草粹編》,第二句本六字,乃舊譜於"香"字下增一"寒"字,作七言四句,名《阿那曲》。查唐宋詞並無《阿那曲》名,自明楊慎以唐詩絶句僞託爲詞,今正之。

**又一體**　單調二十七字,五句三仄韻。

張元幹

瑶軒綺檻春風度韻柳垂煙句花帶露韻半開鴛被怯餘寒句燕子時來窺繡户韻

此與朱詞同,惟第二句作三字兩句異。

## 桂殿秋一體

本唐李德裕《送神》、《迎神》曲。有"桂殿夜涼吹玉笙"句,取爲調名。

**桂殿秋**　單調二十七字,五句三平韻。

向子諲

秋色裏句月明中韻紅旌翠節下蓬宫韻蟠桃已結瑶池露句桂子初開玉殿風韻

按,李德裕詞二首,其一首第二句"玉練顔","練"字仄聲。其一首第三句"桂殿夜涼吹玉笙","桂"字、"殿"字俱仄聲,"涼"字、"吹"字俱平聲。譜内可平可仄據此。

## 壽陽曲三體

《太平樂府》注雙調。一名《落梅風》。

**壽陽曲** 單調二十七字，五句一平韻三叶韻。

張可久

東風景句西子湖韻濕冥冥讀柳煙花霧叶黄鶯亂啼蝴蝶舞叶幾秋千讀打將春去叶

此亦元人小令，平仄韻互叶者，其可平可仄悉參譜内二詞。

**又一體** 單調二十八字，五句四仄韻。

張可久

彈初罷句酒暫歇韻醉詩人讀滿山紅葉韻問山中讀許由何處也韻剩猿啼讀冷泉秋月韻

此詞全用仄韻，其第四句八字，較“東風景”詞添一襯字。

**又一體** 單調三十二字，五句一平韻三叶韻。

張可久

載酒人何處句倚闌花又開韻憶秦娥讀遠山眉黛叶錦雲香讀鑒湖寬似海叶還不了讀五年詩債叶

此與“彈初罷”詞同，惟第一、二句各添二襯字。

## 陽關曲一體

本名《渭城曲》。宋秦觀云：“《渭城曲》絶句，近世又歌入《小秦王》，更名《陽關曲》。屬雙調，又屬大石調。”按，唐《教坊記》，有《小秦王曲》，即《秦王小破陣樂》，屬坐部伎。

**陽關曲** 單調二十八字，四句三平韻。

王　維

渭城朝雨浥輕塵韻客舍青青柳色新韻勸君更進一杯酒句西出陽關無故人韻

宋蘇軾詞三首，其第二句，一首云“銀漢無聲轉玉盤”，一首云“才到龍山馬足輕”，則此詞客字可平也。至第三句，仄平仄仄仄平仄，蘇詞三首皆然。若平仄一誤，即非此調。按，此亦七言絶句，唐人爲送行之歌，三疊，其歌法也。蘇軾論三疊歌法云：“舊傳《陽關》三疊，然今世歌者，每句再疊而已。若通一首言之，又是四疊，皆非是。或每句三唱以應三疊之説，則叢然無復節奏。余在密州，文勳長官以事至密，自云得古本《陽關》，其聲宛轉凄斷，不類向之所聞。每句皆再唱，而第一句不疊，乃知古本三疊蓋如此。及在黄州，偶讀樂天對酒詩云：‘相逢且莫推辭醉，聽唱陽關第四聲’。注云：‘第四聲，勸君更盡一杯酒。’以此驗之。若一句再疊，則此句爲第五聲，今爲第四聲，則第一句不疊審矣。”

查元《陽春白雪集》,有大石調《陽關三疊》,詞云:"渭城朝雨,一霎裛輕塵。更灑遍客舍青青,弄柔凝,千縷柳色新。更灑遍客舍青青,千縷柳色新。休煩惱,勸君更盡一杯酒,人生會少,自古富貴功名有定分。莫遣容儀瘦損。休煩惱,勸君更盡一杯酒,只恐怕西出陽關,舊遊如夢,眼前無故人。祇恐怕西出陽關,眼前無故人。"與蘇軾論吻合,並附録之。

## 欸乃曲一體

唐元結詩自序:大曆初,結爲道州刺史,以軍事詣都。使還州,逢春水,舟行不進,作《欸乃曲》,令舟子唱之,以取適於道路云。

宋程大昌《演繁露》云:元次山《欸乃曲》五章,全是絶句,如《竹枝》之類。其謂"欸乃"者,殆舟人於歌聲之外,别出一聲,以互相其歌也。《柳枝》、《竹枝》,尚有存者,其語度與絶句無異,但於句末隨加"竹枝"或"柳枝"等語,遂即其語以名其歌。《欸乃》,亦其例也。

黄公紹《韻會》云:"欸",歎聲也,讀若哀,烏來切。又應聲也,讀若靄,上聲,倚亥切。又去聲,於代切。無襖音。"乃",難辭,又繼事之辭。無靄音。今二字連讀之,爲棹船相應聲。

按,《廣韻》十五海:"欸",於改切,相然應也。"乃",奴亥切,語辭也。欸乃之聲,或如唐人唱歌和聲,所謂號頭者。蓋逆流而上,棹船勸力之聲也。《黄山谷題跋》、《洪駒父詩話》皆音作襖,藹者誤。

**欸乃曲** 單調二十八字,四句三平韻。

元 結

千里楓林煙雨深韻無朝無暮有猿吟韻停橈静聽曲中意句好似雲山韶濩音韻

按,《欸乃曲》五首,平仄不拘,本唐七言絶句,如《竹枝》、《柳枝》之類。今江南棹船有棹歌,每歌一句,則群和一聲,猶見遺意。其欸乃二字,乃人聲。或注作船聲者,非。

## 採蓮子一體

唐教坊曲名。

**採蓮子** 單調二十八字,四句三平韻。

皇甫松

菡萏香連十里陂舉棹韻小姑貪戲採蓮遲年少韻晚來弄水船頭濕舉棹韻更脱紅裙裹鴨兒年

少韻

此亦七言絶句。其舉棹、年少，乃歌時相和之聲，與《竹枝》體同。但《竹枝》以“竹枝”二字和於句中，“女兒”二字和於句尾，此則一句一和聲耳。

## 浪淘沙一體

唐教坊曲名。

**浪淘聲** 單調二十八字，四句三平韻。

皇甫松

蠻歌豆蔻北人愁韻蒲雨杉風野艇秋韻浪起鵁鶄眠不得句寒沙細細入江流韻

此與宋人《浪淘沙令》、《浪淘沙慢》不同，蓋宋人借舊曲名，另倚新腔。此七言絶句也。按，《浪淘沙》詞，創自劉、白，劉詞九首與此同，惟白詞六首皆拗體耳。

## 楊柳枝一體

唐教坊曲名。按，白居易詩注：《楊柳枝》，洛下新聲，其詩云“聽取新翻楊柳枝”是也。薛能詩序：令部伎作楊柳枝健舞，復度新聲。其詩云“試踏吹聲作唱聲”是也。蓋樂府横吹曲，有《折楊柳》名。此則借舊曲名，另創新聲。後遂入教坊耳。此本唐人七言絶句，與顧敻詞四十字體、朱敦儒詞四十四字體添聲者不同。

**楊柳枝** 單調二十八字，四句三平韻。

温庭筠

金縷毿毿碧瓦溝韻六宫眉黛惹香愁韻晚來更帶龍池雨句半拂闌干半入樓韻

按，劉、白倡和以後，爲此詞者甚多，皆賦柳枝本意。原屬絶句，因《花間集》載此，故採以備調。

## 八拍蠻二體

唐教坊曲名。按，孫光憲詞，所詠俱越中事，或即八拍之蠻歌也。

**八拍蠻** 單調二十八字，四句三平韻。

孫光憲

孔雀尾拖金線長韻怕人飛起入丁香韻越女沙頭争拾翠句相呼歸去背斜陽韻

此詞起句用韻，可平可仄即參後詞。

**又一體**　單調二十八字，四句兩平韻。

閻　選

雲鎖嫩黄煙柳細句風吹紅蔕雪梅殘韻光景不勝閨閣恨句行行坐坐黛眉攢韻

此詞起句不用韻。按，《花間集》孫光憲詞一首、閻選詞兩首俱拗體七言絶句，不似《竹枝》、《柳枝》，平仄可以不拘也，作者辨之。

以上六調皆唐人七言絶句，當時音律必有所屬，今歌法不傳矣。聊爲類列，至《清平調》三首、《水調》、《梁州》、《伊州》諸詞，此宋人大曲之源。另輯一卷，附於卷末。

## 字字雙一體

見《才鬼記》。因每句有疊字，故名《字字雙》。

**字字雙**　單調二十八字，四句四平韻。

王麗貞

牀頭錦衾斑復斑韻架上朱衣殷復殷韻空庭明月閒復閒韻夜長路遠山復山韻

此調無他詞可校。

## 十樣花二體

宋李彌遜詞十首，分詠十樣花，故名。

**十樣花**　單調二十八字，六句四仄韻。

李彌遜

陌上風光濃處韻第一寒梅先吐韻待得春來也句香消減句態凝佇韻百花休漫妒韻

此詞以"陌上風光濃處"爲起句，李詞十首皆然。譜中止採其二，可平可仄即參後詞。

**又一體**　單調二十八字，六句五仄韻。

李彌遜

陌上風光濃處韻紅藥一番經雨韻把酒繞芳叢句花解語韻勸春住韻莫教容易去韻

此詞第四句多押一韻。

## 天淨沙二體

《太平樂府》注越調。無名氏詞有“塞上清秋早寒”句，又名《塞上秋》。

**天淨沙** 單調二十八字，五句四平韻一叶韻。

喬　吉

一從鞍馬西東韻幾番衾枕朦朧韻薄幸雖來夢中韻爭如無夢叶那時真箇相逢韻

此亦元人小令。第四句叶一仄韻。《老學叢譚》有無名氏詞二首，正與此同。

譜內可平可仄即參後詞。

**又一體** 單調二十八字，五句三平韻兩叶韻。

馬致遠

枯藤老樹昏鴉韻小橋流水平沙韻古道淒風瘦馬叶夕陽西下叶斷腸人在天涯韻

此詞第三、四句俱叶仄韻。按，孟昉詞十二首，其十首俱與此同，惟一首起句“七十二候環催”，“七”字、“十”字俱仄聲。又一首第四句“風高露下”，“風”字平聲，“露”字仄聲。

# 《御定詞譜》卷二　起二十九字至三十六字

## 甘州曲二體

唐教坊曲名。《唐書・禮樂志》：天寶間樂曲，皆以邊地爲名，《甘州》其一也。顧夐詞名《甘州子》。

**甘州曲** 單調二十九字，六句五平韻。

王　衍

畫羅裙韻能結束句稱腰身韻柳眉桃臉不勝春韻薄媚足精神韻可惜許讀淪落在風塵韻

此調起句三字。顧夐詞添作七字，其實即此體也。結句，《詞律》本落去“許”字，今從《花草粹編》增定。

**又一體** 單調三十三字，六句五平韻。

顧　夐

一爐龍麝錦帷旁韻屏掩映句燭熒煌韻禁城刁斗喜初長韻羅薦繡鴛鴦韻山枕上讀私語口

脂香韻

此詞即王詞體，惟起句多四字。舊譜泥於《甘州曲》、《甘州子》兩名小異，而另列之。不知"曲"、"子"二字，互爲省文，並無分别也。

按，顧詞五首，俱有"山枕上"三字。其一首，第一句"紅爐深夜醉調聲"，"紅"字平聲；第四句"小屏古畫岸低平"，"古"字仄聲。又一首，第五句"月色照衣襟"，"月"字仄聲；結句"翠鈿鎮眉心"，"翠"字仄聲。譜内可平可仄據此。

## 醉吟商一體

姜夔自序云：石湖老人爲予言，琵琶有四曲，今不傳矣。日濩索《凉州》、轉關《緑腰》、醉吟商《胡渭州》、歷弦《薄媚》也。予每念之。辛亥夏，謁楊廷秀於金陵邸中，遇琵琶工，解作醉吟商《胡渭州》，因求得品弦法，譯成《醉吟商》小令，實雙調也。

按，《胡渭州》，唐教坊曲名；《醉吟商》，其宫調也。姜夔自度，乃夾鍾商曲，蓋借舊曲名，另倚新腔耳。

**醉吟商**　雙調二十九字，前段三句兩仄韻，後段三句三仄韻。

姜　夔

正是春歸句細柳暗黄千縷韻暮鴉啼處韻　　夢逐金鞍去韻一點芳心休訴韻琵琶解語韻

此調平仄無他首可校。

## 乾荷葉二體

元劉秉忠自度曲。屬南吕宫，取起句三字爲調名。

**乾荷葉**　單調二十九字，七句四平韻兩叶韻。

劉秉忠

乾荷葉句色蒼蒼韻老柄風摇蕩叶減清香韻越添黄韻都因昨夜一番霜韻寂寞秋江上叶

此亦元人小令，平仄韻互叶。劉作三首皆然。

**又一體**　單調三十字，七句四平韻兩叶韻。

劉秉忠

乾荷葉句映枯蒲韻柄折難擎露叶藕絲蕪韻倩風扶韻待擎無力不成珠韻難蓋宿讀灘頭

鷺叶

此詞結句作六字一句，較前詞多一襯字。

## 喜春來四體

《太平樂府》注：中吕宫。《太和正音譜》注：正宫。一名《陽春曲》。

**喜春來** 單調二十九字，五句一叶韻四平韻。

張　雨

江梅的的依茅舍叶石瀨濺濺漱玉沙韻瓦甌蓬底送年華韻問暮鴉韻何處阿戎家韻

此亦元人小令，平仄韻互叶者。

按，元好問詞起句“春盤且剪三生菜”，“宜”字平聲。姚燧詞，第三句“山河判斷筆尖頭”，“山”字平聲。元好問詞結句“且唱喜春來”，“且”字仄聲。其餘平仄，參校周德清、司馬九皋兩詞。

**又一體** 單調二十九字，五句兩叶韻三平韻。

周德清

閒花醞釀蜂兒蜜叶細雨調和燕子泥韻緑窗蝶夢覺來遲韻誰喚起叶簾外曉鶯啼韻

此詞第四句亦叶仄韻，與張詞異。

**又一體** 單調三十字，六句兩叶韻三平韻。

司馬九皋

歲雲暮矣雖無補叶時復中之盡有餘韻老來吾亦愛吾廬韻清債苦叶尊有酒句且消除韻

此詞與周詞同，惟結句多一襯字，作三字兩句異。

**又一體** 單調三十一字，七句一叶韻四平韻。

《太平樂府》無名氏

海棠過雨紅初淡叶楊柳無風睡正寒韻杏燒紅句桃剪錦句草拖藍韻三月三韻和氣盛東南韻

此詞第三句作三字三句異。

## 踏歌詞一體

唐《輦下歲時記》：先天初，上御安福門觀燈，令朝士能文者，爲《踏歌》。陳暘

《樂書》云:《踏歌》,隊舞曲也。

**踏歌行**　單調三十字,六句四平韻。

崔　液

彩女迎金屋句仙姬出畫堂韻鴛鴦裁錦袖句翡翠貼花黄韻歌響舞分行韻豔色動流光韻

此調五字六句,崔詞二首皆然。舊譜於此詞,第五句作七字,第六句作三字者,非。

按,崔詞别首第一句"庭際花微落","庭"字平聲;第四句"羅袖覺寒輕","羅"字平聲。

## 秋風清三體

一名《秋風引》。寇準詞名《江南春》,劉長卿仄韻詞名《新安路》。

**秋風清**　單調三十字,六句四平韻。

李　白

秋風清韻秋月明韻落葉聚還散句寒鴉棲復驚韻相思相見知何日句此時此夜難爲情韻

此本三、五、七言詩,後人採入詞中,其平仄不拘。

**又一體**　單調三十字,六句三平韻。

寇　準

波渺渺句柳依依韻孤村芳草遠句斜日杏花飛韻江南春盡離腸斷句蘋滿汀洲人未歸韻

此即李白《秋風清》詞體,但首句不用韻,且聲調亦較諧婉。故列又一體。

**又一體**　單調三十字,六句四仄韻。

劉長卿

新安路韻人來去韻早潮復晚潮句明日知何處韻潮水無情亦解歸句自憐長在新安住韻

此詞用仄韻,其字句與李詞同。

## 抛球樂四體

唐教坊曲名。《唐音癸籤》云:《抛球樂》,酒筵中抛球爲令,其所唱之詞也。《宋史·樂志》:女弟子舞隊,三日抛球樂。

按,此調三十字者,始於劉禹錫詞,皇甫松本此填,多一和聲。三十三字者,始於馮延巳詞，因詞有“且莫思歸去”句，或名《莫思歸》，皆五七言小律詩體。至宋柳永，則借舊曲名，别倚新聲，始有兩段一百八十七字體。《樂章集》注：林鍾商調，與唐詞小令體製迥然各别。以同一調名，故類列之。

**拋球樂** 單調三十字，六句四平韻。

劉禹錫

五色繡團圓韻登君玳瑁筵韻最宜紅燭下句偏稱落花前韻上客如先起句應須贈一船韻

此本唐人小律，後入教坊，被之管弦，遂相沿爲詞。中二句必用對偶，諸作皆然。

按，劉詞别首，第四句“却憶未開時”，“却”字仄聲；結句“一杯君莫辭”，“一”字仄聲，“君”字平聲。譜内可平可仄據此。其首句五字可平，則參皇甫松詞也。

**又一體** 單調三十三字，七句三平韻一疊韻。

皇甫松

金蹙花球小句真珠繡帶垂韻繡帶垂疊幾回銜蠟燭句千度入香懷韻上客終須醉句觥盂且亂排韻

此詞起句不用韻，第二句下多三字疊句。按，古樂府“賤妾與君共餔糜，共餔糜”，有疊句和聲。此詞疊“繡帶垂”三字，亦和聲也。

**又一體** 單調四十字，六句四平韻。

馮延巳

霜積秋山萬樹紅韻倚巖樓上挂朱櫳韻白雲天遠重重恨句黄葉煙深漸漸風韻髣髴凉州曲句吹在誰家玉笛中韻

此詞惟第五句五字，餘皆七字。按，《陽春集》馮詞八首皆然。其一首，起句“坐對高樓千萬山”，“坐”字仄聲，“千”字平聲；第三句“燒殘紅燭暮雲合”，“燒”字平聲，“暮”字仄聲；第四句“飄盡碧梧金井寒”，“碧”字仄聲，“金”字平聲。又一首，第二句“登高歡醉夜忘回”，“登”字平聲；第三句“歌闌賞盡珊瑚樹”，“賞”字仄聲。又一首，第四句“滿面西風憑玉闌”，“滿”字仄聲；第五句“歸去須沉醉”，“歸”字平聲；結句“小院新池月乍寒”，“小”字仄聲。又一首，結句“金菊年年秋解開”，“秋”字平聲。譜内可平可仄據此。舊譜未注平仄，今增入。

**又一體** 雙調一百八十七字，前段十九句七仄韻，後段十七句七仄韻。

柳　永

曉來天氣濃淡句微雨輕灑韻近清明讀風絮巷陌句煙草池塘句盡堪圖畫韻豔杏暖讀妝臉勻開句弱柳困讀宫腰低亞韻是處麗質盈盈句巧笑嬉嬉句争簇秋千架韻戲彩球羅綬句金

雞芥羽句少年馳騁句芳郊緑野韻占斷五陵遊句奏脆管讀繁弦聲和雅韻向名園深處句爭泥畫輪句競羈寶馬韻　　取次羅列杯盤句就芳樹讀緑影紅陰下韻舞婆娑句歌宛轉句髣髴鶯嬌燕姹韻寸珠片玉句爭似濃歡無價韻任他美酒句十千一斗句飲竭仍解金貂貰韻恣幕天席地句陶陶盡醉太平句且樂唐虞景化韻須信豔陽天句看未足讀已覺鶯花謝韻對緑蟻翠蛾句怎生輕捨韻

按,《宋史·樂志》,有夾鍾商《抛球樂》,其詞不傳。元人有黄鍾宮《抛球樂》,字數參差,詞亦俚鄙。《樂章集》亦僅見此作,别無可校,平仄宜遵之。

## 法駕道引一體

宋陳與義詞序云:世傳頃年都下市肆中,有道人携烏衣椎髻女子,買斗酒獨飲,女子歌詞以侑。凡九闋,皆非人世語。或記之,以問一道士。道士驚曰:此赤城韓夫人所製水府蔡真人《法駕道引》也。烏衣女子疑龍云。得其三而忘其六,擬作三闋。

**法駕道引**　單調三十字,六句三平韻。

陳與義

朝元路句朝元路疊同駕玉華君韻千乘載花紅一色句人間遥指是祥雲韻回望海光新韻

此詞與《望江南》相近,但起句下多一疊句耳。

按,陳詞别首,起二句"煙漠漠,煙漠漠",上兩"漠"字俱仄聲;第三句"海上百花摇","海"字仄聲;第四句"十八風鬟雲半動","十"字仄聲,"風"字平聲;第五句"月華微映是空舟","月"字仄聲。譜内可平可仄據此。

## 蕃女怨一體

唐温庭筠二詞,俱詠蕃女之怨,故詞中有"雁門沙磧"諸語。

**蕃女怨**　單調三十一字,七句四仄韻兩平韻。

温庭筠

萬枝香雪開已遍仄韻細雨雙燕韻鈿蟬箏句金雀扇韻畫梁相見韻雁門消息不歸來平韻又飛回韻

此調四仄韻,結换二平韻,温詞二首並同。其起句"已"字,第二句"雨"字,例用仄聲。温詞别首"磧南沙上驚雁起,飛雪千里","雁"字、"雪"字俱仄聲。舊譜注可平者誤。惟第二句"飛雪千里""飛"

字,第五句"年年争戰"上"年"字,可用平聲也。

## 一葉落一體

《五代史》云:後唐莊宗能自度曲。此其一也。取首句爲調名。

**一葉落** 單調三十一字,七句五仄韻一疊韻。

後唐莊宗

一葉落韻褰珠箔韻此時景物正蕭索韻畫樓月影寒句西風吹羅幕韻吹羅幕疊往事思量著韻

此詞第六句,即疊字第五句,亦是和聲,填者亦遵之。

## 憶王孫三體

此詞單調三十一字者,創自秦觀,宋元人照此填。《太平樂府》注:黄鍾宫。《太和正音譜》注:仙吕宫。《梅苑》詞名《獨脚令》;謝克家詞名《憶君王》;吕渭老詞名《豆葉黄》;陸游詞,有"畫得蛾眉勝舊時"句,名《畫蛾眉》;張輯詞,有"幾曲闌干萬里心"句,名《闌干萬里心》。雙調五十四字者,見《復雅歌詞》,或名《怨王孫》,與單調絶不同。坊刻又有仄韻單調《憶王孫》,查系《漁家傲》一段。故譜内不收。

**憶王孫** 單調三十一字,五句五平韻。

秦　觀

萋萋芳草憶王孫韻柳外樓高空斷魂韻杜宇聲聲不忍聞韻欲黄昏韻雨打梨花深閉門韻

宋元人詞悉與此同。按姜夔詞第一句"冷紅葉葉下塘秋","冷"字、"葉"字俱仄聲;第二句"長與行雲共一舟","長"字平聲,"共"字仄聲。李甲詞第三句"沉李浮瓜冰雪凉","沉"字、"冰"字俱平聲;結句"針線慵拈午夢長","針"字平聲,"午"字仄聲。譜内可平可仄據此。

**又一體** 單調三十一字,五句三平韻兩叶韻。

白　樸

瑶階月色晃疏欞韻銀燭秋光冷畫屏韻消遣此時此夜景叶步閒庭韻苔浸凌波羅襪冷叶

此亦元人小令。其字句與秦詞同,惟第三句與末句用叶韻異。可見詞曲一源,所辨只在用韻不同也。明楊慎《詞林萬選》云:"元曲《一半兒》,即此詞。"蓋其末句"一半兒行書,一半兒草",兩"兒"字皆襯字也。益可知詞與曲之分矣。

**又一體** 雙調五十四字，前後段各四句三仄韻。

《復雅歌辭》無名氏

湖上風來波浩渺韻秋已暮讀紅稀香少韻水光山色與人親句説不盡讀無窮好韻　蓮子已成荷葉老韻清露洗讀蘋花汀草韻眠沙鷗鷺不回頭句似應恨讀人歸早韻

按，周紫芝詞與此同，惟换頭句“思量千里鄉關道”，平仄全異；又前段第二句“紅滿地、落花誰掃”，“落”字仄聲；後段第二句“山共水、幾時得到”，“幾”字、“得”字俱仄聲；第三句“杜鵑只解怨殘春”，“杜”字、“只”字俱仄聲；結句“也不管、人煩惱”，“不”字仄聲。譜内可平可仄據此。

## 金字經三體

《太平樂府》注：南吕宫。《元史·樂志》説法舞隊有《金字經》曲，一名《閲金經》。

**金字經** 單調三十一字，七句五平韻一叶韻。

張可久

水冷溪魚貴句酒香霜蟹肥韻環緑亭深掩翠微韻梅韻落花浮玉杯韻山翁醉叶笑隨明月歸韻

此亦元人小令，平仄韻互叶者。因《元史》採入舞曲，且各有宫調，故存之。其可平可仄，悉參後詞，故不復注。

**又一體** 單調三十二字，七句五平韻一叶韻。

《太平樂府》徐（失名）

犀箸絲魚膾句象盤冰蔗漿韻池閣南風紅藕香韻將韻紫霞白玉觴韻低低唱叶唱著道讀今夜凉韻

此與張詞同，惟結句添一襯字異。

**又一體** 單調三十四字，七句四平韻兩叶韻。

《太平樂府》徐（失名）

紫燕尋舊壘句翠鴛棲暖沙韻一處處讀緑楊堪繫馬叶他韻問前村讀沽酒家韻秋千下叶粉牆邊讀紅杏花韻

此與前詞同，惟第三句、第五句各添一襯字異。

## 古調笑一體

《樂苑》商調曲。一名《宫中調笑》。白居易詩“打嫌調笑易”，自注：調笑，抛打曲名也。戴叔倫詞名《轉應曲》；馮延巳詞名《三臺令》。與宋詞《調笑令》不同。

**古調笑** 單調三十二字，八句四仄韻、兩平韻、兩疊韻。

王　建

蝴蝶仄韻蝴蝶疊飛上金枝玉葉韻君前對舞春風平韻百葉桃花樹紅韻紅樹換仄韻紅樹疊燕語鶯啼日暮韻

此詞凡三换韻。起用疊句，第六、七句，即倒疊第五句末二字，轉以應之。戴叔倫所謂轉應者，意蓋取此。

按，此調王建詞四首，韋應物詞二首，戴叔倫詞一首，馮延巳詞三首。其第一、二句，第六、七句，平仄皆同，惟第三句，王詞别首“美人並來遮面”，“美”字、“並”字俱仄聲，“遮”字平聲。第四句，馮詞“日斜柳暗花蔫”，“日”字仄聲；戴詞“山北山南雪晴”，“北”字、“雪”字俱仄聲，“山南”二字俱平聲。第五句，王詞别首“商人少婦斷腸”，“商人”二字俱平聲，“少婦”二字仄聲。結句，戴詞“蘆笳一聲愁絶”，“蘆”字、“笳”字、“愁”字俱平聲，“一”字仄聲。譜内可平可仄據此。但唐人製調，審音必精，其平仄不同，自中律吕。填者或擇一體宗之，更爲嚴謹也。

## 遐方怨二體

唐教坊曲名。此調有兩體。單調者始於温庭筠，雙調者始於顧夐、孫光憲。惟《花間集》有之，宋人無填此者。

**遐方怨** 單調三十二字，七句四平韻。

温庭筠

憑繡檻句解羅幃韻未得君書句斷腸瀟湘春雁飛韻不知征馬幾時歸韻海棠花盡也句雨霏霏韻

此調第四句例作拗句，温詞别首“夢殘惆悵聞曉鶯”正與此同，惟“悵”字仄聲異。

**又一體** 雙調六十字，前後段各六句四平韻。

孫光憲

紅綬帶句錦香囊韻爲表花前意句殷勤贈玉郎韻此時更自役心腸韻轉添秋夜夢魂長韻

思豔質句想嬌妝韻願早傳金盞句同歡卧醉鄉韻任人猜妒盡提防韻到頭須使是鴛鴦韻

此與温庭筠一段詞大同小異,惟第三、四句減一字,作五字兩句;第六、七句減一字,作七字一句耳。顧敻"簾影細"詞,正與此同。

顧詞前段第三句"像紗籠玉指","紗"字平聲,"玉"字仄聲;第四句"縷金羅扇輕","縷"字仄聲,"羅"字平聲;第五句"嫩紅雙臉似花明","雙"字平聲;後段第一句"鳳簫歇","鳳"字仄聲,"簫"字平聲;第三句"遼塞音書絶","遼"字平聲;第四句"夢魂長暗驚","夢"字仄聲,"長"字平聲;結句"教人争不恨無情","教"字平聲。譜内可平可仄據此。

## 後庭花破子二體

《太平樂府》注:仙吕調。《唐書·禮樂志》:夷則羽,俗呼仙吕調。此金元小令,與唐詞《後庭花》、宋詞《玉樹後庭花》異。所謂破子者,以其繁聲入破也。

**後庭花破子** 單調三十二字,七句五平韻。

王 惲

緑樹遠連洲韻青山壓樹頭韻落日高城望句煙霏翠滿樓韻木蘭舟韻彼汾一曲句春風佳可遊韻

此調創自金元,有邵亨貞、趙孟頫詞及《太平樂府》、《花草粹編》無名氏詞可校。

按,邵詞第一句"刺船鸚鵡洲","鸚"字平聲。《太平樂府》詞第二句"寸心千古愁","寸"字仄聲,"千"字平聲。《花草粹編》詞"瑶草妝鏡邊","草"字仄聲。邵詞第三句"江上花無語","江"字平聲。《花草粹編》詞"去年花不老","不"字仄聲。邵詞第四句"天涯人未還","人"字平聲。《太平樂府》詞第六句"風帆無數","風"字平聲。邵詞結句"隔江何處山","隔"字仄聲。《太平樂府》詞"斜陽獨倚樓","獨"字仄聲。譜内可平可仄據此。餘參下詞。

**又一體** 單調三十三字,七句五平韻。

趙孟頫

清溪一葉舟韻芙蓉兩岸秋韻采菱誰家女句歌聲起暮鷗韻亂雲愁韻滿頭風雨句戴荷葉讀歸去休韻

此與王詞同,惟結句多一襯字,作折腰句法異。

## 如夢令六體

宋蘇軾詞注:此曲本唐莊宗製,名《憶仙姿》,嫌其名不雅,故改爲《如夢令》。

蓋因此詞中有"如夢、如夢"疊句也。周邦彦又因此詞首句，改名《宴桃源》。沈會宗詞有"不見、不見"疊句，名《不見》。張輯詞有"比著梅花誰瘦"句，名《比梅》。《梅苑》詞名《古記》。《鳴鶴餘音》詞名《無夢令》。魏泰雙調詞名《如意令》。

**又一體** 單調三十三字，七句五仄韻一疊韻。

後唐莊宗

曾宴桃源深洞韻一曲舞鸞歌鳳韻長記别伊時句和淚出門相送韻如夢韻如夢疊殘月落花煙重韻

此調以此詞爲正體，第五、六句例用疊句。若《梅苑》、《鳴鶴餘音》詞，皆變體也。

按，白居易詞，首句"前度小花静院"，"静"字仄聲。沈會宗詞，第五、六句"不見、不見"，兩"不"字俱仄聲。白詞第七句"記取釵横鬢亂"，"鬢"字仄聲。譜内可平可仄據此，其餘悉參後詞。

又按，蘇軾詞第三句"唤起百舌兒"，"舌"字入聲，宋元人此字從無用仄聲者，當是以入作平，不可泛用上去聲字。

**又一體** 單調三十三字，七句六仄韻。

《梅苑》無名氏

臘半雪梅初綻韻玉屑瓊英碎剪韻素豔與清香句别有風流堪羡韻苞嫩韻蕊淺韻羞破壽陽人面韻

此詞第五、六句不疊。

**又一體** 單調三十三字，七句五仄韻、一疊韻。

《梅苑》無名氏

疑是水晶宫殿韻雲女天仙寶宴韻吟賞欲黄昏句風送一聲羌管韻煙淡韻霜淡疊月在畫樓西畔韻

此詞第五、六句，但疊韻而不疊句。

**又一體** 單調三十三字，六句四仄韻一疊韻。

《鳴鶴餘音》無名氏

學道非難非易韻怎敢已而不已韻專下死功夫句悟得長生活計韻長生活計疊收得精光神氣韻

此詞第五、六句作四字一句，即疊上句下四字，與前二體又異。

按，此體見《鳴鶴餘音集》，有一段者，有兩段者，詞極鄙俚，故止採一首以備體。

又按，宋趙長卿詞，第四句"目斷行雲凝佇"，第五、六句"凝佇、凝佇"，即疊第四句韻，與此略同。

但"凝佇"疊句，與"如夢"疊句同，故不另列。

**又一體**　單調三十三字，七句五平韻一疊韻。

吴文英

秋千争鬧粉牆韻閒看燕紫鶯黄韻啼到緑陰處句唤回浪子閒忙韻春光韻春光疊正是拾翠尋芳韻

此詞用平韻，宋人惟吴文英一首，無别詞可校。

**又一體**　雙調六十六字，前後段各七句五仄韻一疊韻。

魏　泰

炎暑尚餘八日韻火老金柔時節韻聞道間生賢句儲秀降神崧極韻無敵韻無敵疊當代人倫準的韻　射策當爲第一韻高躍龍門三級韻榮看緑袍新句帝渥必加寵錫韻良弼韻良弼疊真箇國家柱石韻

此詞合兩段《如夢令》爲一闋，有李、劉詞可校。李詞，前段第一句"久羨龐眉鶴發"，"久"字仄聲，"龐"字平聲；第二句"聞望孔堂烜赫"，"烜"字、"孔"字俱仄聲；第三句"信得彭喬仙"，"信"字仄聲，"彭"字平聲；第四句"秘受長生真訣"，"秘"字仄聲，"長"字平聲；第七句"吕望師周時節"，"吕"字仄聲，"時"字平聲；後段第一句"才過中秋六日"，"才"字平聲；第二句"對此稱觴忻懌"，"對"字仄聲；第四句"金縷輕調鶯舌"，"金"字、"輕"字、"鶯"字俱平聲；末句"九九算猶千百"，上"九"字仄聲，"千"字平聲。譜内可平可仄據此。

## 訴衷情五體

唐教坊曲名。毛文錫詞，有"桃花流水漾縱横"句，又名《桃花水》。　按，《花間集》此調有兩體，單調者，或間入一仄韻，或間入兩仄韻，韋莊、顧敻、温庭筠三詞略同。雙調者，全押平韻，毛文錫、魏承班二詞略同。

**訴衷情**　單調三十三字，十一句五仄韻六平韻。

温庭筠

鶯語仄韻花舞韻春晝午韻雨霏微平韻金帶枕换仄韻宫錦韻鳳凰帷平韻柳弱燕交飛韻依依韻遼陽音信稀韻夢中歸韻

此詞以平韻爲主，間兩仄韻於平韻之内。

按，《花間集》此體第九句，類用疊字，如"輕輕"、"迢迢"、"沉沉"皆然。其第八句，"柳"字可平，第十句，"遼"字可仄，則參韋莊詞也。

**又一體** 單調三十三字，九句六平韻兩仄韻。

韋　莊

碧沼紅芳煙雨静句倚蘭橈平韻垂玉佩仄韻交帶韻嫋纖腰平韻鴛夢隔星橋韻迢迢韻越羅香暗銷韻墜花翹韻

温詞起七字作三句，間入三仄韻。此詞起七字作一句，不間入仄韻，“倚蘭橈”以下俱同。或云“佩”、“帶”非韻，不知韋詞又有“花欲謝，深夜”，顧敻詞有“羅帶重，雙鳳”，正與温作相合。但温詞起句，間入仄韻，第三句又换仄韻，韋、顧詞，只於第三句間入仄韻耳。

**又一體** 單調三十七字，九句六平韻兩仄韻。

顧　敻

永夜抛人何處去句絶來音平韻香閣掩仄韻眉斂韻月將沉平韻争忍不相尋韻怨孤衾韻换我心讀爲你心韻始知相憶深韻

按，《花間集》顧詞二首，其一首與韋詞同，此亦韋詞體，惟第七句添一字，第八句添一字，作折腰句法，結句添二字，即開宋人添字之法。元詞襯字，實本於此。

**又一體** 雙調四十一字，前段五句四平韻，後段四句四平韻。

毛文錫

桃花流水漾縱横韻春盡彩霞明韻劉郎去句阮郎行韻惆悵恨難平韻　　愁坐對雲屏韻算歸程韻何時携手洞邊迎韻訴衷情韻

此兩段詞全押平韻，與韋單調詞間入仄韻者不同。按，《花間集》顧詞别首結句亦用“訴衷情”三字，與此同。但前段第二句“碧沼藕花馨”，“碧”字仄聲；後段第三句“何時解佩掩雲屏”，“解”字仄聲。又魏承班詞五首，其一首前段起句“春情滿眼臉紅消”，滿字仄聲；結句“幾共醉春朝”，“幾”字仄聲。又一首，後段第三句“夢魂幾度繞天涯”，“夢”字仄聲，與此平仄小異。惟一首前段起句“銀漢雲晴玉漏長”，“漢”字、“漏”字俱仄聲，“晴”字平聲，與此平仄全異。至第二句“平平仄仄平”，五首皆然，亦與此詞平仄全異。譜内可平可仄據此，餘見下詞。

**又一體** 雙調四十一字，前段五句四平韻，後段四句三平韻。

魏承班

春深花簇小樓臺韻風飄錦繡開韻新夢覺句步香階韻山枕映紅腮韻　　鬢亂墜金釵韻語檀偎韻臨行執手重重囑句幾千回韻

按，魏詞五首，其四首與毛詞同，惟此首後段第三句不用韻異。

## 西溪子二體

唐教坊曲名。

**西溪子** 單調三十三字,八句四仄韻一疊韻兩平韻。

牛 嶠

捍撥雙盤金鳳仄韻蟬鬢玉釵摇動韻畫堂前句人不語换仄韻弦解語疊彈到昭君怨處韻翠娥愁平韻不抬頭韻

此詞三换韻,兩仄一平,與間叶者不同。其第四、五句用疊韻,或非定格,校下毛詞可見。

**又一體** 單調三十五字,八句五仄韻兩平韻。

毛文錫

昨夜西溪遊賞仄韻芳樹奇花千樣韻鎖春光句金尊滿换仄韻聽弦管韻嬌妓舞衫香暖韻不覺到斜暉平韻馬馱歸韻

此與牛詞同,惟第七句添二字作五字句異。有李珣詞二首可校。

按,李珣詞起句"金縷翠鈿浮動","金"字仄聲;第四、五句"無限意,夕陽裹","限"字、"夕"字俱仄聲;第六句"滿地落花慵掃","滿"字仄聲;第七、八句"無語倚屏風,泣殘紅","無"字平聲。譜内可平可仄據此。

## 天仙子五體

唐教坊曲名。按,段安節《樂府雜録》:《天仙子》本名《萬斯年》,李德裕進,屬龜兹部舞曲。因皇甫松詞有"懊惱天仙應有以"句,取以爲名。

此詞有單調、雙調兩體。單調始於唐人,或押五仄韻,或押四仄韻,或押兩仄韻、三平韻,或押五平韻。雙調始於宋人,兩段俱押五仄韻。

**天仙子** 單調三十四字,六句五仄韻。

皇甫松

晴野鷺鷥飛一隻韻水葓花發秋江碧韻劉郎此日别天仙句登綺席韻淚珠滴韻十二晚峰高歷歷韻

此調以此詞爲正體。若和凝詞之少押一韻,韋莊詞之平仄换韻,或全押平韻,皆變體也。按,和凝"柳色披衫"詞,正與此同。惟第二句"纖手輕拈紅豆弄",平仄全異;第四、五句"桃花洞,瑶臺夢",

平仄小異。宋人兩段詞即本之。此詞可平可仄,詳見後詞,故不復注。

**又一體**　單調三十四字,六句四仄韻。

和　凝

洞口春紅飛蔌蔌韻仙子含愁眉黛緑韻阮郎何事不歸來句懶燒金句慵篆玉韻流水桃花空斷續韻

此詞第四句不用韻。

**又一體**　單調三十四字,六句兩仄韻三平韻。

韋　莊

深夜歸來長酩酊仄韻扶入流蘇猶未醒韻醺醺酒氣麝蘭和平韻驚睡覺句笑呵呵韻長道人生能幾何韻

此詞第三句以下换平韻。

**又一體**　單調三十四字,六句五平韻。

韋　莊

悵望前回夢裏期韻看花不語苦尋思韻露桃宫裏小腰肢韻眉眼細句鬢雲垂韻惟有多情宋玉知韻

此詞全押平韻,其第三句亦押韻,與仄韻體不同。韋莊詞四首並同。

按,韋莊詞,其一首第二句"天外鴻聲枕上聞",與此平仄全異。又一首起句"夢覺雲屏依舊空",依字平聲;第二句"杜鵑聲咽隔簾櫳","杜"字仄聲;第四、五句"一日日,恨重重","一"字仄聲;結句"淚界蓮腮兩線紅","淚"字仄聲。又一首起句"金似衣裳玉似身","金"字平聲;第三句"霞裙月帔一群群","霞"字平聲,"月"字仄聲;結句"劉阮不來春自曛","不"字仄聲,"春"字平聲。俱與此詞平仄小異,譜内可平可仄據此。

**又一體**　雙調六十八字,前後段各六句五仄韻。

張　先

醉笑相逢能幾度韻爲報江頭春且住韻主人今日是行人句紅袖舞韻清歌女韻憑仗東風交點取韻　三月柳枝柔似縷韻落葉倦飛還戀樹韻有情寧不惜西園句鶯解語韻花無數韻應訝使君何處去韻

此即和凝"柳色披衫"詞體。和詞單調,此則加一段爲雙調。但和詞第四句不用韻,此第四句用韻也。

按,張詞别首,前段第一句"持節來時初有雁","持"字平聲。又一首"水調數聲持酒聽","數"字仄聲。又一首第二句“因愛弄妝偷傅粉”,“因”字平聲,“弄”字仄聲;第三句“金蕉並爲舞時空”,“金”字平聲,“並”字仄聲;第六句“往事後期空記省”,“往”字、“後”字俱仄聲;後段可平可仄同。又,趙令時詞前後段第四、五句“春欲竟,愁未醒”、“閒展興,臨好景”,或作平仄仄、平仄仄。《翰墨全書》詞“玉繩轉,銀河淡”、“漏聲緩,珂聲遠”,又作仄平仄、平平仄。均與此詞小異,譜内可平可仄據此。

## 風流子九體

唐教坊曲名。單調者,唐詞一體;雙調者,宋詞三體。有前後段兩起句不用韻者,有前段起句用韻、後段起句不用韻者,有前後段起句俱用韻者,諸體中有句讀異同,各依其體類列。

### **風流子** 單調三十四字,八句六仄韻。

孫光憲

樓倚長衢欲暮韻瞥見神仙伴侶韻微傅粉句攏梳頭句隱映畫簾開處韻無語韻無緒韻慢曳羅裙歸去韻

《花間集》孫光憲詞三首,每首第六、七句俱用兩韻。其一首“聽織,聲促”,“屋”與“織”古韻本通,《嘯餘譜》注作四字句者誤。

按,孫詞别首,第一、二句“金絡玉銜嘶馬,繫向緑楊陰下”,“玉”字、“緑”字俱仄聲,“嘶”字、“陰”字俱平聲;結句“猶在九衢深夜”,“猶”字平聲,“九”字仄聲。又一首,第二句“雞犬自南自北”,“雞”字平聲;第五句“門内春波漲緑”,“門”字、“春”字俱平聲,“漲”字仄聲。譜内可平可仄據此。

### **又一體** 雙調一百十字,前段十二句四平韻,後段十句四平韻。

周邦彦

楓林凋晚葉句關河迴讀楚客慘將歸韻望一川暝靄句雁聲哀怨句半規涼月句人影參差韻酒醒後讀淚花銷鳳蠟句風幕卷金泥韻砧杵韻高句唤回殘夢句綺羅香減句牽起餘悲韻亭皋分襟地句難堪處讀偏是掩面牽衣韻何況怨懷長結句重見無期韻想寄恨書中句銀鈎空滿句斷腸聲裏句玉箸還垂韻多少暗愁密意句惟有天知韻

此詞前後段第一句俱不用韻,後段第二句作三字一讀、六字一句,宋元詞多如此填。

按,秦觀詞後段第七句“奈何綿綿”,“綿綿”二字俱平聲。又,方岳詞前段第二句“花正鬧、燈火竟元宵”,“正”字仄聲;第四句“飛金叵羅”,“飛”字平聲,“叵”字仄聲;第七句“香塵路、雲鬆鸞髻鬟”,“雲”字平聲;第十一句“分明富貴”,“分”字平聲;後段第二句“君不見、迷樓春緑迢迢”,“不”字仄聲,“樓”字、“春”字平聲;第九、十句“俯仰人間陳跡,莫惜金貂”,“人”字平聲,“莫”字仄聲。譜内可平可仄據此。其餘參校所列諸詞。

**又一體** 雙調一百十字，前段十二句四平韻，後段十一句四平韻。

張　耒

亭皋木葉下句重陽近讀又是擣衣秋韻奈愁入庾腸句老侵潘鬢句謾簪黄菊句花也應羞韻楚天晚讀白蘋煙盡處句紅蓼水邊頭韻芳草有情句夕陽無語句雁横南浦句人倚西樓韻玉容知安否句香箋共錦字句兩處悠悠韻空恨白雲離合句青鳥沉浮韻向風前懊惱句芳心一點句寸眉兩葉句禁甚閒愁韻情到不堪言處句分付東流韻

此與"楓林凋晚葉"詞同，惟後段第二句作五字一句、四字一句異。按，張元幹詞"秦箏弄哀怨，雲鬟分行"，史達祖詞"尋芳縱來晚，尚有他年"，正與此同。

**又一體** 雙調一百十一字，前段十二句四平韻，後段十一句四平韻。

王之道

扁舟南浦岸句分携處讀嗚佩憶珊珊韻見千里長堤句數聲啼鴂句至今清淚句襟袖斕斑韻誰信道讀沈腰成瘦損句潘鬢就衰殘韻漫把酒臨風句看花對月句不言拄笏句無緒憑闌韻

相逢還相感句但凝情秋水句送恨青山韻應念馬催行色句泥濺征衫韻況芳菲將過句紅英畹晚句追隨正樂句黄鳥間關韻争得此心無著句渾是雲閒韻

此與"楓林凋晚葉"詞同，惟前段第九句多字，後段第二句作五字一句、四字一句異。

**又一體** 雙調一百十字，前後段各十二句四平韻。

王千秋

夜久燭花暗句仙翁醉讀豐頰縷紅霞韻正三行鈿袖句一聲金縷句卷茵停舞句側火分茶韻笑盈盈讀濺湯温翠碗句拆印啟緗紗韻玉筍緩摇句雲頭初起句竹龍停戰句雨脚微斜韻

清風生兩腋句塵埃盡句留白雪句長黄芽韻解使芝眉長秀句潘鬢休華韻想行宫異日句衮衣寒夜句小團分賜句新樣金花韻還記玉麟春色句曾在仙家韻

此亦與"楓林凋晚葉"詞同，惟後段第二句作三字三句異。按，元羅志仁詞"飛不去，有落日，斷猿啼"，正與此同，但"不"字、"有"字俱仄聲。

**又一體** 雙調一百九字，前段十二句五平韻，後段十句四平韻。

周邦彦

新緑小池塘韻風簾動讀碎影舞斜陽句羨金屋去來句舊時巢燕句土花繚繞句前度莓牆韻繡閣鳳幃深幾許句聽得理絲簧韻欲説又休句慮乖芳信句未歌先咽句愁近清觴韻

遥知新妝了句開朱户讀應自待月西廂韻最苦夢魂句今宵不到伊行韻問甚時説與句佳音密

耗句寄將秦鏡句偷換韓香韻天便教人句霎時廝見何妨韻

此詞前段起句用韻,後段起句不用韻。其前段第七句七字,後段第三句四字,第四句六字,第九句四字,結句六字,俱與諸家小異。按,陳允平和周詞前段第七句"對握寶箏斜度曲",後段第三、四句"十二畫橋,一堤煙樹成行",結句"春已無多,只愁風雨相妨",正與此同。

汲古閣《片玉集》刻此詞,前段第七句誤作"繡閣裏鳳幃深幾許"八字句,今從《花草粹編》校正。又有陳允平和詞可據。

**又一體** 雙調一百九字,前段十二句五平韻,後段十句四平韻。

吴文英

金谷已空塵韻薰風轉讀國色返春魂韻半欹雪醉霜句舞低鸞翅句絳籠蜜炬句緑映龍盆韻窈窕繡窗人睡起句臨砌默無言韻慵整墮鬟句怨時遲暮句可憐憔悴句啼雨黄昏韻 輕橈移花市句秋娘渡讀飛浪濺濕行裙韻二十四橋南北句羅薦香分韻念碎劈芳心句縈思千縷句贈將幽素句偷剪重雲韻終待鳳池歸去句催詠紅翻韻

此與"新緑小池塘"詞同,惟後段第三、四句,第九句、十句,仍作六字、四字句異。按,吴詞别首前段第七句"自别楚嬌天已遠",後段第三、四句"惆悵舞衣疊損,露綺千重",第九、第十句"猶記弄花相謔,十二闌東",正與此同。

**又一體** 雙調一百八字,前段十二句五平韻,後段十一句五平韻。

賀 鑄

何處最難忘韻方豪健讀放樂五雲鄉韻彩筆賦詩句禁池芳草句香韉調馬句輦路垂楊韻綺筵上讀扇偎歌黛淺句汗浥舞羅香韻蘭燭伴歸句繡輪同載句閉花别館句隔水深坊韻 零落少年場韻琴心漫流怨句帶眼偷長韻無奈占牀燕月句欺鬢吴霜韻塞北音塵句魚對永斷句便橋煙雨句鶴表相望韻好在後庭桃李句應記劉郎韻

此詞前、後段起句俱用韻,後段第二句作五字、四字兩句。其前段第三句四字,後段第六句四字,更與各家不同。賀鑄集僅見此一體。

**又一體** 雙調一百十一字,前段十二句五平韻,後段十一句五平韻。

吴 激

書劍憶游梁韻當時事讀底處不堪傷韻望蘭楫嫩漪句向吴南浦句杏花微雨句窺宋東牆韻鳳城外讀燕隨青步障句絲惹紫遊韁韻曲水古今句禁煙前後句暮雲樓閣句春草池塘韻 回首斷人腸韻年芳但如霧句鏡髮已成霜韻獨自蟻尊陶寫句蝶夢悠揚韻聽出塞琵琶句風沙淅瀝句寄書鴻雁句煙月微茫韻不似海門潮信句猶到潯陽韻

此詞前、後段起句俱用韻,與賀鑄詞同,而前段第二句、後段第六句仍用五字,與前各體同。至後段第二句，作五字兩句，則與各家迥異矣。按，楊慎《詞品》無名氏詞，後段第一、二句"馬嵬西去路，愁來無會處，但淚滿關山"，正與此同，惟前段起句不用韻小異。因字句同，不另録。

## 歸自謡一體

《樂府雅詞》注：道調宮。一名《風光子》，趙彦端詞名《思佳客》，《詞律》編入《歸國謡》者誤。

**歸自謡** 雙調三十四字，前後段各三句三仄韻。

歐陽修

春艷艷韻江上晚山三四點韻柳絲如剪花如染韻 香閨寂寞門半掩韻愁眉斂韻淚珠滴破胭脂臉韻

按，此詞後段起句，歐陽别首云"離人幾歲無消息"，"消"字平聲。趙彦端詞云"歷歷黄花矜酒美"，"歷歷"二字俱仄聲，"黄花"二字俱平聲。第二句，趙彦端詞云"清露委"，露字仄聲，至末句，或云"不眠特地重相憶"，或云"來朝便是關山隔"，或云"山間有箇閒人喜"，第三、四字俱用仄仄，《詞律》於第三字注可平者誤。又，姚述堯詞二首，前段第二句"雨過池塘荷蓋小"，"雨"字仄聲，"池"字平聲；第三句"薰風習習生庭户"，"薰"字平聲，上"習"字仄聲；其後段第三句，一云"玉人笑擁金樽倒"，一云"闌干倚遍憑誰訴"，句中第三、四字亦用仄仄，更可證《詞律》之誤。

## 飲馬歌一體

調見《松隱集》，自序：此曲自金源傳至邊城，飲牛馬即横笛吹之，不鼓不拍，聲甚淒斷。

**飲馬歌** 單調三十四字，八句六仄韻。

曹勛

邊城春未到韻雪滿交河道韻暮沙明殘照韻塞烽雲間小韻斷鴻悲句隴月低句淚濕征衣悄韻歲華老韻

此詞第五、六句，"悲"、"低"二字，疑是間押二平韻，然無他首可校。

## 定西番五體

唐教坊曲名。

**定西番**　雙調三十五字，前段四句一仄韻兩平韻，後段四句兩仄韻兩平韻。

温庭筠

漢使昔年離別仄韻攀弱柳句折寒梅平韻上高臺韻　千里玉關春雪仄韻雁來人不來平韻羌笛一聲愁絶仄韻月徘徊平韻

此詞前、後段起句及後段第三句，俱間押仄韻。温庭筠别首"海燕欲飛"詞，與此同，其平仄如一。

**又一體**　雙調三十五字，前後段各四句一仄韻兩平韻。

温庭筠

細雨曉鶯春晚仄韻人似玉句柳如眉平韻正相思韻　羅幕翠簾初卷仄韻鏡中花一枝平韻腸斷塞門消息句雁來稀韻

此詞前、後段起句間押仄韻，後段第三句不用韻，與前首異。

**又一體**　雙調三十五字，前段四句兩平韻，後段四句兩仄韻兩平韻。

韋　莊

挑盡金燈紅燼句人灼灼句漏遲遲平韻未眠時韻　斜倚銀屏無語仄韻閒愁上翠眉平韻悶煞梧桐殘雨仄韻滴相思平韻

此詞前段起句不用韻，後段第一句、第三句間押仄韻。牛嶠"紫塞月明"詞，正與此同。

按，牛詞前段起句"紫塞月明千里"，"紫"字、"月"字俱仄聲；後段起句"鄉思望中天闊"，"望"字仄聲；第二句"漏殘星亦殘"，"漏"字仄聲，"星"字平聲；第三句"畫角數聲嗚咽"，"數"字仄聲。

**又一體**　雙調三十五字，前後段各四句兩平韻。

孫光憲

雞禄山前游騎句邊草白句朔天明韻馬蹄輕韻　鵲面弓離短韔句彎來月欲成韻一隻鳴髇雲外句曉鴻驚韻

此詞不間入仄韻。韋莊"芳草叢生"詞、毛熙震"蒼翠濃陰"詞，皆與此同。

按，韋詞前段第一句"芳草叢生縷結"，"縷"字仄聲。毛詞後段第一句"斜日倚闌風好"，"斜"字平聲，"倚"字仄聲，"風"字平聲；第三句"未得玉郎消息"，"玉"字仄聲。

**又一體**　雙調四十一字，前段五句兩平韻，後段四句兩平韻。

張　先

捍撥紫檀金襯句雙秀萼句兩回鸞韻齊學漢宫妝様句競嬋娟韻　三十六弦蟬鬧句小弦蜂作團韻聽盡昭君幽怨句莫重彈韻

此詞亦不間入仄韻。前段第三句下多六字一句，與孫詞異。

按，張詞三首皆然。其一首前段第四句“盡帶江南春色”，“盡”字仄聲，“江”字平聲；换頭句“鴛鴦願從今夜”，“鴦”字平聲。

## 江城子五體

唐詞單調，以韋莊詞爲主，餘俱照韋詞添字，至宋人始作雙調。晁補之改名《江神子》，韓淲詞有“臘後春前村意遠”句，更名《村意遠》。

**江城子** 單調三十五字，七句五平韻。

韋　莊

髻鬟狼藉黛眉長韻出蘭房韻别檀郎韻角聲嗚咽讀星斗漸微茫韻露冷月殘人未起句留不住句淚千行韻

此詞起句，韋詞别首“恩重嬌多情易傷”，“恩”字、“多”字、“情”字俱平聲，“重”字、“易”字俱仄聲。第三句，和凝詞“連理枝”，“連”字平聲，“理”字仄聲。第四句，張泌詞“飛絮落花”，“飛”字、“花”字平聲，“絮”字、“落”字仄聲。第五句，和詞“含恨含嬌獨自語”，兩“含”字平聲，“獨”字仄聲。第六句，和詞“待梅綻”，“待”字仄聲，“梅”字平聲。

**又一體** 單調三十六字，七句五平韻。

歐陽炯

晚日金陵岸草平韻落霞明韻水無情韻六代繁華讀暗逐逝波聲韻空有姑蘇臺上月句如西子鏡句照江城韻

此詞第六句較各家多一字，即開宋詞襯字之法。

**又一體** 單調三十七字，七句五平韻。

牛　嶠

極浦煙消水鳥飛韻離筵分手時韻送金卮韻渡口楊花讀如雪任風吹韻日暮空江波浪急句芳草岸句雨如絲韻

此詞第二句五字，較韋詞多二字，即開宋詞添字之法。

**又一體** 單調三十六字，八句五平韻。

尹　鶚

裙拖碧句步飄香韻織腰束素長韻鬢雲光韻拂面瓏璁讀膩玉碎凝妝韻寶柱秦箏彈向晚句

弦促雁句更思量韻

此詞起作三字兩句，即開宋體減字攤破之法。

**又一體** 雙調七十字，前後段各七句五平韻。

蘇　軾

鳳凰山下雨初晴韻水風清韻晚霞明韻一朵芙蓉讀開過尚盈盈韻何處飛來雙白鷺句如有意句慕娉婷韻　　忽聞江上弄哀箏韻苦含情韻遣誰聽韻煙斂雲收讀依約是湘靈韻欲待曲終尋問取句人不見句數峰青韻

此詞兩段，俱照韋莊體填。内第四句，平仄乃照張泌"飛絮落花"句體填。細查宋詞，其可平可仄，不甚異同，惟秦觀詞，前結"雖同處，不同枝"，後結"重相見，是何時"，又方岳詞，前段第四句云"幾雨幾晴，做得這些春"，後段第四句云"吹得酒痕，如洗一番新"，平仄略爲小異。餘只七言句，第一字、第三字，九言句第一字、第五字，大概不拘也。

按，黄庭堅有仄韻《江城子》詞，其字句與蘇詞同，惟韻脚改爲仄聲耳。因詞俚不録。

## 望江怨一體

調見《花間集》。

**望江怨** 單調三十五字，七句六仄韻。

牛　嶠

東風急韻惜别花時手頻執韻羅幃愁獨入韻馬嘶殘雨春蕪濕韻倚門立韻寄語薄情郎句粉香和淚泣韻

按，《花間集》此調衹有牛嶠一詞，平仄當遵之。《嘯餘譜》所注平仄及《詞統》所採明詞，皆誤。

## 長相思五體

唐教坊曲名。林逋詞有"吴山青"句，名《吴山青》；張輯詞有"江南山漸青"句，名《山漸青》；王行詞名《青山相送迎》；《樂府雅詞》名《長相思令》，又名《相思令》。

**長相思** 雙調三十六字，前後段各四句三平韻一疊韻。

白居易

汴水流韻泗水流疊流到瓜州古渡頭韻吴山點點愁韻　　思悠悠韻恨悠悠疊恨到歸時方

始休韻月明人倚樓韻

此調以此詞及歐詞爲正體，其餘押韻異同，皆變格也。

此詞前後段起二句俱用疊韻，如馮延巳詞之"紅滿枝，緑滿枝"、"憶歸期，數歸期"，張輯詞之"山無情，水無情"、"擬行行，重行行"，皆照此填。

**又一體** 雙調三十六字，前段四句三平韻一疊韻，後段四句三平韻。

白居易

深畫眉韻淺畫眉疊蟬鬢鬅鬙雲滿衣韻陽臺行雨回韻　巫山高句巫山低韻暮雨蕭蕭郎不歸韻空房獨守時韻

此詞後段起句不用韻。如李煜詞之"菊花開，菊花殘"，歐陽修詞之"長江東，長江西"，皆照此填。

**又一體** 雙調三十六字，前後段各四句三平韻一疊韻。

晏幾道

長相思韻長相思疊若問相思甚了期韻除非相見時韻　長相思韻長相思疊欲把相思説與誰韻淺情人不知韻

此詞前後段起，疊用"長相思"四句，又與各家不同。

**又一體** 雙調三十六字，前後段各四句四平韻。

歐陽修

蘋滿溪韻柳繞堤韻相送行人溪水西韻回時隴月低韻　煙霏霏韻雨凄凄韻重倚朱門聽馬嘶韻寒鴉相對飛韻

此詞前後段起二句不用疊韻，如周邦彦詞之"沙棠舟，小棹游"、"煙雲愁，簫鼓休"。万俟咏詞之"一聲聲，一更更"、"夢難成，恨難平"，曾覿詞之"清夜長，泛玉觴"、"圍豔妝，留醉鄉"，俱照此填。

**又一體** 雙調三十六字，前段四句三平韻一疊韻，後段四句三平韻。

劉光祖

玉尊凉韻玉人凉疊若聽離歌須斷腸韻休疑成鬢霜韻　畫橋西句畫橋東換韻有淚分明清漲同韻如何留醉翁韻

此詞後段平韻另换，與各家異。

## 思帝鄉三體

唐教坊曲名。

**思帝鄉**　單調三十六字，七句五平韻。

温庭筠

花花韻滿枝紅似霞韻羅袖畫屏腸斷句卓金車韻回面共人閒語句戰篦金鳳斜韻惟有阮郎春盡讀不還家韻

此調創自温詞，若韋作則本此減字者。《詞律》列韋詞在前，此詞在後，失其源流矣。

按，孫光憲詞正與此同，惟第三句"永日水堂簾下"，"永"字仄聲；第五句"六幅羅裙窣地"，"六"字、"窣"字仄聲，"羅"字平聲；第六句"微行曳碧波"，"微"字平聲，"曳"字仄聲；第七句"看盡滿池疏雨"，"看"字仄聲。譜内可平可仄據此。

**又一體**　單調三十四字，七句五平韻。

韋　莊

春日遊韻杏花吹滿頭韻陌上誰家年少句足風流韻妾擬將身嫁與句一生休韻縱被無情棄讀不能羞韻

此詞起句比温詞多一字，第六句比温詞少二字，第七句比温詞少一字，餘俱同。此所謂本温詞減字也。

**又一體**　單調三十三字，八句四平韻。

韋　莊

雲髻墜句鳳釵垂韻髻墜釵垂無力句枕函攲韻翡翠屏深月落句漏依依韻説盡人間天上句兩心知韻

此詞較前詞第二句又減二字，惟第七句六字仍照温詞填。

## 《御定詞譜》卷三　起三十六字至四十字

### 相見歡五體

唐教坊曲名。南唐李煜詞，有"無言獨上西樓，月如鈎"句，更名《秋夜月》，又名《上西樓》，又名《西樓子》；康與之詞，名《憶真妃》；張輯詞有"唯有漁竿，明月上瓜州"句，因名《月上瓜州》。或名《烏夜啼》。

**相見歡**　雙調三十六字，前段三句三平韻，後段四句兩仄韻兩平韻。

薛昭藴

羅襦繡袂香紅平韻畫堂中韻細草平沙蕃馬讀小屏風韻　卷羅幕仄韻憑妝閣韻思無窮

平韻暮雨輕煙魂斷讀隔簾櫳韻

此詞换頭，間入兩仄韻。如李煜詞之“剪不斷，理還亂”，毛滂詞之“中庭樹，空階雨”，元好問詞之“人欲去，花無語”，如此者多。或不間入仄韻者，止一兩體耳。前後兩結句，或上四下五，或上六下三，句法俱蟬聯不斷。按，石孝友詞前段第三句“愁見拍天滄水”，“拍”字可仄。譜内據此，其餘可平可仄悉參後詞。

**又一體** 雙調三十六字，前段三句三平韻，後段四句一叶韻一疊韻、兩平韻。

楊无咎

不禁枕簟新涼韻夜初長韻又是驚回好夢讀葉敲窗韻　江南望叶江北望疊水茫茫韻贏得一襟清淚讀伴餘香韻

此詞换頭句仄韻，即用三聲叶，與間入別韻者異。黄機詞“路漸遠，家漸遠，恨難堪”，其體正與此同。

**又一體** 雙調三十六字，前段三句三平韻，後段四句兩平韻。

蔡　伸

樓前流水悠悠韻駐行舟韻滿目寒雲衰草讀使人愁韻　多少恨句多少淚句漫遲留韻何事驀然拌捨讀去來休韻

此詞换頭不間入仄韻。張輯詞“英雄恨，古今淚，水東流”，其體正與此同。

**又一體** 雙調三十六字，前段三句三平韻，後段三句兩平韻。

張　鎡

曉來閒立回塘韻一襟香韻玉颭雲妝風外讀數枝涼韻　相並渾如私語句惱人腸韻飛去方知白鷺讀在花傍韻

此詞换頭作六字一句，亦不間入仄韻。

**又一體** 雙調三十六字，前段三句三平韻，後段四句三平韻。

吴文英

西風先到巖扃韻月朧明韻金露啼珠滴碎讀小雲屏韻　一顆顆句一星星韻是秋情韻香裂碧窗煙破讀醉魂醒韻

此詞後段第二句亦押平韻。

## 河滿子五體

唐教坊曲名。一名《何滿子》。白居易詩注：開元中滄州歌者姓名。元稹詩云“便將何滿爲曲名,御府新題樂府纂”是也。又《盧氏雜説》:唐文宗命宫人沈翹翹舞《河滿子》詞。又屬舞曲。

**河滿子**　單調三十六字,六句三平韻。

和　凝

寫得魚箋無限句其如花鎖春輝韻目斷巫山雲雨句空教殘夢依依韻却愛熏香小鴨句羡他長在屏幃韻

此詞六句俱六字,毛文錫“紅粉樓前”詞與此同。尹鶚兩段詞,前一段本此。譜内可平可仄悉參後詞。

**又一體**　單調三十七字,六句三平韻。

和　凝

正是破瓜年紀句含情慣得人饒韻桃李精神鸚鵡舌句可堪虚度良宵韻却愛藍羅裙子句羡他長束纖腰韻

此詞第三句七字,孫光憲“冠劍不隨”詞與此同。毛熙震兩段詞本此。

**又一體**　雙調七十三字,前後段各六句三平韻。

尹　鶚

雲雨常陪盛會句笙歌慣逐閒遊韻錦里風光應占句玉鞭金勒驊騮韻戴月潛穿深曲句和香醉脱輕裘韻　方喜正同鴛帳句又言將往皇州韻每憶良宵公子伴句夢魂長挂紅樓韻欲表傷離情味句丁香結在心頭韻

此詞前段三十六字,後段三十七字,唐詞原有此兩體,或於前段第三句增一字者,非。

**又一體**　雙調七十四字,前後段各六句三平韻。

毛熙震

寂寞芳菲暗度句歲華如箭堪驚韻緬想舊歡多少事句轉添春思難平韻曲檻絲垂金柳句小窗弦斷銀箏韻　深院空聞燕語句滿園閒落花輕韻一片相思休不得句忍教長日愁生韻誰見夕陽孤夢句覺來無限傷情韻

宋詞兩段者,俱照此填。前後段可平可仄,已詳見單調詞。惟晏幾道詞,前後段第三句“五陵年少渾薄幸”、“蕙樓多少鉛華在”,又杜安世詞“雨餘天氣來深院”、“年年依舊無情緒”,平仄獨異,餘則相同也。

按,王灼《碧雞漫志》云:“白居易詩‘一曲四詞歌八疊,從頭便是斷腸聲’,此指薛逢五言四句《何滿子》也。歌八疊,疑有和聲。今《花間集》詞屬雙調,有兩段各六句。内五句六字,一句七字者,亦有只一段而六句各六字者。"按此則和詞與尹詞、毛詞各自一體，並無脱誤。其云雙調者，是宫調名。《唐書·禮樂志》所謂夾鍾商也。《詞律》不知白詩所指，又誤認雙調爲兩段，乃云"和凝詞僅得其半"，並云"尹鶚詞少一字"，俱失於辯證。

**又一體** 雙調七十四字，前後段各六句四仄韻。

毛 滂

急雨初收珠點韻雲峰巉絶天半韻轆轤金井卷甘冽句簾外翠陰遮遍韻波翻水晶重箔句秋在琉璃雙簟韻 漏永流花緩緩韻未放崦嵫畹晚韻紅荷緑芰暮天好句小宴水亭風館韻雲亂香噴寶鴨句月冷釵横玉燕韻

此詞用仄韻，其字句與毛熙震平韻詞同。宋詞中僅見此作，平仄當遵之。

## 風光好一體

調見《本事曲》，陶穀作。

**風光好** 雙調三十六字，前段四句四平韻，後段四句兩仄韻兩平韻。

歐 良

柳陰陰平韻水沈沈韻風約雙鳧立不禁韻碧波心韻 孤村橋斷人迷路仄韻舟横渡韻旋買村醪淺淺斟平韻更微吟韻

此詞換頭間入兩仄韻，其體始於陶穀，因陶詞涉俚，故採此詞作譜。

陶詞前段第三句"祇得郵亭一夜眠"，"祇"字仄聲；後段第一句"琵琶撥盡相思調"，"撥"字仄聲；第三句"安得鸞膠續斷弦"，"安"字平聲。譜内可平可仄據此。

## 誤桃源一體

宋張耒《明道雜誌》云，掌禹錫學士，考試太學生，出"砥柱勒銘賦"題，此銘今俱在，乃唐太宗銘禹功，而掌公誤記爲太宗自銘其功。宋渙中第一，其賦悉是太宗自銘，有無名子作此嘲之。

**誤桃源** 雙調三十六字，前段四句三平韻，後段四句兩平韻。

《明道雜誌》無名氏

砥柱勒銘賦句本贊禹功勳韻試官親處分韻贊唐文韻 秀才冥子裹句鑾駕幸并汾韻恰似鄭州去句出曹門韻

原注:冥字上聲,冥子裹,俗謂昏也。此詞平仄無他首可校。

## 望梅花五體

唐教坊曲名。《梅苑》詞作《望梅花令》。

**望梅花** 單調三十八字,六句六仄韻。

和　凝

春草全無消息韻臘雪猶餘蹤跡韻越嶺寒枝香自拆韻冷豔奇芳堪惜韻何事壽陽無處覓韻吹入誰家横笛韻

此詞若照孫光憲平韻體,亦宜上下各三句分段。但《花間集》舊本刻作單調。

**又一體** 雙調三十八字,前段三句兩平韻,後段三句三平韻。

孫光憲

數枝開與短牆平韻見雪萼讀紅跗相映句引起離人邊塞情韻　簾外欲三更韻吹斷離愁月正明韻空聽隔江聲韻

此詞用平韻,亦無他首可校。以下三體字句迥異,但調名相同,故類列於後。

**又一體** 雙調七十字,前後段各六句六仄韻。

蒲宗孟

寒梅堪羡韻堪羡輕苞初展韻被天人讀製巧妝素豔韻群芳皆賤韻碎剪月華千萬片韻綴向瓊枝欲遍韻　小庭幽院韻雪月相交無辨韻影玲瓏讀何處臨溪見韻謝家新宴韻别有清香風際轉韻縹緲著人頭面韻

蒲宗孟二詞見《梅苑》,較唐詞迥異。

**又一體** 雙調七十二字,前後段各六句四仄韻。

蒲宗孟

一陽初起韻暖力未勝寒氣韻堪賞素華長獨秀句不並開紅抽紫韻青帝只應憐潔白句不使雷同衆卉韻　淡然難比韻粉蝶豈知芳蕊韻夜半捲簾如乍失句只在銀蟾影裏韻殘雪枝頭君認取句自有清香旖旎韻

此詞前後段第三、五句不用韻,與前詞異。

**又一體** 雙調八十二字，前後段各八句五仄韻。

張　雨

何處仙家方丈韻渾連水讀隔他塵埃韻放鶴天空句看雲窗小句萬幅丹青圖障韻憑高望韻笑挈金鼇句人道是讀蓬萊頂上韻　時問葛陂龍杖韻更準備讀雪中鶴氅韻修月吴剛句收書東老句消得百壺春釀韻無盡藏韻莫傲清閒句怕詔起讀山中宰相韻

按，《鳴鶴餘音》無名氏詞六首，其二首前後段第二句、結句，俱作六字，因詞俚不録。又四首字句俱與此同，惟前段第一句"密密彤雲覆地"，"密"字、"覆"字俱仄聲；第二句"搜已過不教自亂"，"已"字、"自"字俱仄聲；又"疏篁外柴門從閉"，"柴"字平聲；又"蓬蓬然朔風又起"，"然"字平聲；第三、四句"飢則求餐，渴而索飲"，"飢"字平聲，"渴"字、"索"字俱仄聲；第五句"纔是轉身慵起"，"纔"字平聲，"轉"字仄聲；又"只管改頭换面"，"换"字仄聲；第六句"要得免"，"要"字、"得"字俱仄聲；第八句"問人間甚物堪比"，"問"字仄聲，"人"字、"間"字俱平聲，"甚"字、"物"字俱仄聲，"堪"字平聲；後段第一句"好把塵緣拂散"，"好"字仄聲，"塵"字平聲，"拂"字仄聲；第二句"忘驚悸"，"忘"字、"驚"字俱平聲；又"教神仙别無手段"，"仙"字平聲；第三、四句"地久天長，虚心實腹"，"地"字、"實"字俱仄聲；第五句"射透玉爐金殿"，"射"字仄聲；又"難免韶華易换"，"韶"字平聲，"易"字仄聲；第六句"氣神煉"，"氣"字仄聲，"神"字平聲；第八句"希奇理説與一遍"，"希"字、"奇"字俱平聲，"説"字、"與"字俱仄聲；又"去朝元得居仙館"，"元"字、"仙"字俱平聲。譜内可平可仄據此。至詞中連用兩仄聲字者，或上去，或去上，從無兩上聲兩去聲者。宋元諸詞可證。此詞兩結，俱用上去兩聲，最合。

## 醉太平三體

一名《凌波曲》。孫惟信詞名《醉思凡》，周密詞名《四字令》。《太平樂府》注：南吕宫。《太和正音譜》注：正宫，又入仙吕宫、中吕宫。

**醉太平** 雙調三十八字，前後段各四句四平韻。

劉　過

情高意真韻眉長鬢青韻小樓明月調箏韻寫春風數聲韻　思君憶君韻魂牽夢縈韻翠綃香暖銀屏韻更那堪酒醒韻

宋沈伯時《樂府指迷》論詞中有用去聲字者，不可以别聲替，蓋調貴抑揚，去聲字取其激越也。如此調前後段起二句第三字，孫惟信詞"吹簫跨鸞"、"香銷夜闌"、"衣寬頻寬"、"千山萬山"，周密詞"眉消睡黄"、"春凝淚妝"、"箏塵半牀"、"綃痕半方"，俱用去聲。此詞前段"意"字、"鬢"字俱去聲，後段"憶"字入聲，"夢"字去聲。按《中原雅音》，"憶"字作"意"字讀，亦去聲也。

前段第三句，戴復古詞"無端惹起離情"，"無"字平聲，"惹"字仄聲。後段第一、二句，顏奎詞"小冠晉人，小車洛人"，兩"小"字俱仄聲。第三句，周密詞"愁心欲訴垂楊"，"愁"字平聲，"欲"字仄聲。

第四句，孫惟信詞“更斜陽暮寒”，“斜字”平聲。譜内可平可仄據此。

**又一體**　雙調四十五字，前段四句四仄韻，後段五句四仄韻。

辛棄疾

態濃意遠韻眉顰笑淺韻薄羅衣窄絮風軟韻鬢雲欹翠卷韻　　南園花樹春光暖韻香徑裏句榆錢滿韻欲上秋千又驚懶韻且歸休怕晚韻

按，《高麗史·樂志》有《醉太平》仄韻詞，前段第一句“㥦㥦悶著”，上“㥦”字平聲；第四句“把初心忘却”，“忘”字平聲；後段第一句“教人病深漫摧折”，“病”字仄聲，“深”字平聲，“漫”字仄聲；第二句“憑誰與我分説”，“誰”字平聲，“我”字仄聲；末句“見了伏些弱”，“了”字、“伏”字俱仄聲，“些”字平聲。譜内可平可仄據此。

**又一體**　雙調四十六字，前段四句四平韻，後段四句兩叶韻兩平韻。

《太平樂府》無名氏

釵分鳳凰韻被剩鴛鴦韻錦箋遺恨愛花香韻寫新愁半張韻　　晚妝樓閣空凝望叶舊遊臺榭添惆悵叶落花庭院又昏黄韻正離人斷腸韻

此元人小令三聲叶者。其前段第三句，後段第一、二、三句，皆七字，亦與宋詞異。元查德輝詞正與此同。查詞前段第三句“香風冷冷月娟娟”，“香”字平聲，上“冷”字仄聲；後段第一句“香消玉腕黄金釧”，“香”字平聲，“玉”字仄聲；第二句“歌殘素手白羅扇”，“歌”字平聲，“素”字、“白”字俱仄聲；第三句“汗溶粉面翠花鈿”，“粉”字仄聲，譜内可平可仄據此。

按，古韻有三聲叶，如“東”、“董”、“送”，原就平聲本韻，切出去上仄聲也。自元周德清雜以北音，已失古人之意。此詞以二十三漾叶七陽，猶存古法。

## 上行杯三體

唐教坊曲名。

**上行杯**　單調三十八字，九句兩平韻五仄韻。

孫光憲

草草離亭鞍馬句從遠道讀此地分襟平韻燕宋秦吴千萬里仄韻無辭一醉韻野棠開句江草濕换仄韻佇立韻沾泣韻征騎駸駸平韻

此詞以平韻爲主，間用仄韻於平韻之内。凡兩换仄韻，唐詞中無他首可校。

按，《花間集》所載孫詞二首，俱於第三句分段，但此詞前段文勢直至“無辭一醉”句始足，况醉字仍押“里”字韻，“野棠開”句後又换韻，其界限甚明，不宜於第三句截住。《詞律》則云“當合爲單調”，今從之。

**又一體** 單調三十九字，九句八仄韻。

孫光憲

離棹逡巡欲動韻臨極浦讀故人相送韻去住心情知不共韻金船滿捧韻綺羅愁句絲管咽換韻迴別韻帆影滅韻江浪如雪韻

此詞全用仄韻，與前詞異。

**又一體** 單調四十一字，八句七仄韻。

韋　莊

芳草灞陵春岸韻柳煙深讀滿樓弦管韻一曲離聲腸欲斷韻今日送君千萬韻紅縷玉盤金鏤盞韻須勸韻珍重意句莫辭滿韻

此詞不換韻，又全用仄韻，與孫詞異。

韋詞別首，第一句"白馬玉鞭金轡"，"白"字仄聲；第二句"少年郎、離別容易"，"離"字平聲，"別"字仄聲；第三句"迢遞去程千萬里"，"迢"字平聲，"去"字仄聲；第五句"滿酌一杯勸和淚"，"滿"字、"勸"字俱仄聲，"和"字平聲。譜內可平可仄據此。

## 感恩多二體

唐教坊曲名。

**感恩多** 雙調三十九字，前段四句兩仄韻兩平韻，後段五句兩平韻一疊韻。

牛　嶠

兩條紅粉淚仄韻多少香閨意韻強攀桃李枝平韻斂愁眉韻　陌上鶯啼蝶舞句柳花飛韻柳花飛疊願得郎心句憶家還早歸韻

此詞後段第三句必用疊句。

**又一體** 雙調四十字，前段四句兩仄韻兩平韻，後段五句兩平韻一疊韻。

牛　嶠

自從南浦別仄韻愁見丁香結韻近來情轉深平韻憶鴛衾韻　幾度將書托煙雁句淚盈襟韻淚盈襟疊禮月求天句願君知我心韻

此詞換頭七字句，與前詞小異。

## 長命女一體

唐教坊曲名。杜佑《理道要訣》:《長命女》在林鍾羽,時號平調,今俗呼高平調。《碧雞漫志》:《長命女令》,前七拍,後九拍,屬仙吕調。按,仙吕調即夷則羽,皆羽聲也。和凝詞名《薄命女》。

**長命女**　雙調三十九字,前段三句三仄韻,後段四句三仄韻。

馮延巳

春日宴韻緑酒一杯歌一遍韻再拜陳三願韻　　一願郎君千歲句二願妾身長健韻三願如同梁上燕韻歲歲長相見韻

和凝詞,前段第二句"宫漏穿花聲繚繞","宫"字、"穿"字俱平聲;第三句"窗裏星光少","窗"字平聲;後段第一句"冷霞寒侵帳額","霞"字平聲,"帳"字仄聲;第二句"殘月光沈樹杪","殘"字、"光"字俱平聲,"樹"字仄聲;第三句"夢斷錦帷空悄悄","夢"字、"錦"字俱仄聲。譜内可平可仄據此。

## 春光好八體

唐教坊曲名。《碧雞漫志》:《羯鼓録》云:明皇尤愛羯鼓、玉笛,爲八音之領袖。時春雨始晴,景色明麗,帝曰:"對此,豈可不爲判斷。"命取羯鼓,臨軒縱擊,曲名《春光好》。回顧柳杏,皆已微坼。上曰:"此一事不喚我作天工乎?"今夾鍾宫《春光好》,唐以來多有此曲,或曰:夾鍾宫屬二月之律,明皇依月用律,故能判斷如神。予曰:二月柳杏坼久矣,此必正月用二月律催之也。按,《羯鼓録》載《春光好》曲,入太簇宫,本正月律也,豈明皇所作乃太簇宫,而和凝等詞入夾鍾宫耶?今明皇詞已不傳,所傳止《花間》、《尊前》集中詞也。因晏幾道詞有"拼却一襟懷遠淚,倚闌看"句,改名《愁倚闌令》,或名《愁倚闌》,或名《倚闌令》。

**春光好**　雙調四十字,前段五句三平韻,後段四句兩平韻。

和　凝

紗窗暖句畫屏閒韻嚲雲鬟韻睡起四肢無力句半春間韻　　玉指剪裁羅勝句金盤點綴酥山韻窺宋深心無限事句小眉彎韻

按,唐詞此體,前段第四句俱七字,惟此六字,見《花間集》,無别首可校。

**又一體** 雙調四十一字，前段五句四平韻，後段四句兩平韻。

和　凝

蘋葉軟句杏花明韻畫船輕韻雙浴鴛鴦出緑汀韻棹歌聲韻　　春水無風無浪句春天半雨半晴韻紅粉相隨南浦晚句幾含情韻

此詞前段第四句七字押韻，歐陽炯"磧香散"詞、"垂繡幔"詞二首，正與此同。　按，歐陽炯詞前段第一句"磧香散"，"磧"字仄聲，"香"字平聲；第四句"飛絮悠揚遍虚空"，"虚"字平聲；又"雙枕珊瑚無限情"，"無"字平聲；後段第一句"柳眼煙來點緑"，"柳"字、"點"字俱仄聲；第二句"花心日與妝紅"，"妝"字平聲；第三句"却出錦屏妝面了"，"却"字、"錦"字俱仄聲。譜内可平可仄據此。

**又一體** 雙調四十一字，前段五句三平韻，後段四句兩平韻。

歐陽炯

天初暖句日初長韻好春光韻萬彙此時皆得意句競芬芳韻　　筍迸苔錢嫩緑句花偎雪塢濃香韻誰把金絲裁剪却句挂斜陽韻

此詞前段第四句七字不押韻，歐陽詞六首皆同。宋詞各體，似出於此。

歐陽别首前段第一句"雞樹緑"，"樹"字仄聲；第四句"纖指飛翻金鳳語"，"纖"字、"金"字俱平聲；後段第一句"無處不携弦管"，"無"字、"弦"字俱平聲，"不"字仄聲；第二句"未聞韓壽分香"，"未"字仄聲，"韓"字平聲；第三句"曲罷問郎名箇甚"，"曲"字、"問"字俱仄聲。譜内可平可仄據此。

**又一體** 雙調四十一字，前段五句三平韻，後段四句三平韻。

張元幹

疏雨洗句細風吹韻淡黄時韻不分小亭芳草緑句映簷低韻　　樓下十二層梯韻日長影裏鶯啼韻倚遍闌干看盡柳句憶腰肢韻

此即歐陽詞體，惟换頭句用韻異耳。《蘆川集》"吴綾窄"詞，正與此同，惟前段第四句"翠被眠時要人暖"，間作拗句，與此小異。

**又一體** 雙調四十二字，前段五句三平韻，後段四句三平韻。

晏幾道

花陰月句柳梢鶯韻近清明韻長恨去年今夜雨句灑離亭韻　　枕上懷遠詩成韻紅箋紙讀小砑吴綾韻寄與征人教念遠句莫無情韻

此詞後段第二句七字，作上三下四句法，宋人俱照此填，與唐詞不同。

前段第一句，盧祖皋詞"惜春心"，"惜"字仄聲，"心"字平聲；後段第二句，張元幹詞"未放箸金盤已空"，"未"字、"放"字俱仄聲，"金"字、"盤"字俱平聲，"已"字仄聲。譜内可平可仄據此，餘參校所列諸詞。

**又一體**　雙調四十二字，前後段各四句三平韻。

《梅苑》無名氏

冰肌玉骨精神韻不風塵韻昨夜窗前都坼盡句忽疑君韻　清淚拂拂沾巾韻誰相念讀折贈芳春韻羌笛休吹關塞曲句有人聽韻

此詞前起作六字一句異，餘與晏詞同。

**又一體**　雙調四十三字，前段五句三平韻，後段四句三平韻。

蔡　伸

鸞屏掩句翠衾香韻小蘭房韻回首當時雲雨夢句兩難忘韻　如今水遠山長韻憑鱗翼讀難叙衷腸韻况是教人無可恨句一味思量韻

此詞後結作四字句異，餘與晏詞同。

**又一體**　雙調四十八字，前後段各四句三平韻。

《梅苑》無名氏

看看臘盡春回韻消息到讀江南早梅韻昨夜前村深雪裏句一朵先開韻　盈盈玉蕊如裁韻更風細讀清香暗來韻空使行人腸欲斷句駐馬徘徊韻

此詞前後段起句皆六字，第二、三句皆七字，第四句皆四字。有葛立方詞可校。

葛詞前段第一句"去年曾壽生朝"，"去"字仄聲，"曾"字平聲；第二句"正黄菊、初舒翠翹"，"正"字仄聲，"黄"字平聲；第三句"今歲雕堂重預宴"，"今"字平聲；第四句"梨雪香飄"，"梨"字平聲；後段第一句"歸時元已臨流"，"元"字平聲；第二句"要綺陌芳郊恣遊"，"綺"字仄聲；第三句"鵲尾吹香籠繡段"，"鵲"字仄聲。譜内可平可仄據此。

## 酒泉子二十二體

唐教坊曲名。

**酒泉子**　雙調四十字，前段五句兩平韻兩仄韻，後段五句三仄韻一平韻。

温庭筠

花映柳條平韻閒向緑萍池上仄韻憑闌干句窺細浪韻雨瀟瀟平韻　近來音信兩疏索换仄韻洞房空寂寞韻掩銀屏句垂翠箔韻度春宵平韻

自此至張泌"春雨打窗"詞，共八首，皆以平韻爲主，前後段間入兩仄韻。但前段起句，有用韻者，有不用韻者。後段起句，有換仄韻者，有仍押前段仄韻者，有押平韻者。後段第二句，或五字，或六字，或七字不同。各以類列。譜内可平可仄，悉參類列諸詞，故不復注。

**又一體** 雙調四十字，前段五句兩仄韻一平韻，後段五句三仄韻一平韻。

孫光憲

曲檻小樓句正是鶯花二月仄韻思無憀句愁欲絶韻鬱離襟平韻　展屏空對瀟湘水換仄韻眼前千萬里韻淚掩紅句眉斂翠韻恨沈沈平韻

此與温庭筠"花映柳條"詞同，惟前段起句不用韻，孫詞二首皆然。

**又一體** 雙調四十字，前段五句兩平韻兩仄韻，後段五句三仄韻一平韻。

温庭筠

楚女不歸平韻樓枕小河春水仄韻月孤明句風又起韻杏花稀平韻　玉釵斜篸雲鬟髻仄韻裙上金縷鳳換仄韻八行書句千里夢韻雁南飛平韻

此即"花映柳條"詞體，惟後段起句仍押前段仄韻，與别換仄韻者不同。詞内"篸"字去聲。白居易詩"銀篦穩篸烏羅帽"，亦作去聲讀。

**又一體** 雙調四十一字，前段五句兩平韻兩仄韻，後段五句三仄韻一平韻。

韋　莊

月落星沉平韻樓上美人春睡仄韻緑雲傾句金枕膩韻畫屏深平韻　子規啼破相思夢換仄韻曙色東方才動韻柳煙輕句花露重韻思難任平韻

此即"花映柳條"詞體，惟後段第二句六字異。

**又一體** 雙調四十三字，前段五句兩平韻兩仄韻，後段五句三仄韻一平韻。

李　珣

寂寞青樓平韻風觸繡簾珠碎撼仄韻月朦朧句花黯淡韻鎖春愁平韻　尋思往事依稀夢換仄韻淚臉露桃紅色重韻鬢欹蟬句釵墜鳳韻思悠悠平韻

此即"花映柳條"詞體，惟前後段第二句各七字異。

**又一體** 雙調四十字，前後段各五句，兩平韻、兩仄韻。

顧　敻

羅帶縷金平韻蘭麝煙凝魂斷仄韻畫屏欹句雲鬢亂韻恨難任平韻　幾回垂淚滴鴛衾韻薄情何處去換仄韻月臨窗句花滿樹韻信沈沈平韻

此詞後段起句仍押前段平韻。

**又一體**　雙調四十一字，前後段各五句，兩平韻兩仄韻。

温庭筠

羅帶惹香平韻猶繫别時紅豆仄韻淚痕新句金縷舊韻斷離腸平韻　　一雙嬌燕語雕梁韻還是去年時節换仄韻緑楊濃句芳草歇韻柳花狂平韻

此即"羅帶縷金"詞體，惟後段第二句六字異。

**又一體**　雙調四十三字，前後段各五句，兩平韻兩仄韻。

張　泌

春雨打窗平韻驚夢覺來天氣曉仄韻畫堂深句紅焰小韻背蘭釭平韻　　酒香噴鼻懶開缸韻惆悵更無人共醉换仄韻舊巢中句新燕子韻語雙雙平韻

此即"羅帶縷金"詞體，惟前後段第二句各七字異。

以上八詞，俱前後段間入兩仄韻。

**又一體**　雙調四十二字，前段五句兩平韻兩仄韻，後段五句三仄韻一平韻。

顧　敻

黛薄紅深平韻約掠緑鬟雲膩仄韻小鴛鴦句金翡翠韻稱人心平韻　　錦鱗無處傳幽意仄韻海燕蘭堂春又至韻隔年書句千點淚韻恨難任平韻

自此至顧敻"小檻日斜"詞，共六首，皆前後段間入一仄韻。其前段起句亦有用韻者，不用韻者。後段起句有仄韻者，有平韻者。第二句亦有七字、六字、五字不同。故有類列如左。

**又一體**　雙調四十四字，前段五句三平韻兩仄韻，後段五句三仄韻一平韻。

顧　敻

黛怨紅羞平韻掩映畫堂春欲暮仄韻殘花微雨韻隔青樓平韻思悠悠韻　　芳菲時節看將度仄韻寂寞無人還獨語韻畫羅襦句香粉污韻不勝愁平韻

此即"黛薄紅深"詞體，但前段第三句四字，第四句用平韻異。

**又一體**　雙調四十二字，前後段各五句，兩仄韻兩平韻。

馮延巳

芳草長川平韻柳下危橋橋下路仄韻歸鴻飛句行人去韻碧山邊平韻　　風微煙淡雨蕭然韻隔岸馬嘶何處仄韻九回腸句雙臉淚韻夕陽天平韻

此亦"黛薄紅深"詞體，但顧詞後段第一句押仄韻，馮詞押平韻異。

**又一體** 雙調四十二字，前後段各五句，兩平韻一仄韻。

馮延巳

春色融融平韻飛燕乍來鶯未語仄韻小桃寒句垂楊晚句玉樓空平韻　天長煙遠恨重重韻消息燕鴻歸去仄韻枕前燈句窗外月句閉朱櫳平韻

此即“芳草長川”詞體。但前後段第四句不押仄韻異。

**又一體** 雙調四十五字，前段五句一仄韻兩平韻，後段四句一仄韻三平韻。

司空圖

買得杏花句十載歸來方始坼仄韻假山西畔藥闌東平韻滿枝紅韻　旋開旋落旋成空韻白髮多情人更惜仄韻黄昏把酒祝東風平韻且從容韻

此詞後段起句押平韻，與馮詞同，但前段起句不用韻異。

**又一體** 雙調四十三字，前段四句一仄韻兩平韻，後段四句三平韻一仄韻。

顧　夐

小檻日斜句風度緑窗人悄悄仄韻翠幃閒掩舞雙鸞平韻舊香寒韻　別來情緒轉難拌韻韶顔看却老仄韻依稀粉上有啼痕平韻暗消魂韻

此即“買得杏花”詞體，惟後段第二句五字異。

以上六詞，皆前後段間入一仄韻。

**又一體** 雙調四十二字，前段五句兩平韻，後段四句三叶韻一平韻。

牛　嶠

記得去年句煙暖杏園花正發句雪飄香韻江草緑句柳絲長韻　鈿車纖手捲簾望叶眉學春山樣叶鳳釵低嫋翠鬟上叶落梅妝韻

此詞惟後段間入仄韻。但“望”與“長”叶，亦是三聲叶。

**又一體** 雙調四十三字，前段五句兩仄韻兩平韻，後段四句三平韻。

顧　夐

掩却菱花句收拾翠鈿休上面仄韻金蟲玉燕韻鎖香奩平韻恨厭厭韻　雲鬟半墜懶重簪韻淚侵山枕濕句銀燈背帳夢方酣韻雁飛南韻

此詞惟前段間入仄韻。

**又一體** 雙調四十三字,前段四句兩平韻,後段四句三平韻。

張 泌

紫陌青門句三十六宫春色句御溝輦路暗相通韻杏園風韻　咸陽沽酒寶釵空韻笑指未央歸去句插花走馬落殘紅韻月明中韻

自此至馮延巳"深院空幃"詞共四首,俱全押平韻。

**又一體** 雙調四十五字,前段四句兩平韻,後段四句三平韻。

毛文錫

緑樹春深句燕語鶯啼聲斷續句惠風飄蕩入芳叢韻惹殘紅韻　柳絲無力嫋煙空韻金盞不辭須滿酌句海棠花下思朦朧韻醉春風韻

此即"紫陌青門"詞體,惟前後段第二句各七字異。宋晏殊、晁補之、辛棄疾、曹勛詞,俱照此填。晏詞前段起句"三月暖風","三"字平聲,"暖"字仄聲;第二句"開却好花無限了","開"字平聲,"好"字仄聲;第三句"流鶯粉蝶鬭翻飛","流"字平聲,"粉"字仄聲;後段起句"長安多少利名身","長"字平聲;又"勸君莫惜金縷衣","莫"字仄聲;第二句"把酒看花須强飲","把"字仄聲。又曹詞"常記孤山殘雪路","孤"字平聲。晏詞第三句"明朝後日漸離披","明"字平聲,"後"字仄聲。譜内可平可仄據此。

**又一體** 雙調四十三字,前段四句兩平韻,後段五句兩平韻。

李 珣

秋雨聯綿句聲散敗荷叢裏句那堪深夜枕前聽韻酒初醒韻　牽愁惹思更無停韻燭暗香凝天欲曉句細和煙句冷和雨句透簾旌韻

此詞亦全押平韻。但前段與張泌詞同,後段第一、二句與毛文錫同,第三、四、五句作三字三句,又異。

**又一體** 雙調四十二字,前後段各五句兩平韻。

馮延巳

深院空幃韻廊下風簾驚宿燕句香印灰句蘭燭小句覺來時韻　月明人自搗寒衣韻剛來無端惆悵句階前行句闌畔立句欲雞啼韻

此詞亦全押平韻,但句讀與前詞異。

**又一體** 雙調四十三字,前段四句兩平韻,後段四句三平韻。

顧 敻

水碧風清句入檻細香紅藕膩句謝娘斂翠恨無涯韻小屏斜韻　堪傷遊子不還家韻漫留

羅帶結句帳深枕膩炷沈煙韻負當年韻

此詞亦全押平韻，而後結則又換韻，在《花間集》亦僅見兩體。

**又一體** 雙調四十二字，前段四句兩平韻，後段五句三平韻。

李　珣

秋月嬋娟句皎潔碧紗窗外句照花穿竹冷沈沈韻印池心韻　凝露滴句砌蛩吟韻驚覺謝娘殘夢句夜深斜傍枕邊來換韻影徘徊韻

此即"水碧風清"詞體，惟換頭作三字兩句，及第三句作六字句異。

按，《花間》、《尊前》及《陽春》諸集《酒泉子》詞，諸家大同小異者二十二闋，約計不過五體，有前段間入仄韻，後段換仄韻者，如温庭筠"花映柳條"以下八詞是也；有前段間入仄韻，後段即押前仄韻者，如顧敻"黛薄紅深"以下六詞是也；有前段全押平韻，後段間入仄韻；後段全押平韻，前段間入仄韻者，如牛嶠之"記得去年"、顧敻之"掩却菱花"二詞是也；有全押平韻者，如張泌"紫陌青門"以下四詞是也；有全押平韻，結又换韻者，如李珣之"秋月嬋娟"、顧敻之"水碧風清"二詞是也。譜内各以類列，凡舊譜淆亂者，悉爲校定。至《詞律》所收潘閬"長憶孤山"與"長憶西湖湖上水"二詞，按《湘山野録》，本名《憶餘杭》，且與以上諸詞體製不合，故仍按字數，另列在後。

## 怨回紇二體

此調本五言律詩，見《尊前集》。皇甫詞第一首云："白首南朝女，悉聽異域歌。收兵頡利國，飲馬胡盧河。"結二句云："雕窠城上宿，吹笛淚滂沱。"蓋戍婦之怨詞也。

**怨回紇** 雙調四十字，前後段各四句兩平韻。

皇甫松

祖席駐征棹句開帆候信潮韻隔筵桃葉泣句吹管杏花飄韻　船去鷗飛閣句人歸塵上橋韻別離惆悵淚句江路濕紅蕉韻

按，皇甫詞別首後段第二句"穹廬歲月多"，"歲"字可仄。譜内據之。餘詳見調注。

**又一體** 單調四十字，六句四平韻。

《樂府詩集》無名氏

曾聞瀚海使難通韻幽閨少婦罷裁縫韻緬想邊庭征戰苦句誰能對鏡冶愁容韻久戍人將老句須臾變作白頭翁韻

此見《樂府詩集》，名《回紇》。《樂苑》注：商調曲也。與皇甫松詞句讀不同。元郭茂倩編入"近代曲辭”,故亦採入以備一體。

## 生查子五體

唐教坊曲名。《尊前集》注:雙調。元高拭詞注:南吕宫。朱希真詞有“遥望楚雲深”句,名《楚雲深》;韓淲詞有“山意入春晴,都是梅和柳”句,名《梅和柳》;又有“晴色入青山”句,名《晴色入青山》。

**生查子** 雙調四十字,前後段各四句,兩仄韻。

韓 偓

侍女動妝奩句故故驚人睡韻那知本未眠句背面偷垂淚韻　懶卸鳳頭釵句羞入鴛鴦被韻時復見殘燈句和煙墜金穗韻

此調以此詞爲正體。若劉詞之多押一韻,孫詞之添字,牛詞、張詞之攤破句法,皆變格也。但五言八句,每句第二字例用仄聲。如魏承班詞“煙雨晚晴天,零落花無語。難話此時心,梁燕雙來去。琴韻對薰風,有恨和情撫。腸斷斷弦頻,淚滴黄金縷。”宋詞照此填者甚多。間有前後段第二字用平聲者,如歐陽修詞:“含羞整翠鬟,得意頻相顧。雁柱十三弦,一一春鶯語。嬌雲容易飛,夢斷知何處。深院鎖黄昏,陣陣芭蕉雨。”晏幾道、吕渭老、向子諲、吴文英集中,亦有此體。因此調創自韓渥,故以韓詞作譜。

譜内可平可仄,悉參後詞。若前段起句第五字可仄,則照牛希濟詞“終日擘桃穰”,“穰”字仄聲也。

**又一體** 雙調四十字,前段四句兩仄韻,後段四句三仄韻。

劉侍讀

深秋更漏長句滴盡銀台燭韻獨步出幽閨句月晃波澄緑韻　芰荷風乍觸韻一對鴛鴦宿韻虚掉玉釵驚句驚起還相續韻

此詞後段第一句用韻,見《尊前集》。唐詞僅有此體。

**又一體** 雙調四十一字,前段四句兩仄韻,後段五句三仄韻。

牛希濟

春山煙欲收句天澹星稀少韻殘月臉邊明句别淚臨清曉韻　語已多句情未了韻回首猶重道韻記得緑羅裙句處處憐芳草韻

此詞换頭作三字兩句,用韻。按,孫光憲詞,《花間集》二首、《尊前集》四首皆然。坊本或作“語多情更深”,或作“語了情未了”,删作五字句者誤。

孫詞別首換頭句"繡工夫、牽心緒","工"字、"心"字俱平聲。

**又一體** 雙調四十二字,前後段各四句,兩仄韻。

孫光憲

暖日策花驄句嚲鞚垂楊陌韻芳草惹煙青句落絮隨風白韻　誰家繡轂動香塵句隱映神仙客韻狂煞玉鞭郎句咫尺音容隔韻

此詞換頭句作七字異。按,《尊前集》魏承班詞後段第一句"花紅柳緑間晴空",《青箱雜記》陳亞詞後段第一句"分明記得約當歸",俱七字,其體正與此同。

**又一體** 雙調四十二字,前後段各五句,三仄韻。

張　泌

相見稀句喜相見韻相見還相遠韻檀畫荔枝紅句金蔓蜻蜓軟韻　魚鴈疏句芳信斷韻花落庭陰晚韻可惜玉肌膚句消瘦成慵懶韻

此詞前後段起句作三字兩句,又各用韻,蓋詞家有攤破句法之例。如此詞句本五字,添一字,即被破作三字兩句;或句本七字,添二字,即破作四字一句、五字一句。即此可以類推。

## 蝴蝶兒一體

調見《花間集》。取詞中起句爲名。

**蝴蝶兒** 雙調四十字,前段四句四平韻,後段四句三平韻。

張　泌

蝴蝶兒韻晚春時韻阿嬌初著淡黄衣韻倚窗學畫伊韻　還似花間見句雙雙對對飛韻無端和淚拭胭脂韻惹教雙翅垂韻

按,此調無唐、宋別詞可校。《詞律》所注可平可仄,無本,不可從。

## 添聲楊柳枝三體

按《碧雞漫志》云:"黄鍾商有《楊柳枝曲》,仍是七言四句詩,與劉、白及五代諸子所製並同,但每句下各添三字一句,乃唐時和聲,如《竹枝》、《漁父》,今皆有和聲也。舊詞多側字起頭,第三句亦復側字起,聲度差穩耳。"今名《添聲楊柳枝》,歐陽修詞名《賀聖朝影》,賀鑄詞名《太平時》。《宋史・樂志》:《太平時》,小石調。

**添聲楊柳枝** 雙調四十字,前段四句四平韻,後段四句兩仄韻兩平韻。

顧 夐

秋夜香閨思寂寥平韻漏迢迢韻鴛幃羅幌麝香銷韻燭光搖韻　正憶王郎遊蕩去仄韻無尋處韻更聞簾外雨瀟瀟平韻滴芭蕉韻

此詞有唐、宋兩體。唐詞换頭句押仄韻,宋詞换頭句即押平韻。

按,張泌詞前段起句"膩粉瓊妝透碧紗","膩"字仄聲;第三句"金鳳搔頭墜鬢斜",平仄全異;後段起句"倚著雲屏新睡覺","雲"字平聲;第二句"思夢笑","夢"字仄聲;第三句"紅腮隱出枕函花","紅"字平聲,"隱"字仄聲。許棐詞前段第三句"不知屏裏畫瀟湘","不"字仄聲;後段起句"重疊衾羅猶未暖","重"字平聲。此兩詞皆换頭押仄韻者,故譜内可平可仄據之。

**又一體** 雙調四十字,前段四句四平韻,後段四句三平韻。

賀 鑄

蜀錦塵香生襪羅韻小婆娑韻箇人無賴動人多韻見橫波韻　樓角雲開風卷幕句月侵河韻纖纖持酒豔聲歌韻奈情何韻

此詞後段第二句仍押平韻,每句添聲俱用仄平平,宋詞皆照此填,與唐詞小異。按,此體見《梅苑》及《樂府雅詞》,皆作《楊柳枝》。又按,賀詞八首,名《太平時》,多用前人絶句,添入和聲,蓋即《添聲楊柳枝》也。《詞律》以《太平時》另列一體者誤。

按,歐陽修詞前段第三句"垂楊漫舞緑絲絛","慢"字可仄,譜内據此,其餘參校唐詞。

**又一體** 雙調四十四字,前段七句三平韻兩重韻,後段七句四平韻三重韻。

朱敦儒

江南岸句柳枝韻江北岸句柳枝重韻折送行人無盡時韻恨分離韻柳枝重　酒一杯韻柳枝韻淚雙垂韻柳枝重君到長安百事違韻幾時歸韻柳枝重

此見朱敦儒《樵歌詞》,一名《柳枝》。

按,《竹枝詞》以"竹枝"二字爲和聲,此以"柳枝"二字爲和聲,亦其例也。但"枝"字即本詞韻,亦添聲之意,故爲類列。

## 醉公子四體

唐教坊曲名。薛昭藴、顧夐詞俱四换韻,一名《四换頭》。

此調有兩體,四十字者,昉自唐人;一百六字者,昉自宋人。

**醉公子** 雙調四十字，前後段各四句兩仄韻兩平韻。

顧　敻

河漢秋雲澹仄韻紅藕香侵檻韻枕倚小山屏平韻金鋪向晚扃韻　睡起横波慢换仄韻獨坐情何限韻衰柳數聲蟬换平韻魂銷似去年韻

此調以此詞爲正體，若尹詞及顧詞别首押韻異同，皆變格也。

此詞四换韻，與薛昭藴"漫綰青絲發"詞同，其可平可仄，參下尹詞及顧詞。至《詞律》所收唐詞，平仄换韻，終近古詩，删之。

**又一體** 雙調四十字，前後段各四句兩仄韻兩平韻。

尹　鶚

暮煙籠蘚砌仄韻戟門猶未閉韻盡日醉尋春平韻歸來月滿身韻　離鞍偎繡袂仄韻墜巾花亂綴韻何處惱佳人平韻檀痕衣上新韻

此詞後段仄韻、平韻即用前段原韻，與各家小異。

**又一體** 雙調四十字，前後段各四句兩仄韻兩叶韻。

顧　敻

岸柳垂金線韻雨晴鶯百囀韻家住緑楊邊叶往來多少年叶　馬嘶芳草遠韻高樓簾半卷韻斂袖翠眉攢叶相逢爾許難叶

此詞以"邊"、"年"叶"緑"、"囀"韻，以"攢"、"難"叶"遠"、"卷"韻，近三聲叶，與前首截然四换韻者不同，故又列一體。

**又一體** 雙調一百六字，前段十二句六仄韻，後段十句六仄韻。

史達祖

神仙無膏澤韻瓊琚珠佩句卷下塵陌韻秀骨依依句誤向山中句得與相識韻溪岸側韻倚高情讀自鎖煙翠句時點空碧韻念香襟沾恨句酥手剪愁句今後夢魂隔韻　相思暗驚清吟客韻想玉照堂前讀樹三百韻雁翅霜輕句鳳羽寒深句誰護春色韻詩鬢白韻總多因讀水村携酒句煙墅留屐韻更時帶讀明月同來句與花爲表德韻

此詞僅見《梅溪集》，無宋、元詞可校。填者平仄當依之。

## 昭君怨三體

朱敦儒詞詠洛妃，名《洛妃怨》；侯寘詞名《宴西園》。

**昭君怨** 雙調四十字,前後段各四句兩仄韻兩平韻。

万俟咏

春到南樓雪盡仄韻驚動燈期花信韻小雨一番寒平韻倚闌干韻　莫把闌干頻倚换仄韻一望幾重煙水韻何處是京華换平韻暮雲遮韻

此詞四换韻。按,坊本後段第一句或作"莫把闌干倚",疑"頻"字乃後人增入。然觀蘇軾詞之"欲去又還不去",及秦觀、朱希真、侯寘等詞,俱作六字句,故當以六字句换頭者爲正格。

前段第一句,秦觀詞"隔葉乳鴉聲轉","乳"字仄聲。第二句,劉克莊詞"只許姚黄獨步","只"字、"獨"字俱仄聲,第三句,秦詞"楊柳小腰肢","楊"字平聲。後段第一句,蘇軾詞"欲去又還不去","又"字、"不"字俱仄聲;韓駒詞"留戀芳叢深處","留"字平聲。第三句,秦詞"極目送行雲","極"字仄聲。譜内可平可仄據此。其餘參校蔡詞、周詞。

**又一體** 雙調三十九字,前後段各四句兩仄韻兩平韻。

蔡　伸

一曲雲和鬆響仄韻多少離愁心上韻寂寞掩屏幃平韻淚沾衣韻　最是銷魂處换仄韻夜夜綺窗風雨韻風雨伴愁眠换平韻夜如年韻

此詞後段第一句五字,宋詞僅見此作,無别首可校。

**又一體** 雙調四十字,前段四句兩仄韻兩平韻,後段五句三仄韻兩平韻。

周紫芝

滿院融融花氣仄韻紅映繡簾垂地韻往事憶年時平韻只春知韻　風又暖换仄韻花漸滿韻人似行雲不見韻無計奈離情换平韻黯消凝韻

此詞後段起句作三字兩句,多押一韻,有朱希真詞"襟上淚。難再會"可校。

## 《御定詞譜》卷四 起四十一字至四十三字

### 玉蝴蝶七體

小令始於温庭筠,長調始於柳永。《樂章集》注"仙吕調"。一名《玉蝴蝶慢》。

**玉蝴蝶** 雙調四十一字,前段四句四平韻,後段四句三平韻。

温庭筠

秋風凄切傷離韻行客未歸時韻塞外草先衰韻江南雁到遲韻　芙蓉凋嫩臉句楊柳墮新

眉韻搖落使人悲韻斷腸誰得知韻

按,《詞律》謂此調與《蝴蝶兒》相近,不知《蝴蝶兒》第三句俱七字,此則五字,即孫光憲詞亦然,不可類列也。孫詞第三句即是此詞第二句,平仄互異,宜參之。

**又一體** 雙調四十二字,前段五句四平韻,後段五句兩仄韻三平韻。

孫光憲

春欲盡句景仍長平韻滿園花正黄韻粉翅兩悠揚韻翩翩過短牆韻　鮮飆暖仄韻牽遊伴韻飛去立殘陽平韻無語對蕭娘韻舞衫沈麝香韻

此詞前後段起俱作三字兩句,换頭又間入兩仄韻,與温詞不同。

**又一體** 雙調九十九字,前段十句五平韻,後段十一句六平韻。

柳　永

望處雨收雲斷句憑闌悄悄句目送秋光韻晚景蕭疏句堪動宋玉悲凉韻水風清讀蘋花漸老句月露冷讀梧葉飄黄韻遣情傷韻故人何在句煙水茫茫韻　難忘韻文期酒會句幾辜風月句屢變星霜韻海闊山遥句未知何處是瀟湘韻念雙燕讀難憑遠信句指暮天讀空識歸航韻黯相望韻斷鴻聲裏句立盡斜陽韻

此詞前段第四、五句,上四下六;後段第五、六句,上四下七。王安中、史達祖、高觀國、陸游皆照此填。

沈伯時《樂府指迷》云:"詞中多有句中韻,人多不曉,不惟讀之可聽,而歌時最要叶韻應拍,不可以爲閒字而不叶。"如此詞後段起句"難忘"二字是也,《滿庭芳》、《木蘭花慢》等詞,皆同此例。

前段第一句,柳詞别首"誤入平康小巷","小"字仄聲。第三句,辛棄疾詞"香滿紅樹","滿"字仄聲。第五句,辛棄疾詞"高處都被雲遮","都"字平聲。第六句,柳别首"銀蟾静、魚鱗簟展","銀"字平聲,"静"字仄聲;高觀國詞"古臺荒、斷霞殘照","殘"字平聲。後段换頭短韻,尹濟翁詞"怎知","怎"字仄聲。譜内可平可仄據此,其餘參校後列諸詞。

**又一體** 雙調九十九字,前段十句五平韻,後段十一句六平韻。

柳　永

是處小街斜巷句爛遊花館句連醉瑶卮韻選得芳容端麗句冠絶吴姬韻絳唇輕讀笑歌盡雅句蓮步穩讀舉措皆奇韻出屏幃韻倚風情態句約素腰肢韻　當時韻綺羅叢裏句知名雖久句識面何遲韻見了千花萬柳句比並不如伊韻未同歡讀寸心暗許句欲話别讀纖手重携韻結前期韻美人才子句合是相知韻

此詞前段第四、五句上六下四,後段第五、六句上六下五,與前詞異。按,晁補之、晁冲之二詞,其前段第四、五句用柳永"是處小街"詞體,後段第五、六句用柳永"望處雨收"詞體,前後參用兩詞,與各家微異。因字數相同,故不另列一體。

**又一體**　雙調九十八字,前段十句五平韻,後段十一句六平韻。

李之儀

坐久燈花開盡句暗驚風葉句初服霜寒韻冉冉年華催暮句顏色非丹韻攪回腸讀蛩吟似織句留恨意讀月彩如攤韻慘無歡韻篆煙縈素句空轉雕盤韻　何難韻別來幾日句信沉魚鳥句情滿關山韻依約耳邊常記句巧語綿蠻韻聚愁窠讀蜂房未密句傾淚眼讀海水猶慳韻掩萸關韻漸移銀漢句低泛簾顏韻

此詞與柳永"是處小街"詞同,惟後段第六句少一字異。

**又一體**　雙調九十九字,前後段各十句五平韻。

張　炎

留得一團和氣句此花開盡句春已歸圓韻虛白窗深句恍訝碧落星懸韻颸芳叢讀低翻雪羽句凝素豔讀争簇冰蟬韻向西園韻幾回錯認句明月秋千韻　欲覓生香何處句盈盈一水句空對娟娟韻待折歸來句倩誰偷解玉連環韻試結取讀鴛鴦錦帶句好移傍讀鸚鵡珠簾韻晚階前韻落梅無數句因甚啼鵑韻

此即柳永"望處雨收"詞體,惟换頭句不用短韻。

**又一體**　雙調九十九字,前段十句五平韻,後段十一句六平韻。

辛棄疾

貴賤偶然句渾似隨風簾幕句籬落飛花韻空使兒曹馬上句羞面頻遮韻向空江讀誰捐玉佩句寄離恨讀應折疏麻韻暮雲多韻佳人何處句數盡歸鴉韻　儂家韻生涯蠟屐句功名破甑句交友摶沙韻往日曾論句淵明似勝卧龍些韻算從來讀人生行樂句休便説讀日飲亡何韻快斟呵韻裁詩未穩句得酒良佳韻

此詞前段第一句四字,第二句六字,與各家異。按,葛郯"憶昨苕溪"詞與此同,惟後段第六句"聽隔牆、無事高歌",作上三下四句法小異。

## 女冠子七體

唐教坊曲名。小令始於温庭筠,長調始於柳永。《樂章集》"淡煙飄薄"詞,注仙吕調;"斷煙殘雨"詞,注大石調;元高拭詞,注黄鍾宫。柳永詞一名《女冠子慢》。

**女冠子** 雙調四十一字，前段五句兩仄韻兩平韻，後段四句兩平韻。

温庭筠

含嬌含笑仄韻宿翠殘紅窈窕韻鬢如蟬平韻寒玉簪秋水句輕紗卷碧煙韻　雪肌鸞鏡裏句琪樹鳳樓前韻寄語青娥伴句早求仙韻

此詞前段起二句間入仄韻，唐詞二十首皆然。《嘯餘譜》不注韻者誤。

前段第一句，韋莊詞"四月十七"，"四"字、"月"字、"十"字俱仄聲。第二句，李珣詞"愁聞洞天疏磬"，"愁"字、"聞"字、"疏"字俱平聲，"洞"字仄聲。第四句，韋詞"忍淚佯低面"，"忍"字仄聲。後段第一句，牛嶠詞"鴛鴦排寶帳"，"鴛"字平聲。第二句，韋詞"欲去又依依"，"欲"字仄聲。第三句，牛詞"青鳥傳心事"，"青"字平聲；韋詞"覺來知是夢"，"來"字平聲，"是"字仄聲。譜內可平可仄據此。

**又一體** 雙調一百七字，前段十二句六仄韻，後段十一句六仄韻。

康與之

火雲初布韻遲遲永日炎暑韻濃陰高樹韻黃鸝葉底句羽毛學整句方調嬌語韻薰風時漸動句峻閣池塘句芰荷爭吐韻畫梁紫燕句對對銜泥句飛來又去韻　想佳期讀容易成辜負韻共人人讀同上畫樓斟香醑韻恨花無主韻卧象牀犀枕句成何情緒韻有時魂夢斷句半窗殘月句透簾穿户韻去年今夜句扇兒扇我句情人何處韻

此詞平仄悉參後詞。

**又一體** 雙調一百十字，前段十一句六仄韻，後段十二句六仄韻。

李　邴

帝城三五韻燈光花市盈路韻天街遊處韻此時方信句鳳闕都民句奢華豪富韻紗籠纔過處句喝道轉身句一壁小來且住韻見許多才子豔質句携手並肩低語韻　東來西往誰家女韻買玉梅爭戴句緩步香風度韻北觀南顧韻見畫燭影裏句神仙無數韻引人魂似醉句不如趁早句步月歸去韻這一雙情眼句怎生禁得句許多胡覷韻

此詞前段第九句六字，第十句七字，第十一句六字；後段第一句七字，第二、三句皆五字，第十句五字，俱與康詞異。

按，此詞元曲用爲黃鍾引子，但元曲前後段多用兩韻耳。

**又一體** 雙調一百十一字，前段十句六仄韻，後段十一句四仄韻。

柳　永

淡煙飄薄韻鶯花謝讀清和院落韻樹陰密讀翠葉成幄韻麥秋霽景句夏雲忽變奇峰讀倚寥廓韻波暖銀塘句漲新萍綠魚躍韻想端憂多暇句陳王是日句嫩苔生閣韻　正鑠石天高

句流金晝永句楚謝光風轉蕙句披襟處讀波翻翠幕韻以文會友句沈李浮瓜忍輕諾韻别館清閒句避炎蒸讀豈須河朔韻但尊前隨分句雅歌豔舞句盡成歡樂韻

此詞"麥秋"以下二十三字,《詞律》不分句讀,今照《嘯餘譜》點定,只"夏雲忽變奇峰"須作微讀,"波暖銀塘"十字須上四下六分句,稍爲妥適耳。至"端憂多暇",本謝莊《月賦》中語,乃改"端憂"爲"憂端";後段"光風轉蕙",本宋玉《招魂》中語,乃改"轉蕙"爲"轉悪",而以"悪"字爲叶韻,俱《嘯餘》之誤。

**又一體** 雙調一百十二字,前段十一句六仄韻,後段十二句七仄韻。

蔣　捷

蕙風香也韻雪晴池館如畫韻春風飛到句寶釵樓上句一片笙簫句琉璃光射韻而今燈謾挂韻不是暗塵明月句那時元夜韻況年來讀心懶意怯句羞與蛾兒争耍韻　江城人悄初更打韻問繁華誰解句再向天公借韻别殘紅灺韻但夢裏隱隱句鈿車羅帕韻吴牋銀粉砑韻待把舊家風景句寫成閒話韻笑緑鬟鄰女句倚窗猶唱句夕陽西下韻

此即李詞體,惟前段第八句六字、第九句四字,後段"舊家風景"句比李詞多"待把"二字。

按,蔣詞别首,前段第二句"雙龍還又争渡","雙"字平聲;第八、九句"不似素車白馬,卷潮起怒","白"字、"起"字俱仄聲;第十句、十一句"但悄然千載舊跡,時有人來弔古","悄"字、"弔"字俱仄聲;後段第一句"生平慣受椒蘭苦","慣"字仄聲;第二句"甚魄沈寒浪","魄"字仄聲;第六句"騎鯨煙霧","騎"字平聲;第七句"楚妃花倚暮","楚"字仄聲。譜内可平可仄據此。

**又一體** 雙調一百十三字,前段十二句七仄韻,後段十一句五仄韻。

柳　永

斷煙殘雨韻灑微凉句生軒户韻動清籟讀蕭蕭庭樹韻銀河濃淡句華星明滅句輕雲時度韻莎階寂静無睹韻幽蛩切切秋吟苦韻疏篁一徑句流螢幾點句飛來又去韻　對月臨風句空恁無眠耿耿句暗想舊日牽情處韻綺羅叢裏句有人人讀那回飲散句略略曾諧鴛侣韻因循忍便睽阻韻相思不得長相聚韻好天良夜句無端惹起句千愁萬緒韻

此詞《樂章集》注"大石調",與前首"淡煙飄薄"詞注"仙吕調"者不同。宋詞中亦無他首可校。

**又一體** 雙調一百十四字,前段十二句四仄韻兩叶韻,後段十句六仄韻。

《花草粹編》無名氏

同雲密布韻撒梨花讀柳絮飛舞韻樓臺悄似玉叶向紅爐暖閣句院宇深沉句廣排筵會叶聽笙歌猶未徹句漸覺輕寒句透簾穿户韻亂飄僧舍句密灑歌樓句酒簾如故韻　想樵人讀山徑迷蹤路韻料漁人讀收綸罷釣歸南浦韻路無伴侣韻見孤村寂寞句招颭酒旗斜處韻南軒孤雁過句嚦嚦聲聲句又無書度韻見臘梅讀枝上嫩蕊句兩兩三三微吐韻

此詞或刻柳永，或刻周邦彦。自“樓臺悄似玉”以下三十二字，至“户”字方押韻，必無此理。按《嘯餘譜》，以“玉”字、“會”字爲叶韻，當從之。然音調未諧，字句亦恐有脱誤，姑存以備參考。

## 中興樂三體

見《花間集》。牛希濟詞有“淚濕羅衣”句，名《濕羅衣》。

**中興樂** 雙調四十一字，前段五句三平韻兩仄韻，後段五句四仄韻一平韻。

毛文錫

豆蔻花繁煙豔深平韻丁香軟結同心韻翠鬟女仄韻相與韻共淘金平韻　紅蕉葉裏猩猩語仄韻鴛鴦浦韻鏡中鸞舞韻絲雨韻隔荔枝陰平韻

此詞六仄韻，即間入平韻之内。舊譜失注，今照《詞暎》本點定。

**又一體** 雙調四十二字，前段四句三平韻，後段五句三平韻。

牛希濟

池塘暖碧浸晴暉韻濛濛柳絮輕飛韻紅蕊凋來句醉夢還稀韻　春雲空有雁歸韻珠簾垂韻東風寂寞句恨郎抛擲句淚濕羅衣韻

此詞不間入仄韻，兩結句讀亦與毛詞異。李珣兩段者即照此體填。

**又一體** 雙調八十四字，前後段各九句六平韻。

李　珣

後庭寂寞日初長韻翩翩蝶舞紅芳韻繡簾垂地句金鴨無香韻誰知春思如狂韻憶蕭郎韻等閒一去句程遥信斷句五嶺三湘韻　休開鸞鏡學宫妝韻可能更理笙簧韻倚屏凝睇句淚落成行韻手尋裙帶鴛鴦韻暗思量韻忍辜前約句教人花貌句虚老風光韻

此詞前後段即牛詞體加一疊，但“繡簾垂地”、“倚屏凝睇”，平仄與牛詞小異。

## 紗窗恨二體

唐教坊曲名。毛文錫詞有“月照紗窗，恨依依”句，取以爲名。

**紗窗恨** 雙調四十一字，前段四句兩仄韻兩平韻，後段四句兩平韻。

毛文錫

新春燕子還來至仄韻一雙飛平韻壘巢泥濕時時墜仄韻涴人衣平韻　後園裏讀看百花

發句香風拂讀繡户金扉韻月照紗窗句恨依依韻

此詞前段起句乃間入仄韻，非本韻也。《詞律》於第二句注"换平"者誤。

譜内可平可仄參校下詞。

**又一體** 雙調四十二字，前段四句兩仄韻兩平韻，後段四句兩平韻。

毛文錫

雙雙蝶翅塗鉛粉仄韻咂花心平韻綺窗繡户飛來穩仄韻畫堂陰平韻　二三月讀愛隨風絮句伴落花讀來拂衣襟韻更剪輕羅片句傅黄金韻

此詞後段第三句較前詞多一字，宋詞謂之添字，元曲謂之襯字。

## 醉花間三體

唐教坊曲名。《宋史·樂志》：雙調。

**醉花間** 雙調四十一字，前段五句三仄韻一疊韻，後段四句三仄韻。

毛文錫

深相憶韻莫相憶疊相憶情難極韻銀漢是紅牆句一帶遥相隔韻　金盤珠露滴韻兩岸榆花白韻風摇玉佩輕句今夕爲何夕韻

《嘯餘譜》注《生查子》調與《醉花間》調相近，不知《生查子》正體，前後段皆五字句起，間有用六字者，變格耳。《醉花間》正體則前必六字，後必五字也。譜内可平可仄，悉參下毛詞。

**又一體** 雙調四十一字，前段五句三仄韻一疊韻，後段四句兩仄韻。

毛文錫

休相問韻怕相問疊相問還添恨韻春水滿塘生句鸂鶒還相趁韻　昨日雨霏霏句臨明寒一陣韻偏憶戍樓人句久絶邊庭信韻

此詞後段第一句少押一韻，與前詞異。

**又一體** 雙調五十字，前段四句三仄韻，後段六句四仄韻。

馮延巳

晴雪小園春未到韻池邊梅自早韻高樹鵲銜巢句斜月明寒草韻　山川風景好韻自古金陵道韻少年看却老韻相逢莫厭醉金杯句别離多句歡會少韻

此詞前段第二、三、四句與毛詞同，惟起句作七字異；後段第一、二句與毛詞同，以下句讀全異。《陽春集》中四首皆然。

前段第一句,馮詞别首"月落霜繁深院閉","月"字仄聲,"霜"字平聲;第二句"洞房人正睡","洞"字仄聲;後段第一句"夜深寒不徹","夜"字仄聲;第三句"雙眉愁幾許","雙"字平聲;第四句"兩條玉箸爲君垂","兩"字仄聲;又"人心情緒自無端","情"字平聲。譜内可平可仄據此。

## 點絳唇三體

元《太平樂府》注:仙吕宫。高拭詞注:黄鍾宫。《正音譜》注:仙吕調。宋王禹偁詞,名《點櫻桃》;王十朋詞,名《十八香》。張輯詞有"邀月過南浦"句,名《南浦月》;又有"遥隔沙頭雨"句,名《沙頭雨》;韓淲詞有"更約尋瑶草"句,名《尋瑶草》。

**點絳唇** 雙調四十一字,前段四句三仄韻,後段五句四仄韻。

馮延巳

蔭緑圍紅句飛瓊家在桃源住韻畫橋當路韻臨水開朱户韻　柳徑春深句行到關情處韻顰不語韻意憑風絮韻吹向郎邊去韻

此調以此詞爲正體,若蘇詞之藏韻、韓詞之添字,皆變格也。

前段第一句,趙抃詞"秋氣微凉","秋"字平聲;第二句,寇準詞"社公雨足東風慢","社"字、"雨"字俱仄聲;後段第一句,趙鼎詞"美酒一杯","一"字仄聲;第二句,寇詞"拂曉停針線","拂"字仄聲;第三句,張炎詞"竹西好","竹"字仄聲;第四句,毛滂詞"蜂勞蝶攘","蜂"字平聲,"蝶"字仄聲;第六句,寇詞"側卧珠簾卷","側"字仄聲。譜内可平可仄據此,其餘參校下詞。

**又一體** 雙調四十一字,前後段各五句四仄韻。

蘇　軾

不用悲秋句今年身健韻還高宴韻江村海甸韻總作空花觀韻　尚想横汾句蘭菊紛相半韻樓船遠韻白雲飛亂韻空有年年雁韻

此詞前段第二句本七字句,但於第四字藏一韻,可作兩句。宋吴琚詞"憔悴天涯,故人相遇,情如故",舒亶詞"紫霧香濃,翠華風轉,花隨輦","遇"字、"轉"字用韻,正與此同。元詞如應次蘧、蕭允之諸作皆然,實本蘇詞也。

**又一體** 雙調四十三字,前段四句三仄韻,後段五句四仄韻。

韓　琦

病起懨懨句對堂階花樹添憔悴韻亂紅飄砌韻滴盡真珠淚韻　惆悵前春句誰相向花前醉韻愁無際韻武陵凝睇韻人遠波空翠韻

此詞見《花草粹編》,前後段第二句俱多一字,《詞律》疏於考據,反駁《草堂》之誤,非也。

## 平湖樂三體

《太平樂府》注:越調。金詞名《平湖樂》,取王惲詞"人在平湖醉"句也。元詞名《小桃紅》,取無名氏詞"宜插小桃紅"句也;亦名《採蓮詞》,取《太平樂府》"採蓮湖上採蓮嬌"句也。

**平湖樂** 雙調四十二字,前段四句兩平韻兩叶韻,後段四句一叶韻一平韻。

王　惲

安仁雙鬢已驚秋韻更堪眉頭皺叶一笑相逢且開口叶玉爲舟韻　新詞淡似鵝黄酒叶醉扶歸路句竹西歌吹句人道是揚州韻

此金人小令,猶遵古韻,以本部平、上、去三聲叶者。若元詞此調,則依《中原音韻》平、上、去、入四聲,别部北音無不叶矣。詞與曲之分,正於此辨之。

後段第一句,王詞别首"凌波幽夢誰驚破","幽"字平聲。《太平樂府》詞,後段第三、四句"詩籌酒令,不管翠眉顰","酒"字、"不"字俱仄聲。其餘平仄,見下所採二詞。

**又一體** 雙調四十二字,前段四句兩平韻兩叶韻,後段四句三叶韻一平韻。

張可久

飛梅和雪灑林梢韻花落春顛倒叶驢背敲詩暮寒峭叶路迢迢韻　相逢不滿疏翁笑叶寒郊瘦島叶塵衣風帽叶詩在灞陵橋韻

此與王詞同,惟後段第二、三句多叶兩韻異。按,張可久《小山樂府》十二首,後段第二、三句,莫不叶韻。如"紅衫舊腔,花鈿新樣,封寄柳枝娘",又"今番瘦了,多情知道,寬盡翠裙腰"是也。喬吉詞"春風告示,梅花資次,攢到北邊枝",又"蒲葵策勳,桃花風韻,凉滲小烏巾"亦然,但"腔"字、"勳"字用平韻,小異。

**又一體** 雙調四十三字,前段四句兩平韻兩叶韻,後段四句一叶韻一平韻。

王　惲

採蓮人語隔秋煙韻波静如横練叶入手風光莫流轉叶共留連韻　畫船一笑春風面叶江山信美句終非吾土句問何日讀是歸年韻

此詞後段結句六字,王詞别首"道别後、意如何",正與此同,皆襯字也。若《太平樂府》無名氏詞,後段第二、三、四句"問誰家有酒,見青簾高挂,高挂在楊柳杏花村",襯字太多,則曲而非詞矣,故不採入。

## 歸國遥三體

唐教坊曲名。元顏奎詞名《歸平遥》。

**歸國遥** 雙調四十二字，前後段各四句，四仄韻。

温庭筠

雙臉韻小鳳戰篦金颭豔韻舞衣無力風軟韻藕絲秋色染韻　錦帳繡幃斜掩韻露珠清曉簟韻粉心黄蕊花靨韻黛眉山兩點韻

此調以温、韋二詞爲正體，若顏詞之攤破句法，乃變體也。按，温詞二首，起句皆二字，韋詞起句增出一字，即是此體，故此詞平仄，悉參韋詞。又韋别首前段第二句“爲我南飛傳我意”，“南”字平聲，譜内據之。

**又一體** 雙調四十三字，前後段各四句，四仄韻。

韋　莊

春欲暮韻滿地落花紅帶雨韻惆悵玉籠鸚鵡韻單棲無伴侣韻　南望去程何許韻問花花不語韻早晚得同歸去韻恨無雙翠羽韻

此與温詞同，惟前段起句多一字異。韋詞三首皆然。

**又一體** 雙調四十二字，前後段各四句，四仄韻。

顏　奎

春風拂拂韻簷花雙燕入韻少年湖上風日韻問天何處覓韻　湖山畫屏晴碧韻夢華知夙昔韻東風忘了前跡韻上青蕪半壁韻

前段起句四字，第二句五字，與温、韋詞異。

## 戀情深二體

唐教坊曲名。

**戀情深** 雙調四十二字，前段四句兩仄韻兩平韻，後段四句三平韻。

毛文錫

滴滴銅壺寒漏咽仄韻醉紅樓月韻宴餘香殿會鴛衾平韻蕩春心韻　真珠簾下曉光侵韻

鶯語隔瓊林韻寶帳欲開慵起句戀情深韻

毛詞二首,俱以"戀情深"三字結,如《訴衷情》例。其前後第二句"醉紅樓月"、"簇神仙伴",俱作上一下一、中二字相連句法,填此調者宜從之。此詞可平可仄,參下"玉殿春濃"詞。

**又一體** 雙調四十二字,前段四句兩仄韻兩平韻,後段四句三平韻。

毛文錫

玉殿春濃花爛漫仄韻簇神仙伴韻羅裙窣地縷黄金平韻奏清音韻　酒闌歌罷兩沈沈韻一笑動君心韻永願作讀鴛鴦伴句戀情深韻

後段第三句六字折腰句法,與前詞微異。

## 贊浦子一體

唐教坊曲名。一名《贊普子》。

**贊浦子** 雙調四十二字,前後段各四句,兩平韻。

毛文錫

錦帳添香睡句金爐换夕熏韻懶結芙蓉帶句慵拖翡翠裙韻　正是桃夭柳媚句那堪暮雨朝雲韻宋玉高唐意句裁瓊欲贈君韻

詞見《花間集》,無别首可校,平仄當依之。

## 浣溪沙五體

唐教坊曲名。張泌詞有"露濃香泛小庭花"句,名《小庭花》;賀鑄名《減字浣溪沙》;韓淲詞有"芍藥酴醿滿院春"句,名《滿院春》;有"東風拂檻露猶寒"句,名《東風寒》;有"一曲西風醉木犀"句,名《醉木犀》;有"霜後黄花菊自開"句,名《霜菊黄》;有"廣寒曾折最高枝"句,名《廣寒枝》;有"春風初試薄羅衫"句,名《試香羅》;有"清和風裏緑蔭初"句,名《清和風》;有"一番春事怨啼鵑"句,名《怨啼鵑》。

**浣溪沙** 雙調四十二字,前段三句三平韻,後段三句兩平韻。

韓　偓

宿醉離愁慢髻鬟韻六銖衣薄惹輕寒韻慵紅悶翠掩青鸞韻　羅襪况兼金菡萏句雪肌仍是玉琅玕韻骨香腰細更沈檀韻

此調以此詞爲正體，若薛詞之少押一韻，孫詞、顧詞之攤破句法，李詞之换仄韻，皆變體也。

前段第二句，韋莊詞"孤燈照壁背窗紗"，"孤"字平聲，"照"字仄聲；後段第二句，歐陽炯詞"園中緩步折花枝"，"緩"字仄聲；第三句，李煜詞"登臨不惜更沾衣"，"登"字平聲，"不"字仄聲。譜内可平可仄據此，其餘悉參後詞。至《花草粹編》所載李氏一詞，前段第三句"流水飄香乳燕啼"，歷查唐、宋、元諸家平韻詞，此句從無第二、第六字用仄，第四字用平者，李詞誤填，不可從。

**又一體** 雙調四十二字，前後段各三句，兩平韻。

薛昭蘊

紅蓼渡頭秋正雨句印沙鷗跡自成行韻整鬟飄袖野風香韻　不語含嚬深浦裏句幾回愁煞棹船郎韻燕歸帆盡水茫茫韻

此詞首句不起韻。薛詞别首"越女淘金春水上，步摇雲鬟佩鳴璫"，正與此同。

**又一體** 雙調四十四字，前段三句三平韻，後段五句兩平韻。

孫光憲

風撼芳菲滿院香韻四簾慵卷日初長韻鬢雲垂枕響微鍠韻　春夢未成愁寂寂句佳期難會信茫茫韻萬般心句千點淚句泣蘭堂韻

此詞後結作三字三句，唐、宋、元詞僅見此作。

**又一體** 雙調四十六字，前段五句三平韻，後段五句兩平韻。

顧　敻

紅藕香寒翠渚平韻月籠虚閣夜蛩清韻天際鴻句枕上夢句兩牽情韻　寶帳玉爐殘麝冷句羅衣金縷暗塵生韻小窗凉句孤燭背句淚縱横韻

此詞前後結皆三字三句。按，《花間集》本，前後兩結仍作七字一句，今從《花草粹編》，以備一體。

**又一體** 雙調四十二字，前後段各三句，三仄韻。

李　煜

紅日已高三丈透韻金爐次第添香獸韻紅錦地衣隨步皺韻　佳人舞點金釵溜韻酒惡時拈花蕊嗅韻别殿遥聞簫鼓奏韻

此調全押仄韻者止此一詞，無别首可校。

## 醉垂鞭一體

詞見張先集。

**醉垂鞭** 雙調四十二字,前後段各五句,三平韻兩仄韻。

張 先

醉面灩金魚平韻吴娃唱仄韻吴潮上韻玉殿白麻書平韻待君歸後除韻 勾留風月好换仄韻平湖曉韻翠峰孤平韻此景出關無韻西州空畫圖韻

此詞凡三用韻,兩仄韻即間押於平韻之内,以平韻爲主,亦花間體也。張詞三首並同。

按,張詞别首,前段第一句"雙蝶繡羅裙","雙"字平聲;第四句"朱粉不深勾","朱"字平聲;第五句"閒花淡淡春","閒"字平聲,"淡"字仄聲;後段第一句"細看諸處好","細"字仄聲。譜内可平可仄據此。

## 雪花飛一體

《宋史·樂志》:高角調。按,高角乃大吕之角聲也。

**雪花飛** 雙調四十二字,前後段各四句兩平韻。

黄庭堅

携手青雲路穩句天聲迤邐傳呼韻袍笏恩章乍賜句春滿皇都韻 何處難忘酒句瓊花照玉壺韻歸娲絲鞘競醉句雪舞街衢韻

此調僅見山谷一詞,無别首可校。

## 沙塞子四體

唐教坊曲名。一名《沙磧子》。

**沙磧子** 雙調四十二字,前後段各五句兩平韻。

朱敦儒

萬里飄零南越句山引淚句酒催愁韻不見鳳樓龍闕句又經秋韻 九日江亭閒望句蠻樹遠句瘴煙浮韻腸斷紅蕉花晚句水西流韻

此詞前後段字句相同,朱詞二首皆然。《花草粹編》刻此詞,後段第二句落一"遠"字,今從《詞緯》增定。

朱詞别首,後段第二句"莫作楚囚相泣","楚"字仄聲;第二句"傾銀漢","銀"字平聲。

**又一體** 雙調四十九字,前後段各四句三平韻。

葛立方

天生玉骨冰肌韻瘦損也讀知他爲誰韻寒澗底讀傲霜凌雪句不教春知韻 高樓横笛試

輕吹韻要一片讀花盡酒卮韻拌沈醉讀帽檐斜插句折取南枝韻

《詞律》於前段第三句脱去"澗"字，今從《詞緯》增定。　按，此詞兩起句用韻，第二句以下較朱詞各添一字。

又一體　雙調五十字，前後段各四句三平韻。

周紫芝

玉溪秋月浸寒波韻忍持酒讀重聽驪歌韻不堪對讀緑陰飛閣句月下羞蛾韻　夜深驚鵲轉南柯韻慘别意讀無奈愁何韻他年事讀不須重問句轉更愁多韻

此詞前起作七字句，比葛詞多一字，周紫芝二首皆然。

周詞别首，前段第一句"秋雲微淡月微羞"，"秋"字平聲；第二句"雲黯黯月彩難留"，"雲"字平聲，"黯"字、"月"字俱仄聲；第三句"只應是嫦娥心裏"，"嫦"字平聲；後段第二句"人共月同上南樓"，"人"字平聲；第三句"却重聽畫闌西角"，"却"字仄聲。譜内可平可仄據此。

又一體　雙調四十九字，前後段各四句三仄韻。

趙彦端

春水緑波南浦韻漸理棹讀行人欲去韻黯消魂讀柳際輕煙句花梢微雨韻　長亭放琖無計住韻但芳草讀迷人去路韻忍回頭讀斷雲殘日句長安何處韻

此詞用仄韻，其字句與葛立方平韻詞同。

殿前歡二體

《太平樂府》注：雙調。一名《鳳將雛》。

殿前歡　雙調四十二字，前段四句三平韻一叶韻，後段五句兩平韻兩叶韻。

張可久

水晶宫韻四圍添上玉屏風韻姮娥碎剪銀河凍叶攙盡春紅韻　梅花紙帳中韻香浮動叶一片梨雲夢叶曉來詩句句盡出漁翁韻

朱子有云："古樂府只是詩中間添却許多泛聲，後人怕失了那泛聲，逐一聲添箇實字，遂成長短句，今曲子便是。"按朱子所云，爲詩之變而爲詞也。若詞變而爲曲，則又就長短句之泛聲，添上實字，如元人之過曲。有與詞同一調名而字句不同者，蓋以虚聲多而音節異也，其流爲襯字之雜，即一調中亦多寡不一，如《殿前歡》、《水仙子》，襯字不拘，知音者可以類推。

張詞别首，前段第二句"蓮花白酒緑荷杯"，"蓮"字平聲，"白"字仄聲；第三句"起來搔首人獨自"，"起"字、"獨"字俱仄聲，"搔"字平聲；後段第三句"花底佳人醉"，"花"字平聲；第五句"凉月纖纖"，

"凉"字平聲。譜内可平可仄據此,其餘參校下詞。

**又一體**　雙調四十四字,前段四句三平韻一叶韻,後段五句兩平韻兩叶韻。

張可久

歎詩癯韻十年香夢老江湖韻笙歌又是錢塘路叶往事如何韻　青鸞寫恨書韻紅錦題情疏叶翠館酬春句叶桃花結子句乳燕將雛韻

此與前詞同,惟後段第二句多二字,作五字句異。《小山樂府》中此調甚多,襯字各異,録一、二體,可概其餘。

## 水仙子二體

唐教坊曲名。《太平樂府》注:雙調。

**水仙子**　雙調四十二字,前後段各四句,三平韻、一叶韻。

張可久

天邊白雁寫寒雲韻鏡裏青鸞瘦玉人韻秋風昨夜愁成陣叶思君不見君韻　緩歌獨自開尊韻燈挑盡叶酒半醺韻如此黄昏韻

張可久《小山樂府》中,此調凡十餘首,自四十二字起,至五十一字,襯字遞增,長短不一,蓋元人小令之漸流於曲者,故不多録。

張詞別首,前段第一句"席間談笑欠佳賓","席"字仄聲;第三句"玉波流暖迎蘭棹","玉"字仄聲,"流"字平聲;第四句"可憐辜負春","可"字仄聲,"辜"字平聲;或作"香塵隨去馬",换叶仄韻;後段第一句"孤山誰弟逋魂","誰"字平聲。譜内可平可仄據此,餘參下詞。

**又一體**　雙調四十四字,前段四句三平韻一叶韻,後段四句三平韻。

倪　瓚

東風花外小紅樓韻南浦山横翠黛愁韻春寒不管花枝瘦叶無情水自流韻　簷前燕語嬌柔韻驚回幽夢句難尋舊遊韻落日簾鈎韻

前段與張詞同,後段第二、三句俱四字,與張詞異。

## 霜天曉角九體

元高拭詞注:越調。張輯詞有"一片月當窗白"句,名《月當窗》;程垓詞有"須共踏月深夜",名《踏月》;吴禮之詞有"長橋月"句,名《長橋月》。

## 霜天曉角 雙調四十三字，前段四句三仄韻，後段五句四仄韻。

林逋

冰清霜潔韻昨夜梅花發韻甚處玉龍三弄句聲搖動讀枝頭月韻　夢絶韻金獸熱韻曉寒蘭燼滅韻更卷珠簾清賞句且莫掃讀階前雪韻

此詞押仄韻者，以林詞、辛詞爲正體，若趙詞、葛詞之多押兩韻，程詞、吴詞之添字，皆變格也。

前段第三句，蕭泰來詞"賴是生來瘦硬"，"瘦"字仄聲；第四句，張輯詞"又争似不相識"，"又"字仄聲；後段第一、二句，蕭詞"清絶，影也別"，"清"字平聲，"影"字仄聲；第三句，韓玉詞"翠袖倚修竹"，"倚"字仄聲；第五句，甄龍友詞"前赤壁，後赤壁"，下"赤"字仄聲。譜内可平可仄據此，其餘悉參所列仄韻諸詞。

## 又一體 雙調四十三字，前後段各四句三仄韻。

辛棄疾

吴頭楚尾韻一棹人千里韻休説舊愁新恨句長亭樹讀今如此韻　宦途吾倦矣韻玉人留我醉韻明日落花寒食句得且住讀爲佳耳韻

此詞换頭五字句，不押短韻異。《嘯餘譜》刻此詞，於"亭"字下落一"樹"字，《圖譜》因之，遂誤作五字，不可從。

按，吕勝己詞换頭句"村酒頻斟酌"正與此同，但"村"字、"斟"字俱平聲，"酒"字仄聲。

## 又一體 雙調四十三字，前後段各四句四仄韻。

趙師俠

雨餘風勁韻霧重千里暝韻茅屋寒林相映韻分明是讀畫圖景韻　去程何日定韻天遠長安近韻唤起新愁無盡韻全没箇讀故園信韻

此詞前後段第三句俱用韻，與各家不同。

## 又一體 雙調四十三字，前段五句、後段六句各四仄韻一疊韻。

葛長庚

五羊安在韻城市何曾改韻十萬人家闤闠韻東亦海韻西亦海疊　歲歲韻蒲澗會韻地接蓬萊界韻老樹知他一劫句千山外韻萬山外疊

此詞前後結並作三字兩句，且於上三字句亦用韻，與各家作六字折腰句法者不同。

## 又一體 雙調四十四字，前後段各四句三仄韻。

程垓

幾夜瑣窗揭韻素蟾光似雪韻恰恨照人欹枕句紗櫥爽讀簟紋滑韻　迤邐篆香裊韻好懷

誰共説韻若是知人風味句來分付讀半牀月韻

此詞前段起句五字，與趙長卿“玉清冰樣潔”詞同，但平仄互異。趙詞前段第一、二句“玉清冰樣潔，幾夜相思切”，後段第一、二句“匆匆休惜别，還有來時節”，譜内可平可仄參之。

**又一體**　雙調四十四字，前段四句三仄韻，後段五句四仄韻。

吴文英

香莓幽徑滑韻縈繞秋曲折韻簾額紅摇波影句魚驚墜讀暗吹沫韻　浪闊韻輕棹撥韻武陵曾話别韻一點煙紅春小句桃花夢讀半林月韻

此詞前段起句五字與程詞同，但换頭仍用短韻。按，吴詞别首，前段第一、二句“煙林退葉紅，偶藉遊人屧”，若一句四字、一句六字，則無此體。若改五字兩句，則無别本可校，應有衍字，故不類列。

**又一體**　雙調四十三字，前後段各四句三平韻。

黄　機

玉粲冰寒韻月痕侵畫闌韻客裏安愁無地句爲徙倚讀到更殘韻　問花花不言韻嗅香香欲闌韻消得箇温存處句三六曲讀翠屏間韻

此調押平韻者，以黄詞、蔣詞爲正體，若趙詞之添字，乃變體也。

按，樓槃詞前段第三句“吟到十分清處”，“吟”字平聲；第四句“都不是我知音”，“都”字平聲；後段第一句“誰是我知音”，“誰”字、“知”字俱平聲，“是”字、“我”字俱仄聲；第二句“孤山人姓林”，“孤”字平聲；第三句“一自西湖别後”，“西”字平聲；第四句“説得盡我平生”，“説”字仄聲。譜内可平可仄據此，其餘參下二詞。

**又一體**　雙調四十三字，前段四句三平韻，後段五句四平韻。

蔣　捷

人影窗紗韻是誰來折花韻折則從他折去句知折去讀向誰家韻　簷牙韻枝最佳韻折時高折些韻説與折花人道句須插向讀鬢邊斜韻

此詞用平韻，與黄詞同，但换頭句押短韻。

**又一體**　雙調四十四字，前後段各四句兩平韻。

趙長卿

閣兒幽静處句圍爐面小窗韻好似鬬頭兒坐句梅煙炷讀返魂香韻　對火怯夜冷句猛飲消漏長韻飲罷且收拾睡句斜月照讀滿林霜韻

此詞亦押平韻者，但前後段起句皆五字，又各不用韻。

## 清商怨三體

古樂府有清商曲辭，其音多哀怨，故取以爲名。周邦彦以晏詞有“關河愁思”句，更名《關河令》，又名《傷情怨》。

**清商怨** 雙調四十三字，前後段各四句三仄韻。

晏　殊

關河愁思望處滿韻漸素秋向晚韻雁過南雲句行人回淚眼韻　雙鸞衾裯悔展韻夜又永讀枕孤人遠韻夢未成歸句梅花聞塞管韻

此詞前段起句七字，趙師俠詞二首、周邦彦詞一首皆同。

按，趙詞前段起句“亭皋霜重飛葉滿”，“飛”字平聲；又“江頭伊軋動柔櫓”，“柔”字平聲；第二句“聽西風斷雁”，“西”字平聲；第三句“閒憑危闌”，“閒”字平聲；第四句“波間自容與”，“自”字仄聲，“容”字平聲；後段第一句“岸蓼汀蘋無緒”，“岸”字、“蓼”字俱仄聲，“無”字平聲；第二句“誤雰鬃征帆幾點”，“幾”字仄聲。晏幾道詞，後段起句“回文錦字暗剪”，“錦”字仄聲。方千里詞，第二句“度寒食禁煙須到”，“寒”字平聲。譜内可平可仄據此，餘參周、沈二詞。

**又一體** 雙調四十二字，前後段各四句三仄韻。

周邦彦

枝頭風信漸小韻看暮鴉飛了韻又是黄昏句閉門收晚照韻　江南人去路杳韻信未通讀愁已先到韻怕見孤燈句霜寒催睡早韻

此詞起作六字句，晏幾道、方千里、楊澤民、陳允平詞皆與此同。但此調前段第二句五字，例須上一下四句法，晏、趙、方、楊莫不皆然，惟陳允平詞“籬菊都荒了”小異，不可從。

**又一體** 雙調四十三字，前後段各四句三仄韻。

沈會宗

城上鴉啼斗轉韻漸玉壺冰滿韻月淡寒梅句清香來小院韻　誰遣鸞箋寫怨韻翻錦字讀疊疊和愁卷韻夢破秋笳句江南煙樹遠韻

此與周詞同，惟後段第二句八字異。　“誰遣”，坊本作“誰遣”，今照《天機餘錦》改正，或云“遣”字亦短韻。

## 傷春怨一體

見《能改齋漫録》，王安石夢中作。

**傷春怨**　雙調四十三字，前後段各四句三仄韻。

王安石

雨打江南樹韻一夜花開無數韻緑葉漸成陰句下有遊人歸路韻　與君相逢處韻不道春將暮韻把酒祝東風句且莫恁讀匆匆去韻

此調惟此一詞，無他首可校。

## 《御定詞譜》卷五　起四十四字至四十六字

### 菩薩蠻三體

唐教坊曲名。《宋史·樂志》：女弟子舞隊名。《尊前集》注：中吕宫。《宋史·樂志》亦中吕宫。《正音譜》注：正宫。唐蘇鄂《杜陽雜編》云："大中初，女蠻國入貢，危髻金冠，纓絡被體，號菩薩蠻隊，當時倡優遂製《菩薩蠻》曲，文士亦往往聲其詞。"孫光憲《北夢瑣言》云："唐宣宗愛唱《菩薩蠻》詞，令狐綯命温庭筠新撰進之。"《碧雞漫志》云："今《花間集》温詞十四首是也。"按，温詞有"小山重疊金明滅"句，名《重疊金》。南唐李煜詞名《子夜歌》，一名《菩薩鬘》。韓淲詞有"新聲休寫花間意"句，名《花間意》；又有"風前覓得梅花句"，名《梅花句》；有"山城望斷花溪碧"句，名《花溪碧》；有"晚雲烘日南枝北"句，名《晚雲烘日》。

**菩薩蠻**　雙調四十四字，前後段各四句兩仄韻兩平韻。

李　白

平林漠漠煙如織仄韻寒山一帶傷心碧韻暝色入高樓平韻有人樓上愁韻　玉階空佇立換仄韻宿鳥歸飛急韻何處是歸程換平韻長亭更短亭韻

此調以此詞爲正體，若朱詞之不换韻，樓詞之三聲叶韻，皆變格也。

按，元好問《中州集樂府》，王庭筠詞"斷腸人恨餘香换。塵暗瑣窗春。小花簷月曉。屏掩半山青"，李晏、孟宗獻俱有之，蓋回文體也。每句一回，即同李白詞體。或以單調另分一體者誤。

温庭筠詞，前段起句"牡丹花謝鶯聲歇"，"牡"字仄聲；後段起句"無言匀睡臉"，"無"字平聲；第二句"釵上蝶雙舞"，"蝶"字仄聲；結句"無憀獨倚門"，"獨"字仄聲。譜内可平可仄據此，餘參下詞。

**又一體**　雙調四十四字，前後段各四句兩仄韻兩平韻。

朱敦儒

秋風乍起梧桐落仄韻蛩吟唧唧添蕭索韻攲枕背燈眠平韻月和殘夢圓韻　起來鈎翠箔

仄韻何處寒砧作韻獨倚小闌干平韻逼人風露寒韻

此即李詞體，但後段仄韻、平韻即押前段原韻。

**又一體** 雙調四十四字，前後段各四句兩叶韻兩平韻。

樓　扶

絲絲楊柳鶯聲近叶晚風吹過秋千影叶寒色一簾輕韻燈殘夢不成韻　耳邊消息在换叶笑指花梢待叶又是不歸來韻滿庭花自開韻

按，《太平樂府》無名氏詞"鏡中兩鬢皤然矣。心頭一點愁而已。清瘦仗誰醫。羈情只自知"，仄韻即叶平韻，名"三聲叶"，元人多宗之，此詞即其體也。

## 采桑子三體

唐教坊曲有《楊下采桑》，調名本此。《尊前集》注：羽調。《樂府雅詞》注：中吕宫。南唐李煜詞名《醜奴兒令》，馮延巳詞名《羅敷媚歌》，賀鑄詞名《醜奴兒》，陳師道詞名《羅敷媚》。

**采桑子** 雙調四十四字，前後段各四句三平韻。

和　凝

蝤蠐領上訶梨子句繡帶雙垂韻椒户閒時韻競學摴蒲賭荔枝韻　叢頭鞋子紅編細句裙窣金絲韻無事顰眉韻春思翻教阿母疑韻

此調以此詞爲正體，若李詞、朱詞之添字，皆變體也。

按，馮延巳詞前段第一句"馬嘶人語春風岸"，"馬"字仄聲，"人"字平聲；第二句"芳草綿綿"，"芳"字平聲；第三句"夢過金扉"，"夢"字仄聲；結句"花謝窗前夜合枝"，"花"字平聲；又"落盡燈花雞未啼"，"雞"字平聲；後段第一句"起來撿點經遊地"，"起"字、"撿"字俱仄聲；第二句"處處新愁"，上"處"字仄聲；第三句"不語含情"，"不"字仄聲；結句"水調何人吹笛聲"，"水"字仄聲，"吹"字平聲。譜内可平可仄據此。若兩結句第三、四字，例用平平，則不可移易也。

**又一體** 雙調四十八字，前後段各四句兩平韻一疊韻。

李清照

窗前誰種芭蕉樹句陰滿中庭韻陰滿中庭疊葉葉心心讀舒卷有餘情韻　傷心枕上三更雨句點滴凄清韻點滴凄清疊愁損離人讀不慣起來聽韻

此詞前後段第三句即疊上句，兩結句較和凝詞各添二字，或名《添字采桑子》。

**又一體**　雙調五十四字，前段五句四平韻，後段五句三平韻。

朱淑真

王孫去後無芳草句緑遍香階韻塵滿妝臺韻粉面羞搽淚滿腮韻教我甚情懷韻　去時梅蕊全然少句等到花開韻花已成梅韻梅子青青又帶黄句兀自未歸來韻

此詞見《花草粹編》選本，皆集唐、宋女郎詩句也。較和凝詞，前後段各添五字一結句，採入以備一體。

## 後庭花四體

唐教坊曲名。張先詞名《玉樹後庭花》。《碧雞漫志》云："《玉樹後庭花》，陳後主造，其詩皆以配聲律，遂取一句爲曲名。僞蜀時，孫光憲、毛熙震、李珣有《後庭花》曲，皆賦後主故事，不著宫調，兩段各四句，似令也。"

**後庭花**　雙調四十四字，前後段各四句四仄韻。

毛熙震

輕盈舞妓含芳豔韻競妝新臉韻步摇珠翠修娥斂韻膩鬟雲染韻　歌聲慢發開檀點韻繡衫斜掩韻時將纖手勻紅臉韻笑拈金靨韻

此調以此詞爲正體，若孫詞之添字，張詞之少押一韻、攤破句法，皆變體也。

按，毛詞别首後段第三句"争不教人長相見"，或作拗句，間一爲之，不必從。譜内可平可仄，詳見下詞，故不復注。

**又一體**　雙調四十六字，前後段各四句四仄韻。

孫光憲

景陽鍾動宫鶯囀韻露凉金殿韻輕飆吹起瓊花旋韻玉葉如剪韻　晚來高閣上讀珠簾卷韻見墜香千片韻修蛾曼臉陪雕輦韻後庭新宴韻

此與毛詞同，惟後段起句添一字作八字句，第二句添一字作五字句異。

**又一體**　雙調四十六字，前後段各四句四仄韻。

孫光憲

石城依舊空江國韻故宫春色韻七尺青絲芳草碧韻絶世難得韻　玉英凋落盡讀更何人識韻野棠如織韻只是教人添怨憶韻悵望無極韻

此亦與毛詞同，惟後段起句添二字作九字句異。

**又一體** 雙調四十四字,前後段各四句三仄韻。

張　先

華燈火樹紅相鬬韻往來如晝韻橋河水白天清句訝別生星斗韻　　落梅穠李還依舊韻寶釵沽酒韻曉蟾殘漏心情句恨雕鞍歸後韻

此亦毛詞體,惟前後段第三句減一字作六字句,不押韻;第四句添一字,作上一下四句法。張集三首,平仄如一。

## 訴衷情令三體

《樂章集》注:林鍾商。張元幹以黄庭堅詞"曾詠漁父家風",改名《漁父家風》;張輯詞有"一釣絲風"句,名《一絲風》。

**訴衷情令** 雙調四十四字,前段四句三平韻,後段六句三平韻。

晏　殊

青梅煮酒鬬時新韻天氣欲殘春韻東城南陌花下句逢著意中人韻　　回繡袂句展香茵韻敘情親韻此時拌作句千尺遊絲句惹住朝雲韻

此調以此詞爲正體,若歐、張詞之添字,皆變體也。前段第二句,晏幾道詞"緑腰沉水熏","緑"字、"水"字俱仄聲,"腰"字、"沉"字俱平聲。第三句,柳永詞"不堪更倚危闌","不"字仄聲,"闌"字平聲;毛滂詞"行雲自隨語燕","隨"字平聲,"語"字仄聲。後段第四句,僧揮詞"三千粉黛","粉"字仄聲。第五句,僧揮詞"水風長在","風"字平聲,"在"字仄聲;沈會宗詞"睡起雯時","雯"字仄聲。結句,黄庭堅詞"權典青山","權"字平聲。譜内可平可仄據此,餘參下詞。

**又一體** 雙調四十五字,前段四句三平韻,後段六句三平韻。

歐陽修

清晨簾幕卷輕霜韻呵手試梅妝韻都緣自有離恨句故畫作讀遠山長韻　　思往事句惜流光韻易成傷韻擬歌先斂句欲笑還顰句最斷人腸韻

此詞前段結句六字,黄庭堅詞"供愁黛不須多",其體正與此同。又趙長卿詞,"臂間皓齒留香",亦作六字,但句讀與此又異,因詞俚不録。

**又一體** 雙調四十五字,前段四句三平韻,後段六句三平韻。

張元幹

八年不見荔枝紅韻腸斷故園東韻風枝露葉誰新採句悵望冷香濃韻　　冰透骨句玉開容

韻想�籠韻今宵歸夢句滿頰天漿句更御泠風韻

此詞前段第三句七字。按,嚴仁詞"無情江水東流去",正與此同。

## 减字木蘭花一體

《樂章集》注:仙吕調。《梅苑》李子正詞名《减蘭》,徐介軒詞名《木蘭香》,《高麗史·樂志》名《天下樂令》。

**减字木蘭花** 雙調四十四字,前後段各四句兩仄韻兩平韻。

歐陽修

歌檀斂袂仄韻繚繞雕梁塵暗起韻柔潤清圓平韻百琲明珠一線穿韻　櫻脣玉齒仄韻天上仙音心下事韻留住行雲平韻滿座迷魂酒半醺韻

按,《木蘭花令》,始於韋莊,系五十五字,全用韻者。《花間集》魏承班有五十四字詞一體,毛熙震有五十三字詞一體,亦用仄韻,皆非减字也。自南唐馮延巳製《偷聲木蘭花》五十字,前後起兩句仍作仄韻七言,結處乃偷平聲,作四字一句、七字一句,始有兩仄兩平四换頭體。此詞亦四换韻,蓋又就偷聲詞兩起句各减三字,自成一體也。

蘇軾詞前段起句"曉來風細","曉"字仄聲,"風"字平聲;第二句"不會鵲聲來報喜","不"字、"鵲"字俱仄聲;第三句"玉座金盤","玉"字仄聲;第四句"先覺春風一夜來","先"字平聲;後段起句"不如歸去","不"字仄聲,"歸"字平聲;第二句"總是少年行樂處","總"字、"少"字俱仄聲;第三句"不是秋光","不"字仄聲;第四句"慚愧青松守歲寒","慚"字平聲。又宋媛蔣氏詞,前後段兩結句"月照孤村三兩家"、"回首鄉關行路難","三"字、"行"字俱平聲。譜内可平可仄據此。

## 卜算子七體

元高拭詞注:仙吕調。蘇軾詞,有"缺月挂疏桐"句,名《缺月挂疏桐》;秦湛詞有"極目煙中百尺樓"句,名《百尺樓》;僧皎詞有"目斷楚天遥"句,名《楚天遥》;無名氏詞有"蹙破眉峰碧"句,名《眉峰碧》。

**卜算子** 雙調四十四字,前後段各四句兩仄韻。

蘇　軾

缺月挂疏桐句漏斷人初静韻時見幽人獨往來句縹緲孤鴻影韻　驚起却回頭句有恨無人省韻揀盡寒枝不肯棲句寂寞沙洲冷韻

此調以此詞爲正體,若石詞之多押兩韻,徐、黄、張、杜四詞之添字,皆變體也。

蘇詞別首前段第二句"長憶吳山好","長"字平聲,譜内據之。其餘可平可仄,悉參下詞。

**又一體** 雙調四十四字,前後段各四句三仄韻。

石孝友

見也如何暮韻別也如何遽韻別也應難見也難句後會難憑據韻　去也如何去韻住也如何住韻住也應難去也難句此際難分付韻

此與蘇詞同,惟前後段兩起句各用韻異。

**又一體** 雙調四十五字,前段四句兩仄韻,後段四句三仄韻。

徐　俯

胸中千種愁句挂在斜陽樹韻緑葉陰陰自得春句草滿鶯啼處韻　不見凌波步韻空想如簧語韻門外重重疊疊山句遮不斷讀愁來路韻

此亦蘇詞體,惟後段起句用韻,結句添一字作折腰句法異。《古杭雜紀》無名氏詞,前結"把定纖纖手",後結"瞞不得、橋頭柳",正與此同。

**又一體** 雙調四十五字,前後段各四句兩仄韻。

黄公度

薄宦各東西句往事隨風雨韻先是驪歌不忍聞句又何況讀春將暮韻　愁共落花多句人逐征鴻去韻君向瀟湘我向秦句後會知何處韻

此亦蘇詞體,惟前段結句作六字折腰句法異。《古今詞話》無名氏詞,前結"終不似、伊家好",後結"滿目園芳草",正與此同。按,黄童和此詞,前段結句"奚止朝朝暮暮",句法又異。

**又一體** 雙調四十六字,前段四句兩仄韻,後段四句三仄韻。

張　先

夢短寒夜長句坐待清霜曉韻臨鏡無人爲整妝句但自學讀孤鸞照韻　樓臺紅樹杪韻風月依前好韻江水東流郎在西句問尺素讀何由到韻

此亦蘇詞體,惟前後段兩結句俱六字異。杜安世"尊前一曲"詞,正與此同。

按,黄庭堅此調詞,前後段兩起句,"要見不得見,要近不得近","禁止不得淚,忍管不得悶","見"字、"淚"字俱仄聲,連用四"不得"字,皆以入替平之法,因謔詞不録。

**又一體** 雙調四十六字,前後段各四句三仄韻。

杜安世

深院花鋪地韻淡淡陰天氣韻水榭風亭朱明景句又別是讀愁情味韻　有情奈無計韻漫

惹成憔悴韻欲把羅巾暗傳寄句細認取句斑點淚韻

此與張詞同，惟前後段起句俱用韻異。按，《玉照新志》"蹙破眉峰"詞，正與此同，但此詞前後段第三句第七字仄聲，各家則用平聲也。

**又一體**　雙調四十六字，前後段各四句兩仄韻。

《花草粹編》無名氏

幽花帶露紅句濕柳拖煙翠韻花柳分春各自芳句惟有人憔悴韻　寄與手中書句問肯歸來未韻正是東風料峭寒句如何獨自教人睡韻

此詞見《花草粹編》，《本清湖三塔記》，亦蘇詞體，惟後段結句七字，添二襯字異。

## 一落索八體

歐陽修詞名《洛陽春》，張先詞名《玉連環》，辛棄疾詞名《一絡索》。

**一絡索**　雙調四十四字，前後段各四句三仄韻。

《梅苑》無名氏

臘後東風微透韻越梅時候韻一枝芳信到江南句來報先春秀韻　宿醉頻拈輕嗅韻堪醒殘酒韻笛聲容易莫相催句留待纖纖手韻

此詞見宋黄大輿《梅苑》選本，前後段兩起句六字，第二句四字，結句五字，宋詞僅得此首，若兩結各添一字，即後毛詞體也。

**又一體**　雙調四十五字，前後段各四句三仄韻。

吕渭老

宫錦裁書寄遠韻意長辭短韻香蘭泣露雨催蓮句暑氣昏池館韻　向晚小園行遍韻石榴紅滿韻花花葉葉盡成雙句渾似我讀梁間燕韻

此與《梅苑》無名氏詞同，惟後段結句作六字折腰句法異。

**又一體**　雙調四十六字，前後段各四句三仄韻。

毛　滂

月下花前風畔韻此情不淺韻欲留風月守花枝句却不道讀而今遠韻　牆外鷺飛沙晚韻煙斜雨短韻青山只管一重重句向東下讀遮人眼韻

此調以毛詞及秦、歐二詞爲正體，其餘皆變格也。而毛詞此體，則宋人填者尤多。

前段起句，辛棄疾詞"羞見鑒鸞孤却"，"鑒"字仄聲。第二句，王安中詞"霜華催鬢"，"霜"字平聲。

結句，周邦彦詞"恐花也如人瘦"，"花"字平聲；朱敦儒詞"容易放春歸去"，"容"字平聲。後段起句，方岳詞"葉下亭皋渺渺"，上"渺"字仄聲。譜内可平可仄據此，餘參前後所列諸詞。

**又一體** 雙調四十七字，前後段各四句三仄韻。

張 先

來時露浥衣香潤韻彩條垂鬢韻捲簾還喜月相親句把酒與讀花相近韻　西去陽關休問韻未歌先恨韻玉峰山下水長流句流水盡讀情無盡韻

此亦毛詞體，惟前段起句七字異。賀鑄、吕渭老詞，正與此同。但賀詞起句"初見碧紗窗下繡"，吕詞"蟬帶殘聲移别樹"，平仄與此異。

**又一體** 雙調四十八字，前後段各四句三仄韻。

秦 觀

楊花終日飛舞韻奈久長難駐韻海潮雖是暫時來句却有箇讀堪憑處韻　紫府碧雲爲路韻好相將歸去韻肯如薄幸五更風句不解與讀花爲主韻

此亦毛詞體，惟前後段第二句各添一字，作五字句異。程垓"門外煙寒"詞、辛棄疾"錦帳如雲"詞，正與此同，但程詞起句"門外煙寒楊柳"，辛詞"錦帳如雲開處"，平仄與此異。

**又一體** 雙調四十八字，前後段各四句三仄韻。

嚴 仁

清曉鶯啼紅樹韻又一雙飛去韻日高花氣撲人來句獨自箇讀傷春無緒韻　别後暗寬金縷韻倩誰傳語韻一春不忍上高樓句爲怕見讀分携處韻

此詞前段第二句五字，後段第二句四字，前結七字，後結六字，於各家中極爲參差，録備一體。

**又一體** 雙調四十九字，前後段各四句，三仄韻

陳鳳儀

蜀江春色濃如霧韻擁雙旌歸去韻海棠也似别君難句一點點讀啼紅雨韻　此去馬蹄何處韻向沙堤新路韻禁林賜宴賞花時句還憶著讀西樓否韻

此與張先詞同，惟前後段第二句五字異。

**又一體** 雙調五十字，前後段各四句三仄韻。

歐陽修

紅紗未曉黄鸝語韻蕙爐消殘炷韻錦屏羅幕護春寒句昨夜裏讀三更雨韻　繡簾閒倚吹

輕絮韻斂眉山無緒韻看花拭淚向歸鴻句問來處讀逢郎否韻

此詞前後段起句七字,第二句五字,餘與毛詞同。坊本前結作五字句,今從《高麗史·樂志》改定。黄庭堅"誰道秋來"詞,正與此同,但前段第二句,"任遊人不顧"句法小異。按,此詞第二句,應作上一下四句法,黄詞爲正。

黄詞前段起句"誰道秋來煙景素","道"字、"景"字俱仄聲,"秋"字、"來"字俱平聲;第二句"任遊人不顧","不"字仄聲;後段第二句"對月亭風露","月"字仄聲;第四句"更作甚悲秋賦","作"字仄聲。譜内可平可仄據此。

## 好時光一體

詞見《尊前集》,唐明唐製,取結句三字爲調名。

**好時光**　雙調四十五字,前後段各四句兩平韻。

唐明皇

寶髻偏宜宮樣句蓮臉嫩讀體紅香韻眉黛不須張敞畫句天教入鬢長韻　莫倚傾國貌句嫁取箇句有情郎韻彼此當年少句莫負好時光韻

或疑此詞非明皇筆,然《尊前集》所收固唐詞也,編入以備一體。

## 謁金門四體

唐教坊曲名。元高拭詞注:商調。宋楊湜《古今詞話》因韋莊詞起句,名《空相憶》。張輯詞有"無風花自落"句,名《花自落》;又有"樓外垂楊如此碧"句,名《垂楊碧》。李清臣詞有"楊花落"句,名《楊花落》。李石名《出塞》。韓淲詞有"東風吹酒面"句,名《東風吹酒面》;又有"不怕醉,記取吟邊滋味"句,名《不怕醉》;又有"人已醉,溪北溪南春意,擊鼓吹蕭花落未"句,名《醉花春》;又有"春尚早,春入湖山漸好"句,名《春早湖山》。

**謁金門**　雙調四十五字,前後段各四句四仄韻。

韋　莊

空相憶韻無計得傳消息韻天上嫦娥人不識韻寄書何處覓韻　新睡覺來無力韻不忍看伊書跡韻滿院落花春寂寂韻斷腸芳草碧韻

此調以此詞爲正體,若孫詞、周詞之攤破句法,程詞之添字,皆變格也。

前段起句,閻選詞"美人浴","美"字仄聲。第二句,袁去華詞"開了酴醾一半","酴"字平聲,"一"

字仄聲。第四句，蘇庠詞“茅屋疏疏雨”，“屋”字仄聲，下“疏”字平聲。换頭句，魏承班詞“雁去音徽斷絶”，“斷”字仄聲。第二句，吴文英詞“錦瑟華年一箭”，“華”字平聲，“一”字仄聲。第四句，蘇庠詞“柳浪迷煙渚”，“浪”字仄聲。譜内可平可仄據此，餘參下詞。

**又一體** 雙調四十五字，前段四句四仄韻，後段五句四仄韻。

孫光憲

留不得韻留得也應無益韻白紵春衫如雪色韻揚州初去日韻　輕别離句甘抛擲韻江上滿帆風疾韻却羨彩鴛三十六韻孤鸞還一隻韻

此詞换頭作三字兩句，餘悉同韋詞。

**又一體** 雙調四十五字，前後段各四句，四仄韻

周必大

梅乍吐韻趁宴席讀香風度韻人與此花俱獨步韻風流天付與韻　好在青雲岐路韻願共作讀和羹侣韻歸訪赤松辭萬户韻鶯花猶是主韻

此詞前後段第二句俱六字折腰，餘與韋詞同。

**又一體** 雙調四十六字，前後段各四句四仄韻。

程　過

江上路韻依約數家煙樹韻一枕歸心村店暮韻更亂山深處韻　夢過江南芳草渡韻曉色又催人去韻愁似遊絲千萬縷韻倩東風約住韻

此亦韋詞體，惟换頭句七字，前後兩結俱作上一下四句法異。

《能改齋漫録》有王安石詞，後段第一句“紅箋寄與添煩惱”，“紅”字、“箋”字、“煩”字俱平聲，“寄”字、“與”字俱仄聲。

## 柳含煙一體

唐教坊曲名。《花間集》毛文錫詞有“河橋柳，占芳春，映水含煙拂露”句，取爲調名。

**柳含煙** 雙調四十五字，前段五句三平韻，後段四句兩仄韻兩平韻。

毛文錫

河橋柳句占芳春平韻映水含煙拂露句幾回攀折贈行人韻暗傷神韻　樂府吹爲横笛曲仄韻能使離腸斷續韻不如移植在金門平韻近天恩韻

此調换頭兩句,例用仄韻,餘皆平韻,毛詞三首同。但此詞後結兩平韻,與前韻本通,按別首俱各换韻,則不必仍押前韻也。

毛詞别首,前段起句"御溝柳","御"字仄聲;第三句"低拂往來冠蓋","低"字、"冠"字俱平聲,"往"字仄聲;第四句"朦朧春色滿皇州","朦"字平聲;又"有時倒影蘸輕羅","倒"字仄聲;後段起句"直與路邊江畔别","路"字仄聲;第二句"免被離人攀折","免"字仄聲,"攀"字平聲,又"風亞舞腰纖軟","舞"字仄聲;第三句"栽培得地近皇州","栽"字平聲,"得"字仄聲。譜内可平可仄據此。

## 杏園芳一體

調見《花間集》。

**杏園芳**　雙調四十五字,前段四句四平韻,後段四句三平韻。

尹　鶚

嚴妝嫩臉花明韻教人見了關情韻含羞舉步越羅輕韻稱娉婷韻　終朝咫尺窺香閣句迢遥似隔層城韻何時休遣夢相縈韻入雲屏韻

"夢相縈",或作"夢相迎",今照《花間集》改定。無别首可校,平仄當遵之。

## 好事近二體

張輯詞有"誰謂百年心事,恰釣船横笛"句,名《釣船笛》;韓淲詞有"吟到翠圓枝上"句,名《翠圓枝》。

**好事近**　雙調四十五字,前後段各四句兩仄韻。

宋　祁

睡起玉屏風句吹去亂紅猶落韻天氣驟生輕暖句襯沈香帷箔韻　珠簾約住海棠風句愁拖兩眉角韻昨夜一庭明月句冷秋千紅索韻

此調以此詞爲正體,若陸詞之多押兩韻,乃變格也。

前段第一句,鄭獬詞"江上探春春回","江"字平聲。第二句,洪适詞"底事催人行色","底"字仄聲,"催"字平聲。第三句,范成大詞"應是高唐小婦","高"字平聲,"小"字仄聲。第四句,蘇軾詞"看洞天星月","洞"字仄聲;朱子詞"變珠幢玉節","玉"字仄聲。换頭句,王益詞"不須脂粉污天真","不"字仄聲;蘇軾詞"當時張范風流在","風"字平聲,"在"字仄聲。第二句,蘇詞"況一尊浮雪","況"字仄聲,"尊"字平聲。第三句,王益詞"留取黛眉淺處","淺"字仄聲;陳克詞"醉帽風鬟歸去","風"字平聲。結句,張先詞"幸雨收風息","雨"字仄聲;洪适詞"聽歌聲不得","不"字仄聲。譜内可平可仄據此,餘參陸詞。

**又一體** 雙調四十五字，前後段各四句三仄韻。

陸 游

客路苦思歸句愁似繭絲千緒韻夢裏鏡湖煙雨韻看山無重數韻　尊前消盡少年狂句慵著送春語韻花落燕飛庭户韻歎年光如許韻

此即宋詞體，惟前後段第三句多押一韻。

## 華清引一體

詞賦華清舊事，因以名調。

**華清引** 雙調四十五字，前後段各四句三平韻。

蘇 軾

平時十月幸蓮湯韻玉甃瓊梁韻五家車馬如水句珠璣滿路旁韻　翠華一去掩方牀韻獨留煙樹蒼蒼韻至今清夜月句依舊過繚牆韻

此調祗此一詞，平仄當遵之。

## 天門謡一體

賀鑄詞，有"牛渚天門險"句，因取爲調名。李之儀《姑溪詞》注：賀方回登採石娥眉亭作也。

**天門謡** 雙調四十五字，前後段各四句四仄韻。

賀 鑄

牛渚天門險韻限南北讀七雄豪占韻清霧斂韻與閒人登覽韻　待月上潮平波灩灩韻塞管輕吹新阿濫韻風滿檻韻歷歷數讀西州更點韻

按，李之儀詞前段第二句"盡遠目、與天俱占"，"遠"字仄聲；後段第一句"正風静雲閒平潋灩"，"風"字平聲；末句"杳杳落沙鷗數點"，"數"字仄聲。譜内可平可仄據此。

## 憶悶令一體

調見《小山樂府》。

**憶悶令** 雙調四十五字,前後段各四句三仄韻。

晏幾道

取次臨鸞勻畫淺韻酒醒遲來晚韻多情愛惹閒愁句長黛眉低斂韻　月底相逢見韻有深深良願韻願期信讀似月如花句須更教長遠韻

"酒醒遲來晚","醒"字作平聲讀,與後"有深深良願"句法同。此調止此一詞,無他作可校。

## 散餘霞一體

謝朓詩"餘霞散成綺",調名本此。

**散餘霞** 雙調四十五字,前後段各四句三仄韻。

毛　滂

牆頭花口寒猶噤韻放繡簾晝静韻簾外時有蜂兒句趁楊花不定韻　闌干又還獨憑韻含翠低眉暈韻春夢枉惱人腸句更懨懨酒病韻

此調止此一詞,無别首可校。

## 好女兒三體

此調有兩體。四十五字者,起於黄庭堅,因詞有"懶系酥胸羅帶,羞見繡鴛鴦"句,名《繡帶兒》,《花草粹編》一作《繡帶子》。六十二字者起於晏幾道,與黄詞迥别。

**好女兒** 雙調四十五字,前段四句三平韻,後段五句三平韻。

黄庭堅

小院一枝梅韻衝破曉寒開韻偶到芳園遊戲句滿袖帶香回韻　玉酒覆銀盃韻盡醉去讀猶待重來韻東鄰何事句驚吹怨笛句雪片成堆韻

黄詞此體較爲整齊,有曾覿詞可校。前段第三句,曾詞"還是東風來也","還"字平聲;後段第二句,黄詞别首"怎奈向目下悽惶","目"字仄聲;第三句,曾詞"暮寒香細","暮"字仄聲。譜内可平可仄據此,餘參下詞。

**又一體** 雙調四十五字,前後段各四句三平韻。

黄庭堅

春去幾時還韻問桃李無言韻燕子歸棲風急句梨雪亂西園韻　惟有月嬋娟韻似人人讀

難近如天韻願教清影常相見句更乞取團圓韻

此即前詞體，惟後段第三句七字，第四句五字異。

**又一體** 雙調六十二字，前段六句三平韻，後段六句兩平韻。

晏幾道

緑遍西池韻梅子青時韻盡無端讀盡日東風惡句更霏微細雨句惱人離恨句滿路春泥韻 應是行雲歸路句有閒淚讀灑相思韻想旗亭讀望斷黄昏月句又依前誤了句紅箋香信句翠袖歡期韻

此調祇有晏詞别首及賀鑄詞可校。賀詞前段起句"車馬匆匆"，"車"字平聲；第二句"會國門東"，"會"字仄聲；第三句"記六朝、舊數闈房秀"，"六"字仄聲；第五句"摴蒱局上"，"摴"字平聲，"局"字仄聲；第六句"黄葉西風"，"黄"字平聲；後段第一句"不減麗華標韻"，"不"字、"麗"字俱仄聲；第二句"從今夜與誰同"，"從"字平聲；第四句，晏詞别首"向水沉煙底"，"水"字仄聲，"煙"字平聲；第五句，賀詞"悔分釵燕"，"悔"字仄聲；又"吴蠶八繭"，"八"字仄聲；結句"長望書鴻"，"長"字平聲。譜内可平可仄據此。

## 萬里春一體

調見周邦彦《片玉詞》。《清真集》不載，故方千里、楊澤民、陳允平俱無和詞。

**萬里春** 雙調四十五字，前後段各四句三仄韻。

周邦彦

千紅萬翠韻簇清明天氣韻爲憐他讀種種清香句好難爲不醉韻 我愛深如你韻我心在讀箇人心裏韻便相看讀老却春風句莫無些歡意韻

此調止此一詞，無别首可校。

## 彩鸞歸令一體

袁去華詞，名《青山遠》。

**彩鸞歸令** 雙調四十五字，前段四句四平韻，後段四句三平韻。

張元幹

珠履争圍韻小立春風趁拍低韻態閒不管樂催伊韻整朱衣韻 粉融香潤隨人勸句玉困花嬌越樣宜韻鳳城燈夜舊家時韻數他誰韻

按，袁去華《青山遠》一詞，與此詞平仄皆同。

## 錦園春一體

調見《全芳備祖·樂府》

**錦園春**　雙調四十五字，前後段各五句三仄韻。

張孝祥

醉痕潮玉韻乘柔英未吐句霧華如簇韻絶豔矜春句分流芳金谷韻　風梳雨沐韻耿空抱讀夜闌清淑韻杜老情疏句黄州賦冷句誰憐幽獨韻

按，此詞《于湖集》不載，舊譜亦遺之，今從《全芳備祖》採入。

## 太平年一體

見《高麗史·樂志》。

**太平年**　雙調四十五字，前後段各四句四仄韻。

《高麗史·樂志》無名氏

皇州春滿群芳麗韻散異香旖旎韻鼇宫開宴賞佳致韻舉笙歌鼎沸韻　永日遲遲和風媚韻柳色煙凝翠韻惟恐日西墜韻且樂歡醉韻

此調祗此一詞，平仄當依之。

## 清平樂三體

《宋史·樂志》：屬大石調。《樂章集注》：越調。《碧雞漫志》云："歐陽炯稱李白有應制《清平樂》四首，此其一也，在越調，又有黄鍾宫、黄鍾商兩音。"《花庵詞選》名《清平樂令》。張輯詞有"憶著故山蘿月"句，名《憶蘿月》。張翥詞有"明朝來醉東風"句，名《醉東風》。

**清平樂**　雙調四十六字，前段四句四仄韻，後段四句三平韻。

李　白

禁闈清夜仄韻月探金窗罅韻玉帳鴛鴦噴蘭麝韻時落銀燈香灺韻　女伴莫話孤眠平韻

六宫羅綺三千韻一笑皆生百媚句宸遊教在誰邊韻

此調以此詞爲正體，若趙詞之前結句法小異，李詞之或押仄韻，皆變體也。但此調亦有填單遍者。宋施岳詞："水遥花暝，隔岸炊煙冷。十里垂楊摇嫩影，宿酒和愁多醒。"又，元張肯詞："孤村雖小，幾簇人家繞。菰葉纖纖波渺渺，摘得菰根多少。"即此前段也。注明不列。

韋莊詞前段起句"何處遊女"，"處"字仄聲；第二句"金線飄千縷"，"金"字平聲；第三句"門外馬嘶郎欲别"，"門"字平聲，"馬"字仄聲；第四句"惆悵香閨暗老"，"暗"字仄聲；又"燕拂畫簾金額"，"燕"字、"畫"字俱仄聲；换頭句"盡日相望王孫"，"相"字平聲；第二句"塵滿衣上淚痕"，"塵"字平聲，"滿"字、"淚"字俱仄聲；又"含羞待月秋千"，"待"字仄聲；第四句"掃即郎去歸遲"，"即"字仄聲。譜内可平可仄據此，餘參趙詞。

**又一體**　雙調四十六字，前段四句四仄韻，後段四句三平韻。

趙長卿

鴻來燕去仄韻又是秋光暮韻冉冉流年嗟暗度韻這心事讀還無據韻　寒窗露冷風清平韻旅魂幽夢頻驚韻何日利名俱賽句爲予笑下愁城韻

此詞前結六字折腰。

柳永詞前段結句"那特地、柔腸斷"，"特"字仄聲。

**又一體**　雙調四十六字，前段四句四仄韻，後段四句三仄韻。

李　白

畫堂晨起韻來報雪花墜韻高捲簾櫳看佳瑞韻皓色遠迷庭砌韻　盛氣光引爐煙句素影寒生玉佩韻應是天仙狂醉韻亂把白雲揉碎韻

此詞全用仄韻，與前詞前仄後平者不同。

## 憶秦娥十一體

元高拭詞注：商調。按，此詞昉自李白，自唐迄元，體各不一。要其源，皆從李詞出也。因詞有"秦娥夢斷秦樓月"句，故名《憶秦娥》，更名《秦樓月》。蘇軾詞有"清光偏照雙荷葉"句，名《雙荷葉》。無名氏詞有"水天摇蕩蓬萊閣"句，名《蓬萊閣》。至賀鑄始易仄韻爲平韻。張輯詞有"碧雲暮合"句，名《碧雲深》。宋媛孫道絢詞有"花深深"句，名《花深深》。

**憶秦娥**　雙調四十六字，前後段各五句三仄韻一疊韻。

李　白

簫聲咽韻秦娥夢斷秦樓月韻秦樓月疊年年柳色句灞陵傷别韻　樂游原上清秋節韻咸

陽古道音塵絶韻音塵絶疊西風殘照句漢家陵闕韻

此調押仄韻者，以此詞爲正體，若晁詞之不作疊句，石詞之少押一韻，秦詞之多口號四句，倪詞之減去疊句，雖爲變格，猶與李詞大同小異。至馮延巳創爲減字之體，張詞由此添字，毛詞由此偷聲，在變格中更與諸家不同。

前段起句，周邦彦詞"香馥馥"，上"馥"字仄聲；第二句，趙師俠詞"不堪凉月穿珠箔"，"不"字仄聲，"凉"字平聲；第四句，李之儀詞"迎得雲歸"，"得"字仄聲，"歸"字平聲；第五句，李詞"還送雲别"，"送"字仄聲；换頭句，蘇軾詞"背風迎南淚珠滑"，"淚"字仄聲；第五句，周紫芝詞"西樓殘月"，"西"字平聲。譜内可平可仄據此，餘參姚、石、秦、倪四詞。

**又一體**　雙調四十六字，前後段各五句四仄韻。

晁補之

牽人意韻高堂照碧臨煙水韻清秋至韻東山時伴句謝公携妓韻　黄菊雖殘堪泛蟻韻乍寒猶有重陽味韻應相記韻坐中少箇句孟嘉狂醉韻

此與李詞同，惟前後段第三句不作疊句體異。

**又一體**　雙調四十六字，前段五句三仄韻一疊韻，後段五句兩仄韻一疊韻。

石孝友

秦樓月韻秦娥本是秦宫客韻秦宫客疊夢雲風韻句借仙標格韻　相從無計不如休句如今去也空相憶韻空相憶疊尊前歡笑句夢中尋覓韻

此與李詞同，惟换頭句第七字用平聲不押仄韻異。

**又一體**　雙調四十六字，前後段各五句三仄韻一疊韻。

秦　觀

驢背吟詩清到骨，人間别是閒勳業。雲臺煙閣久銷沉，千載人圖灞橋雪。
灞橋雪韻茫茫萬徑人蹤滅韻人蹤滅疊此時方見句乾坤空闊韻　騎驢老子真奇絶韻肩山吟聳清寒冽韻清寒冽疊只緣不禁句梅花撩撥韻

此即李詞體，惟詞首多口號四句異。按，秦詞四首，每首前各有口號四句，即以口號末句三字爲起句，亦如《調笑令》例。樂府舞曲《轉踏》類如此。

**又一體**　雙調四十字，前後段各四句三仄韻。

倪　瓚

扶疏玉韻蟾宫樹影闌干曲韻一襟香霧句幾枝金粟韻　姮娥鏡掩秋雲緑韻無端風雨聲相續韻不須澄霽句爲沽醽醁韻

此亦李詞體，惟前後段減去兩疊句異。

**又一體** 雙調三十八字，前後段各四句四仄韻。

馮延巳

風淅淅韻夜雨連雲黑韻滴滴韻窗外芭蕉燈下客韻　除非魂夢到鄉國韻免被關山隔韻憶憶韻一句枕前争忘得韻

此詞前後段起句與李白詞同，惟第二句各減二字，第三句各減一字，第四、五句減一字，只作七字一句。此體僅見《陽春集》，無別首可校。

**又一體** 雙調四十一句，前後段各四句四仄韻。

張　先

參差竹韻吹斷相思曲韻情不足韻西北高樓窮遠目韻　憶苕溪讀寒影透清玉韻秋雁南飛速韻菰草緑韻應下溪頭沙上宿韻

此與馮詞同，惟换頭添一字，前後段第三句各添一字，仍照李白詞體作三字句異。

**又一體** 雙調三十七字，前後段各四句兩仄韻兩平韻。

毛　滂

夜夜仄韻夜了花開也韻連忙平韻指點銀瓶索酒嘗韻　明朝花落知多少换仄韻莫把殘紅掃韻愁人换平韻一片花飛減却春韻

此詞句讀與馮詞同，但馮詞起句三字，此詞兩字；馮詞全押仄韻，此詞前後第三、四句偷用平聲，雖同本李詞，亦自成一體耳。

毛詞別首前段第四句“先借春光與酒家”，“先”字平聲；换頭句“夜寒我醉誰扶我”，“夜”字、“我”字俱仄聲；第二句“應抱瑶琴卧”，“應”字平聲，餘平仄悉同。

**又一體** 雙調四十六字，前後段各五句三平韻一疊韻。

賀　鑄

曉朦朧韻前溪百鳥啼匆匆韻啼匆匆疊凌波人去句拜月樓空韻　去年今日東門東韻鮮妝輝映桃花紅韻桃花紅疊吹開吹落句一任東風韻

此調押平韻，以此詞爲正體，若秦詞之多口號四句，顔詞之減去疊句，皆變格也。

前段起句，程垓詞“青門深”，“青”字平聲；後段起句，賀詞別首“粉娥采桑共親蠶”，“共”字仄聲；第二句，孫道絢詞“畫眉樓上愁登臨”，“畫”字仄聲。譜内可平可仄據此，餘參秦詞、顔詞。

**又一體** 雙調四十六字，前後段各五句三平韻一疊韻。

秦　觀

帝城東畔富韶華，滿路飄香爛彩霞。多少風流年少客，馬蹄踏遍曲江花。

曲江花韻宜春十里錦雲遮韻錦雲遮疊水邊院落句山下人家韻　　茸茸細草承香車韻金鞍玉勒争年華韻争年華疊酒樓青旆句歌板紅牙韻

此即賀詞體,惟詞前多口號四句異。

**又一體**　雙調四十字,前後段各四句三平韻。

顔　奎

水雲幽韻怕黄霜竹生新愁韻如今何處句倚月明樓韻　　龍吟杳杳天悠悠韻騰蛟起舞鳴箜篌韻聽吹短氣句江上無秋韻

此詞見元《天下同文録》,亦賀詞體,惟前後段各减兩疊句異。倪瓚仄韻詞,正與此同。

## 《御定詞譜》卷六　起四十六字至四十七字

### 更漏子八體

此調有兩體,四十六字者始於温庭筠,唐、宋詞最多。《尊前集》注"大石調"。又屬"商調"。一百四字者,止杜安世詞,無别首可録。

**更漏子**　雙調四十六字,前段六句兩仄韻兩平韻,後段六句三仄韻兩平韻。

温庭筠

玉爐香句紅燭淚仄韻偏照畫堂秋思韻眉翠薄句鬢雲殘平韻夜長衾枕寒韻　　梧桐樹换仄韻三更雨韻不道離情正苦韻一葉葉句一聲聲换平韻空階滴到明韻

此調以温、韋二詞爲正體,唐人多宗温詞,宋人多宗韋詞。其餘押韻異同,或有减字,皆變格也。

後段第二句,牛嶠詞"寸腸結","寸"字仄聲;第四句馮延巳詞"星移後","移"字平聲。譜内可平可仄據此,餘參下所採各詞。

**又一體**　雙調四十六字,前後段各六句兩仄韻兩平韻。

韋　莊

鐘鼓寒句樓閣暝仄韻月照古桐金井韻深院閉句小庭空平韻落花香露紅韻　　煙柳重句春霧薄换仄韻燈背水窗高閣韻閒倚户句暗沾衣换平韻待郎郎不歸韻

此即温詞體,惟换頭句不用韻異。按,宋詞换頭句多不用韻,但唐人此句,第三字用仄聲;宋人此句,第三字則用平聲。晏殊詞後段起句"探花開","探"字仄聲,"花"、"開"二字俱平聲。譜内參之,餘詳温詞。

**又一體** 雙調四十六字，前後段各六句兩仄韻兩平韻。

賀　鑄

上東門句門外柳仄韻贈別每煩纖手韻一葉落句幾番秋平韻江南獨倚樓韻　曲闌干句凝佇久仄韻薄暮更堪搔首韻無際恨句見閒愁平韻侵尋天盡頭韻

此即韋詞體，惟後段仄韻、平韻即押前段原韻異。賀詞凡四首，皆同。

**又一體** 雙調四十五字，前段六句兩仄韻兩平韻，後段六句三仄韻兩平韻。

歐陽炯

玉闌干句金甃井仄韻月照碧梧桐影韻獨自箇句立多時平韻露華濃濕衣韻　一晌換仄韻凝情望韻待得不成模樣韻雖叵耐句又尋思平韻怎生嗔得伊韻

此亦温詞體，惟換頭句減一字，其後結平韻，即押前韻異。

**又一體** 雙調四十六字，前段六句兩仄韻兩平韻，後段六句四平韻。

孫光憲

掌中珠句心上氣仄韻愛惜豈將容易韻花下月句枕前人平韻此生誰更親韻　交頸語句合歡身韻便同比目金鱗韻連繡枕句卧紅茵韻霜天似暖春韻

此詞句讀與温、韋詞同，惟後段第一、二、三句不押仄韻異。

**又一體** 雙調四十五字，前後段各六句兩仄韻兩平韻。

《天機餘錦》無名氏

解語花句斷腸草仄韻諳盡風流煩惱韻合歡少句別離多平韻此情無奈何韻　帳前燈句窗間月換仄韻記得那時節韻繡被剩句畫屏空換平韻如今在夢中韻

此亦韋詞體，惟後段第三句五字異。

**又一體** 雙調四十九字，前段四句三平韻，後段五句四平韻。

歐陽炯

三十六宮秋夜永句露華點滴高梧韻丁丁玉漏咽銅壺韻明月上金鋪韻　紅線毯句博山爐韻香風暗觸流蘇韻羊車一去長青蕪韻鏡塵鸞彩孤韻

此詞前後段全押平韻，見《尊前集》。唐人亦無填此體者。

**又一體** 雙調一百四字，前後段各十句五平韻。

杜安世

遥遠途程韻算萬水千山句路入神京韻暖日春郊讀緑柳紅杏句香逕舞燕流鶯韻客館悄悄

閒庭句堪惹舊恨深韻有多少馳驅句驀嶺涉水句枉廢身心韻　思想厚利高名韻漫惹得憂煩句枉度浮生韻幸有青松讀白雲深洞句清閒且樂昇平韻長是宦遊羈思句別離淚滿襟韻望江鄉蹤跡句舊遊題書句尚自分明韻

此與唐詞迥别,即宋詞中亦無他首可校。因調句相同,故附列於此。

## 巫山一段雲三體

唐教坊曲名。《樂章集》注:雙調。

**巫山一段雲** 雙調四十六字,前段四句三平韻,後段四句兩仄韻兩平韻。

唐昭宗

蝶舞梨園雪句鶯啼柳帶煙平韻小池殘日豔陽天韻苧蘿山又山韻　青鳥不來愁絶仄韻忍看鴛鴦雙結韻春風一等少年心换平韻閒情恨不禁韻

此詞後段第一、二句間入仄韻,結處又另换平韻,宋柳永詞五首與此同。

柳詞前段起句"琪樹羅三殿","琪"字平聲;第三句"人間三度見河清","人"字平聲;後段起句"昨夜紫薇詔下","詔"字仄聲,又"昨夜麻姑陪宴","麻"字平聲;第二句"留宴鼇峰真客","留"字平聲,又"不道九關齊閉","九"字仄聲;第三句"幾回山脚弄雲濤","幾"字仄聲;後結"髣髴見金鼇","仿"字仄聲。譜内可平可仄據此,餘參下詞。

**又一體** 雙調四十六字,前段四句三平韻,後段四句兩仄韻兩平韻。

唐昭宗

縹緲雲間質句盈盈波上身平韻袖羅斜舉動埃塵韻明豔不勝春韻　翠鬢晚妝煙重仄韻寂寂陽臺一夢韻冰眸蓮臉見長新平韻巫峽更何人韻

此即前詞體,惟後結平韻,仍押前韻異。

**又一體** 雙調四十四字,前後段各四句三平韻。

毛文錫

雨霽巫山上句雲輕映碧天韻遠風吹散又相連韻十二晚峰前韻　暗濕啼猿樹句高籠過客船韻朝朝暮暮楚江邊韻幾度降神仙韻

此詞全押平韻,换頭兩句又各減去一字,與昭宗詞異。唐歐陽炯、李珣詞,元趙孟頫詞,俱與此同。

前段第一句,趙孟頫詞"松雪堆嵐靄","松"字平聲;第三句"風清月冷好花時","風"字平聲,"月"字仄聲;第四句"新恨怯逢秋","新"字平聲;後段第一句,李珣詞"塵暗珠簾卷","塵"字平聲;第二句

"煙花春復秋","春"字平聲;第三句,歐陽炯詞"遠遊蓬島降人間","遠"字仄聲,"蓬"字平聲;第四句,毛文錫詞"年代屬元和","年"字平聲。譜内可平可仄據此。

## 望仙門一體

調見《珠玉詞》,取詞中結句爲名。

**望仙門** 雙調四十六字,前段四句四平韻,後段五句三平韻一疊韻。

晏　殊

玉池波浪碧如鱗韻露蓮新韻清歌一曲翠眉顰韻舞華茵韻　滿酌蘭英酒句須知獻壽千春韻太平無事荷君恩韻荷君恩疊齊唱望仙門韻

後結"荷君恩"三字例用疊句。晏詞别首"慶相逢"、"泛濃香"皆然。

前段第三句,晏詞别首"管弦聲細出簾櫳","管"字仄聲,"聲"字平聲;後段第一句"仙酒斟雲液","仙"字平聲。譜内可平可仄據此。

## 占春芳一體

蘇軾詠梨花製此調,取詞中第三句爲名。

**占春芳** 雙調四十六字,前段五句兩平韻,後段四句三平韻。

蘇　軾

紅杏了句夭桃盡句獨自占春芳韻不比人間蘭麝句自然透骨生香韻　對酒莫相忘韻似佳人讀兼合明光韻只憂長笛吹花落句除是寧王韻

此調祇此一詞,無别首可校。

## 朝天子一體

唐教坊曲名。《陽春集》名《思越人》。

**朝天子** 雙調四十六字,前後段各四句四仄韻。

晁補之

酒醒情懷惡韻金縷褪讀玉肌如削韻寒食過却韻早海棠零落韻　漸日照讀闌干煙淡薄

韻繡額珠簾籠畫閣韻春睡著韻覺來失讀鞦韆期約韻

此調衹有楊无咎詞可校。楊詞前段第二句“占螺浦山川夷曠”,“占”字仄聲,“螺”字、“山”字俱平聲;第三句“千奇萬狀”,“奇”字平聲;第四句“見雲煙收放”,“雲”字平聲;後段第四句“徙倚撫危闌吟望”,“倚”字仄聲。譜内可平可仄據此。

## 憶少年二體

万俟咏詞有“上隴首、凝眸天四闊”句,名《隴首山》;朱敦儒詞名《十二時》;元劉秉忠詞有“恨桃花流水”句,更名《桃花曲》。

**憶少年**　雙調四十六字,前段五句兩仄韻,後段四句三仄韻。

晁補之

無窮官柳句無情畫舸句無根行客韻南山尚相送句只高城人隔韻　罨畫園林溪紺碧韻算重來讀盡成陳跡韻劉郎鬢如此句况桃花顔色韻

此調以此詞爲正體,若曹詞不過於换頭句添一字也。

前段第一、二、三句,万俟咏詞“隴雲溶泄,隴山峻秀,隴泉嗚咽”,三“隴”字俱仄聲;第二句,趙彦端詞“逢花如露”,“如”字平聲;第三句,無名氏詞“盈盈脉脉”,上“脉”字仄聲;第五句,万俟詞“已不勝愁絶”,“不”字仄聲;後段第二句,万俟詞“更一聲、塞雁凄切”,“一”字、“雁”字俱仄聲;謝懋詞“秋千外、卧紅堆碧”,“秋”字平聲,“外”字仄聲;第三句,趙詞“與君醉千歲”,“與”字仄聲,万俟詞“征書待寄遠”,“寄”字仄聲;第四句,無名氏詞“忽一聲長笛”,“一”字仄聲。譜内可平可仄據此,餘參曹詞。

**又一體**　雙調四十七字,前段五句兩仄韻,後段四句三仄韻。

曹　組

年時酒伴句年時去處句年時春色韻清明又近也句却天涯爲客韻　念過眼讀光陰難再得韻想前歡讀盡成陳跡韻登臨恨如此句把闌干暗拍韻

此即晁詞體,惟换頭句添一字作八字句異。万俟咏詞“上隴首、凝眸天四闊”,孫道絢詞“正雨後、梨花幽豔白”,並與此同。《詞律》謂無第二首可訂,非也。

## 西地錦三體

元高拭詞第三句七字者,注“黄鍾宫”。

**西地錦**　雙調四十六字,前後段各五句三仄韻。

蔡　伸

寂寞悲秋懷抱韻掩重門悄悄韻清風皓月句朱闌畫閣句雙鴛池沼韻　不忍今宵重到韻

惹離愁多少韻蓬山路杳句藍橋信阻句黄花空老韻

此詞前後段兩結句各四字，章華“重過黄糧”詞，正與此同。按，章詞前段起句“重過黄糧古驛”，“古”字仄聲；末句“不禁攀折”，“不”字仄聲；後段第三句“紫泥誥下”，“紫”字仄聲。譜内可平可仄據此，餘參下詞。

**又一體** 雙調四十八字，前後段各五句三仄韻。

石孝友

回望玉樓金闕韻正水遮山隔韻風兒又起句雨兒又急句好愁人天色韻　兩岸荻花楓葉韻争舞紅吹白韻中秋過也句重陽近也句作天涯孤客韻

此詞前後段兩結句各五字，周紫芝“雨細欲收”詞正與此同，平仄亦如一。

**又一體** 雙調四十七字，前後段各四句三仄韻。

《梅苑》無名氏

不與群花相續韻獨佔春光速韻幽香遠遠散西東句惟竹籬茅屋韻　羌管誰調一曲韻送月夜讀猶芬馥韻忍君折取向玉堂句只這些清福韻

此詞前後段第三句各七字，其前段第二句不作上一下四句法，後段第二句六字折腰，自成一體。

## 相思引三體

此調有兩體，四十六字者押平聲韻，房舜卿詞名《玉交枝》，周紫芝詞名《定風波令》，趙彦端詞名《琴調相思引》；四十九字者押仄聲韻，《古今詞話》無名氏詞名《鏡中人》。

**相思引** 雙調四十六字，前段四句三平韻，後段四句兩平韻。

袁去華

曉鑒胭脂拂紫綿韻未忺梳掠髻雲偏韻日高人静句沈水嫋殘煙韻　春老菖蒲花未著句路長魚雁信難傳韻無端風絮句飛到繡牀邊韻

前段第一句，趙彦端詞“曾躡姑蘇城上臺”，“曾”字、“城”字俱平聲；第二句，趙與仁詞“晴塵不動地衣平”，“明”字平聲，“不”字仄聲；第三句，趙彦端詞“幾回徙倚”，“徙”字仄聲，劉仲尹詞“羅敷猶小”，“羅”字平聲；第四句，趙彦端詞“月裏暮雲開”，“月”字仄聲。後段第一句，趙彦端詞“燕語自知懷舊壘”，“燕”字、“自”字俱仄聲；第二句，“水聲只解送行人”，“只”字仄聲，劉仲尹詞“輕花吹隴麥初匀”，“輕”字平聲；第三句，周紫芝詞“斷霞消盡”，“斷”字仄聲，房舜卿詞“千鍾玉酒”，“玉”字仄聲；第四句，許棐詞“雨外一鳩啼”，“雨”字仄聲。譜内可平可仄據此。

**又一體** 雙調四十九字,前段五句四仄韻,後段四句四仄韻。

《梅苑》無名氏

笑盈盈句香噴噴韻姑射仙人風韻韻天與肌膚常素嫩韻玉面猶嫌粉韻　斜倚小樓凝遠信韻多少往來人恨韻只恐乘春雲雨困韻迤邐嬌容褪韻

《梅苑》無名氏詞二首押仄聲韻,亦名《相思引》,雖與袁體迥別,因調名同,故爲類列。

《梅苑》詞別首,前段第三句"瀟灑早梅猶嫩","早"字仄聲;第四句"香入夢魂殘酒醒","夢"字仄聲。譜内可平可仄據此,餘參下詞。

**又一體** 雙調四十八字,前段五句四仄韻,後段四句四仄韻。

《古今詞話》無名氏

柳煙濃句梅雨潤韻芳草綿綿離恨韻花塢風來幾陣韻羅袖沾香粉韻　獨上小樓迷遠近韻不見浣溪人信韻何處笛聲飄隱隱韻吹斷相思引韻

此與"笑盈盈"詞同,惟前段第四句少一字異。

## 落梅風一體

調見《梅苑》。按,《梅苑》別有《落梅風》長調二首,俱一百六字,因《花草粹編》名《落梅》,亦名《落梅慢》,另編一體,不爲類列。

**落梅風** 雙調四十六字,前段四句四平韻,後段四句三平韻。

《梅苑》無名氏

宮煙如水濕芳辰韻寒梅似雪相親韻玉樓側畔數枝春韻惹香塵韻　壽陽嬌面偏憐惜句妝成一面花新韻鏡中重把玉纖匀韻酒初醺韻

此詞見《梅苑》,字多脱誤,今照《詞鵠》訂定,其平仄無别首可校。

## 江亭怨一體

《花庵詞選》名《清平樂令》。按,《冷齋夜話》云:黄魯直登荆州亭,見亭柱間有此詞,夜夢一女子云"有感而作",魯直驚悟曰:"此必吴城小龍女也。"因又名《荆州亭》。

**江亭怨** 雙調四十六字，前後段各四句三仄韻。

《冷齋夜話》無名氏

簾捲曲闌獨倚韻江展暮雲無際韻淚眼不曾晴句家在吴頭楚尾韻　數點落花亂委韻撲漉沙鷗驚起韻詩句欲成時句没入蒼煙叢裏韻

此詞無他首可校，平仄亦遵之。

## 喜遷鶯十七體

此調有小令、長調兩體。小令起於唐人，《太和正音譜》注：黄鍾宫。因韋莊詞有"鶴冲天"句，更名《鶴冲天》；和凝詞有"飛上萬年枝"句，名《萬年枝》；馮延巳詞有"拂面春風長好"句，名《春光好》；宋夏竦詞名《喜遷鶯令》；晏幾道詞名《燕歸來》；李德載詞有"殘臘裏、早梅芳"句，名《早梅芳》。長調起於宋人，《梅溪集》注：黄鍾宫。《白石集》注：太簇宫，俗名中管高宫。江漢詞一名《烘春桃李》。

**喜遷鶯** 雙調四十七字，前段五句四平韻，後段五句兩仄韻兩平韻。

韋　莊

街鼓動句禁城開平韻天上探人回韻鳳銜金榜出雲來韻平地一聲雷韻　鶯已遷句龍已化仄韻一夜滿城車馬韻家家樓上簇神仙换平韻争看鶴冲天韻

唐人填此調者，换頭下二句例押仄韻，惟後結押平韻或有異同，及前段第二句、後段第一句或押韻，或不押韻耳。若毛詞之後結亦押仄韻，宋張元幹詞之全押平韻，皆變格也。此詞兩結各用平韻，韋詞别首亦然。周邦彦二詞、李德載二詞，俱照此填。

和凝詞後段第三句"紅日漸長一線"，"紅"字平聲，"一"字仄聲，譜内據之，餘參後詞。惟馮詞首二句平仄全異，因不參校入譜。

**又一體** 雙調四十七字，前段五句三平韻，後段五句兩仄韻兩平韻。

馮延巳

霧濛濛句風淅淅句楊柳帶疏煙平韻飄飄輕絮滿南園韻牆下草芊綿韻　燕初飛句鶯已老仄韻拂面春風長好韻相逢携酒且高歌换平韻人生得幾何韻

此詞前段第二句不用韻異，馮詞别首亦然。晏殊"燭飄花"、"曙河低"二詞照此填。

**又一體** 雙調四十七字，前段五句四平韻，後段五句兩仄韻兩平韻。

薛昭藴

金門曉句玉京春平韻駿馬驟輕塵韻樺煙深處白衫新韻認得化龍身韻　九陌喧句千門

敔仄韻滿袖桂香風細韻杏園歡宴曲江濱平韻自此占芳辰韻

此詞後結即押前段平韻，薛詞三首皆然。許棐“鳩雨細”詞照此填。

**又一體** 雙調四十七字，前段五句四平韻，後段五句三仄韻兩平韻。

南唐李煜

曉月墜句宿煙微平韻無語枕頻攲韻夢回芳草思依依韻天遠雁聲稀韻　啼鶯散仄韻餘花亂韻寂寞畫堂深院韻片紅休掃盡從伊平韻留待舞人歸韻

此詞換頭第一句用韻，後結即押前段平韻。和凝“曉月墜”詞、晏幾道“蓮葉雨”詞、夏竦“霞散綺”詞照此填。按，晏殊“風轉惠”、“歌斂黛”二詞換頭第一句亦用韻，但後結不押前段平韻，歐陽修“梅謝粉”、“花不謝”二詞正與晏同，注明不録。

**又一體** 雙調四十七字，前段五句四平韻，後段五句三仄韻。

毛文錫

芳草景句暖晴煙韻喬木見鶯遷韻傳枝偎葉語關關韻飛過綺叢間韻　錦翼鮮句金毳軟仄韻百囀千嬌相喚韻碧紗窗曉怕聞聲句驚破鴛鴦暖韻

此詞後段全押仄韻，唐、宋詞中僅見此作。

**又一體** 雙調四十六字，前段五句四平韻，後段五句三平韻。

張元幹

文倚馬句筆如椽韻桂殿早登仙韻舊遊册府記當年韻衮繡合貂蟬韻　慶天申句瞻玉座句鵷鷺正陪班韻看君穩步過花甎韻歸院引金蓮韻

此詞前後段全押平韻，即宋詞中亦僅見此作。

**又一體** 雙調一百三字，前後段各十一句五仄韻。

康與之

秋寒初勁韻看雲路雁來句碧天如鏡韻湘浦煙深句衡陽沙繞句風外幾行斜陣韻回首塞門何處句故國關河重省韻漢使老句認上林欲下句徘徊清影韻　江南煙水暝韻聲過小樓句燭暗金猊冷韻送目鳴琴句裁詩挑錦句此恨此情無盡韻夢想洞庭飛下句散入雲濤千頃韻過盡也句奈杜陵人遠句玉關無信韻

長調以康詞及蔣詞爲正體，其餘攤破句法皆變體也。若姜夔詞之添字，自注“高宫”者，又與各家不同。

前段第七句，王千秋詞“静久聲鳴檻竹”，“聲”字平聲；第八句，王詞“寄驛勝傳緘紙”，“勝”字仄聲，程珌詞“誰信千齡際遇”，“際”詞仄聲。後段第一句，王千秋詞“誰爲停征騎”，“爲”字仄聲，“征”字平聲；第四句，黄機詞"桃李陰邊"，"桃"字平聲，何夢桂詞"舊日沈腰"，"沈"字仄聲；第六句，程珌詞"須是人間紫府"，"須"字、"人"字俱平聲，"紫"字仄聲；第七句，曹冠詞"棋戰新來常勝"，"棋"字、"新"字俱平聲，吴禮之詞"巷陌笑聲不斷"，"不"字仄聲。譜内據此，餘參後詞。

**又一體** 雙調一百三字，前段十一句五仄韻，後段十二句一疊韻四仄韻。

蔣　捷

遊絲纖弱韻漫著意絆春句春難憑托韻水暖成紋句雲晴生影句芳草漸侵裙幄韻露添牡丹新豔句風擺秋千閒索韻對此景句動高歌一曲句何妨行樂韻　行樂疊君聽取句鶯囀緑窗句也似來相約韻粉壁題詩句香街走馬句争奈鬢絲輸却韻夢回晝長無事句聊倚闌干斜角韻翠深處句看悠悠幾點句楊花自落韻

此詞换頭句用短韻，餘與康詞同。

按，康詞换頭句本押韻，此用短韻疊上，句末即不更押。若高觀國詞"轉盼。塵夢斷"，則又押一韻，蔣詞別首"別浦，雲斷處"亦然，注明不録。

**又一體** 雙調一百三字，前段十句五仄韻，後段十二句六仄韻。

吴文英

凡塵流水韻正春在讀絳闕瑶階十二韻暖日明霞句天香盤錦句低映曉光梳洗韻故園浣花沈恨句化作夭桃斜紫韻困無力句倚闌干句還倩東風扶起韻　公子韻留意處韻羅蓋牙籤句一一花名字韻小扇翻歌句密圍留客句雲葉翠温羅綺韻豔波紫金杯重句人倚妝臺微醉韻夜和露句剪殘枝句點點花心清淚韻

此詞前段第二句作三字一讀、下六字一句，又前後結各三字兩句、六字一句。吴詞別首"江亭年暮"詞、"煙空白鷺"詞皆然，吴禮之、易祓二詞亦與此同。

**又一體** 雙調一百三字，前段十二句五仄韻，後段十三句五仄韻。

趙長卿

商飆輕透韻動簾幕飛梧句亂飄庭甃韻瑞氣氤氲句沉檀初爇句煙噴寶臺金獸韻黄花美酒句天教占得句先他時候韻誕元老句慶有聲句此夕降生華胄韻　歡笑句宜稱壽韻弦管鼎沸句宫商方頻奏韻滿捧瑶卮句華堂歌舞句拍轉金釵斜溜韻朱顔緑鬢句殷勤深願句鎮長如舊韻歎濱海句道難留句指日榮遷飛驟韻

此詞前後段第七、八句攤破六字兩句，作四字三句，與各家不同。

按，此詞前後段兩結各三字兩句，六字一句，正與吴文英詞同。《詞律》乃於前結以"慶有聲此夕"五字爲一句，"降生華胄"四字爲一句，後結則以"道難留指日榮遷飛驟"九字爲一句，不可從。

**又一體** 雙調一百三字,前段十一句五仄韻,後段十二句六仄韻。

史達祖

月波凝滴韻望玉壺天近句了無塵隔韻翠眼圈花句冰絲織練句黄道寶光相直韻自憐詩酒瘦句難應接讀許多春色韻最無賴句是隨香趁燭句曾伴狂客韻　蹤跡韻漫記憶韻老了杜郎句忍聽東風笛韻柳院燈疏句梅廳雪在句誰與細傾春碧韻舊情拘未定句猶是學讀當年遊歷韻怕萬一句悮玉人夜寒句窗際簾隙韻

此詞前後段第七、八句攤破六字兩句,作五字一句、七字一句,亦與諸家不同。

**又一體** 雙調一百五字,前段十一句六仄韻,後段十二句七仄韻。

姜　夔

玉珂朱組韻又占了道人句林下真趣韻窗户新成句青紅猶潤句雙燕爲君胥宇韻秦淮貴人第宅句問誰記讀六朝歌舞韻總付與韻在柳橋花館句玲瓏深處韻　居士韻閒記取韻高卧未成句且種松千樹韻覓句堂深句寫經窗静句他日任聽風雨韻列仙更教誰做句伴一院讀雙成儔侶韻世間住韻且休將雞犬句雲中飛去韻

此詞前後段第八句各添一字,作七字句,兩結又多押一韻,自注"太簇宫",俗名"中管高宫"。按,大吕宫爲高宫,太簇宫與大吕宫同,《字譜》故名中管高宫,但宫調失傳,其義則不可考矣。

**又一體** 雙調一百三字,前後段各十一句四仄韻。

《梅苑》無名氏

南枝向暖句乍秀出庾嶺句梅英初吐韻玉頰輕匀句瓊腮淡抹句姑射冰容相許韻幾回立馬凝佇句影映寒光霜妒韻拌盡占句在百花頭上句嚴冬獨步韻　芳華春意早句昨夜一番句雪裏開無數韻萬蕊千稍句鉛堆粉污句總是化工偏賦韻月明暗香浮動句休使龍吟聲苦韻且留取句待時時頻倚句闌干重顧韻

此與康詞同,惟前後段起句不用韻異。

**又一體** 雙調一百三字,前段十一句五仄韻,後段十二句六仄韻。

江　漢

昇平無際韻慶八載相業句君臣魚水韻鎮撫風稜句調燮精神句合是聖朝房魏韻鳳山政好句還被畫轂朱輪催起韻按錦轡句映玉帶金魚句都人争指韻　丹陛韻常注意韻追念裕陵句元佐今無幾韻繡衮香濃句鼎槐風細句榮耀滿門朱紫韻四方具瞻師表句盡道一夔足矣韻運化筆句又管領年年句烘春桃李韻

此亦康、蔣二詞體,惟前段第七句四字、第八句八字異。

**又一體**　雙調一百三字,前段十二句五仄韻,後段十一句五仄韻。

蔡　伸

素娥呈瑞韻正慘慘暮寒句同雲千里韻剪水飛花句漸漸瑶英句密灑翠筠聲細韻邃館静深句金鋪半掩句重簾垂地韻明窗外句伴疏梅瀟灑句玉肌香膩韻　幽人當此際韻醒魂照影句漏永愁無寐韻强拊清尊句慵添寶鴨句誰會黯然情味韻幸有賞心人句奈咫尺讀重門深閉韻今夜裏句莫忍教孤負句濃香鴛被韻

此亦康詞體,惟前段第七、八句作四字三句,後段第七、八句作五字一句、七字一句異。

按,江詞、蔡詞句讀參差,不足爲法,譜内採入,聊以備體。

**又一體**　雙調一百二字,前段十一句五仄韻,後段十句四仄韻。

《梅苑》無名氏

臘殘春未韻正候館梅開句牆陰雪裏韻冷豔凝寒句孤根回暖句昨夜一枝春至韻素苞暗香浮動句別有風流標緻韻謝池月句最相宜句疏影横斜臨水韻　誰爲傳驛隴上句故人不見今千里韻寄與東君句從教知人句別後歲寒清意韻亂山萬疊何在句但有飛雲天際韻故園好句早歸來句休戀繁花濃李韻

此詞换頭作六字一句、七字一句,與各家異。

**又一體**　雙調一百三字,前段十二句五仄韻,後段十一句四仄韻。

《梅苑》無名氏

瓊姿冰體韻料瑩光乍傳句廣寒宫裏韻北陸寒深句南園春早句此後萬花方起韻剪霞鬬蕚句裁雲砌蕊句天與高致韻太瀟灑句最宜雪宜月句宜亭宜水韻　好是天涯庾嶺上句萬株浮動香千里韻屏寫横斜句鬢插垂嫋句占盡秀骨清意韻醉魂易醒句吟興信來句佳思無際韻爲傳語句向東風句甘使無言桃李韻

此詞换頭作七字兩句,與各家異。

按,《梅苑》兩詞亦是異體,但句讀較江、蔡二詞稍覺齊整。至《詞律》收張元幹一詞,字多脱誤,無從校對,删之。

## 烏夜啼三體

唐教坊曲名。《太和正音譜》注:南吕宫,又大石調。宋歐陽修詞名《聖無憂》,趙令畤詞名《錦堂春》。

按,郭茂倩《樂府詩集》有清商曲《烏夜啼》,乃六朝及唐人古今詩體,與此不同,此蓋借舊曲名,另翻新聲也。

**烏夜啼** 雙調四十七字,前後段各四句兩平韻。

南唐李煜

昨夜風兼雨句簾幃颯颯秋聲韻燭殘漏斷頻攲枕句起坐不能平韻　世事漫隨流水句算來一夢浮生韻醉鄉路穩宜頻到句此外不堪行韻

此詞前段起句五字,歐陽修《聖無憂》詞及權無染詞正與此同。

歐詞前段第二句"十年一别須臾","十"字仄聲;權詞後段第三句"與君高却看花眼","高"字平聲。譜内據此,餘參下詞。

**又一體** 雙調四十八字,前後段各四句兩平韻。

趙令畤

樓上縈簾弱絮句牆頭礙月低花韻年年春事關心事句腸斷欲棲鴉韻　舞鏡鸞衾翠減句啼珠鳳蠟紅斜韻重門不鎖相思夢句隨意繞天涯韻

按,此調五字起者,或名《聖無憂》;六字起者,或名《錦堂春》。宋人俱填《錦堂春》體,其實始於南唐李煜,本名《烏夜啼》也,《詞律》反以《烏夜啼》爲别名者,誤。惟《相見歡》一詞,乃别名《烏夜啼》,與此無涉。

此調前段起句六字,宋人皆同,惟蘇軾詞,前後段第三句"若見故人須細問"、"更有鱸魚堪切鱠",平仄獨異。

前段第一句,盧祖皋詞"柳色津頭泫緑","柳"字仄聲;劉迎詞"離恨遠縈楊柳","遠"字仄聲,"楊"字平聲。譜内據此,餘參前詞。

**又一體** 雙調五十字,前後段各五句兩平韻。

程　垓

牆外雨肥梅子句階前水繞荷花韻陰陰庭户薰風灑句冰紋簟句怯菱芽韻　春盡難憑燕語句日長惟有蜂衙韻沈香火冷珠簾暮句箇人在句碧窗紗韻

此詞前後段結句作三字兩句異。汲古閣本《書舟詞》誤刻《西江月》,《詞律》猶沿其誤,今從《詞緯》改定。至《詞律》收程珌詞,乃《錦帳春》,與《錦堂春》迥别,另編不列。

## 相思兒令一體

《花草粹編》名《相思令》。

**相思兒令** 雙調四十七字，前段四句兩平韻，後段四句三平韻。

晏　殊

昨日探春消息句湖上緑波平韻無奈繞堤芳草句還向舊痕生韻　有酒且醉瑶觴韻更何妨讀檀板新聲韻誰教楊柳千絲句就中牽系人情韻

此調只晏殊一詞，無別首可校。

## 阮郎歸二體

宋丁持正詞有"碧桃春晝長"句，名《碧桃春》；李祁詞名《醉桃源》；曹冠詞名《宴桃源》；韓淲詞有"濯纓一曲可流行"句，名《濯纓曲》。

**阮郎歸** 雙調四十七字，前段四句四平韻，後段五句四平韻。

南唐李煜

東風吹水日銜山韻春來長自閒韻落花狼藉酒闌珊韻笙歌醉夢間韻　春睡覺句晚妝殘韻無人整翠鬟韻留連光景惜朱顔韻黄昏獨倚闌韻

唐宋人填此調者，衹此一體。若黄詞押韻遊戲，非正體也。前段第一句，蘇軾詞"緑槐高柳咽新蟬"，"緑"字仄聲，秦觀詞"宮腰嫋嫋翠鬟松"，上"嫋"字仄聲；第二句，李詞別首"孤窗月影低"，"月"字仄聲；第三句，秦觀詞"秋千未拆水準堤"，"秋"字平聲，"未"字仄聲；後段第一句，歐陽修詞"淺螺黛"，"淺"字仄聲，"螺"字平聲；第四句，司馬光詞"落花寂寂水潺潺"，"落"字、上"寂"字俱仄聲。譜内可平可仄據此，餘參黄詞。

**又一體** 雙調四十七字，前段四句三平韻一重韻，後段五句兩平韻兩重韻。

黄庭堅

烹茶留客駐雕鞍韻有人愁遠山韻別郎容易見郎難韻月斜窗外山重韻　歸去後句憶前歡韻畫屏金博山重一杯春露莫留殘韻與郎扶玉山重

此即李詞體，惟前後段重押四"山"字韻，自注：效獨木橋體。宋人亦間一爲之。

## 賀聖朝十一體

唐教坊曲名。《花間集》有歐陽炯詞，本名《賀明朝》，《詞律》混入《賀聖朝》誤。

**賀聖朝** 雙調四十七字,前段五句三仄韻,後段六句兩仄韻。

馮延巳

金絲帳暖牙牀穩韻懷香方寸韻輕顰輕笑句汗珠微透句柳沾花潤韻　雲鬟斜墜句春應未已句不勝嬌困韻半欹犀枕句亂纏珠被句轉羞人問韻

此調昉自此詞,如杜詞、黄詞、葉詞、趙詞,皆由此添字或攤破句法,其實同出一原也。若無名氏之《轉調賀聖朝》另押平韻,與此不同,因調名同,故爲類列。

譜内可平可仄,悉參後列七詞句法同者。

**又一體** 雙調四十七字,前段四句三仄韻,後段五句三仄韻。

黄庭堅

脱霜披茜初登第韻名高得意韻櫻桃榮宴玉池遊句領群仙行綴韻　佳人何事韻輕相戲道句得之何濟韻君家聲譽古無雙句且均平爲二韻

此即馮詞體,惟前段第三、四、五句,後段第四、五、六句,俱攤破句法,作七字一句、五字一句異。

**又一體** 雙調四十九字,前段四句三仄韻,後段五句三仄韻。

葉清臣

滿斟緑醑留君住韻莫匆匆歸去韻三分春色二分愁句更一分風雨韻　花開花謝句都來幾許韻且高歌休訴韻不知來歲牡丹時句再相逢何處韻

此亦馮詞體,惟前段第二句添一字,後段第三句添一字;前段第三、四、五句,後段第四、五、六句,俱攤破句法,作七字一句、五字一句異。趙鼎、馬莊父詞,正與此同。别本前結或作"三分春色,二分愁悶,一分風雨",後起或作"花開花謝花無語",後結或作"知他來歲。牡丹時候,相逢何處",即後趙彦端"一江風月"詞體,今照《花庵詞選》本。

前段起句,趙詞"斷霞收盡黄昏雨","收"字平聲,馬詞"遊人拾翠不知遠","遊"字平聲,"不"字仄聲;第二句,馬詞"被子規呼轉","子"字仄聲;第三句,趙詞"簾櫳不卷夜深沈","不"字仄聲;後段第二句,馬詞"海棠紅淺","海"字仄聲,"紅"字平聲;第四句,馬詞"花前一笑不須慳","花"字平聲,"一"字仄聲;結句,趙詞"有許多言語","許"字仄聲。譜内可平可仄據之。

**又一體** 雙調四十九字,前段四句三仄韻,後段五句兩仄韻。

趙師俠

千林脱落群芳息韻有一枝先白韻孤標疏影壓花叢句更清香堪惜韻　吟情無盡句賞音未已句早紛紛籍籍韻想貪結子去調羹句任叫雲横笛韻

此與葉詞同,惟後段第二句不用韻異。

**又一體** 雙調四十八字，前段五句三仄韻，後段四句三仄韻。

趙彦端

一江風月同君住韻了不知秋去韻賞心亭下句過帆如馬句墮楓如雨韻　相將莫問興亡事韻舉離觴誰訴韻垂楊指點句但歸來讀有温柔佳處韻

此詞前段即馮詞體，惟第二句添一字；後段則攤破句法，另成變調，與馮詞異。

**又一體** 雙調四十八字，前後段各四句，三仄韻。

趙彦端

河陽桃李開無數韻待乘春歸去韻小園幾片忽驚飛句恨主人難駐韻　雛鶯乳燕愁相語韻道留君不住韻願君隨處作東風句與群芳爲主韻

此與葉詞同，惟換頭處攤破句法異。

**又一體** 雙調四十七字，前段四句三仄韻，後段五句兩仄韻。

杜安世

牡丹盛坼春將暮韻群芳羞妒韻幾時流落在人間句半開仙露韻　馨香豔冶句吟看醉賞句歎誰能留住韻莫辭持燭夜深深句怨等閒風雨韻

此亦馮詞體，惟後段第三句添一字，前段第三、四、五句，攤破作七字一句、四字一句，後段第四、五、六句，攤破作七字一句、五字一句異。

**又一體** 雙調四十七字，前段四句三仄韻，後段六句三仄韻。

杜安世

東君造物無凝滯韻芳容相替韻杏花桃蕚一時開句就中明媚韻　緑叢金朵句枝長葉細韻稱花王相待韻萬般堪愛句暫時見了句腸斷無計韻

此即馮詞體，惟前段第三、四、五句攤破作七字一句、四字一句；後段第三句添一字異。

杜詞二首，句讀參差，不足爲法，採入以備一體。

**又一體** 雙調四十九字，前段五句兩平韻，後段五句一平韻一疊韻。

《古今詞話》無名氏

漸覺一日句濃如一日句不比尋常韻若知人讀爲伊瘦損句成病又何妨韻　相思到了句不成模樣句收淚千行韻把從前讀淚來做水句流也流到伊行疊

此見《古今詞話》，名《轉調賀聖朝》，押平聲韻，與押仄韻者不同。譜内可平可仄，悉參下詞。

**又一體** 雙調五十字,前後段各五句兩平韻。

《鳴鶴餘音》無名氏

野僧歸後句漁舟才纜句緑檜生煙韻對寒燈讀瀟灑枕書眠句聽石漱流泉韻　丹爐火滅句琴房人静句風自調弦韻待孤峰讀頂上月明時句正一夢遊仙韻

此與轉調詞同,惟前後段第四句各添一字作八字句異。

**又一體** 雙調五十字,前後段各六句兩平韻。

《鳴鶴餘音》無名氏

草堂初寐句青衣扃户句丹頂歸巢韻抱瑶琴高枕句夢遊仙島句物外逍遥韻　中宵睡覺句聲如鳴佩句竹被風敲韻隔疏林斜望句斷雲飛去句月上松梢韻

此亦轉調詞體,惟前段第四、五句添一字,後段第四、五句攤破句法,俱作五字一句、四字兩句異。

## 甘草子二體

《樂章集》注:正宫。

**甘草子** 雙調四十七字,前段五句四仄韻,後段四句四仄韻。

寇　準

春早韻柳絲無力句低拂青門道韻暖日籠啼鳥韻初坼桃花小韻　遥望碧天淨如掃韻曳一縷讀輕煙縹緲韻堪惜流年謝芳草韻任玉壺傾倒韻

此調前段第四句押韻者,衹有此詞。柳詞二首自注"宫調"。又有楊无咎詞可校,故可平可仄,悉注於柳詞之下。

**又一體** 雙調四十七字,前段五句三仄韻,後段四句四仄韻。

柳　永

秋暮韻亂灑衰荷句顆顆真珠雨韻雨過月華生句冷徹鴛鴦浦韻　池上憑闌愁無侶韻奈此箇讀單棲情緒韻却傍金籠教鸚鵡韻念粉郎言語韻

换頭句"愁無侶"三字,《詞律》誤爲"愁無似",今從《花草粹編》改正。

柳詞别首前段結句"還有邊庭信","還"字平聲;後段第二句"動羅幕曉寒猶嫩","羅"字平聲,"曉"字仄聲;第三句"中酒殘妝慵整頓","慵"字平聲,"整"字仄聲,楊詞"誰與浮家五湖去","誰"字平聲。譜内可平可仄據此。

## 珠簾卷一體

調見歐陽修詞，因詞有“珠簾卷”句，取以爲名。

**珠簾卷** 雙調四十七字，前段五句三平韻，後段五句兩平韻。

歐陽修

珠簾卷句暮雲愁韻垂楊暗鎖青樓韻煙雨濛濛如畫句輕風吹旋收韻　香斷錦屏新別句人間玉箏初秋韻多少舊歡新恨句書杳杳句夢悠悠韻

此調僅見此詞，無他作可校。

## 畫堂春五體

調見《淮海集》。即詠畫堂春色，取以爲名。

**畫堂春** 雙調四十七字，前段四句四平韻，後段四句三平韻。

秦　觀

落紅鋪徑水平池韻弄晴小雨霏霏韻杏花憔悴杜鵑啼韻無奈春歸韻　柳外畫樓獨上句憑闌手撚花枝韻放花無語對斜暉韻此恨誰知韻

此調以此詞爲正體，其餘減字、添字皆變格也。

秦詞別首前段結句“睡損紅妝”，“睡”字仄聲，譜内據之，餘參所採諸詞。

**又一體** 雙調四十六字，前段四句四平韻，後段四句三平韻。

謝　懋

西風庭院雨垂垂韻黄花秋閏遲韻已凉天氣未寒時韻才褪單衣韻　睡起枕痕猶在句鬢松釵壓雲低韻玉奩重拂淡胭脂韻青入雙眉韻

此詞前段第二句五字，較秦詞減一字。

**又一體** 雙調四十八字，前段四句四平韻，後段四句三平韻。

趙長卿

小亭煙柳水溶溶韻野花白白紅紅韻惱人池上晚來風韻吹損春容韻　又是清明天氣句記當年讀小院相逢韻憑闌幽思幾千重韻殘杏香中韻

此詞後段第二句七字,較秦詞添一字。

**又一體**　雙調四十九字,前段四句四平韻,後段四句三平韻。

黄庭堅

摩圍小隱枕蠻江韻蛛絲閒鎖晴窗韻水風山影上修廊韻不到晚來凉韻　相伴蝶穿花逕句獨飛鷗舞溪光韻不因送客下繩牀韻添火炷爐香韻

此詞前後段結句皆五字,較秦詞各添一字。張先"外湖蓮子"詞與此同。

**又一體**　雙調四十九字,前後段各四句四平韻。

趙長卿

當時巧笑記相逢韻玉梅枝上玲瓏韻酒杯流處已愁濃韻寒雁摩空韻　去程無計更從容韻到歸來讀好事匆匆韻一時分付不言中韻此恨難窮韻

此詞换頭二句皆七字,多押一韻,較秦詞添二字。

## 喜長新一體

唐教坊曲名。

**喜長新**　雙調四十七字,前段四句四平韻,後段四句三平韻。

王勝之

秋風朔吹曉徘徊韻雪照樓臺韻梁王宴召有鄒枚韻相如獨逞英才韻　明燭熏爐香暖句深勸金杯韻庭前豔粉有寒梅韻一枝昨夜先開韻

此詞無他首可校,平仄當遵之。

## 金盞子令一體

見《高麗史·樂志》。

**金盞子令**　雙調四十七字,前後段各五句兩平韻。

《高麗史·樂志》無名氏

東風報暖句到頭嘉氣漸融怡韻巍峨鳳闕句起鼇山萬仞句争聳雲涯韻　梨園子弟句齊奏新曲句半是塤篪韻見滿筵讀簪紳醉飽句頌鹿鳴詩韻

此詞亦無他首可校。

## 獻天壽一體

見《高麗史·樂志》。

**獻天壽** 雙調四十七字，前段四句四平韻，後段五句三平韻。

《高麗史·樂志》無名氏

日暖風和春更遲韻是太平時韻我從蓬島整容姿韻來降賀丹墀韻 幸逢燈夕真佳會句喜近天威韻神仙壽算永無期韻獻君壽句萬千斯韻

此詞亦無他首可校。

# 《御定詞譜》卷七 起四十八字至四十九字

## 三字令二體

調見《花間集》。前後段俱三字句，故名。

**三字令** 雙調四十八字，前後段各八句四平韻。

歐陽炯

春欲盡句日遲遲韻牡丹時韻羅幌卷句翠簾垂韻彩箋書句紅粉淚句兩心知韻 人不在句燕空歸韻負佳期韻香燼落句枕函欹韻月分明句花淡薄句惹相思韻

此調始於此詞，向詞即本此添字也。

按，前後段第四句，“幌”字、“燼”字俱用仄聲，與向詞“滿”字、“我”字同。《圖譜》注可平者非。

**又一體** 雙調五十四字，前後段各九句，四平韻。

向子諲

春盡日句雨餘時韻紅蔌蔌句緑漪漪韻花滿地句水平池韻煙光裏句雲影上句畫船移韻 文鴛並句白鷗飛韻歌韻響句酒行遲韻將我意句入新詩韻春欲去韻留且住句莫教歸韻

較歐詞前後段各多第三句三字，兩詞平仄略同，惟“煙光裏”、“春欲去”兩句，與歐詞“彩箋書”、“月分明”平仄異。

## 山花子一體

唐教坊曲名。一名《南唐浣溪沙》,《梅苑》名《添字浣溪沙》,《樂府雅詞》名《攤破浣溪沙》,《高麗史·樂志》名《感恩多令》。

**山花子**　雙調四十八字,前段四句三平韻,後段四句兩平韻。

南唐李璟

菡萏香銷翠葉殘韻西風愁起緑波間韻還與韶光共憔悴句不堪看韻　細雨夢回雞塞遠句小樓吹徹玉笙寒韻多少淚珠何限恨句倚闌干韻

此詞即《浣溪沙》之别體,不過多三字兩結句,移其韻於結句耳,此所以有"添字"、"攤破"之名,然在《花間集》,和凝時已名《山花子》,故另編一體。

和凝詞,前段起句"銀字笙寒調正長","銀"字平聲;第二句"水紋簟冷畫屏凉","水"字、"簟"字俱仄聲;第三句"玉腕重因金扼臂","玉"字、"重"字俱仄聲,"金"字平聲;毛文錫詞,後段起句"羅襪生塵遊女過","羅"字、"生"字俱平聲;賀鑄詞,第二句"遲回顧步佩聲微","遲"字平聲,"顧"字仄聲;第三句"宛是春風蝴蝶舞","宛"字仄聲,"春"字平聲。譜内可平可仄據此。

## 憶餘杭二體

見《湘山野録》,潘閬自度曲,因憶西湖諸勝,故名《憶餘杭》。《詞律》編入《酒泉子》者誤。

**憶餘杭**　雙調四十八字,前段四句兩平韻,後段四句兩仄韻兩平韻。

潘　閬

長憶西湖句盡日憑闌樓上望句三三兩兩釣魚舟平韻島嶼正清秋韻　笛聲依約蘆花裏仄韻白鳥數行驚起韻别來閒想整魚竿换平韻思入水雲寒韻

此調祇有潘詞三首,故可平可仄悉依之。潘詞别首,前段第三句"冷泉亭上幾曾游","冷"字仄聲,"亭"字平聲;後段第三句"别來幾向畫圖看","幾"字仄聲。餘參校下首。

坊本後段第二句或作"白鳥成行忽驚起",今從《湘山野録》改正。

**又一體**　雙調四十九字,前段四句兩平韻,後段四句兩仄韻兩平韻。

潘　閬

長憶孤山句山在湖心如黛簇句僧房四面向湖開平韻輕棹去還來韻　芰荷香細連雲閣

仄韻閣上清聲簷下鐸韻別來塵土污人衣換平韻空役夢魂飛韻

後段第二句較前詞多一字，潘詞別首"長嘯一聲何處去"正與此同。

## 秋蕊香三體

此調有兩體，四十八字者始於晏殊，九十七字者始於趙以夫，兩詞迥別，因詞名同，故爲類列。若柳永六十字《秋蕊香引》，仍即挨字另編。

**秋蕊香** 雙調四十八字，前後段各四句四仄韻。

晏 殊

梅蕊雪殘香瘦韻羅幕輕寒微透韻多情只是春楊柳韻占斷可憐時候韻　蕭娘勸我杯中酒韻翻紅袖韻金烏玉兔長飛走韻争得朱顔依舊韻

此調衹有此體。但周邦彦以前，悉照此詞平仄填；周邦彦以後，即照周詞平仄填，故兩收之。此詞前段起句第五字平聲，前後段第三、四句第五字俱平聲，有晏幾道、張耒諸詞可證。

晏幾道詞前段第二句"別恨遠山眉小"，"別"字仄聲；第三句"眼前人去歡難偶"，"人"字平聲；第四句"誰共一杯芳酒"，"誰"字平聲；張耒詞後段第一句"別離滋味濃如酒"，"別"字仄聲，"滋"字平聲；第二句"著人瘦"，"著"字仄聲；楊澤民詞第三句"良人貪逐利名遠"，"貪"字平聲；第四句"不憶幽花静院"，"不"字仄聲方千里詞"春鎖緑沉小院"，"緑"字仄聲。譜内可平可仄據此。楊詞中"利"字、"静"字，方詞中"小"字，此正晏、周二詞體例所分，概不校注，餘參周詞。

**又一體** 雙調四十八字，前後段各四句四仄韻。

周邦彦

乳鴨池塘水暖韻風緊柳花迎面韻午妝粉脂印窗眼韻曲裏長眉翠淺韻　聞知社日停針線韻探新燕韻寶釵落枕夢魂遠韻簾影參差滿院韻

此即晏詞體，所異者惟前段第一句第五字，前後段第三、四句第五字，俱用仄聲耳。有方千里、楊澤民、陳允平和詞及吴文英諸作可證。大概南宋人俱宗之，故採入以備參考。

**又一體** 雙調九十七字，前段十句五平韻，後段九句五平韻。

趙以夫

一夜金風句吹成萬粟句枝頭點點明黄韻扶疏月殿影句雅淡道家妝韻阿誰倩讀天女散濃香韻十分熏透霓裳韻徘徊處句玉繩低轉句人静天凉韻　底事小山幽詠句渾未識清妍句空自神傷韻憶佳人讀執手訴離湘韻招蟾魄讀和淚吸秋光韻碧雲日暮何妨韻惆悵久讀瑶琴微弄句一曲清商韻

此調見《虛齋樂府》,詠木犀,即賦題本意也。無別首可校,平仄宜依之。

## 胡搗練三體

此調與《搗練子》異,或云似《桃源憶故人》,但前後段起句有押韻、不押韻之分。惟《望仙樓》調本此減字,觀《梅苑》刻《望仙樓》词仍名《胡搗練》可知矣。

**胡搗練** 雙調四十八字,前後段各四句三仄韻。

晏 殊

夜來江上見寒梅句自逞芳妍標格韻爲甚東風先坼韻分付春消息韻 佳人釵上玉尊前句朵朵濃香堪惜韻誰把彩毫描得韻免恁輕拋擲韻

汲古閣本此詞前段第一、二、三句作"小桃花與早梅花,儘是芳妍品格。未上東風先坼",今從《梅苑》及《花草粹編》改正。

此調以此詞爲正體,若晏幾道詞之減字,杜安世詞之添字,皆變格也。此詞有《梅苑》詞可校,前後段起句俱不押韻。坊本張先集有《胡搗練》詞,查係《桃源憶故人》,故不編入。

《梅苑》詞前段結句"水漾横斜影","水"字仄聲;後段起句"異香直到醉鄉中","異"字仄聲。譜内可平可仄據此,餘參下詞。

**又一體** 雙調四十七字,前後段各四句三仄韻。

晏幾道

小春花信日邊來句隴上江梅先坼韻今歲東君消息韻還自南枝得韻 素衣染盡天香句玉酒添成國色韻一自故溪疏隔韻腸斷長相憶韻

此詞一名《望仙樓》,即前"夜來江上"體,惟後段起句少一字。按,《梅苑》本作"素衣洗盡九天香",仍七字句,因《花草粹編》與本集同,故從本集。

**又一體** 雙調五十字,前後段各四句三仄韻。

杜安世

數枝半斂半開時句洞閣曉讀寶妝新注韻香格豔姿天賦韻甘被群芳妒韻 狂風横雨且相饒句又恐有讀彩雲迎去韻牽破少年心緒韻無計長爲主韻

此亦晏殊詞體,惟前後段第二句各添一字,作上三下四句法異。坊本前段第三句作"寶香格豔姿天賦",今照《詞緯》改定。

## 桃源憶故人二體

一名《虞美人影》。張先詞或名《胡搗練》,陸游詞名《桃源憶故人》,趙鼎詞名

《醉桃園》；韓淲詞有"杏花風裏東風峭"，名《杏花風》。

**桃源憶故人** 雙調四十八字，前後段各四句四仄韻。

歐陽修

梅梢弄粉香猶嫩韻欲寄江南春信韻別後愁腸縈損韻說與伊爭穩韻　小爐獨守寒灰燼韻忍淚低頭畫盡韻眉上萬重新恨韻竟日無人問韻

此調以此詞爲正體，宋人多依此填，若王詞之添字，乃變格也。

前段起句，朱敦儒詞"雨斜風橫香成陣"，"雨"字仄聲，"風"字平聲；第二句，鄭域詞"低下繡簾休卷"，"繡"字仄聲；第三句，管鑒詞"惟有綠窗朱户"，"惟"字平聲，馬古洲詞"雪後又開半樹"，"半"字仄聲；結句，黄庭堅詞"花底鶯聲嫩"，"花"字平聲；後段第二句，秦觀詞"驚破一番新夢"，"驚"字平聲，"一"字仄聲，"新"字平聲；第三句，史達祖詞"十五年來凝佇"，"年"字平聲，馬詞"我是西湖處士"，"處"字仄聲；結句，陸游詞"芳草連天暮"，"芳"字平聲。譜内可平可仄據此，餘參王詞。

**又一體** 雙調四十九字，前後段各四句四仄韻。

王庭珪

催花一霎清明雨韻留得東風且住韻兩岸柳汀煙塢韻未放行人去韻　人如雙鵠雲間舉韻明月夜讀扁舟何處韻只向武陵南渡韻便是長安路韻

此即歐詞體，惟後段第二句添一字作上三下四句法異。

## 撼庭秋一體

唐教坊曲名。一作《感庭秋》。

**撼庭秋** 雙調四十八字，前段五句三仄韻，後段六句兩仄韻。

晏　殊

別來音信千里韻恨此情難寄韻碧紗秋月句梧桐夜雨句幾回無寐韻　高樓目斷句天涯雲黯句只堪憔悴韻念蘭堂紅燭句心長焰短句向人垂淚韻

此調平仄，無別首可校。

## 慶金枝三體

《高麗史·樂志》名《慶金枝令》。

**慶金枝** 雙調四十八字,前後段各四句三平韻。

《高麗史·樂志》無名氏

莫惜金縷衣韻勸君惜讀少年時韻花開堪折直須折句莫待折空枝韻　一朝杜宇纔鳴後句便從此讀歇芳菲韻有花有酒且開眉韻莫待滿頭絲韻

此調三體,每體衹有一詞,可平可仄,即以三詞參定。

**又一體** 雙調五十字,前段四句四平韻,後段四句三平韻。

張　先

青螺添遠山韻兩嬌靨讀笑時圓韻抱雲勾雪近燈看韻算何處讀不堪憐韻　今生但願無離別句花月下讀繡屏前韻雙蠶成繭共纏綿韻更重結讀後生緣韻

此詞前後段第三句押韻,兩結句俱六字折腰。

**又一體** 雙調五十字,前後段各四句四平韻。

《梅苑》無名氏

新春入舊年韻綻梅萼讀一枝先韻隴頭人待信音傳韻算楚岸讀未香殘韻　小桃風雪憑闌干韻下簾幕讀護輕寒韻年華永占入芳筵韻付尊酒讀漸成歡韻

此詞換頭句押韻,餘與張詞同。

## 燭影摇紅三體

宋吴曾《能改齋漫録》:王都尉詵有《憶故人》詞,徽宗喜其詞意,猶以不豐容宛轉爲恨,乃令大晟樂府别撰腔,周邦彦增益其詞,而以首句爲名,謂之《燭影摇紅》。按,王詵詞本小令,原名《憶故人》,或名《歸去曲》,以毛滂詞有"送君歸去添凄斷"句也。若周邦彦詞,則合毛、王二體爲一闋。元趙雍詞更名《玉珥墜金環》,元好問詞更名《秋色横空》。

**燭影摇紅** 雙調四十八字,前段四句兩仄韻,後段五句三仄韻。

毛　滂

老景蕭條句送君歸去添凄斷韻贈君明月滿前溪句直到西湖畔韻　門掩緑苔應遍韻爲黄花讀頻開醉眼韻橘奴無恙句蝶子相迎句寒窗日短韻

周詞前段即此詞體也,故可平可仄即可參之,餘校毛詞别首及賀鑄詞。

賀詞前段第三句"離魂十里念佳期"，"十"字仄聲；後段第二句"但衾枕、餘芳剩暖"，"枕"字仄聲，毛詞別首"唤人醒、不教夢去"，"不"字仄聲；第三、四、五句"他年尋我，水邊月底，一蓑煙短"，"他"字、"邊"字、"煙"字俱平聲，"月"字、"底"字、"一"字俱仄聲。

**又一體** 雙調五十字，前段五句兩仄韻，後段五句三仄韻。

王 詵

燭影摇紅句向夜闌句乍酒醒讀心情懶韻尊前誰爲唱陽關句離恨天涯遠韻　無奈雲沈雨散韻憑闌干讀東風淚眼韻海棠開後句燕子來時句黄昏庭院韻

周詞後段即此詞也。但此詞前段第二、三句，共九字，疑"向"字、"乍"字或歌者所添襯字耳。

**又一體** 雙調九十六字，前後段各九句五仄韻。

周邦彦

香臉輕匀句黛眉巧畫宫妝淡韻風流天付與精神句全在嬌波轉韻早是縈心可慣韻那更堪讀頻頻顧盼韻幾回得見句見了還休句争如不見韻　燭影摇紅句夜闌飲散春宵短韻當時誰解唱陽關句離恨天涯遠韻無奈雲收雨散韻憑闌干讀東風淚眼韻海棠開後句燕子來時句黄昏庭院韻

此詞前段即毛詞體，後段即用王詞，但第二、三句，王詞九字，此則删去二字作七字句，仍是王詞體也。

此詞可平可仄，查宋詞悉與小令同，惟前後段第八句，或作仄仄平平，或作平仄平平，則與小令異。又，前段第二句，方岳詞"宫雲透曉青旗報"，"宫"字平聲；前後段第六句，高觀國詞"正慘慘雲横疏影"，孫惟信詞"軟紅街清明還又"，"疏"字、"還"字俱平聲，亦與小令異。

## 朝中措四體

《宋史·樂志》：屬黄鍾宫。李祁詞有"初見照江梅"句，名《照江梅》；韓淲詞名《芙蓉曲》，又有"香動梅梢圓月"句，名《梅月圓》。

**朝中措** 雙調四十八字，前段四句三平韻，後段五句兩平韻。

歐陽修

平山闌檻倚晴空韻山色有無中韻手種堂前垂柳句别來幾度春風韻　文章太守句揮毫萬字句一飲千鍾韻行樂直須年少句尊前看取衰翁韻

此調以此詞爲正體，宋人填者甚多，若辛詞、趙詞之攤破句法，蔡詞之添字，皆變體也。

前段起句，向子諲詞"滿城臘雪淨無埃"，"滿"字、"臘"字俱仄聲；第二句"觸處是花開"，"觸"字仄聲;第三句,蔡伸詞"萬里開雲散盡","散"字仄聲;結句,趙師俠詞"歸時秋滿山川","秋"字平聲;後段起句,歐詞别首"客程無盡","客"字仄聲,"無"字平聲;第二句,范成大詞"夕陽如錦","夕"字仄聲,"如"字平聲;第三句,周紫芝詞"人在天涯","人"字平聲;第四句,趙師俠詞"鬢影黄邊漸緑","黄"字平聲,"漸"字仄聲;結句,李祁詞"隔江煙雨樓臺","隔"字仄聲,"煙"字平聲。譜内可平可仄據此,餘校所採三詞。

**又一體** 雙調四十八字,前後段各四句三平韻。

辛棄疾

年年金蕊豔西風韻人與菊花同韻霜鬢經春曾緑句仙姿不飲長紅韻　焚香度日盡從容韻笑語調兒童韻一歲一杯爲壽句從今更數千鍾韻

此亦歐詞體,惟後段第一、二、三句,攤破四字三句,作七字一句、五字一句異。坊本或刻"焚香度日,從容笑語,盡調兒童",今照稼軒本集。

**又一體** 雙調四十八字,前段四句三平韻,後段四句兩平韻。

趙長卿

荷錢浮翠點前溪韻梅雨日長時韻恰是清和天氣句雕鞍又作分携韻　别來幾日愁心折句針線小蠻衣韻羞對緑陰庭院句銜泥燕燕于飛韻

此與辛詞同,惟後段起句不押韻異,洪咨夔"荷花香裏"詞,换頭句"去天尺五城南路"正與此同。

**又一體** 雙調四十九字,前段四句三平韻,後段五句兩平韻。

蔡　伸

章臺楊柳自依依韻飛絮送春歸韻院宇日長人静句園林緑暗紅稀韻　庭前花謝了句行雲散後句物是人非韻惟有一襟清淚句憑闌灑遍殘枝韻

此即歐詞體,惟後段起句添一字作五字句異。

## 洞天春一體

調見《六一詞》,蓋賦院落之春景如洞天也。

**洞天春** 雙調四十八字,前段四句四仄韻,後段五句三仄韻。

歐陽修

鶯啼緑樹聲早韻檻外殘紅未掃韻露點真珠遍芳草韻正簾幃清曉韻　鞦韆宅院悄悄韻又是清明過了韻燕蝶輕狂句柳絲撩亂句春心多少韻

此調宋人塡者絶少，無從校對平仄。

## 慶春時一體

調見《小山樂府》，凡二首，俱慶賞春時宴樂之詞。

**慶春時** 雙調四十八字，前段六句兩平韻，後段五句兩平韻。

晏幾道

倚天樓殿句昇平風月句彩仗春移韻鸞絲鳳竹句長生調裏句迎得翠輿歸韻　雕鞍游罷句何處還有心期韻濃熏翠被句深停畫燭句人約月西時韻

晏詞二首平仄略同，惟別首起句“梅梢已有”，“梅”字平聲，“已”字仄聲；第三句“風意猶寒”，“風”字平聲。《詞律》謂前段第五句“調”字可平，後段第四句“畫”字可平，無據，不必從。

## 眼兒媚三體

左譽詞有“斜月小闌干”句，名《小闌干》；韓淲詞有“東風拂檻露猶寒”句，名《東風寒》；陸游詞名《秋波媚》。

**眼兒媚** 雙調四十八字，前段五句三平韻，後段五句兩平韻。

左　譽

樓上黃昏杏花寒韻斜月小闌干韻一雙燕子句兩行歸雁句畫角聲殘韻　綺窗人在東風裏句灑淚對春閒韻也應似舊句盈盈秋水句淡淡青山韻

此調以左詞、賀詞爲正體，若趙詞之换頭句多押一韻，乃變格也。左詞前段起句拗體，如王雱詞之“楊柳絲絲弄輕柔”，曾覿詞之“花近清明晚風寒”，尹焕詞之“嫋嫋垂楊蘸清漪”，皆是，故兩詞俱採，其兩起句之平仄不可相通，任塡者自擇一體宗之。

前段第三句，黃公度詞“如今憔悴”，“如”字、“憔”字俱平聲；後段第一、二句，王雱詞“而今往事難重省，歸夢繞秦樓”，“而”字平聲，“往”字仄聲，“歸”字平聲；第三句，黃機詞“離愁多在”，“多”字平聲；第四句，薛夢桂詞“雁飛不到”，“雁”字、“不”字俱仄聲。譜内可平可仄據此，餘參賀詞、趙詞。

**又一體** 雙調四十八字，前段五句三平韻，後段五句兩平韻。

賀　铸

蕭蕭江上荻花秋韻做弄許多愁韻半竿落日句兩行新雁句一葉扁舟韻　惜分長怕君先去句且待醉時休韻今宵眼底句明朝心上句後日眉頭韻

此與左詞同，惟前段起句不作拗體，如盧祖皋之"玉鈎清曉上簾衣"，史達祖詞之"兒家七十二鴛鴦"，皆是。以下可平可仄即同左詞。

**又一體** 雙調四十八字，前後段各五句三平韻。

趙長卿

南枝消息杳然間韻寂寞倚雕闌韻紫腰豔豔句青腰嫋嫋句風月俱閒韻　佳人環佩玉闌珊韻作惡探花還韻玉纖撚粟句櫻唇呵粉句愁點眉彎韻

此即賀詞體，惟换頭句多押一韻異。

## 人月圓三體

《中原音韻》注：黄鍾宫。此調始於王詵，因詞中"人月圓時"句，取以爲名。吴激詞有"青衫淚濕"句，又名《青衫濕》。

**人月圓** 雙調四十八字，前段五句兩平韻，後段六句兩平韻。

王 詵

小桃枝上春來早句初試薄羅衣韻年年此夜句華燈競處句人月圓時韻　禁街簫鼓句寒輕夜永句纖手同携韻夜闌人静句千門笑語句聲在簾幃韻

此調以此詞爲正體，即《中原音韻》所注"黄鍾宫"者。若楊詞之攤破句法，或押仄韻者，皆變格也。

前段第三、四句，倪瓚詞"畫屏雲嶂，池塘春草"，"畫"字仄聲，"雲"字、"春字"俱平聲；後段第一、二句，劉因詞"門前報導，曲生來謁"，"門"字平聲，"曲"字仄聲；第四句，趙鼎詞"芳尊美酒"，"芳"字平聲，"美"字仄聲；第五句，張可久詞"香爐峰下"，"峰"字平聲；第六句，趙詞"月滿高樓"，"月"字仄聲。譜内可平可仄據此，餘參下詞。

**又一體** 雙調四十八字，前後段各五句兩平韻。

楊无咎

風和日薄餘煙嫩句惻惻透鮫綃韻相逢且喜句人圓玳席句月滿丹霄韻　爛遊勝賞句高低燈火句鼎沸笙簫韻一年三百六十日句願長似今宵韻

此亦王詞體，惟後段第四、五、六句攤破句法，作七字一句、五字一句異。

**又一體** 雙調四十八字，前段五句三仄韻，後段五句兩仄韻。

楊无咎

月華燈影光相射韻還是元宵也韻綺羅如畫句笙歌遞響句無限風雅韻　鬧蛾斜插句輕

衫乍試句閒趁尖耍韻百年三萬六千夜句願長如今夜韻

此與無咎平韻詞悉同,惟押仄聲韻及前段起句用韻異耳。至前段第三句"晝"字,後段第四句"夜"字非韻,或注作"韻"者誤。

楊詞兩體俱無他詞可校。《詞律》所注"可平可仄"無據,不可從。

## 喜團圓二體

調見《小山樂府》。《花草粹編》無名氏詞有"與箇團圓"句,更名《與團圓》。

**喜團圓** 雙調四十八字,前段五句兩平韻,後段六句兩平韻。

晏幾道

危樓静鎖句窗中遠岫句門外垂楊韻珠簾不禁春風度句解偷送餘香韻　　眠思夢想句不如雙燕句得到蘭房韻别來只是句憑高淚眼句感舊離腸韻

此與《梅苑》詞同,惟前段第四、五句句讀不同耳,其餘字句同者,可平可仄,可以參校。

《花草粹編》無名氏詞,前段第三、四句"孜孜覷著,算前生、只結得眼因緣",句讀雖異,因詞俚不録。

**又一體** 雙調四十八字,前後段各六句兩平韻。

《梅苑》無名氏

輕攢碎玉句玲瓏竹外句脱去繁華韻尤殢東君句最先點破句壓倒群花韻　　瘦影生香句黄昏月館句深淺溪沙韻仙標淡泞句偏宜幺鳳句肯帶棲鴉韻

此亦晏詞體,前段第四、五句攤破句法,作四字三句異。《花草粹編》前段第四、五、六句作"殢東君,先點破,壓群花",今從《梅苑》改定。

## 海棠春三體

此調始自秦觀,因詞中有"試問海棠花,昨夜開多少"句,故名。馬莊父詞名《海棠花》,史達祖詞名《海棠春令》。

**海棠春** 雙調四十八字,前後段各四句三仄韻。

秦　觀

流鶯窗外啼聲巧韻睡未足讀把人驚覺韻翠被曉寒輕句寶篆沉煙嫋韻　　宿醒未解宫娥報韻道别院讀笙歌宴早韻試問海棠花句昨夜開多少韻

此調以此詞爲正體，若吴詞之攤破句法，馬詞之減字，皆變體也。或疑此詞换頭亦可照吴詞點定四字兩句、六字一句，然有史達祖詞可證，則固七字兩句也。

史詞前段第二句"錦宫外煙輕雨細"，"宫"字平聲，"雨"字仄聲；换頭兩句"燭花偏在紅簾底，想人怕春寒正睡"，"偏"字、"人"字俱平聲。譜内可平可仄據之，餘參吴詞、馬詞。

**又一體** 雙調四十八字，前段四句三仄韻，後段五句三仄韻。

吴　潛

天涯芳草迷征路韻還又是讀匆匆春去韻烏兔裏光陰句鶯燕邊情緒韻　雲梢霧末句溪橋野渡韻盡是春愁落處韻把酒勸斜陽句小向花間駐韻

此亦秦詞體，惟换頭攤破七字兩句作四字兩句、六字一句異。

**又一體** 雙調四十六字，前後段各四句三仄韻。

馬莊父

柳腰暗怯花風弱韻紅映秋千院落韻歸逐雁兒飛句斜撼真珠箔韻　滿林翠葉胭脂萼韻不忍頻頻覷著韻護取一庭春句莫彈花間鵲韻

此即秦詞體，惟前後段第二句各減一字，作六字句異。

## 武陵春三體

《梅苑》名《武林春》。

**武陵春** 雙調四十八字，前後段各四句三平韻。

毛　滂

風過冰簷環佩響句宿霧在華茵韻剩落瑶花襯月明韻嫌怕有纖塵韻　鳳口銜燈金炫轉句人醉覺寒輕韻但得清光解照人韻不負五更春韻

此調以此詞爲正體，若李詞、万俟詞之添字，皆變格也。按，晏幾道詞三首，换頭句或作"梁王苑路香英密"，或作"年年歲歲登高節"，或作"熏香繡被心情懶"，與此調平仄全異。宋媛魏氏詞"玉人近日書來少"或宗之，餘與此詞同。

毛詞别首前段起句"城上落梅風料峭"，"落"字仄聲；第二句"寒馥逼清尊"，"寒"字平聲；晏詞第三句"誰似龍山秋興濃"，"誰"字、"秋"字俱平聲；後段第三句"曾看飛瓊戴滿頭"，"曾"字平聲；結句"浮動舞梁州"，"浮"字平聲。譜内可平可仄據之，餘參下詞。

**又一體** 雙調四十九字，前後段各四句三平韻。

李清照

風住塵香春已盡句日晓倦梳頭韻物是人非事事休韻欲語淚先流韻　聞說雙溪春尚

好句也擬泛輕舟韻只恐雙溪舴艋舟韻載不動讀許多愁韻

此即毛詞體，惟後段結句添一字作六字句異。趙師俠"乍雨籠晴"詞，後結"流不盡、許多愁"，正與此同。

**又一體** 雙調五十四字，前段四句三平韻，後段四句四平韻。

万俟咏

燕子飛來春在否句微雨過讀掩重門韻正滿院梨花雪照人韻獨自箇讀憶黃昏韻　清風淡月總銷魂韻羅衣暗讀惹啼痕韻漫覰著秋千腰褪裙韻可煞是讀不宜春韻

此與毛詞同，惟前後段第二、三、四句各添一字，換頭句又押韻異。

## 東坡引五體

此調前後段兩結，宋人類用疊句，惟曹冠、袁去華詞二首獨無，舊譜遺之，今並增定。

**東坡引** 雙調四十八字，前段四句四仄韻，後段五句四仄韻。

曹　冠

涼飆生玉宇韻黃花曉凝露韻汀蘋岸蓼秋將暮韻登高開宴俎韻　傳杯興逸句分詠得句韻思戲馬讀常懷古韻東籬候酒人何處韻芳尊須送與韻

此調採詞五體，無疊句者兩體，有疊句者三體。曹詞換頭第三句六字折腰，袁詞七字折腰，趙詞換頭與曹詞同，辛詞換頭一首與曹詞同，而起句多一字一首與袁詞同而句法不作上三下四，其餘則無不同也。故此詞可平可仄即校後詞。

**又一體** 雙調四十九字，前段四句四仄韻，後段五句四仄韻。

袁去華

隴頭梅半吐韻江南歲將暮韻閒窗盡日將愁度韻黃昏愁更苦韻　歸期望斷句雙魚尺素韻念嘶騎讀今到何處韻殘燈背壁三更鼓韻斜風吹細雨韻

此與曹詞同，惟後段第三句添一字作七字句異。

**又一體** 雙調五十八字，前段五句四仄韻一疊韻，後段六句四仄韻一疊韻。

趙師俠

相看情未足韻離觴已催促韻停歌欲語眉先蹙韻何期歸太速韻何期歸太速疊　如今去也句無計追逐韻怎忍聽讀陽關曲韻扁舟後夜灘頭宿韻愁隨煙樹簇韻愁隨煙樹簇疊

此詞前後段兩結，俱有疊句。汲古閣本於前段脱一疊句，《詞律》因之，今從《花草粹編》校定。趙詞凡三首，字句悉同，平仄亦如一，辛棄疾"君如梁上燕"詞，趙長卿"茅齋無客"詞，正與此同。

**又一體**　雙調五十九字，前段五句四仄韻一疊韻，後段六句四仄韻一疊韻。

辛棄疾

玉纖彈舊怨韻還敲繡屏面韻清歌目送西風雁韻雁行吹字斷韻雁行吹字斷疊　夜深拜半月句瑣窗西畔韻但桂影讀空階滿韻翠帷自掩無人見韻羅衣寬一半韻羅衣寬一半疊

此與趙詞同，惟後段起句五字異。《圖譜》於"夜深拜半"點句者誤。

**又一體**　雙調五十九字，前段五句四仄韻一疊韻，後段六句四仄韻一疊韻。

辛棄疾

花梢紅未足韻條破驚新綠韻重簾下遍闌干曲韻有人春睡熟韻有人春睡熟疊　鳴禽破夢句雲偏目蹙韻起來香腮褪紅玉韻花時愛與愁相續韻羅裙過半幅韻羅裙過半幅疊

此亦與趙詞同，惟後段第三句七字異。或疑此詞前段第二句平仄小異。按，趙長卿词"冰硯凍寒泚"，正與此同。

## 雙瀏鶒一體

調見朱敦儒《樵歌詞》，因詞有"一對雙飛瀏鶒"句，故名。元高拭詞注：正宫。

**雙瀏鶒**　雙調四十八字，前後段各四句四仄韻。

朱敦儒

拂破秋江煙碧韻一對雙飛瀏鶒韻應是遠來無力韻相偎梢下沙磧韻　小艇誰吹横笛韻驚起不知消息韻悔不當時描得韻如今何處尋覓韻

此調無宋詞可校，平仄當遵之。

## 鬲溪梅令一體

姜夔自度曲，注"宫調"。原注"仙吕調"。一作《高溪梅令》。

**鬲溪梅令**　雙調四十八字，前後段各四句四平韻。

姜　夔

好花不與殢香人韻浪粼粼韻又恐春風歸去讀綠成陰韻玉鈿何處尋韻　木蘭雙槳夢中

雲韻水橫陳韻漫向孤山山下讀覓盈盈韻翠禽啼一春韻

此調宋人無填者，其平仄當悉遵之。

## 伊州三臺一體

按，唐有《宫中三臺》、《江南三臺》等曲，此云"伊州"者，亦本唐曲，取邊地爲名也。《三臺》皆用六字成句，觀趙師俠詞，前後起兩句亦作六言，猶沿唐人舊體。若兩結攤破六字二句，爲五字一句、七字一句，則新聲矣，故另編一體。

**伊州三臺** 雙調四十八字，前後段各四句四平韻。

趙師俠

桂花移自雲巖韻更被靈砂染丹韻清露濕酡顔韻醉乘風讀下臨世間韻　素娥襟韻蕭閒韻不與群芳並看韻蔌蔌絳綃單韻覺身輕讀夢回廣寒韻

此調見金元曲子，注"正宫"，平仄一定，填者宜遵之。

## 雙頭蓮令一體

調見趙師俠《坦庵集》，詠信豐雙蓮，故製此詞。

**雙頭蓮令** 雙調四十八字，前後段各四句四平韻。

趙師俠

太平和氣兆嘉祥韻草木總成雙韻紅苞翠蓋出橫塘韻兩兩鬭芬芳韻　幹摇碧玉並青房韻仙髻擁新妝韻連枝不解引鸞凰韻留取映鴛鴦韻

此詞無別首可校。

## 梅弄影一體

調見《丘密集》詠梅詞，因結句有"巡池看弄影"名，取以爲名。

**梅弄影** 雙調四十八字，前後段各五句四仄韻。

丘　宻

雨晴風定韻一任春寒逞韻要勒群芳未醒韻不廢梅花句晚來妝面靚韻　曲闌斜憑韻水

檻臨清鏡韻翠竹簫騷相映韻付與幽人句巡池看弄影韻

此調祇有此詞,無他首可校。

## 茅山逢故人一體

調見元人《葉兒樂府》。張雨句曲道中送友,自製詞也。

**茅山逢故人** 雙調四十八字,前段五句三仄韻,後段五句兩仄韻。

張　雨

山下寒林平楚韻山外雲帆煙渚韻不飲如何句吾生如夢句鬢毛如許韻　能消幾度相逢句遮莫而今歸去韻壯士黄金句仙人黄鶴句美人黄土韻

此詞亦無他首可校。

## 陽臺夢二體

此調有兩體,四十九字者,調見《尊前集》,唐莊宗製,因詞有"又入陽臺夢"句,取以爲名;五十七字者,調見《花草粹編》,宋解昉製,即賦陽臺夢題。兩體截然不同。

**陽臺夢** 雙調四十九字,前段四句三仄韻,後段四句兩仄韻。

唐莊宗

薄羅衫子金泥縫韻困纖腰怯銖衣重韻笑迎移步小蘭叢句嚲金翹玉鳳韻　嬌多情脉脉句羞把同心撚弄韻楚天雲雨却相和句又入陽臺夢韻

此詞全押仄韻,宋元人無填者,平仄當從之。

**又一體** 雙調五十七字,前段五句三仄韻兩平韻,後段五句兩仄韻兩平韻。

解　昉

仙姿本寓仄韻十二峰前住韻千里行雲行雨韻偶因鶴馭過巫陽平韻邂逅他讀楚襄王韻　無端宋玉誇才賦仄韻諓誕人心素韻至今狂客到陽臺换平韻也有癡心句望妾人讀夢中來韻

此詞平仄换韻,宋人中亦僅見此體。

## 月宫春二體

調見《花間集》毛文錫詞。周邦彦更名《月中行》。《宋史·樂志》屬小石角。

**月宫春** 雙調四十九字，前段四句四平韻，後段四句兩平韻。

毛文錫

水晶宫裏桂花開韻神仙探幾回韻紅芳金蕊繡重臺韻低傾瑪瑙杯韻　玉兔銀蟾争守護句姮娥姹女戲相偎韻遥聽鈞天九奏句玉皇親看來韻

此詞與周詞異者，在後段第二句不作上三下四句法及第三句少一字，不押韻耳，但兩詞前段第二句、結句，後段起句、結句，平仄迥别，難以參校，不若韓淲詞之字句悉同，故此詞可平可仄，只參韓詞。

韓詞前段第二句"斷腸空眼穿"，"斷"字仄聲，"空"字平聲；第三句"一春風雨夜懨懨"，"一"字仄聲；結句"不聞鍾鼓傳"，"不"字仄聲，"鍾"字平聲；後段起句"香冷曲屏羅帳掩"，"香"字平聲，"曲"字仄聲；第二句"園林誰與上秋千"，"誰"字平聲；第三句"憶得年時鳳枕"，"憶"字仄聲。

**又一體** 雙調五十字，前段四句四平韻，後段四句三平韻。

周邦彦

蜀絲趁日染乾紅韻微暖口脂融韻博山細篆靄房櫳韻静看打窗蟲韻　愁多膽怯疑虚幕句聲不斷讀暮景疏鍾韻團圞四壁小屏風韻淚盡夢啼中韻

此詞後段第三句七字，押韻，吴文英"疏桐翠井"詞、陳允平"鬢雲斜插"詞，正與此同。

前段起句，吴詞"疏桐翠井蚤驚秋"，"疏"字平聲，陳詞"鬢雲斜插映山紅"，"斜"字平聲；第二句，吴詞"葉葉雨聲愁"，上"葉"字仄聲；第三句，"燈前倦客老貂裘"，"燈"字平聲，陳詞"自携紈扇出簾櫳"，"紈"字平聲；結句，陳詞"闌外撲飛蟲"，"闌"字平聲；後段第二句，陳詞"纖纖手自引金鍾"，下"纖"字平聲；第三句，"倦歌佯醉倚東風"，"倦"字仄聲，"佯"字平聲；結句，"愁在落花中"，"愁"字平聲。譜内可平可仄據此。

## 河瀆神二體

唐教坊曲名。《花庵詞選》云：唐詞多緣題所賦，《河瀆神》之詠祠廟，亦其一也。

**河瀆神** 雙調四十九字，前段四句四平韻，後段四句四仄韻。

温庭筠

河上望叢祠平韻廟前春雨來時韻楚山無限鳥飛遲韻蘭棹空傷别離韻　何處杜鵑啼不

歇仄韻豔紅開盡如血韻蟬鬢美人愁絶韻百花芳草佳節韻

此詞前段押平韻，後段押仄韻者，唐、宋人間一爲之。若全押平韻，則惟唐詞一體也。

前段第二句，孫光憲詞"春晚湘妃廟前"，"春"字平聲，"晚"字仄聲，"妃"字平聲，"廟"字仄聲；第三句，"一方卵色楚南天"，"卵"字仄聲，辛棄疾詞"山頭人望翠雲旗"，"山"字平聲；第四句，温詞别首"流淚玉箸千條"，"淚"字仄聲，"流"字平聲，"玉"字、"箸"字俱仄聲，"千"字平聲；後段换頭句，"暮天愁聽思歸樂"，"暮"字仄聲，"天"字、"愁"字俱平聲，"聽"字仄聲，"歸"字平聲；第二句，孫詞"依舊瓊輪羽駕"，"依"字平聲，"舊"字仄聲，"輪"字平聲，"羽"字仄聲；第三句，孫詞"小殿沉沉清夜"，"小"字仄聲，"上"沉字平聲，温詞别首"青麥燕飛落落"，上"落"字仄聲；第四句，孫詞"銀燈飄落香灺"，"銀"字平聲。譜内可平可仄據此，若前段起句"河"字可仄，則參張詞。

**又一體**　雙調四十九字，前段四句四平韻，後段四句兩平韻。

張　泌

古樹噪寒鴉韻滿庭楓葉蘆花韻晝燈當午隔輕紗韻畫閣朱簾影斜韻　門外往來祈賽客句翩翩帆落天涯韻回首隔江煙火句渡頭三兩人家韻

此體全押平韻，無唐、宋詞可校。

## 歸去來二體

調見《樂章集》詞二首。因詞有"歌筵舞、且歸去"，"休惆悵、好歸去"句，取以爲名。四十九字者自注"正平調"，五十二字者自注"中吕宫"。按，《唐書・樂志》，仲吕羽爲正平調，夾鍾羽爲中吕調，燕樂七羽之二也。

**歸去來**　雙調四十九字，前後段各四句四仄韻。

柳　永

初過元宵三五韻慵困春情緒韻燈月闌珊嬉游處韻遊人盡讀厭歡聚韻　憑仗如花女韻持杯謝讀酒朋詩侣韻餘酲更不禁香醑韻歌筵舞讀且歸去韻

此調祇有柳詞二首，無宋、元詞可校，雖前段第三、四句，後段第二、三、四句，兩調相同，但自注宫調，恐乖律吕，不必參校平仄。

**又一體**　雙調五十二字，前後段各四句四仄韻。

柳　永

一夜狂風雨韻花陰墜讀碎紅無數韻垂楊漫結黄金縷韻盡春殘讀縈不住韻　蝶稀蜂散知何處韻殢尊酒讀轉添愁緒韻多情不慣相思苦韻休惆悵讀好歸去韻

此即前詞體，惟前段起句減一字作五字句，第二句添二字作上三下四七字句，後段起句添二字作七字句異。

## 惜春郎一體

調見《花草粹編》柳永詞，因《樂章集》不載，故宫調無考。

**惜春郎** 雙調四十九字，前段五句三仄韻，後段四句三仄韻。

柳永

玉肌瓊豔新妝飾韻好壯觀歌席韻潘妃寶釧句阿嬌金屋句應也消得韻　屬和新詞多俊格韻敢共我勍敵韻恨少年讀枉費疏狂句不早與伊相識韻

此調亦無别詞可校。

## 極相思一體

宋彭乘《墨客揮犀》云：仁廟時，皇族中太尉夫人，一日入内，再拜告帝曰：妾有夫，不幸爲婢妾所惑。帝怒，流婢於千里，夫人亦得罪，居瑶華宫，太尉罰俸而不得朝。經歲，方春暮，夫人爲詞曲，名《極相思》，或加“令”字。

**極相思** 雙調四十九字，前段五句三平韻，後段五句兩平韻。

《墨客揮犀》無名氏

柳煙霽色方晴韻花露逼金莖韻秋千院落句海棠漸老句纔過清明韻　嫩玉腕托香脂臉句相傳粉讀更與誰情韻秋波綻處句相思淚迸句天阻深誠韻

此調祇此一體，有吕渭老、蔡伸、陸游、吴文英詞可校。

前段起句，陸詞“江頭疏雨輕煙”，“江”字、“疏”字俱平聲；第二句，吕詞“隔葉囀黄鸝”，“隔”字仄聲；第三、四、五句，吴詞“乘鸞歸後，生綃淨剪，一片冰心”，“歸”字、“生”字俱平聲，“一”字仄聲；後段第一、二句，吴詞“心事孤山春夢在，到思量猶斷詩魂”，“心”字、“孤”字、“山”字俱平聲，“夢”字、“到”字俱仄聲，“思”字、“量”字、“猶”字俱平聲；第三句，吕詞“别房初睡”，“别”字仄聲，“初”字平聲；第四、五句，陸詞“漫空相趁，柳絮榆錢”，“相”字平聲，“柳”字仄聲。譜内可平可仄據此。

## 雙韻子一體

調見張先詞集。按，金、元曲子有雙聲疊韻，調名疑出於此。

**雙韻子** 雙調四十九字,前段五句兩仄韻,後段五句四仄韻。

張 先

嗚鞘電過句曉闌静斂句龍旂風定韻鳳樓遠出霏煙句聞笑語讀中天迥韻　清光近韻歡聲競韻鴛鴦集讀仙花鬬影韻更聞度曲瑶山句升瑞日讀春宫永韻

此調僅見此詞,無别首可校。

## 鳳孤飛一體

調見《小山樂府》。

**鳳孤飛** 雙調四十九字,前段四句三仄韻,後段四句四仄韻。

晏幾道

一曲畫樓鐘動句宛轉歌聲緩韻綺席飛塵座滿韻更小待讀金蕉暖韻　細雨輕寒今夜短韻依前是讀粉牆别館韻端的歡期應未晚韻奈歸雲難管韻

此詞平仄亦無别首可校。

## 柳梢青八體

此調兩體,或押平韻,或押仄韻,字句悉同。押平韻者,宋韓淲詞有"雲淡秋空"句,名《雲淡秋空》;有"雨洗元宵"句,名《雨洗元宵》;有"玉水明沙"句,名《玉水明沙》;元張雨詞,名《早春怨》。押仄韻者,《古今詞話》無名氏詞有"隴頭殘月"句,名《隴頭月》。

**柳梢青** 雙調四十九字,前段六句三平韻,後段五句三平韻。

秦 觀

岸草平沙韻吴王故苑句柳裊煙斜韻雨後寒輕句風前香細句春在梨花韻　行人一棹天涯韻酒醒處讀殘陽亂鴉韻門外秋千句牆頭紅粉句深院誰家韻

押平韻者,以此詞及劉詞爲正體,若張詞後段第二句添字,乃變格也。

前段第二句,周邦彦詞"海棠標韻","標"字平聲;第四句,張炎詞"因甚春深","因"字平聲;第六句,"緑水人家","緑"字仄聲;後段换頭句,趙長卿詞"鑒河煙水連天","煙"字平聲;第二句,曹冠詞"人面與荷花共紅","人"字平聲,趙師俠詞"映煙樹雲間渺茫","煙"字平聲。譜内可平可仄據此,餘參所採平韻二詞。

按，盧炳詞前段第四、五、六句，"春豔一枝，鵝兒顏色，染就纖裳"，"一"字仄聲；楊无咎詞，後段第二句"算除是鐵石心腸"，又第四、五、六句，"一自別來，百般宜處，都入思量"，"鐵"字、"別"字俱仄聲，然皆以入替平，不可泛用上去聲字。

**又一體**　雙調四十九字，前段六句兩平韻，後段五句三平韻。

劉　鎮

乾鵲收聲句濕螢度影句庭院秋香韻步月移陰句梳雲約翠句人在回廊韻　醺醺宿酒殘妝韻待付與讀溫柔醉鄉韻郤扇藏嬌句牽衣索笑句今夜差涼韻

此與秦詞同，惟前段起句不押韻小異。

按，趙長卿詞前段第一、二、三句"千林落葉，聲聲淒慘，江皋雁飛"，起句亦不押韻，而平仄不同，注明不録。

**又一體**　雙調五十字，前段六句三平韻，後段五句三平韻。

張　雨

面目冰霜韻逃禪正派句只讓花光韻怪底徐卿句爲渠描貌句縈損柔腸韻　有誰步屧長廊韻更折竹聲中讀吹細香韻酒半醒時句雪晴寒夜句月上西窗韻

此亦秦詞體，惟後段第二句添一字作八字句異。

**又一體**　雙調四十九字，前段六句三仄韻，後段五句兩仄韻。

賀　鑄

子規啼血韻可憐又是句春歸時節韻滿院東風句海棠鋪繡句梨花飛雪韻　丁香露泣殘枝句算未比讀愁腸寸結韻自是休文句多情多感句不干風月韻

押仄韻者，以此詞及蔡詞、趙詞爲正體，若吴詞之添字，無名氏詞之攤破句法，皆變體也。

前段第二句，葛剡詞"翠桁香濃"，"濃"字平聲；第三句，"瑣窗紗薄"，"瑣"字仄聲，楊无咎詞"容易眠熟"，"易"字仄聲，趙師俠詞"凝情獨立"，"獨"字仄聲；第四句，朱敦儒詞"帆展霜風"，"帆"字平聲，楊无咎詞"針線倦拈"，"倦"字仄聲；後段换頭句，趙師俠詞"海山雲樹微茫"，"海"字仄聲，"雲"字平聲；第二句，趙彦端詞"又争倩薔薇戀得"，"争"字平聲；第三句，楊无咎詞"桑柘影深"，"桑"字平聲，"影"字仄聲。譜内可平可仄據此，餘參所採仄韻諸詞。

**又一體**　雙調四十九字，前段六句兩仄韻，後段五句兩仄韻。

蔡　伸

連璧尋春句踏青尚憶句年時携手韻此際重來句可憐還是句去年時候韻　陰陰柳下人家句人面似韻桃花依舊韻但願年年句春風有信句人心長久韻

此亦賀詞體，惟前段起句不押韻異。

**又一體**　雙調四十九字，前段六句三仄韻，後段五句三仄韻。

趙彦端

衰翁自謫韻堪笑忘了句山林閒適韻一歲花黃句一秋酒緑句一番頭白韻　浮生似醉如客韻問底事讀歸來未得韻但願長年句故人相與句春朝秋夕韻

此亦賀詞體，惟後段起句亦押韻異。

**又一體**　雙調五十字，前段六句兩仄韻，後段五句兩仄韻。

吴　瓘

牆角孤根句株身纖小句嬌羞無力韻蟹眼微紅句粉容未露句不禁春色韻　怕東君讀汨没芳姿句漸迤邐讀檀心半坼韻緩步回廊句黄昏月淡句那時相得韻

此與蔡詞同，惟换頭句添一字作七字句異。

**又一體**　雙調五十字，前段五句三仄韻，後段五句兩仄韻。

《古今詞話》無名氏

依稀曉星明滅韻白露點讀蒼苔敗葉韻斷址頹垣句荒煙衰草句漢家宫闕韻　咸陽道上行人句依舊是讀利親名切韻改换容顔句消磨今古句隴頭殘月韻

此亦賀詞體也，但攤破賀詞前段第一、二、三句四字三句，作六字一句、七字一句異。元倪瓚詞前段起二句“樓上玉笙吟徹，白露冷飛璃佩玦”，正與此同。

## 醉鄉春一體

宋惠洪《冷齋夜話》云：少游在黄州，飲于海棠橋，橋南北多海棠，有書生家于海棠叢間。少游醉宿於此，題詞壁間。按，此則知此調創自秦觀，因後結有“醉鄉廣大人間小”句，故名《醉鄉春》；又因前結有“春色又添多少”句，一名《添春色》。

**醉鄉春**　雙調四十九字，前後段各五句三仄韻。

秦　觀

唤起一聲人悄韻衾冷夢寒窗曉韻瘴雨過句海棠開句春色又添多少韻　社甕釀成微笑韻半缺椰瓢共舀韻覺顛倒句急投牀句醉鄉廣大人間小韻

按，《廣韻》上聲三十“小”部有“舀”字，以沼切，正與“悄”字押。若“覺顛倒”句，與前“瘴雨過”句同，其“倒”字非韻，《圖譜》注“韻”者誤。

## 太常引二體

《太和正音譜》注“仙吕宫”。一名《太清引》。韓淲詞有“小春時候臘前梅”句,名《臘前梅》。

**太常引** 雙調四十九字,前段四句四平韻,後段五句三平韻。

辛棄疾

仙機似欲織纖羅韻髣髴度金梭韻無奈玉纖何韻却彈作讀清商恨多韻　　珠簾影裏句如花半面句絶勝隔簾歌韻世路苦風波韻且痛飲讀公無渡河韻

此詞衹此二體,所異者,前段第二句,或五字或六字耳,俱有宋、元人詞可校。此詞前段第二句五字,别首前段第二、三句,“飛鏡又重磨,把酒問姮娥”,“飛”字平聲,“把”字仄聲;許有壬詞,段第三句“雙檜插天青”,“雙”字平聲;辛詞别首第五句“人道是清光更多”,“人”字平聲,張埜詞“趁秋滿天香桂枝”,“秋”字平聲。譜内可平可仄據此,餘參高詞。

**又一體** 雙調五十字,前段四句四平韻,後段五句三平韻。

高觀國

玉肌輕襯碧霞衣韻似争駕讀翠鸞飛韻羞問武陵溪韻笑女伴讀東風醉時韻　　不飄紅雨句不貪青子句冷淡却相宜韻春晚湧金池韻問一片讀將愁寄誰韻

此詞前段第二句六字,如韓淲詞之“還知道爲誰開”,《梅苑》詞之“梅梢上又春歸”,沈端節詞之“都知解送人行”,韓玉詞之“幾曾放夢魂閒”,陳孚詞之“記生母在今朝”,俱與此詞同,但平仄小異耳。譜内參之,餘與辛詞無異。

# 《御定詞譜》卷八 五十字

## 應天長十二體

此調有令詞、慢詞。令詞始於韋莊,又有顧敻、毛文錫兩體,宋毛幵詞名《應天長令》;慢詞始於柳永,《樂章集》注“林鍾商調”。又有周邦彦一體,名《應天長慢》。

**應天長** 雙調五十字,前後段各五句四仄韻。

韋　莊

緑槐陰裏黄鸝語韻深院無人春晝午韻畫簾垂句金鳳舞韻寂寞繡屏香一炷韻　　碧天雲

句無定處韻空有夢魂來去韻夜夜緑窗風雨韻斷腸君信否韻

此調始於此詞，顧詞、馮詞由此减字，毛詞由此或添字、或减字，實正體也。韋詞別首，"別來半歲"詞，牛嶠"雙眉淡薄"詞，宋毛幵丑"曲闌十二"詞，正與之同。

按，牛詞前段起句"雙眉淡薄藏心事"，"淡"字仄聲；韋詞別首第三、四句"難相見，易相別"，"易"字仄聲；牛詞結句"寶帳鴛鴦春睡美"，"鴛"字平聲。譜内可平可仄據之，其餘參下所採令詞。

**又一體**　雙調四十九字，前段五句四仄韻，後段四句四仄韻。

顧　夐

瑟瑟羅裙金線縷韻輕透鵝黄香畫袴韻垂交帶句盤鸚鵡韻嫋嫋翠翹移玉步韻　背人匀檀注韻慢轉橫波偷覷韻斂黛春情暗許韻倚屏慵不語韻

此與韋詞同，惟後段第一、二句减去一字，作五字句異。换頭句"背"字可平，"檀"字可仄，參下馮、毛二詞。

**又一體**　雙調四十九字，前段五句五仄韻，後段四句四仄韻。

馮延巳

一彎初月臨鸞鏡韻雲鬢鳳釵慵不整韻珠簾静韻重樓迥韻惆悵落花風不定韻　緑煙低柳徑韻何處轆轤金井韻昨夜更闌酒醒韻春愁勝却病韻

此與顧詞同，惟前段第三句押韻異。按，此體祇馮集有之，唐、宋人不作也。

**又一體**　雙調五十字，前後段各四句四仄韻。

毛文錫

平江波暖鴛鴦語韻兩兩釣船歸極浦韻蘆洲一夜風和雨韻飛起淺沙翹雪鷺韻　漁燈明遠渚韻蘭棹今宵何處韻羅袂從風輕舉韻愁煞採蓮女韻

此亦與顧詞同，惟前段第三、四句添一字，攤破三字兩句，作七字一句異。牛嶠"玉樓春望"詞，正與此合。

按，牛詞前段第三句"黄鸝嬌囀聲初歇"，"嬌"字平聲，譜内據之，其餘可平可仄已見上三詞。

**又一體**　雙調九十四字，前段十句六仄韻，後段十句七仄韻。

柳　永

殘蟬聲斷絶韻傍碧砌修梧句敗葉微脱韻風露凄清句正是登高時節韻東籬霜乍結韻綻金蕊讀嫩香堪折韻聚宴處句落帽風流句未饒前哲韻　把酒與君説韻恁好景良辰句怎忍虚設韻休效牛山句空對江天凝咽韻塵勞無暫歇韻遇良會讀剩偷歡悦韻歌未闋韻杯興方濃句莫便中輟韻

此調九十四字者始於此詞，葉詞之少押四韻，無名氏詞之多押一韻，皆從此詞出也。故譜内可平可仄即參兩詞。

**又一體** 雙調九十四字，前段十句四仄韻，後段十句五仄韻。

葉夢得

松陵秋已老句正柳岸田家句酒醅初熟韻鱸膾蓴羹句萬里水天相續韻扁舟臨浩渺句寄一葉讀暮濤吞沃韻青箬笠句西塞山前句自翻新曲韻　來往未應足韻便細雨斜風句有誰拘束韻陶寫中年句何待更須絲竹韻鴟彝千古意句算入手讀比來尤速韻最好是句千點雲屏句半篙澄緑韻

此與柳詞同，惟前段起句、前後段第六句、後段第八句俱不押韻異。

**又一體** 雙調九十四字，前後段各十句七仄韻。

《古今詞話》無名氏

雕鞍成漫駐韻望斷也不歸句院深天暮韻倚遍舊日句曾共憑肩門户韻踏青何處所韻想醉拍讀春衫歌舞韻征旆舉韻一步紅塵句一步回顧韻　行行愁獨語韻想媚容今宵句怨郎不住韻來爲相思句却又空將愁去韻人生無定據韻歎後會讀不知何處韻愁萬縷韻憑仗東風句和淚吹與韻

此亦柳詞體，惟前段第八句亦押韻異。

**又一體** 雙調九十八字，前後段各十一句五仄韻。

周邦彦

條風布暖句霏霧弄晴句池塘遍滿春色韻正是夜臺無月句沈沈暗寒食韻梁間燕句社前客韻似笑我讀閉門愁寂韻亂花過句隔院芸香句滿地狼藉韻　長記那回時句邂逅相逢句郊外駐油壁韻又見漢宫傳燭句飛煙五侯宅韻青青草句迷路陌韻强載酒讀細尋前跡韻市橋遠句柳下人家句猶自相識韻

此調九十八字者始於此詞。前後段第七句以下，猶沿柳詞句讀，宋、元人俱依此填。若吴詞之多押一韻，康詞之句韻異同，王詞之多押兩韻，陳詞之句讀小異，皆變體也。

前段第九、十句，蔣捷詞"似瓊花，謫下紅裳"，"花"字平聲，張榘詞"算惟有，塔起半輪"，"半"字仄聲；後段第九、十句，張詞"夢仙遊，倚遍霓裳"，"遊"字平聲。譜内可平可仄據此。其餘悉參吴、康、王、陳四詞。

**又一體** 雙調九十八字，前段十一句五仄韻，後段十一句六仄韻。

吴文英

麗花鬬靨句清麝濺塵句春聲偏漏芳陌韻竟路障空雲幕句冰壺侵霞色韻芙蓉鏡句詞賦客

韻競繡筆讀醉嫌天窄韻素娥下句小駐輕鑣句眼亂紅碧韻　前事頓非昔韻故苑年光句渾與世相隔韻向暮巷空人絶句殘燈耿塵壁韻凌波恨句簾户寂韻聽怨寫讀墮梅哀笛韻佇立久句雨暗河橋句譙漏疏滴韻

此即周詞體,惟换頭句押韻異。

**又一體**　雙調九十八字,前段十一句六仄韻,後段十一句七仄韻。

康與之

管弦繡陌句燈火畫橋句塵香舊時歸路韻斷腸蕭娘句舊日風簾映朱户韻鶯能舞韻花解語韻念後約讀頓成輕負韻緩雕轡句獨自歸來句憑闌情緒韻　楚岫在何處韻香夢悠悠句花月更誰主韻惆悵後期句空有鱗鴻寄紈素韻枕前淚韻窗外雨韻翠幕冷讀夜涼虚度韻未應信句此度相思句寸腸千縷韻

此詞前後段第四、五句俱作四字一句、七字一句,其换頭句及前後段第六句,又多押一韻,與周詞異。

**又一體**　雙調九十八字,前後段各十一句六仄韻。

王沂孫

疏簾蝶粉句幽逕燕泥句花間小雨初足韻又是禁城寒食韻輕舟泛晴渌韻尋芳地句來去熟韻尚髣髴句大堤南北韻望楊柳讀一片陰陰句摇曳新緑韻　重訪豔歌人句聽取春聲句猶是杜郎曲韻蕩漾去年春色韻深深杏花屋韻東風裏句曾與宿韻記小刻讀近窗新竹韻舊游遠句沈醉歸來句滿院銀燭韻

此亦周詞體,惟前段第四句押韻異。

**又一體**　雙調九十八字,前後段各十句五仄韻。

陳允平

流鶯唤夢句芳草帶愁句東風料峭寒色韻又見杏漿餳粥句家家禁煙食韻江湖幾年倦客韻曾慣識讀淒涼岑寂韻苦吟瘦句蕭索詩腸句空媿郊籍韻　春事正溪山句柳霧花塵句深映翠羅壁韻更謝多情雙燕句歸來舊庭宅韻晴絲亂遊巷陌韻悵容易讀萬紅陳跡韻酒旗直句緑水橋邊句猶記曾識韻

此即和周詞也,惟前後段第六、七句俱作六字一句異。

## 滿宫花二體

調見《花間集》。尹鶚賦宫怨詞,有"滿地禁花慵掃"句,取以爲名。

**滿宫花** 雙調五十字，前後段各五句三仄韻。

尹　鶚

月沈沈句人悄悄韻一炷後庭香嫋韻草深輦路不歸來句滿地禁花慵掃韻　離恨多句相見少韻何處醉迷三島韻漏清宫樹子規啼句愁鎖碧窗春曉韻

此詞换頭作三字兩句，與前段同，有宋許棐詞可校。許詞前段第三句"猶帶清醒微困"，"猶"字、"清"字俱平聲；第四句"金鞍何處掠新歡"，"金"字平聲；後段第一句"柳供愁"，"柳"字仄聲，"供"字平聲；結句"又是一番春盡"，"又"字仄聲。譜内可平可仄據此，餘參張詞。

**又一體** 雙調五十一字，前段五句三仄韻，後段四句三仄韻。

張　泌

花正芳句樓似綺韻寂寞上陽宫裏韻鈿籠金鎖睡鴛鴦句簾冷露華珠翠韻　嬌豔輕盈香雪膩韻細雨黄鶯雙起韻東風惆悵欲清明句公子橋邊沈醉韻

此詞换頭句作七字一句，魏承班"雪霏霏"詞，正與此同。但魏詞换頭句"春朝秋夜思君甚"，"朝"字、"君"字俱平聲，"夜"字仄聲，平仄與此詞又異。

## 少年遊十五體

調見《珠玉集》，因詞有"長似少年時"句，取以爲名。《樂章集》注"林鍾商調"。韓淲詞有"明窗玉蠟梅枝好"句，更名《玉蠟梅枝》；薩都剌詞名《小闌干》。

此調最爲參差，今分七體，其源俱出於晏詞。或添一字，攤破前後段起句，作四字兩句者；或减一字，攤破前後段第三、四句，作七字一句者；或於前後段第二句添一字者；或於兩結句添字、减字者。悉爲類列，以便按譜查填。

**少年遊** 雙調五十字，前段五句三平韻，後段五句兩平韻。

晏　殊

芙蓉花發去年枝韻雙燕欲歸飛韻蘭堂風軟句金爐香暖句新曲動簾帷韻　家人並上千春壽句深意滿瓊卮韻緑鬢朱顔句道家裝束句長似少年時韻

自晏殊詞至周密詞共四首，其前後段起句皆七字，第三、四句皆四字；所不同者，前後段第二句及結句添字、减字耳。而晏詞實爲正體，宋、元人悉依此填。

前段第四句，陳允平詞"簫吹紫玉"，"紫"字仄聲；换頭句，吴元可詞"剗脱釵斜渾不省"，"脱"字、"不"字俱仄聲，"釵"字、"斜"字俱平聲；結句，柳永詞"獨上木蘭橈"，"獨"字仄聲。譜内可平可仄據此，餘參類列李詞、柳詞、周詞。

**又一體**　雙調五十字，前後段各五句兩平韻。

李　甲

江國陸郎封寄後句獨自冠群芳韻折時雪裏句帶時燈下句香面訝爭光韻　而今不怕吹羌管句一任更繁霜韻玳筵賞處句玉纖整後句猶勝嶺頭香韻

此詞見《梅苑》，與晏詞同，惟前段起句不押韻異。

**又一體**　雙調五十一字，前段五句三平韻，後段五句兩平韻。

柳　永

日高花榭懶梳頭韻無語倚妝樓韻修眉斂黛句遠山橫翠句相對結春愁韻　王孫走馬長楸陌句貪迷戀讀少年遊韻似恁疏狂句費人拘管句爭似不風流韻

此與晏詞同，惟後段第二句添一字作六字異。《樂章集》四首皆然。歐陽修二詞"追往事、又成空"，"忍抛棄、向秋光"，亦與此同。

**又一體**　雙調五十二字，前段五句三平韻，後段五句兩平韻。

柳　永

一生贏得是凄凉韻追往事讀暗心傷韻好天良夜句深屏香被句爭忍便相忘韻　王孫動是經年去句貪迷戀讀有何長韻萬種千般句把伊情分句顛倒盡猜量韻

此亦與晏詞同，惟前後段第二句各添一字，俱作六字句異。

**又一體**　雙調四十八字，前段五句三平韻，後段五句兩平韻。

周　密

簾銷寶篆卷宫羅韻蜂蝶撲飛梭韻一樣東風句燕梁鶯院句那處春多韻　曉妝日日隨香輦句多在牡丹坡韻花深深處句柳陰陰處句一片笙歌韻

此亦晏詞體，惟前後段兩結句各减一字，作四字句異。

**又一體**　雙調五十字，前段五句三平韻，後段四句三平韻。

杜安世

小軒深院是秋時韻風葉墜高枝韻疏簾静永句薄帷清夜句暑退覺寒微韻　凄凉天氣離愁意句肯信杳難期韻多情成病不須醫韻更憔悴讀轉尋思韻

此與向詞俱後段第三句减一字，改晏詞四字兩句作七字句，結句添一字作六字者。歐陽修詞"那堪疏雨滴黄昏，更特地憶王孫"，張未詞"相見時稀隔别多，又春盡奈愁何"，正與此同。

**又一體** 雙調五十字，前段五句兩平韻，後段四句兩平韻。

向子諲

去年同醉酴醾下句儘筆賦新詞韻今年君去句酴醾欲破句誰與醉爲期韻　舊曲重歌傾別酒句風露泣花枝韻章水能長湘水遠句流不盡讀兩相思韻

此與杜詞同，惟前段起句、後段第三句不押韻異。

**又一體** 雙調五十一字，前段六句兩平韻，後段五句兩平韻。

姜　夔

雙螺未合句雙蛾先斂句家在碧雲西韻别母情懷句隨郎滋味句桃葉渡江時韻　扁舟載了匆匆去句今夜泊前溪韻楊柳津頭句梨花牆外句心事兩人知韻

此詞攤破晏詞前段起句七字一句，作四字兩句。周邦彦“並刀如水”詞，正與此同。此與下韓淲詞又自成一體。

**又一體** 雙調五十二字，前段六句兩平韻，後段五句兩平韻。

韓　淲

閒尋杯酒句清翻曲譜句相與送殘冬韻天地推移句古今興替句斯道豈雷同韻　明窗玉燭梅枝好句人情澹讀物華濃韻箇裏風光句别般滋味句無夢聽飛鴻韻

此與姜詞同，惟後段第二句添一字作六字折腰異。

**又一體** 雙調五十二字，前後段各六句兩平韻。

晏幾道

緑勾欄畔句黄昏淡月句携手對殘紅韻紗窗影裏句朦朧春睡句繁杏小屏風韻　須愁别後句天高海闊句何處更相逢韻幸有花前句一杯芳酒句歸計莫匆匆韻

此詞攤破“芙蓉花發”詞，前後段起句七字一句各添一字，作四字兩句。《小山樂府》三首皆然。高觀國“春風吹碧”詞正與之同。此又自爲一體。

**又一體** 雙調五十一字，前後段各五句三平韻。

杜安世

小樓歸燕又黄昏韻寂寞鎖高門韻輕風細雨句惜花天氣句相次過春分韻　畫堂無緒句初燃絳燭句羅帳掩餘熏韻多情不解怨王孫韻任薄幸讀一從君韻

此詞攤破晏詞换頭七字一句作四字兩句，攤破晏詞第三、四句四字兩句作七字一句，結句又添一字作六字折腰句法，宋、元人無依此填者，自成一體。

**又一體** 雙調五十一字,前段六句兩平韻,後段四句兩平韻。

蘇 軾

去年相送句餘杭門外句飛雪似楊花韻今年春盡句楊花似雪句猶不見還家韻 對酒捲簾邀明月句風露透窗紗韻恰似嫦娥憐雙燕句分明照讀畫梁斜韻

此詞攤破晏詞前段起句七字一句,作四字兩句;又攤破後段第三、四句四字兩句,作七字一句;結句又添一字,作六字折腰。晁補之"前時相見"詞正與之同。此亦自成一體。

**又一體** 雙調五十一字,前段六句兩平韻,後段五句三平韻。

晏幾道

西樓別後句風高露冷句無奈月分明韻飛鴻影裏句擣衣砧外句總是玉關情韻 王孫此際句山重水遠句何處賦西征韻金閨魂夢枉叮嚀韻尋遍短長亭韻

此詞攤破"芙蓉花發"詞,前後段起句七字一句,俱作四字兩句;又攤破後段第三、四句四字兩句,作七字一句。晏殊"重陽過後"詞、"霜華滿樹"詞,幾道"雕梁燕去"詞,正與之同。此亦自成一體。

**又一體** 雙調五十二字,前段六句兩平韻,後段五句三平韻。

楊 億

江南節物句水昏雲淡句飛雪滿前村韻千尋翠嶺句一枝芳豔句迢遞寄歸人韻 壽陽妝罷句冰姿玉態句的的寫天真韻等閒風雨又紛紛韻更忍向讀笛中聞韻

此調見《梅苑》,與晏詞同,惟後段結句添一字作六字折腰句法異。

**又一體** 雙調四十九字,前後段各五句兩仄韻。

晁補之

當年携手句是處成雙句無人不羡韻自間阻五年也句一夢擁讀嬌嬌粉面韻 柳眉輕掃句杏腮微拂句依前雙靨韻甚睡裏讀起來尋覓句却眼前不見韻

此詞用仄韻,宋、元人無填此者,因見《琴趣外篇》,採之以備一體。

## 偷聲木蘭花一體

此調亦本於《木蘭花令》,前後段第三句減去三字,另偷平聲,故云偷聲。若《減字木蘭花》前後段起句四字,則又從此調減去三字耳。

**偷聲木蘭花**　雙調五十字，前後段各四句兩仄韻兩平韻。

馮延巳

落梅著雨消殘粉仄韻雲重煙深寒食近韻羅幕遮香平韻柳外秋千出畫牆韻　春山顛倒釵横鳳換仄韻飛絮入簾春睡重韻夢裏佳期換平韻只許庭花與月知韻

此調祇此一體，《陽春集》刻《上行杯》，今從張先集改定。

張詞前段起句"雲籠瓊苑梅花瘦"，"雲"字、"瓊"字俱平聲；第二句"外院重扉聯寶獸"，"外"字仄聲；第三句"海月新生"，"海"字仄聲；後段起句"簾波不動銀缸小"，"不"字仄聲；第二句"寶帶垂魚金照地"，"寶"字仄聲，"垂"字平聲；第三句"和氣融人"，"和"字平聲；結句"清霄千家日日春"，"清"字平聲，又"只恐覺來添斷腸"，"覺"字仄聲，"添"字平聲。譜内可平可仄據此。

## 滴滴金四體

蔣氏《九宫譜目》入黄鍾宫。

**滴滴金**　雙調五十字，前後段各四句三仄韻。

李遵勖

帝城五夜宴遊歇韻殘燈外讀看殘月韻都來猶在醉鄉中句聽更漏初徹韻　行樂已成閒話説韻如春夢讀覺時節韻大家同約探春行句問甚花先發韻

此調以此詞及晏詞爲正體，若楊詞之押韻參差，宋媛孫氏詞之添字，皆變體也。按，《中吴紀聞》内一詞，前後段第二句"引得都來胡道"、"都叫一時閒了"，俱不作折腰句法，因屬謔詞不列。

譜内可平可仄，悉參下諸詞。

**又一體**　雙調五十字，前後段各四句四仄韻。

晏　殊

梅花漏泄春消息韻柳絲長讀草芽碧韻不覺星霜鬢邊白韻念時光堪惜韻　蘭堂把酒留佳客韻對離筵讀駐行色韻千里音塵便疏隔韻合有人相憶韻

此與李詞同，惟前後段第三句俱押韻異。

**又一體**　雙調五十字，前段四句四仄韻，後段四句三仄韻。

楊无咎

相逢未盡論心素韻早容易讀背人去韻憶得歌翻腸斷句韻更惺惺言語韻　萋萋芳草迷南浦韻正風吹讀打船雨韻静聽愁聲夜無眠句到水村何處韻

此即晏詞體，惟後段第三句不押韻。楊詞別首前段第三、四句“表裏冰清誰與比，占無雙兩地”，後段第三、四句“歲歲今朝捧瑶觴，勸南園桃李”，一押韻、一不押韻，正與此同。

**又一體**　雙調五十一字，前後段各四句三仄韻。

孫道絢

月光飛入林前屋韻風策策讀度庭竹韻夜半江城擊柝聲句動寒梢棲宿韻　等閒老去年華促韻祇有江梅伴幽獨韻夢繞夷門舊家山句恨驚回難續韻

此與李詞同，惟後段第二句添一字作七字句異。

## 憶漢月四體

唐教坊曲名。柳永詞名《望漢月》。《樂章集》注“正平調”。

**憶漢月**　雙調五十字，前段四句三仄韻，後段四句兩仄韻。

歐陽修

紅豔幾枝輕嫋韻早被東風開了韻倚煙啼露爲誰嬌句故惹蝶憐蜂惱韻　多情遊賞處句留戀向讀緑叢千繞韻酒闌歡罷不成歸句腸斷月斜人老韻

此調祇有兩體，前後段結句或六字，或七字，柳詞雖注宫調，然句讀參差，非正體也。

此詞兩結句六字，無宋、元詞可校。

**又一體**　雙調五十字，前段四句三仄韻，後段四句兩仄韻。

柳　永

明月明月明月韻何事乍圓還缺韻恰如年少洞房人句歡會依前離別韻　小樓憑檻處句正是去年時節韻千里清光又依舊句奈夜永讀厭厭人絶韻

此亦歐詞體，惟後段第二句減一字作六字句，結句添一字作七字句異。亦無宋、元人别詞可校。

按，前段起句疊用三“明”月，本系遊戲筆墨，無關體例，至第四字“月”字仄聲，乃以入替平之法，若用上去，便不協律矣。

**又一體**　雙調五十二字，前後段各四句三仄韻。

杜安世

紅杏一枝遥見韻凝露粉愁香怨韻吹開吹謝任春風句恨流鶯讀不能拘管韻　曲池連夜雨句緑水上讀碎紅千片韻直擬移來向深苑韻任凋零讀不孤雙眼韻

此詞兩結句各七字，後段第三句又押韻，晏殊“千縷萬條”詞，正與之同。

晏詞前段第三、四句"謝娘春晚先多愁"，"先"字平聲，"更撩亂飛絮如雪"，"亂"字仄聲；後段第二句"長憶得醉中攀折"，"長"字平聲；第三句"年年歲歲好時節"，上"年"字平聲，上"歲"字仄聲。譜内可平可仄據此，餘參李詞。

**又一體** 雙調五十二字，前後段各四句三仄韻。

李遵勖

黄菊一叢臨砌韻顆顆露珠裝綴韻獨教冷落向秋天句恨東風讀不曾留意韻　雕闌新雨霽韻緑蘚上讀亂鋪金蕊韻此花開後更無花句願愛惜讀莫同桃李韻

此與杜詞同，惟後段起句押韻，第三句不押韻異。

## 西江月五體

唐教坊曲名。《樂章集》注"中吕宫"。歐陽炯詞有"兩岸蘋香暗起"句，名《白蘋香》。程珌詞名《步虚詞》。王行詞名《江月令》。

**西江月** 雙調五十字，前後段各四句兩平韻一叶韻。

柳　永

鳳額繡簾高卷句獸鐶朱户頻摇韻兩竿紅日上花梢韻春睡懨懨難覺叶　好夢枉隨飛絮句閒愁濃勝香醪韻不成雨暮與雲朝韻又是韶光過了叶

此調始於南唐歐陽炯，前後段兩起句俱叶仄韻，自宋蘇軾、辛棄疾外，填者絶少，故此詞必以柳詞爲正體。沈伯時《樂府指迷》云："《西江月》第二句平聲韻，第四句就平聲切去押仄韻，如平聲押'東'字，仄聲須押'董'、'凍'字韻，不可隨意押入他韻。"其説正與柳詞體合。吴詞之兩段各韻，歐詞之添字，趙詞之不叶仄韻，皆變體也。

前段第四句，晏幾道詞"曉鏡心情更懶"，"更"字仄聲；後段第三句，司馬光詞"笙歌散後酒微醒"，"笙"字平聲；末句，歐陽炯詞"猶占鳳樓春色"，"鳳"字仄聲。譜内可平可仄據之，餘參下詞。

**又一體** 雙調五十字，前後段各四句兩平韻兩叶韻。

蘇　軾

點點樓頭細雨叶重重江外平湖韻當年戲馬會東徐韻今日淒涼南浦叶　莫恨黄花未吐叶且教紅粉相扶韻酒闌不必看茱萸韻俯仰人間今古叶

此詞兩起句俱叶仄韻，歐陽炯"水上鴛鴦"詞，辛棄疾"貪數明朝"詞，即此體也，其可平可仄，與柳詞同，故不復注。

按，歐詞韻以"力"、"色"叶"衣"、"眉"、"期"、"枝"，蓋遵古韻"陌"、"錫"、"職"通"寘"、"未"，以四支無入聲也,不若蘇詞韻之"虞"、"麌"、"遇"本部三聲者爲合法,故採蘇詞爲譜。

**又一體**　雙調五十字,前後段各四句,兩平韻一叶韻。

吴文英

枝嫋一痕雪在句葉藏幾豆春濃韻玉奴最晚嫁春風韻來結梨花幽夢叶　香力添熏羅被句瘦肌猶怯冰綃换韻緑陰青子老溪橋韻羞見東鄰嬌小换叶

此與柳詞同,惟前後段各韻異。周紫芝"池面風翻"詞正與之合。

**又一體**　雙調五十一字,前後段各四句兩平韻兩仄韻。

歐陽炯

月映長江秋水仄韻分明冷浸星河平韻淺沙汀上白雲多韻雪散幾叢蘆葦仄韻　扁舟倒影寒潭裏仄韻煙光遠罩輕波平韻笛聲何處響漁歌韻兩岸蘋香暗起仄韻

此見《尊前集》,换頭句較"水上鴛鴦"詞多一字,但此詞押韻又與諸家不同。按,古韻從無五"歌"通四"真"之例,此蓋以"葦"、"起"押"水"、"裏","多"、"歌"押"河"、"波"也。唐人有間押之法,採以備體。

**又一體**　雙調五十六字,前後段各四句三平韻。

趙以仁

夜半沙痕依約句雨餘天氣溟蒙韻起行微月遍池東韻水影浮花讀花影動簾櫳韻　量減難追醉白句恨長莫盡題紅韻雁聲能到畫樓中韻也要玉人讀知道有秋風韻

此詞兩結句不叶仄韻,又各添三字作九字句,見周密《絶妙好詞》選本。宋、元人無填此者,採之以備一體。

## 惜春令二體

宋周密《天基聖節樂次》有"方響獨打正宫惜春"。

**惜春令**　雙調五十字,前後段各四句三平韻。

杜安世

今日重陽秋意深韻籬邊散讀嫩菊開金韻萬里霜天林葉墜句蕭索動離心韻　臂上茱萸新韻似前歲讀堪賞光陰韻一盞香醪聊寄興句牛嶺會難尋韻

調見《壽域詞》,衹此二首,而下首字句亦同。所異者,前後段起句叶仄韻耳。宋、元人無別首可校,其平仄當依之。

**又一體** 雙調五十字，前後段各四句一叶韻兩平韻。

杜安世

春夢無憑猶懶起叶銀燭盡讀畫簾低垂韻小庭楊柳黄金翠句桃臉兩三枝韻　妝閣纔梳洗叶悶無緒讀玉簫慵吹韻紛紛飄絮人疏遠句空對日遲遲韻

此詞兩起句叶仄韻，以下仍照前詞押平韻。

## 留春令四體

調見《小山樂府》。

**留春令** 雙調五十字，前段五句兩仄韻，後段四句三仄韻。

晏幾道

畫屏天畔句夢回依約句十洲雲水韻手撚紅箋寄人書句寫無限讀傷春事韻　別浦高樓曾漫倚韻對江南千里韻樓下分流水聲中句有當日讀憑高淚韻

此調以此詞爲正體，若李詞、沈詞、黄詞之攤破句法，皆變體也。此詞前段第四句、後段第三句例作拗句，如晏詞別首之“懊惱黄花暫時香”、“水濕紅裙酒初消”，高觀國詞之“柳影人家起炊煙”、“花裏清歌酒邊情”，三首皆然。

晏詞別首前段第二句“夜來陡覺”，“陡”字仄聲；第三句“香紅强半”，“香”字平聲；第五句“仔細把、殘春看”，“細”字仄聲；高觀國詞，换頭句“歷盡冰霜空嗟怨”，“嗟”字平聲；第二句“怨粉香消減”，“粉”字仄聲；第五句“奈笛裏、關山遠”，“笛”字仄聲。譜内可平可仄據此。

**又一體** 雙調五十字，前段六句兩仄韻，後段五句三仄韻。

李之儀

夢斷難尋句酒醒猶困句那堪春暮韻香閣深沈句紅窗翠暗句莫羨顛狂絮韻　緑滿當時携手路韻懶見同歡處韻何時却得句低幃昵枕句盡訴情千縷韻

此詞攤破晏詞前段第四句、後段第三句七字一句，各添一字，作四字兩句，兩結各減一字，作五字句異。宋詞祇此一首，無別詞可校。

**又一體** 雙調五十二字，前段五句兩仄韻，後段四句三仄韻。

沈端節

舊家元夜句追隨風月句連宵歡宴韻被那們讀引得滴流地句一似蛾兒轉韻　而今百事心情懶韻燈下幾曾收看韻算静中讀唯有窗間梅影句合是幽人伴韻

此較晏詞前段第四句添一字，作八字句；後段第二句添一字，作六字句；第三句添二字，作九字句；兩結亦減去一字，俱作五字句。宋詞祇此一體，無可校對。

**又一體**　雙調五十四字，前後段各四句三仄韻。

黄庭堅

江南一雁橫秋水韻歎咫尺讀斷行千里韻回文機上字縱橫句欲寄遠讀憑誰是韻　謝客池塘春都未韻微微動讀短牆桃李韻半陰纔暖却清寒句是瘦損人天氣韻

此詞前後段第三、四句俱與晏詞同，所不同者，惟前段起句七字、第二句七字折腰，後段第二句亦七字折腰耳。亦無宋、元詞別首可校。

## 梁州令四體

唐教坊曲名，一名《凉州令》。晁補之詞名《梁州令疊韻》，蓋合兩首爲一首也。《碧雞漫志》云："凉州即梁州，有七宫曲。"按，柳永《樂章集》注"中吕宫"。

**梁州令**　雙調五十字，前段四句三仄韻，後段四句四仄韻。

晏幾道

莫唱陽關曲韻淚濕當年金縷韻離歌自古最銷魂句於今更在魂銷處韻　南橋楊柳多情緒韻不繫行人住韻人情却似飛絮句悠揚便逐春風去韻

此調小令有三體，大同小異，而晁詞一體實與歐詞長調體同，故可平可仄即以晁詞爲譜，以其字句相同可以參校也。

此詞兩結句俱作七字，與晁詞不同。

《詞律》云：前段起句"曲"字音去，北音也，即是起韻。按《中原音律》魚模上聲中，有"縷"、"處"等韻，以入聲作上聲中，有"曲"字，從之。

**又一體**　雙調五十二字，前段五句三仄韻，後段四句四仄韻。

晁補之

二月春猶淺韻去年櫻桃開遍韻今年春色怪遲遲句紅梅常早句未露胭脂臉韻　東君故遣春來緩韻似會人深願韻蟠桃新鏤雙盞韻相期似此春長遠韻

此詞再加一疊即《梁州令疊韻》，故譜内可平可仄即參歐詞。

**又一體**　雙調五十五字，前後段各五句三仄韻。

柳　永

夢覺紗窗曉韻殘燈黯然空照韻因思人事苦縈牽句離愁別恨句無限何時了韻　憐深定

是心腸小韻往往成煩惱韻一生惆悵情多感句月不長圓句春色易爲老韻

此詞前後段結俱四字一句、五字一句，與晁詞不同。

**又一體** 雙調一百四字，前後段各九句六仄韻。

歐陽修

翠樹芳條颭韻的的裙腰初染韻佳人攜手弄芳菲句緑陰紅影句共展雙紋簟韻插花照影窺鸞鑒韻只恐芳容減韻不堪零落春晚句青苔雨後深紅點韻　一去門閒掩韻重來却尋朱檻韻離離秋實弄清霜句嬌紅脉脉句似見胭脂臉韻人非事往眉空斂韻誰把佳期賺韻芳心只願依舊句春風更放明年豔韻

按，晁補之《琴趣外篇》詞《梁州令疊韻》，正與此同。

前段起句"田野閒來慣"，"田"字平聲；第二句"睡起初驚曉燕"，"曉"字仄聲；第三句"樵青走挂小簾鈎"，"走"字仄聲；第四句"南園昨夜"，"南"字平聲，"昨"字仄聲；第六句"平蕪一帶煙花淺"，"平"字平聲；第八句"江雲渭樹俱遠"，"江"字平聲，"渭"字仄聲；後段第二句"過眼韶華如箭"，"過"字、"眼"字俱仄聲，"韶"字平聲；第三句"莫教鶗鴂送韶華"，"莫"字仄聲；第四句"多情楊柳"，"楊"字平聲。其餘平仄悉同。

## 鹽角兒一體

《碧雞漫志》云："始教坊家人市鹽。於紙角中，得以曲譜翻之，遂以爲名，今雙調《鹽角兒令》是也。"

**鹽角兒** 雙調五十字，前段六句三仄韻一疊韻，後段五句三仄韻。

晁補之

開時似雪韻謝時似雪疊花中奇絶韻香非在蕊句香非在萼句骨中香徹韻　占溪風句留溪月韻堪羞損山桃如血韻直饒更讀疏疏淡淡句終有一般情別韻

此調只晁補之一詞，别無可校。

## 歸田樂五體

黄庭堅詞，名《歸田樂引》。

**歸田樂** 雙調五十字，前段六句三仄韻，後段四句兩仄韻。

晁補之

春又去句似別佳人幽恨積韻閒庭院句翠陰滿讀添晝寂韻一枝梅最好句至今憶韻　正

夢斷讀爐煙嫋句參差疏簾隔韻爲何事讀年年春恨句問花應會得韻

此調名《歸田樂》,無"引"字,惟晁詞、蔡詞二體,然兩詞亦各不同,無别首可校。

**又一體**　雙調五十字,前後段各四句三仄韻。

蔡　伸

風生蘋末蓮香細韻新浴晚凉天氣韻獨自倚朱闌句波面雙雙彩鴛戲韻　　鸞釵委墜雲堆髻韻誰會此時情意韻冰簟玉琴横句還是月明人千里韻

此詞前後段字句相同,極爲整齊,然亦無他詞可校。

**又一體**　雙調七十一字,前段六句五仄韻,後段七句五仄韻。

晏幾道

試把花期數韻便早有讀感春情緒韻看即梅花吐韻願花更不謝句春且長住韻只恐花飛又春去韻　　花開還不語韻問此意讀年年春會否韻絳唇青鬢句漸少花前侶韻對花又記得句舊曾遊處韻門外垂楊未飄絮韻

此調名《歸田樂引》,有三體,大同小異,可以參校。故此詞可平可仄,即參無名氏詞及黄詞。

**又一體**　雙調七十一字,前段六句五仄韻一疊韻,後段七句五仄韻一疊韻。

《樂府雅詞》無名氏

水繞溪橋淥韻泛蘋汀讀步迷花曲韻衣巾散餘馥韻種竹更洗竹韻詠竹題竹疊日暮無人伴幽獨韻　　光陰雙轉轂韻可惜許讀等閑愁萬斛韻世間種種句只是榮和辱韻念足又願足韻意足心足疊忘了眉頭怎生蹙韻

此與晏詞同,惟前段第四句、後段第五句各用一疊韻異。

**又一體**　雙調七十字,前段六句四仄韻一疊韻,後段七句五仄韻一疊韻。

黄庭堅

暮雨濛階砌韻漏漸移讀轉添寂寞句點點心如碎韻怨你又戀你韻恨你惜你疊畢竟教人怎生是韻　　前歡算未已韻奈何如今愁無計韻爲伊聰俊句消得人憔悴韻這裏誚睡裏韻夢裏心裏疊一向無言但垂淚韻

此亦晏詞體,惟前段第二句不押韻,後段第二句減一字作七字句異。其用疊韻,則與無名氏詞同。按,黄詞别首後段第五、六句"拌了又舍了,一定是這回休了",多襯字三字,因詞俚不録。

## 惜分飛五體

賀鑄詞名《惜雙雙》,劉弇詞名《惜雙雙令》,曹冠詞名《惜芳菲》。

**惜分飛** 雙調五十字，前後段各四句四仄韻。

毛 滂

淚濕闌干花著露韻愁到眉峰碧聚韻此恨平分取韻更無言語空相覷韻　斷雨殘雲無意緒韻寂寞朝朝暮暮韻今夜山深處韻斷魂分付潮回去韻

此調以此詞爲正體，宋、元人俱照此填，其餘添字，皆變體也。

毛詞别首前段第二句"望盡冷煙衰草"，"望"字、"冷"字俱仄聲，"衰"字平聲；第三句"驚散雕闌晚"，"驚"字平聲；後段起句"雲斷月斜紅燭短"，"雲"字平聲，"月"字仄聲；賀鑄詞，第二句"偏照空牀翠被"，"偏"字平聲，袁去華詞"翠竹短窗無暑"，"無"字平聲。譜内可平可仄據之，餘參所採諸詞。

按，前段第三句第四字，諸家俱用平聲，惟吕渭老詞"簾映春窈窕"，"窈"字仄聲，其後段第三句"歸去城南道"，"南"字仍用平聲，故"分"字不注可仄。

**又一體** 雙調五十二字，前後段各四句四仄韻。

劉 弇

風外橘花香暗度韻飛絮綰讀殘春歸去韻醖造黄梅雨韻冷煙曉占横塘路韻　翠屏人在天低處韻驚夢斷讀行雲無據韻此恨憑誰訴韻恁時却倩危弦語韻

此與毛詞同，惟前後段第二句各添一字作七字句異。

此詞前後段第二句内可平可仄，即參後所列三體，其餘已見前詞。

**又一體** 雙調五十四字，前後段各四句四仄韻。

張 先

城上層樓天邊路韻殘照裏讀平蕪緑樹韻傷遠更惜春暮韻有人還在高高處韻　斷夢歸雲經日去韻無計使讀哀弦寄語韻相望恨不相遇韻倚橋臨水誰家住韻

此亦毛詞體，惟前後段第二句各添一字作七字句，第三句又各添一字作六字句異。

**又一體** 雙調五十六字，前後段各四句四仄韻。

《梅苑》無名氏

庾嶺香前親寫得韻仔細看讀粉勻無跡韻月殿休尋覓韻姑射人來讀知是曾相識韻　不要青春閒用力韻也合寄讀江南信息韻著意應難摘韻留與梨花讀比並真顔色韻

此亦毛詞體，惟前後段第二句各添一字作七字句，兩結句又各添二字作九字句異。

**又一體** 雙調五十六字，前後段各四句四仄韻。

《梅苑》無名氏

冒雪披風開數點韻萬花壓讀欺寒探暖韻掩映閒庭院韻月下疏影横斜讀幽香遠韻　命

友開尊閒宴玩韻聽麗質讀歌聲宛轉韻對景側金盞韻任他結實和羹讀歸仙館韻

此與"庾嶺香前"詞同，而兩結句法作上六下三，與上四下五者不同。

## 孤館深沉一體

調見宋黄大輿《梅苑》詞。

**孤館深沉**　雙調五十字，前段五句三平韻，後段五句兩平韻。

權無染

瓊英雪豔嶺梅芳韻天付與清香韻向臘後春前句解壓萬花句先占東陽韻　擬待折讀一枝相贈句奈水遠天長韻對妝面句忍聽羌笛句又還空斷人腸韻

此詞祇此一體，無别首可校。

## 促拍采桑子一體

調見朱希真《太平樵唱詞》，一名《促拍醜奴兒》。促拍者，即促節繁聲之意，《中原音韻》所謂"急曲子"也，字句與《采桑子》、《添字采桑子》迥别。

**促拍采桑子**　雙調五十字，前段五句三平韻，後段五句兩平韻。

朱敦儒

清露濕幽香韻想瑶臺讀無語凄凉韻飄然欲去句依然似夢句雲渡銀潢韻　又是天風吹澹月句佩丁東讀携手西廂韻泠泠玉磬句沈沈素瑟句舞徧霓裳韻

此調亦祇此詞，無别首可校。

按，《黄山谷集》，《醜奴兒》詞六十二字者，减去前後段第三句即是此詞，但换頭句黄詞止五字。因黄體已編入《似娘兒》調，兹不類列。

## 怨三三一體

調見李之儀《姑溪詞》，取詞中前段結句意爲名。

**怨三三**　雙調五十字，前段四句四平韻，後段五句四平韻。

李之儀

清溪一派瀉柔藍韻岸草毿毿韻記得黄鸝語畫簷韻喚狂裏讀醉重三韻　春風不動垂

簾韻似三五讀初圓素蟾韻鎮淚眼廉纖韻何時歌舞句再和池南韻

此李端叔《登姑孰堂寄舊遊》，用賀方回韻也。今所傳《東山詞》中缺此調，其平仄亦無可校對矣。

## 使牛子一體

調見曹冠《燕喜詞》。

**使牛子** 雙調五十字，前後段各四句三仄韻。

曹　冠

晚天雨霽横雌霓韻簾卷一軒月色韻紋簟坐苔茵句乘興高歌飲瓊液韻　　翠瓜冷浸冰壺碧韻茶罷風生兩掖韻四座沸歡聲句喜我投壺全中的韻

此調止此一體。

## 折丹桂一體

調見《相山詞》，送人應舉之作，取詞中"仙籍桂香浮"句意爲名，與《步蟾宫》别名《折丹桂》者不同。

**折丹桂** 雙調五十字，前後段各四句三仄韻。

王之道

風漪欲皺春江碧韻我寄江城北韻子今東去赴春官句挽不住讀摶風翼韻　　修程好近天池息韻何處堪留客韻預知仙籍桂香浮句語祝史讀休占墨韻

此調以此詞爲正體，有程大昌詞可校，若王詞别首後段第二句"算不是西風客"，多一襯字，乃變體也，注明不録。

程詞前段第三句"雙親帶笑酌天杯"，"雙"字平聲，"帶"字仄聲；王詞别首换頭句"晚來江上西風急"，"晚"字仄聲，"江"字平聲；程詞第二句"桂是蟾宫種"，"桂"字仄聲；第三句"詩書沈處便生枝"，"詩"字平聲。譜内可平可仄據此。

## 竹香子一體

調見劉過《龍洲集》。

**竹香子** 雙調五十字，前後段各四句三仄韻。

劉　過

一桁窗兒明快韻料想那人不在韻熏籠脱下舊衣裳句件件香難賽韻　匆匆去得忒𫐤韻這鏡兒讀也不曾蓋韻千朝百日不曾來句没這些兒箇採韻

此調似近謔詞，因其調僻，採以備體。

## 城頭月一體

調見李昴英《文溪詞》，和廣帥馬天驥韻，贈道士梁青霞作。此詞蓋馬天驥所倡也，取詞中起句爲名。

**城頭月** 雙調五十字，前後段各五句三仄韻。

馬天驥

城頭月色明如晝韻總是青霞有韻酒醉茶醒句饑餐困睡句不把雙眉皺韻　坎離龍虎勤交媾韻煉得丹將就韻借問羅浮句蘇耽鶴侶句還似先生否韻

此調祇有李昴英詞可校。李詞前段第三句"真氣長存"，"真"字平聲；後段第一句"一身二五隻精媾"，"二"字仄聲。其餘平仄皆同。

## 四犯令一體

調見侯寘《孏窟詞》，李處全詞更名《四和香》，闕注詞又名《桂華明》。

**四犯令** 雙調五十字，前後段各四句四仄韻。

侯　寘

月破輕雲天淡注韻夜悄花無語韻莫聽陽關牽離緒韻拌酩酊讀花深處韻　明日江郊芳草路韻春逐行人去韻不是酴醾開獨步韻能著意讀留春住韻

此調有李詞、闕詞可校，但闕詞前後段第二句"爲廣寒宫女"、"爲按歌宫羽"，俱作上一下四句法，與此又小異。

李詞前段第三句"華節良辰人有分"，"華"字平聲，"有"字仄聲；後段第一句"莫向春風尋舊恨"，"莫"字仄聲；第二句"樂事隨方寸"，"樂"字仄聲；第三句"眉壽固應天不吝"，"眉"字平聲，"固"字仄聲，闕詞"皓月滿窗人何處"，"何"字平聲。譜内可平可仄據此。

## 醉高歌一體

元姚燧自度曲。《太平樂府》注“中吕宫”。

**醉高歌** 雙調五十字，前後段各四句一平韻三叶韻。

姚　燧

十年燕月歌聲韻幾點吴霜鬢影叶西風吹起鱸魚興叶已在桑榆暮景叶　　榮枯枕上三更韻傀儡場中四並叶人生幻化如泡影叶幾箇臨危自省叶

此元人葉兒樂”也，平仄互叶，採入以備一體。

## 黄鶴洞仙一體

調見元彭致中《鳴鶴餘音》詞。

**黄鶴洞仙** 雙調五十字，前段五句三仄韻，後段五句一仄韻兩重韻。

馬　鈺

終日駕鹽車句鞭棒時時打韻自數精神久屈沈句如病馬韻怎得優遊也韻　　伯樂祖師來句見後頻嗟訝韻巧計多方贖了身句得志馬重韻須報恩師也重

此亦元人小令也，重押兩“馬”字、兩“也”字韻，想其體例應爾，惜無别首可校。

## 破字令一體

調見《高麗史・樂志》。

**破字令** 雙調五十字，前段四句三仄韻，後段五句三仄韻。

《高麗史・樂志》無名氏

縹緲三山島韻十萬歲讀方分昏曉韻春風開遍碧桃花句爲東君一笑韻　　祥飆暫引香塵到韻祝嵩齡讀後天難老韻瑞煙散碧句歸雲弄暖句一聲長嘯韻

此宋賜高麗五羊仙隊舞曲也，名曰《唐樂》，故採入以備一體。

## 花前飲一體

調見宋楊湜《古今詞話》,取詞中前段結句爲名。

**花前飲** 雙調五十字,前後段各四句三仄韻。

《古今詞話》無名氏

雨餘天色漸寒滲韻海棠綻讀胭脂如錦韻告你休看書句且共我讀花前飲韻　皓月穿簾未成寢韻篆香透讀鴛鴦雙枕韻似恁天色時句你道是讀好做甚韻

亦近謔詞,以其調僻,採以備體。

## 《御定詞譜》卷九 起五十字至五十二字

## 導引五體

按,宋鼓吹四曲,悉用教坊新聲,車駕出入奏《導引》,此調是也。《宋史·樂志》,正宫、道調宫、黄鍾宫、大石調、黄鍾羽調、正平調、仙吕調,凡七曲,或五十字,或加一疊一百字。《金史·樂志》:五十字者屬無射宫。按,無射宫俗呼黄鍾宫。

**導引** 雙調五十字,前段五句三平韻,後段四句三平韻。

《宋史·樂志》無名氏

皇家盛事句三殿慶重重韻聖主極推崇韻瑶編寶列相輝映句歸美意何窮韻　鈞韶九奏度春風韻彩仗焕儀容韻歡聲和氣彌寰宇句皇壽與天同韻

按,《宋史·樂志》,郊祀、籍田、明堂各有導引,或五十字者,此體居多;或一百字者,後段即用此體。

譜内可平可仄悉參後詞,故不復注。

**又一體** 雙調五十字,前段五句三平韻,後段四句兩平韻。

《金史·樂志》無名氏

五年一狩句仙仗到人間韻問稼穡艱難韻蒼生洗眼秋光裏句今日見天顔韻　金戈玉斧臨香火句馳道六龍閒韻歌謡到處皆相似句天子壽南山韻

此與《宋史·樂志》詞同，惟换頭句不押韻。宋兩段詞亦間用其體，譜中平仄即參之。

**又一體** 雙調一百字，前段九句五平韻，後段九句六平韻。

《宋史·樂志》無名氏

民康俗阜句萬國樂昇平韻慶海晏河清韻唐堯虞舜垂衣化句詎比我皇明韻九天寶命垂丕貺句雲物效祥英韻星羅羽衛登喬嶽句親告禪雲亭韻　我皇垂拱句惠化洽文明韻盛禮慶重行韻登封降禪燔柴畢句天仗入神京韻雲雷布澤遍寰瀛韻遐邇振歡聲韻巍巍聖壽南山固句千載賀承平韻

此詞前段《金史·樂志》詞體，後段《宋史·樂志》詞體。

《宋史·樂志》别詞前段第一句"紫霄金闕"，"金"字平聲；第三句"尊祖奉高穹"，"尊"字平聲；第六句"嘉禾甘露登高薦"，"甘"字平聲；後段第四、五句"道高堯舜垂衣治，日月並文明"，"堯"字平聲，"日"字仄聲；第六句"洞開霞館法虚晨"，"洞"字仄聲，"霞"字平聲；第八句"九清祚聖鴻基永"，"九"字仄聲。譜内可平可仄據之，餘參所採二詞。

**又一體** 雙調一百字，前後段各九句五平韻。

《宋史·樂志》無名氏

春融日暖句四野瑞煙浮韻柳菀更桑柔韻土高脉起條風扇句宿雪潤田疇韻金根轂轉如雷動句羽衛擁貔貅韻扶携老稚康衢滿句延跂望凝旒韻　斗移星轉句一氣又環周韻六府要時修韻務農重穀人胥勸句耕籍禮殊尤韻壇壝嶽峙文明地句黛耜駕青牛韻雍容南畝三推了句玉趾更遲留韻

此詞兩段，俱用《金史·樂志》五十字詞體。

**又一體** 雙調一百字，前後段各九句六平韻。

《宋史·樂志》無名氏

我皇纘位句覆幬合穹旻韻秘籙示靈文韻齋居紫殿膺元貺句降寶命氤氲韻奉符讓德事嚴禋韻檢玉陟天孫韻垂鴻紀號光前古句邁八九爲君韻　靈臺偃武句書軌慶同文韻奄六合居尊韻圓穹錫命垂真籙句清曉降金門韻升中報本禪云云韻嚴祀事惟寅韻無爲致治臻清淨句見反樸還醇韻

此詞兩段，俱用《宋史·樂志》五十字詞體。

## 思越人一體

調見《花間集》。按，孫光憲詞"館娃宫外春深"，又"魂消目斷西子"，張泌詞

"越波堤下長橋",俱詠西子事,故名《思越人》,與《鷓鴣天》詞別名《思越人》者不同。

**思越人**　雙調五十一字,前段五句兩平韻,後段四句四仄韻。

孫光憲

古臺平句芳草遠句館娃宮外春深平韻翠黛空留千載恨句教人何處相尋韻　綺羅無復當時事仄韻露花點滴香淚韻惆悵遥天横渌水韻鴛鴦對對飛起韻

此詞後段第二句,考孫詞別首及鹿虔扆詞、張泌詞俱六字一句。張詞"黛眉愁聚春碧",孫、鹿詞即見後注,或分作三字兩句者非。

按,此調衹有唐詞可校,宋人無填此者。孫詞別首前段第三句"長洲廢苑蕭條","長"字平聲,"廢"字仄聲;鹿詞第四句"雙帶繡窠盤錦薦","雙"字平聲,"繡"字仄聲;孫詞第五句"月明獨上溪橋","月"字、"獨"字俱仄聲;鹿詞後段起句"珊瑚枕膩鴉鬟亂","珊"字平聲,"枕"字仄聲;孫詞第二句"紅蘭緑蕙愁死","紅"字平聲,鹿詞"玉纖慵整雲散","慵"字平聲;張詞第三句"滿地落花無消息","滿字"、"落"字俱仄聲,"消"字平聲;結句,"月明腸斷空憶","月"字仄聲,"腸"字平聲。譜内可平可仄據此。

## 探春令十三體

此調宋人俱詠初春風景,或詠梅花,故名《探春》。韓淲詞有"景龍燈火昇平世"句,名《景龍燈》。

**探春令**　雙調五十一字,前段五句三仄韻,後段四句三仄韻。

宋徽宗

簾旌微動句峭寒天氣句龍池冰泮韻杏花笑吐香紅淺韻又還是讀春將半韻　清歌妙舞從頭按韻等芳時開宴韻記去年讀對著東風句曾許不負鶯花願韻

此調有兩體,或前段四字三句起,或前段七字一句、五字一句起。此體乃四字三句起者,於中又有前結六字句,後結五字、七字句,或兩結皆五字句,或兩結皆六字句,悉以類列,按譜時便於參校也。

此詞可平可仄悉參類列八詞。

**又一體**　雙調五十二字,前段五句三仄韻,後段四句四仄韻。

楊无咎

雪梅風柳句弄金鈎粉句峭寒猶淺韻又還近讀三五銀蟾滿韻漸玉漏讀聲初短韻　尊前重約年時伴韻揀燈詞先按韻便直饒讀心似蛾兒撩亂韻也有春風管韻

此與徽宗詞同，惟前段第四句多一字，後結攤破句法多押一韻異。趙長卿“疏籬横出”詞正與此同。趙詞前段第四句“悄一似、初睹東鄰女”，“一”字仄聲，譜内據之。其餘可平可仄已詳前詞，故不復注。

**又一體** 雙調五十二字，前後段各五句三仄韻。

趙長卿

數聲回雁句幾番疏雨句東風回暖韻甚今年讀立得春來晚韻過人日讀方相見韻　縷金幡勝教先辦韻著工夫裁剪韻到那時賭當句須教滴惜句稱得梅妝面韻

此與“雪梅風柳”詞同，惟後段第三句攤破句法作兩句，不用韻異。

**又一體** 雙調五十二字，前段六句兩仄韻，後段五句三仄韻。

趙長卿

溪橋山路句竹籬茆舍句凄涼風雨韻被摧殘沮挫句精神依舊句無奈相思苦韻　東風故與收拾取韻忍教他塵土韻向緑窗繡户句朱闌小檻句做箇名花主韻

此亦徽宗詞體，惟前段第四句添二字作五字一句、四字一句，又結句減一字亦作五字句異。趙詞别首“雕牆風定”詞，楊无咎“東風初到”詞，正與此同。

按，趙詞别首第四、五句“料雪霜深處，司花神女”，“雪”字仄聲，“深”字平聲，楊无咎詞“料天臺不比，人間日月”，“日”字仄聲；趙詞别首結句“暗裏焚百和”，“暗”字、“百”字俱仄聲。

**又一體** 雙調五十二字，前段五句兩仄韻，後段四句三仄韻。

趙長卿

而今風韻句舊時標緻句總皆奇絶韻再相逢讀還是春前臘後句粉面凝香雪韻　芳心自與群花别韻盡孤高清潔韻那情懷讀最是與人好處句冷淡黄昏月韻

此與“溪橋山路”詞同，惟前段第四句、後段第三句作上三下六句法異。趙詞别首“雨孱風瘦”詞正與此同。

**又一體** 雙調五十二字，前段五句三仄韻，後段四句三仄韻。

趙長卿

清江平淡句暗香瀟灑句滿林風露韻漸枝上讀也學楊花飛絮韻輕逐春歸去韻　東君著意勸遮護韻總留他不住韻幸西園讀别有能言花貌句委曲關心愫韻

此與“而今風韻”詞同，惟前段第四句押韻異。趙詞别首“樓頭月滿”詞正與此同。

按，趙詞别首前段第四句“爲多情、役得神魂撩亂”，“情”字平聲。

又一體　雙調五十二字，前段五句四仄韻，後段五句三仄韻。

趙長卿

冰澌池面韻柳搖金線韻春光無限韻問梅花底事讀收香藏蕊句到此方舒展韻　百花頭上俱休管韻且驚開俗眼韻看緑陰結子句成功調鼎句有甚遲和晚韻

此亦與"而今風韻"詞同，惟前段第一、二句俱押韻異。

又一體　雙調五十三字，前段六句兩仄韻，後段五句三仄韻。

趙長卿

冰簷垂箸句雪花飛絮句時方嚴肅韻向尋常搖曳句凡花野草句怎生敢讀誇紅緑韻　江梅孤潔無拘束韻秖温然如玉韻自一般天賦句風流清秀句總不同粗俗韻

此亦與"而今風韻"詞同，惟前段結句六字異。

又一體　雙調五十二字，前段五句三仄韻，後段四句四仄韻。

楊无咎

梅英粉淡句柳梢金軟句蘭芽依舊韻見萬家讀燈火明如晝韻正人月讀圓時候韻　挨香傍玉偷携手韻盡輕衫寒透韻聽一聲讀畫角催殘漏韻惜歸去讀頻回首韻

此詞後段第三句八字押韻，結句六字折腰，楊詞別首"摒見身分"詞正與此同。

按，楊詞別首後段第三句"奈月華、燈影交相照"，"燈"字平聲；結句"俏没箇、商量地"，"没"字仄聲。

又一體　雙調五十二字，前後段各四句三仄韻。

晏幾道

緑楊枝上曉鶯啼句報融和天氣韻被數聲讀吹入紗窗裏韻又驚起讀嬌娥睡韻　緑雲斜彈金釵墜韻惹芳心如醉韻爲少年讀濕了鮫綃帕句上都是讀相思淚韻

此詞前段七字一句、五字一句起者，有蔣捷、韓淲詞可校。韓詞前段第三句"問而今、風轉蛾兒底"，"而"字平聲；蔣詞結句"未抵我、愁痕膩"，"抵"字仄聲；韓詞後段第三句"這山城、不道人能記"，"山"字平聲；蔣詞結句"向粉靨空彈淚"，"粉"字仄聲。譜内可平可仄據此，餘參下詞。

又一體　雙調五十二字，前段四句兩仄韻，後段四句三仄韻。

《鳴鶴餘音》無名氏

草堂三鼓夢遊仙句到蓬萊閬苑韻正白雲讀滿地無人掃句信幽圃讀香風旋韻　群真朝列黄金殿韻醉流霞瓊宴韻頓覺來讀一片清凉意句似明月讀山頭見韻

此與晏詞同，惟前段第三句不押韻異。

**又一體** 雙調五十二字，前段五句兩仄韻，後段五句三仄韻。

趙長卿

去年元夜正錢塘句看天街燈火韻鬧娥兒轉處句熙熙笑語句百萬紅妝女韻　今年肯把輕辜負韻列熒煌千炬韻趁閒身未老句良辰美景句款醉新歌舞韻

此亦晏詞體，惟前後段第三句各添一字作五字一句、四字一句，兩結各減一字作五字句異。

**又一體** 雙調五十二字，前後段各五句四仄韻。

趙長卿

笙歌間錯華筵啟韻喜新春新歲韻菜傳纖手句青絲輕細韻和氣入讀東風裏韻　幡兒勝兒都姑𡟖韻戴得更忔戲韻願新春已後句吉吉利利韻百事都如意韻

此亦晏詞體，惟前段第三句作四字兩句，後段第三句作五字一句、四字一句，兩結又前六字句、後五字句異。

趙詞喜用方言，此更句讀參差，不足爲法，採之聊以備體。

## 越江吟二體

按，宋釋文瑩《續湘山野録》云：太宗酷愛琴曲十小詞，命近臣十人各探一調，撰一詞，蘇翰林易簡探得《越江吟》，遂賦此詞。後賀鑄詞因蘇詞起句有"瑶池宴"字，更名《宴瑶池》；苏軾詞名《瑶池宴》，《樂府雅詞》名《瑶池宴令》。

**越江吟** 雙調五十一字，前後段各六句六仄韻。

蘇易簡

非煙非霧瑶池宴韻片片韻碧桃冷落誰見韻黄金殿韻蝦須半卷韻天香散韻　春雲和讀孤竹清婉韻入霄漢韻紅顔醉態爛漫韻金輿轉讀霓旌影亂韻簫聲遠韻

按，《湘山野録》載易簡詞云："神仙神仙瑶池宴。片片。碧桃零落春風晚，翠雲開處，隱隱金輿挽。玉麟背冷清風遠。"與此不同，今從《花草粹編》訂定。

賀鑄詞後段第一句"命閨人、金徽重按"，"徽"字平聲；第二句"商歌怨"，"商"字平聲；第三句"依稀廣陵清散"，"陵"字平聲。譜内可平可仄據之，餘參下詞。

**又一體** 雙調五十一字，前段七句七仄韻，後段六句六仄韻。

蘇　軾

飛花成陣韻春心困韻寸寸韻别腸多少愁悶韻無人問韻偷啼自揾韻殘妝粉韻　抱瑶琴

讀尋出新韻韻玉纖趁韻南風未解幽愠韻低雲鬟韻眉峰斂暈韻嬌和恨韻

此與蘇易簡詞同,惟前段起句攤破七字一句,作四字一句、三字一句,又多押一韻。按,賀鑄詞"瓊鉤褰幔。秋風觀",正與此同。

## 燕歸梁四體

調見《珠玉詞》,因詞有"雙燕歸飛繞畫堂,似留戀虹梁"句,取以爲名。柳永"織錦裁篇"詞注"正平調","輕躡羅鞋"詞注"中吕調"。

**燕歸梁** 雙調五十一字,前段四句四平韻,後段五句三平韻。

晏　殊

雙燕歸飛繞畫堂韻似留戀虹梁韻清風明月好時光韻更何况讀綺筵張韻　雲衫侍女句頻傾桂醑句加意動笙簧韻人人心在玉爐香韻逢佳會讀祝延長韻

此調始於此詞,换頭四字兩句者,有張先、石延年、謝逸、周邦彦諸作,其餘或攤破句法,或减字,或添字,變格頗多,其源皆出於此也。此詞前段第二句作上一下四句法,張先,作"河漢淨無雲",周邦彦詞作"短燭散飛蟲",與此小異。

晏詞别首前段第二句"呈妙舞開筵","呈"字平聲,"妙"字仄聲;張先詞换頭二句"水晶宫殿,琉璃臺閣","水"字仄聲,"宫"字、"臺"字俱平聲;謝逸詞第三句"錦字杳無期","錦"字仄聲。譜内可平可仄據此,餘參所採諸詞。

**又一體** 雙調五十一字,前段四句四平韻,後段四句三平韻。

史達祖

獨卧秋窗桂未香韻怕雨點飄凉韻玉人只在楚雲傍韻也著淚讀過昏黄韻　西風今夜梧桐冷句斷無夢讀到鴛鴦韻秋鉦二十五聲長韻請各自讀耐思量韻

此詞前段與晏詞同,惟换頭攤破晏詞四字二句作七字一句,第二句校晏詞添一字,有吕渭老、吴文英詞可校。吴詞换頭句"夢飛不到梨花外","夢"字、"不"字俱仄聲;吕詞第二句"無箇事、淚盈盈","無"字平聲,"箇"字仄聲。

**又一體** 雙調五十字,前段四句四平韻,後段四句三平韻。

柳　永

織錦裁篇寫意深韻字值千金韻一回披玩一愁吟韻腸成結讀淚盈襟韻　幽歡已散前期遠句無聊賴讀是而今韻密憑歸燕寄芳音韻恐冷落讀舊時心韻

此與史詞同,惟前段第二句减一字,杜安世"風擺紅條"詞正與此同,其第二句"實鑒慵拈",平仄如一。

**又一體** 雙調五十二字,前段四句四平韻,後段四句三平韻。

柳　永

輕躡羅鞋掩綺寮韻傳音耗讀若相招韻語聲猶顫不成嬌韻乍得見讀兩魂消韻　　匆匆草草難留戀句還歸去讀又無聊韻若諧雨夕與雲朝韻得似箇讀有囂囂韻

此亦與史詞同,惟前段第二句添一字作六字折腰異。蔣捷"我夢唐宫"詞正與之合,其第二句"正舞到、曳裙時","正"字、"舞"字俱仄聲。

## 雨中花令十二體

王觀詞名《送將歸》。按,《雨中花》調與《夜行船》調最易相混,宋人集中每多誤刻。今照《花草粹編》所編,以兩結句五字者爲《雨中花》;兩結句六字、七字者爲《夜行船》。

**雨中花令** 雙調五十一字,前後段各四句三仄韻。

晏　殊

剪翠妝紅欲就韻折得清香滿袖韻一對鴛鴦眠未足句葉下長相守韻　　莫傍細條尋嫩藕韻怕緑刺讀罥衣傷手韻可惜許讀月明風露好句恰在人歸後韻

此調始於此詞,宋人照此填者,或於前段起句添一字,或於前段第二句添一字,或於後段第二句減一字,或於前後段第三句添一字,攤破句法一句作兩句,其源皆出於此。惟周紫芝詞則又裁截慢詞,與此不同。故譜内但以兩段起結句法同者參校平仄。

按,此體前後段第三句例各七字,此詞後段多一"許"字,乃襯字也,與下歐詞"且"字同。

**又一體** 雙調五十一字,前段四句三仄韻,後段五句三仄韻。

毛　滂

寒浸東傾不定韻更奈櫓聲催緊韻堤樹朧明孤月上句黯淡移船影韻　　舊事十年愁未醒韻漸老可奈離恨韻今夜有誰知句風中露裏句目斷雲空盡韻

此亦晏詞體,惟後段第二句減一字,第三句又添一字作五字一句、四字一句異,若減去"有"字、"中"字,即是七字句,亦襯字也。

**又一體** 雙調五十二字,前後段各五句三仄韻。

歐陽修

千古都門行路韻能使離歌聲苦韻送盡行人句花殘春晚句又別東君去韻　　醉藉落花吹

暖絮韻多少曲堤芳樹韻且携手留連句良辰美景句留作相思處韻

此亦晏詞體,但攤破晏詞前後段第三句,作四字兩句異。

按,此詞後段第三句"且"字亦襯字。

又一體 雙調五十二字,前後段各五句三仄韻。

毛滂

池上水寒欲霧韻竹暗小窗低户韻數點秋聲句來侵短夢句簷下芭蕉雨韻　白酒浮蛆雞啄黍韻問陶令讀幾時歸去韻溪月嶺雲句蘋汀蓼岸句總是相思處韻

此與歐詞同,惟後段第三句減去襯字耳。句讀最爲整齊,然宋人照此填者亦少。

又一體 雙調五十二字,前後段各五句三平韻。

趙長卿

淚眼江頭看錦樹韻别離又還秋暮韻細水浮浮句輕風冉冉句穩送扁舟去韻　歸去江山應得助韻新詩定須多賦韻有雁南來句槐溪千萬句寄我驚人句韻

此與歐詞同,惟前段起句作七字句異。

又一體 雙調五十四字,前後段各五句三仄韻。

程垓

舊日愛花心未了韻緊峭得讀花時一笑韻幾日春寒句連宵雨悶句不道幽歡少韻　記得去年深院悄韻畫梁畔讀一枝香嫋韻説與西樓句後來明月句莫把梨花照韻

此詞前後段第一、二句俱七字,有程詞别首"聞説海棠"詞、"卷地芳春"詞,劉一止"十頃疏梅"詞,趙長卿"短棹輕舟"詞可校。劉詞前段第二句"折長條、嫩香滿袖","條"字平聲;第三句"今慶元宵","今"字平聲;結句"花共人俱瘦","花"字平聲。

趙詞後段第二句"歎光陰、自來堪笑","陰"字平聲。譜内可平可仄據此,餘參所採賀詞、楊詞、王詞。

趙詞後段結句"正是楚天曉","楚"字仄聲,但宋詞此字從無用仄之例,偶誤不可從。

又一體 雙調五十五字,前後段各五句三仄韻。

賀鑄

清滑京江人物秀韻富美髮讀豐肌素手韻寶子餘妍句阿嬌餘韻句獨步秋娘後韻　奈倦客讀情懷先怯酒韻問何意讀歌顰易皺韻弱柳飛綿句繁花結子句做弄場春瘦韻

此與程詞同,惟换頭句添一字作八字句異。

**又一體** 雙調五十四字，前後段各五句三仄韻。

楊无咎

早已是讀花魁柳冠韻更絶唱讀不容同伴韻畫鼓低敲句紅牙隨應句著箇人勾喚韻　慢引鶯喉千樣囀韻聽過處讀幾多嬌怨韻换羽移宫句偷聲減字句不顧人腸斷韻

此與程詞同，惟前段起句作上三下四句法異。按，《逃禪集》三首皆然，故採以備體。

楊詞别首，前段起句"堪惆悵、紅塵千里"，"堪"字、"惆"字、"千"字俱平聲，譜内參之。其餘可平可仄，詳見程詞。

**又一體** 雙調五十三字，前後段各五句三仄韻。

趙長卿

龜甲爐煙輕嫋韻簾櫳静讀乳鶯啼曉韻拂掠新妝句時宜頭面句繡草冠兒小韻　衫子揉藍初著了韻身材稱讀就中恰好韻手撚雙紈句菱花重照句帶朵宜男草韻

此與毛詞同，惟前段第二句添一字作七字句異。

**又一體** 雙調五十六字，前後段各五句三仄韻。

王　觀

百尺清泉聲陸續韻映瀟灑讀碧梧翠竹韻面千步回廊句重重簾幕句小枕欹寒玉韻　試展鮫綃看畫軸韻見一片讀瀟湘凝緑韻待玉漏穿花句銀河垂地句月上闌干曲韻

此亦與程詞同，惟前後段第三句添一字，作五字句異。按，《樂府雅詞》選此詞，前後段起二句作"白石清泉聲陸續，瀟灑碧梧翠竹"、"閒拂霜綃看畫軸。一片瀟湘秋緑"，各減一字，今從《花草粹編》刊本。

**又一體** 雙調六十一字，前後段各四句四仄韻。

張　先

近鬢彩鈿雲雁細韻 大雲雁小雲雁好容貌讀花枝争媚韻 花枝十二學雙燕讀同棲還並翅韻 雙燕子我合著讀你難分離韻　合著　這佛面讀前生應布施韻　金浮圖你更看讀娥眉下秋水韻　眉十似賽九底讀見他三五二韻　胡草正悶裹讀也須歡喜韻　悶子

此詞異於各家者，以前後段第三句押韻，又攤破四字兩句，作八字一句耳。按，前段結句"我"字、"你"字，後段起句"這"字，第二句"下"字，第三句"底"字，結句"正"字、"也"字，此皆襯字，若都減去，亦是此調正格，前後未嘗不整齊也。

每句下，皆自注骰子格名。

**又一體** 雙調七十字,前後段各七句三平韻。

周紫芝

山雨細讀泉生幽谷句水滿平田韻雪繭紅蠶熟後句黄雲隴麥秋間韻武陵煙暖句數聲雞犬句别是山川韻　嗟老去讀倦遊蹤跡句長恨華顛韻行盡吴頭楚尾句空慚萬壑千巖韻不如休也句一菴歸去句依舊雲山韻

此詞裁截《雨中花慢》平韻詞,其前後段第三句以下悉皆慢詞中句讀也。因《竹坡詞》有此調,名《雨中花令》,並爲編入,平仄無别首可校。

## 鳳來朝一體

調見周邦彦《清真詞》。

**鳳來朝** 雙調五十一字,前後段各四句四仄韻。

周邦彦

逗曉看嬌面韻小窗深讀弄明未辨韻愛殘朱宿粉讀雲鬟亂韻最好是讀帳中見韻　説夢雙娥微斂韻錦衾温讀酒香未斷韻待起又讀如何拌韻任日炙讀畫樓暖韻

此詞後段第三句,《片玉集》作"待起難捨拌",《清真集》作"待起又、如何拌"。按,史達祖詞"扇底弄、團圓影",陳允平和詞"買一笑、千金拌",俱六字折腰,應以六字者爲定本。又,前後段第二句,史達祖詞"掩金閨、彩絲未整"、"墮銀瓶、脆繩挂井","未"字、"挂"字俱去聲,"井"字、"整"字俱上聲,與此詞兩"未"字去聲,"辨"字、"斷"字俱上聲同。陳允平詞"鳳簫吹、六幺舞遍"、"繡芙蓉、香塵未斷",因"舞"字上聲,"遍"字即用去聲,可悟詞中兩仄字連用之法。

史詞、陳詞與此平仄如一,惟史詞前段結句"恨誰踏、蘇花徑","誰"字平聲;陳詞换頭句"曲歇弓彎袖斂","袖"字仄聲。譜内參之。

## 秋夜雨一體

調見蔣捷《竹山樂府》,題"詠秋雨"。

**秋夜雨** 雙調五十一字,前後段各四句三仄韻。

蔣　捷

黄雲水驛秋笳咽韻吹人雙鬢如雪韻愁多無奈處句漫碎把讀寒花輕撚韻　紅雲轉入香心裏句夜漸深讀人語初歇韻此際愁更别韻雁落影讀西窗殘月韻

蔣詞四首平仄如一,惟前段第二句或作“春情不解分雪”,“不”字仄聲;第三句作“寶箏弦斷盡”,“寶”字仄聲;後段第三句作“今夜休要别”,“今”字平聲。譜内可平可仄據之。

## 伊州令一體

唐教坊曲名,一作《伊川令》。《碧雞漫志》云:伊州有七商曲。

**伊州令** 雙調五十一字,前後段各四句三仄韻。

《花草粹編》無名氏

西風昨夜穿簾幕韻閨院添蕭索韻纔是梧桐零落時句又迤邐讀秋光過却韻　人情音信難托韻魚雁成躭閣韻教奴獨自守空房句淚珠與讀燈花共落韻

此詞坊本俱有脱誤,今從《詞緯》抄本。

## 木笪一體

唐《教坊記》有《木笪》大曲,宋修内司所刊《樂府渾成集》亦有《木笪》曲名,周密《齊東野語》以爲此音世人罕知。今《太平樂府》有白樸《喬木笪》詞一套,疑其遺制。因《太和正音譜》採其首作,亦録以備一體。或名“喬木查”者誤。

**木笪** 雙調五十一字,前後段各五句四仄韻。

白　樸

海棠初雨歇韻楊柳輕煙惹韻碧草茸茸鋪四野韻俄然回首處句亂紅堆雪韻　恰春光也韻梅子黄時節韻映石榴華紅似血韻胡葵開滿院句碎剪宫纈韻

此元人套數樂府,以其猶近宋詞體製,採之。

## 迎春樂七體

宋柳永詞注:林鍾商。元王行詞注:夾鍾商。

**迎春樂** 雙調五十二字,前段四句四仄韻,後段四句三仄韻。

柳　永

近來憔悴人驚怪韻爲别後讀相思煞韻我前生讀負汝愁煩債韻便苦恁讀難開解韻　良

夜永讀牽情無奈韻錦被裹讀餘香猶在韻怎得依前燈下句恣意憐嬌態韻

後段第三句六字，結句五字。此體始於晏詞，因晏詞换頭句八字，宋人無照此填者，故取此詞作譜。其可平可仄，即參下晏、秦、楊三詞。

**又一體**　雙調五十三字，前段四句四仄韻，後段四句三仄韻。

晏　殊

長安紫陌春歸早韻嚲垂楊讀染芳草韻被啼鶯讀語燕催清曉韻正好夢讀頻驚覺韻　當此際讀青樓臨大道韻幽會處讀兩情多少韻莫惜明珠百琲句占取長年少韻

此與柳詞同，惟换頭句多一字作八字句異。

**又一體**　雙調五十一字，前段四句四仄韻，後段四句三仄韻。

秦　觀

菖蒲葉葉知多少韻惟有箇讀蜂兒妙韻雨晴紅粉齊開了韻露一點讀嬌黄小韻　早是被讀曉風力暴韻更春共讀斜陽俱老韻怎得花香深處句作箇蜂兒抱韻

此與柳詞同，惟前段第三句减一字作七字句異。

**又一體**　雙調五十一字，前段四句四仄韻，後段四句三仄韻。

楊无咎

新來特特更門地韻都收拾讀山和水韻看明年讀事事如意韻迎福禄讀俱來至韻　莫管明朝添一歲韻盡同向讀尊前沈醉韻且共唱讀迎春樂句祝母千秋歲韻

此亦秦詞體，惟前段第三句作上三下四句法，後段第三句六字折腰，换頭句又不作上三下四句法異。

**又一體**　雙調五十一字，前段四句四仄韻，後段四句三仄韻。

賀　鑄

雲鮮日嫩東風軟韻雪初融讀水清淺韻低鬟舞按迎春遍韻似飛動讀釵頭燕韻　漫折梅花曾寄遠韻問誰爲讀倚樓凄怨韻身伴未歸鴻句猶顧戀讀江南暖韻

此詞後段第三、四、五句五字，結句六字，與晏、柳、秦詞體又微異。《東山集》四首皆同。周邦彦詞又本此添字也。

賀詞别首前段起句“六華應臘妝吴苑”，“六”字仄聲；第三句“玉環風調依然在”，“玉”字仄聲，“風”字平聲；結句“都付與、弦聲寫”，“都”字平聲，“付”字仄聲；後段起句“三月十三寒食夜”，“三”字平聲，“十”字仄聲；第二句“歸路指、玉溪南館”，“歸”字平聲，“路”字仄聲；第三句“細語人不聞”，“細”字、“不”字俱仄聲，“人”字平聲；結句“久背面、秋千下”，“久”字仄聲，又“微風動、雙羅帶”，“風”字平聲。譜内可平可仄據此。至前段第二句，或作“指尖纖、態閒暇”，或作“小櫻唇、淺娥黛”，或作“小山堂、晚張宴”，平仄如一，當是音律所寓，不可參校别詞。

**又一體** 雙調五十一字，前後段各四句三仄韻。

《高麗史·樂志》無名氏

神州麗景春先到韻看看是讀韶光早韻園林深處東風過句紅杏裏讀鶯聲好韻　漠漠青煙遠遠道韻觸目是讀緑楊芳草韻莫惜醉重遊句逡巡又讀年華老韻

此與賀詞同，惟前段第三句不押韻異。

按，宋以《大晟樂》賜高麗，其樂章皆北宋人作，故《高麗史·樂志》有宋詞一卷，間亦採之。

**又一體** 雙調五十二字，前段四句四仄韻，後段五句三仄韻。

周邦彦

清池小圃開雲屋韻結春伴讀往來熟韻憶年時讀縱酒杯行速韻看月上讀歸禽宿韻　牆裏修篁森似束韻記名字讀曾刊新緑韻見説别來長句冷翠蘚句封寒玉韻

此與賀詞同，惟前段第三句添一字作八字句，仍照柳永、晏殊體填，元王行注“夾鍾商”者，即此體也。宋人有方千里、楊澤民、陳允平詞可校。

陳詞前段第二句“都未識、行人手”，“都”字平聲，“未”字仄聲，“行”字平聲；結句“花底帽、任攲側”，“花”字平聲，“任”字仄聲；换頭句“斗酒百篇呼太白”，“斗”字、“百”字俱仄聲；第二句“傲人世、醉中一息”，“醉”字、“一”字俱仄聲，又“香不散、彩雲春透”，“春”字平聲、“不”字仄聲；第三句“何日賦歸來”，“何”字平聲；結句“羞人問、連環玉”，“羞”字、“人”字俱平聲。又，方詞前段第三句“看夕陽、倒影花陰速”，“夕”字仄聲。譜内可平可仄據此。

## 夢仙郎一體

調見張先詞集。

**夢仙遊** 雙調五十二字，前後段各五句三仄韻兩平韻。

張　先

江東蘇小仄韻夭斜窈窕韻都不勝讀彩鸞嬌妙韻春豔上新妝平韻肌肉過人香韻　佳樹陰陰池院换仄韻華燈繡幔韻花月好讀豈能長見韻離聚此生緣换平韻何計問高天韻

此詞兩仄兩平四换頭，宋人止此一體，無别首可校。

## 青門引一體

調見《樂府雅詞》及《天機餘錦》詞，張先本集不載。

**青門引**　雙調五十二字，前段五句三仄韻，後段四句三仄韻。

張　先

乍暖還輕冷韻風雨晚來方定韻庭軒寂寞近清明句殘花中酒句又是去年病韻　　樓頭畫角風吹醒韻入夜重門静韻那堪更被明月句隔牆送過秋千影韻

按，《全芳備祖·樂府》馬古洲詞，前結"十分風味，獨向暑天足"，"十"字仄聲，"風"字平聲；後結"刀圭倘是神仙藥，地皮卷盡猶飛肉"，校此詞多一字，因詞俚不録。

## 菊花新二體

《樂章集》注：中吕調。《齊東野語》云：《菊花新》譜，教坊都管王公謹作也。

**菊花新**　雙調五十二字，前後段各四句三仄韻。

張　先

墮髻慵妝來日暮韻家在柳橋堤下住韻衣緩絳綃垂句瓊樹嫋讀一枝紅霧韻　　院深池静花相妒韻粉牆低讀樂聲時度韻長恐舞筵空句輕化作讀彩雲飛去韻

此調以此詞爲正體，有柳永詞可校，若杜安世詞之多押一韻或少押一韻，皆變格也。

柳詞前段結句"先去睡、鴛衾圖暖"，"鴛"字平聲；後段起句"須臾放了殘針線"，"放"字仄聲。杜詞別首後段起句"兒夫心腸多薄幸"，"腸"字平聲；第二句"百計思、難爲拘檢"，"難"字平聲；第三句"幾回向伊言"，"回"字平聲；柳詞結句"待時時、看伊嬌面"，"待"字仄聲，"時時"二字俱平聲。譜内可平可仄據之，餘參下詞。

**又一體**　雙調五十二字，前段四句四仄韻，後段四句三仄韻。

杜安世

怎奈花殘鶯又老韻檻裏青梅數枝小韻新荷長池沼韻當晴晝讀燕子聲鬧韻　　亭闌花綻顏色好韻風雨催讀等閒開了韻酒醒暗思量句無箇事讀著甚煩惱韻

此與張詞同，惟前段第三句押韻異。按，《壽域詞》杜作二首平仄微拗，別首换頭句不押韻，與此又小異。

## 醉紅妝一體

調見張先詞集，因詞中有"一般妝樣百般嬌"及"郎未醉，有金貂"句，取以爲名。

**醉紅妝** 雙調五十二字，前段六句四平韻，後段六句三平韻。

張先

瓊林玉樹不相饒韻薄雲衣句細柳腰韻一般妝樣百般嬌韻眉兒秀句總如描韻 東風搖草雜花飄韻恨無計句上青條韻更起雙歌郎且飲句郎未醉句有金貂韻

此調近《雙雁兒》，惟後段第四句不押韻異。宋詞中亦無別首可校。

## 思遠人一體

調見《小山樂府》，因詞有“千里念行客”句，取其意以爲名。

**思遠人** 雙調五十二字，前段五句兩仄韻，後段五句三仄韻。

晏幾道

紅葉黄花秋意晚句千里念行客韻看飛雲過盡句歸鴻無信句何處寄書得韻 淚彈不盡臨窗滴韻就枕旋研墨韻漸寫到别來句此情深處句紅箋爲無色韻

此詞亦無别首宋詞可校。《詞律》云：前後段第二句、第五句“念”、“寄”、“旋”、“爲”四字，皆用去聲。

## 醉花陰一體

《中原音韻》注：黄鍾宫；《太平樂府》注：中吕宫。

**醉花陰** 雙調五十二字，前後段各五句三仄韻。

毛滂

檀板一聲鶯起速韻山影穿疏木韻人在翠陰中韻欲覓殘春句春在屏風曲韻 勸君對客杯須覆韻燈照瀛洲緑韻西去玉堂深句魄冷魂清句獨引金蓮燭韻

此調祇有此體，諸家所填多與之合，但平仄不同，句法間有小異耳。如前段起句，楊无咎詞“淋漓盡日黄梅雨”，舒亶詞“粉輕一撚和香聚”，辛棄疾詞“黄花漫説年年好”，張元幹詞“紅萸紫菊開還早”，沈會宗詞“微含清霧真珠滴”，平仄俱與此詞異。又，前後段第二句，舒亶詞“正千山雲盡”、“更玉釵斜襯”，與别首之“教露華休妒”、“指廣寒歸去”，沈會宗詞之“怯曉寒脉脉”、“有動人標格”，俱作上一下四句法，亦與此詞異。

按，此詞換頭句“客”字疑韻，如楊无咎詞之“撲人飛絮。渾無數”，李清照詞之“東籬把酒黄昏後”，“絮”字、“酒”字俱韻，此即《樂府指迷》所謂藏短韻於句内者，然宋詞如此者亦少。

舒亶詞前段第三句"冷對酒尊傍","冷"字仄聲;第四句"無語含情","無"字平聲;結句"别是江南信","别"字仄聲;後段第三句"去後又明年","去"字仄聲;第四句"人在江南","人"字平聲;結句"羞上潘郎鬢","羞"字平聲,譜内據之。若前後段第一、二句,可平可仄,詳見辨體,故不復注。

## 望江東一體

調見《山谷集》,因詞有"望不見、江東路"句,取以爲名。

**望江東** 雙調五十二字,前後段各四句四仄韻。

黄庭堅

江水西頭隔煙樹韻望不見讀江東路韻思量衹有夢來去韻更不怕讀江攔住韻　燈前寫了書無數韻算没箇讀人傳與韻直教尋得雁分付韻又還是讀秋將暮韻

此調衹此一詞,無别首可校。

## 入塞一體

古樂府横吹曲有《入塞辭》,調名本此。

**入塞** 雙調五十二字,前段六句四平韻一疊韻,後段五句四平韻一疊韻。

程垓

好思量韻正秋風讀半夜長韻奈銀釭一點句耿耿背西窗韻衾又涼韻枕又涼疊　露華淒淒月半牀韻照得人讀真箇斷腸韻窗前誰浸木犀黄韻花也香韻夢也香疊

《書舟詞》衹此一詞,宋詞亦無别首可校。

前後段兩結句俱押疊韻,當是體例,填者遵之。

## 品令十二體

王行詞注:夷則商。

**品令** 雙調五十二字,前段四句三仄韻,後段四句兩仄韻。

曹組

乍寂寞韻簾櫳静讀夜久寒生羅幕韻窗兒外讀有箇梧桐樹句早一葉讀兩葉落韻　獨倚

屏山欲寐句月轉驚飛烏鵲韻促織兒讀聲響雖不大句敢教賢讀睡不著韻

宋人填《品令》者，類作俳語，其句讀亦不一，即前段起句或三字，或四字，或五字不同，今擇其尤雅者，各以類列。

此詞前段起句三字，有秦觀"掉又臞"詞，顔博文"夜蕭索"詞，辛棄疾"更休説"詞可校。惟秦詞別首"幸自得"詞、石孝友"困無力"詞，前段第二、三句作四字兩句，而秦詞前後段第三句又各押韻，因詞俚不録。

顔詞前段起句"夜蕭索"，"蕭"字平聲；第二句"側耳聽、青海樓頭吹角"，"側耳"二字俱仄聲，"青"字平聲，秦詞"天然箇、品格於中壓一"，"壓"字仄聲；辛詞，第三句"甚今年、容貌八十歲"，"甚"字仄聲，"年"字、"容"字俱平聲，"八"、"十"二字俱仄聲；秦詞結句"語低低、笑咭咭"，"咭咭"二字俱平聲，辛詞"見底道、纔十八"，"纔"字平聲；秦詞後段起句"每每秦樓相見"，"相"字平聲，顔詞"偷想紅啼深怨"，"偷"字平聲，辛詞"莫獻壽星香燭"，"壽"字仄聲；秦詞第二句"見了無限憐惜"，"限"字仄聲；顔詞第三句"紗窗外、厭厭新月上"，"紗窗"二字俱平聲，"外"字仄聲，辛詞"只消得、把筆輕輕去"，"把"字仄聲，"輕"字平聲；秦詞結句"把不定、臉兒赤"，"不定"二字俱仄聲，"兒"字平聲，顔詞"應也則、睡不著"，"應"字平聲，辛詞"十字上、添一筆"，"添"字平聲。譜內可平可仄據此。

**又一體** 雙調五十一字，前段五句三仄韻，後段四句兩仄韻。

趙長卿

情難托韻離愁重句悄愁没處安著韻那堪更一葉知秋句天色兒讀漸冷落韻　　馬上征衫頻揾淚句一半斑斑污却韻別來爲憶叮嚀語句空羸得讀瘦如削韻

此即曹詞體，惟换頭句七字多一字，前後段第三句七字各少一字異。按，汲古閣刻《惜香樂府》，此詞作《思越人》，注"向刻《品令》非"。不知《思越人》從無仄韻之體，應照舊刻編入《品令》。

**又一體** 雙調五十五字，前段五句四仄韻，後段五句五仄韻。

周邦彦

夜闌人静韻月痕寄讀梅梢疏影韻簾外曲角闌干近韻舊携手處句花霧寒成陣韻　　應是不禁愁與恨韻縱相逢難問韻黛眉曾把春山印韻後期無定韻腸斷香銷盡韻

此詞前段起句四字，有方千里、楊澤民和詞可校。

楊詞後段第三句"便如喝采争堂印"，"喝"字仄聲；結句"有幸君須盡"，"有"字仄聲。又，楊无咎和詞前段第四句"笛聲誰噴"，"誰"字平聲。譜內可平可仄據之，餘參陳、王二詞。

**又一體** 雙調五十五字，前後段各五句四仄韻。

陳允平

玉壺塵静韻蟾光透讀一簾疏影韻偏愛水月樓臺近韻畫簾獨倚句風度寒香陣韻　　猶記曲江煙水恨韻歎凄凉誰問韻夜深沙觜霜痕印韻嚼花拌醉句枝上春無盡韻

此和周詞也，惟後段第四句不押韻異。

**又一體** 雙調五十五字，前後段各五句五仄韻。

王 行

飛瓊環佩韻立縹緲讀香雲影裏韻冰絲縈蹙霞綃帔韻瑶階玉砌韻雪月看初霽韻　不待夭妍相嫵媚韻任天然丰致韻綽約仙姿真絶世韻衆芳無地韻先得東風意韻

此即周詞體，惟前後段第四句俱押韻異。

**又一體** 雙調六十四字，前後段各七句四仄韻。

《梅苑》無名氏

山重雲起韻斷橋外讀池塘水韻晚來風定句竹枝相亞句殘陽影裏韻多少風流句都在冷香疏蕊韻　江南千里韻問折得讀誰能寄韻幾番歸去句酒醒月滿句闌干十二韻且隱深溪句免笑等閒桃李韻

此詞前後段起句俱四字，押韻，第二句俱六字，有《梅苑》詞三首、周紫芝、吕渭老、趙長卿諸詞可校。

《梅苑》詞别首前段第三、四、五句"瓊枝玉樹，渾如傅粉，壽陽妝面"，"瓊"字、"渾"字俱平聲，"傅"字仄聲；後段第六、七句"且與從容，來歲和羹未晚"，"和"字平聲，"未"字仄聲。譜内可平可仄據之。餘參周、曾、卓三詞。

**又一體** 雙調六十四字，前後段各七句四仄韻。

周紫芝

霜蓬零亂韻笑緑鬢讀光陰晚韻紫茱時節句小樓長醉句一川平遠韻休説龍山佳會句此情不淺韻　黄花香滿韻記白苧讀吴歌軟韻如今却向句亂山叢裏句一枝重看韻對著西風搔首句爲誰腸斷韻

此與《梅苑》詞同，惟前後段第六、七句攤破句法，作六字一句、四字一句異。

**又一體** 雙調六十三字，前後段各七句四仄韻。

曾 紆

紋漪漲渌韻疏靄連孤鶩韻一年春事句柳飛輕絮句筍添新竹韻寂寞幽花句獨殿小園嫩緑韻　登臨未足韻悵遊子讀歸期促韻他年清夢句千里猶到句城陰溪曲韻應有凌波句時爲故人凝目韻

此與《梅苑》詞同，惟前段第二句五字異。

**又一體** 雙調六十字，前後段各六句三仄韻。

卓田

立秋十日句早露出讀新凉面韻斜風急雨句戰退炎光一半韻月上紗窗句疑是廣寒宮殿韻　無端宋玉句恁撩亂讀生悲怨韻一年好處句都被秋光占斷韻你且思量句今夜怎生消遣韻

此亦《梅苑》詞體，惟前後段第三、四、五句各減二字，作四字一句、六字一句異。

**又一體** 雙調六十五字，前後段各六句四仄韻。

李清照

急雨驚秋曉韻今歲較讀秋風早韻一觴一詠句更須莫負讀晚風殘照韻可惜蓮花已謝句蓮房尚小韻　汀蘋岸草韻怎稱得讀人情好韻有些言語句也待醉折讀荷花向道韻道與荷花句人比去年總老韻

此詞前段起句五字，有類列黄詞二首可校，平仄俱參之。

前段第五句六字、第六句四字，與前周紫芝"霜蓮零亂"詞及後黄庭堅"敗葉霜天曉"詞同。

**又一體** 雙調六十六字，前後段各七句四仄韻。

黄庭堅

鳳舞團團餅韻恨分破讀教孤另韻金渠體淨句只輪慢碾句玉塵光瑩韻湯響松風韻早減了二分酒病韻　味濃香永韻醉鄉路讀成佳境韻恰如燈下句故人萬里句歸來對影韻口不能言韻心下快活自省韻

此即"急雨驚秋"詞體，惟前段第六、七句仍照《梅苑》詞，於結句多一字，作七字句異。此亦襯字，採以備體。

**又一體** 雙調六十五字，前後段各六句四仄韻。

黄庭堅

敗葉霜天曉韻漸鼓吹讀催行棹韻栽成桃李未開句便解銀章歸早韻去取麒麟圖畫句要及年少韻　勸君醉倒韻別語怎讀醒時道韻楚山千里暮雲句鎮鎖離人懷抱韻記取江州司馬句座中最老韻

此亦"急雨驚秋"詞體，惟攤破前段第三、四句作六字兩句，後段第三、四、五、六句作六字三句、四字一句異。

以上詞十三首，各以類列。起句三字者，以曹詞爲正體，趙詞及注中秦詞、石詞皆變格也。起句四字、第二句七字者，以周詞爲正體，若陳詞、王詞皆變格也。起句四字、第二句六字者，以《梅苑》詞爲正體，若周詞、曾詞、卓詞皆變格也。起句五字者，以李詞爲正體，若黄詞二首皆變格也。此調體雖不一，亦稍盡其正變源流矣。

## 《御定詞譜》卷十 起五十二字至五十四字

### 引駕行四體

此調有五十二字者，有一百字者，有一百二十五字者。五十二字詞，即一百字詞前段；一百二十五字詞，亦就一百字詞多五句也。晁補之一百字詞名《長春》。柳永一百字詞注"中吕調"，一百二十五字詞注"仙吕調"。

**引駕行** 雙調五十二字，前段四句兩仄韻，後段六句四仄韻。

晁補之

梅梢瓊綻句東風次第開桃李韻痛年年讀好風景句無事對花垂淚韻　園裏韻舊賞處幽葩句柔條一一動芳意韻恨心事讀春來間阻句憶年時讀把羅袂韻雅戲韻

此即柳永仄韻詞前段體，句讀照柳詞點定。

**又一體** 雙調一百字，前段十句六仄韻，後段十句五仄韻。

柳　永

虹收殘雨句蟬嘶敗柳長堤暮韻背都門讀動銷黯句西風片帆輕舉韻愁睹韻泛畫鷁翩翩句靈鼉隱隱下前浦韻忍回首讀佳人漸遠句想高城讀隔煙樹韻幾許韻　秦樓晝永句謝閣連宵奇遇韻算贈笑千金句酬歌百琲句盡成輕負韻南顧韻念吴邦越國句風煙蕭索在何處韻獨自箇讀千山萬水句指天涯去韻

此詞前段即晁"梅梢瓊綻"詞體，後段結句作上一下一中二字相連句法，晁詞亦然，填者依之。譜内可平可仄，悉參前後二晁詞。

**又一體** 雙調一百字，前段十句六仄韻，後段十句五仄韻。

晁補之

春雲輕鎖句春風乍扇園林曉韻掃華堂讀正桃李芳時句誕辰還到韻年少韻記絳蠟光摇句金猊香鬱寶妝了韻驟駿馬讀天街向晚句喜同車讀詠窈窕韻多少韻　盧家壼範句杜曲家聲榮耀韻慶德耀齊眉句馮唐白首句鎮同歡笑韻縹緲韻待琅函深討句芝田高隱去偕老韻自別有讀壺中永日句比人間好韻

此與柳詞同，惟前段第三、四句攤破句法，於第三句多二字作八字句，於第四句少二字作四字句異。又，前結二字短韻，或有移作後段起句者，今從《詞律》。

**又一體** 雙調一百二十五字，前段十五句七平韻，後段十句五平韻。

柳 永

紅塵紫陌句斜陽暮草長安道句是誰人讀斷魂處句迢迢匹馬西征韻新晴韻韶光明媚句輕煙淡薄和氣暖句望花村讀路隱映句搖鞭時過長亭韻愁生韻傷鳳城仙子句別來千里重行行韻又記得臨歧句淚眼濕讀蓮臉盈盈韻銷凝韻 花朝月夕句最苦冷落銀屏韻想媚容耿耿句無眠屈指句已算回程韻相縈韻空萬般思憶句爭如歸去睹傾城韻向繡幃讀深處並枕句說如此牽情韻

此詞後段即柳仄韻詞體，惟結句多一字。若前段則起結亦同，惟起五句後又多五句不同，其自注"仙吕調"，即夷則羽，亦與中吕調之爲夾鍾羽者不同。

## 玉團兒一體

調見周邦彥《片玉詞》，因《清真集》不載，故方千里、楊澤民、陳允平俱無和詞，宋惟盧炳、袁去華兩詞可校。

**玉團兒** 雙調五十二字，前後段各五句三仄韻。

周邦彥

鉛華淡佇新妝束韻好風韻讀天然異俗韻彼此知名句雖然初見句情分先熟韻 爐煙淡淡雲屏曲韻睡半醒讀生香透肉韻賴得相逢句若還虛過句生世不足韻

此詞前後段兩結句第二字例用仄聲，有盧炳詞"全似深熟"、"心事忒足"，袁去華詞"綠蓋紅頰"、"相應相答"，"似"字、"事"字、"蓋"字、"應"字俱仄聲可證。

按，袁詞前段第二句"獨著我、扁舟一葉"，"著"字仄聲；盧詞前段第四句"情懷雅合"，"雅"字仄聲；後段第一句"耳邊笑語論心曲"，"耳"字仄聲；第四句"清風明月"，"清"字平聲。譜内可平可仄據此。

## 傾杯令一體

唐教坊曲有《傾杯樂》，調名本此。但此令詞與慢詞名《傾杯樂》者不同。

**傾杯令**　雙調五十二字，前段五句三仄韻，後段四句三仄韻。

呂渭老

楓葉飄紅句蓮房浥露句枕席嫩凉先到韻簾外蟾華如掃韻枝上啼鴉催曉韻　秋風又送潘郎老韻小窗明讀疏紅殘照韻登高送遠惆悵句白髮新愁未了韻

此調祇有呂詞二首，宋、元人無填此者。

呂詞别首前段起句"隔座藏鈎"，"隔"字仄聲；第四句"箏按教坊新譜"，"教"字仄聲；結句"樓外月生春浦"，"月"字仄聲；後段起句"徘徊爭忍忙歸去"，"爭"字平聲。餘與此詞平仄如一。

## 鋸解令一體

調見《逃禪詞》。

**鋸解令**　雙調五十二字，前段四句兩仄韻，後段四句三仄韻。

楊无咎

送人歸後酒醒時句睡不穩讀衾翻翠縷韻應將别淚灑西風句盡化作讀斷腸夜雨韻　卸帆浦溆韻一種悽惶兩處韻尋思却是我無情句便不解讀寄將夢去韻

此調祇有此詞，無别首可校。

## 雙雁兒一體

一名《雙燕子》，《中原音韻》入商調。按，此調微近《醉紅妝》，但《醉紅妝》後段第三句不用韻，此則前後俱用韻也。

**雙雁兒**　雙調五十二字，前後段各四句四平韻。

楊无咎

窮陰急景暗推遷韻减緑鬢讀損朱顔韻利名牽役幾時閒韻又還驚讀一歲圓韻　勸君今夕不須眠韻且慢慢讀泛觥船韻大家沈醉對芳筵韻願新年讀勝舊年韻

按，《花草粹編》兩段刻作兩首，今依本集訂定。此詞無别首可校。

## 尋芳草一體

調見《稼軒詞》，自注：一名《王孫信》。

**尋芳草** 雙調五十二字，前段四句四仄韻，後段四句三仄韻。

辛棄疾

有得許多淚韻更閒却讀許多鴛被韻枕頭兒讀放處都不是韻舊家時讀怎生睡韻　更也没書來句那堪被讀雁兒調戲韻道無書讀却有書中意韻排幾箇讀人人字韻

此調祇有此詞，無别首可校。

## 恨來遲二體

《梅苑》詞名《恨歡遲》。

**恨來遲** 雙調五十二字，前段六句兩平韻，後段五句三平韻。

王灼

柳暗汀洲句最春深處句小宴初開韻似泛宅浮家句水平風軟句咫尺蓬萊韻　更勸君讀吸盡紫霞杯韻醉看鸞鳳徘徊韻正洞裏桃花句盈盈一笑句依舊憐才韻

此調以此詞爲正體，若《梅苑》詞之襯字，亦變格也。但宋、元人填此調者甚少，故此詞可平可仄，悉參後詞。

**又一體** 雙調五十三字，前段五句兩平韻，後段四句三平韻。

《梅苑》無名氏

獨佔江梅句淡薄情懷句淺綴胭脂韻最好是讀嚴凝苦寒天氣句却是開時韻　也不許讀桃李鬬妍媸韻也不許讀霜雪相欺韻又只恐讀誰家一聲羌笛句落盡南枝韻

此較王詞多一襯字，前段第四句、後段第三句句法亦異。

## 珍珠令一體

調見張炎《山中白雲詞》。

**珍珠令** 雙調五十二字，前段五句四仄韻，後段五句三仄韻一疊韻。

張炎

桃花扇底歌聲杳韻愁多少韻便覺道讀花陰閒了韻因甚不歸來句甚歸來不早韻　滿院飛花休要掃韻待留與讀薄情知道韻知道疊怕一似飛花句和春都老韻

此本張炎自度曲,無別首宋詞可校。

## 壽延長破字令一體

調見《高麗史·樂志》。

**壽延長破字令**　雙調五十二字,前後段各四句四仄韻。

《高麗史·樂志》無名氏

青春玉殿和風細韻奏簫韶絡繹韻韻繞行雲飄飄曳韻泛金樽讀流霞灩溢韻　瑞日暉暉臨丹扆韻布仁慈德意韻遐邇願聽歌聲綴韻萬萬年讀仰瞻宴啟韻

此高麗壽延長舞隊曲也,因其雜用唐樂,故採之。

## 獻天壽令一體

調見《高麗史·樂志》。

**獻天壽令**　雙調五十二字,前後段各四句三平韻。

《高麗史·樂志》無名氏

閬苑人間雖隔句遥聞聖德彌高韻西離仙境下雲霄韻來獻千歲靈桃韻　上祝皇齡齊天久句猶舞蹈讀賀賀聖朝韻梯航交輳四方遥韻端拱永保宗祧韻

此高麗獻仙桃舞隊曲也,因所用唐樂,故採之。

## 折花令一體

調見《高麗史·樂志》。

**折花令**　雙調五十二字,前後段各五句三仄韻。

《高麗史·樂志》無名氏

翠幕華筵句相將正是多歡宴韻舉舞袖讀迴旋遍韻羅綺簇宫商句共歌清羨韻　莫惜沈醉句瓊漿泛泛金尊滿韻當永日讀長遊衍韻願燕樂嘉賓句嘉賓式燕韻

此高麗抛球樂舞隊曲也,因所用唐樂,故採之。

## 紅窗聽一體

柳永詞注：仙吕調。一名《紅窗睡》。

**紅窗聽** 雙調五十三字，前段四句三仄韻，後段五句三仄韻。

晏　殊

淡薄梳妝輕結束韻天付與讀臉紅眉緑韻連環書素傳情久句許雙飛同宿韻　　一晌無端分比目韻誰知道讀風前月底句相看未足韻此心終擬句覓鸞弦重續韻

此調祇此一體，有晏詞別首及柳永詞可校。

按，晏詞別首前段第二句"彼此有、萬重心訴"，亦七字句，柳詞前段第二句"舉措有、許多端正"，正與此同，汲古閣本多一"峰"字者誤。至晏詞別首兩結句"隔桃源無處"、"托鴛鴦飛去"，柳詞兩結句"表温柔心性"、"却冤人薄幸"，俱作上一下四句法。

柳詞前段起句"如削肌膚紅玉瑩"，"如"字平聲；第三句"二年三歲同鴛寢"，"二"字仄聲，譜内據之。若前段第二句之"天"字可仄、後段結句之"重"字可仄，亦本柳詞，詳見本詞注中。

## 上林春令一體

《宋史·樂志》屬中吕宫。

**上林春令** 雙調五十三字，前後段各四句三仄韻。

毛　滂

蝴蝶初翻簾繡韻萬玉女讀齊回舞袖韻落花飛絮濛濛句長憶著讀灞橋別後韻　　濃香斗帳自永漏韻任滿地讀月深雲厚韻夜寒不近流蘇句只憐他讀後庭梅瘦韻

《詞律》録楊无咎詞四十字一體，脱去前段第三、四句兩句。今按楊本集作："穠李夭桃堆繡。正暖日、如熏芳袖。流鶯恰恰嬌啼，似爲勸、百觴進酒。　　少年不用稱遐壽。願來歲、如今時候。相將得意皇都，同携手、上林春晝。"即毛詞五十三字體也。譜内可平可仄參之。

## 紅窗迥二體

調見周邦彦《片玉詞》。

**紅窗迥** 雙調五十三字,前段六句四仄韻,後段五句三仄韻。

周邦彦

幾日來句真箇醉韻早窗外亂紅句已深半指韻花影被風搖碎韻擁春酲未起韻　有箇人人生濟楚句向耳邊問道句今朝醒未韻情性漫騰騰地韻惱得人越醉韻

此詞坊刻向多脱誤,今從《詞緯》本改正。

此惟歐良一詞可校,故可平可仄悉參歐詞。

**又一體** 雙調五十三字,前段六句五仄韻,後段四句四仄韻。

歐　良

河可挽韻石可轉韻那一箇愁字句却難驅遣韻眉向酒邊暫展韻酒後依舊見韻　楓葉滿階紅萬片韻待拾來讀一一題寫教遍韻却倩霜風吹卷韻直到沙島遠韻

此與周詞同,惟前後段起句多押一韻,後段第二、三句作九字一句異。

## 紅羅襖一體

唐教坊曲名。

**紅羅襖** 雙調五十三字,前段六句兩平韻,後段四句四平韻。

周邦彦

畫燭尋歡去句羸馬載愁歸韻念取酒東壚句尊罍雖近句採花南浦句蜂蝶須知韻　自分袂讀天闊紅稀韻空懷夢約心期韻楚客憶江蘺韻算宋玉讀未必爲秋悲韻

汲古閣本,後段第二句"空懷乖夢約心期",誤多一"乖"字,今從《花草粹編》改正。

此詞前段第一、二句及三、四、五、六句例作對偶,陳允平和詞亦然。其平仄亦如一,惟前段起句"别來書漸少","來"字平聲,"漸"字仄聲,與此小異。

## 折桂令四體

《中原音韻》注"雙調"。一名《秋風第一枝》,又名《天香引》,又名《蟾宫曲》。

**折桂令** 雙調五十三字,前段六句三平韻,後段五句一叶韻三平韻。

倪　瓚

片輕帆讀水遠山長韻鴻雁將來句菊蕊初黄韻碧海鯨鯢句蘭苕翡翠句風露鴛鴦韻　問

音信讀何人諦當叶想情懷讀舊日風光韻楊柳池塘韻隨處凋零句無限思量韻

元人小令不拘襯字者，莫過此詞，兹擇其尤雅者，採以備體，更列減字一體、添字二體，以盡其變。

按，張可久詞前段起句"俯蒼波、樓觀煙霞"，"樓"字平聲；第三句"歌韻流鶯"，"歌"字平聲；第四句"紅線幽歡"，"紅"字平聲；後段起句"留過客、江山自靈"，"留"字平聲，"過"字仄聲。譜內可平可仄據此，其餘參校下二張詞。

**又一體** 雙調五十字，前段六句三平韻，後段五句三平韻。

張可久

紅塵不到山家韻贏得清閒句當了繁華韻畫列青山句煙鋪細草句鼓奏鳴蛙韻　　楊柳村中賣瓜韻蒺藜沙上看花韻生計無多句陶令琴書句杜曲桑麻韻

此與倪詞同，惟前段起句，後段起句、第二句各減一字。

**又一體** 雙調六十三字，前段六句三平韻，後段十句一叶韻四平韻。

張可久

寫黃庭讀換得白鵝韻舊酒猶香句小玉能歌韻命友南山句懷人北海句遁世東坡韻　　昨日春句今日秋句清閒在我叶百年人句千年調句煩惱由他韻樂事無多韻良夜如何韻去了朱顏句還再來麽韻

此與倪詞同，惟後段第一、二句各添三字，第三句以下多四字一句。

**又一體** 雙調一百字，前段十一句五平韻，後段八句四平韻。

白无咎

敝裘塵土壓征鞍句鞭絲倦嫋蘆花韻弓劍蕭蕭句一徑入煙霞韻動羈懷讀西風木葉句秋山蒹葭韻千點萬點句老樹昏鴉韻三行兩行句寫長空啞啞句雁落平沙韻　　曲岸西邊句近水灣讀漁網綸竿釣槎韻斷橋東壁句傍溪山讀竹籬茅舍人家韻滿山滿谷句紅葉黃花韻正是凄涼時候句離人又在天涯韻

此詞一名《百字折桂令》。按，《太和正音譜》所録："壓征鞍、鞭嫋蘆花。弓劍蕭蕭，一徑煙霞。秋水蒹葭，老樹昏鴉，雁落平沙。　近水灣、綸竿釣槎，傍溪山、茅舍人家。紅葉黃花，凄涼時候，人在天涯。"實則五十三字，即倪瓚體也。可見元人小令襯字之多，與宋詞不同。

## 荔子丹一體

調見《高麗史·樂志》。

**荔子丹** 雙調五十三字，前後段各四句三平韻。

《高麗史·樂志》無名氏

鬭巧宫妝掃翠眉韻相唤折花枝韻曉來深入豔芳裏句紅香散讀露浥在羅衣韻　盈盈巧笑詠新詞韻舞態畫嬌姿韻嫋娜文回迎宴處句簇神仙讀會赴瑶池韻

宋賜高麗大晟樂，故《樂志》中猶存宋人詞，此亦其一也，無别首可校。

## 臨江仙十一體

唐教坊曲名。《花庵詞選》云：唐詞多緣題所賦，《臨江仙》之言水仙，亦其一也。宋柳永詞注：仙吕調；元高拭詞注：南吕調。李煜詞名《謝新恩》；賀鑄詞，有"人歸落雁後"句，名《雁後歸》；韓淲詞，有"羅帳畫屏新夢悄"句，名《畫屏春》；李清照詞，有"庭院深深深幾許"句，名《庭院深深》。

按，《樂章集》又有七十四字一體，九十三字一體，汲古閣本俱刻《臨江仙》，今照《花草粹編》校定，一作《臨江仙引》，一作《臨江仙慢》，故不類列。

按，《臨江仙》調，起於唐時，惟以前後段起句、結句辨體，其前後兩起句七字、兩結句七字者，以和凝詞爲主，無别家可校。其前後兩起句七字、兩結句四字、五字者，以張泌詞爲主，而以牛希濟詞之起句用韻、李煜詞之前後换韻、顧敻詞之結句添字類列。其前後兩起句俱六字、兩結俱五字兩句者，以徐昌圖詞爲主，而以向子諲詞之第四句减字類列。其前後兩起句俱七字、兩結俱五字兩句者，以賀鑄詞爲主，而以晏幾道詞之第二句添字、馮延巳詞之前後换韻、後段第四句减字、王觀詞之後段第四句减字類列。蓋詞譜專主辨體，原以創始之詞、正體者列前，减字、添字者列後，兹從體制編次，稍詮世代，故不能仍按字數多寡也。他調準此。

**臨江仙** 雙調五十四字，前後段各四句三平韻。

和　凝

海棠香老春江晚句小樓霧縠空濛韻翠鬟初出繡簾中韻麝煙鸞佩惹蘋風韻　碾玉釵搖鸂鶒戰句雪肌雲鬢將融韻含情遥指碧波東韻越王臺殿蓼花紅韻

此詞前後段兩結句俱七字，見《花間集》和詞二首，唐、宋、元人無照此填者。

按，和詞别首前段起句"披袍窣地紅宫錦"，"披"字平聲，"窣"字仄聲；第二句"鶯語時囀輕音"，"鶯"字、"時"字俱平聲，"語"字仄聲；後段起句"肌骨細勾紅玉軟"，"肌"字平聲，"細"字仄聲；第三句"嬌羞不肯人羅衾"，"不"字仄聲；結句"蘭膏光裏兩情深"，"蘭"字平聲。譜内可平可仄據此。

**又一體** 雙調五十八字，前後段各五句三平韻。

張　泌

煙消湘渚秋江静句蕉花露泣愁紅韻五雲雙鶴去無蹤韻幾回魂斷句凝望向長空韻　翠竹暗流燭淚怨句閒調寶瑟波中韻花鬟月鬢緑雲重韻古祠深處句香冷雨和風韻

此詞前後段兩結俱四字一句、五字一句。按，《花間集》顧敻、尹鶚、毛熙震詞與此同，惟孫光憲詞，前段起句"暮雨凄凄深院閉"，與鹿虔扆詞"金鎖重門荒苑静"同，宋歐陽修、蔡伸、趙彦端、張掄諸詞本之。又，李煜詞後段起句"春光鎮在人空老"，宋柳永詞本之，皆與此詞平仄全異。至平仄小異者，李煜詞前後段第二句"蝶翻輕粉雙飛"、"望殘煙草低迷"，"蝶"字、"望"字俱仄聲，"輕"字、"煙"字俱平聲；歐陽修詞前段第三句"如今薄宧老天涯"，"如"字平聲，"薄"字仄聲；孫光憲詞後段第三句"不堪心緒正多端"，"不"字仄聲，"心"字平聲；尹鶚詞兩結"逡巡覺後，特地恨難平"、"梧桐葉上，點點露珠零"，"逡"字、"梧"字俱平聲，"覺"字、"葉"字、"特"字、"點"字俱仄聲。譜内可平可仄據此。

**又一體** 雙調五十八字，前段五句四平韻，後段五句三平韻。

牛希濟

柳帶摇風漢水濱韻平蕪兩岸爭匀韻鴛鴦對浴浪痕新韻弄珠遊女句微笑自含春韻　輕步暗移蟬鬢動句羅裙風惹輕塵韻水晶宫殿豈無因韻空勞纖手句解佩贈情人韻

此即張詞體，但前段起句用韻。按，《花間集》牛詞七首皆然，惟一首前段起句或作"謝家仙觀寄雲岑"，又一首或作"洞庭波浪颭晴天"，與毛文錫詞"暮蟬聲裏落斜陽"，閻選詞"兩停荷芰逗濃香"句同，俱與此詞平仄全異。其餘可平可仄已見張詞，故不復注。

**又一體** 雙調五十八字，前後段各五句三平韻。

南唐李煜

庭空客散人歸後句畫堂半掩珠簾韻林風淅淅夜厭厭韻小樓新月句回首自纖纖韻　春光鎮在人空老句新愁往恨何窮换韻金刀力困起還慵韻一聲羌笛句驚起醉怡容韻

此亦張詞體，惟前後段换韻異。此詞字句悉同張詞、牛詞，其可平可仄亦同，不復注。

**又一體** 雙調六十字，前後段各六句三平韻。

顧　敻

碧染長空池似鏡句倚樓閒望凝情韻滿衣紅藕細香清韻象牀珍簟句山障掩句玉琴横韻
暗想昔時歡笑事句如今羸得愁生韻博山爐暖淡煙輕韻蟬吟人静句殘日傍句小窗明韻

此亦張詞體，惟兩結句各添一字作三字兩句異。在《花間集》亦僅見此體，無别首可校。

**又一體**　雙調五十八字，前後段各五句三平韻。

徐昌圖

飲散離亭西去句浮生長恨飄蓬韻回頭煙柳漸重重韻淡雲孤雁遠句寒日暮天紅韻　今夜畫船何處句潮平淮月朦朧韻酒醒人静奈愁濃韻殘燈孤枕夢句輕浪五更風韻

此詞前後段第一、二句俱六字兩句，校張詞减一字；兩結俱五字兩句，校張詞添一字。宋晏幾道、陳師道、陸游、史達祖、高觀國、趙長卿、元詹正諸詞，俱本此填。但前段第一句，如晏詞之"旖旎仙花解語"，陳詞之"曲巷閒街信馬"，趙詞之"春事猶餘十日"，史詞之"草脚輕回細膩"；後段第一句，如晏詞之"沈水濃熏繡被"，趙詞之"香淡無心浸酒"，陸詞之"只道真情易寫"，高詞之"前度詩留醉袖"，第五字皆用仄聲，與此小異。又，晏幾道詞後段第四、五句"相尋夢裏路，飛雨落花中"，"夢"字仄聲，又與諸家小異。譜内據之，其餘即參向詞。

**又一體**　雙調五十六字，前後段各五句三平韻。

向子諲

新月低垂簾額句小梅半出簷牙韻高堂開宴静無嘩韻麟孫鳳女句學語正咿啞韻　寶鼎勝熏沈水句瓊漿爛醉流霞韻鄰林同老此生涯韻一川風露句總道是仙家韻

此詞前後段起二句與徐昌圖詞同，第二句以下仍與張詞同。按，《惜香樂府》"破曆盈盈"詞、"夜久笙簫"詞，正與此同。

**又一體**　雙調六十字，前後段各五句三平韻。

賀　鑄

巧剪合歡羅勝子句釵頭春意翩翩韻豔歌淺笑拜嫣然韻願郎宜此酒句行樂駐華年韻　未至文園多病客句幽襟凄斷堪憐韻舊遊夢挂碧雲天韻人歸落雁後句思發在花前韻

此詞前後段第四句校張詞各添一字，宋、元詞俱照此填，惟秦觀詞前段起句"千里瀟湘接藍浦"，"藍"字平聲；葛勝仲詞後段起句"今夜那愁斂風景"，"今"字平聲，"那"字仄聲，"風"字平聲，間作拗句。又，黄機詞前後兩結"驛程那復記，魂夢已先飛"、"緑陰幽邃處，不管盡情啼"，"那"字仄聲，"幽"字平聲。譜内據此。若趙長卿詞後段第四句"仙源正閒散"，"閒"字或用平聲，此偶誤，不必從。其餘字句，與諸家同者，可平可仄悉可參校，故不復注。

**又一體**　雙調六十二字，前後段各五句三平韻。

晏幾道

東野亡來無麗句句於君去後少交親韻追思往事好沾巾韻白頭王建在句猶見詠詩人韻　學道深山空自老句留名千載不干身韻酒筵歌席莫辭頻韻爭如南陌上句占取一年春韻

此與賀詞同，惟前後段第二句各添一字作七字句異。宋詞僅見此體，無別首可校。

**又一體** 雙調五十九字，前後段各五句三平韻。

馮延巳

冷紅飄起桃花片句青春意緒闌珊韻畫樓簾幕卷輕寒韻酒餘人散後句獨自憑闌干韻
夕陽千里連芳草句萋萋愁殺王孫换韻徘徊飛盡碧天雲韻鳳笙何處句圓月照黄昏韻

此亦張詞體，惟前結五字兩句，又前後段换韻異。

**又一體** 雙調五十九字，前後段各五句三平韻。

王　觀

别浦相逢何草草句扁舟兩岸垂楊韻繡屏珠箔綺香囊韻酒深歌拍緩句愁入翠眉長韻
燕子歸來人去也句此時無奈昏黄韻桃花應似我愁腸韻不禁微雨句流淚濕紅妝韻

此與馮詞同，惟前後段不换韻異。

按，馮延巳"秣陵江上"詞，前結"青簾斜挂裏，新柳萬枝金"，後結"天長煙遠，凝恨獨沾襟"；又，秦觀"髻子偎人"詞，前結"斷腸携手處，何事太匆匆"，後結"夕陽流水，紅滿淚痕中"，正與此同。但馮詞前後段兩起句"秣陵江上多離别"、"隔江何處吹横笛"，平仄與此異。

## 浪淘沙令六體

《樂章集》注"歇指調"，蔣氏《九宫譜目》"越調"。按，《唐書・禮樂志》：歇指調乃林鍾律之商聲；越調乃無射律之商聲也。賀鑄詞名《曲入冥》；李清照詞名《賣花聲》；史達祖詞名《過龍門》；馬鈺詞名《煉丹砂》。

按，唐人《浪淘沙》本七言斷句，至南唐李煜始製兩段令詞，雖每段尚存七言詩兩句，其實因舊曲名另創新聲也。杜安世詞於前段起句減一字，柳永詞於前後段起句各減一字，均爲令詞，句讀悉同。即宋祁、杜安石仄韻詞稍變音節，然前後第二句四字、第三句七字，其源亦出於李煜詞也。至柳永、周邦彦别作慢詞，與此截然不同，蓋調長拍緩，即古曼聲之意也。《詞律》於令詞强爲分體，於慢詞或爲類列者誤。

**浪淘沙令** 雙調五十四字，前後段各五句四平韻。

南唐李煜

簾外雨潺潺韻春意闌珊韻羅衾不耐五更寒韻夢裏不知身是客句一晌貪歡韻　獨自莫

憑闌韻無限江山韻别時容易見時難韻流水落花春去也句天上人間韻

此調平韻者以此詞爲正體，若杜詞之或減字、或添字，柳詞之減字，皆變格也。此詞前後段兩起句俱五字，宋、元人俱本此填。

按，李詞别首前段第一句“往事只堪哀”，“往”字仄聲；晏幾道詞前段第四句“惟恨花前携手處”，“惟”字平聲；後段第四句“曳雨牽雲留客醉”，“牽”字平聲；歐陽修詞後段結句“特地魂消”，“特”字仄聲。譜内可平可仄據之，餘參杜詞、柳詞。

又按，石孝友詞：“好恨這風兒，催俺分離。船兒吹得去如飛。因甚眉兒吹不展，叵耐風兒。不是這船兒，載起相思？船兒若念我孤栖。載取人人篷底睡，感謝風兒。”前後段疊用四“兒”字韻，此乃獨木橋體，用韻遊戲，非别是一體也。

**又一體**　雙調五十三字，前後段各五句四平韻。

杜安世

後約無憑韻往事堪驚韻秋蛩永夜繞牀鳴韻輾轉尋思求好夢句還又難成韻　愁思若浮雲韻消盡重生韻佳人何處獨盈盈韻可惜一天無用月句空爲誰明韻

此即李詞體，惟前段起句減一字異。此詞汲古閣本，後段結句多一“照”字。按，李之儀“霞卷雲舒”詞，正與此同。後段結句“略借工夫”，原只四字，因爲校正。《詞律》論李詞，前段起句，疑脱一字。按杜詞二首前段起句皆四字，後段起句皆五字可證。蓋詞中换頭句或多一字，或多二、三字，謂之“過變”，原不拘定前後如一也。

**又一體**　雙調五十五字，前段六句四平韻，後段五句四平韻。

杜安世

簾外微風韻雲雨回蹤韻銀缸燼冷錦幃中韻枕上深盟句年少心事句陡頓成空韻　嶺外白頭翁韻到没由逢韻一牀鴛被疊香紅韻明月滿庭花似繡句悶不見蟲蟲韻

此詞前段“年少心事”句，後段“悶不見蟲蟲”句，疑有脱誤。但按安世仄韻詞，句讀與此如一，自應採入以備一體。舊譜删之者誤。

**又一體**　雙調五十二字，前後段各五句四平韻。

柳　永

有箇人人韻飛燕精神韻急鏘環佩上華裀韻促拍盡隨紅袖舉句風柳腰身韻　簌簌輕裙韻妙盡尖新韻曲終獨立斂香塵韻應是四肢嬌困也句眉黛雙顰韻

此詞汲古閣本首句誤刻“有一箇人人”，第四句“促拍”脱一“拍”字，今從《花草粹編》改定。又，《高麗史·樂志》載宋所賜大晟樂有此詞，與《花草粹編》同。

按，此即李煜詞體，不過前後段兩起句各減去一字耳。《詞律》因《樂章集》調名加以令字，另收在後，不知宋詞字數少者爲令，字數多者爲慢，即李煜詞在本集原名《浪淘沙令》，《詞律》自未考索耳。

**又一體** 雙調五十四字，前後段各四句四仄韻。

宋 祁

少年不管韻流光如箭韻因循不覺韶華換韻到如今讀始惜月滿花滿酒滿韻　扁舟欲解垂楊岸韻尚同歡宴韻日斜歌闋將分散韻倚蘭橈讀望水遠天遠人遠韻

押仄韻者，祇有宋、杜二詞，句讀各異，俱無宋、元詞可校。

此詞前結三"滿"字，後結三"遠"字，皆上聲，不可用去聲字替。按，何籀《宴清都》詞前段結句"天遠山遠水遠人遠"，疊用四"遠"字，其源蓋出於此。

**又一體** 雙調五十五字，前段六句三仄韻，後段五句四仄韻。

杜安世

又是春暮韻落花飛絮韻子規啼盡斷腸聲句秋千庭院句紅旗彩索句淡煙疏雨韻　念念相思苦韻黛眉長聚韻碧池驚散睡鴛鴦句當初容易分飛去韻恨孤負歡侶韻

此與押平韻"簾外微風"詞句讀悉同。

## 金錯刀三體

漢張衡詩"美人贈我金錯刀"，調名本此。此調見《花草粹編》，一名《醉瑶瑟》，葉李押仄韻詞，名《君來路》。

**金錯刀** 雙調五十四字，前後段各五句三平韻。

馮延巳

雙玉斗句百瓊壺韻佳人歡飲笑喧呼韻麒麟欲畫時難偶句鷗鷺何猜興不孤韻　歌婉轉句醉模糊韻高燒銀燭卧流蘇韻只銷幾覺懵騰睡句身外功名任有無韻

此詞《陽春集》不載，見《花草粹編》，採以備調。

此詞可平可仄即參馮詞别首。

**又一體** 雙調五十四字，前後段各五句三平韻一叶韻。

馮延巳

日融融句草芊芊韻黄鶯求友啼林前韻柳條嫋嫋拖金線叶花蕊茸茸簇錦氊韻　鳩逐婦句燕穿簾韻狂蜂浪蝶相翩翩韻春光堪賞還堪玩叶惱殺東風誤少年韻

此即"雙玉斗"詞體，惟前後段第四句各叶一仄韻異。

**又一體**　雙調五十四字，前後段各五句三仄韻一疊韻。

葉　李

余歸路韻君來路疊天理昭昭胡不悟韻公田關子竟何如句子細思量真自誤韻　雷州户韻崖州户疊人生會有相逢處韻客中邂逅乏蒸羊句聊贈一篇長短句韻

此與馮詞押平韻者句讀悉同，惟前後段起句用韻異。

## 端正好二體

楊无咎詞名《於中好》。《中原音韻》注“正宫”。

**端正好**　雙調五十四字，前後段各四句四仄韻。

杜安世

檻菊愁煙沾秋露韻天微冷讀雙燕辭去韻月明空照別離苦韻透素光讀穿朱户韻　夜來西風彫寒樹韻憑闌望讀迢遥長路韻花箋寫就此情緒韻待寄傳讀知何處韻

此詞句讀悉與楊詞同，惟平仄不同，即本集詞四首，其平仄亦各異，想即音律所寓，若互相參校，便易混淆，倚聲者無所適從。附録三詞，以聽按譜者之選聲焉。

其一詞：“每逢春來長如病。玉容瘦、薄妝相稱。雙歡未久成孤冷。奈厚約、全無定。　衆禽啾唧聲愁聽。相思事、多少春恨。孤眠帳外銀釭耿。透一點、爐煙暝。”又一詞：“露落風高桐葉墜。小庭院、秋凉佳氣。蘭堂聚飲華筵啟。罷令曲、呈珠綴。　晚天行雲凝香袂。新聲内、分明心意。玉爐初噴檀煙起。斂愁在、雙蛾翠。”又一詞：“野禽林棲啾唧語。閒庭院、殘陽將暮。蘭堂静悄珠簾窣。想玉人、歸何處。　喜鵲幾回空無據。愁都在、雙眉頭聚。凄凉方感孤鴛侶。對夜永、成愁緒。”以上三詞，平仄各異，附録以備參考。

**又一體**　雙調五十四字，前後段各四句四仄韻。

楊无咎

濺濺不住溪流素韻憶曾記讀碧桃紅露韻別來寂寞朝朝暮韻恨遮斷讀當時路韻　仙家豈解空相誤韻歎塵世讀自難知處韻而今重與春爲主韻盡浪蕊讀浮花妒韻

此與杜詞同，因平仄妥順，採以爲式。有楊詞別首可校。按，楊詞別首前後段第二句“繞珠叢、細挼紅蕊”、“早一葉、兩葉飛墜”，“叢”字平聲，“一”字及下“葉”字俱仄聲；後段第三句“晚來旋旋深無地”，“晚”字、上“旋”字俱仄聲；結句“更聽得、東風起”，“聽”字平聲。譜内可平可仄據此。

## 杏花天三體

蔣氏《九宫譜目》入越調。辛棄疾詞《杏花風》。此調微近《端正好》，坊本頗多誤刻，今以六字折腰者爲《端正好》，六字一氣者爲《杏花天》。

**杏花天** 雙調五十四字，前後段各四句四仄韻。

朱敦儒

淺春庭院東風曉韻細雨打讀鴛鴦寒悄韻花尖望見秋千了韻無路踏青鬬草韻　人別後讀碧雲信杳韻對好景讀愁多歡少韻等他燕子傳音耗韻紅杏開還未到韻

此調以此詞爲正體，若侯詞、盧詞之添字，皆變格也。

按，宋、元人俱照此填，惟汪莘詞前段起句"殘雪林塘春意淺"，周密詞後段第三句"一色柳煙三十里"，平仄全異。謝懋詞後段起句"琵琶淚、揾青衫淺"，句法全異。至江開詞前段第二句"四無人、花梢轉影"，高觀國詞後段第二句"怕行人、秋千徑裏"，兩"人"字俱平聲；周密詞前後段第二句"眉柳嫩、不禁愁積"、"歌舞夢、欲尋無跡"，"眉"字、"歌"字俱平聲，"不"字、"欲"字俱仄聲；後段結句"日暮石城風急"，"石"字仄聲，"風"字平聲。又，高觀國詞換頭句"春禽靜、來窺晴晝"，"禽"字、"晴"字俱平聲；前結"舒卷清寒時候"，"清"字、"時"字俱平聲。平仄各異，譜内據之，餘參侯詞、盧詞。

**又一體** 雙調五十五字，前後段各四句四仄韻。

侯　寘

寶釵整鬢雙鸞鬬韻睡纔醒讀薰風襟袖韻彩絲皓腕宜清晝韻更艾虎讀衫兒新就韻　玉杯共飲菖蒲酒韻願耐夏讀宜春廝守韻榴花故意紅添皺韻映得人來越瘦韻

此與朱詞同，惟前段結句添一襯字，换頭七字不作上三下四句法異。

**又一體** 雙調五十六字，前後段各四句四仄韻。

盧　炳

鏤冰剪玉工夫費韻做六出讀飛花亂墜韻舞風情態誰相似韻算衹有讀江梅可比韻　極目處讀瓊瑶萬里韻海天闊讀清寒似水韻從教高卷珠簾起韻看三白讀豐年瑞氣韻

此亦與朱詞同，惟前後段兩結句各添一字異。

## 天下樂一體

唐教坊曲名。

**天下樂** 雙調五十四字，前後段各四句四仄韻。

楊无咎

雪後雨兒雨後雪韻鎮日價讀長不歇韻今番爲寒忒太切韻和天地讀也來廝別韻　睡不

著讀身心自暗攧韻這况味讀憑誰説韻枕衾冷得渾似鐵韻衹心頭讀些箇熱韻

此見《逃禪詞》,止此一首,無别詞可校。

## 戀繡衾五體

韓淲詞有"淚珠彈,猶帶粉香"句,名《淚珠彈》。

**戀繡衾** 雙調五十四字,前段四句三平韻,後段四句兩平韻。

朱敦儒

木落江南感未平韻雨瀟瀟讀衰鬢到今韻甚處是讀長安路句水連空讀山鎖暮雲韻 老人對酒今如此句一番新讀殘夢暗驚韻又是灑讀黄花淚句問明年讀此會怎生韻

此調以此詞爲正體,若周詞之句法小異,辛、韓、趙三詞之添字,皆變格也。

按,南宋詞前段起句俱作拗體,如史達祖詞之"黄花驚破九日愁",又"吴梅初試澗谷春",與陸游詞之"無方能駐臉上紅",吴文英詞之"頻摩書眼怯細文",蔣捷詞之"蒨金小袖花下行",陳允平詞之"緗桃紅淺柳褪黄"皆同。至辛棄疾詞之"長夜偏冷添被兒",張翥詞之"醉鄉殘夢驚唤醒",句法又變,俱與此詞平仄全異。填詞者選擇一體宗之,自無混淆之弊。譜内可平可仄悉參所採諸詞,惟前段第三句"甚"字可平,則據陸游詞"歸棹借、輕風便","歸"字平聲也。

**又一體** 雙調五十四字,前段四句三平韻,後段四句兩平韻。

周 密

粉黄衣薄沾麝熏韻作南華讀春夢乍醒韻活計一生花裏句恨曉園讀花露正深韻 芳溪有恨時時見句趁遊絲讀高下弄晴韻生怕被春歸了句趕春風讀低度柳陰韻

《詞律》駁《圖譜》於此調第三句誤注"六字",若此詞則六字一氣,原不折腰也,但可謂之變體,不可爲正體耳。

**又一體** 雙調五十五字,前段四句三平韻,後段四句兩平韻。

辛棄疾

長夜偏冷添被兒韻枕頭兒讀移了又移韻我自是讀笑别人底句却原來讀當局者迷韻 如今只恨因緣淺句也不會讀抵死恨伊韻合手下讀安排了句那筵席讀須有散時韻

此詞見《稼軒集》,前段第三句校朱詞多一襯字。

**又一體** 雙調五十五字,前段四句三平韻,後段四句兩平韻。

韓 淲

歡濃雨點笑靨兒韻雪初消讀梅欲放時韻不通道讀傷春瘦句怕人猜讀猶待皺眉韻 香

濃翠被屏山曲句把珊瑚枕讀側過又移韻試與伴讀江頭去句但醉翁亭上要詩韻

此詞見《澗泉詩餘》，後段第二句校朱詞多一襯字。

**又一體** 雙調五十六字，前段四句三平韻，後段四句兩平韻。

趙汝茪

柳絲空有萬千條韻繫不住讀溪頭畫橈韻想今宵讀也對新月句過輕寒讀何處小橋韻
玉簫臺榭春多少句溜啼痕讀盈臉未消韻怪別來讀胭脂慵傅句被東風讀偷在杏梢韻

此詞見周密《絶妙好詞》選本，前後段第三句校朱詞各多一襯字。

## 擷芳詞五體

《古今詞話》云："政和間，京師妓之姥曾嫁伶官，常入内教舞，傳禁中《擷芳詞》以教其妓，人皆愛其聲，又愛其詞，類唐人所作。張尚書帥成都，蜀中傳此詞，競唱之。"却於前段下添"憶憶憶"三字，後段下添"得得得"三字。又名《摘紅英》，殊失其義。不知禁中有擷芳園，故名《擷芳詞》也。

按，程垓詞名《折紅英》，曾覿詞名《清商怨》，吕渭老詞名《惜分釵》，陸游因詞中有"可憐孤似釵頭鳳"句，改名《釵頭鳳》，《能改齋漫録》無名氏詞名《玉瓏璁》。

**擷芳詞** 雙調五十四字，前後段各七句六仄韻。

《古今詞話》無名氏

風摇動韻雨濛茸韻翠條柔弱花頭重韻春衫窄换韻香肌濕韻記得年時句共伊曾摘韻
都如夢韻何曾共韻可憐孤似釵頭鳳韻關山隔换韻晚雲碧韻燕兒來也句又無消息韻

此詞每段六仄韻，上三句一韻，下四句又换一韻，後段即同前段押法，但上三韻用上、去聲，下三韻必用入聲。如此詞上三韻，前段用上聲之一董、二腫，後段即用去聲之一送、二宋，下三韻則用入聲之十一陌、十三職。合觀程垓、陸游、曾覿、史達祖、無名氏諸詞，莫不皆然。惟張翥詞上用入聲韻，下用上、去聲韻，與此小異。其後段第三句"殘香剩粉那禁得"，結二句"晚風又起，倚闌怎忍"，平仄亦與此詞小異，譜内據之，餘參下所採仄韻詞。

**又一體** 雙調五十八字，前後段各九句七仄韻一疊韻。

史達祖

春愁遠韻春夢亂韻鳳釵一股輕塵滿韻江煙白换韻江波碧韻柳户清明句燕簾寒食韻憶韻憶疊　鶯聲晚韻簫聲短韻落花不許春拘管韻新相識换韻休相失韻翠陌吹衣句畫樓横笛韻得韻得疊

此見周密《絶妙好詞》選本，較“風摇動”詞兩結各添二字疊韻，要其每段兩仄韻，則同一體也。

**又一體**　雙調五十八字，前後段各九句三仄韻四平韻一疊韻。

吕渭老

重簾挂仄韻微燈下韻背闌同説春風話韻月盈樓平韻淚盈眸韻覷著紅裀句無計遲留韻休韻休疊　鶯花謝仄韻春殘也韻等閒泣損香羅帊韻見無由平韻恨難收韻夢短屏深句清夜濃愁韻悠韻悠疊

此與史達祖詞句讀同，惟前後段第三句以下即换平韻。宋沈伯時《樂府指迷》云：“入聲字，可以平聲替。”此調每段下三韻例用入聲，此詞换平聲，亦無不可也。按，吕詞二首句韻悉同，惟前段第三句“柳絲拂馬花迎面”，“拂”字仄聲；第七句“暝色連空”，“暝”字仄聲；後段第三句“寶釵斜照春妝淺”，“斜”字平聲；第六句“試問别來”，“别”字仄聲；第七句“近日情悰”，“近”字仄聲，與此詞平仄小異。譜内據之，餘參下所採换平韻詞。

**又一體**　雙調六十字，前後段各十句七仄韻兩疊韻。

程　垓

桃花暖韻楊花亂韻可憐朱户春强半韻長記憶换韻探芳日韻笑憑郎肩句殢紅偎碧韻惜韻惜疊惜疊　春宵短韻離腸斷韻淚痕長向東風滿韻憑青翼换韻問消息韻花謝春歸句幾時來得韻憶韻憶疊憶疊

此亦“風摇動”詞體，惟兩結各添三字疊韻異。按，陸游“紅酥手”詞，無名氏“城南路”詞，正與此同。惟陸詞前後段第六、七句“一懷愁緒，幾年離索”，“山盟雖在，錦書難托”，“懷”字、“盟”字俱平聲，“緒”字、“在”字俱仄聲；無名氏詞前段第四、五句“新相識，舊相識”，“舊”字仄聲；换頭句“劉郎去，阮郎住”，“阮”字仄聲。譜内可平可仄據之，餘詳前詞。

**又一體**　雙調六十字，前後段各十句三仄韻四平韻兩疊韻。

宋媛唐氏

世情薄仄韻人情惡韻雨送黄昏花易落韻曉風乾平韻淚痕殘韻欲箋心事句獨語斜闌韻難韻難疊難疊　人成各仄韻今非昨韻病魂嘗似秋千索韻角聲寒平韻夜闌珊韻怕人尋問句咽淚妝歡韻瞞韻瞞疊瞞疊

此詞見《齊東野語》，蓋唐氏答陸游作也，即吕渭老平仄换韻詞體，兩結又添一字，惟前段第三句仄仄平平平仄仄，與各家異。

## 鬢邊華一體

調見《梅苑》詞，因詞中有“映青鬢、開人醉眼”句，取以爲名。

**鬢邊華** 雙調五十四字，前段四句三仄韻，後段四句兩仄韻。

《梅苑》無名氏

小梅香細豔淺韻過楚岸讀尊前偶見韻愛閒談讀天與精神句映青鬢讀開人醉眼韻　如今拋擲經春句恨不見讀芳枝寄遠韻向心上讀誰解相思句賴長對讀妝樓粉面韻

前後段字句悉同，惟後段起句不押韻，换頭遇變，例須如此。

## 玉樓人一體

調見《梅苑》詞選本。

**玉樓人** 雙調五十四字，前後段各四句三仄韻。

《梅苑》無名氏

去年尋處曾持酒韻還是向讀南枝見後韻宜霜宜雪精神句没些兒讀風味減舊韻　先春似與群芳鬬韻暗度香讀不待頻嗅韻有人笑折歸來句玉纖長讀盡露衫袖韻

此詞前段第二句，《花草粹編》本多一"又"字，今照《梅苑》詞校正。

## 江月晃重山一體

調見楊慎《詞林萬選》，每段上三句《西江月》體，下二句《小重山體》。

**江月晃重山** 雙調五十四字，前後段各五句三平韻。

陸　游

芳草洲前道路句夕陽樓上闌干韻碧雲何處問歸鞍韻從軍客句耽樂不思還韻　洞裏神仙種玉句江邊騷客滋蘭韻鴛鴦沙暖鵁鶄寒韻菱花晚句不奈鬢毛斑韻

元好問詞與此平仄如一。

## 南鄉一剪梅一體

每段上三句《南鄉子》體，下二句《一剪梅》體。

**南鄉一剪梅**　雙調五十四字,前後段各五句三平韻一疊韻。

虞　集

南阜小亭臺韻薄有山花取次開韻寄語多情熊少府句晴也須來韻雨也須來疊　隨意且銜杯韻莫惜春衣坐緑苔韻若待明朝風雨過句人在天涯韻春在天涯疊

舊譜以此與《江月晃重山》詞皆爲犯調,不知宋詞名"犯"者,取宫調相犯之意,如仙吕調犯商調爲羽犯商類,從來未有以兩調相犯爲犯者。南北曲如此者更多,其誤至今猶相沿也。

## 鸚鵡曲一體

一名《黑漆弩》,又名《學士吟》。白无咎詞,有"儂家鸚鵡洲邊住"句,故名《鸚鵡曲》。《太平樂府》注:正宫。

**鸚鵡曲**　雙調五十四字,前段四句三仄韻,後段四句兩仄韻。

白无咎

儂家鸚鵡洲邊住韻是箇不識字漁父韻浪花中讀一葉扁舟句睡煞江南煙雨韻　覺來時讀滿眼青山句抖擻緑蓑歸去韻算從前讀錯怨天公句甚也有讀安排我處韻

此亦元人小令,採以備體。按,《太平樂府》馮子振和此詞三十六首,前段第二句"恰做了白髮傖父",後段起句"故人曾、唤我歸來",第二句"逝水看年華去",俱與此詞句法小異。又,前段起句"團團話裏禪龕住","話"字仄聲;第二句"空桑子伊尹無父","空"字、"桑"字、"伊"字俱平聲;第三句"坐燒丹、忘記春秋","忘"字平聲;後段起句"總不如、水北相逢","不"字仄聲,又"曉鍾殘紅被留温","紅"字平聲;第三句"恨無題、亭影樓心","亭"字平聲。俱與此詞平仄小異,譜内可平可仄據之。

又,馮詞序云:結句"甚也有、安排我處","甚"字必須去聲字,"我"字必須上聲字,音律始諧,不然不可歌。按,詞句轉腔例用去聲,凡句中兩仄字相連,或去上,或上去,從無兩上聲字、兩去聲字者。至去聲韻、上聲韻煞尾疊用兩仄字,尤不可誤。觀此可以類推。

# 《御定詞譜》卷十一　五十五字

## 一七令四體

按,計敏夫《唐詩紀事》:白樂天分司東洛,朝賢悉會興化池亭送别,酒酣,各請一字至七字詩,以題爲韻,後遂沿爲詞調。

**一七令** 單調五十五字，十三句七平韻。

白居易

詩韻綺美句瑰奇韻明月夜句落花時韻能助歡笑句亦傷別離韻調清金石怨句吟苦鬼神悲韻天下只應我愛句世間惟有君知韻自從都尉別蘇句句便到司空送白辭韻

按，魏扶詩亦以一字起，不疊韻，與此同。惟第七句“風塵遠遊”，“風”字平聲；第八句“巴猿啼不住”，“巴”字平聲；第九句“谷水咽還流”，“谷”字仄聲；第十句“送客沮舟入浦”，“送”字仄聲；第十二句、十三句“煙波早晚長羈旅，弦管終年樂五侯”，“煙”字、“弦”字俱平聲，“早”字仄聲。譜内可平可仄據此，其餘參下平聲韻張詞。

**又一體** 單調五十五字，十三句七仄韻。

韋　式

竹韻臨池句似玉韻裛露静句和煙緑韻抱節寧改句貞心自束韻渭曲種偏多句王家看不足韻仙仗正驚龍化韻美實當從鳳熟韻唯愁吹作別離聲句回首駕驂舞陣速韻

此與平韻體同，其可平可仄參下仄聲韻張詞。

**又一體** 單調五十六字，十四句七平韻一疊韻。

張南史

花韻花疊深淺句芬葩韻凝爲雪句錯爲霞韻鶯和蝶到句苑占宫遮韻已迷金谷路句頻駐玉人車韻芳草欲陵芳樹句東家半落西家韻願得春風相伴去句一攀一折向天涯韻

此即白詞體，惟起處“花”字多疊一韻異。

**又一體** 單調五十六字，十四句七仄韻一疊韻。

張南史

竹韻竹疊被山句連谷韻出東南句殊草木韻葉細枝勁句霜停露宿韻成林處處雲句抽筍年年玉韻天風乍起爭韻句池水相涵更緑韻却尋庾信小園中句閒對數竿心自足韻

此即韋詞體，惟起處“竹”字多疊一韻異。

## 河傳二十七體

宋王灼《碧雞漫志》云：《河傳》，唐曲，今存者二。其一屬南吕宫，前段仄韻，後段平韻；其一屬無射宫，即《怨王孫》曲，外又有越調、仙吕調兩曲。按，《河傳》之名，始於隋代，其詞則創自温庭筠。《花間集》所載唐詞，句讀韻叶頗極參差，然約計不過三體。有前後段兩仄兩平四换韻者，如温庭筠"湖上"詞以下十五首是也，内韋莊詞名《怨王孫》，宋人多宗之。歐陽修詞注"越調"，張先詞有"海宇，稱慶"、"與天同"句，更名《慶同天》；李清照詞有"人静皎月初斜，浸梨花"句，更名《月照梨花》；有前段仄韻，後段仄韻平韻者，如孫光憲"風颭"詞以下五首是也，宋詞無填此調者；有前後段皆仄韻者，如張泌"渺莽"詞以下七首是也，宋詞亦宗之，《樂章集》注"仙吕調"，徐昌圖詞有"秋光滿目"句，更名《秋光滿目》。歷來舊譜，大都挨字類列，其體莫辨，閲者茫然。譜内劃清三體，每體中細辨句讀韻叶，各以類列，庶按譜時，各有所宗，不致混淆矣。

**河傳**　雙調五十五字，前段七句兩仄韻五平韻，後段七句三仄韻四平韻。

温庭筠

湖上仄韻閒望韻雨蕭蕭平韻煙浦花橋路遥韻謝娘翠蛾愁不銷韻終朝韻夢魂迷晚潮韻　蕩子天涯歸棹遠换仄韻春已晚韻鶯語空腸斷韻若邪溪换平韻溪水西韻柳堤韻不聞郎馬嘶韻

此調創自此詞，换頭七字一句、三字一句、五字一句，各體皆然，其源蓋出於此。按，《花間集》温詞三首，前段第四句"夢裏每愁依違"，"夢"字、"每"字俱仄聲，"依"字平聲；又"仙景箇女採蓮"，"女"字仄聲；第五句"仙客一去燕已飛"，"仙"字平聲，"客"字仄聲；後段起句"紅袖摇曳逐風暖"，"逐"字仄聲。譜内可平可仄據此。此詞前後段兩仄兩平四换韻，兩結俱二字一句、五字一句，與下孫、顧、辛三詞爲一類。

**又一體**　雙調五十四字，前後段各七句三仄韻四平韻。

孫光憲

花落仄韻煙薄韻謝家池閣韻寂寞春深平韻翠娥輕斂意沈吟韻沾襟韻無人知此心韻
玉爐香斷霜灰冷换仄韻簾鋪影韻梁燕歸紅杏韻晚來天换平韻空悄然韻孤眠韻枕檀雲髻偏韻

此與温庭筠"湖上閒望"詞同，惟第三句四字仍押仄韻，第四句四字始起平韻異。

**又一體**　雙調五十四字，前段七句三仄韻三平韻，後段七句三仄韻四平韻。

顧　夐

棹舉仄韻舟去韻波光渺渺句不知何處韻岸花汀草共依依平韻雨微韻鷓鴣相逐飛韻
天涯離恨江聲咽换仄韻啼猿切韻此意向誰説韻檥蘭橈换平韻獨無憀韻魂銷韻小爐香欲焦韻

此亦與温詞同，惟前段第三句四字不用韻，第四句四字仍押仄韻異。

**又一體** 雙調五十四字，前段七句四仄韻三平韻，後段七句三仄韻四平韻。

辛棄疾

春水仄韻千里韻孤舟浪起韻夢携西子韻覺來村巷夕陽斜平韻幾家韻短牆紅杏花韻晚雲做造些兒雨换仄韻折花去韻岸上誰家女韻太狂顛换平韻笑那邊韻柳綿韻被風吹上天韻

此與顧敻"棹舉舟去"詞同，惟前段第三句亦用仄韻異。

**又一體** 雙調五十三字，前段七句兩仄韻一疊韻四平韻，後段六句三仄韻三平韻。

張　泌

紅杏仄韻紅杏疊交枝相映韻密密濛濛平韻一庭濃豔倚東風韻香融韻透簾櫳韻　斜陽似共春光語换仄韻蝶爭舞韻更引流鶯妒韻魂銷千片玉尊前换平韻神仙韻瑶池醉暮天韻

此詞亦與温詞體同，惟前段第二句即疊上句，第三句四字用仄韻，第四句四字用平韻，結句三字，後段第四、五句作七字一句異。

坊刻起句脱"紅杏"疊字，今照《詞緯》本增定。

此詞亦四换韻，但前段結句三字，後段結句五字，與下閻詞又自爲一類。

**又一體** 雙調五十三字，前段七句一仄韻一疊韻四平韻，後段六句三仄韻三平韻。

閻　選

秋雨仄韻秋雨疊無晝無夜句滴滴霏霏平韻暗燈涼簟怨分離韻妖姬韻不勝悲韻　西風稍急喧窗竹换仄韻停又續韻膩臉懸雙玉韻幾回邀約雁來時换平韻違期韻雁歸人不歸韻

此與張泌詞同，惟前段第三句不用仄韻，後段平韻即用前段原韻異。

按，《河傳》詞體凡兩結平韻者，其兩起皆仄韻，如温庭筠之"湖上。閒望"四字押兩仄韻，此詞"秋雨。秋雨"四字，正與温詞同，《詞律》不注仄韻非。

**又一體** 雙調五十三字，前段七句三仄韻三平韻，後段六句三仄韻兩平韻。

韋　莊

錦浦仄韻春女韻繡衣金縷韻霧薄雲輕平韻花深柳暗句時節正是清明韻雨初晴韻　玉鞭魂斷煙霞路仄韻鶯鶯語韻一望巫山雨韻香塵隱映平韻遥見翠檻紅樓换平韻黛眉愁韻

此即温詞體，但前段第五、六句，後段第四、五句，俱四字、六字，兩結句皆三字，另開宋詞一派，張先、陸游、張元幹、李清照、黄昇等詞，皆出於此。又，此詞後段仄韻，即押前段原韻，與温詞小異。

按，《花間集》韋詞三首名《河傳》，《尊前集》韋詞一首名《怨王孫》，平仄如一，惟"何處煙雨"詞前段起句"何"字平聲；又前段第五、六句"畫橈金縷，翠旗高颭香風"，"金"字、"高"字俱平聲；後段第四、五句"江都宫闕,清淮月映迷樓","宫"字、"淮"字俱平聲。譜内可平可仄據之,餘參以下類列六詞。

**又一體** 雙調五十三字,前段七句兩仄韻三平韻,後段六句三仄韻兩叶韻。

張 先

海寓句稱慶仄韻復生元聖韻風入南薰平韻拜恩遥闕句衣上曉色猶春韻望堯雲韻 游鈞廣樂人疑夢換仄韻仙聲共韻日轉旗光動韻無疆聖算句何待更祝華封叶與天同葉

此與韋詞同,惟前段起句不用韻異。

又按,此詞後段平韻,即叶本部三聲,與另换别韻者不同,下李清照詞亦然。

**又一體** 雙調五十三字,前段七句三仄韻三平韻,後段六句三仄韻兩叶韻。

李清照

帝里句春晚仄韻重門深院韻草緑階前平韻暮天雁斷仄韻樓上遠信誰傳平韻恨綿綿韻 多情自是多沾惹換仄韻難拌捨韻又是寒食也韻秋千陌巷句人静皎月初斜叶浸梨花叶

此與張詞同,惟前段第五句仍押仄韻異。

按,韋莊"何處煙雨"詞,前段第五句"畫橈金縷","縷"字仍押仄韻,正與此同,但此詞起句"帝里","里"字不用韻,而韋詞起句"何處","處"字則用韻,又稍不同耳。

又按,《漱玉詞》李詞别首,其前段第五句亦仍押仄韻,但前段第一、二、三句"夢斷,漏悄。愁濃酒惱","漏"字、"酒"字俱仄聲;後段第一、二句"玉簫聲斷人何處。春又去","又"字亦仄聲,與諸家稍異。

**又一體** 雙調五十三字,前段七句三仄韻三平韻,後段六句三仄韻兩平韻。

張元幹

小院句春晝仄韻晴窗霞透韻著雨胭脂句倚風翠袖韻芳意惱亂人多平韻暖金荷韻 多情不分群葩後仄韻傷春瘦韻淺黛眉尖秀韻紅潮醉臉句半掩花底重門換平韻怨黄昏韻

此與李清照"帝里。春晚"詞同,惟前段第四句不押平韻。按,《蘆川集》張詞二首皆然,其後段仄韻即用前段原韻,又與韋詞一例。

**又一體** 雙調五十四字,前後段各六句三仄韻兩平韻。

陸 游

悶已縈損仄韻那堪多病韻幾曲屏山句伴人晝静韻梁燕催起猶慵平韻换熏籠韻 新愁舊恨何時盡仄韻漸凋緑鬢韻小雨知花信韻芳箋寄與句何處繡閣珠櫳平韻柳陰中韻

此與張元幹詞同,惟前段起句四字,後段第二句四字異。

**又一體** 雙調五十四字，前段七句兩仄韻兩平韻，後段六句三仄韻兩平韻。

陸 游

霽景句風軟句煙江春漲仄韻小閣無人句繡簾半上韻花外姊妹相呼平韻約樗蒱韻 修蛾忘了章臺樣仄韻細思一晌韻感事添惆悵韻胸酥臂玉消減句擬覓雙魚平韻倩傳書韻

此亦與張元幹詞同，惟前段第二句不用韻，後段第四、五句作六字一句、四字一句異。

按，陸游詞二首後段所押仄韻、平韻即用前段原韻，與各家另換別韻者不同。

**又一體** 雙調五十四字，前段七句四仄韻兩平韻，後段六句三仄韻兩平韻。

黄 昇

晝景仄韻方永韻重簾花影韻好夢猶酣句鶯聲喚醒韻門外風絮交飛平韻送春歸韻 修蛾畫了無人問換仄韻幾多別恨韻淚洗殘妝粉韻不知郎馬何處句煙草淒迷換平韻鷓鴣啼韻

此與陸游"霽景風軟"詞同，惟前段起二句俱用韻。

按，坊本後段第四句作"不知郎馬何處嘶"，多一"嘶"字，今從《花庵詞選》改定，且此句亦無用韻之例，觀各家體可知。

**又一體** 雙調五十五字，前段七句四仄韻三平韻，後段六句三仄韻兩平韻。

李 珣

春暮仄韻微雨韻送君南浦韻愁斂雙蛾平韻落花深處仄韻啼鳥似逐離歌平韻粉檀珠淚和韻 臨流更把同心結換仄韻情哽咽韻後會何時節韻不堪回首句相望已隔汀洲換平韻艫聲幽韻

此詞前段第四句"蛾"字起下平韻，第五句"處"字仍押上仄韻，是唐詞間押法，亦名隔句押，按，《花間集》李詞二首皆然，在諸家中又自成一體。

**又一體** 雙調五十五字，前段七句四仄韻三平韻，後段六句三仄韻兩平韻。

李 珣

去去仄韻何處韻迢迢巴楚韻山水相連平韻朝雲暮雨仄韻依舊十二峰前平韻猿聲到客船韻 愁腸豈異丁香結換仄韻因離別韻故國音書絶韻想佳人花下句對明月春風換平韻恨應同韻

此與"春暮微雨"詞同，惟後段第四、五句俱五字異。

以上詞十五首，悉四換韻者。温詞以下四首，皆前結五字，後結五字；張泌以下二首，皆前結三字，後結五字；韋詞以下七首，皆前結三字，後結三字；李詞二首，皆前結五字，後結三字。譜内各以類列，故不挨字編次。

**又一體**　雙調五十五字，前段七句六仄韻，後段七句三仄韻三平韻一疊韻。

孫光憲

風颭仄韻波斂韻圓荷閃閃韻珠傾露點韻木蘭舟上句何處吴娃越豔韻藕花紅照臉韻大堤狂殺襄陽客换韻煙波隔韻渺渺湖光白韻身已歸平韻心不歸疊斜暉韻遠汀鸂鶒飛韻

此詞前段全用仄韻，與諸家異。若後段上仄下平，則猶然温詞體也。譜内可平可仄，悉參後四詞，無别首宋詞可校。

**又一體**　雙調五十三字，前段八句五仄韻，後段七句三仄韻四平韻。

顧　敻

曲檻仄韻春晚韻碧流紋細句緑楊絲軟韻露華鮮句杏枝繁句鶯囀韻野蕪平似剪韻　直是人間到天上换韻堪遊賞韻醉眼疑屏幛韻對池塘平韻惜韶光韻斷腸韻爲花須盡狂韻

此即孫光憲"風颭，波斂"詞體，惟前段第三句不用韻，第五、六句作三字兩句、兩字一句異。《詞律》於"露華鮮，杏枝繁"句注"兩平韻"。按，此詞前段本全押仄韻，有顧詞别首可證，豈又間入平韻？况兩句兩韻亦無一先、十三元遽用古韻之理。

**又一體**　雙調五十四字，前段七句四仄韻，後段七句三仄韻四平韻。

顧　敻

燕颺句晴景仄韻小窗屏暖句鴛鴦交頸韻菱花掩却翠鬟攲句慵整韻海棠簾外影韻　繡幃香斷金鸂鶒换韻無消息韻心事空相憶韻倚東風平韻春正濃韻愁紅韻淚痕衣上重韻

此與"曲檻春晚"詞同，惟前段起句不用韻，第五、六句作七字一句異。

**又一體**　雙調五十四字，前段六句五仄韻，後段七句三仄韻四平韻。

孫光憲

太平天子仄韻等閒遊戲韻疏河千里韻柳如絲句偎倚緑波春水韻長淮風不起韻　如花殿角三千女换韻爭雲雨韻何處留人住韻錦帆風平韻煙際紅韻燒空韻魂迷大業中韻

此亦"風颭波斂"詞體，惟前段起句四字，第四句三字，第五句六字異。

**又一體**　雙調五十三字，前段六句六仄韻，後段七句三仄韻四平韻。

孫光憲

柳拖金縷仄韻著煙籠霧韻濛濛落絮韻鳳凰舟上楚女韻妙舞韻雷喧波上鼓韻　龍爭虎戰分中土韻人無主韻桃葉江南渡韻襞花箋平韻豔思牽韻成篇韻宫娥相與傳韻

此與"太平天子"詞同，惟前段第四、五句作六字一句、二字一句，又第四句多押一韻，换頭仍押前段仄韻異。

以上詞五首，皆前段仄韻，後段仄韻、平韻者，在唐詞中又自成一體。

**又一體** 雙調五十一字，前段七句四仄韻，後段五句五仄韻。

張　泌

渺莽句雲水韻惆悵暮帆句去程迢遞韻夕陽芳草句千里萬里韻雁聲無限起韻　　夢魂悄斷煙波裏韻心如醉韻相見何處是韻錦屏香冷無睡韻被頭多少淚韻

此詞前後段全押仄韻，宋柳永、徐昌圖、秦觀、黄庭堅、吕渭老、《梅苑》無名氏諸詞，皆原於此。至換頭三句猶然温詞體也，但前後段兩結句俱五字，與柳永二詞一類。若徐昌圖詞，前後段兩結句俱六字，又與吕渭老、黄庭堅、《梅苑》詞自爲一類。譜内可平可仄，即參以下類列諸詞。

**又一體** 雙調五十七字，前段七句五仄韻，後段六句五仄韻。

柳　永

淮岸韻漸晚韻圓荷向背句芙蓉深淺韻仙娥畫舸句露影紅芳交亂韻難分花與面韻　　採多漸覺輕舸滿韻呼歸伴韻急槳煙波遠韻隱隱棹歌句漸被蒹葭遮斷韻曲終人不見韻

此照張泌詞填，惟前段第五、六句，後段第四、五句，俱四字一句、六字一句，較爲整齊。

**又一體** 雙調五十七字，前段六句四仄韻，後段六句五仄韻。

柳　永

翠深紅淺韻愁蛾黛蹙句嬌波刀剪韻奇容妙伎句互逞舞裀歌扇韻妝光生粉面韻　　坐中醉客風流慣韻尊前見韻特地驚狂眼韻不似少年時節句千金爭選韻相逢何太晚韻

此與"淮岸漸晚"詞同，惟前段起句四字，後段第四句六字，第五句四字異。

**又一體** 雙調六十字，前後段各六句三仄韻。

徐昌圖

秋光滿目韻風清露白句蓮紅水緑韻何處夢回句弄珠拾翠盈盈句倚蘭橈讀眉黛蹙韻　　採蓮調穩聲相續韻吴兒伴侣韻倚棹吴江曲韻驚起暮天句幾雙交頸鴛鴦句入蘆花讀深處宿韻

按，徐昌圖，宋太祖時人，在柳永之前。柳永"淮岸向晚"詞前段第五、六句，後段第四、五句，句法即本此詞填也，前後段第五句俱不押韻，黄庭堅詞及《梅苑》無名氏詞皆宗之，但兩句俱不押韻，則爲正體。或前段不押，或後段不押，則爲變體耳。

《尊前集》刻此詞微有脱誤，今從《花草粹編》改定。

**又一體** 雙調六十一字，前段六句五仄韻，後段六句四仄韻。

吕渭老

斜紅照水韻似晴空萬里韻明霞相倚韻逐伴笑歌句小立緑槐陰裏韻誚没些讀春氣味韻
紛紛覷著閒桃李韻淺淺深深句不滿遊人意韻幽豔一枝句向晚重簾深閉韻是青君讀愛惜底韻

此與"秋光滿目"詞同，惟前段第二句添一襯字，又押韻，前後段第五句仍押韻異。按，秦觀"恨眉醉眼"詞與此同，因秦詞俚，故採此作。

**又一體** 雙調六十一字，前段六句三仄韻，後段六句四仄韻。

黄庭堅

心情老懶韻對歌對舞句猶是當時眼韻巧笑靚妝句近我衰容華鬢句似扶著讀賣卜算韻
思量好箇當年見韻催酒催更句只怕歸期短韻飲散燈稀句背鎖落花深院韻好殺人讀天不管韻

此和秦觀詞也。但前段第二句四字，第三句五字，第五句不用韻，與秦詞小異。

**又一體** 雙調五十九字，前段五句四仄韻，後段六句三仄韻。

《梅苑》無名氏

香苞素質韻天賦予讀傾城標格韻應是曉來句暗傳東君消息韻把孤芳讀回暖律韻 壽陽粉面曾妝飾韻説與高樓句休更吹羌笛韻花下醉賞句留取時倚闌干句鬭清香讀添酒力韻

黄庭堅詞前段第五句不用韻，此詞後段第五句不用韻，均爲仄韻《河傳》變體。又，《花草粹編》無名氏詞："雙花對植。似黄封、和了龍香難敵。悶把琵琶，試把幺弦輕轣。算行家、才認得。朱窩戲撚骰兒擲。惟有燒盆，貢采偏難覓。常把那目字横書，謝三娘、全不識。"後段第四、五句作七字一句，亦不用韻，疑有脱誤，不録。

以上詞七首，皆前後段全押仄韻者。張詞以下三首，兩結句俱五字；徐詞以下四首，兩結句俱六字。

按，《河傳》詞共二十七首，約分三體：有兩仄兩平四换韻者，有前段仄韻、後段仄韻平韻者，有前後段皆仄韻者。譜内每體，悉爲類列注明，此調之源流正變，盡於此矣。

## 望遠行七體

唐教坊曲名。令詞始自韋莊，《中原音韻》注"商調"，《太和正音譜》亦注"商調”；慢詞始自柳永，“繡幃睡起”詞注“中吕調”，“長空降瑞”詞注“仙吕調”。

**望遠行** 雙調五十五字，前段四句四平韻，後段五句四平韻。

南唐李璟

碧砌花光照眼明韻朱扉長日鎮長扃韻餘寒欲去夢難成韻爐香煙冷自亭亭韻　遼陽月句秣陵砧韻不傳消息但傳情韻黄金臺下忽然驚韻征人歸日二毛生韻

按，《花草粹編》前段第二句“朱扉鎮日長扃”，换頭句“殘月秣陵砧”，各少一字，今從《二主詞》原本校定。

**又一體** 雙調五十三字，前段四句四平韻，後段五句四平韻。

李　珣

春日遲遲思寂寥韻行客關山路遥韻瓊窗時聽語鶯嬌韻柳絲牽恨一條條韻　休暈繡句罷吹簫韻貌逐殘花暗凋韻同心猶結舊裙腰韻忍辜風月度良宵韻

此與李璟詞同，惟前段第二句、後段第三句各少一字異。

按，《花間集》李詞别首，前段第一句“露滴幽亭落葉時”，“露”字仄聲；第三句“玉郎一去負佳期”，“玉”字、“一”字俱仄聲；後段第四句“吟蛩斷續漏頻移”，“斷”字仄聲。譜内可平可仄據此。

**又一體** 雙調六十字，前段四句四平韻，後段七句五平韻。

韋　莊

欲别無言倚畫屏韻含恨暗傷情韻謝家庭樹錦雞鳴韻殘月落邊城韻　人欲别韻馬頻嘶换韻緑槐千里長堤韻出門芳草路萋萋韻雲雨别來易東西韻不忍别君後韻却入舊香閨韻

此詞前後段换韻，前段第二句、第四句各五字，後段結多五字兩句，與諸家不同，無可參校。

**又一體** 雙調七十八字，前段六句四平韻，後段七句四平韻。

《樂府雅詞》無名氏

當時雲雨夢句不負楚王期韻翠峰中讀高樓十二掩瑶扉韻盡人間歡會句衹有兩心自知韻漸玉困花柔香汗揮韻　歌聲翻别怨句雲馭欲回時韻這無情紅日句何似且休西韻但涓涓珠淚句滴濕仙郎羽衣韻怎忍見雙鴛相背飛韻

此見《樂府雅詞》本，宋人無填此格者，惟黄庭堅集有入聲韻詞一體，與此字句悉同，只前後兩結皆七字句，少一字。因詞俚不録。

**又一體** 雙調一百七字，前段十句四仄韻，後段十一句六仄韻。

柳　永

繡幃睡起句殘妝淺讀無緒匀紅鋪翠韻藻井凝塵句金階鋪蘚句寂寞鳳樓十二韻風絮紛紛

句煙蕪苒苒句永日畫闌句沉吟獨倚韻望遠行讀南陌春殘悄歸騎韻　　凝睇韻消遣離愁無計韻但暗擲讀金釵買醉韻對此好景句空飲香醪句爭奈轉添珠淚韻待伊遊冶歸來句故故解放句翠羽輕裙重繫韻見纖腰圍小句信人憔悴韻

汲古閣本後段第四句脱去"對此"二字,結句"圍"字誤作"圖"字,又脱去"小"字,今從《花草粹編》增定。按,宋人填此調者,只柳永詞二首、《梅苑》詞一首,故譜内可平可仄,悉參後詞,無他首相校。

**又一體**　雙調一百六字,前段九句四仄韻,後段十一句五仄韻。

柳　永

長空降瑞句寒風剪讀淅淅瑶華初下韻亂飄僧舍句密灑歌樓句迤邐漸迷鴛瓦韻好是漁人句披得一蓑歸去句江上晚來堪畫韻滿長安讀高却旗亭酒價韻　　幽雅韻乘興最宜訪戴句泛小棹讀越溪瀟灑韻皓鶴奪鮮句白鷴失素句千里廣鋪寒野韻須信幽蘭歌斷句彤雲收盡句别有瑶臺瓊榭韻放一輪明月句交光清夜韻

此與"繡幃睡起"詞同,惟前段第六、七、八句句讀小異,結句六字較前詞亦少一字。

**又一體**　雙調一百六字,前段九句四仄韻,後段十句五仄韻。

《梅苑》無名氏

重陰未解韻又早是讀年時梅花爭綻韻暗香浮動句疏影横斜句月澹水清亭院韻好是前村句雪裏一枝開處句昨夜東風布暖韻動行人讀多少離愁腸斷韻　　凝戀韻天賦自然雅態句似壽陽讀初匀粉面韻故人折贈句欣逢驛使句只恐隴頭春晚韻寄與高樓句休學龍吟三弄句留取瓊花爛漫韻正有人讀同倚闌干爭看韻

此與"長空降瑞"詞同,惟後段第七、八句句讀小異。

按,柳詞句讀未免參差,此詞最爲整齊,填者亦宗之。

## 木蘭花令三體

唐教坊曲名。《太和正音譜》注"高平調"。按,《花間集》載《木蘭花》、《玉樓春》兩調,其七字八句者,爲《玉樓春》體,《木蘭花》則韋詞、毛詞、魏詞共三體,從無與《玉樓春》同者。自《尊前集》誤刻以後,宋詞相沿,率多混填。今照《花間集》本分列,舊譜誤者,悉爲校正。

**木蘭花令**　雙調五十五字,前段五句三仄韻,後段四句三仄韻。

韋　莊

獨上小樓春欲暮韻愁望玉關芳草路韻消息斷句不逢人句却斂細眉歸繡户韻　　坐看落

花空歎息換韻羅袂濕斑紅淚滴韻千山萬水不曾行句魂夢欲教何處覓韻

宋人《木蘭花》詞皆《玉樓春》體，惟此與毛、魏二詞乃《木蘭花》正體，但此詞前後段换韻，與毛、魏詞前後一韻者小異。

譜内可平可仄，即以後詞中句法相同者參校。

**又一體** 雙調五十二字，前後段各六句三仄韻。

毛熙震

掩朱扉句鉤翠箔韻滿院鶯聲春寂寞韻匀粉淚句恨檀郎句一去不歸花又落韻　對斜暉句臨小閣韻前事豈堪重想著韻金帶冷句畫屏幽句寶帳慵熏蘭麝薄韻

此即韋詞體，惟前段第一句，後段第一句、第三句俱作三字兩句異。

**又一體** 雙調五十四字，前段六句三仄韻，後段四句三仄韻。

魏承班

小芙蓉句香旖旎韻碧玉堂深清似水韻閉寶匣句掩金鋪句倚屏拖袖愁如醉韻　遲遲好景煙花媚韻曲渚鴛鴦眠錦翅韻凝然愁望静相思句一雙笑靨嚬香蕊韻

此亦韋詞體，惟前段第一句作三字兩句異。按，《花間集》魏承班詞有《木蘭花》一調、《玉樓春》兩調。此名《木蘭花》，其七言八句者則名《玉樓春》，可知宋詞之誤矣。

## 金蓮繞鳳樓一體

調見《花草粹編》，此宋徽宗觀燈詞也，故名《金蓮繞鳳樓》。

**金蓮繞鳳樓** 雙調五十五字，前後段各四句四仄韻。

宋徽宗

絳燭朱籠相隨映韻馳繡轂讀塵清香襯韻萬金光射龍軒瑩韻繞端門讀瑞雷輕振韻　元宵爲開盛景韻嚴鼇座讀觀燈錫慶韻帝家華燕乘春興韻搴珠簾讀望堯瞻舜韻

前後段字句整齊，惟後段起句較前段起句減一字，所謂换頭者，非添字即減字也。平仄無别詞可校。

## 睿恩新一體

調見《珠玉詞》。此調近《金蓮繞鳳樓》，但前後段第三句亦用上三下四句法，不押韻，與《金蓮繞鳳樓》詞全屬七言詩句押韻者不同。

**睿恩新** 雙調五十五字,前後段各四句三仄韻。

晏 殊

芙蓉一朵霜秋色韻迎曉露讀依依先拆韻似佳人讀獨立傾城句傍朱檻讀暗傳消息韻
静對西風脉脉韻金蕊綻讀粉紅如滴韻向蘭堂讀莫厭重新句免清夜讀微寒漸逼韻

按,晏詞别首,前段起句"紅絲一曲傍階砌","傍"字仄聲;第二句"珠露下、獨呈纖麗","獨"字仄聲;結句"分彩線、簇成嬌蕊","分"字平聲,"彩"字仄聲;後段起句"向晚群花新悴","新"字平聲;第二句"放朵朵、似延秋意","放"字仄聲;結句"更嫋嫋、低臨鳳髻",上"嫋"字仄聲。譜内可平可仄據此。

## 芳草渡五體

此調有兩體。令詞始自歐陽修,有張先詞可校;慢詞始自周邦彦,有陳允平詞可校。

**芳草渡** 雙調五十五字,前段八句四平韻,後段八句五仄韻兩平韻。

歐陽修

梧桐落句蓼花秋平韻煙初冷句雨纔收韻蕭條風物正堪愁韻人去後句多少恨句在心頭韻
燕鴻遠仄韻羌笛怨韻渺渺澄波一片韻山如黛句月如鈎平韻笙歌散仄韻魂夢斷韻倚高樓平韻

此調换頭及第六、七句俱間入仄韻,結處仍押前段平韻,蓋以平韻爲主。宋人填此調者多不押仄韻,故可平可仄於張先詞作譜。

此詞亦刻《陽春集》,後段起句作"燕鴻羌笛怨",脱一"遠"字。又,坊本後段第四句作"遠山如黛月如鈎",多一"遠"字,今從《六一詞》本。

**又一體** 雙調五十七字,前後段各七句四平韻。

張 先

主人宴客玉樓西韻風飄忽句雪雰霏韻唐昌花蕊漸平枝韻浮光裹句寒聲聚句隊禽棲韻
驚曉日句喜春遲韻野橋時伴梅飛韻山明日遠霽雲披韻溪上月句堂下水句並春暉韻

此即歐陽詞體,惟前起二句作七字一句,後段不間入仄韻,第四、五句作七字一句異。前段第五、六句,魏夫人詞"誰念我,就單枕","念"字、"就"字俱仄聲;後段第五句"我恨你","我"字仄聲。其餘可平可仄,參下張詞。

**又一體** 雙調五十七字，前段七句四平韻，後段八句四平韻。

張　先

雙門曉鎖響朱扉韻千騎擁句萬人隨韻風鳥弄影畫船移韻歌時淚句和別怨句作秋悲韻　寒潮小句渡淮遲韻吴越路句漸天涯韻楚王臺上爲相思韻江雲下句日西盡句雁南飛韻

此與"主人宴客"詞同，惟後段第三句作三字兩句異。

**又一體** 雙調八十九字，前段十句五仄韻，後段九句五仄韻。

周邦彦

昨夜裏句又再宿桃源句醉邀仙侣韻聽碧窗風快句疏簾半卷愁雨韻多少離恨苦韻方留連啼訴韻鳳帳曉句又是匆匆句獨自歸去韻　愁顧韻滿懷淚粉句瘦馬冲泥尋去路韻漫回首讀煙迷望眼句依稀見朱户韻似癡似醉句暗惱損讀憑闌情緒韻澹暮色句看盡棲鴉亂舞韻

此慢詞也，押仄韻。宋人填此調者絶少，即方千里、楊澤民皆無和詞，惟陳允平集有之，但校周詞少换頭短韻二字句，故此調可平可仄，悉參陳詞。

**又一體** 雙調八十七字，前段十句五仄韻，後段八句四仄韻。

陳允平

芳草渡句漸迤邐分飛句鴛儔鳳侣韻灑一枝香淚句梨花寂寞春雨韻惜别情思苦韻匆匆深盟訴韻翠浪遠句六幅蒲帆句縹緲東去韻　夕陽冉冉句恨逐潮回南浦路韻漫空念讀歸來燕子句雙棲舊庭户韻市橋細柳句尚不减讀少年張緒韻漸瘦損句懶照秦鸞對舞韻

此見《西麓繼周詞》，即和《片玉詞》韻也。以其减换頭二字短韻，採以備體。

## 夜行船十一體

《太平樂府》、《中原音韻》、元高拭詞俱注"雙調"。黄公紹詞名《明月棹孤舟》。《詞律》以《夜行船》混入《雨中花》，今照《花草粹編》分列。

**夜行船** 雙調五十五字，前後段各四句三仄韻。

歐陽修

憶昔西都歡縱韻自别後讀有誰能共韻伊川山水洛川花句細尋思讀舊遊如夢韻　今日相逢情愈重韻愁聞唱讀畫樓鍾動韻白髮天涯逢此景句倒金尊讀殢誰相送韻

此調五十五字者,以歐詞爲正體;五十六字者,以史詞爲正體;五十八字者,以趙詞爲正體。其餘或攤破句法,或句讀參差,或添韻,或添字,皆變格也。

此詞前段起句六字,前後段第三句皆七字,兩結句皆七字,有歐詞別首及毛滂、謝絳詞可校。按,歐詞別首後段第三句"手把金樽難爲别",毛詞別首"莫把鴛鴦驚飛去",正與此同;所小異者,惟"爲"字、"飛"字俱平聲耳。謝絳詞"相看送到斷腸時",平仄與此詞全異。又,歐詞别首前段結句"看看是、斷腸南浦",上"看"字平聲,"是"字仄聲;後段結句"更那聽、亂鶯疏雨","那"字、"聽"字俱仄聲。譜内可平可仄據此,餘參所採毛詞。

**又一體** 雙調五十五字,前後段各四句三仄韻。

毛　滂

寒滿一衾誰共韻夜沈沈讀醉魂朦松韻雨呼煙喚付凄凉句又不成讀那些好夢韻　忽明日讀煙江暝曚韻扁舟繫讀一行蝃蝀韻季鷹生事水彌漫句過鱸船讀再三目送韻

此與歐詞同,惟换頭作上三下四句法異。

**又一體** 雙調五十六字,前後段各五句三仄韻。

史達祖

不剪春衫愁意態韻過收燈讀有些寒在韻小雨空簾句無人深巷句已早杏花先賣韻　白髮潘郎寬沈帶韻怕看山讀憶他眉黛韻草色拖裙句煙光惹鬢句常記故園挑菜韻

此亦歐詞體,惟前段起句七字,前後段第三句俱作四字兩句,兩結句俱六字異。按,宋吴文英、周密、黄機、高觀國諸詞,俱如此填,惟許棐詞换頭句"文君自被琴心誤","文"君二字俱平聲,"自被"二字俱仄聲,"心"字平聲,與此詞平仄全異。又,黄機詞前段第二句"露桃開、柳綿又起",結句"判與南園一醉";吴文英詞前段第二句"歸期杳、畫簷鵲喜",結句"月落桂花影裏","又"字、"一"字、"鵲"字、"影字"俱仄聲,"南"字平聲,與此詞平仄小異。譜内據之,餘參下周、趙二詞。

**又一體** 雙調五十六字,前後段各五句三仄韻。

周　密

蛩老無聲深夜静韻新霜燦讀一簾燈影韻妒夢鴻高句借愁月淺句縈恨亂絲難整韻　笙譜字讀嬌娥誰靚韻香襟冷讀懶看妝印韻繡閣藏春句海棠偷暖句還似去年風景韻

此與史詞同,惟换頭作上三下四句法異。

**又一體** 雙調五十六字,前段五句三仄韻,後段五句四仄韻。

趙長卿

緑鎖窗紗梧葉底韻麥秋時讀曉寒慵起韻宿酒厭厭句殘香冉冉句渾似那時天氣韻　到

日不堪頻屈指韻回頭早讀一年不啻韻搔首無言句闌干十二韻倚了又還重倚韻

此亦與史詞同，惟後段第四句多押一韻異。按，元《太平樂府》雙調詞照此填。

**又一體** 雙調五十八字，前後段各五句三仄韻。

趙長卿

緑蓋紅幢籠碧水韻魚跳處讀浪痕匀碎韻惜別殷勤句留連無計句歌聲與讀淚珠柔脆韻
一葉扁舟煙浪裏韻曲灘頭讀此情無際韻窈窕眉山句暮霞紅處句雨雲想讀翠峰十二韻

此亦史詞體，惟前後段兩結俱作七字句異。按，元《中原音韻》雙調詞照此填。

譜内可平可仄參後諸詞。

**又一體** 雙調五十六字，前後段各五句三仄韻。

楊无咎

不假鉛華嫌太白韻玉搓成讀體柔腰搦韻明月堂深句蓮花杯軟句情重自斟瓊液韻　寄語碔砆休並立韻信秦城讀未教輕易韻絳闕樓成句藍橋樂就句好吹簫讀乘鸞翼韻

此亦史詞體，惟後結作折腰句法異。按，无咎“寶髻雙垂”詞後結“悔不做、閒男女”，黄公紹“雁帶愁來”詞後結“時有陣、香吹到”，俱作六字折腰句法，正與此同，但平仄小異。

**又一體** 雙調五十八字，前後段各五句三仄韻。

王　嵎

曲水濺裙三月二韻馬如龍讀鈿車如水韻風颺遊絲句日烘晴晝句人共海棠俱醉韻　客裏光陰難可意韻掃芳塵讀舊遊誰記韻午夢醒來句不覺小窗人静句春在賣花聲裏韻

此亦史詞體，惟後段第四句六字多二襯字異。

**又一體** 雙調五十五字，前後段各五句三仄韻。

楊无咎

怪被東風相誤韻落輕帆讀暫停煙渚韻桐樹陰森句茅簷瀟灑句元是那回來處韻　相與狂朋沽緑醑韻聽吴姬讀隔窗言語韻我既癡迷句君還留戀句明日慢移船去韻

此亦史詞體，惟前段起句仍作六字異。

**又一體** 雙調五十五字，前段四句三仄韻，後段五句四仄韻。

孫浩然

何處彩菱歸暮韻隔宵煙讀菱歌輕舉韻白蘋風起月華寒句影朦朧讀半和梅雨韻　脉脉相逢心似許韻扶蘭棹讀黯然凝佇韻遥看前村句依依煙樹韻含情背人歸去韻

此與楊无咎“怪被東風”詞同，惟前段第三、四句仍作七字一句，結句亦七字，又後段第四句多押一韻異。

**又一體** 雙調五十六字，前後段各五句三仄韻。

楊无咎

夾岸倚羅歡聚韻看喧喧讀彩舟來去韻晴放湖光句雨添山色句誰識總相宜處韻　輸與騷人句却知勝趣韻醉臨流讀戲評坡句韻莫把西湖比西子句這東湖讀似東鄰女韻

此與“怪被東風”詞同，惟後段第一句作四字兩句，第三、四句仍作七字一句，結句亦七字異。

## 金鳳鈎二體

見晁補之《琴趣外篇》。此調微近《夜行船》，其實不同也。

**金鳳鈎** 雙調五十五字，前段六句三仄韻，後段五句四仄韻。

晁補之

春醉我句向何處韻怪草草讀夜來風雨韻一簪華髮句少歡饒恨句無計殢春且住韻　春回常恨尋無路韻試向我讀小園徐步韻一闌紅藥句倚風含露韻春自未曾歸去韻

或以此詞近《夜行船》史達祖詞體，然前段起句作三字兩句，實與史詞不同。

**又一體** 雙調五十四字，前後段各四句三仄韻。

晁補之

雪晴閒步花畔韻試屈指讀早春將半韻櫻桃枝上最先到句却恨小梅芳淺韻　忽驚拂水雙來燕韻暗自憶讀故人猶遠韻一分風雨占春愁句一來又對花腸斷韻

或以此詞近《夜行船》毛滂詞體，然前段結句六字，實與毛詞不同。

## 鷓鴣天一體

《樂章集》注“正平調”，《太和正音譜》注“大石調”，蔣氏《九宫譜目》入仙吕引子。趙令畤詞名《思越人》，李元膺詞名《思佳客》；賀鑄詞有“剪刻朝霞釘露盤”句，名《剪朝霞》；韓淲詞有“只唱驪歌一疊休”句，名《驪歌一疊》；盧祖皋詞有“人醉梅花卧未醒”句，名《醉梅花》。

**鷓鴣天** 雙調五十五字，前段四句三平韻，後段五句三平韻。

晏幾道

彩袖殷勤捧玉鍾韻當年拌却醉顔紅韻舞低楊柳樓心月句歌盡桃花扇影風韻　從別後句憶相逢韻幾回魂夢與君同韻今宵剩把銀釭照句猶恐相逢是夢中韻

宋人填此調者，字句韻悉同。趙長卿詞前段起句"新晴水暖藕花紅"，"新晴"二字俱平聲，"水暖"二字俱仄聲，"花"字平聲，與此平仄全異。又，晏詞別首前段起句"一醉醒來春又殘"，"春"字平聲；高觀國詞第二句"最憐一曲鳳簫吟"，"最"字、"一"字俱仄聲；晏詞別首第三句"雲隨緑水歌聲轉"，"雲"字平聲，"緑"字仄聲，又"年年底事不歸去"，"不"字仄聲；第四句"怨月愁煙長爲誰"，"怨"字仄聲，"長"字平聲；趙長卿詞後段第一、二句"憶携手，遇階墀"，"憶"字仄聲，"携"字平聲；黄庭堅詞第三句"斜風細雨不須歸"，"斜"字平聲，"細"字仄聲；柳永詞第四句"只因曾向前生裏"，"只"字仄聲，"曾"字平聲；晏詞別首第五句"曼倩天涯猶未歸"，"曼"字仄聲，"猶"字平聲。俱與此詞平仄小異，譜内可平可仄據之。

按，《花草粹編》趙介之詞後段第五句"杜宇一聲腸斷人"，無名氏詞"圖得不知郎去時"，"一"字、"不"字俱仄聲，但宋、元人此句第三字從無用仄聲者，此乃以入聲字替平聲，不可泛用上、去聲。

## 鼓笛令一體

調見《黄山谷集》。按，宋詞有《鼓笛慢》，乃《水龍吟》別體，與此無涉。

**鼓笛令** 雙調五十五字，前後段各四句四仄韻。

黄庭堅

寶犀未解心先透韻惱殺人讀遠山微皺韻意淡言疏情最厚韻枉教作讀著行官柳韻　小雨勒花時候韻抱琵琶讀爲誰消瘦韻翡翠金籠思珍偶韻忽拌與讀山雞僝僽韻

此調祇有此詞，無別首可校。

## 徵招調中腔一體

唐段安節《樂府雜録》云：徵音，有其聲而無其字。宋大晟樂府始補《徵招調》。凡曲有歌頭，有中腔，此《徵招》調之中腔也。

**徵招調中腔** 雙調五十五字，前段五句三仄韻，後段四句三仄韻。

王安中

紅雲倩霧籠金闕韻聖運叶讀星虹佳節韻紫禁曉風馥天香句奏九韶句帝心悦韻　瑶階

萬歲蟠桃結韻睿算永讀壺天風月韻日觀幾時六龍來句金鏤玉牒告功業韻

按，宋姜夔制《徵招調》，今周密、張炎集中有之，然與此詞不同，故不類列。

## 《御定詞譜》卷十二　起五十六字至五十七字

### 虞美人七體

唐教坊曲名。《碧雞漫志》云："《虞美人》舊曲三，其一屬中吕調，其一屬中吕宫，近世又轉入黄鍾宫。"元高拭詞注"南吕調"。《樂府雅詞》名《虞美人令》；周紫芝詞有"只恐怕寒，難近玉壺冰"句，名《玉壺冰》；張炎詞賦柳兒，因名《憶柳曲》；王行詞取李煜"恰似一江春水向東流"句，名《一江春水》。

**虞美人**　雙調五十六字，前後段各四句兩仄韻兩平韻。

南唐李煜

風回小院庭蕪緑仄韻柳眼春相續韻憑闌半日獨無言平韻依舊竹聲新月讀似當年韻
笙歌未散尊罍在換仄韻池面冰初解韻燭明香暗畫闌深換平韻滿鬢清霜殘雪讀思難禁韻

此調以李詞、毛詞爲正體，而宋、元詞依李體填者尤多。若顧詞二體則惟唐人有之，皆變格也。

此詞前後段四换韻，其兩結係九字句，或兩字微讀、或四字微讀、或六字微讀，以蟬聯不斷爲合格。

按，蘇軾詞前段結句"便使尊前醉倒、且徘徊"，後段結句"對月逢花不飲、待何時"，"醉"字、"不"字俱仄聲；又，馮延巳詞後結"塵掩玉箏弦柱、畫堂空"，"塵"字平聲，"玉"字仄聲。譜内可平可仄據此，餘參張、馮二詞。

**又一體**　雙調五十六字，前後段各四句兩仄韻兩平韻。

張　炎

修眉刷翠春痕聚仄韻難剪愁來處韻斷絲無力綰繁華平韻也學落花流水讀到天涯韻
那時錯認章臺去仄韻却是陽關路韻待將心恨趁楊花平韻不識相思一點讀在誰家韻

此與李詞同，惟前後段不换韻異。按，周邦彦詞，前段"戀"、"遠"、"顋"、"來"四韻，後段"按"、"看"、"煤"、"灰"四韻，葛勝仲詞，前段"樹"、"暮"、"時"、"池"四韻，後段"露"、"語"、"詩"、"歸"四韻，俱不换韻，正與此同。

**又一體**　雙調五十六字，前後段各四句兩仄韻兩平韻。

馮延巳

玉鉤鸞柱調鸚鵡仄韻宛轉留春語韻雲屏冷落畫堂空平韻薄晚春寒無奈讀落花風韻

褰簾燕子低飛去仄韻拂鏡塵鸞舞韻不知今夜月眉彎换平韻誰佩同心雙結讀倚闌干韻

此詞後段不另换仄韻，但换平韻，與張詞異。

**又一體** 雙調五十八字，前後段各五句兩仄韻三平韻。

毛文錫

寶檀金縷鴛鴦枕仄韻綬帶盤宫錦韻夕陽低映小窗明平韻南園緑樹語鶯鶯讀夢難成韻　玉爐香暖頻添注换仄韻滿地飄輕絮韻珠簾不卷度沈煙换平韻庭前閒立畫秋千韻豔陽天韻

此詞前後段亦四换韻，但兩結俱七字一句、三字一句，多一字，多押一韻，與李煜詞體又異。《花間集》孫光憲、顧敻、鹿虔扆、李珣、閻選詞，《陽春集》馮延巳詞，俱如此填，宋詞有歐陽修、杜安世諸作可校。按，歐陽修詞前段第四句“睡容初起枕痕圓”，“睡”字仄聲，“初”字平聲；後段第四句“故生芳草碧連雲”，“故”字仄聲。譜内可平可仄據此，其餘悉同李詞。

**又一體** 雙調五十八字，前後段各五句兩仄韻三平韻。

晁補之

原桑飛盡霜空杳仄韻霜夜愁難曉韻油燈野店怯黄昏平韻窮途不減酒杯深韻故人心韻　羊山故道行人少仄韻也送行人老韻一般别語重千金平韻明年過我小園林韻話如今韻

此與毛詞同，惟前後段不换韻異。按，杜安世“江亭春晚”詞，前段“盡”、“近”、“情”、“行”、“清”五韻，後段“舜”、“峻”、“人”、“淪”、“巾”五韻，俱不换韻，正與此同。

**又一體** 雙調五十八字，前後段各五句五平韻。

顧　敻

觸簾風送景陽鍾韻鴛被繡花重韻曉幃初卷冷煙濃韻翠匀粉黛好儀容韻思嬌慵韻　起來無語理朝妝换韻寶匣鏡凝光韻緑荷相倚滿池塘韻露清枕簟藕花香韻恨悠揚韻

此調字句悉同毛詞，惟前後段全押平韻異。《花間集》亦僅見此體，無宋詞别首可校。

**又一體** 雙調五十八字，前段五句五平韻，後段五句兩仄韻三平韻。

顧　敻

少年豔質勝瓊英平韻早晚到三清韻蓮冠穩篸細篦横韻飄飄羅袖碧雲輕韻畫難成韻　遲遲少轉腰身嫋仄韻翠靨眉心小韻醮壇風急杏枝香换平韻此時恨不駕鸞凰韻訪劉郎韻

此詞字句亦與毛詞同，惟前段全押平韻，用“觸簾風送”詞體，；後段兩仄韻、三平韻，仍用毛詞體。見《花間集》，採入以備一體。

## 瑞鷓鴣六體

《宋史·樂志》:中吕調。元高拭詞注“仙吕調”。《苕溪詞話》云:“唐初歌詞多五言詩,或七言詩,今存者止《瑞鷓鴣》七言八句詩,猶依字易歌也。”按,《瑞鷓鴣》原本七言律詩,因唐人歌之,遂成詞調。馮延巳詞名《舞春風》,陳彭年詞名《桃花落》,尤袤詞名《鷓鴣詞》,元丘長春詞名《拾菜娘》,《樂府紀聞》名《天下樂》。《梁溪漫録》詞有“行聽新聲太平樂”句,名《太平樂》;有“猶傳五拍到人間”句,名《五拍》。此皆七言八句也。至柳永有添字體,自注“般涉調”;有慢詞體,自注“南吕宫”,皆與七言八句者不同。

**瑞鷓鴣** 雙調五十六字,前段四句三平韻,後段四句兩平韻。

馮延巳

纔罷嚴妝怨曉風韻粉牆畫壁宋家東韻蕙蘭有恨枝猶緑句桃李無言花自紅韻　燕燕巢時羅幕卷句鶯鶯啼處鳳樓空韻少年薄幸知何處句每夜歸來春夢中韻

此調本律詩體,七言八句,宋詞皆同,其小異者惟各句平仄耳。此詞前後段起句、結句第二字、第六字俱仄聲,中二句第二字、第六字俱平聲,宋人如此填者甚少,惟陳彭年詞:“盡出花鈿散寶津,雲鬟初剪向殘春。因驚風燭難留世,遂作池蓮不染身。　貝葉乍疑翻錦繡,梵聲才學誤梁塵。從兹豔質歸空後,湘浦應無解佩人。”平仄同此,餘皆照賀體填。

**又一體** 雙調五十六字,前段四句三平韻,後段四句兩平韻。

賀　鑄

月痕依約到西廂韻曾羡花枝拂短牆韻初未識愁那是淚句每渾疑夢奈餘香韻　歌逢嫋處眉先嫵句酒半醒時眼更狂韻閒倚繡簾吹柳絮句問人何似冶游郎韻

此詞前後段起句、結句第二字、第六字俱平聲,中二句第二字、第六字俱仄聲,宋人俱照此填。其餘平仄,惟取協調,可不必拘,故不復注。

**又一體** 雙調六十四字,前後段各五句三平韻。

柳　永

三吴嘉景占風流韻渭南往歲憶來遊韻西子方來句越相功成去句千里滄波一葉舟韻
至今無限盈盈者句盡來拾翠芳洲韻最好簇簇寒村句遥認南朝路讀晚煙收韻三兩人家古渡頭韻

此詞前段起二句、結句,後段起句、結句,仍作七言,與《瑞鷓鴣》同,餘則攤破句讀,自度新聲。如前段第三句，作四字一句、五字一句，即詞家添字法；後段第二句，作六字句，即減字法；第三句作六字一句、八字一句，即添字法；多押一韻，即偷聲法。本集自注般涉調，爲黄鍾之羽聲，與中吕調爲夾鍾之羽聲，仙吕調爲夷則之羽聲，皆羽聲也。

按，柳詞别首、晏殊詞二首，俱與此同，惟晏詞前段起句“越娥紅淚泣朝雲”，“越”字仄聲；後段起句“前村昨夜深深雪”，“前”字平聲，“昨”字仄聲；第三、四句“何時驛使西歸，寄與相思路、一枝新”，“何時”二字俱平聲，“寄”字仄聲。又，柳詞别首後段第三、四句“恨聽煙塢深中，誰恁吹羌笛、逐風來”，“煙”字平聲。譜内可平可仄據此，餘參所採《梅苑》詞。

**又一體** 雙調六十四字，前段各五句三平韻，後段六句三平韻。

《梅苑》無名氏

臨鸞帶恁整妝梅韻枝枝仙豔月中開韻可煞天心句故與多端麗句那更羅衣峭窄裁韻幾回瞻覷魂銷黯句芙蕖匀透雙腮韻好將心事句都分付與句時暫到讀小庭來韻玉砌紅芳點緑苔韻

此與柳詞同，惟後段第三、四句作四字兩句、六字一句異。

宋李之儀《姑溪詞話》云：“唐人歌詞，但以詩句而用和聲，抑揚以就之。至唐末，遂因其聲之長短，而以意填之，始一變以成音律。”按此則知賀體猶沿唐調，柳詞、晏詞及此詞惟起結猶作七言，中間長短錯綜，實係新聲也。所以元曲用宋調，不增減者名爲“引子”，添入新聲則爲“過曲”，亦此意耳。

**又一體** 雙調八十八字，前後段各九句五平韻。

柳　永

寶髻瑶簪韻嚴妝巧句天然緑媚紅深韻綺羅叢裏句獨逞謳吟韻一曲陽春定價句何啻值千金韻傾聽處讀王孫帝子句鶴蓋成陰韻　凝態掩霞襟韻動象板聲聲句怨思難任韻嘹亮處句迥壓弦管低沈韻時恁回眸斂黛句空役五陵心韻須通道讀緣情寄意句别有知音韻

此詞見《樂章集》，亦名《瑞鷓鴣》，其字句與前兩體截然不同，因調名同，故爲類列。其可平可仄，有柳詞别首可校。

**又一體** 雙調八十六字，前後段各九句五平韻。

柳　永

吴會風流韻人煙好句高下水際山頭韻瑶臺絳闕句依約蓬丘韻萬井千閭富庶句雄壓十三州韻觸處青蛾畫舫句紅粉朱樓韻　方面委元侯韻致訟簡時豐句繼日歡游韻襦温袴暖句已扇民謳韻旦暮鋒車命駕句重整濟川舟韻當恁時讀沙堤路穩句歸去難留韻

此詞《樂章集》不載，見《花草粹編》，與前“寶髻瑶簪”詞同，惟前段第八句作六字句，少一字，後段第四、五句作四字兩句，少一字異。

## 玉樓春四體

《花間集》顧敻詞起句有"月照玉樓春漏促"句,又有"柳映玉樓春日晚"句;《尊前集》歐陽炯詞起句有"春早玉樓煙雨夜"句,又有"日照玉樓花似錦。樓上醉和春色寢"句,取爲調名。李煜詞名《惜春容》,朱希真詞名《西湖曲》,康與之詞名《玉樓春令》,《高麗史·樂志》詞名《歸朝歡令》。《尊前集》注"大石調",又"雙調";《樂章集》注"大石調",又"林鍾商調",皆李煜詞體也。《樂章集》又有仙吕調詞,與各家平仄不同。

**玉樓春** 雙調五十六字,前後段各四句三仄韻。

顧　敻

拂水雙飛來去燕韻曲檻小屏山六扇韻春愁凝思結眉心句緑綺懶調紅錦薦韻　話别多情聲欲戰韻玉箸痕留紅粉面韻鎮長獨立到黄昏句却怕良宵頻夢見韻

按,《花間集》顧敻詞四首、魏承班詞二首,《尊前集》歐陽炯詞二首,其前後段起二句第二字、第六字俱仄聲,第三句第二字、第六字俱平聲,第四句第二字、第六字亦俱仄聲,宋人惟杜安世詞五首、錢惟演"錦籜參差"詞一首、歐陽修"美酒花濃"詞一首,本此體填,餘皆南唐李煜體也。

歐陽炯詞後段第三句"青蛾紅臉笑來迎","青"字平聲;又一首後段結句"留待玉郎歸日晝","留"字平聲。譜内平仄據此,其餘悉參顧、牛二詞。

又,宋汪莘詞:"一片江南春色晚,牡丹花謝鶯聲懶。問君離恨幾多少,芳草連天猶覺短。昨夜溪頭新溜滿,尊前自起噴龍管。明朝飛棹下錢塘,心共白蘋香不斷。"起、結雖與此詞同,而前後段第二句,乃作平平仄仄平平仄,則與此詞異。又,柳永仙吕調詞:"有箇人人真堪羡,問却倦羞回却面。你若無意向咱行,爲甚夢中頻相見。不如即早還却願,免使牽人魂夢亂。風流腸肚不堅牢,只恐被伊牽惹斷。"平仄亦與此詞異。此二首若參校打圖,恐平仄混淆,難以按譜,特爲附注,不另列體。

**又一體** 雙調五十六字,前段四句三仄韻,後段四句兩仄韻。

顧　敻

月照玉樓春漏促韻颯颯風摇庭砌竹韻夢驚鴛被覺來時句何處管弦聲斷續韻　惆悵少年游冶去句枕上兩蛾攢細緑韻曉鶯簾外語花枝句背帳猶殘紅蠟燭韻

此詞後段起句不押韻,顧敻别首"柳映玉樓"詞,正與此同。

**又一體** 雙調五十六字,前後段各四句三仄韻。

牛　嶠

春入横塘摇淺浪韻花落小園空惆悵韻此情誰信爲狂夫句恨翠愁紅流枕上韻　小玉

窗前嗔燕語換韻紅淚滴穿金線縷韻雁歸不見報郎歸句錦字織成封過與韻

此詞見《花間集》，前後段兩韻，唐、宋詞無照此填者。

**又一體** 雙調五十六字，前後段各四句三仄韻。

南唐李煜

晚妝初了明肌雪韻春殿嬪娥魚貫列韻鳳簫聲斷水雲間句重按霓裳歌遍徹韻　臨風誰更飄香屑韻醉拍闌干情未切韻歸時休放燭花紅句待踏馬啼清夜月韻

此即顧敻"拂水雙飛"詞體，惟前後段兩起句平仄全異，宋、元詞俱如此填，故爲分列。

晏殊詞前段起句"東風昨夜回梁苑"，"東"字平聲，"昨"字仄聲；歐陽修詞後段起句"也知自爲傷春瘦"，"也"字、"自"字俱仄聲。譜内據此作圖，其餘可平可仄已見顧詞。

按，《尊前集》歐陽炯"兒家夫婿"詞、庾傳素"木蘭紅豔"詞，即此詞體也。因歐詞結句有"同在木蘭花下醉"句，庾詞起句有"木蘭紅豔多情態，不似凡花人不愛"句，遂别名《木蘭花》，其實乃《玉樓春》，非《木蘭花》也，宋人傳僞，幾不能辨，今照《花間集》校正。

又，《尊前集》許岷詞二首，一首與此同，一首前段四句"江南日暖芭蕉展，美人折得親裁剪。書成小簡寄情人，臨行更把輕輕撚"，平仄全異。後段與此同。

又，錢惟演"城上風光"詞，前段照顧敻詞填，後段照李煜詞填，歐陽修"常憶洛陽"詞、毛滂"壓玉爲漿"詞，均效錢體，向俱誤刻《木蘭花》調，今悉校正。

又，晏殊"簾旌浪卷"詞，本李煜此詞填，惟換頭句"美酒一杯誰與共"，平仄異。又，吴文英"茸茸貍帽"詞，亦本李煜此詞填，只前段第二句"金蟬羅剪胡衫窄"，平仄異。蓋此詞辨體，止在平仄異同，若彙參各體則平仄紛紜，難以分别，故各爲注明，不取作圖。

## 鳳銜杯四體

此調有平韻、仄韻兩體，仄韻者，《樂章集》注"大石調"。

**鳳銜杯** 雙調五十六字，前段四句四仄韻，後段五句四仄韻。

晏　殊

青蘋昨夜秋風起韻無限箇讀露蓮相倚韻獨憑朱闌讀愁放晴天際韻空目斷讀遥山翠韻　彩箋長句錦書細韻誰信道讀兩情難寄韻可惜良辰好景讀歡娱地韻只恁空憔悴韻

此詞前段第三句、後段第四句，俱九字蟬聯不斷，即平韻體亦然，填者宜遵之。

**又一體** 雙調六十三字，前段五句四仄韻，後段六句四仄韻。

柳　永

追悔當初辜深願韻經年價讀兩成幽怨韻任越水吴山句似屏如障堪遊玩韻奈獨自讀慵抬

眼韻　賞煙花讀聽弦管韻圖歡娱讀轉加腸斷韻縱時展丹青句强拈書信頻頻看韻又爭似讀親相見韻

此與仄韻晏詞同,惟前段第三句、後段第四句各添三字,兩結句俱六字異。

柳詞別首前段起句"有美瑶卿能染翰","有"字、"染"字俱仄聲;三、四句"想初擘苕箋,旋揮翠管紅窗畔","初"字平聲,"翠"字仄聲;换頭句"錦囊收,犀軸卷","犀"字平聲,"軸"字仄聲;第四句"更寶若珠璣","寶"字仄聲;結句"似頓見、千嬌面","頓"字仄聲。譜内可平可仄據此,餘參仄韻晏詞。

**又一體**　雙調五十六字,前段四句四平韻,後段五句四平韻。

晏　殊

柳條花纇惱青春韻更那堪讀飛緑紛紛韻一曲細絲清脆讀倚朱唇韻斟緑酒讀掩紅巾韻　追往事句惜芳辰韻暫時間讀留住行雲韻端的自家心下眼中人韻到處覺尖新韻

此與仄韻詞同。起句"纇"字,《廣韻》注"纇絲也"。或作"類"字者,誤。

**又一體**　雙調五十七字,前段四句四平韻,後段五句四平韻。

杜安世

留花不住怨花飛韻向南園讀情緒依依韻可惜欹紅斜白讀一枝枝韻經宿雨讀又離披韻　憑朱檻句把金卮韻對芳叢讀惆悵多時韻何况舊歡新恨讀阻心期韻空滿眼讀是相思韻

晏殊《珠玉集》亦載此詞,後段結句少一字,今從《壽域詞》本。按,杜詞別首前後兩結俱六字,原自相同也。

杜詞別首前段第三句"凄慘斷雲片雨、各江天","凄"字平聲,"片"字仄聲;後段第三句"想至今、誰爲相憐","至"字仄聲;第四句"多少舊歡往事、一潸然","往"字仄聲;結句"空牽惹、病纏綿","牽"字平聲。譜内可平可仄據此,餘參平韻晏詞。

## 鵲橋仙七體

此調有兩體,五十六字者始自歐陽修,因詞中有"鵲迎橋路接天津"句,取爲調名。周邦彦詞名《鵲橋仙令》,《梅苑》詞名《憶人人》。韓淲詞取秦觀詞句,名《金風玉露相逢曲》。張輯詞有"天風吹送廣寒秋"句,名《廣寒秋》。元高拭詞注"仙吕調"。八十八字者始自柳永,《樂章集》注云"歇指調"。

**鵲橋仙**　雙調五十六字,前後段各五句兩仄韻。

歐陽修

月波清霽句煙容明淡讀靈漢舊期還至韻鵲迎橋路接天津句映夾岸讀星榆點綴韻　雲

屏未卷句仙雞催曉句腸斷去年情味韻多應天意不教長句恁恐把讀歡娛容易韻

此調多賦七夕，以此詞爲正體，餘俱從此偷聲、添字也。譜内可平可仄，俱參後詞，故不復注。

按，曾覿詞前段結句"滿座賓朋俄弁側"，不作上三下四句法；又，向子諲詞前段第一、二句"合沓風流，擘釵情態"，平仄全異。此亦偶誤，不必從。

**又一體** 雙調五十六字，前後段各五句三仄韻。

盧　炳

餘霞散綺句明河翻雪韻隱隱鵲橋初結韻牛郎織女乍逢迎句却勝似讀人間歡悦韻　一宵相會句經年離別韻此語真成浪説韻細思怎得似嫦娥韻常獨宿讀廣寒宫闕韻

此與歐詞同，惟前後段第二句俱押韻異。按，元好問"梨花春暮"詞，張埜"瓊林纖弱"詞，滕賓"斜陽一抹"詞，第二句俱押韻，正與此同。

**又一體** 雙調五十六字，前後段各五句四仄韻。

辛棄疾

溪邊白鷺韻來吾告汝韻溪裏魚兒堪數韻主人憐汝汝憐魚句要物我讀欣然一趣韻　白沙遠浦韻青泥別渚韻剩有蝦跳鰍舞韻聽君飛去飽時來句看頭上讀風吹一縷韻

此亦與歐詞同，惟前後段第一、二句俱押韻異。按，辛詞別首"松岡避暑"詞，曹伯啟"杜鵑聲訴"詞，劉因"紘干生處"詞，第一、二句俱押韻，正與此同。

**又一體** 雙調五十八字，前後段各五句兩仄韻。

辛棄疾

少年風月句少年歌舞句老去方知堪羨韻歎折腰讀五斗賦歸來句走下了讀羊腸幾遍韻　高車駟馬句金章紫綬句傳語渠儂穩便韻問東湖讀帶得幾多春句且看取讀凌雲筆健韻

此校歐詞，前後段第四句各添一襯字，若減去"歎"字、"問"字，仍是歐詞體也。按，趙師俠詞前段第四句"摩孩羅、荷葉傘兒輕"，亦多一字。

**又一體** 雙調五十七字，前後段各五句兩仄韻。

黄庭堅

八年不見句清都絳闕句望銀漢讀溶溶漾漾韻年年牛女恨風波句算此事讀人間天上韻　野麋豐草句江鷗遠水句老去唯便疏放韻百錢端往問君平句早晚具讀歸田小舫韻

此校歐詞前段第三句添一襯字，若減去"望"字，即歐詞體也。

**又一體**　雙調五十八字,前後段各五句三仄韻。

方　岳

今朝念九句明朝初一韻怎欠箇讀秋崖生日韻客中情緒老天知句道這月不消三十韻春盤縷菜句春缸摇碧韻便擬做讀梅花消息韻雪邊試問是耶非句笑今夕不知何夕韻

此校歐詞前後段第三句各多一字,又前後段第二句俱押韻異。

**又一體**　雙調八十八字,前段十句四仄韻,後段八句七仄韻。

柳　永

届征途句携書劍句迢迢匹馬東歸去韻慘離懷句嗟少年易分難聚韻佳人方恁繾綣句便忍分鴛侣韻當媚景句算密意幽歡句盡成輕負韻　此際寸腸萬緒韻慘愁顔讀斷魂無語韻和淚眼讀片時幾番回顧韻傷心脉脉誰訴韻但黯然凝佇韻暮煙寒雨韻望秦樓何處韻

此詞句韻與《鵲橋仙令》不同,蓋慢詞體也。因調名同,故爲類列,亦無宋詞别首可校。

《詞律》誤從汲古閣本,前段第三句少一字,今從《花草粹編》增定。

## 玉闌干一體

調見《壽域詞》。

**玉闌干**　雙調五十六字,前後段各四句三仄韻。

杜安世

珠簾怕卷春殘景韻小雨牡丹零欲盡韻庭軒悄悄燕高空句風飄絮讀緑苔侵徑韻　欲將幽恨傳愁信韻想後期讀無箇憑定韻幾回獨睡不思量句還悠悠讀夢裏尋趁韻

《詞律》誤從汲古閣本,前段第二句少一字,今照《花草粹編》校正,平仄無他首可校。

## 思歸樂一體

《樂章集》注:林鍾商。

**思歸樂**　雙調五十六字,前後段各四句四仄韻。

柳　永

天幕清和堪宴聚韻相得盡讀高陽儔侣韻皓齒善歌長袖舞韻漸引入讀醉鄉深處韻　晚

歲光陰能幾許韻這巧宦讀不須多取韻把酒共君聽杜宇韻解再三讀勸人歸去韻

《詞律》誤從汲古閣本,後段結句脱一字,今從《花草粹編》校正,平仄無他首可校。

## 遍地錦一體

調見毛滂《東堂詞》,孫守席上詠牡丹花作也。《花草粹編》注:小石調。

**遍地錦** 雙調五十六字,前段四句三仄韻,後段四句兩仄韻。

毛 滂

白玉闌邊自凝佇韻滿枝頭讀彩雲雕霧韻甚芳菲讀繡得成團句砌合出讀韶華好處韻

暖風前讀一笑盈盈句吐檀心讀向誰分付韻莫與他讀西子精神句不枉了讀東君雨露韻

《詞律》誤從汲古閣本,前段第二句作"滿枝頭、新彩雲雕霧",多一"新"字,今從《花草粹編》改正,平仄宜遵之。

## 翻香令一體

此調始自蘇軾,取詞中第二句"惜香愛把寶釵翻"句爲名。

**翻香令** 雙調五十六字,前後段各五句三平韻。

蘇 軾

金爐猶暖麝煤殘韻惜香愛把寶釵翻韻重勻處讀餘熏在句這一般讀氣味勝從前韻　背人偷蓋小重山韻更拈沈水與同然韻且圖得句氤氲久句爲情深讀嫌怕斷頭煙韻

按,《詞律》載此詞,前段"重勻處"作"重聞處","這一般"作"這一番",後段"小重山"作"小蓬山","更拈沈水與同然"作"更將沈水與同然",今從《樂府雅詞》本,平仄無别首可校。

## 茶瓶兒三體

調見《花庵詞選》,始自北宋李元膺,至南宋趙彦端、石孝友二家,又攤破兩結句法,減去兩起句字,自成新聲。

**茶瓶兒** 雙調五十六字,前段五句四仄韻,後段五句五仄韻。

李元膺

去年相逢深院宇韻海棠下讀曾歌金縷韻歌罷花如雨韻翠羅衫上句點點紅無數韻　今

歲重尋携手處韻空物是人非春暮韻回首青雲路韻亂英飛絮韻相逐東風去韻

此詞無别首可校。後采趙、石二詞，其源雖出於此，然句讀不同，音律亦變，未可參校。舊譜混注平仄者誤。

《詞律》以後結"絮"字非韻，不知前句不押韻，後句押韻者詞中盡多，若在换頭後結更多，蓋詞以韻爲拍，過變曲終，不妨多加拍也。

**又一體**　雙調五十四字，前後段各四句四仄韻。

趙彦端

淡月華燈春夜韻送東風讀柳煙梅麝韻寶釵宫髻連嬌馬韻似記得讀帝鄉遊冶韻　悦親戚之情話韻況溪山讀坐中如畫韻凌波微步人歸也韻看酒醒讀鳳鸞誰跨韻

此詞兩起句照李詞各減去一字，其第三、第四、第五句又破作兩句，雖字數同，而句法已不同矣。

**又一體**　雙調五十四字，前段四句四仄韻，後段五句四仄韻一疊韻。

石孝友

相對盈盈一水韻多聲價讀問名得字韻剛能見也還拋棄韻孤負了讀萬紅千翠韻　留無計韻來無計疊悶厭厭讀幾何況味韻而今若没些兒事韻却枉了讀做人一世韻

此詞舊多脱誤，今照《詞緯》本校正。《花草粹編》有梁意孃詞，與此同。

梁詞前段第一句"滿地落花鋪繡"，"滿"字、"落"字俱仄聲，"鋪"字平聲；第二句"正麗色、著人如酒"，"正"字、"麗"字俱仄聲，"如"字平聲；第三句"曉鶯窗外啼楊柳"，"曉"字仄聲，"窗"字平聲；後段第二句"音信悄"，"信"字仄聲；第三句"那堪是、昔年時候"，"是"字仄聲，"時"字平聲；第四句"盟言孤負知多少"，"孤"字平聲；結句"對好景、頓成消瘦"，"消"字平聲。譜内可平可仄據此。

## 柳揺金一體

調見《梅苑》。

**柳揺金**　雙調五十六字，前段四句四仄韻，後段四句三仄韻。

沈會宗

相將初下蕊珠殿韻似醉粉讀生香未遍韻愛惜嬌心春不管韻被東風讀賺開一半韻　中黄宫裏賜仙衣句鬭淺深讀妝成笑面韻放出妖嬈難繫絆韻笑東風讀自家腸斷韻

此調句讀近《思歸樂》，惟前後段兩起句平仄不同，且换頭句不押韻，故與《思歸樂》有别。

## 卓牌子三體

此調有兩體，五十六字者始自楊无咎，一名《卓牌子令》；九十七字者始自万俟咏，一名《卓牌子慢》。

**卓牌子** 雙調五十六字，前後段各五句三仄韻。

楊无咎

西樓天將晚韻流素月讀寒光正滿韻樓上笑揖姮娥句似看羅襪塵生句鬢雲風亂韻　珠簾終夕卷韻判不寐讀闌干憑暖韻好在影落清尊句冷侵香幄句歡餘未教人散韻

此詞前後段兩結俱十字兩句，前結上六下四，後結上四下六，句讀雖異，而平仄自同也。

**又一體** 雙調九十七字，前段十一句四仄韻，後段八句七仄韻。

万俟咏

東風緑楊天句如畫出讀清明院宇韻玉豔淡薄句梨花帶月句胭脂零落句海棠經雨韻單衣怯黄昏句人正在讀珠簾笑語韻相並戲蹴秋千句共携手讀同倚闌干句暗香時度韻　翠窗繡户韻路繚繞讀潛通幽處韻斷魂凝佇韻嗟不似飛絮韻悶悶悶愁難消遣句此日年年意緒韻無據韻奈酒醒春去韻

此詞名《卓牌子慢》，宋、元詞家填者甚少，惟《樂府雅詞》有無名氏詞一首，大同小異。平仄可以參校。

**又一體** 雙調九十三字，前段十一句四仄韻，後段八句六仄韻。

《樂府雅詞》無名氏

當年早梅芳句曾邂逅讀飛瓊侶韻肌雪瑩玉句顔開嫩桃句腰肢輕嫋句未勝金縷韻佯羞整雲鬟句頻向人讀嬌波寄語韻湘佩笑解句韓香暗傳句幽歡後期誰訴韻　夢魂頓阻韻似一枕讀高唐雲雨韻蕙心蘭態句知何計重遇韻試問春蠶絲多少句未抵離愁半縷韻凝佇韻望鳳樓何處韻

此詞與万俟詞大同小異。前段第二句，校万俟詞少一字；前結，校万俟詞少三字；句讀亦異。後段則全與万俟詞同，惟第三句少押一韻異。

## 清江曲一體

此宋蘇庠泛舟清江作也，體近古詩，因《花草粹編》採入，今仍之。

**清江曲** 雙調五十六字，前段四句三平韻，後段四句三仄韻。

蘇　庠

屬玉雙飛水滿塘平韻菰蒲深處浴鴛鴦韻白蘋滿棹歸來晚句秋著蘆花一岸霜韻　扁舟

繫岸依林樾仄韻蕭蕭兩鬢吹華髮韻萬事不理醉復醒句長占煙波弄明月韻

此詞前段近《瑞鷓鴣》,後段近《玉樓春》,全似七言詩句,平仄可不拘。

## 樓上曲一體

調見《蘆川詞》,因詞中有"樓外"、"樓中"二句,故名。

**樓上曲** 雙調五十六字,前後段各四句兩仄韻兩平韻。

張元幹

樓外夕陽明遠水仄韻樓中人倚東風裏韻何事有情怨别離平韻低鬟背立君應知韻　東望雲山君去路換仄韻斷腸迢迢盡愁處韻明朝不忍見雲山換平韻從今休傍曲闌干韻

此詞七言八句,前後段上二句近《玉樓春》,下二句换平韻,當是《玉樓春》偷聲變體,但宋、元人無填此者,祇有張詞别首可校。

張詞别首前段起句"清夜燈前花報喜","燈"字平聲;第二句"心隨社燕涼風起","社"字仄聲;第三句"雲路修成寶月時","修"字平聲;後段起句"沆瀣秋香生玉井","沆"字仄聲;第二句"畫簷深轉梧桐影","畫"字仄聲,"簷"字平聲,"轉"字仄聲,"梧"字平聲;第三句"看君西去侍明光","看"字仄聲,"西"字平聲。譜内可平可仄據此。

## 廳前柳三體

朱雍詞名《亭前柳》。金詞注:越調。

**廳前柳** 雙調五十六字,前段八句四平韻,後段六句三平韻。

趙師俠

晚秋天韻過暮雨句雲容斂句月澄鮮韻正風露淒清處句砌蛩喧韻更黄葉句舞翩翩韻念故里讀千山雲水隔句被名韁利鎖縈牽韻莫作悲秋意句對尊前韻且同樂句太平年韻

按,趙師俠《廳前柳》二首,此詞之外尚有"景清佳"一詞,字數、句法相同,惟前段第七句"向碧葉","碧"字仄聲,其餘平仄悉如一,填者遵之。

**又一體** 雙調五十五字,前後段各六句三平韻。

朱　雍

拜月南樓上句面嬋娟讀恰對新妝韻誰憑闌干處句笛聲長韻追往事句遍淒涼韻　看素質讀臨風消瘦盡句粉痕輕讀依舊真香韻瀟灑無塵境句過横塘韻度清影句在回廊韻

此亦趙詞體，惟前段起句五字，第二、三、四句作七字一句，第五句少一字異。

按，朱詞三首，内一首换頭句八字，與此同。前段第二句“問東君、曾放瑶英”，“曾”字平聲；後段起句“飄香信、玉溪仙佩晚”，“香”字平聲，“玉”字仄聲；第五、六句“分春色，贈雙成”，“分”字平聲。譜内可平可仄據此，餘參别首“佇立東風”詞。

**又一體** 雙調五十四字，前後段各六句三平韻。

朱　雍

佇立東風裏句放纖手讀淨試梅妝韻眉暈輕輕畫句遠山長韻添新恨句更凄凉韻　　嘗憶驛亭人别後句尋春去讀儘是幽香韻歸路臨清淺句在寒塘韻同水月句照虚廊韻

此與“拜月南樓”詞同，惟换頭句少一字異。

## 二色宫桃一體

調見《梅苑》，其句讀近《玉闌干》，而平仄不同。

**二色宫桃** 雙調五十六字，前後段各四句三仄韻。

《梅苑》無名氏

鏤玉香葩酥點蕚韻正萬木讀園林蕭索韻惟有一枝雪裏開句江南信讀更憑誰托韻　　前年記賞登高閣韻歎年來讀舊歡如昨韻聽取樂天一句云句花開處讀且須行樂韻

此與《玉闌干》異者，在前段起句平仄全異，及第二句上三下四句法耳。填此體者辨之。

## 市橋柳一體

調見《齊東野語》，因第二句有“折盡市橋官柳”句，取以爲名。

**市橋柳** 雙調五十六字，前後段各四句三仄韻。

蜀　妓

欲寄意讀渾無所有韻折盡市橋官柳韻看君著上征衫句又相將讀放船楚江口韻　　後會不知何日又韻是男兒讀休要鎮長相守韻苟富貴讀無相忘句若相忘讀有如此酒韻

此詞平仄無他首可校。

## 一斛珠三體

《宋史・樂志》名《一斛夜明珠》，屬中吕調。《尊前集》注“商調”。金詞注“仙吕調”。蔣氏《九宮譜目》入仙吕引子。晏幾道詞名《醉落魄》。張先詞名《怨春風》。黄庭堅詞名《醉落拓》。

**一斛珠**　雙調五十七字，前後段各五句四仄韻。

南唐李煜

晚妝初過韻沈檀輕注些兒箇韻向人微露丁香顆韻一曲清歌句暫引櫻桃破韻　羅袖裛殘殷色可韻杯深旋被香醪涴韻繡牀斜憑嬌無那韻爛嚼紅茸句笑向檀郎唾韻

此詞後段起句第二字、第六字俱仄聲。宋蘇軾詞“自惜風流雲雨散”，張先詞“今夜掩妝花下語”，晏幾道詞“若問相思何處歇”，三作與此同，餘俱照張先“山圍畫障”詞體填。

按，《尊前集》李煜詞注“商調”，乃夷則之商聲；金、元曲子照“山圍畫障”詞體填者，注“仙吕調”，乃夷則之羽聲，則知兩換頭句平仄，確係音律所關，故此詞作圖，只就蘇、張、晏三詞校注。如晏詞之前段起句“鸞孤月缺”，“鸞”字平聲，“月”字仄聲；第二句“兩情惆悵音塵絶”，“兩”字仄聲。蘇詞第二句“垂楊亂掩紅樓半”，“亂”字仄聲；晏詞第三句“如今若負當時節”，“如”字平聲，“若”字仄聲；結句“曾醉離歌宴”，“曾”字平聲；後段起句“自惜風流雲雨散”，“自”字仄聲，“風”字平聲；張詞第二句“明朝芳草東西路”，“芳”字平聲；第三句“願身不學相思樹”，“不”字仄聲。譜内可平可仄據之。

**又一體**　雙調五十七字，前後段各五句四仄韻。

張　先

山圍畫障韻風溪弄月清溶漾韻玉樓苕館人相望韻下若醲酤句競欲金釵當韻　使君勸醉青娥唱韻分明仙曲雲中響韻南園百卉千家賞韻和氣兼來句不獨花枝上韻

此與李詞同，惟换頭句平仄異。因宋詞如此填者甚多，金、元曲子注“仙吕調”者，正與之合。此係音律所關，故亦編入，另列一體。

前段第一句，周密詞“憶憶憶憶”，上“憶憶”二字俱仄聲。晏幾道詞“滿街斜月”，“斜”字平聲；第二句，蘇軾詞“故山歸計何時决”，“故”字仄聲，“歸”字平聲；第三句，歐陽修詞“對酒當歌尋思著”，“酒”字平聲，“歌”字仄聲。范成大詞“垂雲卷盡添空闊”，“垂”字平聲，“卷”字仄聲；第四句，蘇軾詞“惟有佳人”，“惟”字平聲；第五句，周紫芝詞“真箇睡不著”，“真”字平聲，“睡”字、“不”字俱仄聲。後段第一句，晁補之詞“誰家紅袖闌干曲”，“誰”字、“紅”字俱平聲，晏幾道詞“心心口口長恨作”，“恨”字仄聲；第二句，高觀國詞“倚闌一望情何極”，“倚”字、“一”字俱仄聲；第三句，歐陽修詞“恨別王孫愁多少”，“恨”字、“别”字俱仄聲，“王”字、“孫”字俱平聲；第四句，張元幹詞“客裏驚春”，“客”字仄聲；第五句，歐良詞“同和醉落魄”，“同”字平聲，“醉”字、“落”字俱仄聲。譜内可平可仄據此。

**又一體**　雙調五十七字，前後段各五句四仄韻。

周邦彦

茸金細弱韻秋風嫩讀桂花初著韻蕊珠宮裏人難學韻花染嬌荑句羞映翠雲幄韻　清香

不與蘭蓀約韻一枝雲鬢巧梳掠韻夜深輕撼薔薇索韻香滿衣襟句月在鳳凰閣韻

此與張先詞同，惟前段第二句作上三下四句法異。黄庭堅詞"韶聲斷、六幺初徹"，高觀國詞"寒江上、雨晴風急"，史達祖詞"空分付、有情眉睫"，正與此同。

## 夜遊宫二體

《金詞》注：般涉調。賀鑄詞有"江北江南新念别"句，更名《新念别》。

**夜遊宫** 雙調五十七字，前後段各六句四仄韻。

毛滂

長記勞君送遠韻柳煙重讀桃花波暖韻花外溪城望不見韻古槐邊句故人稀句秋鬢晚韻
我有凌霄伴韻在何處讀山寒雲亂韻何不隨君弄清淺韻見伊時句話陽春句山數點韻

宋詞填此調者，其字句韻悉同，所小異者，惟句中平仄耳。前段第一句，周邦彦詞"客去車塵漠漠"，"客"字仄聲；第二句，張孝祥詞"芳鄰迴、草長川永"，"芳"字平聲，"草"字仄聲；吴文英詞"叙别夢、揚州一覺"，"别"字、"一"字俱仄聲；第三句，秦觀詞"巧燕呢喃向人語"，"巧"字仄聲，"人"字平聲；第四、五、六句，秦觀詞"何曾解，説伊家，些子事"，"何"字平聲，"解"字仄聲；辛棄疾詞"怎奈何，一回説，一回美"，"奈"字、"説"字、下"一"字俱仄聲，下"回"字平聲。後段第一句，周邦彦詞"池曲河聲轉"，"池"字平聲；第二句，周詞"聽幾片、井梧飛墜"，"幾"字、"井"字俱仄聲；吴文英詞"舊相思、偏供閒晝"，"思"字平聲；第三句，張孝祥詞"好是炎天煙雨醒"，"好"字仄聲，"煙"字平聲，"雨"字仄聲；第四、五、六句，秦觀詞"連宵雨，那更堪，聞杜宇"，"連"字平聲，"雨"字仄聲，"更"字仄聲；辛棄疾詞"且不罪，俺略起，去洗耳"，"不"字、"起"字、"去"字俱仄聲；吴文英詞"玉痕消，似梅花，更清瘦"，"清"字平聲。譜内可平可仄據此。

**又一體** 雙調五十七字，前後段各六句四仄韻。

賀鑄

湖上蘭舟暮發韻揚州夢斷燈明滅韻想見瓊花開似雪韻帽檐香句玉纖纖句曾爲折韻
漁管吹還咽韻問何意讀並人愁絶韻江北江南新念别韻掩芳尊句與誰同句今夜月韻

此與毛詞同，惟前段第二句不作上三下四句法異。按，周邦彦"客去車塵"詞，前段第二句"空階暗雨苔千點"，正與此同。

## 梅花引四體

此調有兩體。五十七字者，《中原音韻》注"越調"，高憲詞有"須信在家貧也樂”句，名《貧也樂》；一百十四字者，即五十七字體再加一疊，賀鑄詞名《小梅花》。

**梅花引** 雙調五十七字，前段七句三仄韻三平韻，後段六句兩仄韻兩平韻一疊韻。

賀　鑄

城下路仄韻凄風露韻今人犁田古人墓韻岸頭沙平韻帶蒹葭韻漫漫昔時句流水今人家韻

黄埃赤日長安道換仄韻倦客無漿馬無草韻開函關換平韻閉函關疊千古如何句不見一人閒韻

此詞前段三仄韻、三平韻，後段兩仄韻、三平韻，宋詞衹此一首。《中州樂府》有三首可校。前段第一句，王特起詞“山之麓”，“之”字平聲；第二句，高憲詞“鼓笛弄”，“鼓笛”二字俱仄聲；第三句，王特起詞“一彎秀色盤虚谷”，“一”字、“秀”字、“色”字俱仄聲，“盤”字平聲；高憲詞“馳驟百年塵一哄”，“驟”字、“一”字俱仄聲；第四、五句，高詞“陶淵明、張季鷹”，“陶”字、“張”字俱平聲，“季”字仄聲；第六、七句，王特起詞“有人行李，蕭蕭落葉中”，“人”字、“行”字俱平聲，“李”字仄聲，下“蕭”字平聲，“落葉”二字俱仄聲；後段第一句，高憲詞“有溪可漁林可繳”，“有”字仄聲，“漁”字平聲，下“可”字仄聲；王特起詞“人家籬落炊煙濕”，“籬”字平聲；趙秉文詞“石頭路滑馬蹄蹶”，“馬”字仄聲；第二句，趙詞“昂頭貪看山奇絶”，“昂頭”二字俱平聲，“看”字仄聲，“山”字平聲；王特起詞“天外雲峰迷淡白”，“淡”字仄聲；第三句，王詞“野煙昏”，“野”字仄聲；第五、六句，王詞“溪橋路滑，平沙没舊痕”，“橋”字平聲，“路滑”二字俱仄聲，“平沙”二字俱平聲，“舊”字仄聲。譜内可平可仄據此。

此調作者類填古人成語，故平仄往往不同。

**又一體** 雙調五十七字，前段七句五平韻一疊韻，後段六句兩仄韻兩平韻一疊韻。

万俟咏

曉風酸平韻曉霜乾韻一雁南飛人度關韻客衣單韻客衣單疊千里斷魂句空歌行路難韻

寒梅驚破前村雪仄韻寒鴉啼落西樓月韻酒腸寬平韻酒腸寬疊家在日邊句不堪頻倚闌韻

此詞字句與賀詞同，惟前段起三句用平韻異。宋、元詞無填此體者。

**又一體** 雙調一百十四字，前後段各十三句五仄韻六平韻。

賀　鑄

縛虎手仄韻懸河口韻車如雞棲馬如狗韻白綸巾平韻撲黄塵韻不知我輩句可是蓬蒿人韻衰蘭送客咸陽道換仄韻天若有情天亦老韻作雷顛換平韻不論錢韻誰問旗亭句美酒斗十千韻

酌大斗換仄韻更爲壽韻青鬢常青古無有韻笑嫣然換平韻舞翩翩韻當壚秦女句十五語如弦韻遺音能記秋風曲換仄韻事去千年猶恨促韻攬流光換平韻繫扶桑韻爭奈愁來句一日却爲長韻

此即“城下路”詞體再加一疊者，有向子諲、朱雍、劉均國三詞可校。按，向詞前段第三句“小時笑弄階前月"，"小"字仄聲；朱詞第六句"江上小車"，"江"字平聲；向詞第八句"十年空省春風面"，"十"字仄聲；朱詞結句"猶與幽徑通"，"猶"字、"幽"字俱平聲；朱詞後段第三句"庾嶺沈沈雲暗碧"，"庾"字、"暗"字俱仄聲；向詞第四、五句"花陰邊，柳陰邊"，"花"字平聲；向詞第七句"偷憐不成憐"，"憐"字平聲；朱詞第八句"年來素袂香不減"，"不"字仄聲；第九句"此心無限憑誰説"，"心"字平聲，"限"字仄聲；向詞第十二句"鴛鴦翡翠"，"鴦"字平聲，"翠"字仄聲。譜内可平可仄據之，其餘參校五十七字賀詞及下《梅苑》詞。蓋《梅苑》詞之前段，即此詞前後段第一句至第七句；《梅苑》詞之後段，即此詞前後段之第八句至第十三句也。

**又一體** 雙調一百十四字，前段十四句六仄韻五平韻一疊韻，後段十二句四仄韻五平韻一疊韻。

《梅苑》無名氏

園林静仄韻蕭索景韻寒梅漏泄東君信韻探春回平韻探春回疊四時却被句伊家苦相催韻江村畔换仄韻開爛漫韻看看又近年光晚韻綻芬芳换平韻噴清香韻壽陽宫裏句愛學靚梳妝韻　夭桃紅杏誇顔色换仄韻爭似情懷雪中折韻冒嚴寒换平韻冒嚴寒疊遊蜂戲蝶句莫作等閒看韻故人别後知何處换仄韻春色嶺頭逢驛使韻贈新詩换平韻折高枝韻樓上一聲句羌管不須吹韻

此亦"城下路"詞體，前後段各加一疊，與"縛虎手"詞又不同。

## 荷葉鋪水面一體

調見《花草粹編》。

**荷葉鋪水面** 雙調五十七字，前段五句三平韻，後段六句四平韻。

康與之

春光豔冶句遊人踏緑苔韻千紅萬紫競香開韻暖風拂鼻籟句驀地暗香透滿懷韻　酴醿似錦裁韻嬌紅間緑白句只怕迅速春回韻誤落在塵埃韻折向鬢雲間句金鳳釵韻

此調僅見此詞，無别首可校。

## 家山好一體

調見《湘山野録》，因詞中有"水晶宫裏家山好"句，取爲調名。

**家山好** 雙調五十七字，前段七句四平韻，後段五句三平韻。

《湘山野録》無名氏

挂冠歸去舊煙蘿韻閒身健句養天和韻功名富貴非由我句莫貪他韻者岐路句足風波韻

水晶宫裏家山好句物外勝遊多韻晴溪短棹句時時醉唱挸梭羅韻天公奈我何韻

此調僅見此詞,無别首可校。

## 步虚子令一體

調見《高麗史·樂志》。

**步虚子令** 雙調五十七字,前段六句四平韻,後段七句三平韻。

《高麗史·樂志》無名氏

碧雲籠曉海波閒韻江上數峰寒韻佩環聲裏句異香飄落人間韻弭絳節句五雲端韻　宛然共指嘉禾瑞句開一笑句破朱顔韻九重曉闕句望中三祝高天韻萬萬載句對南山韻

此宋賜高麗樂中五羊仙舞隊曲也,採以備體。

# 《御定詞譜》卷十三 起五十八字至六十一字

## 小重山四體

《宋史·樂志》:雙調;李邴詞名《小冲山》,姜夔詞名《小重山令》。韓滤詞有“點染煙濃柳色新”句,名《柳色新》。

**小重山** 雙調五十八字,前後段各四句四平韻。

薛昭藴

春到長門春草青韻玉階華露滴讀月朧明韻東風吹斷玉簫聲韻宫漏促讀簾外曉啼鶯韻　愁起夢難成韻紅妝流宿淚讀不勝情韻手挼裙帶繞花行韻思君切讀羅幌暗塵生韻

此調以此詞爲正體,宋、元詞俱照此填。若趙詞之添字,《梅苑》詞之减字,黄詞之押奉仄韻,皆變體也。

按,和凝詞前段第二句“群仙初折得、郗詵枝”,“群”字平聲;第三句“曉花擎露妒啼妝”,“曉”字仄聲;結句“精神出、御陌袖鞭垂”,“御”字仄聲;後段第二句“管弦分響亮、探花期”,“管”字仄聲;第三句“光陰占斷曲江池”,“光”字平聲;又,毛滂詞,前段結句“玉堂客、於此勸春耕”,“玉”字仄聲。譜内可平可仄據此,餘參所採平韻二詞。

**又一體** 雙調六十字,前後段各五句四平韻。

趙長卿

一夜中庭拂翠條韻碧紗窗外雨讀長凉飆韻潮來漲水恰平橋韻添清景句疏韻響讀入芭蕉

韻　坐久篆香消韻多情人去後讀信音遥韻即今消瘦沈郎腰韻悲秋切句虚過了讀可憐宵韻

此與薛詞同，惟前後段兩結句各添一字異。

按，張先集有《感皇恩》詞："延壽芸香七世孫，華軒承大對、見經綸。溟魚一息化天津。袍如草，三百騎、從清塵。玉樹瑩風神，同時棠棣萼、一家春。十年身是鳳池人。蓬萊閣，黄閤坐、遲談賓。"正與此同。《詞律》誤刻《感皇恩》後，不知宋詞《感皇恩》體，從無用平韻者，張詞蓋添字《小重山》也，故録趙詞以證之。

**又一體**　雙調五十七字，前後段各四句四平韻。

《梅苑》無名氏

不是蛾兒不是酥韻化工應道也難摹韻花兒清瘦影兒孤韻多情處讀時有暗香浮韻　試問玉肌膚韻夜來霜雪重讀怕寒無韻一枝欲寄洞庭姝韻可惜許讀祇有雁衡蘆韻

此與薛詞同，惟前段第二句減一字異。按，《梅苑》詞三首，一首"一枝照水弄精神"，一首"依稀丹萼動紅雲"，又元劉景翔詞"紅香浮玉醉客頹"，並與此同。

前段結句"浮"字本十一尤韻，按《中原雅音》"浮"字付無切，又吴越間方言"浮"讀作"無"，故可借押。

**又一體**　雙調五十八字，前後段各四句四仄韻。

黄子行

一點斜陽紅欲滴韻白鷗飛不盡讀楚天碧韻漁歌聲斷晚風急韻攬蘆花讀飛雪滿林濕韻　孤館百憂集韻家山千里遠讀夢難覓韻江湖風月好收拾韻故溪雲讀深處著蓑笠韻

此調例押平聲韻，此詞押入聲韻，即《樂府指迷》所謂"平聲字可以入聲替也"。

## 踏莎行三體

金詞注"中吕調"。曹冠詞名《喜朝天》，越長卿詞名《柳長春》，《鳴鶴餘音》詞名《踏雪行》，曾覿、陳亮詞添字者名《轉調踏莎行》。

**踏莎行**　雙調五十八字，前後段各五句三仄韻。

晏　殊

細草愁煙句幽花怯露韻憑闌總是消魂處韻日高深院静無人句時時海燕雙飛去韻　帶緩羅衣句香殘蕙炷韻天長不禁迢迢路韻垂楊只解惹春風句何曾繫得行人住韻

此調以此詞爲正體，若曾詞、陳詞之添字、攤破句法、轉换宫調，皆變體也。

按,宋、元人填此調者,其字句韻悉同,惟每句平仄小異。如前段第一、二句,黄庭堅詞“臨水夭桃,倚牆繁李”,“臨”字平聲,“倚”字仄聲,“繁”字平聲;第三句,歐陽修詞“草熏風暖摇征轡”,“草”字仄聲,“風”字平聲;第四句,歐陽詞“離愁漸遠漸無窮”,“離”字平聲,“漸”字仄聲;第五句,晏幾道詞“粉香簾幕陰陰静”,“粉”字仄聲,“簾”字平聲;後段第一、二句,黄詞“明日重來,落花如綺”,“明”字平聲,“落”字仄聲,“如”字平聲;第三句,陳堯佐詞“畫梁輕拂歌塵轉”,“畫”字仄聲,“輕”字平聲;第四句,晏詞“宿妝曾比杏腮紅”,“宿”字仄聲,“曾”字平聲;第五句,陳詞“主人恩重珠簾卷”,“主”字仄聲,“恩”字平聲。譜内可平可仄據此。至周密詞後段結句“莫聽酒邊供奉曲”,平仄獨異,此亦偶誤,不必從。

**又一體**　雙調六十六字,前後段各六句四仄韻。

曾　覿

翠幄成陰句誰家簾幕韻綺羅香擁處讀觥籌錯韻清和將近句奈春寒更薄韻高歌看簌簌梁塵落韻　好景良辰句人生行樂韻金杯無奈是讀苦相虐韻殘紅飛盡句嫋垂楊輕弱韻來歲斷不負鶯花約韻

此詞前後段第三句減去“處”字、“是”字,第四句減去“奈”字、“更”字、“嫋”字、“輕”字,結句減去“看”字、“斷”字,即《踏莎行》正體也。轉調者,攤破句法,添入襯字,轉换宫調,自成新聲耳。

按,趙彦端“宿雨才收”詞,正與此同。前段第二、三句“牡丹將綻、也近寒食”,“近”字仄聲;後段第三句“一月五番價、共歡集”,“月”字、“五”字俱仄聲,“番”字平聲;第五句“且莫留半滴”,“莫”字、“半”字俱仄聲;第六句“一百二十五箇好生日”,“一”字、“好”字俱仄聲。譜内可平可仄據此,餘參陳詞。

汲古閣本前段第三句脱一字,今從《詞緯》本訂定。

**又一體**　雙調六十四字,前後段各六句四仄韻。

陳　亮

洛浦塵生句巫山夢斷韻旗亭芳草裏讀春深淺韻梨花落盡句酴醾又綻韻天氣也似讀尋常庭院韻　向晚晴濃句十分惱亂韻水邊佳麗地讀近前看韻娉婷笑語句流觴美滿韻意思不到讀夕陽孤館韻

此詞見《龍川集》,亦名《轉調踏莎行》。每段上四句與曾詞同,惟前後段第五句各減一字異。宋人精於音律,凡遇舊腔,往往隨意增損,自成新聲。如元人度曲,或借宋人詞調,偷聲添字,名爲“過曲”者,其源實出於此。

## 宜男草二體

調見范成大《石湖詞》。

**宜男草** 雙調五十八字，前後段各四句三仄韻。

范成大

舍北煙霏舍南浪韻雨傾盆讀灘流微漲韻問小橋讀別後誰過句惟有迷鳥羈雌來往韻
重尋山水問無恙韻掃柴荆讀土花塵網韻留小桃讀先試光風句從此芝草琅玕日長韻

此調前後段兩起句例作拗句，觀范詞別首及陳三聘和詞"搖落丹楓素秋後"、"綠水粘天淨無浪"，第五字必仄聲，第六字必平聲可見。兩結句是上二下六句法，陳詞亦然。

陳和詞前段第三、四句"箇中趣、莫遣人知，容我日日扁舟獨往"，"中"字平聲，"趣"字、上"日"字、"獨"字俱仄聲；後段第三、四句"春近也、梅柳頻看，枝上玉蕊金絲暗長"，"也"字、"玉"字俱仄聲。譜內可平可仄據此，餘見下詞。

**又一體** 雙調六十字，前後段各四句三仄韻。

范成大

籬菊灘蘆被霜後韻嫋長風讀萬重高柳韻天爲誰讀展盡湖光渺渺句應爲我讀扁舟入手韻
橘中曾醉洞庭酒韻輾雲濤讀挂帆南斗韻追舊遊讀不減商山杳杳句猶有人讀能相記否韻

此調前後段第三句俱九字，兩結句俱七字，與前詞異。

陳和詞前段第三句"別夢回、憶得雙柑分我"，"別"字仄聲，"分"字平聲；後段第三、四句"人去也、縱得相逢似舊，問當日、紅顏在否。""也"字、"問"字俱仄聲，"當"字平聲，"日"字仄聲。譜內據此，餘詳前詞。

## 花上月令一體

宋吴文英自度曲。

**花上月令** 雙調五十八字，前段七句四平韻，後段七句三平韻。

吴文英

文園消渴愛江清韻酒腸怯句怕深觥韻玉舟曾洗芙蓉水句瀉清冰韻秋夢淺句醉霞輕韻
庭竹不收簾影去句人睡起句月空明韻瓦瓶汲水和秋葉句薦吟醒韻夜深裏句怨遥更韻

此調無別詞可校，其句讀平仄當依之。

## 倚西樓一體

調見《苕溪詩話》，因詞有"西樓蕭瑟有誰知"句，取以爲名。

**倚西樓** 雙調五十八字，前段四句三仄韻，後段四句兩仄韻。

韋彦温

禁鼓初傳時下打韻虚過清明風月夜韻眼如魚目幾曾乾句心似酒旗終日挂韻　銀漢低垂星斗斜句院宇空寥銀燭卸韻西樓蕭瑟有誰知句教我獨自上來獨自下韻

調近《玉樓春》，惟後段結句多兩字耳，無别首可校。

## 掃地舞一體

唐教坊曲名，一名《掃市舞》。

**掃地舞** 雙調五十八字，前後段各七句六仄韻一疊韻。

《梅苑》無名氏

酥點萼韻玉碾萼疊點時碾時香雪薄韻才折得韻春力弱韻半掩朱扉垂繡幕韻怕吹落韻　撚一晌换韻嗅一晌疊撚時嗅時宿酒忘韻春筍上韻不忍放韻待對菱花斜插向韻寶釵上韻

此調無别詞可校，前後段兩起句疊韻，當是定格，填者宜依之。

## 接賢賓二體

此調有兩體，五十九字者始於毛文錫詞，一百十七字者始於柳永詞。《樂章集》注：林鍾商調。一名《集賢賓》。

**接賢賓** 雙調五十九字，前段四句三平韻，後段七句三平韻。

毛文錫

香韉鏤襜五花驄韻值春景初融韻流珠噴沫躞蹀句汗血流紅韻　少年公子能乘馭句金鑣玉轡瓏璁韻爲惜珊瑚鞭不下句驕生百步千蹤韻信穿花句從拂柳句向九陌追風韻

唐詞祇此一首，無他作可校。

前段起句，坊本作"五色驄"，今從《花間集》訂正。

**又一體** 雙調一百十七字，前段十句五平韻，後段十句六平韻。

柳　永

小樓深巷狂游遍句羅綺成叢韻就中堪人屬意句最是蟲蟲韻有畫難描雅態句無花可比芳

容韻幾回飲散良宵永句鴛衾暖讀鳳枕香濃韻算得人間天上句惟有兩心同韻　近來雲雨每西東韻誚惱損情悰韻縱然偷期暗會句長是匆匆韻爭似和鳴偕老句免教斂翠啼紅韻眼前時暫疏歡宴句盟言在讀更莫忡忡韻待作真箇宅院句方信有初終韻

此即毛詞體再加一疊，但前段起句不用韻，第二句少一字，前後段第五句减一字，第八句各添一字，兩結句讀小異耳。按，宋詞無填此調者，其平仄當依之。

《詞律》誤從汲古閣本，其前段第八句脱一字，今從《花草粹編》校正。

元曲馬致遠商調《集賢賓》與此同，惟前段第二句亦作五字，前後段第九句俱作五字，亦因柳詞减字也，因詞俚不録。

## 步蟾宫五體

蔣氏《九宫譜目》入南吕引子。韓淲詞名《釣臺詞》，劉擬詞名《折丹桂》。

**步蟾宫** 雙調五十九字，前段四句三仄韻，後段六句三仄韻。

黄庭堅

蟲兒真箇惡靈利韻惱亂得讀道人眠起韻醉歸來讀恰似出桃源句但目斷讀落花流水韻　不如隨我歸雲際韻共作箇讀住山活計韻照清溪句匀粉面句插山花句算終勝讀風塵滋味韻

此調昉自山谷，但宋、元詞，俱宗蔣捷體，惟韓淲集中一詞則照此填，前段第三句八字，後段第三、四、五句各三字，正與此同。《詞律》疏於考索，謂此詞誤多一字，非也。

按，韓詞前段起句"三年重到嚴灘路"，"嚴"字平聲；第二句"歎鬢髮、衣冠塵土"，"鬢"字、"衣"字俱平聲；第三句"倚孤蓬、閒自逐清風"，"閒"字平聲；結句"見一片、孤鴻歸去"，"孤"字平聲；後段起句"人間何用論今古"，"人"字平聲；第二句"漫贏得、箇般情緒"，"贏"字、"情"字俱平聲；第三、四、五句"雨吹來，雲亂處，水東流"，平仄如一；結句"但只有、青山如故"，"只"字仄聲。譜内可平可仄據此。

**又一體** 雙調五十八字，前後段各四句三仄韻。

楊无咎

桂花馥鬱清無寐韻覺身在讀廣寒宫裏韻憶吾家讀妃子舊游時句瑞龍腦讀暗藏葉底韻　不堪午夜西風起韻更颼颼讀萬絲斜墜韻向晚來讀却似給孤園句乍驚見讀黄金布地韻

此詞前後段第三句俱八字，較黄詞减一字，句讀似更整齊，但宋人無填此者。

汲古閣本此詞前段第三句脱一"時"字，今從《花草粹編》增定。

**又一體** 雙調五十六字，前後段各四句三仄韻。

蔣　捷

玉窗掣鎖香雲漲韻唤緑袖讀低敲方響韻流蘇拂處字微訛句但斜倚讀紅梅一晌韻　濛

濛月在簾衣上韻做池館讀春陰模樣韻春陰模樣不如春句這催雪讀曲兒休唱韻

此調以此詞爲正體。前後段第三句俱七字，較楊詞各減一字，蔣詞三首皆同。有劉儗"初秋兩兩"詞，鍾過"東風又送"詞，無名氏"東風捏就"詞可校。

前段起句，鍾詞"東風又送酴醾信"，"東"字平聲，蔣詞别首"去年雲掩冰輪皎"，"雲"字平聲；第二句，鍾詞"早吹得、愁成潘鬢"，"吹"字平聲；第三句，鍾詞"花開猶似十年前"，"猶"字平聲，劉詞"祝君壽閱八千秋"，"祝"字仄聲；第四句，鍾詞"人不似、十年前俊"，"人"字平聲，"不"字仄聲；後段起句，鍾詞"水邊珠翠香成陣"，"珠"字平聲；第二句，無名氏詞"暗蹙損、眉峰雙翠"，"蹙"字仄聲。譜内可平可仄據此，餘參汪、章二詞。

**又一體**　雙調五十五字，前後段各四句三仄韻。

汪　存

玉京此去春猶淺韻正雪絮讀馬頭零亂韻姮娥剪就緑雲裳句待來步讀蟾宫與换韻　明年三月桃花岸韻雙槳浪平煙暖韻揚州十里小紅樓句盡卷上讀珠簾一半韻

此與蔣詞同，惟後段第二句減一字異。

**又一體**　雙調五十七字，前後段各四句三仄韻。

《全芳備祖》無名氏

未開大如木犀蕊韻開後是讀梅花小底韻倏然只欲住山林句肯容易讀結根城市韻　葉兒又與冬青比韻算何止讀香聞七里韻不因山谷品題來句誰知道讀是水仙兄弟韻

此亦與蔣詞同，惟結句添一襯字異。

## 恨春遲一體

調見張先詞集。

**恨春遲**　雙調五十九字，前後段各五句兩平韻。

張　先

好夢才成成又斷句因晚起讀雲朵梳鬟韻秀臉拂輕紅句滴入嬌眉眼句薄衣減春寒韻　紅柱溪橋波平岸句畫閣外讀落日西山韻不忿閒花並蒂句秋藕連根句何時重得雙蓮韻

坊本此詞前段起句或作"好夢才成又斷"，第二句或作"晚起雲朵梳鬟"，今從本集及《花草粹編》訂正。此體衹此一詞，無别首宋、元詞可校。

## 冉冉雲二體

韓淲詞有"倚遍闌干弄花雨"句，更名《弄花雨》。

**冉冉雲** 雙調五十九字，前後段各四句四仄韻。

盧　炳

雨洗千紅又春晚韻留牡丹讀倚闌初綻韻嬌婭姹讀偏賦精神君看韻算費盡讀工夫點染韻　帶露天香最清遠韻太真妃讀曉妝體段韻拌對花讀滿把流霞頻勸韻怕逐東風零亂韻

宋詞惟韓淲一首可校，故平仄悉參之。

**又一體** 雙調五十九字，前段四句三仄韻，後段四句四仄韻。

韓　淲

倚遍闌干弄花雨韻卷朱簾讀草迷芳樹韻山崦裏讀幾許雲煙來往句晝不就讀人家院宇韻　社寒梁燕呢喃舞韻小桃紅讀海棠初吐韻誰通道讀午枕醒時情緒韻閒整春衫自語韻

此與盧詞同，惟前段第三句不用韻異。或云，"往"字改"去"字即韻，然《澗泉集》原本如此，仍之。

## 蝶戀花三體

唐教坊曲，本名《鵲踏枝》，宋晏殊詞改今名。《樂章集》注"小石調"，趙令畤詞注"商調"，《太平樂府》注"雙調"。馮延巳詞有"楊柳風輕，展盡黃金縷"句，名《黃金縷》；趙令畤詞有"不卷珠簾，人在深深院"句，名《卷珠簾》；司馬槱詞有"夜涼明月生南浦"句，名《明月生南浦》；韓淲詞有"細雨吹池沼"句，名《細雨吹池沼》。賀鑄詞名《鳳棲梧》，李石詞名《一籮金》，衷元吉詞名《魚水同歡》，沈會宗詞名《轉調蝶戀花》。

**蝶戀花** 雙調六十字，前後段各五句四仄韻。

馮延巳

六曲闌干偎碧樹韻楊柳風輕句展盡黃金縷韻誰把鈿箏移玉柱韻穿簾海燕雙飛去韻
滿眼遊絲兼落絮韻紅杏開時句一霎清明雨韻濃睡覺來鶯亂語韻驚殘好夢無尋處韻

此詞爲《蝶戀花》正體，宋、元人俱如此填。馮詞別首前段起句"霜落小園瑤草短"，"霜"字平聲，"小"字仄聲；第二、三句"瘦葉和風，惆悵芳時換"，"瘦"安仄聲，"惆"字平聲；第四句"舊恨新愁都不管"，"舊"字仄聲，"新"字平聲；第五句"捲簾雙鵲驚飛去"，"卷"字仄聲，"雙"字平聲；後段起句"心若垂楊千萬縷"，"心"字平聲；又一首"淚眼倚樓頻獨語"，"倚"字仄聲；第二句"水闊花飛"，"水"字仄聲；第三句，又一首"齊奏雲和曲"，"齊"字平聲；第四句"忽憶當年歌舞伴"，"忽"字仄聲，"當"字平聲；結句“晚來雙臉啼痕滿”,“晚”字仄聲,“雙”字平聲。譜内可平可仄據此。至杜安世詞前段起句“秋日樓臺在空際”,“在”字微拗;李石詞前段起句“武陵春色濃如酒”,平仄全異。宋、元人無如此填者,恐彙參作圖,其體莫辨,附注於此,填者審之。

**又一體**　雙調六十字,前後段各五句四仄韻。

沈會宗

漸近朱門香夾道韻一片笙歌句依約樓臺杪韻野色和煙滿芳草韻溪光曲曲山回抱韻

物華不逐人間老韻日日春風句在處花枝好韻莫恨雲深路難到韻劉郎可惜歸來早韻

此詞與馮詞同,惟前後段第四句及换頭句平仄異。《樂府雅詞》名《轉調蝶戀花》,轉調者,移宫换羽,轉入别調也,字句雖同,音律自異,故另分列。

按,沈詞别首“溪上清明”詞及杜安世“整頓雲鬟”詞、“池上新秋”詞,賀鑄“桃葉園林”詞、“排辦張燈”詞,張元幹“祥景飛光”詞及魏氏“記得來時”詞,俱與此同,可以參校。沈詞别首前段起句“溪上清明初過雨”,“溪”字平聲;第二、三句“春色無多,葉底花如許”,“春”字平聲,“葉”字仄聲;第四句“輕暖時聞燕雙語”,“輕”字平聲;第五句“等閒飛入誰家去”,“等”字仄聲,“飛”字平聲;杜詞,後段起句“新翻歸翅雲間燕”,“新”字、“歸”字俱平聲;第二句“金縷衣寬”,“金”字平聲;賀詞第四句“離索年多故人少”,“離”字平聲,魏詞“淚濕海棠花枝處”,“海”字仄聲,“花”字平聲;沈詞别首,第五句“緑楊風裏黄昏鼓”,“緑”字仄聲,“風”字平聲。譜内可平可仄據此。至杜安世“别浦遲留”詞與“任在蘆花”詞,兩結句亦拗體者,又與此微異,因字句悉同,注明不另録。

**又一體**　雙調六十字,前段五句兩叶韻兩仄韻,後段五句四仄韻。

石孝友

别來相思無限期叶欲説相思句要見終無計韻擬寫相思持送伊叶如何盡得相思意韻

眼底相思心裏事韻縱把相思句寫盡憑誰寄韻多少相思都做淚韻一齊淚損相思字韻

此亦與馮詞同,惟前段平仄韻互叶異。

按,此詞“期”字、“伊”字在平聲四支部,餘皆上聲四寘部、去聲四紙部中字也,即古韻所謂本部三聲叶者。宋詞間用古韻,與《中原音韻》純乎北音者不同。

## 壽山曲一體

調見趙德麟《侯鯖録》,南唐馮延巳作。因詞中有“聖壽南山永同”句,故名。

**壽山曲**　單調六十字,十句五平韻。

馮延巳

銅壺滴漏初盡句高閣雞鳴半空韻催啟五門金鎖句猶垂三殿簾櫳韻階前御柳摇緑句仗下

宫花散紅韻鴛瓦數行曉日句鸞旗百尺春風韻侍臣舞蹈重拜句聖壽南山永同韻

此詞《陽春集》不載，今從《花草粹編》採入。

## 秋蕊香引一體

《樂章集》注：小石調。

**秋蕊香引** 雙調六十字，前段七句三仄韻，後段八句四仄韻。

柳　永

留不得韻光陰催促句有芳蘭歇句好花謝句惟頃刻韻彩雲易散琉璃脆句驗前事端的韻　風月夜句幾處前蹤舊跡韻忍思憶韻這回望斷句永作蓬山隔韻向仙島句歸雲路句兩無消息韻

此柳永自度曲，無别首可校，其句讀平仄當遵之。

## 惜瓊花一體

調見張先詞集，爲吴興守時所賦也。

**惜瓊花** 雙調六十字，前段七句五仄韻，後段七句四仄韻。

張　先

汀蘋白韻苕水碧韻每逢花駐樂句隨處歡席韻别時携手看春色韻螢火而今句飛破秋夕韻　汴河流句如帶窄韻任身輕似葉韻何計歸得韻斷雲孤鶩青山極韻樓上徘徊句無盡相憶韻

《花草粹編》後段第三、四句"任輕似葉，計歸得"，脱"身"字、"何"字，今從本集校正。

## 朝玉階一體

見杜安世《壽域詞》。其調近《散天花》，然换頭句平仄自不同也。

**朝玉階** 雙調六十字，前後段各五句四平韻。

杜安世

簾卷春寒小雨天韻牡丹花落盡句悄庭軒韻高空雙燕舞翩翩韻無風輕絮墜讀暗苔錢韻

擬將幽怨寫香箋韻中心多少事句語難傳韻思量真箇惡姻緣韻那堪長夢見讀在伊邊韻

按,《壽域集》杜詞二首,平仄如一,别無宋詞可校。

## 散天花一體

唐教坊曲名。

**散天體花** 雙調六十字,前後段各五句四平韻。

舒　亶

雲淡長空落葉秋韻寒江煙浪盡句月隨舟韻西風偏解送離愁韻聲聲南去雁讀下汀洲韻　無奈多情去復留韻驪歌齊唱罷句淚爭流韻悠悠别恨幾時休韻不堪殘酒醒讀憑危樓韻

此調與《朝玉階》同,只後段起句平仄異。

## 荷華媚一體

調見《東坡詞集》,即賦題本意也。

**荷華媚** 雙調六十字,前段五句三仄韻,後段六句兩仄韻。

蘇　軾

霞苞露荷碧韻天然地讀别是風流標格韻重重青蓋下句千嬌照水句好紅紅白白韻　每悵望讀明月清風夜句甚低迷不語句夭邪無力韻終須放讀船兒去句清香深處句任看伊顔色韻

此詞兩結句,俱上一下四句法,填者宜遵之。

## 少年心一體

調見《山谷詞》。有兩體,一名《添字少年心》。

**少年心** 雙調六十字,前後段各五句三仄韻一叶韻。

黄庭堅

對景惹起愁悶韻染相思讀病成方寸韻是阿誰先有意句阿誰薄幸韻斗頓恁讀少喜多嗔叶　合下休傳音問韻你有我讀我無你分韻似合歡核桃句真堪人恨韻心兒裹讀有兩箇人

人叶

此詞兩結,"嗔"字、"人"字,是以十一真叶十三問,蓋以真、文通用,故震、問亦可通用也。惟"幸"字爲庚韻之上聲,在二十三梗部,又因古韻真部間通庚、青故也,但用韻畢竟太雜,填此調者,不若只用本部三聲叶爲妥。

按,黄集又有《添字少年心》詞,亦平仄韻互叶,但前段起句"心裏人人,暫不見,霎時難過",後段起句"見説那廝,如此自大",較此詞多七字,因詞俚不録。

## 七娘子三體

蔣氏《九宫譜目》,入正宫引子。

### 七娘子 雙調六十字,前後段各五句四仄韻。

毛 滂

山屏霧帳玲瓏碧韻更倚窗讀臨水新凉入韻雨短煙長句柳橋蕭瑟韻這番一日凉一日韻

離多緑鬢年時白韻這離情讀不似而今惜韻雲外長安句斜暉脉脉韻西風吹夢來無跡韻

此調以此詞爲正體。前後段第二句俱八字,宋賀鑄、謝逸、向子諲、王之道、陳亮諸詞俱如此填。惟賀詞後段結句"爲誰來爲誰還去",句法小異;謝詞前段起句"風剪冰花飛零亂",平仄微拗。

按,毛詞别首前段第一句"月光波影寒相向","月"字仄聲,"波"字平聲;第五句"殷勤冰彩隨人上","冰"字平聲;陳詞,後段起句"賣花聲斷藍橋暮","賣"字仄聲,"聲"字平聲;王之道詞第二句"想一聲、雞唱東城路","一"字仄聲,"雞"字平聲;向子諲詞第三、四句"門外落花,漫天飛絮","落"字仄聲。譜内可平可仄據此,餘參蔡詞及《梅苑》詞。

### 又一體 雙調五十八字,前後段各五句四仄韻。

蔡 伸

天涯觸目傷離緒韻登臨况值秋光暮韻手撚黄花句憑誰分付韻雝雝雁落蒹葭浦韻

憑高目斷桃溪路韻屏山樓外青無數韻緑水紅橋句瑣窗朱户韻如今總是銷魂處韻

此與毛詞同,惟前後第二句各減一字異。按,元正宫曲即宗此體。

### 又一體 雙調六十字,前段五句一叶韻三仄韻,後段五句四仄韻。

《梅苑》無名氏

暗香浮動到黄昏叶向水邊讀疏影梅開盡韻溪畔清蕊句有如淺杏韻一枝喜得東君信韻

風吹只怕霜侵損韻更新來讀插向多情鬢韻壽陽妝鑒句雪肌玉瑩韻嶺頭别自添微粉韻

此亦與毛詞同,惟前段起句叶平韻異。或疑"昏"字非韻,然《七娘子》調從無起句不用韻者。按,鄭庠《古音辨》,真、文、元、寒、删、先六韻爲一部,蓋以六韻爲顎音,商聲也。故六韻平、上、去,皆可通用。此詞"昏"字,正以十三元與軫、吻等韻叶也,惟杳字在二十三梗部,是又因真、文之通庚、青,即通庚、青之三聲,亦本古韻耳。

## 一剪梅七體

元高拭詞注:南吕宫。周邦彦詞起句有"一剪梅花萬樣嬌"句,取以爲名;韓淲詞有"一朵梅花百和香"句,名《臘梅香》;李清照詞有"紅藕香殘玉簟秋"句,名《玉簟秋》。

**一剪梅** 雙調六十字,前後段各六句三平韻。

周邦彦

一剪梅花萬樣嬌韻斜插疏枝句略點梅梢韻輕盈微笑舞低回句何事尊前句拍手相招韻
夜漸寒深酒漸消韻袖裏時聞句玉釧輕敲韻城頭誰恁促殘更句銀漏何如句且慢明朝韻

此調以周詞、吴詞爲正體,若盧詞、張詞、蔣詞之添韻,曹詞、李詞之減字,皆變體也。

此詞前後段第二句、第四句、第五句俱不押韻,宋詞惟周紫芝"無限江山"詞與之同。

周詞前段第二句"兩岸斜陽","兩"字仄聲,譜内據之,餘悉參所採諸詞。

**又一體** 雙調六十字,前後段各六句四平韻。

吴文英

遠目傷心樓上山韻愁裏長眉句别後蛾鬟韻暮雲低壓小闌干韻教問孤鴻句因甚先還韻
瘦倚溪橋梅夜寒韻雪欲消時句淚不禁彈韻剪成釵勝待歸看韻春在西窗句燈火更闌韻

此詞前後段第四句押韻,宋、元人俱如此填,惟汪元量詞前後段起句"十年舊事漫咨嗟","玉人勸我酌流霞",與此平仄全異,恐非定格,不便參校。

**又一體** 雙調六十字,前後段各六句五平韻。

盧　炳

燈火樓臺萬斛蓮韻千門喜笑句素月嬋娟韻幾多急管與繁弦韻巷陌喧闐韻畢獻芳筵韻
樂與民偕五馬賢韻綺羅叢裏句一簇神仙韻傳柑雅宴約明年韻盡夕留連韻滿帆金船韻

此詞前後段第五句俱押韻,宋詞無别首可校。

**又一體** 雙調六十字,前後段各六句四平韻兩疊韻。

張　炎

剩蕊驚寒減豔痕韻蜂也消魂韻蝶也消魂疊醉歸無月傍黄昏韻知是花村韻不是花村疊

留得閒枝葉半存韻好似桃根韻可似桃根疊小樓昨夜雨聲渾韻春到三分韻秋到三分疊

此詞前後段第二三句、第五六句俱疊韻，有程垓、劉克莊、劉擬、方岳、歐良、虞集諸詞可校，但劉克莊詞換頭句"階銜免得管兵農"，與此平仄全異；又，宋無名氏詞前後段第二三句、第五六句，俱用"量"字韻者，係獨木橋體，因詞俚不録。

**又一體** 雙調六十字，前後段各六句六平韻。

蔣　捷

一片春愁帶酒澆韻江上船搖韻樓上簾招韻秋娘容與泰娘嬌韻風又飄飄韻雨又蕭蕭韻

何日雲帆卸浦橋韻銀字箏調韻心字香燒韻流光容易把人拋韻紅了櫻桃韻緑了芭蕉韻

此詞每句用韻，與第二、三句，第四、五句用疊韻者不同。

**又一體** 雙調五十八字，前後段各五句三平韻。

曹　勛

不占前村占瑶階韻芳影横斜積漸開韻水邊竹外冷搖春句一帶衝寒句香滿襟懷韻　管領東風要有才韻頻移歌酒上春臺韻直須日日坐花前句金殿仙人句同往同來韻

此詞前後段第二、三句作七字一句，與諸家異。見《松隱集》，無別首宋詞可校。

**又一體** 雙調五十九字，前段五句三平韻，後段六句三平韻。

趙長卿

霽靄迷空曉未收韻羈館殘燈句永夜悲秋韻梧桐葉上三更雨句別是人間一段愁韻　睡又不成夢又休韻多愁多病句當甚風流韻真情一點苦縈人句纔下眉尖句恰上心頭韻

此詞前段結句七字。按，李清照詞"雁字來時月滿樓"，又，《樂府雅詞》"明日從教一線添"，皆作七字句，與此同。蓋《一剪梅》之變體也，舊譜謂李詞脱去一字者，非。

## 尋梅二體

調見《樂府雅詞》及《梅苑》，蓋詠梅花也。因詞中有"朝來尋見"句，取以爲名。

**尋梅** 雙調六十字，前後段各五句四仄韻。

沈會宗

今年早覺花信蹉韻想芳心讀未應誤我韻一月花徑幾回過韻始朝來尋見句雪痕微破韻

眼前大抵情無那韻好景色讀只消些箇韻春風爛漫都且可韻是而今枝上句三朵兩朵韻

此調祇有沈詞二首，故可平可仄即參後詞。

按，《音韻集成》五歌部：蹉，蹉跎失時也。又去聲，故圖作仄聲，若作平聲，歌哿二韻，亦是本部三聲叶。

**又一體** 雙調六十字，前後段各五句四仄韻。

沈會宗

幽香淺淺濕未透韻認雪底讀思來始有韻剪裁尚覺瓊瑤皺韻苦寒中句越恁骨清肌瘦韻

東風氣象園林舊韻又今年讀而今時候韻急宜小摘當尊酒韻選一枝句且付玉人纖手韻

此與“今年早覺”詞同，惟前後兩結句法異。

## 錦帳春四體

調見《稼軒集》，因詞有“春色難留”及“重簾不卷，翠屏天遠”句，故名。

**錦帳春** 雙調六十字，前段七句四仄韻，後段七句五仄韻。

辛棄疾

春色難留句酒杯常淺韻把舊恨新愁相間韻五更風句千里夢句看飛紅幾片韻這般庭院韻

幾許風流句幾般嬌懶韻問相見何如不見韻燕飛忙句鶯語亂韻恨重簾不卷韻翠屏天遠韻

此調以辛詞、程詞爲正體，若戴詞、丘詞之减字，皆變體也。但宋詞祇此四首，故此詞可平可仄即參後列三詞。

**又一體** 雙調六十字，前段七句三仄韻，後段七句三仄韻一疊韻。

程　珌

最是春來句苦兼風雨韻但只恁讀匆匆歸去韻看遊絲句都不恨句恨秦淮新漲句向人東注韻

醉裏仙人句惜春曾賦韻却不解讀留春且住韻問何人句留得住疊怕小山更有句碧蕪春句韻

此與辛詞同，惟前後段第六句俱不押韻異。

汲古閣本此詞誤刻《錦堂春》，《詞律》猶沿其誤，類列《錦堂春》後，今從《花草粹編》校正。

**又一體** 雙調五十八字，前後段各六句四仄韻。

戴復古

處處逢花句家家插柳韻正寒食清明時候韻奉板輿行樂句是使星隨後韻人間稀有韻

出郭尋山句繡衣春晝韻馬上列讀兩行紅袖韻對韶華一笑句勸國夫人酒韻百千長壽韻

此亦與辛詞同，惟前後段第四、五句作五字一句，各減去一字異。

**又一體** 雙調五十六字，前後段各六句四仄韻。

邱　密

翠竹如屏句淺山如畫韻小池面讀危橋一跨韻著梭亭臨水句宛然郊野韻竹籬茅舍韻好是天寒句倍添妍雅韻正雪意讀垂垂欲下韻更朦朧月影句弄晴初夜韻梅花動也韻

此亦與辛詞同，惟前後段第四、五句減去一字，第六句又各減去一字異。

## 唐多令三體

《太和正音譜》：越調，亦入高平調。一名《糖多令》。周密因劉過詞有"二十年重過南樓"句，名《南樓令》；張翥詞有"花下鈿箜篌"句，名《箜篌曲》。

**唐多令** 雙調六十字，前後段各五句四平韻。

劉　過

蘆葉滿汀洲韻寒沙帶淺流韻二十年讀重過南樓韻柳下繫船猶未穩句能幾日讀又中秋韻　黄河斷磯頭韻故人曾到不韻舊江山讀渾是新愁韻欲買桂花同載酒句終不似讀少年游韻

此調以此詞爲正體，宋、元人俱如此填，若吴詞、周詞之添字，皆變體也。

按，劉詞别首首段起句"解纜蓼花灣"，"解"字仄聲；第二句"好風吹去帆"，"好"字仄聲；第四句"洛浦凌波人去後"，"凌"字平聲；周密詞後段起句"水調夜凄清"，"水"字仄聲；尹焕詞第三句"悵緑陰青子成雙"，"緑"字仄聲；第四句"説著前歡佯不采"，"前"字平聲。譜内可平可仄據此，餘參所採吴詞、周詞。

**又一體** 雙調六十一字，前後段各五句四平韻。

吴文英

何處合成愁韻離人心上秋韻縱芭蕉讀不雨也颼颼韻都道晚凉天氣好句有明月讀怕登樓韻　年事夢中休韻花空煙水流韻燕辭歸讀客尚淹留韻垂柳不縈裙帶住句漫長是讀繫行舟韻

此與劉詞同，惟前段第三句多一襯字異。按，此詞"也"字是襯字，《詞統》於"縱"字注"襯字"，非上三下四句法矣。

**又一體**　雙調六十二字，前後段各五句四平韻。

周　密

絲雨織鶯梭韻浮錢點翠荷韻燕風清讀庭宇正清和韻苔面唾絨堆繡徑句春去也讀奈春何韻　宫柳老青蛾韻題紅隔翠波韻扇鸞孤讀塵暗合歡羅韻門外緑陰深似海句應未比讀舊愁多韻

此亦與劉詞同，惟前後段第三句各添一字異。

## 攤破采桑子一體

調見《惜香樂府》，即《采桑子令》也，因前後段俱添入和聲，自成一體。

**攤破采桑子**　雙調六十字，前段六句四平韻，後段六句三平韻一重韻。

趙長卿

樹頭紅葉飛都盡句景物凄凉韻秀出群芳韻又見江梅淺淡妝韻也句囉句真箇是讀可人香韻　蘭魂蕙魄應羞死句獨佔風光韻夢斷高唐韻月送疏枝過女牆韻也句囉句真箇是讀可人香重韻

楚詞押韻句，或用助語詞，漢賦亦多如此，故此詞第四句，當於"也"字點句，坊本或於"妝"字點句，及"也"、"囉"二字相連點句者非。按，金詞高平調《唐多令》，兩結句俱有"也"字、"囉"字，南北曲《水紅花》結句亦有"也"字、"囉"字。又按，《廣韻》"七歌"：囉，歌詞也。此詞兩結"香"字重押，其爲歌時之和聲無疑。

## 後庭宴一體

《庚溪詩話》云：宋宣和中，掘地得石刻唐詞，調名《後庭宴》。

**後庭宴**　雙調六十字，前段五句三仄韻，後段六句三仄韻。

《庚溪詩話》無名氏

千里故鄉句十年華屋韻亂魂飛過屏山簇韻眼重眉褪不勝春句菱花知我銷香玉韻　雙雙燕子歸來句應解笑人幽獨韻斷歌零舞韻遺恨清江曲韻萬樹緑低迷句一庭紅撲簌韻

此詞前段近《踏莎行》，後段字句又與前段不同。《庚溪詩話》定爲唐詞，然無别首可校。

## 鞓紅一體

調見《梅苑》。

**鞓紅** 雙調六十字，前後段各六句四仄韻。

《梅苑》無名氏

粉香猶嫩句衾寒可慣韻怎奈向讀春心已轉韻玉容別是句一般閒婉韻悄不管讀桃紅杏淺韻　月影簾櫳句金堤波面韻漸細細讀香風滿院韻一枝折寄句故人雖遠韻莫輒使讀江南信斷韻

此調起結近《鵲橋仙》詞，然中三句句讀實與《鵲橋仙》不同。

## 賀熙朝二體

調見《花間集》。

**賀熙朝** 雙調六十一字，前段七句五仄韻，後段六句四仄韻。

歐陽炯

憶昔花間相見後韻只憑纖手韻暗抛紅豆韻人前不解句巧傳心事句別來依舊韻辜負春晝韻　碧羅衣上蹙金繡韻睹對對鴛鴦句空裛淚痕透韻想韶顔非久韻終是爲伊句只恁偷瘦韻

此唐調也，宋人無填之者，故譜内可平可仄即參下詞。

**又一體** 雙調六十一字，前段七句四仄韻，後段六句四仄韻。

歐陽炯

憶昔花間初識面韻紅袖半遮句妝臉輕轉韻石榴裙帶句故將纖纖句玉指偷撚韻雙鳳金線韻　碧梧桐鎖深深院韻誰料得兩情句何日教繾綣韻羨春來雙燕韻飛到玉樓句朝暮相見韻

此與前詞同，惟前段第二句不押韻異。

## 撥棹子三體

唐教坊曲名。

**撥棹子** 雙調六十一字,前段五句五仄韻,後段四句四仄韻。

尹　鶚

風切切韻深秋月韻十朵芙蓉繁豔歇韻憑小檻讀細腰無力韻空贏得讀目斷魂飛何處説韻　寸心恰似丁香結韻看看瘦盡胸前雪韻偏挂恨讀少年抛擲韻羞睹見讀繡被堆紅閒不徹韻

此調以此詞爲正體,若黄詞之三聲叶,無名氏詞之攤破句法,皆變體也,但宋、元人無填此體者,祗有尹詞别首可校。前段第二句"雙曆媚","曆"字仄聲;第三句"冠子鏤金裝翡翠","冠"字平聲,"鏤"字仄聲;第四句"將一朵、瓊花堪比","瓊"字平聲;結句"窠窠繡、鸞鳳衣裳香窣地","鸞"字平聲;後段起句"銀臺蠟燭滴紅淚","銀"字平聲,"滴"字仄聲;第二句"緑酒勸人教半醉","緑酒"二字俱仄聲,"人"字平聲,"半"字仄聲;結句"特地向、寶帳顛狂不肯睡","特"字、"不"字俱仄聲。譜内可平可仄據此。

此詞之韻本用六月九屑,而中有"力"字、"擲"字,乃十一陌十三職。按《古今通韻》,月、屑可通陌、職,引古詩"石上生菖蒲,一寸八九節。仙人勸我餐,令我好顔色"爲證。又按,吴棫《韻補》,十一陌古通月,故知此詞"力"、"擲"字亦韻。

**又一體** 雙調六十一字,前段五句兩叶韻兩疊韻一仄韻,後段五句五仄韻。

黄庭堅

歸去來叶歸去來疊携手舊山歸去來疊有人共讀對月尊罍叶横一琴讀甚處逍遥不自在韻　閒世界韻無利害韻何必向讀世間甘幻愛韻與君釣讀晚煙寒瀨韻蒸白魚稻飯韻溪童供筍菜韻

此與尹鶚詞體同,惟前段四句韻俱用三聲叶;又,换頭句仍作三字兩句,第二句八字、添一字,結句不作上三下七句法異。

此詞十灰韻與十一隊叶,亦是本部三聲叶。

**又一體** 雙調六十二字,前段七句三仄韻,後段六句三仄韻。

《花草粹編》無名氏

煙姿媚句冰容薄韻芳蕖嫩句隱映新萍池閣韻自擷英人去後句清香微綻句透真珠簾幕韻　似無語含情垂彩佩韻戲芳蔭句漸許織鱗相托韻西風直須愛惜句看看濃豔句伴秋光零落韻

詞之源亦出尹詞,特攤破句法自成新聲耳。按《古今通韻》,入聲十藥間通去聲十一隊,故此詞"佩"字可押"薄"字。

## 玉堂春一體

調見《珠玉集》。

**玉堂春** 雙調六十一字，前段七句兩仄韻兩平韻，後段五句兩平韻。

晏　殊

斗城池館仄韻二月春風煙暖韻繡户珠簾句日影初長平韻玉轡金鞍句繚繞沙堤路句幾處行人映緑楊韻　小檻朱闌回倚句千花濃露香韻脆管清弦句欲奏新翻曲句依約林間坐夕陽韻

按，《珠玉詞》晏詞三首，前段第一、二句俱押仄韻，當是定格，填者遵之。

晏詞别首，前段第二句"御柳暗遮空苑"，"暗"字仄聲；後段第二句"新英遍舊叢"，"遍"字仄聲；結句"觸處楊花滿袖風"，"獨"字仄聲。又一首前段第二句"殘雪尚濛煙草"，"殘"字平聲；後段第一句"憶得往年同伴"，"往"字仄聲。譜内可平可仄據此。

## 繫裙腰三體

調見張先詞集。宋媛魏氏詞名《芳草渡》。

**繫裙腰** 雙調六十一字，前段六句四平韻，後段六句三平韻。

張　先

清霜蟾照夜雲天韻朦朧影讀畫勾闌韻人情縱似長情月句算一年年韻又能得句幾番圓韻　欲寄西江題葉字句流不到讀五亭前韻東池始有荷新緑句尚小如錢韻問何日藕句幾時蓮韻

此詞前後段第三句及换頭句俱用仄聲字住，不押韻。其第四句俱作四字句，各用一襯字，不獨後段第五句多一"問"字爲襯字也。按，此調宋詞甚少，故此詞平仄即參劉、魏二詞。

**又一體** 雙調五十九字，前後段各六句五平韻。

劉　儗

山兒矗矗水兒清韻船兒似讀葉兒輕韻風兒更没人情韻月兒明韻廝合造句送人行韻　眼兒蔌蔌淚兒傾韻燈兒更讀冷青青韻遭逢著讀雁兒又没前程韻一聲聲韻怎生得讀夢兒成韻

此與張詞同，惟前後段第三句及换頭句用韻，第四句各减一字異。至後段第三句"遭逢著"三字亦襯字也,減此三字,即與前"風兒"句同。

**又一體**　雙調五十八字,前後段各六句四平韻。

宋媛魏氏

燈花耿耿漏遲遲韻人別後讀夜凉時韻西風瀟灑夢初回韻誰念我句就單枕句皺雙眉韻　錦屏繡幌與秋期韻腸欲斷讀淚偷垂韻月明還到小窗西韻我恨你句我憶你句你爭知韻

此詞句讀整齊,惟前後段第四句不用韻,與前兩詞異。

## 《御定詞譜》卷十四　起六十二字至六十六字

### 贊成功一體

調見《花間集》。

**贊成功**　雙調六十二字,前後段各七句四平韻。

毛文錫

海棠未坼句萬點深紅韻香苞緘結一重重韻似含羞態句邀勒春風韻蜂來蝶去句任繞芳叢韻　昨夜微雨句飄灑庭中韻忽聞聲滴井邊桐韻美人驚起句坐聽晨鍾韻快教折取句戴玉瓏璁韻

此調無唐、宋詞别首可校。

### 定風波八體

唐教坊曲名。李珣詞名《定風流》,張先詞名《定風波令》。

**定風波**　雙調六十二字,前段五句三平韻兩仄韻,後段六句四仄韻兩平韻。

歐陽炯

暖日閒窗映碧紗平韻小池春水浸明霞韻數樹海棠紅欲盡仄韻爭忍韻玉閨深掩過年華平韻　獨憑繡牀方寸亂换仄韻腸斷韻淚珠穿破臉邊花平韻鄰舍女郎相借問换仄韻音信韻教人羞道未還家平韻

此調以此詞爲正體,前後段以平韻爲主,前段第三、四句,後段第一二句、第四五句,又間入仄韻。宋詞俱如此填。若蘇詞之不押仄韻,孫詞之添字,蔡詞、京詞之攤破句法,曹詞、李詞、陳詞之減字,皆變體也。

按，歐陽修詞前段第三、四句"春睡覺來情緒惡。寂寞"，"寂"字仄聲，譜内據之，其餘可平可仄，悉參所採諸詞。至閣選詞换頭句"扁舟短棹歸蘭浦"，"舟"字平聲，"棹"字仄聲，"蘭"字平聲；李珣詞後段第四句"更飲一杯紅霞酒"，"霞"字平聲。宋、元詞無如此者，但附注以備參考。

**又一體** 雙調六十三字，前段五句三平韻兩仄韻，後段六句四仄韻兩平韻。

孫光憲

簾拂疏香斷碧絲平韻淚衫還滴綉黄鸝韻上國獻書人不在仄韻凝黛韻晚庭又是落紅時平韻　春日自長心自促换仄韻翻覆韻年來年去負前期平韻應是秦雲兼楚雨换仄韻留住韻向花枝讀誇説月中枝平韻

此與歐陽詞體同，惟後段結句多一字，亦襯字也。

**又一體** 雙調六十二字，前段五句三平韻、兩仄韻，後段六句一仄韻一疊韻兩平韻。

蔡　伸

一曲離歌酒一鍾平韻可憐分袂太匆匆韻百計留君留不住仄韻君去韻滿川煙暝滿帆風平韻　目斷魂銷人不見换仄韻但見疊青山隱隱水浮空平韻擬把一襟相憶淚句試向雲箋句密寫付飛鴻韻

此亦歐陽詞體，惟後段第五、六句攤破句法，不押仄聲短韻異。

按，唐李珣詞後段第四、五、六句"聽鵲憑龜無定處，不知淚痕，流在畫羅衣"，亦不押仄聲短韻，正與此同。

**又一體** 雙調六十字，前段五句三平韻兩仄韻，後段五句兩平韻兩仄韻。

李　泳

點點行人趁落暉平韻摇摇煙艇出漁磯韻一路水香流不斷仄韻零亂韻春潮緑浸野薔薇平韻　南去北來愁幾許句登臨懷古欲沾衣韻試問越王歌舞地换仄韻佳麗韻只今惟有鷓鴣飛平韻

此亦歐詞體，惟换頭下減去押仄聲短韻兩字句異。

**又一體** 雙調六十字，前後段各五句兩平韻兩仄韻。

曹　冠

萬箇琅玕篩日影句兩堤楊柳蘸漣漪平韻鳴鳥一聲林愈静仄韻吟興韻未曾移步已成詩平韻　旋汲清湘烹建茗句時尋野果勸金卮韻況有良朋談妙理换仄韻適意韻此歡不遣俗人知平韻

此即李詞體,惟前段起句不用韻異。

**又一體** 雙調六十二字,前段五句三平韻,後段六句兩平韻。

蘇 軾

好睡慵開莫厭遲韻自憐冰臉不宜時韻偶作小桃紅杏色句閒雅句尚餘孤瘦雪霜姿韻休把閒心隨物態句何事句酒生微暈沁瑶肌韻詩老不知梅格在句吟詠句更看緑葉與青枝韻

此詞前後段俱不間入仄韻,與歐詞異。

**又一體** 雙調六十二字,前段五句三平韻,後段五句兩平韻。

京 鏜

何必穿針上彩樓韻剖瓜插竹訴閒愁韻聞道天孫相會處句銀漢無津句不待泛蘭舟韻動是隔年尋素約句何似每逢清景且嬉遊韻但得舉杯開口笑句對月臨風句總勝鵲橋秋韻

此詞不間入仄韻,前後結各攤破作上四字一句、下五字一句異。至换頭第二句"何似"二字,即連下句,如襯字法,亦一格也。按,京詞别首,"騎氣乘風,也作等閒遊",句法又與此有别,因注明不另録。

**又一體** 雙調六十字,前段五句三平韻,後段五句兩平韻。

陳允平

慵拂妝臺懶畫眉韻此情惟有落花知韻流水悠悠春脉脉句閒倚繡屏句獨自立多時韻有約莫教鶯解語句多情却妒燕子飛韻一笑薔薇辜舊約句載酒尋歡句因甚懶支持韻

此與京鏜詞體同,惟後段第二句減二字作七字一句異。

按,周紫芝《琴調相思引》亦名《定風波令》,校此調前後段各少第三句七字,因已編入《琴調相思引》,故不類列。

## 破陣子一體

唐教坊曲名,一名《十拍子》。陳暘《樂書》云:"唐《破陣樂》屬龜兹部,秦王所制,舞用二千人,皆畫衣甲,執旗旆,外藩鎮春衣犒軍設樂,亦舞此曲,兼馬軍引入場,尤壯觀也。"按,唐《破陣樂》乃七言絶句,此蓋因舊曲名,另度新聲。元高拭詞注"正宫"。

**破陣子** 雙調六十二字，前後段各五句三平韻。

晏　殊

海上蟠桃易熟句人間秋月長圓韻惟有擘釵分鈿侶句離別常多會面難韻此情須問天韻 蠟燭到明垂淚句熏爐盡日生煙韻一點淒涼愁絶意句漫道秦箏有剩弦韻何曾爲細傳韻

此調始自此詞，宋詞俱照此填。

前段起句，晏詞别首"湖上西風斜日"，"湖"字、"斜"字俱平聲，又一首"憶得去年今日"，"去"字仄聲；第二句，陸游詞"放教昨夜浮名"，"放"字、"昨"字俱仄聲；第三句，程垓詞"簇定熏爐酥酒軟"，"簇"字仄聲，"熏"字平聲；第四句，蘇軾詞"醉裏無何即是鄉"，"醉"字仄聲，趙善扛詞"陌上晴光收翠嵐"，"收"字平聲；第五句，晏詞别首"歌長粉面紅"，"歌"字平聲，"粉"字仄聲；後段起句，晏詞别首"巧笑東鄰女伴"，"東"字平聲，"女"字仄聲，又"斜日更穿簾幕"，斜"字"平聲；第二句，晏詞别首"采桑徑裏逢迎"，"采"字仄聲，程垓詞"歌聲輕度紅兒"，"輕"字平聲；第三句，晏詞别首"疑怪昨宵春夢好"，"疑"字平聲，"昨"字仄聲；第四句，晏詞别首"元是今宵鬬草贏"，"元"字平聲，趙善扛詞"夢繞清江江水南"，下"江"字平聲；第五句，晏詞别首"笑從雙臉生"，"笑"字仄聲，"雙"字平聲。譜内可平可仄據此。

## 金蕉葉四體

此調始自柳永，因詞中有"金蕉葉泛金波霽"句，取以爲名。袁去華、蔣捷詞皆從柳詞減字。《樂章集》注：大石調；元高拭詞注：越調。

**金蕉葉** 雙調六十二字，前後段各五句四仄韻。

柳　永

厭厭夜飲平陽第韻添銀燭讀旋呼佳麗韻巧笑難禁句豔歌無間聲相繼韻準擬幕天席地韻 金蕉葉泛金波霽韻未更闌讀已盡狂醉韻就中有箇句風流暗向燈光底韻惱遍兩行珠翠韻

柳詞此體，無别首可校。

**又一體** 雙調四十八字，前後段各四句四仄韻。

袁去華

江楓半赤韻雨初晴讀雁空紺碧韻愛籬落讀黄花秀色韻帶零露旋摘韻 向晚西風淡日韻發蕭蕭讀任從帽側韻更莫把讀茱萸歎息韻且更持大白韻

此校柳詞，前段起句減三字，後段起句減一字，前後段第三、四句各減四字，兩結句又減一字。

按，袁集此調四十八字者三首，其一首前段第二句"調停得、似錫似蜜"，"調"字平聲，"得"字仄聲;第三句"試一飲、風生兩腋","一"字仄聲;結句"更煩襟頓失","襟"字平聲;後段第三句"覷得他、烘地面赤","他"字平聲,"地"字仄聲,又一首"試纖手、清泉戲掬","纖"字平聲;結句"看風動檻竹","風"字平聲,"動"字仄聲。譜内可平可仄據此。至前後兩結俱作上一下四句法,三首皆然。元高拭越調詞,正與此同。

**又一體** 雙調四十六字,前後段各四句四仄韻。

袁去華

行思坐憶韻知他是讀怎生過日韻煩惱無千萬億韻誚將做飯吃韻　　舊日輕憐痛惜韻却如今讀怨恨深極韻不覺長吁歎息韻便直恁下得韻

此與前詞同,惟前後段第三句各減一字異。

**又一體** 雙調四十六字,前後段各四句三仄韻。

蔣　捷

雲褰翠幕韻滿天星讀碎珠迸索韻孤蟾闌外照我韻看看過轉角韻　　酒醒寒砧正作韻待眠來讀夢魂怕惡韻枕屏那更畫了句平沙斷雁落韻

此與"行思坐憶"詞同,惟前後段第三句不用韻異,其兩結句亦不作上一下四句法。

## 漁家傲四體

明蔣氏《九宫譜目》入中吕引子。

按,此調始自晏殊,因詞有"神仙一曲漁家傲"句,取以爲名。如杜安世詞三聲叶韻,蔡伸詞添字者,皆變體也。外有《十二箇月鼓子词》,其十一月、十二月起句俱多一字。歐陽修詞云"十一月新陽排壽宴","十二月嚴凝天地閉"。歐陽原功詞云"十一月都人居暖閣","十二月都人供暖箑"。此皆因月令,故多一字,非添字體也。

**漁家傲** 雙調六十二字,前後段各五句五仄韻。

晏　殊

畫鼓聲中昏又曉韻時光只解催人老韻求得淺歡風日好韻齊揭調韻神仙一曲漁家傲韻　　緑水悠悠天杳杳韻浮生豈得長年少韻莫惜醉來開口笑韻須通道韻人間萬事何時了韻

此調以此詞爲正體,宋、元人俱如此填。若周詞之疊韻,杜詞之三聲叶韻,蔡詞之添字,皆變體也。

按，宋杜安世詞前段第一、二句“每到春來長如病。玉容瘦與薄妝稱”，“如”字平聲，“薄”字仄聲；結句“奈向後期全無定”，“向”字仄聲，“期”字平聲；後段第二句“花間衆禽愁難聽”，“禽”字平聲；第三句“天賦多情翻成恨”，“成”字平聲。每句俱作拗體。又，元凌彦翀詞前段起句“採芝步入南山道”，“芝”字平聲，“步”字、“入”字俱仄聲。俱與此詞平仄全異。又，晏詞别首前段起句“幽鷺慢來窺品格”，“幽”字平聲；歐陽修詞第二句“葉籠花罩鴛鴦侣”，“葉”字仄聲，“花”字平聲；後段起句“愁倚畫樓無計奈”，“愁”字平聲，“畫”字仄聲；第二句“亂紅飄過秋塘外”，“亂”字仄聲；第三句“腸斷樓南金鎖户”，“腸”字平聲；杜安世詞第四句“有誰道”，“有”字仄聲。俱與此詞平仄小異，譜内可平可仄據之，餘參所採諸詞句法同者。

**又一體** 雙調六十二字，前後段各五句四仄韻一疊韻。

周紫芝

遇坎乘流隨分了韻雞蟲得失能多少韻兒輩雌黄堪一笑韻堪一笑疊鶴長鳧短從他道韻

幾度秋風吹夢到韻花姑溪上人空老韻唤取扁舟歸去好韻歸去好疊孤篷一枕秋江曉韻

此與晏詞同，惟前後段第四句用疊韻異。見《竹坡詞》，採入以備一體。

**又一體** 雙調六十二字，前後段各五句兩平韻三叶韻。

杜安世

疏雨才收淡淨天韻微雲綻處月嬋娟韻寒雁一聲人正遠叶添幽怨叶那堪往事思量遍叶

誰道綢繆兩意堅韻水萍風絮不相緣韻舞鑑鸞腸虚寸斷叶芳容變叶好將憔悴教伊見叶

此調用三叶葉，《壽域詞》二首皆然。其一首前段第四句“春色盡”，“色”字仄聲；第五句“臘梅枝上櫻桃嫩”，“枝”字平聲；後段第二句“熏餘乍厭錦衾温”，“熏”字平聲，“乍”字仄聲；第三句“消減玉肌誰與問”，“消”字平聲，“玉”字仄聲。譜内可平可仄據此。

此詞一先韻本部三聲叶，而“遠”、“怨”、“斷”三字間通十四願、十五翰者，以元、寒、先古韻本通也。别首十二文本部三聲叶，而間通十一軫、十四願者，亦以真、文、元古韻本通耳，與曲韻平仄互叶者不同。

**又一體** 雙調六十六字，前後段各六句五仄韻。

蔡　伸

煙鎖池塘秋欲暮韻細細荷香句直到雙棲處韻並枕東窗聽夜雨韻偎金縷韻雲深不見來時路韻

曉色朦朧人去住韻香覆重簾句密密聞私語韻目斷征帆歸别浦韻空凝佇韻苔痕緑映金蓮步韻

此見《友古集》。校晏詞，前後段第二句各添二字，攤破作兩句，名《添字漁家傲》。其調近《蝶戀花》，惟以前後多第五句三字爲分别也。

## 蘇幕遮一體

唐教坊曲名。按,《唐書·宋務光傳》:比見都邑坊市,相率爲渾脱隊,駿馬戎服,名《蘇幕遮》。又按,張説集有《蘇幕遮》七言絶句,宋詞蓋因舊曲名,另度新聲也。周邦彦,有"鬢雲鬆"句,更名《鬢雲鬆令》。《金詞》注:般涉調。

**蘇幕遮** 雙調六十二字,前後段各七句四仄韻。

范仲淹

碧雲天句黄葉地韻秋色連波句波上含煙翠韻山映斜陽天接水韻芳草無情句更在斜陽外韻黯鄉魂句追旅思韻夜夜除非句好夢留人睡韻明月樓高休獨倚韻酒入愁腸句化作相思淚韻

此調祇有此體,宋、元人俱如此填。

前段第三、四句,梅堯臣詞"亂碧萋萋,雨後江天曉","亂"字、"雨"字俱仄聲;第五句,蘇軾詞"一局選仙逃暑困","一"字、"選"字俱仄聲;第六、七句,蘇詞"笑指尊前,誰向清宵近","笑"字仄聲,"誰"字平聲;後段第三句,張先詞"回首旗亭","回"字平聲;第四句,蘇詞"誰敢爭先進","誰"字平聲;第五句,杜安世詞"獨上高樓臨春靄","獨"字仄聲,楊澤民詞"溪上故人無恙否","故"字仄聲;第六、七句,張先詞"天若有情,天也終須老",兩"天"字俱平聲,"有"字仄聲。譜内可平可仄據此。若《花草粹編》無名氏詞前段起二句"與君别,情易許","别"字仄聲,此亦偶然,不必從。

## 攤破南鄉子二體

《太平樂府》、《中原音韻》俱注"大石調",高拭詞注"南吕宫",《太和正音譜》注"小石調",亦入仙吕宫。趙長卿詞名《青杏兒》,又名《似娘兒》;《翰墨全書》黄右曹詞有"壽堂已慶靈椿老"句,名《慶靈椿》;《中州樂府》趙秉文詞有"但教有酒身無事"句,名《閒閒令》。

**攤破南鄉子** 雙調六十二字,前後段各六句三平韻。

程 垓

休賦惜春詩韻留春住讀説與人知韻一年已負東風瘦句説愁説恨句數期數刻句只望歸時韻莫怪杜鵑啼韻真箇也讀喚得人歸韻歸來休恨花開了句梁間燕子句且教知道句人也雙飛韻

此詞前後段一、二、三句近《南鄉子》,與《醜奴兒》無涉。自宋黄庭堅集誤刻《醜奴兒》,元好問效其體，加以"促拍"二字，《詞律》相沿，遂編入《醜奴兒》體，今照《樂府雅詞》改定。

此調以此詞爲正體，宋、元人俱如此填。若趙詞之攤破句法，注中向詞之添字，皆變體也。

前段第二句，鄧光薦詞"海棠花、開未開間"，"海"字仄聲，"花"字、"開"字俱平聲；第三句，劉辰翁詞"不記去年今夕夢"，"記"字、"夕"字俱仄聲，"年"字平聲；鄧詞"莫言春色三分二"，"春"字平聲；第四、五句，趙秉文詞"今年花謝，明年花謝"，兩"花"字俱平聲；後段第一句，鄧詞"侯印舊家氈"，"侯"字平聲；第二句"早天邊、飛詔催歸"，"早"字仄聲，"天"字、"邊"字俱平聲；第四、五句，趙詞"有花也好，無花也好"，"有"字仄聲，"無"字平聲，"也"字仄聲；第六句，趙詞"選甚春秋"，"選"字仄聲。譜内可平可仄據此，餘參下詞。

**又一體** 雙調六十二字，前段六句三平韻，後段五句三平韻。

趙長卿

最苦是離愁韻行坐裏讀只在心頭韻待須作箇巫山夢句孤衾輾轉句無眠到曉句和夢都休韻夢裏也無由韻誰敢望讀真箇綢繆韻暫時不見渾閒事句只愁柳絮楊花句自來擺蕩難留韻

此亦程詞體，惟後段第四、五、六句攤破四字三句，作六字兩句異。

按，向鎬有六十六字詞一首，前段結句"那底都是虚脾"，後段結句"看俺麽裸而歸"，校程詞多四字，因詞俚不録。

## 明月逐人來一體

按，《能改齋漫録》云：李持正自撰譜，蓋因詞有"皓月隨人近遠"句，故名。

**明月逐人來** 雙調六十二字，前段六句五仄韻，後段六句四仄韻。

李持正

星河明澹韻春來深淺韻紅蓮正讀滿城開遍韻禁街行樂句暗塵香拂面韻皓月隨人近遠韻

天半鼇山句光動鳳樓西觀韻東風静讀珠簾不卷韻玉輦待歸句雲外聞弦管韻認得宫花影轉韻

此調自此詞外，祇有張元幹詞可校。張詞前段第四、五句"軟紅影裏，誰會王孫意"，"影"字仄聲，"誰"字平聲，"會"字仄聲，"孫"字平聲；後段第二句"五夜春風鼓吹"，"五"字仄聲，"春"字平聲，"鼓"字仄聲；第四句"鳳幃未暖"，"幃"字平聲，"暖"字仄聲；結句"更問陰晴天氣"，"天"字平聲。譜内可平可仄據此。譜内可平可仄據此。

## 甘州遍一體

按，唐教坊大曲有《甘州》。凡大曲多遍，此則《甘州曲》之一遍也。

**甘州遍** 雙調六十三字,前段六句三平韻,後段八句五平韻。

毛文錫

春光好句公子愛閒遊韻足風流韻金鞍白馬句雕弓寶劍句紅纓錦襜出長秋韻　花蔽膝句玉銜頭韻尋芳逐勝歡宴句絲竹不曾休韻美人唱讀揭調是甘州韻醉紅樓韻堯年舜日句樂聖永無憂韻

按,《花間集》毛詞别首與此平仄如一,惟後段第四句"往往路人迷",上"往"字仄聲;第七句"鳳凰詔下","鳳"字仄聲。譜内可平可仄據此。

## 别怨一體

調見《惜香樂府》,因詞有"翻成别怨不勝悲"句,取以爲名。

**别怨** 雙調六十三字,前段五句四平韻,後段六句三平韻。

趙長卿

驕馬頻嘶韻曉霜濃讀寒色侵衣韻鳳幃私語處句翻成别怨不勝悲韻更與叮嚀囑後期韻　素約諧心事句重來了讀比看相思韻如何見得句明年春事濃時韻穩乘金騕褭句來爛醉讀玉東西韻

宋詞祇此一體,無别首可校。

## 麥秀兩岐一體

唐教坊曲名。《碧雞漫志》云:屬黄鍾宫。

**麥秀兩岐** 雙調六十四字,前後段各七句六仄韻。

和　凝

凉簟鋪斑竹韻鴛枕並紅玉韻臉蓮紅句眉柳綠韻胸雪宜新浴韻淡黄衫子裁春縠韻異香芬馥韻　羞道交回燭韻未慣雙雙宿韻樹連枝句魚比目韻掌上腰如束韻嬌嬈不禁人拳跼韻黛眉微蹙韻

此調見《尊前集》,句短韻促,無他首可校,其平仄當遵之。

## 獻衷心二體

唐教坊曲名。

**獻衷心** 雙調六十四字,前段九句四平韻,後段八句四平韻。

歐陽炯

見好花顔色句爭笑東風韻雙臉上句晚妝同韻閉小樓深閣句春景重重韻三五夜句偏有恨句月明中韻　情未已句信曾通韻滿衣猶自染檀紅韻恨不如雙燕句飛舞簾櫳韻春欲暮句殘絮盡句柳條空韻

調見《花間集》,宋、元人無照此填者。在唐詞中,亦衹有顧敻添字一體,故譜内可平可仄即參之。

**又一體** 雙調六十九字,前後段各九句四平韻。

顧　敻

繡鴛鴦帳暖句畫孔雀屏攲韻人悄悄句月明時韻想昔年歡笑句恨今日分離韻銀釭背句銅漏永句阻佳期韻　小爐煙細句虚閣簾垂韻幾多心事句暗地思惟韻被嬌娥牽役句魂夢如癡韻金閨裏句山枕上句始應知韻

此與歐陽炯詞同,惟前段第二句、第六句添一字,後段第一、二句及第三、四句各添一字,皆襯字也。觀此,知唐時已開襯字法門。

## 黄鍾樂一體

唐教坊曲名。

**黄鍾樂** 雙調六十四字,前後段各五句三平韻。

魏承班

池塘煙暖草萋萋韻惆悵閒宵含恨句愁坐思堪迷韻遙想玉人情事遠句音容渾是隔桃溪韻　偏記同歡秋月低韻簾外論心花畔句和醉暗相携韻何事春來君不見句夢魂長在錦江西韻

詞見《花間集》,無别首可校。

## 醉春風一體

趙鼎詞名《怨東風》。《太平樂府》、《中原音韻》俱入中吕類;《太和正音譜》,注"中吕宫",亦入"正宫",又入"雙調"。蔣氏《十三調》注"中吕調"。

**醉春風**　雙調六十四字，前後段各七句四仄韻兩疊韻。

趙德仁

陌上清明近韻行人難借問韻風流何處不歸來句悶韻悶疊悶疊回雁峯前句戲魚波上句試尋芳信韻　夜永蘭膏燼韻春睡何曾穩韻枕邊珠淚幾時乾句恨韻恨疊恨疊惟有窗前句過來明月句照人方寸韻

此調衹有趙鼎詞可校，若元人王實甫、馬東籬輩，於前後段第三句俱叶平韻，畢竟是曲，故不附録。按，趙詞前段第三句"魚書蝶夢兩消沈"，"蝶"字仄聲；第五句"結盡丁香"，"結"字仄聲；後段第二句"羅巾空淚粉"，"巾"字平聲，"淚"字仄聲；第三句"欲將遠意托湘弦"，"遠"字仄聲；第六句"畫簾悄悄"，上"悄"字仄聲。譜内可平可仄據此。

## 握金釵二體

《梅苑》無名氏詞名《戛金釵》。

**握金釵**　雙調六十四字，前後段各七句四仄韻。

吕渭老

風日困花枝句晴峰自相趁韻晚來紅淺香盡韻整頓腰肢暈殘粉韻弦上語句夢中人句天外信韻　青杏已成雙句新尊薦櫻筍韻爲誰一和銷損韻數著佳期又不穩韻春去也句怎當他句清晝永韻

此詞前後段第二、三、四句例作拗句，吕詞二首皆然。若《梅苑》詞，則惟第四句作拗體，故不參校平仄。

按，吕詞别首前段起句"向晚小妝匀"，"向"字仄聲；第四句"開盡繁花又春晚"，"開"字平聲；後段第三句"見來無計拘管"，"無"字平聲；第四句"心似芭蕉乍舒展"，"心"字、"舒"字俱平聲。譜内可平可仄據此。

**又一體**　雙調六十四字，前後段各六句四仄韻。

《梅苑》無名氏

梅蕊破春寒句春來何太早韻輕傅粉讀向人先笑韻比並年時較些少韻愁底事句十分清瘦了韻　影静野塘空句香寒霜月曉韻風韻減讀酒醒花老韻可煞多情要人道韻疏竹外句一枝斜更好韻

此與吕詞同，惟前後段第三句俱添一字，作上三下四句法，第六、七句俱減一字，作五字一句異。

## 侍香金童三體

金詞注“黄鍾宫”，又“黄鍾調”。按，《開天遺事》：王元寶常於寢帳牀前，雕矮童二人，捧一寶博山爐，自暝焚香徹曉，調名取此。無名氏詞即詠其事也。

**侍香金童** 雙調六十四字，前後段各六句四仄韻。

《梅苑》無名氏

寶臺蒙繡句瑞獸高三尺韻玉殿無風煙自直韻迤邐傍懷盈綺席韻苒苒菲菲句斷處凝碧韻　是龍涎鳳髓句惱人情意極韻想韓壽讀風流應暗識韻去似彩雲無處覓韻惟有多情句袖中留得韻

此調有蔡伸、趙長卿二詞可校。此詞後段第三句八字，蔡伸詞則前段第三句八字，趙長卿詞則前後段第三句皆八字，餘俱同，可平可仄即參二詞。

按，金詞注“黄鍾宫”者，本此填，惟换頭仍作四字一句、五字一句。

**又一體** 雙調六十四字，前後段各六句四仄韻。

蔡　伸

寶馬行春句緩轡隨油壁韻念一瞬讀韶光堪重惜韻還是去年同醉日韻客裏情懷句倍添淒惻韻　記南城錦逕句名園曾遍歷韻更柳下讀人家如織韻此際憑闌愁脉脉韻滿目江山句暮雲空碧韻

此與《梅苑》詞同，惟前段第三句八字，後段第三句七字異。

**又一體** 雙調六十五字，前後段各六句四仄韻。

趙長卿

一種春光句占斷東君惜韻算穠李讀韶華爭並得韻粉膩酥融嬌欲滴韻端的尊前句舊曾相識韻　向夜闌酒醒句霜濃寒又力韻但只與讀冰姿添夜色韻繡幕雲屏人寂寂韻只許劉郎句暗傳消息韻

此亦與《梅苑》詞同，惟前後段第三句俱作八字異。

按，金詞注“黄鍾調”者，本此填，惟换頭仍作四字一句、五字一句。

## 緱山月一體

蔣氏《九宫譜目》入正宫引子。

**緱山月**　雙調六十四字，前段七句四平韻，後段七句三平韻。

梁　寅

急雨響巖阿韻陰晴暗薜蘿韻山中春去更寒多韻縱柴門不閉句花滿徑句蒼苔潤句少人過韻　蘭舟曾記蘭汀宿句牽恨是煙波韻而今林下和樵歌韻看風風雨雨句從造物句時時變句總心和韻

按，《九宫譜》所載元詞，前後段第三句校此詞各多一字，第五、六、七句作四字兩句，换頭作六字句，雖句讀小異，其源實出於此詞也。但宋人無填此調者，故可平可仄無從參校。

## 喝火令一體

調見《琴趣外篇》。

**喝火令**　雙調六十五字，前段五句三平韻，後段七句四平韻。

黄庭堅

見晚情如舊句交疏分已深韻舞時歌處動人心韻煙水數年魂夢句無處可追尋韻　昨夜燈前見句重題漢上襟韻便愁雲雨又難禁韻曉也星稀句曉也月西沈韻曉也雁行低度句不會寄芳音韻

此詞無他首可校。後段句法若準前段，則第四句應作“星月雁行低度”，今疊用三“曉也”字攤作三句，當是體例應然，填者須遵之。

## 芭蕉雨一體

調見程垓《書舟詞》。

**芭蕉雨**　雙調六十五字，前段五句四仄韻，後段六句四仄韻。

程　垓

雨過凉生藕葉韻晚庭消盡暑讀渾無熱韻枕簟不勝香滑韻怎奈寶帳情生句金樽意愜韻　玉人何處夢蝶韻思一見冰雪韻須寫箇帖兒讀丁寧説韻試問道讀肯來麼句今夜小院無人句重樓有月韻

此調僅見此詞，無別首可校。

## 淡黄柳三體

姜夔自度曲，《白石集》注：正平調。

**淡黄柳** 雙調六十五字，前段五句五仄韻，後段七句五仄韻。

姜　夔

空城畫角韻吹入垂楊陌韻馬上單衣寒惻惻韻看盡鵝黄嫩緑韻都是江南舊相識韻　正岑寂韻明朝又寒食韻强携酒讀小橋宅韻怕梨花讀落盡成秋色韻燕燕飛來句問春何在句唯有池塘自碧韻

"正岑寂"三字，《詞律》移作前段結句，查張炎、王沂孫詞，俱屬换頭，今改正。此詞可平可仄即參下張、王二詞。

**又一體** 雙調六十五字，前段五句五仄韻，後段七句四仄韻。

張　炎

楚腰一撚韻羞剪青絲結韻力未勝春嬌怯怯韻暗托鶯聲細説韻愁蹙眉心鬭雙葉韻　正情切韻柔條未堪折韻應不解讀管離别韻如今已入東風眼句空望斷章臺句馬蹄何處句閒了黄昏淡月韻

此與姜詞同，惟後段第四句少一字、不押韻，第五句多一字異。

按，此詞後段第四句本不用韻，或改"眼"字作"睫"字者非。

**又一體** 雙調六十五字，前段五句四仄韻，後段七句四仄韻。

王沂孫

花邊短笛韻初結孤山約韻雨悄風輕寒漠漠韻翠鏡秦鬟釵别句同折幽芳怨摇落韻　素裳薄韻重拈舊紅萼韻歎携手讀轉離索韻料青禽讀一夢春無幾句後夜相思句素蟾低照句誰掃花陰共酌韻

此亦與姜詞同，惟前後段第四句不用韻異。或引《古今通韻》"藥"可通"屑"，疑"别"字爲韻，非也。

按，《通韻》"藥"之通"錫"，則引毛詩"左手執籥，右手秉翟"；"覺"之通"職"，則引毛詩"食我場藿，以永今夕"；"沃"之通"陌"，則引毛詩"不敢不局，不敢不眷"。蓋以屋、沃、覺、藥、陌、錫、職，即東、冬、江、陽、庚、青、蒸之入聲，平聲七韻宫音可通，則入聲七韻亦可通也。故此詞"笛"字，姜詞"角"字、"緑"字可以注韻。若以"藥"通"屑"，則罕有此例。

## 滚繡球一體

調見《惜香樂府》。

**滚繡球**　雙調六十五字，前段七句兩仄韻，後段七句三仄韻。

趙長卿

流水奏鳴琴句風月淨讀天無星斗韻翠嵐堆裏句蒼巖深處句滿林霜膩句暗香凍了句那禁頻嗅韻　馬上再三回首韻還記省讀去年時候韻十分全似句那人風韻句柔腰弄影句冰腮退粉句做成清瘦韻

汲古閣本後段第六句少一字，今據《詞緯》增定，平仄無他詞可校。

## 錦纏道三體

《全芳備祖·樂府》名《錦纏頭》，江衍詞名《錦纏絆》，原注"黄鍾宫"。

**錦纏道**　雙調六十六字，前段六句四仄韻，後段六句三仄韻。

宋　祁

燕子呢喃句景色乍長春晝韻睹園林讀萬花如繡韻海棠經雨胭脂透韻柳展宫眉句翠拂行人首韻　向郊原踏青句恣歌携手韻醉醺醺讀尚尋芳酒韻問牧童讀遥指孤村道句杏花深處句那裏人家有韻

按，沈際飛《續草堂詩餘》後段第三句作"尚尋芳問酒"，將下句"問"字移入上句，妄爲增損，不知此調前後段第三句例作七字上三下四句法，後段第四句例作八字上三下五句法，不押韻，有《全芳備祖》無名氏詞可校也。故此詞可平可仄，悉參無名氏詞。

**又一體**　雙調六十七字，前段六句四仄韻，後段六句三仄韻。

《全芳備祖》無名氏

雨過園林句觸處落紅微緑韻正桑葉讀新齊如沃韻嬌羞只恐人偷矚韻背立牆陰句慢展纖纖玉韻　聽啼鳩幾聲句耳邊相促韻念蠶饑讀四眠初熟韻勸路旁讀立馬莫踟躕句是那人口裏句却道秋胡曲韻

此與宋詞同，惟後段第五句添一字異，蓋襯字也。

**又一體** 雙調六十六字，前後段各六句三仄韻。

江　衍

屈曲新堤句占斷滿林佳氣韻畫簷兩行連雲際韻亂山疊翠水回環句岸邊樓閣句金碧遥相倚韻　柳陰低映句穠豔花光洵美韻好昇平讀爲誰初起韻大都風物不由人句舊時荒壘句今日香煙地韻

此亦宋詞體，惟前段第三句不作上三下四句法，第四句不押韻，後段第一、二句照前段作四字一句、六字一句，第四句減一字作七字句異。

## 厭金杯一體

調見《東山樂府》，一名《獻金杯》。

**厭金杯** 雙調六十六字，前後段各七句四仄韻。

賀　鑄

風軟香遲句花深漏短韻可憐宵讀畫堂春半韻碧紗窗影句卷帳燭燈紅句鴛枕畔韻密寫烏絲一段韻　拾翠沙空句采蘋溪晚韻盡愁倚讀夢雲飛觀韻木蘭艇子句幾日渡江來句心目斷韻桃葉青山隔岸韻

此詞無他首可校。按，《花草粹編》後段"采蘋溪晚"句，誤刻"拾翠沙空"句上，今從《詞緯》本訂正。

## 慶春澤三體

此調有兩體，六十六字者見張先詞，九十八字者見《梅苑》詞。

**慶春澤** 雙調六十六字，前後段各七句四仄韻。

張　先

飛閣危橋相倚韻人獨立東風句滿衣輕絮韻還記憶江南句如今天氣韻正白蘋花句繞堤漲流水韻　寒梅落盡誰寄韻方春意無窮句青空千里韻愁草樹依依句關城初閉韻對月黄昏句角聲傍煙起韻

宋人無填此調者，故譜内可平可仄，悉參張詞别首。

按，前段第三句"絮"字在六御韻，屬角宫，通首所用，乃四紙韻，屬徵音，本不相通，《詞律》注"借叶"無據。或曰吴越間方言"絮"讀作"枲"，轉人八霽便可與四紙通，然終是出韻，不可爲法。

**又一體**　雙調六十六字，前後段各七句四仄韻。

張　先

黯色不須妝樣韻風韻好天真句畫毫難上韻花影灩金尊句酒泉生浪韻鎮欲留春句傍花爲春唱韻　　銀塘玉宇空曠韻冰齒映輕唇句蕊紅新放韻聲宛轉句疑隨煙香悠颺韻對暮林静句寥寥振清響韻

此與"飛閣危橋"詞同，惟後段第四句三字、第五句六字異。

按，此詞兩結，"鎮"字、"爲"字、"對"字、"振"字，皆用去聲，與前詞"正"字、"漲"字、"對"字、"傍"字同。

**又一體**　雙調九十八字，前後段各十句四仄韻。

《梅苑》無名氏

曉風嚴句正蕭然兔園句薄霧微罩韻梅漸弄白句聳危苞匀小韻胭脂半點瓊瑰勝句望江南讀信息何杳韻縱壽陽妍姿句學就新妝句暗香須少韻　　幽豔滿寒梢句更遊蜂舞蝶句渾無飛繞韻天賦品格句借東皇施巧韻孤根占得春前後句笑雪霜讀漫欺容貌韻况此花高强句終待和羹句肯饒芳草韻

此詞見《梅苑》，亦名《慶春澤》，録之以備一體。至《詞律》所收劉鎮詞一百八字者，係《高陽臺》，與此無涉。

## 行香子八體

《中原音韻》、《太平樂府》俱注"雙調"，蔣氏《九宫譜目》入中吕引子。

**行香子**　雙調六十六字，前段八句四平韻，後段八句三平韻。

晁補之

前歲栽桃句今歲成蹊韻更黄鸝久住相知韻微行清露句細履斜暉韻對林中侣句閒中我句醉中誰韻　　何妨到老韻常閒常醉句任功名生事俱非韻衰顔難强句拙語多遲韻但醉同行句月同坐句影同歸韻

此調以晁詞、蘇詞、秦詞、韓詞爲正體，而韓詞一體，填者頗少。按，此五首字句悉同，所辨者在前後段起二句或押韻或不押韻耳。若杜詞之或添字、或减字，趙詞之减字，李詞之添字，皆變體也。

此詞前段起句，後段第一、二句，俱不用韻，晁詞别首"雪裏清香"詞正與此同。又，王銚"金井先秋"詞亦與此同，惟前段第三句"幾回驚覺夢初長"，不作上三下四句法異。

葛勝仲詞前段第三句"漸老人不奈悲秋"，"老"字仄聲；晁詞别首後段第一、二、三句"芳尊移就，幽葩折取，似玉人携手同歸”，“折”字、“玉”字俱仄聲。譜内可平可仄據此，其餘悉參類列諸詞。惟杜詞平仄獨異，即不復校。

**又一體** 雙調六十六字，前段八句五平韻，後段八句三平韻。

蘇　軾

携手江村韻梅雪飄裙韻情何限讀處處銷魂韻故人不見句舊曲重聞韻向望湖樓句孤山寺句湧金門韻　尋常行處句題詩千首句繡羅衫讀與拂紅塵韻別來相憶句知是何人韻有湖中月句江邊柳句隴頭雲韻

此與晁詞同，惟前段起句押韻異。

按，晏幾道“晚緑寒紅”詞及蘇軾別首“北望平川”詞，皆與此同。又，歐陽修詞前段第三句“藍溪水染輕裙”少一字，後段第三句“向越橋邊青柳朱門”多一字，查張先集，刻前句作“藍溪水深染輕裙”，後句作“越橋邊青柳朱門”，仍與蘇詞體同，故不另録。

**又一體** 雙調六十六字，前段八句五平韻，後段八句四平韻。

蘇　軾

綺席才終韻歡意猶濃韻酒闌時讀高興無窮韻共誇君賜句初拆臣封韻看分香餅句黄金縷句蜜雲龍韻　鬭贏一水句功敵千鍾韻覺凉生讀兩腋清風韻暫留紅袖句少却紗籠韻放笙歌散句庭館静句略從容韻

此與晁詞同，惟前段第一句押韻，後段第二句亦押韻異。

按，蘇軾“一葉舟輕”詞，晁補之“歸鳥翩翩”詞，晁次膺“别恨綿綿”詞，葛勝仲“風物颼颼”詞，趙師俠“春日遲遲”詞，汪莘“策杖溪邊”詞，洪瑹“楚楚精神”詞，黄昇“寒意方濃”詞，皆與此同。

**又一體** 雙調六十六字，前後段各八句五平韻。

秦　觀

樹繞村莊韻水滿陂塘韻倚東風讀豪興徜徉韻小園幾許句收盡春光韻有桃花紅句李花白句菜花黄韻　遠遠苔牆韻隱隱茅堂韻颺青旗讀流水橋傍韻偶然乘興句步過東崗韻正鶯兒啼句燕兒舞句蝶兒忙韻

此亦與晁詞同，惟前段第一句押韻，後段第一、二句俱押韻異。

按，辛棄疾“白露園蔬”詞，劉過“佛寺雲邊”詞，蔣捷“紅了櫻桃”詞，張翥“水遠天低”詞，元好問“漫漫清池”詞，皆與此同。

**又一體** 雙調六十六字，前段八句四平韻，後段八句五平韻。

韓　玉

一剪梅花句一見銷魂韻况溪橋讀雪裏前村韻香傳細蕊句春透靈根韻更水清泠句雲黯淡

句月黄昏韻　幽過溪蘭韻清勝山礬韻對東風讀獨立無言韻霜寒塞壘句風静譙門韻聽角聲悲句笛聲怨句恨難論韻

此與晁詞同,惟後段第一、二句押韻異。

**又一體** 雙調六十八字,前後段各八句四平韻。

杜安世

黄金葉細句碧玉枝纖韻初暖日讀當乍晴天韻向武昌溪畔句於彭澤門前韻陶潛影句張緒態句兩相牽韻　數枝堤面句幾樹橋邊韻嫩垂條讀絮蕩輕綿韻繫長江舴艋句拂深院秋千韻寒食下句半和雨句半和煙韻

此亦晁詞體,惟前後段第四、五句各添一字,第六句各減一字異。句中平仄,亦與各家小異。

**又一體** 雙調六十四字,前後段各八句五平韻。

趙長卿

驕馬花驄韻柳陌經從韻小春天讀十里和風韻箇人家住句曲巷牆東韻好軒窗句好體面句好儀容韻　燭炧歌慵韻斜月朦朧韻夜新寒讀斗帳香濃韻夢回畫角句雲雨匆匆韻恨相逢句恨分散句恨情鍾韻

此與秦詞體同,惟前後段第六句各減一字異。

按,《太平樂府》雙調詞前後兩結,一首"似夢中身,石中火,水中鹽","是漢張良,越范蠡,晉陶潛"者,秦觀詞體也;一首"盼佳音,無佳信,誤佳期","見人羞,驚人問,怕人知"者,即此詞體也。

**又一體** 雙調六十九字,前段八句五平韻,後段八句三平韻。

李清照

草際鳴蛩韻驚落梧桐韻正人間天上愁濃韻雲階月色句關鎖千重韻縱浮槎來句浮槎去句不相逢韻　星橋鵲駕句經年才見句想離情別恨難窮韻牽牛織女句莫是離中韻甚一霎兒晴句一霎兒雨句一霎兒風韻

此與蘇軾"携手江村"詞同,惟後結三句各添一字異,亦襯字也。

## 《御定詞譜》卷十五　起六十六字至六十八字

### 酷相思一體

調見《書舟雅詞》。

**酷相思** 雙調六十六字，前後段各五句四仄韻一疊韻。

程 垓

月挂霜林寒欲墜韻正門外讀催人起韻奈離別讀如今真箇是韻欲住也讀留無計韻欲去也讀來無計疊 馬上離情衣上淚韻各自箇讀供憔悴韻問江路讀梅花開也未韻春到也讀須頻寄韻人到也讀須頻寄疊

此調祗有此詞，前後段兩結句例用疊韻，填者須遵之。

汲古閣本後段第二句脱"箇"字，今照《花草粹編》增入。

## 解佩令五體

調見《小山樂府》。按，《楚辭》"捐予佩兮澧浦"，《韓詩外傳》"鄭交甫遇漢皋神女解佩"，調名取此。

**解佩令** 雙調六十六字，前段六句四仄韻，後段六句三仄韻。

晏幾道

玉階秋感句年華暗去韻掩深宫讀團扇無緒韻記得當時句自剪下讀機中輕素韻點丹青讀畫成秦女韻 凉襟猶在句朱弦未改句忍霜紈讀飄零何處韻自古悲凉句是情事讀輕如雲雨韻倚幺弦讀恨長難訴韻

此詞有許、王、史、蔣四詞可校，故譜内可平可仄，悉參下四詞。

汲古閣本前段第二句"掩深宫、團扇無情緒"，多一字。又"團扇無緒"一本作"扇鸞無緒"，今從《花草粹編》校定。

**又一體** 雙調六十六字，前後段各六句四仄韻。

許沖元

蕙蘭無韻句桃李堪掃韻都不數讀凡花閒草韻對月臨風句長是伊讀故來相惱韻和魂夢讀披他香到韻 江頭隴畔句爭先占早韻一枝枝讀看來總好韻似恁風標句待發願讀春前祈禱韻祝東君讀放教不老韻

此與晏詞同，惟後段第二句用韻異。

**又一體** 雙調六十六字，前段六句四仄韻，後段六句五仄韻。

王庭珪

湘江停瑟句洛川回雪韻是耶非讀相逢飄瞥韻雲鬢風裳句照心事讀娟娟山月韻剪煙花讀

帶蘿同結韻　留環盟切韻貽珠情徹韻解携時讀玉聲愁絶韻羅襪塵生句早波面讀春痕欲滅韻送人行讀水聲凄咽韻

此亦與晏詞同,惟後段第一、二句俱用韻異。

**又一體**　雙調六十六字,前段六句五仄韻,後段六句四仄韻一疊韻。

史達祖

人行花塢韻衣沾香霧韻有新詞讀逢春分付韻屢欲傳情句奈燕子讀不曾飛去韻倚珠簾讀詠郎秀句韻　相思一度韻濃愁一度疊最難忘讀遮燈私語韻澹月梨花句借夢來讀花邊廊廡韻指春衫讀淚曾濺處韻

此與晏詞同,惟前後段第一句俱用韻,後段第二句疊韻異。

**又一體**　雙調六十五字,前段六句三仄韻兩疊韻,後段六句五仄韻。

蔣　捷

春晴也好韻春陰也好疊著些兒讀春雨越好疊春雨如絲句繡出花枝紅嫋韻怎禁他讀孟婆合皂韻　梅花風悄韻杏花風小韻海棠風讀驀地寒峭韻歲歲春光句被二十四風吹老韻楝花風讀爾且慢到韻

此與史詞同,惟前段第二、第三句用疊韻,第五句減一字,後段第二句仍用韻,不疊上韻異。

## 垂絲釣四體

《中原音韻》注:商角調。《太平樂府》注:商調。

**垂絲釣**　雙調六十六字,前段八句七仄韻,後段七句六仄韻。

周邦彦

鏤金翠羽韻妝成才見眉嫵韻倦倚繡簾句看舞風絮韻愁幾許韻寄鳳絲雁柱韻春將暮韻向層城苑路韻　鈿車似水句時時花徑相遇韻舊游伴侣韻還到曾來處韻門掩風和雨韻梁燕語韻問那人在否韻

《花草粹編》以"春將暮"句作結,似語氣未完;汲古閣本以"鈿車似水"句分段,則又非韻。今照楊无咎詞體校正。

按,趙彦端、方千里、陳亮諸詞俱與此同,惟陳允平和詞前段第三、四句"憑闌看花柳,蜂粘絮"作五字、三字句,第六句"寶箏閒玉柱",結句"武陵溪上路",後段結句"舊夢還記否",俱不作上一下四句法。又,趙彦端詞前結兩句"想芳逕,正垂垂美陰","想"字仄聲;陳亮詞後段起句"登高未也","登"字平聲;第五句"短髮還羞覷","短"字仄聲;結句"近五雲深處","深"字平聲;陳允平詞後段第三句"鴛儔鳳侶”,“鴛”字平聲。譜内可平可仄據此,其餘參校所採諸詞。

**又一體** 雙調六十六字,前段八句七仄韻,後段七句六仄韻。

楊无咎

燕將舊侶韻呢喃終日相語韻似惜別離情句知幾許韻誰與度韻爲向人代訴韻空朝暮韻漫千言百句韻　怎生會得句爭如作箇青羽韻又聞院宇韻不在當時住韻飛去無尋處韻腸萬縷韻寄暴風橫雨韻

此與周詞同,惟前段第三句五字、第四句三字異。按,楊詞別首前段第三、四句“逸調響穿空,雲不度”,正與此同。

**又一體** 雙調六十六字,前段八句六仄韻,後段七句六仄韻。

吴文英

聽風聽雨句春殘花落門掩韻乍倚玉闌句旋剪夭豔韻携醉靨韻放溯溪遊纜韻波光閃韻映燭花黯淡韻　碎霞澄水句吴宮初試菱鑒韻舊情頓減韻孤負深杯灩韻衣露天香染韻通夜飲韻問漏移幾點韻

此亦與周詞同,惟前段起句不用韻異。

或點第四句“旋剪夭豔”四字爲兩韻,引周邦彦詞“看舞風絮”,趙彦端詞“夜粉堪認”爲據,但查方、陳和詞,皆不押韻,似亦不必。

按,鄭庠《古音辨》,侵、覃、鹽、咸四韻均爲羽音,通用,故此調“飲”字仄聲韻亦可與“掩”、“豔”、“纜”諸韻通也。

**又一體** 雙調六十七字,前段七句六仄韻,後段八句六仄韻。

袁去華

江楓秋老韻曉來紅葉如掃韻暮雨生寒句正北風低草韻賓鴻早韻亂半川殘照韻傷懷抱韻　記西園飲處句微雲弄月句梅花人面爭好韻路長信杳韻度日房櫳悄韻還是黄昏到韻歸夢少韻縱夢歸易覺韻

此亦周詞體,惟前段第四句多一字,至後段起句應作前段結句,因不用韻,故不照楊詞分段。

## 謝池春三體

李石詞,名《風中柳》;《高麗史》無名氏詞,名《風中柳令》;孫道絢詞,名《玉蓮花》;黄澄詞,名《賣花聲》。

**謝池春**　雙調六十六字,前後段各六句四仄韻。

陸　游

賀監湖邊句初繫放翁歸棹韻小園林讀時時醉倒韻春眠驚起句聽啼鶯催曉韻歎功名讀誤人堪笑韻　朱橋翠徑句不許京塵飛到韻挂朝衣讀東歸欠早韻連宵風雨句卷殘紅如掃韻恨樽前讀送春人老韻

此調以此詞爲正體,若劉詞、無名氏詞之減字,皆變體也。

此詞前後段第五句例作上一下四句法,宋詞中無一異者。又,宋人以换頭爲過變,故此詞前後段起句平仄不同,遍考宋詞,莫不皆然,惟孫道絢詞前句"消減芳容",後句"利鎖名韁",偶然相同,不必從也。至詞中前後段第三句,宋詞俱用仄平平平平仄仄,惟《高麗史》無名氏詞與此小異,因採以備體,原非定格,填者亦審之。

前段第一、二句,李石詞"煙雨池塘,緑影乍添春漲","煙"字平聲,"緑"字仄聲;第四、五句,黄澄詞"畫樓睡起,正眼横秋水","睡"字、"眼"字俱仄聲;結句,李石詞"似玉人、瘦時模樣","玉"字仄聲;後段第四、五句,李詞"重門静院,度香風屏障","静"字仄聲;結句,孫道絢詞"莫辜負、鳳幃人老","負"字仄聲。俱與此詞平仄平仄小異,譜内據此,餘參劉詞。

**又一體**　雙調六十四字,前後段各六句五仄韻。

劉　因

我本漁樵句不是白駒空谷韻對西山讀悠然自足韻北窗疏竹韻南窗叢菊韻愛村居讀數間茅屋韻　風煙草屨句滿意一川平緑韻問前溪讀今朝酒熟韻幽禽歌曲韻清泉琴筑韻欲歸來讀故人留宿韻

此與陸詞同,惟前後段第四句俱押韻,第五句各減一字異。

**又一體**　雙調六十四字,前後段各六句四仄韻。

《高麗史·樂志》無名氏

愛鬟雲長句惜眉山翠韻乍相見讀一時眠起韻爲伊尚未欲句將言相戲韻早樽前讀會人深意韻　霎時間阻句眼兒早讀巴巴地韻便也解讀封題相寄韻怎生是斂曲句終成連理韻管勝如讀舊來識底韻

此亦與陸詞同,惟前段第二句減二字,後段第二句句法折腰,前後段第四句五字、第五句四字異。

## 勝勝令二體

俞克成詞名《聲聲令》。

**勝勝令** 雙調六十六字，前段七句四平韻，後段八句四平韻。

曹勛

梅風吹粉句柳影摇金韻漸看春意入芳林韻波明草嫩句㩀征鞍句晚煙沈韻向野館讀愁緒怎禁韻　過了燒燈句醉别院句阻同尋韻瑣窗還是冷瑶琴韻燈花謝也句擁春寒句掩閒衾韻念翠屏讀應倚夜深韻

此與俞詞俱用閉口韻，想是音律所寓，惜無可考，故譜内可平可仄，悉參俞詞。

**又一體** 雙調六十六字，前段七句四平韻，後段八句六平韻。

俞克成

簾移碎影句香褪衣襟韻舊家庭院嫩苔侵韻東風過盡句暮雲鎖句緑窗深韻怕對人讀閒枕剩衾韻　樓底輕陰韻春信斷句怯登臨韻斷腸魂夢兩沈沈韻花飛水遠句便從今韻莫追尋韻又怎禁讀驀地上心韻

此與曹詞同，惟後段起句及第六句俱用韻異。

## 玉梅令一體

姜夔自度高平調曲，因詞中有“玉梅幾樹”句，取以爲名。

**玉梅令** 雙調六十六字，前段七句四仄韻，後段六句三仄韻。

姜夔

疏疏雪片韻散入溪南苑韻春寒鎖讀舊家亭館韻有玉梅幾樹句背立怨東風句花未吐句暗香已遠韻　公來領客句梅下花能勸韻花長好讀願公更健韻便揉春爲酒句剪雪作新詩句拚一日讀繞花千轉韻

坊本此詞前段第六句作“高花未吐”，多一“高”字；後段第二句作“梅花能勸”，少一“下”字，今從《詞緯》本改正，蓋以“花未吐，暗香已遠”，正與後段“拚一日，繞花千轉”句法相對；“梅下花能勸”，正與前段“散入溪南苑”句法對也。

此詞亦無别首宋詞可校，其平仄當遵之。

## 青玉案十三體

漢張衡詩“何以報之青玉案”，調名取此。《中原音韻》注：雙調；《太和正音

譜》注：高平調；蔣氏《九宫譜目》入中吕引子；韓淲詞有“蘇公堤上西湖路”句，名《西湖路》

青玉案 雙調六十七字，前後段各六句五仄韻。

賀 鑄

凌波不過横塘路韻但目送讀芳塵去韻錦瑟年華誰與度韻月樓花院句綺窗朱户韻惟有春知處韻　碧雲冉冉蘅皋暮韻彩筆空題斷腸句韻試問閒愁知幾許韻一川煙草句滿城風絮韻梅子黄時雨韻

此調以賀詞、蘇詞及毛詞、史詞爲正體，若張炎詞之疊韻，李彌遜、吴潛、胡銓詞之添字，李清照詞之句法小異，曹組詞之句法小異、又添字，毛詞别首之攤破句法，趙長卿詞之减字，趙詞别首之句讀參差，皆變體也。但諸詞中，有前段第二句六字折腰，後段第二句或七字、或六字、或八字者；有前段第二句七字，後段第二句或七字、或八字者；有前段第二句六字不折腰，後段第二句或七字、或八字者；亦有前段第二句五字者；又有前後段第五句或押韻，或不押韻者。各以類列，庶不混淆。

此調後段第二句例作拗句，如歐陽修詞“爭似家山見桃李”，程垓詞“别後誰吟倚樓句”，高觀國詞“入晝遥山翠分黛”，吴文英詞“不忍輕飛送殘照”，南北宋人皆然。

又，此調後段起句，宋詞俱仄平仄仄平平仄，惟黄庭堅“煙中一線”詞“别恨朝朝連暮暮”，“恨”字、上“暮”字俱仄聲，“朝朝”二字俱平聲；第二句，宋詞俱仄仄平平仄平仄，惟曹冠“煙村茂樾”詞，“枝上鶯歌如解勸”，“如”字平聲，“解”字仄聲；前後段第三句，宋詞俱仄仄平平平仄仄，惟石孝友詞“翦翦霜風落平野”、“别後知他爲何也”，“落”字、“爲”字俱仄聲，“平”字、“何”字俱平聲。此等句法，宋人間一爲之，非定格也，若彙參入圖，恐失此調本體，故但詳注以備考證。譜内可平可仄，悉校所採諸詞。

又一體 雙調六十七字，前後段各六句四仄韻。

蘇 軾

三年枕上吴中路韻遣黄耳讀隨君去韻若到松江呼小渡韻莫驚鷗鷺句四橋盡是句老子經行處韻　輞川圖上看春暮韻常記高人右丞句韻作箇歸期天已許韻春衫猶是句小蠻針線句曾濕西湖雨韻

此與賀詞同，惟前後段第五句各不押韻，宋、元詞如此填者甚多。

又一體 雙調六十八字，前後段各六句四仄韻。

李彌遜

楊花盡教難拘管韻也解趁讀飛紅伴韻驄馬無情人漸遠韻沙平淺渡句雨濕孤村句何處長亭晚韻　欲憑桃葉傳春怨韻莫不似句斜風倩雙燕韻縱得書來春又换韻只將心事句分付眉尖句寂寞梨花院韻

此即蘇詞體，惟後段第二句八字異。《松隱集》曹勛詞二首，正與此同，但曹詞前後段第三句“趁得梅花先春到”、“正怕和風都開了”，俱作拗句。

按，此詞前後段第五句第四字俱用平聲，又與諸家異。

**又一體** 雙調六十六字，前後段各六句四仄韻。

毛滂

芙蕖花上濛濛雨韻又冷落讀池塘暮韻何處風來摇碧户韻捲簾凝望句淡煙疏柳句翡翠穿花去韻　玉京人去無由駐韻忍獨在讀憑闌處韻試問緑窗秋到否韻可人今夜句新凉一枕句無計相分付韻

此詞前後段第五句俱不用韻，與蘇詞同，惟後段第二句作六字折腰句法異。宋有吕渭老、王炎、沈端節諸詞可校。

元顧德輝詞，亦填此體，惟换頭句“紅人花腮青人萼”，兩“人”字俱仄聲，“腮”字平聲。

**又一體** 雙調六十六字，前後段各六句五仄韻。

史達祖

蕙花老盡離騷句韻緑染遍讀江頭樹韻日午酒消聽驟雨韻青榆錢小句碧苔錢古句難買東君住韻　官河不礙遺鞭路韻被芳草讀將愁去韻多定紅樓簾影暮韻蘭燈初上句夜香初炷韻猶自聽鸚鵡韻

此詞前後段第五句用韻，與賀詞同，惟後段第二句作六字折腰句法異。宋有黄公紹詞可校。

**又一體** 雙調六十六字，前後段各六句五仄韻一疊韻。

張炎

萬紅梅裏幽深處韻甚杖屨讀來何暮韻草帶湘香穿水樹韻塵留不住韻雲留却住疊壺内藏今古韻　獨清懶入終南去韻有忙事讀修花譜韻騎省不須重作賦韻園中成趣韻琴中得趣疊酒醒聽風雨韻

此與史詞同，惟前後段第四句多押一韻，第五句用疊韻異。

**又一體** 雙調六十八字，前後段各六句四仄韻。

吴潛

人生南北如岐路韻惆悵方回斷腸句韻四野碧雲秋日暮韻葦汀蘆岸句落霞殘照句時有鷗來去韻　一杯渺渺懷今古韻萬事悠悠付寒暑韻青箬緑蓑便野處韻有山堪采句有溪堪釣句歸計聊如許韻

此即蘇詞體，惟前段第二句亦作七字異。按，張榘詞前段第二句“秋在黄花羞澀處”，正與此同，但"羞"字平聲,"澀"字仄聲。

又一體 雙調六十九字,前後段各六句四仄韻。

胡 銓

宜霜開盡秋光老韻感動節物愁多少韻塵世難逢開口笑韻滿林風雨句一江煙水句颯爽驚吹帽韻　玉堂金馬何須到韻且饜取讀尊前玉山倒韻燕寢香清官事了韻紫萸黄菊句皂羅紅袂句花與人俱好韻

此亦蘇詞體,惟前段第二句七字,後段第二句八字異。

又一體 雙調六十七字,前後段各六句四仄韻。

李清照

征鞍不見邯鄲路韻莫便匆匆歸去韻秋風蕭條何以度韻明窗小酌句暗燈清話句最好流連處韻　相逢各自傷遲暮韻猶把新詩誦奇句韻鹽絮家風人所許韻如今憔悴句但餘雙淚句一似黄梅雨韻

此即蘇詞體,惟前段第二句六字不折腰異。

又一體 雙調六十八字,前後段各六句四仄韻。

曹 組

碧山錦樹明秋霽韻路轉陡疑無地韻忽有人家臨曲水韻竹籬茅舍句酒旗沙岸句一簇漁樵市韻　凄凉只恐鄉心起韻鳳樓遠讀回頭漫凝睇韻何處今宵孤館裏韻一聲征雁句半窗殘月句總是離人淚韻

此與李清照詞同,惟後段第二句八字異。按,曹詞別首前段第二句"在家縱貧亦好",後段第二句"正思鄉、驚時夢初覺",正與此同。

又一體 雙調六十八字,前後段各五句五仄韻。

毛 滂

今宵月好來同看韻月未落讀人還散韻把手留連簾兒畔韻含羞和恨轉嬌盼韻任花映讀春風面韻相思不用寬金釧韻也不用讀多情似玉燕韻問取嬋娟學長遠韻不必清光夜夜見韻但莫負讀團圓願韻

此詞前段第二句六字,後段第二句八字,與李彌遜詞同,惟前後段第四、五句減一字作七字一句,兩結添一字俱作六字句異。

又按,前後段第三句第六字用平聲,俱作拗體,所謂宋人間一爲之,原非定格也。至第四句前後平仄亦不同,惜無別首可校。

**又一體** 雙調六十六字，前後段各六句五仄韻。

趙長卿

恍如遼鶴歸華表韻閱盡人間巧韻天乞一堂山對繞韻微波不動句岸巾時照韻照見星星好韻　舞風荷蓋從敧倒韻碧樹生涼自天杪韻誰識元龍胸次浩韻騎鯨欲去句引杯獨嘯韻醉眼青天小韻

此即賀詞體，惟前段第二句五字異。按，趙詞別首前段第一、二句“結堂雄占雲煙表。萬象爭呈巧”，正與此同。

**又一體** 雙調六十八字，前段五句四仄韻，後段六句四仄韻。

趙長卿

梅黃又見纖纖雨韻客裏情懷兩眉聚韻何處煙村啼杜宇韻勸人歸去早思家句轉聽得讀聲聲苦韻　利名縈絆何時住韻惱亂愁腸成萬縷韻滿眼興亡知幾許韻不如尋箇句老松石畔句作箇柴門户韻

此詞前後段第一、二、三句與吴潛詞同，前結兩句與毛滂“今宵月好”詞同，但少押一韻；後結三句仍照蘇詞體填，句讀參差，亦變調也，採以備體。按，後段第二句不作拗體，亦與諸家異。

## 感皇恩七體

唐教坊曲名。陳暘《樂書》：祥符中，諸工請增龜兹部如教坊，其曲有雙調《感皇恩》。金詞注：大石調；《中原音韻》注：南吕宫。黨懷英詞名《疊蘿花》。

**感皇恩** 雙調六十七字，前後段各七句四仄韻。

毛　滂

緑水小河亭句朱闌碧甃韻江月娟娟上高柳韻畫樓縹緲句盡挂窗紗簾繡韻月明知我意句來相就韻　銀字吹笙句金貂取酒韻小小微風弄襟袖韻寶熏濃炷句人共博山煙瘦韻露涼釵燕冷句更深後韻

此調以此詞爲正體，若晁詞、賀詞之偷聲，周詞之添字，趙詞、汪詞之減字，皆變體也。

按，此調前後段第三句，宋詞例作拗體，俱平仄平平仄平仄，惟程大昌詞“老幼歡迎僮婢喜”、“文字流傳曾貴紙”，“僮”字、“曾”字俱平聲，“婢”字、“貴”字俱仄聲；又，前後段第六、七句，宋詞俱作仄平平仄仄，平平仄，或仄仄仄，惟陸敦信詞“風頭日脚下，人空老”、“而今酒興減，詩情少”，“日”字、“酒”字俱仄聲，劉鎮詞“兒孫列兩行，萊衣戲”、“十分才一分，那裏暨”，“行”字、“分”字俱平聲。至前段第二句，毛詞別首云“飲少輒醉”，“飲少”二字俱仄聲；後段第一、二句，晁補之詞云“憑誰向道，流水一瞬”,“誰”字平聲,“向道”二字俱仄聲,别首云“繁枝高蔭,疏枝低繞”,“低”字平聲,晁冲之詞云“熟睡起來,宿酲微帶”,“熟”字、“宿”字俱仄聲。趙企詞云“千里斷腸,關山古道”,周紫芝詞云“此去常恨,相從無路”,《梅苑》詞云“堪賞占斷,三春先手”,平仄各自不同,填者審擇一體,庶不混淆,故詳注不取參校。其餘可平可仄,悉參譜内六詞。至周詞换頭句“洞房見説”,平仄全異,亦不校注。

**又一體**　雙調六十七字,前後段各八句五仄韻。

晁冲之

蝴蝶滿西園句啼鶯無數韻水閣橋南路韻凝佇韻兩行煙柳句吹落一池飛絮韻秋千斜挂起句人何處韻　把酒勸君句閒愁莫訴韻留取笙歌住韻休去韻幾多春色句怎禁許多風雨韻海棠花謝也句君知否韻

此與毛詞同,惟前後段第三句各藏短韻。按,沈伯時《樂府指迷》所謂句中韻,歌時應拍,不可不押者也。

**又一體**　雙調六十七字,前後段各八句六仄韻。

賀　鑄

蘭芷滿汀洲句遊絲横路韻羅襪塵生步韻回顧韻整鬟顰黛句脉脉多情難訴韻細風吹柳絮韻人南渡韻　回首舊遊句山無重數韻花底深朱户韻何處韻半黄梅子句向晚一簾疏雨韻斷魂分付與韻春歸去韻

此亦與毛詞同,惟前後段第三句藏短韻,第六句又各多押一韻異。

**又一體**　雙調六十八字,前後段各七句四仄韻。

周邦彦

露柳好風標句嬌鶯能語韻獨佔春光最多處韻淺顰輕笑句未肯等閒分付韻爲誰心子裏句長長苦韻　洞房見説句雲深無路韻憑仗青鸞道情素韻酒空歌斷句又被江濤催度韻怎奈何讀言不盡句愁無數韻

此亦與毛詞同,惟後段第六句添一字異。

**又一體**　雙調六十八字,前後段各七句四仄韻。

周紫芝

無事小神仙句世人誰會韻著甚來由自縈繫韻人生須是句做些閒中活計韻百年能幾許句無多子韻　近日謝天句與片閒田地韻作箇茅堂待打睡韻酒兒熟也句贏取山中一醉韻人間如意事句只此是韻

此亦與毛詞同,惟後段第二句添一字異。

此詞前後段第五句“活”字、“一”字俱入聲，此即《樂府指迷》所謂以入替平之法，不可以上去聲字替。填者審之。

**又一體** 雙調六十五字，前後段各六句四仄韻。

趙長卿

景物一番新句熙熙時候韻小院融和漸長晝韻東君有意句爲憐纖腰消瘦韻軟風吹破眉間皺韻　嫋嫋枝頭句輕黄微透韻舞到春深轉清秀韻錦囊多感句又更新來傷酒韻斷腸無語憑闌久韻

此亦與毛詞同，惟前後結兩句各減一字，俱作七字一句異。

**又一體** 雙調六十六字，前後段各七句四仄韻。

汪　莘

年少尋芳句早春時節韻飛去飛來似蝴蝶韻如今老大句懶趁五陵豪俠韻夢中時聽得句秦簫咽韻　割斷人間句柳枝桃葉韻海上書來恨離别韻舊遊還在句空鎖雲霞萬疊韻舉杯相憶處句青天月韻

此亦與毛詞同，惟前段第一句減一字異。按，《中州樂府》黨懷英詞前起二句“碧玉擲條，藍袍裁葉”，正與此同。至後段第五句第五字，諸家例用平聲，周紫芝用以入替平之法，此詞獨用去聲，偶然不同，恐非定格也。

## 鈿帶長中腔一體

調見《大聲集》，即詠鈿帶香囊本意。

**鈿帶長中腔** 雙調六十七字，前段八句六平韻，後段六句四平韻。

万俟咏

鈿帶長韻簇真香韻似風前讀拆麝囊韻嫩紫輕紅句間鬬異芳韻風流富貴句自覺蘭蕙荒韻獨佔蕊珠春光韻　繡結流蘇密緻句魂夢悠揚韻氣融液讀散滿洞房韻朝寒料峭句殢嬌不易當韻著意要待韓郎韻

《花草粹編》少起句“鈿帶長”三字，今從本集校正。

此調秖有此詞，無别首可校。

## 夢行雲一體

調見《夢窗詞稿》，自注“一名《六幺花十八》”。《碧雞漫志》云：《六幺》曲内一疊名《花十八》,前後十八拍。

**夢行雲**　雙調六十七字,前段七句五仄韻,後段八句三仄韻。

吴文英

簟波皺纖縠韻朝炊熟韻眠未足韻青奴細膩句未拌真珠斛韻素蓮幽怨風前影句搔頭斜墜玉韻　畫闌枕水句垂楊梳雨句青絲亂句如乍沐韻嬌笙微韻句晚蟬亂秋曲韻翠陰明月勝花夜句那愁春去速韻

此調僅見此詞,無別首可校。

## 三奠子一體

調見元好問《錦機集》。按,崔令欽《教坊記》有《奠璧子》小曲,此或即奠酒、奠聲、奠璧爲三奠,取以名詞也。

**三奠子**　雙調六十七字,前後段各九句四平韻。

王　惲

帳神光奕奕句天上良宵韻花露濕句翠釵翹韻風回鸞扇影句愁滿紫雲軺韻恨相望句雖一水句隔三橋韻　朱弦寂寂句心思迢迢韻人未老句鬢先彫韻翻騰驚世故句機巧到鮫綃韻涼夜永句簫聲咽句篆煙飄韻

元人填此詞者,其字、句、韻悉同,惟前段第一句,高憲詞"上楚山高處","楚"字仄聲,"高"字平聲;第五句,高詞"草封諸葛廟","草"字仄聲;第六句,元好問詞"草木動威靈","草"字仄聲;第七句,元詞"連環玉","連"字平聲;第八句,元詞"回文錦","文"字平聲;後段第一句,高詞"雁横别浦","雁"字仄聲;第五句,高詞"美人何處住","美"字仄聲;第六句,高詞"倦客若爲留","倦"字仄聲;第七句,高詞"習池飲","習"字仄聲,"池"字平聲。譜内可平可仄據此。

## 鳳凰閣三體

高拭詞注:商調;張炎詞有"漸數花風第一"句,名《數花風》。

**鳳凰閣**　雙調六十八字,前後段各六句四仄韻。

柳　永

匆匆相見句懊惱恩情太薄韻霎時雲雨人抛却韻教我行思坐想句肌膚如削韻恨只恨讀相

違舊約韻　　相思成病句那更瀟瀟雨落韻斷腸人在闌干角韻山遠水遠人遠句音信難托韻這滋味讀黄昏更惡韻

此見《花草粹編》，因《樂章集》不載，故無宫調可考。

此調以此詞爲正體，若葉、趙詞之減字、句讀參差，皆變格也。按，張炎詞與此同，惟前後段第一、二句"好遊人老，秋鬢蘆花共色"，"酒樓仍在，流落天涯醉白"，"好"字、"酒"字俱仄聲，"秋"字、"流"字俱平聲；第三句"征衣猶戀去年客"、"孤城寒樹美人隔"，"征"字、"孤"字俱平聲；第四句"古道依然黄葉"、"煙水去程應遠"，"黄"字、"程"字俱平聲。譜内可平可仄據此，其餘參校葉、趙二詞。

又按，此詞前後段第二句"太"字、"雨"字，兩結句"舊"字、"更"字，俱用去聲。譜内葉詞"翠"字、"透"字、"送"字、"院"字，最爲合法。

**又一體**　雙調六十七字，前後段各六句四仄韻。

葉清臣

遍園林緑暗句渾如翠幄韻下無一片是花萼韻可恨狂風横雨句忒煞情薄韻盡底把讀韶華送却韻　　楊花無賴句是處穿簾透幕韻豈知人意正蕭索韻春去也讀這般愁句没處安著韻怎奈向讀黄昏院落韻

此與柳詞同，惟前段起句添一字，第二句減二字，後段第四句作六字折腰句法異。

此詞後段結句"怎奈向"與前段"盡底把"三字相對，諸家並無用平聲者，《詞律》誤作"爭奈何"，今依《花草粹編》校正。

**又一體**　雙調六十七字，前後段各六句四仄韻。

趙師俠

正薰風初扇句梅黄暑溽韻並摇雙槳去程速韻那更黄流浩淼句白浪如屋韻動歸思讀離愁萬斛韻　　平生奇觀句頗快江山寓目韻日斜雲定晚風熟韻白鷺飛來句點破一川明緑韻展十幅讀瀟湘畫軸韻

此與葉詞同，惟後段第四句四字，第五句六字異。

## 看花回八體

琴曲有《看花回》，調名本此。此調有兩體，六十八字者，始自柳永，《樂章集》注"大石調"，《中原音韻》注"越調"，無别首宋詞可校；一百一字者，始自黄庭堅，有周邦彦、蔡伸、趙彦端諸詞可校。

**看花回**　雙調六十八字，前後段各六句四平韻。

柳　永

玉城金階舞舜干韻朝野多歡韻九衢三市風光麗句正萬家讀急管繁弦韻鳳樓臨綺陌句佳

氣非煙韻　雅俗熙熙物態妍韻忍負芳年韻笑筵歌席連昏晝句任旗亭讀斗酒十千韻賞心何處好句惟有尊前韻

《詞律》本前段第四句脱一字,今依本集改正。

此調衹有柳詞二首,無別首宋詞可校。其平仄亦如一,惟前結及换頭句小異。

**又一體**　雙調六十七字,前後段各六句四平韻。

柳　永

屈指勞生百歲期韻榮瘁相隨韻利牽名惹逡巡過句奈兩輪讀玉走金飛韻紅顏成白首句極品何爲韻　塵事常多雅會稀韻忍不開眉韻畫堂歌管深深處句難忘酒琖花枝韻醉鄉風景好句携手同歸韻

此與前詞同,惟後段第四句六字異。

**又一體**　雙調一百一字,前段九句四仄韻,後段九句五仄韻。

黄庭堅

夜永蘭堂句醺飲半倚頹玉韻爛漫墜鈿墮履句是醉時風景句花暗殘燭韻歡意未闌句舞燕歌珠成斷續韻催茗飲讀旋煮寒泉句露井瓶竇響飛瀑韻　纖指緩讀連環動觸韻漸泛起讀滿甌銀粟韻香引春風在手句似閩嶺越溪句初采盈掬韻暗想當時句探春連雲尋篁竹韻怎歸得讀鬢將老句付與杯中緑韻

宋詞填此調者,惟前段第一、二句,前後段第六、七句句讀異,餘俱同。

按,周邦彦"秀色芳容"詞正與此同,惟前段第二句"明眸就中奇絶","眸"字、"中"字俱平聲;結句"半晌斜盼費貼燮","貼"字仄聲;後段第二句"帶困時、似開微合","時"字平聲;結句"與他衫袖裛","他"字平聲,"袖"字仄聲。譜内可平可仄據此,其餘悉參周、蔡、趙詞。

**又一體**　雙調一百一字,前段九句四仄韻,後段九句五仄韻。

周邦彦

惠風初散輕暖句霽景澄潔韻秀蕊乍開乍斂句帶雨態煙痕句春思紆結韻危弦弄響句來去驚人鶯語滑韻無賴處讀麗日樓臺句亂絲岐路總奇絶韻　何計解讀黏花繫月韻歎冷落讀頓辜佳節韻猶有當時氣味句挂一縷相思句不斷如髮韻雲飛帝國句人在雲邊心暗折韻語東風讀共流轉句漫作匆匆别韻

此與黄詞同,惟前段起句六字,第二句四字異。

此調惟此詞及蔡詞句讀整齊,音韻諧婉,可以爲法。若黄詞之平仄獨異,趙詞之添字,皆變格也。

**又一體** 雙調一百一字，前段九句四仄韻，後段九句五仄韻。

蔡　伸

夜久凉生庭院句漏聲頻促韻念昔勝遊舊地句對畫閣層巒句雨餘煙簇韻新詩暗藏小字句霜刀刊翠竹韻携素手讀細繞回塘句芰荷香裏彩鴛宿韻　別後想讀香消膩玉韻帶圍減讀削寬金粟韻雖有鱗鴻錦素句奈事與心違句佳期難卜韻擬解愁腸萬結句唯憑尊酒緑韻望天涯讀斷魂處句醉拍闌干曲韻

此與周詞同，惟前後段第六句六字，第七句五字異。

**又一體** 雙調一百三字，前段十句六仄韻，後段九句五仄韻。

趙彦端

愛日韻報疏梅動意句春前呼得韻畫棟曉開壽域韻度百和温馨句霜華無力韻斑衣翠袖人面句年年照酒色韻環四座讀璧月瓊枝句恍然江縣擬鄉國韻　聞道撫讀東巖舊跡韻又殊勝讀謝家清逸韻知與桃花笑了句定何似青鳥句層城消息韻他年妙高峰上句優曇會堪折韻擁輕軒讀未妨遊戲句看取朱輪十韻

此詞前後段第六、七句與蔡詞同，惟前段起句添一字破作兩句，又藏一短韻，第三句又多押一韻，後段第八句又添一字異。

**又一體** 雙調一百四字，前段十句六仄韻，後段九句五仄韻。

趙彦端

注目韻正江湖浩蕩句煙雲離屬韻美人衣蘭佩玉韻澹秋水凝神句陽春翻曲韻烹鮮坐嘯句清淨五千言自足韻横劍氣讀南斗光中句浩然一醉引雙鹿韻　回雁未歸書未續韻夢草處讀舊芳重緑韻誰憶瀟湘歲晚句爲唤起長風句吹飛黄鵠韻功名異時句圯上家傳謝寵辱韻待封留讀拜公堂下句願授我讀長生籙韻

此與“愛日”詞同，惟前後段第六、七句，仍照周詞填，又换頭句不作上三下四句法，結句又添一字作折腰句法異。

汲古閣本後段結句仍作五字，今從《花草粹編》校定。

**又一體** 雙調一百四字，前後段各十句五仄韻。

趙彦端

端有恨句留春無計句花飛何速韻檻外青青翠竹韻鎮高節凌雲句清陰常足韻春寒風袂句帶雨穿窗如利鏃韻催處處讀燕巧鶯慵句幾聲鉤輈叫雲木韻　看波面讀垂楊蘸緑韻最

好是讀風梳煙沐韻陰重熏簾未卷句正泛乳新芽句香飄清馥韻新詩惠我句開卷醒然欣再讀韻嘆詞章句過人華麗句擲地勝如金玉韻

此與"注目"詞同,惟前段起句三字,第二句四字異。

以上六詞及周詞別首俱押入聲韻,當是體例,填者須遵之。

《詞律》云:此調"何速"用平仄,"翠竹"用去仄,"常足"用平仄,"利鏃"用去仄,"雲木"用平仄,"蘸緑"用去仄,"煙沐"用平仄,"未卷"用去仄,"清馥"用平仄,"再讀"用去仄,"金玉"用平仄。其所論平仄頗細,並録之。

## 殢人嬌五體

《樂章集》注:林鍾商。

**殢人嬌** 雙調六十八字,前後段各六句四仄韻。

晏　殊

二月春風句正是楊花滿路韻那堪更讀別離情緒韻羅巾掩淚句任粉痕沾污韻爭奈向讀千留萬留不住韻　玉酒頻傾句宿眉愁聚韻空腸斷讀寶箏弦柱韻人間後會句又不知何處韻魂夢裏讀也須時時飛去韻

此調以此詞爲正體,若楊詞之句讀小異,王、張、毛三詞之減字,皆變格也。此詞前後段第五句,例作上一下四句法,宋、元詞莫不皆然,填者審之。

前段第一、二句,張彦實詞"深院海棠,誰倩春工染就","海"字仄聲;第三句,毛滂詞"説歸期、唤做的當","做"字仄聲;結句,晏詞別首"喜慶日,多少世人良願","少"字仄聲;後段第一句,張詞"今日乍晴","乍"字仄聲;結句,晏詞別首"香炷遠,同祝壽期無限","祝"字仄聲,毛詞"明夜裏,與伊畫著眉上","著"字仄聲,張詞"問何似,去年看花時候","何"字平聲。譜内本此作圖,其餘可平可仄,參校所採四詞。

又按,柳永詞與此同,因前段第五句四字,後段第五句五字,疑有脱誤,詞又鄙俚,故不録。

**又一體** 雙調六十八字,前後段各七句四仄韻。

楊无咎

露下天高句最是中秋景勝韻喜銀蟾讀十分增暈韻嫦娥飛下句見霧鬟風鬢韻念八景園中句畫誰能盡韻　慢奏雲韶句美斟仙醞韻清不寐讀桂香成陣韻只愁來夕句又陰晴無準韻却待約重圓句後期難問韻

此即晏詞體,惟前後段兩結各作五字一句、四字一句異。本集有"惱亂東君"詞可校。

**又一體** 雙調六十八字，後段六句四仄韻，後段五句四仄韻。

王庭珪

小院桃花句煙鎖幾重珠箔韻更深後讀海棠睡著韻東風吹去句落誰家牆角韻平白地教人讀爲他情惡韻　花若有情應不薄韻也須悔讀從前事錯韻而今夜雨句念玉顔飄泊韻知那裏人家讀怎生頓著韻

此亦晏詞體，惟後段第一、二句減一字作七字一句異。

**又一體** 雙調六十六字，前後段各六句四仄韻。

張智宗

多少燕支句勻成點就韻千枝亂讀攢紅堆繡韻花無長好句更光陰去驟韻對景憶讀良朋故應招手韻　曾記年時句花開把酒韻枉淋漓讀春衫濕透韻文園今病句問速能來否韻却道有讀酴醿牡丹時候韻

此即晏詞體，惟前段第二句減二字異。

**又一體** 雙調六十四字，前後段各六句四仄韻。

毛　滂

雪做屏風句花爲行障韻屏障裏讀見春模樣韻小晴未了句輕陰一餉韻酒到處讀恰如把春拈上韻　官柳黄輕句河堤緑漲韻花多處讀少停蘭槳韻雪邊花際句平蕪疊嶂韻這一段讀凄凉爲誰悵望韻

此與晏詞同，惟前段第二句減二字，前後段第五句又各減一字異。有向子諲、李清照詞可校。

## 《御定詞譜》卷十六　起六十八字至七十二字

### 兩同心六體

此調有三體，仄韻者創自柳永，《樂章集》注“大石調”；平韻者創自晏幾道；三聲叶韻者創自杜安世。

**兩同心** 雙調六十八字，前段七句三仄韻，後段七句四仄韻。

柳　永

佇立東風句斷魂南國韻花光媚讀春醉瓊樓句蟾彩迴讀夜遊香陌韻憶當時句酒戀花迷句

役損詞客韻　　別有眼長腰搦韻痛憐深惜韻鴛鴦阻讀夕雨朝飛句錦書斷讀暮雲凝碧韻想別來句好景良時句也應相憶韻

此調以此詞爲正體，若楊詞之前段起句用韻，及前後段第五句押韻，皆變格也。

按，柳詞別首後段第一、二句"飲散玉爐香嫋。洞房悄悄"，上"悄"字仄聲；第三句"錦帳裏、低語偏濃"，"錦"字仄聲；第四句"銀燭下、細看俱好"，"燭"字仄聲。又，楊无咎詞前後段第四句"饒濟濟、人時打扮"、"唯綴得、秋波一盼"，"打"字、"一"字俱仄聲，"秋"字平聲；兩結"小從容，不似前回，匆匆得見"、"告從今，休要教人，千呼萬喚"，"得"字、"萬"字俱仄聲，"休"字、"千"字俱平聲；又一首，前段第三句"見玉人、且喜且悲"，"人"字平聲，兩"且"字俱仄聲；後段第一、二句"覺來滿船清悄。愁恨多少"，"來"字、"愁"字俱平聲，"恨"字仄聲。譜內可平可仄據此，餘參所採楊詞二首，惟前後段第五句平仄全異，故不參校。

**又一體**　雙調六十八字，前段七句四仄韻，後段七句五仄韻。

楊无咎

秋水明眸句翠螺堆髮韻却扇坐讀羞落庭花句凌波步讀塵生羅襪韻芳心發韻分付春風句恰當時節韻　　漸解愁花怨月韻忒貪嬌劣韻寧寧地讀情態干人句惺惺處讀語言低説韻相思切韻不見須臾句可堪離別韻

此與柳詞同，惟前後段第五句各用韻異。

**又一體**　雙調六十八字，前段七句四仄韻一疊韻，後段七句五仄韻。

柳　永

行看不足韻坐看不足疊柳條軟讀斜倚春風句海棠睡讀醉敧紅玉韻清堪掬韻桃李漫山句真成粗俗韻　　遥夜幾番相屬韻暗魂飛逐韻深酌酒讀低唱新聲句密傳意讀解回嬌目韻知誰福韻得似風流句可伊心曲韻

此詞前段起句用韻，第二句疊韻，與"秋水明眸"詞又小異。

按，《逃禪集》有"凉生秋早"詞，前段起句亦用韻，而前後段第五句仍不用韻，應分一體，因詞俚不録。

**又一體**　雙調六十八字，前段七句三平韻，後段七句四平韻。

晏幾道

楚鄉春晚句似入仙源韻拾翠處讀漫隨流水句踏青路讀暗惹香塵韻心心在句柳外青簾句花下朱門韻　　對景且醉芳尊韻莫話消魂韻好意思讀曾同明月句惡滋味讀最是黄昏韻相思處句一紙紅箋句無限啼痕韻

此調平韻者，衹有晏詞及黄詞三首，所不同者，前段起句或用韻、或不用韻耳。按，黄詞別首前段起句“秋水遥岑”，“秋”字平聲；第三句“曾共結、合歡羅帶”，“曾”字平聲，又“盡道教、心堅穿石”，“教”字平聲；第四句“更説甚、官不容針”，“説”字仄聲；第五、六、七句“許多時，靈利惺惺，驀地昏沉”，“許”字仄聲，“時”字、“靈”字俱平聲，“驀”字仄聲；後段第三句“你共人、女邊著子”，“人”字平聲，“女”字、“著”字俱仄聲；第四句“爭知我、門裏挑心”，“爭”字平聲；第五、六、七句“最難忘，小院回廊，月影花陰”，“最”字仄聲，“忘”字平聲。譜内可平可仄據此，餘參“巧笑眉顰”詞。

**又一體**　雙調六十八字，前後段各七句四平韻。

黄庭堅

巧笑眉顰韻行步精神韻隱隱似讀朝雲行雨句弓弓樣讀羅襪生塵韻樽前見句玉檻雕籠句堪愛難親韻　　自言家住天津韻生小從人韻恐舞罷讀隨風飛去句顧阿母讀教窣珠裙韻從今去句唯願銀釭句莫照離尊韻

此與晏詞同，惟前段起句用韻異。

**又一體**　雙調七十二字，前段七句四平韻，後段七句三平韻兩叶韻。

杜安世

巍巍劍外句寒霜覆林枝韻望衰柳讀尚色依依韻暮天静讀雁陣高飛韻入碧雲際句江山秋色句遣客心悲韻　　蜀道巇嶮行遲韻瞻京都迢遞叶聽巴峽讀數聲猿啼韻惟獨箇讀未有歸計叶謾空悵望句每每無言句獨對斜暉韻

此詞用三聲叶韻，其前後段第二句、第五句，較晏詞又各添一字，宋詞無别首可校。

## 拾翠羽一體

《洛神賦》“或拾翠羽”，調名取此。

**拾翠羽**　雙調六十八字，前後段各七句四仄韻。

張孝祥

春入園林句花信總隨遲速韻聽鳴禽讀稍遷喬木韻夭桃弄色句海棠芬馥韻風雨霽句芳徑草心頻緑韻　　禊事才過句相次禁煙追逐韻想千年讀楚人遺俗韻青旗沽酒句各家炊熟韻良夜遊句明月勝燒花燭韻

此詞見《于湖集》，無宋人别首可校。

## 連理枝二體

《尊前集》注：黄鍾宫；《宋史・樂志》：琵琶曲，蕤賓調。程垓詞名《紅娘子》，劉過詞名《小桃紅》,又名《灼灼花》。

**連理枝** 雙調七十字,前後段各七句四仄韻。

李 白

雪蓋宫樓閉韻羅幕昏金翠韻鬭鴨闌干句香心淡薄句梅梢輕倚韻噴寶猊香燼讀麝煙濃句馥紅綃翠被韻　淺畫雲垂帔韻點滴昭陽淚韻咫尺宸居句君恩斷絶句似遥千里韻望水晶簾外讀竹枝寒句守羊車未至韻

此調以此詞爲正體,若邵詞之攤破句法,乃變格也。

此詞見《尊前集》,有宋晏殊、程垓、劉過、余桂英諸詞可校。舊譜或分作兩首者非。

余詞前段起句"芳草連天莫","芳"字平聲。晏詞第三、四、五句"朱槿獨開,紅蓮尚拆,芙蓉含蕊","朱"字平聲。又一首"不寒不暖,裁衣按曲,天時正好","寒"字平聲,"不"字、"暖"字、"正"字俱仄聲。劉過詞"翠袖輕匀,玉纖彈去,小妝紅粉","玉"字、"小"字俱仄聲,"彈"字平聲。程詞第六句"奈梅花引裏、唤人行","引"字仄聲。晏詞後段第一、二句"嘉宴凌晨啟,金鴨飄香細","嘉"字、"金"字俱平聲。程詞第三、四、五句"燒筍園林,嘗梅臺榭,有何不可","燒"字、"臺"字俱平聲,"不"字仄聲。余詞"門外當時,薄情流水,如今何處","薄"字仄聲,"如"字平聲。第六句"正相思望斷、碧山雲","相"字平聲,"望"字仄聲。譜内可平可仄據此,餘參邵詞句法同者。

此詞前後兩結句例作上一下四句法,如晏詞之"見梧桐葉墜"、"有年年歲歲",又"見爐香縹緲"、"永逍遥奉道",程詞之"也留春得麽","待日長閒坐",又"苦隨他無計"、"枉教人憔悴",劉詞之"與尊前離恨"、"拭香津微搵",余詞之"鎮輕隨飛絮"、"又鶯啼晚雨"等句可證,即邵詞亦然。

**又一體** 雙調七十二字,前後段各六句四仄韻。

邵叔齊

澹泊疏籬隔韻寂寞官橋側韻緑萼青枝風塵外句别是一般姿質韻念天涯憔悴讀各飄零句記初曾相識韻　雪裏清寒逼韻月下幽香襲韻不似薄情無憑準句一去音書難得韻看年年時候讀不踰期句報陽和消息韻

此調見《梅苑》,與李詞同,惟前後段第三、四句攤破句法,作七字一句、六字一句異。宋詞中無别首可校。

## 月上海棠五體

此調有兩體。七十字者,見《梅苑》無名氏詞,金詞注"雙調"。陸游詞有"幾曾傳玉關遥信"句,更名《玉關遥》。九十一字者,見姜夔《白石詞》,注"夾鍾商"。曹勛詞名《月上海棠慢》。

**月上海棠** 雙調七十字，前後段各六句四仄韻。

《梅苑》無名氏

南枝昨夜先回暖韻便凌寒讀開花暗香遠韻化工忒煞句把瓊瑶讀恣情裁剪韻皚皚的讀點綴梢頭又遍韻　横斜影蘸清溪淺韻似玉人讀臨鸞照粉面韻大家休折句且遲留讀對花開宴韻祝東風句吹作和羹未晚韻

此調七十字者，以此詞爲正體，若段詞之減字、添字，皆變格也。此詞有陸游詞二首可校。

按，陸詞前段第二句"歎春酲、和夢甚時醒"，"夢"字仄聲；第三句"燕子空歸"，"子"字仄聲，"空"字、"歸"字俱平聲；第四句"也依然、點酥翦水"，"翦"字仄聲。黨懷英詞"尚髣髴、見山清氣"，"髣髴"二字俱仄聲。陸詞後段第一句"熏籠消歇沉煙冷"，"消"字平聲；第二句"淚痕深、輾轉看花影"，"殿轉"二字俱仄聲，"花"字平聲；第三句"漫擁餘香"，"擁"字仄聲，"香"字平聲；結句"西窗曉、幾聲銀瓶玉井"，"幾"字仄聲，"聲"字平聲。譜内可平可仄據此，餘參段詞句法同者。

《詞律》以陸詞後段結句"聲"字宜仄，不知陸詞别首"楚天危樓獨倚"，"天"字亦平聲。

**又一體** 雙調七十二字，前後段各六句四仄韻。

段克己

小樓舞徹雙垂手韻便倩雁傳書讀寄元九韻舉首望南山句獨峨眉讀數峰明秀韻人未老句且任高歌對酒韻　莫將此樂輕孤負韻唤明月清風讀做三友韻織手折黄花句步東籬讀爲伊三嗅韻英雄淚句醉揾還須翠袖韻

此詞較宋詞前後段第三句各添一字，金詞俱照此填。

**又一體** 雙調七十字，前後段各六句四仄韻。

段克己

酒杯何似浮名好韻一入枯腸太山小韻唤醒夢中身句鶗鴂數聲春曉韻昂頭處句幾點青山屋杪韻　人生得計魚遊沼韻視過眼光陰讀向來少韻須卜一枝安句笑月底讀驚鳥三繞韻無窮事句畢竟何時是了韻

此詞前段第二句及第四名，較前詞俱少一字，元曲亦有照此填者，故亦採録，以備一體。

**又一體** 雙調九十一字，前段十句四仄韻，後段十一句五仄韻。

姜　夔

紅妝豔色句照浣花溪影句絶代姝麗韻弄輕風摇蕩句滿林羅綺韻自然富貴天姿句都不比讀等閒桃李韻簾櫳静句悄悄月上句正貪春睡韻　長記韻初開日句逞妖豔句如與人面爭媚韻遇韶光一瞬句便成流水韻對此自歎浮華句惜芳菲句易成憔悴韻留無計句惟有

花邊盡醉韻

此詞有自注宫調,惜無别首可校,因曹勛詞與陳允平詞同,故以陳詞作譜。

**又一體**　雙調九十一字,前段十句四仄韻,後段十一句五仄韻。

陳允平

遊絲弄晚句捲簾開看句燕重來時候韻正秋千亭榭句錦窠春透韻夢回褪浴華清句凝温泉讀絳綃微皺韻芳陰底句人立東風句露華如晝韻　宜酒韻啼香淚薄句醉玉痕深句與春同瘦韻想當年金谷句步帷初繡韻彩雲影裏徘徊句嬌無語句夜寒歸後韻鶯窗曉句花間重携素手韻

此亦姜詞體,惟前段第二句四字,第三句五字,後段第二、三、四句皆四字異。

按,《松隱集》曹勛詞與此同,惟前段第二句"漸是春半","是"字仄聲;第三句"海棠麗煙徑","麗"字仄聲;第四句"似蜀錦晴展","蜀錦"二字俱仄聲;第八、九句"濛濛雨,黄鸝飛上","鸝"字平聲,"上"字仄聲;後段第三句"蟾華如水","蟾華"二字俱平聲,"水"字仄聲;第四句"初照清影","初"字平聲,"照"字仄聲;第五句"喜濃芳滿池","滿"字仄聲;第七句"悄如彩雲光中","雲"字平聲;第八、九句"留翔鸞,静臨芳鏡","鸞"字平聲;結句"携酒去、何妨花邊露冷","酒"字仄聲。譜可平可仄據此。

## 惜黄花二體

調見《梅溪詞》,《金詞》注"仙吕調"。

**惜黄花**　雙調七十字,前後段各七句五仄韻。

史達祖

涵秋寒渚韻染霜丹樹韻尚依稀句是來時讀夢中行路韻時節正思家句遠道仍懷古韻更對著讀滿城風雨韻　黄花無數韻碧雲欲暮韻美人兮句美人兮讀未知何處韻獨自捲簾櫳句誰爲開尊俎韻恨不得讀御風歸去韻

宋、元人罕填此詞,故此詞可平可仄即參許詞句法同者。

**又一體**　雙調七十字,前段八句五仄韻,後段八句四仄韻。

許冲元

雁聲晚斷韻寒霄雲卷韻正一枝開句風前看句月下見韻花占千花上句香笑千香淺韻化工與讀最先裁剪韻　誰把瑶林句閒抛江岸韻恁素英濃句芳心細句意何限韻不恨宫妝色句不怨吹羌管韻恨天遠讀恨春來晚韻

此亦史詞體,惟换頭句不押韻,前後段第三句四字、第五句三字異。

《花草粹編》後段起句“誰把瑶林秀”，多一字，今從《梅苑》本。

## 且坐令一體

調見《東浦詞》。

**且坐令** 雙調七十字，前段七句五仄韻，後段六句六仄韻。

韓　玉

閒院落韻誤了清明約韻杏花雨過胭脂綽韻緊了秋千索韻鬬草人歸句朱門悄掩句梨花寂寞韻　書萬紙讀恨憑誰托韻纔封了讀又揉却韻冤家何處貪歡樂韻引得我讀心兒惡韻怎生全不思量著韻那人人情薄韻

此詞無别首可校。

## 佳人醉一體

《樂章集》注“雙調”。

**佳人醉** 雙調七十一字，前段七句五仄韻，後段八句六仄韻。

柳　永

暮景蕭蕭雨霽韻雲淡天高風細韻正月華如水韻金波銀漢句瀲灩無際韻冷浸書帷夢斷句却披衣重起韻　臨軒砌韻素光遥指句因念素娥韻窅隔音塵何處句相望同千里韻盡凝睇韻厭厭無寐韻漸曉雕闌獨倚韻

汲古閣本《樂章集》，前段於“臨軒砌”句分段，後段第四句少二字。今從《花草粹編》，亦無别首宋詞可校。

## 西施二體

《樂章集》注“仙吕調”。

**西施** 雙調七十一字，前段七句四平韻，後段七句三平韻。

柳　永

柳街燈市好花多韻盡讓美瓊娥韻萬嬌千媚句的的在層波韻取次妝梳句自有天然態句愛

淺畫雙蛾韻　　斷腸最是金閨客句空憐愛讀奈伊何韻洞房咫尺句無計枉朝珂韻有意憐才句每遇行雲處句幸時恁相過韻

按,《花草粹編》柳詞別首:"自從回步百花橋。便獨處清宵。鳳衾鴛枕,何事等閒拋。縱有餘香,也似郎恩愛,向日夜潛消。恐伊不信芳容改,將憔悴、寫霜綃。更憑錦字,字字説情憀。要識愁腸,但看丁香樹,漸結盡春梢。"惟兩三字平仄小異,其餘並同。

**又一體**　雙調七十三字,前段七句四平韻,後段七句三平韻。

柳　永

苧蘿妖豔世難儕韻善媚悦君懷韻後庭恃愛寵句盡使絶嫌猜韻正恁朝歡暮宴句情未足句早江上兵來韻　　捧心調態軍前死句旋羅綺讀變塵埃韻至今想怨魄句無主尚徘徊韻夜夜姑蘇城外句當時月句但空照荒臺韻

此與"柳街花市"詞同,惟前後段第三句各添一字異。《花草粹編》本後段第三句脱一字,今從《樂章集》校定。

## 小鎮西犯三體

唐教坊曲有《鎮西子》,唐樂府亦有《鎮西》七言絶句詩,此蓋以舊曲名,另創新聲也。《樂章集》有兩調,七十一字者,名《小鎮西犯》;七十九字者,名《小鎮西》,或名《鎮西》,俱注"仙吕調"。

**小鎮西犯**　雙調七十一字,前段七句五仄韻,後段八句六仄韻。

柳　永

水鄉初禁火句青春未老韻芳菲滿讀柳汀煙島韻波際紅幃縹緲韻盡杯盤小韻歌祓禊句聲聲諧楚調韻　　路繚繞韻野橋新市裏句花濃妓好韻引遊人讀競來歡笑韻酩酊誰家年少韻信玉山倒韻家何處句落日眠芳草韻

按,《樂章集》此名《小鎮西犯》,前段第一、二、三句,後段第一、二、三、四句,與《鎮西》詞同,以下句讀俱異。

**又一體**　雙調七十九字,前段八句四仄韻,後段九句五仄韻。

柳　永

意中有箇人句芳顔二八韻天然俏讀自來奸黠韻最奇絶韻是笑時讀媚靨深深句百態千嬌句再三偎著句再三香滑韻　　久離缺韻夜來魂夢裏句尤花殢雪韻分明似讀舊家時節韻正歡悦韻被雞聲喚起句一場寂寞句無眠向曉句空有半窗殘月韻

此見《樂章集》，名《小鎮西》，與蔡伸集《鎮西》詞大同小異。

**又一體** 雙調七十九字，前段八句五仄韻，後段九句六仄韻。

蔡 伸

秋風吹雨句覺重衾寒透韻傷心聽讀曉鐘殘漏韻凝情久韻記紅窗夜雪句促膝圍爐句交杯勸酒韻如今頓孤歡偶韻 念別後韻菱花清鏡裏句眉峰暗鬬韻想標格讀怎禁消瘦韻忍回首韻但雲箋妙墨句鴛錦啼妝句依然似舊韻臨風淚沾襟袖韻

此見《友古集》，名《鎮西》，前段惟第三、四句與柳詞同，後段則句讀悉同，惟第八句多用一韻。

## 千秋歲八體

《宋史・樂志》：歇指調；金詞注：中吕調，一名《千秋節》。

**千秋歲** 雙調七十一字，前後段各八句五仄韻。

秦 觀

柳邊沙外韻城郭輕寒退韻花影亂句鶯聲碎韻飄零疏酒盞句離別寬衣帶韻人不見句碧雲暮合空相對韻 憶昔西池會韻鵷鷺同飛蓋韻携手處句今誰在韻日邊清夢斷句鏡裏朱顏改韻春去也讀落紅萬點愁如海韻

此調前段第三、四句三字者，以此詞爲正體，宋、元人皆照此填。若周詞之多押兩韻，石詞之多押四韻，葉詞之少押一韻，晁詞之少押兩韻，皆變格也。

前段第二句，黄庭堅詞"記得同朝退"，"記"字仄聲；第三、四句，石孝友詞"對流景，傷淪落"，"對"字仄聲，"流"字平聲；第五句，李之儀詞"地偏人罕到"，"地"字仄聲；第七、八句，謝逸詞"琴書倦，鷓鴣喚起南窗睡"，"書"字平聲；後段第三句，袁虚寮詞"堂堂去"，下"堂"字平聲；第七句及結句，石孝友詞"心撩亂，斜陽影在闌干角"，"撩"字平聲。譜内可平可仄據此，餘參類列四詞。

**又一體** 雙調七十一字，前後段各八句六仄韻。

周紫芝

小春時候韻晴日吴山秀韻霜尚淺句梅先透韻波翻醽醁醆句霧滿芙蓉繡韻持壽酒韻仙娥特地回雙袖韻 試問春多少韻恩入芝蘭厚韻松不老句山長久韻星占南極遠句家是椒房舊韻君一笑韻金鑾看取人歸後韻

此與秦詞同，惟前後段第七句各押韻異。

後段起句"少"字、第七句"笑"字，俱以"篠"叶"有"，亦古韻也。

**又一體**　雙調七十一字，前後段各八句七仄韻。

石孝友

金風玉宇韻庭院新經雨韻香有露韻清無暑韻溪光摇几席句嵐翠横尊俎韻烘笑語韻佳時聊復鄉人聚韻　門外荷花浦韻秋到花無數韻紅膾鯉韻青浮酯韻何妨文字飲句更得江山助韻從此去韻蒲輪入佐中興主韻

此與周詞同，惟前後段第三句又各押韻異。

**又一體**　雙調七十一字，前段八句五仄韻，後段八句六仄韻。

葉夢得

雨聲蕭瑟句初到梧桐響韻人不寐句秋襟爽韻低簷燈黯淡句畫幕風來往韻誰共賞韻依稀記得船篷上韻　拍岸浮輕浪韻水闊菰蒲長韻向别浦句收横網韻緣蓑衝暝色句艇子摇雙槳韻君莫忘韻此情猶是當時唱韻

此詞前段起句不用韻，與諸家異。

**又一體**　雙調七十一字，前後段各八句四仄韻。

晁補之

玉京仙侣句同受琅函結韻風雨隔句塵埃絶韻霞觴翻手破句閬苑花前别韻鵬翼斂句人間泛梗無由歇韻　豈憶山中酒句還共溪邊月韻愁悶火句時間滅韻何妨心似水句莫遣頭如雪韻春近也句江南雁識歸時節韻

此詞前後段起句俱不用韻。

**又一體**　雙調七十二字，前段七句五仄韻，後段八句五仄韻。

歐陽修

數聲鶗鴂韻又報芳菲歇韻惜春更把殘紅折韻雨輕風色暴句梅子青時節韻永豐柳句無人盡日花飛雪韻　莫把絲弦撥韻怨極弦能説韻天不老句情難絶韻心似雙絲網句中有千千結韻夜過也句東窗未白殘燈滅韻

此調前段第三句七字者，以此詞及葉詞爲正體，宋、元人皆照此填。若無名氏詞之少押一韻，乃變格也。

按，李之儀詞前段第一句"深簾静晝"，"深"字平聲，"静"字仄聲；第三句"鮮衣楚制非文繡"，"鮮"字平聲；又"怎生圖畫如何繡"，"圖"字平聲；第四句"宜推蕭史伴"，"宜"字平聲。張仲幹詞結句"泰階已應昇平象"，"泰"字仄聲。李詞後段第二句"歌斷青青柳"，"歌"字平聲。譜内可平可仄據此，餘參類列二詞。

**又一體** 雙調七十二字，前段七句六仄韻，後段八句六仄韻。

葉夢得

曉煙溪畔韻曾記東風面韻化工更與重裁剪韻額黄明豔粉句不共妖紅軟韻凝露臉韻多情正是當時見韻　誰向滄波岸韻特地移閒館韻情一縷句愁千點韻煩君搜妙語句爲我催清燕韻須細看韻紛紛亂蕊空凡豔韻

此與歐詞同，惟後段第七句押韻異。

**又一體** 雙調七十二字，前段七句五仄韻，後段八句四仄韻。

《梅苑》無名氏

臘殘春近韻江上梅開粉韻一枝漏泄東君信韻壽陽妝面靚句姑射冰姿瑩韻似淺杏句清香試與分明認韻　只恐霜侵破句又怕風吹損韻待折取句還不忍韻莫將花上貌句來點多情鬢韻凝睇久句行人立馬成遺恨韻

此亦與歐詞同，惟前段第六句、後段起句不押韻異。

## 惜奴嬌五體

元高拭詞注：雙調。按，《高麗史・樂志》，宋賜大晟樂内有《惜奴嬌曲破》，擇其雅者，亦爲類列。

**惜奴嬌** 雙調七十一字，前段七句五仄韻，後段七句四仄韻一疊韻。

晁補之

歌闋瓊筵句暗失金貂侶韻説衷腸讀丁寧囑付韻棹舉帆開句黯行色讀秋將暮韻欲去韻待却回讀高城已暮韻　漁火煙村句但觸目讀傷離緒韻此情向讀阿誰分訴韻那裏思量句爭知我讀思量苦韻最苦疊睡不著讀西風夜雨韻

此調始於此詞，但前段第二句五字，宋人如此填者甚少，採之以志淵源所自。

可平可仄，詳見史詞，此不復注。

**又一體** 雙調七十二字，前後段各七句五仄韻。

史達祖

香剥酥痕句自昨夜讀春愁醒韻高情寄讀冰橋雪嶺韻試約黄昏句便不誤讀黄昏信韻人静韻倩嬌娥讀留連秀影韻　吟鬢簪香句已斷了讀多情病韻年年待讀將春管領韻鏤月描

雲句不枉了讀閒心性韻漫聽韻誰敢把讀紅顏比並韻

此即晁詞體，惟前段第二句六字異。蔡伸"隔闊多時"詞，正與此同，惟後段第六、七句"只替那、火桶兒，與奴暖被"，多一襯字。石孝友"我已多情"詞，亦與此同，惟前段第二句"更撞著、多情底你"，亦多一襯字。又"合下相逢"詞，亦與此同，惟前結"冤家，你教我、如何割捨"，後結"冤家，休直待、教人咒罵"，叶兩平韻。趙長卿"洛浦嬌魂"詞，亦與此同，惟後段第二句"怎似妖嬈體調"，不作折腰句法，第五句不押韻，均屬變格，詞又俚鄙，注明不録。

按，趙詞前段起句"洛浦嬌魂"，"洛"字仄聲；第三句"把風流、分付花貌"，"把"字、"付"字俱仄聲，"流"字、"花"字俱平聲。石詞"把一心、十分向你"，"一"字、"十"字俱仄聲。趙詞第五句"臘寒射、試香到"，"寒"字平聲，"試"字仄聲。石詞"劣心腸、偏有你"，"腸"字平聲，"有"字仄聲。趙詞結句"與江梅、爭相先後"，"先"字平聲。石詞"你教我、如何割捨"，"教"字、"我"字俱仄聲。蔡詞後段起句"雪意垂垂"，"雪"字仄聲。石詞第二句"百忙裏、方知你"，"忙"字平聲。趙詞第三句"比山礬、也應錯道"，"比"字、"也"字俱仄聲，"礬"字平聲。石詞第五句"亮從前、説風話"，"從"字、"前"字俱平聲，"説"字仄聲。趙詞結句"拌了。仙源與、奇葩醉倒"，"拌"字、"源"字俱平聲。譜内可平可仄據此。若無名氏詞三首，句讀既異，即不參校。

**又一體** 雙調七十一字，前後段各七句四仄韻。

《高麗史·樂志》無名氏

莫如勝概句景壓天街際韻彩龍舉讀百仞聳倚韻鳳舞龍驤句滿目紅光寶翠韻動霽色句餘霞映讀散成綺韻　　漸灼蘭膏句覆滿青煙罩地韻簇宫商讀搁蕩紛委韻萬姓瞻仰句苒苒雲龍香細韻共稽首句同樂與讀衆方紀韻

此以下三詞，皆見《高麗史·樂志》宋賜大晟樂中，《惜奴嬌曲破》之一遍也。其源亦出於晁詞，故句讀多同者，此與晁詞較，惟前段第五句，後段第二句、第五句不作折腰句法，兩結攤破句法、不押短韻，餘皆同。

**又一體** 雙調八十字，前後段各八句七仄韻。

《高麗史·樂志》無名氏

景雲披靡韻露浥輕寒若水韻儘是遊人才美韻陌塵潤讀寶沈遞韻笑指揚鞭句多少高門勝會韻況是韻只有今夕誓無寐韻　　盛日凝理韻簫韶可繼韻閬苑金門齊啟韻燭連宵讀寧防避韻暗塵隨馬句明月逐人無際韻調戲韻相歌穠李未闌已韻

此詞音節猶近晁詞體製，但前後段第二句以下各添六字一句，後段第二句減二字，前後段第三句又各減一字耳。

**又一體** 雙調一百二字，前段九句五仄韻，後段十句六仄韻。

《高麗史·樂志》無名氏

春早皇都冰泮韻宫沼東風布輕暖韻梅粉飄香句柳帶弄色句瑞靄祥煙凝淺韻正值元宵句

行樂同民總無間韻肆情懷讀何惜相邀韻是處裏容欵韻　　無算韻仗委東君遍韻有風光讀占五陵閒散韻從把千金句五夜繼賞句並徹春宵遊玩韻借問花燈句金鎖瓊瑰果曾罕韻洞天裏讀一掠蓬瀛韻第恐今宵短韻

此詞句讀與晁詞、史詞迥别。

## 卓牌子近一體

宋人填詞,有犯,有近,有促拍,有近拍。近者,其腔調微近也。此調見《袁宣卿集》,名《卓牌子近》,因字句與《卓牌子》不同,故另録於此。

**卓牌子近**　雙調七十一字,前段八句五仄韻,後段六句四仄韻。

袁去華

曲沼朱闌句繚牆翠竹晴晝韻金萬縷讀摇摇風柳韻還是燕子歸時句花信來後韻看淡淨洗妝態句梅様瘦韻春初透韻　　盡日明窗相守韻閒共我焚香句伴伊刺繡韻睡眼瞢騰句今朝早是病酒韻那堪更讀困人時候韻

宋人僅見此詞,無别首可校。

## 三登樂二體

調見《石湖詞》。按,《漢書・食貨志》:"三考黜陟,餘三年食,進業曰登。再登曰平,餘六年食。三登曰泰平,二十七歲,遺九年食。然後王德流洽,禮樂成焉。"《三登樂》之調名取此。

**三登樂**　雙調七十一字,前後段各七句四仄韻。

范成大

一碧鱗鱗句横萬里讀天垂吳楚韻四無人讀櫓聲自語韻向浮雲讀西下處句水村煙樹韻何處繫船句暮濤漲浦韻　　正江南摇落後句好山無數韻盡乘流讀興來便去韻對青燈讀獨自歎句一生羈旅韻敧枕夢寒句又還夜雨韻

此調始自范成大,有别詞三首及陳三聘和詞四首可校。若羅詞之句讀參差,採以備體,非正格也。

按,范詞别首前段第一、二句"今夕何期,披岫幌、雲關初啟","今"字平聲。又"路轉横塘,風卷地、水肥帆飽","水"字仄聲。陳詞"注望曉山,晴色麗、晨餐應飽","曉"字仄聲。范詞第三句"荒三徑、不知何許","荒"字、"何"字俱平聲,"徑"字仄聲;第四、五句"問莬裘、無恙否,天教重到","天"字平聲。陳詞"望横塘、越溪路,石湖煙水","越"字仄聲,"溪"字平聲。范詞第六、七句"木落霧收,故山更好","木"字仄聲。陳詞"丹忠此日,盛名千古","忠"字、"千"字俱平聲,"日"字仄聲。范詞後段第一、二句"況五湖、原自有,扁舟祖武","五"字仄聲,"扁"字平聲,"祖"字仄聲;第四、五句"喜山林、蹤跡在,何曾如掃","蹤"字、"何"字俱平聲。陳詞"問幾時、尋舊約,石磯重掃","幾"字仄聲。范詞第六、七句"寂寞潮暮,喚回棹去","寂"字、"暮"字俱仄聲,"潮"字平聲。陳詞"一竿釣月,更看醉裏","竿"字平聲。譜内可平可仄據此。

**又一體**　雙調七十二字,前段七句三仄韻,後段七句四仄韻。

羅子衍

過了元宵句見七葉蓂又飛句恰今朝昴宿降瑞韻初度果生賢句盡道丰姿絶異韻翰林人物句雲霄富貴韻　　自棲鸞展驥韻迤邐黄堂句每登要路無留滯韻暫歸來讀訪松菊句趣裝行用濟韻增崇福禄句壽延千百歲韻

此見《翰墨全書》,無别首宋詞可校,因與范詞句讀不同,録以備體。

## 簷前鐵一體

調見《古今詞話》,因詞中有"簷前鐵馬戛叮噹"句,故名。

**簷前鐵**　雙調七十一字,前段八句三仄韻,後段六句三仄韻。

《古今詞話》無名氏

悄無人句宿雨厭厭句空庭乍歇韻聽簷前讀鐵馬戛叮噹句敲破夢魂殘結韻丁年事句天涯恨句又早在讀心頭咽韻　　誰憐我讀綺簾前句鎮日鞋兒雙跌韻今番也讀石人應下千行血韻擬展青天句寫作斷腸文句難盡説韻

此見宋楊湜《古今詞話》,無别首宋詞可校。

## 甘露歌一體

調見《樂府雅詞》,一名《古祝英臺》。

**甘露歌**　三段七十二字,每段各四句兩平韻兩仄韻。

王安石

折得一枝香在手仄韻人間應未有韻疑是經春雪未消平韻今日是何朝韻　　盡日含毫難比興換仄韻都無色可並韻萬里晴天何處來換平韻真是屑瓊瑰韻　　天寒日暮山谷裏換仄

韻的礫愁成水韻池上漸多枝上稀換平韻唯有故人知韻

按，《花草粹编》分此詞三段爲三首，今從《樂府雅詞》訂正。

## 憶帝京二體

《樂章集》注：南吕調。

**憶帝京** 雙調七十二字，前段六句四仄韻，後段七句四仄韻。

柳　永

薄衾小枕涼天氣韻乍覺别離滋味韻輾轉數寒更句起了還重睡韻畢竟不成眠句一夜長如歲韻　也擬把讀却回征轡韻又爭奈讀已成行計韻萬種思量句多方開解句只恁寂寞厭厭地韻繫我一生心句負你千行淚韻

此調以此詞爲正體，故黄庭堅"鳴鳩乳燕"詞、"薄妝小靨"詞，皆與此同。若"銀燭生花"詞之添字，亦變格也。

按，黄詞後段第一句"萬里嫁、烏孫公主"，"烏"字平聲；第二句"對易水、明妃不渡"，"易"字仄聲，"明"字平聲，"不"字仄聲。又"更莫問、鶯老花謝"，"老"字仄聲；第四句"紅顔片片"，上"片"字仄聲；第五句"指下花落狂風雨"，"花"字平聲。譜内可平可仄據此，餘參添字詞之句法同者。

**又一體** 雙調七十六字，前段六句四仄韻，後段七句六仄韻。

黄庭堅

銀燭生花如紅豆韻占好事讀如今有韻人醉曲屏深句借寶瑟讀輕招手韻一陣白蘋風句故滅燭讀教相就韻　花帶雨讀冰肌香透韻恨啼鳥讀轆轤聲曉韻柳岸微寒吹殘酒韻斷腸人句依舊鏡中消瘦韻恐那人知後韻鎮把你讀來僝僽韻

此詞大略與柳詞同，惟前段第二句六字折腰，第四句及結句各添一字，俱六字折腰。後段第三、四、五句攤破句法，作七字一句、三字一句、六字一句，第六句押韻，結句亦添一字異。至"曉"字與"透"字押，亦遵古韻。

## 于飛樂三體

金詞注"高平調"元詞注"南吕調"。史達祖詞名《鴛鴦怨曲》。

**于飛樂** 雙調七十二字，前段八句四平韻，後段八句三平韻。

晏幾道

曉日當簾句睡痕猶占香腮韻輕盈笑倚鸞臺韻暈殘紅句匀宿翠句滿鏡花開韻嬌蟬鬢畔句

插一枝讀淡蕊疏梅韻　　每到春深句多愁饒恨句妝成懶下香階韻意中人句從别後句縈繫情懷韻良辰好景句相思字讀唤不歸來韻

此調有晏詞、張詞、毛詞三體,大同小異。按,史達祖"綺翼翩翩"詞照此填。

史詞前段第七句"白頭相守","相"字平聲;後段第六句"合是單棲","合"字仄聲。譜内可平可仄據此,餘參張詞、毛詞句法同者。

**又一體** 雙調七十三字,前段九句四平韻,後段七句三平韻。

張　先

寶奩開句菱鑒淨句一掬清蟾韻新妝臉讀旋學花添韻蜀紅衫句雙繡蝶句裙縷鶼鶼韻尋思前事句小屏風讀仍畫江南韻　　怎空教句草解宜男韻柔桑暗讀又過春蠶韻正陰晴天氣句更暝色相兼韻幽期消息句曲房西讀醉月篩簾韻

此詞前後段句法多與晏詞不同,所採毛詞前段即其體也。因毛詞句讀整齊,又有别首可校,故可平可仄注毛詞下。

**又一體** 雙調七十六字,前後段各九句四平韻。

毛　滂

水邊山句雲畔水句新出煙林韻送秋來讀雙檜寒陰韻檜堂寒句香霧碧句簾箔清深韻放衙隱几句誰知共讀雲水無心韻　　望西園句飛蓋夜句月到清尊韻爲詩翁讀露冷風清韻褪紅裙句祛碧袖句花草爭春韻勸翁强飲句莫孤負讀風月留人韻

此詞較晏詞多一句,前後段第五句以下與晏詞第四句以下同,校張詞前段俱同,金詞高平調者照此填,有毛詞别首可校。

按,毛詞别首前段第五、六、七句"聽轆轤,聲斷也,井底銀瓶","轆"字、"井"字俱仄聲;後段第一、二、三句"繫畫船,楊柳岸,曉月亭亭","畫"字仄聲。又"黛尖低,桃萼破,微笑輕顰","微"字平聲;第四句"早做成、役夢勞魂","做"字仄聲;結句"獨自箇、説與誰應","自"字、"説"字俱仄聲。譜内可平可仄據此,餘詳晏詞句讀同者。

## 撼庭竹二體

此調有平韻、仄韻兩體。

**撼庭竹** 雙調七十二字,前段六句五平韻,後段六句四平韻一叶韻。

黄庭堅

嗚咽南樓吹落梅韻聞鴉樹驚飛韻夢中相見不多時韻隔城今夜也應知韻坐久水空碧句山

月影沈西韻　買箇宅兒住著伊韻剛不肯相隨韻如今果被天嗔你叶永落雞群受雞欺韻空恁惡憐惜句風日損花枝韻

按，此詞後段“如今却被天嗔你”句，即前段“夢中相見不多時”句，例應押平韻，此詞用“你”字，亦是三聲叶韻。

按，詞既押平聲韻，其句中平仄即與仄聲韻詞不同，《詞律》强爲參校，終屬無據，其所注可平可仄，不必從。

**又一體**　雙調七十二字，前段六句五仄韻，後段六句四仄韻。

王　詵

綽略青梅弄春色韻真豔態堪惜韻經年費盡東君力韻有情先到探春客韻無語泣寒香句時暗度瑶席韻　月下風前空悵望句思携手同摘韻畫闌倚遍無消息韻佳辰樂事再難得韻還是夕陽天句空暮雲凝碧韻

此詞字句與平韻詞同，惟後段起句不押韻異。

## 粉蝶兒二體

調見毛滂《東堂詞》，因詞有“粉蝶兒，這回共花同活”句，取以爲名。金詞注：中吕調；《太和正音譜》：中吕宫。

**粉蝶兒**　雙調七十二字，前後段各八句四仄韻。

毛　滂

雪遍梅花句素光都共奇絶韻到窗前讀認君時節韻下重幃句香篆冷句蘭膏明滅韻夢悠揚句空繞斷雲殘月韻　沈郎帶寬句同心放開重結韻褪羅衣讀楚腰一撚韻正春風句新著摸句花花葉葉韻粉蝶兒句這回共花同活韻

此調以此詞爲正體，辛棄疾、蔣捷詞俱照此填。若曹詞之攤破句法，乃變格也。

蔣詞前段起句“啼鴂聲中”，“啼”字平聲。辛詞第二句“十三女兒學繡”，“學”字仄聲；辛詞第五、六句“便下得，雨僝風僽”，“便”字、“雨”字俱仄聲。蔣詞結句“催他柳綿狂縱”，“他”字平聲。辛詞後段第一、二句“而今春似，輕薄蕩子難久”，“似”字、“薄”字、“子”字俱仄聲；第五、六句“都釀作，一江醇酒”，“一”字仄聲，“醇”字平聲；結句“楊柳岸邊相候”，“楊”字平聲。譜内可平可仄據此，餘參曹詞。

**又一體**　雙調七十二字，前後段各七句四仄韻。

曹　冠

繞舍清陰句還是暮春天氣韻遍蒼苔讀亂紅堆砌韻問留春不住句春怎知人意韻最關情句

雲杪杜鵑聲碎韻　休怨春歸句四時有花堪醉韻漸紅蓮讀豔妝依水韻次芙蓉巖桂句與菊英梅蕊韻稱開尊句日日殢香偎翠韻

此亦毛詞體,惟前後段第四、五、六句作五字兩句異。

## 繞池遊一體

調見《樂府雅詞》。蔣氏《九宮譜》注“雙調”。

**繞池遊** 雙調七十二字,前段八句五仄韻,後段八句六仄韻。

《樂府雅詞》無名氏

漸春工巧句玉漏花深寒淺韻韶景變句融晴蕙風暖韻都門十二句三五銀蟾光滿韻瑞煙蔥蒨韻禁城閬苑韻　棚山雉扇韻絳蠟交輝星漢韻神仙籍句梨園奏弦管韻都人遊玩韻萬井山呼歡忭韻歲歲天仗句願瞻鳳輦韻

此詞無別首可校。

## 《御定詞譜》卷十七 起七十三字至七十五字

## 師師令一體

楊慎《詞品》:李師師,汴京名妓,張先爲制新詞,名《師師令》。

**師師令** 雙調七十三字,前後段各六句五仄韻。

張　先

香鈿寶珥韻拂菱花如水韻學妝皆道稱時宜句粉色有讀天然春意韻蜀彩衣長勝未起韻縱亂雲垂地韻　都城池苑誇桃李韻問東風何似韻不須回扇障清歌句脣一點讀小於珠蕊韻正值殘英和月墜韻寄此情千里韻

此詞無別首可校。其前後段第二句、結句俱作上一下四句法,填者不可泛作五言。

## 隔浦蓮近拍五體

唐《白居易集》有《隔浦蓮》曲,調名本此。一名《隔浦蓮》,又名《隔浦蓮近》。

**隔浦蓮近拍** 雙調七十三字，前後段各八句六仄韻。

周邦彦

新篁摇動翠葆韻曲徑通深窈韻夏果收新脆句金丸落句驚飛鳥韻濃靄迷岸草韻蛙聲鬧韻驟雨鳴池沼韻　水亭小韻浮萍破處句簷花簾影顛倒韻綸巾羽扇句困卧北窗清曉韻屏裏吴山夢自到韻驚覺韻依然身在江表韻

此詞以此調及趙詞爲正體，宋、元人俱照此填，若吴詞、陸詞、彭詞之少押一韻，皆變格也。

坊刻，或於"水亭小"句分段，今照趙彦端詞訂定。

此詞前段第四、五句，坊刻或作"金丸驚落飛鳥"，《詞律》亦並作一句，引方千里和詞證之，今按史達祖詞"虚堂中，自回互"，又一首"西風静，不放冷"，陳允平詞"林幽樂，多禽鳥"，趙聞禮詞"楊花撲，春雲暖"，錢應庚詞"微微落，飛簷雨"，俱作三字兩句，則周詞之作兩句，是亦一體也。

按，史詞，段起句"洛神一醉未醒"，"洛"字、"一"字俱仄聲；第四、五句"虚堂中，自回互"，"中"字平聲，"自"字仄聲，又"西風静，不放冷"，"放"字仄聲。陳詞第六句"斜陽堤畔草"，"陽"字平聲。陸游詞後段第五句"零落塞鴻清影"，"零"字平聲。譜内據此，其餘參下所採諸詞。

前段起句"翠"字，參彭詞可平；第二句"徑"字，參趙詞可平；第六句"靄"字，參陳詞可平，"岸"字參陸詞可平。但查宋詞，多用仄聲者，宜仍用仄聲。又，前段結句"鳴"字，參彭詞可仄；後段第三句"顛"字，參史詞可仄；結句"江"字，參吴詞可仄。但查宋詞，多用平聲者，亦宜仍用平聲，填者審之。

**又一體** 雙調七十三字，前段七句六仄韻，後段八句六仄韻。

趙彦端

西風吹斷夢草韻起來芙蓉老韻座上人誰在句辰參疏影相照韻幽館寒意悄韻簷聲小韻醉語秋屏曉韻　記年少韻相携勝處句黄花香滿烏帽韻如今將見句璧月瓊枝空好韻準擬新春待見了韻不道韻些兒心事還惱韻

此與周詞同，惟前段第四、五句作六字一句異。曾覿、楊无咎、高覿國詞，俱照此填。

**又一體** 雙調七十三字，前段八句五仄韻，後段八句六仄韻。

吴文英

榴花依舊照眼韻愁褪紅絲腕韻夢繞煙江路句汀菰緑句薰風晚韻年少驚送遠韻吴蠶老句恨緒縈抽繭韻　旅情懶韻扁舟繫處句青簾濁酒須换韻一番重午句旋買香蒲浮醆韻新月湖光蕩素練韻人散韻紅衣香在兩岸韻

此與周詞同，惟前段第七句不押韻異。

**又一體** 雙調七十三字，前段七句五仄韻，後段八句六仄韻。

陸　游

飛花如趁燕子韻直度簾櫳裏韻帳掩香雲暖句金籠鸚鵡驚起韻凝恨慵梳洗韻妝臺畔句蘸

粉纖纖指韻　寶釵墜韻才醒又困句厭厭中酒滋味韻牆頭柳暗句過盡一年春事韻罨畫高樓怕獨倚韻千里韻孤舟何處煙水韻

此與趙詞同,惟前段第六句不押韻異。陸詞别首"煙霏散,水面飛金鏡",正與此同。

**又一體** 雙調七十三字,前段七句六仄韻,後段八句五仄韻。

彭元遜

夜寒晴早人起韻見柳知新翠韻撼樹試花意韻兩蜂狂救墮蕊韻見著羞懶避韻春都在句時節到愁地韻　屏間字韻香痕半搯句誤期一一曾記韻朱弦漫鎖句不會近番慵脆韻强踏秋千似醉裏韻扶下句眼花跕跕飛墜韻

此詞見鳳林書院,與陸詞同,惟前段第三句押韻,後段第七句不押韻異。

## 郭郎兒近拍一體

調見《樂章集》,注"仙吕調"。按,《樂府雜録》:傀儡子戲,其引歌舞有郭郎者,善優笑,閭里呼爲郭郎,凡戲場必在俳兒之首。柳詞調名,或取諸此。

**郭郎兒近拍** 雙調七十三字,前段七句五仄韻,後段八句四仄韻。

柳　永

帝里韻閒居小曲深坊句庭院沈沈朱户閉韻新霽韻畏景天氣韻薰風簾幕無人句永晝厭厭如度歲韻　愁悴韻枕簟微凉句睡久輾轉慵起韻硯席塵生句新詩小闋句等閒都盡廢韻這些兒讀寂寞情懷句何事新來常恁地韻

按,"愁悴"二字是後段起句,蓋後結"何事"句,正與"永晝"句合也。《詞律》謂有脱誤,但無他闋可考,今照《詞暚》點定。

## 臨江仙引二體

調見《樂章集》,注"南吕調",與《臨江仙令》、《臨江仙慢》不同。

**臨江仙引** 雙調七十四字,前段十句四平韻,後段六句三平韻。

柳　永

渡口句向晚句乘瘦馬句陟崇岡韻西郊又送秋光韻對暮山横翠句襯殘葉飄黄韻憑高念遠句素景楚天句無處不凄凉韻　香閨别來無信息句雲愁雨恨難忘韻指帝城歸路句但煙

水茫茫韻凝情望斷淚眼句盡日獨立斜陽韻

柳永二首大同小異，其起句俱二字兩句，前段第六、七句，後段第三、四句，俱上一下四句法，填者審之。此詞可平可仄即參柳詞別首。

**又一體** 雙調七十四字，前段十句兩仄韻四平韻，後段六句三平韻。

柳　永

上國仄韻去客韻停飛蓋句促離筵平韻長安古道綿綿韻見岸花啼露句對堤柳愁煙韻物情人意句向此觸目句無處不凄然韻　醉擁征驂猶佇立句盈盈淚眼相看韻況繡幃人静句更山館春寒韻今宵怎向漏永句頓成兩處孤眠韻

此與前詞同，惟前段起二句押仄韻異。

## 碧牡丹二體

《金詞》注：中吕調。

**碧牡丹** 雙調七十四字，前段七句五仄韻，後段八句六仄韻。

晏幾道

翠袖疏紈扇韻凉葉催歸燕韻一夜西風句幾處傷高懷遠韻細菊枝頭句開嫩香還遍韻月痕依舊庭院韻　事何限韻悵望秋色晚韻離人鬢華將换韻静憶天涯句路比此情還短韻試約鸞箋句傳素期良願韻南雲應有新雁韻

汲古閣本於"事何限"句分段，今照《花草粹編》校定。

此詞前段第二句五字，惟《小山集》有此體，宋人皆三字兩句也，故可平可仄，詳注程詞之下。

此詞前段第六句、後段第七句，例應上一下四句法，與别句五字者不同。

**又一體** 雙調七十五字，前段九句五仄韻，後段九句六仄韻。

程　垓

睡起情無著韻曉雨盡句春寒弱韻酒盞飄零句幾日頓疏行樂韻試數花枝句問此情何若韻爲誰開句爲誰落韻　正愁却韻不是花情薄韻花元笑人蕭索韻舊觀千紅句至今冷夢難托韻燕麥春風句更幾人驚覺韻對花羞句爲花惡韻

此與晏詞同，惟前段第二句添一字作三字兩句，兩結句各攤破句法作三字兩句異。宋有張先、晁補之兩詞可校。按，晁詞前段第二句"銀箏燕"，"銀"字、"箏"字俱平聲；第五句"婀娜腰肢柳細"，"腰"字平聲，"柳"字仄聲；第七句"紅浪隨鴛履"，"紅"字平聲；第八句"梁州緊"，"梁"字平聲，"緊"字仄聲；後段第五句"困人流波生媚"，"人"字仄聲，"流波"二字俱平聲。又，張，後段第二句"閑照孤鸞戲"，

“閑”字平聲。譜内可平可仄據此。

又按，晁詞前後段第七句“紅浪隨鴛履”、“眼亂尊中翠”，不作上一下四句法，不若張詞“斂黛眉横翠”、“但暮雲千里”爲合格也。

## 百媚娘一體

調見張先詞集，取詞中“百媚等應天乞與”句爲名。

**百媚娘**　雙調七十四字，前後段各六句五仄韻。

張　先

珠閣五雲仙子韻未省有誰能似韻百媚等應天乞與句浄飾豔妝俱美韻取次芳華皆可意韻何處無桃李韻　　蜀被錦文鋪水韻不放彩鸞雙戲韻樂事也知存後會句爭奈眼前心裏韻緑皺小池紅疊砌韻花外東風起韻

此詞無别首宋詞可校。

按，此調十二句，每句第二字多用去聲，取其聲之激越也。惟前段第一句“閣”字，第四句“飾”字入聲，第二句“省”字上聲耳。至兩結句第二字去聲，尤不可誤。

## 風入松四體

古琴曲有《風入松》，唐僧皎然有《風入松》歌，見《樂府詩集》，調名本此。《宋史·樂志》注“林鐘商”。元高拭詞注“仙吕調”，又“雙調”。蔣氏《十三調》注“雙調”。亦名《風入松慢》。韓淲詞，有“小樓春映遠山横”句，名《遠山横》。

**風入松**　雙調七十四字，前後段各六句四平韻。

晏幾道

柳陰庭院杏梢牆韻依舊巫陽韻鳳簫已遠青樓在句水沈煙讀復暖前香韻臨鏡舞鸞離照句倚箏飛雁辭行韻　　墜鞭人意自凄凉韻淚眼回腸韻斷雲殘雨當年事句到如今讀幾度難忘韻兩袖曉風花陌句一簾夜月蘭堂韻

此調以此詞及吴詞爲正體，若趙詞、康詞之減字，皆變格也。

此詞前後段第二句各四字，宋周紫芝、趙師俠、曹冠、謝懋、陸游、高觀國、史達祖、韓淲、李肩吾、趙聞禮諸詞，與此同。按，晏詞别首前段起句“心心念念憶相逢”，上“念”字仄聲。曹詞第三句“澄江金斗平波面”，“澄”字、“金”字俱平聲。高詞第四句“長橋愛花柳多情”，“長”字平聲，“愛”字仄聲；晏詞第五句“却似桃源失路”，“失”字仄聲。高詞後段第四句“濃歡寄、桃葉桃根”，“濃”字平聲，“寄”字仄聲。晏詞第五句"若是初心未改","未"字仄聲。譜内可平可仄據此,餘參所采諸詞。

**又一體** 雙調七十二字,前後段各六句四平韻。

趙彦端

傳聞天上有星榆韻歷歷誰居韻淡煙暮擁紅雲暖句春寒乍有還無韻作態似深仍淺句多情要密還疏韻 移尊環坐足相娱韻醉影憑扶韻江南歸到雖憐晚句猶勝不見踟躇韻盡拌緑陰青子句憑肩携手如初韻

此詞前後段第四句校晏詞各減一字,宋人僅見此體。

**又一體** 雙調七十三字,前後段各六句四平韻。

康與之

一宵風雨送春歸韻緑暗紅稀韻畫樓整日無人到句與誰同撚花枝韻門外薔薇開也句枝頭梅子酸時韻 玉人應是數歸期韻翠斂愁眉韻塞鴻不到雙魚遠句歎樓前讀流水難西韻新恨欲題紅葉句東風滿院花飛韻

此詞後段第四句七字,疑前段"與誰同撚"句脱去一字,因宋《花庵詞選》所載,採以備體。

**又一體** 雙調七十六字,前後段各六句四平韻。

吴文英

畫船簾密不藏香韻飛作楚雲狂韻傍懷半卷金爐燼句怕暖消讀春日朝陽韻清馥晴熏殘醉句斷煙無限思量韻 憑闌心事隔垂楊韻樓燕鎖幽妝韻梅花偏惱多情月句慰溪橋讀流水昏黄韻哀曲霜鴻凄斷句夢魂寒蝶悠颺韻

此詞前後段第二句俱五字,宋于國寶、蔣捷、周密、張炎,元張翥詞,皆與此同。惟候寘詞作上一下四句法,稍異,因字數與吴詞同,注明不另録。

## 傳言玉女三體

高拭詞注"黄鐘宫"。按,《漢武内傳》:帝閒居承華殿,忽見一女子曰:"我墉宫玉女王子登也。至七月七日,王母暫來。"言訖。不知所在。世所謂傳言玉女也。調名取此。

**傳言玉女** 雙調七十四字,前後段各八句四仄韻。

晁冲之

一夜東風句不見柳梢殘雪韻御樓煙暖句對鼇山彩結韻簫鼓向晚句鳳輦初回宫闕韻千門

燈火句九衢風月韻　　繡閣人人句乍嬉遊讀困又歇韻豔妝初試句把朱簾半揭韻嬌羞向人句手撚玉梅低説韻相逢長是句上元時節韻

此調以此詞爲正體，後段第二句六字折腰，楊无咎、趙善扛、黄機、石孝友諸詞俱與此同。若曾詞之句法小異，袁詞之減字，皆變格也。

此詞前後段第四句例作上一下四句法，惟黄詞前段第四句"磔磔敲春晝"句法小異，應是偶誤；後段第四句"比年時更瘦"，即合格也。

按，黄詞前段第三句"紋楸玉子"，"紋"字平聲。趙詞第六句"春在暖紅温翠"，"春"字平聲，"暖"字仄聲。楊詞第七句"曲闌幽榭"，"曲"字仄聲。汪元量詞結句"潮生潮落"，上"潮"字平聲。趙詞後段起句"油壁青驄"，"油"字平聲；第二句"第一番、共燕喜"，"一"字仄聲。趙詞第四句"有月如人意"，"月"字仄聲。楊詞第六句"赢得幾場春困"，"赢"字平聲。黄詞第七句"那堪又是"，"那"字仄聲。譜内可平可仄據此，餘參所采二詞。

楊无咎"小院春長"詞後段第五句"只愁飛去"，"飛"字平聲，但查宋詞，無不用仄者，應以仄聲字爲定格。

**又一體**　雙調七十四字，前後段各八句四仄韻。

曾　覿

鳳闕龍樓句清夜月華初照韻萬點星球句護花梢寒峭韻華胥夢裏句老去歡情終少韻花愁酒悶句總消除了韻　　紫陌嬉游句不是少年懷抱韻珠簾十里句聽笙簫聲杳韻幽期密約句暗想淺顰輕笑韻良時莫負句玉山頻倒韻

此與晁詞同，惟後段第二句不作折腰句法異。按，汪元量詞"萬點燈光羞照"，正與此同。

**又一體**　雙調七十三字，前後段各八句四仄韻。

《樂府雅詞》袁　裪

眉黛輕分句慣學漢宫梳掠韻豔容可畫句那精神怎貌韻鮫綃映玉句鈿帶雙穿纓絡韻歌音清麗句舞腰柔弱韻　　宴罷瑶池句御風跨皓鶴韻鳳凰臺上句有蕭郎共約韻一面笑開句向月斜褰珠箔韻東園無限句好花羞落韻

此亦晁詞體，惟後段第二句減一字異。

## 枕屏兒一體

調見《梅苑》。

**枕屏兒**　雙調七十四字，前後段各九句四仄韻。

《梅苑》無名氏

江國春來句留得素英肯住韻月籠香句風弄粉句詩人盡許韻酥蕊嫩句檀心小句不禁風雨

韻須東君讀與他做主韻　繁杏夭桃句顔色淺深難駐韻奈芳容句全不稱句冰姿伴侣韻水亭邊句山驛畔句一枝風措韻十分似讀那人淡泞韻

此調惟《梅苑》有此一詞，無宋、元人他作可校。

## 剔銀燈五體

《樂章集》注"仙吕調"，金詞亦注"仙吕調"，元高拭詞注"中吕宫"。蔣氏《九宫譜》屬中吕調，名《剔銀燈引》。

**剔銀燈** 雙調七十五字，前後段各七句五仄韻。

柳　永

何事春工用意韻繡畫出讀萬紅千翠韻豔杏夭桃句垂楊芳草句各鬭雨膏煙膩韻如斯佳致韻早晚是讀讀書天氣韻　漸漸園林明媚韻便好安排歡計韻論籃買花句盈車載酒句百琲千金邀妓韻何妨沈醉韻有人伴讀日高春睡韻

此詞以柳詞、毛詞、杜詞爲正體，若范詞、衷詞之添字，皆變格也。

此詞前段第二句七字，後段第二句六字，杜安世"夜永衾寒"詞，正與此同。

按，杜詞别首前段起句"昨夜一場風雨"，"一"字仄聲；後段第五句"免恁惱人腸肚"，"惱"字仄聲。譜内據之，其餘可平可仄悉校類列四詞。

又按，杜詞别首前段第五句"多情怎生爲主"，"情"字平聲。但查宋詞，此字無不用仄者，應以仄聲字爲定格。

**又一體** 雙調七十四字，前後段各七句五仄韻。

毛　滂

簾下風光自足韻春到席間屏曲韻瑶甕酥融句羽觴蟻鬭句花映酃湖寒緑韻汨羅愁獨韻又何似讀紅圍翠簇韻　聚散悲歡箭速韻不易一杯相屬韻頻剔銀燈句别聽牙板句尚有龍膏堪續韻羅熏繡馥韻錦瑟畔讀低迷醉玉韻

此詞前後段第二句俱六字，杜安世"昨夜一場"詞，正與此同。

汲古閣刻《壽域詞》本，前段第二句"春忽到席間屏曲"亦作七字，今照《花草粹編》改定。原注侑歌者以七急拍七拜勸酒，或其歌法耳。

**又一體** 雙調七十六字，前後段各七句五仄韻。

杜安世

好事争如不遇韻可惜許讀多情相誤韻月下風前句偷期竊會句共把衷腸分付韻尤雲殢雨

韻正繾綣讀朝朝暮暮韻　無奈別離情緒韻酒和病讀雙眉長聚韻往事淒涼句佳音迢遞句似此因緣誰做韻洞雲深處韻暗回首讀落花飛絮韻

前後段第二句俱七字。

**又一體**　雙調七十八字,前後段各七句四仄韻。

范仲淹

昨夜因看蜀志韻笑曹操讀孫權劉備韻用盡機關句徒勞心力句只得三分天地韻屈指細尋思句爭如共讀劉伶一醉韻　人世都無百歲韻少癡騃讀老成尫悴韻只有中間句些子少年句忍把浮名牽繫韻一品與千金句問白髮讀如何回避韻

此與杜詞同,惟前後段第六句添一字作五字句,不用韻異。《花草粹編》採之《中吳紀聞》,無別首宋詞可校。

**又一體**　雙調七十八字,前後段各七句五仄韻。

袁長吉

古來五子伊誰有韻唐室五王稱首韻竇氏五龍句柳家五馬句西晉室讀陶家五柳韻英名不朽韻更東漢讀馬良並秀韻　君今也五男還又韻應是五星孕就韻腹笥五經句身膺五福句指日繼讀五侯之後韻箇般非偶韻好與醉讀劉伶五斗韻

此亦毛詞體,惟前後段起句及第五句各添一字作七字句異。

## 隔簾聽一體

唐教坊曲名。《樂章集》注"林鐘商"。

**隔簾聽**　雙調七十五字,前段七句五仄韻,後段八句七仄韻。

柳　永

咫尺鳳衾鴛帳句欲去無因到韻蝦鬚窣地重門悄韻認繡履頻移句洞房杳杳韻強語笑韻逞如簧讀再三輕巧韻　梳妝早韻琵琶閒抱韻愛品相思調韻聲聲似把相思告韻但隔簾贏得句斷腸多少韻恁煩惱韻除非是讀共伊知道韻

坊刻於"梳妝早"句分段,今照《花草粹編》校正,其平仄無別首可校。

## 越溪春一體

調見《六一居士詞》,因詞中有"春色遍天涯,越溪閬苑繁華地"句,取以爲名,蓋賦越溪春色也。

**越溪春** 雙調七十五字,前段七句三平韻,後段六句四平韻。

歐陽修

三月十三寒食日句春色遍天涯韻越溪閬苑繁華地句傍禁垣讀珠翠煙霞韻紅粉牆頭句秋千影裏句臨水人家韻　　歸來晚駐香車韻銀箭透窗紗韻有時三點兩點雨霽句朱門柳細風斜韻沈麝不燒金鴨冷句籠月照梨花韻

此詞無別首宋詞可校。

結二句,《詞綜》作"沈麝不燒金鴨,玲瓏月照梨花",六字兩句。查本集,"玲"字係"冷"字,"瓏"字係"籠"字,"冷"字屬上作句方有情韻,舊本皆然,今從之。

## 長生樂二體

調見《珠玉集》。

**長生樂** 雙調七十五字,前段八句五平韻,後段六句四平韻。

晏　殊

玉露金風月正圓韻臺榭早涼天韻畫堂佳會句組繡列芳筵韻洞府星辰龜鶴句福壽來添韻歡聲喜色句同入金爐泛濃煙韻　　清歌妙舞句急管繁弦韻榴花滿酌觥船韻人盡祝讀富貴又長年韻莫教紅日西晚句留著醉神仙韻

晏詞二首大同小異,其前段結句例作拗句。又,前段第六句舊本作"來添福壽",應作"福壽來添"方合,觀別首"飄散歌聲""聲"字用韻可證。

譜内可平可仄即參下詞。

**又一體** 雙調七十五字,前段八句四平韻,後段六句四平韻。

晏　殊

閬苑神仙平地見句碧海架蓬瀛韻洞門相向句倚金鋪微明韻處處天花撩亂句飄散歌聲韻裝真延壽句賜與流霞滿瑶觥韻　　紅鸞翠節句紫鳳銀笙韻玉女雙來近彩雲韻隨步朝夕

拜三清韻爲傳王母金籙句祝千歲長生韻

此與前詞同,惟前段起句不用韻,後段第三、四句俱七字異。

## 訴衷情近三體

調見《樂章集》,注"林鍾商",與《訴衷情令》不同。

**訴衷情近**　雙調七十五字,前段七句三仄韻,後段九句六仄韻。

柳　永

雨晴氣爽句佇立江樓望處韻澄明遠水生光句重疊暮山聳翠韻遥想斷橋幽徑句隱隱漁村句向晚孤煙起韻　殘陽裏韻脉脉朱闌静倚韻黯然情緒句未飲先如醉韻愁無際讀暮雲過了句秋風老盡句故人千里韻竟日空凝睇韻

此調祇有柳詞二首及晁詞一首,故此詞可平可仄,悉參所採二詞。

柳永、晁補之皆精於審音,故三詞參校,其可平可仄處不過三、四字。《詞律》論"雨晴氣爽"句是上平去上,"暮雲過了"句是去平去上,"聳翠静倚"皆上去,亦細。

**又一體**　雙調七十五字,前段七句兩仄韻,後段九句六仄韻。

柳　永

景闌晝永句漸入清和氣序句榆錢飄滿閒階句蓮葉嫩生翠沼韻遥望水邊幽徑句山崦孤村句是處園林好韻　閒情悄韻綺陌遊人漸少韻少年風韻句自覺隨春老韻追前好韻帝城信阻句天涯目斷句暮雲芳草韻佇立空殘照韻

此與"雨晴氣爽"詞同,惟前段第二句不用韻異。

**又一體**　雙調七十五字,前段七句三仄韻,後段九句六仄韻。

晁補之

小園過午句便覺凉生翠柏韻戎葵閒出牆紅句萱草静依徑緑韻還是去年句浮瓜沈李句追凉故繞池邊竹韻　小筵促韻忽憶楊梅正熟韻下山南畔句畫舸笙歌逐韻愁凝目韻使君彩筆句佳人錦字句斷弦怎續韻盡日闌干曲韻

此亦與柳詞同,惟前段第五、六句俱四字,第七句七字異。

## 下水船四體

唐教坊曲名。按,唐王保定《摭言》:裴庭裕,乾寧中在内庭,文書敏捷,號"下水船”。調名取此。

**下水船** 雙調七十五字，前段七句五仄韻，後段八句六仄韻。

黄庭堅

總領神仙侶韻齊到青雲岐路韻丹禁風微句咫尺諦聞天語韻盡榮遇韻看即如龍變化句一擲靈梭風雨韻　真遊處韻上苑尋春去韻芳草芊芊迎步韻幾曲笙歌句櫻桃豔裏歡聚韻瑶觴舉韻回祝堯齡萬萬句端的君恩難負韻

此調有黄詞、賀詞及晁詞二首，黄、賀二詞字句並同，應爲此調正體。若晁作“百紫千紅”詞之句讀參差，“上客驪駒”詞之添字，皆變格也。

此詞可平可仄即參下所採三詞，故不復注。

**又一體** 雙調七十五字，前段七句六仄韻，後段八句六仄韻。

賀　鑄

芳草青門路韻還拂京塵東去韻回想當年句離聲送君南浦韻愁幾許韻尊酒流連薄暮韻簾卷津樓煙雨韻　憑闌語韻草草蘅皋賦韻分首驚鴻不駐韻燈火虹橋韻難尋弄波微步韻漫凝佇韻莫怨無情流水韻明月扁舟何處韻

此與黄詞同，惟前段第六句押韻異。

**又一體** 雙調七十五字，前段七句四仄韻，後段八句四仄韻。

晁補之

百紫千紅翠韻唯有瓊花特異韻便是當年句唐昌觀中玉蕊韻尚記得句月裏仙人來賞句明日喧傳都市韻　甚時又句分與揚州本句一朵冰姿難比韻曾向無雙亭邊句半酣獨倚韻似夢覺句曉出瑶臺千里韻猶憶飛瓊標緻韻

此亦黄詞體，惟後段第四句六字，第五句四字句讀參差。又前段第五句，後段第一、二句、第六句，俱不押韻，第七句多押一韻異。

**又一體** 雙調七十六字，前段七句六仄韻，後段八句六仄韻。

晁補之

上客驪駒繫韻驚唤銀屏睡起韻困倚妝樓句盈盈正解羅髻韻鳳釵墜韻繚繞金盤玉指韻巫山一段雲委韻　半窺鏡句向我横秋水韻斜領花枝交鏡裏句淡拂鉛華句匆匆自整羅綺韻斂眉翠韻雖有愔愔密意韻空作江邊解佩韻

此詞本集不載，從《能改齋漫録》採入，亦黄詞體，惟後段起句不押韻，第三句添一字異。

## 解蹀躞六體

曹勛詞名《玉蹀躞》。

**解蹀躞** 雙調七十五字，前段六句三仄韻，後段七句五仄韻。

周邦彦

候館丹楓吹盡句迴旋隨風舞韻夜寒霜月讀飛來伴孤旅韻還是獨擁秋衾句夢餘酒困都醒句滿懷離苦韻 甚情緒韻深念凌波微步韻幽房暗相遇韻淚珠都作讀秋宵枕前雨韻此恨音驛難通句待憑征雁歸時句寄將愁去韻

此調始見《清真集》，應以此詞爲正體，若楊詞之多押一韻，吴詞之少押一韻，方詞及楊詞別首之句讀參差，曹詞之句讀小異，皆變格也。但楊、吴、曹三體字句整齊，方詞及楊詞別首則採以備考，不可爲法。

按，陳允平和詞後段第四句"如今憔悴，黄花慣風雨"，"如"字平聲；第六句"醉來一枕閒窗"，"一"字仄聲。譜内據此，其餘可平可仄，悉參下所採四詞。

前段起句"館"字參吴詞可平，"丹"字、"吹"字參吴詞可仄，第三句"寒"字參曹詞可仄，"月"字參曹詞可平。然查宋詞，如此填者甚少，自當以周詞爲定格。

**又一體** 雙調七十五字，前段六句四仄韻，後段七句五仄韻。

楊无咎

迤邐韶華將半韻桃杏勻於染韻又還撩撥讀春心信凄黯韻準擬劇飲狂吟句可憐無復當年句酒腸文膽韻 倦遊覽韻憔悴羞窺鸞鑒韻眉端爲誰斂韻可堪風雨讀無情暗亭檻韻觸目千點飛紅句問春爭得春愁句也隨春減韻

此與周詞同，惟前段起句用韻異。按，楊澤民和周詞，前段第一、二句"一搦金蓮微步，堪向盤中舞"，正與此同。

**又一體** 雙調七十五字，前段六句三仄韻，後段七句四仄韻。

吴文英

醉雲又兼醒雨句楚夢時來往韻倦蜂剛著梨花讀惹遊蕩韻還作一段相思句冷波葉舞愁紅句送人雙槳韻 暗凝想韻情共天涯秋黯句朱橋鎖深巷韻會稀投得輕分讀頓惆悵韻此去幽曲誰來句可憐殘照西風句半妝樓上韻

此與周詞同，惟後段第二句不押韻，前後段第三句作上六下三句法異。按，陳允平和周詞"記得芙蓉江上，蕭娘舊相遇"，正與此同。

又按，周詞前段起句，例用仄仄平平平仄，此獨用仄平仄平仄仄，文英精於審音，必中律吕，採入以備一體。

**又一體** 雙調七十五字，前段六句三仄韻，後段七句五仄韻。

方千里

院宇無人清晝句靜看簾波舞韻自憐春晚讀漂流尚羈旅韻那況淚濕征衣句恨添客鬢句終日子規聲苦韻 動離緒韻漫整徘徊愁步韻何時再相遇韻舊歡如昨讀匆匆楚臺雨韻別後南北天涯句夢魂猶記關山句屢隨書去韻

此和周詞，惟前結作四字一句、六字一句異。

**又一體** 雙調七十五字，前段六句三仄韻，後段七句五仄韻。

曹 勛

雨過池臺秋靜句桂影凉清晝韻槁葉喧空讀疏黄滿堤柳韻風外殘葉枯荷句憑闌一晌句猶喜冷香襟袖韻 少歡偶韻人道消愁須酒韻酒又怕醒後韻這般光景讀愁懷煞難受韻誰念千種秋情句乍凉雖好句還恨夜長時候韻

此亦周詞體，惟前後兩結俱作四字一句、六字一句異。

按，周詞前段第二句平仄平平仄，後段第三句平平仄平仄，此詞後段第三句，獨用仄仄仄平仄。又，周詞前段第三句及後段第四句，上四字例用仄平平仄，此詞前段第三句上四字獨用仄仄平平，應是偶誤，不必從。

**又一體** 雙調七十五字，前段六句三仄韻，後段七句五仄韻。

楊无咎

金谷樓中人在句兩點眉顰緑韻叫雲穿月讀横吹楚山竹韻怨斷憂憶因誰句坐中有客句猶記在讀平陽宿韻 淚盈目韻百囀千聲相續韻停杯聽難足韻漫誇天海風濤讀舊時曲韻夜深煙慘雲愁句倩君沈醉句明日看讀梅梢玉韻

此亦周詞體，惟後段第四句作上六下三句法，及前後段兩結句俱作六字折腰句法異。

## 撲蝴蝶四體

按，周密《癸辛雜誌》云：吴有小妓，善舞撲蝴蝶，疑是舞曲。邵叔齊詞，名《撲蝴蝶近》。

**撲蝴蝶** 雙調七十五字，前段七句三仄韻，後段八句四仄韻。

曹 組

人生一世句思量爭甚底韻花開十日句已隨塵逐水韻且看欲盡花枝句未厭傷多酒盞句何須細推物理韻　幸容易韻有人爭奈句只知名與利韻朝朝日日句忙忙劫劫地韻待得一晌閒時句又却三春過了句何如對花沈醉韻

此調有兩體，後段第三句或五字、或七字。五字者，或作仄平平仄仄，或作平平平仄仄；七字者，或作仄仄平平仄仄仄，或作仄仄平平仄平仄。又，前段第二句，曹、趙兩詞，俱作平平平仄仄，而邵、丘兩詞，則或作平仄仄平仄，或作平仄平平仄，最爲差錯不齊，填者任擇一體，遵之可也。

按，吕渭老"風荷露竹"詞，前段第六句"微醉歌聲審穩"，"微"字平聲；後段第四句"小窗睡起"，"小"字仄聲；第七句"秋杪黄花漸近"，"秋"字平聲。譜内可平可仄據此，餘參後詞。

**又一體** 雙調七十五字，前段七句四仄韻，後段八句五仄韻。

趙師俠

清和時候句薰風來小院韻琅玕脱籜句方塘荷翠颭韻柳絲輕度流鶯句畫棟低飛乳燕韻園林緑陰初遍韻　景何限韻輕紗細葛句綸巾和羽扇韻披襟散髮句心清塵不染韻一杯洗滌無餘句萬事消磨去遠韻浮名薄利休羨韻

此與曹詞同，惟前段第六句、後段第七句俱押韻異。

**又一體** 雙調七十七字，前段七句四仄韻，後段八句五仄韻。

邵叔齊

蘭摧蕙折句霜重曉風惡韻長安何處句孤根漫自托韻水寒斷續溪橋句月破黄昏院落韻相逢儼然瘦削韻　最蕭索韻星星蓬鬢句杳杳家山路正邈韻攀枝嗅蕊句露陪清淚閣韻已無蝶使蜂媒句不共鶯期燕約韻甘心伴人淡薄韻

此亦與曹詞同，惟後段第三句添二字異。無名氏"煙條雨葉"詞及吕渭老詞二首，俱如此填。按，吕詞後段第三句"傾入離愁萬千斗"，"傾"字平聲。無名氏詞"明月樓中畫眉懶"，"眉"字平聲。其餘已詳曹詞。

**又一體** 雙調七十七字，前段七句六仄韻，後段八句五仄韻。

丘 宻

鳴鳩乳燕韻春在梨花院韻重門鎮掩韻沈沈簾不卷韻紗窗紅日三竿句睡鴨餘香一線韻佳眠悄無人唤韻　漫消遣韻行雲無定句楚雨難憑夢魂斷韻清明漸近句天涯人正遠韻盡教閒了秋千句覷著海棠開遍韻難禁舊愁新怨韻

此與邵詞同，惟前段第一句、第三句俱用韻異。

## 千年調二體

曹組詞名《相思會》，因詞有"剛作千年調"句，辛棄疾改名《千年調》。

**千年調** 雙調七十五字，前後段各九句四仄韻。

辛棄疾

卮酒向人時句和氣先傾倒韻最要然然可可句萬事稱好韻滑稽坐上句更對鴟彝笑韻寒與熱句總隨人句甘國老韻　少年使酒句出口人嫌拗句此箇和合道理句近日方曉韻學人言語句未會十分巧韻看他們句得人憐句秦吉了韻

按，辛詞有二首，其源似出於曹詞，但曹詞句讀參差，又添襯字，故以辛詞爲譜。

辛詞别首前段起句"左手把青霓"，"左"字仄聲；第二句"右手挾明月"，"右"字、"挾"字俱仄聲；第三句"吾使豐隆前導"，"吾"字、"前"字俱平聲；第四句"叫開閶闔"，"開"字平聲；第八句"萬斛泉"，"斛"字仄聲；後段第三句"帝飲予觴甚樂"，"觴"字平聲；第七句"余馬懷"，"余"字平聲；結句"下恍惚"，"下"字仄聲。譜内可平可仄據此，餘參曹詞。

《詞律》論前段第四句"事"字不可平，觀曹詞亦用"見"字；論第八句"隨"字不可仄，辛詞别首"斛"字以入作平，曹詞亦用"勞"字。至論"合"字平聲，按《中原雅音》"合"音"呵"，《中原音韻》歌戈部，入聲作平聲有"合"字，此亦金元曲譜所用北言之音，不可以律宋詞，故參辛詞别首及曹詞作譜。

**又一體** 雙調七十七字，前後段各九句四仄韻。

曹　組

人無百年人句剛作千年調韻待把門關鐵鑄句鬼見失笑韻多愁早老句惹盡閒煩惱韻我惺也句枉勞心讀漫計較韻　粗衣淡飯句贏取暖和飽韻住箇宅兒句只要不大不小韻常教潔淨句不種閒花草韻據見在句樂平生句便是神仙了韻

此見《樂府雅詞》，即辛詞之所從出也。惟後段第三句四字，第四句六字，與辛詞異。結句五字又多兩襯字。

## 蕊珠閒一體

調見《介庵詞》。

**蕊珠閒** 雙調七十五字，前段八句四仄韻，後段八句六仄韻。

趙彦端

浦雲融句梅風斷句碧水無情輕度韻有嬌黄上林梢句向春欲舞韻緑煙迷晝句淺寒欺暮韻

不勝小樓凝佇韻　倦游處韻故人相見易阻韻花事從今堪數韻片帆無恙句好在一篙春雨韻醉袍宮錦句畫羅金縷韻莫教恨傳幽句韻

此詞前段第三句"有嬌黄上林梢",疑有脱誤,然無别首可校。

## 瑞雲濃一體

調見《逃禪集》。蔣氏《九宫譜》入黄鍾宫。

**瑞雲濃** 雙調七十五字,前後段各七句四仄韻。

楊无咎

睽離漫久句年華誰信曾换韻依舊當時似花面韻幽歡小會句記永夜讀杯行無算韻醉裏屢忘歸句任虚簷月轉韻　能變新聲句隨語意讀悲歡感怨韻可更餘音寄羌管韻倦游江湖句問似伊讀阿誰曾見韻度已無腸句爲伊可斷韻

此詞無别首可校。

## 番槍子一體

調見金韓玉《東浦詞》。李獻能因此詞後段結句有"春草碧"句,更名《春草碧》。

**番槍子** 雙調七十五字,前段五句四仄韻,後段六句四仄韻。

韓　玉

莫把團扇雙鸞隔韻要看玉溪頭讀春風客韻妙處風骨蕭閒句翠羅金縷瘦宜窄韻轉面兩眉攢讀青山色韻　到此月想精神句花似秀質韻待與不清狂讀如何得韻奈何難駐朝雲句易成春夢恨又積韻送上七香車讀春草碧韻

此調惟金、元人填之,有完顔璹、李獻能、錢抱素、錢應庚詞可校。按,李獻能詞前段起句"紫簫吹破黄昏月","簫"字平聲。錢應庚詞第二句"還記五湖船、煙波約","還"字平聲。完顔璹詞第三句"底事勝賞匆匆","勝"字仄聲。李詞第四句"顔色如花命如葉","顔"字平聲,"色"字仄聲,"花"字平聲;第五句"千里涴凝塵、凌波襪","千"字平聲。錢抱素詞後段起句、第二句"梨花燕子清明,誰家院宇","梨"字、"花"字、"家"字俱平聲;第三句"天地一蘧廬、從棲泊","天"字平聲。李詞"舊時雪堂人、今華髮","時"字平聲。錢詞第四句"天涯行李蕭蕭","天"字平聲;又"自憐素髮無多","素"字仄聲。完顔詞第五句"故苑春光又陳跡","苑"字仄聲,"光"字、"陳"字俱平聲。又李詞"杯深不覺琉璃滑","杯"字平聲,"不"字仄聲,"琉"字平聲。錢詞結句"白首友于情、同憂樂","憂"字平聲。譜内可平可仄據此。

# 《御定詞譜》卷十八 起七十六字至七十九字

## 荔枝香十體

《唐史·樂志》:“帝幸驪山,貴妃生日,命小部張樂長生殿,奏新曲,未有名。會南方進荔枝,因名《荔枝香》。”《碧雞漫志》:“今歇指調、大石調,皆有近拍,不知何者爲本曲。”按,《荔枝香》有兩體,七十六字者,始自柳永,《樂章集》注“歇指調”,有周邦彦、方千里、楊澤民、陳允平及吴文英詞可校;七十三字者始自周邦彦,有方千里、楊澤民、陳允平和詞,及袁去華詞可校,一名《荔枝香近》。

**荔枝香** 雙調七十六字,前後段各七句四仄韻。

柳 永

甚處尋芳賞翠句歸去晚韻緩步羅襪生塵句來繞瓊筵看韻金縷霞衣輕褪句似覺春遊倦韻遥認讀衆裏盈盈好身段韻。　擬回首句又佇立讀簾幃畔韻素臉翠眉句時揭蓋頭微見韻笑整金翹句一點芳心在嬌眼韻王孫空恁腸斷韻

此調七十六字者,名《荔枝香》,無“近”字,以此詞爲正體,周邦彦“照水殘紅”詞,正與此同,但前段結句脱落一字耳。若方詞之多押一韻,楊詞之多押兩韻,陳詞及吴詞二首之句讀小異,皆變格也。

此詞前段結句,可點四字一讀、五字一句,亦可點六字一讀、三字一句。今照《詞律》點定二字一讀、七字一句,仄仄平平仄平仄,與後段“一點芳心”句平仄同。

此詞可平可仄,悉參周、方、楊、陳四詞及吴詞二首之句法同者,其類列《荔枝香近》三詞,恐各寓音律,不復彙校。

**又一體** 雙調七十五字,前後段各七句四仄韻。

周邦彦

照水殘紅零亂句風唤去韻盡日惻惻輕寒句簾底吹香霧韻黄昏客枕無憀句細響當窗雨韻看兩兩相依燕新乳韻　樓下水句漸緑遍讀行舟浦韻暮往朝來句心逐片帆輕擧韻何日迎門句小檻朱籠報鸚鵡韻共剪西窗蜜炬韻

此與柳詞同,惟前段校柳詞少一字,疑有脱誤,因《花草粹編》及《片玉集》皆如此,仍之。

按,《片玉集》此詞後段結句作“如今誰念悽楚”,與柳詞平仄如一,但方千里、楊澤民、陳允平諸和詞皆押“炬”字韻,應照《清真詞》本爲是。

**又一體**　雙調七十六字,前段七句五仄韻,後段七句四仄韻。

方千里

勝日登臨幽趣韻乘興去韻翠壁古木千章句林影生寒霧韻空濛冷濕人衣句山路元無雨韻深澗讀斗瀉飛泉溜甘乳韻　漁唱晚句看小棹讀歸前浦韻笑指官橋句風颭酒旗斜舉韻還脱宫袍句一醉芳杯倒鸚鵡韻幸有雕章蠟炬韻

此和周邦彦詞,亦與柳詞同,惟前段起句用韻小異。

**又一體**　雙調七十六字,前段八句六仄韻,後段七句五仄韻。

楊澤民

瞰水素多佳趣韻春未去韻繡桷陡起凌空句隱隱籠輕霧韻已飛畫棟朝雲句又卷西山雨韻相與韻共煮新茶取花乳韻　開宴處韻倚北榭讀臨南浦韻迤邐扁舟句雙槳棹歌齊舉韻座上嘉賓句妙句無非賦鸚鵡韻莫惜高燒蠟炬韻

此調前段起句用韻,與方詞同,惟前結二字一讀用韻及换頭句用韻小異。

**又一體**　雙調七十六字,前段八句四仄韻,後段七句四仄韻。

陳允平

杜宇聲聲頻喚句春漸去韻暗碧柳色依依句湖上迷香霧韻殘香淨洗紅蘭句昨夜朱鉛雨韻金泥帳底句雙蚪自沈乳韻　天際句漸迤邐讀片帆南浦韻一笑薔薇句别後酒杯慵舉韻江上琵琶句莫遣東風誤鸚鵡韻淚擁通宵蠟炬韻

此詞亦與柳詞同,惟前結四字一句、五字一句,换頭二字一句、七字一句異。

**又一體**　雙調七十六字,前段七句四仄韻,後段七句五仄韻。

吴文英

錦帶吴鈎句征思横淮水韻夜吟敲落霜紅句船傍楓橋繫韻相思不管年華句喚酒吴娃市韻因語讀駐車新堤步秋綺韻　淮楚尾韻暮雲送讀人千里韻細雨南樓句香密錦温曾醉韻花谷依然句秀靨偷春小桃李韻爲語夢窗憔悴韻

此亦柳詞體,惟前段起句四字、第二句五字異。

《詞律》云:前段結句"車"字必是"馬"字,但無善本可校。又,夢窗精於審音,必中律吕,聊存以備參考。填者仍照柳、周各詞用仄聲字可也。

**又一體**　雙調七十六字,前後段各七句四仄韻。

吴文英

輕睡時聞句晚鵲噪庭樹韻又説今夕天津句西畔重歡遇韻蛛絲暗鎖紅樓句燕子穿簾處韻

天上讀未比人間更情苦韻　秋鬢改句妒月姊讀長眉嫵韻過雨西風句數葉井梧愁舞韻夢入藍橋句幾點疏星映朱户韻淚濕河邊凝佇韻

此與"錦帶吴鉤"詞同,惟後起三字不押韻。

**又一體**　雙調七十三字,前段七句三仄韻,後段七句四仄韻。

周邦彦

夜來寒侵酒席句露微泫韻舄履初會句香澤方熏句無端暗雨催人句但怪燈偏簾卷韻回顧讀始覺驚鴻去遠韻　大都世間句最苦唯聚散韻到得春殘句看即是讀開離宴韻細思别後句柳眼花須更誰剪韻此懷何處消遣韻

此調七十三字者,名《荔枝香近》,以此詞爲正體。袁去華"曉來丹楓"詞,方千里"小園花梢"詞,正與此同。若揚詞、陳詞之攤破句法,皆變格也。

此詞之源,亦出柳詞,但與柳詞校,只前段第三句減二字,第四句減一字、不押韻,第六句添一字,結句減一字,换頭起句四字、第二句五字、第四句折腰句法不同耳。故名《荔枝香近》。近者,其腔調相近也。

此詞前段第二句例須仄平仄,如方詞之"淚羞泫",袁詞之"淨如掃"亦然。

按,方詞平仄如一,惟前段第六句,或作"是處池館春遍",不押"卷"字韻者誤。又,袁詞前段第三句"霜空横雁","霜空"二字俱平聲;結句"轉眼、吴霜點鬢催老","吴霜"二字俱平聲,"點鬢"二字俱仄聲,"催"字平聲;後段第四句"都總似夢初覺","都"字平聲,"夢"字仄聲;第五句"錦鱗書斷","書"字平聲。譜内可平可仄據此,餘參楊、陳二詞。

**又一體**　雙調七十三字,前段八句四仄韻,後段七句四仄韻。

楊澤民

未論離亭話别句涕先泫韻旋滌瑶觶句深挹芳醪句凝愁滿眼歌殘句俍人大白須卷韻三勸韻記得當時送遠韻　素蟾屢明晦句彩雲易散韻後約難知句又却似讀陽關宴韻烏絲寫恨句帕子分香爲郎剪韻願郎安信頻遣韻

此與"夜來寒侵"詞同,惟前段結句二字一讀用韻,後段起句五字、第二句四字異。

**又一體**　雙調七十三字,前段八句三仄韻,後段七句四仄韻。

陳允平

臉霞香銷粉薄句淚偷泫韻䨩䨩金猊句沈水微熏句入簾緑樹春陰句糝徑紅英風卷韻芳草怨碧句王孫漸遠韻　錦屏夢回句怳覺雲雨散韻玉瑟無心理句懶醉瓊花宴韻寶釵翠滑句一縷青絲爲君剪韻别情誰更排遣韻

此亦與"夜來寒侵"詞同,惟前結作四字兩句,後段第三、四句俱五字異。

## 婆羅門引四體

《梅苑》詞名《婆羅門》,段克己詞名《望月婆羅門引》。按,唐《教坊記》有《婆羅門》小曲,《宋史·樂志》有婆羅門舞隊。《樂苑》曰:"《婆羅門》,商調曲也,開元中,西涼節度楊敬述進。"《理道要訣》云:"天寶十三載,改《婆羅門》爲《霓裳羽衣》,屬黄鍾宫。"宋詞調名,疑出於此。

**婆羅門引** 雙調七十六字,前段七句四平韻,後段七句五平韻。

曹　組

漲雲暮卷句漏聲不到小簾櫳韻銀河淡掃澄空韻皓月當軒高挂句秋入廣寒宫韻正金波不動句桂影朦朧韻　　佳人未逢韻歎此夕讀與誰同韻望遠傷懷對景句霜滿秋紅韻南樓何處句想人在讀長笛一聲中韻凝淚眼讀立盡西風韻

此曹組《望月》詞也,故金詞改名《望月婆羅門引》。

此調以此詞爲正體,宋蔡伸、嚴仁、辛棄疾、吴文英,金元好問、李晏、段成己、段克己、李俊民,元張翥諸詞,俱與此同。若吴詞别首之押韻異同,李詞之少押一韻,《梅苑》詞之前段添一字、後段減一字,皆變格也。

按,辛詞前段起句"落花時節","時"字平聲。嚴詞第三句"斷鴻聲唤人愁","斷"字仄聲,"聲"字平聲。辛詞第四句"回首海山何處","回"字平聲,"海"字仄聲;第五句"後會渺難期","後"字仄聲;後段第二句"記花月、可憐宵","花"字平聲。吴詞第三句"空憶雙蟬疊翠","空"字平聲。嚴詞"可惜等閒孤了","等"字仄聲。辛詞第五、六句"見君何日,待瓊林、宴罷醉歸時","見"字、"宴"字俱仄聲,"林"字平聲;又"爭如不見,纔相見、便有别離時","纔"字平聲。蔡伸詞"凄凉懷抱,算此際、唯我與君同","此"字仄聲。吴詞"堂空露冷,倩誰唤、行雲來洞庭","來"字平聲。辛詞結句"人爭看、寶馬來思","爭"字平聲。又,李詞"酒到處、莫放杯停","酒"字仄聲。譜内可平可仄據此,餘參下所採三詞。

**又一體** 雙調七十六字,前後段各七句四平韻。

李俊民

浮雲霽色句江涵秋影雁初飛韻相逢共繞東籬韻點檢尊前見在句人似曉星稀韻對滿山紅樹句葉葉堪題韻　　大家露頂句任短髮讀被風吹韻只恐黄花人貌句不似年時韻杯添野水句更何用讀頻頻望白衣韻沈醉後讀携手方歸韻

此與曹詞同,惟换頭句不押韻異。

**又一體** 雙調七十六字,前段七句四平韻,後段七句五平韻。

吴文英

風漣亂翠句酒霏飄汗洗新妝韻幽情暗寄蓮房韻弄雪調冰重會句臨水暮追涼韻正碧雲不

破句素月微行韻　　雙成夜笙句斷舊曲讀解明璫韻别有紅嬌粉潤句初試霓裳韻分蓮調郎韻又拈惹讀花茸碧唾香韻波暈切讀一盼秋光韻

此與曹詞同，惟換頭句不押韻，第五句又多押一韻異。

**又一體**　雙調七十六字，前段七句四平韻，後段七句五平韻。

《梅苑》無名氏

江南地暖句數枝先得嶺頭春韻分付似讀剪玉裁冰韻素質偏憐勻澹句羞殺壽陽人韻算多情留意句偏在東君韻　　暗香旋生韻對淡月讀與黄昏韻寂寞誰家院宇句斜掩重門韻牆頭半開句却望雕鞍無故人韻斷腸處讀容易飄零韻

此亦與曹詞同，惟前段第三句添一字作七字句，後段第六句減一字作七字句異。

## 御街行六體

柳永《樂章集》注“夾鍾宫”。《古今詞話》無名氏詞有“聽孤雁聲嘹唳”句，更名《孤雁兒》。

**御街行**　雙調七十六字，前後段各七句四仄韻。

柳　永

燔柴煙斷星河曙韻寶輦回天步韻端門羽衛簇雕闌句六樂舜韶先舉韻鶴書飛下句雞竿高聳句恩露均寰宇韻　　赤霜袍爛飄香霧韻喜色成春煦韻九儀三事仰天顔句八彩旋生眉宇韻椿齡無盡句蘿圖有慶句常作乾坤主韻

此調以此詞及范詞爲正體，若柳詞别首之句讀參差，張、范、高及無名氏詞之添字，皆變格也。此詞前後段第二句俱五字，有晏幾道、張先、晁補之、王安中、辛棄疾諸詞可校。

按，張詞前段起句“畫船横倚煙溪半”，“畫”字仄聲；第二句“春入吴山遍”，“春”字平聲；第四句“程入花溪遠遠”，上“遠”字仄聲。王詞後段第四句“爭絢青天馥鬱”，“馥”字仄聲。譜内可平可仄據此，餘參所採諸詞。

**又一體**　雙調七十六字，前段六句四仄韻，後段七句四仄韻。

柳　永

前時小飲春庭院韻悔放笙歌散韻歸來中夜酒醺醺句惹起舊愁無限韻雖看墜樓換馬句爭奈不是鴛幃伴韻　　朦朧暗想如花面韻欲夢還驚斷韻和衣擁被不成眠句一枕萬回千轉韻惟有畫梁句新來雙燕句徹曙聞長歎韻

此詞前段第五、六句例作四字兩句，結句例作五字一句，此作六字一句、七字一句，蓋拘於用事，故句讀參差，採以備體，不可爲法。

後段第五句"畫梁"，"梁"字平聲，亦不合調，故不校注。

**又一體** 雙調七十七字，前後段各七句四仄韻。

張　先

夭非花豔輕非霧韻來夜半讀天明去韻來如春夢不多時句去似朝雲何處韻乳雞棲燕句落星沈月句紞紞城頭鼓韻　參差漸辨西池樹韻珠閣斜開户韻緑苔深徑少人行句苔上屐痕無數韻遺香餘粉句剩衾閒枕句天把多情賦韻

此與柳詞同，惟前段第二句添一字異。按，《梅苑》無名氏詞"平生有箇風流願。願長與、梅爲伴"、"瑶臺月下分明見。依舊殘妝淺"，正與此同。又按，韓師厚謔詞前段第二句"撚箇觀音樣"，作五字一句；後段第二句"料只在，船兒上"，作三字兩句，與此又異，因詞俚不録。

**又一體** 雙調七十八字，前後段各七句四仄韻。

范仲淹

紛紛墮葉飄香砌韻夜寂靜讀寒聲碎韻真珠簾卷玉樓空句天澹銀河垂地韻年年今夜句月華如練句長是人千里韻　愁腸已斷無由醉韻酒未到讀先成淚韻殘燈明滅枕頭攲句諳盡孤眠滋味韻都來此事句眉間心上句無計相回避韻

此詞前後段第二句校柳詞添一字，俱作六字折腰句法。按，程垓詞"向客裏、方知道"、"忍雙鬢、隨花老"，又一首"記當日、香心透"、"問何時、春山鬬"；楊无咎詞"惟只愛、梅花發"、"最嫌把、鉛華拭"；辛棄疾詞"供望眼、朝與暮"、"更旖旎、真香聚"；趙長卿詞"正宮漏、沈沈夜"、"遭行色、難留也"；李清照詞"説不盡、無佳思"、"又催下、千行淚"，皆與此同，但平仄小異耳。譜内即據之，餘悉與柳詞同。

**又一體** 雙調八十一字，前後段各七句四仄韻。

高觀國

香波半窣深深院韻正日上讀花陰淺韻青絲不動玉鈎閒句看翠額讀輕籠蕙蒨韻鶯聲似隔句篆煙微度句愛横影讀參差滿韻　那回低挂朱闌畔韻念悶損讀無人卷韻窺春偷倚不勝情句彷彿見讀如花嬌面韻纖柔緩揭句瞥然飛去句不似春風燕韻

此即范詞體，惟前後段第四句各添一字，作七字上三下四句法；又前段結句添一字，作六字折腰句法異。按，高詞别首前後段第四句"嫌怕濕、文鴛雙履"、"恰稱得、尋春芳意"，前段結句"才過處、香風起"，正與此同。

**又一體** 雙調八十字，前後段各七句四仄韻。

《古今詞話》無名氏

霜風漸緊寒侵被韻聽孤雁讀聲嘹唳韻一聲聲送一聲悲韻雲淡碧天如水韻披衣起告句雁

兒略住句聽我些兒事韻　塔兒南畔城兒裏韻第三箇讀橋兒外韻瀕河西岸小紅橋句門外梧桐雕砌韻請教且與句低聲飛過句那裏有讀人人無寐韻

後段結句減去二字即范詞體，此亦歌時襯字也。

## 韻令一體

按，《唐教坊記》有《上韻》、《中韻》、《下韻》三小韻，《韻令》調名疑出於此。宋周輝《清波雜誌》云："宣和間，衣著曰韻襭，果實曰韻梅，詞曲曰韻令。"張世南《游宦紀聞》云："宣和間，市井競唱《韻令》。"

**韻令**　雙調七十六字，前後段各九句五仄韻。

程大昌

是男是女句都有官稱韻兒孫仕也登韻時新衣著句不待經營韻寒時火櫃句春裏花亭韻星辰上履句我只喚卿卿韻　壽開八秩句兩鬢全青韻紅顔步武輕韻定知前面句大有年齡韻芝蘭玉樹句更願充庭韻爲詢王母句桃顆幾時頳韻

此見程本集後附詞，無别首可校，句讀平仄亦遵之。

## 春聲碎一體

調見《翰墨全書》，取詞前段結句三字爲名。

**春聲碎**　雙調七十六字，前段八句三仄韻，後段七句五仄韻。

張　先

津館貯輕寒句脉脉離情如水韻東風不管句垂楊無力句總雨鞾煙膩韻闌干外句怕春燕掠天句疏鼓疊讀春聲碎韻　劉郎易憔悴韻况是懨懨病起韻花箋漫展句便寫就新詞讀倩誰寄韻當此際韻渾似夢峽啼湘句攬一寸讀相思意韻

前後段起結字句整齊，中間稍有參差，無别首可校，其平仄當遵之。

## 鳳樓春一體

唐教坊曲名。

**鳳樓春** 雙調七十七字,前段八句六平韻,後段九句五平韻。

歐陽炯

鳳髻緑雲叢韻深掩房櫳韻錦書通韻夢中相見覺來慵韻匀面淚句臉珠融韻因想玉郎何處去句對淑景誰同韻　小樓中韻春思無窮韻倚闌凝望句暗牽愁緒句柳花飛起東風韻斜日照簾句羅幌香冷粉屏空韻海棠零落句鶯語殘紅韻

此調見《花間集》,惟歐陽炯一詞,無别首宋詞可校。

按,後段第六句"斜日照簾",《花草粹編》作"簾櫳",《詞綜》仍之,然《花間集》無此字,又重押韻,不可從。至第七句用平仄平仄仄平平,句法微拗,當是音律宜然,填者審之。

## 祝英臺近八體

元高拭詞注"越調"。辛棄疾詞有"寶釵分,桃葉渡"句,名《寶釵分》;張輯詞,有"趁月底重簫譜"句,名《月底修簫譜》;韓淲詞有"燕鶯語,溪岸點點飛錦"句,名《燕鶯語》;又有"却又在他鄉寒食"句,名《寒食詞》。

**祝英臺近** 雙調七十七字,前段八句三仄韻,後段八句四仄韻。

程　垓

墜紅輕句濃緑潤句深院又春晚韻睡起懨懨句無語小妝懶韻可堪三月風光句五更魂夢句又都被讀杜鵑催攢韻　怎消遣韻人道愁與春歸句春歸愁未斷韻閒倚銀屏句羞怕淚痕滿韻斷腸沈水重熏句瑶琴閒理句奈依舊讀夜寒人遠韻

此調以此詞爲正體,吴文英"剪紅情"詞、"問流花"詞、"采幽香"詞,張炎"水西船"詞,湯恢"宿酲蘇"詞、"月如冰"詞,李彭老"杏花初"詞,俱如此填。若史、韓、張、劉、辛、岳六詞之押韻異同,陳詞之另押平聲韻,皆變格也。

按,湯詞前段第五句"無人掃紅雪","人"字平聲。無名氏詞"全未禁風雨","禁"字平聲。張詞第六句"怪我流水迢遥","我"字仄聲。李詞結句"曾細聽、歌珠一串","一"字仄聲。湯詞後段第五句"瓊枝爲誰折","枝"字平聲。無名氏詞"冉冉如飛霧","如"字平聲。吴詞第六句"趁得羅蓋天香","得"字仄聲。李詞結句"恨楊花、遮愁不斷","花"字平聲,"不"字仄聲。譜内可平可仄據此,餘參下所採六詞。

**又一體** 雙調七十七字,前後段各八句四仄韻。

史達祖

柳枝愁句桃葉恨句前事怕重記韻紅藥開時句新夢又溱洧韻此情老去須休句春風多事韻

便老去讀越難回避韻　　阻幽會韻應念偷剪酴醾句柔條暗縈繫韻節物移人句春草更憔悴韻可堪竹院題詩句蘚階聽雨句寸心外讀安愁無地韻

此與程詞同，惟前段第七句押韻異。按，蘇軾“挂輕帆”詞，黄機“試單衣”詞，張炎“路重尋”詞，無名氏“剪酴醾”詞，俱於前段第七句押韻，後段第七句不押韻，與此同。

**又一體**　雙調七十七字，前段八句三仄韻，後段八句五仄韻。

韓　淲

館娃宫句采香徑句范蠡五湖側韻子夜吴歌句聲緩不須拍韻崇桃積李花間句芳洲緑遍句更冉冉讀柳絲無力韻　　試思憶韻老去一片身心句辜負好春色韻古往今來句時序惱行客韻去年今日山中句如何知得韻却又在讀他鄉寒食韻

此亦與程詞同，惟後段第七句押韻異。按，王嵎“柳煙濃”詞，高觀國“擁紅妝”詞，李彭老“杏花初”詞，俱於後段第七句押韻，而前段第七句不押韻，與此同。

**又一體**　雙調七十七字，前段八句四仄韻，後段八句五仄韻。

張　炎

水痕深句花信足句寂寞溪南樹韻轉首清陰句芳事頓如許韻不知多少消魂句夜來風雨韻猶夢到讀斷紅流處韻　　最無據韻長年息影空山句愁入庾郎句韻玉老田荒句心事已遲暮韻幾回聽得啼鵑句不如歸去韻終不似讀舊時鸚鵡韻

此詞前後段第七句俱押韻。按，張榘“柳綿稀”詞與此同。

**又一體**　雙調七十七字，前後段各八句四仄韻。

劉　過

笑天涯句還倦客韻欲起病無力韻風雨春歸句一日近一日韻看人結束春衫句前呵騎馬句腰劍上讀隴西平策韻　　鬢粉白韻只可歸去家山句無田種瓜得韻空抱遺書句憔悴小樓側韻杜鵑不管人愁句月明枝上句直啼到讀枕邊相覓韻

此詞前段第二句押韻。按，史達祖“綰流蘇”詞，吴文英“晚雲開”詞，戴式之“泛杭州”詞，蔣捷“花下館”詞，張炎“占寬閒”詞、“及春遊”詞，邵亨貞“普天雲”詞，皆與此同。

**又一體**　雙調七十七字，前段八句四仄韻，後段八句五仄韻。

辛棄疾

寶釵分句桃葉渡韻煙柳暗南浦韻陌上層樓句十日九風雨韻斷腸點點飛紅句都無人管句倩誰唤讀流鶯聲住韻　　鬢邊覷韻試把花卜歸期句纔簪又重數韻羅帳燈昏句哽咽夢中語韻是他春帶愁來句春歸何處韻却不解讀帶將愁去韻

此詞前段第二句、後段第七句俱押韻。按,張元幹"枕霞紅"詞,張炎"帶飄飄"詞,與此同。

**又一體**　雙調七十七字,前後段各八句五仄韻。

岳　珂

澹煙横句層霧斂韻勝概分雄占韻月下鳴榔句風急怒濤颭韻關河無限清愁句不堪臨鑒韻正霜鬢讀秋風塵染韻　漫登覽韻極目萬里沙場句事業頻看劍韻古往今來句南北限天塹韻倚樓誰弄新聲句重城正掩韻歷歷數讀西州更點韻

此詞前段第二句、前後段第七句俱押韻。按,趙長卿"記臨歧"詞,張輯"客西湖"詞,無名氏"倚危闌"詞,與此同。

**又一體**　雙調七十七字,前段八句三平韻,後段八句四平韻。

陳允平

待春來句春又到句花底自徘徊韻春淺花遲句携酒爲花催韻可堪碧小紅微句黄輕紫豔句東風外讀妝點池臺韻　且銜杯韻無奈年少心情句看花能幾回韻春自年年句花自爲春開韻是他春爲花愁句花因春瘦句花殘後讀人未歸來韻

詞見《日湖漁唱》,諸家用仄韻,此獨用平韻。

## 四園竹三體

調見《片玉集》。

**四園竹**　雙調七十七字,前段八句三平韻一叶韻,後段八句四平韻一叶韻。

周邦彦

浮雲護月句未放滿朱扉韻鼠摇暗壁句螢度破窗句偷入書幃韻秋意濃句閒佇立讀庭柯影裏叶好風襟袖先知韻　夜何其韻江南路繞重山句心知漫與前期韻奈向燈前墮淚句腸斷蕭娘句舊日書辭韻猶在紙叶雁信絶讀清宵夢又稀韻

此調以此詞爲正體,方千里和詞,正與此同。若楊詞之句讀小異,陳詞之攤破句法、又少押一韻,皆變格也。

此詞前後段第七句各叶一仄韻,平韻四支五微,仄韻四紙,亦即本部三聲叶也。方千里、楊澤民、陳允平和詞悉同。

按,方詞前段第七句"那更雜、疏疏雨裏","那"字仄聲,譜内據之。其餘可平可仄,參下楊、陳二詞句法同者。

**又一體** 雙調七十七字，前段八句三平韻一叶韻，後段八句四平韻一叶韻。

楊澤民

殘霞殿雨句皞氣入窗扉韻井梧墮葉句寒砌叫蛩句秋滿屏幃韻羅袖匆匆叙别句凄凉客裏叶異鄉誰更相知韻　念伊其韻當時芍藥同心句誰知又爽佳期韻直待金風到後句秋葉紅時句細寫情辭韻何用紙叶又却恐讀秋深葉漸稀韻

此與同詞同，惟前段第六、七句作六字一句、四字一句異。

**又一體** 雙調七十七字，前段八句三平韻一叶韻，後段八句三平韻一叶韻。

陳允平

昏昏暝色句亂葉擁雲扉韻渚蘭風潤句庭桂露凉句香動秋幃韻獨向蘭亭步月句闌干瘦倚叶此情惟有天知韻　縱如其韻黄花時節歸來句因循已誤心期韻爲寫相思寄與句愁拂鸞箋句粉淚盈盈先滿紙叶正寂寞讀樓南雁過稀韻

此亦和周詞，惟前段第六、七句作六字、四字，後段第六、七句作七字一句，少押一韻異。

或以此詞後段第六句不押"辭"字，遂疑周詞"辭"字非韻，然方詞"無復當年，往復書辭"，楊詞亦然，的是韻脚無疑。陳詞偶然失押，非定格也。

## 側犯四體

陳暘《樂書》云："唐自天后末年，劍氣入渾脱，始爲犯聲。明皇時，樂人孫處秀善吹笛，好作犯聲，時人因爲新意而效之，因有犯調。"姜夔詞注云："唐人《樂書》，以宫犯羽者爲側犯。"此調創自周邦彦，調名或本於此。

**側犯** 雙調七十七字，前段九句六仄韻，後段九句五仄韻。

周邦彦

暮霞霽雨句小蓮出水紅妝靚韻風定韻看步襪江妃讀照明鏡韻飛螢度暗草句秉燭遊花徑韻人静韻携豔質句追凉就槐影韻　金環皓腕句雪藕清泉瑩韻誰念省韻滿身香句猶是舊荀令韻見説胡姬句酒壚深迥韻煙鎖漠漠句藻池苔井韻

此調始於《清真集》，以此詞爲正體。袁去華"篆銷餘馥"詞，與此同。若姜詞、方詞之多押一韻，陳詞之攤破句法，皆變格也。

坊本刻此詞，後段第七句作"酒壚寂静"，"静"字押韻重出，按方千里、楊澤民和詞，無不押"迥"字韻者，因爲改定。

袁詞前段起句"篆銷餘馥"，"餘"字平聲；第二句"燭堆殘蠟房櫳晚"，"殘"字平聲。楊詞第六句

"花底藏芳徑","花"字平聲。袁詞後段第四、五句"最堪恨,歸雁過多少","恨"字仄聲。譜内可平可仄據此。餘參下所採三詞。

**又一體**　雙調七十七字,前段八句七仄韻,後段九句五仄韻。

姜　夔

恨春易去韻甚春却向揚州住韻微雨韻正繭栗梢頭讀弄詩句韻紅樓二十四句總是行雲處韻無語韻漸半脱宫衣讀笑相顧韻　　金壺細葉句千朵圍歌舞韻誰念我韻鬢成絲句來此共尊俎韻後日西園句緑陰無數韻寂寞劉郎句自修花譜韻

此與周詞同,惟前段起句多押一韻異。

按,前段結句八字一氣蟬聯,楊澤民詞"將絳燭高燒、照雙影",正與此同。

又按,古韻魚、虞、歌、麻屬角音,皆可通押,故御、遇、駕、過亦可通押。此詞後段第三句"我"字押韻,正用古韻也。

**又一體**　雙調七十七字,前後段各九句六仄韻。

方千里

四山翠合句一溪碧繞秋容靚韻波定韻見鷺立魚跳讀動平鏡韻修篁散步屧句古木通幽徑韻風静韻煙霧直句池塘倒晴影韻　　流年舊事句老矣塵心瑩韻還暗省韻點吴霜句憔悴愧潘令韻夢憶江南句小園路迥韻愁聽韻葉落轆轤金井韻

此亦與周詞同,惟後結作兩字一句、六字一句,又多押一短韻異。

**又一體**　雙調七十六字,前後段各八句五仄韻。

陳允平

晚凉倦浴句素妝薄試鉛華靚韻凝定韻似一朵芙蓉讀泛清鏡韻輕紈笑自拈句撲蝶鴛鴦徑韻嬌懶金鳳彈句斜攲翠蟬影韻　　冰肌玉骨句襯體紅綃瑩韻還暗省韻青青雙鬢舊潘令韻夢想鸞箏句後堂深迥韻何日西風句碧梧金井韻

此亦周詞體,惟前結不押短韻作五字兩句,後段第四句減一字作七字句異。

## 離亭宴二體

調始張先,因詞中有"隨處是離亭别宴"句,取以爲名。

**離亭宴**　雙調七十七字,前後段各六句五仄韻。

張　先

捧黄封詔卷韻隨處是讀離亭别宴韻紅翠成輪歌未遍韻早已恨讀野橋風便韻此去濟南非

久句惟有鳳池鸞殿韻　三月花飛幾片韻又減却讀芳菲過半韻千里恩深雲海淺韻民愛比讀春流不斷韻更上玉樓西望句雁與征帆俱遠韻

坊本此詞後段第五、六句"更上玉樓西，歸雁與征帆俱遠"，與前段句讀參差，今照蕉雪堂《詞譜》校定。

此詞前後段第二句俱七字，第五句俱六字，無别首宋詞可校，故可平可仄，悉注張昇詞下。

**又一體**　雙調七十二字，前後段各六句四仄韻。

張　昇

一帶江山如畫韻風物向秋瀟灑韻水浸碧天何處斷句翠色冷光相射韻蓼岸荻花洲句隱映竹籬茅舍韻　天際客帆高挂韻門外酒旗低亞韻多少六朝興廢事句盡入漁樵閒話韻悵望倚危闌句紅日無言西下韻

此校張先詞，前段起句添一字，前後段第二句、第四、五句各減一字異。晁補之"憶向吴興"詞，黄庭堅"十載尊前"詞，正與此同。惟晁詞别首前後段第二句"章臺墜鞭年少"、"香爐紫霄簪小"，兩結句"悲歌楚狂同調"、"楓林子規啼曉"，俱作平平仄平平仄，與此小異。

又按，晁詞前段起句"憶向吴興假守"，"假"字仄聲；又"丹府黄香堪笑"，"丹"字平聲；第三句"儀鳳橋邊蘭舟過"，"儀"字、"橋"字、"舟"字俱平聲；第四句"映水雕甍華牖"，"雕"字平聲；後段起句"携手松亭難又"，"松"字平聲；第三句"人去江山長依舊"，"江"字、"依"字俱平聲。又，黄詞後段第二句"試看庾樓人小"，"試"字仄聲；第三句"短艇絶江空悵望"，"短"字仄聲。譜内可平可仄據此。

## 陽關引一體

此調始自宋寇準詞，本檃括王維《陽關曲》而作，故名。晁補之詞名《古陽關》。

**陽關引**　雙調七十八字，前段八句五仄韻，後段八句四仄韻。

寇　準

塞草煙光闊韻渭水波聲咽韻春朝雨霽句輕塵斂句征鞍發韻指青青楊柳句又是輕攀折韻動黯然讀知有後會甚時節韻　更盡一杯酒句歌一闋韻歎人生裏句難歡聚句易離别韻且莫辭沈醉句聽取陽關徹韻念故人韻千里自此共明月韻

此調祇有寇準及晁補之詞，故此詞可平可仄，悉校晁詞。前後段第六句俱上一下四句法，兩詞並同。

按，晁詞前段第六句"卷書幃寂静"，"寂"字仄聲；結句"重感歎、中秋數日又圓月"，"秋"字平聲；後段第一句"沙嘴檣竿上"，"沙"字、"檣"字俱平聲；第六句"且莫教皓月"，"皓"字仄聲；結句"問幾時、清尊夜景共佳節"，"尊"字平聲。譜内平仄據此。

## 一叢花一體

調見《東坡詞》，有歐陽修、晁補之、秦觀、程垓詞校。

**一叢花**　雙調七十八字，前後段各七句四平韻。

蘇　軾

今年春淺臘侵年韻冰雪破春妍韻東風有信無人見句露微意讀柳際花邊韻寒夜縱長句孤衾易暖句鍾鼓漸清圓韻　　朝來初日半含山韻樓閣淡疏煙韻遊人便作尋芳計句小桃杏讀應已爭先韻衰病少情句疏慵自放句惟愛日高眠韻

此調祗有此體，宋詞俱照此填，惟句中平仄小異，詳注於後。

晁補之詞前段第一句"碧山無意解銀魚"，"碧"字仄聲。韓淲詞"翻空雪浪送飛花"，"雪"字仄聲。晁詞第四句"佩錦囊、曾憶奚奴"，"錦"字仄聲，"囊"字、"曾"字俱平聲。程垓詞第五句"青箋來約"，"箋"字、"來"字俱平聲，"約"字仄聲。陸詞"那堪更是"，"那"字仄聲。晁詞第六句"滿身花影"，"滿"字仄聲，"花"字平聲；後段第一句"十年一夢訪林居"，"十"字、"一"字俱仄聲。程詞第二句"此恨苦天慳"，"此"字仄聲。韓詞第三句"晝簷簾卷黄昏後"，"晝"字仄聲，"簾"字平聲。晁詞第四句"寄洞庭、春色雙壺"，"洞"字仄聲，"庭"字平聲。陸詞"倩雙燕、説與相思"，"説"字仄聲。程詞第五句"歸來忍見"，"來"字平聲，"見"字仄聲。韓詞"聚散人生"，"聚"字仄聲，"人"字平聲。陸詞第六句"十分憔悴"，"十"字仄聲，"憔"字平聲。秦詞結句"兩處照相思"，"兩"字仄聲。譜内可平可仄據此。

## 甘州令一體

《碧雞漫志》：仙吕調有《甘州令》。《樂章集·甘州令》注，亦"仙吕調"。字句與《甘州子》、《甘州遍》、《八聲甘州》不同。

**甘州令**　雙調七十八字，前段十句四仄韻，後段九句四仄韻。

柳　永

凍雲深句淑氣淺句寒欺緑野韻輕雪伴讀早梅飄謝韻豔陽天句正明媚句却成瀟灑韻玉人歌句畫樓酒句對此早讀驟增高價韻　　賣花巷陌句放燈臺榭韻好時代讀怎生輕舍韻賴和風句蕩霽靄句廓清良夜韻玉塵鋪句桂華滿句素光裏讀更堪遊冶韻

前後段句讀相對，惟後段起句四字與前段起句三字兩句不同，所以謂之换頭，又謂過變。

此詞有自注宫調，且無别首宋詞可校，其平仄當依之。

## 山亭柳二體

此調有平韻、仄韻兩體。平韻者始自晏殊，仄韻者始自杜安世。

**山亭柳** 雙調七十九字，前段八句五平韻，後段八句四平韻。

晏　殊

家住西秦韻賭博藝隨身韻花柳上句鬬尖新韻偶學念奴聲調句有時高遏行雲韻蜀錦纏頭無數句不負辛勤韻　數年來往咸京道句殘杯冷炙漫消魂韻衷腸事句托何人韻若有知音見采句不辭遍唱陽春韻一曲當筵落淚句重掩羅巾韻

此詞平韻者，祇此一體，無別首宋詞可校。

**又一體** 雙調七十九字，前段八句四仄韻，後段八句五仄韻。

杜安世

曉來風雨句萬花飄落韻歎韶光讀虚過却韻芳草萋萋句映樓臺讀淡煙漠漠韻紛紛絮飛院宇句燕子過朱閣韻　玉容淡妝添寂寞韻檀郎孤願太情薄韻數歸期句絶信約韻暗恨春宵句向平康讀恣迷歡樂韻時時悶飲緑醑句甚轉轉讀思量著韻

此調仄韻者亦祇此一體，無別首宋詞可校，其句讀與平韻詞大同小異。

## 夢還京一體

《樂章集》注“大石調”。

**夢還京** 三段七十九字，前段六句兩仄韻，中段四句三仄韻，後段六句四仄韻。

柳　永

夜來匆匆飲散句攲枕背燈睡韻酒力全輕句醉魂易醒句風揭簾櫳句夢斷披衣重起韻悄無寐韻追悔當初句繡閣話別太容易韻日許時讀猶阻歸計韻　甚况味韻旅館虛度殘歲韻想嬌媚韻那裏獨守鴛幃静句永漏迢迢句也應暗同此意韻

按，《樂章集》及《花草粹編》俱作兩段，今依《詞緯》訂定。平仄無別首可校。

## 憶黄梅一體

調見《梅苑》。

**憶黄梅** 雙調七十九字,前段七句五仄韻,後段八句六仄韻。

王 觀

枝上葉兒未展韻已有墜紅千片韻春意怎生防句怎不怨韻被我安排讀矮牙牀斗帳句和嬌鱧韻移在花叢裏面韻　請君看韻惹清香句偎媚暖韻愛香愛暖金杯滿韻問春怎管韻大家便讀拌做東風句總吹教零亂韻猶兀自讀輸我鴛鴦一半韻

此調僅見此詞,無他首可校。

## 紅林檎近一體

蔣氏十三調注:雙調。

**紅林檎近** 雙調七十九字,前段八句五平韻,後段七句三平韻。

周邦彦

高柳春纔軟句凍梅寒更香韻暮雪助清峭句玉塵散林塘韻那堪飄風遞冷句故遣度幕穿窗韻似欲料理新妝韻呵手弄絲簧韻　冷落詞賦客句蕭索水雲鄉韻援毫授簡句風流猶憶東梁韻望虚簷徐轉句回廊未掃句夜長莫惜空酒觴韻

此調始於《清真集》,以此詞爲定格。前段起四句,後段起二句,似五言古詩,後段結句拗體,周詞二首、袁去華詞一首及方千里、楊澤民、陳允平和詞六首皆然。

前段第一句,方詞"曉起山光慘","曉"字仄聲。陳詞"三萬六千頃","六"字仄聲。第二句,楊詞"風稜猶壯寒","風"字平聲。第三句,方詞"寒色上妝閣","寒"字平聲。陳詞"庾嶺封的皪","封"字平聲,"的"字仄聲。第四句,袁詞"牆梢挂斜陽","牆"字平聲。第五句,周詞别首"才喜門堆巷積","才"字平聲,"喜"字仄聲。陳詞"妨他踏青鬬草","踏"字仄聲。第六句,陳詞"紛紛柳絮飛殘","紛紛"二字俱平聲。楊詞"更無茅舍蓬窗","茅"字平聲。第七句,陳詞"先自懶弄晨妝","先"字平聲。袁詞"晚庭誰與追凉","庭"字、"誰"字俱平聲。第八句,周詞别首"清池漲微瀾","池"字平聲。後段第一句,方詞"遊冶尋舊侶","遊"字平聲。陳詞"望簾尋酒市","簾"字平聲。第二句,袁詞"坐待月侵廊","坐"字仄聲。第三、四句,陳詞"控持紫燕,芹泥未上雕梁","控"字、"未"字俱仄聲。第五句,楊詞"待喬木都凍","木"字仄聲。袁詞"漸參横斗轉","斗"字仄聲。第六句,方詞"珠簾人報","人"字平聲。結句,周詞别首"放杯同覓高處看","同"字平聲。譜内可平可仄據此。

## 快活年近拍一體

金詞注"黄鍾宫"。《太和正音譜》:雙調。

**快活年近拍** 雙調七十九字，前段八句三仄韻，後段九句四仄韻。

万俟咏

千秋萬歲君句五帝三皇世韻覿風重令節句與民樂盛際韻蕊闕長春句洞天不老句花豔蟾輝韻十里照春珠翠韻　鬧羅綺韻遥望太極光句一簇通明裏韻鈞臺奏壽曲句蓬山呈妙戲韻天上人來句五雲樓近句風送歌聲句依約睿思新製韻

此調無别首宋詞可校，惟金、元套數樂府中有之。金詞無换頭三字句，元詞字句與此同，只前段第六句第四字、後段第七句第四字平聲，與此小異。但万俟詞當時被之管弦，其審音必精，又金、元樂府所注宫調各不同，故不參校平仄。

## 金人捧露盤五體

一名《銅人捧露盤》。程垓詞名《上平西》。張元幹詞名《上西平》，又名《西平曲》。劉昂詞名《上平南》。金詞注"越調"。

**金人捧露盤** 雙調七十九字，前段八句五平韻，後段九句四平韻。

高觀國

念瑶姬韻翻瑶佩句下瑶池韻冷香夢讀吹上南枝韻羅浮路杳句憶曾清曉見仙姿韻天寒翠袖句可憐是讀倚竹依依韻　溪痕淺句雪痕凍句月痕淡句粉痕微韻江樓怨讀一笛休吹韻芳音待寄句玉堂煙驛兩凄迷韻新愁萬斛句爲春瘦讀却怕春知韻

此調以此詞及程詞爲正體，宋詞俱照此填。若辛詞之减字，賀詞之添字，皆變體也。

按，劉昂詞前段第四句"恃洞庭、彭蠡狂瀾"，"庭"字平聲。張元幹詞第五句"小樓夢冷"，"小"字仄聲。譜内採之，餘參所採諸詞。

**又一體** 雙調七十九字，前段八句四平韻，後段九句四平韻。

程　垓

愛春歸句憂春去句爲春忙韻旋點檢讀雨障雲妨韻遮紅護緑句翠幃羅幕任高張韻海棠明月杏花天句更惜濃芳韻　唤鶯吟句招蝶拍句迎柳舞句倩桃妝韻盡唤起讀萬籟笙簧韻一觴一詠句盡教陶寫繡心腸韻笑他人世漫嬉遊句擁翠偎香韻

此與高觀國詞同，惟前段起句不押韻異。按，金人越調《上平西纏令》即此體也。又，前後段兩結作七字一句、四字一句，按韓玉詞前結"暗催霜雪鬢邊來，驚對青銅"，後結"不如閒早問溪山，高養吾慵"，句法正與此同。

**又一體**　雙調七十八字,前段八句四平韻,後段九句四平韻。

辛棄疾

九衢中句杯逐馬句帶隨車韻問誰解讀愛惜瓊華韻何如竹外句静聽窣窣蟹行沙韻自憐是句海山頭讀種玉人家韻　紛如鬬句嬌如舞句纔整整句又斜斜韻要圖畫讀還我漁蓑韻凍吟應笑句羔兒無分漫煎茶韻起來極目句向迷茫讀數盡歸鴉韻

此調前段第七句應四字,此獨作三字句,查本集及《花草粹編》俱如此,採以備體。

**又一體**　雙調七十八字,前段八句五平韻,後段九句四平韻。

辛棄疾

恨如新韻新恨了句又重新韻看天上讀多少浮雲韻江南好景句落花時節又逢君韻夜來風雨句春歸似欲留人韻　尊如海句人如玉句詩如錦句筆如神韻更能幾字盡殷勤韻江天日暮句何時重與細論文韻緑楊陰裏句聽陽關讀門掩黄昏韻

此調前段結句應作七字,此獨六字,亦是變體。

**又一體**　雙調八十一字,前段八句五平韻,後段九句四平韻。

賀　鑄

控滄江韻排清嶂句燕臺涼韻駐彩仗讀樂未渠央韻巖花磴蔓句妒千門讀珠翠倚新妝韻舞閒歌悄句恨流風讀不管餘香韻　繁華夢句驚俄頃句佳麗地句指蒼茫韻寄一笑讀何與興亡韻量船載酒句賴使君讀相對兩胡牀韻緩調清管句更爲儂讀三弄斜陽韻

此調前段第六句,後段第七句,各家俱七字,此獨作八字,各添一字。

## 《御定詞譜》卷十九　起八十字至八十三字

### 過澗歇三體

《樂章集》注"中吕調"。

**過澗歇**　雙調八十字,前段八句五仄韻,後段八句三仄韻。

柳　永

淮楚韻曠望極讀千里火雲燒空句盡日西郊無雨韻厭行旅韻數幅輕帆旋落句檥棹兼葭浦韻避畏景句兩兩舟人夜深語韻　此際爭可句便恁奔名競利去韻九衢塵裏句衣冠冒

炎暑韻回首江鄉句月觀風亭句水邊石上句幸有散髮披襟處韻

此調以此詞爲正體，若晁詞换頭之句讀小異，柳詞别首前段之攤破句法，後段之多押一韻，皆變格也。

此詞後段第二句，《嘯餘譜》刻"便恁奔名利"，脱去二字，今從《樂章集》訂定。

此調祇有柳詞二首及晁詞，故此詞可平可仄悉參下詞。

**又一體** 雙調八十字，前段七句四仄韻一叠韻，後段八句三仄韻。

晁補之

歸去韻奈故人讀尚作青眼相期句未許明時歸去疊放懷處韻買得東皋數畝句静愛園林趣韻任過客讀剥啄相呼晝扃户韻　堪笑兒童事業句華顛向誰語韻草堂人悄句圓荷過微雨韻都付邯鄲句一枕清風句好夢初覺句砌下槐影方亭午韻

此與柳詞"淮楚"詞同，惟前段第三句即疊首句韻，後段起句六字、第二句五字異。

**又一體** 雙調八十字，前段九句六仄韻，後段八句四仄韻。

柳　永

酒醒韻夢才覺讀小閣香灰成燼韻洞户銀蟾移影韻人寂静韻夜永清寒句翠瓦霜凝句疏簾風動句漏聲隱隱韻飄來轉愁聽韻　怎向心緒句近日厭厭長似病韻鳳棲咫尺句佳期杳難定韻輾轉無眠句粲枕冰冷韻香虯煙斷句是誰與把重衾整韻

此詞見《花草粹編》，《樂章集》不載，其體調亦與"淮楚"詞同。惟前段第五、六句添一字，攤破六字一句、五字一句，作四字三句；第七、八句減一字，攤破三字一句、七字一句，作四字一句、五字一句；前段第二句及後段第六句多押一韻異。

## 瑶階草一體

調見《書舟詞》。

**瑶階草** 雙調八十字，前段八句四仄韻，後段九句六仄韻。

程　垓

空山子規叫句月破黄昏冷韻簾幕風輕句緑暗紅又盡韻自從别後句粉消香減句一春成病韻那堪晝閒日永韻　恨難整韻起來無語句緑萍破處池光淨韻悶理殘妝句照花獨自憐瘦影韻睡來又怕句飲來越醉韻醒來却悶韻看誰似我孤另韻

《花草粹編》本前段第三句作"又還簾幕風輕"，多二字；後段第八句作"醒來越悶"。今從本集訂正。其字句平仄，無别首宋詞可校。

## 安公子六體

唐教坊曲名。《碧雞漫志》云:“據《理道要訣》,唐時《安公子》在太簇角。今已不傳,其見於世者,中吕調有《安公子近》,般涉調有《安公子慢》。”按,柳永“長川波瀲灔”詞自注“中吕調”,“遠岸收殘雨”詞自注“般涉調”,但蔣氏《十三調譜》採柳永“長川波瀲灔”詞,又注“正宫”。

**安公子** 雙調八十字,前段八句四仄韻,後段七句三仄韻。

柳　永

長川波瀲灔韻楚鄉淮岸迢遞句一霎煙汀雨過句芳草青如染韻驅驅攜書劍韻當此好天好景句自覺多愁多病句行役心情厭韻　望處曠野沈沈句暮雲黯黯韻行侵夜色句又是急槳投村店韻認去程將近句舟子相呼句遥指漁燈一點韻

此調柳永有兩體,八十字者前後段句讀參差,無宋人别詞可校;一百六字者,宋人添字、減字,頗有異同。故譜内可平可仄,俱詳注一百六字詞下。

**又一體** 雙調一百六字,前後段各八句六仄韻。

柳　永

遠岸收殘雨韻雨殘稍覺江天暮韻拾翠汀洲人寂静句立雙雙鷗鷺韻望幾點讀漁燈掩映蒹葭浦韻停畫橈讀兩兩舟人語韻道去程今夜句遥指前村煙樹韻　游宦成羈旅韻短檣吟倚閒凝佇韻萬水千山迷遠近句想鄉關何處韻自别後讀風亭月榭孤歡聚韻剛斷腸讀惹得離情苦韻聽杜宇聲聲句勸人不如歸去韻

此調一百六字者,以此詞爲正體,柳詞别首“夢覺清宵”詞,晁補之“少日狂遊”詞,與此同。若袁詞之句讀小異,晁詞、陸詞之減字,杜詞之攤破句法,皆變格也。此詞前後段第四句、第七句,俱作上一下四句法,各家皆然。

按,晁詞前段第二句“閬苑花間同低帽”,“苑”字仄聲,“花”字、“間”字俱平聲;第七句“鎮瓊樓歸卧”,“瓊”字平聲。柳詞别首後段第二句“當初不合輕分散”,“當”字平聲,“不”字仄聲;第三、四句“及至厭厭獨自箇,却眼穿腸斷”,“獨”字、“眼”字俱仄聲。譜内可平可仄據此,餘參下所採諸詞。

**又一體** 雙調一百六字,前後段各九句六仄韻。

袁去華

弱柳絲千縷韻嫩黄匀遍鴉啼處韻寒入羅衣春尚淺句過一番風雨韻問燕子來時句緑水橋邊路韻曾畫樓讀見箇人人否韻料静掩雲窗句塵滿哀弦危柱韻　庾信愁如許韻爲誰都

著眉端聚韻獨立東風彈淚眼句寄煙波東去韻念永晝春閒句人倦如何度韻閒傍枕讀百囀黄鸝語韻喚覺來厭厭句殘照依然花塢韻

此與柳詞同，惟前後段第五句作五字兩句異。

**又一體**　雙調一百四字，前後段各八句六仄韻。

晁補之

柳老荷花盡韻夜來霜落平湖淨韻征雁横天鷗舞亂句魚遊清鏡韻又還是讀當年我向江南興韻移畫船讀深渚蒹葭映韻對半篙碧水句滿眼青山魂凝韻　一番傷華鬢韻放歌狂飲猶堪逞韻水驛孤帆明夜事句此歡重省韻夢回處讀詩塘春草愁難整韻官情與讀歸思終朝競韻記他年相訪句認取斜川三徑韻

此亦與柳詞同，惟前後段第四句俱減一字作四字句異。

**又一體**　雙調一百六字，前後段各十句七仄韻。

杜安世

又是春將半韻杏花零落閒庭院韻天氣有時陰淡淡句緑楊輕軟韻連畫閣讀繡簾半卷韻招新燕韻殘黛斂讀獨倚闌干遍韻暗思前事句月下風流句狂蹤無限韻　惜恐鶯花晚韻更堪容易相抛遠韻離恨結成心上病句幾時消散韻空際有讀斷雲片片韻遥峰暖韻聞杜宇讀終日哀啼怨韻暮煙芳草句寫望迢迢句甚時重見韻

此亦與柳詞同，惟前後段第四句各減一字作四字句，第五句作七字一句、三字一句，多押一韻，兩結各添一字作四字三句異。

**又一體**　雙調一百二字，前後段各九句六仄韻。

陸　游

風雨初經社韻子規聲裏春光謝韻最是無情句零落盡讀薔薇一架韻况我今年句憔悴幽窗下韻人盡怪讀詩酒消聲價韻向藥爐經卷句忘却鶯窗柳榭韻　萬事收心也韻粉痕猶在香羅帕韻恨月愁花句爭通道讀如今都罷韻空憶前身句便面章臺馬韻因自來讀禁得心腸怕韻縱遇歌逢酒句但説京都舊話韻

此亦與柳詞同，惟前後段第三、四句減一字俱作四字一句、七字一句，第五、六句減一字俱作四字一句、五字一句異。

## 應景樂一體

詞見《花草粹編》。

**應景樂** 雙調八十字,前段八句五仄韻,後段八句四仄韻。

蕭 回

金陵故國韻極目長江讀浩渺千重隔韻山無際句臨壖怒濤磧韻俯春城葦寂韻芳晝迤邐句一簇煙村將晚句嚴光舊臺側韻 何處倦遊客韻對此景讀惹起離懷句頓覺舊日意句魂黯愁積韻幽恨綿綿句何計消溺韻回首洛城東句千里暮雲碧韻

此詞《花草粹編》所載,疑有脱誤,今從蕉雪堂鈔本。

## 柳初新二體

宋周密《天基聖節樂次》:第十三盞,觱篥起《柳初新慢》。《樂章集》注"大石調"。

**柳初新** 雙調八十一字,前後段各七句五仄韻。

柳 永

東郊向曉星杓亞韻報帝里讀春來也韻柳抬煙眼句花匀露臉句漸覺緑嬌紅姹韻妝點層臺芳榭韻運神功讀丹青無價韻 別有堯階試罷韻新郎君讀成行如畫韻杏園風細句桃花浪暖句競喜羽遷鱗化韻遍九陌讀相將遊冶韻驟香塵讀寶鞍驕馬韻

此詞前段第六句六字,後段第六句七字,沈會宗"楚天來駕"詞,正與此同。按,沈詞前段第一句"楚天來駕春相送","楚"字仄聲;第六句"誰拂瑶琴巧弄","巧"字仄聲;後段第三句"桃花溪上","桃"字平聲;第五句"愁掩五雲真洞","愁"字平聲;第六句"算曾揖、飛鸞雙控","曾"字平聲;結句"等閒入、襄王春夢","入"字仄聲,"襄"字平聲。譜内可平可仄據此,餘參無名氏詞。

**又一體** 雙調八十二字,前後段各七句五仄韻。

《梅苑》無名氏

千林凋謝嚴凝日韻青帝許讀梅花坼韻孤根回暖句前村雪裏句昨夜一枝凝白韻天匠與讀雕瓊鏤玉韻淡然非讀人間標格韻 別有神仙第宅韻繡簾垂讀碧紗窗隔韻月明風送句清香苒苒句著摸美人詞客韻向曉來讀芳苞乍摘韻對菱花讀倍添姿色韻

此詞前後段第六句俱七字,與柳詞小異。

## 鬭百花三體

《樂章集》注"正宫"。晁補之詞一名《夏州》。

**鬬百花** 雙調八十一字，前段八句五仄韻，後段七句三仄韻。

柳　永

煦色韶光明媚韻輕靄低籠芳樹韻池塘淺蘸煙蕪句簾幕閒垂風絮韻春困厭厭句抛擲鬬草工夫句冷落踏春心緒韻終日扃朱户韻　遠恨綿綿句淑景遲遲難度韻年少傅粉句依前醉眠何處韻深院無人句黄昏乍拆秋千句空鎖滿庭花雨韻

此調以此詞爲正體，柳永"滿搦宫腰"詞，晁補之"小小盈盈"詞，又"臉色朝霞"詞，正與此同。若柳詞别首之少押兩韻，晁詞别首之多押一韻，皆變格也。

按，"滿搦宫腰"詞後段第四句"不肯便入鴛被"，"不肯"二字俱仄聲；結句"却道你但先睡"，"但"字仄聲。又，"小小盈盈"詞前段第二句"憶得眉長眼細"，"眼字"仄聲；結句"轉更添姿媚"，"轉"字仄聲。又，"臉色朝霞"詞後段起二句"低問石上，鑿井何由及底"，"石"字仄聲。譜内可平可仄據此，餘參下二詞。

《詞律》論後段第三句第三字必要仄聲，觀宋詞或作平仄仄平，或作平仄仄仄可見，填者審之。

**又一體** 雙調八十一字，前段八句三仄韻，後段七句三仄韻。

柳　永

颯颯霜飄鴛瓦句翠幕輕寒微透句長門深鎖悄悄句滿庭秋色將晚韻眼看菊蕊句重陽淚落如珠句長是淹殘粉面韻鸞輅音塵遠韻　無限幽恨句寄情空殢紈扇韻應是帝王句當初怪妾辭輦韻陡頓今來句宫中第一妖嬈句却道昭陽飛燕韻

此與"煦色韶光"詞同，惟前段第一、二、三句俱不押韻異。

**又一體** 雙調八十一字，前段八句六仄韻，後段七句三仄韻。

晁補之

斜日東風深院韻繡幕低迷歸燕韻瀟灑小屏嬌面韻彷彿燈前初見韻與還筵中句銀盆半拆姚黄句插向鳳凰釵畔韻微笑遮紈扇韻　教展香茵句看舞霓裳促遍韻紅颭翠翻句驚鴻乍拂秋岸韻柳困花慵句盈盈自整羅巾句須勸倒垂金盞韻

此亦與柳永"煦色韶光"詞同，惟前段第三句多押一韻異。

## 皂羅特髻一體

調見宋蘇軾詞，詞中有"髻鬟初合"句，亦賦題也。

**皂羅特髻**　雙調八十一字，前段九句四仄韻，後段六句三仄韻。

蘇　軾

采菱拾翠句算似此佳名句阿誰消得韻采菱拾翠句稱使君知客韻千金買讀采菱拾翠句更羅裙讀滿把珍珠結韻采菱拾翠句正髻鬟初合韻　　真箇采菱拾翠句但深憐輕拍韻一雙手讀采菱拾翠句繡衾下讀抱著俱香滑韻采菱拾翠句待到京尋覓韻

此調無别詞可校。按，詞中凡七用"采菱拾翠"句，想其體例應然，填者依之。

## 最高樓十一體

此調押平聲韻，或押仄聲韻，但宋、金、元詞押平韻者居多。其中有前段起句三字、第三句五字者，有前段起句三字、第三句六字者，有前段起句四字、第三句六字者，例於後段第一、二句俱間押仄韻，此爲定格。或後段第一、二句三聲叶韻，或第一句押平韻、第二句不押韻，或第一句不押韻、第二句仍押平韻，或第一、二句俱不押韻，均屬變格。若全押仄韻，則惟無名氏一詞，見之《梅苑》，宋、金、元無填此體者。

**最高樓**　雙調八十一字，前段八句四平韻，後段八句兩仄韻三平韻。

辛棄疾

花知否句花一似何郎平韻又似沈東陽韻瘦棱棱地天然白句冷清清地許多香韻笑東君句還又向句北枝忙韻　　著一陣讀霎時間底雪仄韻更一箇讀缺些兒底月韻山下路讀水邊牆平韻風流怕有人知處句影兒守定竹旁廂韻且饒他句桃李趁句少年場韻

此調前段起句三字、第三句五字者，以此詞爲正體，辛詞五首並同，宋、金、元詞俱照此填。若方詞、司馬詞之添字，元詞之减字，皆變格也。

按，司馬别首"花信緊"詞後段第一、二句"按秦箏、學弄相思調。寫幽情、恨殺知音少"，與各家平仄全異，注明以備參考，不可校勘平仄，惟前段第一、二句"花信緊，二十四番風"，"信"字、"二"字俱仄聲；又後段第三句"向何處、説風流"，"向"字仄聲，"何"字平聲。譜内可平可仄據此，其餘參下類列三詞。

**又一體**　雙調八十五字，前段八句四平韻，後段八句兩仄韻三平韻。

方　岳

秋崖底句雲卧欲生苔平韻無夢到天台韻有月鋤曉帶烏犍去句與煙蓑夜釣白魚來韻問誰能句供酒料句辦詩材韻　　君莫笑讀閒忙棊得勢仄韻也莫笑讀浮沈魚得計韻胸次

老讀雪崔嵬平韻付老夫小小鸕鷀杓句盡諸公衮衮鳳凰臺韻且容將句多種竹句賸栽梅韻

此與辛詞同，惟前後段第四、五句各添一襯字異。

**又一體** 雙調八十字，前段八句四平韻，後段八句兩仄韻三平韻。

元好問

商於路句山遠客來稀平韻雞犬静柴扉韻東家歡飲姜芽脆句西家留宿芋魁肥韻覺重來句猿與鶴句總忘機韻　問華屋高貲讀誰不戀仄韻美食大官讀誰不羨韻風浪裏讀竟忘歸平韻雲山既不求吾是句林泉又不責吾非韻任年年句藜藿飯句芰荷衣韻

此亦與辛詞同，惟後段第二句減一字異。

**又一體** 雙調八十三字，前段八句四平韻，後段八句兩仄韻三平韻。

司馬昂父

登高懶句且平地過重陽平韻風雨又何妨韻問牛山悲淚又何苦句龍山佳會又何狂韻笑淵明句歸去來句又何忙韻　也休説讀玉堂金馬樂仄韻也休説讀竹籬茅舍惡韻花與酒讀一般香平韻西風莫放秋容老句時時留待客徜徉韻便百年句渾是醉句幾千場韻

此亦辛詞體，惟前後段第二句、第四句各添一襯字異。

以上四詞俱前段起句三字、第三句五字者，特爲類聚，以備勘譜。

**又一體** 雙調八十二字，前段九句四平韻，後段九句兩仄韻三平韻。

毛　滂

微雨過句深院芰荷中韻香冉冉句繡重重韻玉人共倚闌干角句月華猶在小池東韻入人懷句吹鬢影句可憐風韻　分散去讀輕如雲與雪仄韻剩下了讀許多風與月韻侵枕簟句冷簾櫳平韻剛能小睡還驚覺句略成輕醉早惺忪韻仗行雲句將此恨句到眉峰韻

此調前段起句三字、第三句六字者，以此詞爲正體。若陳詞之换頭三聲叶韻，及毛詞别首之换頭不叶韻，皆變格也。

**又一體** 雙調八十二字，前段八句四平韻，後段八句兩叶韻三平韻。

陳　亮

春乍透句香早暗偷傳平韻深院落讀鬭清妍韻紫檀枝似流蘇帶句黄金須勝辟寒鈿韻更朝朝句瓊樹好句笑當年韻　花不向讀沈香亭上看叶樹不著讀連昌宫裏玩叶衣帶水讀隔風煙平韻鉛華不御凌波處句蛾眉澹掃至尊前韻管如今句渾似了句更堪憐韻

此與毛詞同，惟换頭處用三聲叶韻異。

按，寒、先本係通韻，詞中所叶“看”字、“玩”字，俱在十五翰部内，即十四寒之去聲也。

**又一體**　雙調八十二字，前段九句四平韻，後段八句三平韻。

毛　滂

新睡起句熏過繡羅衣韻梳洗了句百般宜韻東風淡蕩垂楊院句一春心事有誰知韻苦留人句嬌不盡句曲眉低韻　漫良夜月圓讀空好意句恐落花流水讀終寄恨句悲歡往往相隨韻鳳臺凝望雙雙羽句高唐愁著夢回時韻又爭如句遵大路句合逢伊韻

此即前一首毛詞體，惟换頭處不押韻，諸家從無此體，恐有錯誤，姑録以備參考。

以上三詞俱前段起句三字、第二句六字者。

**又一體**　雙調八十三字，前段八句四平韻，後段八句兩仄韻三平韻。

程　垓

舊時心事句説著兩眉羞平韻長記得讀憑肩遊韻緗裙羅襪桃花岸句薄衫輕扇杏花樓韻幾番行句幾番醉句幾番留韻　也誰料讀春風吹已斷仄韻又誰料讀朝雲飛亦散韻天易老讀恨難酬平韻蜂兒不解知人苦句燕兒不解説人愁韻舊情懷句銷不盡句幾時休韻

此調前段起句四字、第三句六字者，以此詞爲正體。若柳詞之句讀參差，無名氏詞之不押仄韻，皆變格也。

**又一體**　雙調八十三字，前後段各八句四平韻。

《全芳備祖》無名氏

司春有序句排次到酴醾韻還預報讀在庭知韻蕊珠宫裏晨妝罷句披香殿下曉班齊韻探花人句驅使問句採花期韻　元不遜讀梅花浮月影句也知妒讀梨花帶雨枝韻偏恨柳讀緑條垂韻與其向晚苞團絮句不如對酒坼芳蕤韻謝東君句收拾在句牡丹時韻

此與程詞同，惟後段起句不押仄韻，第二句仍押平韻異。

**又一體**　雙調七十八字，前後段各八句四平韻。

柳　富

人間最苦句最苦是分離韻伊愛我讀我憐伊韻青草岸頭人獨立句畫船東去櫓聲遲韻楚天低句回望處句兩依依韻　後會也難期韻未知何日重歡會句心下事讀亂如絲韻好天良夜還虚過句辜負我讀兩心知韻願伊家句衷腸在句一雙飛韻

此詞見《青瑣高議》，前段字句與程詞同，惟後段起句减三字、押平韻，第五句减一字、作六字折腰句法異。《情史》云：“東都柳富，别王幼玉作，名《醉高春》。”

以上三詞俱前段起句四字、第三句六字者。

**又一體** 雙調八十二字，前段八句四仄韻，後段八句五仄韻。

《梅苑》無名氏

梅花好句千萬君須愛韻比杏兼桃猶百倍韻分明學得嫦娥樣句不施朱粉天然態韻蟾宮裏句銀河畔句風霜耐韻　嶺上故人千里外韻寄去一枝君要會韻表江南信相思噉韻清香素豔應難對句滿頭宜向尊前戴韻歲寒心句春消息句年年在韻

此調全押仄聲韻者，祇此一詞，句讀與程垓詞同，惟前後段第三句各添一字，後段第一、二句各減一字。無别首宋詞可校。

## 倒垂柳二體

唐教坊曲名。

**倒垂柳** 雙調八十一字，前段八句四仄韻，後段八句五仄韻。

楊无咎

曉來煙露重句爲重陽讀增勝致韻記一年好處句無似此天氣韻東籬白衣至句南陌芳筵啟韻風流曾未遠句登臨都在眼底韻　人生如寄韻漫把茱萸看子細韻擊節聽高歌句痛飲莫辭醉韻烏帽任教句顛倒風裏墜韻黄花明日句縱好無情味韻

此調惟《逃禪集》有詞二首，無别首宋詞可校，平仄參下"南州初會"詞。

**又一體** 雙調八十一字，前後段各八句五仄韻。

楊无咎

南州初會遇韻記惺惺讀説底語韻而今精神爽句傾下越風措韻雍門人獨夜句客舍停杯處韻餘香應未泯句憑君重唱金縷韻　移宫易羽韻縱有離愁休怨訴韻客裏忒凄涼句怕聽斷腸句韻情山曲海句君已心相許韻驂鸞乘月句正好同歸去韻

此與"曉來煙露"詞同，惟前段起句用韻異。

## 彩鳳飛一體

一作《彩鳳舞》。

**彩鳳飛**　雙調八十一字,前段七句三仄韻,後段七句五仄韻。

陳　亮

人立玉句天如水句特地如何撰韻海南沈讀燒著欲寒猶暖韻算從頭句有多少讀厚德陰功句人家上讀一一舊時香案韻　　煞經慣韻小住吾州纔爾句依然歡聲滿韻莫也教讀公子王孫眼見韻這些兒讀穎脱處句高出書卷韻經綸自入手句不了判斷韻

此見《龍川詞》,無别首宋詞可校。

## 有有令一體

調見《惜香樂府》。

**有有令**　雙調八十一字,前段八句四仄韻,後段八句七仄韻。

趙長卿

前山减翠韻疏竹度輕風句日移金影碎韻還又年華暮句看看是讀新春至韻那更堪讀有箇人人句似花似玉句温柔伶俐韻　　準擬韻恩情海似韻拈弄上讀則人難比韻我也誠心一片句你也爭些氣韻大家到底如此韻美中更美韻廝守定讀共伊百歲韻

此本謔詞,因此調無别詞可録,故採以備體。

## 拂霓裳二體

唐教坊曲名。《碧雞漫志》:"拂霓裳,般涉調。"《宋史·樂志》:"女弟子舞隊第五有拂霓裳隊。"

**拂霓裳**　雙調八十二字,前段八句六平韻,後段八句五平韻。

晏　殊

樂秋天韻晚荷花綴露珠圓韻風日好句數行新雁貼寒煙韻銀簧調脆管句瓊柱撥清弦韻捧觥船韻一聲聲讀齊唱太平年韻　　人生百歲句離别易讀會逢難韻無事日句剩呼賓友啟芳筵韻星霜催緑鬢句風露損朱顔韻惜清歡韻又何妨讀沈醉玉尊前韻

此調以此詞爲正體,晏詞别首"慶生辰"詞,正與此同。若"喜秋成"詞之添一襯字,押韻異同,亦變格也。

此調前後段第五、六句,例作五言對句,《珠玉集》三首皆然。

按，晏詞别首“慶生辰”詞，前段第六句“玉色受絲綸”，“玉”字仄聲；結句“望九重、天上拜堯雲”，“九”字仄聲；後段第五、六句“一聲檀板動，一炷蕙香焚”，兩“一”字俱仄聲。譜内可平可仄據此，餘參下詞。

**又一體** 雙調八十三字，前段八句五平韻，後段八句六平韻。

晏 殊

喜秋成韻見千門萬户樂昇平韻金風細句玉池波浪縠文生韻宿露沾羅幕句微凉入畫屏韻張綺宴句傍熏爐蕙炷讀和新聲韻　神仙雅會句會此日讀象蓬瀛韻管弦清韻旋翻紅袖學飛瓊韻光陰無暫住句歡醉有閒情韻祝辰星韻願百千萬壽讀獻瑶觥韻

此與“樂秋天”詞同，惟前段第二句添一襯字，第七句少押一韻，後段第三句多押一韻異。

## 柳腰輕一體

調見《樂章集》，注“中吕宫”。因詞有“英英妙舞腰肢軟。章臺柳，昭陽燕”句，取以爲名。

**柳腰輕** 雙調八十二字，前段八句四仄韻，後段七句四仄韻。

柳 永

英英妙舞腰肢軟韻章臺柳句昭陽燕韻錦衣冠蓋句綺堂筵會句是處千金爭選韻顧香砌讀絲管初調句倚輕風讀佩環微顫韻　乍入霓裳促遍韻逞盈盈讀漸催檀板韻慢垂霞袖句急趨蓮步句進退奇容千變韻笑何止讀傾國傾城句暫回眸讀萬人腸斷韻

調近《柳初新》，但《柳初新》調前後段第六句押韻，此不押韻。又，柳詞所注宫調不同，自應各爲一體，無宋詞别首可校。

## 爪茉莉一體

調見《花草粹編》，《樂章集》不載。

**爪茉莉** 雙調八十二字，前段八句四仄韻，後段八句五仄韻。

柳 永

每到秋來句轉添甚况味韻金風動讀冷清清地韻殘蟬噪晚句甚聒得讀人心欲碎韻更休道讀宋玉多悲句石人也讀須下淚韻　衾寒枕冷句夜迢迢讀更無寐韻深院静讀月明風

細韻巴巴望曉句怎生捱讀更迢遞韻料可兒讀只在枕頭根底韻等人睡句來夢裏韻

此調無別詞可校，其平仄宜依之。

## 驀山溪十三體

《翰墨全書》名《上陽春》；金詞注“大石調”。

**驀山溪** 雙調八十二字，前後段各九句三仄韻。

程　垓

老來風味句是事都無可韻只愛小書舟句剩圍著讀琅玕幾箇韻呼風約月句隨分樂生涯句不羡富句不憂貧句不怕烏蟾墮韻　三杯徑醉句轉覺乾坤大韻醉後百篇詩句儘從他讀龍吟鶴和韻升沈萬事句還與本來天句青雲上句白雲間句一任安排我韻

宋詞填此調者，其字句並同，惟押韻各異。此詞前後段起句及第七、八句俱不押韻，宋人如此者甚多，自應編爲正體。以下悉爲類列，以備參考。其可平可仄即參所採各詞，故不復注。

**又一體** 雙調八十二字，前段九句四仄韻，後段九句三仄韻。

姜　夔

與鷗爲客韻緑野留吟屐韻兩行柳垂陰句是當年讀仙翁手植韻一亭寂寞句煙外帶愁横句荷冉冉句展凉雲句横卧虹千尺韻　才因老盡句秀句君休覓韻萬緑正迷人句更愁入讀山陽夜笛韻百年心事句惟有玉闌知句吟未了句放船回句月下空相憶韻

此詞前段起句押韻，後段起句不押韻。按，葛勝仲“出門西笑”詞，張表臣“樓横北固”詞，沈會宗“想伊不住”詞，楊无咎“天姿雅素”詞，吴儆清“清晨早起”詞，張埜“洞庭珍味”詞，皆與此同。

**又一體** 雙調八十二字，前段九句三仄韻，後段九句四仄韻。

張　震

青梅如豆句斷送春歸去韻小緑間長紅句看幾處讀雲歌柳舞韻偎花識面句對月共論心句携素手句採香遊句踏遍西池路韻　水邊朱户韻曾記銷魂處韻小立背秋千句空悵望讀娉婷韻度韻楊花撲面句香糁一簾風句情脉脉句酒厭厭句回首斜陽暮韻

此詞前段起句不押韻，後段起句押韻。按，晁補之“金尊玉酒”詞，劉子翬“浮煙冷雨”詞，袁去華“蕊珠宫闕”詞，謝懋“厭厭睡起”詞，皆與此同。

**又一體** 雙調八十二字，前後段各九句四仄韻。

張　震

春光如許韻春到江南路韻柳眼弄晴暉句笑梅花讀落英無數韻峭寒庭院句羅幕護窗紗句

金鴨暖句錦屏深句曾記看承處韻　雲邊尺素韻何計傳心縷韻無處説相思句空惆悵讀朝雲暮雨韻曲闌干外句小立近黄昏句心下事句眼邊愁句借問春知否韻

此調前後段起句皆押韻。按，黄庭堅"山圍江暮"詞，王千秋"清明池館"詞，皆與此同。

又一體　雙調八十二字，前後段各九句四仄韻。

易　祓

海棠枝上句留得嬌鶯語韻雙燕幾時來句並飛入讀東風院宇韻夢回芳草句緑遍舊池塘句梨花雪句桃花雨韻畢竟春誰主韻　東郊拾翠句襟袖霑飛絮韻寶馬趁雕輪句亂紅中讀香塵滿路韻十千斗酒句相與買春閒句吴姬唱句秦娥舞韻拌醉青樓暮韻

此詞前後段第八句押韻，其兩起句不押韻，宋詞惟此一首。

又一體　雙調八十二字，前後段各九句五仄韻。

周邦彦

樓前疏柳句柳外無窮路韻翠色四天垂句數峰青讀高城闊處韻江湖病眼句偏向此山明句愁無語韻空凝佇韻兩兩昏鴉去韻　平康巷陌句往事如花雨韻十載却歸來句倦追尋讀酒旗戲鼓韻今宵幸有句人似月嬋娟句霞袖舉韻杯深注韻一曲黄金縷韻

此詞前後段第七、八句俱押韻，其兩起句不押韻。按，李之儀"青樓薄幸"詞，晁補之"揚州全盛"詞，周紫芝"月眉星眼"詞，皆與此同。

又一體　雙調八十二字，前段九句五仄韻，後段九句四仄韻。

賀　鑄

楚鄉新歲韻不放殘寒退韻月曉桂娥閒句弄珠英讀因風委墜韻清淮鋪練句十二玉峰前句上簾櫳句招佳麗韻置酒成高會韻　江南芳信句目斷何人寄韻應占鏡邊春句想晨妝讀膏濃壓翠韻此時乘興句半道忍回橈句五雲溪句門深閉韻璧月長相對韻

此詞前段起句及前後段第八句皆押韻。

又一體　雙調八十二字，前後段各九句五仄韻。

万俟咏

芳菲葉底韻誰會秋工意韻深緑護輕黄句怕青女讀霜侵憔悴韻開分早晚句都占九秋天句花四出句香十里韻獨步珠宫裏韻　佳名巖桂韻却是因遺子韻不自月中來句又那得讀蕭蕭風味韻霓裳舊曲句休問廣寒人句飛大白句酬仙蕊韻香外無香比韻

此詞前後段起句及前後段第八句皆押韻。

**又一體**　雙調八十二字，前段九句五仄韻，後段九句六仄韻。

黄庭堅

鴛鴦翡翠句小小思珍偶韻眉黛斂秋波句盡湖南讀山明水秀韻婷婷嫋嫋句恰近十三餘句春未透韻花枝瘦韻正是愁時候韻　尋芳載酒韻肯落誰人後韻只恐遠歸來句緑成陰讀青梅如豆韻心期得處句每自不由人句長亭柳韻君知否韻千里猶回首韻

此詞前後段第七、八句及换頭句皆押韻。

**又一體**　雙調八十二字，前段九句六仄韻，後段九句五仄韻。

晁端禮

輕衫短帽韻重入長安道韻屈指十年中句一回來讀一回漸老韻朋遊在否句落托更能無句朱弦悄韻知音少韻撥斷相思調韻　花邊柳外句瀟灑愁重到韻深院鎖春風句悄無人讀桃花自笑韻金釵一股句擬欲問音塵句天杳杳韻波渺渺韻何處尋蓬島韻

此詞前段起句及前後段第七、八句皆押韻。

**又一體**　雙調八十二字，前後段各九句六仄韻。

石孝友

鶯鶯燕燕韻摇蕩春光懶韻時節近清明句雨初晴讀嬌雲弄暖韻醉紅濕翠句春意釀成愁句花似染韻草如剪韻已是春强半韻　小鬟微盼韻分付多情管韻癡騃不知愁句想怕晚讀貪春未慣韻主人好事句應許玳筵開句歌眉斂韻舞腰軟韻怎便輕分散韻

此詞前後段起句及第七、八句皆押韻。石詞别首“醉魂初醒”詞，正與此同。

**又一體**　雙調八十二字，前段九句三仄韻，後段九句五仄韻。

歐陽修

新正初破句三五銀蟾滿韻纖手染香羅句剪紅蓮讀滿城開遍韻樓臺上下句歌管咽春風句駕香輪句停寶馬句只待金烏晚韻　帝城今夜句羅綺誰爲伴韻應下紫姑神句問歸期讀相思望斷韻天涯情緒句對酒且開顔句春宵短韻春寒淺韻莫待金杯暖韻

此詞前段第七、八句不用韻，後段第七、八句用韻。按，毛滂“東堂先曉”詞，朱敦儒“東風不住”詞，吴儆“園林何有”詞，皆與此同。

按，此調宋人押韻頗有異同，如黄庭堅詞兩結“斜枝倚，風塵裏，不帶風塵氣”、“書漫寫，夢空來，衹有相思是”，前段第七、八句俱押韻，後段第七、八句却不用韻。張孝祥詞兩結“繡工慵，圍棋倦，香篆頻銷印”、“禽聲喜，流雲盡，明日春遊俊”，前段第七、八句，後段第七句，俱不押韻，惟第八句押韻。周邦彦詞兩結“山四倚，雲漸起，鳥度屏風裏”、“因甚個，煙霞底，偏愛尊羹美”，前段第七、八句，後段第八句押韻，惟第七句不押韻。皆韻脚參差，不可爲法，故不編入。

**又一體** 雙調八十三字，前後段各九句三仄韻。

陸　游

窮山孤壘句臘盡春初破韻寂寞掩空齋句好一箇讀無聊賴底我韻嘯台龍岫句隨分有雲山句臨淺瀨句蔭長松句閒據交牀坐韻　三杯徑醉句不覺紗巾墮韻畫角喚人歸句落梅村讀籃輿夜過韻城門漸近句幾點妓衣紅句官驛外句酒壚前句也有閒燈火韻

此詞前段第四句五字，較各家多一字，蓋襯字也，減去"賴"字即是程垓詞體。

## 千秋歲引四體

《高麗史・樂志》名《千秋歲令》，李冠詞名《千秋萬歲》。

**千秋歲引** 雙調八十二字，前段八句四仄韻，後段八句五仄韻。

王安石

别館寒砧句孤城畫角韻一派秋聲入寥廓韻東歸燕從海上去句南來雁向沙頭落韻楚颱風句庾樓月句宛如昨韻　無奈被些名利縛韻無奈被他情擔閣韻可惜風流總閒却韻當初漫留華表語句而今誤我秦樓約韻夢闌時句酒醒後句思量著韻

此即《千秋歲》調添字減字、攤破句法，自成一體。與《千秋歲》較，惟前段第二句減一字，後段第一句、第二句各添二字，第三句添一字，前後段第四、五句各添兩字，結句各減一字攤破作三字兩句，其源實出於《千秋歲》。《詞律》疏於考據，類列於《千秋歲》後，而又云"兩調迥别"，故爲兩列而論之如此。

此調始於此詞，自應以此詞爲定格。若李冠一詞，無名氏二詞，則又從此詞添字耳，可平可仄，即參下三詞句法同者。

**又一體** 雙調八十四字，前段八句四仄韻，後段八句五仄韻。

李　冠

杏花好句仔細君須辨韻比早梅深讀夭桃淺韻把鮫綃讀淡拂鮮紅色句蠟融紫萼重重現韻煙外悄句風中笑句香滿院韻　欲綻全開俱可羨韻粹美妖嬈無處選韻除卿卿是尋常見韻倚天真讀豔冶輕朱粉句分明洗出胭脂面韻追往事句繞芳樹句千千遍韻

此即王詞體，惟前段起句三字，第二句五字，第三句上四下三作折腰句法，前後段第四句各添一襯字異。

**又一體**　雙調八十五字,前段八句五仄韻,後段八句七仄韻一疊韻。

《高麗史·樂志》無名氏

想風流態句種種般般媚韻恨別離時太容易韻香箋欲寫相思意韻相思淚滴香箋字韻畫堂深句銀燭暗句重門閉韻　　似當日歡娛何日遂韻願早早相逢重設誓韻美景良辰莫輕棄韻鴛鴦帳裏鴛鴦被韻鴛鴦枕上鴛鴦睡韻似恁地韻長恁地疊千秋歲韻

此亦王詞體,惟前段第二句添一字,後段第一、二句各添一襯字,前後段第四句各多押一韻,後段第六、七句多一押韻、疊韻異。

**又一體**　雙調八十七字,前段八句四仄韻,後段八句五仄韻。

《翰墨全書》無名氏

詞賦偉人句當代一英傑韻信獨步儒林讀蟾宮客韻名登雁塔正青春句更不歷讀郡縣徒勞力韻即趨朝句典文衡句居花掖韻　　得雋詞科推第一韻便掌絲綸天上尺韻見説慶生辰讀當此日韻翠蓂三四葉方新句况朱明讀正屬清和節韻行作箇句黑頭公句專調燮韻

此亦王詞體,惟前段第二句添一字,前後段第三句、第五句各多一襯字異。

## 早梅芳三體

一名《早梅芳近》。

**早梅芳**　雙調八十二字,前後段各九句五仄韻。

周邦彦

繚牆深句叢竹繞韻宴席臨清沼韻微呈纖履句故隱烘簾自嬉笑韻粉香妝暈薄句帶緊腰圍小韻看鴻驚鳳翥句滿座歎輕妙韻　　酒醒時句會散了韻回首城南道韻河陰高轉句露脚斜飛夜將曉韻異鄉淹歲月句醉眼迷登眺韻路迢迢句恨滿千里草韻

此調以此詞爲正體,周詞别首“花竹深”詞,陳允平和詞二首,正與此同。若李詞、無名氏詞之句讀異同,皆變格也。

吕渭老詞後段結句“佳期定,約期了”,疑有脱字,故不編入。此詞前後段第五句例作拗句,第六、七句例作五言對偶,填者仍之。

按,周詞别首前段起句“花竹深”,“花”字平聲,“竹”字仄聲。吕詞第四句“風聲約雨”,“約”字仄聲。陳詞第六句“風簾銀燭暗”,“風”字平聲。吕詞第七句“匀臉霞相照”,“匀”字平聲。吕詞後段第六句“犀心通密語”,“犀”字平聲。陳詞結句“瓊簫聲滿杳”,“瓊”字、“簫”字俱平聲。譜内可平可仄據此,餘參所採二詞。

李詞前段結句第三字平聲，後段結句第四字平聲，查諸和周詞，此兩字無不用仄者，故此詞不與參校。

**又一體** 雙調八十二字，前後段各九句五仄韻。

李之儀

雪初晴句陡覺寒將變韻已報梅梢暖韻日邊霜外句迤邐枝條自柔軟韻嫩苞勻點綴句緑萼輕裁剪韻隱深心句未許清香散韻　漸融和句開欲遍韻密處疑無間韻天然標韻句不與群花鬬深淺韻夕陽波似動句曲水風猶懶韻最銷魂句弄影無人見韻

此與周詞同，惟前段第二句添二字，第八句減二字異。

前後段兩結句，俱作仄仄平平仄，與諸家不同。

按，汲古閣本《姑溪詞》，此詞前段第二句仍作三字，第八句空白二字。今從《花草粹編》訂正。

**又一體** 雙調八十二字，前後段各九句五仄韻。

《梅苑》無名氏

冰唯清句玉唯潤韻清潤無風韻韻此花風韻句清潤自然傅香粉韻故應春意別句不使凡英混韻到春前臘後句長是寄芳信韻　此情閒句此意遠韻一點縈方寸韻風亭水館句解與行人破離恨韻廣寒宫未有句姑射山曾認韻向雪中月下句吟未盡韻

此亦周詞體，惟後結作五字一句、三字一句異。

## 新荷葉四體

蔣氏《九宫譜》作"正宫引子"。趙抃詞名《折新荷引》。又因詞中有"畫橈穩，泛蘭舟"句，或名《泛蘭舟》，然與仄韻《泛蘭舟》調迥別。

**新荷葉** 雙調八十二字，前後段各八句四平韻。

黄　裳

落日衡山句行雲載雨俄鳴韻一頃新荷句坐間總是秋聲韻煙波醉客句見快哉讀風惱娉婷韻香和清點句爲人吹在衣襟韻　珠佩歡言句放船且向前汀韻緑傘紅幢句自從天漢相迎韻飛鴻獨落句蘆邊對讀幾朵繁英韻侑觴人唱句乍聞應似湘靈韻

此調以此詞及趙彦端詞爲正體，宋人皆如此填，若趙抃詞之句讀不同，趙長卿詞之句讀參差，皆變格也。

此詞换頭句不押韻，侯寘"柳幄飛綿"詞，鄭斗焕"乳鴨池塘"詞，正與此同。

按，侯詞前段第二句"風池煙泛新萍"，"煙"字平聲。鄭詞後段結句"鴛鴦催起歌聲"，"鴛"字平聲。辛棄疾詞前段起句“人已歸來”,“人”字平聲;第四句“遊絲盡日低飛”,“遊”字平聲;第五句“兔葵燕麥”,“兔”字仄聲;第七、八句“小窗人静,棋聲似解重圍”,“小”字仄聲,“棋”字平聲,“似”字仄聲;後段第四句“朝來翠撲人衣”,“朝”字平聲;第六句“問騁懷、遊日誰知”,“騁”字仄聲,“懷”字平聲。譜内可平可仄據此,餘參所採諸詞。至前段第二句“零落一頃爲萁”,“落”字入聲,此以入代平。查宋詞此字俱用平聲,故不校注。

**又一體**　雙調八十二字,前段八句四平韻,後段八句五平韻。

趙彦端

欲暑還凉句如春有意重歸韻春若歸來句任他鶯老花飛韻輕雷澹雨句似晚風讀欺得單衣韻簷聲驚醉句起來新緑成圍韻　　回首分携韻光風冉冉菲菲韻曾幾何時句故山疑夢還非韻鳴琴再撫句將清恨讀都入金徽韻永懷橋下句繫船溪柳依依韻

此與黄詞同,惟换頭句押韻異。按,辛棄疾詞四首、趙詞二首,皆如此填。

**又一體**　雙調八十二字,前後段各八句四平韻。

趙　抃

日晚芳塘句圓荷嫩緑新抽韻越女輕盈句畫橈穩泛蘭舟韻波光豔粉句紅相間讀脉脉嬌羞韻菱歌隱隱漸遥句依約凝眸韻　　堤上郎心句波間妝影遲留韻不覺歸時句暮天碧襯蟾鈎韻殘蟬噪晚句餘霞映讀幾點沙鷗韻漁笛不道有人句獨倚危樓韻

此與黄詞同,惟前後段兩結俱作六字一句、四字一句異。

**又一體**　雙調八十二字,前後段各八句四平韻。

趙長卿

冷徹蓬壺句翠幢鼎鼎生香韻十頃琉璃句望中無限清凉韻遮風掩日句高低襯讀密護紅妝韻陰陰湖裏句羨他雙浴鴛鴦韻　　猛憶西湖句當年一夢難忘韻折得曾將蓋雨句歸思如狂韻水雲千里句不堪更讀回首思量韻而今把酒句爲伊沈醉何妨韻

此亦黄詞體,惟後段第三句六字、第四句四字異。按,趙彦端“玉井冰壺”詞,後段第三、四句“况有雙轓舊譜,黄閣清油”,正與此同。

## 南州春色一體

調見元陶穀《輟耕録》,因詞中有“管取南州春色”句,取以爲名。

**南州春色**　雙調八十二字，前段九句四平韻，後段八句三平韻。

汪梅溪

清溪曲句一株梅韻無人倸保句獨立古牆隈韻莫恨東風吹不到句著意挽春回韻一任天寒地凍句南枝香動句花傍一陽開韻　更待明年首夏句酸心結子句天自栽培韻金鼎調羹句仁心猶在句還種取讀無限根荄韻管取南州春色句都自此中來韻

《花草粹編》有此詞，採之《輟耕録》，爲汪梅溪作，元人也。其名無考，其平仄亦無别詞可校。

## 《御定詞譜》卷二十　八十三字

### 長壽樂二體

《宋史・樂志》："仙吕調。"《樂章集》注"平調"。

**長壽樂**　雙調八十三字，前段八句五仄韻，後段七句四仄韻。

柳　永

尤紅殢翠韻近日來讀陡把狂心牽繫韻羅綺叢中句笙歌筵上句有箇人人可意韻解嚴妝讀巧笑姿姿句别成嬌媚韻知幾度讀密約秦樓盡醉韻　仍携手句眷戀香衾繡被韻情漸美韻算好把讀夕雨朝雲相繼韻便是仙禁春深句御爐香嫋句臨軒親試對韻

調見《樂章集》，宋、元人無填此調者。

**又一體**　雙調一百十三字，前段十一句五仄韻，後段十句五仄韻。

柳　永

繁紅嫩翠韻豔陽景讀妝點神州明媚韻是處樓臺句朱門院落句弦管新聲騰沸韻恣遊人讀無限馳驟句驕馬如流水韻競尋芳選勝句歸來向晚句起通衢近遠句香塵細細韻　太平世韻少年時讀忍把韶光輕棄韻况有紅妝句吴娃楚豔句一笑千金何啻韻向尊前讀舞袖飄雪句歌響行雲止韻願長繩讀且把飛烏繫住句好從容痛飲句誰能惜醉韻

調見《花草粹編》，《樂章集》不載，前後段句讀與前"尤紅殢翠"詞不同。

### 迷仙引二體

《樂章集》注：雙調。

**迷仙引**　雙調八十三字，前段十句四仄韻，後段七句五仄韻。

柳　永

才過笄年句初綰雲鬟句便學歌舞韻席上尊前句王孫隨分相許韻算等閒讀酬一笑句便千金慵覷韻常只恐蕣華句容易偷换句光陰虚度韻　已受君恩顧韻好與花爲主韻萬里丹霄句何妨携手同歸去韻永棄却讀煙花伴侣韻免教人見妾句朝雲暮雨韻

此見《樂章集》，無别詞可校。

**又一體**　雙調一百二十二字，前段十六句九仄韻，後段十句八仄韻。

《古今詞話》無名氏

春陰霽韻岸柳參差句嫋金絲細韻畫閣晝眠鶯唤起韻煙光媚韻燕燕雙高句引愁人如醉韻慵緩步句眉斂金鋪倚韻佳景易失句懊惱韶光改句花空委韻忍厭厭地韻施朱粉句臨鸞鏡句膩香銷減摧桃李韻　獨自箇凝睇韻暮雲暗句遥山翠韻天色無情句四遠低垂淡如水韻離恨托讀征雁寄韻旋嬌波讀暗落相思淚韻妝如洗韻向高樓讀日日春風裏韻悔憑闌讀芳草人千里韻

此詞見宋楊湜《古今詞話》，與柳永詞不同，亦無别詞可校。

## 促拍滿路花十一體

此調有平韻、仄韻二體。平韻者始自柳永，《樂章集》注"仙吕調"。仄韻者始自秦觀，或名《滿路花》，無"促拍"二字，秦觀詞一名《滿園花》，周邦彦詞名《歸去難》，袁去華詞名《一枝花》，牛真人詞名《喝馬一枝花》。《太平樂府》注"南吕調"。

**促拍滿路花**　雙調八十三字，前後段各八句四平韻。

柳　永

香靨融春雪句翠鬢亸秋煙韻楚腰纖細正笄年韻鳳幃夜短句偏愛日高眠韻起來貪顛耍句只恁殘却黛眉句不整花鈿韻　有時携手閒坐句偎倚緑窗前韻温柔情態盡人憐韻畫堂春過句悄悄落花天韻長是嬌癡處句尤殢檀郎句未教拆了秋千韻

此調押平韻者有兩體，前後段第三句七字者，以柳詞、廖詞爲正體；前後段第三句八字者，以吕詞、無名氏詞爲正體。若趙詞之押韻參差，曹詞之句讀參差，皆變格也。

此詞前後段兩結，句讀亦參差，填者當仍照各家，以上四下六爲定格。譜内可平可仄即參下平韻五詞。

**又一體** 雙調八十一字，前後段各八句四平韻。

廖行之

雨霽煙波闊句雁度隴雲愁韻西風庭院不勝秋韻桂華光滿句偏照最高樓韻東山携妓約句故人千里句夜來爲檥仙舟韻　明眸皓齒句歌舞總名流韻惱人情態物中尤韻陽春一曲句誰把萬金酬韻便好拌沈醉句此夕姮娥句共須著意攀留韻

此與柳詞同，但柳詞换頭校前段添一字，此詞换頭校前段減一字。柳詞兩結，句讀參差；此詞兩結，句讀整齊。

**又一體** 雙調八十三字，前後段各八句五平韻。

吕渭老

西風秋日短句小雨菊花寒韻斷雲低古木讀暗江天韻星娥尺五句佳約悞當年韻小語憑肩處句猶記西園韻畫橋斜月闌干韻　鳥啼花落句春信遣誰傳韻尚容清夜夢讀小留連韻青樓何處句寶鏡注嬋娟韻應念紅箋事句微暈春山韻背窗愁枕孤眠韻

此亦柳詞體，惟前後段第三句各添一字，折腰句法，前後段第七句皆押韻，换頭減二字，與柳詞異。

**又一體** 雙調八十六字，前段八句四平韻，後段八句五平韻。

《花草粹編》無名氏

秋風吹渭水句落葉滿長安韻黄塵車馬道讀獨清閒韻自然爐鼎句虎繞與龍盤韻九轉丹砂就句琴心三疊句蕊宫看舞胎仙韻　任萬釘寶帶貂蟬韻富貴欲薰天韻黄粱炊未熟讀夢驚殘韻是非海裏句直道作人難韻袖手江南去句白蘋紅蓼句又尋溢浦廬山韻

詞見宋黄庭堅集，原注云："往時有人書此詞於州東酒肆壁間，愛其詞，不能歌也。十年前，有醉道士歌於廣陵市中，群小兒隨歌得之，乃知其爲《促拍滿路花》也。"

按，此亦柳詞體，惟前後段第三句各添一字，又换頭句添一字，多押一韻。趙師俠"連枝蟠古木"詞，正與此同。

**又一體** 雙調八十六字，前段八句四平韻，後段八句六平韻。

趙師俠

栽花春爛漫句疊石翠巑岏韻小庭相對倚讀數峰寒韻主人尋勝句接竹引清泉韻鑿破蒼苔地句一曲泓澄句六花疑是深淵韻　向閒中讀百慮脩然韻情事寄鳴弦韻爐香陪茗椀讀可忘言韻噴珠濺雪句歷歷聽潺湲韻塵世知何計句不老朱顔韻静看日月跳丸韻

此與無名氏詞同，惟後段第七句押韻異。

**又一體** 雙調八十七字,前段八句四平韻,後段八句五平韻。

曹 勛

清都山水客句何事入臨安韻珍祠天賜與讀半生閒韻曲池人靜句水擊赤烏蟠韻飛上煙嵐頂句三縷明霞照晚句時對胎仙韻　圃中有箇小庭軒韻纔到便翛然韻坐來閒看了讀篆香殘韻道人活計句休道出塵難韻歸去後讀安排著句一兩麻鞵句定期踏遍名山韻

此亦無名氏詞體,惟前段結兩句不對,後段起句七字不折腰,第六句添一字、六字折腰,兩結句讀參差異。

**又一體** 雙調八十三字,前後段各八句六仄韻。

秦 觀

露顆添花色韻月彩投窗隙韻春思如中酒讀恨無力韻洞房咫尺句曾寄青鸞翼韻雲散無蹤跡韻羅帳春殘句夢回無處尋覓韻　輕紅膩白韻步步熏蘭澤韻約腕金環重讀宜裝飾韻未知安否句一向無消息韻不似尋常憶韻憶後教人句片時存濟不得韻

此調押仄韻者,亦有兩體。前後段起句押韻者,以秦詞爲正體;前後段起句不押韻者,以周詞爲正體。若袁詞之句讀參差,辛詞、牛詞之添字,皆變格也。

譜内可平可仄,但參袁、辛、牛三詞,若周詞,自有和詞可校,故不彙注。

**又一體** 雙調八十三字,前後段各八句五仄韻。

周邦彦

金花落燼燈句銀礫鳴窗雪韻夜深微漏斷讀行人絶韻風扉不定句竹圃琅玕折韻玉人新間闊韻著甚悰情句更當恁地時節韻　無言欹枕句帳底流清血韻愁如春後絮讀來相接韻知他那裏句爭信人心切韻除共天公説韻不成也還句似伊無箇分別韻

此與秦詞同,惟前後段起句不押韻異。

按,《片玉詞》三首,内二首名《滿路花》,方千里、楊澤民、陳允平俱有和詞;其一首名《歸去難》,無和詞。《歸去難》詞前段第一、二句"佳期人未知,背地伊先變","人"字平聲,"背"字仄聲;第三句"惡會稱停事、看深淺","惡"字、"會"字俱仄聲,"停"字平聲;後段第一句"密意都休","密"字、"意"字俱仄聲,"休"字平聲;第三句"此恨除非是、天相念","此"字、"恨"字俱仄聲,"非"字平聲。又,周詞別首前段結句"殢人猶要同卧","猶"字平聲;後段第五句"萬種思量過","萬"字仄聲;第六句"也許知有我","也"字、"有"字俱仄聲,"須"字平聲;第七句"著甚情懷","甚"字仄聲,"情"字平聲。又,方詞前段第六句"江湖波浪闊","江"字平聲。陳詞第七句"猶有疏梅","猶"字平聲。楊詞後段第一句"深盟密約","密"字仄聲;第四句"別離日久","別"字仄聲。陳詞第七句"天若有情","天"字平聲,"若"字仄聲。方詞結句"只今問有誰呵","問"字仄聲。譜内可平可仄據之,惟周詞別首後段結句"但你忘了人呵","你"字仄聲,查諸家和詞,此字無用仄聲者,故不校注。

**又一體** 雙調八十六字，前段八句六仄韻，後段七句無仄韻。

袁去華

江上西風晚韻野水兼天遠韻雲衣拖翠縷讀易零亂韻見柳葉滿梢句秀色驚秋變韻百歲今强半韻兩鬢青青句盡著吴霜偷换韻　向老來讀功名心事懶韻客裏愁難遣韻乍飄泊讀有誰管韻對照壁孤燈句相與秋蟲歎韻人間事讀經了萬千句這寂寞讀幾時曾見韻

此即秦詞體，惟前後段第四句各添一字，後段起句添四字，第三句減二字，第六、七句減二字作七字一句，少押一韻，結句添一字異。

按，秦觀"一向沈吟久"詞即此體也，因秦詞俚鄙，故採袁詞以備體。

**又一體** 雙調九十字，前後段各八句六仄韻。

辛棄疾

千丈擎天手韻萬卷懸河口韻黄金腰下印讀大如斗韻任千騎弓刀句揮霍遮前後韻百計千方久韻似鬭草兒童句贏箇他家偏有韻　算枉了讀雙眉長皺韻白髪空回首韻那時間讀説向山中友韻看丘隴牛羊句更辨賢愚否韻且自栽花柳韻怕有人來句但只道讀今朝中酒韻

此亦秦觀詞體，惟前後段第四句、前段第七句、後段第八句各添一字，换頭添三字，後段第三句作上三下五句法異。

按，元人南吕調《一枝花》詞，皆宗此體。

**又一體** 雙調八十八字，前後段各八句五仄韻。

牛真人

雨過山花綻韻霧斂雲收天漢韻清閒幽雅處讀耽遊玩韻古洞巖前句時把金丹煉韻不愛乘肥馬句富貴榮華句是非多不須管韻　獨坐茅齋看韻閒把道經時展韻横琴膝上撫讀鶴來見韻紫綬金章句是則是讀官高顯韻五更忙上馬句爭似我山家句日午柴門猶掩韻

此亦秦詞體，惟前段第二句添一字，後段第一、二句各添一字，第五句添一字，第七句添一字異。

按，此詞見《鳴鶴餘音》，因前後段第六句各有"馬"字，故名《喝馬一枝花》，亦借用蜀道喝馬嶺意以警世。蓋就秦詞添數襯字，自成一體也。

## 黄鶴引一體

宋方勺《泊宅編》云："先子晚官鄧州，一日秋風起，思吴中山水，嘗信筆作長短句，序云：'阮田曹所制《黄鶴引》，愛其詞調清高，寄爲一闋，命稚子歌之，以侑尊焉。’”

**黄鶴引**　雙調八十三字，前後段各八句六仄韻。

《泊宅編》方(失名)

生逢垂拱韻不識干戈免田隴韻士林書圃終年句庸非天寵韻才粗闒茸韻老去支離何用韻浩然歸句算是黄鶴秋風相送韻　塵事塞翁心句浮世莊生夢韻漾舟遥指煙波句群山森動韻神閒意聳韻回首利韁名鞚韻此情誰共韻問幾許讀淋浪春甕韻

此詞見《泊宅編》，乃方勺之父所作。方勺父名無可考。阮田曹，亦未知其人。録之以存其調，原本稍有脱誤，今依《詞緯》訂定。

## 洞仙歌四十體

唐教坊曲名。此調有令詞，有慢詞。令詞自八十三字至九十三字，共三十五首。康與之詞名《洞仙歌令》，潘牥詞名《羽仙歌》，袁易詞名《洞仙詞》。《宋史・樂志》名《洞中仙》，注“林鍾商調”，又“歇指調”。金詞注“大石調”。慢詞自一百十八字至一百二十六字，共五首。柳永《樂章集》“嘉景”詞注“般涉調”，“乘興閒泛蘭舟”詞注“仙吕調”，“佳景留心慣”詞注“中吕調”。

按，張綖《詩餘圖譜》，前段六句三韻，後段七句三韻，前後段第三句俱七字，第四句俱九字，前段結句六字，後段結句九字，此令詞正體也。間有攤破、添字句、添韻者，皆從此出，譜中句讀悉據之。

**洞仙歌**　雙調八十三字，前段六句三仄韻，後段七句三仄韻。

蘇　軾

冰肌玉骨句自清凉無汗韻水殿風來暗香滿韻繡簾開讀一點明月窺人句人未寢句攲枕釵横鬢亂韻　起來携素手句庭户無聲句時見疏星渡河漢韻試問夜如何讀夜已三更句金波淡讀玉繩低轉韻但屈指讀西風幾時來句又不道讀流年暗中偷换韻

宋人填《洞仙歌》令詞者，句讀韻脚互有異同，惟蘇、辛兩體填者最多，今以蘇、辛二詞爲初體，其餘添字、減字各以類聚，庶不蒙混。

按，張炎“中峰壁立”詞前段結句“鷗散煙波茂陵苑”，當是傳寫之訛，多一“陵”字。張翥“功名利達”詞後段第五句“自笑萍蹤久無定”，亦是傳寫之訛，當作“久自笑、萍蹤無定”，便合調矣。故此二體，不爲編入。又，張肯“金風玉露”詞後段第五句“咸羡世稀有”，減二字；第六句“又堪憐、枝上蟠桃”，減一字，恐有脱誤，亦不編入。

此調前後段第三句第五字，後段第六句第六字，例用仄聲，若换平聲，便不協律，金、元大石調曲子亦如此。

譜内可平可仄，悉參所採諸詞，惟晁補之"今年閏好"詞前段第二句"怪重陽菊早"，"菊"字仄聲。京鏜"三年錦里"詞前段第二句"見重陽藥市"，"藥"字仄聲。此蓋以入作平，故不注可仄。又，晁補之"青煙冪處"詞前段第三句"永夜閒階卧桂影"，"桂"字仄聲。《梅苑》"摧殘萬物"詞前後段第三句"待得春來是早晚"、"只這些兒意不淺"，"早"字、"不"字俱仄聲，皆非定格。又，阮閱詞前段第四句"見伊底"，"底"字仄聲。王字中"深庭夜寂"詞後段起句"迎人巧笑道"，"巧"字仄聲。汪元量詞後段第四句"桑枝才長"，"枝"字平聲，"長"字仄聲。辛棄疾詞結句"他家有箇西子"，"箇"字仄聲。查宋詞諸家，平仄無如此者，故亦不與參校。

**又一體** 雙調八十三字，前段六句四仄韻，後段七句三仄韻。

葛　郯

璚樓十二韻無限神仙侶韻紫紱丹麾彩鸞馭韻步虛聲杳靄讀碧落天高句微雲澹句點破瑶階白露韻　暗香來水閣句冰簟紗廚句一枕風輕自無暑韻更上水晶簾讀斗挂闌干句銀河淺讀天孫將度韻終不如讀歸去在苕川句看千頃菰蒲讀亂鳴秋雨韻

此與蘇詞同，惟前段起句押韻，第四句及後段結句作上五下四句法異。

**又一體** 雙調八十三字，前段六句三仄韻，後段七句四仄韻。

張　炎

野鵲啼月句便角巾還第韻輕擲詩瓢趁流水韻最無端讀小院寂歷春空句門自掩句柳發離離如此韻　可惜歡娱地韻雨冷雲昏句不見當時譜銀字韻舊曲怯重翻讀總是愁思句淚痕灑讀一簾花碎韻夢沈沈讀不道不歸來句尚錯問桃根讀醉還醒未韻

此與蘇詞同，惟换頭句押韻，結句作上五下四句法異。

**又一體** 雙調八十三字，前段六句三仄韻，後段七句三仄韻。

辛棄疾

婆娑欲舞句怪青山歡喜韻分得清溪半篙水韻記平沙鷗鷺讀落日漁樵句湘江上句風景依然如此韻　東籬多種菊句待學淵明句酒趣詩情不相似韻十里漲春波讀一棹歸來句只做得讀五湖范蠡韻是則是讀一般弄扁舟句爭知道讀他家有箇西子韻

此與蘇詞同，惟前段第四句作上五下四句讀小異。宋詞如此填者甚多。

**又一體** 雙調八十三字，前段六句四仄韻，後段七句四仄韻。

汪元量

西園春暮韻亂草迷行路韻風卷殘花墮紅雨韻念舊巢燕子讀飛傍誰家句斜陽外句長笛一

聲今古韻　　繁華流水去韻舞歇歌沈句忍見遺鈿種香土韻漸橘樹方生讀桑枝纔長韻都付與讀沙門爲主韻便關防讀不放貴遊來句又突兀梯空讀梵王宫宇韻

此與辛詞同，惟前後段起句俱押韻，後段結句作上五下四句法異。

**又一體**　雙調八十三字，前段六句三仄韻，後段七句三仄韻。

劉一止

細風輕霧句鎖山城清曉韻冷蕊疏枝爲誰好韻對斜橋孤驛讀流水濺濺句無限意句清影徘徊自照韻　　何郎空立馬句惱亂餘香句綺思憑花更娟妙韻腸斷處讀天涯路遠音稀句行人怨讀角聲吹老韻歎客裏讀經春又三年句向月地雲階讀負伊多少韻

此亦汪詞體，惟前後段起句不用韻，後段第四句作上三下六句法異。

**又一體**　雙調八十三字，前段六句三仄韻，後段七句四仄韻。

趙長卿

黄花滿地句庭院重陽後韻天氣凄清透襟袖韻動離情讀最苦旅館蕭條句那堪更句風剪凋零飛柳韻　　臨岐曾執手韻囑付叮嚀句知會别來念人否韻爲多情讀生怕分離句教知道讀準擬别來消瘦韻甚苦苦讀促裝赴歸期句要趁他讀橘緑橙黄時候韻

此與蘇詞同，惟後段第四句減二字，第五句添二字異。

以上七詞俱八十三字者，内以蘇、葛、張、辛、汪五詞爲正體，句讀齊整，可以按譜。若劉詞、趙詞之句讀參差，亦變格也。

**又一體**　雙調八十二字，前段六句三仄韻，後段七句三仄韻。

京　鏜

三年錦里句見重陽藥市韻車馬喧闐管弦沸韻笑籬邊孤寂讀臺上疏狂句爭得似句此日西南都會韻　　癡兒官事了句樂與民同句况值高秋好天氣韻不羞華髮讀不照衰顔句聊滿插讀黄花一醉韻道物外高人有時來句問混雜龍蛇讀箇中誰是韻

此與辛詞同，惟後段第四句減一字異。

**又一體**　雙調八十二字，前段六句三仄韻，後段八句三仄韻。

吴文英

花中慣識句壓架玲瓏雪韻可見湘英間琅葉韻恨春風將了讀染額人歸句留得箇句嫋嫋垂香帶月韻　　鵝兒真似酒句我愛幽芳句還比酴醿又嬌絶韻自種古松根句待黄龍句亂飛上讀蒼髯五鬣韻更老仙讀添與筆端春句敢唤起桃花讀問誰優劣韻

此亦與辛詞同，惟後段第五句減一字作三字句異。

以上二詞俱八十二字，採以備體。

**又一體** 雙調八十四字，前段六句三仄韻，後段八句三仄韻。

晏幾道

春殘雨過句綠暗東池道韻玉豔藏羞媚赬笑韻記當時讀已恨飛鏡歡疏句那至此句仍苦題花信少韻　連環情未已句物是人非句月下疏梅似伊好韻淡秀色讀黯寒香句粲若春容句何心顧讀閑花凡草韻但莫使讀情隨歲華遷句便杳隔秦源讀也須能到韻

此與蘇詞同，惟後段第四句添一字，攤破句法作兩句異。

按，蘇軾"江南臘盡"詞，後段第四、五句"斷腸是、飛絮時，綠葉成陰"；又，辛棄疾"飛流萬壑"詞，"便此地、結吾廬，待學淵明"；蔣捷詞，"更誰家、鸞鏡裏，貪學纖娥"，正與此同。

**又一體** 雙調八十四字，前段六句四仄韻，後段八句三仄韻。

李元膺

廉纖細雨句殢東風如困韻縈斷千絲爲誰恨韻向楚宮一夢讀千古悲涼句無處問韻愁到而今未盡韻　分明都是淚句泣柳沾花句常與騷人伴孤悶韻記當年讀得意處句酒力方酣句怯輕寒讀玉爐香潤韻又豈識讀情懷苦難禁句對點滴簷聲讀夜寒燈暈韻

此與晏幾道"春殘雨過"詞同，惟前段第五句多押一韻異。

**又一體** 雙調八十四字，前後段各七句四仄韻。

《梅苑》無名氏

梳風洗雨句蘭蕙摧殘後韻玉蕊檀芳做霜曉韻板橋平讀溪岸小韻月下歸來句乘露冷句贏得清香滿抱韻　一枝春在手韻細嗅重看句風味人間自然少韻擬欲問東君讀妙語難尋句搜索盡讀池塘春草韻想不是讀詩人賞幽姿句縱竹外橫斜讀有誰知道韻

此與張炎詞同，惟前段第四句添一字，攤破句法作兩句，又多押一韻異。

**又一體** 雙調八十四字，前段六句三仄韻，後段七句三仄韻。

黄　裳

世間言笑句天上誰歡聚韻河漢涵秋靜無暑韻望丹霄杳杳讀雲屋俄開句緣會遠句空引詩情萬縷韻　彩樓人送目句今夕無雙句巧在靈絲暗相許韻爽氣御西風讀衆樂難尋句乘槎看讀鵲橋初度韻過幾刻良時讀早已分飛句向月下何辭讀十分芳醑韻

此詞與辛詞同，惟後段第六句添一字，結句作上五下四句法異。

**又一體** 雙調八十四字,前段六句三仄韻,後段七句三仄韻。

周紫芝

江梅吹盡句更幽蘭香度韻可惜濃春爲誰住韻更嫌他讀無數輕薄桃花句推不去句偏守定東風一處韻　病來應怕酒句兩眼常醒句老去羞春欲無語韻準擬强追隨讀管領風光句人生唯讀歡期難預韻縱留得讀梨花做寒食句怎吃他讀朝來這般風雨韻

此亦與蘇詞同,惟前段結句添一字異。

**又一體** 雙調八十四字,前段六句三仄韻,後段七句三仄韻。

晁補之

群芳老盡句海棠花時侯韻雨過寒輕好清晝韻最妖饒一段讀全是初開句雲鬟小句塗粉施朱未就韻　全開還自好句駘蕩春餘句百樣宫羅鬭繁繡韻縱無語也讀心應恨我來遲句恰柳絮讀將春歸後韻醉猶倚柔柯讀怯黄昏句這一點愁讀須共花同瘦韻

此亦與辛詞同,惟後段第四句添一字作上四下六句法,第五句作上五下三,結句作上四下五句法異。

**又一體** 雙調八十四字,前段六句三仄韻,後段七句三仄韻。

阮　閲

趙家姊妹句合在昭陽殿韻因甚人間有飛燕韻見伊底讀盡道獨步江南句便江北讀也何曾慣見韻　惜伊情性好句不解嗔人句長帶桃花笑時臉韻向尊前酒底讀見了須歸句似恁地讀能得幾回細看韻待不眨眼兒讀覷著伊句將眨眼工夫讀看伊幾遍韻

此亦與蘇詞同,惟前段結句减一字,後段第五句添二字異。

以上七詞俱八十四字者,以晏詞、李詞、無名氏詞爲正體。若黄詞、周詞之添一襯字,晁詞、阮詞之句讀參差,皆變格也。

**又一體** 雙調八十五字,前段六句三仄韻,後段七句三仄韻。

京　鏜

東皇著意句妙出妝春手韻點綴名花勝於繡韻向魚鳧國裏讀琴鶴堂前句仍共賞句蜀錦堆紅炫晝韻　妖嬈真豔豔句儘是天然句莫恨無香欠檀口韻幸今年風雨讀不苦摧殘句還肯爲讀遊人再三留否韻算魏紫姚黄讀號花王句若定價收名讀未應居右韻

此詞前段與辛棄疾詞同,後段與阮閲詞同。

**又一體** 雙調八十五字，前段六句三仄韻，後段七句四仄韻。

劉子寰

風鬟雨足句也解爲花地韻收拾浮雲放新霽韻愛調停小翠讀點滴猩紅句新妝了句妃子朝來睡起韻　遥知春有主韻整頓歡娛句興在新亭錦圍底韻便選歌燕趙讀授簡鄒枚句須記作讀他日城山盛事韻笑東君讀不用管楊花句任飛去天涯讀在東風裏韻

此與京鏜詞同，惟後段起句押韻，第六句作上三下五句法異。

**又一體** 雙調八十五字，前段六句四仄韻，後段七句四仄韻。

盧祖皋

玉肌翠袖韻較似酴醾瘦韻幾度熏醒夜窗酒韻問炎州何事讀得許清凉句塵不到句一段冰壺剪就韻　晚來庭户悄韻暗數流光句細拾芳英黯回首韻念日暮江東讀偏爲魂銷句人易老讀幽韻清標似舊韻正簟紋如水讀帳如煙句更奈向讀月明露濃時候韻

此與京鏜詞同，惟前後段起句押韻，及後結作上三下六句法異。

**又一體** 雙調八十五字，前段六句四仄韻，後段八句四仄韻。

李元膺

雪雲散盡句放曉晴庭院韻楊柳於人便青眼韻更風流多致讀一點梅心句相映遠韻約略顰輕笑淺韻　一年春好處句不在穠芳句小豔疏香最嬌軟韻到清明時候讀百紫千紅句花正亂韻已失春風一半韻早占取韶光讀共追游句但莫管春寒讀醉紅自暖韻

此與京鏜詞同，惟前後段第五句各多押一韻異。

**又一體** 雙調八十五字，前段六句五仄韻，後段八句四仄韻。

《梅苑》無名氏

蓬萊宫殿韻去人間三萬韻玉體仙娥有誰見韻被月朋雪友讀邀下瓊樓句溪橋畔韻相對寒光淺淺韻　一般天上格句獨帶真香句冰麝猶嫌未清遠韻似太真望幸讀一餉銷凝句愁未慣韻消瘦難禁素練韻又只恐讀東風破寒來句伴神女同歸讀閬峰仙苑韻

此與李元膺"雪雲散盡"詞同，惟前段起句押韻異。

**又一體** 雙調八十五字，前段六句五仄韻，後段八句五仄韻。

晁補之

年年青眼韻爲江梅腸斷韻一句新詩思無限韻向碧瓊枝上讀白玉葩中句春猶淺韻一點龍

香清遠韻　誰拋傾國豔韻昨夜村前句都恐東皇未曾見韻正倚牆紅杏讀芳意濃時句驚千片韻何許飄零仙館韻待冰雪叢中讀看奇姿句乍一笑能回讀上林冬暖韻

此亦與李元膺"雪雲散盡"詞同,惟前後段起句各押韻異。

**又一體** 雙調八十五字,前段七句三仄韻,後段八句三仄韻。

李　邴

一團嬌軟句是將春揉做韻撩亂隨風到何處韻自長亭讀人去後句煙草萋迷句歸來了句裝點離愁無數韻　飄蕩無箇事句剛被縈牽句長是黄昏怕微雨韻記那回讀深院静句簾幕低垂句花陰下讀霎時留住韻又只恐讀伊家太輕狂句驀地便和春讀帶將歸去韻

此亦蘇、辛詞體,惟前後段第四句各添一字,攤破句法作兩句異。

按,管鑒詞前段第四句"剪姚黄、移魏紫",後段第四句"寶盆翻、銀燭爛",正與此同。

**又一體** 雙調八十五字,前段七句五仄韻,後段八句三仄韻。

《梅苑》無名氏

摧殘萬物句不忍臨軒檻韻待得春來是早晚韻向紛紛讀雪裏開句一枝見韻清香滿韻漏泄東君先綻韻　暗香浮動句疏影横斜句只這些兒意不淺韻怎禁他讀淡淡地句匀粉彈紅句爭些兒讀羞殺桃腮杏臉韻爲傳語讀東風共垂楊句奈辛苦讀千絲萬絲撩亂韻

此即李邴詞體,惟前段第五句減一字、多押一韻,第六句多押一韻,後段起句減一字,第六句添二字異。

**又一體** 雙調八十五字,前段六句三仄韻,後段八句三仄韻。

黄庭堅

月中丹桂句自風霜難老韻閲盡人間盛衰早韻望中秋讀纔有幾日十分圓句霾風雨句雲表常如永晝韻　不得文章力句白首防秋句誰念雲中上功守韻正注意讀得人雄句静掃河西句應難指讀五湖歸棹韻問持節馮唐讀幾時來句看再策勳名讀印窠如斗韻

此與晏幾道"春殘雨過"詞同,惟前段第五句添一字,後段第七句作上五下三句法異。

**又一體** 雙調八十五字,前段六句三仄韻,後段八句三仄韻。

晁補之

青煙幕處句碧海飛金鏡韻永夜閒階卧桂影韻露凉時讀零亂多少寒螿句神京遠句惟有藍橋路近韻　水晶簾不下句雲母屏開句冷浸佳人淡脂粉韻待都將讀許多明月句付與金尊句投曉共讀流霞傾盡韻更携取胡牀讀上南樓句看玉做人間讀素秋千頃韻

此與蘇詞同,惟後段第四句添二字,攤破句法,作兩句異。

以上十詞,俱八十五字者,内以京鏜、劉子寰、盧祖皋三詞爲一類,李元膺、無名氏、晁補之三詞爲一類,李邴、無名氏二詞爲一類,均爲正體。若黄庭堅"月中丹桂"詞,晁補之"青煙冪處"詞,句讀參差,皆變格也。

**又一體** 雙調八十六字,前段六句三仄韻,後段八句三仄韻。

吴文英

芳辰良宴句人日春朝並韻細縷青絲裹銀餅韻更玉犀金彩讀沾座分簪句歌圍暖句梅曆桃唇鬬勝韻　露房花曲折句鶯入新年句添箇宜男小山枕韻待枝上讀飽東風句結子成陰句藍橋去讀還覓瓊漿一飲韻料别館讀西湖最情濃句爛畫舫月明讀醉袍宫錦韻

後段第四句校蘇詞添一字,攤破句法作兩句,第六句本蘇詞第五句又添二字異。按,宋吕直夫詞"這言語、便夢裏,也在心頭,重相見、不知伊瘦儂瘦";楊炎昶詞"願從今、江海上,日日韶華,桃李逕、總爲人間種就";又一首,"但如今、經國手,袖裏偷閒,天不管、怎得鬬河事了",正與此同。

**又一體** 雙調八十六字,前段七句四仄韻,後段七句三仄韻。

蔡　伸

鶯鶯燕燕韻本是于飛伴韻風月佳時阻幽願韻但人心讀堅固後句天也憐人句相逢處句依舊桃花人面韻　緑窗携手乍句簾幕重重句燭影摇紅夜將半韻對尊前如夢讀欲語魂驚句語未竟讀已覺衣襟淚滿韻我只是讀相思特特來句這度更休推讀後回相見韻

前段第五句校蘇詞添二字,與京鏜詞同。惟前段第四句添一字,攤破句法作兩句異。

**又一體** 雙調八十六字,前段六句三仄韻,後段八句五仄韻。

林　外

飛梁敧水句虹影澄清曉韻橘里漁村半煙草韻歎來今往古讀物换人非句天地裏句唯有江山不老韻　雨巾風帽韻四海誰知我韻一劍横空幾番過韻按玉龍讀嘶未斷句月冷波寒句歸去也讀林屋洞門無鎖韻認雲屏煙障讀是吾廬句任滿地蒼苔讀年年不掃韻

此與吴文英"芳辰良宴"詞同,惟後段起句四字,第二句五字俱押韻異。

按,宋楊湜《古今詞話》云:"昔有人題此詞於吴江垂虹橋,不書姓名,或疑仙作,傳入禁中,孝宗笑曰:以'鎖'字押'老'字,則'鎖'當音'掃',乃閩音也。訪之,果係閩人林外所作。"但此詞後段第二、三句"四海誰知我。一劍横空幾番過",亦"哿"、"箇"二韻中字,不獨一"鎖"字也。蓋古以魚、虞、蕭、肴、豪、歌、麻、尤八韻爲角聲,皆可通轉,故《淮南招隱士》首章:"山氣巃嵷兮,石嵯峨。猿狖群笑兮,虎豹嗥。"四豪與五歌同叶,則知此詞"我"字、"過"字、"鎖"字,亦以十九皓與二十哿叶,雖曰方言,實古韻也。

又一體　雙調八十六字，前後段各七句三仄韻。

《梅苑》無名氏

斷雲疏雨句冷落空山道韻匹馬駸駸又重到韻望孤村句兩三間讀茅屋疏籬句溪水畔句一簇蘆花晚照韻　尋思行樂地句事去無痕句回首湘波與天杳韻歎人生幾度讀能醉金釵句青鏡裏讀贏得朱顔未老韻入枝頭讀一點破黄昏句問客路春風讀爲誰開早韻

後段第五句，較蘇詞添二字，與京鏜詞同。惟前段第四句添一字，攤破句法作兩句異。

又一體　雙調八十六字，前段六句三仄韻，後段八句三仄韻。

趙長卿

芰荷已老句菊與芙蓉未韻一夜秋容上巖桂韻問蘩英讀嫩黄染就瓊瑰句開未足句已早香傳十里韻　從前分付處句明月清風句不用斜暉照佳麗韻歎浮花句徒解詑讀淺白深紅句爭似我讀瀟灑堆金積翠韻看天闊秋高讀露華清句見標緻風流讀更無塵意韻

後段第五句校蘇詞添二字，與京鏜詞同，惟後段第四句作三字一句、七字一句異。

以上五詞俱八十六字者，内以吴詞、蔡詞、林詞爲正體。若無名氏詞、趙詞之句讀參差，亦變格也。

又一體　雙調八十七字，前段七句四仄韻，後段八句三仄韻。

康與之

若耶溪路韻别岸花無數韻欲斂嬌紅向人語韻與緑荷讀相倚恨句回首西風句波淼淼句三十六陂煙雨韻　新妝明照水句汀渚生香句不嫁東風被誰誤韻遣踟躕讀騷客意句千里綿綿句仙浪遠讀何處凌波微步韻想南浦讀潮生畫橈歸句正月曉風清讀斷腸凝佇韻

此與李邴詞同，惟後段第六句添二字異。按，謝懋"愁邊雨細"詞前段第四句至結句"釀輕寒、和暝色，花柳難勝，春自老，誰管啼紅斂翠"，後段第四、五、六句"念陽臺、當日事，好伴雲來，因箇甚、不入襄王夢裏"，正與此同。

八十七字者祇此一體，句讀整齊，可以爲法。

又一體　雙調八十八字，前段七句三仄韻，後段八句五仄韻。

趙長卿

廣寒宫殿句不在人間世韻分付天香與巖桂韻向西風讀摇曳處句數十里始聞句金翠裏句别有出群標緻韻　東園盛事韻五畝濃陰茋韻必以詩書取榮貴韻況一門讀三秀才句未足欽崇句那更是讀異姓同居兄弟韻更細把繁英讀祝姮娥句看禹浪飛騰讀定應來歲韻

此亦康與之詞體，惟前段第五句添一字作五字句，後段起句四字、第二句五字異。

**又一體** 雙調八十八字，前段七句三仄韻，後段八句三仄韻。

潘 牥

雕簷綺户句倚晴空如畫韻曾是吴王舊臺榭韻自浣紗人去後句落日平蕪句行雲斷句幾見花開花謝韻　淒凉闌檻外句一簇青山句多少圖王共爭霸韻莫閒愁讀金杯瀲灔句對酒當歌句歡娱地讀夢中瞢騰休話韻漸倚遍西風讀晚潮生句明月裏讀鸞鶩背人飛下韻

此即康與之詞體，惟後段第四句添一字，後結句法異。

以上二詞俱八十八字者，句讀參差，採入譜中，聊以備體。

**又一體** 雙調九十三字，前段七句四仄韻，後段七句三仄韻。

《梅苑》無名氏

廣寒曉駕句姑射尋仙侶韻偷被霜華送將去韻過越嶺讀棲息南枝韻勻妝面讀凝酥輕聚韻愛横管讀孤吹隴頭聲句盡拌得幽香讀爲君分付韻　水亭山驛句衰草斜陽句無限行人斷腸處韻盡爲我讀留得多情句何須待讀春風相顧韻任倒斷讀深思向梨花句也無奈讀寒食幾番春雨韻

此詞起結與蘇詞同，而中間添字甚多，採之《梅苑》，北宋人作也。前後段句讀最爲整齊，惜無别首宋詞可校。

以上三十五詞，俱爲《洞仙歌》令詞，挨字編次中，仍爲分類。此調之源流正變，盡於此矣。

**又一體** 雙調一百十八字，前段十句五仄韻，後段十四句九仄韻。

柳 永

嘉景句況少年彼此句爭不雨沾雲惹韻奈傅粉英俊句夢蘭品雅韻金絲帳暖銀屏亞韻並粲枕輕倚句緑嬌紅姹韻算一笑句百琲明珠非價韻　閒暇韻每只向讀洞房深處句痛憐極寵句似覺些子輕孤句早恁背人沾灑韻從來嬌縱多猜訝韻更對剪香雲句要深心同寫韻愛印了雙眉句索人重畫韻忍負豔冶韻斷不等閒輕舍韻鴛衾下韻願常恁讀好天良夜韻

按，柳永詞三首，亦名《洞仙歌》，實慢詞也。《樂章集》各注宫調，雖字句參差，而音節髣髴，蓋般涉調爲黄鍾之羽聲，仙吕調爲夷則之羽聲，中吕調爲夾鍾之羽聲，同爲羽聲，故其聲亦不甚相遠也。但所注宫調既不相同，字句平仄自不容相混，填此調者審之。

此調慢詞，柳詞共三體，晁詞二首即仙吕調體之一，因句讀小異，故不參校平仄。

**又一體** 雙調一百二十三字，前段十一句四仄韻，後段十四句八仄韻。

柳 永

乘興句閒泛蘭舟句渺渺煙波東去韻淑氣散幽香句滿蕙蘭江渚韻緑蕪平畹句和風輕暖句

曲岸垂楊句隱隱隔讀桃花塢韻芳樹外句閃閃酒旗遥舉韻　　羇旅韻漸入三吴風景句水村漁浦韻閒思更繞神京句抛擲幽會小歡何處韻不堪獨倚危樓句凝情西望日邊句繁華地讀歸程阻韻空自歎當時句言約無據韻傷心最苦韻佇立對讀碧雲將暮韻關河遠句怎奈向讀此時情緒韻

此與"嘉景"詞校,惟前段第二句減一字,第五句添一字,第六、七、八句添二字,攤破句法作四字三句、六字一句,少押一韻;後段第二句減一字,第五句添二字,第六、七、八句添一字,攤破句法作六字三句,少押一韻,第十二句添一字。餘皆同。

**又一體**　雙調一百二十六字,前段十句七仄韻,後段十五句九仄韻。

柳　永

佳景留心慣韻況少年彼此句風情非淺韻有笙歌巷陌句綺羅庭院韻傾城巧笑如花面韻恣雅態讀明眸回美盼韻同心綰韻算國豔仙材句翻恨相逢晚韻　　繾綣韻洞房悄悄句繡被重重句夜永歡餘句共有海約山盟句記得翠雲偷剪韻和鳴彩鳳于飛燕韻向柳徑花陰携手遍韻情眷戀韻向其間句密約輕憐事何限韻忍聚散韻況已結讀深深願韻願人間天上句暮雲朝雨長相見韻

此與"嘉景"詞校,惟前段起句添三字,第三句減二字,第七、八句添二字,攤破句法作八字一句、三字一句,多押一韻;第九、十句添一字作五字兩句。後段第二句添一字作四字兩句,第七、八句添一字,攤破句法作八字一句、三字一句,多押一韻。第九、十句添一字作三字一句、七字一句,第十一句減一字,第十三句添二字。餘皆同。

**又一體**　雙調一百二十三字,前段十一句四仄韻,後段十六句七仄韻一疊韻。

晁補之

當時我醉句美人顏色句如花堪悦韻今日美人去句恨天涯離别韻青樓朱箔句嬋娟蟾桂句三五初圓句傷二八讀還又缺韻空佇立句一望不見心絶韻　　心絶疊頓成凄凉句千里音塵句一夢歡娱句推枕驚巫山遠句灑淚對湘江闊韻美人不見句愁人看花句心亂含愁句奏緑綺讀弦清切韻何處有知音句此恨難説韻怨歌未闋韻恐暮雨收讀行雲歇韻窗梅發韻乍似睹讀芳容冰潔韻

此與柳永"乘興閒泛蘭舟"詞大同小異,句讀較爲整齊,可以爲法。

**又一體**　雙調一百二十四字,前段十一句五仄韻,後段十八句九仄韻。

晁補之

花恨月惱韻更夏牖凉風句冬軒雪皎韻閒事不關心句算四時皆好韻從來又説句春臺登覽句人意多同句常是惜讀春過了韻須痛飲句莫放歡情草草韻　　年少韻尚憶瑶階句得俊

尋芳句駸驒東坡句適見垂鞭句酕醄南陌句又逢低帽韻鶯花蕩眼句功名滿意句無限嬉游句榮華事讀如夢杳韻傷富貴浮雲句曾縈懷抱韻爲春醉倒韻願花更好韻春休老韻開口笑韻占醉鄉讀莫教人到韻

此與"當時我醉"詞同,惟前段第二句多一字,後段第三句以下作四字四句,第十五句多押一韻異。

以上五字,俱《洞仙歌》慢詞,與令詞截然不同,因調名同,故亦類列。

## 望雲涯引一體

調見《樂府雅詞》。

**望雲涯引** 雙調八十三字,前後段各十句四仄韻。

李　甲

秋空江上句岸花老句蘋洲白韻露濕蒹葭句溆浦漸增寒色韻閒漁唱晚句鶩雁驚飛處句映遠磧韻數點歸帆句送天際歸客韻　鳳臺人散句漫回首句沈消息韻素鯉無憑句樓上暮雲凝碧韻危樓静倚句時向西風下句認遠笛韻宋玉悲懷句未信金樽消得韻

《樂府雅詞》、《花草粹編》載此詞,皆脱落後段第六句,今從《詞緯》本增定。

此調衹有此詞,亦無别首宋詞可校。

## 泛蘭舟一體

調見《梅苑》,與前《新荷葉》别名《泛蘭舟》平韻詞不同。

**泛蘭舟** 雙調八十三字,前段八句三仄韻,後段九句四仄韻。

《梅苑》無名氏

霜月亭亭時節句野溪開冰汋韻故人信付江南句歸也仗誰托韻寒影低横句輕香暗度句疏籬幽院句何在秦樓朱閣韻　稱簾幕韻携酒共看句新詩承醉更堪作韻雅淡一種天然句如雪綴煙薄韻腸斷相逢句手撚嫩枝句追思渾似句那人淺妝梳掠韻

换頭句"稱簾幕"三字,舊刻俱作前段結句,今從《詞緯》本改定。其平仄亦無别詞可校。

## 踏歌二體

調見《太平樵唱》詞,又見《梅苑群賢詞》,與唐人小令《踏歌行》不同。

**踏歌** 三段八十三字,前兩段各四句四仄韻,後一段六句四仄韻。

朱敦儒

宴闋韻散津亭讀鼓吹扁舟發韻離愁黯讀隱隱陽關徹韻更風愁雨細添凄切韻　恨結韻歎良朋讀雅聚輕離缺韻一年幾讀把酒對花月韻便山遥水遠分吴越韻　書倩燕句夢借蝶韻重相見讀再把歸期説韻只愁到他時句彼此萍蹤别韻總難如再會時節韻

此調祇有朱詞及無名氏詞,故譜内可平可仄悉參下詞。

**又一體** 三段八十四字,前兩段各四句四仄韻,後一段五句四仄韻。

《梅苑》無名氏

帶雪韻向南枝一朵江梅坼韻許多時讀甚處收香白韻占千葩百卉先春色韻　瑩潔韻正廣寒宫殿人窺隔韻銷魂更讀畫角聲聲徹韻朧暗香浮動黄昏月韻　最瀟灑處最奇絶韻孤標迥讀不與群芳列韻吟賞竟連宵句痛飲無休歇韻輸有心牧童偷折韻

此與朱詞同,惟第三段起二句添一字作七字一句異。

## 《御定詞譜》卷二十一 起八十四字至八十九字

### 秋夜月二體

調見《尊前集》,因尹鶚詞起結有"三秋佳節"及"夜深、窗透數條寒月"句,取以爲名。《樂章集》注"夾鍾商"。

**秋夜月** 雙調八十四字,前後段各十句五仄韻。

尹　鶚

三秋佳節韻罩晴空句凝碎露句茱萸千結韻菊蕊和煙輕撚句酒浮金屑韻徵雲雨句調絲竹句此時難輟韻歡極讀一片豔歌聲揭韻　黄昏慵别韻炷沈煙句熏繡被句翠帷同歇韻醉並鴛鴦雙枕句暖偎春雪韻語丁寧句情委曲句論心正切韻夜深讀窗透數條斜月韻

此調尹詞、柳詞大同小異,但柳詞自注宫調,其平仄恐各中律吕,難以參校。今《詞律》以前後段對校,酌注可平可仄,頗與柳永詞暗合,仍之。

**又一體** 雙調八十三字,前段八句五仄韻,後段十句五仄韻。

柳　永

當初聚散韻便唤作讀無由再逢伊面韻近日來句不期而會重歡宴韻向尊前句閑暇裏句斂

著眉兒長歎韻惹起舊愁無限韻　盈盈淚眼韻漫向我耳邊句作萬般幽怨韻奈你自家心下句有事難見韻待音信句真箇恁句別無縈絆韻不免收心句共伊長遠韻

此即尹詞體,然句讀參差,恐有訛脱,姑録以備一體。

## 祭天神二體

調見柳永《樂章集》,八十四字詞注"中吕調",八十五字詞注"歇指調"。

**祭天神** 雙調八十四字,前段六句四仄韻,後段九句四仄韻。

柳　永

歎笑歌筵席輕抛嚲韻背孤城讀幾舍煙村停畫舸韻更深釣叟歸來句數點殘燈火韻被連綿宿酒醺醺句愁無那韻　寂寞擁讀重衾卧韻又聞得讀行客扁舟過韻蓬窗近句蘭棹急句好夢還驚破韻念生平讀單棲蹤跡句多感情懷句到此厭厭句向曉披衣坐韻

此詞《樂章集》注"中吕調",爲夾鍾之羽聲,與歇指調爲林鍾之商聲者不同,故兩詞句讀各異,且宋、元人亦無填此調者,其平仄當依之。

**又一體** 雙調八十五字,前段七句四仄韻,後段七句三仄韻。

柳　永

憶繡衾相向輕輕語韻屏山掩讀紅蠟長明句金獸盛熏蘭炷韻何期到此句酒態花情頓辜負韻愁腸斷讀還是黄昏句那更滿庭風雨韻　聽空階和漏句碎聲鬭滴愁眉聚韻算伊還共誰人句争知此冤苦韻念千里煙波句迢迢前約句舊歡省讀一向無心緒韻

此與"歎笑歌"詞截然不同,其宫調亦别。因調名同,故爲類列。

## 鶴冲天三體

調見柳永《樂章集》。"閒窗漏永"詞注"大石調","黄金榜上"詞注"正宫",與《喜遷鶯》、《春光好》别名《鶴冲天》者不同。

**鶴冲天** 雙調八十四字,前段九句五仄韻,後段八句五仄韻。

柳　永

閒窗漏永句月冷霜華墮韻悄悄下簾幕句殘燈火韻再三思往事句離魂亂讀愁腸鎖韻無語沈吟坐韻好天好景句未省展眉則箇韻　從前早是多成破韻何況經歲月句相抛嚲韻假

使重相見句還得似讀舊時麽韻悔恨無計那韻迢迢良夜句自家只恁摧挫韻

此詞换頭句七字,賀鑄"冬冬鼓動"詞正與此同。按,《樂章集》原注"大石調",爲黄鍾之商聲,與"黄金榜上"詞爲黄鍾之宫調者不同。宫調既别,其平仄亦不可强同。故此詞可平可仄,但與賀詞參校,不旁及他詞。

賀詞前段第二句"花外沈殘漏","花"字平聲;第三句"華月萬枝燈","華"字、"燈"字俱平聲;第五句"廣陌衣香度","陌"字仄聲,"香"字平聲;第六句"飛蓋影相先後","蓋"字仄聲;第七句"箇處頻回首","箇"字仄聲;第八、九句"錦坊西去,期約武陵溪口","西"字、"期"字、"溪"字俱平聲;後段第二句"可堪流浪遠","可"字仄聲,"堪"字平聲;第六句"不似長亭柳","亭"字平聲;第七、八句"舞風眠雨,伴我一春消瘦","舞"字、"我"字俱仄聲,"春"字平聲。譜内可平可仄據此。

**又一體** 雙調八十六字,前段十句六仄韻,後段九句五仄韻。

杜安世

清明天氣韻永日愁如醉韻臺榭緑陰濃句薰風細韻燕子巢方就句盆池小句新荷蔽韻恰是逍遥際韻單夾衣裳句半攏軟玉肌體韻　　石榴美豔句一撮紅綃比韻窗外數修篁句寒相倚韻有箇關心處句難相見讀空凝睇韻行坐深閨裏韻懶更妝梳句自知新來憔悴韻

此詞前段起句用韻,後段起句作四字一句、五字一句,校柳永"閒窗漏永"詞添二字。

**又一體** 雙調八十八字,前段九句六仄韻,後段九句五仄韻。

柳　永

黄金榜上韻偶失龍頭望韻明代暫遺賢句如何向韻未遂風雲便句爭不恣遊狂蕩韻何須論得喪韻才子詞人句自是白衣卿相韻　　煙花巷陌句依約丹青屏障韻幸有意中人句堪尋訪韻且恁偎紅倚翠句風流事讀平生暢韻青春都一晌韻忍把浮名句换了淺斟低唱韻

此與"閒窗漏永"詞校,前段起句押韻,换頭添三字作四字一句、六字一句,第五句添一字作六字句異。

## 少年遊慢一體

調見張先詞,因詞有"少年得意時節"句,取以爲名,與《少年遊令》不同。

**少年遊慢** 雙調八十四字,前後段各九句五仄韻。

張　先

春城三二月韻禁柳飄綿未歇韻仙籞生香句輕雲凝紫句臨層闕韻歌掌明珠滑句酒臉紅霞發韻華省名高句少年得意時節韻　　畫刻三題徹韻梯漢同登蟾窟韻玉殿初宣句銀袍齊

脱句生仙骨韻花探都門曉句馬躍芳衢闊韻宴罷東風句鞭梢一行飛雪韻

此調僅見此詞，無別首宋詞可校。

## 兀令一體

調見《東山集》。

**兀令** 雙調八十四字，前後段各八句六仄韻。

賀 鑄

盤馬樓前風日好韻雪消塵掃韻樓上宫妝早韻認簾箔微開句一面嫣妍笑韻携手别院重廊句窈窕花房小韻任碧羅窗曉韻　間闊時多書問少韻鏡鸞空老韻身寄吴雲杳韻想轣轆車音句幾度青門道韻占得春色年年句隨處隨人到韻恨不如芳草韻

此調亦僅見此詞，無別首宋詞可校。

## 踏青遊四體

調見蘇軾詞，踏青作也。因詞有"踏青遊"句，取以爲名。

**踏青遊** 雙調八十四字，前後段各九句六仄韻。

蘇 軾

改火初晴句緑遍禁池芳草韻鬬錦繡讀大城馳道韻踏青遊句拾翠惜句襪羅弓小韻蓮步嫋韻腰肢佩蘭輕妙韻行過上林春好韻　今困天涯句何限舊情相惱韻念摇落讀玉京寒早韻任關心句空目斷句蓬山難到韻仙夢杳韻良宵又還過了韻樓臺萬象清曉韻

此調以此詞爲定格，王詞少押四韻，陳詞少押兩韻，猶爲正體。若無名氏詞之句讀參差，字亦脱誤，採入以備參考，不可爲法也。

此詞可平可仄，悉參所採三詞，但無名氏詞前段第三句"似賭賽、六隻渾似"，"隻"字入聲；後段起句"兩日不來"，"不"字入聲。此皆以入作平，不得混注可仄，觀蘇、王、陳三詞俱用平聲可知。

**又一體** 雙調八十四字，前後段各九句五仄韻。

陳濟翁

濯錦江頭句羞殺豔桃穠李韻縱趙昌讀丹青難比韻暈輕紅句留淺素句千嬌百媚韻照緑水韻恰如乍臨鸞鏡句妃子弄妝猶醉韻　詩筆因循句不曉少陵深意韻但滿眼讀傷春珠淚

韻燕來時句鶯啼處句年年憔悴韻便除是讀秉燭憑闌吟賞句莫教夜深花睡韻

此與蘇詞同，惟前後段第八句俱不押韻異。

**又一體**　雙調八十四字，前後段各九句四仄韻。

王　詵

金勒狨鞍句西城嫩寒春曉韻路漸入讀垂楊芳草韻過平堤句穿緑徑句幾聲啼鳥韻是處裏句誰家杏花臨水句依約靚妝斜照韻　極目高原句東風露桃煙島韻望十里讀紅圍緑繞韻更相將讀乘酒興句幽情多少韻待向晚句從頭記將歸去句説與鳳樓人道韻

此亦與蘇詞同，惟前後段第七、八句俱不押韻異。

**又一體**　雙調八十三字，前段八句六仄韻，後段八句五仄韻。

《能改齋漫録》無名氏

識箇人人句恰止二年歡會韻似賭賽讀六隻渾四韻向巫山讀重重去句如魚水韻兩情美韻同倚畫闌十二韻倚了又還重倚韻　兩日不來句時時在人心裏韻擬問卜讀常占歸計韻拌三八清齋句望永同鴛被韻到夢裏韻驀然被人驚覺句夢也有頭無尾韻

按，吴曾《能改齋漫録》云："政和間，一貴人未達時，不欲書名，嘗游妓崔念四之館，因其行第，作《踏青詞》，都下盛傳。"即此詞也。亦與蘇詞同，惟後段第四、五、六句作五字兩句異，其前段第六句少一字，當是"如魚得水"，或傳寫之訛，脱一字耳。

後段第七句"裏"字韻重出，恐亦有誤。

## 夢玉人引五體

此調有平韻、仄韻兩體，字句大同小異。

**夢玉人引**　雙調八十四字，前段九句四仄韻，後段八句四仄韻。

沈會宗

追舊遊處句思前事句儼如昔韻過盡鶯花句横雨暴風初息韻杏子枝頭句又自然讀別是般天色韻好傍垂楊句繫畫船橋側韻　小歡幽會句一霎時讀光景也堪惜韻對酒當歌句故人情分難覓韻山遠水長句不成空相憶韻這歸去重來句又却是讀幾時來得韻

此調押仄聲韻者始於此詞，但前段第六句，北宋詞皆八字，南宋詞皆九字。其後段結句，諸家亦互有異同。其餘句讀並同，故可平可仄，亦可參校。

此詞前段結句例作上一下四句法，即平韻體亦然。

按，前段第一、二、三句，陳三聘詞"别來何處，酒醒後，夢難覓"，"醒"字仄聲；第五句，陳詞"清曉便挂帆席”,“挂”字仄聲。後段第五句,范成大詞“我欲歸耕”,“我”字仄聲。譜内據此,餘參所採仄韻四詞。

**又一體** 雙調八十四字,前後段各九句四仄韻。

李 甲

漸東風暖句隴梅殘句霽雲碧韻嫩草柔條句又回江城春色韻乍促銀簽句便篆香紋蠟有餘跡韻愁夢相兼句盡日高無力韻 這些離恨句依然是讀酒醒又如織韻料伊懷情句也應向人端的韻何故近日句全然無消息韻問伊看伊句教人到此句如何休得韻

此與沈詞同,惟後結作四字三句異。

**又一體** 雙調八十四字,前段九句四仄韻,後段八句四仄韻。

朱敦儒

浪萍風梗句寄人間句倦爲客韻夢裏瀛洲句姓名誤題仙籍韻斂翅歸來句愛小園讀蜕擇篔簹碧韻新種幽花句戒兒童休摘韻 放懷隨分句各逍遥讀飛鷃等鵬翼韻舍此蕭閒句問君携杖安適韻諸彦群英句詩酒皆勍敵韻太平時讀向花前句不醉如何休得韻

此亦與沈詞同,惟後結作六字兩句異。

**又一體** 雙調八十五字,前段九句四仄韻,後段八句四仄韻。

范成大

送行人去句猶追路句再相覓韻天末交情句長是合堂同席韻從此尊前句便頓然少箇讀江南羈客韻不忍匆匆句少駐船梅驛韻 酒斟雖滿句尚少如讀别淚萬千滴韻欲語吞聲句結心相對嗚咽韻燈火凄清句笙歌無顔色韻從别後讀盡相忘句算也難忘今夕韻

此與朱詞同,惟前段第七句九字異。

**又一體** 雙調八十二字,前段九句四平韻,後段八句四平韻。

吕渭老

上危梯望句畫閣迥句繡簾垂韻曲水飄香句小園鶯唤春歸韻舞袖弓彎句正滿城讀煙草凄迷韻結伴踏青句趁蝴蝶雙飛韻 賞心歡計句從别後讀無意到西池韻自檢羅囊句要尋紅葉留詩韻懶約無憑據句鶯花都不知韻怕人問句强開懷讀細酌酴醿韻

此調押平聲韻者祇此一體,無别首宋詞可校。

按,此調起句,各家皆四字,此詞“上危梯望”,正與仄韻詞同。《詞律》認“梯”字爲韻,遂以三字爲起句者誤。

## 蕙蘭芳引一體

調見《清真樂府》，方千里、楊澤民、陳允平俱有和詞。楊詞一名《蕙蘭芳》，無“引”字。

**蕙蘭芳引**　雙調八十四字，前後段各八句四仄韻。

周邦彦

寒瑩晚空句點青鏡讀斷霞孤鶩韻對客館深扃句霜草未衰更緑韻倦遊厭旅句但夢繞讀阿嬌金屋韻想故人别後句盡日空疑風竹韻　塞北氍毹句江南圖障句是處温燠韻更花管雲箋句猶寫寄情舊曲韻音塵迢遞句但勞遠目韻今夜長讀争奈枕單人獨韻

此調始於此詞，吴文英詞及方、楊、陳和詞，俱如此填。按，方詞與此平仄如一，惟吴詞後段第二句“阿真嬌重”，“阿”字仄聲；第四句“弄野色煙姿”，“野”字仄聲；第七句“媚重傾國”，“傾”字平聲。楊詞前段第三句“乍風約雲開”，“風”字平聲；第四句“遥嶂幾層横緑”，“横”字平聲；第六句“映四岸、垂楊遮屋”，“垂”字平聲；後段起句“風送荷香”，“風”字平聲；第五句“看舞相時麗曲”，“看”字仄聲；第六句“及瓜雖近”，“及”字仄聲。陳詞前段第六句“流水自、菊籬茅屋”，“流”字平聲；第七句“日暮時吟就”，“吟”字平聲；後段第六句“黄蘆滿望”，“滿”字仄聲；第八句“但月明、長夜伴人清獨”，“但”字仄聲。譜内可平可仄據此。

## 傾杯近一體

調見《袁去華集》，與《傾杯令》、《傾杯樂》二體不同。

**傾杯近**　雙調八十四字，前段七句四仄韻，後段八句四仄韻。

袁去華

邃館金鋪半掩句簾幕參差影韻睡起槐陰轉午句鳥啼人寂静韻殘妝褪粉句鬆髻攲雲慵不整韻盡無言讀手挼裙帶繞花徑韻　酒醒時句夢回處句舊事何堪省韻共載尋春句並坐調箏何時更韻心情盡日句一似楊花飛無定韻未黄昏讀又先愁夜永韻

按，柳永《傾杯樂》慢詞：“淚滴瓊臉，一枝梨花春帶雨。”又張先《古傾杯》詞：“倚瓊枝，秀挹雕觴滿。回塘恨，零落芙蓉春不管。”此詞句讀近之，故名《傾杯近》，但無别首宋詞可校。

## 清波引二體

調見《白石集》，姜夔自度曲。

**清波引**　雙調八十四字，前後段各八句六仄韻。

姜　夔

冷雲迷浦韻倩誰喚讀玉妃起舞韻歲華如許韻野梅弄眉嫵韻屐齒印蒼蘚句漸爲尋花來去韻自隨秋雁南來句望江國讀渺何處韻　新詩漫與韻好風景讀長是暗度韻故人知否韻抱幽恨難語韻何時共漁艇句莫負滄浪煙雨韻況有清夜啼猿句怨人良苦韻

此調始於此詞，祇有張炎詞一首可校，故此詞可平可仄，悉參張詞。但《詞律》論前後段第五句“印”字、“共”字必須去聲，而張詞則用平聲，想亦不拘也。

**又一體**　雙調八十三字，前後段各八句七仄韻。

張　炎

江濤如許韻更一夜讀聽風聽雨韻短篷容與韻盤礴那堪數韻弭節澄江樹韻不爲蓴鱸歸去韻怕教冷落蘆花句誰招得讀舊鷗鷺韻　寒汀古溆韻盡日無人喚渡韻此中清楚韻寄情在譚塵韻難覓真閒處韻肯被水雲留住韻冷然棹入中流句去天尺五韻

此詞後段第二句六字，前後段第五句俱押韻，與姜詞不同。

## 簇水一體

調見《惜香樂府》。

**簇水**　雙調八十五字，前段七句四仄韻，後段八句五仄韻。

趙長卿

長憶當初句是他見我心先有韻一鈎才下句便引得讀魚兒開口韻好是重門深院句寂寞黄昏後韻廝覷著讀一面兒酒韻　試撋就韻便把我讀得人意處句閔子裏讀施纖手韻雲情雨意句似十二巫山舊韻更向枕前言約句許我長相守韻歡人也讀猶自眉頭皺韻

此亦謔詞，因其調僻，採入以備一體。

## 受恩深一體

一作《愛恩深》，《樂章集》注“大石調”。

**受恩深**　雙調八十六字，前段八句六仄韻，後段八句仄韻。

柳　永

雅致裝庭宇韻黄花開淡泞韻細香明豔盡天與韻助秀色堪餐句向曉自有真珠露韻剛被金

錢妒韻擬買斷秋天句容易獨步韻　粉蝶無情蜂已去韻要上金尊句惟有詩人曾許韻待宴賞重陽句恁時盡把芳心吐韻陶令輕回顧韻免憔悴東籬句冷煙寒雨韻

此詞無他作可校,平仄當遵之。

## 婆羅門令一體

調見柳永《樂章集》,原注"夾鍾商",與《婆羅門引》不同。

**婆羅門令**　雙調八十六字,前段六句三仄韻一疊韻,後段十句六仄韻。

柳　永

昨宵裏讀恁和衣睡韻今宵裏讀又恁和衣睡疊小飲歸來句初更過讀醺醺醉韻中夜後句何事還驚起韻　霜天冷句風細細韻觸疏窗讀閃閃燈搖曳韻空牀輾轉重追想句雲雨夢讀任攲枕難繼韻寸心萬緒句咫尺千里韻好景良天句彼此空有相憐意韻未有相憐計韻

此調衹有此詞,無别首宋詞可校。

《花草粹編》於"閃閃燈搖曳"句分段,然前後段終不整齊,今從本集。

## 華胥引一體

按,《列子》:"黄帝晝寢而夢,游於華胥。既寤,怡然自得。又二十八年,天下大治,幾若華胥國矣。"調名取此,詞見《清真集》。

**華胥引**　雙調八十六字,前段九句四仄韻,後段八句四仄韻。

周邦彦

川原澄映句煙月冥濛句去舟似葉韻岸足沙平句蒲根水冷留雁唼韻别有孤角吟秋句對曉風嗚軋韻紅日三竿句醉頭扶起還怯韻　離思相縈句漸看看讀鬢絲堪鑷韻舞衫歌扇句何人輕憐細閱韻點檢從前恩愛句但鳳箋盈篋韻愁剪燈花句夜來和淚雙疊韻

此調衹有此體,方千里、楊澤民、陳允平、奚減、張炎、趙必瑑諸詞,俱如此填。

此詞前段第五句例作拗句,如張詞之"瑶臺月下逢太白",奚詞之"飛飛萬里吹淨碧",趙詞之"波心蕩漾魚對唼"皆然。前段第七句、後段第六句例作上一下四句法,如奚詞之"聽佩環無跡"、"認紫霞樓笛",趙詞之"和櫓聲伊軋"、"滿滿鮫綃羅篋"皆然,填者辨之。

按,陳詞前段第二句"掠水輕嵐","掠"字仄聲;第三句"滿天紅葉","紅"字平聲。奚詞第六句"遥想玉杵芒寒","遥"字平聲,"玉"字仄聲。張詞第七句"對東風傾國","東"字平聲。趙詞第八句"要泛五湖","要"字仄聲。張詞第九句"炯然玉樹獨立","玉"字仄聲。張詞後段第一、二句"只恐江空,頓忘却、錦袍清逸”，“只”字、“却”字俱仄聲。趙詞“年少飄零，鬢未霜、底須輕鑷”，“未”字仄聲。陳詞第三句“錦箋鄭重”，“鄭”字仄聲。趙詞“江南歸雁”，“江”字平聲。方詞第四句“那堪重翻細閲”，“那”字仄聲。張詞第五句“誰寫一枝淡雅”，“誰”字平聲，“一”字、“淡”字俱仄聲。第六句“傍沈香亭北”，“沈”字平聲。第七句“説與鶯鶯”，“説”字仄聲。第八句“怕人錯認秋色”，“錯”字仄聲。趙詞“琴心寸寸三疊”，“琴”字平聲。譜内可平可仄據此。惟張詞前段起句“温泉浴罷”，“浴”字入聲；結句“炯然玉樹獨立”，“獨”字入聲。此皆以入作平，不可泛填上、去聲字。又，後段第四句，張詞“欲遠花妖未得”，與陳詞“頻别蘭燈自閲”同，第一、二字俱可仄聲。但宋人此句，如楊詞之“幽窗時時並閲”，奚詞之“還吟飄香秀筆”，趙詞之“寄來鸞箋細閲”，用平聲者多，附注以備參考。

## 五福降中天一體

調見《花草粹編》，一作《五福降中天慢》。

**五福降中天**　雙調八十六字，前後段各八句四平韻。

江致和

喜元宵三五句縱馬御柳溝東韻斜日映珠簾句瞥見芳容韻秋水嬌横俊眼句膩雪輕鋪素胸韻愛把菱花句笑匀粉面露春葱韻　徘徊步懶句奈一點讀靈犀未通韻悵望七香車去句慢輾春風韻雲情雨態句願暫入陽臺夢中韻路隔煙霞句甚時還許到蓬宫韻

此詞採之《花草粹編》，亦無他首宋詞可校。

## 離别難二體

唐教坊曲名。按，段安節《樂府雜録》：“天后朝，有士人妻配入掖庭，善吹觱篥，乃撰此曲。蓋五言八句詩也。”《白居易集》亦有七言絶句詩。薛詞見《花間集》，乃借舊曲名另倚新聲者，因詞有“羅幃乍别情難”句，取以爲名。宋柳永詞則又與薛詞不同，《樂章集》注“中吕調”。

**離别難**　雙調八十七字，前段九句四平韻四仄韻，後段十句四平韻六仄韻。

薛昭藴

寶馬曉鞴雕鞍平韻羅帷乍别情難韻那堪春景媚仄韻送君千萬里韻半妝珠翠落句露華寒平韻紅蠟燭換仄韻青絲曲韻偏能勾引淚闌干平韻　良夜促仄韻香塵緑韻魂欲迷換平韻檀眉半斂愁低韻未别心先咽換仄韻欲語情難説韻出芳草讀路東西平韻摇袖立換仄韻春風急韻櫻桃楊柳雨凄凄平韻

此詞以兩平韻爲主,前段間押兩仄韻,後段間押三仄韻。

**又一體**　雙調一百十二字,前段九句五平韻,後段十句五平韻。

柳　永

花謝水流倏忽句嗟年少光陰韻有天然讀蕙質蘭心韻美韶容讀何啻直千金韻便因甚讀翠弱紅衰句纏綿香體句都不勝任韻算神仙讀五色靈丹無驗句中路委瓶簪韻　人悄悄句夜沈沈韻閉香閨讀永棄鴛衾韻想嬌魂媚魄非遠句縱鴻都方士也難尋句最苦是讀好景良天句尊前歌笑句空想遺音韻望斷處讀杳杳巫峰十二句千古暮雲深韻

此與唐詞迥别,以調名同,故爲類列。

## 江城梅花引八體

按,万俟咏《梅花引》句讀與《江城子》相近,故可合爲一調。程垓詞换頭句藏短韻者,名《攤破江城子》;江皓詞三聲叶者四首,每首有一"笑"字,名《四笑江梅引》。周密詞三聲叶韻者,名《梅花引》;全押平韻者,名《明月引》。陳允平詞名《西湖明月引》。

**江城梅花引**　雙調八十七字,前段八句四平韻一疊韻,後段十句六平韻兩疊韻。

程　垓

娟娟霜月冷侵門韻怕黄昏韻又黄昏疊手撚一枝句獨自對芳尊韻酒又不禁花又惱句漏聲遠句一更更讀總斷魂韻　斷魂疊斷魂疊不堪聞韻被半温韻香半熏韻睡也睡也句睡不穩讀誰與温存韻惟有牀前句銀燭照啼痕韻一夜爲花憔悴損句人瘦也句比梅花讀瘦幾分韻

此調有三體,换頭句藏短韻者以程詞爲正體,趙詞多押一韻,蔣詞添一襯字;换頭句不藏短韻者以吴詞爲正體,周詞少押一韻,陳詞減一字;後段第一句,第三、四句叶三仄韻者以王詞爲正體,周詞少叶一仄韻,李詞少叶兩仄韻,又兩結句各減一字。譜中各以類聚,庶便於查檢。

此詞换頭句藏兩短韻,即疊前段結句韻脚,沈伯時《樂府指迷》所謂句中韻也,不可截然分作三句,填者辨之。

譜内可平可仄悉參所採全押平韻五詞,惟後段第四句"睡也睡也",第五句"睡不穩"三字,連用疊字仄韻,此亦體例所關,不得混注可平。

**又一體**　雙調八十七字,前段八句四平韻一疊韻,後段十句七平韻兩疊韻。

趙汝茪

對花時節不曾歡韻見花殘韻任花殘疊小約簾櫳句一面受春寒韻題破玉箋雙喜鵲句香燼

冷句繞銀屏讀渾是山韻　待眠韻未眠疊事萬千韻也問天韻也恨天疊髻兒半偏韻繡裙兒讀寬了還寬韻自取紅氈句重坐暖金船韻惟有月知君去處句今夜月句照秦樓讀第幾間韻

此與程詞同，惟後段第三句用疊韻，第四句多押一韻異。

**又一體**　雙調八十八字，前段八句四平韻一疊韻，後段十一句六平韻兩疊韻。

蔣　捷

白鷗問我泊孤舟韻是身留韻是心留疊心若留時句何事鎖眉頭韻風拍小簾燈暈舞句對閒影句冷清清讀憶舊遊韻　憶舊游疊舊遊今在不韻花外樓韻柳下舟韻夢也夢也句夢不到讀寒水空流韻漠漠黃雲句濕透木棉裘韻都道無人愁似我句今夜雪句有梅花讀似我愁韻

此亦與程詞同，惟換頭句添一襯字，但藏一短韻異。

**又一體**　雙調八十七字，前段八句六平韻，後段十句七平韻。

吴文英

江頭何處帶春歸韻玉川迷韻路東西韻一雁不飛句雪壓凍雲低韻十里黃昏成曉色句竹根籬韻分流水過翠微韻　帶書傍月自鋤畦韻苦吟詩韻生鬢絲韻半黃細雨句翠禽語讀似説相思韻惆悵孤山句花盡草離離韻半幅寒香家住遠句小簾垂韻玉人誤聽馬嘶韻

此亦與程詞同，惟換頭句不藏短韻。其前段第七句、後段第九句皆押韻，及兩結句第三字皆用仄聲，又與諸家微異。

查諸詞前後段結句俱六字折腰，此詞前後段結句六字不折腰，乃變格也，故不參校入圖。

**又一體**　雙調八十七字，前段八句五平韻，後段十句五平韻。

周　密

雁霜苔雪冷飄蕭韻斷魂潮韻送輕橈韻翠袖珠樓句清夜夢瓊簫韻江北江南雲自碧句人不見句淚花寒讀向雨飄韻　愁多病多腰素消韻倚青琴句調大招韻江空歲晚句淒凉句讀遠意難描韻月影花陰句心事負春宵韻幾度問春春不語句春又去句到西湖讀第幾橋韻

此與吴詞同，惟後段第二句、第九句不押韻，及兩結句第三字仍用平聲異。

按，《蘋洲漁笛譜》周詞二首皆和趙白雲自度曲，換頭句"酒醒未醒香旋消"，與此詞疊用二"多"字同。張翥詞"憶卿恨卿思悠悠"亦然。當是體例，填者辨之。

**又一體**　雙調八十七字，前段八句五平韻，後段十句三叶韻三平韻。

王　觀

年年江上見寒梅韻幾枝開韻暗香來韻疑是月宮句仙子下瑶臺韻冷豔一枝春在手句故人

遠句相思切讀寄與誰韻　　怨極恨極嗅玉蕊叶念此情句家萬里叶暮霞散綺叶楚天碧讀幾片斜飛韻爲我多情句特地點征衣韻花易飄零人易老句正心碎句那堪聞讀塞管吹韻

此詞字句與程垓詞同,惟後段第一句、第三句、第四句押三仄韻,即用本部三聲叶。洪皓所和三詞悉與此同,當是體例,填者辨之。

按,洪皓詞後段第一、二、三、四、五句,一首:"空恁遐想笑摘蕊。斷回腸,思故里。漫彈緑綺。引三弄、不覺魂飛。""空"字、"遐"字俱平聲。一首:"曾動詩興笑摘蕊。效少陵,慙下里。萬株連綺。歎金谷、人墜鶯飛。""連"字平聲。一首:"貪爲結子藏暗蕊。斂蛾眉,隔千里。舊時羅綺。已零散、沈謝雙飛。""千"字平聲。譜内可平可仄據此,餘參下詞。

此詞换頭句連下七仄聲字,内兩"極"字、一"玉"字,乃以入作平,故周詞此三字即用平聲。若李詞第三、四、五字用平聲者,又是一體,與此不同,故不參校。

**又一體**　雙調八十七字,前段八句五平韻,後段十句兩叶韻三平韻。

周　密

瑶妃鸞影逗仙雲韻玉成痕韻麝成塵韻露冷鮫房句清淚霰珠零韻步繞羅浮歸路遠句楚江晚句賦離騷讀招斷魂韻　　酒醒夢醒惹新恨叶褪素妝句愁涴粉叶翠禽夜舞句餘香惱讀何遜多情韻委佩殘鈿句空想墮樓人韻欲挽湘裙無處覓句靈飆御句趁江南讀萬里春韻

此與王詞同,惟後段第四句少叶一仄韻異。

**又一體**　雙調八十五字,前段八句五平韻,後段十句一叶韻四平韻。

李獻能

漢宫嬌額倦塗黄韻試新妝韻立昭陽韻萼緑仙姿句高髻碧羅裳韻翠袖卷紗閒倚竹句暝雲合句瓊枝薦暮凉韻　　璧月浮香摇玉浪叶拂春簾句瑩綺窗韻冰肌夜冷滑無粟句影轉斜廊韻冉冉孤鴻句煙水渺三湘韻青鳥不來天地老句斷魂夢句清霜静楚江韻

此亦與王詞同,惟後段第三句押平韻,第四句七字不叶仄韻,第五句四字,兩結句各減一字異。

## 寰海清一體

《宋史·樂志》:"琵琶曲名,大石調。"

**寰海清**　雙調八十七字,前段八句四平韻,後段八句五平韻。

王庭珪

畫鼓轟天韻暗塵隨馬句人似神仙韻天恁不教晝短句明月長圓韻天應未知道句天知道句須肯放讀三夜如年韻　　流蘇擁上香軿韻爲箇甚讀晚妝特地鮮妍韻花下清陰句乍合曲

水橋邊韻高人到此也乘興句任横街一一須穿韻莫言無國豔句有朱門讀鎖嬋娟韻

此調僅見此詞,無别首宋詞可校。

## 勸金船二體

張先詞序:“流杯堂唱和翰林主人元素自撰腔。”蘇軾詞序:“和元素韻,自撰腔命名。”按,元素,楊繪元素也。因張先詞有“何人窨得金船酒”句,名《勸金船》。

**勸金船** 雙調八十八字,前後段各八句六仄韻。

蘇 軾

無情流水多情客韻勸我如曾識韻杯行到手休辭却韻這公道難得韻曲水池邊句小字更書年月韻如對茂林修竹句似永和節韻　纖纖素手如霜雪韻笑把秋花插韻尊前莫怪歌聲咽韻又還是輕别韻此去翱翔句遍賞玉堂金闕韻欲問再來何歲句應有華髮韻

此與張先詞同,爲和楊繪作,當時只傳此二詞,故此詞可平可仄即參張詞句讀同者。

此詞前後段第四句例作上一下四句法,張詞亦然。

**又一體** 雙調九十二字,前段八句六仄韻,後段八句五仄韻。

張 先

流泉宛轉雙開竇韻帶染輕紗皺韻何人窨得金船酒韻擁羅綺前後韻綠定見花影句並照與讀豔妝争秀韻行盡曲名句休更再歌楊柳韻　光生飛動摇瓊甃韻隔障笙簫奏韻須知短景歡無足句又還過清晝韻翰閣遲歸來句傳騎恨讀留連難久韻異日鳳凰池上句爲誰思舊韻

此與蘇詞同,惟前後段第五、六句各添二字,又兩結句讀參差,後段第三句不押韻異。

## 醉思仙四體

調見吕渭老詞,因詞有“怎慣不思量”及“當時醉倒殘缸”句,取以爲名。

**醉思仙** 雙調八十八字,前段十一句五平韻,後段十句四平韻。

吕渭老

斷人腸韻正西樓獨上句愁倚斜陽韻稱鴛鴦鸂鶒句兩兩池塘韻春又老句人何處句怎慣不思量韻到如今句瘦損我句又還無計禁當韻　小院呼盧夜句當時醉倒殘缸韻被天風吹散句鳳翼難雙韻南窗雨句西樓月句尚未散讀拂天香韻聽鶯聲句悄記得句那時舞板歌

梁韻

此調以此詞及孫詞爲正體，孫詞句讀較爲整齊，若朱詞、曹詞則又從此詞添字也。

此詞可平可仄即參所採三詞。

**又一體**　雙調八十九字，前段十一句五平韻，後段十句四平韻。

孫道絢

霽霞紅韻看山迷暮靄句煙暗孤松韻正翩翩風袂句輕若驚鴻韻心似鑒句鬢如雲句弄清影讀月明中韻漫悲涼句歲冉冉句蕣華潛改衰容韻　前事消凝久句十年光景匆匆韻念雲軒一夢句回首春空韻彩鳳遠句玉簫寒句夜悄悄讀恨無窮韻歎黃塵句久埋玉句斷腸揮淚東風韻

此與呂詞同，惟前段第八句添一字異。

**又一體**　雙調九十一字，前段十一句五平韻，後段十句四平韻。

朱敦儒

倚晴空韻正三洲下葉句七澤收虹韻歎年光催老句身世飄蓬韻南冠客句新豐酒句但萬里讀雲水俱重韻謝故人句解繫船訪我句脱帽相從韻　人老歡易失句尊前且更從容韻任酒傾波碧句燭剪花紅韻君向楚句我歸秦句便分路讀青竹丹楓韻恁時節句漫夢憑夜蝶句書倩秋鴻韻

此亦與呂詞同，惟前段第八句、後段第七句各添一字，又兩結句作五字一句、四字一句異。

**又一體**　雙調九十一字，前段十一句五平韻，後段十句四平韻。

曹　勛

記華堂韻對寶臺絳蠟句紅豔成行韻彈烏雲髻映句淺淺宮妝韻江梅媚句生嫩臉句瑩素質讀自有清香韻歌喉穩句按鏤版緩拍句嬌倚銀牀韻　天外行雲駐句輕塵暗落雕梁韻似曉鶯嚦嚦句瓊韻鏘鏘韻別來久句春將老句但夢裏讀也自思量韻仗何人句細説與句爲伊潘鬢成霜韻

此與朱詞同，惟後結仍照呂詞作三字一句、六字一句異。

## 玉人歌一體

調見《西樵語叢》。

**玉人歌** 雙調八十八字，前段九句五仄韻，後段八句五仄韻。

楊炎昶

西風起韻又老盡籬花句寒輕香細韻漫題紅葉句句裏意誰會韻長天不恨江南遠句苦恨無書寄韻最相思讀盤橘千枚句膾鱸十尾韻　鴻雁阻歸計韻算愁滿離腸句十分豈止韻倦倚闌干句顧影在天際韻凌煙圖畫青山約句總是浮生事韻判從今讀買取朝醒夕醉韻

此調衹有此詞，其平仄無可參校。

## 惜紅衣四體

姜夔自度曲，屬無射宫，取詞内"紅衣半狼籍"句爲名。

**惜紅衣** 雙調八十八字，前段十句六仄韻，後段九句六仄韻。

姜　夔

枕簟邀凉句琴書换日韻睡餘無力韻細灑冰泉句並刀破甘碧韻牆頭唤酒句誰問訊讀城南詩客韻岑寂韻高樹晚蟬句説西風消息韻　虹梁水陌韻魚浪吹香句紅衣半狼籍韻維舟試望故國韻渺天北韻可惜柳邊沙外句不共美人遊歷韻問甚時同賦句三十六陂秋色韻

此調始於此詞，自應以此詞爲正體，若李詞之添一襯字，張詞、吴詞之句讀小異，皆變格也。

此詞可平可仄即參下三詞。惟吴詞前段第三句"鬢那不白"，"不"字入聲，以入作平，不注可仄。

**又一體** 雙調八十九字，前段十句六仄韻，後段九句六仄韻。

李萊老

笛送西泠句帆過杜曲韻晝陰芳緑韻門巷清風句還尋故人書屋韻蒼華發冷句笑瘦影讀相看如竹韻幽谷韻煙樹曉鶯句訴經年愁獨韻　殘陽古木韻書畫歸船句匆匆又南北韻蕢洲鷗鷺素熟韻舊盟續韻甚日浩歌招隱句聽雨弁陽同宿韻料重來時候句香蕩幾灣紅玉韻

此與姜詞同，惟前段第五句添一襯字。

**又一體** 雙調八十八字，前段九句四仄韻，後段九句五仄韻。

吴文英

鷺老秋絲句蘋愁暮雪句鬢那不白韻倒柳移栽句如今暗溪碧韻烏衣細語傷伴句惹茸紅讀曾約南陌韻前度劉郎句尋流花蹤跡韻　朱樓水側韻雪面波光句汀蓮沁顔色韻當時醉近繡箔句夜吟寂韻三十六磯重到句清夢冷雲南北韻買釣舟溪上句應有煙蓑相識韻

此亦姜詞體,惟前段第二句不押韻,第六句添二字,又減去第八句短韻二字異。

**又一體**　雙調八十八字,前段十句五仄韻,後段九句四仄韻。

張　炎

兩剪秋痕句平分水影句炯然冰潔韻未識新愁句眉心倩人貼韻無端醉裏句添一笑讀柔花盈睫韻癡絶韻不解送情句倚銀屏斜瞥韻　長歌短舞句换羽移宫句飄飄步回雪韻扶嬌倚扇句欲把豔懷説韻舊日杜郎重到句只慮空江桃葉韻但數峰猶在句如傍那家風月韻

此亦與姜詞同,惟後段起句不押韻,第四句四字、第五句五字異。

按,姜詞後段第四、五句"維舟試望,故國渺天北",亦可點作四字一句、五字一句,此詞句讀所從出也。

## 魚遊春水二體

《復齋漫録》:"政和中,一中貴使越州回,得詞於古碑,無名無譜,録以進御。命大晟府填腔,因詞中語,賜名《魚遊春水》。"

**魚遊春水**　雙調八十九字,前後段各八句五仄韻。

無名氏

秦樓東風裏韻燕子還來尋舊壘韻餘寒猶峭句紅日薄侵羅綺韻嫩草方抽碧玉茵句媚柳輕窣黄金蕊韻鶯囀上林句魚遊春水韻　幾曲闌干遍倚韻又是一番新桃李韻佳人應怪歸遲句梅妝淚洗韻鳳簫聲絶沈孤雁句望斷清波無雙鯉韻雲山萬重句寸心千里韻

此調以此詞爲正體,張元幹、馬莊父、盧祖皋詞悉與之同。若趙詞之多押兩韻,乃變格也。

按,盧詞前段第二句"好夢别來無覓處","别"字仄聲。馬詞第三句"天涯目斷","目"字仄聲。張詞第四句"幾片花飛點淚","花"字平聲,"點"字仄聲;第五句"清鏡空餘白髮添","清"字平聲。盧詞"軟紅塵裏鳴鞭鐙","紅"字平聲,"裏"字仄聲,"鞭"字平聲;第六句"新恨誰傳紅綾寄","新"字平聲。盧詞後段第五句"寶香拂拂遺鴛錦",上"拂"字仄聲。張詞"夢想濃妝碧雲邊","碧"字仄聲,"邊字"平聲;第六句"心事悠悠尋燕語","心"字平聲。張詞"目斷孤帆夕陽裏","夕"字仄聲;第七句"芳草暮寒","草"字仄聲。譜内可平可仄據此,餘參趙詞。

**又一體**　雙調八十九字,前後段各八句六仄韻。

趙聞禮

青樓臨遠水韻樓上東風飛燕子韻玉鈎珠箔句密密鎖紅闌翠韻剪勝裁旛春日戲韻簇柳簪花元夜醉韻閒憶舊歡句漫撩新淚韻　羅帕啼痕未洗韻愁見同心雙鳳翅韻長安日日

輕寒句春衫未試韻過盡征鴻知幾許韻不寄蕭郎書一紙韻愁腸斷也句箇人知未韻

此與無名氏詞同，惟前後段第五句俱押韻異。

## 卜算子慢二體

《樂章集》注“歇指調”。

**卜算子慢** 雙調八十九字，前段八句四仄韻，後段八句五仄韻。

柳　永

江楓漸老句汀蕙半凋句滿目敗紅衰翠韻楚客登臨句正是暮秋天氣韻引疏砧讀斷續殘陽裏韻對晚景讀傷懷念遠句新愁舊恨相繼韻　脉脉人千里韻念兩處風情句萬重煙水韻雨歇天高句望斷翠峰十二韻盡無言讀誰會憑高意韻縱寫得讀離腸萬種句奈歸鴻難寄韻

此調以此詞爲正體，鍾輻“桃花院落”詞與此同。若張詞之添字，乃變格也。

按，鍾輻，五代時人，在柳永之前，因其前段第六句脱一字，故以柳詞作譜。鍾詞前段第四句“風拂珠簾”，“風”字平聲；第五句“還記去年時候”，“還”字平聲；第七句“倚屏山、和衣睡覺”，“屏”字、“山”字俱平聲；第八句“醺醺暗消殘酒”，“消”字平聲；後段第五句“萬般自家甘受”，“般”字平聲；第六句“抽金釵、欲買丹青手”，“抽”字平聲；第七句“寫别來、容顔寄與”，“來”字平聲。譜内可平可仄據此，餘參張詞。

**又一體** 雙調九十三字，前段九句五仄韻，後段九句六仄韻。

張　先

溪山别意句煙樹去程句日落采蘋春晚韻欲上征鞍句更掩翠簾回面韻相盻韻惜彎彎淺黛長長眼韻奈畫閣歡遊句也學狂花亂絮輕散韻　水影横池館韻對静夜無人句月高雲遠韻一晌凝思句兩眼淚痕還滿韻難遣韻恨私書讀又逐東風斷韻縱夢澤讀層樓萬丈句望湖城那見韻

此與柳詞同，惟前後段第五句以下各添二字押一短韻，前段結處攤破句法異。

## 雪獅兒二體

調見《書舟集》。

**雪獅兒** 雙調八十九字，前段九句五仄韻，後段八句七仄韻。

程　垓

斷雲低晚句輕煙帶暝句風驚羅幕韻數點梅花句香倚雪窗摇落韻紅爐對詠韻正酒面讀瓊

酥初削韻雲屏暖讀不知門外句月寒風惡韻　迤邐慵雲半掠韻笑盈盈讀閒弄寶箏弦索韻暖極生春句已向横波先覺韻花嬌柳弱韻漸倚醉讀要人摟著韻低告託韻早把被香熏却韻

此調衹有程詞及張詞,故此詞可平可仄悉參張詞,其前段第二句句法不同,即不參校。

**又一體**　雙調九十二字,前段九句五仄韻,後段八句七仄韻。

張　雨

含香弄粉句便勾引讀遊騎尋芳句城南城北韻別有西村句斷港冰澌微緑韻孤山路熟韻伴老鶴讀晚先尋宿韻怕凍損讀三花兩蕊句寒泉幽谷韻　幾番花陰濯足韻記歸來讀醉卧雪深平屋韻春夢無憑句鬢底鬧蛾争撲韻不如圖幅韻相對展讀官奴風竹韻燒黄獨韻自聽瓶笙調曲韻

此與程詞同,惟前段第二句添三字異。

## 石湖仙一體

姜夔自度曲,壽范成大作也。成大號石湖,故以《石湖仙》命調。《白石集》注:越調。

**石湖仙**　雙調八十九字,前後段各九句六仄韻。

姜　夔

松江煙浦韻是千古三高句遊衍佳處韻須信石湖仙句似鴟夷讀翩然引去韻浮雲安在句我自愛讀緑香紅嫵韻容與韻看世間讀幾度今古韻　盧溝舊曾駐馬句爲黄花讀閒吟秀句韻見説燕山句也學綸巾敧羽韻玉友金蕉句玉人金縷韻緩移箏柱韻聞好語韻明年定在槐府韻

此姜自度曲,有宫調,且宋人中亦無填此調者,其平仄當依之。

## 《御定詞譜》卷二十二　起九十字至九十三字

## 八六子六體

秦觀詞有"黄鸝又啼數聲"句,又名《感黄鸝》。

## 八六子　雙調九十字，前段九句四平韻，後段八句三平韻。

杜　牧

洞房深韻畫屏燈照句山色凝翠沈沈韻聽夜雨冷滴芭蕉句驚斷紅窗好夢句龍煙細飄繡衾韻辭恩久歸長信句鳳帳蕭疏句椒殿閒扃韻　輦路苔侵韻繡簾垂讀遲遲漏傳丹禁句蕣華偷悴句翠鬟羞整句愁坐讀望處金輿漸遠句何時彩仗重臨韻正消魂句梧桐又移翠陰韻

此詞見《尊前集》，分段處“扃”字非本韻，似宜於“輦路苔侵”分段爲允。若依宋人詞體，則當於“繡衾”句分，但不便據宋詞以分唐詞，且前後長短太不均，在宋詞之分段，於體例亦未盡善。欲照“苔侵”句分段以分宋詞，則晁詞於“多情”字分，楊詞於“臨風”字分，秦詞於“柔情”字分，李詞於“春華”字分，王詞於“庭深”字分，庶體例盡一。因前無所據，姑彼此各仍其舊。

唐詞無別首可校，故於晁補之詞作譜。

## 又一體　雙調九十一字，前段六句三平韻，後段十一句六平韻。

晁補之

喜秋晴韻淡雲縈縷句天高群雁南征韻正露冷初減蘭紅句風緊潛彫柳翠句愁人夢長漏驚韻　重陽景物淒清韻漸老何時無事句當歌好在多情韻暗自想朱顏句並遊同醉句宦名韁鎖句世路蓬萍韻難相見讀賴有黃花滿把句從教緑酒深傾韻醉休醒韻醒來舊愁旋生韻

宋人中以此詞爲正體。按，杜詞“繡簾”起至“重臨”，凡三十一字始押一韻，似太遼闊，秦、李、王三詞亦然。《詞律》以秦詞後段第七句不用韻，疑有脱誤，極是。今此詞與楊詞後段第七句用韻，較諧音律，而此詞前段與杜詞起六字悉同，故取以爲譜。譜中可平可仄，悉參所採諸詞之句法同者。

## 又一體　雙調八十九字，前段六句三平韻，後段十一句六平韻。

楊　纘

怨殘紅韻夜來無賴句雨催春去匆匆韻但暗水新流芳恨句蝶淒蜂慘句千林嫩緑迷空韻　那知國色還逢韻柔弱華清扶倦句輕盈洛浦臨風韻細認得凝妝句點脂匀粉句露蟬聳翠句蕊金團玉成叢韻幾許愁隨笑解句一聲歌轉春融韻眼朦朧韻憑闌干讀半醒醉中韻

此與晁詞同，惟前段第五句減二字，後段第七句添二字，第八句減三字，結句添一字異。

## 又一體　雙調八十八字，前段六句三平韻，後段十一句五平韻。

秦　觀

倚危亭韻恨如芳草句萋萋剗盡還生韻念柳外青驄別後句水邊紅袂分時句愴然暗驚韻　無端天與娉婷韻夜月一簾幽夢句春風十里柔情韻奈回首歡娱句漸隨流水句素弦聲斷句翠綃香減句那堪片片飛花弄晚句濛濛殘雨籠晴韻正銷凝韻黃鸝又啼數聲韻

此詞前結四字句，後段第七句不押韻，第八句減一字，與晁詞異。

**又一體**　雙調八十八字，前段六句三平韻，後段十一句五平韻。

李　演

乍鷗邊句一番腴緑句流紅又怨蘋花韻看曉吹約晴歸路句夕陽分落漁家韻輕寒半遮韻　縈情芳草無涯韻還報舞香一曲句玉瓢幾許春華韻正細柳青煙句舊時芳陌句小桃朱户句去年人面句誰知此日重來繫馬句東風淡墨攲鴉韻黯窗紗韻人歸緑陰自斜韻

此與秦詞同，惟前段起句不押韻，第五句押韻異。

《詞律》本誤作李濱，又脱去後段第五句，今從周密《絶妙好詞選》增定。

**又一體**　雙調八十八字，前段六句四平韻，後段十二句六平韻。

王沂孫

掃芳林韻幾番風雨句匆匆老盡春禽韻漸薄潤侵衣不斷句嫩涼隨扇初生韻晚窗自吟韻　沉沉韻幽徑芳尋韻晻靄苔香簾淨句蕭疏竹影庭深韻漫淡却蛾眉句晨妝慵掃句寶釵蟲坼句綃屏鸞破句當時暗水如雲泛酒句空山留月聽琴韻料如今韻門前數重翠陰韻

此亦與秦詞同，惟前段第五句押韻，後段起句又押短韻異。

## 謝池春慢一體

調見《古今詞話》，張先玉仙觀道中逢謝媚卿作，蓋慢詞也，與六十六字《謝池春》令詞不同。

**謝池春慢**　雙調九十字，前後段各十句五仄韻。

張　先

繚牆重院句時聞有讀流鶯到韻繡被掩餘寒句畫閣明新曉韻朱檻連空闊句飛絮無多少韻徑莎平句池水渺韻日長風静句花影閒相照韻　塵香拂馬句逢謝女讀城南道韻秀豔過施粉句多媚生輕笑韻鬭色鮮衣薄句碾玉雙蟬小韻歡難偶句春過了韻琵琶流韻句都入相思調韻

此調前後段第三、四、五、六句並作五言對偶，當是體例，填者辨之。

按，此詞祇有李之儀詞可校。李詞前段起句“殘寒消盡”，“殘”字平聲；第二句“疏雨過、清明後”，“雨”字仄聲；第三、四句“花徑欵餘紅，風沼縈新皺”，“花”字、“風”字俱平聲；第五句“乳燕穿庭户”，“乳”字仄聲；後段第三、四句“不見又思量，見了還依舊”，“又”字仄聲，“量”字平聲，“見”字仄聲；第六句“何似長相守”，“何”字平聲；第七句“天不老”，“不”字仄聲；第九句“且將此恨”，“且”字、“此”字俱仄聲。譜内可平可仄據此。

## 采桑子慢五體

一名《醜奴兒慢》。潘元質詞有"愁春未醒"句，亦名《愁春未醒》。辛棄疾詞名《醜奴兒近》，《花草粹編》無名氏詞名《疊青錢》。

**采桑子慢** 雙調九十字，前後段各九句五平韻。

吴禮之

金風顫葉句那更餞別江樓韻聽凄切讀陽關聲斷句楚館雲收韻去也難留韻萬重煙水一扁舟韻錦屏羅幌句多應換得句蓼岸蘋洲韻　凝想恁時歡笑句傷今萍梗悠悠韻漫回首讀妖嬈何處句眷戀無由韻先自悲秋韻眼前景物只供愁韻寂寥情緒句也恨分淺句也悔風流韻

此調宋詞並用三聲叶韻，此獨全押平韻，其平仄無別首可校。

**又一體** 雙調九十字，前段九句三叶韻一平韻，後段十句一叶韻四平韻。

蔡　伸

明眸秀色句別是天真瀟灑叶更鬢髮堆雲句玉臉淡拂輕霞韻醉裏精神句衆中標格誰能畫叶當時携手句花籠淡月句重門深亞叶　巫峽夢回句已成陳事句豈堪重話叶漫贏得讀羅襟清淚句鬢邊霜華韻懷念傷嗟韻憑闌煙水渺無涯韻秦源目斷句碧雲暮合句難認仙家韻

此與潘詞、辛詞、無名氏詞，俱用三聲叶韻。但潘詞與無名氏詞於平聲中叶一去聲韻，辛詞於上、去聲中葉一平聲韻，此則平聲與上、去聲各半，各自成一體，其平仄不必參校。

此詞前段第三句、後段第四句俱五字，前段第四句、後段第五句俱六字，亦與潘詞不同。

**又一體** 雙調九十字，前段九句一叶韻三平韻，後段十句四平韻。

潘元質

愁春未醒句還是清和天氣叶對濃緑陰中庭院句燕語鶯啼韻數點新荷句翠鈿輕泛水平池韻一簾風絮句才晴又雨句梅子黄時韻　忍記那回句玉人嬌困句初試單衣韻共携手讀紅窗描繡句畫扇題詩韻怎有而今句半牀明月兩天涯韻章臺何處句多應爲我句蹙損雙眉韻

此詞惟前段第二句用本部三聲叶韻，以下則全押平韻矣。吴文英"東風未起"詞、"空濛乍斂"詞，及無名氏"夏日正長"詞，俱與此同。

按，“東風未起”詞，前段第五句“鈎卷晴絲”，“鈎”字平聲；結句“客思鷗輕”，“客”字仄聲；後段第二句“倡紅冶翠”，“倡”字平聲，“冶”字仄聲；第五句“天澹無情”，“天”字平聲；第九句“越山更上”，“越”字仄聲。又按，“空濛乍斂”詞，前段第七句“天虚鳴籟”，“天”字平聲；後段第三句“越女低鬟”，“越”字仄聲；第四句“算堪羡、煙沙白鷺”，“白”字仄聲；結句“雲海人間”，“雲”字平聲。譜内可平可仄據此。無名氏詞前後段起句及後段第六句平仄全異，當是又一體，存以備考，不必參校。

**又一體**　雙調九十字，前段八句三仄韻一叶韻，後段十句四仄韻。

辛棄疾

千峰雲起句驟雨一霎時價韻更遠樹斜陽句風景怎生圖畫韻青旗賣酒句山那畔讀别有人家叶只消山水光中句無事過這一夏韻　午睡醒時句松窗竹户句萬千瀟灑韻看野鳥飛來句又是一般閒暇韻却怪白鷗句覷著人讀欲下未下韻舊盟都在句新來莫是句别有説話韻

此詞於上、去聲韻中叶一平韻，與諸家不同。其前段第六句、後段第七句俱作上三下四句法，前段第七、八、九句作六字兩句，亦與諸家微異。

汲古閣本此詞脱落甚多，今從蕉雪堂鈔本訂正。

**又一體**　雙調八十九字，前段九句一叶韻三平韻，後段十句四平韻。

《花草粹編》無名氏

夏日正長句無奈如焚天氣叶火雲聳讀奇峰天外句未雨先雷韻畏日流金句六龍高駕火輪飛韻紋簟紗廚句風車漫攬句月扇空揮韻　金爐煙細句午風輕轉句堪避炎威韻漸凉生池閣句卷起簾幕珠璣韻嫦娥美麗句天然秀色冰肌韻曲闌深徑句荷香旖旎句玉管聲齊韻

此亦與潘詞同，惟後段第四、五句作五字一句、六字一句，第七句减一字異。

## 探芳信四體

調見《梅溪詞》。張炎次周密“西泠春感”韻詞，名《西湖春》。

**探芳信**　雙調九十字，前段九句五仄韻，後段八句五仄韻。

史達祖

謝池曉韻被酒殢春眠句詩縈芳草韻正一階梅粉句都未有人掃韻細禽啼處東風軟句嫩約關心早韻未燒燈讀怕有殘寒句故園稀到韻　説道試妝了韻也爲我相思句占他懷抱韻静數窗櫺句最怺聽讀鵲聲好韻半年白玉臺邊話句屢見銀鈎小韻指芳期句夜月花陰夢老韻

此調以此詞及吴文英"暖風定"詞爲正體。若吴詞別首之换頭句少押一韻，及前段第六、七句句讀小異，皆變格也。

此詞後段第五句六字，吴文英"探春到"詞、"爲春瘦"詞，蔣捷"翠吟嘯"詞，正與此同。

按，"探春到"詞前段第二、三句"見彩花釵頭，玉燕來早"，"花"字平聲，"玉"字仄聲；第七句"金盎供新澡"，"金"字平聲；後段第二、三句"問霧暖藍田，玉長多少"，"玉"字仄聲；第七句"紅軟長安道"，"紅"字平聲。又，"爲春瘦"詞，後段第五句"蘭膏漬透紅豆"，"蘭"字平聲。譜内可平可仄據此，餘參"夜寒重"詞及"轉芳徑"詞。若蔣詞前段第五句"識君恨不早"，"不"字入聲，此以入代平，故不注可仄。

**又一體** 雙調九十字，前段九句五仄韻，後段八句四仄韻。

吴文英

夜寒重韻見羽葆將迎句飛瓊入夢韻整素妝歸處句中宵按瑶鳳韻舞春歌夜棠梨岸句月冷和雲凍韻畫船中讀太白仙人句錦袍初擁韻　應過青溪否句試笑挹中郎句還叩清弄韻粉黛湖山句欠携酒讀共飛鞚韻洗杯時换銅甂水句待作梅花供韻問何時讀帶雨鋤煙自種韻

此與史詞同，惟换頭句不押韻異。

**又一體** 雙調九十字，前段九句五仄韻，後段八句五仄韻。

吴文英

轉芳徑韻見霧卷晴漪句魚弄遊影韻旋解纓濯翠句臨枰撫瑶軫韻修林竹色花香處句意足多新詠韻試把龍唇句供來時讀舊寒纔定韻　門巷都深静韻但酒敵曉寒句棋消日永韻舊曲猗蘭句待留向讀月中聽韻藻萍密布宫溝水句任汎流紅冷韻小闌干讀笑拍東風醉醒韻

此亦與史詞同，惟前結作四字一句、七字一句異。

**又一體** 雙調八十九字，前段九句五仄韻，後段八句五仄韻。

吴文英

暖風定韻正賣花吟春句去年曾聽韻旋自洗幽蘭句銀瓶釣金井韻斗窗香暖慳留客句街鼓還催暝韻調雛鶯讀試遣深杯句唤將愁醒韻　燈市又重整韻待醉勒遊韁句緩穿斜徑韻暗憶芳盟句綃帕淚猶凝韻吴宫十里吹笙路句桃李都羞靚韻繡簾人讀怕惹飛梅翳鏡韻

此詞後段第五句五字，周密、李彭老、張炎詞俱照此填。

按，周詞前段第二、三句"向水院維舟，津亭唤酒"，"院"字、"唤"字俱仄聲，"津"字平聲；第四句"歎劉郎重到"，"劉郎"二字俱平聲，"到"字仄聲。張詞第六、七句"消魂忍説銅駝事，不是因春瘦"，

"消"字平聲,"忍"字、"不"字俱仄聲。周詞後段第二、三句"正香雪隨波,淺煙迷岫","香"字平聲。李詞"記草色薰晴,波光摇岫","波"字平聲。張詞第四、五句"愁到今年,都似去年否","愁"字平聲。周詞第六、七句"翠雲零落空堤冷,往事休回首","翠"字仄聲,"零"字平聲,"往"字仄聲。李詞,第八句"更休言、張緒風流似柳","張"字平聲。譜内可平可仄據此。

## 遥天奉翠華引一體

調見《孏窟詞》。

**遥天奉翠華引** 雙調九十字,前後段各八句五平韻。

侯　寘

雪消樓外山韻正秦淮讀翠溢回瀾韻香梢豆蔻句紅輕猶怕春寒韻曉光浮晝戟句卷繡簾讀風暖玉鈎閒韻紫府仙人句花圍羽帔星冠韻　　蓬萊閬苑句意倦游讀常戲世間韻佩麟舊都句江左襦袴聲歡韻只恐催歸覲句宴清都讀休訴酒杯寬韻明歲應看韻盛鈞容讀舞袖歌鬟韻

《詞律》論此詞後段結句宜作六字,最是,蓋與前段校,當作六字。況第六句既作上三下五句法,不應第八句又作上三下四句法也。惜無善本及别首宋詞可校,仍之。

## 夏雲峰五體

《樂章集》注"歇指調"。

**夏雲峰** 雙調九十一字,前後段各八句五平韻。

柳　永

宴堂深韻軒楹雨讀輕壓暑氣低沈韻花洞彩舟泛斝句坐繞清潯韻楚颱風快句湘簟冷讀永日披襟韻坐久覺讀疏弦脆管句時换新音韻　　越娥蕙態蘭心韻逞妖豔讀昵歡邀寵難禁韻筵上笑歌間發句舄履交侵韻醉鄉深處句須盡興讀滿酌高吟韻向此免讀名韁利鎖句虚費光陰韻

此調以此詞爲正體。曹詞、張詞句讀雖異,猶爲整齊,若無名氏詞與趙詞之句讀參差,皆變格也。譜内可平可仄,即參下所採四詞。

**又一體** 雙調九十一字,前段九句四平韻,後段九句五平韻。

曹　勛

紹洪基句撫萬宇句中興寶運符千韻樞電瑞繞句景命燕及雲天韻挺生真主句平四海讀復

禹山川韻班列立讀瞻雲就日句職貢衣冠韻　歡均鼈禁鵷鸞韻望花城粉黛句金獸祥煙韻笙簫緩奏句化國日永留連韻寶觴親勸句須縱飲讀歌舞韶妍韻都是祝讀南山聖壽句億萬斯年韻

此與柳詞同，惟前段起句不用韻，前後段第四句俱四字，第五句俱六字。又，後段第二句五字，第三句四字異。

**又一體** 雙調九十一字，前段九句四平韻，後段九句五平韻。

張元幹

湧冰輪句飛沆瀣句霄漢萬里雲開韻南極瑞占象緯句壽應三台韻錦腸珠唾句鍾間氣讀卓犖天才韻正暑讀有祥光照社句玉燕投懷韻　新堂深處捧杯韻乍香泛水芝句空翠風迴韻涼送豔歌緩舞句醉墮瑶釵韻長生難老句都道是讀柏葉仙階韻笑傲讀且山中宰相句平地蓬萊韻

此亦與柳詞同，惟前段起句不押韻。又，前後段第八、九句俱二字一讀，下作五字一句、四字一句異。

**又一體** 雙調九十一字，前段九句四平韻，後段八句五平韻。

《梅苑》無名氏

瓊結苞句酥凝蕊句粉心輕點胭脂韻疑是素娥妝罷句玉翠低垂韻化工深意句巧付與讀別箇標儀韻怎奈向讀風寒景裏句獨是開時韻　緣何不與春期韻此花又讀豈肯争競芳菲韻疑雨恨煙句忍見嶺畔江湄韻冷姿幽豔句曾不許讀霜雪相欺韻只恐向讀笛聲怨處句吹落殘枝韻

此詞前段第四句六字、第五句四字，與柳詞同。後段第三句四字、第四句六字，與曹詞同。句讀參差，採以備體。

**又一體** 雙調九十一字，前後段各八句五平韻。

趙長卿

露華清韻天氣爽讀新秋已覺涼生韻朱户小窗句坐來低按秦箏韻幾多妖豔句都總是讀白雪餘聲韻那更似讀肌膚韻勝句體段輕盈韻　照人雙眼偏明韻況周郎讀自來多病多情韻把酒爲伊句再三著意須聽韻銷魂無語句一任側耳與心傾韻是我不卿卿句更有誰可卿卿韻

此詞前段起句用韻，前後段第二句俱作上三下六句法，與柳詞同；前後段第三、四句四字、六字，又與曹詞同；其後段第六句不作上三下四句法，第七句五字、第八句六字，則與各家俱異。採以備體，不可爲法。

## 採蓮令一體

按,《宋史·樂志》:曲宴遊幸,教坊所奏十八調曲,九曰《雙調採蓮》。今柳永《樂章集》有之,亦注"雙調"。《碧雞漫志》:夾鍾商,俗呼雙調。

**採蓮令** 雙調九十一字,前後段各八句四仄韻。

柳 永

月華收句雲淡霜天曙韻西征客讀此時情苦韻翠娥執手送臨岐句軋軋開朱户韻千嬌面讀盈盈佇立句無言有淚句斷腸争忍回顧韻 一葉蘭舟句便恁急槳凌波去韻貪行色讀豈知離緒韻萬般方寸句但飲恨讀脉脉同誰語韻更回首讀重城不見句寒江天外句隱隱兩行煙樹韻

此調衹此一詞,無别首可校。

## 醉翁操一體

琴曲,屬正宫。蘇軾自序:"琅邪幽谷,山川奇麗,泉鳴空澗,若中音會,醉翁喜之,把酒臨聽,輒欣然忘歸。既去十餘年,好奇之士沈遵聞之,往遊,以琴寫其聲,曰《醉翁操》。然有聲而無詞,好事者倚其聲製曲,粗合拍度,而琴聲爲詞所繩約,非天成也。後三十年,翁既捐館舍,遵亦殁,有廬山玉澗道人崔閑,妙於琴,恨此曲之無詞,乃譜其聲,而請東坡居士補之云。"

**醉翁操** 雙調九十一字,前段十句十平韻,後段十句八平韻。

蘇 軾

琅然韻清圓韻誰彈韻響空山韻無言韻惟翁醉中和其天韻月明風露娟娟韻人未眠韻荷蕢過山前韻曰有心也哉此賢韻 醉翁嘯詠句聲和流泉韻醉翁去後句空有朝吟夜怨韻山有時而童巔韻水有時而回川韻思翁無歲年韻翁今爲飛仙韻此意在人間韻試聽徽外三兩弦韻

此本琴曲,所以蘇詞不載,自辛稼軒編入詞中,復遂沿爲詞調,在宋人中,亦衹有辛詞一首可校。此詞以元、寒、删、先四韻同用,辛詞以東、冬、江三韻同用,猶遵古韻,填者審之。

按,辛詞前段第六句"人心與我兮誰同","我"字仄聲;第七、八句"湛湛千里之江,上有楓",下"湛"字、"上"字俱仄聲;第九、十句"噫送子於東,望君之門兮九重","噫"字、"君"字、"門"字俱平聲;

後段第四句"或一朝兮取封","或"字仄聲;第五句"昔與游兮皆童","昔"字仄聲;第七句"一魚兮一龍",上"一"字仄聲;第九、十句"噫命與時逢,子之所食兮萬鍾","噫"字平聲,"所"字仄聲。譜内可平可仄據此。

## 紅芍藥一體

蔣氏《九宫譜目》入南吕調。

**紅芍藥** 雙調九十一字,前後段各八句五仄韻。

王　觀

人生百歲句七十稀少韻更除十年孩童小韻又十年昏老韻都來五十載句一半被讀睡魔分了韻那二十五載之中句寧無些箇煩惱韻　仔細思量句好追歡及早韻遇酒逢花堪笑傲韻任玉山傾倒韻對景且沈醉句人生似讀露垂芳草韻幸新來讀有酒如澠句要結千秋歌笑韻

此詞無他首可校。

## 法曲獻仙音六體

陳暘《樂書》云:"法曲興於唐,其聲始出清商部,比正律差四律,有鐃鈸鍾磬之音,《獻仙音》其一也。"又云:"聖朝法曲樂器有琵琶、五弦箏、箜篌、笙笛、觱篥、方響、拍板,其曲所存,不過道調《望瀛》、小石《獻仙音》而已,其餘皆不復見矣。"《樂章集》注:小石調;姜夔詞注:大石調。周密詞名《獻仙音》,姜夔詞名《越女鏡心》。按,唐張籍酬朱慶餘詩,有"越女新妝出鏡心"句,姜詞調名本此。

**法曲獻仙音** 雙調九十二字,前段八句四仄韻,後段九句五仄韻。

周邦彥

蟬咽凉柯句燕飛塵幕句漏閣簽聲時度韻倦脱綸巾句困便湘竹句桐陰半侵庭户韻向抱影凝情處韻時聞打窗雨韻　耿無語韻歎文園讀近來多病句情緒懶讀尊酒易成間阻韻縹緲玉京人句想依然讀京兆眉嫵韻翠幕深中句對徽容讀空在紈素韻待花前月下句見了不教歸去韻

大石調《獻仙音》詞,以此詞及姜詞二首爲正體。若李詞之句讀小異,乃變格也。

前段起句,吴文英詞"落葉霞翻","落"字仄聲。第二句,王沂孫詞"纖瓊皎皎","纖"字平聲,上"皎"字仄聲。第四句,張炎詞"篝密籠香","篝"字平聲。第六句,張詞"此景真疑舒嘯","此"字、"景"

字俱仄聲,"真"字平聲。後段第三句,陳允平詞"心期誤、歸計欲成又阻","期"字平聲。第五句,張詞"小憐隔水曾見","小"字仄聲。第七句,張詞"漫贏得、情緒難剪","得"字仄聲。譜内可平可仄據此,餘參姜詞、李彭老詞。若姜詞前段第六句"湖山盡入尊俎","入"字入聲,此以入代平,不注可仄。吴詞前段結句"那能語恩怨","那"字平聲,亦不注可仄。舊譜蒙混,悉爲訂正。

**又一體**　雙調九十二字,前段八句四仄韻,後段九句六仄韻。

姜　夔

風竹吹香句水楓鳴緑句睡覺凉生金縷韻鏡底同心句枕前雙玉句相看轉傷幽素韻傍綺閣讀輕陰度韻飛來鑒湖雨韻　　近重午韻燎銀篝讀暗薰溽暑韻羅扇小讀空寫數行怨苦韻纖手結芳蘭句且休歌讀九辯懷楚韻故國多情句對溪山讀都是離緒韻但一川煙葦句恨滿西陵歸路韻

此與周詞同,惟後段第二句押韻異。

**又一體**　雙調九十二字,前段八句三仄韻,後段九句六仄韻。

姜　夔

虚閣籠寒句小簾通月句暮色偏憐高處韻樹隔離宫句水平馳道句湖山盡入尊俎韻奈楚客讀淹留久句砧聲帶愁去韻　　屢回顧韻過秋風讀未成歸計句誰念我讀重見冷楓紅舞韻唤起淡妝人句問逋仙讀今在何許韻象筆鸞箋句甚而今讀不道秀句韻怕平生幽恨句化作沙邊煙雨韻

此亦與周詞同,惟前段第七句不押韻異。

**又一體**　雙調九十二字,前段八句三仄韻,後段十句五仄韻。

李彭老

雲木槎枒句水蘋摇落句瘦影半臨清淺韻翠羽迷空句粉容羞曉句年華柱弦頻换韻甚何逐讀風流在句相逢共寒晚韻　　總依黯韻念當時讀看花游冶句曾錦纜移舟句寶箏隨輦韻池苑鎖荒凉句嗟事逐讀鴻飛天遠韻香徑無人句任蒼蘚黄塵自滿韻聽鴉啼春寂句暗雨瀟瀟吹怨韻

此亦周詞體,惟後段第三句攤破上三下六句法,作五字一句、四字一句異。

按,此詞後段第三句句讀既異,其平仄亦不同,故不與周詞參校。

**又一體**　雙調九十一字,前段八句四仄韻,後段九句四仄韻。

柳　永

追想秦樓心事句當年便約句于飛比翼韻悔恨臨岐處句正携手讀翻成雲雨離拆韻念倚玉

假香句前事頓輕擲韻慣憐惜韻　　饒心性句正厭厭多病句柳腰花態嬌無力韻早是乍清減句別後忍教愁寂韻記取盟言句少孜煎讀剩好將息韻遇佳境讀臨風對月句事須時恁相憶韻

小石調《獻仙音》詞以此詞爲正體，句讀與周詞迥別。若"青翼傳情"詞之減字，或名《法曲第二》，想亦小石調之變體耳。

**又一體** 雙調八十七字，前後段各八句四仄韻。

柳　永

青翼傳情句香徑偷期句自覺當年草草韻未省同衾枕句便輕許相將句平生歡笑韻怎生向讀人間好事到頭少韻漫悔懊韻　　細追思句恨從前容易句致得恩愛成煩惱韻心下事讀千種盡憑音耗韻以此縈牽句等伊來讀自家向道韻洎相見讀喜歡存問句又還忘了韻

此詞《樂章集》不載，見《花草粹編》。前段第一、二、三句與周、姜詞同，第四句以下則與"追想秦樓"詞同，惟後段第五句減二字，結句減二字。

柳詞二體，雖無別首宋詞可校，然有宮調，自當編入。

## 金盞倒垂蓮三體

此調有平韻、仄韻兩體。平韻者，見晁無咎《琴趣外篇》及《梅苑》詞；仄韻者，見《松隱詞》。

**金盞倒垂蓮** 雙調九十二字，前後段各九句四平韻。

晁補之

休說將軍句解彎弓掠地句昆嶺河源韻彩筆題詩句綠水映紅蓮韻算總是讀風流餘事句會須行樂年年韻只有一部句隨軒脆管繁弦韻　　多情舊游尚憶句寄秋風萬里句鴻雁天邊韻未學元龍句豪氣笑求田韻也莫爲讀庭槐興歎句便傷搖落淒然韻後會一笑句猶堪醉倒花前韻

此調押平聲韻者，有晁詞、無名氏詞兩體。此詞前後段第六句七字，第七句六字，晁詞別首"諸阮英遊"詞，正與此同。按，"諸阮英遊"詞前段第五句"螺髻小雙蓮"，"螺"字平聲；第九句"桓伊危柱哀弦"，"危"字平聲；換頭句"身閒未應無事"，"無"字平聲。譜內可平可仄據此，餘參無名氏詞。

**又一體** 雙調九十二字，前後段各九句四平韻。

《梅苑》無名氏

依約疏林句見盈盈春意句幾點霜蕤韻應是東君句試手作芳菲韻粉面倚風微笑句是日暖

讀雪已晴時韻人静幺鳳翩翩句踏碎殘枝韻　幽香渾無著處句甚一般雨露句獨占清奇韻淡月疏雲句何處不相宜韻陌上報春來也句但緑暗讀青子離離韻桃杏應仗先容句次第追隨韻

此詞前後段第六句皆六字，第七句皆七字，兩結皆六字一句、四字一句，與晁詞異。

**又一體**　雙調九十二字，前段九句四仄韻，後段八句六仄韻。

曹　勛

穀雨初晴句對鏡霞乍斂句暖風凝露韻翠雲低映句捧花王留住韻滿闌嫩紅貴紫句道盡得讀韶光分付韻禁籞浩蕩句天香巧隨天步韻　群仙倚春似語韻遮麗日讀更著輕羅深護韻半開微吐韻隱非煙非霧韻正宜夜闌秉燭句況更有讀姚黄嬌妒韻徘徊縱賞句任放濛濛柳絮韻

此詞押仄聲韻者衹此一詞，無别首可校。

## 塞翁吟一體

調見《清真樂府》，取《淮南子》塞上叟事爲調名。

**塞翁吟**　雙調九十二字，前段十句六平韻，後段九句四平韻。

周邦彦

暗葉啼風雨句窗外曉色瓏璁韻散水麝句小池東韻亂一岸芙蓉韻蘄州簟展雙紋浪句輕帳翠縷如空韻夢遠别句淚痕重韻淡鉛臉斜紅韻　忡忡韻嗟憔悴讀新寬頻結句羞豔冶讀都銷鏡中韻有蜀紙讀堪憑寄恨句等今夜讀灑血書詞句剪燭親封韻菖蒲漸老句早晚成花句教見薰風韻

此調衹有此體，方千里、楊澤民、陳允平和詞，吴文英、張炎、趙文諸詞，俱如此填。

此詞前段第五句、第十句，例作上一下四句法，惟陳允平詞"鏡裏對芙蓉"、"一葉漫題紅"微異。

按，張詞前段起句"交到無心處"，"交"字平聲；第二句"出岫細話幽期"，"出"字仄聲。趙詞"還記初度年時"，"初"字平聲。陳詞，第三句"簷佩冷"，"簷"字平聲。張詞"看流水"，"流"字平聲。張詞第七句"物外共鶴忘機"，"物"字仄聲。陳詞第八句"山萬疊"，"山"字平聲。吴詞結句"爲别剪珍藂"，"别"字仄聲。方詞後段第二句"徑分散、歌稀宴少"，"徑"字仄聲。陳詞"從别後、殘雲斷雨"，"别字"仄聲。趙詞"嗟飄泊、浮雲飛絮"，"飛"字平聲。陳詞第三句"餘香在、鮫綃帳中"，"香"字平聲。吴詞第四句"轉河影、浮槎信早"，"河"字平聲。陳詞"更懊恨、燈花無準"，"無"字平聲。張詞，第六句"都付陶詩"，"都"字平聲。趙詞第七句"百年正爾"，"百"字仄聲。陳詞第九句"立盡西風"，"立"字仄聲。譜内可平可仄據此。

## 意難忘一體

元高拭詞注“南吕調”。

**意難忘** 雙調九十二字，前後段各九句六平韻。

蘇　軾

花擁鴛房韻記駢肩髻小句約鬢眉長韻輕身翻燕舞句低語囀鶯簧韻相見處讀便難忘韻肯親度瑶觴韻向夜闌讀歌翻郢曲句帶换韓香韻　別來音信難將韻似雲收楚峽句雨散巫陽韻相逢情有在句不語意難量韻些箇事讀斷人腸韻怎禁得悽惶韻待與伊讀移根换葉句試又何妨韻

此調衹有此體，宋、元詞俱如此填。

此詞前後段第四、五句例作五言對偶，第七句例作上一下四句法，填者審之。

前段起句，陳允平詞“額粉宫黄”，“額”字仄聲；第二句，周邦彦詞“愛停歌駐拍”，“停”字平聲；劉辰翁詞“看雨中燈市”，“燈”字平聲；第三句，陳詞“歌送瑶觴”，“歌”字平聲；第五句，高觀國詞“露靚挹芳紅”，“露”字仄聲；第七句，周詞“拌劇飲淋浪”，“拌”字平聲，“劇”字仄聲；第八句，高詞“料認得、嬌雲媚雨”，“得”字仄聲；劉詞“更可憐、紅啼桃臉”，“桃”字平聲；趙必象詞“把年時、芳情吩咐”，“年”字平聲；第九句，何夢桂詞“孤竹空桑”，“孤”字平聲。後段起句，周詞“知音見説無雙”，“知”字平聲，“見”字仄聲；第二、三句，林正大詞“聽子規啼月，愁減朱顔”，“子”字仄聲，“啼”字、“愁”字俱平聲；第四、五句，高詞“燭摇留醉枕，塵墜戀歌鍾”，“燭”字仄聲，“塵”字平聲；第七句，陳詞“雲雨夢猶妨”，“雲”字平聲，“雨”字仄聲；第八句，高詞“但看取、天長地久”，“取”字仄聲；劉詞“漫三杯、擁爐覓句”，“三”字平聲，“擁”字仄聲；第九句，陳詞“虚度風光”，“虚”字平聲。譜内可平可仄據此。

## 東風齊著力一體

調見《草堂詩餘》，胡浩然《除夕》詞也。按，《禮記·月令》：“孟春之月，東風解凍。”又，唐人曹松《除夜》詩：“殘臘即又盡，東風應漸聞。”故云《東風齊著力》。

**東風齊著力** 雙調九十二字，前段十句四平韻，後段九句五平韻。

胡浩然

殘臘收寒句三陽初轉句已换年華韻東君律管句迤邐到山家韻處處笙簧鼎沸句排佳宴讀坐列仙娃韻花叢裏句金爐滿爇句龍麝煙斜韻　此景轉堪誇韻深意祝讀壽山福海增加韻玉觥滿泛句且莫厭流霞韻幸有迎春緑醑句銀瓶浸讀幾朵梅花韻休辭醉句園林秀色句

百草萌芽韻

此調衹有此詞,無别首宋詞可校。

## 遠朝歸一體

調見《梅苑》詞。

**遠朝歸** 雙調九十二字,前段十句五仄韻,後段九句五仄韻。

趙耆孫

金谷先春句見乍開江梅句晶明玉膩韻珠簾院落句人静雨疏煙細韻横斜帶月句又别是讀一般風味韻金尊裏韻任遺英亂點句殘粉低墜韻　惆悵杜隴當年句念水遠天長句故人難寄韻山城倦眼句無緒更看桃李韻當時醉魄句算依舊讀徘徊花底韻斜陽外韻漫回首畫樓十二韻

此調衹有趙詞及無名氏"新律纔交"詞,故此詞可平可仄,悉參無名氏詞。

《花草粹編》本此詞第三句脱去"晶明"二字,今從《梅苑》詞本校正。

按,《梅苑》無名氏詞前段第四句"煙籠淡妝","妝"字平聲;第五句"恰值雨膏初細","恰"字仄聲;第七句"記他日、酸甜滋味","他"字、"酸"字俱平聲;第九句"伴玉簪鳳釵","玉"字仄聲,"釵"字平聲。後段第三句"竟日何際","日"字仄聲;第七句"且莫負、尊前花底","莫"字仄聲;第九句"盡銅壺漏傳三二","壺"字、"三"字俱平聲。譜内可平可仄據此。

前後段第八句"金尊裏"、"斜陽外"俱押韻,無名氏詞"多應是"、"拌沉醉",亦然。或疑"外"字非韻,不知古韻以支、微、齊、佳、灰五韻爲徵音同用,故紙、寘、尾、未、薺、霽、蟹、泰、卦、賄、隊等韻皆可通用。歐陽修《踏莎行》詞"侯館梅殘,溪橋柳細,行人更在春山外","細"、"外"二韻同押,亦可證也。

## 露華二體

唐李白《清平調》詞"東風拂檻露華濃",調名本此。按,此調有仄韻、平韻兩體,周密平韻詞名《露華慢》。

**露華** 雙調九十二字,前段十句五仄韻,後段九句五仄韻。

王沂孫

紺葩乍坼韻笑爛漫嬌紅句不是春色韻换了素妝句重把青螺輕拂韻舊歌共渡煙江句却占玉奴標格韻風霜峭句瑶臺種時句付與仙骨韻　閒門晝掩凄惻韻似淡月梨花句重化清魄韻尚帶唾痕香凝句怎忍攀摘韻嫩緑漸暖溪陰句蔌蔌粉雲飛出韻芳豔冷句劉郎未應認

得韻

此調押仄聲韻者祇有此體，張翥、陶宗儀詞俱如此填。

按，張詞前段起句“瀛洲種玉”，“瀛字”平聲；第四、五句“琢就瑤笄，光映鬢雲斜矗”，“瑤”字平聲，“鬢”字仄聲；第六句“幾度借取搔頭”，“度”字仄聲；第八句“風露冷”，“露”字仄聲。後段第五句“争忍輕觸”，“争”字平聲；第七句“珠履舊游誰續”，“珠”字平聲；陶詞前段第五句“巧把黛螺輕幕”，“巧”字仄聲；第六句“莫是歌渡煙江”，“歌”字平聲；第九句“深宫紺袖”，“袖”字仄聲；結句“唾花猶濕”，“花”字平聲；换頭句“問他阿母消息”，“問”字仄聲；第六句“誰顧采香仙客”，“誰”字平聲。譜内可平可仄據此。

**又一體** 雙調九十四字，前段十句四平韻，後段九句四平韻。

王沂孫

晚寒佇立句記鉛輕黛淺句初認冰魂韻碧羅襯玉句猶凝茸唾香痕韻淨洗妒春顔色句勝小紅讀臨水湔裙韻煙渡遠句應憐舊曲句换葉移根韻　山中去年人别句怪月悄風輕句閒掩重門韻瓊肌瘦損句那堪燕子黄昏韻幾片過溪浮玉句似夜歸讀深雪前村韻芳夢冷句雙禽誤宿粉痕韻

此調押平聲韻者祇此一體，句讀與仄韻詞同，惟前後段第七句各添一字，周密、張炎詞，俱如此填。

按，周詞後段第四、五句“選歌試舞，連宵戀醉瑤蕖”，“選”字仄聲，“連”字平聲；張詞前段第二、三句“正翠蹊誤曉，玉洞春明”，“翠”字、“玉”字俱仄聲；第四、五句“蛾眉淡掃，背風不語盈盈”，“蛾”字平聲，“背”字、“不”字俱仄聲；第七句“引劉郎、不是飛瓊”，“劉”字平聲，“不”字仄聲；後段起句“一掬瑩然生意”，“一掬”二字俱仄聲；第六、七句“花下可憐仙子，醉東風、猶自吹笙”，“花”字、“東”字俱平聲；第九句“漁翁正迷武陵”，“迷”字平聲。譜内可平可仄據此。

## 薄媚摘遍一體

沈括《夢溪筆談》：“所謂大遍者，凡數十解，每解有數疊，裁截用之，則謂之摘遍。”按，《薄媚》大曲凡十遍，此蓋摘其入破之一遍也。

**薄媚摘遍** 雙調九十二字，前段十一句三仄韻一叶韻，後段十句四仄韻一叶韻。

趙以夫

桂香消句梧影瘦句黄菊迷深院韻倚西風句看落日句長江東去如練韻先生底事句有賦飄然句剛道爲田園叶獨醒何爲句持杯自勸未能免韻　休把茱萸吟玩韻但管年年健韻千古事句幾憑闌句吾生九十强半韻歡娱終日句富貴何時句一笑醉鄉寬叶倒載歸來句回廊

月又滿韻

此詞仄韻中入平韻，亦是本部三聲叶，與大曲《薄媚》入破第一詞大同小異，惟《虚齋樂府》有之，其平仄無别首宋詞可校。

## 戀香衾一體

金詞注：仙吕調。

**戀香衾** 雙調九十二字，前後段各八句四平韻。

吕渭老

記得花陰同携手句指定日讀許我同歡韻唤做真成句耳熱心安韻打疊從來不成器句待做箇讀平地神仙韻又却不成些事句驀地驚殘韻 據我如今没投奔句見著你讀淚早偷彈韻對月臨風句一味埋冤韻笑則人前不妨笑句行笑裏讀斗覺心煩韻怎生分得煩惱句兩處匀攤韻

此亦謔詞，因其調僻，採以備體。

按，金、元曲子仙吕調者，前後段第二句皆六字，較此詞各减一字，在宋詞中無别首可校。

## 滿江紅十四體

此調有仄韻、平韻兩體。仄韻詞，宋人填者最多，其體不一，今以柳詞爲正體，其餘各以類列。《樂章集》注“仙吕調”，高栻詞注“南吕調”。平韻詞，祇有姜詞一體，宋、元人俱如此填。

**滿江紅** 雙調九十三字，前段八句四仄韻，後段十句五仄韻。

柳 永

暮雨初收句長川静讀征帆夜落韻臨島嶼讀蓼煙疏淡句葦風蕭索韻幾許漁人横短艇句盡將燈火歸村落韻遣行客讀當此念回程句傷漂泊韻 桐江好句煙漠漠韻波似染句山如削韻繞嚴陵灘畔句鷺飛魚躍韻游宦區區成底事句平生况有雲泉約韻歸去來讀一曲仲宣吟句從軍樂韻

此調押仄聲韻者以柳詞此體爲定格。若張詞之多押兩韻，戴詞之多押一韻，吕詞之减字，蘇、趙、辛、柳、杜詞之添字，以及葉詞之句讀異同，王詞之句讀全異，皆變格也。

周紫芝詞前後兩結“問向晚、誰欲畫漁蓑，寒江立”，“便準擬、一醉廣寒宫，千山白”，“向晚”、“準擬”四字俱仄聲；“把功名、收拾付君侯，如椽筆”，“正梅花、萬里雪深時，須相憶”，“功名”、“梅花”四字俱平聲;程垓詞"但獨褰、幽幌悄無音,傷離别","問甚時、重理錦囊書,從頭説","獨"字、"甚"字俱仄聲,"褰"字、"時"字俱平聲,均屬正體,填者不拘。又,换頭四句,原屬六字折腰兩句,當以此詞之平仄爲定格,如譜内張詞、戴詞亦爲合格。若蔡伸詞起句之"並蘭舟","舟"字平聲;范成大詞起句之"志千里","志"字仄聲;袁去華詞第二句之"道傍李","道"字仄聲;曹冠詞第三句之"醉夢裏","醉"字仄聲;楊炎昶詞第四句之"酒無力","酒"字仄聲,非定格也。又,侯寘詞後段第六句"經營拂掠","拂"字入聲;張炎詞結句"白鷗識","白"字入聲,此皆以入作平,不注可仄。又,蘇軾詞後段第七句"欲向佳人訴離恨","離"字平聲;柳詞别首後段第九句"待到頭,終究問伊著","著"字仄聲;趙師俠詞結句"無杜宇","杜"字仄聲,此皆偶誤,亦不注可平可仄。

按,張孝祥詞前段第三、四句"動遠思、空江小艇,高丘喬水","高"字平聲;范成大詞後段第六句"桃根雙楫","桃"字平聲。譜内據此,餘參張元幹以下八詞。

**又一體** 雙調九十三字,前段八句五仄韻,後段十句六仄韻。

張元幹

春水連天句桃花浪讀幾番風惡韻雲乍起讀遠山遮盡句晚風還作韻緑遍芳洲生杜若韻楚帆帶雨煙中落韻認向來讀沙觜共停橈句傷飄泊韻　寒猶在句衾偏薄韻腸欲斷句愁難著韻倚篷窗無寐句引杯孤酌韻寒食清明都過却韻可憐辜負年時約韻想小樓讀日日望歸舟句人如削韻

此與柳詞同,惟前段第五句、後段第七句皆押韻異。

按,程珌"頗恨登臨"詞前段第五、六句"當日卧龍商略處,秦淮王氣真何許",後段第七、八句"可笑唐人無意度,却言此虎淩波去",正與此同。

**又一體** 雙調九十三字,前段八句四仄韻,後段十句六仄韻。

戴復古

赤壁磯頭句一番過讀一番懷古韻想當時讀周郎年少句氣吞區宇韻萬騎臨江貔虎噪句千艘列炬魚龍怒韻卷長波讀一鼓困曹瞞句今如許韻　江上渡韻江邊路韻形勝地句興亡處韻覽遺蹤句勝讀史書言語韻幾度東風吹世换句千年往事隨潮去韻問道傍讀楊柳爲誰春句摇金縷韻

此與柳詞同,惟换頭句多押一韻。按,晁補之"莫話南征"詞:"清時事,羇遊意,盡付與,狂歌醉。"段克己詞:"活國手,談天口,都付與,尊中酒。"正與此同。

此詞後段第五、六句作上三下六句法,宋詞如此者甚多,如柳詞别首之"盡思量,休又怎生休得",周紫芝詞,"又何如,聊遣舞衣紅濕",皆與此同。

**又一體** 雙調九十一字,前段八句四仄韻,後段十句五仄韻。

吕渭老

燕拂危檣句斜日外讀數峰凝碧韻正暗潮生渚句暮風飄席韻初過南村沽酒市句連空十頃

菱花白韻想故人讀輕箑障遊絲句聞遥笛韻　　魚與雁句通消息韻心與夢句空牽役韻到如今相見句怎生休得韻斜抱琵琶傳密意句一襟新月横空碧韻問甚時讀同作醉中仙句煙霞客韻

此亦柳詞體,惟前段第三句減二字異。按,程垓詞"况人間元似,泛家浮宅",吕本中詞"對一川平野,數椽茅屋",康與之詞"正青春未老,流鶯方歇",嚴羽詞"正錢塘江上,潮頭如雪",俱與此同。

**又一體** 雙調八十九字,前段七句四仄韻,後段十句五仄韻。

吕渭老

晚浴新涼句風蒲亂讀松梢見月韻庭陰静讀暮蟬啼歇韻螢繞井闌簾入燕句荷香蘭氣供摇箑韻賴晚來讀一雨洗遊塵句無些熱韻　　心下事句峰重疊韻人甚處句星明滅韻想行雲應在句鳳凰城闕韻曾約佳期同菊蕊句當時共指燈花説韻據眼前讀何日是西風句吹涼葉韻

此亦柳詞體,惟前段第三句減四字。按,吕詞别首"笑語移時"詞"鮮明是、晚來妝飾",正與此同。

**又一體** 雙調九十四字,前段八句四仄韻,後段十句五仄韻。

蘇　軾

東武南城句新堤固讀漣漪初溢韻隱隱遍讀長林高阜句卧紅堆碧韻枝上殘花吹盡也句與君試向江邊覓韻問向前讀猶有幾多春句三之一韻　　官裏事句何時畢韻風雨外句無多日韻相將泛曲水句滿城争出韻君不見讀蘭亭修禊事句當時坐上皆豪逸韻到如今讀修竹滿山陰句空陳跡韻

此亦與柳詞同,惟後段第七句添一字。按,蘇軾别首"憂喜相尋"詞後段第七、八句"君不見、周南歌漢廣,天教夫子休喬木",李嬰"荆楚風煙"詞"君不見、凌煙冠劍客,何人氣貌長似舊",正與此同。

**又一體** 雙調九十四字,前段八句四仄韻,後段十句五仄韻。

趙　鼎

慘結秋陰句西風送讀絲絲雨濕韻凝望眼讀征鴻幾字句暮投沙磧韻欲往鄉關何處是句水雲浩蕩連南北韻但修眉讀一抹有無中句遥山色韻　　天涯路句江上客韻腸欲斷句頭應白韻空搔首興歎句暮年離隔韻欲待忘憂除是酒句奈酒行欲盡愁無極韻便挽將讀江水入尊罍句澆胸臆韻

此亦與柳詞同,惟後段第八句添一字。按,李昴英"薄冷催霜"詞後段第七、八句"萬里寒雲迷北斗,望遠峰夕照類西顧",正與此同。

**又一體** 雙調九十四字,前段八句四仄韻,後段十句五仄韻。

辛棄疾

點火櫻桃句照一架讀酴醾如雪韻春正好讀見龍孫穿破句紫苔蒼壁韻乳燕引雛飛力弱句

流鶯喚友嬌聲怯韻問春歸讀不肯帶愁歸句腸千結韻　層樓望句春山疊韻家何在句煙波隔韻把古今遺恨句向他誰説韻蝴蝶不傳千里夢句子規叫斷三更月韻聽聲聲讀枕上勸人歸句歸難得韻

此亦與柳詞同，惟前段第三句添一字異。

**又一體** 雙調九十七字，前段八句五仄韻，後段十句六仄韻。

柳　永

萬恨千愁句將年少讀衷腸牽繫韻殘夢斷讀酒醒孤館句夜長滋味韻可惜許讀枕前多少意韻到如今讀兩總無終始韻獨自箇讀贏得不成眠句成憔悴韻　添傷感句消何計韻空只恁句厭厭地韻無人處思量句幾度垂淚韻不會得讀都來些子事韻甚恁底讀抵死難拌棄韻待到頭讀終久問伊著句如何是韻

此即"暮雨初收"詞體，惟前段第五、六句，後段第七、八句各添一襯字，又"意"字、"事"字皆押韻。

**又一體** 雙調九十四字，前段九句四仄韻，後段十句五仄韻。

杜　衍

無名無利句無榮無辱句無煩無惱韻夜燈前讀獨歌獨酌句獨吟獨笑韻又值群山初雪滿句又兼明月交光好韻便假饒讀百歲擬如何句從他老韻　知富貴句誰能保韻知功業句何時了韻算箪瓢金玉句所争多少韻一瞬光陰何足道句但思行樂常不早韻待春來讀携酒殢東風句眠芳草韻

此詞見《花草粹編》，採之《言行録》，即柳詞九十三字體，惟前段第一句平仄不同，第二句添一襯字作四字兩句，若減去襯字，則"無榮辱，無煩無惱"，仍是上三下四句法，便合調矣。

**又一體** 雙調九十一字，前段八句四仄韻，後段十句五仄韻。

葉夢得

雪後郊原句煙林外讀梅花初坼韻春欲半句猶自探春消息韻一眼平蕪看不盡句夜來小雨催新碧韻笑去年讀携酒折花人句花應識韻　蘭舟漾句城南陌韻雲影淡句天容窄韻繞風漪十頃句暖浮晴色韻恰是槎頭收釣處句坐中仍有江南客韻問如何讀兩槳下苕溪句吞雲澤韻

此亦與柳詞同，惟前段第三、四句作三字一句、六字一句異。

**又一體** 雙調九十一字，前段八句四仄韻，後段九句五仄韻。

葉夢得

一朵黄花句先催報讀秋歸消息韻滿芳枝凝露句爲誰裝飾韻便向尊前拌醉倒句古今同是

東籬側韻問何須讀特地賦歸來句抛彭澤韻　回首去年時節韻開口笑句真難得韻使君今那更句自成行客韻霜鬢不辭重插滿句他年此會何人憶韻記多情讀曾伴小闌干句親攀摘韻

此亦與柳詞同,惟後段起句作六字一句異。

**又一體** 雙調九十二字,前段八句五仄韻,後段八句七仄韻。

王之道

竹馬來迎句留不住讀寸心如結韻歷湖濱讀須濡相望句近同吴越韻闕里風流今未減韻此行報政看期月韻已驗康沂富國句千古曾無別韻　多謝潤沾枯轍韻令我神思清發韻新命歡浹韻兩邦情惬韻明日西風帆卷席韻高檣到處旌麾列韻忽相思讀吾當往句誰謂三山隔韻

此詞前後段兩結及换頭句句讀與諸家全異,譜中採入,以備一格。

**又一體** 雙調九十三字,前段八句四平韻,後段十句五平韻。

姜　夔

仙姥來時句正一望讀千頃翠瀾韻旌旗與讀亂雲俱下句依約前山韻命駕群龍金作軛句相從諸娣玉爲冠韻向夜深讀風定悄無人句聞佩環韻　神奇處句君試看韻奠淮右句阻江南韻遣六丁雷電句别守東關韻應笑英雄無好手句一篙春水走曹瞞韻又怎知讀人在小江樓句簾影間韻

此調押平聲韻者衹有此體,句讀與仄韻詞同。

按,姜詞自序云:"《滿江紅》舊詞用仄韻,多不叶律。如周邦彦詞'無心撲'句,歌者將'心'字融入去聲,方諧音律。予欲以平韻爲之,久不能成,因泛巢湖,祝曰:'得一席風,當以平韻《滿江紅》爲神姥壽。'言訖,風與帆俱駛,頃刻而成。末句云'聞佩環',則叶律矣。"此詞兩結三字句,並用平仄平,吴文英、彭元遜、彭芳遠、李琳諸詞皆然。按,吴詞前段第一、二句"竹下門敲,又呼起、蝴蝶夢清","竹"字仄聲,"呼"字平聲,又一首"雲氣樓臺,分一派、滄浪翠蓬","分"字、"浪"字俱平聲;第三、四句"閒裏看、鄰牆梅子,幾度生仁","裏"字仄聲,"鄰"字平聲,"幾"字仄聲。彭詞"西樓外、天低水湧,龍挾秋吟","水"字仄聲。吴詞第五、六句"風送流花時過岸,浪摇晴練欲飛空","風"字平聲,"浪"字仄聲。彭詞"銜盡吴花成鹿苑,人間不恨雨和風","不"字仄聲。吴詞第七句"算鮫宫,衹隔一紅塵","鮫"字平聲,"衹"字仄聲。彭詞後段第一、二、三、四句"山霧濕,倚熏籠,垂匐葉,鬢酥融","霧"字、"倚"字俱仄聲,"熏"字、"垂"字俱平聲,"匐"字仄聲;第五、六句"恨宫雲一朵,飛過空同","宫"字平聲,"一"字仄聲,"飛"字平聲。吴詞第七句"秋色未教飛盡雁","未"字仄聲。李詞"佛界三千籠日月","佛"字仄聲;第八句"仙樓十二挂星辰","仙"字平聲,"十"字仄聲。吴詞第九句"看高鴻、飛上碧雲中","高"字平聲。彭詞"問故人、忍更負東風","忍"字仄聲。譜内可平可仄據此。

# 《御定詞譜》卷二十三　起九十三字至九十五字

## 凄凉犯三體

白石調注仙吕調犯商調，一名《瑞鶴仙影》。其自序曰："合肥巷陌皆種柳，秋風夕起，騷騷然。余客居闔户，時聞馬嘶，出城四顧，則荒煙野草，不勝凄黯，乃著此解。琴有《凄凉調》，假以爲名。凡曲言犯者，謂以宫犯商、商犯宫之類，如道調宫上字住，雙調亦上字住，所住字同，故道調曲中犯雙調，或於雙調曲中犯道調，其他準此。唐人《樂書》云：犯有正、旁、偏、側，宫犯宫爲正，宫犯商爲旁，宫犯角爲偏，宫犯羽爲側。此説非也，十二宫所住字各不同，不容相犯。十二宫特可犯商、角、羽耳。"

**凄凉犯**　雙調九十三字，前段九句六仄韻，後段九句四仄韻。

姜　夔

緑楊巷陌韻西風起讀邊城一片離索韻馬嘶漸遠句人歸甚處句戍樓吹角韻情懷正惡韻更衰草寒煙淡薄韻似當時讀將軍部曲句迤邐度沙漠韻　追念西湖上句小舫携歌句晚花行樂韻舊遊在否句想如今讀翠凋紅落韻漫寫羊裙句等新雁來時繫著韻怕匆匆讀不肯寄與句誤後約韻

此調爲姜夔自度曲，自應以此詞爲正體。吴文英"空江浪闊"詞，正與此同。若張詞之前段第一、二句，句讀小異，或添一字，皆變體也。

按，吴詞前段起句"空江浪闊"，"空"字平聲；第五句"露搔淚濕"，"淚"字仄聲；後段起句"樊姊玉奴恨"，"玉"字仄聲；第八句"倚瑶臺、十二金錢"，"錢"字平聲。譜内可平可仄據此，餘參張詞二首。

**又一體**　雙調九十三字，前段九句五仄韻，後段九句四仄韻。

張　炎

西風暗剪荷衣碎句柔絲不解重緝韻荒煙斷浦句晴暉凌亂句半江摇碧韻悠悠望極韻忍獨聽讀秋聲漸急韻更憐他讀柳發蕭條句相爲動愁色韻　老態今如此句猶自留連句醉筇遊屐韻不堪瘦影句渺天涯讀盡成行客韻因甚忘歸句漫吹裂讀山陽夜篴韻夢三十六陂流水句去未得韻

此亦姜詞體，惟前段起句七字不押韻，第二句六字，後段第八句不折腰異。

**又一體**　雙調九十四字，前段九句五仄韻，後段九句四仄韻。

張　炎

蕭疏野柳嘶寒馬句蘆花深讀還見遊獵韻山勢北來句甚時曾到句醉魂飛越韻酸風自咽韻擁吟鼻讀征衣暗裂韻正凄迷讀天涯羈旅句不似灞橋雪韻　　誰念而今老句懶賦長楊句倦懷休説韻空憐斷梗句夢依依讀歲華輕别韻待擊歌壺句怕如意讀和冰凍折韻且行行讀平沙萬里句盡是月韻

此與"西風暗剪"詞同，惟前段第二句添一字作上三下四句法異。

## 浣溪沙慢一體

調見《片玉集》，亦名《浣溪紗慢》。

**浣溪沙慢**　雙調九十三字，前段九句五仄韻，後段十句五仄韻。

周邦彦

水竹舊院落句鶯引新雛過韻嫩英翠幄句紅杏交榴火韻心事暗卜句葉底尋雙朵韻深夜歸青瑣韻燈盡酒醒時句曉窗明讀釵横鬢彈韻　　怎生那韻被間阻時多句奈愁腸數疊句幽恨萬端句好夢還驚破韻可怪近來句傳語也無箇韻莫是嗔人呵韻果若是嗔人句却因何讀逢人問我韻

此詞《清真集》不載，故方千里、楊澤民、陳允平皆無和詞。

前段第二句，坊刻作"櫻筍新蔬果"，今依《苕溪詞話》訂正。

## 四犯剪梅花三體

調見《龍洲詞》。前後段首句不押韻者名《四犯剪梅花》，押韻者名《轆轤金井》，盧祖皋詞名《月城春》。又名《錦園春》，一名《三犯錦園春》。

**四犯剪梅花**　雙調九十三字，前段九句五仄韻，後段十句五仄韻。

劉　過

水殿風凉句賜環歸讀正是夢熊華旦韻疊雪羅輕句稱雲章題扇韻西清侍宴韻望黄傘讀日華籠輦韻金券三王句玉堂四世句帝恩偏眷韻　　臨安記讀龍飛鳳舞句信神明有後句竹梧陰滿韻笑折花看句裛荷香紅淺韻功名歲晚韻帶河與讀礪山長遠韻麟脯杯行句狨韉坐

穩句内家宣勸韻

此調前後段第一、二句，即《解連環》之第一、二、三句；第三、四句，即《醉蓬萊》之第四、五句；第五、六句，即《雪獅兒》之第六、七句；第七、八、九句，即《醉蓬萊》之第九、第十、第十一句。後段第一、二、三句，即《解連環》之第一、二、三句；第四、五句，即《醉蓬萊》之第五、六句；第六、七句，即《雪獅兒》之第六、七句；第八、九、十句，即《醉蓬萊》之第十、第十一、第十二句。凡集四調，故曰"四犯"，本屬三調，故又曰"三犯"。細辯句讀，應以盧詞爲合格。若劉詞之前後段起句不押韻，第二句作上三下六句法，後段起句又多一字，似與《解連環》不合。因相傳已久，故仍列劉詞於前，以備參考。其可平可仄，則注於盧詞之下，以見此調之正體也。

**又一體** 雙調九十三字，前段九句六仄韻，後段十句六仄韻。

劉　過

翠眉重掃韻後房深讀自唤小蠻嬌小韻繡帶羅垂句報濃妝纔了韻堂虚夜悄韻但依約讀鼓簫聲鬧韻一曲梅花句尊前舞徹句梨園新調韻　高陽醉讀玉山未倒韻看鞋飛鳳翼句玉釵微嫋韻秋滿東湖句更西風凉早韻桃源路杳韻記流水讀泛舟曾到韻桂子香濃句梧桐影轉句月寒天曉韻

此與"水殿風凉"詞同，惟前段起句及换頭句皆押韻異。

**又一體** 雙調九十二字，前後段各十句六仄韻。

盧祖皋

五雲騰曉韻望凝香畫戟句恍然蓬島韻玉露冰壺句照神仙風表韻詩書坐嘯韻喚淮楚讀滿城春好韻雨谷催耕句風簾戲鼓句家家歡笑韻　南湖細吟未了韻看金蓮夜直句丹鳳飛詔韻鬢影青青句辦功名多少韻持杯滿酹韻聽千里讀咸歌難老韻試問尊前句蟠桃次第句紅芳猶小韻

此詞前段第一句押韻，第二句五字，第三句四字，後段第一句六字押韻，方與《解連環》調句讀合，盧詞三首並同。

按，盧詞别首前段第四、五句"絲雨濛晴，放珠簾高卷"，"絲"字平聲；後段第一、二、三句"洛陽畫圖舊見，向天香深處，猶認嬌面"，"洛"字仄聲，"深"字平聲；第四、五句"露縠霞綃，聞綺羅裁剪"，"聞"字平聲，"綺"字仄聲。餘參劉詞，惟前段起句，劉詞第一首不押韻，换頭句劉詞俱七字，不便參校，因不據作譜。

## 高平探芳新一體

調見《夢窗詞》，吴文英自度高平調曲。

**高平探芳新**　雙調九十三字,前段十二句一叶韻四仄韻,後段十二句五仄韻。

吴文英

九街頭叶正軟塵酥潤句雪銷殘溜韻禊賞祇園句花豔雲陰籠晝韻層梯峭句空麝散句擁凌波句縈翠袖韻歎年端句連環轉句爛漫遊人如繡韻　腸斷回廊佇久韻便寫意濺波句傳愁蹙岫韻漸没飄紅句空惹閒情春瘦韻椒杯香句乾醉醒句怕西窗句人散後韻暮寒深句遲回處句自攀庭柳韻

此調淵源似出《探芳訊》,但攤破句法,移换宫調,自成新聲,即與《探芳訊》不同,故另編一體。

此詞可平可仄,亦無别首可校。

## 臨江仙慢一體

《樂章集》注"仙吕調"。

**臨江仙慢**　雙調九十三字,前段十一句五平韻,後段十一句六平韻。

柳　永

夢覺小庭院句冷風淅淅句疏雨蕭蕭韻綺窗外讀秋聲敗葉狂飄韻心摇韻奈寒漏永句孤幃悄句淚燭空燒韻無端處句是繡衾鴛枕句閒過清宵韻　蕭條韻牽情繫恨句争向年少偏饒韻覺新來讀憔悴舊日風標韻魂消韻念歡娱事句煙波阻句後約方遥韻還經歲句問怎生禁得句如許無聊韻

此調祇有此詞,平仄無别首可校。

此詞押三短韻,前後段第六句作上一下三句法,第十句作上一下四句法,當是體便,填者審之。

## 雪明鳷鵲夜一體

調見《花草粹編》。

**雪明鳷鵲夜**　雙調九十四字,前段十句四仄韻,後段八句四仄韻。

宋徽宗

望五雲多處句探春開閬苑句别就瑶島韻正梅雪韻清句桂月光皎韻鳳帳龍簾縈嫩風句御座深讀翠金間繞韻半天中句香泛千花句燈挂百寶韻　聖時觀風重臘句有簫鼓沸空句錦繡匝道韻競呼盧氣貫調歡笑韻袖裏金錢擲下句來侍宴讀歌太平睿藻韻願年年此際句

迎春不老韻

此調僅見此詞，無別首可校。

## 玉漏遲七體

蔣氏《九宫譜》黄鍾宫。

**玉漏遲** 雙調九十四字，前段十句五仄韻，後段九句五仄韻。

宋 祁

杏香飄禁苑句須知自昔句皇都春早韻燕子來時句繡陌漸熏芳草韻蕙圃夭桃過雨句弄碎影讀紅飾清沼韻深院悄韻緑楊巷陌句鶯聲争巧韻　早是賦得多情句更遇酒臨花句鎮辜歡笑韻數曲闌干句國漫勞登眺韻漢外微雲盡處句亂峰鎖讀一竿斜照韻歸路杳韻東風淚零多少韻

此詞前段起句不押韻，北宋詞俱照此填。按，前段起句，葛立方詞“窗户明環堵”，“窗”字平聲。第二、三句，劉因詞“人生何必，武陵溪上”，“何”字平聲。第六句，劉詞“不似東山高卧”，“高”字平聲。第七句，周密詞“鶯醉語、香紅圍繞”，“鶯”字平聲。第九句，張炎詞“詩夢正迷”，“詩”字平聲，“夢”字仄聲，“迷”字平聲。後段起句，周詞“雨窗短夢無憑”，“窗”字平聲。張詞“幽趣盡屬閒僧”，“幽”字平聲。第二句，張詞“渾未識人間”，“渾”字平聲。第四句，何夢桂詞“何處玉堂”，“玉”字仄聲。第五句，何詞“滿地蒼苔不掃”，“蒼”字平聲。第六句，劉詞“天設四時佳興”，“佳”字平聲。第九句，張詞“那更好遊人老”，“那更”二字俱仄聲。譜内可平可仄據此，餘參所採六詞。若吴文英詞之前段結句“分秋一半”，張埜詞之後段結句“忘却鏡中白髮”，又何夢桂詞之後段第五句“滿地蒼苔不掃”，“一”字、“白”字、“不”字俱入聲，此以入替平，不注可仄。又，何夢桂詞前段起句“問春先開未”，元好問第六句“不如麒麟畫裏”，“開”字、“如”字平聲，查宋、元詞，此二字並無用平聲者，故亦不注可平。

**又一體** 雙調九十四字，前段十句六仄韻，後段九句五仄韻。

吴文英

絮花寒食路韻晴絲罥日句緑陰吹霧韻客帽欺風句愁滿畫船煙浦韻彩挂秋千散後句悵塵銷讀燕簾鶯户韻從間阻韻夢雲無準句鬢霜如許韻　夜永繡閣藏嬌句記掩扇傳歌句剪燈留語韻月約星期句細把花須頻數韻彈指一襟怨恨句漫空倩讀啼鵑聲訴韻深院宇韻黄昏杏花微雨韻

此與宋祁詞同，惟前段起句押韻異。按，南宋人詞俱如此填。

**又一體** 雙調九十四字，前後段各十句六仄韻。

張 翥

病懷因酒惱韻依稀夢裏句吴娃嬌小韻金縷歌殘句人去月斜雲杳韻怕見棲香燕晚句又怕

聽讀啼花鶯曉韻庭院悄韻生衣欲試句風寒猶峭韻　窈窕韻青粉牆底句送影過秋千句驀然聞笑韻半朵棠梨句微露鳳釵紅嫋韻近日琴心倦寫句更遠信讀西沈青鳥韻虚負了韻花月一春多少韻

此與吴詞同,惟换頭句多押一短韻。按,白樸詞"縹緲。露閣雲窗,恨夢斷青鸞,夜深寒峭";又,劉因詞"且唱。一曲漁歌,當無復當年,缺壺悲壯";張埜詞"浪走。紫陌紅塵,笑底用腰間,印金懸斗"。元詞無不藏短韻者,正與此同。

**又一體**　雙調九十四字,前段十句五仄韻,後段九句五仄韻。

吴文英

雁邊風信小句飛瓊望杳句碧雲先晚韻露冷闌干句定怯藕絲冰腕韻淨洗浮雲片玉句勝花影讀春燈相亂韻秦鏡滿韻素娥未肯句分秋一半韻　每圓處讀即良宵句甚此夕偏饒句對歌臨怨韻萬里嬋娟句幾許霧屏雲幔韻孤兔凄涼照水句曉風起讀銀河西轉韻摩淚眼韻瑶臺夢回人遠韻

此亦與宋詞同,惟换頭作六字折腰句法異。

**又一體**　雙調九十六字,前段十句五仄韻,後段九句五仄韻。

程　垓

一春渾不見句那堪又是句花飛時節韻忍對危闌數曲句暮雲千疊韻門外星星柳眼句看誰是讀當時風月韻愁萬結韻憑誰問我句殷勤低説韻　不是慣却春心句奈新燕傳情句舊鶯饒舌韻冷篆餘香句莫放等閒消歇韻縱使繁紅褪盡句猶自有讀酴醾堪折韻魂夢切韻如今不奈讀飛來蝴蝶韻

此亦與宋詞同,惟前段第四句六字,第五句四字,後段結句添二字作八字句異。

**又一體**　雙調九十三字,前段十句六仄韻,後段九句五仄韻。

蔣　捷

翠鴛雙穗冷韻鶯聲喚轉句春風芳景韻花湧袖香句此度徐妝偏稱韻水月仙人院宇句到處有讀西湖如鏡韻煙岫暝韻纖蔥誤指句蓮峰篁嶺韻　料想小閣初逢句正浪拍紅猊句袖飛金餅韻樓倚斜暉句勝把佳期重省韻萬種惺忪笑語句一點温柔情性韻釵倦整韻盈盈背燈嬌影韻

此與吴文英"絮花寒食"詞同,惟後段第七句减一字異。

**又一體**　雙調九十字,前段九句六仄韻,後段八句五仄韻。

滕　賓

問誰争乞巧韻誰知巧處成煩惱韻天上佳期句底事别多歡少韻雨夢雲情半晌句又早被讀

西風吹曉韻愁未了韻星橋隔斷句銀河深杳韻　　可笑兒女浮名句似瓜果讀絲縈繞韻百拙無能句贏得自家華晧韻我笑嫦娥解事句但歲歲讀蛾眉空老韻歸去好韻江上緑波煙草韻

此見鳳林書院元詞，亦吴詞體，惟前段第二、三句減一字作七字一句，後段第二、三句減三字作六字一句異。

## 尾犯五體

調見《樂章集》，"夜雨滴空階"詞注正宫，"晴煙冪冪"詞注林鍾商。秦觀詞名《碧芙蓉》。

**尾犯**　雙調九十四字，前段十句四仄韻，後段八句四仄韻。

柳　永

夜雨滴空階句孤館夢回句情緒蕭索韻一片閒愁句想丹青難貌韻秋漸老讀蛩聲正苦句夜將闌讀燈花漸落韻最無端處句忍把良宵句只恁孤眠却韻　　佳人應怪我句别後寡信輕諾韻記得當時句剪香雲爲約韻甚時向讀幽閨深處句按新詞讀流霞共酌韻再同歡笑句肯把金玉珠珍博韻

此調九十四字者以此詞爲正體，秦觀、吴文英、趙以夫諸詞俱如此填。若蔣詞之後段第二句添一字，結句句法不同，乃變體也。

沈伯時《樂府指迷》論此詞結句"金"字應用去聲。按吴文英"紺海掣微雲"詞"滿地桂陰無人惜"，趙義夫詞，"殷勤更把茱萸囑"，"桂"字、"更"字去聲，但吴詞"陰"字平聲，趙詞"殷勤"二字平聲。吴詞别首"遠夢越來溪上月"，"上"字仄聲，則又與此詞不同。今以"滿地桂陰"句爲定格，蓋"陰"字平聲，可以"玉"字入聲替也。

按，趙詞前段第一句"長嘯躡高寒"，"長"字平聲；第六句"引光禄、清吟興動"，"引"字仄聲，"光"字平聲；第七句"憶龍山、舊遊夢斷"，"舊"字仄聲。秦詞第八、九、十句"闌干閒倚，庭院無人，顛倒飄黄葉"，"闌"字、"庭"字、"顛"字俱平聲。吴詞第九、十句"忍向夜深，簾户照陳跡"，"夜"字、"照"字俱仄聲。秦詞後段第一、二句"故園當此際，遥想弟兄羅列"，"故"字仄聲，"遥"字、"兄"字俱平聲；第三句"携酒登高"，"携"字平聲；吴詞第五句"二十五、聲聲秋點"，"十"字仄聲；第六句"夢不認、屏山路窄"，"不"字、"認"字俱仄聲。秦詞第七句"長吟抱膝"，"長"字平聲，"换"字仄聲。譜内可平可仄據此，餘參蔣詞。

此詞前段第五句、後段第四句例作上一下四句法，如秦詞之"喜秋光清絶"、"把茱萸簪徹"，吴詞之"想清光先得"、"記年時相識"，又"冷霜波成纈"、"渺平蕪煙闊"，趙詞之"與斜陽天遠"、"覓東籬幽伴"，皆然，填者辨之。

**又一體**　雙調九十五字，前段十句四仄韻，後段八句四仄韻。

蔣　捷

夜倚讀書牀句敲碎唾壺句燈暈明滅韻多事西風句把齋鈴頻掣韻人笑語讀温温芋火句雁孤飛讀蕭蕭稷雪韻遍闌干外句萬頃魚天句未了予愁絶韻　雞邊長劍舞句念不到讀此様豪傑韻瘦骨稜稜句但凄其衾鐵韻是非夢讀無痕堪記句似雙瞳讀繽紛翠纈韻浩然心在句我逢著讀梅花便説韻

此與柳詞同，惟後段第二句添一字，結句作上三下四句法異。

**又一體**　雙調九十八字，前段十句五仄韻，後段十句六仄韻。

柳　永

晴煙冪冪韻漸東郊芳草句染成輕碧韻野塘風暖句遊魚動觸句冰澌微坼韻幾行斷雁句旋次第讀歸霜磧韻詠新詩讀手撚江梅句故人增我春色韻　似此光陰催逼韻念浮生句不滿百韻雖照人軒冕句潤屋金珠句於身何益韻一種勞心力韻圖利禄讀殆非長策韻除是恁讀點檢笙歌句訪尋羅綺消得韻

此調九十八字者以此詞爲正體，若晁詞之添一字，無名氏詞之添二字，皆變體也。

此詞可平可仄，即參下晁詞及無名氏詞。

**又一體**　雙調九十九字，前段九句五仄韻，後段十句六仄韻。

晁補之

廬山小隱韻漸年來疏懶句浸濃歸興韻彩橋飛過深溪句池底奔雷餘韻韻香爐照日句望處與讀青霄近韻想群仙讀呼我應還句怪曉來讀鬢絲垂鏡韻　海上雲車回軔韻少姑傳句金母信韻森翠裾瓊佩句落日初霞句紛紜相映韻誰見湖中景韻花洞裏讀杳然漁艇韻別是箇讀瀟灑乾坤句世情塵土休問韻

此與柳詞同，惟前段第四、五、六句作六字兩句，結句添一字作上三下四七字句異。

**又一體**　雙調一百字字，前段十句六仄韻，後段九句六仄韻。

《梅苑》無名氏

輕風淅淅韻正園林蕭索句未回暖律韻嶺頭昨夜句寒梅初發句一枝消息韻香苞漸坼韻天不許讀雪霜欺得韻望東吳讀驛使西來句爲誰折贈春色韻　玉瑩冰清容質韻迥不同讀群花品格韻如曉妝匀罷句壽陽香臉句徐妃粉額韻好把瓊英摘韻頻醉賞讀舞筵歌席韻休待聽讀嗚咽臨風句數聲月下羌笛韻

此亦與柳詞同，惟前段第八句、後段第二句校柳詞各添一字異。

## 駐馬聽一體

《樂章集》注林鍾商。

**駐馬聽** 雙調九十四字，前段十句六平韻，後段九句四平韻。

柳　永

鳳枕鸞幃韻二三載讀如魚似水相知韻良天好景句深憐多愛句無非盡意依隨韻奈何伊韻恣性靈讀忒殺些兒韻無事孜煎句萬回千度句怎免分離韻　而今漸行漸遠句漸覺雖悔難追韻漫恁寄消傳息句終久奚爲韻也擬重論繾綣句争奈翻覆思惟韻縱再會句只恐恩情句難似當時韻

此調惟見《樂章集》一詞，其平仄當遵之。

## 雪梅香二體

《樂章集》注正宮。

**雪梅香** 雙調九十四字，前段九句四平韻，後段十一句五平韻。

柳　永

景蕭索句危樓獨立面晴空韻動悲秋情緒句當時宋玉應同韻漁市孤煙嫋寒碧句水村殘葉舞愁紅韻楚天闊句浪浸斜陽句千里溶溶韻　臨風韻想佳麗句别後愁顔句鎮斂眉峰韻可惜當年句頓乖雨跡雲蹤韻雅態妍姿正歡洽句落花流水忽西東韻無憀意句盡把相思句分付征鴻韻

此詞前段第五句、後段第七句例作拗體，填者辨之。可平可仄參下無名氏詞。

**又一體** 雙調九十四字，前段九句四平韻，後段十句四平韻。

《梅苑》無名氏

歲將暮句雲帆風卷正凄凉韻見梅花呈瑞句素英澹薄含芳韻千片逞姿向江國句一枝無力倚鄰牆韻凝眸望句昨夜前村句雅態難忘韻　争妍鬬鮮潔句皓彩寒輝句冷豔清香韻姑射真人句更兼傅粉容光韻梁苑奇才動佳句句漢宫嬌態學嚴妝韻無憀恨句獨對光輝句别岸垂楊韻

此與柳詞同,惟换頭句不藏短韻異。

## 六幺令三體

《碧雞漫志》:《六幺》一名《緑腰》,一名《樂世》,一名《録要》。或云,此曲拍無過六字者,故曰《六幺》。今《六幺》行於世者,曰黄鍾羽,即俗呼般涉調;曰夾鍾羽,即俗呼中吕調;曰林鍾羽,即俗呼高平調;曰夷則羽,即俗呼仙吕調,皆羽調也。按,今《樂章集》,柳永九十四字詞,原注仙吕調,即《碧雞漫志》所雲羽調之一。

**六幺令** 雙調九十四字,前後段各九句五仄韻。

柳 永

澹煙殘照句摇曳溪光碧韻溪邊淺桃深杏句迤邐染春色韻昨夜扁舟泊處句枕簟當灘磧韻波聲漁笛韻驚回好夢句夢裏欲歸怎歸得韻　　輾轉翻成無寐句因此傷行役韻思念多媚多嬌句咫尺千里隔韻都爲深情密愛句不忍輕離拆韻好天良夕韻鴛幃寂静句算得也應暗思憶韻

此調以此詞爲正體,若賀詞之多押三韻,辛詞、陳詞之句讀或異,皆變體也。

此詞前段第三句,或作平平仄仄平仄,或作仄平仄平平仄,或作平平平仄平仄,若賀詞之平平仄仄仄仄,此亦偶誤,不必從。又,换頭句,晏幾道詞"遥想疏梅此際","此"字仄聲。周邦彦詞"華堂花豔對列","華堂"二字平聲,"豔"字、"對"字俱仄聲,填者或宗一體,不可三體合而爲一。

按,周密詞前段起句"凝雲剪素","凝"字平聲,"剪"字仄聲。晏幾道詞第二句"唤起懶妝束","唤"字仄聲;第三句,"晚來翠眉宫様","晚"字仄聲;又"年年花落時候","花"字平聲,"落"字仄聲。周詞第六句"寒鵲争枝曉","寒"字平聲。晏詞第八句"彩弦聲裏","彩"字仄聲,"聲"字平聲。李琳詞後段第三句"翠袖折取嬌紅","翠"詞、"折"字俱仄聲。晏詞第五句"莫道傷高恨遠","莫"字仄聲。譜内可平可仄據此,餘參賀詞、陳詞。

李琳詞前段第五句"依約天涯芳草","芳"字平聲。辛棄疾詞第七句"故人欲接","欲"字仄聲。查宋、元詞,並無同此者,故不注可平可仄。

**又一體** 雙調九十四字,前段九句六仄韻,後段九句七仄韻。

賀 鑄

暮雲消散句簾卷畫堂曉韻殘薰燼蠟隱映句綺席金壺倒韻塵送行鞭嫋嫋韻醉指長安道韻波平天杳韻蘭舟欲上句回首離愁滿芳草韻　　身外浮名擾擾韻已負狂年少韻無奈風月多情句此去應相笑韻心記歌聲縹緲韻翻是相思調韻明年春早韻宛溪楊柳句依舊青青爲

誰好韻

此與柳詞同，惟前後段第五句及换頭句俱押韻異。按，周密詞前後段第五句“白戰清冷未了”，“玉鑒新眉未雪”，换頭句“交映虚窗淨沼”，正與此同。

**又一體** 雙調九十四字，前後段各九句五仄韻。

陳允平

授衣時節句猶未定寒燠韻長空雨收雲霽句湛碧秋容沐韻還是鱸肥蟹美句橡栗村村熟韻不堪追逐韻龍山夢遠句惆悵田園自黄菊韻　醉中還念倦旅句觸景傷心目韻羞破帽讀把茱萸句更憶尊前玉韻愁立梧桐影下句月轉回廊曲韻歸期將卜韻西風吹雁句懶寄斜封但相囑韻

此亦與柳詞同，惟後段第三句六字折腰句法異。

## 保壽樂一體

周密《天基聖節樂次》：“再坐第六盞，觱篥獨吹商角調筵前《保壽樂》。”

**保壽樂** 雙調九十四字，前段十句四仄韻，後段九句五仄韻。

曹　勛

和氣暖回元日句四海充庭琛貢至韻仗衛儼東朝句鬱鬱葱葱句響傳環佩韻鳳曆無窮句慶慈闈上壽句皇情與天俱喜韻念永錫難老句在昔難比韻　六宫嬪嬙羅綺韻奉聖德讀坤寧俱至韻簫韶動鈞奏句花似錦句廣筵啟韻同祝宴賞處句從教月明風細韻億載享温清句長生久視韻

此調僅見《松隱集》一詞，無他作可校。

## 惜秋華五體

吴文英自度曲。

**惜秋華** 雙調九十四字，前段八句五仄韻，後段九句六仄韻。

吴文英

思渺西風句悵行蹤讀浪逐南飛高雁韻怯上翠微句危樓更堪憑晚韻蓬萊對起幽雲句澹墅色山容愁卷韻清淺韻瞰滄波讀静銜秋痕一線韻　十載寄吴苑韻慣東籬深處句把露黄

偷剪韻移莫影讀照越鏡句意銷香斷韻秋娥賦得閒情句倚翠尊讀小眉初展韻深勸韻待明朝讀醉巾重岸韻

此調見《夢窗詞》，凡五首，句讀韻脚，互有異同，故悉載以盡其變。

此詞可平可仄即參下四詞句法同者，惟"路遠仙城"詞後段第六句"愁邊暮合碧雲"，"碧"字入聲；"數日西風"詞後段第五句"已近紫霄尺五"，"尺"字入聲；結句"問別來、解相思否"，"別"字入聲。此皆以入作平，不注可仄。

**又一體** 雙調九十三字，前段十句四仄韻一叶韻，後段九句六仄韻。

吴文英

路遠仙城句自玉郎去却韻芳卿憔悴韻錦段鏡空句重鋪步幛新綺韻凡花瘦不禁秋句幻膩玉腴紅鮮麗韻相携叶試新妝乍畢句交扶輕醉韻　長記斷橋外韻驟玉驄過處句千嬌凝睇韻昨夢頓醒句依約舊時眉翠韻愁邊暮合碧雲句倩唱入讀六幺聲裏韻風起韻舞斜陽讀闌干十二韻

此與"思渺西風"詞同，惟後段第三句減一字，第五句不作六字折腰句法異。又，"思渺西風"詞前段第八句短韻，仍押仄聲韻，此用平聲，乃本部三聲叶。

**又一體** 雙調九十三字，前段八句四仄韻，後段九句六仄韻。

吴文英

細響殘蛩句傍燈前讀似説深秋懷抱韻怕上翠微句傷心亂煙殘照韻西湖鏡掩塵沙句翳曉影讀秦鬟雲擾韻新鴻句唤凄凉讀漸入紅萸烏帽韻　江上故人老韻視東籬秀色句依然娟好韻晚夢趁讀鄰杵斷句乍將愁到韻秋娘淚濕黄昏句又滿城讀雨輕風小韻閒了韻看芙蓉讀畫船多少韻

此亦與"思涉西風"詞同，惟前段第八句不押短韻，後段第三句亦減一字異。

**又一體** 雙調九十三字，前段十句四仄韻，後段九句六仄韻。

吴文英

數日西風句打秋林棗熟句還催人去韻瓜果夜深句斜河擬看星度韻匆匆便倒離尊句悵遇合讀雲銷萍聚韻留連句有殘蟬韻晚句時歌金縷韻　緑水暫如許韻奈南牆冷落句竹煙槐雨韻此去杜曲句已近紫霄尺五韻扁舟夜宿吴江句正水佩霓裳無數韻眉嫵韻問別來讀解相思否韻

此與"細響殘蛩"詞同，惟後段第五句不作折腰句法異。

**又一體** 雙調九十三字，前段九句四仄韻，後段九句六仄韻。

吴文英

露罥蛛絲句小樓陰墮月句秋驚華鬢韻宫漏未央句當時鈿釵遺恨韻人間夢隔西風句算天上讀年華一瞬韻相逢句縱相疏讀勝却巫陽無準韻　何處動涼訊韻聽露井梧桐句楚騷成韻韻彩雲斷讀翠羽散句此情難問韻銀河萬古秋聲句但望中讀婺星清潤韻輕俊韻度金針讀漫牽方寸韻

此與"數日西風"詞同，惟前段第九句作上三下五句法，後段第四句折腰句法異。

## 古香慢一體

吴文英自度曲，原注夷則商，犯無射宫。

**古香慢** 雙調九十四字，前段九句四仄韻，後段九句五仄韻。

吴文英

怨娥墜柳句離佩搖葒句霜訊南浦韻漫憶佳人句倚竹袖寒日暮韻還問月中游句夢飛過讀金風翠羽韻把殘雲剩水萬頃句暗熏冷麝凄苦韻　漸浩渺讀凌山高處韻秋澹無光句殘照誰主韻露粟侵肌句夜約羽林輕誤韻剪碎惜秋心句更腸斷讀珠塵蘚露韻怕重陽句又催近讀滿城風雨韻

此吴文英自度腔，其平仄當悉依之。

## 芙蓉月一體

調見《虚齋樂府》，蓋詠芙蓉，因詞中有"殘月澹"句，故名《芙蓉月》。

**芙蓉月** 雙調九十四字，前段九句四仄韻，後段十一句六仄韻。

趙以夫

黄葉舞空碧句臨水處讀照眼紅葩齊吐韻柔情媚態句佇立西風如訴韻遥想仙家城闕句十萬緑衣童女韻雲縹緲句玉娉婷句隱隱彩鸞飛舞韻　尊前更風度韻記天香國色句曾占春暮韻依然好在句還伴清霜涼露韻一曲闌干敲遍句悄無語韻空相顧韻殘月澹句酒闌時句滿城鍾鼓韻

此趙自度曲，無别首可校。

## 一枝春二體

調見楊纘詞,其自度曲也。

**一枝春** 雙調九十四字,前段八句四仄韻,後段八句五仄韻。

楊 纘

竹爆驚春句競喧闐讀夜起千門簫鼓韻流蘇帳暖句翠鼎緩騰香霧韻停杯未舉句奈剛要讀送年新句韻應自有讀歌字清圓句未誇上林鶯語韻　從他歲窮日暮韻縱閒愁讀怎減劉郎風度韻屠蘇辦了句迤邐柳欺梅妒韻宮壺未曉句早驕馬繡車盈路韻還又把讀月夜花朝句自今細數韻

此調始於此詞,當以此詞爲正體。若張炎詞之多押一韻,乃變體也。

此詞前後段第二句俱作上三下六句法,張詞則俱作上一下四五字一句、四字一句,他如周密詞之前段第二句"柳眠醒、似怯朝來疏雨",後段第二句"愛歌雲嫋嫋,低隨金縷",張翥詞之前段第二句"向雲窗鬬巧,宮羅輕剪",後段第二句"鬧春風、簇定冠兒争轉",宋、元人間一爲之,亦無不可。

按,周詞前段起句"簾影移陰","簾"字平聲;第七句"空自傷、楊柳風流","傷"字平聲;後段第六句"曾記是倚嬌成妒","曾"字平聲,"記"字仄聲;第七句"深院悄、門掩梨花","門"字平聲。譜内可平可仄據此,餘參所採張詞。

**又一體** 雙調九十四字,前段十句五仄韻,後段九句五仄韻。

張 炎

竹外横枝句並闌干試數句風纔一信韻幺禽對語句髣髴醉眠初醒韻遥知是雪句甚都把讀暮寒消盡韻清更潤韻明月飛來句瘦却舊時疏影韻　東閣漫撩詩興韻料西湖樹老句難認和靖韻晴窗自好句勝事每來獨領韻融融向暖句笑塵世讀萬花猶冷韻須釀成讀一點春腴句暗香在鼎韻

此與楊詞同,惟前後段第二句俱作五字一句、四字一句,前段第八句多押一韻異。

## 梅子黄時雨一體

調見《山中白雲詞》。

**梅子黄時雨** 雙調九十四字,前段十句五仄韻,後段十句七仄韻。

張 炎

流水孤村句愛塵事頓消句來訪深隱韻向醉裏誰扶句滿身花影韻鷗鷺相看如此瘦句近來

不是傷春病韻嗟流景韻竹外野橋句猶繫煙艇韻　誰引韻斜川歸興韻便啼鴂縱少句無奈時聽韻待棹擊空明句魚波千頃韻彈到琵琶留不住句最愁人是黃昏近韻江風緊韻一行柳絲吹暝韻

此張自度曲，其平仄無他詞可校。

## 如魚水一體

《樂章集》注：仙吕調。

**如魚水**　雙調九十四字，前段九句六平韻，後段九句七平韻。

柳　永

輕靄浮空句亂峰倒影句瀲灩十里銀塘韻繞岸垂楊韻紅樓朱閣相望韻芰荷香韻雙雙戲讀鸂鶒鴛鴦韻乍雨過讀蘭芷汀洲句望中依約似瀟湘韻　風淡淡句水茫茫韻摇動一片晴光韻畫舫相將韻盈盈紅粉清商韻紫薇郎韻修禊飲讀且樂仙鄉韻便歸去讀遍歷鑾坡鳳沼句此景也難忘韻

此調祇有此詞，其平仄無他首可校。

## 賞松菊一體

調見曹勛《松隱集》。

**賞松菊**　雙調九十四字，前段九句四仄韻，後段九句五仄韻。

曹　勛

凉飆應律驚潮韻句曉對彩蟾如水韻慶占夢月句已祥開天地韻聖主中興大業句二南化讀恭勤輔翊韻撫宫闈句看儀型海宇句盡成和氣韻　禁掖西瑶宴席韻泛天風讀響鈞韶空外韻貴是至尊母句極人間崇貴韻緩引長生麗曲句翠林正讀香傳瑞桂韻向靈華句奉光堯句同萬萬歲韻

此詞係曹勛自度腔，無別首可校。

換頭"席"字，用中原韻。

## 二色蓮一體

調見《松隱集》，即詠二色蓮。

**二色蓮** 雙調九十五字,前段九句四仄韻,後段十句五仄韻。

曹 勛

鳳沼湛碧句蓮影明潔句清泛波面韻素肌鑒玉句煙臉暈紅深淺韻占得薰風弄色句照醉眼讀梅妝相間韻堤上柳垂輕帳句飛塵盡教遮斷韻　重重翠荷淨句列向横塘暖韻争映芳草岸韻畫船未槳句清曉最宜遥看韻似約鴛鴦並侣句又更與讀春鋤爲伴韻頻宴賞句香成陣句瑶池任晚韻

此曹自度曲,其平仄無别首可校。

## 塞孤二體

調見《樂章集》,原注般涉調。本名《塞孤》,《詞律》編入《塞姑》詞後者誤。

**塞孤** 雙調九十五字,前段十句六仄韻,後段九句六仄韻。

柳 永

一聲雞句又報殘更歇韻秣馬巾車催發韻草草主人燈下别韻山路險句新霜滑韻瑶珂響讀起棲烏句金燈冷讀敲殘月韻漸西風緊句襟袖淒裂韻　遥指白玉京句望斷黄金闕韻遠道何時行徹韻算得佳人凝恨切韻應念念句歸時節韻相見了讀執柔荑句幽會處讀偎香雪韻免鴛衾讀兩恁虚設韻

此調衹有柳詞及朱詞,故此詞平仄參下朱詞。

按,前後段第五、六句例作三字兩句,第七、八句例作六字折腰兩句。填者辨之。

**又一體** 雙調九十三字,前段九句六仄韻,後段八句六仄韻。

朱 雍

雪江明句練静波聲歇韻玉浦梅英初發韻隱隱瑶林堪乍别韻瓊路冷句雲階滑韻寒枝晚讀已黄昏句鋪碎影讀留新月韻向亭皋讀一任風冽韻　歌起郢曲時句目斷秦城闕韻遠道冰車清澈韻追念酥妝凝望切韻淡泞迎佳節韻應暗想讀日邊人句聊寄與讀同歡悦韻勸清尊讀忍負盟設韻

此和柳永詞韻,校柳詞前段結句少一字,後段第五、六句亦少一字,作五字一句異。

## 水調歌頭八體

《碧雞漫志》屬中吕調。毛滂詞名《元會曲》,張榘詞名《凱歌》。按,《水調》,

乃唐人大曲，凡大曲有歌頭，此必裁截其歌頭，另倚新聲也。

**水調歌頭** 雙調九十五字，前段九句四平韻，後段十句四平韻。

毛 滂

九金增宋重句八玉變秦餘韻千年清浸句先淨河洛出圖書韻一段昇平光景句不但五星循軌句萬點共連珠韻垂衣本神聖句補衮妙工夫韻　朝元去句鏘環佩句冷雲衢韻芝房雅奏句儀鳳矯首聽笙竽韻天近黄麾仗曉句春早紅鸞扇暖句遲日上金鋪韻萬歲南山色句不老對唐虞韻

此調以此詞及周詞、蘇詞爲正體，若賀詞之偷聲，王詞、劉詞之添字，傅詞之減字，皆變體也。

此詞前後段不間入仄韻，宋詞俱如此填。其前段第三、四句，後段第四、五句，俱四字一句、七字一句，其七字句並作拗體。惟葛郯詞“翠光千頃，爲誰來去爲誰留”、“跳珠翻沫，轟雷掣電幾時收”，吕渭老詞，“醉魂何在，應騎箕尾到青天”、“黄粱未熟，經遊都在夢魂間”，劉過詞“日高花困，海棠風暖想都開”、“人生行樂，且須痛飲莫辭杯”，“誰”字、“雷”字、“騎”字、“遊”字、“棠”字、“須”字俱平聲，與此異。又，前段起句，毛詞别首“金馬空故事”，辛棄疾詞“四坐且勿語”，葉夢得詞“修眉掃遥碧”；换頭三句，毛詞别首“雙石健，含古色，照新堂”，“石”字、“古”字俱仄聲。蘇軾詞“衆鳥裏，真彩鳳，獨不鳴”，“彩”字、“不”字俱仄聲。辛詞“回首處，雲正出，鳥倦飛”，“首”字、“正”字、“倦”字俱仄聲，俱與此詞異。譜内可平可仄據此，其餘參下平韻詞。

**又一體** 雙調九十五字，前段九句四平韻，後段十句四平韻。

周紫芝

歲晚念行役句江闊渺風煙韻六朝文物何在句回首更凄然韻倚盡危樓傑觀句暗想瓊枝璧月句羅襪步承蓮韻桃葉山前鷺句無語下寒灘韻　潮寂寞句浸孤壘句漲平川韻莫愁艇子何處句煙樹杳無邊韻王謝堂前雙燕句空繞烏衣門巷句斜日草連天韻只有臺城月句千古照嬋娟韻

此詞前段第三句六字，第四句五字，後段第四句六字，第五句五字，與毛詞異。按，蘇軾詞“中年親友離别，絲竹緩離憂”，“故鄉歸去千里，佳處輒遲留”；葉夢得詞“倚空千嶂横起，銀闕正當中”，“遥知玉斧初斲，重到廣寒宫”，正與此同。宋詞如吴文英、劉克莊、方岳，金、元詞如蔡松年、王庭筠、元好問、趙孟頫，皆如此填。

**又一體** 雙調九十五字，前段九句四平韻兩仄韻，後段十句四平韻兩仄韻。

蘇 軾

明月幾時有句把酒問青天平韻不知天上宫闕句今夕是何年韻我欲乘風歸去仄韻又恐瓊樓玉宇韻高處不勝寒平韻起舞弄清影句何事在人間韻　轉朱閣句低綺户句照無眠韻

不應有恨句何事長向別時圓韻人有悲歡離合换仄韻月有陰晴圓缺韻此事古難全平韻但願人長久句千里共嬋娟韻

此詞前段第五、六句，後段第六、七句，間入兩仄韻。按，劉仲芳詞“極目平沙千里，惟見雕弓白羽”，“堂有經綸賢相，邊有縱横謀將”；葉夢得詞“分付平雲千里，包卷騷人遺思”，“却歎從來賢士，如我與公多矣”；辛棄疾詞“好卷垂虹千尺，只放冰壺一色”，“寄語煙波舊侶，聞道蓴鱸正美”；段克己詞“神既來兮庭宇，颯颯西風吹雨”，“風外淵淵簫鼓，醉飽滿城黎庶”，正與此同。但葉夢得詞“里”、“思”、“士”、“矣”，段克己詞“宇”、“雨”、“鼓”、“庶”，前後段同一韻，與此詞前後各韻者，又微有別。此外，又有前段第五、六句押仄韻，後段不押者；或有後段第六、七句押仄韻，前段不押者。此則偶合，不復分體。

**又一體**　雙調九十五字，前段九句四平韻五叶韻，後段十句四平韻五叶韻。

賀　鑄

南國本瀟灑叶六代浸豪奢韻臺城游冶叶襞箋能賦屬宫娃韻雲觀登臨清夏叶碧月留連長夜叶吟醉送年華韻回首飛鴛瓦叶却羨井中蛙韻　訪烏衣句成白社叶不容車韻舊時王謝叶堂前雙燕過誰家韻樓外河横斗挂叶淮上潮平霜下叶檣影落寒沙韻商女篷窗罅叶猶唱後庭花韻

此詞第一句押韻，以平韻爲主，其仄韻即用本部麻、馬、禡三聲叶，間入平韻之内。宋人祇此一體，並無別首可校。若其前段第三、四句，後段第五、六句，俱作四字一句、七字一句，則與毛詞同，但不作拗體耳。

**又一體**　雙調九十七字，前後段各十句四平韻。

王之道

斜陽明薄暮句暗雨霽凉秋韻弱雲狼藉句晚來風起句席捲更無留韻天外老蟾高挂句皎皎寒光照水句金碧共沈浮韻賓主一時興句傾動庾公樓韻　渡銀漢句溥玉露句勢如流韻不妨吟賞句坐擁紅袖舞還謳韻暗祝今宵素魄句助我清才逸氣句穩步上瀛洲韻欲識瀛洲路句雄據六鼇頭韻

此與毛詞同，惟前段毛詞第四句係七字，此則添二字作四字、五字兩句異。

**又一體**　雙調九十七字，前段九句四平韻，後段十一句四平韻。

張孝祥

雪洗鹵塵淨句風約楚雲留韻何人爲寫悲壯句吹笛古城樓韻湖海平生豪氣句關塞如今風景句剪燭看吴鈎韻剩喜然犀處句駭浪與天浮韻　憶當年句周與謝句富春秋韻小喬初嫁句香囊猶在句功業故優遊韻赤壁磯頭落照句淝水橋邊衰草句渺渺唤人愁韻我欲乘風

去句擊楫誓中流韻

此與周詞同，惟後段周詞第四句係六字，此則添二字作四字兩句異。

**又一體** 雙調九十六字，前段九句四平韻，後段十句四平韻。

劉因

一諾與金重句一笑比河清韻風花不遇真賞句終古未全平韻前日青春歸去句今日尊前笑語句春意滿西城韻花鳥喜相對句賓主眼俱明韻　平生事句千古意句兩忘情韻醉眠君且去我句扶我者句有門生韻窗下煙江白鳥句空外浮雲蒼狗句未肯便寒盟韻從此洛陽社句莫厭小車行韻

此與周詞同，惟後段第五句添一字作六字折腰句法異。

**又一體** 雙調九十四字，前後段各九句四平韻。

傅公謀

草草三間屋句愛竹旋添栽韻碧紗窗户句眼前都是翠雲堆韻一月山翁高卧句踏雪水村清冷句木落遠山開韻唯有平安竹句留得伴寒梅韻　家童開門看句有誰來韻客來一笑句清話煮茗更傳杯韻有酒只愁無客句有客又愁無酒句酒熟且徘徊韻明日人間事句天自有安排韻

此與毛詞同，惟後段第一、二句減一字作五字句異。

## 《御定詞譜》卷二十四　起九十五字至九十六字

### 掃地遊三體

調見《清真詞》，因詞有"占地持杯，掃花尋路"句，取以爲名。又名《掃花遊》。

**掃地遊** 雙調九十五字，前段十一句六仄韻，後段十句七仄韻。

周邦彦

曉陰翳日句正霧靄煙橫句遠迷平楚韻暗黄萬縷韻聽鳴禽按曲句小腰欲舞韻細繞回堤句駐馬河橋避雨韻信流去韻問一葉怨題句今到何處韻　春事能幾許韻任占地持杯句掃花尋路韻淚珠濺俎韻歎將愁度日句病傷幽素韻恨入金徽句見説文君更苦韻黯凝佇韻掩重關讀遍城鐘鼓韻

此調以此詞爲正體。若楊詞之多押一韻，王詞之減字，皆變體也。

宋、元人填此調者，其字、句、韻悉同，惟王沂孫詞前後段第五、六句"但匆匆，暗裏换將花去"，"想參差，漸滿野塘山路"；吴文英詞前段第五、六句"想玉人，誤惜章臺春色"；張炎詞後段第五、六句"步仙風，怕有采芝人到"，俱作上三下六句法，與此詞小異。

按，前段第一句，王沂孫詞"商飆乍發"，"商"字平聲。第三句，王詞"蕭蕭還住"，上"蕭"字平聲。第五、六句，張翥詞"悵香銷塵土，淚殷玉井"，"塵"字平聲。第七句，張炎詞"幾日不來"，"不"字仄聲。第八句，張半湖詞"料想酒闌歌罷"，"酒"字仄聲，"歌"字平聲。第十句，吴文英詞"似山陰夜晴"，"山陰"二字俱平聲。第十一句，吴詞"勝看花好"，"勝"字仄聲，"看"字平聲。後段第一句，陳允平詞"後期重細許"，"後"字仄聲，"期"字平聲。吴詞"芳架雪未掃"，"掃"字仄聲。張半湖詞"窗外竹聲打"，"聲"字平聲；第二、三句，張炎詞"聽虚籟泠泠，飛下孤峭"，"虚"字、"飛"字俱平聲，"下"字仄聲。吴詞"和風桑東風，宴歌曲水"，"曲"字仄聲。第四句，張炎詞"山空翠老"，"山"字平聲。第五句，張半湖詞"唤石鼎烹茶"，"石鼎"二字俱仄聲，"烹茶"二字俱平聲。第八句，張炎詞"芳草不除更好"，"芳"字平聲，"不"字仄聲。張半湖詞"天外新蟾低挂"，"低"字平聲。第九句，張半湖詞"凉無價"，"凉"字平聲。第十句，吴詞"掩重城、暮鐘不到"，"不"字仄聲。譜内可平可仄據此，餘參下詞。

**又一體**　雙調九十五字，前段十一句七仄韻，後段十句七仄韻。

楊无咎

乳鶯囀午句好夢正初醒句小軒清楚韻水沈細縷韻趁遊絲落絮句緩隨風舞韻買起春心句又是愁雲怨雨韻玉人去韻遍徙倚舊時句曾並肩處韻　相望知幾許韻縱遠隔雲山句不遮愁路韻捧杯薦俎韻記低歌麗曲句共論心素韻薄恨斜陽句不道離情最苦韻正凝佇韻向譙樓讀又催笳鼓韻

此和周詞也，惟前段起句多用一韻異。

**又一體**　雙調九十四字，前段十一句六仄韻，後段十句七仄韻。

王沂孫

小庭蔭碧句遇驟雨疏風句剩紅如掃韻翠交徑小韻問攀條弄蕊句有誰重到韻漫説青青句比似花時更好韻怎知道韻一别漢南句遺恨多少韻　清晝人悄悄韻任密護簾寒句暗迷窗曉韻舊盟誤了韻又新枝嫩子句總隨春老韻漸隔相思句極目長亭路杳韻攬懷抱韻聽蒙茸讀數聲啼鳥韻

此亦與周詞同，惟前段第十句减一字異。

## 滿庭芳七體

此凋有平韻、仄韻兩體。平韻者，周邦彦詞名《鎖陽臺》；葛立方詞有"要看黄昏庭院，横斜映霜月朦朧"句，名《滿庭霜》；晁補之詞有"堪與瀟湘暮雨，圖上畫扁舟"句，名《瀟湘夜雨》；韓淲詞有"甘棠遺愛，留與話桐鄉"句，名《話桐鄉》；吴文英詞因蘇軾詞有"江南好，千鍾美酒，一曲滿庭芳"句，名《江南好》；張埜詞名《滿庭花》。《太平樂府》注"中吕宫"，高拭詞注"中吕調"。仄韻者，《樂府雅詞》名《轉調滿庭芳》。

**滿庭芳** 雙調九十五字，前後段各十句四平韻。

晏幾道

南苑吹花句西樓題葉句故園歡事重重韻憑闌秋思句閒記舊相逢韻幾處歌雲夢雨句可憐便讀流水西東韻别來久句淺情未有句錦字繫征鴻韻　年光還少味句開殘檻菊句落盡溪桐韻漫留得句尊前淡月西風韻此恨誰堪共説句清愁付讀緑酒杯中韻佳期在句歸時待把句香袖看啼紅韻

此調以此詞及周詞爲正體。若黄詞之減字，程、趙、元三詞之添字與無名氏詞之轉調，皆變體也。此詞换頭句不藏短韻，宋、元人如此填者亦多。

前段第三句，舒亶詞"樓臺半在雲間"，"樓"字平聲。第九句，周邦彦詞"全勝瀛海"，"瀛"字平聲。後段第一、二、三句，葛立方詞"北枝方半吐，水邊疏影，綽約娉婷"，"北"字仄聲，"疏"字平聲。第四、五句，周紫芝詞"且細看，八磚花影遲遲"，"細"字仄聲。第六句，向子諲詞"常被此花相惱"，"此"字仄聲，"相"字平聲。第九句，周邦彦詞"笛聲吹徹"，"笛"字仄聲，"吹"字平聲。譜内可平可仄據此，餘參所採平韻五詞。

此調前後段第八句，例作平平仄平平仄。此詞前段第八句"别"字，以入替平。如毛滂詞之後段第八句"北窗晚""北"字，又一首"玉臺畔""玉"字，亦是以入替平，不可泛填上、去聲字。又，蘇軾詞前段第三句"算只君與長江"，又"萬里煙波雲帆"，第二字俱用仄聲，查别首宋詞無用仄聲者，故不注可仄。

**又一體** 雙調九十五字，前段十句四平韻，後段十一句五平韻。

周邦彦

風老鶯雛句雨肥梅子句午陰嘉樹清圓韻地卑山近句衣潤費爐煙韻人静烏鳶自樂句小橋外讀新緑濺濺韻憑闌久句黄蘆苦竹句擬泛九江船韻　年年韻如社燕句飄流瀚海句來寄修椽韻且莫思身外句長近尊前韻憔悴江南倦客句不堪聽讀急管繁弦韻歌筵畔句先安枕簟句容我醉時眠韻

此與晏詞同，惟後段第四、五句作五字一句、四字一句，又换頭句藏短韻異。

**又一體** 雙調九十三字，前段十句四平韻，後段十一句五平韻。

黄公度

一徑叉分句三亭鼎峙句小園别是清幽韻曲闌低檻句春色四時留韻怪石參差卧虎句長松

偃蹇拏虯韻携笻晚句風來萬里句冷撼一天秋韻　　優遊韻銷永晝句琴尊左右句賓主風流韻且偷閒句不妨身在南州韻故國歸帆隱隱句西崑往事悠悠韻都休問句金釵十二句滿酌聽輕謳韻

此與周詞同,惟前後段第七句各減一字作六字句,及後段第四、五句仍用晏詞體異。

按,此詞前後段第六、七句俱作對偶,填者遵之。

**又一體** 雙調九十六字,前後段各十句四平韻。

程　垓

南月驚烏句西風破雁句又還是讀秋滿平湖韻採蓮人静句寒色戰菰蒲韻舊信江南好景句一萬里讀輕覓尊鱸韻誰知道句吴儂未識句蜀客已情孤韻　　憑高增悵望句湘雲盡處句都是平蕪韻問故鄉何日句重見吾廬韻縱有荷紉芰製句終不似讀菊短籬疏韻歸情遠句三更雨夢句依舊繞庭梧韻

此與晏詞同,惟前段第三句添一襯字異。

按,此詞起句"南月驚烏",與晁端禮詞之"雪滿貂裘",向子諲詞之"月窟蟠根",石孝友詞之"修竹授藍"等句同,偶然合韻。舊譜誤注用韻,不知此調兩句對起,必無首句用韻之理,填者辨之。

**又一體** 雙調九十六字,前後段各十句四平韻。

趙長卿

斜點銀釭句高擎蓮炬句夜寒不奈微風韻重重簾幕句掩映畫堂中韻香漸遠讀長煙嫋𣯶句光不定讀寒影揺紅韻偏奇處句當庭月暗句吐焰亘如虹韻　　紅裳呈豔麗句翠娥一見句無奈狂蹤韻試煩纖手句卷上紗籠韻開正好讀銀花照夜句堆不盡讀金粟凝空韻叮嚀語句頻將好事句來報主人公韻

此與晏詞同,惟前後段第六句各添一字作七字句,後段第四、五句減一字作四字兩句異。

按,此詞前後段第六、七句亦用對偶,填者遵之。

汲古閣刻《惜香樂府》此詞頗有脱誤,今依《詞緯》本校定。

**又一體** 雙調九十六字,前後段各十句四平韻。

元好問

天上殷韓句解羈官府句爛遊舞榭歌樓韻開花釀酒句來看帝王州韻常見牡丹開後句獨佔斷讀穀雨風流韻仙家好句霜天槁葉句穠豔破春柔韻　　狂僧誰借手句一杯唤起句緑怨紅愁韻天香國豔句梅菊背人羞韻盡揭紗籠護日句容光動讀玉斝瓊舟韻都人士女句年年十月句常記遇仙樓韻

此亦與晏詞同,惟前後段第四、五句俱作四字、五字,其後段第八句亦添一襯字異。

**又一體** 雙調九十六字，前段十句四仄韻，後段九句四仄韻。

《古今詞話》無名氏

風急霜濃句天低雲淡句過來孤雁聲切韻雁兒且住句略聽自家説韻你爲離群到此句我共箇讀人人纔別韻松江岸句黄蘆叢裏句天更待飛雪韻　聲聲腸欲斷句和我也讀點點珠淚成血韻這一江流水句流也嗚咽韻告你高飛遠舉句前程事讀永無磨折韻休煩惱句飄零聚散句終有見時節韻

此詞見《樂府雅詞》，又見《古今詞話》。押仄聲韻，與晏詞平韻體同，惟後段第二、三句添一字作九字一句異。

《樂府雅詞》抄本與此小異，今從《花草粹編》所采《古今詞話》原本。

## 白雪一體

調見《逃禪集》，楊无咎自製曲，題本賦雪，故即以《白雪》名調。

**白雪** 雙調九十五字，前段九句五平韻，後段九句四平韻。

楊无咎

簷收雨脚句雲乍斂讀依然又滿長空韻紋蠟焰低句熏爐燼冷句寒衾擁盡重重韻隔簾櫳韻聽撩亂讀撲漉青蟲韻曉來見讀玉樓珠殿句恍若在蟾宫韻　長愛越水泛舟句藍關立馬句畫圖中韻悵望幾多詩思句無句可形容韻誰與問讀已經三白句或是報年豐韻未應真箇句情多老却天公韻

汲古閣本後段第四句缺一字，又結句或作"掃除陰翳，惟祈紅日生東"，今照《花草粹編》校定。

此詞無別首可校，其平仄須遵之。

## 徵招三體

《宋史·樂志》："政和間，詔以大晟雅樂施於燕饗，御殿按試，補徵、角二調，播之教坊。"調名始此。

**徵招** 雙調九十五字，前段九句五仄韻，後段八句五仄韻。

趙以夫

玉壺凍裂琅玕折句駸駸逼人衣袂韻暖絮漲空飛句失前山横翠韻欲低還又起韻似妝點讀

滿園春意韻記憶當時句剡中情味句一溪雲水韻　　天際絶人行句高吟處讀依稀灞橋鄰里韻更翦翦梅花句落雲階月砌韻化工真解事韻强勾引讀老來詩思韻楚天暮讀驛使不來句悵曲闌頻倚韻

此調以此詞爲正體。周密"江籬摇落"詞,張炎"秋風吹碎"詞,俱如此填。若張詞别首之少押兩韻,彭詞之句讀小異,皆變格也。

此詞前後段第四句及後段結句,例作上一下四句法,填者依之。

此詞後段第四句,"月"字入聲,以入替平,觀周詞之"吹"字、張詞之"空"字可見。第七句"不"字,亦以入替平,觀周詞之"難"字、張詞之"紛"字可見。

按,周密詞前段第四句"奈曲終人杳","曲"字仄聲。張炎詞,第五句"餘音猶在耳","餘"字平聲;後段起句"客裏可消憂","客"字仄聲;第五句"心塵聊更洗","心"字平聲。譜内可平可仄據此,餘參張詞。

彭詞平仄,自成一體,故不校注。

此詞前段第二句、後段第二句下六字,俱作平平仄平平仄,周密詞"霜空雁程初到"、"寂寂怨琴淒調",張炎詞"石牀自聽流水"、"寥寥幾年無此","寂寂"字、"石"字俱以入作平,故不注可仄。

**又一體**　雙調九十五字,前段九句四仄韻,後段八句四仄韻。

張　炎

可憐張緒門前柳句相看頓非年少韻三徑已荒凉句更如今懷抱韻薄遊渾是感句滿煙水讀東風殘照韻古調誰彈句古音誰賞句歲華空老韻　　京洛染緇塵句悠然意讀獨對南山一笑韻只在此山中句甚相逢不早韻瘦吟心共苦句知幾度讀剪燈窗小韻何時更讀聽雨巴山句賦草池春曉韻

此與趙詞同,惟前後段第五句俱不押韻異。

此詞後段第二句"一"字以入作平,"對"字用去聲,與諸家不同。

**又一體**　雙調九十五字,前段九句四仄韻,後段八句四仄韻。

彭元遜

人間無欠秋風處句偏到霜根月杪韻細雨船篷韻日夜風波未了韻忽潮生海立句又天闊江清欲曉韻孤迥幽深句激揚悲壯句浮沈浩渺韻　　行路古來難句貂裘敝讀匹馬關山人老韻錦字未成句寒到君邊書到韻料倚門回首句更兒女讀燈前歡笑韻早斟酌讀萬里封侯句怕鏡霜催照韻

此與張詞同,惟前後段第三句俱四字,第四句俱六字異。

後段第六句,《花草粹編》脱一字,今從鳳林書院元詞增定。

此詞平仄,頗與各家不同,前後段第二句"月"字、"匹"字,皆以入作平。

## 雙瑞蓮一體

調見《虚齋樂府》，詞詠並頭蓮，即以爲名。

**雙瑞蓮** 雙調九十五字，前段十句六仄韻，後段九句五仄韻。

趙以夫

千機雲錦裏韻看並蒂新房句駢頭芳蕊韻清標豔態句兩兩翠裳霞袂韻似是商量心事句倚緑蓋讀無言相對韻天蘸水韻彩舟過處句鴛鴦驚起韻　縹緲漾影摇香句想劉阮風流句雙仙姝麗韻閒情未斷句猶戀人間歡會韻莫待西風吹老句薦玉醴讀碧筩拌醉韻清露底韻月照一襟凉思韻

此調近《玉漏遲》，但前段第二句多一字，前後段第四句平仄不同耳，然無别首宋詞可校。

## 玉京秋一體

調見《蘋洲漁笛譜》。

**玉京秋** 雙調九十五字，前段十一句六仄韻，後段九句六仄韻。

周　密

煙水闊韻高林弄殘照句晚蜩凄切韻畫角吹寒句碧砧度韻句銀牀飄葉韻衣濕桐陰露冷句采凉花讀時賦秋雪韻難輕别韻一襟幽事句砌蛩能説韻　客思吟商還怯韻怨歌長讀瓊壺暗缺韻翠扇陰疏句紅衣香褪句翻成銷歇韻玉骨西風句恨最恨讀閒却新凉時節韻楚簫咽韻誰倚西樓淡月韻

此周密自度腔，無别首宋詞可校，其平仄當依之。

《詞律》前段第四句脱“畫角吹寒”四字，後段第三句“翠扇陰疏”脱“陰”字，今從《詞緯》校正。

## 小聖樂一體

金元好問自度曲。《太平樂府》、《太和正音譜》俱注雙調，蔣氏《九宫譜目》入小石調。因詞中前結有“驟雨過，打遍新荷”句，更名《驟雨打新荷》。

**小聖樂**　雙調九十五字，前段十句三平韻一叶韻，後段十句四平韻。

元好問

緑葉陰濃句遍池亭水閣句偏趁凉多韻海榴初綻句朵朵蹙紅羅韻乳燕雛鶯弄語句對高柳讀鳴蟬相和叶驟雨過句似瓊珠亂撒句打遍新荷韻　　人生百年有幾句念良辰美景句休放虚過韻富貧前定句何用苦奔波韻命友邀賓宴賞句飲芳醑讀淺斟低歌韻且酩酊句從教二輪句來往如梭韻

此元曲也，舊譜亦編入詞調，故爲採入。

前段“和”字韻，亦是三聲叶，蓋以五歌與二十二箇叶也。

## 玉女迎春慢一體

調見鳳林書院《元詞》。

**玉女迎春慢**　雙調九十五字，前段九句六仄韻，後段九句五仄韻。

彭元遜

纔入新年句逢人日讀拂拂淡煙無雨韻葉底妖禽自語韻小啄幽香還吐韻東風辛苦韻便怕有讀踏青人誤韻清明寒食句消得渡江句黄翠千縷韻　　看臨小帖宜春句填輕暈濕句碧花生霧韻爲説釵頭嫋嫋句繫著輕盈不住韻問郎留否韻似昨夜讀教成鸚鵡韻走馬章臺句憶得畫眉歸去韻

此詞無别首可校，其平仄須遵之。

## 玉梅香慢一體

調見《梅苑》，與《梅香慢》、《早梅香》、《雪梅香》不同。

**玉梅香慢**　雙調九十五字，前段十一句五仄韻，後段八句五仄韻。

《梅苑》無名氏

寒色猶高句春力尚怯韻微律先催梅拆韻曉日輕烘句清風頻觸句凝散疏林殘雪韻嫩英妒粉句嗟素豔讀有蜂蝶韻全似人人句向我依然句頓成離缺韻　　徘徊寸腸萬結韻又因花讀暗成凝咽韻撚蕊憐香句不禁恨深難絶韻若是芳心解語句應共把讀此情細細説韻淚滿闌干句無言强折韻

此調惟有此詞，無別首可校。

## 金浮圖一體

調見《尊前集》。

**金浮圖** 雙調九十六字，前後段各十句七仄韻。

尹　鶚

繁華地韻王孫富貴韻玳瑁筵開句下朝無事韻壓紅裀讀鳳舞黃金翅韻玉立纖腰句一片揭天歌吹韻滿目綺羅珠翠韻和風淡蕩句偷送沈檀氣韻　堪判醉韻韶光正媚韻折盡牡丹句豔迷人意韻縱金張許史應難比韻貪戀歡娛句不覺金烏西墜韻還惜會難別易韻金船更勸句勒住花驄轡韻

後段第五句"縱"字，第七句"西"字，從《詞緯》本增入。

此詞無別首可校，《詞律》以前後段對注平仄，畢竟無據。

## 陽臺路一體

《樂章集》注"林鍾商"。

**陽臺路** 雙調九十六字，前段九句六仄韻，後段八句四仄韻。

柳　永

楚天晚韻墜冷楓敗葉句疏紅零亂韻冒征塵讀匹馬驅驅句愁見水遥山遠韻追念年時句正恁鳳幃讀倚香偎暖韻嬉遊慣韻又豈知讀前歡雲雨分散韻　此際空勞回首句望帝里讀難收淚眼韻暮煙衰草句算暗鎖讀路歧無限韻今宵又讀依前寄宿句甚處葦村山館韻寒燈半夜厭厭句憑何消遣韻

此調祇有此詞，無別首可校。柳詞俱入宫調，其句讀平仄須遵之。

## 黃鶯兒三體

調見《樂章集》，原注"正宫"。即詠黃鶯兒，取以爲名。

**黄鶯兒** 雙調九十六字，前段十句四仄韻，後段十句五仄韻。

柳 永

園林晴晝誰爲主韻暖律潛催句幽谷暄和句黄鸝翩翩句乍遷芳樹韻觀露濕縷金衣句葉映如簧語韻曉來枝上綿蠻句似把芳心句深意低訴韻　無據韻乍出暖煙來句又趁遊蜂去韻恣狂蹤跡句兩兩相呼句終朝霧吟風舞韻當上苑柳濃時句别館花深處韻此際海燕偏饒句都把韶光與韻

此調以此詞爲正體，王詵、陳允平詞，正與此同。若晁詞之句讀小異，無名氏詞之減字，皆變體也。

按，此詞前段第二句至第五句，與王詵詞"北圃人來，傳道江梅，依稀芳姿，數枝新發"，陳允平詞"南陌嚶嚶，喬木初遷，紗窗無眠，畫闌憑曉"，句讀平仄如一，俱作四字四句，《詞律》點作六字一句、四字一句、又六字一句者誤。至前段第六句作上一下五句法，第七句即與上句作五字對偶，王詞"誇嫩臉著胭脂，膩骨凝香雪"，陳詞"看止宿暗黄深，織霧金梭小"，後段第二、三句亦作五言對偶，第六、七句與前段同，五首皆然，當是此調體例，填者辨之。

陳詞前段起句"六波煙黛浮空杳"，"六"字仄聲；第二句"南陌嚶嚶"，"南"字平聲。譜内可平可仄據此，餘參下晁詞、《梅苑》詞。

**又一體** 雙調九十七字，前段九句四仄韻，後段十句五仄韻。

晁補之

南園佳致偏宜暑韻兩兩三三句修篁新筍出初齊句猗猗過簷侵户韻聽亂點芰荷風句細灑梧桐雨韻午餘簾影參差句遠樹蟬聲句幽夢殘處韻　凝佇韻既往盡成空句暫過何曾住韻算人間事句豈足追思句依依夢中情緒韻觀數點茗浮花句一縷香縈炷韻怪來人道陶潛句做得羲皇侶韻

此與柳詞同，惟前段第三、四、五句添一字，作七字一句、六字一句異。此詞第二句至第五句，悉遵《琴趣》原本。《詞律》改"篁"字爲"竹"字，連上作六字句，删去"出"字，點作四字句，且謂"竹"字叶"主"字，與柳詞"谷"字叶"古"字，皆中州韻，不知中州韻始自元時，全爲作北曲而發，若填詞，自依古韻，豈有宋詞在前，反遵後世曲韻之理。此論紕繆，不可從。

**又一體** 雙調九十五字，前段九句四仄韻，後段十句五仄韻。

《梅苑》無名氏

香梢匀蕊先回暖韻點點胭脂句輕襯紅苞句隱映疏篁句紅翠相間韻方瑞雪乍晴時句愛日初添線韻五雲樓上遥看句似睹溪邊句仙子妝面韻　堪羡韻影轉玉枝斜句豔拂朝霞淺韻就中妖嬈句獨得芬芳句偏教容易開遍韻又報一陽時句不似鶯聲喚韻肯與桃臉争春句靚笑群芳晚韻

此與柳詞同,惟後段第七句減一字異。

## 天香八體

《法苑珠林》云:"天童子天香甚香。"調名本此。

**天香** 雙調九十六字,前段十句五仄韻,後段八句六仄韻。

賀　鑄

煙絡橫林句山沈遠照句迤邐黄昏鍾鼓韻燭映簾櫳句蛩催機杼句共惹清秋風露韻不眠思婦韻齊應和讀幾聲砧杵韻驚動天涯倦客句駸駸歲華行暮韻　當年酒狂自負韻謂東君讀以春相付韻流浪征驂北道句客檣南浦韻幽恨無人晤語韻賴明月讀曾知舊遊處韻好伴雲來句還將夢去韻

此調以賀、王、毛、吴四詞爲正體,南宋人則填吴詞體爲多。若劉詞之減字,吴詞别首、景詞二首之句讀不同,皆變體也。

按,吴文英詞前段第二句"羅囊閒鬭","閒"字平聲。吕同老詞"水沈换骨","水"字仄聲;第三句"蜿蜒夢斷瀛島","蜿"字仄聲。周密詞,第九、十句"金餅著衣餘潤,銀葉透簾微嫋","著"字、"葉"字俱仄聲;後段起句"素被瓊篝夜悄","素"字仄聲,"瓊"字平聲。無名氏詞第二句"繡羅緯、依舊痕少","依"字平聲,"舊"字仄聲。譜内可平可仄據此,餘參所採諸詞。

**又一體** 雙調九十六字,前段十句四仄韻,後段八句五仄韻。

王　觀

霜瓦鴛鴦句風簾翡翠句今年較是寒早韻矮釘明窗句側開朱户句斷莫亂教人到韻重陰未解句雲共雪讀商量未了韻青帳垂氈要密句紅爐圍炭宜小韻　呵梅弄妝試巧韻繡羅衣讀瑞雲芝草韻伴我語時同語句笑時同笑韻已被金尊勸酒句又唱箇讀新詞故相惱韻盡道窮冬句元來恁好韻

此與賀詞同,惟前段第七句、後段第五句俱不押韻異。

《花草粹編》後段第六句脱一字,今從《樂府雅詞》校定。

《詞律》前段訛二字,脱一字,後段第三句亦脱一字,乃引毛詞殘缺者,曲爲之説,以駁草堂,不知草堂前結原作六字兩句,後段第三句亦六字,但"爐"字訛作"窗"字,"戾"字訛作"放"字耳,句讀依然不失也。

**又一體** 雙調九十六字,前段十句四仄韻,後段八句六仄韻。

毛　滂

進止詳華句文章爾雅句金鑾恩異群彦韻塵斷銀臺句天低鼇禁句最是玉皇香案韻燕公視

草句星斗動讀昭回雲漢韻對罷宵分還又句金蓮燭引歸院韻　　年來偃藩江畔韻賴湖山讀慰公心眼韻碧瓦千家句共惜袴襦余暖韻黄氣珠庭漸滿韻望紅日讀長安殊不遠韻緩轡端門句青春未晚韻

此與賀詞同,惟前段第七句不押韻,後段第三句四字、第四句六字異。按,周密"碧腦浮冰"詞,前段第七、八句"濃熏淺注,疑醉度、千花春曉",後段第三、四句"一縷舊情,空趁斷煙飛繞",正與此同。

汲古閣本前段第九句脱一字,今從《詞緯》校定。

**又一體**　雙調九十六字,前段十句四仄韻,後段八句六仄韻。

吴文英

碧藕藏絲句紅蓮並蒂句荷塘水暖香斗韻窈窕文窗句深沈書幔句錦瑟歲華依舊韻洞簫韻裏句共跨鶴讀青田碧岫韻菱鏡妝臺挂玉句芙蓉黼褥鋪繡韻　　西鄰障蓬漂手韻並華朝讀萝蘭分秀韻未冷綺簾猶卷句淺冬時候韻秋到霜黄半畝韻便準擬讀攜花就君酒韻花酒年華句天長地久韻

此與賀詞同,惟前段第七句不押韻異。吴詞别首"殊絡玲瓏"詞,正與此同。按,宋《樂府補題》詠龍涎香諸詞,俱本此填。

**又一體**　雙調九十五字,前段十句四仄韻,後段八句四仄韻。

劉　儗

漠漠江皋句迢迢驛路句天教爲春傳信韻萬木叢邊句百花頭上句不管雪飛風緊韻尋交訪舊句惟翠竹寒松相認韻不意牽思動興句何必襯妝添暈韻　　孤標最甘冷落句不許蝶親蜂近韻直自從來潔白句個中清韻韻盡做重聞塞管句也何害讀香銷粉痕盡韻待到和羹句纔明底蘊韻

此與王觀詞同,惟後段起句不押韻,第二句減一字異。

**又一體**　雙調九十六字,前段十一句四仄韻,後段八句六仄韻。

吴文英

蟬葉黏霜句蠅苞綴凍句生香遠帶風峭韻嶺上寒多句溪頭月冷句北枝瘦句南枝小韻玉奴有姊句先占立讀牆陰春早韻初試宫黄澹薄句偷分壽陽纖巧韻　　銀燭淚深未曉韻酒鐘慳讀貯愁多少韻記得短亭歸馬句暮衙蜂鬧韻豆蔻釵梁恨嫋韻但悵望讀天涯歲華老韻遠信難封句吴雲雁杳韻

此與"碧藕藏絲"詞同,惟前段第六句作三字兩句異。

**又一體** 雙調九十六字，前段十一句四仄韻，後段八句五仄韻。

景 覃

市遠人稀句林深犬吠句山連水村幽寂韻田里安閒句東鄰西舍句準擬醉時歡適韻社祈雩禱句有簫鼓讀喧天吹擊韻宿雨新晴句隴頭閒看句露桑風陌韻　無端晴亭暮驛韻恨連年讀此時行役韻何似臨流蕭散句緩衣輕幘韻炊黍烹雞自勞句有脆綠甘紅薦芳液韻夢裏春泉句糟牀夜滴韻

此與王觀詞同，惟前結作四字三句異。

**又一體** 雙調九十六字，前段十一句四仄韻，後段八句五仄韻。

景 覃

百歲中分韻流年過半韻塵勞繫人無盡韻桑柘周圍句菅茅低架句且喜水親山近韻倦飛高鳥句算也有讀閑枝棲穩韻紙帳綢衾句日高睡起句懶梳蓬鬢韻　閑階土花碧潤韻緩芒鞋讀恐傷蝸蚓韻倒掩衡門句空解草元誰信韻俗駕輕雲易散句賴獨有讀蓮峰破孤悶韻世事悠悠句從教莫問韻

此亦與王觀詞同，惟後段第三句四字、第四句六字異。

## 熙州慢一體

《唐書・禮樂志》：“天寶樂曲皆以邊地名，若伊州、甘州、涼州之類。”按，宋改鎮洮軍爲熙州，本秦、漢時隴西郡，亦邊地也。調名《熙州》，義或取此。

**熙州慢** 雙調九十六字，前段十句三仄韻一叶韻，後段八句六仄韻。

張 先

武林鄉讀占第一湖山句詠晝争巧韻鷲石飛來句倚翠樓煙靄句清猿啼曉韻況值禁垣師帥句惠政流入歌謠叶朝暮萬景句寒潮弄月句亂峰回照韻　天使尋春不早韻並行樂讀免有花愁花笑韻持酒更聽句紅兒肉聲長調韻瀟湘故人未歸句但目送讀遊雲孤鳥韻際天杪韻離情盡寄芳草韻

此調只有此詞，無别首可校。

前段第七句“謡”字韻，亦用三聲叶。

## 漢宮春十體

《高麗史・樂志》名《漢宮春慢》。此調有平韻、仄韻兩體，平韻詞八首，仄韻詞兩首,皆以前後段起句用韻、不用韻辨體。

**漢宫春** 雙調九十六字,前後段各九句四平韻。

晁冲之

黯黯離懷句向東門繫馬句南浦移舟韻薰風亂飛燕子句時下輕鷗韻無情渭水句問誰教讀日日東流韻常是送讀行人去後句煙波一向離愁韻　回首舊遊如夢句記踏青殢飲句拾翠狂游韻無端彩雲易散句覆水難收韻風流未老句拌千金讀重入揚州韻應又似讀當年載酒句依前名占青樓韻

此調平韻詞前後段起句不用韻者,以晁詞及《梅苑》"點點江梅"詞爲正體,如《梅苑》别首之换頭句法不同,無名氏詞之添字,彭詞之減字,皆變體也。兩起句用韻者,以張詞爲正體,如沈詞之句讀參差,亦變體也。前段起句用韻,後段起句不用韻者,惟京詞一體,《梅苑》詞、史達祖詞,俱與此同。

按,李邴、辛棄疾、劉鎮、陸游、周紫芝、吴文英、方岳諸詞,皆如此填。辛詞前段第四句"維摩定自非病","自"字仄聲,"非"字平聲;第六句"君如星斗","星"字平聲;第七句"覺團扇、便與人疏","扇"字仄聲;第八句"回首聽月明天籟","天"字平聲;第九句"只今還有公無","只"字仄聲。後段起句"最喜陽春妙句","最"字、"妙"字俱仄聲;第四句"夜來歸夢江上","夜"字仄聲,"歸"字平聲;第六句"荻花深處","深"字平聲;第七句"問何不、鼓瑟吹竽","不"字仄聲;第八句"歸去也、絶交何必","絶"字仄聲。又,陸詞後段起句"何事又作南來","來"字平聲;方詞前段第四句"當年東閣詩興","東"字平聲。譜内可平可仄據此,餘參所采平韻諸詞。至辛詞前後段第六句"白頭自惜"、"荻花深處","白"字、"荻"字俱以入作平;前段第四句"不知雲者爲雨","不"字亦以入作平。查宋詞此三字,無用仄聲者,故不注可仄。

**又一體** 雙調九十六字,前後段各九句四平韻。

《梅苑》無名氏

點點江梅句對寒威强出句一弄新奇韻零珠碎玉句爲誰密上南枝韻幽香冷豔句縱孤高讀却遣誰知韻惟只有讀江頭驛畔句征鞍獨爲遲遲韻　聊撚粉香重問句問春來甚日句春去何時韻移將院落句算應未肯頭低韻無人共折句傍溪橋讀雪壓霜欺韻君不見讀長安陌上句只誇桃李芳菲韻

此與晁詞同,惟前後段第四句四字、第五句六字異。

**又一體** 雙調九十六字,前段九句四平韻,後段十句四平韻。

《梅苑》無名氏

梅蕚知春句見南枝向暖句一朵初芳韻冰清玉麗句自然賦得幽香韻煙庭水榭句更無花讀爭染春光韻休漫説讀桃夭杏冶句年年蝶鬧蜂忙韻　立馬佇句凝情久句念美人自別句

鱗羽茫茫韻臨岐記伊句尚帶宿酒殘妝韻雲疏雨闊句又怎知讀千里思量韻除是託讀多情驛使句殷勤折寄仙鄉韻

此與"點點江梅"詞同,惟换頭句作三字兩句異。按,《老學叢談》無名氏"横笛聲沈"詞,换頭句"情知道,山中好",正與此同,但前後段第四句俱六字、第五句俱四字,仍如晁詞體填。

**又一體** 雙調九十七字,前後段各九句四平韻。

《花草粹編》無名氏

玉減香消句被嬋娟誤我句臨鏡妝慵韻無聊强開强解句蹙破眉峰韻憑高望遠句但斷腸讀殘月初鐘韻須通道讀承恩不在貌句如何教妾爲容韻　風暖鳥聲如碎句更日高院静句花影重重韻愁來待只殢酒句酒薄愁濃韻長門怨感句恨無金讀買賦臨邛韻翻動念讀年年女伴句越溪共采芙蓉韻

此與晁詞同,惟前段第八句添一襯字異。

**又一體** 雙調九十四字,前後段各九句四平韻。

彭元遜

十日春風句又一番調弄句怕暖愁陰韻夜來風雨句摇得楊柳黄深韻熏篝未斷句夢舊寒讀淺醉同衾韻便是鬬燈見月句看花對酒驚心韻　攜手滿身花影句香霏冉冉句露濕羅襟韻笙歌殢人歸去句回首沈沈韻人間此夜句誤春光讀一刻千金韻明日問讀紅巾青鳥句蒼苔自拾遺簪韻

此詞前段與"點點江梅"詞同,惟第八句減一字;後段與晁詞同,惟第二句減一字。見鳳林書院元詞,采以備體。

以上五詞,皆前後段起句不用韻者。

**又一體** 雙調九十六字,前段十句五仄韻,後段八句六仄韻。

張　先

紅粉苔牆韻透新春消息句梅粉先芳韻奇葩異卉句漢家宫額塗黄韻何人鬬巧句運紫檀讀剪出蜂房韻應爲是讀中央正色句東君别與清香韻　仙姿自稱霓裳韻更孤標俊格句霏雪凌霜韻黄昏院落句爲誰密解羅囊韻銀瓶注水句浸數枝讀小閣幽窗韻春睡起讀纖條在手句厭厭宿酒殘妝韻

此即晁詞體,惟前後段起句各用韻,其第四、五句俱上作四字、下作六字異。按,《高麗史·樂志》《漢宫春慢》詞正與此同,惟换頭三句"光陰迅速如飛。邀酒朋共歡,且恁開眉","邀"字、"歡"字俱平聲,"酒"字、"且"字俱仄聲異。

**又一體** 雙調九十六字，前後段各九句五平韻。

沈會宗

别酒初醒韻似一番夢覺句屈指堪驚韻猶疑送消寄息句遇著人聽韻當初唤作句據眼前讀略略看承韻及去了讀從頭想伊句心下始覺寧寧韻　黄昏畫角重城韻更傷高念遠句懷抱何勝韻良時好景句算來半爲愁生韻幽期暫阻句更就中讀月白風清韻千萬計讀年年斷除不得句是這些情韻

此詞兩起句亦用韻，與張詞同。但前段第四句六字、第五句四字，後段第四句四字、第五句六字，前結七字一句、六字一句，後結九字一字、四字一句，句讀參差，采以備體。

以上二詞，皆前後段起句用韻者。

**又一體** 雙調九十六字，前段九句五平韻，後段九句四平韻。

京　鏜

暖律初回韻又燒燈市井句賣酒樓臺韻誰將星移萬點句月滿千街韻輕車細馬句隘通衢讀蹴起香埃韻今歲好讀土牛作伴句挽留春色同來韻　不是天公省事句要一時壯觀句特地安排韻何妨彩樓鼓吹句綺席尊罍韻良宵勝景句語邦人讀莫惜徘徊韻休笑我讀癡頑不去句年年爛醉金釵韻

此與晁詞同，惟前段起句用韻異。按，《梅苑》"雨打風摧"詞、史達祖"花隔東垣"詞及京詞别首"看透塵寰"詞，俱如此填。惟《梅苑》詞前段第八句"須憑取、東君爲我"，"憑"字平聲。史詞後段第一、二、三句"唐昌故宫何許，頓剪霞裁霧，擺落塵緣"，"昌"字、"何"字、"裁"字俱平聲，已於晁詞體内參校作圖，兹不復注。

**又一體** 雙調九十六字，前段九句四仄韻，後段九句五仄韻。

康與之

雲海沈沈句峭寒收建章句雪殘鳷鵲韻華燈照夜句萬井禁城行樂韻春隨鬢影句映參差讀柳絲梅萼韻丹禁杳讀鼇峰對聳句三山上通寥廓韻　春衫繡羅香薄韻步金蓮影下句三千綽約韻冰輪桂滿句皓色冷浸樓閣韻霓裳帝樂句奏昇平讀天風吹落韻留鳳輦讀通宵宴賞句莫放漏聲閑却韻

此詞全押仄韻，其句讀與張先平韻體同，有《樂府雅詞》一首可校。雖用韻多少不同，均爲此調正體。

**又一體** 雙調九十四字，前段九句五仄韻，後段十句六仄韻。

《樂府雅詞》無名氏

江月初圓句正新春夜永句燈市行樂韻芙蕖萬朵句向晚爲誰開却韻層樓畫閣韻盡卷上讀

東風簾幕韻羅綺擁讀歡聲和氣句驚破柳梢梅萼韻　綽約韻暗塵浮動句正魚龍曼衍句戲車交作韻高牙影裏句緩控玉羈金絡韻鉛華間錯韻更一部讀笙歌圍著韻香散處讀厭厭醉聽句南樓畫角韻

此即康詞體，惟前後段第六句俱押韻，换頭句藏一短韻，結句減二字異。

## 倦尋芳二體

王雱詞注中吕宫，潘元質詞名《倦尋芳慢》。

**倦尋芳**　雙調九十六字，前段十一句四仄韻，後段十句五仄韻。

王　雱

露晞向曉句簾幔風輕句小院閑晝韻翠徑鶯來句驚下亂紅鋪繡韻倚危闌句登高榭句海棠著雨胭脂透韻算韶華句又因循過了句清明時候韻　倦游燕讀風光滿目句好景良辰句誰共攜手韻恨被榆錢句買斷兩眉長鬬韻憶得高陽人散後韻落花流水仍依舊韻這情懷句對東風句盡成消瘦韻

此詞前段第六句作三字兩句，後段第六句押韻，宋詞無如此填者。因有宫調，録以備體。

**又一體**　雙調九十七字，前後段各十句四仄韻。

潘元質

獸鐶半掩句鴛甃無塵句庭院瀟灑韻樹色沈沈句春盡燕嬌鶯姹韻夢草池塘青漸滿句海棠軒檻紅相亞韻聽簫聲句記秦樓夜約句彩鸞齊跨韻　漸迤邐讀更催銀箭句何處貪歡句猶繫驄馬韻旋剪燈花句兩點翠眉誰畫韻香滅羞回空帳裏句月高猶在重簾下韻恨疏狂句待歸來句碎挼花打韻

此詞前段第五句七字，後段第五句不押韻，宋人俱如此填。

按，前段第一、二、三句，盧祖皋詞"香泥壘燕，密葉巢鶯，春晴寒淺"，"香"字平聲，"密"字仄聲，"晴"字平聲。湯恢詞"錫簫吹暖，蠟燭分煙，春思無限"，"吹"字平聲；第四、五句，湯詞"風到楝花，二十四番吹遍"，"風"字平聲，"楝"字、"二"字俱仄聲；第六句，湯詞"煙濕濃堆楊柳色"，"煙"字平聲。第七句，盧詞"秋千影落人遊倦"，"秋"字平聲；第九句，盧詞"記寶帳歌慵"，"寶帳"二字俱仄聲，"歌慵"二字俱平聲。後段第一、二、三句，吴文英詞"聽細雨、琵琶幽怨，客鬢蒼華，衫袖濕遍"，"細"字、"濕"字俱仄聲。盧詞"别來悵、光陰容易，還又酴醾，牡丹開遍"，"牡"字仄聲，"丹"字平聲。第五句，吴詞"誰念故人游倦"，"誰"字平聲。第七句，盧詞"長安猶近歸期遠"，"長"字平聲。結三句，盧詞"倚危樓，但鎮日，繡簾高卷"，"鎮日"二字俱仄聲。譜内本此作圖，其餘可平可仄，悉參王詞。

## 劍器近一體

《宋史·樂志》："教坊奏《劍器》曲，其一屬中吕宫，其二屬黄鍾宫，又有劍器舞隊。"此云"近"者，其聲調相近也。

**劍器近** 雙調九十六字，前段八句八仄韻，後段十二句七仄韻。

袁去華

夜來雨韻賴倩得讀東風吹住韻海棠正妖嬈處韻且留取韻悄庭户韻試細聽讀鶯啼燕語韻分明共人愁緒韻怕春去韻　佳樹韻翠陰初轉午韻重簾未卷句乍睡起句寂寞看風絮韻偷彈清淚寄煙波句見江頭故人句爲言憔悴如許韻彩箋無數韻去却寒暄句到了渾無定據韻斷腸落日千山暮韻

此調惟有此詞，無别首可校。

## 秋蘭香一體

調見《全芳備祖》。

**秋蘭香** 雙調九十六字，前後段各九句五平韻。

陳　亮

未老金莖句些子正氣句東籬淡泞齊芳韻分頭添樣白句同局幾般黄韻向閑處讀須一一排行韻淺深饒間新妝韻那陶令讀漉他誰酒句趁醒消詳韻　况是此花開後句便蝶亂無花句管甚蜂忙韻你從今讀采却蜜成房韻秋英試商量韻多少爲誰句甜得清凉韻待説破讀長生真訣句要飽風霜韻

此見《全芳備祖》，詠菊詞也。《龍川集》不載，亦無别首宋詞可校。

## 鳳鸞雙舞一體

調見《水雲詞》。

**鳳鸞雙舞** 雙調九十六字，前段十二句四仄韻，後段八句六仄韻。

汪元量

慈元殿句薰風寶鼎句噴香雲飄墜韻環立翠羽句雙歌麗調句舞腰新束句舞纓新綴韻金蓮步讀輕摇鳳兒句翩翻作勢韻便似月裏姮娥謫來句人間天上句一番遊戲韻　聖人樂意韻任樂部讀簫韶聲沸韻衆妃歡也句漸調笑微醉韻競捧霞觴句深深願讀聖母壽如松桂韻迢遞韻賞更萬年千歲韻

此詞無别首可校，其句讀平仄須從之。

## 行香子慢一體

調見《高麗史·樂志》。此《行香子》慢詞與《行香子》小令不同。

**行香子慢** 雙調九十六字，前段十句五平韻，後段十一句六平韻。

《高麗史·樂志》無名氏

瑞景光融韻煥中天霽煙句佳氣葱葱韻皇居崇壯麗句金碧輝空韻彤霄外讀瑶殿深處句簾卷花影重重韻迎步輦句幾簇真仙句賀慶壽新宫韻　方逢韻聖主飛龍韻正休盛大寧句朝野歡同韻何妨宴賞句奉宸意慈容韻韶音按讀霞觴將進句蕙爐飄馥香濃韻長願承顔句千秋萬歲句明月清風韻

此調亦無别首可校。

## 甘露滴喬松一體

調見《翰墨全書》。

**甘露滴喬松** 雙調九十六字，前段十句四仄韻一叶韻，後段九句四仄韻一叶韻。

《翰墨全書》無名氏

沙堤路近句喜五年相遇句朱顔依舊韻盡道名世半千句公望三九韻是今日讀富民侯叶早生聚讀考堂户口韻誰敷兼致句文章燕許句歌辭蘇柳韻　更饒萬卷圖書句把藤笈芸編句遍題青鏤韻一經傳得句舊事韋平先後韻試衮衮讀數英游叶問好事讀如今能否韻曲車正滿句自酌太和春酒韻

此詞前後段第六句叶兩平韻，是本部三聲叶，有《鳴鶴餘音》詞可校。因詞甚鄙俚，其可平可仄，均不足據，故不校注作譜。

## 慶千秋一體

調見《翰墨全書》，周密《天基聖節樂次》雲：第十盞，笛獨吹高平調《慶千秋》。

**慶千秋**　雙調九十六字，前後段各九句四平韻。

《翰墨全書》無名氏

點檢堯蓂句自元宵過了句兩莢初飛韻蔥蔥鬱鬱句佳氣喜溢庭闈韻誰知降讀月裏姮娥句欣對良時韻但見婺星騰瑞彩句年年輝映南箕韻　好是庭階蘭玉句伴一枝丹桂句戲舞萊衣韻椒觴迭將捧獻句歌曲吟詩韻如王母讀款對群仙句同宴瑶池韻萱草茂讀長春不老句百千祝壽無期韻

此調平仄無別首可校。

## 《御定詞譜》卷二十五　起九十六字至九十七字

## 塞垣春四體

調見《片玉詞》。

**塞垣春**　雙調九十六字，前段九句六仄韻，後段八句四仄韻。

周邦彦

暮色分平野韻傍葦岸讀征帆卸韻煙深極浦句樹藏孤館句秋景如畫韻漸別離氣味難禁也韻更物象讀供瀟灑韻念多才讀渾衰減句一懷幽恨難寫韻　追念綺窗人句天然自讀風韻閒雅韻竟夕起相思句漫嗟怨遥夜韻又還將讀兩袖珠淚句沈吟向讀寂寥寒燈下韻玉骨爲多感句瘦來無一把韻

此調以此詞爲正體，若方、楊和詞之減字，吴詞之添字，皆變體也。

按，陳允平詞與此句韻悉同，惟後段第四句"啼蛩歎凉夜"不作上一下四句法，其"啼"字平聲，亦與此異。其餘可平可仄，悉校方、楊、吴三詞。

吴詞後段第二句"看争拜東風"，因與此詞字句不同，故不參校平仄。

**又一體**　雙調九十五字，前段九句六仄韻，後段八句四仄韻。

方千里

四遠天垂野韻向晚景讀雕鞍卸韻吴藍滴草句塞綿藏柳句風物堪畫韻對雨收霧霽初晴也

韻正陌上讀煙光灑韻聽黄鸝讀啼紅樹句短長音如寫韻　懷抱幾多愁句年時趁讀歡會幽雅韻盡日足相思句奈春晝難夜韻念征塵讀堆滿襟袖句那堪更讀獨游花陰下韻一別鬢毛減句鏡中霜滿把韻

此與周詞同，惟前段結句減一字異。《詞律》謂此句必脱一字，但按楊澤民詞，亦作五字句，或宋人另有此體，故爲編入。

**又一體**　雙調九十五字，前段九句六仄韻，後段九句四仄韻。

楊澤民

繡閣臨芳野韻向晚把讀花枝卸韻奇容豔質句世間尋覓句除是圖畫韻這歡娱已繫人心也韻更翰墨讀親揮灑韻展蠻箋讀明窗底句把心事都寫韻　謝女與檀郎句清才對真態俱雅韻鳳枕樂春宵句絳帷度秋夜韻便同雲黯淡句冰霰縱横句也共眠讀鴛衾下韻假使過炎暑句共將羅帕把韻

此亦與周詞同，惟前段結句減一字，後段第五、六句作五字、四字、六字三句異。

**又一體**　雙調九十八字，前段九句六仄韻，後段十句四仄韻。

吴文英

漏瑟侵瓊管韻潤鼓借讀烘爐暖韻藏鈎怯冷句畫雞臨曉句鄰語鶯囀韻殢緑窗讀細咒浮梅盞韻换蜜炬讀花心短韻夢驚回讀林鴉起句曲屏春事天遠韻　迎路柳絲裙句看争拜東風句盈灞橋岸韻髻落寶釵寒句恨花勝遲燕韻漸街簾影轉句還似新年句過郵亭讀一相見韻南陌又燈火句繡囊塵香淺韻

此亦與周詞同，惟後段第二句添二字作五字一句、四字一句，其第五、六句亦作五字、四字、六字三句異。

後段結句"香"字平聲，查别首宋詞，此字俱用仄聲，恐非定格，故周詞不注可平。

## 望雲間一體

調見《翰墨全書》，趙可登代州南樓，自度此腔。

**望雲間**　雙調九十六字，前後段各十句四平韻。

趙　可

雲朔南陲句全趙寶符句河山襟帶名藩韻有朱樓縹緲句千雉迴旋韻雲度飛狐絶險句天圍紫塞高寒韻弔興亡遺跡句咫尺西陵句煙樹蒼然韻　時移事改句極目春心句不堪獨倚

危闌韻惟是年年飛雁句霜雪知還韻樓上四時長好句人生一世誰閒韻故人有酒句一尊高興句不減東山韻

此調惟此一詞,無别首可校。

## 步月二體

此調有平韻、仄韻兩體。平韻者,見史達祖《梅溪詞》;仄韻者,見施岳《梅川詞》。

**步月** 雙調九十六字,前段九句四平韻,後段十句五平韻。

史達祖

剪柳章臺句問梅東閣句醉中携手初歸韻逗香簾下句璀璨縷金衣韻正依約讀冰絲射眼句更荏苒讀蟾玉西飛韻輕塵外讀雙鴛細蹙句誰賦洛濱妃韻　霏霏韻紅霧繞句步摇共鬢影句吹入花圍韻管弦將散句人静燭籠稀韻泥私語讀香櫻乍破句怕夜寒讀羅襪先知韻歸來也句相偎未肯入重幃韻

此詞押平韻。前結七字一句、五字一句,後結三字一句、七字一句,换頭句藏短韻,較仄韻詞多二字,前段少押一韻。

**又一體** 雙調九十四字,前後段各九句五仄韻。

施　岳

玉宇薰風句寶階明月韻翠叢萬點晴雪韻煉霜不就句散廣寒霏屑韻采珠蓓讀緑萼露滋句嗔銀豔讀小蓮冰潔韻花魂在讀纖指嫩痕句素英重結韻　枝頭香未絶韻還是過中秋句丹桂時節韻醉鄉冷境句怕翻成消歇韻玩芳味讀春焙旋熏句貯穠韻讀水沈頻爇韻堪憐處句輸與夜凉睡蝶韻

此詞押仄韻。前結七字一句、四字一句,後結三字一句、六字一句,較平韻詞少兩字,前段次句押韻,换頭句不押短韻而押於句末,較平韻詞多一韻。

## 早梅香一體

調見《梅苑》,因詞中有"探得早梅"及"亂飛香雪"句,故名。

**早梅香** 雙調九十六字,前段十一句四仄韻,後段十句四仄韻。

《梅苑》無名氏

北帝收威句又探得早梅句漏春消息韻粉蕊瓊苞句擬將胭脂句輕染顔色韻素質盈盈句終

不許讀雪霜欺得韻奈化工句偏宜賦與句壽陽妝飾韻　　獨自逞冰姿句比夭桃繁杏殊别韻爲報山翁句逢此有花句樽前且須攀折韻醉賞吟戀句莫辜負讀好天風月韻恐笛聲悲句紛紛便似句亂飛香雪韻

此調祇此一詞，無别首可校。

## 八聲甘州七體

《碧雞漫志》："《甘州》，仙吕調，有曲破，有八聲有慢，有令。"按，此調前後段八韻，故名《八聲》，乃慢詞也，與《甘州遍》之曲破，《甘州子》之令詞不同。《樂章集》亦注仙吕調。周密詞名《甘州》；張炎詞因柳詞有"對蕭蕭暮雨灑江天"句，更名《蕭蕭雨》；白樸詞名《宴瑶池》。

**八聲甘州**　雙調九十七字，前後段各九句四平韻。

柳　永

對瀟瀟暮雨灑江天句一番洗清秋韻漸霜風淒緊句關河冷落句殘照當樓韻是處紅衰翠減句苒苒物華休韻惟有長江水句無語東流韻　　不忍登高臨遠句望故鄉渺渺句歸思難收韻歎年來蹤跡句何事苦淹留韻想佳人讀妝樓長望句誤幾回讀天際識歸舟韻争知我讀倚闌干處句正恁凝愁韻

此調以此詞爲正體，若張詞之添聲，劉過以下五詞之減字，皆變體也。

按，此詞後段第六句作上三下四句法，宋詞俱照此填，惟程垓詞"縱使梁園賦猶在"，句法異，注明不另録。

周密詞前段起二句"漸萋萋芳草緑江南，輕暉弄春容"，"芳"字平聲；後段起句"還是春光夢曉"，"還"字平聲。譜内可平據此，其餘平仄，悉參所採六詞。

蕭詞前段起句"可憐生、飄零到酴醿"，"零"字平聲；鄭詞後段第四句"賴東君能容"，"容"字平聲，與諸家不同，此自成一體，譜内不注可平。

**又一體**　雙調九十七字，前段九句五平韻，後段九句四平韻。

張　炎

記玉關踏雪事清遊韻寒氣脆貂裘韻傍枯林古道句長河飲馬句此意悠悠韻短夢依然江表句老淚灑西州韻一字無題處句落葉都愁韻　　載取白雲歸去句問誰留楚佩句弄影中洲韻折蘆花贈遠句零落一身秋韻向尋常讀野橋流水句待招來讀不是舊沙鷗韻空懷感讀有斜陽處句却怕登樓韻

此與柳詞同，惟前段起句押韻異。

**又一體**　雙調九十五字，前段八句四平韻，後段九句四平韻。

劉　過

問紫巖去後漢公卿句不知幾貂蟬韻誰能借留侯筯句著祖生鞭韻依舊塵沙萬里句河洛黯風煙韻誰識道山客句衣鉢曾傳韻　共記玉堂對策句欲先明大義句次第籌邊韻况重湖八桂句袖手已多年韻望中原讀驅馳去也句擁十州讀牙纛正翩翩韻春風早讀看東南王氣句飛繞星躔韻

此與柳詞同，惟前段第三、四句減三字作六字一句，後段第八句添一字作八字句異。

**又一體**　雙調九十五字，前後段各九句四平韻。

湯　恢

摘青梅薦酒句甚殘寒讀猶怯苧蘿衣韻正柳腴花瘦句緑雲冉冉句紅雪霏霏韻隔屋秦箏依約句誰品春詞韻回首繁華夢句流水斜暉韻　寄隱孤山山下句但一瓢飲水句深掩苔扉韻羨青山有思句白鶴忘機韻悵年華讀不禁搔首句又天涯讀彈淚送春歸韻銷魂遠讀千山啼鴂句十里酴醿韻

此與柳詞同，惟前段第一句五字，第二句八字，第七句減一字作四字句，後段第五句亦減一字作四字句異。

**又一體**　雙調九十五字，前段九句四平韻，後段十句四平韻。

蕭　列

可憐生讀飄零到酴醿句依然舊銷魂韻殘春幾許句風風雨雨句客裏又黄昏韻無奈一江煙霧句腥浪卷河豚韻身世忽如葉句那是清渾韻　莫厭悲歌笑語句奈天涯有夢句白髮無根韻怕相思别後句無字寫回文韻更月明洲渚句杜鵑聲裏句立向臨分韻三生石讀情緣千里句風月柴門韻

此亦與柳詞同，惟前段第三句減一字，第五句添一字，後段第六、七句減二字作五字一句、四字兩句異。

**又一體**　雙調九十八字，前段九句五平韻，後段九句四平韻。

姚雲文

卷絲絲讀雨織半晴天韻棹歌發清舷韻甚蒼虬怒躍句靈鼉急吼句雲湧平川韻樓外榴裙幾點句描破緑楊煙韻把畫羅遥指句助嘯争先韻　憔悴潘郎句曾記得讀青龍千舸句採石磯邊韻歎内家帖子句閒却縷金箋韻覺素標讀插頭如許句盡風情讀終不似鬬贏船韻人聲

斷讀雲齋半掩句月印枯禪韻

此亦與柳詞同，惟前段起句八字添一韻，與張炎"記玉關"詞同。後段起句四字，第二句七字，第七句九字，添一襯字異。

**又一體** 雙調九十六字，前後段各九句四平韻。

鄭子玉

漸鶯聲近也句探年芳讀河畔扼輕輪韻旋東風染緑句綿綿平野句無際煙春韻最苦夕陽天外句愁損倚闌人韻無奈瀟湘杳句留滯王孫韻　冷落池塘殘夢句是送君歸後句南浦銷魂韻賴東君能容句醉卧展香裀韻盡教更讀行人遠也句相伴連水復連雲韻關山道讀算無今古句客恨長新韻

此亦與柳詞同，惟後段第七句減一字作七字拗句異。

## 迷神引二體

《樂章集》注中吕調。

**迷神引** 雙調九十七字，前段十一句六仄韻，後段十三句六仄韻。

柳　永

紅板橋頭秋光暮韻淡月映煙方煦韻寒溪蘸碧句繞垂楊路韻重分飛句携纖手句淚如雨韻波急隋堤遠句片帆舉韻倏忽年華改句尚期阻韻　暗覺春殘句漸漸飄花絮韻好晚涼天句長孤負韻洞房閒掩句小屏空讀無心覷韻指歸雲句仙鄉杳句在何處韻遥夜香衾暖句算誰與韻知他深深約句記得否韻

此調以此詞爲正體，有柳詞别首可校。若朱詞之多押兩韻，乃變體也。

此詞前段起句"橋頭秋光"四字俱平聲，如柳詞别首"一葉扁舟輕帆卷"，朱詞"白玉樓高雲光繞"，俱與此同。惟晁補之詞"黯黯青山紅日暮"，"日"字以入作平；後段第十三句"知他深深"四字俱平聲。柳詞别首"佳人無消息"，朱詞"飛英難拘束"，俱與此同。惟晁詞"燭暗不成眠"，"燭"字、"不"字以入作平，"暗"字去聲獨異。至前段第四句、後段第三句，俱作上一下三句法，如柳詞别首之"引金笳怨"、"覺客程勞"，朱詞之"霽梅林道，覺璧華輕"，晁詞之"向煙波路，覺阮途窮"，俱與此同。

晁詞前段第八、九句"幾點漁燈小，迷近塢"，"幾"字、"近"字俱仄聲，"迷"字平聲。譜内可平可仄據此，餘參朱詞。又，晁詞前段第十句"一片客帆低"，後段第七句"怪竹枝"，第十句"猿鳥一時啼"，第十二句"燭暗不成眠"，"客"字、"竹"字以入作平，不注可仄。其"低"字、"啼"字、"眠"字俱用平聲，與諸家異，亦不注可平。

晁詞句讀正與此同。因汲古閣刻晁詞前段第四句多一"回"字，後段第八句多一"聲"字，《詞律》誤編入九十九字内。若以柳詞二首、朱詞一首參校，便可正其句讀矣。

**又一體** 雙調九十七字，前段十一句八仄韻，後段十三句六仄韻。

朱　雍

白玉樓高雲光繞韻望極新蟾同照韻前村暮雪句霽梅林道韻澗風平句波聲渺韻喜登眺韻疏影寒枝嫋韻太春早韻臨水凝清淺句靚妝巧韻　瘦體傷離句向此縈懷抱韻覺璧華輕句冰痕小韻倦聽塞管句轉嗚咽讀令人老韻素光回句長亭静句無塵到韻煙鎖横塘暖句香徑悄韻飛英難拘束句任春曉韻

此與柳詞同，惟前段第六句、第八句押韻異。

## 醉蓬萊二體

《樂章集》注林鍾商。趙磻老詞有"璧月流光，雪消寒峭"句，名《雪月交光》；韓淲詞有"玉作山前，冰爲水際，幾多風月"句，名《冰玉風月》。

**醉蓬萊** 雙調九十七字，前段十一句四仄韻，後段十二句四仄韻。

柳　永

漸亭皋葉下句隴首雲飛句素秋新霽韻華闕中天句鎖葱葱佳氣韻嫩菊黄深句拒霜紅淺句近寶階香砌韻玉宇無塵句金莖有露句碧天如水韻　正值昇平句萬幾多暇句夜色澄鮮句漏聲迢遞韻南極星中句有老人呈瑞韻此際宸遊句鳳輦何處句度管弦清脆韻太液波翻句披香簾卷句月明風細韻

此調以此詞爲正體，若蘇詞之句讀小異，乃變格也。

此詞前段起句、第五句、第八句，後段第六句、第九句，例作上一下四句法，惟劉圻父詞前段第五句"一點和羹信"，第八句"瑞啟千年運"，後段第九句"萬宇同歌詠"；又王沂孫詞前段第八句"聊慰登臨眼"，後段第六句"誰念幽芳遠"，仍作五言，俱無領字，此亦間一爲之，不可從。

前段第一句，劉一止詞"正五雲飛仗"，"五"字仄聲，"飛"字平聲。第三句，吕渭老詞"裙腰芳草"，"裙"字平聲。第四句，万俟咏詞"絳燭銀燈"，"絳"字仄聲。第五句，黄庭堅詞"鎖楚宫佳麗"，"楚"字仄聲。第六句，劉圻父詞"淮海維揚"，"淮"字平聲。第七句，謝邁詞"歸心暗折"，"歸"字平聲，"暗"字仄聲。第八句，楊无咎詞"冠中州雙井"，"中"字平聲。第九句，趙彦端詞"東閣詩成"，"東"字平聲。第十句，謝詞"錦袍何處"，"錦"字仄聲，"何"字平聲。結句，劉詞"高空真侣"，"字"平聲。後段第一、二句，万俟詞"金闕南邊，采山北面"，"金"字平聲，"北"字仄聲。謝詞"好在南鄰，詩盟酒社"，"詩"字平聲。第三句，葉夢得詞"弦管風高"，"弦"字平聲。第五句，葉詞"曲水流觴"，"曲"字仄聲。第六句，葉詞"有山中行處"，"山"字平聲。第八句，無名氏詞"山中古寺"，"山中"二字俱平聲，"古"字仄聲。第九句，趙磻老詞"映山河多少"，"山"字平聲。第十句、十一句，万俟詞"太平無事，君臣宴樂"，"平"字平聲，"事"字、"宴"字俱仄聲。結句，葉詞"重翻新曲"，"重"字平聲。譜内可平可仄據此，餘參蘇詞。至前段第三句，楊无咎詞"地靈境勝"，"境"字仄聲。第四句，陳瓘詞"狼山相望"，"山"字平聲，"望"字仄聲。無名氏詞"小雨弄晴"，"弄"字仄聲。第六句，万俟詞"明月逐人"，"逐"字入聲。後段第四句，趙詞"笑花寂寞"，"寂"字入聲。第六句，無名氏詞"作江南一瑞"，"一"字入聲。結句，謝詞"又成浩歎"，"浩"字仄聲。或以入作平，或偶然誤用，俱不校注平仄。

**又一體** 雙調九十七字，前後段各十一句四仄韻。

蘇 軾

笑勞生一夢句羈旅三年句又還重九韻華髮蕭蕭句對荒園搔首韻賴有多情句好飲無事句似古人賢守韻歲歲登高句年年落帽句物華依舊韻　此會應須爛醉句仍把紫菊茱萸句細看重嗅韻搖落霜風句有手栽雙柳韻來歲今朝句爲我西顧句酹羽觴江口韻會與州人句飲公遺愛句一江醇酎韻

此與柳詞同，惟換頭四字三句作六字兩句異。

此詞前段第七句"飲"字仄聲，查宋詞此字無用仄聲者，或是"吟"字之訛，故前譜內不注可仄。

## 鳳凰臺上憶吹簫六體

《列仙傳拾遺》云："蕭史善吹簫，作鸞鳳之聲。秦穆公有女弄玉，善吹簫，公以妻之，遂教弄玉作鳳鳴。居十數年，鳳凰來止，公爲作鳳臺，夫婦止其上。數年，弄玉乘鳳，蕭史乘龍去。"調名取此。《高麗史・樂志》一名《憶吹簫》。

**鳳凰臺上憶吹簫** 雙調九十七字，前段十句四平韻，後段九句四平韻。

晁補之

千里相思句況無百里句何妨暮往朝還韻又正是讀梅初淡泞句鶯未綿蠻韻陌上相逢緩轡句風細細讀雲日斑斑韻新晴好句得意未妨句行盡青山韻　應携後房小妓句來爲我句盈盈對舞花間韻便拌却讀松醪翠滿句蜜炬紅殘韻誰信輕鞍射虎句清世裏讀曾有人閒韻都休説句簾外夜久春寒韻

此調以晁詞爲正體，若曹詞以下，或添聲、或減字，皆變體也。

此詞前後段第四句皆上三下四七字，前結三字一句、四字兩句，後結三字一句、六字一句，權無染、侯寘、張炎、彭履道詞，俱如此填。

按，張詞前段第四句"猶記得、琵琶半面"，"猶"字平聲；權詞後段第一句"應是飛瓊弄玉"，"飛"字平聲；侯詞第二、三句"湘裙窄，一鉤龍麝隨鞍"，"一"字仄聲，"龍"字平聲；彭詞第八、九句"石城曉，數聲又遞寒砧"，"石"字仄聲。譜內可平可仄據此，餘參下詞。惟張臺卿詞起二句平仄全異，故不校注。

**又一體**　雙調九十七字,前段十句四平韻,後段十句五平韻。

曹　勛

碧玉煙塘句絳羅豔卉句朱清炎馭升暘韻正應運讀真人誕節句寶緒靈光韻海宇均頒湛露句環佩拱讀北極稱觴韻歡聲浹句三十六宮句齊奉披香韻　　芬芳韻寶熏如靄句仙仗捧讀椒扉秀繞嬪嬙韻上萬壽讀雙鬟妙舞句一部絲簧韻花滿蓬萊殿裏句光照坐讀尊俎生涼韻南山祝句常對化日舒長韻

此詞句讀悉同晁詞,惟換頭句藏短韻異。

**又一體**　雙調九十七字,前段十句四平韻,後段九句四平韻。

張臺卿

長天霞散句遠浦潮平句危闌注目江皋韻長記年年榮遇句同是今朝韻金鑾兩回命相句對清光讀頻許揮毫韻雍容久句正茶杯初賜句香袖時飄韻　　歸去玉堂深夜句泥封罷句金蓮一寸才燒韻帝語丁寧曾被句華衮親褒韻如今漫勞夢想句歎塵跡讀杳隔仙鼇韻無聊意句强當歌對酒怎消韻

此與晁詞同,惟前後段第四句各減一字,第九句各添一字異。

此詞前段起二句第二字平仄與各家異,若起句作第二句便與晁詞同,恐有傳寫之訛,故不彙校入圖。

**又一體**　雙調九十六字,前段十句四平韻,後段九句四平韻。

吴元可

更不成愁句何曾是醉句豆花雨後輕陰韻似此心情自可句多了閒吟韻秋在西樓西畔句秋較淺讀不似情深韻夜來月句爲誰瘦小句塵鏡羞臨韻　　彈箏舊家伴侣句記雁啼秋水句下指成音韻聽未穩讀當時自誤句又況如今韻那是柔腸易斷句人間事讀獨此難禁韻雕籠近句數聲别似春禽韻

此亦與晁詞同,惟前段第四句減一字異。

**又一體**　雙調九十五字,前段十句四平韻,後段十一句五平韻。

李清照

香冷金猊句被翻紅浪句起來慵自梳頭韻任寶奩塵滿句日上簾鉤韻生怕離懷別苦句多少事讀欲説還休韻新來瘦句非干病酒句不是悲秋韻　　休休韻這回去也句千萬遍陽關句

也則難留韻念武陵人遠句煙鎖秦樓韻惟有樓前流水句應念我讀終日凝眸韻凝眸處句從今又添句一段新愁韻

此與晁詞同，惟前後段第四句各減二字，換頭句藏短韻，後段結句添二字作四字兩句異。

按，趙文"白玉搓成"詞，前後段第四、五句"羨司花神女，有此清閒"，"怪天上冰輪，移下塵寰"，換頭句"憑闌，幾回澹月"，後結三句"聊寄與，詩人案頭，冰雪相看"，正與此同。

**又一體** 雙調九十五字，前後段各十句四平韻。

張　翥

琪樹鏘鳴句春冰碎落句玉盤珠瀉還停韻漸一絲風嫋句照颺青冥韻疑把紅牙趁節句想有人讀記豆銀屏韻何須教句琵琶漢女句錦瑟湘靈韻　追思舊時勝賞句醉幾度西湖句山館池亭韻慣倚歌花月句按舞娉婷韻歲晚相逢客裏句且一尊讀同慰漂零韻君休惜句吴音朔調句盡與吹聽韻

此與李詞同，惟換頭句不藏短韻異。

## 夜合花五體

調見《琴趣外篇》。按，夜合花，合歡樹也。唐韋應物詩："夜合花開香滿庭"，調名取此。

**夜合花** 雙調九十七字，前段十句五平韻，後段十句六平韻。

晁補之

百紫千紅句占春多少句共推絶世花王韻西都萬户句擅名不爲姚黄韻漫腸斷巫陽韻對沈香亭北新妝韻記清平調句詞成進了句一夢仙鄉韻　天葩秀出無雙韻倚朝暉句半如酣醉成狂韻無言自省句檀心一點偷芳韻念往事情傷韻又新豔曾説滁陽韻縱歸來晚句君王殿後句别是風光韻

此調始於此詞，前後段第六句俱五字，換頭第二句三字，第三句六字，宋人如此填者，止此一詞，無别首可校，故可平可仄，詳注於添字之史詞之下。

此詞前後段第八句俱作上一下三句法，如史詞之"向銷凝裏"、"把閒言語"，曹詞之"慶天申旦"、"獻南天壽"，最爲合法。

**又一體** 雙調一百字，前段十一句五平韻，後段十一句六平韻。

史達祖

冷截龍腰句偷拏鸞爪句楚山長鎖秋雲韻梅花未落句年年怨入江城韻千嶂碧句一聲清韻

枉人間讀兒女簫笙韻共蒼凉處句琵琶溢浦句長嘯蘇門韻　當時低度西鄰韻天澹闌干欲暮句曾賦高情韻子期老矣句不堪殢酒重聽韻纖手静句七星明韻有新聲讀應更魂驚韻夢回人世句寥寥夜月句空照天津韻

此詞前後段第六句俱作三字兩句,較晁詞添二字;换頭句第二句六字,第三句四字,較晁詞添一字。史詞别首"柳鎖鶯魂"詞,周密"月地無塵"詞,俱與此同。

按,周詞前段第五句"仙子誤入唐昌","子"字仄聲;吴文英詞第八句"剪臘花、壺箭催忙","壺"字仄聲。周詞第九句"梨花雲暖","梨"字平聲;後段第三句"素手相將","素"字仄聲;第五句"指痕猶映瑶房","猶"字平聲。譜内可平可仄據此,餘參所採四詞。

**又一體** 雙調一百字,前段十一句五平韻,後段十一句七平韻。

高觀國

斑駁雲開句濛松雨過句海棠花外寒輕韻湖山翠暖句東風正要新晴韻又唤醒句舊遊情韻記年時讀今日清明韻隔花陰淺句香隨笑語句特地逢迎韻　人生韻好景難並韻依舊秋千巷陌句花月蓬瀛韻春衫抖擻句餘香半染芳塵韻念嫩約句杳難憑韻被幾聲讀啼鳥驚心韻一庭芳草句危闌晚日句無限消凝韻

此與史詞添字體同,惟换頭句藏短韻異。

**又一體** 雙調一百字,前後段各十句五平韻。

曹　勛

星拱堯眉句日臨雲幄句曉天初静炎曦韻香凝翠扆句花籠禁殿風遲韻彩山高與天齊韻奉明主讀玉斝交揮韻慶天申旦句九州四海句同詠昌時韻　今年麥有雙岐韻别有琅玕並節句深秀聯枝韻豐世瑞物句嘉祥效祉熙熙韻坐中莫惜沈醉句仰三聖讀玉德光輝韻獻南山壽句嚴扆萬載句永奉垂衣韻

此亦史詞添字體,惟前後段第六、七句合作一句,後段第六句又少押一韻異。

**又一體** 雙調九十九字,前段十一句五平韻,後段十一句六平韻。

孫惟信

風葉敲窗句露蛩吟甃句謝娘庭院秋宵韻鳳屏半掩句釵花映燭紅摇韻潤玉暖句膩雲嬌韻染芳情讀香透鮫綃韻斷魂留夢句煙迷楚驛句月落藍橋韻　誰念賣藥文簫韻望仙城路杳句鶯燕迢迢韻羅衫暗摺句蘭痕粉跡都銷韻流水遠句亂花飄韻苦相思讀寬盡春腰韻幾時重恁句玉驄過處句小袖輕招韻

此亦史詞添字體,惟後段第二句減一字異。按,吴文英"柳暝河橋"詞,後起三句"十年一夢凄凉。似西湖燕去,吴館巢荒",正與此同。

## 採明珠一體

曹植《洛神賦》"或采明珠"，調名取此。《宋史·樂志》："曲破中吕調，《採明珠》。"

**採明珠** 雙調九十七字，前段九句四仄韻，後段十一句七仄韻。

杜安世

雨乍收讀小院塵消句雲淡天高露冷韻坐看月華生句射玉樓清瑩韻蟋蟀鳴金井韻下簾幃讀悄悄空階句敗葉墜風句惹動閒愁句千端萬緒難整韻　秋夜永韻涼天迥韻可不念光景韻嗟薄命韻倏忽少年句忍教孤另韻燈閃紅窗影韻步回廊讀懶入香閨句暗落淚珠滿面句誰人知我句爲伊成病韻

此調惟此一詞，無别首可校。

## 慶清朝四體

一作《慶清朝慢》。

**慶清朝** 雙調九十七字，前後段各十句四平韻。

王　觀

調雨爲酥句催冰做水句東君分付春還韻何人便將輕暖句點破殘寒韻結伴踏青去好句平頭鞋子小雙鸞韻煙郊外句望中秀色句如有無間韻　晴則箇讀陰則箇句餖飣得天氣句有許多般韻須教撩花撥柳句争要先看韻不道吴綾繡襪句香泥斜沁幾行斑韻東風巧句盡收翠緑句吹上眉山韻

此調前後段第四、五句，惟王詞作上六下四，宋人如此填者甚少。史詞作上四下六，曹詞、李詞前段用王詞體，後段用史詞體，而宋人依史詞體者爲多，故可平可仄，詳注史詞之下。

譜内四詞字數、韻脚俱同，惟句法有異耳。今各注明，分爲四體編入。

此詞前後段第四、五句俱上六下四，换頭句六字折腰。

**又一體** 雙調九十七字，前後段各十句四平韻。

史達祖

墜絮孳萍句狂鞭孕竹句偷移紅紫池亭韻餘花未落句似供殘蝶經營韻賦得送春詩了句夏

帷擴斷緑陰成韻桑麻外句乳鴉穉燕句别様芳情韻　　荀令舊香易冷句歎俊遊疏懶句枉自銷凝韻塵侵謝屐句幽徑斑駁苔生韻便覺寸心尚老句故人前度漫丁寧韻空相誤句祓蘭曲水句挑菜東城韻

此詞前後段第四、五句俱上四下六，换頭句六字不折腰，李居厚、王沂孫、張炎三詞俱與此同。

按，李詞前段第二句"地鍾上瑞"，"地"字仄聲；第五句"幾曾鶴發貂冠"，"鶴"字仄聲。王詞第六句"前度緑陰載酒"，"前"字平聲。李詞，後段起句"運慶今朝初度"，"運"字仄聲，"今"字、"初"字俱平聲。王詞第六句"顛倒絳英滿徑"，"顛"字平聲。張詞第七句"好詩盡在夕陽山"，"盡"字仄聲。譜内可平可仄據此，餘參曹、李二詞。

曹詞前段起句平仄與諸家異，不爲參校；第九句"幄"字入聲。張詞後段第二句"待携琴獨去"，"獨"字入聲，俱以入作平，亦不注可仄。

**又一體**　雙調九十七字，前後段各十句四平韻。

曹　勛

絳羅縈色句茸金麗蕊句秀格壓盡群芳韻人間第一嬌嫵句深紫輕黄韻乍過夜來穀雨句盈盈明豔惹天香韻春風暖句寶幄競倚句名稱花王韻　　朝檻五雲擁秀句護曉日句偏宜翠幕高張韻穠姿露葉句臨賞須趁韶光韻最喜鑒鸞初試句一枝姚魏插宫妝韻燃絳蠟句共花拌醉句莫靳瑶觴韻

此詞前段用王詞體，後段用史詞體，惟後段第二句三字、第三句六字異。

**又一體**　雙調九十七字，前後段各十句四平韻。

李清照

禁幄低張句彤闌巧護句就中獨佔殘春韻容華淡泞綽約句俱見天真韻待得群花過後句一番風露曉妝新韻妖嬈態句妒風笑月句長殢東君韻　　東城邊讀南陌上句正日烘池館句競走香輪韻綺筵散日句誰人可繼芳塵韻更好明光宫殿句幾枝先近日邊匀韻金尊倒句拌了盡燭句不愛黄昏韻

此與曹詞同，惟换頭作三字兩句，第二、三句作五字一句、四字一句，仍用王詞體異。

## 黄鸝繞碧樹一體

調見《清真樂府》。

**黄鸝繞碧樹**　雙調九十七字，前段十句四仄韻，後段八句五仄韻。

周邦彦

雙闕籠佳氣句寒威日晚句歲華將暮韻小院閒庭句對寒梅照雪句淡煙凝素韻忍當迅景句

動無限讀傷春情緒韻猶賴是讀上苑風光漸好句芳容將煦韻　草莢蘭芽漸吐韻且尋芳讀更休思慮韻這浮世讀甚驅馳利禄句奔競塵土韻縱有魏珠照乘句未買得流年住韻争如盛飲流霞句醉偎瓊樹韻

按，方千里、楊澤民、陳允平皆無和詞，宋人亦無填此調者，其句讀、平仄宜依之。

## 帝臺春一體

唐教坊曲名。《宋史·樂志》琵琶曲有《帝臺春》，屬無射宫。

**帝臺春**　雙調九十七字，前段十句五仄韻，後段十一句七仄韻。

李　甲

芳草碧色韻萋萋遍南陌韻暖絮亂紅句也似知人句春愁無力韻憶得盈盈拾翠侣句共携賞讀鳳城寒食韻到今來句海角逢春句天涯倦客韻　愁旋釋韻還似織韻淚暗拭韻又偷滴韻漫倚遍危闌句盡黄昏句也只是讀暮雲凝碧韻拚則而今已拚了句忘則怎生便忘得韻又還問鱗鴻句試重尋消息韻

此調惟此一詞，無他首可校。

## 瑶臺第一層三體

宋陳師道《後山詩話》："武才人出慶壽宫，裕陵得之。會教坊獻新聲，爲作詞，號《瑶臺第一層》。"

**瑶臺第一層**　雙調九十七字，前段十句四平韻，後段十一句六平韻。

張元幹

寶曆祥開句飛練上讀青冥萬里光韻石城形勝句秦淮風景句威鳳來翔韻臘餘春色早句兆鈞璜讀賢佐興王韻對熙旦句正格天同德句全魏分疆韻　熒煌韻五雲深處句化鈞獨運斗魁旁韻繡裳龍尾句千官師表句萬事平章韻景鍾文瑞世句醉尚方讀難老天漿韻慶垂裳韻看雲屏間坐句象笏堆牀韻

此詞平仄祗有張詞别首及趙詞可校。

**又一體**　雙調九十八字，前段十句四平韻，後段十一句六平韻。

張元幹

江左風流句鍾間氣讀洲分二水長韻鳳凰臺畔句投懷玉燕句照社神光韻豆花初秀雨句散

暑空讀洗出秋凉韻慶生誕句正圓蟾呈瑞句仙粟飄香韻　眉揚韻掞文摛藻句看乘雲跨鶴下鵷行韻紫樞將命句紫微加紵句常近君王韻舊山同梓里句荷月旦讀久已平章韻九霞觴韻薦刀圭丹餌句衮繡朝裳韻

此與"寶曆祥開"詞同,惟後段第三句添一字異。

**又一體**　雙調九十八字,前段十句五平韻,後段十一句六平韻。

趙與鏓

嶰管聲催韻人報導讀嫦娥步月來韻鳳燈鸞炬句寒輕簾箔句光泛樓臺韻萬年正春未老句更傍那讀日月蓬萊韻從仙仗句看星河銀界句錦繡天街韻　歡陪韻千官萬騎句九霄人在五雲堆韻赭袍光裏句星球宛轉句花影徘徊韻未央宮漏永句散異香讀龍闕崔嵬韻翠輿回韻奏仙韶歌吹句寶殿尊罍韻

此亦與"寶曆祥開"詞同,惟前段起句用韻,第六句添一字異。

## 暗香二體

宋姜夔自度仙吕宫曲,詠梅花作也。張炎以此調詠荷花,更名《紅情》。

**暗香**　雙調九十七字,前段九句五仄韻,後段十句七仄韻。

姜　夔

舊時月色韻算幾番照我句梅邊吹笛韻唤起玉人句不管清寒與攀摘韻何遜而今漸老句都忘却讀春風詞筆韻但怪得讀竹外疏花句香冷入瑶席韻　江國韻正寂寂韻歎寄與路遥句夜雪初積韻翠尊易泣韻紅萼無言耿相憶韻長記曾携手處句千樹壓讀西湖寒碧韻又片片讀吹盡也句幾時見得韻

此調始自此詞,有趙以夫、吴文英、陳允平、張炎諸詞可校。

按,張詞前段第二、三句"抱孤琴思遠,幾番彈徹","孤"字、"思"字俱平聲;陳詞第五句"閒數星河手堪摘","閒"字平聲;趙詞第六句"爲問玉堂富貴","玉"字仄聲;張詞第七句"黯銷魂、恨聽啼鴂","黯"字仄聲,"魂"字平聲;張詞第八句"想少陵、還歎飄零","還"字平聲;陳詞"煙溆闊、雲遠波平","煙"字平聲。張詞後段第一、二句"憶昨,更情惡","憶"字仄聲;第三句"漫認著梅花","梅"字平聲;趙詞第四句"雲弄疏影","雲"字平聲;張詞第七句"一自飄零去後","一"字仄聲;趙詞"將見青青如豆","如"字平聲;張詞第八句"有羈懷、未須輕説","有"字、"未"字俱仄聲,"羈"字、"懷"字俱平聲;張詞第九、十句"莫相忘、堤上柳,此時共折","相忘"二字俱平聲;又一首"便到此、歸未得,幾曾忘却","忘"字平聲。譜内可平可仄據此,餘參下詞。

此詞後段第八句,陳詞作"古今但、雙流一碧","一"字以入作平,故不參校入譜。

**又一體** 雙調九十七字，前段九句五仄韻，後段十句七仄韻。

張　炎

無邊香色韻記涉江自采句錦機雲密韻翦翦紅衣句學舞波心舊曾識韻一見依然似語句流水遠讀幾回空憶韻看亭亭讀倒影窺妝句玉潤露痕濕韻　閒立韻翠屏側韻愛向人弄芳句背酣斜日韻料應太液韻三十六宫土花碧韻清興後讀風更爽句無數滿讀汀洲如昔韻泛片葉讀煙浪裏句卧横紫笛韻

此與姜詞同，惟後段第七句作折腰句法異。

## 夢芙蓉一體

吴文英自度曲，題趙昌所畫芙蓉作也，因詞有“夢斷瓊仙”句，故名《夢芙蓉》。

**夢芙蓉** 雙調九十七字，前後段各十句六仄韻。

吴文英

西風摇步綺韻記長堤驟過句紫騮十里韻斷橋南岸句人在晚霞外韻錦温花共醉韻當時曾共秋被韻自别霓裳句想紅消翠冷句霜枕正慵起韻　慘澹西湖柳底韻摇蕩秋魂句夜月歸環佩韻畫圖重展句驚認舊梳洗韻去來雙翡翠韻難傳眼恨眉意韻夢斷瓊仙句悵雲深路杳句城影照流水韻

此調祇此一詞，無别首可校。

## 西子妝一體

張炎詞序：“吴夢窗自製此曲”。或加“慢”字。

**西子妝** 雙調九十七字，前段十句五仄韻，後段九句六仄韻。

吴文英

流水麯塵句豔陽醅酒句畫舸遊情如霧韻笑拈芳草不知名句乍凌波讀斷橋西堍韻垂楊漫舞韻總不解讀將春繫住韻燕歸來句問彩繩纖手句如今何許韻　歡盟誤韻一箭流光句又趁寒食去韻不堪衰鬢著飛花句傍緑陰讀冷煙深樹韻元都秀句韻記前度讀劉郎曾賦韻最傷心句一片孤山細雨韻

此調始自此詞，有張炎詞一首可校。按，張詞前段起三句“白浪摇天，青陰漲地，一片野懷幽意”，

“白”字、“野”字俱仄聲，“摇”字、“青”字俱平聲；第四句“楊花點點是春心”，“楊”字平聲，“點”字仄聲；第七句“有誰識、朝來清氣”，“誰”字、“清”字俱平聲；第九句“甚流光輕擲”，“流”字平聲。後段第三句“隔塢閒門閉”，“門”字平聲；第四句“漁舟何似莫歸來”，“漁”字平聲；第五句“想桃源、路通人世”，“桃”字平聲；第七句“千年事、都消一醉”，“千”字平聲，“一”字仄聲；結句“愁落鵑聲萬里”，“愁”字平聲。譜内可平可仄據此。

## 玉京謡一體

吴文英自度曲，自注夷則商，犯無射宫。按，《枕中書》：玉京在大羅天之上。李白詩有“手把芙蓉朝玉京”句。此文英贈陳藏一詞，見《隨隱漫録》，蓋賦京華羈旅之况，故借玉京以爲調名。

**玉京謡**　雙調九十七字，前段十句五仄韻，後段九句五仄韻。

吴文英

蝶夢迷清曉句萬里無家句歲晚貂裘敝韻載取琴書句長安閒看桃李韻爛繡錦讀人海花場句任客燕讀飄零誰計韻春風裏韻香泥九陌句文梁孤壘韻　微吟怕有詩聲句翳鏡慵看句但小樓獨倚韻金屋千嬌句從他鴛暖秋被韻蕙帳移讀煙雨孤山句待對景讀落梅清泚韻終不似韻江上翠微流水韻

此調創自此詞，無别首可校。

## 被花惱一體

楊纘自度曲，因詞中有“被花惱”句，取以爲名。

**被花惱**　雙調九十七字，前後段各九句四仄韻。

楊　纘

疏疏宿雨釀輕寒句簾幕静垂清曉韻寶鴨微温瑞煙少韻簷聲不動句春禽對語句夢怯頻驚覺韻攲珀枕句倚銀牀句半窗花影明東照韻　惆悵夜來風句生怕嬌香混瑶草韻披衣便起句小徑回廊句處處都行到韻正千紅萬紫競芳妍句又還似讀年時被花惱韻驀忽地句省得而今雙鬢老韻

此調祇此一詞，無别首可校。

## 綠蓋舞風輕一體

調見《蘋洲漁笛譜》，周密詠荷花自度曲也。

**綠蓋舞風輕** 雙調九十七字，前段十一句四仄韻，後段十句五仄韻。

周　密

玉立照新妝句翠蓋亭亭句凌波步秋綺韻真色生香句明璫摇淡月句舞袖斜倚韻耿耿芳心句奈千縷讀晴絲縈繫韻恨開遲句不嫁東風句顰怨嬌蕊韻　花底韻漫卜幽期句素手採珠房句粉豔初洗韻雨濕鉛腮句碧雲深讀暗聚軟綃清淚韻訪藕尋蓮句楚江遠讀相思誰寄韻棹歌回句衣露滿身花氣韻

此調祇此一詞，無别首可校。

## 月邊嬌一體

調見《蘋洲漁笛譜》，周密自度曲。

**月邊嬌** 雙調九十七字，前段十句四仄韻，後段十句五仄韻。

周　密

酥雨烘晴句早柳眄嬌顰句蘭芽愁醒韻九街月淡句千門夜暖句十里寶光花影韻步襪塵凝句送豔笑讀争誇輕俊韻笙簫迎曉句翠暮卷讀天香宫粉韻　少年章曲疏狂句絮花蹤跡句夜蛾心性韻戲叢圍錦句燈簾轉玉句拌却舞勾歌引韻前歡漫省韻又輦路讀東風吹鬢韻醺醺倚醉句任夜深春冷韻

此調祇此一詞，無别首可校。

## 松梢月一體

調見曹勛《松隱集》，因詞有“喜挹蟾華當松頂”句，取以爲名。

**松梢月** 雙調九十七字，前段十句五平韻，後段十句四平韻。

曹　勛

院静無聲韻天邊正皓月句初上重城韻群木摇落句松路徑暖風輕韻喜挹蟾華當松頂句照

謝閣讀細影縱横韻杖策徐步句空明裏句但襟袖皆清韻　　恍如臨異境句漾鳳沿岸闊句波淨魚驚韻氣入層漢句疑有素鶴飛鳴韻夜色徘徊遲宫漏句漸坐久讀露濕金莖韻未忍歸去句聞何處句更吹笙韻

此曹勛自度曲,無别詞可校。

前後段第六句,俱仄仄平平平平仄,例作拗體,填者辨之。

## 四檻花一體

調見曹勛《松隱集》。

**四檻花**　雙調九十七字,前段十二句六平韻,後段十一句五平韻。

曹　勛

鴛瓦霜凝韻獸爐煙冷句瑣窗漸明韻芙蓉紅暈減句疏篁曉風清韻睡覺猶眠句怯新寒句仍宿酒句尚有餘酲韻擁閒衾韻先記早梅糝糝句流水泠泠韻　　須記歲月堪驚韻最難管讀霜華滿鏡生韻心地還自樂句誰能問枯榮韻一味情塵句指麾盡句人間世句更没虧成韻惟蕭散句眠食外句且樂昇平韻

此亦曹勛自度曲,無别首可校。

## 長亭怨慢四體

姜夔自度中吕宫曲,或作《長亭怨》,無"慢"字。

**長亭怨慢**　雙調九十七字,前後段各九句五仄韻。

姜　夔

漸吹盡讀枝頭香絮韻是處人家句緑深門户韻遠浦縈回句暮帆零亂向何處韻閱人多矣句誰得似讀長亭樹韻樹若有情時句不會得讀青青如許韻　　日暮韻望高城不見句只見亂山無數韻韋郎去也句怎忘得讀玉環分付韻第一是讀早早歸來句怕紅萼讀無人爲主韻算空有並刀句難剪離愁千縷韻

此調創自姜夔,應以此詞爲正體,周密、王沂孫俱照此填。若周詞别首之句法小異,張詞之添字、減字,皆變格也。

按,王詞前段起三句"泛孤艇、東皋過遍,尚記當日,緑陰門巷","過"字、"日"字俱仄聲。張詞"笑海上、白鷗盟冷,飛過前灘,又顧秋影","海"字、"顧"字俱仄聲。張詞後起三句"歸去。問當初鷗鷺,幾度西湖霜露","鷗"字、"西"字俱平聲。譜内可平可仄據此,餘參所採三詞。

前段第五句句法微拗，“向”字必須仄聲，各家皆然。

**又一體** 雙調九十七字，前段九句六仄韻，後段九句五仄韻。

周　密

記千竹萬荷深處韻緑淨池臺句翠涼庭宇韻醉墨題香句閒簫横玉盡吟趣韻勝流星聚韻知幾誦讀燕臺句韻零落碧雲空句歎轉眼讀歲華如許韻　凝佇韻望瀟瀟一水句夢到隔花窗户韻十年舊事句盡消得讀庾郎愁賦韻燕樓鶴表半飄零句算惟有讀盟鷗堪語韻漫倚遍河橋句一片涼雲吹雨韻

此與姜詞同，惟前段第六句多押一韻，後段第六句不作上三下四句法異。

**又一體** 雙調九十七字，前段九句六仄韻，後段九句七仄韻。

張　炎

記横笛讀玉關高處韻萬里沙寒句雪深無路韻破却貂裘句遠遊歸後與誰語韻故人何許韻渾忘了讀江南舊雨韻不擬重逢句應笑我讀飄零如羽韻　同去韻釣珊瑚海樹韻底事又成行旅韻煙篷斷浦韻更幾點讀戀人飛絮韻如今又讀京洛尋春句定應被讀薇花留住韻且莫把孤愁句説與當時歌舞韻

此詞前段第七句較姜詞添一字，第八句較姜詞減一字，前段第六句、後段第二句、第四句皆押韻，較姜詞多三韻。按，張詞别首“跨匹馬、東瀛煙樹”詞，正與此同。

**又一體** 雙調九十七字，前段九句四仄韻，後段九句五仄韻。

張　炎

望花外讀小橋流水句門巷愔愔句玉簫聲絶韻鶴去臺空句佩環何處弄明月韻十年前事句愁千折讀心情頓别韻露粉風香句誰爲主讀都成消歇韻　凄咽韻曉窗分袂處句同把帶鴛親結韻江空歲晚句便忘了讀尊前曾説韻恨西風讀不庇寒蟬句便掃盡讀一林殘葉韻謝楊柳多情句還有緑陰時節韻

此與“横笛玉關”詞同，惟前段起句不押韻，又前段第六句、後段第二句、第四句俱不押韻異。

## 玉簟涼一體

調見《梅溪詞》。

**玉簟涼** 雙調九十七字，前後段各十句五平韻。

史達祖

秋是愁鄉韻自錦瑟斷弦句有淚如江韻平生花裏活句奈舊夢難忘韻藍橋雲樹正緑句料抱

月讀幾夜眠香韻河漢阻句但鳳音傳恨句闌影敲凉韻　新妝韻蓮嬌試曉句梅瘦破春句因甚却扇臨窗韻紅巾銜翠翼句早弱水茫茫韻柔情各自未剪句問此去讀莫負王昌韻芳信準句更敢尋讀紅杏西廂韻

此調無别詞可校。

前段第五句、後段第六句皆五字，例作上一下四句法，與上句五言者不同。

## 《御定詞譜》卷二十六　起九十八字至九十九字

### 留客住二體

唐教坊曲名。《樂章集》注林鍾商。

**留客住**　雙調九十八字，前段九句四仄韻，後段十句五仄韻。

柳　永

偶登眺韻憑小樓讀豔陽時節句乍晴天氣句是處閒花野草韻遥山萬疊雲散句漲海千里句潮平波浩渺韻煙村院落句是誰家讀緑樹數聲啼鳥韻　旅情悄韻念遠信沈沈句離魂杳杳韻對景傷懷句度日無言誰表韻惆悵舊歡何處句後約難憑句看看春又老韻盈盈淚眼句望仙鄉讀隱隱斷霞殘照韻

此調惟柳、周二詞，但周詞減字，其句讀亦異，故不校注平仄。

**又一體**　雙調九十四字，前段九句三仄韻，後段九句五仄韻。

周邦彦

嗟烏兔韻正茫茫讀相催無定句只恁東生西没句半均寒暑韻昨見花紅柳緑句處處林茂句又睹霜前籬畔句菊散餘香句看看又還秋暮韻　忍思慮韻念古往賢愚句終歸何處韻争似高堂句日夜笙歌齊舉韻選甚連宵徹晝句再三留住韻待擬沈醉扶上馬句怎生向讀主人未肯教去韻

此校柳詞前段第三句添二字，第四句減二字，第七句添一字、少一韻，結句減三字，後段第七句多一韻，第八句添二字、少一韻，第九句減四字。

柳詞前段四韻，此詞前段三韻，《詞律》誤認北音，以“没”字、“緑”字爲韻，不知宋人長調，以韻多者爲急曲子，韻少者爲慢詞，原不必强注韻脚也。

### 晝夜樂二體

《樂章集》注中吕宫。

**晝夜樂** 雙調九十八字，前段八句六仄韻，後段八句五仄韻。

柳　永

洞房記得初相遇韻便只合讀長相聚韻何期小會幽歡句變作離情别緒韻況值闌珊春色暮韻對滿目讀亂花狂絮韻直恐好風光句盡隨伊歸去韻　一場寂寞憑誰訴韻算前言讀總輕負韻早知恁地難拌句悔不當初留住韻其奈風流端正外句更别有讀繫人心處韻一日不思量句也攢眉千度韻

此調創自柳永，有前後段第五句俱押韻者，有前段第五句押韻，後段第五句不押韻者。此詞後段第五句不押韻，黄庭堅詞正與此同。按，黄詞前段第二句"説花時、歸來去"，"時"字平聲；第五、六句"其奈佳音無定據。約雲朝、又還雨暮"，"其"字平聲，"雨"字仄聲；結兩句"將淚人鴛衾，總不成行步"，"將"字平聲，"不"字仄聲；後段起句"元來也解知思慮"，"元"字平聲；第三句"情知玉帳堪歡"，"情"字平聲；第五句"直待腰金拖紫後"，"直"字仄聲；第六句"有夫人、縣君相與"，"人字"平聲。又柳詞别首，"這歡娱、漸入佳境"，"入"字仄聲；第七句"争奈會分疏"，"争"字平聲。譜内可平可仄據此，餘參《梅苑》無名氏詞。

此詞前後段兩結句俱上一下四句法，與第七句只作五言者不同。

**又一體** 雙調九十八字，前後段各八句六仄韻。

《梅苑》無名氏

一陽生後風光好韻百花瘁讀群木槁韻南枝探暖欺寒句嘉卉争先占早韻曉來風送清香杳韻映園林讀報春來到韻素豔自超群句似姑射容貌韻　畫堂開宴邀朋友韻賞瓊英讀同歡笑韻隴頭寄信叮嚀句樓上新妝鬬巧韻對景乘興傾芳酒韻拌沈醉讀玉山頻倒韻結實用和羹句是真奇國寶韻

此與柳詞同，惟後段第五句押韻異。按，柳詞别首前後段第六句"愛把歌喉當筵逞"，"無限狂心乘酒興"，亦各押韻，因詞俚不録。

此詞後段起句"友"字，第六句"酒"字，蕭尤同押，用古韻。

## 雨中花慢十三體

此詞有平韻、仄韻兩體。平韻者始自蘇軾，仄韻者始自秦觀。柳永平韻詞，《樂章集》注林鍾商。

**雨中花慢** 雙調九十八字，前段十一句四平韻，後段十句四平韻。

蘇　軾

今歲花時深院句盡日東風句蕩颺茶煙韻但有緑苔芳草句柳絮榆錢韻聞道城西句長林古

寺句甲第名園韻有國豔帶酒句天香染袂句爲我留連韻　　清明過了句殘紅無處句對此淚灑尊前韻秋向晚讀一枝何事句向我依然韻高會聊追短景句清商不假餘妍韻不如留取句十分春態句付與明年韻

此調平韻詞九首，惟吴禮之一體，宋人依此填者頗多，故可平可仄，校注吴詞之下。若柳詞之一百字，劉詞之九十九字，雖句讀整齊，無别首可校，亦不注可平可仄。

此詞前段第六、七句作四字三句，與各家稍異。宋人仄韻詞，亦有如此填者。平韻詞則祇此一體耳。

**又一體**　雙調九十八字，前後段各十句四平韻。

張孝祥

一葉凌波句十里御風句煙鬟霧鬢蕭蕭韻認得江皋玉佩句水館冰綃韻秋淨明霞乍吐句曙凉宿靄初消韻恨微顰不語句欲進還休句凝佇迢遥韻　　神交冉冉句愁思盈盈句斷魂欲遣誰招韻還似待讀青鸞傳信句烏鵲成橋韻悵望胎仙琴疊句羞看翡翠蘭苕韻夢回人遠句紅雲一片句天際笙簫韻

此詞前段第六、七句作六字兩句。按，《于湖集》有“一舸凌風”詞，與此同。

**又一體**　雙調九十九字，前後段各十句四平韻。

劉　褒

縹蒂緗枝句玉葉翡英句百梢争趁春忙韻正雨後讀蜂粘落絮句燕撲晴香韻遣策誰家蕩子句唾花何處新妝韻想流紅有恨句拾翠無心句往事凄凉韻　　春愁如海句客思翻空句帶圍只看東陽韻更那堪讀玉笙度曲句翠羽傳觴韻紅淚不勝閨怨句白雲應老他鄉韻夢回攲枕句風驚庭樹句月在西廂韻

此詞前段第四句七字，較張詞添一字，句讀整齊，但宋詞無如此填者。

**又一體**　雙調一百字，前後段各十句四平韻。

柳　永

墜髻慵梳句愁蛾懶畫句心緒事事闌珊韻覺新來憔悴句金縷衣寬韻認得這讀疏狂意下句向人誚讀譬如閒韻把芳容陡頓句恁地輕孤句争忍心安韻　　依前過了舊約句甚當初賺我句偷剪香鬟韻幾時得歸來句香閣深關韻待伊要讀尤雲殢雨句纏繡衾讀不與同歡韻盡更深款款句問伊今後句更敢無端韻

此詞换頭三句，前後段第六、七句，句讀與各家異，雖有宫調，因無别首可校，故不注可平可仄。

**又一體** 雙調九十七字，前後段各十句四平韻。

吴禮之

眷濃恩重句長離永别句憑誰爲返香魂韻憶湘裙霞袖句杏臉櫻唇韻眉掃春山淡淡句眼裁秋水盈盈韻便如何忘得句温柔情態句恬静天真韻　憑欄念及句夕陽西下句暮煙四起江村韻漸入夜讀疏星映柳句新月籠雲韻醞造一生清瘦句能消幾箇黄昏韻斷腸時候句簾垂深院句人掩重門韻

此詞前段第四、五句校張詞减一字。按，辛棄疾"馬上三年"詞、"舊雨常來"詞，蘇泂"十載尊前"詞，俱與此同。此詞可平可仄，即參譜内所採平韻諸詞句法同者。

**又一體** 雙調九十六字，前後段各十句四平韻。

京　鏜

玉局祠前句銅壺閣畔句錦城藥市争奇韻正紫萸綴席句黄菊浮巵韻巷陌聯鑣並轡句樓臺吹竹彈絲韻登高望遠句一年好景句九日佳期韻　自憐行客句猶對嘉賓句留連豈是貪癡韻誰會得讀心馳北闕句興寄東籬韻惜别未催鷁首句追歡且醉蛾眉韻明年此會句他鄉今日句總是相思韻

此與吴詞同，惟前段第八句减一字異。按，張才翁"萬縷青青"詞，《松坡集》"跨鶴仙姿"詞，俱與此同。

**又一體** 雙調九十八字，前後段各十句四平韻。

高觀國

旆拂西風句客應漢星句行參玉節征鞍韻緩帶輕裘句争看盛世衣冠韻吟倦西湖風月句去看北塞關山韻過離宫禾黍句故壘煙塵句有淚應彈韻　文章俊偉句穎露囊鋒句名動萬里呼韓韻知素有讀平戎手段句小試何難韻情寄吴梅香冷句夢隨隴雁霜寒韻立勛未晚句歸來依舊句酒社詩壇韻

此與張詞同，惟前段第四句四字、第五句六字異。

**又一體** 雙調九十七字，前後段各十句四平韻。

葛立方

寄徑睢陽句陌上忽看句夭桃穠李争春韻又見楚宫句行雨洗芳塵韻紅豔霞光夕照句素華瓊樹朝新韻爲奇姿芳潤句擬倩遊絲句留住東君韻　拾遺杜老句猶愛南塘句寄情蘿薜山村韻争似此讀花如姝麗句獺髓輕匀韻不數江陵玉杖句休誇花島紅雲韻少須澄霽句一

番清影句更待冰輪韻

此詞前段第四句四字、第五句五字，與各家異。按，《歸愚集》有"壯歲嬉遊"詞，與此同。

**又一體**　雙調九十六字，前後段各十句四平韻。

《玉照新志》無名氏

事往人離句還似暮峽歸雲句隴上流泉韻奈向分圓鏡句已斷幺弦韻長記酒闌歌罷句難忘月夕花前韻相携手處句瓊樓朱户句觸目依然韻　從來慣共句繡幃羅帳句鎮效比翼文鴛韻誰念我讀而今清夜句常是孤眠韻入户不如飛絮句傍懷争及爐煙韻這回休也句一生心事句爲你縈牽韻

此與京鏜詞同，惟前段第二句六字、第三句四字異。

以上九詞，皆押平韻。

**又一體**　雙調九十八字，前後段各十句四仄韻。

秦　觀

指點虚無征路句醉乘斑虯句遠訪西極韻見天風吹落句滿空寒白韻玉女明星迎笑句何苦自淹塵域韻正火輪飛上句霧捲煙開句洞觀金碧韻　重重觀閣句横枕鼇峰句水面倒銜蒼石韻隨處有讀奇香異火句杳然難測韻好是蟠桃熟後句阿環偷報消息韻在青天碧海句一枝難遇句占取春色韻

吴禮之平韻詞句讀與此同，所小異者，惟前起三句耳。此詞可平可仄，即參所採仄韻諸詞句法同者。

**又一體**　雙調九十八字，前段十一句四仄韻，後段十句四仄韻。

《梅苑》無名氏

夢破江南春信句漸入江梅句暗香初發韻乞與横斜疏影句爲憐清絶韻梁苑相如句平生有賦句未甘華髮韻便廣寒争遣句詔華驚怨句詎妨輕折韻　揚州歌吹句二十四橋句不道畫樓聲歇韻生怕有讀江邊一樹句要堆輕雪韻老去苦無歡事句凌波空有纖襪韻恨無好語句何郎風味句定教難説韻

此與秦詞同，惟前後段第四句多一字，第六、七句作四字三句，後段第八句少一字異。按，蘇軾平韻詞句讀與此同。

**又一體**　雙調九十七字，前段十一句四仄韻，後段十句四仄韻。

黄庭堅

正樂中和句夷夏燕喜句官梅乍傳消息韻待新年歡計句斷送春色韻桃李成陰句甘棠少訟

句又移旌戟韻念畫樓朱閣句風流高會句頓冷談席韻　西川縱有句舞裙歌板句誰共茗邀棋敵韻歸來未讀先沾離袖句管弦催滴韻樂事賞心易散句良辰美景難得韻會須醉倒句玉山扶起句更傾春碧韻

此與《梅苑》無名氏詞同，惟前段起二句句讀小異，第四句減一字異。

**又一體**　雙調九十七字，前段十一句五仄韻，後段九句五仄韻。

《高麗史・樂志》無名氏

宴闋倚闌郊外句乍別芳姿句醉登長陌韻漸覺聯綿離緒句淡薄秋色韻寶馬頻嘶句寒蟬噪晚句正傷行客韻念少年蹤跡韻風流聲價句淚珠偷滴韻　從前與讀酒朋花侶句鎮賞畫樓瑶席韻今夜裏讀清風明月句水村山驛韻往事悠悠似夢句新愁苒苒如織韻斷腸望極韻重逢何處句暮雲凝碧韻

此亦與《梅苑》無名氏詞同，惟换頭作七字一句、六字一句，前段第九句、後段第八句多押兩韻異。

以上四詞皆押仄韻。

## 萬年歡十一體

唐教坊曲名。《宋史・樂志》："中吕宫。"《高麗史・樂志》名《萬年歡慢》。《元史・樂志》："舞隊曲。"此調有三體，平韻者始自王安禮，仄韻者始自晁補之，平仄韻互叶者始自元趙孟頫。

**萬年歡**　雙調九十八字，前段九句五平韻，後段九句四平韻。

王安禮

雅出群芳韻占春前信息句臘後風光韻野岸郵亭句繁似萬點輕霜韻清淺溪流倒影句更黯淡讀月色籠香韻渾疑是讀姑射冰姿句壽陽粉面初妝韻　多情對景易感句況淮天庾嶺句迢遞相望韻愁聽龍吟凄絶句畫角悲凉韻念昔因誰醉賞句向此際讀空惱回腸韻終須待讀結實恁時句佳味堪嘗韻

此調押平韻者，以此詞爲正體，餘皆變格也。此詞可平可仄即參下平韻詞。

**又一體**　雙調一百字，前後段各九句五平韻。

《高麗史・樂志》無名氏

禁籞初晴韻見萬年枝上句巧囀鶯聲韻藻殿連雲句萍曦高照簷楹韻好是簾開麗景句娟金爐讀香暖煙輕韻傳呼道讀天蹕來臨句兩行拱引簪纓韻　看看筵敞三清韻洞寶玉杯中

句滿酌犀觥韻爛熳芳葩句斜簪慶快春情韻更有簫韶九奏句簇魚龍讀百戲俱呈韻吾皇願讀永保洪圖句四方長樂昇平韻

此與王詞同，惟换頭句押韻，第四、五句作四字一句、六字一句，結句添二字異。

**又一體** 雙調一百一字，前後段各十句四平韻。

趙師俠

電繞神樞句虹流華渚句誕彌良用佳辰韻萬宇謳歌歸舞句寶曆增新韻四七年間盛事句皇威暢讀邊鄙無塵韻仁恩被句華夏咸安句太平極治歡聲韻　重華道隆德茂句亘古今稀有句揖遜重聞韻聖子三宫歡聚句兩世慈親韻幸際千秋聖旦句沾鎬宴讀普率惟均韻封人祝句億萬斯年句壽皇尊並高真韻

此亦與王詞同，惟前段起句不用韻，第二句四字、第三句六字，前段第四句六字、第五句四字異。

**又一體** 雙調一百二字，前段九句四平韻，後段十句四平韻。

賀　鑄

淑質柔情句靚妝豔笑句未容桃李爭妍韻紅粉牆東句曾記窺宋三年韻不問雲朝雨暮句向西樓南館留連韻何嘗信讀美景良辰句賞心樂事難全韻　青門解袂句畫橋回首句初沈漢佩句永斷湘弦韻漫寫濃愁幽恨句封寄魚箋韻擬話當時舊好句問同誰讀與醉尊前韻除非是讀明月清風句向人今夜依然韻

此與趙詞同，惟前段第四、五句仍照王詞體，换頭添一字作四字四句異。

**又一體** 雙調一百字，前段九句四仄韻，後段九句五仄韻。

晁補之

十里環溪句記當年並遊句依舊風景韻彩舫紅妝句重泛九秋清鏡韻莫歎歌臺蔓草句喜相逢讀歡情猶勝韻蘋洲畔讀横玉鶯鸞句半天雲正愁凝韻　中秋醉魂未醒韻又佳辰授衣句良會堪更韻蚤歲功名句豪氣尚凌汝穎韻能致黄金百鎰句也莫負讀鴟夷高興韻别有箇讀瀟灑田園句醉鄉天地同永韻

此調押仄韻者以晁詞二首爲正體，若程詞之换頭句六字折腰，程詞别首之後段第七句添字，史詞及晁詞别首之前後段第四、五句句讀參差，皆變格也。

按，程大昌詞前段第二句“放兩枝三朵”，“三”字平聲；第六句“七十古稀今獨”，“古”字仄聲。胡浩然詞“花豔鶯郎醉目”，“花”字平聲。程詞第七句“花釵底、髻雲堆緑”，“字”平聲。《梅苑》詞結句“纔説清香尋得”，“纔”字、“香”字俱平聲，“説”字仄聲；後段起句“别來又經歲隔”，“别”字仄聲；結句“偏與群芳春色”，“偏”字、“芳”字俱平聲，“與”字仄聲。其餘可平可仄，即參所採五詞。

**又一體**　雙調一百字，前段九句五仄韻，後段九句六仄韻。

晁補之

心憶春歸句似佳人未來句香徑無跡韻雪裏江梅句因甚早知消息韻百卉芳心正寂韻夜不寐讀幽姿脉脉韻圖清曉讀先作宫妝句似防人見偷得韻　真香媚情動魄韻算當時壽陽句無此標格韻應寄揚州句何郎舊曾相識韻花似何郎鬢白韻恐多笑讀逢花羞摘韻那堪聽讀羌管驚心句也隨繁杏拋擲韻

此詞前後段第六句俱押韻。按，《梅苑》"北陸風回"詞、"天氣嚴凝"詞，胡浩然"燈月交光"詞，俱與此同。

汲古閣刻本後段第八句脱一字，今從《梅苑》增入。

**又一體**　雙調一百字，前段九句四仄韻，後段十句五仄韻。

程大昌

歲歲梅花句向壽尊畫閣句長報春起韻恰似今朝句分外香肥萼韡韻雜佩珊珊就列句映藍袂讀寶熏擎跽韻道這回讀屋舍團欒句四時風月桃李韻　回頭處句無限思韻看秋前藥裹句而今鼎匕韻須把康强句收作玳筵歡喜韻況是鬢雲全緑句頂珈笄讀笑陪星履韻新年動是擁新祺句有孫來捧醪醴韻

此即"十里環溪"詞體，惟换頭句作三字兩句異。按，程詞别首"詩翁笑，但休問"，又一首"星辰履，階庭玉"，俱與此同。

**又一體**　雙調一百一字，前段九句五仄韻，後段十句六仄韻。

程大昌

老鈍迂疏句盡世間樂事句不忺不覷韻癡向韋編句根究卦爻來處韻渾沌包中天地韻謝東家讀從頭指示韻便和那讀八八機關句並將匙鑰分付韻　行年數句六十四韻把一年一卦句恰好相擬韻妙道生生句既濟還存未濟韻身願河圖比似韻每演九後讀重從一始韻待人問讀甲子何其句剩書亥字爲戲韻

此與"歲歲梅花"詞同，惟後段第七句添一襯字異。

其前後段第六句押韻，照晁詞"心憶春歸"一首填。

**又一體**　雙調一百字，前段八句四仄韻，後段九句五仄韻。

史達祖

兩袖梅風句謝橋邊讀岸痕猶帶殘雪韻過了匆匆燈市句草根青發韻燕子春愁未醒句誤幾處讀芳音遼絶韻煙溪上讀采緑人歸句定應愁沁花骨韻　非干厚情易歇韻奈燕臺句老

句難道離别韻小徑吹衣句曾記故園風物韻多少驚心舊事句第一是讀侵階羅襪韻如今但讀柳髮晞春句夜來和露梳月韻

此亦"十里環溪"詞體，惟前段第二、三句作九字一句，第四句六字，第五句四字異。

**又一體**　雙調一百字，前段九句四仄韻，後段九句五仄韻。

晁補之

憶昔論心句盡青雲少年句燕趙豪俊韻二十南游句曾上會稽千仞韻振袂江中往歲句有騷人讀蘭蓀遺韻韻嗟管鮑讀當日貧交句半成翻手難信韻　君如未遇元禮句肯抽身盛時句尋我幽隱韻此事談何容易句驥才方騁韻彩舫紅妝圍定句笑西風讀黄花斑鬢韻君欲問讀投老生涯句醉鄉岐路偏近韻

此亦"十里環溪"詞體，惟後段第四句六字，第五句四字異。

此詞换頭句不押韻，與趙師俠平韻詞體同。

**又一體**　雙調一百字，前段九句四平韻一叶韻，後段九句兩平韻三叶韻。

趙孟頫

天上春來韻正陽和布澤句斗柄初回韻一朵祥雲捧日句萬象生輝韻帝德光昭四表句玉帛盡讀梯航來會叶彤庭敞讀花覆千官句紫霄鴛鷺徘徊韻　仁風遍滿九垓韻望霓旌緩引句寶扇齊開韻喜動龍顔句和氣藹然交泰叶九奏簫韶舜樂句獸尊舉讀麒麟香靉叶從今數讀億萬斯年句聖主福如天大叶

此詞以灰、賄、隊，佳、蟹、泰三聲叶韻，句讀與無名氏平韻詞同。按，趙孟頫又有"閶闔初開"詞，亦三聲叶，與此同，惟後段第三句仄韻，第五句結句平韻，與此稍異，注明不録。

## 燕春臺四體

此調始自張先，蓋春宴詞也。因黄裳有夏宴詞，劉涇改名《夏初臨》，舊譜或以《燕春臺》與《夏初臨》兩列者誤。

**燕春臺**　雙調九十八字，前段十句五平韻，後段十一句五平韻。

張　先

麗日千門句紫煙雙闕句瓊林又報春回韻殿閣風微句當時去燕還來韻五侯池館屏開韻探芳菲讀走馬天街韻重簾人語句轔轔車幰句遠近輕雷韻　雕觴霞灩句翠幕雲飛句楚腰舞柳句宫面妝梅韻金猊夜暖句羅衣暗裛香煤韻洞府人歸句擁笙歌讀燈火樓臺韻下蓬萊

韻猶有花上月句清影徘徊韻

此調後段第七句不押韻，第十句五字，凡調名《燕春臺》者，俱如此填。按，趙以夫詞二首，與此句讀如一，惟前段第八句"此時新事"，"此"字仄聲；後段起句"錦帆開曉"，"錦"字仄聲；第四句"月淡天低"，"月"字仄聲；第十句"金鼎調羹也"，"羹"字平聲。又，曹冠詞，前段起句"琴拂虞薰"，"琴"字平聲；後段第八句"任玉山、頻醉花前"，"玉"字仄聲。又，洪咨夔詞，後段第二句"冰粉光中"，"冰"字平聲；第七句"凉入琵琶"，"凉"字平聲。譜内可平可仄據此，餘參所採三詞。

**又一體** 雙調九十八字，前段十句五平韻，後段十一句五平韻。

王之道

翠竹扶疏句丹葵隱映句緑窗朱户縈回韻簾卷蝦須句清風時自南來韻題輿好客筵開韻儼新妝讀深出雲街韻歌珠累貫句一時傾坐句全勝腰雷韻　金猊嫋碧句玉兕浮紅句令傳三杏句情寄雙梅韻樓頭漏促句籠紗暗落花煤韻錦里遺音句憶當年讀曾賦春臺韻醉蓬萊韻歸歟無寐句想餘韻徘徊韻

此和張詞，惟後段第十句四字、結句五字異。

**又一體** 雙調九十七字，前段十句五平韻，後段十一句六平韻。

黄　裳

夏景舒長句麥天清潤句高低萬木成陰韻曉意寒輕句一聲未放蟬吟韻但聞鶯友同音韻宴華堂讀緑水中心韻芙蓉都没句紅妝信息句終待重尋韻　清泠相照句邂逅俱歡句翠娥簇擁句芳醖頻斟韻笙歌引步句登臨更向遥岑韻卧影沈沈韻好風來讀與客披襟韻縱更深韻洞府遲歸句紅燭如林韻

此詞後段第七句押韻，第十句四字，凡調名《夏初臨》者俱如此填。按，劉涇、洪咨夔、曹冠詞與此句讀如一，惟前段第九句、後段第十句平仄稍異。

此調前段第九句以上，後段第十句以上，其可平可仄與張先詞同。

**又一體** 雙調九十七字，前段十句五平韻，後段十一句五平韻。

曹　冠

翠入煙嵐句緑鋪槐幄句薰風初扇微和韻茂樾扶疏句絳榴花映庭柯韻瀑泉飛下層坡韻問新篁讀夾徑青莎韻良辰佳景句登臨雋遊句清興何多韻　流觴高會句不減蘭亭句感懷書事句聊寄吟哦韻升沈變化句任它造物如何韻躡磴攀蘿韻上冲霄讀滿飲高歌韻醉還醒句重宴畫樓句賞玩金波韻

此與黄詞同，惟後段第九句不押韻異。按，《燕喜詞》别首"醉揮毫，知音爲我，發興高歌"與此同。

## 逍遥樂一體

調見黄庭堅《琴趣外篇》,即賦本意。

**逍遥樂** 雙調九十八字,前段十一句六仄韻,後段九句五仄韻。

黄庭堅

春意漸歸芳草韻故國佳人句千里信沈音杳韻雨潤煙光句晚景澄明句極目危欄斜照韻夢當年少韻對樽前讀上客鄒枚句小鬟燕趙韻共舞雪歌塵句醉裏談笑韻　花色枝枝争好韻鬢絲年年漸老韻如今遇風景句空瘦損讀向誰道韻東君幸賜與句天幕翠遮紅繞韻休休醉鄉岐路句華胥蓬島韻

此調祇此一詞,無别首可校。

## 八節長歡二體

調見《東堂詞》。

**八節長歡** 雙調九十八字,前段九句五平韻,後段八句五平韻。

毛　滂

名滿人間韻記黄金殿句舊試清閒韻才高鸚鵡賦句風凛惠文冠韻波濤何處試蛟鱷句到白頭讀猶守溪山韻且做龔黄樣度句留與人看韻　桃溪柳曲陰圓韻離唱斷讀旌旗却卷春還韻襦袴寄餘温句雙石畔讀惟聞吏膽長寒韻詩翁去句誰細繞讀屈曲闌干韻從今後讀南來幽夢句應隨月度雲端韻

此詞平仄參下毛詞别首,惟前段第八句句法不同,因不參校。

**又一體** 雙調九十九字,前段九句五平韻,後段八句五平韻。

毛　滂

澤國秋深韻繡楹天近句坐久魂清韻溪山繞尊酒句雲霧浥衣襟韻餘霞孤雁送鄉愁句寄寒閨讀一點離心韻杜陵老讀兩峰秀處句短髮疏巾韻　佳人爲折寒英韻羅袖濕讀真珠露冷鈿金韻幽豔爲誰妍句東籬下讀却教醉倒淵明韻君但飲句莫覷他讀落日蕪城韻從教夜讀龍山明月句端的更解留人韻

此與前詞同,惟前段第八句添一字異。

## 憶東坡一體

調見《相山居士詞》，蓋憶東坡作也，即以題爲調名。

**憶東坡** 雙調九十八字，前後段各九句四仄韻。

王之道

雪霽柳舒容句日薄梅摇影韻新歲换符來天上句初見頒桃梗韻試問我酬君唱句何如博塞歡娱句百萬呼盧勝韻投珠報玉句須放騷人遣春興韻　詩成談笑句寫出無窮景韻不妨時作顛草句馳騁張芝聖韻誰念杜陵野老句心同流水西東句與物初無競韻公侯應有種哉句傾否由天命韻

此相山自度曲，無别首可校。

## 粉蝶兒慢一體

調見《片玉詞》。

**粉蝶兒慢** 雙調九十八字，前段九句四仄韻，後段九句六仄韻。

周邦彦

宿霧藏春句餘寒帶雨句占得群芳開晚韻豔姿初弄秀句倚東風嬌懶韻隔葉黄鸝傳好音句唤入深叢中探韻數枝新句比昨朝讀又早紅稀香淺韻　眷戀韻重來倚檻韻當韶華讀未可輕辜雙眼韻賞心隨分樂句有清尊檀板韻每歲嬉遊能幾日句莫使一聲歌欠韻忍因循讀一片花飛句又成春減韻

汲古閣刻前段第四句脱一字，後結脱一字，今從《詞緯》本增入。

此調祇此一首，方千里、楊澤民、陳允平皆無和詞，故平仄無可校。

## 並蒂芙蓉一體

《能改齋漫録》："政和癸巳，大晟樂成，蔡京以晁端禮薦，詔乘驛赴闕。端禮至都，會禁中嘉蓮生，遂屬詞以進，名《並蒂芙蓉》。"

**又一體** 雙調九十八字，前後段各九句五仄韻。

晁端禮

太液波澄句向鑒中照影句芙蓉同蒂韻千柄緑荷深句並丹臉争媚韻天心眷臨聖日句殿宇

分明獻嘉瑞韻弄香嗅蕊韻願君王讀壽與南山齊比韻　池邊屢回翠輦句擁群仙醉賞句憑闌凝思韻萼緑攬飛瓊句共波上遊戲韻西風又看露下句更結雙雙新蓮子韻鬬妝競美韻問鴛鴦讀向誰留意韻

此調衹此一詞,無别首可校。

## 黄河清慢一體

《鐵圍山叢談》云:"宣和初,燕樂初成,八音告備。有曲名《黄河清》,音調極韶美,天下無問遐邇大小,皆争唱之。"

**黄河清慢**　雙調九十八字,前段八句五仄韻,後段八句四仄韻。

晁端禮

晴景初升風細細韻雲收天淡如洗韻望外鳳凰城闕句葱葱佳氣韻朝罷香煙滿袖句侍臣報讀天顔有喜韻夜來連得封章句奏大河讀徹底清泚韻　君王壽與天齊句馨香動讀上穹頻降祥瑞韻大晟奏功句六樂初調角徵韻合殿薰風乍轉句萬花覆讀千官盡醉韻内家傳詔句重開宴讀未央宫裏韻

此調衹此一詞,無别首可校。

## 春草碧一體

調見《大聲集》,自注中管高宫。按,《唐書·禮樂志》有中管之名,而不詳其義。至宋仁宗《樂髓新經》始云:大吕宫爲高宫,太簇宫爲中管高宫,蓋以太簇宫與大吕宫同字譜,故謂之中管也。俗譜以中管高爲調名者誤。

姜夔集有太簇宫《喜遷鶯》詞,自注俗呼中管高宫。

**春草碧**　雙調九十八字,前段十一句四仄韻,後段十二句五仄韻。

万俟咏

又隨芳緒生句看翠連霽空句愁滿征路韻東風裏句誰望斷西塞句恨迷南浦韻天涯地角句意不盡讀消沈萬古韻曾是送别句長亭下句細緑暗煙雨韻　何處韻亂紅鋪繡茵句有醉眠蕩子句拾翠游女韻王孫遠句柳外共殘照句斷雲無語韻池塘夢生句謝公後讀還能繼否韻獨上畫樓句春山暝句雁飛去韻

此詞即詠春草,亦以題爲調名。宋詞僅見此首,無别首可校。

## 芰荷香二體

調見《大聲集》。金詞注雙調。

**芰荷香**　雙調九十八字，前段十句六平韻，後段十句五平韻。

万俟咏

小瀟湘韻正天影倒碧句波面容光韻水仙朝罷句間列緑蓋紅幢韻吹風細雨句蕩十頃讀浥浥清香韻人在水晶中央韻霜綃霧縠句襟袂收凉韻　款放輕舟鬧紅裏句有蜻蜓點水句交頸鴛鴦韻翠陰密處句曾覓相並青房韻晚霞散綺句泛遠淨讀一葉鳴榔韻擬去盡促離觴韻歌雲未斷句月上飛梁韻

宋人填此調者句讀悉同，惟换頭句或七字或六字耳。此詞换頭句七字，朱敦儒、曹勛、趙以夫詞俱如此填。按，曹詞前段第五句“暑氣清度薰弦”，“清”字平聲；第六句“母儀萬國”，“母”字仄聲。趙詞“懷沙人間”，“人”字平聲。趙詞第七句“二千年、猶帶酸風”，“千”字平聲。朱詞第八句“六朝浪語繁華”，“六”字仄聲，“朝”字平聲。曹詞“陰化從此俱宜”，“從”字平聲。曹詞第九句“六宫内壼”，“六”字仄聲。趙詞第十句“雅調惺鬆”，“雅”字仄聲，朱詞，後段第一句“無奈尊前萬里客”，“無”字平聲，“里”字仄聲。趙詞第四句“新歡往恨”，“新”字平聲。朱詞第五句“怕聽疊鼓摻撾”，“疊”字仄聲；第六句“江浮醉眼”，“江”字平聲。趙詞第七句“且留連、休要忽忽”，“留”字平聲；第八句“曲終淚濕琵琶”，“終”字平聲。譜内可平可仄據此，餘參下詞。

**又一體**　雙調九十七字，前段十句六平韻，後段十句五平韻。

趙彦端

燕初歸韻正春陰暗淡句客意凄迷韻玉觴無味句晚花雨退凝脂韻多情細柳句對沈腰讀渾不勝衣韻垂别忍見離披韻江南陌上句强半紅飛韻　樂事從今一夢句縱錦囊空在句金椀誰揮韻舞裙歌扇句故應閒鎖幽閨韻練江詩就句算檥舟讀寧不相思韻腸斷莫訴離杯韻青雲路穩句白首心期韻

此詞换頭句減一字，與万俟詞異。

## 繡停針一體

調見《放翁詞》。

**繡停針** 雙調九十八字，前段十句五仄韻，後段十句六仄韻。

陸 游

歎半紀句跨萬里秦吴句頓覺衰謝韻回首鴛行句英俊並遊句咫尺玉堂金馬韻氣凌嵩華韻負壯略讀縱橫王霸韻夢經洛浦梁園句覺來淚流如瀉韻 山林定去也韻却自恐説著句少年時話韻静院焚香句閒倚素屏句今古總成虚假韻趁時婚嫁韻幸自有讀湖邊茅舍韻燕歸應笑句客中又還過社韻

宋人無填此詞者，惟元《鳴鶴餘音》有于真人詞一首，因詞甚鄙俚，難以入譜參校，注明不録。

## 揚州慢三體

宋姜夔自度中吕宫曲。

**揚州慢** 雙調九十八字，前段十句四平韻，後段九句四平韻。

姜 夔

淮左名都句竹西佳處句解鞍少駐初程韻過春風十里句盡薺麥青青韻自戎馬讀窺江去後句廢池喬木句猶厭言兵韻漸黄昏讀清角吹寒句都在空城韻 杜郎俊賞句算而今讀重到須驚韻縱豆蔻詞工句青樓夢好句難賦深情韻二十四橋仍在句波心蕩讀冷月無聲韻念橋邊紅藥句年年知爲誰生韻

此詞創自姜夔，應以此詞爲正體，趙以夫、李萊老詞俱如此填。若吴元可、鄭覺齋詞之句讀小異，乃變格也。

按，李詞前段第三句“土花池冷無人”，“池”字平聲；第五句“傳暮革金城”，“傳”字平聲；第八句“肯墮珠塵”，“肯”字仄聲；第九句“歎而今、杜郎還見”，“郎”字平聲，“見”字仄聲；後段第四句“緑屏夢杳”，“緑”字仄聲。譜内可平可仄據此，餘參吴、鄭二詞。

此詞前段第四、五句例作上一下四句法，如趙詞“看冰花剪水，擁砌玉成球”，李詞“聽吹簫月底，傳暮革金城”，皆然。

**又一體** 雙調九十八字，前段十句四平韻，後段九句四平韻。

吴元可

露葉猶青句巖花初動句幽幽未似秋陰韻似梅風讀帶溽暑句吹度長林韻記當日讀西廊共月句小屏輕扇句人語凉深韻對清觴讀醉笑醒顰句何似如今韻 臨風欲賦句甚年來讀漸減狂心韻爲誰倚多才句難憑易感句早付銷沈韻解事張郎風致句鱸魚好讀歸聽吴音韻又夜闌聞笛句故人忽到幽襟韻

此與姜詞同，惟前段第四、五句作六字一句、四字一句異。

**又一體** 雙調九十八字，前段十句四平韻，後段九句四平韻。

鄭覺齋

弄玉輕盈句飛瓊淡泞句襪塵步下迷樓韻試新妝纔了句炷沈水香球韻記曉剪讀春冰馳送句金屏露濕句緹騎新流韻甚中天月色句被風吹夢南州韻　尊前相見句似羞人讀蹤跡萍浮韻問弄雪飄枝句無雙亭上句何日重遊韻我欲腰纏騎鶴句煙霄遠讀舊事悠悠韻但憑闌無語句煙花三月春愁韻

此與姜詞同，惟前結作五字一句、六字一句異。按，詹正詞前結"付瀟湘漁笛，吟殘今古消沈"，正與此同。

## 舞楊花一體

宋張端義《貴耳集》云："慈寧殿賞牡丹，時椒房受册，三殿極歡。上洞達音律，自製曲，賜名《舞楊花》。停觴命小臣賦詞，俾貴人歌以侑玉卮爲壽，左右皆呼萬歲。"按，此詞載康與之《樂》府，或與之應制擬作也。

**舞楊花** 雙調九十八字，前段八句五平韻，後段九句五平韻。

康與之

牡丹半坼初經雨句雕檻翠幕朝陽韻困倚東風句羞謝了群芳韻洗煙凝露向清曉句步瑤臺讀月底霓裳韻輕笑淡拂宮黃韻淺擬飛燕新妝韻　楊柳啼鴉晝永句正秋千庭館句風絮池塘韻三十六宮句簪豔粉濃香韻慈寧玉殿慶清賞句占東君讀誰比君王韻良夜萬燭熒煌韻影裏留住年光韻

此調止有此詞，無别首可校。

前段第四句、後段第五句作上一下四句法，前段第五句、後段第六句第五字必用仄聲字，方成拗體，填者辨之。

## 雙雙燕二體

調見《梅溪集》，詞詠雙燕，即以爲名。

**雙雙燕** 雙調九十八字，前段九句五仄韻，後段十句七仄韻。

史達祖

過春社了句度簾幕中間句去年塵冷韻差池欲住句試入舊巢相並韻還相雕梁藻井韻又軟

語讀商量不定韻飄然快拂花梢句翠尾分開紅影韻　芳徑韻芹泥雨潤韻愛貼地争飛句競誇輕俊韻紅樓歸晚句看足柳昏花暝韻應是棲香正穩韻便忘了讀天涯芳信韻愁損翠黛雙蛾句日日畫闌獨憑韻

此詞平仄，參下吴詞，惟前段第二句、後段第三句句法參差，因不校注。

**又一體**　雙調九十八字，前段九句四仄韻，後段十句七仄韻。

吴文英

小桃謝後句雙雙燕句飛來幾家庭户韻輕煙曉暝句湘水暮雲遥度韻簾外餘寒未卷句共斜入讀紅樓深處韻相將占得雕梁句似約韶光留住韻　堪舉韻翩翩翠羽韻楊柳岸句泥香半和梅雨韻落花風軟句戲逐亂紅飛舞韻多少呢喃意緒韻盡日向讀流鶯分訴韻還憐又過短牆句誰會萬千言語韻

此與史詞同，惟前段第二句三字、第三句六字，後段第三句三字、第四句六字異。

## 孤鸞四體

調見朱敦儒《太平樵唱》。

**孤鸞**　雙調九十八字，前後段各九句五仄韻。

朱敦儒

天然標格韻是小萼堆紅句芳姿凝白韻淡泞新妝句淺點壽陽宫額韻東君相留厚意句借年年讀與傳消息韻昨日前村雪裏句有一枝先坼韻　念故人讀何處水雲隔韻縱驛使相逢句難寄春色韻試問丹青手句是怎生描得韻曉來一番雨過句更那堪讀數聲羌笛韻歸來和羹未晚句勸行人休摘韻

此調始見《太平樵唱》，故首編此詞，而以馬詞、趙詞、張詞類列。

此詞前後段結句例作上一下四句法，填者辨之。

按，張榘詞前段第一句"塞鴻來早"，"塞"字仄聲；第五句"一點陽和先到"，"陽"字平聲；後段第一句"算巡簷、索共梅花笑"，"索"字仄聲；第二句"是千古風流"，"千"字平聲。譜内可平可仄據此，餘參後諸詞。

**又一體**　雙調九十八字，前後段各九句五仄韻。

馬莊父

沙堤香軟韻正宿雨初收句落梅飄滿韻可奈東風句暗逐馬蹄輕卷韻湖波又還漲緑句粉牆陰讀日融煙暖韻驀地刺桐枝上句有一聲春唤韻　任酒簾讀飛動畫樓晚韻便指數燒燈

句時節非遠韻陌上叫聲句好是賣花行院韻玉梅對妝雪柳句鬧蛾兒讀象生嬌顫韻歸去争先戴取句倚寶釵雙燕韻

此與朱詞同，惟前後段第四句四字、第五句五字異。

**又一體** 雙調九十八字，前後段各九句五仄韻。

趙以夫

江頭春早韻問江上寒梅句占春多少韻自照疏星冷句只許春風到韻幽香不知甚處句但迢迢讀滿河煙草韻回首誰家竹外句有一枝斜好韻　計當年讀曾共花前笑韻念玉雪襟期句有誰知道韻唤起羅浮夢句正參横月小韻凄凉更吹塞管句漫相思讀鬢邊驚老韻待覓西湖半曲句待霜天清曉韻

此即馬詞體，惟前後段第四、五句俱作五字兩句異。

**又一體** 雙調九十八字，前段九句五仄韻，後段十句五仄韻。

張　榘

荆溪清曉韻問昨夜南枝句幾分春到韻一點幽芳句不待隴頭音耗韻亭亭水邊月下句勝人間讀等閒花草韻此際風流誰似句有孀窩詩老韻　且向虚簷句淡然索笑韻任雪壓霜欺句精神越好韻最喜庭下句映紫蘭嬌小韻孤山好尋舊約句况和羹讀用功宜早韻移傍玉階深處句趁天香繚繞韻

此即朱詞體，惟换頭作四字兩句異。

## 雲仙引一體

馮偉壽自度曲，原注夾鍾商。

**雲仙引** 雙調九十八字，前段十句四平韻，後段十一句五平韻。

馮偉壽

紫鳳臺旁句紅鸞鏡裏句緋緋幾度秋馨韻黄金重句緑雲輕韻丹砂鬢邊滴粟句翠葉玲瓏煙剪成韻含笑出簾句月香滿袖句天霧縈身韻　年時花下逢迎韻有遊女讀翩翩如五雲韻亂擲芳英句爲簪斜朵句事事關心韻長向金風句一枝在手句嗅蕊悲歌雙黛顰韻繞臨溪樹句對初弦月句露下更深韻

此調祇有此詞，無别首可校。

## 玲瓏玉一體

調見鳳林書院元詞,姚雲文自度曲。

**玲瓏玉**　雙調九十八字,前段九句五平韻,後段十句四平韻。

姚雲文

開歲春遲句早贏得讀一白蕭蕭韻風窗淅簌句夢鷩鴛帳春嬌韻是處貂裘透暖句任尊前回舞句紅倦柔腰韻今朝韻虧陶家讀茶鼎寂寥韻　料得東皇戲劇句怕蛾兒街柳句先鬬元宵韻宇宙低迷句倩誰分讀淺凸深凹韻休嗟空花無據句便真箇讀瓊雕玉琢句總是虚飄韻且沈醉句趁樓頭讀零片未消韻

此調衹有此詞,無別首可校。

一本於"且沈醉"上多疊"虚飄"二字,今從鳳林書院詞訂正。

## 陌上花一體

《東坡詞話》:"錢塘人好唱《陌上花》、《緩緩曲》,蓋吴越王遺事也。"調名取此。

**陌上花**　雙調九十八字,前後段各八句四仄韻。

張　翥

關山夢裏歸來句還又歲華催晚韻馬影雞聲句諳盡倦遊荒館韻緑箋密寄多情事句一看一回腸斷韻待殷勤讀寄與舊游鶯燕句水流雲散韻　滿羅衫讀是酒痕凝處句唾碧啼紅相半韻只恐梅花句瘦倚夜寒誰暖韻不成便没相逢日句重整釵鸞箏雁韻但何郎讀縱有春風詞筆句高懷渾懶韻

此調衹此一詞,無別首可校。

## 福壽千春一體

調見《花草粹編》。

**福壽千春**　雙調九十八字,前段十句五仄韻,後段十一句五仄韻。

盧　摯

柳暗三眠句蓂翻七莢韻稟昴蕭生時叶韻通道鳳毛池上種句却勝河東鸞鷟韻篤志典墳經

旨句素得歐陽學韻妙文章句赴飛黄句姓名即登雁塔韻　要成發軔勳業韻便先教濟川句整頓舟楫韻兆朕於今句須從此超遷句榮膺異渥韻它日趣裝事句待還鄉歡洽韻頌椒觴句祝遐算句壽同龜鶴韻

此調祇此一詞，無别首可校。

前段第三句“稟昴蕭生”，蓋用蕭何稟昴星之精，坊本以“蕭”字爲“肅”者誤。

## 夏日燕黌堂二體

調見《樂府雅詞》。

**夏日燕黌堂**　雙調九十八字，前後段各十句五平韻。

《樂府雅詞》無名氏

日初長韻正園林换葉句瓜李飄香韻簾外雨過句送一霎微凉韻萍蕪徑曲凝珠顆句襯汀沙讀細簇蜂房韻被晚風輕颭句圓荷翻水句潑覺鴛鴦韻　此景最難忘韻稱芳樽泛蟻句筠簟鋪湘韻蘭舟棹穩句倚何處垂楊韻豈能文字成狂飲句更紅裙讀間也何妨韻任醉歸明月句蝦須簾卷句幾線餘霜韻

此詞平仄參下趙詞。

**又一體**　雙調九十九字，前後段各十句五平韻。

趙必象

赤城中韻奏鶴笙一曲句玉佩丁東韻蒲節後七日句宴翠閬瓊宫韻年年王母來稱壽句醉蟠桃讀幾度東風韻簇花間五馬句輕裘短帽句雪鬢吟翁韻　魁宿耀三雍韻曾歸車共載句非虎非熊韻急流勇退句淵底卧驪龍韻山中不用官三品句墊角巾讀人慕林宗韻記亳州舊事句畫鴟夷子句獻與荼公韻

此與無名氏詞同，惟前段第四句添一字異。

## 水晶簾一體

調見《翰墨全書》。

**水晶簾**　雙調九十八字，前後段各十句五仄韻。

《翰墨全書》無名氏

誰道秋期遠韻計旬浹讀雙星相見韻雨足西簾句正玉井蓮開句几筵初展韻麈尾呼風袪暑

淨句那更著讀綸巾羽扇韻殢清歌句不記杯行句任深任淺韻　　湖邊小池苑韻漸苔痕草色句青青如染韻辨橘中荷屋句晚方自占韻蝸角虚名身外事句付骰子讀紛紛戲選韻喜時平句公道開明句話頭正轉韻

此調祇此一詞,無别首可校。

## 三部樂四體

調見東坡詞。按,《唐書·禮樂志》:"明皇分樂爲二部:堂下立奏,謂之立部伎;堂上坐奏,謂之坐部伎。又酷愛法曲,選坐部伎子弟三百,教於梨園,爲法曲部。"三部之名,疑出於此。

**三部樂**　雙調九十九字,前段十句五仄韻,後段九句六仄韻。

蘇　軾

美人如月韻乍見掩暮雲句更增妍絶韻算應無恨句安用陰晴圓缺韻嬌羞甚讀空只成愁句待下牀又懶句未語先咽韻數日不來句落盡一庭紅葉韻　　今朝猛起置酒句問爲誰減動句一分香雪韻何事散花却病句維摩無疾韻却低眉讀慘然不答韻唱金縷讀一聲怨切韻堪折便折韻且惜取讀少年花發韻

此詞前段起句、後段第八句俱用韻,宋人無如此填者。故譜内可平可仄,詳注周詞之下,以有方、楊和詞及陳亮、吴文英兩詞可校也。

**又一體**　雙調九十九字,前段十句四仄韻,後段九句五仄韻。

周邦彦

浮玉飛瓊句向邃館静軒句倍增清絶韻夜窗垂練句何用交光明月韻近聞道讀官閣多梅句趁暗香未遠句凍蕊初發韻倩誰折取句寄贈情人桃葉韻　　回文近傳錦字句道爲君瘦損句是人都説韻祇如染紅著手句膠梳黏髮韻轉思量讀鎮長墮睫韻都只爲讀情深意切韻欲報消息句無一句讀堪喻愁結韻

此詞前段起句、後段第八句俱不用韻,宋人俱如此填。

按,陳亮詞前段第二句"但三滿三平",兩"三"字俱平聲;第四句"人中龍虎","人"字平聲;第六句"只合是、端坐王朝","合"字仄聲;結句"聊過舊家宫室","聊"字平聲;後段第二句"把征衫著上","征"字平聲。譜内可平可仄據此,餘參蘇、方、吴三詞。

**又一體**　雙調九十九字,前段十句四仄韻,後段九句五仄韻。

方千里

簾卷窗明句聽杜宇乍啼句漏聲初絶韻亂雲收盡句天際留殘月韻奈相送讀行客將歸句悵

去程漸促句霽色催發韻斷魂别浦句自上孤舟如葉韻　悠悠音信易隔句縱怨懷恨語句到見時難説韻堪嗟水流急景句霜飛華髮韻想家山讀路窮望睫韻空倚杖讀魂親夢切韻不似嫩朵句猶能替讀離緒千結韻

此和周邦彦詞，惟前段第五句减一字，後段第三句添一字異。按，楊澤民詞前段第五句"正是甤賓月"，後段第二、三句"試尋雙寄意，向麗人低説"，與此同。

**又一體**　雙調九十九字，前段十句四仄韻，後段九句五仄韻。

吴文英

江鴉初飛句蕩萬里素雲句霽空如沐韻詠情吟思句不在秦箏金屋韻夜潮上讀明月蘆花句傍釣蓑夢遠句句清敲玉韻翠罌汲曉句欸乃一聲秋曲韻　片篷障雨乘風句半竿渭水句伴鷺汀幽宿韻那知暖袍挾錦句低簾籠燭韻鼓春波讀載花萬斛韻帆鬣轉讀銀河可掬韻風定浪息句蒼茫外讀天浸寒緑韻

此與周詞同，惟前段第二句四字、第三句五字異。

## 夢揚州一體

宋秦觀自製曲，取詞中結句爲名。

**夢揚州**　雙調九十九字，前後段各十句五平韻。

秦　觀

晚雲收韻正柳塘花塢句煙雨初休韻燕子未歸句惻惻輕寒如秋韻小闌干外東風軟句透繡幃讀陰密香稠韻江南遠句人今何處句鷓鴣啼破春愁韻　長記曾陪燕遊韻酬妙舞清歌句麗錦纏頭韻殢酒困花句十載因誰淹留韻醉鞭拂面歸來晚句望翠樓讀簾卷金鉤韻佳會阻句離情正亂句頻夢揚州韻

此調衹此一詞，無别首可校。

汲古閣本起結皆有脱誤，今依《詞緯》訂正。

## 《御定詞譜》卷二十七　九十九字

## 聲聲慢十四體

蔣氏《九宫譜》注仙吕調。晁補之詞名《勝勝慢》。吴文英詞有"人在小樓"

句,名《人在樓上》。

此調有平韻、仄韻兩體。平韻者,以晁補之、吴文英、王沂孫詞爲正體;仄韻者,以高觀國詞爲正體。

**聲聲慢**　雙調九十九字,前段九句四平韻,後段八句四平韻。

晁補之

朱門深掩句擺蕩春風句無情鎮欲輕飛韻斷腸如雪撩亂句去點人衣韻朝來半和細雨句向誰家讀東館西池韻算未肯讀似桃含紅蕊句留待郎歸韻　還記章臺往事句别後縱讀青青似舊時垂韻灞岸行人多少句竟折柔枝韻而今恨啼露葉句鎮香街讀拋擲因誰韻又争可讀妒郎誇春草句步步相隨韻

此調采平韻詞八首,以晁、吴、王三詞爲正體,賀詞以下,皆變體也。

此詞前後結皆七字一句、四字一句,周密"瓊壺敲月"詞與此同。譜内可平可仄,悉參所采平韻七詞句法同者。

**又一體**　雙調九十七字,前段十句四平韻,後段九句四平韻。

賀　鑄

園林幕翠句燕寢凝香句華池繚繞飛廊韻坐按吴娃清麗句楚調圓長韻歌闌横流美眄句乍疑生讀綺席輝光韻文園屬意句玉巵交勸句寶瑟高張韻　南薰難消幽恨句金徽上讀殷勤彩鳳求凰韻便許卷收行雨句不戀高唐韻東山勝遊在眼句待紉蘭擷菊相將韻雙棲安穩句五雲溪句是故鄉韻

此即晁詞體,惟前結四字三句,後結四字一句、三字兩句異。曹組"重簷飛峻"詞與此同。

**又一體**　雙調九十七字,前後段各十句四平韻。

曹　勛

素商吹景句西真賦巧句桂子秋借蟾光韻層層翠葆句深隱幽豔清香韻占得秀巖分種句天教微露染嬌黄韻珍庭曉句透肌破鼻句細細芬芳韻　應是月中倒影句喜餘葉婆娑句灝色迎涼韻移根上苑句雅稱曲檻回廊韻趁取蕊珠密綴句與收花霧著宫裳韻簾櫳静句好圍四坐句對賞瑶觴韻

此亦晁詞體,惟前段第四、五句作六字一句、四字一句,第七句句法不折腰,前後段第八句俱減一字作三字一句、四字一句,後段第二、三句作五字一句、四字一句異。

**又一體**　雙調九十七字,前段十句四平韻,後段八句四平韻。

吴文英

檀欒金碧句婀娜蓬萊句遊雲不蘸芳洲韻露柳霜蓮句十分點綴殘秋韻新彎畫眉未穩句似

含羞讀低度牆頭韻愁送遠句駐西臺車馬句共惜臨流韻　知道池亭多宴句掩庭花讀長是驚落秦謳韻膩粉闌干句猶聞憑袖香留韻輸他翠漣拍甃句瞰新妝讀終日凝眸韻簾半卷句帶黃花讀人在小樓韻

此亦晁詞體，惟後段第七句減五字，第八句添三字異。宋辛棄疾、趙長卿、周密、王沂孫，元伊濟翁及《梅苑》二詞，俱如此填。

**又一體**　雙調九十七字，前段十句四平韻，後段九句四平韻。

王沂孫

啼螿門静句落葉階深句秋聲又入吾廬韻一枕新凉句西窗晚雨疏疏韻舊香舊色换却句但滿川讀殘柳荒蒲韻茂陵遠句任歲華苒苒句老盡相如韻　昨夜西風初起句想蓴邊呼棹句橘後思書韻短景凄然句殘歌空扣銅壺韻當時送行共約句雁歸時讀人賦歸與韻雁歸也句問人歸讀如雁歸無韻

此即吴文英詞體，惟後段第二句五字、第三句四字，仍照晁詞體異。宋、元人如此填者甚多。

**又一體**　雙調九十八字，前段十句四平韻，後段九句四平韻。

周　密

妝額黃輕句舞衣紅淺句西風又到人間韻小雨新霜句苹池蘚徑生寒韻輸他漢宫姊妹句粲星鈿讀露佩珊珊韻凉意早句正金盤露潔句翠蓋香殘韻　三十六宫秋色好句看扶疏仙影句伴月長閒韻寶絡風流句何如細蕊堪餐韻幽香未應便减句傲清霜讀正是宜看韻吟思遠句負東籬讀還賦小山韻

此與吴文英詞同，惟换頭句添一字，第二、三句照王詞體異。

**又一體**　雙調九十六字，前段九句四平韻，後段八句四平韻。

石孝友

花前月下句好景良辰句廝守日許多時韻正美之間句何事便有輕離韻無端珠淚暗蔌句染征衫讀點點紅滋韻最苦是讀殷勤密約句做就相思韻　咿啞櫓聲離岸句魂斷處讀高城隱隱天涯韻萬水千山句一去定失花期韻東君鬭來無賴句散春紅讀點破梅枝韻病成也句到而今讀著箇甚醫韻

此與吴文英詞同，惟前段第八句减一字異。

**又一體**　雙調九十六字，前後段各九句四平韻。

元好問

林間雞犬句江上村墟句扁舟處處經過韻袖裏新詩句買斷古木滄波韻山中一花一草句也

留教讀老子婆娑韻任人笑讀風雲氣少句兒女情多韻　　不待求田問舍句被朝吟暮醉句慣得蹉跎韻百尺高樓句更問平地如何韻朝來斜風細雨句喜紅塵讀不到漁蓑韻一尊酒句唤元龍讀來聽浩歌韻

此即石孝友詞體,惟後段第二句五字、第三句四字異。

**又一體**　雙調九十七字,前段十句四仄韻,後段八句四仄韻。

高觀國

壺天不夜句寶炬生香句光風蕩搖金碧韻月灩水痕句花外峭寒無力韻歌傳翠簾盡卷句誤驚回讀瑶臺仙跡韻禁漏促句拌千金一刻句未酬佳夕韻　　卷地香塵不斷句最得意讀輸他五陵狂客韻楚柳吴梅句無限眼邊春色韻鮫綃暗中寄與句待重尋讀行雲消息韻乍醉醒句怕南樓讀吹斷曉笛韻

此調采仄韻詞六首,以此詞爲正體,劉涇、李演、蔡松年詞俱照此填,陳詞以下皆變體也。

按,李詞前段第二句"柔屐煙堤","柔"字平聲;第三句"六年遺賞新續","六"字仄聲,"遺"字平聲;第五句"惟有寒沙鷗熟","寒"字平聲。蔡詞"憶得伴人良夕","憶"字仄聲。劉詞,第七句"露荷翻、千點珠滴","點"字仄聲。蔡詞第八句"梨花淚","梨花"二字俱平聲。李詞結句"暮山自緑","自"字仄聲;後段第三句"漁歌樵曲","漁"字平聲。劉詞第五句"朋儕閒歌白雪","閒"字平聲。譜内可平可仄據此,餘參趙、陳、李三詞。

譜内所採李詞,前段第六句"盞"字仄聲,查宋詞此字從無用仄者。又,李詞後段第四句"得"字入聲,何詞後段第五句"十"字入聲,都是以入作平,概不注可仄。

**又一體**　雙調九十九字,前後段各十句四仄韻。

趙長卿

金風玉露句緑橘黄橙句商秋爽氣飄逸韻南斗騰光句應是間生賢出韻照人紫芝眉宇句更仙風讀誰能儔匹韻細屈指句到小春時候句恰則三日韻　　莫論早年富貴句也休問文章句有如椽筆韻堯舜逢君句啟沃定知多術韻而今且張錦幄句麝煤泛讀暖香鬱鬱韻華堂裏句聽瑶琴輕弄句水仙新律韻

此與高詞同,惟後結添二字異。

**又一體**　雙調九十七字,前段十句四仄韻,後段八句五仄韻。

陳　合

澄空初霽句暑退銀塘句冰壺雁程寥寞韻天闕清芬句何事早飄巖壑韻花神更裁麗質句漲江波讀一奩梳掠韻凉影裏句算素娥仙隊句似曾相約韻　　閒把雨花商略韻開時候讀羞趁觀桃階藥韻緑幕黄簾句好頓膽瓶兒著韻年年粟金萬斛句拒嚴霜讀綿絲圍幄韻秋富貴

句又何妨讀與民同樂韻

此與高詞同，惟换頭句押韻異。

**又一體** 雙調九十七字，前段十句五仄韻，後段八句五仄韻。

張　翥

西風墜緑韻唤起春嬌句嫣然困倚修竹韻落帽人來句花豔乍驚郎目韻相思尚帶舊恨句甚凄凉讀未忺妝束韻吟鬢底句俾寒香一朵句並簪黄菊韻　却待金盤華屋韻園林静讀多情怎禁幽獨韻蛺蝶應愁句明日落紅難觸韻那堪雁霜漸重句怕黄昏讀欲睡未足韻翠袖冷句且莫辭讀花下秉燭韻

此亦與高詞同，惟前後段兩起句俱用韻異。

**又一體** 雙調九十七字，前段九句五仄韻，後段八句五仄韻。

李清照

尋尋覓覓韻冷冷清清句凄凄慘慘戚戚韻乍暖還寒句時候正難將息韻三杯兩盞淡酒句怎敵他讀晚來風急韻雁過也句正傷心讀却是舊時相識韻　滿地黄花堆積韻憔悴損讀如今有誰忺摘韻守著窗兒句獨自怎生得黑韻梧桐更兼細雨句到黄昏讀點點滴滴韻這次第句怎一箇讀愁字了得韻

此詞前後段起句亦皆用韻，其前結三字一句、九字一句，又與張詞不同。

**又一體** 雙調九十五字，前段九句五仄韻，後段八句五仄韻。

何夢桂

人間六月韻好是王母瑶池句吹下冰雪韻一片清凉句仙界蕊宫珠闕韻金猊水沈未冷句看瑶階讀九開蓂莢韻尚記得句那年時讀手種蟠桃千葉韻　庭下阿兄癡絶韻争戲舞讀緑袍環玦韻笑捧金卮句滿砌蘭芽初茁韻七十古來稀有句且高歌讀萬事休説韻天未老句尚看他讀兒輩事業韻

此即李詞體，惟前段第二句六字、第三句四字，後段第二、三句減二字異。

## 紫玉簫一體

《宋史·樂志》：歇指調。

**紫玉簫** 雙調九十九字，前段十一句四平韻，後段十句四平韻。

晁補之

羅綺圍中句笙歌叢裏句眼狂初認輕盈韻無花解比句似一鈎新月句雲際初生韻算不虚得

句郎占與讀第一佳名韻輕歸去句那知有人句別後牽情韻　襄王自是春夢句休謾説東牆句事更難憑韻誰教慕宋句要題詩讀曾倚寶柱低聲韻似瑶臺曉句空暗想讀衆裏飛瓊韻餘香冷句猶在小窗句一到魂驚韻

此調祇此一詞，無別首可校。

## 無悶一體

調見《書舟詞》，汲古閣本刻《閨怨無悶》者誤。

**無悶**　雙調九十九字，前段九句五仄韻，後段十句七仄韻。

程　垓

天與多才句不合更與句殢柳憐花情分韻算總爲才情句惱人方寸韻早是春殘花褪韻也不料讀一春都成病韻自失笑讀因甚腰圍半減句淚珠頻搵韻　難省韻也怨天句也自恨韻怎免千般思忖韻倩人説與句又却不忍韻拌了一生愁悶韻又只恐讀愁多無人問韻到這裏讀天也憐人句看他穩也不穩韻

《詞律》以此詞與《催雪》類編。按，《催雪》前結四字三句，已自不同，後段句讀押韻尤爲迥別，特爲分列。

宋人祇此一詞，無別首可校。

## 月下笛五體

調始周邦彦《片玉詞》，因詞有"凉蟾瑩徹"及"静倚官橋吹笛"句，取以爲名。

**月下笛**　雙調九十九字，前段十句五仄韻，後段十句四仄韻。

周邦彦

小雨收塵句凉蟾瑩徹句水光浮碧韻誰知怨抑韻静倚官橋吹笛韻映宫牆讀風葉亂飛句品高調側人未識韻想開元舊譜句柯亭遺韻句盡傳胸臆韻　闌干空四繞句聽折柳徘徊句數聲終拍韻寒燈陋館句最感平陽孤客韻夜沈沈讀雁啼正哀句片雲盡卷清漏滴韻暗凝魂句但覺龍吟句萬壑天籟息韻

此詞前段第四句押韻，後段第四句不押韻，前後段第六句七字折腰，第七句七字不折腰，後結三字一句、四字一句、五字一句，宋人無如此填者，故以張炎詞作譜。

**又一體** 雙調九十九字，前段十句五仄韻，後段十一句七仄韻。

張　炎

千里行秋句支筇背錦句頓懷清友韻殊鄉聚首韻愛吟猶自詩瘦韻山人不解思猿鶴句笑問我讀韋娘在否韻記長堤畫舫句花柔春鬧句幾番携手韻　別後韻都依舊韻但靖節門前句近來無柳韻盟鷗尚有韻可憐西塞漁叟韻斷腸不恨江南老句恨落葉讀飄零最久韻倦遊處句减羈愁句猶未消磨是酒韻

此詞换頭句藏短韻，前後段第四句俱押韻，第七句俱七字不折腰，第八句俱七字折腰，後結三字兩句、六字一句。宋元人俱如此填，爲此調正體。

按，陶宗儀詞前段第六、七句"阿誰底事頻横笛，不道是、江南摇落"，"阿"字仄聲，"摇"字平聲；後段第七、八句"有時巧綴雙蛾緑，天做就、宫妝綽約"，"天"字平聲。譜内可平可仄據此，餘參所採諸詞。

**又一體** 雙調一百字，前段十句五仄韻，後段十一句七仄韻。

張　炎

萬里孤雲句清遊漸遠句故人何處韻寒窗夢裏韻曾記經行舊時路韻連昌約略無多柳句第一是讀難聽夜雨韻漫驚回凄悄句相看燭影句擁衾誰語韻　張緒韻歸何暮韻伴零落依依句短橋鷗鷺韻天涯倦旅韻此時心事良苦韻只愁重灑西州淚句問杜曲讀人家在否韻恐翠袖句正天寒句猶倚梅花那樹韻

此與"千里行秋"詞同，惟前段第五句添一字異。

**又一體** 雙調九十九字，前段十句五仄韻，後段十一句六仄韻。

曾允元

吹老楊花句浮萍點點句一溪春色韻閒尋舊跡韻認溪頭讀浣紗磧韻柔條折盡成輕别句向空外讀瑶簪一擲韻算無情更苦句鶯巢暗葉句啼破幽寂韻　凝立韻闌干側韻記露飲東園句聯鑣西陌韻容銷鬢減句相逢應自難識韻東風吹得愁如海句漫點染讀空階自碧韻獨歸晚句解説心中事句月下短笛韻

此亦"千里行秋"詞體，惟前段第五句六字折腰，後段第四句不押韻，結處三字一句、五字一句、四字一句異。

**又一體** 雙調九十七字，前段十句五仄韻，後段十句四仄韻。

彭元遜

江上行人句竹間茅屋句下臨深窈韻春風嫋嫋韻翠鬟窺樹猶小韻遥吟近倚歸還顧句分付

橫枝未了韻扁舟却去句中流回首句驚散飛烏韻　重踏新亭履齒句耿山抱孤城句月來華表韻雞聲人語句隔江相伴歌笑韻壯游歷歷同高李句未擬詩成草草韻長橋外句有醒人吹笛句並在霜曉韻

此與曾詞同,惟前段第八句減一字,换頭句添一字,前後段第七句各減一字異。

## 玲瓏四犯七體

此調創自周邦彦《清真集》,方千里、楊澤民、陳允平俱有和詞。姜夔又有自度黄鍾商曲,與周詞句讀迥别,因調名同,故亦類列。

**玲瓏四犯**　雙調九十九字,前後段各九句五仄韻。

周邦彦

穠李夭桃句是舊日潘郎句親試春豔韻自别河陽句長負露房煙臉韻憔悴鬢點吴霜句細念想讀夢魂飛亂韻歎畫闌玉砌都换韻纔始有緣重見韻　夜深偷展香羅薦韻暗窗前讀醉眠葱蒨韻浮花浪蕊都相識句誰更曾抬眼韻休問舊色舊香句但認取讀芳心一點韻又片時一陣句風雨惡句吹分散韻

此詞前段第八句押韻,結處五字一句、三字兩句,方、楊、陳和詞皆然,爲此調正體。若曹、史、高、張、周諸詞,或添字,或減字,皆變體也。

前段第八句,方詞"悵平生把鑒驚换","平"字平聲;結句,史詞"不離淡煙衰草","離"字平聲。其餘參下所采五詞。

**又一體**　雙調一百一字,前段九句四仄韻,後段九句五仄韻。

曹　遵

一架幽芳句自過了梅花句獨占清絶韻露葉檀心句香滿萬條晴雪韻肌素淨洗鉛華句似弄玉讀乍離瑶闕韻看翠虬白鳳飛舞句不管暮煙啼鴂韻　酒中風格天然别韻記唐宫讀賜樽芳冽韻玉蕤唤得餘春住句猶醉迷飛蝶韻天氣乍雨乍晴句長是伴讀牡丹時節韻夜散瓊樓宴句金鋪深掩句一庭春月韻

此與周詞同,惟前段第八句不押韻,後結添二字作五字一句、四字兩句異。

**又一體**　雙調一百一字,前段九句四仄韻,後段八句四仄韻。

史達祖

雨入愁邊句翠樹晚無人句風葉如剪韻竹尾通涼句却怕小簾低卷韻孤坐便怯詩慳句念俊

賞讀舊曾題遍韻更暗塵讀偷鎖鸞影句心事屢羞團扇韻　賣花門館生秋草句悵弓彎讀幾時重見韻前歡盡屬風流夢句天共朱樓遠韻聞道秀骨病多句難自任讀從來恩怨韻料也和讀前度金籠鸚鵡句説人情淺韻

此亦與周詞同，惟前段第八句、後段起句俱不押韻，後結添二字作九字一句、四字一句異。按，史詞別首後結"待雁來、先寄新詞歸去，且教知道"，正與此同，或點五字一句、四字兩句者誤。

**又一體** 雙調一百字，前段九句四仄韻，後段八句四仄韻。

高觀國

水外輕陰句做弄得飛雲句吹斷晴絮韻駐馬橋西句還繫舊時芳樹韻不見翠陌尋春句問著小桃無語韻恨燕鶯讀不識閒情句却隔亂紅飛去韻　少年曾失春風意句到如今讀怨恨難訴韻魂驚冉冉江南遠句煙草愁如許韻此意待寫翠箋句奈斷腸讀都無新句韻問甚時讀舞鳳歌鸞句花裏再看仙侶韻

此即史詞體，惟前段第七句減一字，後結作七字一句、六字一句異。

**又一體** 雙調一百字，前後段各九句五仄韻。

張　炎

流水人家句乍過了斜陽句一片蒼樹韻怕聽秋聲句却是舊愁來處韻因甚尚客殊鄉句自笑我讀被誰留住韻問種桃讀莫是前度韻不擬桃花輕誤韻　少年未識相思苦韻最難禁讀此時情緒韻行雲暗與風流散句方信別淚如雨韻何況帳空夜鶴句怎奈向讀如今歸去韻更可憐閒裏句白了頭句還知否韻

此亦與周詞同，惟後段第四句添一字作六字句異。

**又一體** 雙調九十九字，前段九句四仄韻，後段九句五仄韻。

周　密

波暖塵香句正嫩日輕陰句摇蕩清晝韻幾日新晴句初展綺窗紋繡韻年少忍負才華句盡占斷讀豔歌芳酒韻奈翠簾讀蝶舞蜂喧句催趁禁煙時候韻　杏腮紅透梅鈿皺韻燕歸時讀海棠廝勾韻尋芳較晚東風約句還約劉郎歸後韻憑問柳陌情人句比似垂楊誰瘦韻倚畫闌無語句春恨遠句頻回首韻

此與張詞同，惟前段第八句不押韻，後段第六句減一字異。

**又一體** 雙調九十九字，前段十句五仄韻，後段九句六仄韻。

姜　夔

疊鼓夜寒句垂燈春淺句忽忽時事如許韻倦遊歡意少句俯仰悲今古韻江淹又吟恨賦韻記

當時讀送君南浦韻萬里乾坤句百年身世句唯有此情苦韻　揚州柳讀垂官路韻有輕盈換馬句端正窺户韻酒醒明月下句夢逐潮聲去韻文章信美知何用句漫贏得讀天涯羈旅韻教説與韻春來要讀尋花伴侣韻

此姜夔自度曲，與周詞不同，宋人亦無依此填者。

## 丁香結一體

調見《清真集》。古詩有“丁香結恨新”，調名本此。

**丁香結**　雙調九十九字，前段九句五仄韻，後段十句五仄韻。

周邦彦

蒼蘚延階句冷螢粘屋句庭樹望秋先隕韻漸雨凄風迅韻澹暮色讀倍覺園林清潤韻漢姬紈扇在句重吟玩讀棄擲未忍韻登山臨水句此恨自古銷磨不盡韻　牽引韻記醉酒歸時句對月同看雁陣韻寶幄香纓句熏爐象尺句夜寒燈暈韻誰念留滯故國句舊事勞方寸韻惟丹青相伴韻那更塵昏蠹損韻

此調衹有此體，吴文英及方千里、楊澤民、陳允平和詞，俱如此填。按，方詞前段第三句“爲誰翠消紅隕”，“爲”字仄聲，“誰”字平聲。吴詞第七句“故園夢裹”，“園”字平聲。陳詞後段第三句“幾度柳圍花陣”，“柳”字仄聲，“花”字平聲。吴詞第九句“懷春情不斷”，“不”字仄聲。陳詞“念纖腰柔弱”，“念”字仄聲。結句，吴詞“猶帶相思舊字”，“猶”字平聲。譜内可平可仄據此。

此調前結作四字一句、八字一句。若方詞之“青青榆莢滿地，縱買春光難盡”，陳詞之“蓮塘風露漸入，粉豔紅衣落盡”，句法又與此異，注明不録。

## 瑣寒窗五體

一名《鎖寒窗》，調見《片玉集》，蓋寒食詞也。因詞有“静鎖一庭愁雨”及“故人剪燭西窗雨”句，取以爲名。

**瑣寒窗**　雙調九十九字，前段十句四仄韻，後段十句六仄韻。

周邦彦

暗柳啼鴉句單衣佇立句小簾朱户韻桐花半畝句静鎖一庭愁雨韻灑空階讀更闌未休句故人剪燭西窗語韻似楚江暝宿句風燈零亂句少年羈旅韻　遲暮韻嬉遊處韻正店舍無煙句禁城百五韻旗亭喚酒句付與高陽儔侣韻想東園讀桃李自春句小唇秀靨今在否韻到歸時讀定有殘英句待客携尊俎韻

此調以此詞及張詞爲正體，若張詞別首及楊詞之添字，程詞之減字，皆變體也。

此詞前結五字一句、四字兩句，方千里、楊澤民、陳允平和詞及吴文英、王沂孫、錢抱素詞，皆依此填。

按，蕭允之詞前段第七句"香消黯歇無音耗"，"香"字平聲。王沂孫詞第八、九、十句"奈柳邊占得，一庭新暝，又還留住"，"一"字仄聲。陳詞"歎十年南北，西湖倦客，曲江行旅"，"南"字平聲。陳詞後段第七、八句"念舊遊、九陌香塵，倡條冶葉還在否"，"九"字仄聲，"香"字平聲。譜内可平可仄據此，餘參所采諸詞。

陳詞後段起句"日暮花深處"，"日"字入聲；第五、六句"携樽共約，詩酒雲朋月侶"，"月"字入聲。此以入作平，不注可仄。蕭詞後段第七句"倚闌干、斜陽又西"，"陽"字平聲。此偶誤，亦不必從。

**又一體** 雙調九十九字，前段九句四仄韻，後段十句六仄韻。

張　炎

亂雨敲春句深煙帶晚句水窗慵憑韻空簾慢卷句數日更無花影韻怕依然讀舊時歸燕句定應未識江南冷韻最憐他讀樹底嫣紅句不語背人吹盡韻　清潤韻通幽徑韻待移燈剪韭句試香温鼎韻分明醉裏句過了幾番風信韻想竹間讀高閣半開句小車未來猶自等韻傍新晴讀隔柳呼船句待教潮信穩韻

此與周詞同，惟前結作七字一句、六字一句異。按，楊澤民詞前結"似向人、欲説離愁，因念未歸行旅"；蕭允之詞前結"悵佳人、有約難來，緑遍滿庭芳草"，正與此同。

**又一體** 雙調一百字，前段九句四仄韻，後段十句七仄韻。

楊无咎

柳暗藏鴉句花深見蝶句物華如繡韻情多思遠句又是一番清瘦韻憶前回讀庭樹未春句箇人預約同携手韻恨遲留讀載酒期程句孤負踏青時候韻　搔首韻雙眉暗鬭韻況無似今年句一春晴晝韻風僝雨僽韻直得恁時迤逗韻想閒窗讀針線倦拈句寂寞細撚酴醾嗅韻待還家讀定是冤人句淚粉零襟袖韻

此與周詞同，惟後段起句添一字，第四句多押一韻異。

汲古閣刻换頭句作"忽雙眉暗鬭"，脱"搔首"二字，多一"忽"字；第七句"直得迤逗"，脱"恁時"二字。今依《詞緯》校正。

後段第五句，"僝"字仄聲，恐是誤用，不注入譜。

**又一體** 雙調一百字，前段十句五仄韻，後段十句七仄韻。

張　炎

斷碧分山句空簾剩月句故人天外韻香留酒殢韻蝴蝶一生花裏韻想如今讀醉魂未醒句夜臺夢語秋聲碎韻自中仙去後句詞箋賦筆句便無清致韻　都是韻凄凉意韻悵玉笥埋雲

句錦袍歸水韻形容憔悴韻料應也讀孤吟山鬼韻那知人讀彈折素弦句黄金鑄出相思淚韻但柳枝讀門掩枯陰句候蛩啼暗葦韻

此與周詞同,惟前段第四句、後段第五句多押一韻,第六句添一字作上三下四句法異。

**又一體**　雙調九十八字,前段十句四仄韻,後段九句五仄韻。

程　先

雨洗紅塵句雲迷翠麓句小車難去韻凄凉感慨句未有今年春暮韻想曲江讀水邊麗人句影沈香歇誰爲主韻但兔葵燕麥句風前摇蕩句徑花成土韻　空被多情苦韻慶會難逢句少年幾許韻紛紛沸鼎句負了青陽凡五韻待何時讀重享太平句典衣貰酒相爾汝韻算蘭亭讀有此歡娱句又却悲今古韻

此亦周詞體,惟换頭句不藏短韻,第二句减一字異。

## 大有一體

調見《片玉集》。

**大有**　雙調九十九字,前段八句四仄韻,後段十句五仄韻。

潘希白

戲馬臺前句采花籬下句問歲華讀還是重九韻恰歸來讀南山翠色依舊韻簾櫳昨夜聽風雨句都不是讀登臨時候韻一片宋玉情懷句十分衛郎清瘦韻　紅萸佩句空對酒韻砧杵動微寒句暗欺羅袖韻秋色無多句早是敗荷衰柳韻强整帽檐攲側句曾經向讀天涯搔首韻幾回憶讀故國蓴鱸句霜前雁後韻

此調始自周邦彦詞,其後段第七句押韻,因詞欠雅馴,故采此詞作譜。按,周詞前段第三句"見傍人、驚怪消瘦","傍"字平聲;第五句"都緣薄幸賦情淺","賦"字仄聲;第六句"許多時、不成歡偶","許"字仄聲,"多時"二字俱平聲,"不"字仄聲;前結"何須負這心口","何"字平聲,"這"字仄聲。後段第三句"斷了更思量","斷"字仄聲;第四句"没心永守","永"字仄聲。譜内可平可仄據此。

## 燕山亭一體

"燕"或作"宴",然與山亭宴無涉。

**燕山亭**　雙調九十九字,前段十一句五仄韻,後段十句五仄韻。

曾　覿

河漢風清句庭户夜凉句皓月澄秋時候韻冰鑒乍開韻跨海飛來句光掩滿天星斗韻四卷珠

簾句漸移影讀寶階鴛甃韻還又韻看歲歲嬋娟句向人依舊韻　朱邸高宴簪纓句正歌吹瑶臺句舞翻宫袖韻銀管競酬句棣蕚相輝句風流古來誰有韻玉笛横空句更聽徹讀霓裳三奏韻難偶韻拚醉倒讀參横曉漏韻

此調祇此一體，有宋徽宋、毛幵、王之道、張雨諸詞可校。

前段起句，毛詞"暖靄輝遲"，"暖"字仄聲；第二句，張詞"蛸肌粟聚"，"蛸"字、"聚"字俱仄聲，"肌"字平聲；第三句，毛詞"簾外春風徐轉"，"簾"字平聲；第六句，毛詞"亭亭萬枝開遍"，下"亭"字平聲，張詞，"脉脉紅泉流齒"，上"脉"字仄聲，"紅"字平聲；第七句，王詞"嬌軟酴醿"，"嬌"字平聲；第八句，毛詞"猶記有、畫圖曾見"，"猶"字平聲，"記"字仄聲；張詞，"笑尚帶、儒酸風味"，"儒字"平聲；第十句，王詞"對佳時媚景"，"佳時"二字俱平聲，"媚景"二字俱仄聲；第十一句，毛詞"弄妝日晚"，"日"字仄聲；後段起句，王詞"曾約小桃春宴"，"小"字、"宴"字俱仄聲，"桃"字平聲；張詞，"君家幾度尊前"，"家"字平聲；第二句，王詞"有蜂媒蝶使"，"媒"字平聲，"蝶"字、"使"字俱仄聲；第三句，毛詞"貪新雙燕"，"貪"字平聲；第四句，宋徽宗詞"地遠天遥"，"地"字仄聲，"天"字平聲；第五句，王詞"東坡蘇老"，"東坡"二字俱平聲，"老"字仄聲；第六句，王詞"道也道應難盡"，"道也"二字俱仄聲；第七、八句，毛詞"銀燭光中，且更待、夜深重看"，"銀"字平聲，"夜"字仄聲；張詞，"珍果同時，惟醉寫、來禽青李"，"惟"字平聲；第十句，毛詞"愁酒醒、緋桃千片"，"千"字平聲。譜内可平可仄據此。

## 聒龍謡二體

調見朱敦儒《樵歌詞》，因詞有"聒龍嘯"句，取以爲名。

**聒龍謡**　雙調九十九字，前後段各十句四仄韻。

朱敦儒

肩拍洪厓句手携子晉句夢裏暫辭塵宇韻高步層霄句俯人間如許韻算蝸戰讀多少功名句問蟻聚讀幾回今古韻度銀潢讀展盡參旗句桂華淡句月飛去韻　天風緊句玉樓斜句舞萬女霓袖句光摇金縷韻明廷燕闋句倚青冥回顧韻過瑶池讀重惜雙成句就楚岫讀更邀巫女韻轉雲車讀指點虚無句引蓬萊路韻

此詞前段第二句不用韻，宋徽宋、汪莘詞與此同。

按，徽宗詞前段第一、二句"紫闕岧嶢，紺宇邃深"，"紫"字、"宇"字俱仄聲，"深"字平聲；汪詞"夢下瑶臺，神飛閬苑"，"神"字平聲；第三句，汪詞"自歎塵寰久客"，"塵"字平聲，"久"字仄聲；第五句"望皇居帝宅"，"帝"字仄聲；徽宗詞第七句"玳瑁筵、玉鈎雲卷"，"筵"字平聲；第八句"動深思、清籟蕭蕭"，"清"字平聲；汪詞結句"天垂晚，月生魄"，"天"字平聲；後段第一句"故人少"，"故"字仄聲；第三句"引壺觴自酌"，"壺觴"二字俱平聲，"自"字仄聲；第八句"遇鴻濛、頓超元默"，"鴻"字平聲；徽宗詞第九句"從宸遊、前後爭趨"，"前"字平聲。譜内可平可仄據此，餘參下詞。

**又一體** 雙調九十九字,前段十句五仄韻,後段十句四仄韻。

朱敦儒

憑月携簫句溯空秉羽韻夢踏絳綃仙去韻花冷街榆句悄中天風露韻並真官讀蕊佩芬芳句望帝所讀紫雲容與韻享天讀九鈞奏傳觴句聒龍嘯句看鸞舞韻　驚塵世句悔平生句歎萬感千恨句誰憐深素韻群仙念我句好人間難住韻勸阿母讀遍與金桃句教酒星讀剩斟瓊醑韻醉歸時讀手授丹經句指長生路韻

此與前詞同,惟前起第二句用韻異。

## 金菊對芙蓉一體

蔣氏《九宫譜》中吕引子。

**金菊對芙蓉** 雙調九十九字,前段十句四平韻,後段十句五平韻。

康與之

梧葉飄黄句萬山空翠句斷霞流水爭輝韻正金風西起句海燕東歸韻憑闌不見南來雁句望故人讀消息遲遲韻木樨開後句不應誤我句好景良時韻　只念獨守孤幃韻把枕前囑付句一旦分飛韻上秦樓遊賞句酒殢花迷韻誰知别後相思苦句悄爲伊讀瘦損香肌韻花前月下句黄昏院落句珠淚偷垂韻

此調祇此一體,宋詞俱如此填。

按,辛棄疾詞前段第一、二句"遠水生光,遥山聳翠","遠"字、"聳"字俱仄聲,"遥"字平聲;第四句"正零瀼玉露","玉"字仄聲;劉清夫詞第六句"素弦瑶軫調新韻","素"字仄聲,"瑶"字平聲;蘇軾詞第七句"瀟灑處、旖旎非常","瀟"字平聲,"處"字、"旖"字俱仄聲;辛詞第八句"重陽佳致","重"字平聲;劉詞第九句"輕挑慢摘","輕"字平聲;馮取洽詞"滿懷冰雪","冰"字平聲;馮詞第十句"雲海彌茫","雲"字平聲;劉詞後段起句"泛商刻羽無窮","商"字平聲;第二句"似和鳴鸞鳳","和"字、"鸞"字俱平聲;辛詞"歎少年胸襟","襟"字平聲;馮詞第四、五句"聽小樓哀管,倫弄初凉","小"字仄聲,"倫"字平聲;第六句"夜深歡極忘歸去","夜"字仄聲,"歡"字平聲;辛詞第七句"座中擁、紅粉嬌容","中"字、"紅"字俱平聲,"擁"字仄聲;馮詞第八句"對花無語","對"字仄聲,"無"字平聲;劉詞第九句"琴心三疊","三"字平聲;馮詞結句"不似張郎","不"字仄聲。譜内可平可仄據此。

## 催雪一體

此調始自姜夔,本催雪詞也,即以爲名。吴文英、王沂孫俱有此調詞,與《無悶》調不同，《詞律》類列者誤。

**催雪** 雙調九十九字，前段十句四仄韻，後段九句六仄韻。

姜　夔

風急還收句雲凍未解句海闊無人剪水韻算六出工夫句怎教容易韻剛被郢歌楚舞句鎮獨向讀尊前飄輕細韻謝庭吟詠句梁園宴賞句未成歡計韻　天意韻是則是韻怎下得控持句柳梢梅蕊韻又爭奈讀看看漸回春意韻好趁東君未覺句便先把讀園林都裝綴韻看是處讀玉樹瓊枝句勝却萬紅千紫韻

此調祇有此體，吴文英、王沂孫詞俱如此填。按，王詞前段第二句"寒度雁門"，"門"字平聲；第三句"西北高樓獨倚"，"西"字平聲；第六句"欲唤飛瓊起舞"，"欲"字仄聲，"飛"字平聲；第八句"凍雲一片"，"一"字仄聲。後段第二句"悄無似"，"無"字平聲；第三句"有照水南枝"，"南"字平聲；第五句"誤幾度、憑闌莫愁凝睇"，"幾"字仄聲；第六句"應是梨花夢好"，"應"字平聲；第七句"未肯放、東風來人世"，"肯"字仄聲；吴詞第八句"還怕掩、深院梨花"，"還"字、"深"字俱平聲。譜内可平可仄據此。

前後段第七句"尊前飄輕"、"園林都裝"八字俱平聲，如吴詞之"瑶笙飛環"、"重寒侵羅"，王詞之"紛紛銀河"、"東風來人"，皆然，恐是音律所關，填者當依之。

## 十月桃三體

調見《樂府雅詞》，賦十月桃，即以爲名。《梅苑》無名氏詞詠十月梅，即名《十月梅》。

**十月桃** 雙調九十九字，前段十句四平韻，後段十句五平韻。

張元幹

年華催晚句聽尊前偏唱句冲暖欺寒韻樂府誰知句分付點化金丹韻中原舊遊何在句頻入夢讀老眼空潸韻撩人冷蕊句渾似當時句無語低鬟韻　有多情多病文園韻向雪後尋春句醉裏憑闌韻獨步群芳句此花風度天然韻羅浮淡妝素質句呼翠鳳讀飛舞斕斑韻參横月落句留恨醒來句滿地香殘韻

此調祇有《樂府雅詞》及《梅苑》詞可校，故可平可仄，悉參二詞。

**又一體** 雙調九十九字，前段十句四平韻，後段九句五平韻。

《樂府雅詞》無名氏

東籬菊盡句遍園林敗葉句滿地寒荄韻露井平明句破香籠粉初開韻佳人共喜芳意句呵手剪讀密插鸞釵韻無言有豔句不避繁霜句變作春媒韻　問武陵溪上誰栽韻分付與讀南

園舞榭歌臺韻恰似凝酥襯玉句點綴裝裁韻東君自是爲主句先暖信讀律管飛灰韻從今雪裏句一番花信句休話江梅韻

此與張詞同,惟後段第三句六字、第四句四字異。

**又一體**　雙調九十八字,前段十句四平韻,後段九句五平韻。

《梅苑》無名氏

千林凋盡句一陽未報句已綻南枝韻獨對霜天句冒寒先占花期韻清香映月浮動句臨淺水讀疏影斜敧韻孤標不似句綠李夭桃句取次成蹊韻　縱壽陽妝臉偏宜韻應未笑讀天然雅態冰肌韻寄語高樓句憑闌羌管休吹韻東君自是爲主句調鼎鼐讀終負他時韻從今點綴句百草千花句須待春歸韻

此亦與張詞同,惟前段第二句减一字異。

## 蜀溪春一體

調見《松隱集》,詠黃薔薇花。因詞有"蜀景風遲,浣花溪邊","占上苑,留住春"句,取以爲名。

**蜀溪春**　雙調九十九字,前後段各十一句四平韻。

曹　勛

蜀景風遲句浣花溪邊句誰種芬芳韻天與薔薇句露華勻臉句繁蕊競拂嬌黃韻枝上標韻別句渾不染讀鉛粉紅妝韻念杜陵句曾見時句也爲賦篇章韻　如今盛開禁掖句千萬朵鶯羽句先借朝陽韻待得君王句看花明豔句都道赭袍同光韻須趁爲幕席句偏宜帶讀疏雨籠香韻占上苑句留住春句奉玉觴韻

此曹勛自度曲,無別詞可校。

## 秋宵吟一體

宋姜夔自度越調曲。

**秋宵吟**　雙調九十九字,前段十句六仄韻,後段十句五仄韻。

姜　夔

古簾空句墜月皎韻坐久西窗人悄韻蛩吟苦讀漸漏永丁丁句箭壺催曉韻引涼颸句動翠葆

韻露脚斜飛雲表韻因嗟念讀似去國情懷句暮帆煙草韻　帶眼消磨句爲近日讀愁多頓老韻衛娘何在句宋玉歸來句兩地暗縈繞韻摇落江楓早韻嫩約無憑句幽夢又杳韻但盈盈讀淚灑單衣句今夕何夕恨未了韻

此詞前段十句，後五句與前五句句讀、平仄全同，如《瑞龍吟》調之所謂拽頭也，或是此調體例宜然，填者辨之。此詞亦無别首可校。

## 三姝媚三體

調見《梅溪集》。

**三姝媚** 雙調九十九字，前段十一句五仄韻，後段十句五仄韻。

史達祖

煙光摇縹瓦韻望晴簷多風句柳花如灑韻錦瑟横牀句想淚痕塵影句鳳弦長下韻倦出犀帷句頻夢見讀王孫驕馬韻諱道相思句偷理綃裙句自驚腰衩韻　惆悵南樓遥夜韻記翠箔張燈句枕肩歌罷韻又入銅駝句遍舊家門巷句首詢聲價韻可惜東風句將恨與讀閒花俱謝韻記取崔徽模樣句歸來暗寫韻

此調以史詞爲正體，如吴詞之添字，薛詞之句讀不同，皆變體也。

按，此詞前段第二句"晴簷多風"，四字俱平聲，如吴文英詞之"清波明眸"及"王孫重來"與"春衫啼痕"，王沂孫詞之"金鈴枝深"及"西窗淒淒"等句，皆然。惟張炎詞作"卸却單衣"及"雪竇高寒"，"卸却"、"雪竇"四字俱仄聲。又，後段結句"歸來暗寫"，用去、上二字，宋詞多如此填，惟詹正詞"江南煙雨"，"煙"字平聲。

按，詹詞前段第一句"一篷兒别哭"，"一"字仄聲；王詞第三句"瑶階多少"，"瑶"字平聲；第五句"漫相看華髮"，"相"字平聲；張詞第七、八句"記得小樓，聽一夜、江南春雨"，"小"字仄聲；王詞第九句"何況如今"，"何"字平聲；詹詞第十句"舞袖籠香"，"舞"字仄聲；吴詞後段起句"曲榭芳亭初掃"，"曲"字仄聲，王詞"今夜山高水淺"，"水"字仄聲；詹詞第四、五句"金屋銀屏，被西風將换"，"金"字、"西"字俱平聲；張詞第八句"試與問、酒家何處"，"試"字、"酒"字俱仄聲；第九句"曾醉梢頭雙果"，"曾"字平聲。譜内可平可仄據此，餘參吴、薛二詞。

張炎"芙蓉城畔"詞，前後段第五、六句"細看來，渾似阮郎前度"、"帶笑痕，來伴柳枝嬌舞"，俱作三字、六字句，宋詞如此等句法，往往不拘，故不復分體。

又，張炎"蒼潭枯海"詞，後結"待得相逢，却説巴山夜雨"作四字一句、六字一句，與此不同，因薛詞有此句法，故不復列。

**又一體** 雙調一百一字，前後段各十一句五仄韻。

吴文英

酣春清鏡裏韻照晴波明眸句暮雲愁思韻半緑垂絲句正楚腰纖瘦句舞衣初試韻燕客飄零

句煙樹冷讀青驄曾繫韻畫館朱橋句還把清尊句慰春憔悴韻　離苑幽芳深閉韻恨淺薄東風句褪香銷膩韻彩箑翻歌句最賦情偏在句笑紅顰翠韻暗拍闌干句看散盡讀斜陽船市韻付與嬌鶯句金衣清曉句花深未起韻

此與史詞同,惟後結添二字作四字三句異。

**又一體** 雙調九十九字,前段十一句五仄韻,後段十句五仄韻。

薛夢桂

薔薇花謝去韻更無情句連夜送春風雨韻燕子呢喃句似念人憔悴句往來朱户韻漲緑煙深句早零落讀點池萍絮韻暗憶年華句羅帳分釵句又驚春暮韻　芳草凄迷征路韻待去也句還將畫輪留住韻縱使重來句怕粉容銷膩句却羞郎覷韻細數盟言猶在句悵青樓何處韻綰盡垂楊句爭似相思寸縷韻

此與史詞同,惟後段第七句六字、第八句五字異。至前後段第二句三字、第三句六字,按詹正詞"是誰家,花前月地兒女",又"怎知道,人間匆匆今古",正與此同。

## 鳳池吟一體

調見《夢窗詞》。

**鳳池吟** 雙調九十九字,前段十一句四平韻,後段十句四平韻。

吴文英

萬丈巍臺句碧罘罳外句衮衮野馬遊塵韻舊文書几閣句昏朝醉暮句覆雨翻雲韻忽變清明句紫垣敕使下星辰韻經年事静句公門如水句帝甸陽春韻　長安父老相語句幾百年見此句獨駕冰輪韻又鳳鳴黄幕句玉霄平溯句鵲錦新恩韻畫省中書句半紅梅子薦鹽新韻歸來晚句待賡吟讀殿閣南薰韻

此調祇此一詞,無别首可校。

## 新雁過妝樓四體

一名《雁過妝樓》。張炎詞名《瑶臺聚八仙》,陳允平詞名《八寶妝》,《高麗史·樂志》名《百寶妝》。

**新雁過妝樓** 雙調九十九字,前段九句六平韻,後段十句四平韻。

吴文英

閬苑高寒韻金樞動讀冰宫桂樹年年韻翦秋一半句難破萬户連環韻織錦相思樓影下句鈿

釵暗約小簾間韻共無眠韻素娥慣得句西墜闌干韻　誰知壺中自樂句正醉圍夜玉句淺鬬嬋娟韻雁風自勁句雲氣不上凉天韻紅牙潤沾素手句聽一曲清歌雙霧鬟韻徐郎老句恨斷腸聲在句離鏡孤鸞韻

此調以此詞爲正體，若吴詞别首及張詞之少押一韻，無名氏詞之添字，皆變體也。

此詞前段起句、第七句皆用韻，有張炎詞四首可校。

張詞前段第二句"千日酒、樂意稍稍漁樵"，"日"字、"樂"字俱仄聲；第三、四句"散跡苔茵，墨暈淨洗鉛華"，"茵"字平聲，"墨"字仄聲；後段起句"三十六梯眺遠"，"六"字仄聲；又"竹籬幾番倦倚"，"竹"字仄聲；第二句"看垂垂短髮"，上"垂"字平聲；第七句"又知在煙波第幾橋"，"第"字仄聲；第九句"有天開仙境"，"天"字平聲。譜内可平可仄據此，餘參下二詞。

譜内所采吴文英詞，後段結句"月"字入聲；張炎詞前段起句"不"字入聲，後段第九句"不"字入聲，及張詞别首前段結句"來問寂寥"，"寂"字入聲，後段起句"十"字入聲，俱以入作平。查宋詞諸字，從無用上去聲者，故不注可仄。

**又一體**　雙調九十九字，前段九句五平韻，後段十句四平韻。

吴文英

夢醒芙蓉韻風簾近讀渾疑佩玉丁東韻翠微流水句都是惜别行蹤韻宋玉秋風相比瘦句賦情更苦似秋濃韻小黄昏句紺雲暮合句不見征鴻韻　宜城當時放客句認燕泥舊跡句返照樓空韻夜闌心事句燈前敗壁寒蛩韻江寒夜楓怨落句怕流作讀題情腸斷紅韻行雲遠句料澹蛾人在句秋香月中韻

此與"閬苑高寒"詞同，惟前段第七句不用韻異。

**又一體**　雙調九十九字，前段九句五平韻，後段十句四平韻。

張　炎

風雨不來句深院悄讀秋事正滿東籬韻杖藜重到句秋氣冉冉吹衣韻瘦碧飄蕭摇露梗句膩黄秀野拂霜枝韻憶芳時韻翠微唤酒句江雁初飛韻　湘潭無人弔楚句歎落英自采句誰寄相思韻淡泊生涯句聊伴老圃斜暉韻寒香應遍故里句想鶴怨山空人未歸韻歸何晚句問徑松不語句只有花知韻

此亦與"閬苑高寒"詞同，惟前段起句不押韻異。

**又一體**　雙調一百六字，前後段各九句四平韻。

《高麗史·樂志》無名氏

一抹弦器句初宴畫堂句琵琶人抱當頭韻髻雲腰素句仍占絶風流韻輕攏慢撚生情態句翠眉顰讀無愁漫似愁韻變新聲讀自成濩索句還共聽讀一奏梁州韻　彈到遍急敲頻句分

明似語句爭知指面纖柔韻坐中無語句惟斷續金虯韻曲終暗會王孫意句轉步蓮讀徐徐卸鳳鈎韻捧瑶觴讀爲喜知音句勸佳人讀沈醉遲留韻

此詞校"閬苑高寒"詞前後段句法、添減字數頗極參差,録備一體,不與吴詞參校。

## 月華清一體

調見《空同詞》。

**月華清** 雙調九十九字,前段十句五仄韻,後段十句六仄韻。

洪　瑹

花影摇春句蟲聲吟暮句九霄雲幕初卷韻誰駕冰蟾句擁出桂輪天半韻素魄映讀青瑣窗前句皓彩散讀畫闌干畔韻凝眄韻見金波滉漾句分輝鵲殿韻　況是風柔夜暖韻正燕子新來句海棠微綻韻不似秋光句只照離人腸斷韻恨無奈讀利鎖名韁句誰爲唤讀舞裙歌扇韻吟玩韻怕銅壺催曉句玉繩低轉韻

此調衹有一體,宋、元人俱照此填,有馬莊父、朱淑真、蔡松年、《高麗史·樂志》詞可校。

按,馬詞前段第一句"瑟瑟秋聲",上"瑟"字仄聲;蔡詞第三句"故國秋光如水","國"字仄聲,"光"字平聲;馬詞第四句"數遍丹楓","數"字仄聲;第六句"人何處、千里嬋娟","人"字、"何"字俱平聲;蔡詞"到而今、桂影尋人","桂"字仄聲;朱詞第七句"清夢與、寒雲寂寞","清"字、"寒"字俱平聲,"寂"字仄聲;無名氏詞第八句"此際","此"字仄聲;蔡詞第九句"望白蘋風裏","風"字平聲;馬詞結句"碧空無際","碧"字仄聲,"無"字平聲;朱詞後段第一句"長恨曉風飄泊","長"字、"飄"字俱平聲,"曉"字仄聲;蔡詞第二、三句"有少年玉人,吟嘯天外","年"字、"吟"字俱平聲,"玉"字、"嘯"字俱仄聲;朱詞第四、五句"深杏夭桃,端得爲誰零落","深"字、"端"字俱平聲,"爲"字仄聲;馬詞第六句"心裏恨、莫結丁香","心"字平聲,"裏"字仄聲;朱詞"況天氣、裝點清明","裝"字平聲;蔡詞第七句"空解道、人生適意","人"字平聲,"適"字仄聲;朱詞"對美景、不妨行樂","對"字仄聲;馬詞第八句"暗裏","暗"字仄聲;第九句"又悲來老却","老"字仄聲;蔡詞結句"空庭鶴唳","空"字平聲,"鶴"字仄聲。譜内可平可仄據此

蔡詞前段第四句"常記别來","别"字入聲,以入作平,故不注可仄。

## 國香二體

周密詞名《國香慢》,自注夷則商。

**國香** 雙調九十九字,前段十句五平韻,後段十句四平韻。

張　炎

空谷幽人韻曳冰簪霧帶句古意生春韻結根倦隨蕭艾句獨抱孤貞韻自分生涯淡薄句隱蓬蒿讀甘老山林韻風煙共憔悴句冷落吴宫句草暗花深韻　霽痕消凍雪句向厓陰飲露句

應是知心韻所思何處句愁滿楚水湘雲韻肯信遺芳千古句尚依依讀澤畔行吟韻香魂已成夢句短操誰彈句月冷瑤琴韻

此調以此詞爲正體，有周密詞及張詞别首可校。若曹詞之句讀參差，乃變體也。

按，周詞前段第二句"記曲屏小幾"，"曲"字仄聲；張詞别首，"記未吟青子"，"青"字平聲；周詞第四句"經年汜人重見"，"經"字平聲；第六句"雨帶風襟零落"，"零"字平聲；第七句"步雲冷、鵝管吹春"，"冷"字仄聲；結句"仙掌凝塵"，"仙"字平聲；張詞别首後段第三句"一朵雲飛"，"一"字仄聲；第四句"丁香枝上"，"丁"字平聲；第五句"幾度欵語深期"，"幾"字仄聲；周詞"應念礬弟梅兄"，"礬"字平聲；周詞第七句"五十弦、愁滿湘雲"，"十"字仄聲，"愁"字平聲；張詞别首結句"猶道休歸"，"猶"字平聲。譜内可平可仄據此，餘參曹詞。

**又一體** 雙調九十九字，前段十句五平韻，後段十句四平韻。

曹　勛

十月新陽韻喜桃李秀發句宫殿春香韻寶曆開圖句文母協應時康韻誕慶欣逢令旦句向花闈讀罄列嬪嬙韻歡榮是九五句侍膳芳筵句翠扆龍章韻　天心人共喜句拱三叙瑞彩句同捧瑤觴韻禁中和氣句都入法部絲簧韻一片神仙錦繡句正珠簾讀乍卷雲光韻遐齡祝億載句永奉慈顔句地久天長韻

此與張詞同，惟前段第四句四字、第五句六字異。

## 飛龍宴一體

調見《花草粹編》，注吴七君王姬蘇小娘製。

**飛龍宴** 雙調九十九字，前段十句五仄韻，後段十句八仄韻。

宋媛蘇　氏

炎炎暑氣時句流光閃爍句閒扃深院韻水閣涼亭句半開簾幕遥看韻灼灼榴花吐豔韻細雨灑讀小荷香淺韻樹陰竹裏句清涼瀟灑句枕簟摇紈扇韻　堪歎韻浮世忙如箭韻對良辰歡樂句莫辭頻勸韻遇酒逢歌句恣情遂意迷戀韻須信人生聚散韻奈區區讀利牽名絆韻少年未倦韻良天皓月金尊滿韻

此調祇此一詞，無别首可校。

# 《御定詞譜》卷二十八　一百字

## 御帶花一體

調見《六一居士詞》。

**御帶花**　雙調一百字,前段九句四仄韻,後段十句四仄韻。

歐陽修

青春何處風光好句帝里偏愛元夕韻萬重繒彩句搆一屏峰嶺句半空金碧韻寶檠銀釭句耀絳幕讀龍騰虎擲韻沙堤遠讀雕輪繡轂句爭走五侯宅韻　雍雍熙熙作晝句會樂府神姬句海洞仙客句曳香搖翠句稱執手行歌句錦街天陌韻月淡寒輕句漸向曉讀漏聲寂寂韻當年少讀狂心未已句不醉怎歸得韻

此調祇有此詞,無別首可校。

## 定風波四體

此調有兩體:一百字者,柳永詞注林鍾商,張翥詞注商角調,有《梅苑》詞可校;一百五字者,柳永詞注夾鍾商,無宋詞可校。

**定風波**　雙調一百字,前段十一句六仄韻,後段十一句七仄韻。

柳　永

自春來讀慘綠愁紅句芳心是事可可韻日上花稍句鶯穿柳帶句猶壓香衾卧韻暖酥銷句膩雲亸韻終日厭厭倦梳裹韻無那韻恨薄情一去句音書無箇韻　早知恁般麽韻悔當初讀不把雕鞍鎖韻向雞窗句只與蠻箋象管句拘束教吟和韻鎮相隨句莫拋躲韻針線閒拈伴伊坐韻和我韻免使少年句光陰虛過韻

此調創自此詞,張詞及《梅苑》詞俱從此出,故可平可仄,悉參二詞。

此《定風波》慢詞,雖押兩短韻,實與《定風波令》不同。

**又一體**　雙調九十九字,前段十一句六仄韻,後段十一句七仄韻。

張　翥

恨行雲讀特地高寒句牢籠好夢不定韻婉晚年華句淒凉客況句泥酒渾成病韻畫闌深句碧窗静韻一樹瑶花可憐影韻低映韻怕明月照見句青禽相並韻　素衾正冷韻又寒香讀枕上熏愁醒韻甚銀牀霜凍句山童未起句誰汲牆陰井韻玉簫殘句錦書迴韻應是多情道薄幸韻爭肯韻等閒孤負句西湖春興韻

此與柳詞同,惟换頭句減一字,第三句五字、第四句四字異。

**又一體**　雙調一百一字,前段十一句六仄韻,後段十一句七仄韻。

《梅苑》無名氏

漏新春讀消息前村句數枝楚梅輕綻韻正雪豔精神句冰膚淡泞句姑射依稀見韻冷香凝句

金蕊淺韻青女饒伊妒無限韻堪羨韻似壽陽妝閣句初匀粉面韻　纖條緑染韻異群葩讀不似和風扇韻向深冬句免使遊蜂舞蝶句撩撥春心亂韻水亭邊句山驛畔韻立馬行人暗腸斷韻吟戀韻又忍隨羌管句飄零千片韻

此亦與柳詞同，惟前段第三句、後段第十句各添一襯字，换頭句亦减一字異。

**又一體**　雙調一百五字，前段九句四仄韻，後段十一句六仄韻。

柳　永

佇立長亭句潒蕩晚風起韻驟雨歇讀極目蕭疏句塞柳萬株句掩映箭波千里韻走舟車向此句人人奔名競利韻念蕩子讀終日驅馳句爭覺鄉關轉迢遞韻　何意韻繡閣輕抛句錦字難逢句等閒度歲韻奈泛泛旅跡句厭厭病緒韻近來諳盡讀宦遊滋味韻此情懷讀縱寫香箋句憑誰寄與韻算孟光讀安得知我句繼日添憔悴韻

此詞前後段不押短韻，與“自春來”詞宫調不同，其句讀亦别。因調名同，故爲類列。

## 芳草五體

晁補之詞，名《鳳簫吟》。

**芳草**　雙調一百字，前段十句四平韻，後段十句五平韻。

韓　縝

鎖離愁句連綿無際句來時陌上初薰韻繡闈人念遠句暗垂珠露泣句送征輪韻長行長在眼句更重重讀遠水孤村韻但望極讀樓高盡日句目斷王孫韻　消魂韻池塘從别後句曾行處讀緑妒輕裙韻恁時携素手句亂花飛絮裏句緩步香茵韻朱顔空自改句向年年讀芳意長新韻遍緑野讀嬉遊醉眼句莫負青春韻

此調前段起句不用韻者，以韓詞爲正體；前段起句用韻者，以晁詞爲正體。可平可仄，悉參所采諸詞，不復詳注。

**又一體**　雙調一百字，前段十句四平韻，後段十一句五平韻。

奚　淢

笑湖山句紛紛歌舞句花邊如夢如薰韻響煙驚落日句長橋芳草外句客愁醒韻天風吹送遠句向兩山讀唤醒癡雲韻猶自有讀迷林去鳥句不信黄昏韻　銷凝韻油車歸後句一眉新月句獨印湖心韻蕊宫相答處句空巖虚谷應句猿語香林韻正酣紅紫夢句便市朝讀有耳誰聽韻怪玉兔金烏不换句只换遊人韻

此與韓詞同,惟後段第二、三句俱四字異。

**又一體**　雙調一百一字,前段十句五平韻,後段十一句五平韻。

晁補之

曉曈曨韻風和雨細句南園次第春融韻嶺梅猶妒雪句露桃雲杏句已綻碧呈紅韻一年春正好句助人狂讀飛燕遊蜂韻更吉夢良辰句對花忍負金鍾韻　香濃韻博山沈水句小樓清旦句佳氣葱葱韻舊游應未改句武陵花似錦句笑語如逢韻蕊宫傳妙訣句小金丹讀同换冰容韻況共有讀芝田舊約句歸去雙峰韻

此詞前段起句用韻,第五句四字,第六句五字,結作五字一句、六字一句。後段第二、三句作四字兩句,與韓詞異。

**又一體**　雙調一百一字,前段十句五平韻,後段十一句五平韻。

曹　勛

列旂常韻中宵天淨句郊丘展采圜蒼韻肇禋三歲禮句聖天子爲民句致福穰穰韻凝旒親奠至句粲珠聯讀星斗垂芒韻漸月轉燔柴句露重煙斷壇旁韻　歡康韻青霞催曉句六樂均調句響逐新陽韻輦回天仗肅句慶千官抃舞句繡錦成行韻雞竿雙鳳闕句肆頒宣讀恩動榮光韻贊永御讀蘿圖霈澤句常撫殊方韻

此與晁詞同,惟前段第五句五字、第六句四字異。

**又一體**　雙調一百一字,前後段各十句五平韻。

王之道

雨溟濛韻年年今日句農夫共卜新丰韻登高隨處好句銀瓶突兀句南峙對三公韻真珠溥露菊句更芙蓉讀照水匀紅韻但華髮衰顏句不堪頻鑒青銅韻　相逢韻行藏休借問句且徘徊讀目送飛鴻韻十年湖海句千里雲山句幾番殘照淒風韻蟹螯粗似臂句金英碎讀琥珀香濃韻請細讀離騷句爲君一飲千鍾韻

此亦與晁詞同,惟後段第二句五字,第三、四句作七字一句,第五、六句作四字兩句,第七句作六字一句異。

## 念奴嬌十二體

《碧雞漫志》云:大石調,又轉入道調宫,又轉入高宫大石調。姜夔詞注:雙調;元高拭詞注:大石調,又大吕調。蘇軾"赤壁懷古"詞有"大江東去"、"一樽還酹江月”句，因名《大江東去》，又名《酹江月》，又名《赤壁詞》，又名《酹月》。曾覿詞名《壺中天慢》；戴復古詞有“大江西上”句，名《大江西上曲》；姚述堯詞有“太平無事，歡娛時節”句，名《太平歡》；韓淲詞有“年年眉壽，坐對南枝”句，名《壽南枝》，又名《古梅曲》；姜夔詞名《湘月》，自注即《念奴嬌》鬲指聲；張輯詞有“柳花淮甸春冷”句，名《淮甸春》；米友仁詞名《白雪詞》；張翥詞名《百字令》，又名《百字謠》；丘長春詞名《無俗念》；游文仲詞名《千秋歲》；《翰墨全書》詞名《慶長春》，又名《杏花天》。

此調有平韻、仄韻二體，凡句讀參差、大同小異者，譜内各以類列。

**念奴嬌** 雙調一百字，前後段各十句四仄韻。

蘇　軾

憑空眺遠句見長空萬里句雲無留跡韻桂魄飛來光射處句冷浸一天秋碧韻玉宇瓊樓句乘鸞來去句人在清涼國韻江山如畫句望中煙樹歷歷韻　我醉拍手狂歌句舉杯邀月句對影成三客韻起舞徘徊風露下句今夕不知何夕韻便欲乘風句翻然歸去句何用騎鵬翼韻水晶宫裏句一聲吹斷橫笛韻

此調仄韻詞以此詞爲正體，若蘇詞别首“大江東去”詞、姜夔“五湖舊約”詞，句讀參差；姜夔“鬧紅一舸”詞、張炎“行行且止”詞，多押一韻；張炎“長流萬里”詞，多押兩韻；及張輯、趙長卿詞之添字，皆變體也。

此詞前段第二句五字，後段第二句四字，第八句五字，前後段第四句皆七字，宋、元人多如此填。按，辛棄疾詞前段第二、三句“問阿誰堪比，太真顏色”，“阿”字、“太”字俱仄聲；張元幹詞第六句“荷芰波生”，“荷”字平聲；趙師俠詞後段第四句“回首重城天樣遠”，“回”字平聲；第五句“獨擁閒衾輾轉”，“獨”字仄聲。譜内可平可仄據此，餘參所採仄韻諸詞。若沈公述詞前段第五句“難托春心脉脉”，上“脉”字入聲；黄庭堅詞第八句“駕此一輪玉”，“一”字入聲；趙師俠詞第九句“蜂閒蝶怨”，“蝶”字入聲；趙長卿詞後段起句“竹外孤㛹一枝”，“一”字入聲；趙師俠詞第五句“只管聲聲歷歷”，上“歷”字入聲；第九句“愁遮不斷”，“不”字入聲；張詞第十句“翠樓空鎖十二”，“十”字入聲。譜内所采張炎詞，前段第三句“平分一水”，“一”字入聲；姜詞前結“畫橈不點清鏡”，後結“舊家樂事誰省”，“不”字、“樂”字俱入聲。此俱以入作平，故不注可仄。又，本詞前結中上“歷”字，亦是以入替平，填者勿混用上、去聲字。

**又一體** 雙調一百字，前段九句四仄韻，後段十句五仄韻。

蘇　軾

大江東去句浪淘盡讀千古風流人物韻故壘西邊句人道是讀三國周郎赤壁韻亂石穿空句驚濤拍岸句卷起千堆雪韻江山如畫句一時多少豪傑韻　遥想公瑾當年句小喬初嫁了

句雄姿英發韻羽扇綸巾句談笑處讀檣艣灰飛煙滅韻故國神游句多情應笑我句早生華髮韻人間如寄句一尊還酹江月韻

此詞前段第二句三字,第三句六字,後段第二句五字,第三句四字,前後段第四句俱四字,第五句俱九字,與前詞異。宋、元人如此填者甚少,故以前詞作譜。

《容齋隨筆》載此詞云:"大江東去,浪聲沈、千古風流人物。故壘西邊,人道是、三國孫吴赤壁。亂石崩雲,驚濤掠岸,卷起千堆雪。江山如畫,一時多少豪傑。遥想公瑾當年,小喬初嫁了,雄姿英發。羽扇綸巾,談笑處、檣艣灰飛煙滅。故國神游,多情應是、笑我生華髮。人間如夢,一尊還酹江月。"《詞綜》云:他本"浪聲沈"作"浪淘盡",與調未協;"孫吴"作"周郎",犯下"公瑾";"崩雲"作"穿空","掠岸"作"拍岸",又"多情應是、笑我生華髮"作"多情應笑我,早生華髮",益非;而"小喬初嫁"宜絶句,以"了"字屬下句乃合。

按,《容齋》洪邁,南渡詞家,去蘇軾不遠,又本黄魯直手書,必非僞託。《詞綜》所論,最爲諦當,但此詞傳誦已久,采之以備一體。

**又一體** 雙調一百字,前後段各十句四仄韻。

姜 夔

五湖舊約句問經年底事句長負清景韻暝入西山句漸喚我讀一葉夷猶乘興韻倦網都收句歸禽時度句月上汀洲冷韻中流客與句畫橈不點清鏡韻　誰解喚起湘靈句煙鬟霧鬢句理哀弦鴻陣韻玉麈清談句歎坐客讀多少風流名勝韻暗柳蕭蕭句飛螢冉冉句夜久知秋信韻鱸魚應好句舊家樂事誰省韻

此與"憑空眺遠"詞同,惟前後段第四句四字,第五句九字異。按,此詞第四、五句句讀,即"大江東去"詞體。因姜夔自注《念奴嬌》之鬲指聲,轉入雙調,采以備體。

**又一體** 雙調一百字,前段十句四仄韻,後段十一句五仄韻。

姜 夔

鬧紅一舸句記來時句嘗與鴛鴦爲侶韻三十六陂人未到句水佩風裳無數韻翠葉吹凉句玉容消酒句更灑菰蒲雨韻嫣然摇動句冷香飛上詩句韻　日暮韻青蓋亭亭句情人不見句争忍凌波去韻只恐舞衣容易落句愁入西風南浦韻高柳垂陰句老魚吹浪句留我花間住韻田田多少句幾回沙際歸路韻

此亦與"憑空眺遠"詞同,惟前段第二、三句仍照"大江東去"詞體,及换頭句押短韻異。按,劉克莊"老夫白首"詞,後段起句"嘗試,銓次群芳,梅花差可,伯仲之間耳",正與此同。

**又一體** 雙調一百字,前段九句五仄韻,後段十句四仄韻。

張 炎

行行且止韻把乾坤讀收入篷窗深裏韻星散白鷗三四點句數筆横塘秋意韻岸嘴冲波句籬

根受月句野徑通村市韻疏風迎面句濕衣原是空翠韻　堪歎敲雪門荒句爭棋墅冷句苦竹鳴山鬼韻縱使如今猶有晉句無復清遊如此韻落日黄沙句遠天雲淡句弄影蘆花外韻幾時歸去句剪取一半煙水韻

此亦與“憑空眺遠”詞同，惟前段起句即用韻異。

按，劉儗詞“西風何事，爲行人、掃蕩襟煩如洗”；黄機詞“春愁幾許，似春雲靄靄，連空無數”；方岳詞“花風初逗，喜邊亭依舊，春閒營柳”：俱與此同。

**又一體** 雙調一百字，前段十句五仄韻，後段十一句五仄韻。

張　炎

長流萬里韻與沈沈滄海句平分一水韻孤白爭流蟾不没句影落潛蛟騰起韻瑩玉懸秋句緑房迎曉句樓觀光凝洗韻紫簫聲嫋句四簷吹下清氣韻　遥睇韻浪擊空明句古愁休問句消長盈虛理韻風入蘆花歌忽斷句知有漁舟閒檥韻露已沾衣句漚猶棲草句一片瀟湘意韻人方酣夢句長翁元自如此韻

此亦與“憑空眺遠”詞同，惟前段起句用韻，後段起句藏短韻異。

**又一體** 雙調一百一字，前後段各十句四仄韻。

張　輯

嫩凉生曉韻怪得今朝句湖上秋風無跡韻古寺桂香山色外句腸斷幽叢金碧韻驟雨俄來句蒼煙不見句苔徑孤吟屐韻繫船高柳句晚蟬嘶破愁寂韻　且約携酒高歌句與鷗相好句分坐漁磯石韻算只藕花知我意句猶把紅芳留客韻樓閣空濛句管弦清潤句一水盈盈隔韻不如休去句月懸良夜千尺韻

此亦與“憑空眺遠”詞，惟前段第二句添一襯字異。

**又一體** 雙調一百二字，前後段各十句四仄韻。

趙長卿

銀蟾光滿句弄餘輝讀冷浸江梅無力韻緩引柔條浮素蕊句横在閒窗虛壁韻染紙揮毫句粉塗墨暈句不似今端的韻天然造化句别是一般句清瘦蹤跡韻　今夜翠葆堂深句夢回風定句因月才相識韻先自離愁句那更被讀曉角殘更催逼韻曙色將分句輕陰移盡句過眼難尋覓韻江南圖上句畫工應爲描得韻

此亦與“憑空眺遠”詞同，惟前段結句添二襯字作四字兩句異。

**又一體** 雙調一百字，前後段各十句四平韻。

陳允平

漢江露冷句是誰將瑶瑟句彈向雲中韻一曲清泠聲漸杳句月高人在珠宫韻暈額黄輕句塗

腮粉黯句羅帶織青蔥韻天香吹散句佩環猶自丁東韻　　回首杜若汀洲句金鈿玉鏡句何日得相逢韻獨立飄飄煙浪遠句羅襪羞濺春紅韻渺渺予懷句迢迢良夜句三十六陂風韻九嶷何處句斷雲飛度千峰韻

此調平韻詞以此詞爲正體。若張詞、葉詞之句讀參差，又换頭句押韻，曹詞之前後段第六句押韻，皆變體也。

此詞有陳詞、葉詞别首可校。按，陳詞别首前段第三句"荻絮初殘"，"荻"字仄聲；第七句"水融沙甃"，"水"字仄聲；第九句"風燈漸暗"，"漸"字仄聲。葉詞别首"酒闌歌罷"，"酒"字仄聲；後段第四句"閒踏輕澌來薦菊"，"閒"字平聲；第五句"半潭新漲微瀾"，"半"字仄聲；第六、七句"紅葉無情，黄花有恨"，"紅"字平聲，"有"字仄聲；第九句"歸心如醉"，"歸"字平聲。譜内可平可仄據此，餘參所採三詞。

**又一體**　雙調一百字，前後段各十句四平韻。

張元幹

吴淞初冷句記垂虹南望句殘日西沈韻秋入青冥三萬頃句蟾影吞盡湖陰韻玉斧爲誰句冰輪如許句宫闕想寒深韻人間奇觀句古今豪士悲吟韻　　蒼髯丹頰仙翁句淮山風露底句曾賦幽尋韻老去專城仍好客句時擁歌吹登臨韻坐揖龍江句舉杯相屬句桂子落波心韻一聲猿嘯句醉來虚籟千林韻

此與陳詞同，惟後段第二句五字、第三句四字異。

**又一體**　雙調一百字，前段十句四平韻，後段十句五平韻。

葉夢得

故山漸近句念淵明歸意句蕭然誰論韻歸去來兮句秋已老讀松菊三徑猶存韻稚子歡迎句飄飄風袂句依約舊衡門韻琴書蕭散句更欣有酒盈尊韻　　惆悵萍梗無根韻天涯行已遍句空負田園韻去矣何之句窗户小讀容膝聊倚南軒韻倦鳥知還句晚雲遥映句山氣欲黄昏韻此中真意句故應欲辨忘言韻

此亦與陳詞同，惟後段第二句五字，第三句四字，又前後段第四句四字，第五句九字，换頭句押韻異。

**又一體**　雙調一百字，前段九句五平韻，後段十句六平韻。

曹　勛

半陰未雨句洞房深讀門掩清潤芳晨韻古鼎金爐句煙細細讀飛起一縷輕雲韻羅綺嬌春韻爭攏翠袖句笑語惹蘭芬韻歌筵初罷句最宜鬭帳黄昏韻　　樓上念遠佳人韻心隨沈水句學蘭炷俱焚韻事與人非句爭似此讀些子香氣常存韻記得臨分韻羅巾餘贈句盡日把濃熏韻一回開看句一回腸斷重聞韻

此亦與陳詞同，惟前段第二、三句作九字一句，前後段第四句四字，第五句九字，又前後段第六句及换頭句俱押韻異。

## 解語花三體

王行詞注林鍾羽。

**解語花** 雙調一百字，前段九句六仄韻，後段九句七仄韻。

秦　觀

窗涵月影句瓦冷霜華句深院重門悄韻畫樓雪杪韻誰家篴讀弄徹梅花新調韻寒燈凝照韻見錦帳讀雙鸞飛繞韻當此時讀倚幾沈吟句好景都成惱韻　曾過雲山煙島韻對繡襦甲帳句親逢一笑韻人間年少韻多情子讀惟恨相逢不早韻如今見了韻却又惹讀許多愁抱韻算此情讀除是青禽句爲我殷勤報韻

此調以此詞爲正體，若施詞之減字，周詞之添字，皆變格也。周邦彦、楊澤民、吴文英、方千里、張炎、陳允平、王行諸詞，俱如此填。惟王行詞前後段兩結句"折暗香盈袖"、"鎮年年如舊"，俱作上一下四句法，與各家小異。

按，周詞前段第五句"纖雲散、耿耿素娥欲下"，"欲"字仄聲；王詞第六句"淺黄暈柳"，"淺"字仄聲；周詞第七句"幾曾放、春好閒子"，"好"字仄聲；王詞第八句"最愛他、纖指輕輕"，"最"字仄聲；後段起句"豔質固應低首"，"固"字仄聲；周詞第二句"望千門如晝"，"如"字平聲；吴詞第七句"應剪斷、紅情緑意"，"緑"字仄聲；第八句"年少時、偏愛輕憐"，"年"字平聲；王詞結句"鎮年年如舊"，上"年"字平聲。譜内可平可仄據此，餘參施詞、周詞。

**又一體** 雙調九十八字，前段十一句六仄韻，後段十句七仄韻。

施　岳

雲容冱雪句暮色添寒句樓臺共登眺韻翠叢深窅韻無人處句數蕊弄春猶小韻幽姿漫好韻遥相望讀含情一笑韻花解語句因甚無言句心事應難表韻　莫待牆陰暗老韻稱琴邊月夜句笛裏霜曉韻護香須早韻東風度句咫尺畫闌瓊沼韻歸來夢繞韻歌雲墜讀依然驚覺韻想恁時讀小几銀屏句冷未了韻

此與秦詞同，惟後段結句減二字異。

**又一體** 雙調一百一字，前段九句四仄韻，後段九句五仄韻。

周　密

晴絲罥蝶句暖蜜酣蜂句重簾卷春寂寂韻雨萼煙梢句壓闌干讀花雨染衣紅濕韻金鞍誤約

句空極目讀天涯草色韻閬苑玉簫人去後句惟有鶯知得韻　　餘寒猶掩翠户句梁燕乍歸句芳信未端的韻淺薄東風句莫因循讀輕把杏鈿狼籍韻塵侵錦瑟韻殘日緑窗春夢窄韻睡起折枝無意緒句斜倚秋千立韻

此亦與秦詞同,惟前後段第三句各添一字,前段第四句、第六句及後段起句、第四句俱不押韻,又前段第八句,後段第七、八句俱不作折腰句法異。

## 遶佛閣一體

調見《清真樂府》。

**遶佛閣**　雙調一百字,前段十一句八仄韻,後段九句六仄韻。

周邦彦

暗塵四斂韻樓觀迥出句高映孤館韻清漏將短韻厭聞夜久讀籤聲動書幔韻桂花又滿韻閒步露草句偏愛幽遠韻花氣清婉韻望中迤邐句城陰度河岸韻　　倦客最蕭索句醉倚斜陽穿柳線韻還似汴堤讀虹梁横水面韻看浪颭春燈句舟下如箭韻此行重見韻歎故友難逢句羈思空亂韻兩眉愁讀向誰舒展韻

此詞祇有此體,吴文英、陳允平詞俱如此填。按,吴詞前段第四句"紅翠萬縷","萬"字仄聲;第九句"賦情縹緲","賦"字、"縹"字俱仄聲,"情"字平聲;陳詞第十句"重懷執手","重"字平聲;吴詞結句"花絮惹衣袂","絮"字仄聲;陳詞後段起句"料想鳳樓人","人"字平聲;吴詞第二句"人老春深鶯曉處","人"字平聲;陳詞第三句"憔悴淚漬、香銷嬌粉面","漬"字仄聲;第五句"隙駒流箭","駒"字平聲。譜内可平可仄據此。

## 渡江雲三體

周密詞名《三犯渡江雲》。

此調後段第四句例用仄韻,亦是三聲叶,乃一定之格,宋、元人俱如此填。惟陳允平有全押平韻、全押仄韻二體。

**渡江雲**　雙調一百字,前段十句四平韻,後段九句一叶韻四平韻。

周邦彦

晴嵐低楚甸句暖回雁翼句陣勢起平沙韻驟驚春在眼句借問何時句委屈到山家韻塗香暈色句盛粉飾讀爭作妍華韻千萬絲讀陌頭楊柳句漸漸可藏鴉韻　　堪嗟韻清江東注句畫舸西流句指長安日下叶愁宴闌讀風翻旗尾句潮濺烏紗韻今宵正對初弦月句傍水驛讀深

檥蒹葭韻沈恨處讀時時自剔燈花韻

此調以此詞爲正體，若陳詞之全押平韻、全押仄韻，皆變體也。

此詞後段第四句叶仄韻，宋楊澤民、陳允平、吴文英、盧祖皋、張炎，元吴澄、詹正諸詞，皆如此填。按，張詞前段起句“錦香繚繞地”，“錦”字仄聲；詹詞第二句“相量清苦”，“清”字平聲；張詞第三句“空自帶愁歸”，“空”字平聲；第四句“亂水流花外”，“水”字仄聲；第六句“都自可憐時”，“都”字平聲；別首第八句“還記得、前度秦嘉”，“還”字平聲；吴詞第九句“盡夜遊、不妨秉燭”，“盡”字、“秉”字俱仄聲；張詞“猶記得、當年深隱”，“得”字仄聲，“當”字平聲；吴詞後段第二句“一年一度”，兩“一”字俱仄聲；張詞第四句“做不成春意”，“不”字仄聲；第五句“渾未省、誰家芳草”，“省”字仄聲；吴詞第五、六句“但要教、啼鶯語燕不怨盧郎”，“語”字、“不”字俱仄聲；吴詞第七句“問春春道何曾去”，“問”字仄聲，下“春”字平聲；陳詞第八句“南浦恨、風葦煙葭”，“南”字平聲，張詞“傍清池、足可幽棲”，“清池”二字俱平聲，“足”字仄聲；張詞結句“閒趣好、白鷗尚識天隨”，“白”字仄聲，吴詞“君看取、年年潘令河陽”，“潘”字平聲。譜内可平可仄據此，餘參陳平韻詞。

**又一體** 雙調一百字，前段十句四平韻，後段九句五平韻。

陳允平

桐花寒食近句青門紫陌句不禁緑楊煙韻正長眉仙客句來向人間句聽鶴語溪泉韻清和天氣句爲栽培讀種玉心田韻鶯晝長讀一尊芳酒句容與看芝山韻　庭閒韻東風榆莢句夜雨苔痕句滿地欲流錢韻愛牆陰讀成蹊桃李句春自無言韻殷勤曉鵲憑簷喜句丹鳳下讀紅藥階前韻蘭砌繞讀香飄舞袖斑斕韻

此詞全押平韻。

**又一體** 雙調一百字，前段十句四仄韻，後段九句五仄韻。

陳允平

風流三徑遠句此君瀟洒句誰與伴清足韻歲寒人自得句傍石鋤雲句閒裏種蒼玉韻琅玕翠立句愛細雨疏煙初沐韻春晝長讀秋風不斷句洗紅塵凡俗韻　高獨韻虛心共許句淡節相期句幾人間棋局韻堪愛處讀月明琴院句雪晴書屋韻心盟更許青松結句笑四時讀梅攀蘭菊韻庭砌繞讀東風漸添新緑韻

此詞全押仄韻。

## 臘梅香二體

此調有平韻、仄韻二體。仄韻者，有吴、喻兩詞；平韻者，只《梅苑》無名氏一詞。

**臘梅香**　雙調一百字，前段十一句四仄韻，後段十句四仄韻。

吴師益

錦里陽和句看萬木凋時句早梅獨秀韻珍館瓊樓畔句正絳跗初吐句穠華將茂韻國豔天葩句真淡泞讀雪肌清瘦韻似廣寒宫句鉛華未御句自然妝就韻　凝睇倚朱闌句噴清香暗度句易襲襟袖韻好與花爲主句宜秉燭讀頻觀泛湘酎韻莫待南枝句隨樂府讀新聲吹後韻對賞心人句良辰好景句須信難偶韻

此詞有喻明仲詞可校。按，喻詞前段第三句"小寒天氣"，"天"字平聲；第四句"未報春消息"，"未"字仄聲；第六句"淺苞纖蕊"，"淺"字仄聲；第八句"天付與、風流標緻"，"風"字平聲；後段第二、三句"倚朱樓凝盼，素英如墜"，"凝"字、"英"字俱平聲；第五句"度幾聲、羌管惹愁思"，"度"字仄聲，"聲"字平聲，"管"字仄聲；第八句"且頻歡賞"，"頻"字平聲，"賞"字仄聲；結句"滿簪同醉"，"滿"字仄聲，"簪"字平聲。譜内可平可仄據此。

**又一體**　雙調一百一字，前後段各十一句六平韻。

《梅苑》無名氏

愛日初長韻正園林句纔見萬木凋黄韻檻外朝來句已見數枝句復欲掩映回廊韻賜與東皇韻付芳信讀妝點江鄉韻想玉樓中句誰家豔質句試學新妝韻　桃杏苦尋芳韻縱成蹊句豈能似恁清香韻素豔妖嬈句應是盡夜句曾與明月風光韻瑞雪濃霜韻渾疑是讀粉蝶輕狂韻待拌吟賞句休聽畫閣句横篴悲傷韻

此與仄韻詞體同，惟前後段第四、五、六句句讀異。

## 大椿一體

調見《松隱集》，蓋應制壽詞也，取莊子大椿句爲名。

**大椿**　雙調一百字，前後段各九句四仄韻。

曹　勛

梅擁繁枝句香飄翠簾句鈞奏嚴陳華宴韻誠孝感南極句正老人星現韻垂眷東朝功慶遠句享五福讀長樂金殿韻兹時壽協七旬句慶古今來稀見韻　慈顔緑髮看更新句玉色粹温句體力加健韻導引冲和氣句覺春生酒面韻龍章親獻龜臺祝句與中宫讀同誠歡忭韻億萬斯年句當蓬萊讀海波清淺韻

此調衹此一詞，無别首可校。

## 八音諧一體

調見曹勛《松隱集》，自注以八曲聲合成，故名。

**八音諧** 雙調一百字，前後段各九句四仄韻。

曹　勛

芳景到横塘句官柳陰低覆句新過疏雨韻望處藕花密句映煙汀沙渚韻波静翠展琉璃句似佇立讀飄飄川上女韻弄曉色讀正鮮妝照影句幽香潛度韻　水閣薰風對萬姝句共泛泛紅緑句鬧花深處韻移棹采初開句嗅金纓留取韻趁時凝賞池邊句預後約讀淡雲低護韻未飲且憑闌句更待滿讀荷珠露韻

此調祇此一詞，無别首可校。

## 絳都春八體

蔣氏《九宫譜》注黄鍾宫。此調有平韻、仄韻兩體，宋詞多填仄韻，其用平韻者，惟陳允平一詞。

**絳都春** 雙調一百字，前段十句六仄韻，後段九句六仄韻。

吴文英

情黏舞線韻悵駐馬灞橋句天寒人遠韻旋剪露痕句移得春嬌栽瓊苑韻流鶯常語煙中怨韻恨三月讀飛花零亂韻豔陽歸後句紅藏翠掩句小坊幽院韻　誰見韻新腔按徹句背燈暗讀共倚寶屏葱蒨韻繡被夢輕句金屋妝深沈香换韻梅花重洗春風面韻正溪上讀參横月轉韻並禽飛上金沙句瑞香霧暖韻

此調以此詞及蔣詞爲正體，若趙詞之後段起句不押短韻，劉詞之前段起句不押韻，《梅苑》詞之换頭句押韻，張、京二詞之減字，皆變體也。

此詞有吴詞别首及翁元龍、朱淑真詞可校。按，翁詞前段第三句“同醉深院”，“醉”字仄聲；朱詞第八句“化工不管”，“不”字仄聲；吴詞别首結句“鏡空不見”，“不”字仄聲；翁詞後段第四句“霜被睡濃”，“霜”字平聲；朱詞第七句“更莫待、笛聲吹老”，“笛”字仄聲。譜内可平可仄據此，餘參所採仄韻詞。

此調前後段第五句例作拗體，如吴詞之别首“玉勒爭馳都門道”、“飄滿人間閒嬉笑”，又一首“分得紅蘭滋吴苑”、“花底天寬春無限”，又一首“啼濕宫黄池塘雨”、“招得花奴來尊俎”，又一首“街馬冲塵東風細”、“爭擲金錢遊人醉”，正與此詞同。若各家則有出入矣。譜内校對諸詞，不得不詳注可平可仄，填者能悉如吴詞，始格律謹嚴也。

**又一體** 雙調一百字，前段九句六仄韻，後段九句五仄韻。

趙彦端

平生相遇韻算未有讀笑語閩山佳處韻舊日文章句如今風味渾如許韻眼前都是蓬萊路韻但莫道讀有人曾住韻異時天上句種種風流句待君如故韻　此是君家舊物句看九萬清風句爲君掀舉韻舉上青雲句却憶梅花如舊否韻故人衰病今無緒韻只種得讀梅花盈圃韻待君一過山家句共斟露醑韻

此與吴詞同，惟前段第二、三句作九字一句，换頭句不藏短韻，第二句作五字、四字兩句異。

**又一體** 雙調一百字，前後段各十句六仄韻。

蔣　捷

春愁怎畫韻正鶯背帶緑句酴醿花謝韻細雨院深句淡月廊斜重簾挂韻歸時記約燒燈夜韻早拆盡讀秋千紅架韻縱然歸近句風光又是句翠陰初夏韻　婭姹韻鞾青泫白句恨玉佩罷舞句芳塵凝榭韻幾擬倩人句付與蘭香秋羅帕韻知他墮策斜攏馬韻在底處讀垂楊樓下韻無言暗擁嬌鬟句鳳釵溜也韻

此亦與吴詞同，惟後段第三句五字，第四句四字異。按，翁元龍詞"怕離柱斷弦，驚破金雁"，正與此同。

**又一體** 雙調一百字，前段十句五仄韻，後段九句六仄韻。

劉　鎮

和風乍扇句又還是去年句清明重到韻喜見燕子句巧説千般如人道韻牆頭陌上青梅小韻是處有讀閒花芳草韻偶然思想句前歡醉賞句牡丹時候韻　當此三春媚景句好連宵恣樂句情懷歌酒韻縱有珠珍句難買紅顔長年少韻從他烏兔茫茫走韻更莫待讀花殘鶯老韻恁時歡笑韻休把萬金换了韻

此與蔣詞同，惟前段起句不用韻，换頭句不藏短韻，後結四字一句、六字一句，又多押一韻異。

**又一體** 雙調一百字，前段十句六仄韻，後段九句六仄韻。

《梅苑》無名氏

東君運巧韻向枝頭點綴句瓊英雖小韻全是一般句風味花中最輕妙韻横斜疏影當池沼韻似弄粉讀初臨鸞照韻衆芳皆有句深紅淺白句豈能爭早韻　莫厭金尊頻倒韻把芳酒賞花句追陪歡笑韻有願告天句願天多情休教老韻奇花也願休殘了韻免樂事讀離多歡少韻

易老難叙衷腸句算天怎表韻

此亦與蔣詞同，惟换頭句押韻，不藏短韻異。

**又一體** 雙調九十八字，前段十句六仄韻，後段九句六仄韻。

張　榘

平山老柳韻寄多少勝遊句春愁詩瘦韻萬疊翠屏句一抹江煙渾如舊韻晴空闌檻今何有韻寂寞文章身後韻唤回奇事句青油上客句放懷尊酒韻　知否韻全淮萬里句羽書静讀草緑長亭津堠韻小隊出郊句花底賡酬閒時候韻和薰籌幕垂春晝韻坐看蓉池波皺韻主賓同會風雲句盛名可久韻

此亦與吴詞同，惟前後段第七句俱六字，各減一字異。

按，毛滂"餘寒尚峭"詞與此正同，但後段第三、四句"種雕菰向熟，碧桃猶小"，句法與此又不同。

**又一體** 雙調九十八字，前後段各十句六仄韻。

京　鏜

昇平似舊韻正錦里元夕句輕寒時候韻十里輪蹄句萬户簾帷香風透韻火城燈市爭輝照韻誰撒滿空星斗韻玉簫聲裏句金蓮影下句月明如晝韻　知否韻良辰美景句豐歲樂國句從來稀有韻坐上兩賢句白玉爲山聯翩秀韻笙歌一片圍紅袖韻切莫遣讀銅壺催漏韻杯行且與邦人句共開笑口韻

此亦與吴詞同，惟前段第七句減一字，後段第三句減一字作四字兩句異。

**又一體** 雙調九十八字，前段十句四平韻一叶韻，後段九句四平韻一叶韻。

陳允平

秋千倦倚句正海棠半圻句不耐春寒韻殢雨弄晴句飛梭庭院繡簾閒韻梅妝欲試芳情懶叶翠顰愁入眉彎韻霧蟬香冷句霞綃淚搵句恨襲湘蘭韻　悄悄池臺步晚句任紅薰杏靥句碧沁苔痕韻燕子未來句東風無語又黄昏韻琴心不度春雲遠叶斷腸難托啼鵑韻夜深猶倚句垂楊二十四闌韻

此平韻體，創自陳允平，宋、元人無如此填者。

此詞前後段第六句兩叶韻，用本部三聲叶，蓋因仄韻體於此二句，例必押韻也，填者宜依之。

## 琵琶仙一體

姜夔自度黄鍾商曲。

**琵琶仙**　雙調一百字,前段九句四仄韻,後段八句四仄韻。

姜　夔

雙槳來時句有人似讀舊曲桃根桃葉韻歌扇輕約飛花句蛾眉正奇絶韻春漸遠讀汀洲自緑句更添了讀幾聲啼鴂韻十里揚州句三生杜牧句前事休説韻　又還是讀宮燭分煙句奈愁裏讀匆匆换時節韻都把一襟芳思句與空階榆莢韻千萬縷讀藏鴉細柳句爲玉尊讀起舞回雪韻想見西出陽關句故人初别韻

此調祇有此詞,無别首可校。

## 换巢鸞鳳一體

調見《梅溪詞》,史達祖自製曲,因詞中有"换巢鸞鳳教偕老"句,取以爲名。或云前段用平韻,後段叶仄韻,"换巢"之義,疑出於此。

**换巢鸞鳳**　雙調一百字,前段九句五仄韻一叶韻,後段十一句六叶韻。

史達祖

人若梅嬌韻正愁横斷塢句夢繞溪橋韻倚風融漢粉句坐月怨秦簫韻相思因甚到纖腰韻定知我今無魂可銷韻佳期晚句漫幾度讀淚痕相照叶　人悄叶天渺渺叶花外語香句時透郎懷抱叶暗握荑苗句乍嘗櫻顆句猶恨侵階芳草叶天念王昌忒多情句换巢鸞鳳教偕老叶温柔鄉句醉芙蓉讀一帳春曉叶

此詞前段用平韻,結句叶仄韻,後段全叶仄韻,蓋本部三聲叶也。或以後段第五句"暗握荑苗","苗"字點作平韻,不知此句與"乍嘗櫻顆"句對,無押韻之理。

此調祇有史詞一體,無别首宋詞可校。

## 東風第一枝四體

蔣氏九宫譜注大石調。

**東風第一枝**　雙調一百字,前段九句四仄韻,後段八句五仄韻。

史達祖

草脚愁蘇句花心夢醒句鞭香拂散牛土韻舊歌空憶珠簾句彩筆倦題繡户韻黏雞貼燕句想立斷讀東風來處韻暗惹起讀一掬相思句亂若翠盤紅縷韻　今夜覓讀夢池秀句韻明日

動讀探花芳緒韻寄聲沽酒人家句預約俊游伴侣韻憐它梅柳句怎忍後讀天街酥雨韻待過了讀一月燈期句日日醉扶歸去韻

此調以此詞爲正體，若吴詞之多押三韻，《梅苑》詞之少押一韻，句讀參差，皆變體也。

此詞有史詞别首及高觀國、王之道、張翥、張雨詞可校。王詞前段第二句"絳跗檀口"，"絳"字仄聲；高詞第三句"一枝天地春早"，"一"字仄聲；王詞第四句"嫣然照雪精神"，"嫣"字平聲，"照"字仄聲；張詞第五句"陽梢已含紅萼"，"陽梢"二字俱平聲；王詞，"消得東群眷與"，"東"字平聲；張詞第七句"誰驚起、曉來梳掠"，"誰"字、"驚"字俱平聲；第九句"霜冷竹間幽鶴"，"霜"字平聲；王詞後段第一句"寓心賞、還須吟醉"，"心"字平聲；第二句"赴目成、便衣歌舞"，"赴"字仄聲，"成"字平聲；張詞"曾醉墮、無聲膩滑"，"無"字平聲；王詞第三句"情鍾束素無華"，"情"字平聲，"束"字仄聲；第四句"意在含愁不語"，"含"字平聲；張詞"高韻水仙羅袜"，"羅"字平聲；第六句"誰與贈、湘皋環塊"，"誰"字平聲；第七句"甚時得、重寫鸞箋"，"時"字平聲；王詞，"折一枝、欲寄相思"，"枝"字平聲；張詞結句"看舞素鸞回雪"，"看"字平聲。譜内可平可仄據此，餘參所採諸詞。若譜内所採吴詞，前段第三句"獨"字入聲，第七句"洛"字入聲，後段結句"玉"字入聲，皆以入作平，不注可仄。

**又一體** 雙調一百字，前段九句六仄韻，後段八句六仄韻。

吴文英

傾國傾城句非花非霧韻春風十里獨步韻勝如西子妖嬈句更比太真淡泞韻鉛華不御韻漫道有讀巫山洛浦韻似恁地讀標格無雙句鎮鎖畫樓深處韻　曾被風讀容易送去韻曾被月讀等閒留住韻似花翻使花羞句似柳任從柳妒韻不教歌舞韻恐化作讀彩雲輕舉韻信下蔡陽城俱迷句看取宋玉詞賦韻

此與史詞同，惟前段第二句、第六句，後段第五句俱押韻異。

**又一體** 雙調一百字，前段九句四仄韻，後段八句四仄韻。

《梅苑》無名氏

臘雪初凝句東風遞暖句江南梅早先坼韻一枝經曉芳菲句幾處漏春消息韻孤根寒豔句料化工讀别施恩力韻迥不與讀桃李爭妍句自稱壽陽妝飾韻　雪爛熳讀怨蝶未知句嗟燕過讀畫樓綺陌韻暗香空寫銀箋句素豔漫傳妙筆韻王孫輕顧句便好與讀移栽京國韻更免逐讀羌管凋零句冷落暮山寒驛韻

此與史詞同，惟後段起句不用韻異。

**又一體** 雙調一百字，前段十句五仄韻，後段八句三仄韻。

《梅苑》無名氏

溪側風回句前村霧散韻寒梅一枝初綻韻雪豔凝酥句冰肌瑩玉句嫩條細軟韻歌臺舞榭句

似萬斛讀珠璣飄散韻異衆芳讀獨占東風句第一點裝瓊苑韻　　青萼點讀絳唇疏影句瀟灑噴讀紫檀龍麝句也知青女嬌羞句壽陽懶匀粉面韻江梅臘盡句武陵人讀應知春晚韻最苦是讀皎月臨風句畫樓一聲羌管韻

此亦與史詞同,惟前段第四、五句作四字三句,後段第一、二句俱不押韻異。

## 高陽臺三體

高拭詞注商調。劉鎮詞名《慶春澤慢》,王沂孫詞名《慶春宫》。

**高陽臺** 雙調一百字,前後段各十句四平韻。

劉　鎮

燈火烘春句樓臺浸月句良宵一刻千金韻錦步承蓮句彩雲簇仗難尋韻蓬壺影動星球轉句映兩行讀寶珥瑶簪韻恣嬉遊句玉漏聲催句未歇芳心韻　　笙歌十里誇張地句記年時行樂句憔悴而今韻客裏情懷句伴人閒笑閒吟韻小桃未盡劉郎老句把相思讀細寫瑶琴韻怕歸來句紅紫欺風句三徑成陰韻

此調以此詞爲正體,若蔣詞之换頭句押韻,張炎詞之前後段第八句押韻,皆變體也。

此詞有吴文英、王沂孫、李彭老、李萊老、王億之等詞可校。按,吴詞前段第二句“雪消蕙草”,“雪”字仄聲;李彭老詞第五句“誰念减盡芳雲”,“念”字仄聲;李萊老詞“流來疑是行雲”,“疑”字平聲;張詞第六句“饕貂飛入平原草”,“饕”字仄聲,“飛”字平聲;李彭老詞“幺鳳叫晚吹晴雪”,“鳳”字仄聲;吴詞後段起句“壽陽宫裏愁鸞鏡”,“壽”字仄聲,“宫”字平聲;第二、三句“解勒回玉輦,霧掩山羞”,“勒”字仄聲;李彭老詞第四、五句“環佩無聲,草暗臺榭春深”,“環”字平聲,“暗”字仄聲;第六句“欲倩怨笛傳清譜”,“倩”字仄聲;王詞,“無端枝上啼鴃唤”,“枝”字平聲;第七句“便等閒、孤枕驚回”,“孤”字平聲。譜内可平可仄據此,餘參下二詞。

**又一體** 雙調一百字,前段十句四平韻,後段十句五平韻。

蔣　捷

燕卷晴絲句蜂黏落絮句天教綰住閒愁韻閒裏清明句匆匆粉濕紅羞韻燈摇縹暈茸窗冷句語未闌讀娥影分收韻好傷情句春也難留句人也難留韻　　芳塵滿目悠悠韻爲問縈雲佩響句還繞誰樓韻别酒纔斟句從前心事都休韻飛鶯縱有風吹轉句奈舊家讀苑已成秋韻莫思量句楊柳灣西句且棹吟舟韻

此與劉詞同,惟後段起句减一字又押韻,第二句作六字句異。按,王沂孫詞“篝熏鵲錦熊氊,一任粉融脂涴,猶怯癡寒”,正與此同。

**又一體** 雙調一百字，前後段各十句五平韻。

張 炎

接葉巢鶯句平波卷絮句斷橋斜日歸船韻能幾番遊句看花又是明年韻東風且伴薔薇住句到薔薇讀春已堪憐韻更凄然韻萬緑西泠句一抹荒煙韻　當年燕子知何處句但苔深韋曲句草暗斜川韻見説新愁句如今也到鷗邊韻無心再續笙歌夢句掩重門讀淺醉閒眠韻莫開簾韻怕見飛花句怕聽啼鵑韻

此與劉詞同，惟前後段第八句皆押韻異。按，張詞别首“夜沈沈，不信歸魂，不到花深”，“更關情，秋水人家，不照西泠”，李彭老詞“感凋零，殘縷遺鈿，迤邐成塵”，“轉銷凝，點點隨波，望極江亭”，正與此同。

## 春夏兩相期一體

調見《竹山詞》。

**春夏兩相期** 雙調一百字，前段九句五仄韻，後段十句五仄韻。

蔣 捷

聽深深讀謝家庭館韻東風對語雙燕韻似説朝來句天上婺星光現韻金裁花誥紫泥香句繡裏藤輿紅茵軟韻散蠟宫輝句行鱗廚品句至今人羨韻　西湖萬柳如線韻料月仙當此句小停飆輦韻付與長年句教見海心波淺韻縈雲玉佩五侯門句洗雪華桐三春苑韻慢拍調鶯句急鼓催鸞句翠陰生院韻

此調祇有此詞，無别首可校。

## 垂楊二體

調見陳允平《日湖漁唱》，本詠垂楊，即以爲名。

**垂楊** 雙調一百字，前後段各九句六仄韻。

陳允平

銀屏夢覺韻漸淺黄嫩緑句一聲鶯小韻細雨輕塵句建章初閉東風悄韻依然千樹長安道韻翠雲鎖讀玉窗深窈韻斷橋人讀空倚斜陽句帶舊愁多少韻　還是清明過了韻任煙縷露條句碧纖青嫋韻恨隔天涯句幾回惆悵蘇堤曉韻飛花滿地誰爲掃韻甚薄幸讀隨波縹緲韻

縱啼鴂讀不喚春歸句人自老韻

此調衹有白樸詞可校,故可平可仄,即參白詞句法相同者。

後段第八句"縱"字,從周密《絶妙好詞》添入。

**又一體**　雙調九十八字,前段九句五仄韻,後段八句五仄韻。

白　樸

關山杜宇韻甚年年喚得句韶光歸去韻怕上高城望遠句煙水迷南浦韻賣花聲動天街曉句總吹入讀東風庭户韻正紗窗讀濃睡覺來句驚翠蛾愁聚韻　一夜狂風横雨韻恨西園媚景句匆匆難駐韻試把芳菲點檢句鶯燕渾無語韻玉纖空折梨花撚句對寒食讀厭厭心緒韻問東君讀落花誰爲主韻

此與陳詞同,惟前後段第四句俱六字,第五句俱四字,第六句俱不押韻,後段結句減二字異。

## 采緑吟一體

宋周密自度曲,取詞中起句二字爲調名。

**采緑吟**　雙調一百字,前段十句三平韻一叶韻,後段九句一叶韻三平韻。

周　密

采緑鴛鴦浦句放畫舸讀水北雲西韻槐薰入扇句柳陰浮槳句花露侵詩韻點塵飛不到句冰壺裏讀紺霞淺壓玻璃韻想明璫句凌波遠句依依心事誰寄叶　移棹檥空明句蘋風度讀瓊絲霜管清脆叶咫尺挹幽香句悵岸隔紅衣韻對滄洲讀心與鷗閒句吟情渺讀蓬萊共分題韻停杯久句凉月漸生句煙含翠微韻

此調衹有此詞,無别首可校。

此調前結、後起兩仄韻,用古韻本部三聲叶。

## 長壽仙一體

調見《松雪集》。

**長壽仙**　雙調一百字,前段十句四平韻兩叶韻,後段九句三平韻三叶韻。

趙孟頫

瑞日當天韻對絳闕蓬萊句非霧非煙韻翠光飛禁苑句正淑景芳妍韻彩仗和風細轉叶御香

飄滿黃金殿叶萬國會朝句喜千官拜舞句億兆同歡韻　福祉如山如川韻應玉渚流虹句璿樞飛電叶八音奏舜韶句慶玉燭調元韻歲歲龍輿鳳輦叶九重春醉蟠桃宴叶天下太平句祝吾皇讀壽與天地齊年韻

此調祇有此詞，無别首可校。

此平仄韻互叶，元詞也。然遵古韻本部三聲叶，與元曲中原音韻不同。

## 雪夜漁舟一體

調見《虚靖真人詞》，因詞中有“自棹孤舟，順流觀雪”句，取以爲名。

**雪夜漁舟**　雙調一百字，前後段各十一句六仄韻。

虚靖真人

晚風歇韻漫自棹孤舟句順流觀雪韻山聳瑶岑句林森玉樹句高下盡無分别韻襟懷澄澈韻更没箇讀故人堪説韻恍然塵世句如居天上句水晶宫闕韻　萬塵聲影絶韻瑩虚空無外句水天相接韻一葉身輕句三花頂聚句永夜不愁寒冽韻漫憐薄劣韻但只解讀赴炎趨熱韻停橈失笑句知心都付句野梅江月韻

此調祇有此詞，無别首可校。

## 惜寒梅一體

調見《復雅歌詞》，因詞有“喜寒梅、却與雪期霜約”句，取以爲名。

**惜寒梅**　雙調一百字，前段九句五仄韻，後段十句六仄韻。

《復雅歌詞》無名氏

看盡千花句喜寒梅讀却與雪期霜約韻雅態香肌句迥有天然澹泊韻五侯園囿姿遊樂韻憑闌處讀重開繡幕韻秦娥妝罷句自遠相從句豔過京洛韻　天涯再見素萼韻似凝愁向人句玉容寂寞韻江上飄零句怎把芳心付託韻那堪風雨夜來惡韻便减動讀一分瘦削韻直須沈醉句尤香殢雪句莫待吹落韻

此調祇有此詞，無别首可校。

## 惜花春起早慢一體

調見《高麗史・樂志》，即賦題本意。

**惜花春起早慢** 雙調一百字,前段八句四仄韻,後段九句四仄韻。

《高麗史·樂志》無名氏

向春來句睹園林讀繡出滿檻鮮葧韻流鶯海棠枝上弄舌句紫燕飛繞池閣韻三眠細柳句垂萬條讀羅帶柔弱韻爲思量讀昨夜去看花句猶自斑駁韻　須拚盡日尊前句當媚景良辰句且恁歡謔韻更闌夜深秉燭句對花酌讀莫孤輕諾韻鄰雞唱曉句驚覺來讀連忙梳掠韻向西園讀惜群葩句恐怕狂風吹落韻

此調祇有此詞,無別首可校。

## 《御定詞譜》卷二十九 一百一字

### 鳳歸雲三體

唐教坊曲名。柳永《樂章集》平韻一百一字者,注仙吕調;仄韻一百十八字者,注林鍾商調。

**鳳歸雲** 雙調一百一字,前段十句四平韻,後段十一句三平韻。

柳 永

向深秋句雨餘爽氣肅西郊韻陌上夜闌句襟袖起涼飆韻天末殘星句流電未滅句閃閃隔林梢韻又是曉雞聲斷句陽烏光動句漸分山路迢迢韻　驅驅行役句苒苒光陰句蠅頭利禄句蝸角功名句畢竟成何事讀漫相高韻抛擲林泉句狎玩塵土句壯節等閒銷韻幸有五湖煙浪句一船風月句會須歸老漁樵韻

此體押平韻者,祇有趙詞可校,譜內可平可仄悉參之。

**又一體** 雙調一百一字,前段十句五平韻,後段十一句三平韻。

趙以夫

正愁予句可堪去馬便騑騑韻擬折一枝韻堤上萬垂絲韻離思無邊句離席易散句落日照清漪韻苦是禁城催鼓句虛牀難寐句夢魂無路歸飛韻　陡寒還熱句急雨隨晴句化工無準句將息偏難句更向分携處讀立多時韻吟鬢凋霜句世味嚼蠟句病骨怯朝衣韻我有一壺風月句荔丹芝紫句約君同話心期韻

此與柳詞同,惟前段第三句多押一韻異。

**又一體** 雙調一百十八字，前段十句四仄韻，後段十一句五仄韻。

柳　永

戀帝里讀金谷園林句平康巷陌句觸處繁華句連日疏狂句未嘗輕負讀寸心雙眼韻況佳人讀盡天外行雲句堂上飛燕韻向玳筵讀一一皆妙選韻長是因酒沈迷句被花縈絆韻　更可惜讀淑景亭臺句暑天枕簟韻霜月夜明句雪霰朝飛句一歲風光句盡堪隨分讀俊遊清宴韻算浮生事句瞬息光陰句錙銖名宦韻正懽笑讀試恁暫分散韻即是恨雨愁雲句地遥天遠韻

此體押仄韻，與平韻詞句讀不同，宫調亦異，無别首宋詞可校。

汲古閣刻《樂章集》"霜月夜明"句，脱一"明"字，今照《花草粹編》增定。起處二十七字始用韻，恐有誤，但無善本可校，姑仍之。

## 木蘭花慢十二體

宋柳永《樂章集》注高平調。

**木蘭花慢** 雙調一百一字，前段十句五平韻，後段十句七平韻。

柳　永

拆桐花爛漫句乍疏雨讀洗清明韻正豔杏燒林句緗桃繡野句芳景如屏韻傾城韻盡尋勝賞句驟雕鞍紺幰出郊坰韻風暖繁弦脆管句萬家競奏新聲韻　盈盈韻鬬草踏青韻人豔冶讀遞逢迎韻向路傍讀往往遺簪墮珥句珠翠縱横韻懽情韻對佳麗地句信金罍罄竭玉山傾韻拚却明朝永日句畫堂一枕春酲韻

此調押短韻者以柳詞二首爲正體，若蔣詞之句讀小異，曹詞之句讀參差，乃變格也。

此詞前段第六句，後段第一句、第七句，皆押短韻。張炎詞前後段第八句"怕依然認得米家船"、"好林泉都在卧遊編"，又藏"然"、"泉"二韻於句中，此亦偶然，非定格也。

按，李萊老詞前後段第一句"向煙霞堆裏"，"堆"字平聲；張炎詞第二句"青未了、路婆娑"，"青"字平聲，"未"字仄聲；柳詞别首第三句"詠人物鮮明"，"人"字平聲；趙孟頫詞第四句"故家喬木"，"故"字仄聲，"喬"字平聲；李彭老詞第七句"滿階榆莢"，"榆"字平聲；李萊老詞第九句"曉色千松逗冷"，"曉"字仄聲；趙詞"拌却眼迷朱碧"，"眼"字仄聲，"朱"字平聲；第十句"慚無筆寫瓊瑰"，"慚"字平聲；張詞後段第二句"歌引巾車"，"歌"字、"巾"字俱平聲；吴文英詞第五句"一杼新詩"，"一"字仄聲；李彭老詞第七句"夢雲飛遠"，"飛"字平聲；吴詞第八句"更軟紅先有探芳人"，"軟"字仄聲，"先"字平聲；李詞第九句"三十六梯樹杪"，"六"字仄聲；趙詞"但願朱顔長在"，"長"字平聲；吴詞結句"落梅煙雨黄昏"，"煙"字平聲。譜内可平可仄據此，餘參柳詞别首及蔣、曹二詞。

又一體　雙調一百一字,前段十句五平韻,後段十一句六平韻。

柳　永

倚危樓佇立句乍蕭索讀晚晴初韻漸素景衰殘句風砧韻冷句霜葉紅疏韻雲衢韻見新雁過句奈佳人自别阻音書韻空遣悲秋念遠句寸腸萬恨縈紆韻　皇都韻暗想歡游句成往事讀動欷歔韻念對酒當歌句低幃並枕句翻恁輕孤韻歸途韻縱凝望處句但斜陽暮靄滿平蕪韻贏得無言悄悄句憑闌盡日踟躕韻

此與"坼桐花"詞同,惟後段第二句不押韻,第四句攤破作兩句異。

又一體　雙調一百一字,前段十句五平韻,後段十一句七平韻。

蔣　捷

傍池闌倚遍句問山影讀是誰偷韻但鷺斂瓊絲句鴛藏繡羽句礙浴妨浮韻寒流韻暗衝片響句似犀椎帶月静敲秋韻因念凉荷院宇句粉丸曾泛金甌韻　妝樓韻曉澀翠罌油韻倦鬢理還休韻更有何意緒句憐他半夜句瓶破梅愁韻紅裯韻淚乾萬點句待穿來寄與薄情收韻只恐東風未轉句誤人日望歸舟韻

此與前詞同,惟後段第二、三句俱作五字句異。

又一體　雙調一百一字,前段十一句五平韻,後段十一句六平韻一重韻。

曹　勛

斷虹收霽雨句捲簾幕讀與風期韻正燕子將雛句鶯兒弄巧句日影遲遲韻酴醾韻牡丹過也句但遊絲上下網晴暉韻三月韶華句轉頭易失句密蔭勻齊韻　常思韻入夏景偏奇韻是梅雨霏微韻更乍著輕紗句凉摇素羽句翠點清池韻還思重韻故山舊隱句想蕙蘢翠竹鎖窗扉韻獨倚西樓漫久句此懷冷淡誰知韻

此與蔣詞同,惟前段第九、十句攤破六字兩句作四字三句異。

又一體　雙調一百一字,前段九句四平韻,後段九句五平韻。

程　垓

倩嬌鶯姹燕句説不盡讀此時情韻正小院春闌句芳園晝鎖句人去花零韻憑高試回望眼句奈遥山遠水隔重雲韻誰遣風狂雨横句便教無計留春韻　情知雁杳與鴻冥韻自難寄丁寧韻縱竹院鞾深句桃門笑在句知屬何人韻衣篝幾回忘了句奈殘香猶有舊時熏韻空使風頭卷絮句爲他飄蕩花城韻

此調不押短韻者以此詞爲正體,若李詞以下之句韻不同,曾字以下之添字减字,皆變格也。

黄機詞前段起句"歎鏡中白髮","鏡"字仄聲;張榘詞"漸稠紅飛盡","飛"字平聲;京鏜詞第二句"皆勝賞、况重陽","皆"字平聲;辛棄疾詞第六句"蜀人從來好事","蜀"字仄聲,"從"字平聲;王炎詞"青鳥杳無消息","鳥"字仄聲;辛詞後段第一句"近來堪入畫圖看","堪"字平聲;黄詞第六句"此事正煩公等","此事"二字俱仄聲。譜内據此,餘參後詞。

**又一體** 雙調一百一字,前段九句四平韻,後段十句六平韻。

李芸子

占西風早處句一番雨讀一番秋韻記故國斜陽句去年今日句落葉林幽韻悲歌幾回激烈句寄疏狂讀酒令與詩籌韻遺恨清商易改句多情紫燕難留韻　嗟休韻觸緒繭絲抽韻舊事續何由韻奈予懷渺渺句羈愁鬱鬱句歸夢悠悠韻生平不如老杜句便如他讀飄泊也風流韻寄語庭柯徑菊句甚時得棹孤舟韻

此與程詞同,惟换頭句仍押短韻異。

**又一體** 雙調一百一字,前段九句四平韻,後段九句五平韻。

嚴　仁

東風吹霧雨句更吹起讀袂衣寒韻正莽莽叢林句潭潭伐鼓句鬱鬱焚蘭韻闌干曲讀多少意句看青煙如篆繞溪灣韻桑柘緑陰猶薄句杏桃紅雨初翻韻　飛花片片走潺湲韻問何日西還韻歎擾擾人生句紛紛離合句渺渺悲歡韻想雲軿讀何處也句對芳時讀應只在人間韻惆悵回紋錦字句斷腸斜日雲山韻

此亦與程詞同,惟前後段第六句折腰句法異。

**又一體** 雙調一百一字,前段九句四平韻,後段十句五平韻。

吕渭老

石榴花謝了句正荷葉讀蓋平池韻試瑪瑙杯深句琅玕簟冷句臨水簾帷韻知他故人甚處句晚霞明斷浦讀柳枝垂韻唯有松風水月句向人長似當時韻　依依韻望斷水窮雲起處句是天涯韻奈燕子樓高句江南夢斷句虚費相思韻新愁暗生舊恨句更流螢弄月入紗衣韻除却幽花軟草句此情未許人知韻

此與李詞同,惟後段第二句七字,第三句三字異。

**又一體** 雙調一百二字,前段九句四平韻,後段九句五平韻。

劉應雄

梅妝堪點額句覺殘雪讀未全消韻忽春遞南枝句小窗明透句漸褪寒驕韻天公似憐人意句便挽回和氣做元宵韻太守公家事了句何妨銀燭高燒韻　旋開鐵鎖粲星橋韻快燈市讀

客相邀韻且同樂時平句唱彈弦索句對舞纖腰韻傳柑記陪佳宴句待説來讀須更换金貂韻只恐出關人早句雞鳴又報趨朝韻

此亦與程詞同,惟後段第二句作六字折腰句法異。

**又一體** 雙調一百一字,前段十句四平韻,後段九句五平韻。

曾　覿

正枝頭荔子句晚紅皺讀嫋熏風韻對碧瓦迷雲句青山似浪句返照浮空韻高臺稱吟眺處句繁華清勝句兩兩無窮韻簾卷榕陰暮合句萬家香靄溟濛韻　年光冉冉逐飛鴻韻歎雨跡雲蹤韻漸暑退蘭房句凉生象簟句知與誰同韻臨鸞晚妝初罷句怨清宵好夢不相逢韻看即天涯秋也句恨隨一葉梧桐韻

此與程詞同,惟前段第七句作四字兩句異。

**又一體** 雙調一百字,前段九句四平韻,後段八句五平韻。

盧祖皋

汀蓮凋晚豔句又蘋末讀起秋風韻漫搔首徐吟句微雲河漢句疏雨梧桐韻飄零倦尋酒醆句記那回歌管小樓中韻玉果蛛絲暗卜句鈿釵蟬鬢輕籠韻　吴雲别後重重韻凉宴幾時同韻縱人間讀信有犀靈鵲喜句密意難通韻雙星分携最苦句念經年猶有一相逢韻寂寞橋邊舊月句可堪頻照西東韻

此亦與程詞同,惟换頭句六字,第三、四句攤破句法作九字一句異。

**又一體** 雙調一百三字,前段九句四平韻,後段九句五平韻。

《梅苑》無名氏

飽經霜古樹句怕春寒讀趁臘引青枝韻逗一點陽和句隔年信息句遠報佳期韻淒葩未容易吐句但凝酥半面點胭脂韻山路相逢駐馬句暗香微染征衣韻　風前嫋嫋含情句雖不語讀引長思韻似怨感芳姿韻山高水遠句折贈何遲韻分明爲傳驛使句寄一枝春色寫新詞韻寄與市橋官柳句此先占了芳菲韻

此亦程詞體,惟前段第二句添二字,换頭句減一字,第二句作折腰句法異。

## 彩雲歸一體

《宋史·樂志》仙吕調,《樂章集》注中吕調。

**彩雲歸** 雙調一百一字，前段八句五平韻，後段十句五平韻。

柳 永

蘅皋向晚艤輕航韻卸雲帆讀水驛魚鄉韻當暮天霽色如晴晝句江練静讀皎月飛光韻那堪聽讀遠村羌篴句引離人斷腸韻此際恨讀浪萍風梗句度歲茫茫韻　堪傷韻朝歡暮散句被多情讀賦與凄凉韻别來最苦句襟帶依約句尚有餘香韻算得伊讀鴛衾鳳枕句夜永爭不思量韻牽情處句惟有臨岐一句難忘韻

此調祇此一詞，無他首可校。

汲古閣刻《樂章集》前段第七句脱一“恨”字，今從《花草粹編》增定。

## 滿朝歡二體

《樂章集》注大石調。

**滿朝歡** 雙調一百一字，前段十一句四仄韻，後段十句四仄韻。

柳 永

花隔銅壺句露晞金掌句都門十二清曉韻帝里風光爛漫句偏愛春杪韻煙輕晝永句引鶯囀上林句魚遊靈沼韻巷陌乍晴句香塵染惹句垂楊芳草韻　因念秦樓彩鳳句楚館朝雲句往昔曾迷歌笑韻别來歲久句偶憶歡盟重到韻人面桃花句未知何處句但掩朱門悄悄韻盡日佇立無言句贏得凄凉懷抱韻

此體無他詞可校。

**又一體** 雙調一百字，前段九句五仄韻，後段九句六仄韻。

李 劉

一點箕星句近天邊句光彩輝耀南極韻竹馬兒童句盡道使君生日韻元是鳳池仙客韻曾曳履讀持荷簪筆韻稱觴處讀晚節花香句月周猶待五夕韻　誰道久拘禁掖韻任雙旌五馬句暫從遊逸韻九棘三槐句都是等閒親植韻見説玉皇側席韻但早晚讀促歸調燮韻功成了讀笑傲南山句壽如南山松柏韻

此與柳詞句讀迥别，因調名同，故爲類列，亦無他首宋詞可校。

## 桂枝香六體

調見《樂府雅詞》。張輯詞有“疏簾淡月”句，又名《疏簾淡月》。

**桂枝香** 雙調一百一字，前後段各十句五仄韻。

王安石

登臨送目韻正故國晚秋句天氣初肅韻千里澄江似練句翠峰如簇韻歸帆去棹殘陽裏句背西風讀酒旗斜矗韻彩舟雲淡句星河鷺起句畫圖難足韻　念自昔讀豪華競逐韻歎門外樓頭句悲恨相續韻千古憑高句對此漫嗟榮辱韻六朝舊事如流水句但寒煙衰草凝緑韻至今商女句時時猶唱句後庭遺曲韻

此調以此詞及陳詞爲正體，若張輯詞之多押兩韻，張炎詞之句讀小異，周詞之減字，黄詞之句讀不同，皆變格也。

按，詹正詞前段第一句"紫薇花露"，"紫"字仄聲，"花"字平聲；陳允平詞第四句"寂寞天香院宇"，"寂"字仄聲；詹詞第十句"依然南浦"，"依"字平聲；王學文詞後段第八句"茶香酒熟"，"茶"字平聲；李彭老詞第九句"浮沈醉鄉"，"鄉"字平聲。譜内可平可仄據此，餘參所採諸詞句法同者。

**又一體** 雙調一百一字，前後段各十句五仄韻。

陳　亮

天高氣肅韻正月色分明句秋容新沐韻桂子初收句三十六宫都足韻不辭散落人間去句怕群花讀自嫌凡俗韻向他秋晚句唤回春意句幾曾幽獨韻　是天公讀餘膏剩馥韻怪一樹香風句十里相續韻坐對花旁句但見色浮金粟韻芙蓉只解添秋思句况東籬讀凄凉黄菊韻入時太淺句背時太遠句愛尋高躅韻

此即王詞體，惟前後段第四句俱四字，第五句俱六字異。

**又一體** 雙調一百一字，前後段各十句六仄韻。

張　輯

梧桐雨細韻漸滴作秋聲句被風驚碎韻潤逼衣篝句線裊蕙爐沈水韻悠悠歲月天涯醉韻一分秋讀一分憔悴韻紫簫吹斷句素箋恨切句夜寒鴻起韻　又何苦讀凄凉客裏韻負草堂春緑句竹溪空翠韻落葉西風句吹老幾番塵世韻從前諳盡江湖味韻聽商歌讀興歸千里韻露侵宿酒句疏簾淡月句照人無寐韻

此與陳詞同，惟前後段第六句多押一韻異。

**又一體** 雙調一百一字，前段九句五仄韻，後段十句五仄韻。

張　炎

琴書半室韻向桂邊讀偶然一見秋色韻老樹香遲句清露綴花凝滴韻山翁翻笑如泥醉句笑平生讀無此狂逸韻晉人遊處句幽情付與句酒尊吟筆韻　任蕭散讀披襟岸幘韻歎千古

猶今句休問何夕韻發短霜濃句知恐浩歌消得韻明年野客重來此句探枝頭讀幾分消息韻望西樓遠句西湖更遠句也尋梅驛韻

此亦與陳詞同，惟前段第二、三句作上三下六九字一句異。

**又一體** 雙調一百字，前後段各十句五仄韻。

周　密

巖飛逗緑韻又凉入小山句千樹幽馥韻仙影懸霜句粲夜楚宫六六韻明霞洞窅珊瑚冷句對清商讀吟思堪掬韻麝痕微沁句蜂黄淺約句數枝秋足韻　別有雕闌翠屋韻任薄帽珠塵句挨聽香玉韻瘦倚西風句惟見露侵肌粟韻好秋能幾花前笑句繞凉雲讀重唤銀燭韻寶屏空曉句珍叢怨月句夢回金谷韻

此亦與陳詞同，惟换頭句減一字異。

**又一體** 雙調一百一字，前段十一句五仄韻，後段九句五仄韻。

黄　裳

插雲翠壁韻爲送目讀入遥空句見山色韻金鼎丹成去也句晉朝高客韻百花巖下遺孫在句賦何人讀離塵風骨韻翠微緣近句希夷志遠句洞天蹤跡韻　近却有讀爲龍信息韻怪潭上靈光句雷電相擊韻尤好風波乍霽句鷺汀斜日韻倚闌白盡行人發句但沈沈讀群岫凝碧韻利名休事龍頭句飛舸送君南北韻

此亦王詞體，惟前段第二、三句作三字三句，後段第四句六字，第五句四字，第八、九、十句作六字兩句異。

## 錦堂春慢五體

調見《青箱雜記》，《梅苑》詞名《錦堂春》。

**錦堂春慢** 雙調一百一字，前後段各十句四平韻。

司馬光

紅日遲遲句虚廊影轉句槐陰迤邐西斜韻彩筆工夫難狀句晚景煙霞韻蝶尚不知春去句漫繞幽砌尋花韻奈猛風過後句縱有殘紅句飛向誰家韻　始知青春無價句歎飄零宦路句荏苒年華韻今日笙歌叢裏句特地咨嗟韻席上青衫濕透句算感舊讀何止琵琶韻怎不教人易老句多少離愁句散在天涯韻

此調始自此詞，宋人減字、添字者，俱從此出。但前後段第七句或六字、或七字，第八句或五字、或六字,當以前後整齊者爲正格。

此詞可平可仄,悉參所採四詞。

**又一體** 雙調一百一字,前後段各十句四平韻。

黄 裳

天女多情句梨花剪碎句人間贈與多才韻漸瑶池瀲灩句粉翅徘徊韻迴旋不禁風力句背人飛去還來韻最是清虚好處句遥度幽香句不掩寒梅韻　歲華多幸呈瑞句泛寒光一樣句仙子樓臺韻雖喜朱顔可照句時更相催韻細認沙汀鷺下句静看煙渚潮回韻爲遣青蛾趁拍句翾獻輕盈句且更傳杯韻

此與司馬詞同,惟前段第八句添一字,後段第七句減一字異。

**又一體** 雙調一百一字,前後段各十句四平韻。

《梅苑》無名氏

臘雪初晴句冰銷凝泮句尋幽閒賞名園韻時向長亭登眺句倚遍朱闌韻拂面嚴風凍薄句滿階前讀霜葉聲乾韻見小臺深處句數葉江梅句漏泄春權韻　百花休恨開晚句奈韶華瞬息句常放教先韻非是東君私語句和煦恩偏韻欲寄江南音耗句念故人讀隔闊雲煙韻一枝贈春色句待把金刀句剪倩人傳韻

此亦與司馬詞同,惟前段第七句添一字,後段第八句減一字異。

**又一體** 雙調九十九字,前後段各十句四平韻。

葛立方

氣應三陽句氛澄六幕句翔烏初上雲端韻問朝來何事句喜動門闌韻田父占來好歲句星翁説道宜官韻擬更憑高望遠句春在煙波句春在晴巒韻　歌管雕堂宴喜句任重簾不卷句交護春寒韻况金釵整整句玉樹團團韻柏葉輕浮重醑句梅枝巧綴新幡韻共祝年年如願句壽過松椿句壽過彭聃韻

此與黄詞同,惟前後段第四句各減一字異。

**又一體** 雙調九十八字,前後段各十句四平韻。

王夢應

淺幘分秋句凉尊試月句西風未雁猶蟬韻看芙蓉影裏句緑鬢年年韻日上雲飄壓海句塵清玉馬行天韻更煙樓鳳舉句風幰麟遊句錦後珠前韻　緑陰池館如畫句記春晴藥徑句雨曉芝田韻已辦一年笑語句小聚雲邊韻舞稱香圍黼錦句歌遲酒落紅船韻早群仙醉去句柳

掖花扶句似霧非煙韻

此與葛詞同，惟前後段第八句各減一字異。

## 喜朝天二體

調見張先詞集，送蔡襄還朝作。按，唐教坊有《朝天曲》，《宋史・樂志》有越調《朝天樂》曲，此蓋借舊曲名，翻新聲也。

**喜朝天** 雙調一百一字，前段十句五平韻，後段十句四平韻。

張　先

曉雲開韻睨仙館陵虚句步入蓬萊韻玉宇瓊甃句對青林近句歸鳥徘徊韻風月從今清暑句帶江山野色助詩才韻蕭鼓宴讀璿題寶字句浮動持杯韻　天多送目無際句識渡舟帆小句時見潮回韻故國千里句共十萬室句日日春臺韻睢社朝京未遠句正和羹讀民口渴鹽梅韻佳景在讀吴儂還望句分閫重來韻

此調創自此詞，應以此詞爲正體，若晁詞之添字，乃變格也。

此詞祇有晁詞可校，譜内可平可仄悉參之。

**又一體** 雙調一百三字，前段十句五平韻，後段十句四平韻。

晁補之

衆芳殘韻海棠正輕盈句緑鬢朱顔韻碎錦繁繡句更柔柯映碧句纖緺匀殷韻誰與將紅間白句采熏籠讀仙衣覆斑斕韻如有意讀淡妝濃抹句斜倚闌干韻　妖饒向晚春後句慣困敧晴景句愁怕朝寒韻縱有狂雨句便離披瘦損句不奈幽閒韻素李來禽總俗句謾遮映讀終羞格疏頑韻誰來顧讀斜風教舞句月下庭間韻

此與張詞同，惟前後段第五句各添一字異。

## 剪牡丹二體

《宋史・樂志》：女弟子舞隊，第四曰佳人剪牡丹隊。調名本此。

**剪牡丹** 雙調一百一字，前段十句四仄韻，後段十句七仄韻。

張　先

野緑連空句天青垂水句素色溶漾都淨韻柔柳摇摇句墜輕絮無影韻汀洲日落人歸句修巾

薄袂句撷香拾翠相競韻如解凌波句泊煙渚春暝韻　彩條朱索新整韻宿繡屏讀畫船風定韻金鳳響雙槽句彈出古今幽思誰省韻玉盤大小亂珠迸韻酒上妝面句花豔媚相並韻重聽韻盡漢妃一曲句江空月静韻

此調以此詞爲正體,《花草粹編》李詞後段句讀不同,故不校注平仄。

**又一體**　雙調九十八字,前段十句四仄韻,後段九句四仄韻。

李致遠

破鏡重圓句分釵合鈿句重尋繡户珠箔韻説與從前句不是我情薄韻都緣利役名牽句飄蓬無定句翻成輕諾韻别後情懷句有萬千牢落韻　經時最苦分攜句都爲伊讀甘心寂寞韻縱滿眼讀閒花媚柳句終是强歡不樂韻待憑鱗羽句説與相思句水遠天長又難托韻而今幸已再逢句把輕離斷却韻

此詞見《花草粹編》,誤刻《碧牡丹》。細爲校對,後段第二句以上俱與張先詞同,的係《剪牡丹》别體,因爲類列。

## 馬家春慢一體

調見《東山樂府》。

**馬家春慢**　雙調一百一字,前段九句四仄韻,後段十句五仄韻。

賀　鑄

珠箔風輕句繡簾浪卷句乍入人間蓬島韻鬭玉闌干句漸庭館簾櫳春曉韻天許奇葩貴品句異繁杏夭桃輕巧韻命化工傾國風流句與一枝纖妙韻　樽前五陵年少韻縱丹青異格句難做顔貌韻惹露凝煙句困紅嬌額句微颦低笑韻須信濃香易歇句更莫惜讀醉攀吟繞韻待舞蝶遊蜂句細把芳心都告韻

此調衹此一詞,無他首可校。

## 梅香慢一體

調見《東山樂府》。

**梅香慢**　雙調一百一字,前段十一句四仄韻,後段十一句五仄韻。

賀　鑄

高閣寒輕句映萬朵芳梅句亂堆香雪韻未待江南信句冠百花先占句一陽佳節韻剪綵凝酥

句無處學讀天然奇絶韻便壽陽妝句工夫費盡句豔姿終別韻　風里弄輕盈句掩珠英明瑩句麝臘飄烈韻莫放芳菲歇韻剩永宵歡賞句酒酣吟折韻倒玉何妨句且聽取讀尊前新闋韻怕簝聲長句行雲散盡句漫悲風月韻

此詞無他首可校。後段第五句，東山詞作“剩夜來歡賞”，今從《梅苑》本。

## 玉燭新二體

調始《清真樂府》。《爾雅》云：“四時和，謂之玉燭。”取以爲名。

**玉燭新**　雙調一百一字，前段九句五仄韻，後段九句六仄韻。

周邦彦

溪源新臘後韻見數朵江梅句剪裁初就韻暈酥砌玉句芳英嫩讀故把春心輕漏韻前村昨夜句想弄月黄昏時候韻孤岸峭讀疏影横斜句濃香暗沾襟袖韻　尊前賦與多才句問嶺外風光句故人知否韻壽陽漫鬭韻終不似讀照水一枝清瘦韻風嬌雨秀韻好亂插繁花盈首韻須通道讀羌笛無情句看看又奏韻

此調以此詞爲正體，若楊詞之多押兩韻，乃變格也。

按，趙文詞前段第四句“洞房花燭”，“花”字平聲；趙以夫詞第八句“又不是、南國花遲”，“又”字仄聲；趙文詞後段第二句“問堂上萱花”，“堂”字平聲；第四句“功名浪鬭”，“功”字平聲；趙以夫詞第六句“酒尊瀹泊”，“酒”字仄聲。譜内可平可仄據此，餘參所採楊詞。

趙以夫詞前段首句“寒空一雁落”，“一”字入聲，此以入作平，故不注可仄。

**又一體**　雙調一百一字，前段九句七仄韻，後段九句六仄韻。

楊无咎

荒山藏古寺韻見傍水梅開句一枝三四韻蘭枯蕙死韻登臨處讀慰我魂消惟此韻可堪紅紫韻曾不解讀和羹結子韻高壓盡讀百卉千葩句因君合修花史韻　韶華且莫吹殘句待淺揾松煤句寫教形似韻此時胸次韻凝冰雪讀洗盡從前塵滓韻吟安箇字韻拌不寐讀勾牽幽思韻誰伴我讀香宿蜂媒句光浮月姊韻

此詞前段第四句、第六句俱押韻，與周詞異。

## 六花飛一體

調見《松隱集》。

**六花飛** 雙調一百一字,前後段各十句四仄韻。

曹勛

寅杓乍正句瑞雲開曉句罩紫霄宫殿韻聖孝虔恭句率宸庭冠劍韻上徽稱讀天明地察句奉玉簡句璿曜金輝非常典韻仰吾君讀親被袞龍句當檻俯旒冕韻　中興聖天子句舜心温凊句示未嘗閒燕韻禮無前比句出淵衷深念韻贊木父金母至樂句萬億載句日月榮光俱歡忭韻喜春風羅綺句管弦開壽宴韻

此調祇此一詞,無他首可校。

前後段第三句、第五句例作上一下四句法,填者依之。

## 清風滿桂樓一體

調見《松隱集》。

**清風滿桂樓** 雙調一百一字,前段九句五仄韻,後段九句六仄韻。

曹勛

凉飆霽雨韻萬葉吟秋句團團翠深紅聚韻芳桂月中來句應是染讀仙禽頂砂匀注韻晴光助絳色句更都潤讀丹霄風露韻連朝看讀枝間粟粟句巧裁霞縷韻　煙姿照瓊宇韻上苑移時句根連海山佳處韻回看碧巖邊句薇露過讀殘黄韻低塵污韻詩人漫自許韻道曾向讀蟾宫折取韻斜枝戴句惟稱瑶池伴侣韻

此調祇此一詞,無他作可校。

## 映山紅慢一體

調見元載詞,詠牡丹作。

**映山紅慢** 雙調一百一字,前段九句五仄韻,後段八句五仄韻。

元載

穀雨風前句占淑景讀名花獨秀韻露國色仙姿句品流第一句春工成就韻羅幃護日金泥皺韻映霞腮動檀痕溜韻長記得天上句瑶池閬苑曾有韻　千匝繞讀紅玉闌干句愁只恐讀朝雲難久韻須款折讀繡囊剩戴句細把蜂須頻嗅韻佳人再拜抬嬌面句斂紅巾捧金杯酒韻獻千千壽韻願長恁讀天香滿袖韻

此詞無他作可校。前後段第六句平平仄仄平平仄，第七句仄平平仄平平仄。此元載自度曲，當是音律所寓，填者審之。

## 真珠簾四體

調見《放翁詞》。

**真珠簾** 雙調一百一字，前段九句六仄韻，後段十句七仄韻。

陸　游

山村水館參差路韻感羈遊讀正似殘春風絮韻掠地穿簾句知是竟歸何處韻鏡裏新霜空自憫句問幾時讀鸞臺鼇署韻遲暮韻漫憑高懷遠句書空獨語韻　自古韻儒冠多誤韻悔當年讀早不扁舟歸去韻醉下白蘋洲句看夕陽鷗鷺韻菰菜鱸魚都棄了句只換得讀春衫塵土韻休顧韻早收身江上句一蓑煙雨韻

此調始自此詞，前後段第四、五句例作五言兩句，第五句例作上一下四句法，宋詞俱如此填。此詞前段參差，聊採以備一體，其可平可仄，詳見周詞。

**又一體** 雙調一百一字，前後段各十句六仄韻。

周　密

寶階斜轉春宵翳韻雲屏敞句霞卷東風新霽韻光照萬星寒句曳冷雲垂地韻暗憶連昌遊冶事句照炫轉讀熒煌珠翠韻難比韻是鮫人織就句冰綃清淚韻　猶記韻夢入瑤臺句正玲瓏透月句瓊扉十二韻細縷逗濃香句接翠蓬雲氣韻縞夜梨花生暖白句浸瀲灩一池春水韻乘醉韻悅歸時讀人在明河影裏韻

此即陸詞體，惟换頭第二句不押韻異。

前後段第四、五句，後段第五、六句，俱作五字兩句，最爲合格，故此調以此詞作譜。

按，朱昴孫詞前段第四句"海燕已尋蹤"，"海"字仄聲；第七句"待天氣、十分新霽"，"天"字平聲；張翥詞後段第五句"煙雨隔垂虹"，"煙"字平聲；陸游詞結句"待從今、須與好花爲主"，"好"字仄聲，"爲"字平聲。譜内可平可仄據此，餘參陸詞、張詞。

吴文英詞前段結句"學得腰小"，"學"字、"得"字俱以入作平，故不注可仄。

**又一體** 雙調一百一字，前段句五仄韻一疊韻，後段十句四仄韻一疊韻。

張　炎

雲深別有深庭宇韻小簾櫳讀占取芳菲多處韻花暗曲房春句潤幾番酥雨韻見説蘇堤晴未穩句便懶趁讀踏青人去韻休去疊且料理琴書句夷猶今古韻　誰見静裏閒心句縱荷衣

未茸句雪巢未賦韻醉醒一乾坤句任此情何許韻茂樹石牀同坐久句又却被讀清風留住韻欲住疊奈簾影妝樓句剪燈人語韻

此與周詞同,惟换頭不藏短韻,前段第七句、後段第八句俱疊上韻,結句作五字一句、四字一句異。

**又一體**　雙調一百一字,前後段各九句五仄韻。

張　炎

緑房幾夜迎清曉句光摇動讀素月溶溶如水韻惆悵一株寒句記東闌閒倚韻近日花邊無舊雨句便寂寞讀何曾吹淚韻燭外韻漫羞得紅妝句而今猶睡韻　琪樹皎立風前句萬塵空讀獨挹飄然清氣韻雅淡不成嬌句擁玲瓏春意韻落寞雲深詩夢淺句但一似唐昌宫裏韻元是韻是分明錯認句當時玉蕊韻

此與"雲深别有"詞同,惟前段起句不押韻,第七句與後段第八句不疊韻異。

## 曲江秋二體

韓玉詞注正宫。

**曲江秋**　雙調一百一字,前段十二句六仄韻,後段十一句六仄韻。

楊无咎

香消燼歇韻换沈水重燃句熏爐猶熱韻銀漢墜懷句冰輪轉影句冷光侵毛髮韻隨分且宴設韻小槽酒句真珠滑韻漸覺夜闌句烏紗露濡句畫簾風揭韻　清絶韻輕紈弄月韻緩歌處讀眉山怨疊韻持杯須我醉句香紅映臉句雙腕凝霜雪韻飲散晚歸來句花梢指點流螢滅韻睡未穩句東窗漸明句遠樹又聞鶗鴂韻

此調始自此詞,以此詞爲正體。若韓詞之添字,乃變格也。楊詞三首句韻悉同,惟後段結句,其一首"佇望久、空歎無才可賦,厭聽鶗鴂",句讀與此小異。蓋此十三字,一氣貫下,蟬聯不斷,或作三句,或作兩句,俱不妨也。注明不另列體。

按,楊詞别首前段第二句"對急雨過雲","過"字仄聲;第三句"暗風吹熱","暗"字仄聲;第四句"漠漠稻田",上"漠"字仄聲;第六句"新沐青絲發","新"字平聲,"沐"字仄聲;第七句"樓上素琴設","琴"字平聲;第八句"珊瑚瘦","珊"字平聲;第十句"深炷龍涎","深"字、"龍"字俱平聲;第十一句"濃熏繡幕","幕"字仄聲;後段第四句"恍然身在處","恍"字仄聲;第五句"渾疑同泛","同"字平聲;第八句"人家燈火漸明滅","漸"字仄聲;第九、十句"正携手,無端驚回","携"字、"驚"字俱平聲。譜内可平可仄據此,餘參韓詞。

韓詞前段第三句"澤"字,後段第六句"十"字,俱以入作平,故譜中不注可仄。

**又一體** 雙調一百三字，前段十二句六仄韻，後段十句六仄韻。

韓 玉

明軒快目韻正雨過湘溪句秋來澤國韻波面鑒開句山光瀲滟句竹聲搖寒玉韻鷗鷺戲晚浴韻芰荷動句香紅蔌韻千古興亡意句淒凉颶舟句望迷南北韻　髣髴韻煙籠霧簇韻認何處讀當年繡轂韻沈香花萼事句瀟然傷感句宫殿三十六韻忍聽向晚菱歌句依稀猶似新翻曲韻試與問讀如今新蒲細柳句爲誰搖緑韻

此與楊詞同，惟前段第十句添一字，後段第七句添一字，結處句讀亦異。

## 翠樓吟一體

姜夔自度夾鍾商曲。

**翠樓吟** 雙調一百一字，前段十一句六仄韻，後段十二句七仄韻。

姜 夔

月冷龍沙句塵清虎落句今年漢酺初賜韻新翻胡部曲句聽氈幕元戎歌吹韻層樓高峙韻看檻曲縈紅句簷牙飛翠韻人姝麗韻粉香吹下句夜寒風細韻　此地韻宜有神仙句擁素雲黄鶴句與君遊戲韻玉梯凝望久句歎芳草萋萋千里韻天涯情味韻仗酒祓清愁句花消英氣韻西山外韻晚來還卷句一簾秋霽韻

此調祇此一詞，無他作可校。

## 霓裳中序第一三體

唐白居易《霓裳羽衣舞歌》云："散序六奏未動衣，陽臺宿雲慵不飛。中序擘騞初入拍，秋竹吹裂春冰拆。"自注云："散序六遍無拍，故不舞。中序始有拍，亦名拍序。"宋沈括《筆談》云："《霓裳曲》凡十二疊，前六疊無拍，至第七疊方謂之疊遍，自此始有拍而舞。"按此知《霓裳曲》十二疊，至七疊中序始舞，故以第七疊爲中序第一，蓋舞曲之第一遍也。

**霓裳中序第一** 雙調一百一字，前段十句七仄韻，後段十一句八仄韻。

姜 夔

亭皋正望極韻亂落紅蓮歸未得韻多病怯無氣力韻況紈扇漸疏句羅衣初索韻流光過隙韻

歎杏梁雙燕如客韻人何在句一簾淡月句彷彿照顔色韻　　幽寂韻亂蛩吟壁韻動庾信清愁似織韻沈思年少浪跡韻篷裏關山句柳下坊陌韻墜紅無信息韻漫暗水涓涓溜碧韻漂零久句而今何意句醉卧酒壚側韻

此調始自此詞，周、尹二詞皆從此添字，填此調者，應以此詞爲正體。

按，姜个翁詞前段第三句"草滿舊家行跡"，"草"字仄聲，"行"字平聲；應法孫詞第六句"玉纖勝雪"，"玉"字仄聲；姜詞第九句"飄零如此"，"飄"字平聲；後段第二句"當年第一"，"第"字仄聲；第四句"餘葩還甚顔色"，"還"字仄聲，"顔"字平聲；第五句"羞撚江南"，"羞"字平聲；第八句"翻些入啼鵑夜泣"，"翻"字平聲。譜内可平可仄據此，餘參周、尹二詞。

又按，姜个翁詞前段第七句"煞憔悴牆根堪惜"，第八句"可念我"及詹正詞平仄與諸家不同，概不校注。

**又一體**　雙調一百二字，前段十句七仄韻，後段十一句八仄韻。

周　密

湘屏展翠疊韻恨入宫溝流怨葉韻釭冷金花暗結韻又雁影帶霜句蛩音凄月韻珠寛腕雪韻歎錦箋芳字盈篋韻人何在句玉簫舊約句忍對素娥説韻　　愁絶韻衣砧幽咽韻任帳底沈煙漸滅韻紅蘭誰採贈别韻悵洛浦分綃句漢皋遺玦韻舞鸞光半缺韻最怕聽讀離弦乍関韻憑闌久句一庭香露句桂影弄凄蝶韻

此與姜詞同，惟後段第五句添一字異。

**又一體**　雙調一百三字，前段十句七仄韻，後段十一句八仄韻。

尹　焕

青鬟粲素靨韻海國仙人偏耐熱韻早餐盡讀風香露屑韻便萬里凌空句肯憑蓮葉韻盈盈步月韻悄似憐讀輕去瑶闕韻人何在句憶渠癡小句點點愛輕絶韻　　愁絶韻舊遊輕别韻忍重看讀鎖香金篋韻凄凉清夜簟茀韻怕杳杳詩魂句真化蝴蝶韻冷香清到骨韻夢十里梅花霽雪韻歸來也句懨懨心事句自共素娥説韻

此與周詞同，惟前段第三句添一字異。

坊本前段第三句無"早"字，後段第五句無"怕"字，今從《絶妙好詞》增定。

又，换頭短韻即用前結韻，恐係偶誤，原非定體，故不注疊韻。

## 月當廳一體

調見《梅溪詞》，史達祖自度曲也。

**月當廳** 雙調一百一字,前段十句四平韻,後段九句四平韻。

史達祖

白璧舊帶秦樓夢句因誰拜下句楊柳樓心韻正是夜分句魚鑰不動香深韻時有露螢自照句占風裳讀可喜影欺金韻坐來久句都將凉意句盡付沈吟韻　殘雲事緒無人拾句恨匆匆讀藥娥歸去難尋韻綴取霧窗句曾唱幾拍清音韻猶有老來印愁處句冷光應念雪翻簪韻空獨對句西風緊句弄一井桐陰韻

此調祗此一詞,無他作可校。其句法多作拗體,填者依之。

## 壽樓春一體

調見《梅溪集》,蓋自度曲也。

**壽樓春** 雙調一百一字,前段十句六平韻,後段十一句六平韻。

史達祖

裁春衫尋芳韻記金刀素手句同在晴窗韻幾度因風殘絮句照花斜陽韻誰念我讀今無裳韻自少年讀消磨疏狂韻但聽雨挑燈句攲牀病酒句多夢睡時妝韻　飛花去句良宵長韻有絲闌舊曲句金譜新腔韻最恨湘雲人散句楚蘭魂傷韻身是客句愁爲鄉韻算玉簫讀猶逢韋郎韻近寒食人家句相思未忘蘋藻香韻

此詞無他作可校。前後段多作拗句,皆連用平聲字,當是音律所關,填者審之。

前段第六句或刻作"今無腸",今從梅溪本集。

## 秋色横空一體

調見《天籟集》。

**秋色横空** 雙調一百一字,前後段各十句六平韻。

白　樸

摇落秋冬韻愛南枝迥絶句暖氣潛通韻含章睡起宫妝褪句新妝淡淡丰容韻冰蕤瘦句蠟蒂融韻便自有讀翛然林下風韻肯羡蜂喧蝶鬧句豔紫妖紅韻　何處對花興濃韻向藏春池館句透月簾櫳韻一枝鄭重天涯信句腸斷驛使相逢韻關山路句幾萬重韻記昨夜讀筠筒和淚封韻料馬首幽香句先到夢中韻

此調祇有此詞，無别首可校。

## 舜韶新一體

宋王應麟《玉海》："政和中，曹棐製徵調《舜韶新》。"

**舜韶新**　雙調一百一字，前段十句四仄韻，後段十一句四仄韻。

郭子正

香滿西風句催歲晚東籬句黄花爭吐韻嫩英細蕊句金豔繁妝點句高秋偏富韻寒地花媒少句算自結讀多情煙雨韻每年年妝面句謝他拒霜相顧韻　寶馬王孫句休笑孤芳句陶令因誰句便思歸去韻負春何事句此恨惟才子句登高能賦韻千古風流在句占定泛讀重陽芳醑韻堪吟看醉賞句何須杏園深處韻

此調祇有此詞，無别首可校。

## 《御定詞譜》卷三十　一百二字

## 西平樂七體

此調有仄韻、平韻兩體。仄韻者，始自柳永，《樂章集》注小石調；平韻者，始自周邦彦，一名《西平樂慢》。

**西平樂**　雙調一百二字，前段八句四仄韻，後段十三句六仄韻。

柳　永

盡日憑高寓目句脉脉春情緒韻佳景清明漸近句時節輕寒乍暖句天氣才晴又雨韻煙光澹蕩句妝點平蕪遠樹韻黯凝佇韻　臺榭好句鶯燕語韻正是和風麗日句幾許繁紅嫩緑句雅稱嬉遊去韻奈阻隔讀尋芳伴侶韻秦樓鳳吹句楚臺雲約句空帳望句在何處韻寂寞韶光暗度韻可憐向晚句村落聲聲杜宇韻

此調押仄聲韻者以此詞爲正體，若朱詞之減字，晁詞之添字，皆變格也。

《詞律》疑"雅稱嬉遊去"句脱一字，因晁詞"準擬金樽時舉"作六字句也。若朱詞本和柳韻，其後段第五句"好趁飛瓊去"，仍作五字句，則知《樂章集》所載，並無僞脱，《詞律》臆説不可從。

此詞可平可仄悉參朱詞、晁詞。

**又一體** 雙調一百二字，前段八句五仄韻，後段十三句七仄韻。

朱　雍

夜色娟娟皎月句梅玉供春緒韻不使鉛華點綴句超出精神淡泞韻休妒殘英如雨韻清香眷戀句只恐隨風滿樹韻散難佇韻　江亭暮韻鳴佩語韻正值匆匆乍別句天遠瑶池縞穀句好趁飛瓊去韻忍孤負瑶臺伴侣韻瓊肌瘦盡句庾嶺零落句空悵望句動情處韻畫角哀時暗度韻參横向曉句吹入深沈院宇韻

此和柳詞韻，惟前段第四句、後段起句添押兩韻異。

**又一體** 雙調一百三字，前段八句四仄韻，後段十三句七仄韻。

晁補之

鳳詔傳來絳闕句當寧思賢輔韻淮海甘棠惠化句霖雨商巖吉夢句熊虎周郊舊卜韻千秋盛際句催促朝天歸去韻動離緒韻　空眷戀句難暫駐韻新植雙亭臨水句風月佳名未睹韻準擬金尊時舉韻況樂府讀風流一部韻妍歌妙舞句縈雲回雪句親教與句恨難訴韻爭欲攀轅借住韻功成繡衮句重與江山作主韻

此亦與柳詞同，惟後段第四句押韻，第五句添一字異。

此調前段第五句例須押韻，此詞"卜"字，按《中原雅音》讀如"補"，亦方言也。

**又一體** 雙調一百三十七字，前段十二句四平韻，後段十五句三平韻。

周邦彦

穉緑蘇晴句故溪歇雨句川迴未覺春賒韻駝褐侵寒句正憐初日句輕陰抵死須遮韻歎事逐孤鴻盡去句身與塘蒲共晚句爭知向此征途句區區佇立塵沙韻追念朱顔翠發句曾到處讀故地使人嗟韻　道連三楚句天低四野句喬木依前句臨路敧斜韻重慕想讀東陵晦跡句彭澤歸來句左右琴書自樂句松菊相依句何況風流鬢未華韻多謝故人句親馳鄭驛句時倒融尊句勸此淹留韻共過芳時句翻令倦客思家韻

此調押平聲韻者以此詞爲正體，若楊、方、陳三詞之或攤破句法，或減字，皆變格也。

按，吴文英詞前段結句"十載事、夢惹緑楊絲"，"十"字入聲；後段第六句"菊井招魂"，"菊"字入聲，俱以入作平，不注可仄。

此詞可平可仄悉參楊、方、陳三詞。

**又一體** 雙調一百三十五字，前段十三句四平韻，後段十五句三平韻。

楊澤民

圃韭畦蔬句嫩雞野臘句鄰醖稚子能賒韻羅幕新裁句畫樓高聳句松梧柳竹交遮韻應便作

讀歸休計去句高揖淵明句下視林逋句到此如何句又走風沙韻都爲啼號累我句思量事讀未遂即咨嗟韻連年奔遂句旁州外邑句舟楫輕颸句鞭帽敧斜韻仍冒觸讀煙嵐邃險句風雪縱横句每值初寒在路句炎暑登車句空向長途度歲華韻消減少年句英豪氣宇句瀟灑襟懷句似此施爲句縱解封侯句寧如便早還家韻

此和周詞,惟前段第八、九、十句減二字、攤破句法作四字四句異。

**又一體**　雙調一百三十五字,前段十二句四平韻,後段十五句三平韻。

方千里

倦踏征塵句厭驅匹馬句凝望故國猶賒韻孤館今宵句亂山何許句平林漠漠煙遮韻悵過眼光陰似瞬句回首歡娱異昔句流年迅景句霜風敗葦驚沙韻無奈輕離易别句千里意讀刷淚獨長嗟韻綺窗人遠句青門信杳句釵影何時句重見雲斜韻空怨憶讀吹簫韻曲句旋錦回文句想像宫商蠹損句機杼生塵句誰爲新裝暈素華韻那信自憐句悠颺夢蝶句浮没書鱗句縱有心情句盡爲相思句爭如傍早歸家韻

此和周詞,惟前段第九、十句減二字作四字一句、六字一句異。按,吴文英詞前段第九、十句"當時燕子,無言對立斜暉",正與此同。

**又一體**　雙調一百三十六字,前段十三句四平韻,後段十五句三平韻。

陳允平

泛梗飄萍句入山登陸句迢遞霧迥煙賒韻漠漠蒹葭句依依楊柳句天涯總是愁遮韻歎寂寞塵埃滿眼句夢逐孤雲縹緲句春潮帶雨句鷗迎遠溆句雁别平沙韻寒食梨花素約句腸斷處讀對景暗傷嗟韻　　晚鍾煙寺句晨雞月店句征褐蕭疏句破帽敧斜韻幾度微吟馬上句長嘯舟中句慣踏新豐巷陌句舊酒猶香句憔悴東風自歲華韻重憶少年句櫻桃漸熟句松粉初黄句短楫歡呼句日日江南句煙村八九人家韻

此亦和周詞,惟前段第九、十句攤破六字兩句作四字三句,後段第五句減一字異。

## 山亭宴一體

調見張先詞集,有美堂贈彦猷主人作,蓋自度曲也。

**山亭宴**　雙調一百二字,前後段各八句五仄韻。

張　先

宴亭永晝喧簫鼓韻倚青空讀畫闌紅柱韻玉瑩紫微人句藹和氣讀春融日煦韻故宫池館舊

樓臺句約風月讀今宵何處韻湖水動鮮衣句競拾翠讀湖邊路韻　落花蕩漾愁空樹韻曉山静讀數聲杜宇韻天意送芳菲句正黯淡讀疏煙短雨韻新歡寧似舊歡長句此會散讀幾時還聚韻試爲挹飛雲句問解寄讀相思否韻

此調袛此一詞,無别首可校。《詞律》以前後段校注平仄者非。

## 望春回一體

調見《樂府雅詞》。

**望春回** 雙調一百二字,前段十句四仄韻,後段十句五仄韻。

李　甲

霽霞散曉句射水村漸明句漁火方滅韻灘露夜潮痕句注涑瀨淒咽韻征鴻來時應有信句見疏柳讀更憶伊同折韻異鄉憔悴句那堪更值句歲窮時節韻　東風暗回暖律韻算坼遍江梅句消盡巖雪韻唯有這愁腸句恁依舊千結韻私言竊語曾誓約句便眠思夢想無休歇韻這些離恨句除非對著句説似明月韻

此調袛此一詞,無他作可校。

此詞前後段第四、五句俱五字,第五句上一下四句法,填者審之。

## 水龍吟二十五體

姜夔詞注無射商,俗名越調。曾覿詞結句有"是豐年瑞"句,名《豐年瑞》。吕渭老詞名《鼓笛慢》,史達祖詞名《龍吟曲》。楊樵雲詞因秦觀詞起句,更名《小樓連苑》。方味道詞結句有"伴莊椿歲"句,名《莊椿歲》。

**水龍吟** 雙調一百二字,前段十一句四仄韻,後段十一句五仄韻。

蘇　軾

霜寒煙冷蒹葭老句天外征鴻嘹唳韻銀河秋晚句長門鐙悄句一聲初至韻應念瀟湘句岸遥人静句水多菰米韻乍望極平田句徘徊欲下句依前被讀風驚起韻　須信衡陽萬里韻有誰家讀錦書遥寄韻萬重雲外句斜行横陣句纔疏又綴韻仙掌月明句石頭城下句影摇寒水韻念征衣未擣句佳人拂杵句有盈盈淚韻

此調句讀最爲參差,今分立二譜。起句七字,第二句六字者,以蘇軾詞爲正格;起句六字,第二句七字者,以秦觀詞爲正格。其餘添字、減字,句讀押韻不同者,各以類列。此調之源流正變,盡於此矣。

此調前後段第三句至第八句例作四字句，前後段第九句五字，第十句四字，前結六字折腰，後結四字。宋人精於審音，添字減字，攤破句法，悉中律吕。其譜不傳，填者但以蘇詞、秦詞爲式可也。

此調前後段第九句以下，如譜内蘇詞則前段五字一句、四字一句、六字一句，後段五字一句、四字兩句；秦詞則前段九字一句、六字一句，後段九字一句、四字一句，均爲合格。

此詞可平可仄，參下類列八詞。惟趙長卿"酒潮匀頰"詞，前段結句"聲"字平聲；秦觀"亂花叢裏"詞，後段第二句"玉"字仄聲，宋詞如此填者甚少，故不注可平可仄。

**又一體** 雙調一百二字，前段十一句五仄韻，後段十句四仄韻。

趙長卿

酒潮匀頰雙眸溜韻眉映遠山横秀韻風流俊雅句嬌癡體態句眼前稀有韻蓮步彎彎句移歸拍裏句凌波難偶韻對仙源醉眼句玉纖籠巧句撥新聲讀魚紋皺韻　我自多愁多病句對人前讀只推傷酒韻瞞他不得句詩情懶倦句沈腰消瘦韻多謝東君句殷勤知我句曲翻紅豆韻拌來朝讀又是扶頭不起句江樓知否韻

此與蘇詞同，惟前段起句押韻，後段起句不押韻，第九、十句作九字一句異。

**又一體** 雙調一百二字，前後段各十一句五仄韻。

楊无咎

西湖天下應如是韻誰唤作讀真西子韻雲凝山秀句日增波媚句宜晴宜雨韻況是深秋句更當遥夜句月華如水韻記詞人解道句丹青妙手句應難寫讀真奇語韻　往事輸他范蠡韻泛扁舟讀仍携佳麗韻毫端幻出句淡妝濃抹句可人風味韻和靖幽居句老坡遺跡句也應堪記韻更憑君畫我句追隨二老句遊千家寺韻

此與趙詞同，惟前段第二句作折腰句法，後段起句仍押韻異。

**又一體** 雙調一百一字，前段十一句四仄韻，後段十句五仄韻。

趙長卿

天教占得如簧巧句聲乍囀讀千嬌媚韻金衣襯著句風流模樣句於中可是韻紅杏香中句緑楊陰處句多應饒你韻向黄昏苦苦句嬌啼怨别句那堪更讀東風起韻　别有詩腸鼓吹韻未關他讀等閒俗耳韻雙柑斗酒句當時曾是句高人留意韻南國春歸句上陽花落句正添憔悴韻念啼聲欲碎句何人解作留春計韻

此與楊无咎"西湖天下"詞同，惟後結兩句減一字作七字一句異。

**又一體** 雙調一百二字，前段十一句四仄韻，後段十句六仄韻。

姜　夔

夜深客子移舟處句兩兩沙禽驚起韻紅衣入槳句青燈摇浪句微凉意思韻把酒臨風句不忘

歸去句有如此水韻況茂陵遊倦句長干望久句芳心事讀簫聲裏韻　屈指韻歸期尚未韻鵲南飛讀有人應喜韻畫闌桂子句留香小待句提携影底韻我已情多句十年幽夢句略曾如此韻甚謝郎讀也恨飄零句解道月明千里韻

此與蘇詞同，惟换頭句藏短韻，後結攤破句法作七字一句、六字一句異。

趙長卿"暑風吹雨"詞，楊无咎"小軒瀟灑"詞，胡仔"夢寒綃帳"詞，俱與此同。惟趙詞、楊詞前段第二句作折腰句法，胡詞後結作折腰句法。又，楊詞、胡詞换頭句俱不藏短韻，注明不另列體。

**又一體**　雙調一百二字，前段十一句四仄韻，後段十句五仄韻。

晁端禮

夜來深雪前村路句應是早梅先綻韻故人贈我句江頭春信句南枝向暖韻疏影横斜句暗香浮動句月明清淺韻向亭邊驛畔句行人立馬句頻回首讀空腸斷韻　别有玉溪仙館韻壽陽人讀初匀妝面韻天教占了句百花頭上句和羹未晚韻最是關情處句高樓上讀一聲羌管韻仗誰人向道句爭如留取句倚朱欄看韻

此與蘇詞同，惟後段第六、七、八句攤破四字三句作五字一句、七字一句異。按，周紫芝"小桃零落"詞後段第六、七句"深院簾垂雨，愁人處、碎紅千片"，正與此同。

**又一體**　雙調一百二字，前段九句五仄韻，後段八句五仄韻。

趙長卿

煙姿玉骨塵埃外句看自有讀神仙格韻花中越樣風流句曾是名標清客韻月夜香魂句雪天孤豔句可堪憐惜韻向枝間讀且作東風第一韻和羹事讀期他日韻　聞道春歸未識韻問伊家讀却知消息韻當時惱殺林逋句空繞團圞千百韻横管輕吹處句餘香散讀阿誰偏得韻壽陽宫讀應有佳人句待與點讀新妝額韻

此詞與蘇詞校，前後段第三、四、五句，攤破四字三句作六字兩句，第九、十句作九字一句；後段第六、七、八句攤破四字三句作五字一句、八字一句，第九句以下攤破五字一句、四字兩句作八字一句、六字一句異。

**又一體**　雙調一百四字，前段十句五仄韻，後段九句四仄韻。

趙長卿

韶華迤邐三春暮韻飛盡繁紅無數韻多情爲與句牡丹長約句年年爲主韻曉露凝香句柔條千縷句輕盈清素韻最堪憐讀玉質冰肌婀娜句江梅漫休爭妒韻　翠蔓扶疏掩映句似碧紗讀籠罩越溪遊女韻從前愛惜嬌姿句終日愁風怕雨韻夜月一簾句小樓横斷句有思量處韻恐因循讀易嫁東風句爛漫暗隨春去韻

此詞與蘇詞校，前段起句用韻，第九、十句作九字一句，後段第二句多二字，第三、四、五句作六字兩句,第九句以下攤破句法異。

**又一體** 雙調一百六字,前後段各九句四仄韻。

秦 觀

亂花叢裏曾攜手句窮豔景讀迷歡賞韻到如今讀誰把雕鞍鎖定句阻遊人來往韻好夢隨春遠句從前事讀不堪思想韻念香閨正杳句佳歡未偶句難留戀讀空惆悵韻 永夜嬋娟未滿句歎玉樓讀幾時重上韻那堪萬里句却尋歸路句指陽關孤唱韻苦恨東流水句桃源路讀欲回雙槳韻仗何人讀細與丁寧問呵句我如今怎向韻

此添字《水龍吟》也,又兼攤破句法。前段第三、四、五句添二字攤破四字三句作九字一句、五字一句,第六、七、八句攤破四字三句作五字一句、七字一句;後段第五句添一字,第六、七、八句亦攤破四字三句作五字一句、七字一句,結句又添一字。若刪去添字,便與諸家無異矣,採入以備一體。

以上九詞皆前段第一句七字、第二句六字者,類列以備參考。

**又一體** 雙調一百二字,前段十一句四仄韻,後段十句五仄韻。

秦 觀

小樓連苑橫空句下窺繡轂雕鞍驟韻疏簾半卷句單衣初試句清明時候韻破暖輕風句弄晴微雨句欲無還有韻賣花聲過盡句垂楊院宇句紅成陣讀飛鴛甃韻 玉佩丁東別後韻悵佳期讀參差難又韻名韁利鎖句天還知道句和天也瘦韻花下重門句柳邊深巷句不堪回首韻念多情讀但有當時皓月句照人依舊韻

此詞前段第一句六字,第二句七字,宋詞如此填者最多。後結作九字一句、四字一句,與前諸家異。

此詞可平可仄參下類列十二詞。

**又一體** 雙調一百二字,前段十一句四仄韻,後段十句四仄韻。

黄 機

晴江滾滾東流句爲誰流得新愁去韻新愁都在句長亭望際句扁舟行處韻歌罷翻香句夢回呵酒句別來無據韻恨酴醿吹盡句櫻桃過了句便只恁讀成孤負韻 須信情鍾易感句數良辰讀佳期應誤韻才高自歎句彩雲空詠句凌波漫賦韻團扇塵生句吟箋淚漬句一觴慵舉韻但丁寧讀雙燕明年句還解寄平安否韻

此與秦詞同,惟後段起句不押韻,結句七字一句、六字一句異。

**又一體** 雙調一百二字,前段十一句四仄韻,後段十二句六仄韻。

吴文英

有人獨立空山句翠鬟未覺霜顏老韻新香秀粒句濃光綠浸句千年春小韻布影參旗句障空

雲蓋句沈沈秋曉韻駟蒼虬萬里句笙吹鳳女句驂飛乘讀天風嫋韻　般巧韻霜斤不到韻漢遊仙讀相從最早韻皺鱗細雨句層陰藏月句朱弦古調韻問訊東橋句故人南嶺句倚天長嘯韻待凌霄謝了句山深歲晚句素心才表韻

此與秦詞同，惟换頭句藏一短韻，結處五字一句、四字兩句異。

章楶“燕忙鶯懶”詞第二句“正堤上、柳花飄墜”，作上三下四折腰句法，餘皆同，不另列體。

**又一體** 雙調一百二字，前段十一句四仄韻，後段十句五仄韻。

程　垓

夜來風雨匆匆句故園定是花無幾韻愁多怨極句等閒辜負句一年芳意韻柳困桃慵句杏青梅小句對人容易韻算好春長在句好花長見句元只是讀人憔悴韻　回首池南舊事韻恨星星讀不堪重記韻如今但有句霜花老眼句傷時清淚韻不怕逢花瘦句只愁怕讀老來風味韻待繁紅亂處句留雲借月句也須拌醉韻

此與秦詞同，惟後段第六、七、八句攤破四字三句作五字一句、七字一句異。吴文英“望中瓊海”詞後段第六、七句“花蕚樓高處，連清曉、千秋傳宴”，正與此同。

**又一體** 雙調一百二字，前段十句四仄韻，後段十一句六仄韻。

吴文英

望春樓外滄波句舊年照眼青銅鏡韻煉成寶月句飛來天上句銀河流影韻紺玉鈎簾處句横犀麈讀天香分鼎韻記殷雲殿瑣句裁花剪露句曲江畔讀春風勁韻　槐省韻紅塵晝静韻午朝回讀吟生晚興韻春霖繡筆句鶯邊清晝句金狨旋整韻閬苑芝仙貌句生綃對讀緑窗深景韻弄瓊英數點句宫梅信早句占年光永韻

此亦秦詞體，惟前後段第六、七、八句俱攤破四字三句作五字一句、七字一句，换頭句藏一短韻異。

**又一體** 雙調一百二字，前段十一句四仄韻，後段十句五仄韻。

劉　過

謫仙狂客何如句看來畢竟歸田好韻玉堂無此句三山海上句虚無縹緲韻讀罷離騷句暗香猶在句覺人間小韻任菜花葵麥句劉郎去後句桃開處讀知多少韻　一夜雪迷蘭棹韻傍寒溪讀欲尋安道韻而今縱有句劉叉冰柱句有知音否韻想見鸞飛句如椽健筆句檄書親草韻算平生讀白傅風流句未肯向讀香山老韻

此亦秦詞體，惟後結作七字一句、六字一句異。劉鎮“三山臘雪”詞，楊樵雲“多情不在”詞俱與此同，惟换頭句俱不押韻。又，李昴英“驛飛穩駕”詞結句六字不折腰，注明不另列體。

**又一體**　雙調一百二字，前段十一句四仄韻，後段九句五仄韻。

吴文英

夜分溪館漁鐙句巷聲乍寂西風定韻河橋送遠句玉簫吹斷句霜絲舞影韻薄絮秋雲句淡蛾山色句宦情歸興韻怕煙江渡後句桃花又泛句宫溝上讀春流緊韻　新句欲題還省韻透香煤讀重箋誤隱韻西園已負句林亭移酒句松泉薦茗韻携手同歸處句玉奴唤讀緑窗春近韻想驕驄讀又踏西湖句二十四番花信韻

此與程垓詞同，惟後結七字一句、六字一句異。

**又一體**　雙調一百四字，前段十一句四仄韻，後段十一句五仄韻。

葛立方

九州雄傑溪山句遂安自古稱佳處韻雲迷半嶺句風號淺瀨句輕舟斜渡韻朱閣横飛句漁磯無恙句鳥啼林塢韻弔高人陳跡句空瞻遺像句知英烈讀雄千古韻　憶昔龍飛光武韻悵當年讀故人何許韻羊裘自貴句龍章難换句不如歸去韻七里溪邊句鸕鶿灘畔句一蓑煙雨韻歎如今蕩子句翻將釣手句遮日向讀西秦路韻

此亦秦詞體，惟後段結句添二字異。按，張孝祥“望九華”詞“悵世緣未了，匆匆又去，空凝佇、煙霄裏”，正與此同。

**又一體**　雙調一百六字，前段十二句四仄韻，後段九句四仄韻。

張　雨

古來宰相神仙句有誰得似東泉老韻今朝佳宴句楊枝解唱句花枝解笑韻鍾鼎山林句同時行輩句故人應少韻問功成身退句何須更學句鴟夷子句煙波渺韻　我自深衣獨樂句盡從渠讀黄塵烏帽韻後來官職清高句一品還他三少韻不須十載光陰句渭水相逢句又入飛熊夢了韻到恁時讀拂袖逍遥句勝戲十洲三島韻

此詞後結句讀，與吴文英“夜分深館”詞同，惟後段起句不押韻，第三、四、五句攤破四字三句作六字兩句，第六句添二字，第八句添二字異。

**又一體**　雙調一百二字，前段十一句四仄韻，後段十句四仄韻。

曹　組

曉天穀雨晴時句翠羅護日輕煙裏韻酴醾徑暖句柳花風淡句千葩濃麗韻三月春光句上林池館句西都花市韻看輕盈隱約句何須解語句凝情處讀無窮意韻　金殿筠籠歲貢句最姚黄讀一枝嬌貴韻東風既與花王句芍藥須爲近侍韻歌舞筵中句滿裝歸帽句斜簪雲髻韻

有高情未已句齊燒絳蠟句向闌邊醉韻

此亦秦詞體，惟後段第三、四、五句攤破四字三句作六字兩句異。

**又一體** 雙調一百二字，前段十句四仄韻，後段九句四仄韻。

趙長卿

先來天與精神句更因麗景添殊態韻拖輕苒苒句纔凝一段句還分五彩韻畢竟非煙句有時爲雨句惹情無奈韻道無心讀怎被歌聲遏斷句遲遲向讀青天外韻　宜伴先生醉卧句得饒到讀和山須買韻也曾惱殺襄王句誰道依前不會韻我欲乘歸去句翻恨悵讀帝鄉何在韻念佳期未展句天長暮合句盡空相對韻

此與曹組詞同，惟後段第六、七、八句又攤破四字三句作五字一句、七字一句異。

**又一體** 雙調一百一字，前段十句四仄韻，後段九句四仄韻。

趙長卿

淡煙輕霧濛濛句望中乍歇凝晴晝韻纔驚一霎催花句還又隨風過了韻清帶梨梢句暈含桃臉句添春多少韻向海棠點點句香紅染遍句分明是讀胭脂透韻　無奈芳心滴碎句阻遊人讀踏青携手韻簷頭線斷句空中絲亂句纔晴却又韻簾幕閒垂處句輕風送讀一番寒峭韻正留君不住句瀟瀟更下黄昏後韻

此亦秦詞體，惟前段第三、四、五句攤破四字三句作六字兩句，後段第六、七、八句攤破四字三句作五字一句、七字一句，第九、第十句減一字作五字一句、七字一句異。

**又一體** 雙調一百二字，前後段各十一句四仄韻。

《高麗史·樂志》無名氏

洞天景色常春句嫩紅淺白開輕萼韻瓊筵鎮起句金爐煙重句香凝錦幄韻窈窕神仙句妙呈歌舞句攀花相約韻彩雲月轉句朱絲網除句任語笑讀拋球樂韻　繡袂風翻鳳舉句轉星眸讀柳腰柔弱韻頭籌得勝句歡聲近地句花光容約韻滿座嘉賓句喜聽仙樂句交傳觥爵韻龍吟欲罷句彩雲摇曳句相將去讀歸寥廓韻

此見《高麗史·樂志》，名《水龍吟令》，拋球樂隊舞曲也。亦與秦詞同，惟前後段第九句各減一字，後段結句添二字異。

以上詞十三首，皆前段第一句六字、第二句七字者，類列以備參考。

**又一體** 雙調一百二字，前後段各十一句四仄韻。

李之儀

晚風輕拂句遊雲盡卷句霽色寒相射韻銀潢半掩句秋毫欲數句分明不夜韻玉管傳聲句羽

衣催舞句此歡難借韻凛清輝讀但覺圓光罩影句冰壺瑩讀真無價韻　聞道水晶宫殿句蕙爐熏讀珠簾高挂韻瓊枝半倚句瑶觴更勸句鶯嬌燕姹韻目斷魂飛句翠縈紅繞句空憐小砑韻想歸來醉裏句鸞篦鳳朵句待何人卸韻

此詞前段第一、二句作四字兩句、五字一句。按，曹勛《松隱集》，《水龍吟》詞五首前段起處皆與此同，又《梅苑》無名氏詞亦與此同，則知此體宋人亦間爲之，採之以備一體。

**又一體**　雙調一百二字，前段十句五平韻，後段九句五平韻。

辛棄疾

聽兮清佩瓊瑶韻些句明兮鏡秋毫韻些句君無此去句流昏漲膩讀生蓬蒿韻些句虎豹甘人句渴而飲汝句寧猿猱韻些句大而流江海句覆舟如芥句君無助讀狂濤韻些句　路險兮山高韻些句予愧獨處無聊韻些句冬槽春盎句歸來爲我讀製松醪韻些句其外芳芬句團龍片鳳句煮雲膏韻些句古人兮既往句嗟予之樂讀樂簞瓢韻些句

此詞見《稼軒集》，仿楚詞體，每韻下用一"些"字，採以備體。

按，蔣捷《竹山詞》，《水龍吟》調亦有仿此體者，因字句悉同，不另列。

**又一體**　雙調一百二字，前段八句五仄韻，後段九句四仄韻。

《高麗史·樂志》無名氏

玉皇金闕長春句民仰高天欣戴韻年年一度定佳期句風情多感慨韻綺羅競交會韻爭折花枝兩相對韻舞袖翩翩歌聲妙句掩粉面讀斜窺翠黛韻　錦額門開句彩架球兒句當先誘讀神仙隊韻融香拂席舞霓裳句動鏗鏘環佩韻寶座巍巍五雲密句歡呼爭拜退韻管弦衆作欲歸去句願吾皇讀萬年恩愛韻

此見《高麗史·樂志》，名《水龍吟慢》，與蘇詞、秦詞句讀全異，採入以備一體。

## 鬭百草二體

調見《琴趣外篇》。

**鬭百草**　雙調一百二字，前段十句四仄韻，後段十句五仄韻。

晁補之

別日常多句會時常寡天難曉韻正喜花開句又愁花謝句春也似人易老韻慘無言讀念舊日朱顔句清歡莫笑韻便苒苒如雲句霏霏似雨句去無音耗韻　追想牆頭梅下句門裏桃邊句名利爲伊都忘了韻血寫香箋句淚封羅帕句記三日讀離腸浪攪韻如今事句十二樓空憑

誰到韻此情悄韻擬回船讀武陵路杳韻

此調只晁詞二首，故可平可仄即參下詞。

**又一體** 雙調一百二字，前段十句三仄韻，後段十句六仄韻。

晁補之

往事臨邛句舊遊雅態差重憶韻解賦才高句好音情慧句琴裏句中暗識韻正當年讀似閬苑瓊枝句朝朝相倚句便滌器何妨句當壚正好句鎮同比翼韻　誰使褰裳佩失韻推枕雲歸句惆悵至今遺恨積韻雙鯉書來句大刀詩意句縱章臺讀青青似昔韻重尋事句前度劉郎轉愁寂韻漫贏得韻倚東風讀對花歎息韻

此與前詞同，惟前段第七句少押一韻，後段第一句多押一韻異。

## 石州慢六體

《宋史・樂志》越調。賀鑄詞有"長亭柳色才黄"句，名《柳色黄》。謝懋詞名《石州引》。

**石州慢** 雙調一百二字，前段十句四仄韻，後段十一句五仄韻。

賀　鑄

薄雨催寒句斜照弄晴句春意空闊韻長亭柳色纔黄句遠客一枝先折韻煙横水際句映帶幾點歸鴉句東風消盡龍沙雪韻還記出關時句恰而今時節韻　將發韻畫樓芳酒句紅淚清歌句頓成輕別韻已是經年句杳杳音塵都絶韻欲知方寸句共有幾許清愁句芭蕉不展丁香結韻枉望斷天涯句兩厭厭風月韻

此調以此詞爲正體，若蔡詞、二張詞之攤破句法，王詞之句讀全異，皆變格也。

此詞前後段兩結句例作上一下四句法，填者辨之。

按，元好問詞前段第七句"而今憔悴登樓"，後段第八句"蕭蕭兩鬢黄塵"，"而"字、上"蕭"字俱平聲。譜内據此，餘參下四詞。

**又一體** 雙調一百二字，前段十句四仄韻，後段十句五仄韻。

蔡松年

雲海蓬萊句風霧鬟鬟句不假梳掠韻仙衣卷盡雲霓句方見宫腰纖弱韻心期得處句世間言語非真句海犀一點通寥廓韻無物比情濃句覓無情相博韻　離索韻曉來一枕餘香句酒病賴花醫却韻灩灩金尊句收拾新愁重酌韻片帆雲影句載將無際關山句夢魂應被楊花覺

韻梅子雨絲絲句滿江干樓閣韻

此與賀詞同,惟後段第二、三、四句攤破作六字兩句異。按,張埜詞後段第二、三句"天涯幾許離情,化作暮雲千縷",正與此同。又,白樸詞"療饑賴有楚萍,暖老尚須燕玉",作一對聯,文法又小異。

**又一體**　雙調一百二字,前段十句四仄韻,後段十一句五仄韻。

張元幹

寒水依痕句春意漸回句沙際煙闊韻溪梅晴照生香句冷蕊數枝爭發韻天涯舊恨句試看幾許消魂句長亭門外山重疊韻不盡眼中青句是愁來時節韻　情切韻畫樓深閉句想見東風句暗消肌雪韻辜負枕前雲雨句尊前花月韻心期切處句更有多少淒涼句殷勤留與歸時説韻到得再相逢句恰經年離別韻

此亦與賀詞同,惟後段第五句六字、第六句四字異。

**又一體**　雙調一百二字,前段十一句四仄韻,後段十一句五仄韻。

張　炎

野色驚秋句隨意散愁句踏碎黃葉韻誰家籬落句閒花似語句弄妝羞怯韻行行步影句未教背寫腰肢句一枝猶立門前雪韻依約鏡中春句又無端輕別韻　癡絕韻漢皋何處句解佩何人句應須情切韻引望東鄰句遺恨丁香空結韻十年舊恨句尚餘恍惚雲窗句可憐不是當時蝶韻深夜醉醒來句悵一庭風月韻

此亦與賀詞同,惟前段第四、五句攤破作四字三句異。

此詞後段結句"一"字入聲,以入作平,故賀詞此字不注可仄。

**又一體**　雙調一百二字,前段九句四仄韻,後段十一句五仄韻。

張　雨

落日空城禾黍句夜深砧杵纔歇韻怪他蘿薜絺衣句風露潤滋涼浹韻清愁多少句只消目送飛鴻句五弦已是心悲咽韻把酒問青天句又中秋時節韻　聞説韻謫仙去後句何人敢擬句詩豪酒傑韻草草山林句還我舊時明月韻書帷冷落句縱教萬事都忘句閒文閒字偏情熱韻孤負楮先生句有一庭紅葉韻

此亦與賀詞同,惟前段第一、二、三句攤破作六字兩句異。

**又一體**　雙調一百二字,前段十二句四仄韻,後段十二句五仄韻。

王之道

天迥樓高句日長院靜句琴聲幽咽韻昵昵恩情句叨叨言語句似傷離別韻子期何處句只今

漫訝句高山流水句又逐新聲徹韻彷彿江州句夜聽琵琶淒切韻　休説韻春寒料峭句夜來花柳句弄風摇雪韻大錯因誰句算不啻六州鐵韻波下雙魚句雲中乘雁句嗣音無計句空歎初謀拙韻但願相逢句同心再綰重結韻

此詞句讀多與諸家不同，採以備體，不參校入譜。

## 上林春慢二體

《宋史·樂志》：中吕宫。

**上林春慢**　雙調一百二字，前段十一句四仄韻，後段九句五仄韻。

晁補之

帽落宫花句衣惹御香句鳳輦晚來初過韻鶴降詔飛句龍銜燭戲句端門萬枝燈火韻滿城車馬句對明月讀有誰閒坐韻任狂游句更許傍禁街句不扃金鎖韻　玉樓人讀暗中擲果韻珍簾下讀笑著春衫嫋娜韻素蛾繞釵句輕蟬撲鬢句垂垂柳絲梅朵韻夜闌飲散句但贏得讀翠翹雙彈韻醉歸來句又重向讀曉窗梳裹韻

此調兩晁詞俱爲正體，此詞有曾紆詞可校。按，曾詞前段第二句“豪健放樂”，“樂”字仄聲；第四句“靚妝微步”，“微”字平聲；第十句“念流水易失”，“流水”二字俱平聲，“失”字仄聲；第十一句“幽姿堪惜”，“幽”字平聲；後段第三句“舊遊回首”，“回”字平聲，“首”字仄聲；第四句“前歡如夢”，“如”字平聲；第六句“稠紅亂蕊”，“稠”字平聲。譜内可平可仄據此，餘參下詞。

**又一體**　雙調一百二字，前段十一句四仄韻，後段十句五仄韻。

晁補之

天惜中秋句三夜淡雲句占得今宵明月韻孟陬歲好句金風氣爽句清時挺生賢哲韻相門出相句算鍾慶讀自應累葉韻乍歸來句暫燕處句共仰赤松高轍韻　想人生讀會須自悦韻浮雲事讀笑裏尊前休説韻舊有衮衣句公歸未晚句千歲盛明時節韻命圭相印句看重賞讀晉公勳業韻濟生靈句共富貴句海深天闊韻

此與前詞同，惟前結作三字一句、六字一句異。

## 宴清都九體

調始《清真樂府》，程垓詞名《四代好》。

**宴清都** 雙調一百二字,前段十句五仄韻,後段十句四仄韻。

周邦彦

地僻無鍾鼓韻殘燈滅句夜長人倦難度韻寒吹斷梗句風翻暗雪句灑窗填户韻賓鴻漫説傳書句算過盡讀千儔萬侣韻始信得讀庾信愁多句江淹恨極須賦韻　凄凉病損文園句徽弦乍拂句音韻先苦韻淮山夜月句金城暮草句夢魂飛去韻秋霜半入清鏡句歎帶眼讀多移舊處韻更久長讀不見文君句歸時認否韻

此調以此詞爲正體,若盧詞之多押兩韻,曹詞、吴詞之多押三韻,袁詞、陳詞之减字,皆變格也。

按,前段第三句,趙必象詞"賓鴻三兩飛度","賓"字平聲;第四句,趙詞"茅簷春小","春"字平聲;第五句,趙善扛詞"玉光萬頃","玉"字仄聲;第六句,趙必象詞"青山當户","青"字平聲;第八句,趙詞"渾忘却、耕徒釣侣","忘"字平聲;第九句,趙詞"何時尋、鬬酒紅爐","何"字、"時"字俱平聲。後段第二句,周密詞"事隨花謝","事"字仄聲,"花"字平聲;第三句,趙善扛詞"花晨月午","月"字仄聲;第四、五句,趙必象詞"秋田二頃,菊松三徑","秋"字、"菊"字俱仄聲;第七句,趙善扛詞"别情未抵遺愛","别"字仄聲;趙必象詞"山林休勒俗駕","休"字平聲;第八句,趙詞"容我卧、草堂深處","容"字平聲,"草"字仄聲,"深"字平聲;第十句,周密詞"半蟾弄晚","半"字仄聲。譜内可平可仄據此,餘參盧、曹、吴、袁、陳五詞。

吴文英詞前段結句"此景此情多感",又一首"天留建章春晚",後段第七句"區區去情何限",又一首"憑誰爲歌長恨";曹勛詞後段結句"常奉舜殿",又一首"俱獻聖壽","景"字仄聲,"情"字、"章"字、"情"字、"歌"字俱平聲,"奉"字、"獻"字俱仄聲,校諸家獨異,故譜内不校注平仄。

趙善扛詞前段第三句"渡頭行客欲去","欲"字入聲。趙必瑑詞後段第七句"山林休勒俗駕","俗"字入聲,此皆以入作平,亦不注可仄。

**又一體** 雙調一百二字,前段十句六仄韻,後段十句五仄韻。

盧祖皋

春訊飛瓊管韻風日薄句度牆啼鳥聲亂韻江城次第句笙歌翠合句綺羅香暖韻溶溶澗緑冰泮韻醉夢裏讀年華暗换韻料黛眉重鎖隋堤句芳心還動梁苑韻　新來雁闊雲音句鸞分鑒影句無計重見韻啼春細雨句籠愁淡月句恁時庭院韻離腸未語先斷韻算猶有讀憑高望眼韻更那堪讀芳草連天句飛梅弄晚韻

此與周詞同,惟前後段第七句,多押兩韻異。

**又一體** 雙調一百二字,前段十句六仄韻,後段十一句六仄韻。

曹　勛

鳳苑東風軟韻春容早句歲端新律初轉韻宫雲麗曉句人日應鍾句慶符閨範韻元妃懿德尊

顯韻位四聖讀晉芳避輦韻佐聖主讀美化重宣句光被海宇彌遠韻　香滿韻帝渥恩隆句歌珠舞雪句俱陳絲管韻彤闈共悦句天顔有喜句壽觴親勸韻今年外家華焕韻擁使節讀新班侍宴韻願萬載讀永冠椒房句常奉舜殿韻

此與盧詞同，惟换頭句押短韻異。

**又一體** 雙調一百二字，前後段各十句六仄韻。

吴文英

萬里關河眼韻愁凝處句渺渺殘照紅斂韻天低遠樹句潮分斷港句路回淮甸韻吟鞭又指孤店韻對玉露金風送晚韻恨自古讀佳人才子句此景此情多感韻　吴王故苑韻别來良朋雅集句空歎蓬轉韻揮毫刻燭句飛觴趁月句夢消香斷韻區區去情何限韻倩片紙讀丁寧過雁韻寄相思讀寒雨燈窗句芙蓉舊院韻

此亦與盧詞同，惟後段第一句四字押韻，第二句六字異。

**又一體** 雙調九十九字，前段九句五仄韻，後段十句四仄韻。

陳允平

聽徹南樓鼓韻玉壺冰漏遲度韻重温錦幄句低護青氈句曲通朱户韻巡簷細嚼寒梅句歎寂寞讀孤山伴侣韻更信有讀鐵石心腸句廣平幾度曾賦韻　寒深試擁羊裘句松醪自酌句誰伴吟苦韻摩挲醉眼句闌干相拍句白鷗驚去韻梁園勝賞重約句漸玉樹瓊花處處韻怕柳條讀未覺春風句青青在否韻

此亦與周詞同，惟前段減去第二句異。

**又一體** 雙調一百一字，前段十句五仄韻，後段十句四仄韻。

袁去華

暮雨消煩暑韻房櫳頓覺句秋意如許韻天高迥杳句山横紺碧句桂華初吐韻空庭静掩桐陰句便苒苒讀流螢暗度韻記那時讀朱户迎風句西廂待月私語韻　佳期易失難重句餘香破鏡句雖在何據韻如今要見句除非是夢句幾時重做韻人言雁足傳書句待盡寫讀相思寄與韻又怎生讀説得愁腸句千絲萬縷韻

此與周詞同，惟前段第二、三句俱作四字異。

**又一體** 雙調一百二字，前段十二句六仄韻三疊韻，後段十一句六仄韻。

何　籀

細草沿階軟韻紅日薄句蕙風輕藹微暖韻東君靳惜句桃英尚小句柳芽猶短韻羅幃繡幕高

卷韻早已是讀歌慵笑懶韻憑畫樓讀那更天遠韻山遠疊水遠疊人遠疊　　堪怨韻傅粉疏狂句竊香俊雅句無計拘管韻青絲絆馬句紅裙勸酒句甚處迷戀韻無言淚珠零亂韻翠袖盡讀重重漬遍韻故要得讀別後思量句歸時覷見韻

此《宴清都》調之變格，前結疊用四韻，自成一體。其可平可仄悉參下程、曹二詞。

**又一體** 雙調一百二字，前段十二句六仄韻三疊韻，後段十一句四仄韻五疊韻。

程　垓

翠幕東風早韻蘭窗夢句又被鶯聲驚覺韻起來空對句平階弱絮句滿庭芳草韻厭厭未忺懷抱韻記柳外讀人家曾到韻憑畫闌讀那更春好韻花好疊酒好疊人好疊　　春好疊尚恐闌珊讀花好疊又怕飄零難保韻直饒酒好疊酒好疊未抵意中人好疊相逢盡拌醉倒韻況人與讀才情未老韻又豈關讀春去春來句花愁花惱韻

此與何詞同，惟後段第三、四句，第六、七句各攤破四字兩句作二字一句、六字一句異。又，後段五疊"好"字韻，亦屬遊戲之筆，非定格也。

**又一體** 雙調一百二字，前段十二句五仄韻三疊韻，後段十一句六仄韻。

曹　勛

野水澄空句遠山隨眼句筍輿乘興廬阜韻天池最極句雲溪最隱句翠迷歸路韻三峽兩龍翔翥韻盡半月讀猶貪杖屨韻間引杯讀相賞好處韻奇處疊險處疊清處疊　　凝佇韻道友重陪句西山勝跡句玉隆風御韻滕閣下臨句晴峰萬里句水雲千古韻飛觴且同豪舉韻喜醉客讀龍吟曲度韻待記成佳話句歸時從頭細數韻

此與何詞同，惟前段第一、二句作四字兩句，後段第十句、第十一句作五字一句、六字一句異。

## 慶春宮二體

一名《慶宮春》。此調有平韻、仄韻兩體。平韻體始自北宋，有周邦彥諸詞；仄韻體始自南宋，有王沂孫諸詞。

**慶春宮** 雙調一百二字，前段十一句四平韻，後段十一句五平韻。

周邦彥

雲接平岡句山圍寒野句路回漸轉孤城韻衰柳啼鴉句驚風驅雁句動人一片秋聲韻倦途休駕句澹煙裏讀微茫見星韻塵埃憔悴句生怕黃昏句離思牽縈韻　　華堂舊日逢迎韻花豔參差句香霧飄零韻弦管當頭句偏憐嬌鳳句夜深簧暖笙清韻眼波傳意句恨密約讀匆匆未

成韻許多煩惱句只爲當時句一晌留情韻

此調押平韻者祇此一體，宋人俱依此填。

按，前段第一句，方千里詞“宿靄籠晴”，“宿”字仄聲；第二句，張炎詞“鄰分杏酪”，“杏”字仄聲；第三句，張詞“一枝曾伴凉宵”，“曾”字平聲；第四句，張詞“罥索飛仙”，“罥”字仄聲；第五句，張詞“戲船移景”，“戲”字仄聲，又張樞詞“情疏寶扇”，“寶”字仄聲；第六句，張炎詞“濃豔到此都消”，“濃”字平聲，“豔”字仄聲；吴文英詞“翠房人去深扃”，“人”字平聲；第八句，張炎詞“聽隔柳、誰家賣餳”，“隔”字仄聲；第九句，張詞“粟肌微潤”，“粟”字仄聲；第十句，張樞詞“依約遠峰”，“遠”字仄聲；第十一句，吴詞“玉腕誰憑”，“玉”字仄聲；後段第一句，張炎詞“小山舊隱重招”，“小”字仄聲；第二、三句，陳允平詞“最憐堤柳，白露先零”，“最”字、“柳”字、“白”字俱仄聲，“憐”字平聲；第四、五、六句，張炎詞“被酒長歌，插花短舞，誰在水國吹簫”，“被”字、“插”字、“短”字俱仄聲，“誰”字平聲，“在”字、“水”字俱仄聲；第七句，張詞“餘音何處”，“餘”字平聲；第八句，吴詞“斷雲隔、巫山幾層”，“雲”字平聲；第九句，張炎詞“梨花落盡”，“梨”字平聲，“落”字仄聲；第十句，張樞詞“簾卷翠樓”，“簾”字平聲，“翠”字仄聲；第十一句，吴詞“消瘦雲英”，“消”字平聲。譜内可平可仄據此。

**又一體** 雙調一百二字，前後段各十一句四仄韻。

王沂孫

明玉擎金句纖羅飄帶句爲君起舞回雪韻柔影參差句幽芳零亂句翠圍腰瘦一撚韻歲華相誤句記前度讀湘皋怨別韻哀弦重訴句都是凄凉句未須彈徹韻　國香到此誰憐句煙冷沙昏句頓成愁絶韻花惱難禁句酒消欲盡句門外冰澌欲結韻試招仙魄句怕今夜讀瑶簪凍折韻携盤獨出句空想咸陽句故宫落葉韻

此調押仄韻者，亦祇此一體，周密、劉瀾、王易簡諸詞，俱如此填。

按，前段第一、二句，劉詞“春剪緑波，日明金渚”，“緑”字、“日”字俱仄聲；第四、五句，劉詞“喜溢雙蛾，迎風一笑”，“喜”字、“一”字俱仄聲；第六句，周詞“棹歌人語嗚咽”，“嗚”字平聲；第八句，周詞“正百里、冰河乍合”，“百”字仄聲，劉詞“錦袍濕、烏紗攲側”，“攲”字平聲；第九句，周詞“千山换色”，“换”字仄聲；第十句、十一句，劉詞“滿目青山，飛下孤白”，“滿”字、“下”字俱仄聲，“飛”字平聲。後段第一句，劉詞“片帆誰上天門”，“誰”字平聲；第二句，周詞“表裏空明”，“表”字仄聲；第四、五、六句，周詞“高堂在否，登臨休賦，忍見舊時明月”，“堂”字、“登”字、“休”字、“明”字俱平聲，“在”字、“忍”字、“舊”字俱仄聲；第七句，劉詞“磯頭緑樹”，“磯”字平聲，“緑”字仄聲；第八句，劉詞“見白馬、書生破敵”，“白”字仄聲；周詞“怕空負、年芳輕别”，“輕”字平聲；第九句、十句、十一句，劉詞“百年前事，欲問東風，酒醒長笛”，“百”字、“欲”字俱仄聲，“前”字、“長”字俱平聲。譜内可平可仄據此。

## 憶舊遊六體

調始《清真樂府》，一名《憶舊遊慢》。

**憶舊遊**　雙調一百二字,前段十一句四平韻,後段十一句五平韻。

周邦彦

記愁横淺黛句淚洗紅鉛句門掩秋宵韻墜葉驚離思句聽寒蛩夜泣句亂雨蕭蕭韻鳳釵半脱雲鬢句窗影燭花摇韻漸暗竹敲凉句疏螢照曉句兩地魂消韻　迢迢韻問音信句道徑底花陰句時認鳴鑣韻也擬臨朱户句歎因郎憔悴句羞見郎招韻舊巢更有新燕句楊柳拂河橋韻但滿目京塵句東風竟日吹露桃韻

此調以此詞爲正體,方千里、楊澤民、陳允平、趙以夫、張炎等詞,俱依此填。若吴詞之減字,周詞、劉詞之添字,皆變格也。

前段起句例作上一下四句法,彭泰翁詞作"平環扶殘醉",此亦偶誤,不可從。後段結句例作拗體,填者辨之。

按,張炎詞前段第四句"休問神仙事","休"字平聲;第五、六句"正緑章封事,飛上層青","緑"字仄聲;第七句"忘了牡丹名字","了"字仄聲;第十句"采芳難贈","采"字仄聲;後段第八句"露臺深鎖丹氣","深"字平聲;第九句"醉後醒還驚","醉"字仄聲;第十句"縱忘却歸期","忘"字平聲;第十一句"鶴衣散影都是雪","鶴"字仄聲。又"陽關西出無故人","西"字平聲。譜内可平可仄據此,餘參所採諸詞。

**又一體**　雙調一百二字,前段十一句四平韻,後段十句四平韻。

張　炎

記瓊筵卜夜句花檻移春句同惱鶯嬌韻暗水流花徑句正無風院落句銀燭遲銷韻鬧枝淺壓髻髻句香臉泛紅潮韻甚如此遊情句還將樂事句輕趁冰綃韻　飄零又成夢句但長歌嫋嫋句柳色迢迢韻一葉江心冷句望美人不見句隔浦難招韻認得舊時鷗鷺句重過月明橋韻溯萬里天風句清聲漫憶何處簫韻

此與周詞同,惟换頭句不押短韻異。

**又一體**　雙調一百二字,前後段各十句四平韻。

吴文英

送人猶未苦句苦送春讀隨人去天涯韻片紅都飛盡句正陰陰潤緑句暗裏啼鴉韻賦情頓雪雙鬢句飛夢逐塵沙韻歎病渴凄凉句分香瘦減句兩地看花韻　西湖斷橋路句想繫馬垂楊句依舊敧斜韻葵麥迷煙處句問離巢孤燕句飛過誰家韻故人爲寫深怨句空壁掃秋蛇韻但醉上吴臺句殘陽草色歸思賒韻

此與周詞同,惟前段第二、三句作上三下五八字一句,换頭句不藏短韻異。

**又一體** 雙調一百三字，前後段各十一句四平韻。

周　密

記移燈剪雨句換火篝香句去歲今朝韻乍見翻疑夢句向梅邊携手句笑挽吟橈韻依依故人情味句歌舞試春嬌韻對婉娩年芳句漂零身世句酒趁愁消韻　天涯未歸客句望錦羽沈沈句翠水迢迢韻歎菊荒薇老句負故人猿鶴句舊隱難招韻疏花漫捻愁思句無句到寒梢韻但夢繞西陵句空江冷月句魂斷隨潮韻

此亦與周詞同，惟換頭句不藏短韻，後段結句添一字作四字兩句異。

**又一體** 雙調一百四字，前段十一句四平韻，後段十二句五平韻。

周　密

記花陰剪燭句柳影飛梭句庭户東風韻彩筆爭春豔句任香迷舞袖句醉憶歌叢韻畫簾盡卷芳晝句雲剪玉瑽瓏韻奈恨絶冰弦句塵侵翠譜句别鳳引離鴻韻　鴛籠韻怨春遠句但翠冷閒階句墜粉飄紅韻事逐年華换句歎水流花謝句燕去樓空韻繡鴛暗老薇徑句殘夢繞雕籠韻悵寶瑟無聲句愁痕沁碧句江上孤峰韻

此詞前結五字句，後結四字兩句，與周邦彦詞異。

**又一體** 雙調一百三字，前段十一句四平韻，後段十句五平韻。

劉將孫

正落花時節句憔悴東風句緑滿愁痕韻悄客夢讀驚呼伴侣句斷鴻有約句回泊歸雲韻江空共道惆悵句夜雨隔篷聞韻盡世外縱横句人間恩怨句細酌重論韻　歎他鄉異縣句渺舊雨新知句歷落情真韻匆匆那忍别句料當君思我句我亦思君韻人生自非麋鹿句無計久同群韻此去重消魂韻黄昏細雨深閉門韻

此亦與周邦彦詞同，惟前段第四句添二字，第五句减一字，後段第九句多押一韻異。

## 花犯四體

調始《清真樂府》，周密詞名《繡鸞鳳花犯》。

**花犯** 雙調一百二字，前段十句六仄韻，後段九句四仄韻。

周邦彦

粉牆低句梅花照眼句依然舊風味韻露痕輕綴韻疑淨洗鉛華句無限佳麗韻去年勝賞曾孤

倚韻冰盤同燕喜韻更可惜讀雪中高樹句香篝熏素被韻　　今年對花最匆匆句相逢似有恨句依依愁悴韻吟望久句青苔上讀旋看飛墜韻相將見讀脆圓薦酒句人正在讀空江煙浪裏韻但夢想讀一枝瀟灑句黄昏斜照水韻

此調以此詞爲正體,宋人皆如此填。若吴文英詞之少押一韻,或多押一韻,周密詞之減字,皆變格也。

《詞律》論此調後段第七句"煙浪裏"三字必須平、去、上,結句"照水"二字,必須去、上,細校宋詞皆然,填者審之。

按,譚宣子詞後段第五句"秋江上、朝雲輕散","朝"字平聲。譜内據此,餘參下詞。

方千里詞後段第二句"朱顔迎縞露",第四句"腰肢小","迎"字、"支"字俱平聲,查宋詞無用平聲者,故不注可平。又,王沂孫詞前段第四句"斷魂十里","十"字入聲,此以入作平,亦不注可仄。

**又一體** 雙調一百二字,前段十句五仄韻,後段九句四仄韻。

吴文英

剪横枝句清溪分影句翛然鏡空曉韻小窗春到韻憐夜冷孀娥句相伴孤照韻古苔淚鎖霜千點句蒼華人共老韻料淺雪讀黄昏驛路句飛香遺冷草韻　　行雲夢中認瓊娘句冰肌瘦句窈窕風前纖縞韻殘醉醒句屏山外讀翠禽聲小韻寒泉貯讀紺壺漸暖句年事對讀青燈驚换了韻但恐舞讀一簾蝴蝶句玉龍吹又杳韻

此與周詞同,惟前段第七句不押韻,後段第二句三字,第三句六字異。譚宣子詞前段第七句"象牀試錦新翻樣"不押韻,正與此同。

**又一體** 雙調一百二字,前段十句六仄韻,後段九句五仄韻。

吴文英

小娉婷句青鉛素靨句蜂黄暗偷暈韻翠翹敧鬢韻昨夜冷中庭句月下相認韻睡濃更苦凄風緊韻驚回心未穩韻送曉色讀一壺蔥蒨句纔知花夢準韻　　湘娥化作此幽芳句凌波路句古岸雲沙遺恨韻臨砌影句寒香亂讀凍梅藏韻韻熏爐畔讀旋移傍枕韻還又見讀玉人垂紺鬢韻料唤賞讀清華池館句臺杯須滿引韻

此亦與周詞同,惟後段第六句多押一韻異。

**又一體** 雙調一百一字,前段十句六仄韻,後段九句四仄韻。

周　密

楚江湄句湘娥乍見句無言灑清淚韻淡然春意韻空獨倚東風句芳思誰記韻凌波路冷秋無際韻香雲隨步起韻漫記得讀漢宫仙掌句亭亭明月底韻　　冰弦寫怨更多情句騷人恨句枉賦芳蘭幽芷韻春思遠句誰賞國香風味韻相將共讀歲寒伴侣句小窗淨讀沈煙熏翠被韻

幽夢覺讀涓涓清露句一枝燈影裏韻

此與吴文英"剪横枝"詞同,惟後段第五句减一字異。

## 倒犯三體

調始《清真樂府》,一名《吉了犯》。

**倒犯** 雙調一百二字,前段九句六仄韻,後段十一句六仄韻。

周邦彦

霽景讀對霜蟾乍升句素煙如掃韻千林夜縞韻徘徊處讀漸移深窈韻何人正弄讀孤影蹁蹮西窗悄韻冒露冷貂裘句玉斝邀雲表韻共寒光讀飲清醥韻　淮左舊遊句記送行人句歸來山路窵韻駐馬望素魄句印遥碧句金樞小韻愛秀色讀初娟好韻念漂浮讀綿綿思遠道韻料異日宵征句必定還相照韻奈何人自老韻

此調以此詞爲正體,若吴詞、陳詞之句讀或異,皆變格也。

此調前段起句七字,上二字例作一讀,如方千里和詞"盡日、任梧桐自飛,翠階慵掃",悉照此填,不可誤作上三下四句法。

此詞可平可仄,悉參吴、陳二詞。

**又一體** 雙調一百二字,前段十句六仄韻,後段十一句六仄韻。

吴文英

茂苑讀共鶯花醉吟句歲寒如許韻江湖夜雨韻傳書問讀雁多幽阻韻清溪上句慣來往扁舟讀輕如羽韻到興懶歸來句玉冷耕雲圃韻按瓊簫句賦金縷韻　回首詞場句動地聲名句春雷初啟户韻枕水卧漱石句數間屋句梅一塢韻待共結讀良朋侶韻載酒尊句隨花追野步韻要未若城南句分取溪隈住韻晝長看柳舞韻

此與周詞同,惟前段第五、六句作三字一句、八字一句異。

**又一體** 雙調一百二字,前段十句六仄韻,後段十一句六仄韻。

陳允平

百尺鳳凰樓句碧天暮雲初掃韻冰華散縞韻雙鸞駕讀鏡懸空窈韻婆娑桂影句香滿西風闌干悄韻漸玉魄金輝句飛度千山表韻餌元霜句醉瓊醥韻　身在九霄句獨步丹梯句飄飄輕霧窵韻縹緲廣寒殿句覺塵世句山河小韻愛十二讀瓊樓好韻算誰知讀消息盈虚道韻任地久天長句今古無私照韻但仙娥不老韻

此和周詞,惟前段第一句五字,第二句六字異。按,楊澤民詞"畫舫並仙舟,遠窺眉黛新掃",正與此同。

## 《御定詞譜》卷三十一 起一百二字至一百三字

### 瑞鶴仙十六體

元高拭詞注正宮。《夷堅志》云:"乾道中,吴興周權知衢州西安縣。一日,令術士沈延年邀紫姑神,賦《鶴鶴仙》牡丹詞,有'睹嬌紅一撚'句,因名《一捻紅》。"

**瑞鶴仙** 雙調一百二字,前段十一句七仄韻,後段十一句六仄韻。

周邦彦

悄郊園帶郭韻行路永句客去車塵漠漠韻斜陽映山落韻斂餘紅句猶戀孤城闌角韻凌波步弱韻過短亭讀何用素約韻有流鶯勸我句重解雕鞍句緩引春酌韻　不記歸時早暮句上馬誰扶句醒眠朱閣韻驚飆動幕韻扶殘醉句繞紅藥韻歎西園句已是花深無地句東風何事又惡韻任流光過却韻猶喜洞天自樂韻

此調始自北宋,應以周詞爲正體。但南宋人填此調者,悉同史詞。今譜内兩收周詞、史詞,凡與二詞大同小異者,各以類列。

此詞前段第二、三句,第五、六句,皆三字一句、六字一句,前結五字一句、四字兩句,後結五字一句、六字一句,前後段十三韻,定格也。若曾詞、楊詞、毛詞、趙詞及周詞别首之添字、減字,押韻、句讀不同,皆變格也。

按,方千里、楊澤民、陳允平和詞句讀悉同史詞,故不類列。

此詞可平可仄悉參曾、楊、毛、趙四詞及周詞别首之句法同者。

**又一體** 雙調一百二字,前段十一句七仄韻,後段十二句七仄韻。

曾　覿

陡寒生翠幕韻凍雲垂句繽紛飛雪初落韻縈風度池閣韻蛚餘妍句時趁舞腰纖弱韻江天漠漠韻認殘梅讀吹散畫角韻正貂裘乍怯句黄昏院宇句入簷飄箔韻　依約韻銀河迢遞句種玉群仙句共驂鸞鶴韻東君未覺韻先春綻句萬花萼韻向尊前句已喜豐年呈瑞句人間何事最樂韻擁笙歌繡閣韻低帷縱歡細酌韻

此與周詞同,惟换頭句押短韻異。

**又一體** 雙調一百二字,前段十句七仄韻,後段十二句五仄韻。

楊无咎

聽梅花再弄韻殘酒醒句無寐寒輕愁擁韻凄涼誰與共韻漫贏得讀别恨離懷千種韻拂牆樹

動韻更曉來讀雲陰雨重韻對傷心好景句回首舊遊句怳然如夢韻　歡縱韻西湖曾返句畫舫爭馳句繡鞍雙控韻歸來夜中句要銀燭句銜金鳳韻到而今句誰揀花枝同戴句誰酌酒杯笑捧韻但逢花對酒句空秖自歌自送韻

此與曾詞同，惟後段第五句、第十一句不押韻異。

**又一體** 雙調一百二字，前段十一句七仄韻，後段十一句五仄韻。

毛　开

柳風清晝溽韻山櫻晚句一樹高紅爭熟韻輕紗睡初足韻悄無人句攲枕虛簷鳴玉韻南園秉燭韻歎流光讀容易過目韻送春歸去句有無數弄禽句滿徑新竹韻　閒記追歡尋勝句杏楝西廂句粉牆南曲韻別長會促韻成何計句奈幽獨韻縱湘弦難寄句寒香終在句屏山蝶夢難續韻對沿階讀細草萋萋句爲誰自緑韻

此詞與周詞校，前段第九句四字，第十句五字，後段第七句五字，第八句四字，結句七字一句、四字一句異。

**又一體** 雙調一百字，前段十一句七仄韻，後段十句五仄韻。

趙　文

緑楊深似雨韻西湖上句舊日愁絲恨縷韻風流似張緒韻羨春風句依舊年年眉嫵韻宮腰楚楚韻倚畫闌讀曾鬬妙舞韻想如今句似我零落天涯句却悔相妒韻　痛絶長堤別後句楊白華飛句舊腔誰譜韻年光暗度韻凄凉誰訴韻記菩提寺路句段家橋水句何時重到夢處韻況柔條老去句爭奈繫春不住韻

此詞與周詞校，前結作三字一句、六字一句、四字一句，後段第五、六句減二字作四字一句異。

**又一體** 雙調一百三字，前段十一句四仄韻，後段十一句六仄韻。

周邦彦

暖煙籠細柳句弄萬縷千絲句年年春色韻晴風蕩無際句濃於酒句偏醉情人詞客韻闌干倚處句度花香讀微散酒力韻對重門半掩句黄昏淡月句院宇深寂韻　愁極韻因思前事句洞房佳宴句正值寒食韻尋芳遍賞句金谷里句銅駝陌韻到而今讀魚雁沈沈無信息韻天涯常是淚滴韻早歸來讀雲館深處句那人正憶韻

此詞與"悄郊園帶郭"詞校，前段第二句五字，第三句四字，句讀不同。又，前段第一句、第四句、第七句，後段第五句俱不押韻，第八句添一字押韻異。

**又一體** 雙調一百二字，前段十句七仄韻，後段十二句六仄韻。

史達祖

杏煙嬌濕鬢韻過杜若汀洲句楚衣香潤韻回頭翠樓近韻指鴛鴦沙上句暗藏春恨韻歸鞭隱

隱韻便不念讀芳盟未穩韻自簫聲讀吹落雲東句再數故園花信韻　誰問韻聽歌窗罅句倚月鉤闌句舊家輕俊韻芳心一寸韻相思後句總灰燼韻奈春風多事句吹花搖柳句也把幽情喚醒韻對南溪讀桃萼翻紅句又成瘦損韻

此詞前段第二、三句,第五、六句,皆五字一句、四字一句,前結七字一句、六字一句,後結七字一句、四字一句。前後段十三韻,定格也。劉詞、趙詞、張詞、洪詞、白詞、張詞之添字、減字,句讀不同,蔣詞、方詞之"獨木橋"體,皆變格也。

按,史詞別首前段第二句"爲助妝酒暖","妝"字平聲,"酒"字仄聲。紫姑神詞,"似西子當日","西"字平聲。辛棄疾詞第三句"去天咫尺","咫"字仄聲。康與之詞第五句"聽幾聲歸雁","幾"字仄聲。王千秋詞第七句"起尋芳徑","起"字仄聲,"芳"字平聲。張元幹詞第八句"怕韶光、容易過却","易"字仄聲。張榘詞"甚探梅、也來相約","也"字仄聲,"相"字平聲。歐良詞後段第二、三句"故國雲迷,佳人日暮","國"字仄聲,"迷"字平聲,"佳人"二字俱平聲,"日暮"二字俱仄聲。辛詞第五句"轉頭陳跡","轉"字仄聲,"陳"字平聲。康詞第七句"花影亂","影"字仄聲。張榘詞第八句"向鳳凰池上","鳳"字仄聲。紫姑神詞第九、十句"賞心樂事,莫惜獻酬頻疊","賞"字、"獻"字俱仄聲,"頻"字平聲。吴文英詞第十一句"看雪飛、蘋底蘆梢","雪"字仄聲。李昴英詞"聽歌聲、猶是未歸","未"字仄聲。譜内可平可仄據此,餘參所採六詞之句法同者。

辛棄疾詞换頭句"寂寞","寂"字入聲,此以入作平,故譜内不注可仄。

**又一體**　雙調一百二字,前段十句七仄韻,後段十二句六仄韻。

袁去華

郊原初過雨韻見敗葉零亂句風定猶舞韻斜陽挂深樹韻映濃愁淺黛句遥山眉嫵韻來時舊路韻尚巖花讀嬌黄半吐韻到而今讀惟有溪邊流水句見人如故韻　無語韻郵亭深静句下馬還尋句舊曾題處韻無聊倦旅韻傷離恨句最愁苦韻縱收香藏鏡句他年重到句人面桃花在否韻念沈沈讀小閣幽窗句有時夢去韻

此與史詞同,惟前結作九字一句、四字一句異。按,趙彦端詞前結"怪歸來、道骨仙風縹緲,迥然非舊",正與此同。

**又一體**　雙調一百二字,前段十一句七仄韻,後段十一句六仄韻。

劉一止

駕行舊儔侣韻問底事遲回句西州西處韻閒居久如許韻想鄰公對飲句詩人聯句韻夤緣會遇韻過高軒讀相逢喜舞韻正菊天句景物澄鮮句切莫趣歸言去韻　看取韻星扉月户句霧閣雲窗句非公孰住韻從容笑語韻人生易別難聚韻恨分違有日句留連無計句滿目離愁忍覷韻若他時讀魚雁南來句把書寄與韻

此與史詞同,惟後段第六、七句作六字一句異。按,《夷堅志》紫姑神詞"雲鬢試插,引動獨蜂浪蝶",正與此同。

**又一體** 雙調一百二字，前段十一句四仄韻，後段十二句五仄韻。

趙長卿

敗荷擎沼面句漸葉舞林梢句光陰何速韻碧天静如水句金風透簾幕句露清蟬伏韻追思往事句念當年讀悲傷宋玉韻漸危樓向晚句魂銷處句倚遍闌干曲韻　凝目韻一霎微雨句塞鴻聲斷句酒病相續韻無情賞處句金井梧句東籬菊韻漸蘭橈歸去句銀蟾滿夜句水村煙渡怎宿韻負伊家讀萬愁千恨韻甚時是足韻

此詞與史詞校，惟前結五字一句、三字一句、五字一句，前段第一、第四、第七句，後段第五句俱不押韻異。

**又一體** 雙調一百三字，前段十句七仄韻，後段十二句六仄韻。

張　樞

捲簾人睡起韻放燕子歸來句商量春事韻風光又能幾韻減芳菲句都在賣花聲裏韻吟邊眼底韻披嫩緑讀移紅换紫韻甚等閒讀半委東風句半委小溪流水韻　還是韻苔痕湔雨句竹影留雲句待晴猶未韻蘭舟静艤韻西湖上句多少歌吹韻粉蝶兒讀守定落花不去句濕重尋香兩翅韻怎知人讀一點新愁句寸心萬里韻

此詞與史詞校，後段第七句添一字，前段第五、六句作三字一句、六字一句，後段第八、九、十句作三字一句、六字兩句異。

**又一體** 雙調一百一字，前段十句六仄韻，後段十二句六仄韻。

洪　瑹

聽梅花吹動句夜凉何其句明星有爛韻相看淚如霰韻問而今去也句何時會面韻匆匆聚散韻恐便作讀秋鴻社燕韻最傷情讀夜來枕上句斷雲零雨何限韻　因念韻人生萬事句回首悲凉句都成夢幻韻芳心繾綣韻空惆悵句巫陽館韻況船頭一轉句三千餘里句隱隱高城不見韻恨無情讀春水連天句片帆似箭韻

此與史詞同，惟前段第二句減一字異。

**又一體** 雙調一百字，前段十句六仄韻，後段十二句六仄韻。

白　樸

夕陽王謝宅韻對草樹荒寒句亭臺攲側韻烏衣舊時客韻渺雙飛萬里句水雲寬窄韻東風羽翅句也迷當時巷陌韻向尋常讀百姓人家句辜負幾回春色韻　淒惻韻人空不見句畫棟棲香句繡簾窺額韻雲兜霧隔韻錦書至句付誰拆韻劉郎只見句金陵興廢句賺得行人鬢白

韻又爭如讀復到元都句兔葵燕麥韻

此亦與史詞同,惟前後段第七句不押韻,第八句各減一字異。

**又一體**　雙調九十字,前段十一句五仄韻,後段九句四仄韻。

張　肎

盈盈羅襪韻移芳步凌波句緩踏明月韻清漪照影句玉容凝素句鬢横金鳳句裙拖翠纈韻渺渺澄江半涉韻晚風生句寒料峭句消瘦想愁怯韻　我僭爲兄句山礬爲弟句也同奇絶韻餘芬賸馥句尚熏透讀霞綃重疊韻春心未展句閒情在讀兩鬢眉葉韻便蜂黄褪了句丰韻媚粉頬韻

此見元張肎《夢庵詞集》,自注黄鍾商,句讀與諸家迥别,採入以備一體。

**又一體**　雙調一百二字,前段十句四平韻三叶韻,後段十一句三韻三叶韻。

蔣　捷

玉霜生穗叶也句渺洲雲翠痕句雁繩低韻也句層簾四垂韻也句錦堂寒句早近開爐時韻也句香風遞叶也句是東籬讀花深處叶也句料此花讀伴我仙翁句未肯放秋歸韻也句　嬉韻也句繒波穩舫句鏡月危樓句醽瓊酏韻也句籠鸚睡叶也句紅妝旋舞衣韻也句待紗燈客散句紗窗月上句便是嚴凝序叶也句换青氈讀小帳圍春句又還醉叶也句

按,辛棄疾《水龍吟》詞句尾用"些"字,蓋仿楚詞體。此詞之用"也"字,亦其體也。韻脚又用平、上、去三聲叶,雖屬創見,而句讀與史詞如一。

**又一體**　雙調一百字,前段九句一仄韻六重韻,後段十句六重韻。

方　岳

一年寒盡也韻問秦沙讀梅放未也重韻幽尋者誰也重有何郎佳約句歲雲除也重南枝暖也重正同雲讀商量雪也重喜東皇句一轉洪鈞句依舊春風中也重　香也重騷情釀就句書味熏成句這些情也重玉堂春也重莫道年華歸也重是循環讀三百六旬六日句生意無窮已也重但丁寧讀留取微酸句調商鼎也重

按,方岳《秋崖詞》自序云:"以時文體按譜而腔之。"實用宋詞"獨木橋"體也。《惜香樂府》趙長卿"無言屈指"詞正與此同。

此詞遊戲之筆,採以備體,非定格也。

## 齊天樂八體

周密《天基節樂次》:"樂奏夾鍾宫,第一盞,觱篥起《聖壽齊天樂慢》。"姜夔詞注黄鍾宫，俗名正宫。周邦彦詞有“緑蕪凋盡臺城路”句，名《臺城路》。沈端節詞名《五福降中天》。張輯詞有“如此江山”句，名《如此江山》。

**齊天樂** 雙調一百二字，前段十句五仄韻，後段十一句五仄韻。

周邦彦

緑蕪凋盡臺城路句殊鄉又逢秋晚韻暮雨生寒句鳴蛩勸織句深閣時聞裁剪韻雲窗静掩韻歎重拂羅裀句頓疏花簟韻尚有練囊句露螢清夜照書卷韻　荆江留滯最久句故人相望處句離思何限韻渭水西風句長安亂葉句空憶詩情宛轉韻憑高望遠韻正玉液新篘句蟹螯初薦韻醉倒山翁句但愁斜照斂韻

此調以此詞爲正體，周詞别首及吴詞、妻詞體，宋人亦間爲之。若方詞、陸詞、吕詞之添字，又攤破句法，皆變格也。

按，張炎詞前段第三句“東壁圖書”，“東”字平聲；方岳詞，第四句“半江煙色”，“半”字仄聲，“煙”字平聲；周密詞第五句“漠漠凍雲迷道”，上“漠”字、“凍”字俱仄聲；吴文英詞，“西北城高幾許”，“幾”字仄聲；張詞第六句“瀑泉噴薄”，“瀑”字仄聲，“噴”字平聲；高觀國詞第七句“正玉管吹凉”，“玉”字仄聲；吴詞第八句“虹河平溯”，“虹”字平聲；方詞第九、十句“天豈無情，離騷點點送歸客”，“天”字、“離”字俱平聲；周詞後段第一句“此生此夜此景”，上“此”字仄聲；史達祖詞“人間公道惟此”，“惟”字平聲；周詞第四、五句“枝冷頻移，葉疏猶抱”，“枝”字平聲，“葉”字仄聲，“猶”字平聲；滕賓詞第七句“渭川雲樹”，“渭”字仄聲，“雲”字平聲。譜内可平可仄據此，餘參所採諸詞。

方千里詞前段第七句“黯西風吹老”，“風”字平聲，“老”字仄聲；文天祥詞第八句“菊波沁曉”，“沁”字仄聲；姚雲文詞後段第二句“問舊日平原”，“舊日”二字俱仄聲，“平原”二字俱平聲；史達祖詞第三句“容易墮去”，“墮”字仄聲；劉圻父詞第九句“擎天作柱”，“擎”字平聲，“作”字仄聲；趙必象詞結句“月在葡萄架”，“在”字仄聲，“萄”字平聲，文詞“金貂蟬翼小”，“金”字平聲。細校宋詞，諸家平仄無如此者，故譜内不注可平可仄。

**又一體** 雙調一百二字，前段十句六仄韻，後段十一句五仄韻。

周邦彦

疏疏幾點黄梅雨韻佳節又逢重午韻角黍包金句香蒲泛玉句風物依然荆楚韻形裁艾虎韻更釵嫋朱符句臂纏紅縷韻撲粉香綿句唤風綾扇小窗午韻　沈湘人去已遠句勸君休對景句感時懷古韻慢轉鶯喉句輕敲象板句勝讀離騷章句韻荷香暗度韻漸引入酶酶句醉鄉深處韻卧聽江頭句畫船喧疊鼓韻

此與“緑蕪凋盡”詞同，惟前段起句押韻異。按，楊无咎詞“後堂芳樹陰陰見。疏蟬又還催晚”，又周密詞“宫簷融暖晨妝懶。輕霞未勾酥臉”，正與此同。

**又一體** 雙調一百二字,前段十句五仄韻,後段十一句六仄韻。

吴文英

麴塵猶沁傷心水句歌蟬暗驚春换韻露藻清啼句煙羅淡碧句先結湖山秋怨韻波簾翠卷韻歎霞薄輕綃句汜人重見韻傍柳追涼句暫疏懷袖負紈扇韻　南花清鬭素靨韻畫船應不載句坡靖詩卷韻泛酒芳筲句題名蠹壁句重集湘鴻江燕韻平蕪未剪韻怕一夕西風句鏡心紅變韻望眼愁生句暮天菱唱遠韻

此與周詞同,惟後段起句押韻異。按,張炎詞"幽情閒苑邃閣。樹凉僧坐夏,翻笑行樂",又滕賓詞"人生如此奇遇。問碧翁何意,萍蓬散聚",正與此同。

**又一體** 雙調一百三字,前段十句五仄韻,後段十一句六仄韻。

陸　游

角殘鍾晚關山路句行人乍依孤店韻塞月征塵句鞭絲帽影句常把流年虚占韻藏鴉柳暗韻歎輕負鶯花句漫勞書劍韻事往情關句悄然頻動壯遊念韻　孤懷誰與强遣韻市壚沽酒句酒薄怎當愁釅韻倚瑟妍辭句調鉛妙筆句那寫柔情芳豔韻征途自厭韻況煙斂蕪痕句雨稀萍點韻最是眠時句枕寒門半掩韻

此與吴詞同,惟後段第二句減一字作四字句,第三句添三字作六字句異。按,陸詞别首"帽檐風軟,且看市樓沽酒",正與此同。

**又一體** 雙調一百二字,前段十句六仄韻,後段十一句六仄韻。

姜　夔

庾郎先自吟愁賦韻凄凄更聞私語韻露濕銅鋪句苔侵石井句都是曾聽伊處韻哀音似訴韻正思婦無眠句起尋機杼韻曲曲屏山句夜凉獨自甚情緒韻　西窗又吹暗雨韻爲誰頻斷續句相和砧杵韻候館吟秋句離宫弔月句别有傷心無數韻豳詩漫與韻笑籬落呼燈句世間兒女韻寫入琴絲句一聲聲更苦韻

此與周詞同,惟前後段起句俱押韻異。按,張輯詞"西風揚子江頭路。扁舟雨晴呼渡","中流笑與客語。把貂裘爲换,半生塵土",張炎詞"扁舟忽過蘆花浦。閒情便隨鷗去","魚龍吹浪自舞。渺然凌成萬頃,如聽風雨",正與此同。

**又一體** 雙調一百三字,前段十句五仄韻,後段十一句五仄韻。

吕渭老

紅香飄没明春水句寒食萬家遊舫韻整整斜斜句疏疏密密句簾纈旗紅相望韻江波蕩漾韻稱彩艦龍舟句繡衣霞槳韻舞楫爭先句笑歌簫鼓亂清唱韻　重來劉郎老句對故園讀桃

紅春晚句盡成惆悵韻淚雨難晴句愁眉又結句翻覆千年手掌韻如今怎向韻念舞板歌塵句遠如天上韻斜日回舟句醉魂空舞飀韻

此亦周詞體，惟後段第一句减一字作五字句，第二句作七字句異。

**又一體** 雙調一百二字，前段十句五仄韻，後段十一句五仄韻。

吴文英

芙蓉心上三更露句茸香漱泉玉井韻自洗銀舟句徐開素酌句月落空杯無影韻庭陰未暝韻度一曲新蟬句韻秋堪聽韻瘦骨侵冰句怕驚紋簟夜深冷韻　當時湖上載酒句翠雲開處句共雪面波鏡韻百感瓊漿句千莖鬢雪句煙鎖藍橋花徑韻留連暮景韻但閒覓孤歡句强寬秋興韻醉倚修篁句晚風吹半醒韻

此亦與周詞同，惟後段第二句四字，第三句五字異。劉圻父詞後段第二、三句"幔亭何惜，爲曾孫留住"，正與此同。

**又一體** 雙調一百四字，前段十句五仄韻，後段十一句五仄韻。

方千里

碧紗窗外黄鸝語句聲聲似愁春晚韻岸柳飄綿句庭花墮雪句惟有平蕪如剪韻重門向掩韻看風動疏簾句浪鋪湘簟韻暗想前歡句舊遊心事寄詩卷韻　鱗鴻音信未睹句夢魂尋訪後句關山又隔無限韻客館愁思句天涯倦跡句幾許良宵輾轉韻閒情意遠韻記密閣深閨句繡衾羅薦韻睡起無人句料應眉黛斂韻

此與周詞同，惟後段第三句添二字作六字句異。

## 晝錦堂五體

此調有平韻、仄韻兩體。平韻者見周邦彦《片玉集》，仄韻者見陳允平《日湖漁唱》。

**晝錦堂** 雙調一百二字，前段十句四平韻，後段十一句五平韻。

周邦彦

雨洗桃花句風飄柳絮句日日飛滿雕簷韻懊惱一春幽恨句盡屬眉尖韻愁聞雙飛新燕語句更堪孤枕宿酲忺韻雲鬢亂句獨步晝堂句輕風暗觸珠簾韻　多厭韻静晝永句瓊户悄句香銷金獸慵添韻自與蕭郎別後句事事俱嫌韻短歌新曲無心理句鳳簫龍管不曾拈韻空惆悵句長是每年三月句病酒懨懨韻

此調押平聲韻者以此詞爲正體,吴文英詞悉照此填。若蔣詞之换頭叶仄韻,宋詞、孫詞之句讀異同,皆變體也。

按,吴文英詞前段第四、五句"舊雨殘雲仍在,門巷都非","殘"字、"門"字俱平聲;第六句"愁結春情迷醉眼","結"字仄聲;後段第四句"十年輕負心期","十"字仄聲;第八句"瘦腰折盡六橋絲","折"字仄聲。譜内可平可仄據此,餘參蔣、宋、孫三詞。

**又一體** 雙調一百二字,前段十句四平韻,後段十一句兩叶韻四平韻。

蔣 捷

染柳煙消句敲菰雨斷句歷歷猶寄斜陽韻掩冉玉妃芳袂句擁出靈場韻倩他鴛鴦來寄語句駐君舴艋亦何妨韻漁榔静句獨奏棹歌句邀妃試酌清觴韻　湖上叶雲漸暝句秋浩蕩叶鮮風支盡蟬糧韻贈我非環非佩句萬斛生香韻半蝸茅屋歸炊影句數螺苔石壓波光韻鴛鴦笑句何似且留雙檝句翠隱紅藏韻

此與周詞同,惟换頭句及第三句用本部三聲叶韻異。

**又一體** 雙調一百二字,前段十句四平韻,後段十一句五平韻。

宋自遜

荷葉軀遊句庭皋鶴舞句應是秋滿淮涯韻昨夜將星明處句髣髴峨眉韻干戈已淨銀河淡句塵沙不動翠煙微韻邦人道句半月中秋句當歌不飲何爲韻　誰知韻心事遠句但感慨登臨句白羽頻揮韻恨不明朝出塞句獵獵旌旗韻文南一矢澶淵勁句夔門三箭武關奇韻挑燈看句龍吼傳家舊劍句曾斬吴曦韻

此與周詞同,惟後段第三句五字,第四句四字異。

**又一體** 雙調一百二字,前段十句四平韻,後段十一句五平韻。

孫惟信

薄袖禁寒句輕妝媚晚句落梅庭院春妍韻映户盈盈句回倩笑讀整花鈿韻柳裁雲剪腰支小句鳳盤鴉聳髻鬟偏韻東風裏句香步翠摇句藍橋那日因緣韻　嬋娟韻流慧盼句渾當了句匆匆密愛深憐韻夢過闌干句猶認冷月秋千韻杏梢空鬧相思眼句燕翎難繫斷腸箋韻銀屏下句争信有人句真箇病也天天韻

此詞與周詞校,前段第四、五句,後段第五、六句俱作四字一句、六字一句,第十句四字,結句六字異。前段第五句雖作折腰句法,實六字句也,不可誤填三字兩句。

**又一體** 雙調一百二字,前段十句五仄韻,後段十一句七仄韻。

陳允平

上苑寒收句西塍雨散句東風是處花柳韻步錦籠沙句依舊五陵臺沼韻繡簾珠箔金翠嫋句

瑣窗雕檻青紅鬬韻頻回首韻茶竈酒壚句前度幾番携手韻　知否韻人漸老韻嗟眼爲花狂句肩爲詩瘦韻喚醒鄉心句無奈數聲啼鳥韻秉燭清遊嫌夜短句采香新意輸年少韻歸來好韻且趁故園池閣句緑陰芳草韻

此調押仄聲韻者祇此一體，句讀與平韻詞大同小異，無别首宋詞可校。

## 氐州第一二體

調始《清真樂府》，一名《熙州摘遍》。

**氐州第一**　雙調一百二字，前段十一句四仄韻，後段九句五仄韻。

周邦彦

波落寒汀句村渡向晚句遥看數點帆小韻亂葉翻鴉句驚風破雁句天角孤雲縹緲韻官柳蕭疏句甚尚挂讀微微殘照韻景物關情句川途换目句頓來催老韻　漸解狂朋歡意少韻奈猶被讀思牽情繞韻座上琴心句機中錦字句覺最縈懷抱韻也知人讀懸望久句薔薇謝讀歸來一笑韻欲夢高唐句未成眠讀霜空已曉韻

此調創自此詞，方千里、趙文、邵亨貞詞俱照此填。惟陳詞句讀小異，故另列一體。

按，趙詞前段第六句"當日文星高照"，"高"字平聲；楊詞第九句"情態方濃"，"情"字平聲；方詞後段第一句"倦客自歎情興少"，"自"字仄聲；趙詞第二句"漫獵較、逢場一笑"，"獵"字仄聲，"逢"字平聲；楊詞第六句"但多才、强傅粉"，"强"字仄聲。譜内可平可仄據此，餘參陳詞。

楊詞前段第三句"佳人就中嬌小"，後段起句"閬苑春回花枝小"，"中"字、"枝"字俱平聲，查宋詞此字，無用平聲者，故不注可平。趙詞後段第二句"一"字入聲，以入作平，亦不注可仄。

方詞後段起句"歎"字平聲，不可誤認仄聲。

**又一體**　雙調一百二字，前段十一句四仄韻，後段九句六仄韻。

陳允平

閒倚江樓句涼生半臂句天高過雁來小韻紫茨波寒句青蕪煙淡句南浦雲帆縹緲韻潮帶離愁去句冉冉夕陽空照韻寂寞東籬句白衣人遠句漸黄花老韻　見説西湖鷗鷺少韻孤山路讀醉魂飛繞韻荻蟹初肥句尊鱸更美句盡酒懷詩抱韻待南枝讀春信早韻巡簷對讀梅花索笑韻月落烏啼句漸霜天讀鍾殘夢曉韻

此和周詞也。前段第七句五字，第八句六字，後段第七句多押一韻異。

## 花發狀元紅慢一體

宋葉夢得《避暑録話》："劉几在神宗時，與范蜀公重定大樂。洛陽花品曰'狀元紅’,爲一時之冠。樂工花日新能爲新聲,汴妓部懿以色著,秘監致仕劉伯壽精音律。熙寧中,几携花日新就部懿家賞花歡詠,乃撰此曲,填詞以贈之。”

**花發狀元紅慢** 雙調一百二字,前後段各十句五仄韻。

劉 几

三春向暮句萬卉成陰句有嘉豔方坼韻嬌姿嫩質韻冠群品句共賞傾城傾國韻上苑晴晝暄句千素萬紅尤奇特韻綺筵開句會詠歌才子句壓倒元白韻　別有芳幽苞小句步障華絲句綺軒油壁韻與紫鴛鴦句素蛺蝶韻自清旦讀往往連夕韻巧鶯喧翠管句嬌燕語雕梁留客韻武陵人句念夢役意濃句堪遣情溺韻

此調無他詞可校,其平仄宜遵之。

## 戀芳春慢一體

調見万俟咏《大聲集》。崇寧中,咏充大晟府製撰,依月用律製詞,多應制之作。此詞自注寒食前進,故以《戀芳春》爲名也。

**戀芳春** 雙調一百二字,前段九句四平韻,後段十句四平韻。

万俟咏

蜂蕊分香句燕泥破潤句暫寒天氣清新韻帝里繁華句昨夜細雨初勻韻萬品花藏四苑句望一帶讀柳接重津韻寒食近讀蹴踘秋千句又是無限遊人韻　紅妝趁戲句綺羅夾道句青簾賣酒句臺榭侵雲韻處處笙歌句不負治世良辰韻共見西城路好句翠華定讀將出嚴宸韻誰知道讀仁主祈祥爲民句非事行春韻

此調祇此一詞,無別首可校。

## 瑶華二體

調見《夢窗詞》,一名《瑶華慢》。

**瑶　華** 雙調一百二字,前段九句五仄韻,後段九句四仄韻。

周　密

朱鈿寶玦韻天上飛瓊句比人間春別韻江南江北句曾未見讀漫擬梨雲梅雪韻淮山春晚句問誰識讀芳心高潔韻消幾番讀花落花開句老了玉關豪傑韻　金壺剪送瓊枝句看一騎

紅塵句香度瑶闕韻韶華正好句應自喜讀初識長安蜂蝶韻杜郎老矣句想舊事讀花須能説韻記少年讀一夢揚州句二十四橋明月韻

此調始自吴文英，因吴詞有譌字，故采此詞作譜。

按，吴詞前段第五句"應笑著、空鎖凌煙高閣"，"空"字平聲；結句"瘦馬青芻南陌"，"青"字平聲；後段第二句"蕩波底蛟腥"，"波"字平聲；第五句"紅袖暖、十里湖山行樂"，"十"字仄聲；第六句"老仙何處"，"何"字平聲；結句"豔錦東風成幄"，"東"字平聲。譜内可平可仄據此，餘參張詞。

**又一體** 雙調一百二字，前後段各九句四仄韻。

張　雨

篩冰爲霧句屑玉成塵句借阿姨風力韻千岩競秀句怎一夜讀换作連城之璧韻先生閉户句怪短日讀寒催駒隙韻想平沙讀鴻爪成行韻恰似醉時書跡韻　未隨埋没雙尖句便淡掃蛾眉句與門顔色韻裁詩白戰句驢背上讀馱取灞橋吟客韻撚鬚自笑句盡未讓讀諸峰頭白韻看洗出讀宫柳梢頭句已借淡黄塗額韻

此與周詞同，惟前段起句不用韻異。

按，張雨此詞本和仇遠詞韻。仇作前段第五句"轉眼見、化作方圭圓璧"，本九字句，或因《花草粹編》刻脱一"見"字，另編一體者誤。

## 湘春夜月一體

黄孝邁自度曲。

**湘春夜月** 雙調一百二字，前段十句四平韻，後段十一句四平韻。

黄孝邁

近清明句翠禽枝上銷魂韻可惜一片清歌句都付與黄昏韻欲共柳花低訴句怕柳花輕薄句不解傷春韻念楚鄉旅宿句柔情别緒句誰共温存韻　空樽夜泣句青山不語句殘月當門韻翠玉樓前句惟是有讀一江湘水句摇蕩湘雲韻天長夢短句問甚時讀重見桃根韻這次第句算人間没個讀並刀剪斷句心上愁痕韻

此調祇有此一詞，無他作可校。

## 曲遊春三體

調見《蘋州漁笛譜》。

**曲遊春** 雙調一百二字,前段十句五仄韻,後段十一句七仄韻。

周 密

禁苑東風外句颺暖絲晴絮句春思如織韻燕約鶯期句惱芳情偏在句翠深紅隙韻漠漠香塵隔韻沸十里讀亂絲叢笛韻看畫船讀盡入西泠句閑却半湖春色韻　柳陌韻新煙凝碧韻映簾底宫眉句堤上遊勒韻輕暝籠煙句怕梨雲夢冷句杏香愁冪韻歌管酬寒食韻奈蝶怨讀良宵岑寂韻正恁醉月摇花句怎生去得韻

此調始自此詞,應以此詞爲正體。若施詞之添字,趙詞之減字,皆變格也。

此詞只有施、趙二詞可校,故譜内可平可仄悉參二詞。

**又一體** 雙調一百三字,前段十句五仄韻,後段十一句七仄韻。

施 岳

畫舸西泠路句占柳陰花影句芳意如織韻小楫衝波句度麴塵扇底句粉香簾隙韻岸轉斜陽隔韻又過盡讀别船簫笛韻傍斷橋讀翠繞紅圍句相對半篙晴色韻　頃刻韻千山暮碧韻向沽酒樓前句猶繫金勒韻乘月歸來句正梨花夜縞句海棠煙冪韻院宇明寒食韻醉乍醒讀一庭春寂韻任滿身讀露濕東風句欲眠未得韻

此和周詞也,惟後段第十句添一襯字異。

**又一體** 雙調一百一字,前段十句五仄韻,後段十句六仄韻。

趙 文

千樹玲瓏罩句正蒲風微過句梅雨新霽韻客裏幽窗句算無春可到句和愁都閉韻萬種人生計韻應不似讀午天閑睡韻起來踏碎松陰句蕭蕭欲動疑水韻　借問歸舟歸未韻望柳色煙光句何處明媚韻抖擻人間句除離情别恨句乾坤餘幾韻一笑晴鳧起韻酒醒後讀闌干獨倚韻時見雙燕飛來句斜陽滿地韻

此亦與周詞同,惟前段第九句減一字,换頭句不押短韻異。

## 竹馬兒二體

一名《竹馬子》。《樂章集》注仙吕調。

**竹馬兒** 雙調一百三字,前段十二句四仄韻,後段十句五仄韻。

柳 永

登孤壘荒凉句危亭曠望句静臨煙渚韻對雌霓挂雨句雄風拂檻句微收煩暑韻漸覺一葉驚

秋句殘蟬噪晚句素商時序韻覽景想前歡句指神京句非霧非煙深處韻　向此成追感句新愁易積句故人難聚韻憑高盡日凝佇韻贏得銷魂無語韻極目霽靄霏微句暝鴉零亂句蕭索江城暮韻南樓畫角句又逐殘陽去韻

此調始自此詞，應爲正體。若葉詞之句讀小異，乃變格也。

此調祇有葉詞一首可校，故可平可仄悉參之。

**又一體**　雙調一百三字，前段十一句四仄韻，後段十句五仄韻。

葉夢得

與君記讀平山堂前細柳句幾回同挽韻又狂帆夜落句危檻依舊句遥臨雲巘韻自笑來往匆匆句朱顔漸改句故人俱遠韻横笛想遺聲句但寒松千丈句傾崖蒼蘚韻　世事終何已句田園縱在句歲陰仍晚韻嵇康老來仍懶韻只要尊羹菰飯韻却欲便買茅廬句短篷輕楫句尊酒猶能辦韻君能過我句水雲聊爲伴韻

此詞與柳詞校，前段第一、二句作九字一句，第十句作五字一句，結句作四字一句異。

## 長相思慢四體

《樂章集》注商調。

**長相思慢**　雙調一百三字，前段十一句六平韻，後段十句四平韻。

柳　永

畫鼓喧街句蘭燈滿市句皎月初照嚴城韻清都絳闕夜景句風傳銀箭句露暖金莖韻巷陌縱横韻過平康款轡句緩聽歌聲韻鳳燭熒熒韻那人家讀未掩香屏韻　向羅綺叢中句認得依稀舊日句雅態輕盈韻嬌波豔冶句巧笑依然句有意相迎韻牆頭馬上句漫遲留讀難寫深誠韻又豈知讀名宦拘檢句年來減盡風情韻

此調以柳詞、秦詞爲正體，若周詞、袁詞之句讀小異，皆變格也。

此詞與周詞大同小異，故可平可仄悉參周詞。

**又一體**　雙調一百三字，前段十一句六平韻，後段十一句四平韻。

周邦彦

夜色澄明句天街如水句風力微冷簾旌韻幽期再偶句坐久相看句纔喜欲歎還驚韻醉眼重醒韻映雕闌修竹句共數流螢韻細語輕盈韻盡銀臺讀挂蠟潛聽韻　自初識伊家句便惜妖嬈豔質句美盼柔情韻桃溪换世句鸞馭凌空句有願須成韻遊絲蕩絮句任輕狂讀相逐牽

縈韻但連環不解句流水長東句難負深盟韻

此詞與柳詞校，前段第四、五、六句作四字兩句、六字一句，後段第九、十句、結句作五字一句、四字兩句異。

**又一體**　雙調一百四字，前段十一句六平韻，後段九句五仄韻。

秦　觀

鐵甕城高句蒜山渡闊句干雲十二層樓韻開尊待月句掩箔披風句依然燈火揚州韻綺陌南頭韻記歌名宛轉句鄉號温柔韻曲檻俯清流韻想花陰讀誰繫蘭舟韻　念凄絶秦弦句感深荆賦句相望幾許凝愁韻勤勤裁尺素句奈雙魚讀難渡瓜洲韻曉鑒堪羞韻潘鬢短讀吴霜漸稠韻幸于飛讀鴛鴦未老句不應同是悲秋韻

此即柳詞體，但前段第十句添一字作五字句。楊無咎“急雨回風”詞，悉照此填。舊刻後結脱四字，今據《花草粹編》增定。

按，楊詞前段第六句“一尊同醉青州”，“一”字仄聲；第八句“記檀槽凄絶”，“凄”字平聲；後段第一句“况得意情懷”，“得”字仄聲；第三句“尋思可奈離愁”，“思”字平聲；第五句“任征帆、只抵蘆州”，“只”字仄聲；結句“綢繆莫負清秋”，“莫”字仄聲。譜内可平可仄據此，餘參袁詞句法同者。

**又一體**　雙調一百四字，前段十一句六平韻，後段九句四平韻。

袁去華

葉舞殷紅句水摇瘦碧句隱約天際帆歸韻寒鴉影裏句斷雁聲中句依然殘照輝輝韻立馬看梅韻試尋香嚼蕊句醉折繁枝韻山翠掃修眉韻記人人讀蹙黛愁時韻　歎客裏讀光陰易失句霜侵短鬢句塵染征衣韻陽臺雲歸後句到如今讀重見無期韻流怨清商句空細寫讀琴心向誰韻更難將讀愁隨夢去句相思惟有天知韻

此詞與秦詞校，後段第一句七字，第二、三句皆四字，第六句不押韻異。

## 雨霖鈴三體

一名《雨霖鈴慢》，唐教坊曲名。《明皇雜録》：“帝幸蜀，初入斜谷，霖雨彌日，棧道中聞鈴聲，采其聲爲《雨霖鈴》曲。”宋詞蓋借舊曲名，另倚新聲也。調見柳永《樂章集》，屬雙調。

**雨霖鈴**　雙調一百三字，前段十句五仄韻，後段九句五仄韻。

柳　永

寒蟬凄切韻對長亭晚句驟雨初歇韻都門帳飲無緒句方留戀處句蘭舟催發韻執手相看淚

眼句竟無語凝咽韻念去去讀千里煙波句暮靄沈沈楚天闊韻　多情自古傷離別韻更那堪讀冷落清秋節韻今宵酒醒何處句楊柳岸讀曉風殘月韻此去經年句應是良辰句好景虛設韻便縱有讀千種風情句更與何人説韻

此調以此詞爲正體，王安石“孜孜矻矻”詞，正與此同。若王詞、黄詞之句讀小異，乃變格也。

按，王安石詞前段第四句“浮名浮利何濟”，下“浮”字平聲。譜内據此，其餘可平可仄悉參王、黄二詞。

**又一體**　雙調一百三字，前後段各九句五仄韻。

王庭珪

瓊樓玉宇韻滿人寰讀似海邊洲渚韻蓬萊又還水淺句鯨濤静見句銀宫如許韻紫極嗚簫聲斷句望霓舟何處韻待夜深讀重倚層霄句認得瑶池廣寒路韻　郢中舊曲誰能度韻恨歌聲讀響入青雲去韻西湖近時絶唱句總不道讀月梅鹽絮韻暗想當年句賓從毫端句有驚人句韻漫説向讀枚叟鄒生句共作梁園賦韻

此與柳詞同，惟前段第二、三句作八字一句異。

**又一體**　雙調一百三字，前後段各九句五仄韻。

黄　裳

天南遊客韻甚而今讀却送君南國韻西風萬里無限句吟蟬暗續句離情如織韻秣馬脂車句去即去讀多少人惜韻望百里讀煙慘雲山句送兩程讀愁作行色韻　飛帆過浙西封域韻到秋深讀且檥荷花澤韻就船買得鱸鱖句新穀破讀雪堆香粒韻此興誰同句須記東秦句有客相憶韻願聽了讀一闋歌聲句醉倒拌今日韻

此詞與王詞校，前段第六句四字，第七句、第八句、結句俱作上三下四七字句異。

## 還京樂六體

唐教坊曲名。《唐書》：“明皇自潞州還京師，製《還京樂》曲。”宋詞蓋借舊曲名，另翻新聲也。

**還京樂**　雙調一百三字，前後段各十句五仄韻。

周邦彦

禁煙近句觸處浮香秀色相料理韻正泥花時候句奈何客裏句光陰虛費韻望箭波無際韻迎風漾日黄雲委韻任去遠句中有萬點句相思清淚韻　到長淮底韻過當時樓下句殷勤爲

説句春來羈旅況味韻堪嗟誤約乖期句向天涯讀自看桃李韻想如今讀應恨墨盈箋句愁妝照水韻怎得青鸞翼句飛歸教見憔悴韻

此調始自此詞,應以此詞爲正體。若方、楊、吴、張四詞之句讀異同,皆變格也。

譜内可平可仄悉參下詞。

此詞句法,多一氣貫下,蟬聯不斷,陳、楊、方和詞皆然,當是音律所寓,填者遵之。

**又一體**　雙調一百三字,前段十句五仄韻,後段十句六仄韻。

陳允平

彩鸞去句適怨清和讀錦瑟誰共理韻奈春光漸老句萬金難買句榆錢空費韻岸草煙無際韻落花滿地芳塵委韻翠袖裏句紅粉濺濺句東風吹淚韻　任鴛幃底韻寶香寒句金獸慵熏繡被韻依依離别意味韻瓊釵暗劃心期句倩啼鵑讀爲催行李韻黯消魂讀但夢繞巫山句情牽渭水韻待得歸來後句燈前深訴憔悴韻

此詞後段第二句三字,第三、四句皆六字,又多押一韻,與周詞異。

**又一體**　雙調一百三字,前段九句五仄韻,後段十句五仄韻。

方千里

歲華慣句每到和風麗日歡再理韻爲妙歌新調句粲然一曲句千金輕費韻記夜闌深際韻更衣换酒珠璣委韻悵樺燭摇影句易積銀盤紅淚韻　向笙歌底韻問何人讀能道平生句聚合歡娱句離别興味韻誰憐露浥煙籠句盡栽培讀豔桃穠李韻漫縈牽讀空坐隔千山句情遥萬水韻縱有丹青筆句應難摹畫憔悴韻

此亦和周詞也,前結五字一句、六字一句,後段第二句七字,第三、四句皆四字,與周詞異。

**又一體**　雙調一百三字,前段九句六仄韻,後段十句五仄韻。

楊澤民

春光至韻欲訪清歌妙舞重爲理韻念燕輕鶯怯媚容句百斛明珠須費韻算枕前盟誓韻深誠密約堪憑委韻意正美句嬌眼又灑句梨花春淚韻　記羅帷底韻向鴛鴦讀燈畔相偎句共把前回句詞語詠味韻無端浪跡萍蓬句奈區區讀又催行李韻忍重看讀小岸柳梳風句江梅鑒水韻待學鶼鶼翼句從他名利榮悴韻

此和周詞也,前段起句用韻,第三句四字,第四句六字,後段第二句七字,第三、四句皆四字,與周詞異。

**又一體**　雙調一百三字,前段十句四仄韻,後段十句五仄韻。

吴文英

宴蘭漵句促奏絲縈管裂飛繁響韻似漢宫人去句夜深獨語句胡沙凄咽韻對雁斜玫柱句瓊

瓊弄月臨秋影韻鳳吹遠句河漢去槎句天風吹冷韻　泛清商竟韻轉銅壺敲漏句瑶牀二八青娥句環佩再整韻菱歌四碧無聲句變須臾讀翠繁紅瞑韻歎梨園讀今調絶音希句愁深未醒韻桂楫輕如翼句歸霞時點清鏡韻

此亦周詞體，惟前段第七句不押韻，後段第三句六字，第四句四字異。

**又一體** 雙調一百三字，前段九句六仄韻，後段十句四仄韻。

張　炎

勝遊處韻多是琴尊坐石松下語韻有筆牀茶竈句瘦笻相引句逢花須住韻正翠陰迷路韻年光荏苒成孤旅韻待趁燕檣句休忘了讀元都前度韻　漸煙波遠句怕五湖凄冷句佳人袖薄句修竹依依日暮韻知他甚處重逢句便匆匆讀帶潮歸去韻莫因循讀却誤了幽期句還孤舊雨韻佇立山風晚句月明摇碎江樹韻

此詞與周詞校，前段第九句四字，結句七字，又换頭句不押韻異。

## 雙頭蓮四體

此調一百三字者，見周邦彦《片玉集》；一百字者，見陸游《放翁集》。

**雙頭蓮** 雙調一百三字，前段十三句三仄韻，後段十二句五仄韻。

周邦彦

一抹殘霞句幾行新雁句天染斷紅句雲迷陣影句隱約望中句點破晚空澄碧韻助秋色韻門掩西風句橋横斜照句青翼未來句濃塵自起句咫尺鳳幃句合有人相識韻　歎乖隔韻知甚時恣與句同攜歡適韻度曲傳觴句並韉飛轡句綺陌畫堂連夕韻樓頭千里句帳底三更句盡堪淚滴韻怎生向句總無聊句但只聽消息韻

此詞《清真集》不載，故方千里、楊澤民、陳允平皆無和詞。或疑前段直至第六句始用韻，似有譌脱。不知宋人以韻少者爲慢曲子，韻多者爲急曲子。細玩此詞，文法甚順，决無譌脱，但無他詞援證耳。

**又一體** 雙調一百字，前段十句六仄韻，後段十句五仄韻。

陸　游

華鬢星星句驚壯志成虚句此身如寄韻蕭條病驥韻向暗裏讀消盡當年豪氣韻夢斷故國山川句隔重重煙水韻身萬里韻舊社凋零句青門俊遊誰記韻　盡道錦里繁華句歎官閑晝永句柴荆添睡韻清愁自醉韻念此際讀付與何人心事韻縱有楚柁吴檣句知何時東逝韻空

悵望句鱠美菰香句秋風又起韻

此與周詞句讀迥異，因調名同，故爲類列。

前後段第八句例作上一下四句法，填者辨之。

譜内可平可仄悉參陸詞别首及《梅苑》無名氏詞。

**又一體**　雙調一百字，前段十一句六仄韻，後段十句六仄韻。

陸　游

風卷征塵句堪歎處句青驄正摇金轡韻客襟貯淚韻漫萬點如血句憑誰持寄韻佇想豔態幽情句壓江南佳麗韻春正媚韻怎忍長亭句匆匆頓分連理韻　目斷淡日平蕪句望煙濃樹遠句微茫如薺韻悲歡夢裏韻奈倦客讀又是關河千里韻最苦唱徹驪歌句重遲留無計韻何限事韻待與丁寧句行時已醉韻

此詞與"華鬢星星"詞校，前段第二句三字，第三句六字，第五句攤破句法作五字一句、四字一句，後段第八句押韻異。

**又一體**　雙調一百字，前後段各十句四仄韻。

《梅苑》無名氏

觸目庭臺句當歲晚凋殘句恁時方見韻瓊英細蕊句似美玉碾就句輕冰裁剪韻暗想蜂蝶不知句有清香爲援韻深疑是讀傅粉酡顔句何殊壽陽妝面韻　惟恐易落難留句仗何人巧把句名詞褒羡韻狂風横雨句枉墜落讀細蕊紛紛千片韻異日結實成陰句托稱殊非淺韻調鼎鼐句試作和羹句佳名方顯韻

此詞與陸詞校，前段第四句攤破句法作五字一句、四字一句，前後段第四句俱不押韻異。

## 憶瑶姬四體

此調有仄韻、平韻兩體。仄韻者始自曹組，一名《别素質》；平韻者始自万俟咏，一名《别瑶姬慢》。

**憶瑶姬**　雙調一百三字，前段九句五仄韻，後段九句六仄韻。

曹　組

雨細雲輕句花嬌玉軟句于中好個情性韻爭奈無緣相見句有分孤另韻香箋細寫頻相問韻我一句句兒都聽韻到如今讀不得同歡句伏惟與他耐静韻　此事憑誰執證韻有樓前明月句窗外花影韻拚了一生煩惱句爲伊成病韻祇愁更把風流逞韻便因循讀誤人無定韻恁

時節讀若要眼兒廝覷句除非會聖韻

此調押仄韻者衹此一詞，無别首宋詞可校。

**又一體** 雙調一百五字，前段十一句五平韻，後段十一句四平韻。

万俟咏

可惜香紅韻又一番驟雨句幾陣狂風韻霎時留不住句便夜來和月句飛過簾櫳韻離愁未了句酒病相仍句便堪此恨中韻片片隨讀流水斜陽去句各自西東韻　又還是讀九十春光句誤雙飛戲蝶句並采游蜂韻人生能幾許句細算來何物句得似情濃韻沈腰暗減句潘鬢先秋句寸心不易供韻望暮雲讀千里沈沈障翠峰韻

此調押平韻者，以此詞爲正體。若蔡詞之多押一韻，史詞之添字，又句讀異同，皆變格也。

此詞句讀與蔡詞同，故譜内可平可仄悉參蔡詞。

**又一體** 雙調一百五字，前後段各十一句五平韻。

蔡　伸

微雨初晴韻洗瑶空萬里句月挂冰輪韻廣寒宫闕迥句望素娥縹緲句丹桂亭亭韻金盤露冷句玉樹風輕句倍覺秋思清韻念去年讀曾共吹簫侣句同賞蓬瀛韻　奈此夜讀旅泊江城韻漫花光眩目句緑酒如澠韻幽懷終有恨句恨綺窗清影句虚照娉婷韻藍橋路杳句楚館雲深句擬憑歸夢輕韻强就枕句無奈孤衾夢易驚韻

此與万俟詞同，惟换頭句押韻異。

**又一體** 雙調一百九字，前段十句四平韻，後段十句五平韻。

史達祖

嬌月籠煙句下楚嶺句香分兩朵湘雲韻花房時漸密句弄杏箋初會句歌裏殷勤韻沈沈夜久西窗句屢隔蘭燈幔影昏韻自彩鸞讀飛入芳巢句繡屏羅薦粉光新韻　十年未始輕分韻念此飛花句可憐柔脆銷春韻空餘雙淚眼句到舊家時節句漫染愁巾韻神仙説道凌虚句一夜相思玉樣人韻但起來讀梅發窗前句哽咽疑是君韻

此詞前後段第四、五、六句與万俟詞同，餘俱異。

## 《御定詞譜》卷三十二　起一百三字至一百四字

### 安平樂慢二體

調見万俟咏《大聲集》。

**安平樂慢**　雙調一百三字，前段十一句五平韻，後段九句四平韻。

万俟咏

瑞日初遲句緒風乍暖句千花百草爭香韻瑶池路穩句閬苑春深句雲樹水殿相望韻柳曲沙平句看塵隨青蓋句絮惹紅妝韻賣酒緑陰傍韻無人不醉春光韻　有十里笙歌句萬家羅綺句身世疑在仙鄉韻行樂知無禁句五侯半隱少年場韻舞妙歌妍句空妒得讀鶯嬌燕忙韻念芳菲讀都來幾日句不堪風雨疏狂韻

此調祇有万俟詞、曹詞二首，故此詞可平可仄悉參曹詞。

**又一體**　雙調一百四字，前段十一句五平韻，後段十句四平韻。

曹　勛

聖德如堯句聖心似舜句欣逢出震昌期韻中興繼體句撫有寰瀛句三陽方是炎曦韻萬國朝元句奉崇嚴宸扆句咫尺天威韻瑞色滿三墀韻漸嵩呼讀均慶彤闈韻　正金屋妝成句翠紅圍繞句香靄高散狻猊韻東朝移珮輦句與坤儀讀同奉瑶卮韻閟殿花明句億萬載讀咸歌壽祺韻視天民句永祈寶曆句垂衣端拱無爲韻

此與万俟詞同，惟前段結句校万俟詞添一字，後段第五句作上三下四句法異。

## 望南雲慢一體

調見《樂府雅詞》。

**望南雲慢**　雙調一百三字，前段十一句四平韻，後段十二句五平韻。

沈公述

木葉輕飛句乍雨歇亭皋句簾卷秋光韻闌隈砌角句綻拒霜幾處句深淺紅芳韻應恨開時晚句伴翠菊讀風前並香韻曉來清露句嫩面低凝句似帶啼妝韻　堪傷韻記得佳人句當時怨别句盈腮粉淚行行韻而今最苦句奈千里身心句兩處凄凉韻感物成消黯句念舊歡讀空勞寸腸韻月斜殘漏句夢斷孤幃句一枕思量韻

此調祇此一詞，無他首可校。

## 情久長一體

調見《聖求詞》。

**情久長**　雙調一百三字，前後段各九句四仄韻。

呂渭老

瑣窗夜永句無聊盡作傷心句韻甚近日讀帶腰移眼句梨臉沾雨韻春心償未足句怎忍聽讀啼血催歸杜宇韻暮帆挂讀沈沈暝色句衮衮長江句流不盡讀來無據韻　點檢風光句歲月今如許韻趁此際讀浦花汀草句一棹東去韻雲窗霧閣句洞天曉讀同作煙霞伴侶韻算誰見讀梅簾醉夢句柳陌晴游句應未許讀春知處韻

此調祗有此體，呂渭老集中二首字句悉同，故此詞可平可仄悉參"冰梁跨水"詞。

按，呂詞別首前段第一句"冰梁跨水"，"冰"字平聲；第五句"夜寒侵短髮"，"夜"字仄聲；後段第一句"雞咽荒郊"，"雞"字平聲；第四句"清吟無味"，"清"字、"吟"字俱平聲；第五句"想伊睡起"，"想"字仄聲；第六句"又念遠、樓閣横枝對倚"，"念"字仄聲。譜内可平可仄據此。

## 西江月慢二體

調見《聖求詞》。

**西江月慢**　雙調一百三字，前段十句四仄韻，後段八句五仄韻。

呂渭老

春風淡淡句清晝永讀落英千尺韻桃杏散平郊句晴蜂來往句妙香飄擲韻傍畫橋讀煮酒青簾句緑楊風外句數聲長笛韻記去年讀紫陌朱門句花下舊相識韻　向寶帊讀裁書憑燕翼韻望翠閣讀煙林似織韻聞道春衣猶未整句過禁煙寒食韻但記取讀角枕題情句東窗休誤句這些端的韻更莫待讀青子緑陰春事寂韻

此調呂詞外，祗有無名氏詞，句讀互異，故不參校平仄。

**又一體**　雙調一百六字，前段九句四仄韻，後段九句五仄韻。

《高麗史・樂志》無名氏

煙籠細柳句映粉牆讀垂絲輕嫋韻正歲首讀暖律風和句裝點後苑臺沼韻見乍開桃若胭脂染句便須信讀江南春早韻又數枝讀零亂殘花句飄滿地句未曾掃韻　幸到此讀芳菲時漸好韻恨間阻讀佳期尚杳韻聽幾聲讀雲裏悲鴻句感動怨愁多少韻漫目送句層閣天涯遠句甚無人讀音書來到韻又只恐讀別有深情句盟言忘了韻

此見《高麗史・樂志》，亦宋詞也，惟前後段起二句與呂詞同，餘俱異。

## 杏花天慢一體

調見《松隱集》。

**杏花天慢**　雙調一百三字，前後段各九句五仄韻。

曹　勛

桃蕊初謝句雙燕來後句枝上嫩苞時節韻絳萼滋浩露句照曉景讀裁剪冰綃標格韻煙傳靚質韻似澹拂讀妝成香頰韻看暖日讀催吐繁英句占斷上林風月韻　壇邊曾見數枝句算應是真仙句故留春色韻頓覺偏造化句且任他讀桃李成蹊誰説韻晴霽易雪韻待等飲讀清賞無歇韻更愛惜讀留引鶊禽句未須再折韻

此詞無他首可校。

## 探春慢五體

或作《探春》，無“慢”字。

**探春慢**　雙調一百三字，前後段各十句四仄韻。

姜　夔

衰草愁煙句亂鴉送日句風沙迴旋平野韻拂雪金鞭句欺寒茸帽句還記章臺走馬韻誰念漂零久句漫贏得讀幽懷難寫韻故人青盼相逢句小窗閒共情話韻　長恨離多會少句重訪問竹西句珠淚盈把韻雁磧沙平句漁汀人散句老去不堪遊冶韻無奈苕溪月句又喚我讀扁舟東下韻甚日歸來句梅花零亂春夜韻

此調以此詞爲正體。若周密詞之换頭多押一韻，陳允平詞之後結句讀小異，猶不失正；若吴文英詞之句讀全異，則變格也。

此詞前段第三句、前後段結句例作拗體。若周詞之“客裏暗驚時候”，張詞之“一抹牆腰月淡”，周詞之“畢竟爲誰消瘦”，陳詞之“體取過湖人少”，張詞别首之“恰有梅花一樹”，與調不合，譜内概不校注平仄。

按，張炎詞前段第四、五句“投老情懷，薄遊滋味”，“投”字平聲，“薄”字仄聲；趙以夫詞第九句“莫惜沈醉風前”，“惜”字仄聲；張詞後段第二句“休忘了盈盈”，“忘”字平聲；第五句“柳蛾暗雪”，“柳”字仄聲；趙詞第六句“得似家山閒暇”，“家”字平聲。譜内可平可仄據此，餘參下張詞、周詞、陳詞。

張詞前段第三句“摧殘客裏時序”，第八句“早瘦了、梅花一半”，第九句“也知不作花看”，“客”字、“一”字、“不”字俱以入作平，不注可仄。

**又一體** 雙調一百三字，前段十句四仄韻，後段十句五仄韻。

張　炎

銀浦流雲句綠房迎曉句一抹牆腰月淡韻暖玉生煙句懸冰解凍句碎滴瑶階如霰韻纔放些晴意句早瘦了讀梅花一半韻也知不做花看句東風何事吹散韻　　摇落似成秋苑韻甚釀得春來句怕教春見韻野渡舟回句前村門掩句應是不勝清怨韻次第尋芳去句灞橋外讀蕙香波暖韻猶聽簷聲句看燈人在深院韻

此與姜詞同，惟換頭句用韻異。

**又一體** 雙調一百三字，前段十句四仄韻，後段十句五仄韻。

周　密

彩勝宜春句翠盤銷夜句客裏暗驚時候韻剪燕心情句呼盧音語句景物總成懷舊韻愁鬢妒垂楊句早穉眼讀漸濃如豆韻儘教寬盡春衫句畢竟爲誰消瘦韻　　梅浪半空如繡韻便管領芳菲句忍辜詩酒韻映竹占花句臨窗卜鏡句還念歲寒宫袖韻簫鼓動春城句競點綴讀玉梅金柳韻廝勾元宵句燈前共誰携手韻

此與姜詞同，惟後段起句押韻異。

**又一體** 雙調一百三字，前段十句四仄韻，後段十句五仄韻。

陳允平

上苑烏啼句中洲鷺起句疏鍾纔度雲窈韻篆冷香篝句燈微塵幌句殘夢猶吟芳草韻搔首捲簾看句認何處讀六橋煙柳韻翠橈纔檥西泠句趁取過湖人少韻　　掠水風花繚繞韻還暗憶年時句旗亭歌酒韻隱約春聲句鈿車寶勒句次第鳳城開了韻惟有踏青心句縱早起讀不嫌寒峭韻畫闌閒立東風句舊紅誰掃韻

此與周詞同，惟後結作六字一句、四字一句異。

**又一體** 雙調九十四字，前段十二句四仄韻，後段十一句五仄韻。

吴文英

苔徑曲深深句不見故人句輕敲幽户韻細草回春句目送流光一羽韻重雲冷句哀雁斷句翠微空句愁蝶舞韻逞鳴鞭句遊蓬小夢句枕殘鶯寤韻　　還識西湖醉路韻向柳下並鞍句銀袍吹絮韻事影難追句那負燈牀聽雨韻冰溪憑誰照影句有明月句乘興去韻暗相思句梅孤鶴瘦句共江亭暮韻

此詞後段第一、二、三句與姜詞同，餘俱異。因調名同，亦爲類列。

## 眉嫵三體

姜夔詞注一名《百宜嬌》。

**眉嫵**　雙調一百三字,前段十一句五仄韻,後段十一句七仄韻。

姜　夔

看垂楊連苑句杜若吹沙句愁損未歸眼韻信馬青樓去句重簾下句娉婷人妙飛燕韻翠尊共款韻聽豔歌讀郎意先感韻便携手句月地雲階裏句愛良夜微暖韻　無限韻風流疏散韻有暗藏弓履句偷寄香翰韻明日聞津鼓句湘江上句催人還解春纜韻亂紅數點韻悵斷魂讀煙水遥遠韻又爭似相携句乘一舸讀鎮長見韻

此調以此詞爲正體,若王詞之少押一韻,張詞之多押兩韻,皆變格也。

此詞可平可仄參下王、張二詞。

**又一體**　雙調一百三字,前段十一句五仄韻,後段十句六仄韻。

王沂孫

漸新痕懸柳句澹彩穿花句依約破初暝韻便有團圓意句深深拜句相逢誰在香徑韻畫眉未穩韻料素娥讀猶帶離恨韻最堪愛句一曲銀鉤小句寶簾挂秋冷韻　千古盈虧休問韻歎慢磨玉斧句難補金鏡韻太液池猶在句凄凉處讀何人重賦清景韻故山夜永韻試待他讀窺户端正韻看雲外山河句還老盡讀桂花影韻

此與姜詞同,惟换頭句不押短韻異。

**又一體**　雙調一百三字,前段十一句六仄韻,後段十一句八仄韻。

張　翥

又蛛分天巧句鵲誤秋期句銀漢會牛女韻薄命猶如此句悲歡事句人間何限夫婦韻此情更苦韻怎似他讀今夜相遇韻素娥妒韻不肯偏留照句漸涼影催曙韻　私語韻釵盟何處韻但翠屏天遠句清夢雲去韻縱有閒針縷韻相憐愛句絲絲空綴愁緒韻竊香伴侣韻問甚時讀重畫眉嫵韻漫鉛淚彈風句俱付與讀洗車雨韻

此亦與姜詞同,惟前段第九句、後段第五句俱押韻異。

## 湘江静二體

調見《樂府雅詞》,一名《瀟湘静》。

**湘江静**　雙調一百三字，前段十句五仄韻，後段十一句五仄韻。

史達祖

暮草堆青雲浸浦韻記匆匆讀倦篙曾駐韻漁榔四起句沙鷗未落句怕愁沾詩句韻碧袖一聲歌句石城怨讀西風隨去韻滄波蕩晚句菰蒲弄秋句還重到讀斷魂處韻　酒易醒句思正苦韻想空山讀桂香懸樹韻三年夢冷句孤吟意短句屢煙鍾津鼓韻屐齒厭登臨句移橙後讀幾番涼雨韻潘郎漸老句風流頓減句閒居未賦韻

此調史詞外衹有無名氏詞，故此詞可平可仄悉參之。但無名氏詞後段第五句"白"字入聲，第七句"莫"字入聲，俱以入作平，不注可仄。

**又一體**　雙調一百三字，前段十句五仄韻，後段十句四仄韻。

《雅詞拾遺》無名氏

珠簾微卷香風逗韻正明月讀乍圓時候韻金盤露冷句玉爐篆燼句漸紅鱗生酒韻嬌唱倚繁弦句瓊枝碎讀輕回雲袖韻風臺焰短句銅壺漏永句人欲醉讀夜如晝韻　因念流年迅景句被浮名讀暗孤歡偶韻人生大抵句離多會少句便相將白首韻何似猛尋芳句都莫問讀積金過斗韻歌闌宴闋句雲窗鳳枕句釵橫麝透韻

此與史詞同，惟換頭作六字一句，又不押韻異。

## 金盞子五體

此調有平韻、仄韻兩體。仄韻者，見《梅溪詞》及《夢窗詞》；平韻者，見《高麗史・樂志》。

**金盞子**　雙調一百三字，前段十一句四仄韻，後段十一句六仄韻。

吴文英

賞月梧園句恨廣寒宮樹句曉風搖落韻莓砌掃珠塵句空腸斷句熏爐燼消殘萼韻殿秋尚有餘花句鎖煙窗雲幄韻新雁又句無端送人江上句短亭初泊韻　籬角韻夢依約韻人一笑句惺忪翠袖薄韻悠然醉紅喚醒句幽叢畔句凄香霧雨漠漠韻晚吹乍顫秋聲句早屏空金雀韻明朝想讀猶有數點蜂黄句伴我斟酌韻

此調押仄韻者以吴詞及史詞爲正體，若蔣詞、趙詞之少押一韻，乃變格也。

前段第七句、後段第八句例作上一下四句法，四詞皆然，填者辨之。

此詞可平可仄，悉參蔣、史、趙三詞。

**又一體** 雙調一百三字,前段十一句四仄韻,後段十一句五仄韻。

蔣 捷

練月縈窗句夢乍醒句黄花翠竹庭館韻心事夜香消句人孤另句雙鶼被他羞看韻擬待告訴天公句減秋聲一半韻無情雁句正用恁時飛來句叫雲尋伴韻　猶記杏櫳暖韻銀燭下句纖影卸佩懶韻春渦暈紅豆小句鶯衣嫩句珠痕淡印芳汗韻自從信誤青鸞句想籠鸚停喚韻風刀快句剪盡畫簷梧桐句怎剪愁斷韻

此與吴詞同,惟前段第二句三字,第三句六字異。

**又一體** 雙調一百一字,前段十一句四仄韻,後段十一句五仄韻。

史達祖

獎緑催紅句仰一番膏雨句始張春色韻未踏畫橋煙句江南岸句應是草穠花密韻湔裙尚憶蘋溪句覺詩愁相覓韻光風外句除是倩鶯煩燕句漫通消息韻　梨花夜來白韻相思夢句空闌一株雪韻深深柳枝巷陌句難重過句弓彎兩袖雲碧韻見説倦理秦箏句怯春葸無力韻空遺恨句當時秀句句蒼苔蠹壁韻

此亦與吴詞同,惟後段第十句減二字異。

**又一體** 雙調一百一字,前段十一句四仄韻,後段十句四仄韻。

趙以夫

得水能仙句向漢皋遺佩句碧波涵月韻藍玉暖生煙句稱縞袂黄冠句素姿芳潔韻亭亭獨立風前句照冰壺澄澈韻當時事句琴心妙處難傳句頓成愁絶韻　六出自天然句果一味清香渾似雪韻西湖秋菊寒泉句似坡老風流句至今人説韻殷勤折伴梅邊句聽玉龍吹裂韻丁寧道句百年兄弟句相看晚節韻

此詞與史詞校,前段第五句五字,第六句四字,换頭句不押韻,後段第二句作八字一句異。

**又一體** 雙調一百二字,前段十一句四平韻,後段十句五平韻。

《高麗史·樂志》無名氏

麗日舒長句正葸葸瑞氣句遍滿神京韻九重天上句五雲開處句丹樓碧閣峥嶸韻盛宴初開句錦帳繡幕交横韻應上元佳節句君臣際會句共樂昇平韻　廣庭羅綺紛盈韻動一部笙歌句盡新聲韻蓬萊宫殿神仙景句浩蕩春光句邐迤玉城韻煙收雨歇句天色夜更澄清韻又千尋讀火樹燈山句參差帶月鮮明韻

此調押平韻者祗此一詞。其前段第一、二、三句,後段第一、二句,與仄韻詞同;其餘句讀,與仄韻詞異。

## 龍山會二體

《虚齋樂府》注商調。

**龍山會**　雙調一百三字，前段十句六仄韻，後段九句五仄韻。

趙以夫

九日無風雨韻一笑憑高句浩氣橫秋宇韻群峰青可數韻寒城小讀一水縈回如縷韻西北最關情句漫遥指讀東徐南楚韻黯銷魂句斜陽冉冉句雁聲悲苦韻　今朝寒菊依然句重上南樓句草草成歡聚韻詩朋休浪賦韻舊題處讀俯仰已隨塵土韻莫放酒行疏句清漏短讀凉蟾當午韻也全勝讀白衣未至句獨醒凝佇韻

此調祗有趙詞兩首及吴文英詞，句讀悉同，所小異者，惟吴詞少押兩韻耳，故此詞可平可仄悉參趙詞别首及吴詞。

按，趙詞别首前段第一句“佳節明朝九”，“佳”字平聲；第六句“碧落杳無邊”，“碧”字仄聲；第七句“但玉削、千峰寒瘦”，“玉”字仄聲；第八句“留連久”，“留”字平聲，“久”字仄聲；後段第八句“歸去也、東籬好在”，“歸”字平聲，“去也”二字俱仄聲，“東”字平聲。譜内可平可仄據此，餘參吴詞。

**又一體**　雙調一百三字，前段十句五仄韻，後段九句四仄韻。

吴文英

石徑幽雲鏄韻步障深深句豔錦青紅亞韻小喬和夢醒句環佩杳讀煙水茫茫城下韻何處不秋陰句問誰借讀東風豔冶韻最嬌嬈句愁侵醉頰句紅綃淚灑韻　揺落翠莽平沙句欲挽斜陽句駐短亭車馬韻晚妝羞未墮句沈恨起讀金谷魂飛深夜韻驚雁落清歌句酹花底讀觥船快瀉韻後歸來讀井梧上有句玉蟾遥挂韻

此與趙詞同，惟前後段第四句俱不押韻異。

## 春雲怨一體

調見馮艾子《雲月詞》，自注黄鍾商。

**春雲怨**　雙調一百三字，前段十一句五仄韻，後段十句五仄韻。

馮艾子

春風惡劣韻把數枝香錦句和鶯吹折韻雨重柳腰嬌困句燕子欲扶扶不得韻軟日烘煙句乾風收霧句芍藥酴醾弄顔色韻簾幕輕陰句圖書清潤句日永篆香絶韻　盈盈笑靨宫黄額

韻試紅鸞小扇句丁香雙結韻團鳳眉心倩郎貼韻教洗尊罍句共看西堂句醉花新月韻曲水成空句麗人何處句往事暮雲萬葉韻

此馮艾子自度曲，平仄當遵之。

## 昇平樂一體

《宋史·樂志》："教坊都知李德昇作《萬歲昇平樂》曲。"周密《天基節樂次》："樂奏夾鍾宫，第三盞，笙起《昇平樂慢》。"

**昇平樂**　雙調一百三字，前後段各十一句四平韻。

吴　奕

水閣層臺句竹亭深院句依稀萬木籠陰韻飛暑無涯句行雲有勢句晚來細雨回晴韻庭槐轉影句近紗𧍯讀兩兩蟬鳴韻幽夢斷句枕金猊旋熱句蘭炷微熏韻　堪命俊才儔侣句對華筵坐列句朱履紅裙韻檀板輕敲句金樽滿泛句從教畏日西沈韻金絲玉管句間歌喉讀時奏清音韻唐虞世句儘陶陶沈醉句且樂昇平韻

此調祇有此詞，無别首宋詞可校。

## 迎新春一體

《宋史·樂志》雙角調；《樂章集》注大石調。

**又一體**　雙調一百四字，前段八句七仄韻，後段十一句六仄韻。

柳　永

嶰管變青律句帝里陽和新布韻晴景回輕煦韻慶嘉節讀當三五韻列華燈讀千門萬户韻遍九陌讀羅綺香風微度韻十里燃絳樹韻鼇山聳讀喧喧簫鼓韻　漸天如水句素月當午韻香徑裏句絶纓擲果無數韻更闌燭影花陰下句少年人讀往往奇遇韻太平時句朝野多歡民康阜韻堪隨分良聚韻對此爭忍句獨醒歸去韻

《詞律》刻此詞不分段，今照《花草粹編》分。

此調祇此一詞，無别首可校。

## 歸朝歡二體

《樂章集》注夾鍾商。辛棄疾詞，有"菖蒲自照清溪緑"句，名《菖蒲緑》。

**歸朝歡** 雙調一百四字，前後段各九句六仄韻。

柳　永

別岸扁舟三兩隻韻葭葦蕭蕭風淅淅韻沙汀宿雁破煙飛句溪橋殘月和霜白韻漸漸分曙色韻路遥川遠多行役韻往來人句隻輪雙槳句盡是利名客韻　一望鄉關煙水隔韻轉覺歸心生羽翼韻愁雲恨雨兩縈牽句新春殘臘相催迫韻歲華都瞬息韻浪萍風梗誠何益韻問歸期句玉樓深處句有箇人相憶韻

此調以此詞爲正體，蘇軾、張先、嚴仁、辛棄疾、馬莊父、詹正諸詞，俱如此填。若王詞之多押一韻，乃變格也。

按，張詞前段第一句“聲轉轆轤聞露井”，“聲”字平聲，“轆”字仄聲；辛詞第三句“有時光彩射星躔”，“有”字仄聲，“光”字平聲；第四句“却將此石投閒處”，“此”字仄聲；嚴詞第五句“西風吹夢草”，“西風”二字俱平聲；辛詞第六句“先生拄杖來看汝”，“拄”字仄聲；詹詞第七句“空悵望”，“空”字平聲，“悵望”二字俱仄聲；張詞結句“同作飛梭擲”，“同”字、“飛”字俱平聲；馬詞後段第一句“團團寶月憑纖手”，“團團”二字俱平聲，“寶月”二字俱仄聲，“纖”字平聲；嚴詞第二句“求劍刻舟應笑汝”，“求”字平聲，“刻”字仄聲；張詞第三句“有情無物不雙棲”，“有”字仄聲，“無”字平聲；辛詞第四句“有朋只就芸窗讀”，“有”字、“只”字俱仄聲；馬詞第六句“萊衣焕爛潘輿穩”，“焕”字仄聲；詹詞第七、八句“猶記得，顛崖如此”，“猶”字、“顛”字俱平聲，“記得”二字俱仄聲；張詞結句“簾暮卷花影”，“簾”字平聲，“卷”字仄聲。譜内可平可仄據此，餘參王詞。

**又一體** 雙調一百四字，前段九句六仄韻，後段九句七仄韻。

王之道

透隙敲窗風摵摵韻坐見廣庭霜縞白韻長安道上正騎驢句蔡州城裏誰堅壁韻表表風塵物韻瑶林瓊樹三豪客韻對揮毫句連珠唱玉句慣把詩箋擲韻　草草杯盤還促席韻痛飲狂歌話胸臆韻前村昨夜放梅花句東都休把誇顏色韻清歡那易得韻明朝烏犫升南極韻帶隨車句黄壚咫尺韻莫作山河隔韻

此與柳詞同，惟後段第八句押韻異。按，嚴仁“五月人間”詞後結“問滄波，乘槎此去，流到天河否”，多押一韻，正與此同。

## 雙聲子一體

《樂章集》注林鍾商。

**雙聲子** 雙調一百四字，前段十一句四平韻，後段十句四平韻。

柳　永

晚天蕭索句斷蓬蹤跡句乘興蘭棹東游韻三吴風景句姑蘇臺榭句牢落暮靄初收韻歎夫差

舊國句香徑没讀徒有荒丘韻繁華處句悄無睹句惟聞麋鹿呦呦韻　相當年句空運籌决戰句圖王取霸無休韻江山如畫句雲濤煙浪句翻輸范蠡扁舟韻驗前經舊史句嗟漫載讀當日風流韻斜陽暮草茫茫句盡成萬古遺愁韻

此調祇有柳永一詞，其平仄宜遵之。

## 永遇樂七體

周密《天基節樂次》："樂奏夾鍾宫，第五盞，觱篥起《永遇樂慢》。"此調有平韻、仄韻兩體。仄韻者始自北宋，《樂章集》注林鍾商。晁補之詞名《消息》，自注越調。平韻者始自南宋，陳允平創爲之。

**永遇樂**　雙調一百四字，前後段各十一句四仄韻。

蘇　軾

明月如霜句好風如水句清景無限韻曲港跳魚句圓荷瀉露句寂寞無人見韻紞如五鼓句錚然一葉句黯黯夢雲驚斷韻夜茫茫讀重尋無處句覺來小園行遍韻　天涯倦客句山中歸路句望斷故園心眼韻燕子樓空句佳人何在句空鎖樓中燕韻古今如夢句何曾夢覺句但有舊歡新怨韻異時對讀黄樓夜景句爲余浩歎韻

此調押仄韻者以此詞爲正體，宋詞俱如此填。若晁詞之前段結句六字折腰，柳詞兩首及張詞、無名氏詞之句讀異同，皆變格也。

此調前段第一句，如柳詞之"熏風解愠"，無名氏詞之"孤衾不暖"；第二句如柳詞之"晝景晴和"；第八句如柳詞之"華渚流虹，雲擁雙旌"；第十句如晁詞之"想沈江、怨魄歸來"，柳詞之"擁朱幡、喜氣歡聲"；後段第八句，如柳詞之"槐府登賢"；第十句如晁詞之"算何須、楚澤雄風"，柳詞之"祝堯齡、北極齊尊"，"且乘閒、弘閣長開"：平仄與諸家不同，譜内概不校注。

按，周紫芝詞前段第五句"小荷擎雨"，"小"字仄聲；張元幹詞第八句"訪公良夜"，"訪"字仄聲；趙以夫詞第九句"隱隱光華流渚"，"光"字平聲；第十句"妝樓上、青瓜玉果"，"妝"字平聲，"上"字仄聲；周詞第十一句"還對彩絲無語"，"還"字平聲；趙師俠詞後段第一句"緑叢紅萼"，"紅"字平聲；晁補之詞第二句"紫葳枝上"，"紫"字仄聲；蘇詞别首第九句"夜永霜華侵被"，"霜"字平聲；解昉詞第十句"空贏得、斜陽暮草"，"空"字平聲。譜内可平可仄據此，餘參所採仄韻詞。

蘇軾别詞前段第六句"月隨人千里"，"隨"字平聲；趙以夫詞"清絶無點暑"，"點"字仄聲；張元幹詞前段結句"絡"字，後段第六句"熟"字，俱入聲；楊无咎詞前段第十句"折一枝、釵頭未插"，"一"字入聲；張元幹詞後段第四句"何事十年"，"十"字入聲；無名氏詞第九句"萬種斷也無限"，"也"字仄聲；趙彦端詞第十句"問少陵、酣歌拓戟"，"少"字仄聲。或以入作平，或與調不協，譜内亦概不校注。

**又一體** 雙調一百四字，前後段各十一句五仄韻。

晁補之

紅日葵開句映牆遮牖句小齋端午韻杯展荷金句簪抽筍玉句幽事還堪數韻緑窗纖手句朱奩輕縷韻爭鬬彩幡艾虎韻想沈江讀怨魄歸來句空惆悵讀對菰黍韻　朱顏老去韻清風好在句未減佳辰歡趣韻臘酒深斟句菖葅細糝句圍坐從兒女韻還同子美句江村長夏句閒對燕飛鷗舞韻算何須讀楚澤雄風句方消畏暑韻

此與蘇詞同，惟前段結句六字折腰，又前段第八句、後段第一句俱押韻異。

**又一體** 雙調一百四字，前段十二句四仄韻，後段十一句四仄韻。

柳　永

熏風解愠句晝景晴和句新霽時候韻火德流光句蘿圖薦祉句累慶金枝秀韻璿樞繞電句華渚流虹句是日挺生元后韻纘唐虞垂拱句千載應期句萬靈敷佑韻　殊方異域句爭貢琛賮句架巘航波奔凑韻三殿稱觴句九儀就列句韶濩鏘金奏韻藩侯瞻望彤庭句親攜僚吏句競歌元首韻祝堯齡讀北極齊尊句南山共久韻

此亦與蘇詞同，惟前結作五字一句、四字兩句，後段第七句六字，第八、九句四字異。

**又一體** 雙調一百四字，前後段各十一句四仄韻。

柳　永

天閣英遊句内朝密侍句當世榮遇韻漢守分麾句堯圖請瑞句方面憑心膂韻風馳千騎句雲擁雙旌句向曉洞開嚴署韻擁朱幡讀喜氣歡聲句處處競歌來暮韻　吴王舊國句今古江山秀異句人煙繁富韻甘雨車行句仁風扇動句雅稱安黎庶韻棠郊成政句槐府登賢句非久定須歸去韻且乘閒讀弘閣長開句融尊盛舉韻

此亦與蘇詞同，惟後段第二句六字，第三句四字異。

**又一體** 雙調一百四字，前段十一句四仄韻，後段十一句五仄韻。

張元幹

月印金盆句江縈羅帶句涼飆天際韻摩詰丹青句營丘平遠句一望窮千里韻白鷗盟在句黄粱夢破句投老此心如水韻耿無眠讀披衣顧影句乍聞繞階絡緯韻　百年倦客句三生習氣韻今古到頭誰是韻夜色蒼茫句浮雲滅没句舉世方熟寐韻誰人著眼句放神八極句逸想寄讀塵寰内韻獨憑闌讀雞鳴日上句海山霧起韻

此亦蘇詞體，惟後段第二句押韻，第九句六字折腰異。

**又一體**　雙調一百四字，前後段各十一句四仄韻。

《古今詞話》無名氏

孤衾不暖句靜聞銀漏句敧枕難穩韻細想多情句多才多貌句總是多愁本韻而今幽會難成句佳期頓阻句只恁縈方寸韻知他莫是今生句共伊此歡無分韻　尋思斷腸腸斷句珠淚搵了句依前重搵韻終待臨岐句分明説與句我這厭厭悶韻得伊知後句教人成病句萬種斷也無恨韻只恐他讀恁不分曉句漫勞瘦損韻

此詞前段第七句以下至後段第一、二、三句，句讀參差，餘俱與蘇詞同。

**又一體**　雙調一百四字，前後段各十一句四平韻。

陳允平

玉腕籠寒句翠闌憑曉句鶯調新簧韻暗水穿苔句遊絲度柳句人靜芳晝長韻雲南歸雁句樓西飛燕句去來慣認炎涼韻王孫遠讀青青草色句幾回望斷柔腸韻　薔薇舊約句尊前一笑句等閒孤負年光韻鬬草庭空句拋梭架冷句簾外風絮香韻傷春情緒句惜花時候句日斜尚未成妝韻聞嬉笑讀誰家女伴句又還採桑韻

此詞用平韻，其句讀與蘇軾仄韻詞同。

此見《日湖漁唱》，自注舊上聲，今移入平聲，蓋是允平創作，其平仄當從之。

## 二郎神九體

唐教坊曲名。《樂章集》注雙調。徐伸詞名《轉調二郎神》，吴文英詞名《十二郎》。

**二郎神**　雙調一百四字，前段八句五仄韻，後段十句五仄韻。

柳　永

炎光謝韻過暮雨讀芳塵輕灑韻乍露冷風清庭户爽句天如水讀玉鉤遥挂韻應是星娥嗟久阻句叙舊約讀飆輪欲駕韻極目處讀微雲暗度句耿耿銀河高瀉韻　閒雅韻須知此景句古今無價韻運巧思讀穿針樓上女句抬粉面讀雲鬟相亞韻鈿合金釵私語處句算誰在讀回廊影下韻願天上人間句占得歡娱句年年今夜韻

此調有兩體。前段起句三字者名《二郎神》，前段起句四字者名《轉調二郎神》，其前段第三、四句，後段第四、五句，第六、七句及兩結句讀亦不同。《詞律》疏於考證，以轉調爲本調誤矣。譜内各以類列，庶不蒙混。

此詞可平可仄悉參王、張二詞。

王詞换頭"日"字以入作平,故不注可仄。

**又一體** 雙調一百四字,前段八句七仄韻,後段九句七仄韻。

王十朋

深深院韻夜雨過讀簾櫳高卷韻正滿檻海棠開欲半韻仍朵朵讀紅深紅淺韻遥認三千宫女面韻匀點點讀胭脂未遍韻更微帶讀春醪宿酒句嫋娜香肌嬌豔韻　日暖韻芳心暗吐句含羞輕顫韻笑繁杏夭桃爭爛漫韻愛容易讀出牆臨岸韻子美當年游蜀苑韻又豈是讀無心眷戀韻都只爲讀天生體態句難把詩工裁剪韻

此詞與柳詞校,前段第三句、第五句,後段第四句、第六句俱押韻;又,後段第八、九、十句攤破句法作七字一句、六字一句異。

**又一體** 雙調一百五字,前段八句五仄韻,後段十句五仄韻。

張安國

坐中客韻共千里讀瀟湘秋色韻漸萬寶西成農事了句罷稏看讀黄雲阡陌韻橋口橘洲風浪穩句嶽鎮聳讀倚天青壁韻追前事讀興亡相續句空與山川陳跡韻　南國韻都會繁盛句依然似昔韻聚翠羽明珠三市滿句樓觀湧讀參差金碧韻乞巧處讀家家追樂事句爭要做讀豐年七夕韻願明年强健句百姓歡娱句還如今日韻

此與柳詞同,惟後段第六句添一襯字異。

**又一體** 雙調一百五字,前段十句四仄韻,後段十一句五仄韻。

徐　伸

悶來彈鵲句又攪碎讀一簾花影韻漫試著春衫句還思纖手句薰徹金猊燼冷韻動是愁多如何向句但怪得讀新來多病韻想舊日沈腰句而今潘鬢句不堪臨鏡韻　重省韻别來淚滴句羅衣猶凝韻料爲我厭厭句日高慵起句長托春酲未醒韻雁翼不來句馬蹄輕駐句門掩一庭芳景韻空佇立讀盡日闌干倚遍句晝長人静韻

此名《轉調二郎神》,與《二郎神》本詞句讀不同。

此詞前段第一句"彈"字,第五句"燼"字,後段第六句"不"字,例用去聲。又,後段結句例作仄平平仄,如曹詞之平平仄仄,便不合調。

按,吴潛詞前段第四句"繡簾朱户","繡"字仄聲;趙以夫詞"修蟾斧妙","斧"字仄聲;趙詞第九句"落花流水","落"字仄聲;吴詞後段第二句"問春何事","何"字平聲;趙詞第四句"任詩酒拋荒","詩"字平聲;吴詞第十句"珠淚滴、應把寸腸萬結","寸"字仄聲。譜内可平可仄據此,餘參趙、曹、馬、湯四詞。

曹詞前段第二句"薄"字入聲,以入作平,不注可仄。又,曹詞前段第二句"寒"字平聲,馬詞第五句"相"字平聲，趙詞第六句"思"字仄聲，細校宋詞，無如此者，譜内亦不校注平仄。

**又一體**　雙調一百五字，前段十句四仄韻，後段十一句四仄韻。

趙以夫

野塘暗碧句漸點點讀翠鈿明鏡韻想晝永珠簾句人閒金屋句時倚妝臺照影韻睡起闌干凝思處句漫數盡讀歸鴉棲暝韻知月下鶯黄句雲邊蛾緑句爲誰重整韻　曾倩雁傳鵲報句心期罕定韻奈柳絮浮雲句桃花流水句長是參差不並韻莫怨春歸句莫愁栢老句蠶已三眠將醒韻腸斷句句枉費丹青句漠漠水遥煙冥韻

此詞换頭句不押短韻，後結作六字句，與前各詞異。

按，趙詞别首後結"拌酩酊，斷送春歸，恰好聽鳩呼婦"，正與此同。

**又一體**　雙調一百三字，前段十句五仄韻，後段十一句五仄韻。

曹　勛

半陰未雨韻霽曉寒讀輕煙薄暮韻乍過了挑青句名園深院句把酒偏宜細步韻滿檻梅花句繞堤溪柳句徑暖遷鶯相語韻春澹澹讀漸覺清明句相傍小桃才吐韻　凝佇韻山村水館句難堪羈旅韻甚覷著花開句頻驚屈指句漫寫奚奴麗句韻幸有家山句青鸞應報句爲我整齊歌舞韻一恁待讀醉倚群紅句花沾酒污韻

此詞與徐詞校，前段起句多押一韻，第六、七句作四字兩句、六字一句，結作七字一句、六字一句，後結減二字作七字一句、四字一句異。

按，楊无咎"炎光欲謝"詞正與此同，但楊詞後結叶一平韻耳。

**又一體**　雙調一百三字，前段九句四仄韻，後段十二句五仄韻。

馬莊父

日高睡起句又恰見讀柳梢飛絮韻倩説與讀年年相挽句却又因他相誤韻南北東西何時定句看碧沼讀青萍無數韻念蜀郡風流句金陵年少句那尋張緒韻　應許韻雪花比並句撲簾堆户韻更羽綴遊絲句氈鋪小徑句腸斷鵓鳩唤雨韻舞態顛狂句恨腰輕怯句散了幾回重聚韻空暗想句昔日長亭别酒句杜鵑催去韻

此與徐詞同，惟前段第三、四句減二字作七字一句異。

**又一體**　雙調一百四字，前段十句四仄韻，後段十二句五仄韻。

湯　恢

瑣窗睡起句閒佇立讀海棠花影韻記翠楫銀塘句紅牙金縷句杯泛梨花冷韻燕子銜來相思字句道玉瘦讀不禁春病韻應蝶粉半銷句鴉雲斜墜句暗塵侵鏡韻　還省韻香痕碧唾句

春衫都凝韻悄一似酴醿句玉肌翠帔句消得東風喚醒韻青杏單衣句楊花小扇句閒却晚春風景韻最苦是句蝴蝶盈盈弄晚句一簾風静韻

此和徐詞,惟前段第五句减一字作五字句異。

**又一體** 雙調一百字,前後段各九句五仄韻。

吕渭老

西池舊約韻燕語柳梢桃萼韻向紫陌讀秋千影下句同挽雙雙鳳索韻過了鶯花休則問句風共月讀一時閒却韻知誰去句唤得秋陰句滿眼敗垣紅葉韻　飄泊韻江湖載酒句十年行樂韻甚近日讀傷高念遠句不覺風前淚落韻橘熟橙黄堪一醉句斷未負讀晚凉池閣韻只愁被讀撩撥春心句煩惱怎生安著韻

此與徐詞校,前段第二句减一字,第三、四句减二字,後段第四、五句减二字,句讀參差,不便校注。前後段第五句"則"字、"一"字亦是以入作平。

## 傾杯樂十體

唐教坊曲名。《樂府雜録》云:"《傾杯樂》,宣宗喜吹蘆管,自製此曲。"見《宋史·樂志》者二十七宫調。柳永《樂章集》注宫調七。一名《古傾杯》,亦名《傾杯》。

**傾杯樂** 雙調一百四字,前段十句四仄韻,後段十一句五仄韻。

柳　永

樓鎖輕煙句水横斜照句遥山半隱愁碧韻片帆岸遠句行客路杳句簇一天寒色韻楚梅映雪數枝豔句報青春消息韻年華夢促句音信斷讀聲遠飛鴻南北韻　算伊别來無緒句翠消紅减句雙帶長抛擲韻但淚眼沈迷句看朱成碧句惹閒愁堆積韻雨意雲心句酒情花態句辜負高陽客韻恨難極韻和夢也讀多時間隔韻

此調柳永《樂章集》中凡七首,自一百四字至一百十六字,各注宫調,然亦有同一宫調而字句參差者。舊譜失傳,不能强爲論定也。

此調《樂章集》屬林鍾商,又注水調。按《碧雞漫志》:"南吕商時號水調,俗呼中管林鍾商。中管者,南吕宫與林鍾宫同字譜,故以南吕爲中管也。"

此詞可平可仄悉參"木落霜洲"詞。

**又一體** 雙調一百四字,前段十句四仄韻,後段十二句六仄韻。

柳　永

木落霜洲句雁横煙渚句分明畫出秋色韻暮雨乍歇句小檝夜泊句宿葦村山驛韻何人月下臨風處句起一聲羌笛韻離愁萬緒句聞岸草讀切切蛩吟如織韻　爲憶韻芳容别後句水

遥山遠句何計憑鱗翼韻想繡閣深沈句爭知憔悴損句天涯行客韻楚峽雲歸句高陽人散句寂寞狂蹤跡韻望京國韻空目斷讀遠峰凝碧韻

此與"樓鎖輕煙"詞句讀同,宫調亦同,惟换頭句藏一短韻,後段第六句五字、第七句四字異。

此詞《樂章集》屬林鍾商,又注散水調。按《册府元龜》:"唐改南吕商爲散水調,即水調,俗名中管林鍾商也。"

**又一體**　雙調一百六字,前段十一句五仄韻,後段七句六仄韻。

柳　永

禁漏花深句繡工日永句蕙風布暖韻變韶景讀都門十二句元宵三五句銀蟾光滿韻連雲複道凌飛觀韻聳皇居麗句嘉氣瑞煙葱倩韻翠華宵幸句是處層城閬苑韻　龍鳳燭讀交光星漢韻對咫尺鼇山讀開雉扇韻會樂府讀兩籍神仙句梨園四部弦管韻向曉色讀都人未散韻盈萬井讀山呼鼇抃韻願歲歲天仗裏句常瞻鳳輦韻

此詞《樂章集》注仙吕宫,曾覿、楊无咎詞正與此同。

按,楊詞前段第二句"東負解凍","東"字平聲;曾詞第四句"望空際、瑶峰微吐","微"字平聲;楊詞第五句"柳枝金軟","柳"字仄聲;第九句"一夜萬花開遍","一"字仄聲,曾詞"依稀管弦臺榭","稀"字平聲;曾詞第十一句"一行珠簾不下","行"字平聲;楊詞後段第三句"携襦袴、千里歌謡","千"字平聲。譜内可平可仄據此,餘參程詞。

楊詞後段第一句"羅綺簇、歡聲一片","一"字以入作平,不注可仄。

**又一體**　雙調一百六字,前段十一句六仄韻,後段八句六仄韻。

程　珌

鑾殿秋深句玉堂宵永句千門人静韻問天上讀西風幾度句金盤光滿句露濃銀井韻碧雲飛下雙鸞影韻迤邐笙歌笑語句群仙隱隱韻更前問訊韻墮在紅塵今省韻　漸曙色讀曉風清迥韻更積靄沈陰讀都卷盡韻向窗前讀引鏡看來句尚喜精神炯炯韻便折簡讀浮丘共飲韻奈天也讀未教酩酊韻來歲却笑群仙句月寒空冷韻

此與"禁漏花深"詞校,前段第八句六字,第九句四字,第十句押韻異。

**又一體**　雙調一百七字,前段十三句四仄韻,後段九句六仄韻。

張　先

飛雲過盡句明河淺句天無畔韻草色棲螢句霜華侵暑句輕颸弄袂句澄瀾拍岸韻宴玉麈譚賓句倚瓊枝讀秀挹雕觴滿韻午夜中秋句十分圓月句香槽撥鳳句朱弦軋雁韻　正是欲醒還醉句臨空悵遠韻壺更疊换韻對東西讀數里回塘句恨零落芙蓉讀春不管韻籠燈待散韻誰知道讀座有離人句目斷雙歌伴韻煙江艇子歸來晚韻

此詞亦名《傾杯》，句、韻與柳詞不同。張先集中凡二首。其一首前段第九句“憑闌坐久飛雲遠”，作七字句，當是“憑雕闌、坐久飛雲遠”，脱一字，故不編入。

按，張詞別首前段第四句“浮玉無塵”，“浮”字平聲；第五句“五亭爭景”，“五”字仄聲；第六句“畫橋對起”，“畫”字仄聲；第八句“愛溪上瓊樓”，“溪”字平聲；第十句“人在虚空”，“人”字平聲；後段第五句“風雨暴、千巖啼鳥怨”，“風”字平聲，“雨”字仄聲；第八句“青子枝頭滿”，“青”字平聲；結句“使君莫放等春緩”，使字仄聲。譜内可平可仄據此。

**又一體** 雙調一百八字，前段十一句四仄韻，後段九句五仄韻。

柳 永

離宴殷勤句蘭舟凝滯句看看送行南浦韻情知道世上句難使皓月長圓句彩雲鎮聚韻算人生讀悲莫悲於輕別句最苦正歡娛句便分鴛侶韻淚流瓊臉句梨花一枝春帶雨韻　慘黛蛾讀盈盈無緒韻共黯然消魂句重携纖手句話別臨行句再三問道君須去韻頻耳畔低語韻知多少讀他日深盟句平生丹素韻從今盡托憑鱗羽韻

此詞《樂章集》注林鍾商，無他作可校。

**又一體** 雙調一百八字，前段十二句五仄韻，後段十句六仄韻。

柳 永

凍水消痕句曉風生暖句春滿東郊道韻遲遲淑景句煙和露潤句遍染長堤芳草韻斷鴻隱隱歸飛句江天杳杳韻遥山變色句妝眉淡掃韻目極千里句閒倚危檣迥眺韻　動幾許讀傷春懷抱韻念何處讀韶陽偏早韻想帝里看看句名園芳榭句爛漫鶯花好韻追思往昔年少韻繼日恁讀把酒聽歌句量金買笑韻別後暗負句光陰多少韻

此詞《樂章集》亦注林鍾商，然句、韻與前一首又不同。

**又一體** 雙調一百八字，前段十句四仄韻，後段十一句五仄韻。

柳 永

水鄉天氣句灑蒹葭讀露結寒生早韻客館更堪秋杪韻空階下讀木葉飄零句颯颯聲乾句狂風亂掃韻黯無緒讀人静酒初醒句天外征鴻句知送誰家歸信句穿雲悲叫韻　蛩響幽窗句風窺寒硯句一點銀釭閒照韻夢枕頻驚句愁衾半擁句萬里歸心悄悄韻往事追思多少韻贏得空使方寸攪韻斷不成眠句此夜厭厭句就中難曉韻

此詞《樂章集》注黄鍾調，無他首可校。

**又一體** 雙調一百八字，前段十一句五仄韻，後段九句五仄韻。

柳 永

金風淡蕩句漸秋光老讀清宵永韻小院新晴天氣句輕煙乍斂句皓月當軒練淨韻對千里寒

光句念幽期阻句當殘景韻早是多愁多病韻那堪細把句舊約前歡重省韻　最苦碧雲信斷句仙鄉路杳句歸鴻難倩韻每高歌讀强遣離懷句奈慘咽讀翻成心耿耿韻漏殘露冷韻空贏得讀悄悄無言句愁緒終難整韻又是立盡梧桐秋影韻

此詞《樂章集》注大石調,無他首可校。

**又一體**　雙調一百十六字,前段十句六仄韻,後段九句四仄韻。

柳　永

皓月初圓句暮雲飄散句分明夜色如晴晝韻漸消盡讀醺醺殘酒韻危樓迥讀凉生襟袖韻追舊事讀一晌憑闌久韻如何媚容豔態句抵死孤歡偶韻朝思暮想句自家空恁添清瘦韻　算到頭讀誰與伸剖韻向道我别來句爲伊牽繫句度歲經年句偷眼覷讀也不忍覷花柳韻可惜恁讀好景良宵句未曾略展雙眉暫開口韻問甚時與你句深憐痛惜還依舊韻

此詞《樂章集》亦注大石調,然句讀與前一首又不同。

## 百宜嬌一體

調見《聖求詞》,與《眉嫵》詞别名《百宜嬌》者不同。

**百宜嬌**　雙調一百四字,前段十句四仄韻,後段十句五仄韻。

吕渭老

隙月垂篦句亂蛩催織句秋晚嫩凉庭户韻燕拂簾旌句鼠窺窗網句寂寂飛螢來去韻金鋪鎮掩句漫記得讀花時南浦韻約重陽讀萸糁菊英句小樓遥夜歌舞韻　銀燭暗讀佳期細數韻簾幕漸西風句午窗秋雨韻葉底翻紅句水面皺碧句燈火裁縫砧杵韻登高望極句正霧鎖讀官槐歸路韻定須將讀寶馬鈿車句訪吹簫侣韻

此調祗有此詞,無别首可校。

## 月中桂三體

調見趙彦端詞集。趙孟頫詞平仄韻互押者,名《月中仙》。

**月中桂**　雙調一百四字,前段十一句五仄韻,後段十句五仄韻。

趙彦端

露醑無情句送長歌未終句已醉離别韻何如暮雨句釀一襟凉潤句來留佳客韻好山侵座碧

韻勝昨夜讀疏星淡月韻君欲翩然去句人間底許句員嶠問帆席韻　　詩情病非疇昔韻賴親朋對影句且慰良夕韻風流雨散句定幾回腸斷句能禁頭白韻爲君煩素手句剪碧藕讀輕絲細雪韻去去江南路句猶應水雲秋共色韻

此調趙詞外祇有無名氏詞，故此詞可平可仄悉參之。

**又一體** 雙調一百四字，前段十一句四仄韻，後段十句四仄韻。

《鳴鶴餘音》無名氏

日色西沈句上高臺句迥觀天地寥廓韻疏星隱現句又一輪明月句昭昭無著韻皓然三界外句似百煉讀青銅鏡濯韻處處恩光被句家家照臨句庭户起冥漠韻　　長安萬里清風句助乾坤蕩摇句雲霧難作韻仙宫玉殿句正煉霞金碧句相輝參錯韻大哉清夜景句鎮萬古讀含弘磊落韻有志攀青桂句蟾宫兔邊看擣藥韻

此詞與趙詞校，前段第二句三字，第三句六字，第七句及换頭句俱不押韻異。

**又一體** 雙調一百二字，前段十一句四平韻兩叶韻，後段十句兩平韻三叶韻。

趙孟頫

春滿皇州韻見祥煙擁日句初照龍樓韻宫花苑柳句映仙仗雲移句金鼎香浮韻寶光生玉斧句聽鳴鳳讀簫韶樂奏叶德與和氣游韻天生聖人句千載稀有叶　　祥瑞電繞虹流韻有雲成五色句芝生三秀叶四海太平句致民物雍熙句朝野歌謳韻千官齊拜舞句玉杯進讀長生春酒叶願皇慶萬年句天子與天齊壽叶

此詞句讀與仄韻詞同，惟前後段結句各減一字。

此詞平仄韻互押，亦是本部三聲叶，然遵古韻，與元曲不同。

## 澡蘭香一體

調見吴文英《夢窗甲稿》，因詞有"午鏡澡蘭簾幕"句，取以爲名。

**澡蘭香** 雙調一百四字，前後段各十句四仄韻。

吴文英

盤絲繫腕句巧篆垂簪句玉隱紺紗睡覺韻銀瓶露井句彩箑雲窗句往事少年依約韻爲當時讀曾寫榴裙句傷心紅綃褪萼韻炊黍夢讀光陰漸老句汀洲煙蒻韻　　莫唱江南古調句怨抑難招句楚江沈魄韻薫風燕乳句暗雨梅黄句午鏡澡蘭簾幕韻念秦樓讀也擬人歸句應剪菖蒲自酌韻但悵望讀一縷新蟾句隨人天角韻

此吴文英自度曲，無他作可校，其平仄宜從之。

## 《御定詞譜》卷三十三 起一百四字至一百五字

### 宴瓊林二體

唐教坊曲名。《宋史·樂志》：雙調。

**宴瓊林** 雙調一百四字，前段十句四仄韻，後段十句五仄韻。

黄 裳

紅紫趁春闌句獨萬簇瓊英句尤未開罷韻問誰共讀緑幄宴群真句皓雪肌膚相亞韻華堂路句小橋邊句向晴陰一架韻爲香清讀把作寒梅看句喜風來偏惹韻　莫笑因緣句見影跨春空句榮稱亭榭韻助巧笑讀曉妝如畫韻有花鈿堪借韻新醅泛讀寒冰幾點句拌今日讀醉猶飛斝韻翠羅幃中句卧蟾光碎句何須待還舍韻

此調惟黄裳詞二首，句讀大同小異。此詞可平可仄即參下詞句讀同者。

**又一體** 雙調一百三字，前段九句四仄韻，後段八句四仄韻。

黄 裳

霜月和銀燈句乍送目樓臺句星漢高下韻愛東風讀已暖綺羅香句競走去來車馬韻紅蓮萬斛句開盡處讀長安一夜韻少年郎讀兩兩桃花面句有餘光相借韻　因甚靈山在此句是何人讀能運神化韻對景便作神仙會句恐雲軿且駕韻思曾侍讀龍樓俯覽句笑聲遠讀洞天飛斝韻向來猶幸時如故句群芳未開謝韻

此詞前段第六、七句，後段起、結處俱與前首不同。

### 瀟湘逢故人慢二體

調見《花庵詞選》。

**瀟湘逢故人慢** 雙調一百四字，前後段各十句五平韻。

王安禮

薰風微動句方榴花弄色句萱草成窠韻翠幃敞輕羅韻試冰簟初展句幾尺湘波韻疏簷廣厦句稱瀟湘讀一枕南柯韻引多少讀夢魂歸緒句洞庭雨棹煙蓑韻　驚回處句閒晝永句更

時時讀燕雛鶯友相過韻正緑影婆娑韻況庭有幽花句池有新荷韻青梅煮酒句幸隨分讀贏取高歌韻功名事讀到頭終在句歲華忍負清和韻

此調祇有王詞及錢詞兩體，故此詞可平可仄即參錢詞句法同者。

**又一體** 雙調一百四字，前段十一句四平韻，後段十句五平韻。

錢應金

深秋村落句誇青菱香熟句素芋甜和韻擘紫蟹句蒸黄雀句知己團聚句笑語婆娑韻濃煙淡雪句剪湘湖讀幾尺漁蓑韻縱消受讀白蘋紅蓼句生平未免情多韻　空懷古句時悱惻句十年來讀可償文債詩魔韻歎世路蹉跎韻恐心費參熊句眉費松螺韻風期闊絶句喜今夕讀重話雲窩韻寒潭月讀皎然見底句問君不醉如何韻

此調前段第四句例作五字句，又押韻，第五句作上一下四句法。此詞第四句作三字兩句，不押韻，第五句作四字一句，與調不合。因此調宋詞絶少，採以備體。

《詞統》有王秋英仄韻詞，句讀與王詞同。因見明人小説，恐不足據，故不編入。

## 惜餘歡一體

黄庭堅自度腔，因詞有“少延歡洽”句，取以爲名。

**惜餘歡** 雙調一百四字，前段十一句四仄韻，後段十一句五仄韻。

黄庭堅

四時美景句正年少賞心句頻啟東閣韻芳酒載盈車句喜朋侶簪盍韻杯觶交飛句勸酬互獻句正酣飲讀醉主公陳榻韻坐來爭奈句玉山未頹句興尋巫峽韻　歌闌旋燒絳蠟韻況漏轉銅壺句煙斷香鴨韻猶整醉中花句借纖手重插韻相將扶上句金鞍騕褭句碾春焙讀願少延歡洽韻未須歸去句重尋豔歌句更留時霎韻

此調祇有此詞，無别首可校。

前段第七句，坊本脱一“互”字，與調不合，今爲增定。

## 拜星月慢四體

一作《拜新月》。唐教坊曲名。《宋史·樂志》：般涉調。

**拜星月慢** 雙調一百四字，前段十句四仄韻，後段八句六仄韻。

周邦彦

夜色催更句清塵收露句小曲幽坊月暗韻竹檻燈窗句識秋娘庭院韻笑相遇句似覺讀瓊枝

玉樹相倚句暖日明霞光爛韻水盼蘭情句總平生稀見韻　　畫圖中讀舊識春風面韻誰知道讀自到瑶臺畔韻眷戀雨潤雲温句苦驚風吹散韻念荒寒讀寄宿無人館韻重門閉讀敗壁秋蟲歎韻爭奈向讀一縷相思句隔溪山不斷韻

此調始自此詞,應以此詞爲正體,吴文英詞照此填。若周詞之句讀小異,陳詞、彭詞之減字,皆變格也。

此詞前段第七句八字,上二字例作一讀,第八句六字,與上六字對偶。如吴文英詞之"暫負、吟花酌露尊俎,冷玉紅香罍洗",最爲合格。

此詞前段第五句、結句,後段第四句、結句,例作上一下四句法,如吴文英詞之"老扁舟身世"、"古陶洲十里"、"洗湘娥春膩"、"泣秋檠燭外",皆然。

按,吴文英詞前段第二句"碧霞籠夜","碧"字仄聲;第九句"眼眩意迷","意"字仄聲。譜内可平可仄據此,其餘平仄,悉參周、陳、彭三詞。

吴文英詞前段結句"古陶洲十里","十"字入聲;後段第六句"吹不散、繡屋重門閉","不"字入聲。俱以入作平,不注可仄。

**又一體**　雙調一百四字,前段十句四仄韻,後段八句六仄韻。

周　密

膩葉陰清句孤花香冷句迤邐芳洲春换韻薄酒孤吟句悵相如遊倦韻想人在讀絮幕香簾凝望句誤認幾許句煙檣風幔韻芳草天涯句負華堂雙燕韻　　記簫聲讀淡月梨花院韻砑紅箋讀漫寫東風怨韻一夜落紅啼鳩句唤河橋吟遍韻蕩歸心讀又過江南岸韻清宵夢讀遠逐飛花亂韻幾千萬讀絲縷垂楊句繫春愁不斷韻

此與周邦彦詞同,惟前段第六、七、八句作九字一句、四字兩句異。

**又一體**　雙調一百二字,前段十句四仄韻,後段八句六仄韻。

陳允平

漏閣閒籤句琴窗倦譜句露濕宵螢欲暗韻雁咽涼聲句寂寞芙蓉院韻畫簷外句樹色驚霜漸改句澹碧雲疏星爛韻舊約桐陰句問何時重見韻　　倚銀屏讀更憶秋娘面韻想凌波讀共立河橋畔韻重念酒污羅襦句漸金篝香散韻剪孤燈讀伴宿西風館韻黄花夢讀對發凄涼歎韻但悵望讀一水家山句被紅塵隔斷韻

此和周詞也,惟前段第七句減二字異。

此調前段第五句例作上一下四句法,此詞泛作五言,與調不合,故不校注。

**又一體**　雙調一百一字,前段九句四仄韻,後段八句六仄韻。

彭泰翁

霧滑舭稜句塵侵團扇句恨滿哀彈倦理韻控雨籠雲句共閒情孤倚韻斂娥黛讀怕似流鶯歷

歷句惹得玉銷瓊碎韻可惜闌干句但苔花沈穗韻　　算天音讀不入人間耳韻何人漫讀裛損青衫淚韻不是舊譜都忘句厭新腔嬌脆韻多生不得丹青意韻重來又讀花鎖重門閉韻到夜永讀笙鶴歸時句月明天似水韻

此與陳詞同，惟後段第五句又減一字異。

諸家前後段結句俱作上一下四句法，此詞後結亦與調不合。

## 綺寮怨三體

調見《片玉詞》。

**綺寮怨**　雙調一百四字，前段八句四平韻，後段九句七平韻。

周邦彦

上馬人扶殘醉句曉風吹未醒韻映水曲讀翠瓦朱簷句垂楊裏讀乍見津亭韻當時曾題敗壁句蛛絲罩讀淡墨苔暈青韻念去來讀歲月如流句徘徊久讀歎息愁思盈韻　　去去倦尋路程韻江陵舊事句何曾再問楊瓊韻舊曲凄清韻斂愁黛讀與誰聽韻尊前故人如在句想念我讀最關情韻何須渭城韻歌聲未盡處句先淚零韻

此調以此詞爲正體，趙文、王學文詞俱依此填。若陳詞之前結減二字，鞠詞之後結減一字，皆變格也。

按，王詞前段第一句“忽忽東風又老”，“又”字仄聲；第三句“疏簾下、茶鼎孤煙”，“疏”字、“簾”字、“茶”字俱平聲；第四句“斷橋外、梅豆千林”，“斷”字仄聲，“梅”字平聲；趙詞第五句“當時點雲滴雨”，“點”字仄聲；王詞“江南庾郎憔悴”，“憔”字平聲；王詞第六句“睡未醒、病酒愁怎禁”，“睡”字、“未”字俱仄聲；趙詞第七句“算人間、最苦多情”，“人”字平聲；第八句“爭知道、天上情更深”，“天”字平聲；王詞後段第一句“千曲囊中古琴”，“千”字、“囊”字俱平聲；第三句“不堪舊事重尋”，“不”字仄聲；第四句“當日登臨”，“當”字平聲；第五句“都化作夢銷沈”，“化”字仄聲；第六句“元龍丘墳無恙”，“丘”字平聲；趙詞第七句“吹紫宇、滄成林”，“吹”字平聲；王詞第九句“問何似、啼鳥枝上音”，“問”字仄聲，“啼”字平聲。譜内可平可仄據此，餘參所採二詞。

**又一體**　雙調一百二字，前段八句四平韻，後段九句四平韻。

陳允平

滿架酴醿開盡句杜鵑啼夢醒韻記曉月讀綠水橋邊句東風又讀折柳旗亭韻蒙茸輕煙草色句疏簾淨讀亂織羅帶青韻對一尊別酒句征衫上讀點滴香淚盈韻　　幾度恨沈斷雲句飛鸞何處句連環尚結雙瓊韻一曲琵琶句溢江上讀慣曾聽韻依依翠屏香冷句聽夜雨讀動離情韻春深小樓句無心對錦瑟讀空涕零韻

此和周詞也，惟前段第七句減二字，又後段第四句、第八句俱不押韻異。

**又一體**　雙調一百三字，前段八句四平韻，後段九句七平韻。

鞠華翁

又見花陰如水句兩心猶未平韻正坐久讀客主成三句空無語讀影落楸枰韻千年人間事業句垂成處讀一著容易傾韻便解圍讀小住何妨句機鋒在讀瞬息天又明韻　甚似漢吴對營韻紛紛不了句孤光照徹連城韻又似殘星韻向零落讀有餘情韻嫦娥笑人遲暮句念未力讀底須爭韻從虧又成韻何人正讀隔屋睡聲韻

此亦與周詞同，惟後段結句減一字異。

## 花心動九體

金詞注小石調；元詞注雙調。曹勛詞名《好心動》，曹冠詞名《桂飄香》，《鳴鶴餘音》詞名《上升花》，《高麗史・樂志》名《花心動慢》。

**花心動**　雙調一百四字，前段十句四仄韻，後段八句五仄韻。

史達祖

風約簾波句錦機寒讀難遮海棠煙雨韻夜酒未蘇句春枕猶攲句曾是誤成歌舞韻半褰薇帳雲頭散句奈愁味讀不隨香去韻盡沈静句文園更渴句有人知否韻　懶記温柔舊處韻偏只怕讀臨風見他桃樹韻繡户鎖塵句錦瑟空弦句無復畫眉心緒韻待拈銀管書春恨句被雙燕讀替人言語韻望不盡讀垂楊幾千萬縷韻

此調始自周邦彦，但周詞後段多押兩韻，宋人照此填者甚少，故以史詞作譜。若吴詞之多押一韻，趙詞之多押兩韻，或添字，劉詞之句讀小異，謝詞之句讀不同，曹詞、無名氏詞之減字，悉爲類列，以備各體。

譜内可平可仄參下周、吴、劉、趙四詞。

此詞前段第二句，例作仄平平，平平仄平平仄，若趙長卿詞"暗香飄，撲面無限清楚"，與調不合。又，前後段第三、四句俱四字，第二字例用仄聲，第四字例用平聲，若張元幹詞"簟枕乍閒，襟裾初試"、"舊恨未平，幽歡難駐"，與諸家不同，概不校注平仄。

又按，黄子行詞前段第二句"把謫仙、長笛一聲吹裂"，"謫"字入聲，以入作平；張元幹詞前段第八句"夜未闌"，"未"字仄聲，"闌"字平聲；後段結句"南樓畫角自語"，"角"字仄聲；馬古洲詞前段第二句"被年時、桃花杏花占了"，"占"字仄聲；前後段第七句"試濃抹、當場索笑"、"又何必、拈枝比較"，"索"字、"比"字仄聲。俱與諸家不同。及譜中劉詞後段第三句"一"字入聲，第八句"不"字入聲，俱以入作平。趙詞前段結句"滿"字仄聲，曹詞後段結句"鳳"字仄聲，俱與調不合，亦不校注平仄。

**又一體** 雙調一百四字，前段十句四仄韻，後段九句七仄韻。

周邦彦

簾卷青樓句東風滿讀楊花亂飄晴晝韻蘭袂褪香句羅帳褰紅句繡枕旋移相就韻海棠花謝春融暖句偎人恁讀嬌波頻溜韻象牀穩句鴛衾漫展句浪翻紅縐韻　一夜情濃似酒韻香汗漬讀鮫綃幾番微透韻鸞困鳳慵句婭姹雙眼句畫也畫應難就韻問伊可煞於人厚韻梅萼露讀胭脂檀口韻從此後讀纖腰爲郎管瘦韻

此與史詞同，惟後段第六句、第八句俱押韻異。

後段第四句"眼"字仄聲，諸家如此填者甚少，故此詞雖始自周詞，亦不校注平仄。

**又一體** 雙調一百四字，前段十句五仄韻，後段九句五仄韻。

吴文英

十里東風句嫋垂楊讀長似舞時腰瘦韻翠館朱樓句紫陌青門句處處燕鶯晴晝韻乍看搖曳金絲縷韻春淺映讀鵝黄如酒韻嫩陰裏句煙滋露染句翠嬌紅溜韻　此際雕鞍去久韻空追念讀郵亭短枝盈首韻海角天涯句寒食清明句淚點絮花沾袖韻年年折贈行人遠句今年恨讀依然纖手韻斷腸也句羞眉畫應未就韻

此與史詞同，惟前段第七句押韻異。按，張元幹詞"斷雲却送輕雷去。疏林外、玉鈎微吐"，正與此同。

**又一體** 雙調一百四字，前段十句四仄韻，後段九句五仄韻。

劉　燾

偏憶江梅句有塵表丰儀句世外標格韻低傍小橋句斜出疏籬句似向隴頭曾識韻暗香孤韻冰霜裏句初不怕讀春寒要勒韻問桃李賢們句怎生向前爭得韻　省共蕭娘去摘韻玉纖映瓊枝句照人一色韻淡粉暈酥句多少工夫句到得壽陽宫額韻再三留待東君管句都拌醉句别花不惜韻但只恐讀南樓又三弄笛韻

此詞亦史詞體，惟前後段第五句作五字一句、四字一句，前結作五字一句、六字一句異。

**又一體** 雙調一百四字，前段十句五仄韻，後段九句六仄韻。

趙長卿

風軟寒輕句暗香飄讀撲面無限清楚韻乍淡乍濃句應想前村句定是早梅初吐韻馬兒行過坡兒下句危橋外讀竹梢疏處韻半斜露韻花花蕊蕊句爍然滿樹韻　一晌看花凝佇韻因念我讀西園玉英真素韻最是繫心句婉娩精神句伴得水雲仙侣韻斷腸没奈人千里句無計

向讀釵頭頻覷韻淚如雨韻那堪又還日暮韻

此亦史詞體，惟前後段第九句俱押韻異。按，《鳴鶴餘音》吴真人詞“静無觸。氣財色酒，一齊須逐”，“異香簇。祥光燦爛，結成仙曲”，正與此同。

**又一體**　雙調一百四字，前段十句四仄韻，後段十一句五仄韻。

謝　逸

風裏楊花輕薄性句銀燭高燒心熱韻香餌懸鉤句魚不輕吞句辜負釣兒虚設韻桑蠶到老絲長絆句針刺眼讀淚流成血韻思量起句拈枝花朵句果兒難結韻　海樣情深忍撇韻似夢裏相逢句不勝歡悦韻出水雙蓮句摘取一枝句可惜並頭分折韻猛期月滿會姮娥句誰知是句初生新月韻折翼鳥句甚日于飛時節韻

此詞前段第一、二句作七字一句，與諸家不同。因宋人傳誦已久，謂其得風人比興遺意，采以備體。

**又一體**　雙調一百字，前段十句四仄韻，後段十句五仄韻。

曹　勛

椒柏稱觴句撫寰瀛良辰句正臨端月韻瑞應屢臻句宫籞多祥句氣候暖回微冽韻聖母七旬壽句敻無前讀天心昭格韻溥慶處讀坤珍效祉句宴開清切韻　金殿簫韶備設韻鏘鈞奏留雲句舞容回雪韻赭袍繡擁句褘翟同城句遞捧玉杯歡悦韻願將億萬喜句祝億萬讀從兹無缺韻太平主句永隆聖孝鳳闕韻

此亦史詞體，惟前後段第七句各減二字，俱作五字句異。按，曹詞别首“瑞非蘭麝比，最是關情處”，正與此同。

此詞平仄，亦與諸家小異。

**又一體**　雙調一百五字，前段十一句四仄韻，後段九句六仄韻。

趙長卿

緑水平湖句浸芙渠爛錦句豔勝傾國韻半斂半開句斜立斜敧句好似困嬌無力韻水仙應赴瑶池宴句醉歸去讀美人扶策韻駐香駕句擁波心句媚容倩妝顔色韻　曾見苕川澄碧韻匀粉面讀溪頭舊時相識韻翠被繡裀句彩扇香篝句度歲杳無消息韻露痕滴盡風前淚句追往恨讀悠悠蹤跡韻動怨憶韻多情自家賦得韻

此詞前結添一字，與諸家異；後結多押一韻，與周詞同。

**又一體**　雙調一百一字，前段九句四仄韻，後段十句五仄韻。

《花草粹編》無名氏

忽睹菱花句這一程讀減却風流顔色韻鄰姬戲問句愧我爲羞句無語低頭寥寂韻珠淚紛紛

和粉垂句襟袂舊痕乾又濕韻但感起愁懷句堆堆積積韻　杜宇催春急韻煙籠花柳句粉蝶難尋覓韻紫燕喃喃句黄鶯恰恰句對景脂消香浥韻篆煙將盡愁未休句乍得御溝玻璃碧韻教紅葉往來句傳個消息韻

此亦史詞體，惟前結減二字，换頭句減一字異。

此詞前後段第七、八句句讀與諸家不同，平仄亦異。

## 向湖邊一體

江緯自製曲，因詞有"向湖邊柳外"之句，取以爲名。

**向湖邊**　雙調一百四字，前段十句四仄韻，後段十句六仄韻。

江　緯

退處鄉關句幽棲林藪句舍宇第須茅蓋韻翠巘清泉句啟軒窗遥對韻遇等閒讀鄰里過從句親朋臨顧句草草便成歡會韻策杖攜壺句向湖邊柳外韻　旋買溪魚句便斫銀絲鱠韻誰復欲痛飲句如長鯨吞海韻共惜醺酣句恐歡娱難再韻矧清風明月非錢買韻休追念讀金馬玉堂心膽碎韻且斸尊前句有阿誰身在韻

此詞前段第五句、結句，後段第四句、第六句、結句，作上一下四句法，填者辨之。

此調只有江緯自製詞及張栻和詞一首，故此詞可平可仄悉參張詞。

按，張詞前段第二句"百花風榭"，"百"字仄聲；第三句"遊女翩翩羽蓋"，"遊"字、上"翩"字俱平聲，"羽"字仄聲；第六句"矧門外、森立喬松"，"門"字平聲，"外"字仄聲；第七、八句"日光爭麗，猶若當年文會"，"日"字仄聲，"猶"字、"當"字俱平聲；第九、十句"廊廟夔龍，暫卜鄰郊外"，"廊"字平聲，"卜"字仄聲，"郊"字平聲。後段第一句"共講真率"，"率"字仄聲；第三句"同蕭散寄傲"，"蕭"字平聲；第四句"樽罍傾北海"，"北"字仄聲；第五句"佳處難忘"，"佳"字平聲；第七、八句"况風月不用一錢買。但回首、七虎堂中心欲碎"，"月"字、"不"字、"一"字、"但"字、"七"字俱仄聲，"堂"字平聲；第九句及結句"千里相思，幸前盟猶在"，"千"字、"前"字俱平聲。譜内可平可仄據此。

## 陽春二體

一名《陽春曲》。

**陽春**　雙調一百四字，前段九句五仄韻，後段八句五仄韻。

楊无咎

蕙風輕句鶯語巧句應喜乍離幽谷韻飛過北窗前句迎清曉讀麗日明透翠幃縠韻篆臺芬馥

韻初睡起讀橫斜簪玉韻因甚自覺腰肢瘦句新來又寬裙幅韻　對青鏡無心讀忺梳裹句誰問著讀餘酲帶宿韻尋思前歡往事句似驚回讀好夢難續韻花亭遍倚檻曲韻厭滿眼讀爭春凡木韻盡憔悴讀過了清明候句愁紅慘綠韻

此調宋人填者甚少，其可平可仄，惟史達祖一詞可校。

**又一體**　雙調一百四字，前段九句五仄韻，後段八句五仄韻。

史達祖

杏花煙句梨花月句誰與暈開春色韻坊巷曉愔愔句東風斷讀舊火銷處近寒食韻少年蹤跡韻愁暗隔讀水南山北韻還是寶絡雕鞍句被鶯聲讀喚來香陌韻　記飛蓋西園讀寒猶凝句驚醉耳讀誰家夜笛韻燈前重簾不挂句殢華裾讀粉淚曾拭韻如今故里信息韻賴海燕讀年時相識韻奈芳草讀正鎖江南夢句春衫怨碧韻

此與楊詞同，惟前段第八句六字、第九句七字異。

## 送入我門來一體

調見《草堂詩餘》，宋胡浩然除夕詞有“東風盡力，一齊吹送，入此門來”之句，取以爲名。

**送入我門來**　雙調一百四字，前後段各十句四平韻。

胡浩然

荼壘安扉句靈馗挂户句神儺裂竹轟雷韻動念流光句四序式週回韻須知今歲今宵盡句似頓覺明年明日催韻向今夕句是處迎春送臘句羅綺筵開韻　今古偏同此夜句賢愚共添一歲句貴賤仍偕韻互祝遐齡句山海固難摧韻石崇富貴籛鏗壽句更潘岳儀容子建才韻仗東風盡力句一齊吹送句入此門來韻

此體創自胡浩然，明人有减字者，恐不中律吕，故不編入。

## 繞池遊慢一體

調見《澗泉詞》，韓淲西湖看荷作。

**繞池遊慢**　雙調一百四字，前後段各十句四平韻。

韓　淲

荷花好處句是紅酣落照句翠藹餘凉韻繞郭從前無此樂句空浮動讀山影林篁韻幾度薰風

晚句留望眼讀立盡濠梁韻誰知好事句初移畫舫句特地相將韻　驚起雙飛屬玉句縈小楫冲岸句猶帶生香韻莫問西湖西畔路句但九里讀松下侯王韻且舉觴寄興句看閒人讀來伴吟章韻寸折柄枝句蓬分蓮實句徒繫柔腸韻

此韓滮自度腔，無他首宋詞可校。

## 索酒一體

調見《松隱集》，自注四時景物須酒之意。

**索酒**　雙調一百四字，前段十句四仄韻，後段九句四仄韻。

曹　勛

乍喜惠風初到句上林紅翠句競開時候韻四吹花香撲鼻句露裁煙染句天地如繡韻漸覺南薰句總冰綃紗扇避煩晝韻共遊凉亭銷暑句細酌輕謳須酒韻　江楓裝錦雁橫秋句正皓月瑩空句翠闌侵斗韻況素商霜曉句對徑菊讀金玉芙蓉爭秀韻萬里同雲句散飛霙讀爐中焰紅獸韻便須點水傍邊句最宜著酉韻

此曹勛自製曲，其平仄宜從之。

## 瑞雲濃慢一體

按，楊無咎《逃禪集》有七十五字《瑞雲濃》，與此不同。

**瑞雲濃慢**　雙調一百四字，前段十句四仄韻，後段十句五仄韻。

陳　亮

蔗漿酪粉句玉壺冰醑句朝罷更聞宣賜韻去天咫尺句下拜再三句幸今有母可遺韻年年此日句共道是讀月入懷中最貴韻向暑天讀正風雲會遇句有甚嘉瑞韻　鶴冲霄句魚得水韻一超便讀直入神仙地韻植根江表句開拓兩河句做得黑頭公未韻騎鯨赤手句問如何讀長鞭尺箠韻算向來讀數王謝風流句只今管是韻

坊本此詞後段脱“算”字、“數”字，今從《龍川集》校正，平仄無他首可校。

## 霜花腴一體

吴文英自度腔，因詞有“霜飽花腴”句，取以爲名。

**霜花腴**　雙調一百四字，前後段各十句五平韻。

吴文英

翠微路窄句醉晚風句憑誰爲整攲冠韻霜飽花腴句燭銷人瘦句秋光作也都難韻病懷强寬韻恨雁聲讀偏落歌前韻記年時讀舊宿凄凉句暮煙秋雨野橋寒韻　妝曆鬢英爭豔句度清商一曲句暗墜金蟬韻芳節多陰句蘭情稀會句晴暉稱拂吟箋韻更移畫船韻引佩環讀邀下嬋娟韻算明朝讀未了重陽句紫萸應耐看韻

此調祇有此詞，無别首可校，其平仄當遵之。

## 綺羅香三體

調始《梅溪詞》。

**綺羅香**　雙調一百四字，前後段各九句四仄韻。

史達祖

做冷欺花句將煙困柳句千里偷催春暮韻盡日冥迷句愁裏欲飛還住韻驚粉重讀蝶宿西園句喜泥潤讀燕歸南浦韻最妨他讀佳約風流句鈿車不到杜陵路韻　沈沈江上望極句還被春潮晚急句難尋官渡韻隱約遥峰句和淚謝娘眉嫵韻臨斷岸讀新緑生時句是落紅讀帶愁流處韻記當日讀門掩梨花句剪燈深夜語韻

此調以此詞爲正體，陳允平、王沂孫、張槃、張翥諸詞俱如此填。若張炎詞之多押一韻或减一字，皆變格也。

按，陳詞前段結句"斷無新句到重九"，"新"字平聲；王詞後段第一句"佳期渾似流水"，"流"字平聲；張槃詞第二句"還被東風無懒"，"無"字平聲；王詞第三句"舞衣吹斷"，"舞"字仄聲；第七句"怕猶有、寄情芳草"，"猶"字平聲；陳詞第八句"記畫簾、燈影沈沈"，"畫"字仄聲。譜内可平可仄據此，餘參張詞。

張炎"萬里飛霜"詞前段第三句，"不"字入聲，此以入作平，故不注可仄。

**又一體**　雙調一百四字，前段九句四仄韻，後段九句五仄韻。

張　炎

萬里飛霜句千山落木句寒豔不招春妒韻楓冷吴江句獨客又吟愁句韻正船檥讀流水孤村句似花繞讀斜陽歸路韻甚荒溝讀一片凄凉句載情不去載愁去韻　長安誰問倦旅韻羞見衰顔借酒句飄零如許韻漫倚新妝句不入洛陽花譜韻爲回風讀起舞尊前句盡化作讀斷霞千縷韻記陰陰讀緑遍江南句夜窗聽暗雨韻

此與史詞同，惟换頭句押韻異。

**又一體** 雙調一百三字，前段九句四仄韻，後段九句五仄韻。

張　炎

候館深燈句遼天斷羽句近日音書疑絶韻轉眼傷心句慵看剩歌殘闋韻才忘了讀還著思量句待去也讀怎禁離别韻恨只恨讀桃葉空江句殷勤不似謝紅葉韻　良宵誰見哽咽韻對熏爐象尺句閒伴凄切韻獨立西風句猶憶舊家時節韻隨款步讀花密藏春句聽怯語讀柳疏嫌月韻今休問讀燕約鶯期句夢遊空趁蝶韻

此與“飛霜萬里”詞同，惟後段第二句減一字異。

## 玉連環一體

調見《雲月詞》，與《一落索》别名《玉連環》不同。

**玉連環** 雙調一百四字，前段十一句四仄韻，後段十句四仄韻。

馮艾子

謫仙往矣句問當年讀飲中儔侣句於今誰在韻歎沈香醉夢句邊塵日月句流浪錦袍宫帶韻高吟三峽動句舞劍九州隘韻玉皇歸覲句半空遺下句詩囊酒佩韻　雲月仰挹清芬句攬虯須讀尚友風流千載韻算晉宋頹波句羲皇淳俗句都付尊酒一慨韻待相將共躡句向龍肩鯨背韻蒼茫極目句海山何處句五雲靉靉韻

此馮艾子自度腔，無别首可校，平仄宜從之。

## 春從天上來四體

調見《中州樂府》吴激詞。

**春從天上來** 雙調一百四字，前段十一句六平韻，後段十一句五平韻。

吴　激

海角飄零韻歎漢苑秦宫句墜露飛螢韻夢裏天上句金屋銀屏韻歌吹競舉青冥韻問當時遺譜句有絶藝讀鼓瑟湘靈韻促哀彈句似林鶯嚦嚦句山溜泠泠韻　梨園太平樂府句醉幾度春風句鬢變星星韻舞徹中原句塵飛滄海句風雪萬里龍庭韻寫秋笳幽怨句人憔悴讀不似丹青韻酒微醒韻對一軒涼月句燈火青熒韻

此調以此詞爲正體，若張翥詞之多押一韻，張炎詞之添字，周伯陽詞之減字，皆變格也。

按，王惲詞前段第一句“羅綺深宫”，“羅”字平聲；第三句“當日昭容”，“當”字平聲；後段第一句“回頭五雲深處”，“深”字平聲；第八句“和淚點彈與孤鴻”，“淚”字仄聲。譜内可平可仄據此，餘參張翥、周伯陽二詞。

王惲詞前段第七句“正臺門事捷”，“事”字仄聲；後段第六句“十年一夢無蹤”，“年”字平聲；第七句“寫杜娘哀怨”，“杜”字仄聲，俱與諸家不同，譜内不校注平仄。

**又一體**　雙調一百四字，前段十一句七平韻，後段十一句五平韻。

張　翥

嫋嫋秋風韻聽響徹雲間句彩鳳啼雄韻嬴女飛下句玉佩玲瓏韻腸斷十二臺空韻渺霜天如海句寫不盡讀客裏情濃韻燭銷紅韻更鏘金振羽句變徵移宫韻　揚州舊時月色句歎水調如今句誰唱誰工韻露葉殘蛾句蟾花遺粉句寂寞瓊樹香中韻問坡仙何處句滄江上讀鶴夢無蹤韻思難窮韻把一襟幽怨句吹與魚龍韻

此與吴詞同，惟前段第九句押韻異。

**又一體**　雙調一百六字，前段十一句六平韻，後段十二句六平韻。

張　炎

海上回槎韻認舊時鷗鷺句猶戀蒹葭韻影散香消句水流雲在句疏樹十里寒沙韻難問錢塘蘇小句都不見讀擘竹分茶韻更堪嗟韻似荻花江上句誰弄琵琶韻　煙霞韻自延晚照句盡换了西林句窈窕紋紗韻蝴蝶飛來句不知是夢句猶疑春在鄰家韻一掬幽懷難寫句春何處讀春已天涯韻減繁華韻是山中杜宇句不是楊花韻

此亦與吴詞同，惟前後段第五句俱不押韻，又第七句俱添一字作六字句，换頭句藏一短韻異。

此詞平仄與諸家不同，不參校入譜。

**又一體**　雙調一百二字，前段十一句六平韻，後段十一句四平韻。

周伯陽

浩蕩青冥韻正凉露如洗句萬里虚明韻鼓角悲健句秋入重城韻髣髴石上三生韻指蓬萊雲路句渺何許讀月冷風清韻倚南樓句一聲長笛句幾點殘星韻　西風舊年有約句聽候蛩語夜句客裏心驚韻紅樹山深句翠苔門掩句想見露草疏螢韻便乘風歸去句闌干外讀河漢西傾韻笑淹留句劃然孤嘯句雲白天青韻

此與吴詞同，惟前後段第九句俱不押韻，第十句俱減一字作四字句異。

前後段第二句與調不合，不便參校。

## 西湖月二體

調見鳳林書院元詞，黄子行自度商調曲。

**西湖月** 雙調一百四字，前後段各十句四仄韻。

黄子行

初弦月挂林梢句又一度西園句探梅消息韻粉牆朱户句苔枝露蕊句淡匀輕飾韻玉兒應有恨句爲帳望讀東昏相記憶韻便解佩讀飛入雲階句長伴此花傾國韻　還嗟瘦損幽人句記立馬攀條句倚闌橫笛韻少年風味句拈花弄蕊句愛香憐色韻揚州何遜在句試點染讀吟箋留醉墨韻漫贏得讀疏影寒窗句夜深孤寂韻

此調衹有黄詞二首，故此詞可平可仄悉參“湖光冷浸”詞。

**又一體** 雙調一百三字，前後段各十句四仄韻。

黄子行

湖光冷浸玻璃句蕩一晌薰風句小舟如葉韻藕花十丈句雲梳霧洗句翠嬌紅怯韻壺觴圍坐處句正酒酥吹波讀潮暈頰韻尚記得讀玉臂生凉句不放汗香輕浹韻　殢人小摘牆榴句爲碎掐猩紅句細認裙褶韻舊遊如夢句新愁似織句淚珠盈睫韻秋娘風味在句怎得對讀銀釭生笑靨韻消瘦沈約詩腰句髣髴堪捻韻

此與“初弦月挂”詞同，惟後段第九句減一字異。

## 愛月夜眠遲慢一體

調見《高麗史·樂志》，宋詞也，即賦本意。

**愛月夜眠遲慢** 雙調一百四字，前後段各十句四平韻。

《高麗史·樂志》無名氏

禁鼓初敲句覺六街夜悄句車馬人稀韻幕天澄淡句雲收霧卷句亭亭皎月如珪韻冰輪碾出遥空句照臨千里無私韻最堪憐讀有清風句送得丹桂香微韻　唯願素魄長圓句把流霞對飲句滿泛觥卮韻醉憑闌處句賞玩不忍句辜負好景良時韻清歌妙舞連宵句踟躕懶入羅幃韻任佳人讀盡嗔我句愛月每夜眠遲韻

此調衹有此詞，無别首可校。

## 合歡帶二體

《樂章集》注林鍾商。

**合歡帶** 雙調一百五字，前段九句五平韻，後段十句四平韻。

柳　永

身材兒讀早是妖嬈韻算風措讀實難描韻一箇肌膚渾似玉句更都來讀占了千嬌韻妍歌豔舞句鶯慚巧舌句柳妒纖腰韻自相逢讀便覺韓娥價減句飛燕聲銷韻　桃花零落句溪水潺湲句重尋仙境非遥韻莫道千金酬一笑句便明珠讀萬斛須邀韻檀郎幸有句凌雲詞賦句擲果風標韻況當年讀便好相携句鳳樓深處吹簫韻

此調衹有柳詞及杜詞兩體，其平仄亦不甚異同。

**又一體** 雙調一百五字，前後段各九句五平韻。

杜安世

樓臺高下玲瓏韻鬬芳樹讀緑陰濃韻芍藥孤棲香豔晚句見櫻桃讀萬顆初紅韻巢喧乳燕句珠簾縷曳句滿户香風韻罩紗幃讀象牀屏枕句晝眠才是朦朧韻　起來無語更兼慵韻念分明讀往事成空韻被你厭厭牽繫我句怪纖腰讀繡帶寬鬆韻春來早是句分飛兩處句長恨西東韻到如今讀扇移明月句簟鋪寒浪與誰同韻

此詞與柳詞校，前段起句減一字作六字句，結作七字一句、六字一句，後段第一、二句減一字作七字一句押韻，第三句添一字作七字句，結添一字作七字句異。

## 曲玉管一體

唐教坊曲名。《樂章集》注大石調。

**曲玉管** 雙調一百五字，前段十二句兩叶韻四平韻，後段十句三平韻。

柳　永

隴首雲飛句江邊日晚句煙波滿目憑闌久叶一望關河蕭索句千里清秋韻忍凝眸韻杳杳神京句盈盈仙子句别來錦字終難偶叶斷雁無憑句冉冉飛下汀洲韻思悠悠韻　暗想當初句有多少讀幽歡佳會句豈知聚散難期句翻成雨恨雲愁韻阻追游韻每登山臨水句惹起平生心事句一場銷黯句永日無言句却下層樓韻

此詞前段截然兩對，即《瑞龍吟》調所謂拽頭也。間叶兩仄韻，亦是本部三聲叶，無别首宋詞可校。

## 早梅芳慢一體

調見柳永詞，與《早梅芳近》不同。

**早梅芳慢** 雙調一百五字，前段十二句四仄韻，後段十二句三仄韻。

柳 永

海霞紅句山煙翠韻故都風景繁華地韻譙門畫戟句下臨萬井句金碧樓臺相倚韻芰荷浦溆句楊柳汀洲句映虹橋倒影句蘭舟飛棹句遊人聚散句一片湖光裏韻　漢元侯句自從破敵征蠻句峻陟樞庭貴韻籌帷厭久句盛年晝錦句歸來吾鄉我里韻黔齋少訟句宴館多歡句未周星句便恐皇家句圖任勳賢句又作登庸計韻

此見《花草粹編》選本，《樂章集》不載，無别首宋詞可校。

## 尉遲杯七體

此調有平韻、仄韻兩體。仄韻者，見柳永《樂章集》，注夾鍾商；平韻者，見晁補之《琴趣外篇》。

**尉遲杯** 雙調一百五字，前段八句六仄韻，後段九句六仄韻。

柳 永

寵嘉麗韻算九衢紅粉皆難比韻天然嫩臉修蛾句不假施朱描翠韻盈盈秋水韻恣雅態讀欲語先嬌媚韻每相逢讀月夕花朝句自有憐才深意韻　綢繆鳳枕鴛被韻深深處讀瓊枝玉樹相倚韻困極歡餘句芙蓉帳暖句别是惱人情味韻風流事讀難逢雙美韻況已斷讀香雲爲盟誓韻且相將讀盡意平生句未肯輕分連理韻

此調押仄韻者以此詞及無名氏詞、周詞爲正體，若賀詞之多作折腰句法，万俟詞之添字，皆變格也。

此詞可平可仄悉參譜内所採仄韻諸詞。

**又一體** 雙調一百五字，前段八句六仄韻，後段九句五仄韻。

《梅苑》無名氏

歲雲暮韻歎光陰苒苒能幾許韻江梅尚怯餘寒句長安信音猶阻韻春風無據韻憑闌久讀欲

去還凝佇韻憶溪邊讀月夜徘徊句暗香疏影庭户韻　朝來凍解霜消句南枝上讀香英數點微露韻把酒看花句無言有淚句還是那時情緒韻花依舊讀晨妝何處韻漫贏得讀花前愁千縷韻盡高樓讀畫角頻吹句任教紛紛飛素韻

此與柳詞同,惟换頭句不押韻異。按,尹公遠"冰弦語"詞"何事夢斷湖山,尚九里松聲,八月潮怒",正與此同。

**又一體**　雙調一百五字,前段十句六仄韻,後段十句八仄韻。

賀　鑄

勝游地韻信東吴絶景饒佳麗韻平湖底句見層嵐句涼月下句聞清吹韻人如穠李韻泛衿袂讀香潤蘋風起韻喜凌波讀素襪逢迎句領略當歌深意韻　鄂君被韻雙鴛綺韻垂楊蔭讀夷猶畫舲相檥韻寶瑟弦調句明珠佩委韻回首碧雲千里韻歸鴻後讀芳音誰寄韻念懷縈讀青鬢今無幾韻枉分將讀鏡裏華年句付與樓前流水韻

此與柳詞同,惟前段第三、四句及换頭攤破句法,俱作三字兩句,换頭句多一押韻異。

**又一體**　雙調一百五字,前段八句五仄韻,後段八句四仄韻。

周邦彦

隋堤路韻漸日晚讀密靄生深樹韻陰陰淡月籠沙句還宿河橋深處韻無情畫舸句都不管讀煙波隔前浦韻等行人讀醉擁重衾句載將離恨歸去韻　因念舊客京華句長偎傍讀疏林小檻歡聚韻冶葉倡條俱相識句仍慣見讀珠歌翠舞韻如今向讀漁村水驛句夜如歲讀焚香獨自語韻有何人讀念我無聊句夢魂凝想鴛侣韻

此與柳詞同,惟前後段第五句俱不押韻,又後段第三、四、五攤破句法作七字兩句異。按,吴文英"垂楊徑"詞正與此同。

**又一體**　雙調一百六字,前段八句六仄韻,後段十句六仄韻。

万俟咏

碎雲薄韻向碧玉枝上讀綴萬蕚韻如將汞粉匀開句疑使柏麝熏却韻雪魄未應若韻況天賦讀標豔仍綽約韻當暄風皎日佳處句戲蝶遊蜂粘著韻　重重繡帘珠箔韻障濃豔霏霏句異香漠漠韻見説徐妃句當年嫁了句信任玉鈿零落韻無言自啼露蕭索韻夜深待讀月上闌干角韻廣寒宫讀要與姮娥句素妝一夜相覺韻

此亦與柳詞同,惟前段第五句添一字作五字句,前後段第七句不作折腰句法異。按,蔡松年"紫雲暖"詞第五、六句"紅潮照玉盌",正與此同。

**又一體** 雙調一百四字，前段八句五仄韻，後段九句四仄韻。

陳允平

長亭路韻望渭北讀漠漠春天樹韻殷勤別酒重斟句明日相思何處韻晴絲颺暖句芳草外讀斜陽自南浦韻望孤帆讀影接天涯句一江潮帶愁去韻　回首杜若汀洲句歎泛梗飄萍句乍散還聚韻滿徑殘紅春歸後句猶有楊花亂舞韻悵金徽讀梁塵暗鎖句算誰是讀知音堪共語韻盡天涯讀夢斷東風句彩雲鸞鳳無侶韻

此和周詞也，惟後段第二句作五字一句、四字一句，第五句減一字異。

**又一體** 雙調一百六字，前段八句五平韻，後段九句五平韻。

晁補之

去年時韻正愁絶讀過却紅杏飛韻沈吟杏子青時句追悔負好花枝韻今年又春到句傍小闌讀日日數花期韻花有信讀人却無憑句故教芳意遲遲韻　及至待得融怡韻未攀條拈蕊句又歎春歸韻怎得春如天不老句更教花與月相隨韻都將命讀拌與酬花句似峴山讀落日客猶迷韻盡歸路讀拍手攔街句笑人沈醉如泥韻

此調押平韻者衹此一體，無別首宋詞可校。

此詞前段第五句五字與万俟詞同，後段第四、五句七字與周詞同。

## 花發沁園春二體

此調有平韻、仄韻兩體，俱見花庵《絶妙詞選》，與《沁園春》不同。

**花發沁園春** 雙調一百五字，前段十句五仄韻，後段十句六仄韻。

劉圻父

換譜伊涼句選歌燕趙句一番樂事重起韻花新笑靨句柳軟纖腰句齊楚衆芳圍裏韻年年佳會韻長是傍讀清明天氣韻正魏紫衣染天香句蜀紅妝破春睡韻　一簇猩羅鳳翠韻遍東園西城句點檢芳字韻銓齋吏散句畫館人稀句幾闋管弦清脆韻人生適意韻流轉共讀風光遊戲韻到遇景讀取次成歡句怎教良夜休醉韻

此調押仄韻者衹有此詞及黄升詞，故此詞可平可仄悉參黄詞。

按，黄詞前段第五句“楊柳吹綿”，“楊”字平聲；第七句“翻階傍砌”，“傍”字仄聲；第十句“猩紅輕透羅袂”，“猩”字平聲；後段第八句“人正在、翠紅圍裏”，“翠”字仄聲；第九句“問誰是、第一風流”，“誰”字平聲。譜內可平可仄據此。

**又一體**　雙調一百五字，前後段各十句四平韻。

王　詵

帝里春歸句早先妝點句皇家池館園林韻雛鶯未遷句燕子乍歸句時節戲弄晴陰韻瓊樓珠閣句恰正在讀柳曲花心韻翠袖豔讀依憑闌干句慣聞弦管新音韻　此際相携宴賞句縱行樂隨處句芳樹遥岑韻桃腮杏臉句嫩英萬葉句千枝緑淺紅深韻輕風終日句泛暗香讀長滿衣襟韻洞户醉讀歸訪笙歌句晚來雲海沈沈韻

此調押平韻者衹有此詞，無别首宋、元詞可校。

## 賞南枝一體

調見《梅苑》詞，曾鞏自度曲。

**又一體**　雙調一百五字，前段九句五平韻，後段九句六平韻。

曾　鞏

暮冬天地閉句正柔木凍折句瑞雪飄飛韻對景見南山句嶺梅露讀幾點清雅容姿韻丹染萼讀玉綴枝韻又豈是讀一陽有私韻大抵化工獨許句使占却先時韻　霜威莫苦凌持韻此花根性句想群卉爭知韻貴用在和羹句三春裏讀不管緑是紅非韻攀賞處讀宜酒卮韻醉撚嗅讀幽香更奇韻倚闌仗何人去句囑羌管休吹韻

此調祇有此詞，無他首可校。

## 南浦五體

按，唐《教坊記》有《南浦子》曲，宋詞蓋借舊曲名，另倚新聲也。此調有仄韻、平韻兩體，宋人多填仄韻詞，其平韻惟魯詞一體。

**南浦**　雙調一百五字，前後段各十句五仄韻。

程　垓

金鴨懶熏香句向晚來句春酲一枕無緒韻濃緑漲瑶窗句東風外讀吹盡亂紅飛絮韻無言佇立句斷腸惟有流鶯語韻碧雲欲暮韻空惆悵韶華句一時虚度韻　追思舊日心情句記題葉西樓句吹花南浦韻老去覺歡疏句傷春恨讀都付斷雲殘雨韻黄昏院落句問誰猶在憑闌處韻可堪杜宇韻空只解聲聲句催他春去韻

此調程詞及周詞、史詞三體，宋、元人填者甚少，惟張炎詞體，填者頗多，故此詞以張詞作譜。此詞前後段第八句俱押韻。

**又一體** 雙調一百五字，前段十句四仄韻，後段九句四仄韻。

周邦彦

淺帶一帆風句向晚來讀扁舟穩下南浦韻迢遞阻瀟湘句衡皋迥讀斜檥蕙蘭汀渚韻危檣影裏句斷雲黯黯遥天暮韻菡萏𡡉風斜句偷送清香句時時微度韻　吾家舊有簪纓句甚頓作讀天涯經歲羈旅韻羌管怎知情句煙波上讀黄昏萬斛愁緒韻無言對月句皓彩千里人何處韻恨身無鳳翼句只待而今句飛將歸去韻

此與程詞同，惟前後段第八句俱作五字不押韻，第九句作四字，後段第二、三句作九字一句異。

**又一體** 雙調一百五字，前後段各十句四仄韻。

史達祖

玉樹曉飛香句待倩他句和愁點破妝鏡韻輕嫩一天春句平白地讀都護雨昏煙冥韻幽花露濕句定應獨把闌干憑韻謝屐未蠟句安排共文鴛句重遊芳徑韻　年來夢裏揚州句怕事隨歌殘句情趁雲冷韻嬌眄隔東風句無人會讀鶯燕暗中心性韻深盟縱約句盡同晴雨全無定韻海棠夢在句相思過西園句秋千紅影韻

此與程詞同，惟前後段第八句俱不押韻異。

**又一體** 雙調一百五字，前段九句四仄韻，後段八句五仄韻。

張　炎

波暖緑粼粼句燕飛來句好是蘇堤纔曉韻魚没浪痕圓句流紅去讀翻笑東風難掃韻荒橋斷浦句柳陰撑出扁舟小韻回道池塘青欲遍句絶似夢中芳草韻　和雲流出空山句甚年年讀淨洗花香不了韻新緑乍生時句孤村路讀猶憶那回曾到韻餘情渺渺韻茂林觴詠如今悄韻前度劉郎歸去後句溪上碧桃多少韻

此與程詞同，惟前後段第八、九、十句攤破句法，作七字一句、六字一句異。按，王沂孫、張翥、陶宗儀俱如此填。

王詞前段第五句"巴山路、蛾眉乍窺清鏡"，"眉"字平聲；第六句"緑痕無跡"，"緑"字仄聲；陶詞第七句"鷗旁常是尋盟去"，"鷗"字平聲；張詞結句"秋滿鶴汀鳬渚"，"秋"字平聲；陶詞後段第二句"蕩晴暉、另有越中真趣"，"越"字仄聲；王詞第四句"蘋花岸、漠漠雨昏煙冥"，上"漠"字仄聲；陶詞第五句"水荇摇晚"，"水"字仄聲；第七句"欲問漁郎無恙否"，"欲"字仄聲。譜内可平可仄據此，餘參上三詞。

王詞前後兩結句"弄波素襪至甚處，空把落紅流盡"，"只愁雙燕銜春去，拂破藍光千頃"，又一首"再來漲緑迷舊處，添却殘紅幾片"，"采香幽徑鴛鴦睡，誰道湔裙人遠"，與調不合，故不參校入譜。

**又一體**　雙調一百二字，前段九句四平韻，後段八句四平韻。

魯逸仲

風悲畫角句聽單于讀三弄落譙門韻投宿駸駸征騎句飛雪滿孤村韻酒市漸闌燈火句正敲窗讀亂葉舞紛紛韻送數聲驚雁句乍離煙水句嘹唳度寒雲韻　好在半朧淡月句到如今讀無處不銷魂韻故國梅花歸夢句愁損緑羅裙韻爲問暗香閒豔句也相思讀萬點付啼痕韻算翠屏應是句兩眉餘恨倚黄昏韻

此調押平聲韻者衹此一詞，無别首宋詞可校。

## 《御定詞譜》卷三十四　起一百五字至一百八字

### 西河六體

《碧雞漫志》："大石調《西河慢》，聲犯正平。"張炎詞名《西湖》。

**西河**　三段一百五字，前段六句四仄韻，中段七句四仄韻，後段六句四仄韻。

周邦彦

佳麗地韻南朝盛事誰記韻山圍故國繞清江句髻鬟對起韻怒濤寂寞打孤城句風檣遥度天際韻　斷崖樹句猶倒倚韻莫愁艇子曾繫韻空餘舊跡鬱蒼蒼句霧沈半壘韻夜深月過女牆來句傷心東望淮水韻　酒旗戲鼓甚處市韻想依稀讀王謝鄰里韻燕子不知何世韻入尋常讀巷陌人家句相對如説興亡句斜陽裏韻

此調以此詞爲正體，若辛詞之少押一韻，陳詞之句讀小異，周詞别首之少押一韻，又句讀參差，劉詞之添字，王詞之減字，皆變格也。

此詞第二段起例作三字兩句，譜内辛詞、周詞、劉詞、王詞亦然。

按，張炎詞前段第三句"鬧紅深處小秦箏"，"鬧"字仄聲；吴文英詞後段第二句"殘寒退、初卸羅綺"，"殘"字平聲，"退"字仄聲。譜内可平可仄據此，餘參所採五詞。

前段第二句、中段第三句例作平平仄仄平仄，或仄平平仄平仄，周詞别首平仄與諸家不同，辛詞正照此填，當自成一體，不可參校。

後段起句連用五仄聲字，陳允平和詞亦然。若周詞别首及辛詞俱作折腰句法，與諸家異。即黄昇詞之"大江東去、日西墜"亦未合格，譜内概不校注平仄。

**又一體**　三段一百五字，前段六句四仄韻，中段七句四仄韻，後段五句四仄韻。

辛棄疾

西江水韻道是西江人淚韻無情却解送行人句月明千里韻從今日日倚高樓句傷心煙樹如

薺韻　　會君難句別君易韻草草不如人意韻十年著破繡衣茸句種成桃李韻問君可是厭承明句東方鼓吹千騎韻　　對梅花讀更消一醉韻看明年讀調鼎風味韻老大自憐憔悴韻過吾廬讀定有幽人相問句歲晚淵明歸來未韻

此與周詞同，惟後段結句作九字一句、七字一句異。

此詞後段起句七字作上三下四句法，與周詞別首同。

**又一體**　三段一百五字，前段六句三仄韻，中段七句五仄韻，後段六句四仄韻。

周邦彦

長安道句瀟灑西風時起韻塵埃車馬晚遊行句霸陵煙水韻亂鴉棲鳥夕陽中句參差霜樹相倚韻　　到此際韻愁如葦韻冷落關河千里韻追思唐漢昔繁華句斷碑殘記韻未央宮闕已成灰句終南依舊濃翠韻　　對此景讀無限愁思韻繞天涯讀秋蟾如水韻轉使客情如醉韻算當時讀萬古雄名句儘是作讀後來人句凄凉事韻

此與"佳麗地"詞同，惟前段起句不用韻，中段换頭多押一韻異。

**又一體**　三段一百五字，每段各六句四仄韻。

陳允平

形勝地韻西陵往事重記韻溶溶王氣滿東南句英雄間起韻鳳游何處古臺空句長江縹緲無際韻　　石頭城上試倚韻吴襟楚帶如繫韻烏衣巷陌幾斜陽句燕閒舊壘韻後庭玉樹委歌塵句凄凉遺恨流水韻　　買花問酒錦繡市韻醉新亭讀芳草千里韻夢醒覺非今世韻對三山讀半落青天句數點白鷺飛來句西風裏韻

此和周詞也，惟中段第一、二句作六字一句異。

**又一體**　三段一百十一字，前段六句三仄韻，中段九句五仄韻，後段五句五仄韻。

劉一止

山驛晚句行人昨停征轡韻白沙翠竹鎖柴門句亂峰相倚韻一番急雨洗天回句掃雲風定還起韻　　斷岸樹句愁無際韻念凄斷句誰與寄韻雙魚尺素難委韻遥知洞户隔煙窗句簟横秋水韻淡花明玉不勝寒句緑尊初試冰蟻韻　　小歡細酌任敧醉韻撲流螢讀應卜心事韻誰記天涯憔悴韻對今宵讀皓月明河千里韻夢越空城疏煙裏韻

此亦周"佳麗地"詞體，惟中段添三字兩句異。

**又一體**　三段一百四字，前段六句四仄韻，中段七句四仄韻，後段五句五仄韻。

王　彧

天下事韻問天怎忍如此韻陵圖誰把獻君王句結愁未已韻少豪氣概總成塵句空餘白骨黄

葦韻　千古恨句吾老矣韻東游曾弔淮水韻繡春臺上一回登句一回揾淚韻醉歸撫劍倚西風句江濤猶壯人意韻　只今袖手野色裏韻望長淮讀猶二千里韻總有英心誰寄韻近新來讀又報烽煙起韻絶域張騫歸來未韻

此亦與周"佳麗地"詞同,惟後段結減一字作八字一句、七字一句異。

## 夢横塘一體

調見《苕溪詞》。

**夢横塘** 雙調一百五字,前段十一句四仄韻,後段十句四仄韻。

劉一止

浪痕經雨句林影吹寒句晚來無限蕭瑟韻野色分橋句剪不斷讀前溪風物韻船繫朱藤句路迷煙寺句遠鷗浮没韻聽疏鐘斷鼓句似近還遥句驚心事讀傷羇客韻　新醅旋壓鵝黄句拌清愁在眼句酒病縈骨韻繡閣嬌慵句爭解説讀短書傳憶韻念誰伴讀塗妝綰髻句嚼蕊吹花弄秋色韻恨對南雲句此時凄斷句有何人知得韻

此調衹有此詞,無别首可校。

## 西吴曲一體

調見《龍洲集》。

**西吴曲** 雙調一百五字,前段八句五仄韻,後段十一句四仄韻。

劉　過

説襄陽讀舊事重省韻記銅駝巷陌讀醉還醒韻笑鶯花别後句劉郎憔悴萍梗韻倦客天涯句還買箇讀西風輕艇韻便欲訪讀騎馬山翁句問峴首讀那時風景韻　楚王城裏句知幾度經過句摩挲故宫柳癭韻慢弔景韻冷煙衰草凄迷句傷心興廢句賴有陽春古郢韻乾坤誰望句六百里路中原句空老盡英雄句腸斷劍鋒冷韻

此調僅見此詞,無他作可校。

## 秋霽四體

一名《春霽》。按,此詞始自胡浩然,賦春晴詞即名《春霽》,賦秋晴詞即名《秋霽》。

**秋霽** 雙調一百五字，前段十句六仄韻，後段十一句四仄韻。

史達祖

江水蒼蒼句望倦柳愁荷句共感秋色韻廢閣先凉句古簾空暮句雁程最嫌風力韻故園信息韻愛渠入眼南山碧韻念上國韻誰是讀膾鱸江漢未歸客韻　還又歲晚句瘦骨臨風句夜聞秋聲句吹動岑寂韻露蛩悲讀清燈冷屋句翻書愁上鬢毛白韻年少俊遊渾斷得韻但可憐處句無奈苒苒魂驚句採香南浦句剪梅煙驛韻

此調以此詞爲正體，胡浩然詞二首，正與此同。若吴詞之多押一韻，陳詞之少押一韻，曾詞之減字，皆變格也。

此詞前段第二句上一下四句法，例作仄仄仄平平，周密詞"記芳園載酒"，與諸家不同。又，第六句例作仄平仄平平仄，胡詞"妝點上林春色"、"遠狀水鄉秋色"，亦與諸家不同。又，後段第六句例作平平平仄仄平仄，曾詞"惟有殘英共寂寞"，亦與諸家不同。第十句例作仄平平仄，曾詞"弄粉吹花"，亦與諸家不同。譜内概不校注平仄。

按，周詞前段第六句"依依似舊相識"，"舊"字仄聲；第七句"年華易失"，"年"字平聲；後段第三、四句"轉眼西風，又成陳跡"，"眼"字、"又"字俱仄聲，"成"字平聲。譜内可平可仄據此，餘參吴、陳、曾三詞。吴詞後段結句"水宫六六"，上"六"字入聲，此以入作平，故不注可仄。

**又一體** 雙調一百五字，前段十一句六仄韻，後段十一句五仄韻。

吴文英

一水盈盈句漢影隔遊塵句淨洗寒緑韻秋沐平煙句日回西照句乍驚飲虹天北韻彩闌翠馥韻錦雲直下花成屋韻試縱目韻空際醉來句風露跨黄鵠韻　追想縹緲句釣雪松江句恍然煙蓑句秋夢重續韻問何如讀臨池鱠玉韻扁舟空艤洞庭宿韻也勝飲湘然楚竹韻夜久人悄句玉妃喚月歸來句挂笙聲裏句水宫六六韻

此與史詞同，惟前結作四字一句、五字一句，後段第五句押韻異。

**又一體** 雙調一百五字，前段十一句五仄韻，後段十一句四仄韻。

陳允平

千頃琉璃句送滿目斜陽句漸下林闃韻題葉人歸句採菱舟散句望中水天一色韻碾空桂魄韻玉繩低轉雲無跡韻有素鷗句閒伴夜深句呼棹過環碧韻　相思萬里句頓隔嬋媛句幾回瑶臺句同駐鸞翼韻對西風讀憑誰問取句人間那得有今夕韻應笑廣寒宫殿窄韻露冷煙淡句還看數點殘星句兩行新雁句倚樓横笛韻

此亦與史詞同，惟前段第九句不押韻，結句作四字一句、五字一句異。

前段第六句"一"字以入作平,譜内不注可仄。

**又一體** 雙調一百三字,前段十句六仄韻,後段十句四仄韻。

曾 紆

木落山明句暮江碧句樓倚太虚寥廓韻素手飛觴句釵頭笑取句金英滿浮桑落韻鬢雲漫約韻酒紅拂破香腮薄韻細細酌韻簾外任教讀月轉畫闌角韻　當年快意登臨句異鄉節物句難禁離索韻故人遠讀凌波何在句惟有殘英共寂寞韻愁到斷腸無處著韻寄寒香與句憑渠問訊佳時句弄粉吹花句爲誰梳掠韻

此亦與史詞同,惟前段第二句三字,第三句六字,又後段第一、二句减二字作六字句異。

## 清風八詠樓一體

沈隱侯守東陽,建八詠樓,其地又有雙溪之勝,故曰"明月雙溪水,清風八詠樓",調名取此。王行詞注林鍾商曲。《清風八詠樓》者,南宋詞林所製也。

**又一體** 雙調一百五字,前後段各十句五仄韻。

王 行

遠興引遊蹤句漫徧踏天涯句萋萋芳草韻偏愛雙溪好韻有隱侯舊跡句層樓雲表韻碧崖丹嶂句看縹緲讀憑闌吟嘯韻偶佳遇讀留搗元霜句歲星旋又周了韻　歸期誰道無據句幾回首興懷句故林猿鳥韻擬待春空杳韻與鴛儔鴻侶句共還池島韻川途迢遞句縱南翔讀仍訴幽抱韻莫輕負讀今日相看句但得翠尊同倒韻

此調祇有此詞,無别首可校。

## 暗香疏影一體

張肎自度曲,以《暗香》調前段,《疏影》調後段,合而爲一。自注夾鍾宫。

**暗香疏影** 雙調一百五字,前段九句五仄韻,後段九句四仄韻。

張 肎

冰肌瑩潔韻更暗香零亂句淡籠晴雪韻清瘦輕盈句悄悄嫩寒猶自怯韻一枕羅浮夢醒句閒縱步讀風摇瓊玦韻向記得讀此際相逢句臨水半痕月韻　妖豔不同桃李句凌寒又不與讀衆芳同歇韻古驛人遥句東閣吟殘句忍與何郎輕别韻粉痕輕點宫妝巧句怕葉底讀青圓

時節韻問誰人讀黄鶴樓頭句玉笛莫叫吹徹韻

按，姜夔《暗香》、《疏影》二曲入仙吕宫，此詞入夾鍾宫，雖同屬宫聲，而聲之高下清濁畢竟不同，故不校注平仄。

## 真珠髻一體

調見《梅苑》詞。

**真珠髻** 雙調一百五字，前段十句四仄韻，後段十句五仄韻。

《梅苑》無名氏

重重山外句苒苒流光句又是殘冬時節韻小園幽徑句池邊樓畔句翠木嫩條春别韻纖蕊輕苞句粉萼染讀猩猩紅血韻乍幾日讀好景和風句次第一齊催發韻　天然香豔殊絶韻比雙成皎皎句倍增芳潔韻去年因遇句東歸驛使句贈遠憶曾攀折韻豈謂浮雲句終不放讀滿枝明月韻但歎息讀時飲金鍾句更繞叢叢繁雪韻

此調衹有此詞，無别首可校。

《花草粹編》此詞後段第三句脱"增"字，第四、五、六句作"去年因遇東歸使，指遠恨意曾攀折"，今從《梅苑》詞訂正。

## 征部樂一體

柳永《樂章集》注：夾鍾商。

**征部樂** 雙調一百六字，前段九句六仄韻，後段十句五仄韻。

柳　永

雅歡幽會句良夜可惜虚拋擲韻每追念讀狂蹤舊跡韻長祇恁讀愁悶朝夕韻憑誰去句花衢覓韻細説與讀此中端的韻道向我讀轉覺厭厭句夢役魂勞苦相憶韻　須知最有句風前月下句心事始終難得韻但願我讀蟲蟲心下句把人看待句長似初相識韻況漸逢春色韻便是有讀舉觴消息韻待這回讀好好憐伊句更不輕離拆韻

汲古閣刻此詞前段第三句脱"每"字，後段第七句脱"漸"字，結句脱"離"字，今從《花草粹編》校正。

## 解連環三體

此調始自柳永，以詞有"信早梅、偏占陽和"及"時有香來，望明豔、遥知非雪"

句,名《望梅》。後因周邦彦詞有"妙手能解連環"句,更名《解連環》;張輯詞有"把千種舊愁,付與杏梁雨燕"句,又名《杏梁燕》。

**解連環**　雙調一百六字,前段十一句五仄韻,後段十句五仄韻。

柳　永

小寒時節韻正同雲暮慘句勁風朝冽韻信早梅讀偏占陽和句向日處句凌晨數枝爭發韻時有香來句望明豔讀遥知非雪韻想玲瓏嫩蕊句弄粉素英句旖旎清絶韻　仙姿更誰並列韻有幽光映水韻疏影籠月韻且大家讀留倚闌干句對緑醑飛觥句錦箋吟閿韻桃李繁華句奈彼此讀芬芳俱別韻等和羹待用句休把翠條漫折韻

此調始於此詞,但宋、元人多填周邦彦體,故此調可平可仄,詳注周詞之下。

張輯詞後結"把千種舊愁,付與杏梁雨燕",句讀正與此同,但前段第五、六句"更細與品題,屢呵冰硯",仍照周詞填。

**又一體**　雙調一百六字,前段十一句五仄韻,後段十句五仄韻。

周邦彦

怨懷無托韻嗟情人斷絶句信音遼邈韻縱妙手讀能解連環句似風散雨收句霧輕雲薄韻燕子樓空句暗塵鎖讀一牀弦索韻想移根换葉句儘是舊時句手種紅藥韻　汀洲漸生杜若韻料舟依岸曲句人在天角韻漫記得讀當日音書句把閒語閒言句待總燒却韻水驛春回句望寄我讀江南梅萼韻拚今生讀對花對酒句爲伊淚落韻

此與柳詞同,惟後結作七字一句、四字一句異。宋、元詞俱如此填。

按,高觀國詞前段第八句"眉黛淺、三眠初歇","眉"字平聲;吴文英詞第九句"想練帷倦人","練"字仄聲;高詞第十句"縈絆遊蜂","縈"字、"遊"字俱平聲;結句"絮飛晴雪","飛"字平聲;張輯詞"移盡更箭","移"字平聲;張炎詞後段第三句"錦箏彈怨","錦"字仄聲,"箏"字平聲;高詞第八句"恨閒損、春風時節","閒"字平聲;張詞"算惟有、畫闌曾見","畫"字仄聲;姜夔詞第九句"念惟有、夜來皓月","有"字仄聲。譜内可平可仄據此,餘參柳詞、楊詞。

又按,張炎詞前段第十句"殘氈擁雪",後段第九句"未羞他、雙燕歸來",平仄與諸家不同,譜内不與參校。又,張炎詞前段第四句"歎貞元、朝士無多","貞"字平聲;黄水村詞前段起句"鳳樓倚倦","倚"字仄聲;蔣捷詞後段起句"天漢霽虹似昨","漢"字仄聲;吴文英詞第二句"歎梧桐未秋","秋"字平聲;黄詞第四句"漫記得、栩栩多情",上"栩"字仄聲;吴文英詞第五句"向別枕倦醒","倦"字仄聲;姜夔詞第八句"又見在、曲屏近底","近"字仄聲;高觀國詞結句"浸愁千斛","千"字平聲。遍校宋詞,無如此者,譜内亦不參注平仄。

**又一體**　雙調一百六字,前後段各十句五仄韻。

楊无咎

素書誰託韻嗟鱗沈雁斷句水遥山邈韻問別來讀幾許離愁句但只覺衣寬句不禁消薄韻歲

歲年年句又豈是讀春光蕭索韻自無心讀强陪醉笑句負他滿庭花藥韻　　援琴試彈賀若韻盡清於別鶴句悲甚霜角韻怎得去讀斜擁檀槽句看小品吟商句玉纖推却韻旋暖熏爐句更自炷讀龍津雙萼韻正懷思讀又還夜永句燭花自落韻

此和周詞也，惟前結作七字一句、六字一句異。

## 内家嬌一體

《樂章集》注林鍾商。

**内家嬌**　雙調一百六字，前段十句四仄韻，後段十句七仄韻。

柳　永

煦景朝升句煙光晝斂句疏雨夜來新霽韻垂楊豔杏句絲軟霞輕句繡出芳郊明媚韻處處踏青鬬草句人人偎紅倚翠韻奈少年讀自有新愁舊恨句消遣無計韻　　帝里韻風光當此際句正好恁携佳麗韻阻歸程迢遞韻奈何好景難留句舊歡頻棄韻早是傷春情緒韻那堪困人天氣韻但贏得讀獨立高原句斷腸一晌凝睇韻

此調僅見此詞，無他作可校。

## 夜飛鵲慢二體

調見《片玉詞》，一名《夜飛鵲》。

**夜飛鵲慢**　雙調一百六字，前段十句五平韻，後段十句四平韻。

周邦彦

河橋送人處句良夜何其韻斜月遠墮餘輝韻銅盤燭淚已流盡句霏霏凉露沾衣韻相將散離會句探風前津鼓句樹杪參旗韻華驄會意句縱揚鞭讀亦自行遲韻　　迢遞路回清野句人語漸無聞句空帶愁歸韻何意重經前地句遺鈿不見句斜逕多迷韻兔葵燕麥句向殘陽讀影與人齊韻但徘徊班草讀欷歔酹酒句極望天西韻

此調以此詞爲正體，盧祖皋、吴文英、陳允平、張炎詞俱如此填。若趙詞之句讀小異，乃變格也。

按，張詞前段第三句"都緣水國秋清"，"緣"字平聲；吴詞第四句"天街曾醉美人畔"，"曾"字平聲，張詞"緑房一夜迎向曉"，"緑"字、"向"字俱仄聲，"迎"字平聲；盧詞第五句"最憐香靄霏霏"，"最"字仄聲，陳詞"砧聲幾處寒衣"，"幾"字仄聲；張詞結句"料相逢、依舊光陰"，"依"字平聲；盧詞後段第四句"一自秋娘迢遞"，"一"字仄聲；張詞第五句"頡頏萬里"，"頡"字仄聲；盧詞第七句"新來院落"，"新"字平聲；第八句"雁難尋、簾幕長垂"，"簾"字平聲；結句"應也顰眉"，"應"字平聲。譜内可平可仄據此，餘參趙詞。

趙詞前段第四句"蛾眉乞得天孫巧",不作拗體,與調不協,譜内不與參校。又,吴詞前段結句"寄橫竹、吹裂哀雲",陳詞後段第八句"漸落霞、孤鶩飛齊","竹"字、"落"字俱以入作平,亦不注可仄。

**又一體**　雙調一百六字,前段十句五平韻,後段十一句四平韻。

趙以夫

凝雲拂斜月句萬籟聲沈韻涼露暗墜桐陰韻蛾眉乞得天孫巧句愔愔樓上穿針韻佳期鵲橋誤句到年時此夕句歡淺愁深韻人間兒女句説風流讀直至如今韻　河漢幾曾風浪句因景物牽情句自是人心韻長記秋庭往事句鈿花剪翠句釵股份金韻道人無著句正蕭然讀竹枕疏衾韻夢回時句天淡星稀句閒弄一曲瑶琴韻

此與周詞同,惟後結作三字一句、四字一句、六字一句異。

## 泛清波摘遍一體

按,《宋史·樂志》有林鍾商《泛清波》大曲。沈括《筆談》:"凡曲每解有數疊者,裁截用之,謂之摘遍。"此蓋摘《泛清波》曲之一遍也。

**泛清波摘遍**　雙調一百六字,前段十一句五仄韻,後段十句六仄韻。

晏幾道

催花雨小句著柳風柔句都似去年時候好韻露紅煙緑句盡有狂情鬭春早韻長安道韻秋千影裏句絲管聲中句誰放豔陽輕過了韻倦客登臨句暗惜光陰恨多少韻　楚天渺韻歸思正如亂雲句短夢未成芳草韻空把吴霜點鬢華句自悲清曉韻帝城杳韻雙鳳舊約漸虚句孤鴻後期難到韻且趁朝花夜月句翠尊頻倒韻

此調祇有此詞,其平仄宜從之。

## 望明河一體

調見《苕溪集》。

**望明河**　雙調一百六字,前段九句四仄韻,後段九句五仄韻。

劉一止

華旌耀日句報天上使星句初辭金闕韻許國精忠句試此日傅巖讀濟川舟楫韻向來雞林外

句況傳詠讀篇章誇雄絶韻問人地讀真是唐朝第一句未論勳業韻　鯨波霽雲千疊韻望仙馭縹緲句神山明滅韻萬里勤勞句也等是壯年讀繡衣持節韻丈夫功名事句未肯向讀尊前傷輕别韻看飛棹讀歸侍宸遊句宴賞太平風月韻

此調秪有此詞，無他首可校。

## 楚宫春慢二體

調見《寶月詞》。

**楚宫春慢** 雙調一百六字，前段十句五仄韻，後段九句四仄韻。

僧　揮

輕盈絳雪韻乍團聚同心句千點珠結韻畫館繡幃句低舞融融香徹韻笑裏精神放縱句斷未許讀年華偷歇韻信任芳春句都不管讀淅淅南薰句别是一家風月韻　扁舟去後句回望處讀娃宫凄凉凝咽韻身似斷雲句零落深心難説韻不與雕闌寸地句忍覷著讀漂流離缺韻盡日懨懨讀總無語句不及高唐句夢裏相逢時節韻

此調自此詞外，秪有周密添字詞，故可平可仄悉參周詞。

**又一體** 雙調一百八字，前段十句五仄韻，後段九句五仄韻。

周　密

香迎曉日韻看煙佩霞綃句美女金谷韻倦倚畫闌句無語情深嬌足韻雲擁瑶房帳暖句翠幕卷讀東風傾國韻半捻愁紅句念舊遊讀凝佇蘭翹句瑞鸞低舞庭緑韻　猶想沈香亭北韻人醉裏讀芳筆曾題私曲韻輕裛露痕句移取春歸華屋韻緑障銀屏静掩句悄未許讀鶯窺燕宿韻絳蠟良宵讀酒半闌句重繞鴛機句醉曆爭妍紅玉韻

此與僧揮詞同，惟换頭句添二字又押韻異。

## 望海潮三體

柳永《樂章集》注仙吕調。

**望海潮** 雙調一百七字，前段十一句五平韻，後段十一句六平韻。

柳　永

東南形勝句江湖都會句錢塘自古繁華韻煙柳畫橋句風簾翠幕句參差十萬人家韻雲樹繞

堤沙韻怒濤卷霜雪句天塹無涯韻市列珠璣句户盈羅綺競豪奢韻　重湖疊巘清佳韻有三秋桂子句十里荷花韻羌管弄晴句菱歌泛夜句嬉嬉釣叟蓮娃韻千騎擁高牙韻乘醉聽簫鼓句吟賞煙霞韻異日圖將好景句歸去鳳池誇韻

此調以此詞爲正體，秦觀、張元幹、史𡸣之、石孝友、趙可、折元禮諸詞俱照此填。若秦詞别首之句讀小異，鄧詞之换頭押短韻，皆變格也。

此詞前結"市列珠璣，户盈羅綺"，例作對偶，宋、元人如此填者甚多。

按，折詞前段第一句"地雄河岳"，"地"字仄聲；張詞第三句"玉簪羅帶綢繆"，"玉"字仄聲，"羅"字平聲；折詞第六句"野煙縈帶滄州"，"野"字仄聲，"縈"字平聲；第七句"虎旆擁貔貅"，"虎"字仄聲；趙詞第九句"似隔盈盈"，"似"字仄聲；劉一止詞第十句"雙闕連雲"，"雙"字平聲；史詞第十一句"駒留空谷接英遊"，"駒"字平聲；吕渭老，"半篙緑水漫斜橋"，"緑"字仄聲；張詞後段第一句"使君冠世風流"，"使"字仄聲；晁補之詞"年年高會江陽"，"高"字平聲；石詞第二句"奈碧雲暗斷"，"碧"字仄聲；折詞第六句"賀蘭烽火新收"，"賀"字仄聲，"烽"字平聲；張詞第七句"逸興醉無休"，"逸"字仄聲；石詞第八句"但烏啼渡口"，"烏"字平聲；張翥詞第九句"釃酒長瀾"，"釃"字仄聲；石詞第十句、十一句"擬把無窮幽恨，萬疊寫霜綃"，"幽"字平聲，"萬"字仄聲。譜内可平可仄據此，餘參秦、鄧二詞。

前後段第四、五句例作平仄仄平，平平仄仄，若石詞之前後段第四句"柳色摇金"、"春草生池"，"摇"字、"生"字俱平聲；趙詞之前段第五句"百街高選"，石詞之後段第五句"芳塵凝榭"，"高"字、"凝"字俱平聲，及鄧詞之前段第四句"錯"字仄聲，俱與調不合，譜内不校注平仄。

**又一體**　雙調一百七字，前段十一句五平韻，後段十一句六平韻。

秦　觀

梅英疏淡句冰澌溶洩句東風暗换年華韻金谷俊遊句銅駝巷陌韻新晴細履平沙韻長記誤隨車韻正絮翻蝶舞句芳思交加韻柳下桃蹊句亂分春色到人家韻　西園夜飲鳴笳韻有華燈礙月句飛蓋妨花韻蘭苑未空句行人漸老句重來是事堪嗟韻煙暝酒旗斜韻但倚樓極目句時見棲鴉韻無奈歸心句暗隨流水到天涯韻

此與柳詞同，惟後結作四字一句、七字一句異。

按，晁補之、吕渭老、劉一止、張翥、沈公述詞俱與此同，唯沈詞前段第八、九句"少年人，一一錦帶吴鉤"，句讀與此小異，注明不另列。

**又一體**　雙調一百七字，前段十一句五平韻，後段十二句七平韻。

鄧千江

雲雷天塹句金湯地險句名藩自古皋蘭韻營屯繡錯句山形米聚句襟喉百二秦關韻鏖戰血猶殷韻見陣雲冷落句時有雕盤韻静塞樓頭句曉月依舊玉弓彎韻　看看韻定遠西還韻有元戎閫命句上將齋壇韻甌脱晝空句兜鍪夕解句甘泉又報平安韻吹笛虎牙間韻且宴陪朱履句歌按雲鬟韻招取英靈毅魄句長繞賀蘭山韻

此與柳詞同，惟换頭藏短韻異。

## 望湘人一體

調見《東山樂府》。

**望湘人** 雙調一百七字，前段十一句五仄韻，後段十句六仄韻。

賀　鑄

厭鶯聲到枕句花氣動簾句醉魂愁夢相半韻被惜餘熏句帶驚剩眼韻幾許傷春春晚韻淚竹痕鮮句佩蘭香老句湘天濃暖韻記小江讀風月佳時句屢約非煙遊伴韻　須信鸞弦易斷韻奈雲和再鼓句曲終人遠韻認羅襪無蹤句舊處弄波清淺韻青翰棹句檥白蘋洲畔韻盡目臨皋飛觀韻不解寄讀一字相思句幸有歸來雙燕韻

此調祇有此詞，無他作可校。

## 青門飲三體

調見《淮海詞》。黄裳詞亦名《青門引》，然與《青門引》令詞不同。

**青門飲** 雙調一百七字，前段十二句四仄韻，後段十一句五仄韻。

秦　觀

風起雲間句雁横天末句嚴城畫角句梅花三奏韻塞草西風句凍雲籠月句窗外曉寒輕透韻人去香猶在句孤衾擁讀長閒餘繡韻恨與宵長句一夜熏爐句添盡香獸韻　前事空勞回首韻雖夢斷春歸句相思依舊韻湘瑟聲沈句庾梅信斷句誰念畫眉人瘦韻一句難忘處句怎忍辜讀耳邊輕咒韻任人攀折句可憐又學句章臺楊柳韻

此調以此詞爲正體，黄裳詞正與此同。若曹詞、無名氏詞之減字，皆變格也。

按，黄詞後段第六句"且看翠園紅繞"，"且"字仄聲；第十句"丹臺夢覺"，"丹"字平聲。譜内可平可仄據此，餘參所採二詞。

**又一體** 雙調一百五字，前段十二句五仄韻，後段十句四仄韻。

曹　組

山静煙沈句岸空潮去韻晴天萬里句飛鴻南渡韻冉冉黄花句翠翹金鈿句還是倚風凝露韻歲歲青門飲句盡龍山高陽儔侶韻舊賞成空句回首舊遊句人在何處韻　此際誰憐萍泛

句空自感光陰句暗傷羈旅韻醉裏悲歌句夜深驚夢句無奈覺來情緒韻孤館昏還曉句厭時聞讀南樓鍾鼓韻淚眼臨風句腸斷望中歸路韻

此與秦詞同，惟前段第二句押韻，换頭句不押韻，後結減二字作四字一句、六字一句異。

**又一體**　雙調一百六字，前段十二句四仄韻，後段十一句五仄韻。

《花草粹編》無名氏

邊馬嘶風句漢旗翻雪句彤雲又吐句一竿殘照韻古木連空句亂山無數句行盡暮沙衰草韻星斗横幽館句夜無眠讀燈花空老韻霧濃香鴨句冰凝淚燭句霜天難曉韻　長記小妝纔了韻一杯未盡句離懷多少韻醉裏秋波句夢中朝雨句都是醒時煩惱韻料有牽情處句忍思量句耳邊曾道韻甚時躍馬歸來句認得迎門輕笑韻

此亦秦詞體，惟後段第二句減一字，結作六字兩句異。

## 落梅二體

《梅苑》無名氏詞名《落梅慢》。

**落梅**　雙調一百七字，前段十二句四仄韻，後段十句五仄韻。

王　詵

壽陽妝晚句慵勻素臉句經宵醉痕堪惜韻前村雪裏句幾枝初綻句正冰姿仙格韻忍被東風句亂飄滿地句殘英堆積韻可堪江上起離愁句憑誰説寄句腸斷未歸客韻　流恨聲傳羌笛韻感行人讀水亭山驛韻越溪信阻句仙鄉路杳句但風流塵跡韻香豔濃時句未多吟賞句已成輕擲韻願身長健且憑闌句明年還放春消息韻

此與《梅苑》無名氏詞句讀不同，故不參校平仄。

**又一體**　雙調一百六字，前段九句四仄韻，後段九句五仄韻。

《梅苑》無名氏

帶煙和雪句繁枝淡泞句誰將粉融酥滴韻疏枝冷蕊壓群芳句年年長占春色韻江路溪橋漫倒句娲娲風中無力韻暗香浮動冰姿句明月裏讀想無花比高格韻　爭奈光陰瞬息韻動幽怨讀潛生羌笛韻新花鬪巧句有天然閒態句倚闌堪惜韻零亂殘英片片句飛上舞筵歌席韻斷腸忍淚念前期句經歲還有芳容隔韻

此詞前起三句、後起二句、後結二句與王詞同，餘則攤破句法，自成一格。

## 飛雪滿群山二體

調見《友古詞》。因詞有"長記得、扁舟尋舊約"句，更名《扁舟尋舊約》。張槃詞名《飛雪滿堆山》。

**飛雪滿群山** 雙調一百七字，前段十一句四平韻，後段十句四平韻。

蔡 伸

冰結金壺句寒生羅幕句夜闌霜月侵門韻翠筠敲韻句疏梅弄影句數聲雁過南雲韻酒醒攲粲枕句愴猶有讀殘妝淚痕韻繡衾孤擁句餘香未減句猶是那時熏韻　長記得讀扁舟尋舊約句聽小窗風雨句燈火昏昏韻錦茵纔展句瓊簽報曙句寶釵又是輕分韻黯然携手處句倚朱箔讀愁凝黛顰韻夢回雲散句山遥水遠空斷魂韻

此調自此詞外，祇有張詞可校。

後段結句例作拗句，張詞亦然，填者辨之。

**又一體** 雙調一百六字，前段十一句四平韻，後段十句四平韻。

張 槃

愛日烘晴句梅梢春動句曉窗客夢方還韻江天萬里句高低煙樹句四望猶擁螺鬟韻是誰邀滕六句釀薄暮讀同雲冱寒韻却原來是句鈴閣雲蒸句俄忽老青山韻　都盡道讀來年須更好句無緣農事句雨蹤風慳韻鵝池夜半句銜枚飛渡句看尊俎折沖間韻儘青油談笑句瓊花露讀杯深量寬韻功名做了句雲臺寫作圖畫看韻

此與蔡詞同，惟後段第二句減一字異。

前後段第七句俱作上一下四句法，與蔡詞亦不同。

## 角招一體

調見趙以夫《虛齋集》，自注："姜夔製《角招》、《徵招》二曲。余以《角招》賦梅。古樂府有大、小《梅花》，皆角聲也。

**角招** 雙調一百七字，前段十一句八仄韻，後段十二句九仄韻。

趙以夫

曉風薄韻苔枝上句剪成萬點冰萼韻暗香無處著韻立馬斷魂句晴雪籬落韻溪横略彴韻恨

寄驛讀音書遼邈韻夢繞揚州東閣韻風流舊日何郎句想依然林壑韻　離索韻引杯自酌韻相看冷淡句一笑人如削韻水雲寒漠漠韻底處群仙句飛來霜鶴韻芳姿綽約韻正月滿讀瑶臺珠箔韻徙倚闌干寂寞韻盡分付讀許多愁句城頭角韻

此調祇有此詞,無別首可校。

## 一寸金五體

調見柳永詞。

**一寸金**　雙調一百八字,前段十句四仄韻,後段十一句四仄韻。

柳　永

井絡天開句劍嶺雲横控西夏韻地勝異讀錦里風光句蠶市繁華句簇簇歌臺舞榭韻雅俗多遊賞句輕裘俊讀靚妝豔冶韻當春晝句摸石池邊讀浣花溪上景如畫韻　夢應三刀句橋名萬里句中和政多暇韻仗漢節讀攬轡澄清句高掩武侯勳業句文翁風化韻台鼎思賢久句方鎮静讀又還命駕韻空遺愛句西蜀山川句異日成佳話韻

此調始於此詞,但後段句讀參差,且宋詞多照周邦彦詞體填,故可平可仄,俱注周詞之下。

前段結句,平仄與諸家不同,不參校入譜。

**又一體**　雙調一百八字,前段十句四仄韻,後段十一句四仄韻。

周邦彦

州夾蒼崖句下枕江山是城郭韻望海霞接日句紅翻水面句晴風吹草句青摇山脚韻波暖鳧鷖泳句沙痕退讀夜潮正落韻疏林外讀一點炊煙句渡口參差正寥廓韻　自歎勞生句經年何事句京華信漂泊韻念渚蒲汀柳句空歸閒夢句風輪雨楫句終辜前約韻情景牽心眼句流連處讀利名易薄韻回頭謝讀冶葉倡條韻便入漁釣樂韻

此調以此詞爲正體,吴文英、陳允平詞俱如此填。若李詞之多押兩韻,曹詞之句讀參差,無名氏詞之減字,皆變格也。

此詞前段第二句及結句例作仄仄平平仄平仄,譜内諸詞皆然。後段結句例作仄平平仄仄,若李、曹、無名氏三詞,則照柳詞填,自成一體,譜内不校注平仄。

前段第三句例作仄仄平仄仄,或作仄仄平平仄,後段第四句例作仄仄平平仄,譜内李詞平仄與諸家不同,亦不校注。

按,吴詞前段第三句"見駭毛飛雪","飛"字平聲;第五句"臞腰束縞","束"字仄聲;第八句"紅錦透、尚欺暗燭","錦"字仄聲;後段起句"頑老情懷","頑"字平聲;第五句"折釵錦字","折"字、"錦"字俱仄聲;第六句"黠髯掀舞","掀"字平聲。譜内可平可仄據此,餘參所採四詞。

吴詞前段第六句“湯沐疏邑”，“沐”字以入作平，不注可仄。

**又一體** 雙調一百八字，前後段各十一句五仄韻。

李彌遜

仙李盤根句自有天潢藹芳裔韻更溜雨霜皮句臨風玉樹句紫髯丹頰句長生久視韻鶴帳琅書至韻長庚夢讀當年暗記韻邀歡處句回首西風句漸喜秋英弄霜蕊韻　暫卷雙旌句鳴金吹竹句高堂伴新戲韻對壁月流光句屏山供翠句碧雲乍合句飛觴如綴韻早晚巖廊侍韻終不負讀黄樓一醉韻丹青手讀先與翻階句萬葉增春媚韻

此與周詞同，惟前段第七句、後段第八句各押韻異。

**又一體** 雙調一百八字，前段十句四仄韻，後段十一句四仄韻。

曹勛

霜落鴛鴦句繡隱芙蓉小春節韻應運看讀月魄分輝句坤順同符句文母徽音芳烈韻誕育乾坤主句均慈愛讀練裙豈別韻經沙塞句涉履煙塵句瑞色怡然更英發韻　上聖中興句嚴恭問寢句宫庭正和悦韻看壽筵高啟句龍香低轉句聲入霓裳句檀槽新撥韻翠衮同行樂句鈞韶奏讀喜盈絳闕韻傾心願讀億載慈寧句醉賞閒風月韻

此詞前段與柳詞同，後段與周詞同。

**又一體** 雙調一百五字，前段十一句四仄韻，後段十二句四仄韻。

《鳴鶴餘音》無名氏

堪歎群迷句夢空花句幾人悟韻更假饒讀錦帳銅山句朱履玉簪句畢竟於身何故韻未若紅塵外句幽隱竹籬蓬户韻青松下句一曲高歌句笑傲年華换今古韻　紫府春光句清都雅會句時妙有真趣韻看自然天樂句星樓月殿句鸞飛鳳舞句白雲深處韻壺内神仙景句誰肯少年回顧韻逍遥界句獨我歸來句復入寥陽去韻

此詞前段亦與柳詞同，惟第二句減一字作三字兩句，又第八句減一字作六字句異。後段亦與周詞同，惟第九句減一字作六字句異。

## 擊梧桐三體

此調有兩體：一百八字者，見《樂章集》，注中吕調；一百十字者，見《樂府雅詞》。

**擊梧桐** 雙調一百八字，前段十句四仄韻，後段九句四仄韻。

柳永

香靨深深句姿姿媚媚句雅格奇容天與韻自識伊來句好好看承句會得妖嬈心素韻臨期再

約同歡句定是都把平生相許韻又恐恩情讀易破難成句未免千般思慮韻　近日書來句寒暄而已句苦没忉忉言語韻便認得讀聽人教當句擬把前言輕負韻見説蘭臺宋玉句多才多藝善詞賦韻試與問讀朝朝暮暮句行雲何處去韻

此詞祇有《梅苑》無名氏詞可校,故譜内可平可仄悉參無名氏詞。

**又一體**　雙調一百八字,前段十一句四仄韻,後段九句四仄韻。

《梅苑》無名氏

雪葉紅凋句煙林翠減句獨有寒梅難並韻瑞雪香肌句碎玉奇姿句迥得佳人風韻韻清標暗折芳心句又是輕洩江南春信韻最好山前水畔句幽閒自有句横斜疏影韻　盡日憑闌句尋思無語句可惜飄瑶飛粉韻但悵望讀王孫未賞句空使清香成陣韻怎得移根帝苑句開時不許衆芳近韻免教向讀深巖暗谷句結成千萬恨韻

此與柳詞同,惟前結作六字一句、四字兩句異。

**又一體**　雙調一百十字,前段十句五仄韻,後段十句四仄韻。

李　甲

杳杳春江闊韻收細雨讀風蹙波聲無歇韻雁去汀洲暖句岸蕪静讀翠染遥山一抹韻群鷗聚散句征航來去句隔水相望楚越韻對此讀凝情久句念往歲上國句嬉遊時節韻　鬬草園林句賣花巷陌句觸處風光奇絶韻正恁濃歡裏句悄不意讀頓有天涯離别韻看即梅生翠實句柳飄狂絮句没箇人共折韻把而今讀愁煩滋味句教向誰説韻

此詞祇有李珏詞可校。按,李珏詞前段起句"楓葉沈於染","楓"字平聲;第六句"朝生暮落","暮"字仄聲;第七句"人似吴潮輾轉","人"字平聲;後段第一、二句"雙屐行春,扁舟嘯晚","雙"字、"扁"字俱平聲;第六句"惆望明朝何處","何"字平聲。譜内可平可仄據此。

## 折紅梅二體

調見《壽域詞》。

**折紅梅**　雙調一百八字,前段十句五仄韻,後段十句六仄韻。

杜安世

睹南翔征雁句疏林敗葉句凋霜零亂韻獨紅梅讀自守歲寒句天教最後開綻韻盈盈水畔韻疏影蘸讀横斜清淺韻化工似把讀深色胭脂句怪姑射冰姿句剩與紅間韻　誰人寵眷韻待金鎖不開句憑闌先看韻曾飛落讀壽陽粉額句妝成漢宫傳遍韻江南風暖韻春信喜讀一

枝清遠韻對酒便好讀折取奇葩句撚清香重嗅句舉杯重勸韻

此杜自度曲。集中仄韻詞四首,句讀悉同,惟平仄各異,若概爲参校,恐滋蒙混,譜内採仄韻詞二首,填者擇一體宗之可也。

此詞前後段第六句押韻。按,杜詞别首"盈盈素面,剛强點、胭脂深淺","笛聲體怨,怕恐使、群芳零亂",正與此同。

**又一體** 雙調一百八字,前段十句四仄韻,後段十句六仄韻。

杜安世

喜輕澌初泮句微和漸入句郊原時節韻春消息讀夜來陡覺句紅梅數枝爭發韻玉溪仙館句不似箇讀尋常標格韻化工别與讀一種風情句似匀點胭脂句染成香雪韻　重吟細閲韻比繁杏夭桃句品流終别韻只愁共讀彩雲易散句冷落謝池風月韻憑誰向説韻三弄處讀龍吟休咽韻大家留取讀時倚闌干句閏有花堪折句勸君須折韻

此與"睹南翔征雁"詞同,惟前後段第六句不押韻異。

## 《御定詞譜》卷三十五　起一百八字至一百十二字

### 泛清苕一體

調見張先詞,吴興泛舟作,即賦題本意也。一名《感皇恩慢》。

**泛清苕** 雙調一百八字,前後段各十二句五平韻。

張　先

緑淨無痕韻過曉霽清苕句鏡裏遊人韻紅妝巧句彩船穩句當筵主句秘館詞臣韻吴娃勸飲韓娥唱句競艷容讀左右皆春韻學爲行雨句傍畫槳句從教水濺羅裙韻　煙溪混月黄昏韻漸樓臺上下句火影星分韻飛檻倚句斗牛近句響簫鼓句遠破重雲韻歸軒未至千家待句掩半妝讀翠箔朱門韻衣香拂面句扶醉卸簪花句滿袖餘氳韻

此張先自度曲,無别詞可校。

### 薄幸三體

調見《東山樂府》。

**薄幸**　雙調一百八字，前段九句五仄韻，後段十句五仄韻。

賀　鑄

淡妝多態韻更的的讀頻回眄睞韻便認得讀琴心先許句與綰合歡雙帶韻記畫堂讀風月逢迎句輕顰淺笑嬌無奈韻向睡鴨爐邊句翔鴛屏裏句羞把香羅偷解韻　自過了讀收燈後句都不見讀踏青挑菜韻幾回憑雙燕句丁寧深意句往來翻恨重簾礙韻約何時再韻正春濃酒暖句人閒晝永無聊賴韻懨懨睡起句猶有花梢日在韻

此調以此詞爲正體，毛开詞正與此同。若沈詞之多押一韻，又句讀小異，韓詞之減字，皆變格也。

按，吕渭老詞前段第五句"記年時、偷擲春心"，"年"字平聲；第八句"寶釵貰酒"，"寶"字仄聲；毛詞結句"小立釵横鬢亂"，"小"字、"鬢"字俱仄聲；吕詞後段第一、二句"怎忘得、回廊下，携手處、花明月滿"，"忘"字平聲，"月"字仄聲；第三句"如今但暮雨"，"但"字仄聲；第四句"蜂愁蝶恨"，"蝶"字仄聲。譜内可平可仄據此，餘參所採二詞。

**又一體**　雙調一百八字，前段九句五仄韻，後段十句六仄韻。

沈端節

桂輪香滿韻送寒色讀輕風剪剪韻又還是讀幽窗人静句梅影參差初轉韻念少年讀孤負芳音句多時不見文君面韻漫快瀉瓊舟句濃熏寶鴨句終是心情差懶韻　漫就枕讀渾無寐句但聽徹讀天邊飛雁韻閒愁縈萬縷句如何消遣韻繡衾空憶鴛鴦暖韻細思量遍韻倚屏山讀挑盡琴心句誰識相思怨韻休文瘦損句陡覺頻移帶眼韻

此與賀詞同，惟後段第四句押韻，第七、八句作七字一句、五字一句異。

**又一體**　雙調一百七字，前段九句五仄韻，後段十句五仄韻。

韓元吉

送君南浦韻對煙柳讀青青萬縷韻更滿眼讀殘紅吹盡句葉底黄鸝自語韻甚動人讀多少離情句樓頭水閣山無數韻記竹裏題詩句花邊載酒句魂斷江干春暮韻　都莫問讀功名事句白髮星星如許韻任雞鳴起舞句鄉關何在句憑高目盡孤鴻去韻漫留君住韻趁酴醾香暖句持杯且醉瑶臺路韻相思記取句愁絶西窗夜雨韻

此與賀詞同，惟後段第二句減一字異。

倚闌人一體

調見《松隱集》，曹勛自度曲。

**倚闌人** 雙調一百八字，前段十一句四仄韻，後段十句五仄韻。

曹勛

清明池館句芳非漸晚句晴香滿架籠永晝韻翠擁柔條句玉鋪繁蕊句婀婀舞低襟袖韻秀蓓凝浩露句疑挂六銖衣縐韻檀點芳心句體熏清馥句粉容宜撚春風手韻　肯與芝蘭共嗅韻洞户花讀別是素芳依舊韻剪取長梢句青蛟噴雪句挽住曉雲爭秀韻樓上人未去句常恐風欺雨瘦韻紅綃收取句舉觴猶喜句窨得醺醺酒韻

此調僅有此詞，無他作可校。

惜黄花慢三體

此調有仄韻、平韻兩體。仄韻者見《逃禪詞》，平韻者見《夢窗詞》，與《惜黄花》令詞不同。

**惜黄花慢** 雙調一百八字，前段十一句六仄韻，後段九句五仄韻。

楊旡咎

霽空如水韻襯落木墜紅句遥山堆翠韻獨立閒階句數聲笛度風前句幾點雁横雲際韻已涼天氣未寒時句問好處讀一年誰記韻笑聲裏韻摘得半釵句金蕊來至韻　横斜爲插烏紗句更揉碎讀泛入金尊瓊蟻韻滿酌霞觴句願教人壽百年句可奈此時情味韻牛山何必獨沾衣句對佳節讀惟應歡醉韻看睡起韻曉蝶也愁花悴韻

此調押仄韻者衹有此詞及趙詞，故可平可仄悉參趙詞。

**又一體** 雙調一百八字，前段十句七仄韻，後段九句六仄韻。

趙以夫

衆芳凋謝韻堪愛處讀老圃寒花幽野韻照眼如畫韻爛然滿地金錢句買斷金天無價韻古香逸韻似高人句更野服黄冠瀟灑韻向霜夜韻冷笑暖春句桃李夭冶韻　襟期問與誰同句記往昔讀獨自徘徊籬下韻采采盈把韻此時一段風流句賴得白衣陶寫韻而今爲米負初心句且細摘讀輕浮三雅韻沈醉也韻夢落故園茅舍韻

此與楊詞同，惟前後段第二句俱作九字一句，第三句俱押韻異。

**又一體** 雙調一百八字，前段十二句六平韻，後段十一句六平韻。

吴文英

送客吴皋韻正試霜夜冷句楓落長橋韻望天不盡句背城漸杳句離亭黯黯句恨水迢迢韻翠

香零落紅衣老句暮愁鎖讀殘柳眉梢韻念瘦腰韻沈郎舊日句曾繫蘭橈韻　仙人鳳咽瓊簫韻悵斷魂送遠句九辯難招韻醉鬟留盼句小窗剪燭句歌雲載恨句飛上銀霄韻素秋不解隨塵去句敗紅趁讀一葉寒濤韻夢翠翹韻怨鴻料過南譙韻

此調押平韻者祇有此詞及吴詞别首,故此詞可平可仄悉參"粉靥金裳"詞。

按,吴詞别首"粉靥金裳"詞,前段第三句"舊日蕭娘","舊"字仄聲;第四句"翠微高處","高"字平聲;第六句"一年最好","一"字仄聲;第七句"偏是重陽","偏"字平聲;第八句"避春祇怕春不遠","祇"字仄聲;後段第三句"深染蜂黄","深"字平聲;第七句"百感幽香","百"字仄聲;第九句"滿城但、風雨凄凉","風"字平聲。譜内可平可仄據此,惟後段第八句"不"字以入作平,不注可仄。

## 一萼紅四體

此調有平韻、仄韻兩體。平韻者見《姜夔詞》,仄韻者,見《樂府雅詞》。因詞有"未教一萼,紅開鮮蕊"句,取以爲名。

**一萼紅**　雙調一百八字,前段十一句五平韻,後段十句四平韻。

姜　夔

古城陰韻有官梅幾許句紅萼未宜簪韻池面冰膠句牆腰雪老句雲意還又沈沈韻翠藤共讀閒穿徑竹句漸笑語讀驚起卧沙禽韻野老林泉句故王臺榭句呼唤登臨韻　南去北來何事句蕩湘雲楚水句目極傷心韻朱户粘雞句金盤簇燕句空歎時序侵尋韻記曾共讀西樓雅集句想垂柳讀還嫋萬絲金韻待得歸鞍到時句只怕春深韻

此調押平聲韻者以此詞爲正體,王沂孫詞五首,張炎詞三首及周密、詹正詞,俱如此填。若李詞之減字,劉詞之少押一韻、句讀小異,皆變格也。

按,張炎詞前段第三句"雅志可閒時","雅"字仄聲;周密詞第五句"茂陵煙草","茂"字仄聲,"煙"字平聲;張詞第六句"忽見倒影凌空","倒"字仄聲;尹濟翁詞第七句"草草又、一番春夢",下"草"字、"一"字俱仄聲,"春"字平聲;張詞第八句"想時將、漁笛静中吹","將"字平聲;後段第一句"樹挂珊瑚冷月","樹"字仄聲;第二、三句"歎玉奴妝褪,仙椽詩慳","玉"字仄聲,"仙"字平聲;周詞第五句"故園心眼","故"字仄聲,"心"字平聲;尹詞第六句"物華冉冉都休","物"字、上"冉"字俱仄聲;周詞第七句"最負他、秦鬟妝鏡","負"字仄聲,"妝"字平聲;張詞第八句"聚萬景、只在此山中","萬"字、"只"字俱仄聲;又"好襟懷、初不要人知","懷"字平聲;第九句"長日一簾芳草","長"字平聲,"一"字仄聲,"芳"字平聲。譜内可平可仄據此,餘參李、劉二詞。

**又一體**　雙調一百七字,前段十一句五平韻,後段十句四平韻。

李彭老

過薔薇韻正風暄雲淡句春去未多時韻古岸停橈句單衣試酒句滿眼芳草斜暉韻故人老讀

經年賦别句燈暈裏讀相對夜何其韻泛剡清愁句買花芳事句一卷新詩韻　　流水孤帆漸遠句想家山猿鶴句喜見重歸韻北阜尋幽句青津問釣句多情楊柳依依韻最難忘讀吟邊舊雨句數菖蒲老是來期韻幾夕相思夢蝶句飛繞蘋溪韻

此與姜詞同,惟後段第八句減一字異。

**又一體**　雙調一百八字,前段十一句四平韻,後段十句四平韻。

劉天迪

擁孤衾句正朔風凄緊句氈帳夜驚寒韻春夢無憑句秋期又誤句迢遞煙水雲山韻斷腸處讀黄茅瘴雨句恨驄馬讀憔悴只空還韻揉翠盟孤句啼紅怨切句暗老朱顔韻　　堪歎揚州十載句甚倡條冶葉句不省春殘韻蔡琰悲笳句昭君怨曲句何預當日悲歡韻漫嬴得讀西鄰倦客句空惆悵讀今古上眉端韻夢破梅花句角聲又報更闌韻

此亦與姜詞同,惟前段起句不用韻,後段結句作四字一句、六字一句異。

**又一體**　雙調一百八字,前段十一句四仄韻,後段十句五仄韻。

《樂府雅詞》無名氏

斷雲漏日句青陽布句漸入融和天氣韻糝綴夭桃句金妝垂柳句妝點亭臺佳致韻曉露染讀風裁雨暈句是絶豔讀偏稱化工美韻向此際會句未教一萼句紅開鮮蕊韻　　迤邐漸成春意韻放妖容秀色句天真難比韻香上蜂須句粉沾蝶翅句忍把芳心縈碎韻爭似便讀移歸深院句將緑蓋青幃護風裏韻恁時節句占斷與讀偎紅倚翠韻

此調押仄聲韻者衹有此詞,見《雅詞》拾遺,係北宋人作,與姜詞押平韻者不同,採入以備一體。

## 奪錦標三體

調見《古山詞》。白樸詞名《清溪怨》。

**奪錦標**　雙調一百八字,前段十句四仄韻,後段十句五仄韻。

張　埜

凉月横舟句銀潢浸練句萬里秋容如拭韻冉冉鸞驂鶴馭句橋倚高寒句鵲飛空碧韻問歡情幾許句早收拾讀新愁重織韻恨人間讀會少離多句萬古千秋今夕韻　　誰念文園病客韻夜色沈沈句獨抱一天岑寂韻忍記穿針亭榭句金鴨香寒句玉徽塵積韻憑新凉半枕句又依約讀行雲消息韻聽窗前讀淚雨浪浪句夢裏簷聲猶滴韻

此調以此詞爲正體,若白詞之少押一韻,滕詞之減字,皆變格也。

按，王惲詞前段第二句“會稽旁帶”，“會”字仄聲，“旁”字平聲；第四句“碧草莫傷春浦”，“莫”字仄聲，“春”字平聲；第八句“望雲霓、苦思休息”，“苦”字仄聲；後段第三句“盡慰元郎行色”，“元”字平聲；第四句“鏡水緑通朱閣”，“緑”字仄聲。譜内可平可仄據此，餘參所採二詞。

**又一體**　雙調一百八字，前後段各十句四仄韻。

白　樸

孤影長嗟句憑高眺遠句落日新亭西北韻幸有山河在眼句風景留人句楚囚何泣韻盡紛華蝸角句算都輸讀林泉閒適韻澹悠悠讀流水行雲句任我平生蹤跡韻　誰念江州司馬句淪落天涯句青衫未免沾濕韻夢裏封龍舊隱句經卷琴囊句酒樽詩筆韻對中天涼月句且高歌讀徘徊今夕韻隴頭人讀應也相思句萬里梅花消息韻

此與張詞同，惟换頭句不押韻異。

**又一體**　雙調一百六字，前段十句五仄韻，後段十句四仄韻。

滕應賓

老氣盤空句才名蓋世句萬里西風行色韻人物中朝第一韻司馬題橋句班超投筆韻記承流宣化句早威聲讀先馳殊域韻看吟鞭讀笑指關河句歷歷當年曾識韻　自古人心忠義句白水朝東句衆星拱極韻銅柱無端隔斷句瘴雨蠻煙句天南地北韻莫回瞻丹闕句捧紅雲讀金泥香屑韻願明年讀歸對大廷句細説安邊良策韻

此亦與張詞同，惟前段第四句押韻，後段第三句減二字異。

## 菩薩蠻一體

調見鳳林書院元詞。一名《菩薩蠻引》，與《菩薩蠻》令詞不同。

**菩薩蠻慢**　雙調一百八字，前後段各十一句五仄韻。

羅志仁

曉鶯催起韻問當年秀色句爲誰料理韻悵别後讀屏掩吴山句便樓燕月寒句鬢蟬雲委韻錦字無憑句付銀燭讀盡燒千紙韻對寒泓静碧句又把去鴻句往恨都洗韻　桃花自貪結子韻道東風有意句吹送流水韻漫記得當年句心嫁卿卿句是日暮天寒句翠袖堪倚韻扇月乘鸞句盡夢隔讀嬋娟千里韻倒嗔人讀從今不信句畫簷鵲喜韻

此詞句讀、押韻與《解連環》調同，所異者，惟後段第四句多二字耳。因《解連環》無添字之例，故不類列。

## 杜韋娘二體

唐《教坊記》有杜韋娘曲，劉禹錫詩“春風一曲杜韋娘”是也。宋人借舊曲名，另翻慢詞。

**杜韋娘** 雙調一百九字，前段九句四仄韻，後段十句五仄韻。

杜安世

暮春天氣句鶯兒燕子忙如織韻間嫩葉讀枝亞青梅小句乍遍水讀新萍圓碧韻初牡丹謝了句秋千搭起句垂楊暗鎖深深陌韻暖風輕句盡日閒把讀榆錢亂擲韻　恨寂寂韻芳容衰減句頓攲玳枕困無力韻爲少年讀狂蕩恩情薄句尚未有讀歸來消息韻想當初鳳侶鴛儔句唤作平生句更不輕離拆韻倚朱扉句淚眼滴損讀紅綃數尺韻

此調祇有杜詞及無名氏詞兩體，故可平可仄悉參無名氏詞句讀同者。

**又一體** 雙調一百九字，前後段各十句五仄韻。

《樂府雅詞》無名氏

華堂深院句霜籠月彩生寒暈韻度翠幄讀風觸梅香噴韻漸歲晚讀春光將近韻惹離恨萬種句多情易感句歡難聚少愁成陣韻擁紅爐句鳳枕慵攲句銀燈挑盡韻　當此際句爭忍前期後約句度歲無憑準韻對好景讀空積相思恨韻但自覺讀懨懨方寸韻擬蠻箋象管句丹青好手句寫出寄與伊教信韻盡千工萬巧句唯有心期難問韻

此詞與杜詞校，押韻不同，後段句法互異，採入以備一體。

## 無愁可解二體

調見東坡詞，自序云：“花日新作越調《解愁》，洛陽劉几伯壽，聞而悦之，爲作俚語詩，天下傳詠，以爲幾於達者。龍丘子笑之，此雖免乎愁，猶有所解也者。夫游於自然，而托之於不得已，人樂亦樂，人愁亦愁，彼且烏乎解哉？乃反其詞，作《無愁可解》。”

**無愁可解** 雙調一百九字，前後段各十句六仄韻。

蘇　軾

光景百年句看便一世韻生來不識愁味韻問愁何處來句更開解箇甚底韻萬事從來風過耳

韻又何用讀著在心裏韻你唤做讀展却眉頭句便是達者句也則恐未韻　　此理韻本不通言句何曾道讀歡遊勝如名利韻道則渾是錯句不道如何即是韻這裏元無我與你韻甚唤做讀物情之外韻若須待醉了句方開解時句問無酒讀怎生醉韻

此調蘇詞外衹有無名氏詞可校。

**又一體**　雙調一百十二字,前後段各十句五仄韻。

《鳴鶴餘音》無名氏

返照人間句忙忙劫劫韻晝夜辛苦無歇韻大都能幾許句這百年讀又如春雪韻可惜天真逐愛欲句似傀儡讀被他牽拽韻暗悲嗟讀苦海浮生句改頭换面句看何時徹韻　　聽説韻古往今來名利客句今衹有讀兔蹤狐穴韻六朝並五霸句盡輸他讀雲水英傑韻一味真慵爲伴侶句養浩然讀歲寒清節韻這些兒讀冷淡生涯句與誰共賞句有松窗月韻

此詞與蘇詞校,前後段第五句各添一字,俱不押韻,又後段第二、三句添一字攤破句法作七字兩句,第八、九、十句作四字三句異。

## 過秦樓一體

調見《樂府雅詞》,李甲作,因詞有“曾過秦樓”句,取以爲名。

**過秦樓**　雙調一百九字,前段十一句五平韻,後段十一句四平韻。

李　甲

賣酒壚邊句尋芳原上句亂花飛絮悠悠韻已蝶稀鶯散句便擬把長繩句繫日無由韻漫道莫忘憂韻也徒將讀酒解閒愁韻正江南春盡句行人千里句蘋滿汀洲韻　　有翠紅徑裏讀盈盈侶句簇芳茵禊飲句時笑時謳韻當暖風遲景句任相將永日句爛熳狂遊韻誰信盛狂中句有離情讀忽到心頭韻向尊前擬問句雙燕來時句曾過秦樓韻

此調押平韻者衹有此詞,無别首宋詞可校。

《片玉集》以周邦彦《選官子》詞刻作《過秦樓》,各譜遂名周詞爲仄韻《過秦樓》,不知《選官子》調,其體不一,應以周詞編入《選官子》調内,不得以仄韻《過秦樓》另分一體。

## 江城子慢二體

調見吕渭老集。蔡松年詞名《江神子慢》,與《江城子》令詞不同。

**江城子慢** 雙調一百九字，前段九句七仄韻，後段九句六仄韻。

吕渭老

新枝媚斜日韻花徑霽讀晚碧泛紅滴韻近寒食韻蜂蝶亂讀點檢一城春色韻倦遊客韻門外昏鴉啼夢破句春心似讀遊絲飛遠碧韻燕子又語斜簷句行雲自没消息韻　當時烏絲夜語句約桃花時候句同醉瑶瑟韻甚端的韻看看是讀榆莢楊花飛擲韻怎忘得韻斜倚紅樓回淚眼句天如水讀沈沈連翠璧韻想伊不整啼妝影簾側韻

此調衹有蔡松年詞可校。

**又一體** 雙調一百十字，前後段各九句七仄韻。

蔡松年

紫雲點楓葉韻崖樹小讀婆娑歲寒節韻占高潔韻纖苞暖讀釀出梅魂蘭魄韻照濃碧韻茗盌添春花氣重句芸窗晚讀濛濛浮霽月韻小眠鼻觀先通句廬山舊夢清絶韻　蕭閒平生淡泊韻獨芳温一念句猶未衰歇韻種種陳跡韻而今老讀但覓茶煙禪榻韻寄閒寂韻風外天花無夢也句鴛鴦債讀從渠千萬劫韻夜寒回施幽香與愁客韻

此與蔡詞同，惟换頭句押韻，第四句添一字異。

江南春慢一體

吴文英自度曲，注小石調。

**江南春慢** 雙調一百九字，前段十句五仄韻，後段十一句六仄韻。

吴文英

風響牙籤句雲寒古硯句芳銘猶在棠笏韻秋牀聽雨句妙謝庭讀春草吟筆韻城市喧鳴轍韻清溪上讀小山秀潔韻便向此讀搜松訪石句葺屋營花句紅塵遠避風月韻　瞿塘路句隨漢節韻記羽扇綸巾句氣凌諸葛韻青天萬里句料漫憶讀蒓絲鱸雪韻車馬從休歇韻榮華夢讀醉歌耳熱韻真箇是讀天與此翁句芳芷嘉名句紉蘭佩兮瓊玦韻

此係夢窗自度腔，無别詞可校。

冒馬索一體

調見《梅苑》。

**罥馬索**　雙調一百九字，前段九句四仄韻，後段十一句五仄韻。

《梅苑》無名氏

曉窗明句庭外寒梅向殘月韻吴溪庾嶺句一枝偷把陽和泄韻冰姿素豔句自然天賦句品格真香殊常别韻奈北人讀不識南枝句唤作臘前杏先發韻　奇絶韻照溪臨水句素禽飛下句玉羽瓊芳鬭清潔韻懊恨春來何晚句傷心鄰婦爭先折韻多情立馬句待得黄昏句疏影斜斜微酸結韻恨馬融讀一聲羌笛起處句紛紛落如雪韻

《花草粹編》載此詞，後段第五、六句作"懊恨春工來何晚，傷臨媚眉先折"，今從《梅苑》本訂正。其平仄無他詞可校。

## 八寶妝二體

仇遠詞名《八寶玉交枝》，與《新雁過妝樓》别名《八寶妝》者不同。

**八寶妝**　雙調一百十字，前段十句四仄韻，後段九句五仄韻。

李　甲

門掩黄昏句畫堂人寂句暮雨乍收殘暑韻簾卷疏星庭户悄句隱隱嚴城鍾鼓韻空階煙暝句半開斜月朦朧句銀河澄淡風悽楚韻還是鳳樓人遠句桃源無路韻　惆悵夜久星繁句碧雲望斷句玉簫聲在何處韻念誰伴讀茜裙翠袖句共携手讀瑶臺歸去韻對修竹讀森森院宇韻曲屏香暖凝沈炷韻問對酒當歌句情懷記得劉郎否韻

此調祇有仇遠詞可校。

**又一體**　雙調一百十字，前段十句五仄韻，後段九句七仄韻。

仇　遠

滄島雲連句緑瀛秋入句暮景却沈洲嶼韻無浪無風天地白句聽得潮生人語韻擎空孤柱韻翠倚高閣凭虚句中流蒼碧迷煙霧韻惟見廣寒門外句青無重數韻　不知是水是山句不知是樹韻漫漫知是何處韻倩誰問讀凌波輕步韻漫凝睇讀乘鸞秦女韻想庭曲讀霓裳正舞韻莫須長笛吹愁去韻怕唤起魚龍句三更噴作前山雨韻

此與李詞同，惟前段第六句，後段第二句、第四句俱押韻異。

## 疏影五體

姜夔自度仙吕宫曲。張炎詞詠荷葉，易名《緑意》；彭遠遜詞有"遺佩環浮沈澧浦”句，名《解佩環》。

**疏影** 雙調一百十字，前段十句五仄韻，後段十句四仄韻。

姜　夔

苔枝綴玉韻有翠禽小小句枝上同宿韻客裏相逢句籬角黄昏句無言自倚修竹韻昭君不慣龍沙遠句但暗憶讀江南江北韻想佩環讀月夜歸來句化作此花幽獨韻　猶記深宫舊事句那人正睡裏句飛近蛾緑韻莫似春風句不管盈盈句早與安排金屋韻還教一片隨波去句又却怨讀玉龍哀曲韻等恁時讀重覓幽香句已入小窗横幅韻

此調以此詞爲正體，若陳允平、張炎、張翥詞之押韻不同、句讀互異，皆變格也。

按，周密詞前段第三句“一花初發”，“一”字仄聲；趙以夫詞第七句“玉仙緩轡江城路”，“玉”字仄聲；王沂孫詞“離魂分破東風恨”，“分”字平聲；趙以夫詞第八句“全不羨、揚州東閣”，“全”字平聲；第九句“似天教、瑶佩瓊裾”，“天”字平聲；趙文詞第十句“寂歷如聞幽咽”，“如”字平聲；吴文英詞後段第五句“圖入凌煙”，“圖”字平聲；第七句“相將初識紅鹽味”，“初”字平聲；趙以夫詞第九句“醉歸來、夢斷西窗”，“歸”字平聲；王沂孫詞“早又是、翠陰蒙茸”，“是”字仄聲。譜内可平可仄據此，餘參所採四詞。

張詞前段第三句“千峰獨立”，“獨”字入聲；又一首後段第三句“獨抱孤潔”，“獨”字入聲，此皆以入作平，不注可仄。

彭元遜詞後段起句“日晏山深聞笛”，“日”字以入作平，“聞”字平聲，與諸家不同，譜内不注可平可仄。

**又一體** 雙調一百十字，前段九句五仄韻，後段十句四仄韻。

張　炎

柳黄未結韻放嫩晴讀銷盡斷橋殘雪韻隔水人家句渾是花陰句曾醉好春時節韻輕車幾度新堤曉句想如今讀燕鶯猶説韻縱豔遊讀得似當年句早是舊情都别韻　重到翻疑夢醒句弄泉試照影句驚見華發韻却笑歸來句石老雲荒句身世飄然一葉韻閉門約住青山色句自容與讀吟窗清絶韻怕夜寒吹到梅花句休卷半簾明月韻

此與姜詞同，惟前段第二、三句作九字一句異。又一首後段第二句“怕飛去、漫綰留仙裙摺”亦作九字句，注明不另列。

**又一體** 雙調一百十字，前後段各十句四仄韻。

陳允平

千峰玉立句送孤雲伴我句羅村清宿韻拂曉憑虚句春碧生寒句夜單瘦倚筇竹韻東風不解吹愁醒句但芳草讀溪城南北韻認霧鬟讀遥鎖修顰句眉嫵爲誰愁獨韻　江上輕鷗似識

句背昭亭兩兩句飛破晴渌韻一片蒼煙句隔斷家山句夢繞石窗蘿屋韻相看不厭朝還暮句算幾度讀赤闌干曲韻待倩詩讀收拾歸來句寫作卧遊屏幅韻

此亦與姜詞同,惟首句不押韻異。

**又一體** 雙調一百十字,前段十句四仄韻,後段十句五仄韻。

張 炎

雪空四野句照歸心萬里句千峰獨立韻身與天遊句一洗襟懷句海鏡倒湧秋白韻相逢懶問盈虧事句但脉脉讀此情何極韻是幾番讀飛蓋追隨句桂底露衣香濕韻　閒款樓臺夜色韻料水光未許句人世先得韻影裏分明句認得山河句一笑亂山横碧韻乾坤許大須容我句渾忘了讀醉鄉猶客韻待倩誰讀招下清風句共結歲寒三益韻

此與陳詞同,惟换頭句押韻異。按,張詞別首换頭"窺鏡娥眉淡抹。爲容不在貌,獨抱孤潔",多押一韻,正與此同。

**又一體** 雙調一百十字,前段十一句五仄韻,後段十句四仄韻。

張 翥

山陰賦客韻怪幾番睡起句窗影生白韻縹緲仙姝句飛下瑶臺句淡泞東風顔色韻微霜恰護朦朧月句更想像讀暝煙低隔韻恨翠禽啼處句驚殘一夜句夢雲無跡韻　惟有龍煤解染句數枝入畫裏句如印溪碧韻老樹枯苔句玉暈冰圍句滿幅寒香狼藉韻墨池雪嶺春長好句悄不管讀小樓横笛韻怕有人讀誤認寒花句欲點曉來妝額韻

此亦姜詞體,惟前結攤破句法作五字一句、四字兩句異。按,南曲黄鍾宫《疏影》調正照此填。

## 大聖樂三體

《宋史・樂志》道調宫。此調有平韻、仄韻兩體。平韻者見《順齋樂府》,仄韻者見《蕢洲漁笛譜》。

**大聖樂** 雙調一百十字,前段十一句一叶韻三平韻,後段十一句四平韻。

康與之

千朵奇峰句半軒微雨句曉來初過叶漸燕子讀引教雛飛句菡萏暗薰芳草句池面凉多韻淺斟瓊卮浮緑蟻句展湘簟讀雙紋生細波韻輕紈舉句動團圞素月句仙桂婆娑韻　臨風對月恣樂句便好把讀千金邀豔娥韻幸太平無事句擊壤鼓腹句携酒高歌韻富貴安居句功名天賦句爭奈皆由時命呵韻休眉鎖句問朱顔去了句還更來麽韻

此調押平聲韻者衹有此詞，前段第三句叶一仄韻，以下皆押平韻。如蔣捷詞"笙月凉邊，翠翹雙舞，壽仙曲破"，亦叶仄韻，正與此同。

按，蔣詞後段第二句"記曾趁、雷志飛快梭"，"曾"字平聲；第四句"撫松采菊"，"松"字平聲；第八句"淡處還他滋味多"，"淡"字仄聲。譜内可平可仄據此，惟前段第八句"展一笑、微微紅透渦"，"一"字入聲；後段第十句"有碧荷貯酒"，"碧"字入聲，此皆以入作平，不注可仄。

**又一體** 雙調一百八字，前段十一句四仄韻，後段九句五仄韻。

周　密

虹雨霓風句翠縈蘋浦句錦翻葵徑韻正小亭曲沼幽深句冰簟沁肌句催覺緑窗人静韻暗憶蘭湯初洗罷句襯碧霧讀籠綃垂蕙領韻輕妝了句嫋花侵絳縷句香滿鸞鏡韻　人間午遲漏永韻看雙燕讀將雛穿藻井韻喜玉壺無暑句凉涵荷氣句波摇簾影韻畫舫西湖渾如舊句又菰冷蒲香驚夢醒韻歸舟晚句聽誰家讀紫簫聲近韻

此調押仄聲韻者衹有周詞及張詞，故可平可仄，悉參張詞。

此詞校平韻詞减二字，句讀亦小異。

**又一體** 雙調一百十字，前段十一句五仄韻，後段九句六仄韻。

張　炎

隱市山林句傍家池館句頓成佳趣韻是幾番讀臨水看雲句就樹攬香句詩滿闌干横處韻翠徑小車行花影句聽一片讀春聲人笑語韻深亭宇韻對清晝漸長句閒教鸚鵡韻　芳情緩尋細數韻愛碧草如煙花自雨韻任燕來鶯去句香凝翠暖句歌酒清時鍾鼓韻二十四簾冰壺裏句有誰在讀簫臺猶醉舞韻吹笙侣韻倚高寒讀半天風露韻

此詞與周詞校，前段第九句、後段第八句俱押韻，後段第五句添二字作六字句異。

## 高山流水一體

調見《夢窗詞》，吴文英自度曲，贈丁基仲妾作也。妾善琴，故以《高山流水》爲調名。

**高山流水** 雙調一百十字，前段十句六平韻，後段十一句六平韻。

吴文英

素弦一一起秋風韻寫柔情讀多在春葱韻徽外斷腸聲句霜霄暗落驚鴻韻低顰處讀剪緑裁紅韻仙郎伴句新製還賡舊曲句映月簾櫳韻似名花並蒂句日日醉春濃韻　吴中韻空傳有西子句應不解讀换徵移宫韻蘭蕙滿襟懷句唾碧總噴花茸韻後堂深讀想費春工韻客愁

重句時聽蕉寒雨碎句淚濕瓊鍾韻恁風流也句稱金屋讀貯嬌慵韻

此調文英自製，無别首宋詞可校，其平仄當從之。

## 慢卷紬二體

柳永《樂章集》注夾鍾商。

**慢卷紬**　雙調一百十一字，前段十三句四仄韻，後段十一句五仄韻。

柳　永

閒窗燭暗句孤幃夜永句欹枕難成寐韻細屈指尋思句舊事前歡句都來未盡句平生深意韻到得如今句萬般追悔句空只添憔悴韻對好景良宵句皺著眉兒句成甚滋味韻　紅茵翠被韻當時事讀一一堪垂淚韻怎生得依前句似恁偎香倚暖句抱著日高猶睡韻算得伊家句也應隨分句煩惱心兒裏韻又爭似從前句澹澹相看句免恁縈繫韻

此調柳詞外祇有李甲詞可校。

**又一體**　雙調一百十字，前段十二句四仄韻，後段十二句五仄韻。

李　甲

絶羽沈鱗句埋香葬玉句杳杳悲前事韻對一盞寒燈句數點流螢句悄悄畫屏句巫山十二韻舜臉星眸句蕙情蘭性句一旦成流水韻縱有甘泉妙手句鴻都方士何濟韻　香閨寶砌韻臨妝處讀迤邐苔痕翠韻更不忍看伊句繡殘鴛侶句而今尚有句啼紅粉漬韻好夢不來句斷雲飛去句黯黯情無際韻漫飲盡香醪句奈向愁腸句消遣無計韻

此詞與柳詞校，前結減一字攤破句法作六字兩句；後段第四、五句攤破句法作四字三句異。

## 選冠子十六體

一名《選官子》。曹勛詞名《轉調選冠子》，魯逸仲詞名《惜餘春慢》，侯寘詞名《蘇武慢》，一名《仄韻過秦樓》。

**選冠子**　雙調一百十一字，前段十二句四仄韻，後段十一句四仄韻。

周邦彦

水浴清蟾句葉喧涼吹句巷陌雨聲初斷韻閒依露井句笑撲流螢句惹破畫羅輕扇韻人静夜久憑闌句愁不歸眠句立殘更箭韻歎年華一瞬句人今千里句夢沈書遠韻　空見説讀鬢

怯瓊梳句容銷金鏡句漸懶趁時匀染韻梅風地溽句虹雨苔滋句一架舞紅都變韻誰信無聊句爲伊才減江淹句情傷荀倩韻但明河影下句還看疏星幾點韻

此調以此詞爲正體，方、楊、陳俱有和詞，其餘或句讀小異，或添字，或減字，皆變格也。

此詞可平可仄悉參譜内所採諸詞，或有以入作平及平仄與諸家不同者，注明各詞之下，概不校注平仄。

**又一體** 雙調一百十一字，前段十二句四仄韻，後段十一句四仄韻。

蔡　伸

雁落平沙句煙籠寒水句古壘鳴笳聲斷韻青山隱隱句敗葉蕭蕭句天際暝鴉零亂韻樓上黄昏句片帆千里歸程句年華將晚韻望碧雲空暮句佳人何處句夢魂俱遠韻　憶舊遊讀邃館朱扉句小園香徑句尚想桃花人面韻書盈錦軸句恨滿金徽句難寫寸心幽怨韻兩地離愁句一尊芳酒凄凉句危闌倚遍韻盡遲留讀憑仗西風句吹乾淚眼韻

此詞與周詞校，前後段第七句作四字句，第八句作六字句，又後結作七字一句、四字一句異。

**又一體** 雙調一百十一字，前段十二句四仄韻，後段十一句四仄韻。

吴文英

藻國凄迷句麴瀾澄映句怨入粉煙藍霧韻香籠麝水句膩漲紅波句一鏡萬妝爭妒韻湘女歸魂句佩環玉冷無聲句凝情誰訴韻又江空月墮句凌波塵起句彩鴛愁舞韻　還暗憶讀鈿合蘭膏句絲牽瓊腕句見的更憐心苦韻玲瓏翠幄句輕薄冰綃句穩倩錦雲留住韻生怕哀蛩句早驚秋破紅衰句淚珠零露韻耐西風老盡句羞趁東風嫁與韻

此與蔡詞同，惟後結五字一句、六字一句，仍照周詞填。

**又一體** 雙調一百十一字，前段十二句四仄韻，後段十一句四仄韻。

曹　勛

細柳排空句高榆擁岸句乍覺楚天秋意韻凉隨夜雨句望極長淮句孤館漫成留滯韻天淨無雲句浪痕清影句窗户閒臨煙水韻歎驅馳塵事句殊喜蕭散句暫來閒適韻　常念想讀聖主垂衣句臨朝北顧句泛遣聊寬憂寄韻輶軒載攬句虎節嚴持句談笑挂帆千里韻憑仗皇威句濫陪樞筦句一語折冲遐裔韻待歸來讀瞻對天顔句須知有喜韻

此與蔡詞同，惟前後段第八、九句攤破句法作四字一句、六字一句異。

後段第二句“北”字以入作平，不注可仄。

**又一體** 雙調一百十三字，前後段各十二句四仄韻。

魯逸仲

弄月餘花句團風輕絮句露濕池塘春草韻鶯鶯戀友句燕燕將雛句惆悵睡殘清曉韻還是初

相見時句攜手旗亭句酒香梅小韻向登臨長是句傷春滋味句淚彈多少韻　因甚却讀輕許風流句終非長久句又説分飛煩惱韻羅衣瘦損句繡被香消句那更亂紅如掃韻門外無窮路岐句天若有情句和天須老韻念高唐歸夢句凄凉何處句水流雲繞韻

此與周詞同,惟後段添二字作四字兩句異。

**又一體** 雙調一百十三字,前段十一句四仄韻,後段十二句四仄韻。

張景修

嫩水拖藍句遥堤影翠句半雨半煙橋畔韻鳴禽弄舌句夢草縈心句偏稱謝家池館韻紅粉牆頭句步摇金縷句纖柔舞腰低軟韻被和風讀搭在闌干句終日畫簾高卷韻　春易老讀細葉舒眉句輕花吐絮句漸覺緑陰成幔韻章臺繫馬句灞水維舟句誰念鳳城人遠韻惆悵故國陽關句杯酒飄零句惹人腸斷韻恨青青客舍句江頭風笛句亂雲空晚韻

此詞與魯詞校,前段第七句作四字句,第九句作六字句,又結作七字一句、六字一句異。

**又一體** 雙調一百十三字,前後段各十一句四仄韻。

《梅苑》無名氏

憔悴江山句凄涼古道句寒日淡煙殘雪韻行人立馬句手折江梅句紅萼素英初發韻月下瑶臺句弄玉飛瓊句不老年年春色韻被東君讀唤遣嬈紅句高韻且饒清白韻　因動感讀野水溪橋句竹籬茅舍句何似玉堂金闕韻天教占了句第一枝春句何處不宜風月韻休問庾嶺止渴句金鼎調羹句有誰如得韻傲冰霜讀雅態清香句花裏自稱三絶韻

此詞與魯詞校,前段第四句作六字句,第六句作四字句,第七句作四字句,第九句作六字句,兩結俱作七字一句、六字一句異。又一首"庾嶺煙光"詞正與此同。

此詞及陳詞、曹詞後段第七句平仄與諸家不同,不參校入譜。

**又一體** 雙調一百十三字,前後段各十二句四仄韻。

陸　游

澹靄空濛句輕陰清潤句綺陌細塵初静韻平橋繫馬句畫閣移舟句湖水倒空如鏡韻掠岸飛花句傍簷新燕句都是學人無定韻歎連年戎帳句經春邊壘句暗凋顔鬢韻　空記憶讀杜曲池臺句新豐歌管句怎得故人音信韻羈懷易感句老伴無多句談塵久閒犀柄韻惟有翛然句筆牀茶竈句自適筍輿煙艇韻待緑荷遮岸句紅蕖浮水句更乘幽興韻

此與張詞同,惟前後段兩結俱作五字一句、四字兩句異。

按,侯寘"暗雨收梅"詞"况吟煙嘯月,彈絲吹竹,太平歌詠","看飛雲丹詔,行沙金勒,待公歸覲",兩結正與此同。

《鳴鶴餘音》馮尊師詞二十首,名《蘇武慢》,俱如此填。

**又一體** 雙調一百十三字，前段十二句四仄韻，後段十一句四仄韻。

虞　集

歸去來兮句昨非今是句惆悵獨悲奚語韻迷途未遠句晨景熹微句乃命僕夫先路韻風颺舟輕句候門童稚句此日再瞻衡宇韻酒盈尊句三徑雖荒句松菊宛然如故韻　聊寄傲讀與世相違句舊交俱息句更復駕言焉取韻琴書情話句尋壑經丘句倦鳥岫雲容與韻農人告我句有事西疇句孤櫂賦詩春雨韻但樂夫讀天命何疑句乘化任渠留去韻

此與陸詞同，惟前後段兩結俱作七字一句、六字一句異。

**又一體** 雙調一百十三字，前後段各十二句四仄韻。

陳允平

穀雨收寒句茶煙颺曉句又是牡丹時候韻浮龜碧水句聽鶴丹山句彩屋幔亭依舊韻和氣縹緲人間句滿谷紅雲句德星呈秀韻向東風種就句一庭蘭茁句玉香初茂韻　還遥想讀曲度嬌鶯句舞低輕燕句二十四簾芳晝韻清溪九曲句上巳風光句觴詠似山陰否韻翠閣凝清句正宜瀹茗銀罌句熨香金斗韻又雙鸞飛下句長生殿裏句賜薔薇酒韻

此詞與陸詞校，前段第七句添二字作六字句，第九句減二字作四字句，後段第八句添二字作六字句，第九句減二字作四字句異。

**又一體** 雙調一百十三字，前後段各十二句四仄韻。

陳允平

倦聽蛩砧句初抛鸞扇句隔浦亂鍾催晚韻湘蒲簟冷句楚竹簾稀句窗下乍聞裁剪韻倦柳拖煙句枯蓮蘸水句芙蓉翠深紅淺韻對半牀燈火句虚堂凄寂句近書思遍韻　夜漏永讀玉宇塵收句銀河光爛句夢斷楚天空遠韻婆娑月樹句縹緲仙香句身在廣寒宫殿韻無奈離愁亂織句藉酒消磨句倩花排遣韻漸江空霜曉句黄蘆漠漠句一聲來雁韻

此與陸詞同，惟後段第七句添二字作六字句，第九句減二字作四字句異。

**又一體** 雙調一百十四字，前段十一句四仄韻，後段十二句四仄韻。

虞　集

雲淡風輕句傍花隨柳句將謂少年行樂韻高閣林間句小車城裏句千古太平西洛韻瞻彼泱泱句言思君子句流水儼然如昨韻但清遊讀天際輕陰句未便暮愁離索韻　長記得讀童冠相隨句浴沂歸去句吟詠鳶飛魚躍韻逝者如斯句吾衰甚矣句調理自存斟酌韻清廟朱絲句舊堂金石句隱几似聞更作韻農人告我句有事西疇句窈窕挂書牛角韻

此與"歸去來兮"詞同,惟後段第十句添一字作四字兩句異。

此詞前後段第四、五句,第七、八句平仄與諸家不同,張雨詞亦然。

**又一體**　雙調一百十三字,前段十一句四仄韻,後段十二句五仄韻。

張　雨

清露晨流句新桐初引句消受北窗凉曉韻經卷熏爐句筆牀茶具句長物任他圍繞韻老子無情句年光有限句只似木人花鳥韻擬凝雲讀數朵奇峰句曾見漢唐池沼韻　還自笑韻老學蟫魚句金題玉躞句書裏也容身了韻阿對泉頭句布衣無恙句占斷雨苔風篆韻獨鶴歸來句西山缺處句掠過亂鴉林表韻撫琴心讀三疊胎仙句坐到月高山小韻

此與虞詞同,惟换頭句藏短韻異。

**又一體**　雙調一百七字,前段十二句四仄韻,後段十一句四仄韻。

吕渭老

雨濕花房句風斜燕子句池閣晝長春晚韻檀盤戰象句寶局鋪棋句籌畫未分還懶韻誰念少年句齒怯梅酸句病疏霞盞韻正青錢遮路句緑絲明水句倦尋歌扇韻　空記得讀小閣題名句紅箋親製句燈火夜深裁剪韻明眸似水句妙語如弦句不覺曉霜雞唤韻聞道近來句箏譜慵看句金鋪長掩韻瘦一枝梅影句回首江南路遠韻

此與周詞同,惟前後段第七句各減二字作四字句異。

後段第十句"一"字以入作平,不注可仄。

**又一體**　雙調一百九字,前後段各十二句四仄韻。

張　肎

嫋嫋芙蕖句平鋪斷港句路入錦雲處韻香浮緑水句浪卷晴舟句宛在翠紅香裏韻湘妃餘酣未醒句擁蓋藏羞句含嬌欲語韻想凌波塵遠句遥鳴佩句風飄黯綺韻　望中宛似若耶溪句隔水只欠句小艇採蓮女韻最憐芳意句佳藕難尋句腸斷寸絲千縷韻葉老房空句漫嗟此際句一點春心更苦韻且休歌水調句恐驚起句文鴛雙侣韻

此即一百一十三字魯詞體,前後段第三句、第十一句各減一字異。

换頭句不作上三下四折腰句法,後段第七、八句俱四字,第九句六字,亦與魯詞不同。

前段第七句、後段第四句,第八、九句平仄與諸家不同,譜内亦不校注。

**又一體**　雙調一百十三字,前段十二句四仄韻,後段十一句四仄韻。

曹　勛

秀木撑空句凝雲藏岫句處處群山横翠韻霜風冽面句酒力潛銷句征轡暫指天際韻紅葉黄

花句水光山色句常愛曉雲晴霽韻念塵埃眯眼句年華易老句覺遠行非易韻　常自感讀羽客難尋句蓬萊難到句强作林泉活計韻魚依密藻句雁過煙空句家信漸遥千里韻還是關河冷落句斜陽衰草句葦村山驛韻又雞聲茅店句鴉啼露井重喚起韻

此見《松隱集》，别名《轉調選冠子》，採以備體，不參校入譜。

## 霜葉飛七體

調見《片玉集》，因詞有"素娥青女鬬嬋娟"句，更名《鬬嬋娟》。

**霜葉飛**　雙調一百十一字，前段十句六仄韻，後段十句五仄韻。

周邦彦

露迷衰草韻疏星挂句凉蟾低下林表韻素娥青女鬬嬋娟句正倍添凄悄韻漸颯颯讀丹楓撼曉韻横天雲浪魚鱗小韻見皓月相看句又透入讀清輝半晌句特地留照韻　迢遞望極關山句波穿千里句度日如歲難到韻鳳樓今夜聽西風句奈五更愁抱韻想玉匣哀弦閉了韻無心重理相思調韻念故人讀牽離恨句屏掩孤顰句淚流多少韻

此調以此詞爲正體，若方詞、張詞之減字，張詞别首之句讀小異，沈詞二首及黄詞之攤破句法，皆變格也。

前段起句，方、楊、陳和詞俱不押韻，吴文英詞"斷煙離緒"，"緒"字押韻，南宋人俱如此填。

前段第八句例作仄仄仄平平，方、楊、陳和詞皆然，惟譜内張炎二詞及沈詞獨異，故不校注入譜。

此詞可平可仄，悉參譜内所採諸詞，惟沈詞後段第二句"一"字入聲，張詞後段結句"一"字入聲，此皆以入作平，不注可仄。

**又一體**　雙調一百九字，前後段各十句五仄韻。

方千里

寒雲垂地句堤煙重句燕鴻初度江表韻露荷風柳向人疏句臺榭還清悄韻恨脉脉讀離情怨曉韻相思魂夢銀屏小韻奈倦客征衣句自遍拂塵埃句玉鏡羞照韻　無限静陌幽坊句追歡尋賞句未落人後先到韻少年心事轉頭空句况近春懷抱韻盡落葉紅英過了韻離聲慵整當時調韻問麗質讀從憔悴句消減腰圍句似郎多少韻

此和周詞，惟前段第一句不押韻，第九句減二字異。按，楊澤民和詞前起"溯風嚴緊，長空布，同雲低黯天表"，亦不押韻；前結"聽美人都驚，忽老盡群山，遠近相照"，亦減二字，正與此同。

**又一體**　雙調一百十一字，前段十句七仄韻，後段十句五仄韻。

張　炎

舊家池沼韻尋芳處句從教飛燕頻繞韻一灣柳護水房春句看鏡鸞窺曉韻暈宿酒讀雙蛾淡

掃韻羅襦飄帶腰圍小韻盡醉方歸去句又暗約讀明朝鬬草韻誰解先到韻　心緒亂若晴絲句那回游處句墜紅爭戀殘照韻近來心事漸無多句尚被鶯聲惱韻便白髮如今縱少韻情懷不似前時好韻漫佇立讀東風外句愁極還醒句背花一笑韻

此與周詞同,惟前段第九句押韻異。

**又一體** 雙調一百十字,前段十句六仄韻,後段十句五仄韻。

張　炎

故園空杳韻霜風勁句南塘吹斷瑶草韻已無清氣礙雲山句奈此時懷抱韻尚記得讀修門賦曉韻杜陵花竹歸來早韻傍雅亭幽榭句慣款語英遊句好懷無限歡笑韻　不見換羽移商句杏梁塵遠句可憐都付殘照韻坐中泣下最誰多句歎賞音人少韻悵一夜讀梅花頓老韻今年因甚無詩到韻待喚起清魂句説與凄凉句定應愁了韻

此與周詞同,惟後段第八句減一字,不作六字折腰句法異。

**又一體** 雙調一百十一字,前後段各十一句五仄韻。

沈　唐

霜林凋晚句危樓迥句登臨無限秋思韻望中閒想句洞庭波面句亂紅初墜韻更蕭索讀風吹渭水韻長安飛舞千門裏韻變景摧芳榭句唯賸有讀蘭衰暮叢句菊殘餘蕊韻　回念花滿華堂句美人一去句鎮掩香閨經歲韻又覩珠露句碎點蒼苔句敗梧飄砌韻漫贏得讀相思淚眼韻東君早作歸來計韻便莫惜讀丹青手句重與芳菲句萬紅千翠韻

此詞與周詞校,前後段第四、五句攤破句法作四字三句,前段起句不押韻異。

又,前段第十句平仄與諸家不同,不參校入譜。

**又一體** 雙調一百十一字,前後段各十一句五仄韻。

沈　唐

故宫秋晚句餘芳盡句輕陰閒淡池閣韻鳳泥銀暗句玳紋花卷句斷腸簾幕韻漸砌菊讀遺金謝却韻芙蓉纔共清霜約韻半弄蕊澄波句淺拂胭脂句翠瓊連並凋萼韻　應是曾倚東君句縱豔姿輕盈句映損丹杏紅藥韻旋成深妒句判與西風句任從開落韻況衰晚淵明意薄韻重陽羞對花吟酌韻待説與江梅句早傳粉匀香句慰伊蕭索韻

此與“霜林凋晚”詞同,惟後段第二句添一字,兩結句句讀亦小異。

**又一體** 雙調一百十二字,前段十句七仄韻,後段十一句六仄韻。

黄　裳

誰能留得年華住韻韶華今在何處韻萬林飛盡句但驚天籟句半空無數韻望消息讀霜催雁

過韻佳人愁起雲垂暮韻就繡幕讀紅爐去韻金鴨時飄異香句柳腰人舞韻　　休道行且分飛句還共樂一歲句見景長是歡聚韻大來芳意句既與名園句是花爲主韻翠娥並讀尊前笑語韻來年管取人如故韻向寂寞讀中先喜韻俄頃飛瓊句化成寰宇韻

此詞與"霜林凋晚"詞校，前段第一、二句作七字一句，不押韻，兩結各多押一韻，句讀亦小異。

## 五彩結同心二體

此調有平韻、仄韻兩體。平韻者見趙彦端《介庵詞》，仄韻者見《樂府雅詞》。

**五彩結同心** 雙調一百十一字，前後段各九句四平韻。

趙彦端

人間塵斷句雨外風回句涼波自泛仙槎韻非郭還非埜句閒鶯燕讀時傍笑語清佳韻銅壺花漏長如線句金鋪碎讀香暖簷牙韻誰知道讀東園五畝句種成國豔天葩韻　　主人漢家龍種句正翩翩迥立句雪紵烏紗韻歌舞承平舊句圍紅袖讀詩興自寫春華韻未知三斗朝天去句定何似讀鴻寶丹砂韻且一醉讀朱顏相慶句共看玉井浮花韻

此調押平韻者祇有此詞，無别首可校。

**又一體** 雙調一百十一字，前段九句五仄韻，後段九句六仄韻。

《樂府雅詞》無名氏

珠簾垂户韻金索懸窗句家接浣紗溪路韻相見桐陰下句一鈎月讀恰在鳳凰棲處韻素瓊碾就宫腰小句花枝嫋讀盈盈嬌步韻新妝淺讀滿腮紅雪句綽約片雲欲度韻　　塵寰豈能留住韻唯只愁化作句彩雲飛去韻蟬翼衫兒薄句冰肌瑩讀輕罩一團香霧韻彩箋巧綴相思苦韻脉脉動讀憐才心緒韻好作箇讀秦樓活計句要待吹簫伴侣韻

此調押仄韻者亦祇有此詞，無别首可校。

## 透碧霄三體

柳永《樂章集》注南吕宫。

**透碧霄** 雙調一百十二字，前段十二句六平韻，後段十二句五平韻。

柳　永

月華邊韻萬年芳樹起祥煙韻帝居壯麗句皇家熙盛句寶運當千韻端門清晝句觚稜照日句

雙闕中天韻太平時讀朝野多歡韻遍錦街香陌句鈞天歌吹句閬苑神仙韻　昔觀光得意句狂遊風景句再睹更精妍韻傍柳陰讀尋花徑句空恁嚲轡垂鞭韻樂遊雅戲句平康豔質句應也依然韻仗何人讀多謝嬋娟韻道宦途蹤跡句歌酒情懷句不似當年韻

此調始於此詞,應以此爲定格。若查詞之句讀小異,曹詞之句讀不同,皆變體也。

此詞可平可仄參校查詞,若曹詞自成一體,即不校注。

**又一體** 雙調一百十二字,前段十二句六平韻,後段十二句五平韻。

查　荎

檥蘭舟韻十分端是載離愁韻練波送遠句屏山遮斷句此去難留韻相從爭奈句心期久要句屢變霜秋韻歎人生讀杳似萍浮韻又翻成輕別句都將深恨句付與東流韻　想斜陽影裏句寒煙明處句雙槳去悠悠韻愛渚梅讀幽香動句須采擷讀倩纖柔韻豔歌粲發句誰傳餘韻句來説仙游韻念故人讀留此遐州韻但春風老後句秋月圓時句獨倚江樓韻

此與柳詞同,惟後段第五句作折腰句法異。

**又一體** 雙調一百十七字,前段十句六平韻,後段十三句六平韻。

曹　勛

閬苑喜新晴韻正桂華讀飄下太清韻寶篽涼秋句蓂祥明月句天開輔盈成韻宫闈女職遵慈訓句見海宇儀型韻奉東朝讀晨夕趨承韻化内外讀咸知柔順句已看彤管賦和平韻　宴坤寧韻香騰金猊句煙暖秘殿彩衣輕韻六樂絲竹句繞雲縈水句總按新聲韻天臨帝幄句親頒壽酒句恩意兼勤韻雁行綴讀宰府殊榮韻願萬億斯年句南山並永句坤厚贊堯明韻

此詞校柳詞添五字,句讀小異。《松隱集》中祇有此詞,無别首可校。

## 《御定詞譜》卷三十六 起一百十三字至一百二十五字

### 玉山枕一體

柳永《樂章集》注仙吕調。

**玉山枕** 雙調一百十三字,前後段各十一句五仄韻。

柳　永

驟雨新霽句蕩原野讀清如洗韻斷霞散彩句殘陽倒影句天外雲峰句數朵相倚韻露荷煙芰滿池塘句見次第讀幾番紅翠韻當是時讀河朔飛觴句避炎蒸句想風流堪繼韻　晚來高

樹清風起韻動簾幕讀生秋氣韻畫樓晝寂句蘭堂夜静句舞豔歌姝句漸任羅綺韻訟閒時泰足風情句便爭奈讀雅歌都廢韻省教成讀幾闋新歌句盡新聲句好尊前重理韻

此調衹有此詞，無别首宋詞可校。

此詞前後段結句俱作上一下四句法，填者辨之。

## 期夜月一體

《花草粹編》原注："樂部中，惟杖鼓鮮有能工之者。京師官妓楊素娥最工，劉濬酷愛之，作《期夜月》詞，素娥以此名動京師。"

**期夜月** 雙調一百十三字，前段十三句八仄韻，後段十二句六仄韻。

劉　濬

金鈎花綬繫雙月韻腰肢軟低折韻揎皓腕句縈繡結韻輕盈宛轉句妙若鳳鸞飛越韻無別韻香檀急扣轉清切韻翻纖手飄瞥韻催畫鼓句追脆管句鏘洋雅奏句尚與衆音爲節韻　當時妙選舞袖句慧性雅質句名爲殊絶韻滿座傾心注目句不甚窺回雪韻纖怯韻逡巡一曲霓裳徹韻汗透鮫綃濕韻教人與句傅香粉句媚容秀發句宛降蕊珠宫闕韻

《花草粹編》載此詞，後段脱第六句及結句，又第八句"汗透鮫綃濕"作"汗透鮫綃肌潤"，第九、第十句"教人與，傅香粉"作"教人傅香粉"一句，今照《詞緯》本校正。

此調衹有此詞，無别首宋詞可校。

## 輪臺子二體

柳永《樂章集》注中吕調。

**輪臺子** 雙調一百十四字，前段八句四仄韻，後段十一句六仄韻。

柳　永

一枕清宵好夢句可惜被讀鄰雞喚覺韻匆匆策馬登途句滿目淡煙衰草韻前驅風觸鳴珂句過霜林讀漸覺驚棲鳥韻冒征塵遠況句自古凄涼長安道韻　行行又歷孤村句楚天闊讀望中未曉韻念勞生讀惜芳年壯歲句離多歡少韻歎斷梗難停句暮雲漸杳韻但黯黯銷魂句寸腸憑誰表韻恁驅馳讀何時是了韻又爭似讀却返瑶京句重買千金笑韻

此詞見《樂章集》，宋人無填此體者，其平仄無可參校。

**又一體**　雙調一百四十字，前後段各十三句八仄韻。

柳　永

霧斂澄江句煙鎖藍光碧韻彤霞襯遥天句掩映斷續句半空殘壁韻孤村望處人寂寞韻聞釣叟讀甚處一聲羌笛韻九疑山畔纔雨過句斑竹作讀血痕添色韻感行客韻翻思故鄉句恨因循阻隔韻路久沈消息韻　　正老松枯柏青如織韻聞野猿啼讀愁聽得韻見釣舟初出句芙蓉渡頭句鴛鴦灘側韻干名利禄終無益韻念歲歲間阻句迢迢紫陌韻翠蛾嬌豔句從别經今句花開柳坼傷魂魄韻利名牽役韻又爭忍讀把光景抛擲韻

此詞《樂章集》不載，見《花草粹編》，與"一枕清宵"詞句讀不同，亦無别首宋詞可校。

## 沁園春七體

《金詞》注般涉調。《蔣氏十三調》注中吕調。張輯詞結句有"號我東仙"句，名《東仙》。李劉詞名《壽星明》，秦觀減字詞名《洞庭春色》。

**沁園春**　雙調一百十四字，前段十三句四平韻，後段十二句五平韻。

蘇　軾

孤館燈青句野店雞號句旅枕夢殘韻漸月華收練句晨霜耿耿句雲山擒錦句朝露漙漙韻世路無窮句勞生有限句似此區區長鮮歡韻微吟罷句憑征鞍無語句往事千端韻　　當時共客長安韻似二陸讀初來俱少年韻有筆頭千字句胸中萬卷句致君堯舜句此事何難韻用舍由時句行藏在我句袖手何妨閒處看韻身長健句但優遊卒歲句且鬬尊前韻

此調以此詞及賀詞爲正體，若葛詞、林詞之添字，張詞之襯字，李詞之減字，皆變格也。

此調前段第十一句、後段第十句例作平平仄，如李昴英之"又何須"，何夢桂詞之"奇絶處"，趙以夫詞之"太平也"，劉過詞之"誰羡汝"，及類列林詞之"動星象"，李詞之"願此去"，皆與調不合，譜内不校注平仄。

按，辛棄疾詞後段起句"更憑歌舞爲媒"，"更"字仄聲，"歌"字平聲；黄機詞第二句"爲小駐、壽君金叵羅"，"壽"字仄聲；張榘詞第三、四句"算支撑厦屋，正資梁棟"，"厦"字仄聲，"梁"字平聲；辛詞第五句"疏籬護竹"，"護"字仄聲；陸游詞第十一句"有灞橋煙柳"，"灞"字仄聲。譜内可平可仄據此，餘參類列四詞。

劉過詞前段第十句"濃抹淡妝臨鏡臺"，"淡"字仄聲；後段起句"白雲天竺去來"，"去"字仄聲；第七句"逋日不然"，"不"字仄聲，俱與諸家不同，譜内亦不校注。

**又一體**　雙調一百十四字，前段十三句四平韻，後段十三句六平韻。

賀　鑄

宫燭分煙句禁池開鑰句鳳城暮春韻向落花香裏句澄波影外句笙歌遲日句羅綺芳塵韻載

酒追遊句聯鑣歸晚句燈火平康尋夢雲韻逢迎處句最多才自負句巧笑相親韻　　離群韻客宦漳濱韻但驚見讀來鴻歸燕頻韻念日邊消耗句天涯悵望句樓臺清曉句簾幕黄昏韻無限悲凉句不勝憔悴句斷盡危腸銷盡魂韻方年少句恨浮名誤我句樂事輸人韻

此與蘇詞同，惟换頭句押短韻異。南北宋詞如此填者亦多。

**又一體**　雙調一百十六字，前段十三句四平韻，後段十三句六平韻。

葛長庚

黄鶴樓前句吹笛之時句先生朗吟韻想劍光飛過句朝遊南嶽句墨藍放下句夜醉東鄰韻鐺煮山川句粟藏世界句有明月清風知此音韻還應笑句笑釀成白酒句散盡黄金韻　　知音韻自有相尋韻休踏破葫蘆折斷琴韻唱白蘋紅蓼句廬山日暮句西風黄葉句渭水秋深韻三入岳陽句再遊湓浦句自一去悠悠直至今韻桃源路句盡不妨來往句時共登臨韻

此與賀詞同，惟前後段第十句各添一字異。按，葛詞别首前段第十句"上更有朱仙朝斗壇"，後段第十句"有桃李時新飣幾盤"，正與此同。

又，張先"心膂良臣"詞前段第十句添一字，後段第十句仍作七字句，與此詞又異，注明不另録。

**又一體**　雙調一百十六字，前段十三句四平韻，後段十二句五平韻。

林正大

子陵先生句故人光武句以道相忘韻幸炎符再握句六龍在御句看臣來億兆句陽德方剛韻自是先生句獨全高節句歸去江湖樂未央句動星象句披羊裘傲睨句人世軒裳韻　　高哉不事侯王韻愛此地讀山高水更長韻蓋先生心地句超乎日月句又誰如光武句器量包荒韻立懦廉頑句有功名教句萬世清風更激揚韻無今古句想雲山鬱鬱句江水泱泱韻

此亦與蘇詞同，惟前段第六句、後段第五句各添一字異。林詞三首皆然。

**又一體**　雙調一百十二字，前段十三句四平韻，後段十二句五平韻。

李　劉

玉露迎寒句金風薦冷句正蘭桂香韻覺秋光過半句日臨三九句葱葱佳氣句靄靄琴堂韻見説當年句申生穀旦句夢葉長庚天降祥韻文章伯句英聲早著句騰踏飛黄韻　　雙鳧暫駐東陽韻已種得讀春陰千樹棠韻有無邊風月句幾多事業句安排青瑣句入與平章韻百里民歌句一尊春酒句爭勸殷勤稱壽觴韻願此去句龜齡難老句長侍君王韻

此與蘇詞同，惟前段第十二句、後段第十一句各減一字異。按，韓玉"壯歲耽書"詞兩結"凄凉否，缾中匱粟，指下忘琴"，"掀髯笑，一杯有味，無事無心"，各減一字，正與此同。

**又一體**　雙調一百十五字，前後段各十二句四平韻。

秦　觀

宿靄迷空句膩雲籠日句晝景漸長韻正蘭泥皋潤句誰家燕喜句蜜脾香少句觸處蜂忙韻盡日無人簾幕挂句更風遞遊絲時過牆韻微雨後句有桃愁杏怨句紅淚淋浪韻　風流寸心易感句但依依佇立句回盡柔腸韻念小奩瑶鑒句重匀絳蠟句玉籠金斗句時熨沈香韻柳下相將遊冶處句便回首青樓成異鄉韻相憶事句縱鸞箋萬疊句難寫微茫韻

此亦《沁園春》調之一體，因秦觀、程垓、陸游、京鏜及《梅苑》無名氏詞，俱名《洞庭春色》，故另作一譜。

按，京鏜詞前段起句"命駕訪稽"，"訪"字仄聲；無名氏詞第三句"一枝乍芳"，"枝"字平聲；第四句，"向籬邊竹外"，"竹"字仄聲；陸游詞第六句"難如人意"，"難"字平聲；無名氏詞第八句"惹露和煙凝酥豔"，"酥"字平聲；第九句"似瀟灑玉人初試妝"，"玉"字仄聲；京詞第十一句"任春來桃李"，"桃"字平聲；無名氏詞後段第一句"倚樓最難忘處"，"倚"字仄聲，"忘"字平聲；京詞第四句"歎里門密邇"，"密"字仄聲；陸詞第五句"筆牀茶竈"，"筆"字仄聲，"茶"字平聲；第六、七句"閒聽荷雨，一洗衣塵"，"閒"字平聲，"一"字仄聲；無名氏詞第八句"休怪東君先留意"，"留"字平聲；京詞第九句"念此地徘徊誰似君"，"此"字仄聲。譜内可平可仄據此，餘參程詞。

**又一體**　雙調一百十三字，前段十二句四平韻，後段十一句四平韻。

程　垓

錦字親裁句淚巾偷裹句細説舊時韻記笑桃門巷句妝窺寶靨句弄花庭榭句香濕羅衣韻幾度相隨游冶去句任月細風尖猶未歸韻多少事句有垂楊眼見句紅燭心知韻　如今事都過也句但贏得雙鬢成絲韻歎半妝紅豆句相思有分句兩分青鏡句重合難期韻惆悵一春飛絮盡句夢悠揚讀教人分付誰韻銷魂處句又梨花雨暗句半掩重扉韻

此與秦詞同，惟後段第二句減二字異。按，《梅苑》無名氏詞換頭"倚樓最難忘處，正皓月千里流光"，又陸游詞"人間定無可意，怎換得玉膾絲蓴"，京鏜詞"因嗟錦城四載，漫贏得齒豁頭童"，正與此同。

## 丹鳳吟三體

調見《清真樂府》。

**丹鳳吟**　雙調一百十四字，前段十二句四仄韻，後段十一句五仄韻。

周邦彦

迤邐春光無賴句翠藻翻池句黄蜂遊閣韻朝來風暴句飛絮亂投簾幕韻生憎暮景句倚牆臨

岸句杏靨夭斜句榆錢輕薄韻晝永惟思傍枕句睡起無聊句殘照猶在庭角韻　　况是別離氣味句坐來便覺心緒惡韻痛饮澆愁酒句奈愁濃如酒句無計銷鑠韻那堪昏暝句蔌蔌半簷花落韻弄粉調朱柔素手句問何時重握韻此時此意句長怕人道著韻

此調以此詞爲正體，方、楊、陳俱有和詞，若吴詞之句讀小異，乃變格也。

張翥詞句讀不同，自成一體，譜内不校注平仄。

按，陳允平詞前段第七句"還思年少"，"還"字平聲；後段起句"過了幾番花信"，"花"字平聲；楊澤民詞第三句"雖有丁嚀語"，"雖"字平聲；陳詞第四句"把夭桃豔杏"，"豔"字仄聲；方千里詞第七句"匆匆坐驚摇落"，"匆匆"二字俱平聲。譜内可平可仄據此，餘參吴詞。

吴詞前段第三句"結"字入聲，第七句"刻"字入聲，第九句"索"字入聲，此皆以入作平，不注平仄。

**又一體**　雙調一百十四字，前段十二句四仄韻，後段十一句五仄韻。

吴文英

麗錦長安人海句避影繁華句結廬深寂韻燈窗雪户句光映夜寒東壁韻心凋鬢改句鏤冰刻水句縹簡離離句風籤索索韻怕遣花蟲蠹粉句自採秋芸熏架句香泛纖碧韻　　更上新梯窈窕句暮山澹著城外色韻舊雨江湖遠句問桐陰門巷句燕曾相識韻吟壺天小句不覺翠連雲隔韻桂斧月宫三萬手句記元和通籍韻軟紅滿路句誰聘幽素客韻

此與周詞同，惟前結作六字兩句、四字一句異。

**又一體**　雙調一百字，前段十句五仄韻，後段九句五仄韻。

張　翥

蓬萊花鳥韻計並宿苔枝句雙雙嬌小韻海上仙姝句唤起緑衣歌笑韻芳叢有時遣探句聽東風讀數聲啼曉韻月下人歸句凄凉夢醒句悵別多歡少韻　　念故巢讀猶在瘴雲杪韻甚閉入雕籠句庭院深悄韻信斷羈棲遠句鎮怨情縈繞韻翠襟近來漸短句看梅花讀又還開了韻縱解收香寄與句奈羅浮春杳韻

此與周詞句讀不同，因調名同，故爲類列。

此詞前後段兩結句及後段第五句例作上一下四句法，填者辨之。

## 紫萸香慢一體

調見鳳林書院元詞，姚雲文自度腔。因詞有"紫萸一枝傳賜"句，取以爲名。

**紫萸香慢**　雙調一百十四字，前段十句四平韻，後段十二句七平韻。

姚雲文

近重陽讀偏多風雨句絶憐此日暄明韻問秋香濃未句待携客句出西城韻正自羈懷多感句

怕荒臺高處句更不勝情韻向尊前讀又憶漉酒插花人句只座上讀已無老兵韻　凄清韻淺醉還醒韻愁不肯讀與詩平韻記長楸走馬句雕弓笮柳句前事休評韻紫萸一枝傳賜句夢誰到讀漢家陵韻盡烏紗讀便隨風去句要天知道句華髮如此星星韻歌罷涕零韻

此姚自製詞,無他詞可校。

## 瑶臺月三體

調見《梅苑》,《鳴鶴餘香》無名氏詞名《瑶池月》。

**瑶臺月** 雙調一百十四字,前段十三句六仄韻,後段十二句七仄韻。

《梅苑》無名氏

巖風凛冽句萬木凍句園林蕭静如洗韻寒梅占早句爭先暗吐香蕊韻逞素容讀探暖欺寒句偏妝點讀亭臺佳致韻通一氣句超群卉韻值臘後句雪清麗韻開筵共賞句南枝宴會韻好折贈讀東君驛使韻把隴頭信息遠寄韻遇詩朋酒侣句尊前吟綴韻且優遊讀對景歡娱句更莫厭讀陶陶沈醉韻羌管怨句瓊花墜韻結子用句調鼎餌韻將軍止渴句思得此味韻

此調以此詞爲正體,若葛詞及無名氏詞之各添短韻,皆變格也。

此詞可平可仄即參所採二詞句法同者。

**又一體** 雙調一百二十字,前段十四句八仄韻,後段十三句七仄韻。

葛長庚

煙霄凝碧韻問紫府清都句今夕何夕韻桐陰下句幽情遠與秋無極韻念陳跡讀虎殿虯宫句記往事讀龍簫鳳笛韻露華冷句蟾光白韻雲影淨句天籟息韻知得韻是蓬萊不遠句身無羽翼韻　廣寒宫讀舞徹霓裳句白玉臺讀歌罷瑶席韻爭不思下界句有人岑寂韻羨博望讀兩泛仙槎句與曼倩讀三偷桃實韻把丹鼎句暗融液韻乘雲氣句醉麾斥韻嗟惜韻但城南老樹句人誰我識韻

此詞與《梅苑》詞校,前段第二、三句作五字一句、四字一句,第四、五句作三字一句、七字一句,换頭句不押韻。又,兩結各添短韻,前段第十三句,後段第十二句,俱各添一字異。

**又一體** 雙調一百十八字,前段十四句八仄韻,後段十三句八仄韻。

《鳴鶴餘音》無名氏

扁舟寓興韻江湖上句無人知道名姓韻忘機對景句咫尺群鷗相認韻煙雨急讀一片篷聲句倚醉眼讀看山還醒韻晴雲斷句狂風信韻寒潭倒句遠峰影韻誰聽韻橫琴數曲句瑶池夜冷

韻　這些子讀名利休問韻況是物讀都歸幻境韻須臾百年夢句去來無定韻向嬋娟讀留住青春句笑世上讀風流多病韻蒹葭渚句芙蓉徑韻放侯印句趁漁艇韻爭甚韻須知九鼎句金砂如瑩韻

此與《梅苑》詞同,惟前後兩結各添二字短韻異。

## 宣清一體

柳永《樂章集》注林鍾宫。

**宣清**　雙調一百十五字,前段十一句四仄韻,後段十二句五仄韻。

柳　永

殘月朦朧句小宴闌珊句歸來輕寒凜凜韻背銀釭讀孤館乍眠句擁重衾讀醉魂猶噤韻永漏頻傳句前歡已去句離愁一枕韻暗尋思句舊追遊句神京風物如錦韻　念擲果朋儕句絕纓宴會句當時曾痛飲韻命舞燕翩翻句歌珠貫串句向玳筵前句儘是神仙流品韻至更闌讀疏狂轉甚韻更相將讀鳳幃鴛寢韻玉釵横處句任散盡高陽句這歡娱讀甚時重恁韻

汲古閣刻此詞後段脱"歌珠貫串"至"更相將"二十四字,今從《花草粹編》增定。此調祇有此詞,無别詞可校。

## 八歸二體

此調有仄韻、平韻兩體。仄調者見《白石詞》,姜夔自度平鍾商曲;平韻者見《竹屋癡語》,高觀國自度曲。

**八歸**　雙調一百十五字,前段十句四仄韻,後段十一句四仄韻。

姜　夔

芳蓮墜粉句疏桐吹緑句庭院暗雨乍歇韻無端抱影銷魂處句還見篠牆螢暗句蘚階蛩切韻送客重尋西去路句問水面琵琶誰撥韻最可惜讀一片江山句總付與啼鴂韻　長恨相從未款句而今何事句又對西風離别韻渚寒煙淡句棹移人遠句飄渺行舟如葉韻想文君望久句倚竹愁生步羅襪韻歸來後讀翠尊雙飲句下了珠簾句玲瓏閒看月韻

此調押仄聲韻者祇有此詞及史達祖詞,故可平可仄,悉校史詞。

按,史詞前段第三句"人看畫閣愁獨","愁"字平聲;第六句"秀句難續","句"字仄聲;第七句"冷眼盡歸圖畫上","盡"字仄聲;第九句"想半屬、漁市樵村","漁"字平聲。譜内可平可仄據此。

**又一體** 雙調一百十三字,前段十句五平韻,後段十一句五平韻。

高觀國

楚峰翠冷句吴波煙遠句吹袂萬里西風韻關河迴隔新愁外句遥憐倦客音塵句未見征鴻韻雨帽風巾歸夢杳句想吟思讀吹入飛蓬韻料恨滿讀幽苑離宫韻正愁黯文通韻 秋濃韻新霜初試句重陽催近句醉紅偷染江楓韻瘦筇相伴句舊遊回首句吹帽知與誰同韻想萸囊酒盞句暫時冷落菊花叢韻兩凝佇讀壯懷無奈句立盡微雲斜照中韻

此調押平聲韻者衹有此詞,無别首可校。

## 摸魚兒九體

一名《摸魚子》,唐教坊曲名。晁補之詞有"買陂塘,旋栽楊柳"句,更名《買陂塘》,又名《陂塘柳》,或名《邁陂塘》;辛棄疾賦怪石詞名《山鬼謡》,李冶賦並蒂荷詞,有"請君試聽雙蕖怨"句,名《雙蕖怨》。

**摸魚兒** 雙調一百十六字,前段十句六仄韻,後段十一句七仄韻。

晁補之

買陂塘讀旋栽楊柳句依稀淮岸湘浦韻東皋雨足輕痕漲句沙嘴鷺來鷗聚韻堪愛處韻最好是讀一川夜月光流渚韻無人自舞韻任翠幕張天句柔茵藉地句酒盡未能去韻 青綾被句休憶金閨故步韻儒冠曾把身誤韻弓刀千騎成何事句荒了邵平瓜圃韻君試覷韻滿青鏡讀星星鬢影今如許韻功名浪語韻便做得班超句封侯萬里句歸計恐遲暮韻

此調當以晁、辛、張三詞爲正體,餘多變格。至若歐陽修、《梅苑》無名氏詞,又自成一體也。

按,程垓詞前段起句、第二句"掩凄凉、黄昏庭院,角聲何處嗚咽","黄"字平聲,"角"字仄聲;第七句"倚闌愁絶","愁"字平聲;唐珏詞後段第三句"故人應動高興","故"字仄聲;程詞第八句"不堪重説","不"字仄聲;李昴英詞第十句"後期長在","後"字仄聲。譜内可平可仄據此,餘參下七詞。

何夢桂詞前段第四句"折不盡長亭柳",李彭老詞後段第五句"一葉又秋風起",俱作折腰句法,與諸家不同。

姜夔詞前段第五、六句"閒記省,又還是、斜河舊約今再整",後段第六、七句"雲路迥,漫説道、年年野鵲曾並影","再"字、"並"字俱仄聲,亦與諸家不同。

何夢桂詞前段第四句"空操離鸞烈女","烈"字仄聲;第五句"試回首","試"字仄聲,"回"字平聲;後段起句"還自笑","自"字仄聲;第三句"忘却兒童迎候","却"字仄聲,"童"字平聲;第五句"一曲啼紅滿袖","滿"字仄聲;第六句"眉休皺","休"字平聲。又,李俊民詞前段起句"這光景、能消幾度","景"字、"幾"字俱仄聲;張炎詞後段起句"景如許","景"字仄聲。俱與調不合,譜内亦不校注平仄。

**又一體** 雙調一百十六字，前段十句七仄韻，後段十一句七仄韻。

辛棄疾

更能消讀幾番風雨韻匆匆春又歸去韻惜春長怕花開早句何况落紅無數韻春且住韻見説道讀天涯芳草無歸路韻怨春不語韻算衹有殷勤句畫簷蛛網句盡日惹飛絮韻　長門事句準擬佳期又誤韻娥眉曾有人妒韻千金縱買相如賦句脉脉此情誰訴韻君莫舞韻君不見讀玉環飛燕皆塵土韻閒愁最苦韻休去倚危闌句斜陽正在句煙柳斷腸處韻

此與晁詞同，惟前段起句押韻異。

**又一體** 雙調一百十六字，前段十一句六仄韻，後段十二句八仄韻。

李　演

又西風讀四橋疏柳句驚蟬相對秋語韻瓊荷萬笠花雲重句嫋嫋紅衣如舞韻鴻北去韻渺岸芷汀芳句幾點斜陽雨韻吴亭舊樹韻又繫我扁舟句漁鄉釣里句秋色澹歸鷺韻　長干路韻蔓草疏煙斷墅韻商歌如寫羈旅韻丹溪翠岫登臨事句苔屐尚黏蒼土韻鷗且住韻怕月冷吟魂句婉冉空江暮韻明燈暗浦韻更短笛銜風句長雲弄晚句天際畫秋句韻

此詞與晁詞校，前段第六、七句，後段第七、八句俱作五字兩句，又换頭句押韻異。

**又一體** 雙調一百十六字，前段十一句七仄韻，後段十二句八仄韻。

張　炎

愛吾廬讀傍湖千頃韻蒼茫一片清潤韻晴嵐暖翠融融處句花影倒窺天鏡韻沙浦迥韻看野水涵波句隔柳横孤艇韻眠鷗未醒韻甚占得蓴鄉句都無人見句斜照起春暝韻　還重省韻豈料山中秦晉韻桃源今度難認韻林間却是長生路句一笑元非捷徑韻深更静韻待散發吹簫句跨鶴天風冷韻憑高露飲韻正碧落塵空句光摇半壁句月在萬松頂韻

此與晁詞同，惟前後段起句俱押韻異。

**又一體** 雙調一百十六字，前段十一句八仄韻，後段十二句九仄韻。

白　樸

問雙星讀有情幾許韻消磨不盡今古韻年年此夕風流會句香暖月窗雲户韻聽笑語韻知幾處韻彩樓瓜果祈牛女韻蛛絲暗度韻似抛擲金梭句縈回錦字句織就舊時句韻　愁雲暮韻漠漠蒼煙挂樹韻人間心更誰訴韻擘釵分鈿蓬山遠句一樣絳河銀浦韻烏鵲渡韻離別苦韻啼妝灑盡新秋雨韻雲屏且駐韻算猶勝姮娥句倉皇奔月句衹有去時路韻

此與張詞同，惟前段第六句、後段第七句各藏短韻異。按，元好問詞前段“歡樂趣。離別苦。就中更有癡兒女"，後段"天也妒。未信與。鶯兒燕子俱黄土"，正與此同。

**又一體**　雙調一百十四字，前段十一句七仄韻，後段十二句七仄韻。

趙從橐

指庭前讀翠雲合雨韻霏霏香滿仙宇韻一清透徹渾秋水句灌注百川流處韻君試數韻此樣襟懷句頓得乾坤住韻閒情半許韻聽萬物氤氲句從來形色句每向静中覷韻　琪花落句相接西池壽母韻年年弦月時序韻荷衣菊佩尋常事句分付兩山容與韻天證取韻此老平生句可向青天語韻瑶卮緩舉韻要見我何心句西湖萬頃句來去自鷗鷺韻

此與辛詞同，惟前段第六句、後段第七句各減一字異。

**又一體**　雙調一百十四字，前後段各十一句七仄韻。

徐一初

對茱萸讀一年一度韻龍山今在何處韻參軍莫道無勳業句消得從容尊俎韻君看取韻便破帽飄零句也得傳千古韻當年幕府韻知多少時流句等閒收拾句有箇客如許韻　追往事句滿目山河晉土韻征鴻又遞邊羽韻登臨莫上高層望句怕見故宫禾黍韻觴緑醑韻澆萬斛牢愁句淚閣新亭雨韻黄花無語韻畢竟是讀西風披拂句猶憶舊遊侶韻

此亦與辛詞同，惟後段第十句減二字異。

**又一體**　雙調一百十七字，前段十一句六仄韻，後段十二句五仄韻。

歐陽修

卷繡簾讀梧桐秋院落句一霎雨添新緑韻對小池讀閒理殘妝淺句向晚水紋如縠韻凝遠目韻恨人去寂寂句鳳枕孤難宿韻倚闌不足韻看燕拂風簷句蝶翻露草句兩兩長相逐韻　雙眉促韻可惜年華晼晚句西風初弄庭菊韻況伊家年少句多情未已難拘束韻那堪更讀趁凉景追尋句甚處垂楊曲韻佳期過盡句但不説歸來句多應忘了句雲屏去時囑韻

此詞前段起句及第三句多一襯字，又後段第四、五句句讀不同，疑有僞誤。因相傳已久，採入以備參考。

**又一體**　雙調一百十六字，前段十一句三叶韻四仄韻，後段十二句兩叶韻五仄韻。

《梅苑》無名氏

歲華向晚句遥天布同雲句霰雪輕飛叶前村昨夜漏春光句楚梅先放南枝叶歎東君句運巧思韻栽瓊鏤玉妝繁蕊韻花中偏異韻解向嚴冬逞芳菲叶免使遊蜂粉蝶戲韻　梁臺上句漢宫裏韻殷勤仗高樓句羌管休吹叶何妨留取憑闌干句大家吟玩歡醉韻待明年句念芳草

王孫句萬里歸得未韻仙源應是韻又被花開向天涯叶淚灑東風對桃李韻

此詞用本部三聲叶，句法多與本調不同，因見《梅苑》詞，係北宋人作，採以備體。

## 賀新郎十一體

葉夢得詞有“唱金縷”句，名《金縷歌》，又名《金縷曲》，又名《金縷詞》。蘇軾詞有“乳燕飛華屋”句，名《乳燕飛》；有“晚凉新浴”句，名《賀新凉》；有“風敲竹”句，名《風敲竹》。張輯詞有“把貂裘换酒長安市”句，名《貂裘换酒》。

**賀新郎** 雙調一百十六字，前後段各十句六仄韻。

葉夢得

睡起流鶯語韻掩蒼苔讀房櫳向曉句亂紅無數韻吹盡殘花無人問句惟有垂楊自舞韻漸暖靄讀初回輕暑韻寶扇重尋明月影句暗塵侵讀上有乘鸞女韻驚舊恨句鎮如許韻　江南夢斷蘅皋渚韻浪黏天讀蒲萄漲緑句半空煙雨韻無限樓前滄波意句誰採蘋花寄取韻但悵望讀蘭舟容與韻萬里雲帆何時到句送孤鴻讀目斷千山阻韻誰爲我句唱金縷韻

此調始自蘇軾，因蘇詞後段“花前對酒”句少一字，且格調未諧，故以此詞作譜。

按，前後段第四句，惟此詞及蘇詞俱作拗體，餘各不同。若校注入譜，恐易混淆，填者任擇一體宗之可也。又，王邁詞之前後兩結句“數賢者，一不肖”，“清獻後，又有趙”，又一首詞後結“看卿等，上霄漢”，及譜中類列《豹隱紀談》詞之前後段第二句“荷東君、著意看承”，“怕仙槎、輕轉旌旗”，吕詞之前段第五句“桃花面皮似熟”，後段第四句“春山子規更切”，俱與調不合，概不校注平仄。

按，辛棄疾詞前段第二句“染胭脂、苧羅山下”，“山”字平聲；李玉詞第六句“漸玉枕、騰騰夢醒”，“夢”字仄聲；劉克莊詞第七句“閣老鳳樓修造手”，“鳳”字仄聲；辛詞第八句“轉越江、剗地迷歸路”，“越”字仄聲；後段第六句“爲豁散、蠻煙瘴雨”，“瘴”字仄聲；第八句“怕壯懷、激烈須歌者”，“壯”字仄聲，譜内可平可仄據此，餘參所採諸詞。

宋自遜詞前段起句“步自雪堂去”，“雪”字入聲；辛詞第三句“清泉一勺”，“一”字入聲，此皆以入作平，譜内亦不校注平仄。

**又一體** 雙調一百十六字，前後段各十句八仄韻。

辛棄疾

瑞氣籠清曉韻卷珠簾讀次第笙歌句一時齊奏韻無限神仙離蓬島韻鳳駕鸞車初到韻見擁箇讀仙娥窈窕韻玉佩丁璫風縹緲韻正嬌姿讀一似垂楊嫋韻天上有句人間少韻　劉郎正是當年少韻更那堪讀天教付與句最多才貌韻玉樹瓊枝相映耀韻誰與安排忒好韻有多少讀風流歡笑韻直待來春成名了韻馬如龍讀緑綬欺芳草韻同富貴句又偕老韻

此與葉詞同,惟前後段第四句、第七句俱押韻異。

此詞前段第二句平仄與調不合。

**又一體**　雙調一百十五字,前後段各十句六仄韻。

蘇　軾

乳燕飛華屋韻悄無人讀槐陰轉午句晚凉新浴韻手弄生綃白團扇句扇手一時似玉韻漸困倚讀孤眠清熟韻簾外誰來推繡户句枉教人讀夢斷瑶臺曲韻又却是句風敲竹韻　石榴半吐紅巾蹙韻待浮花浪蕊都盡句伴君幽獨韻穠豔一枝細看取句芳意千重似束韻又恐被讀秋風驚緑韻若待得君來向此句花前對酒不忍觸韻共粉淚句兩簌簌韻

此與葉詞同,惟後段第八句減一字異。按,韓淲詞"一身閒處誰能縛",又一首"撒鹽起絮分才劣",正與此合。

此詞平仄多與諸家不同,結句上"簌"字以入作平。

**又一體**　雙調一百十七字,前後段各十句七仄韻。

辛棄疾

柳暗凌波路韻送春歸讀一番新緑句猛風暴雨韻千里瀟湘葡萄漲句人解扁舟欲去韻又檣燕讀留人相語韻艇子飛來生塵步韻唾花寒讀唱我新翻句韻波似箭句催鳴櫓韻　黄陵祠下山無數韻聽湘娥讀泠泠曲罷句爲誰情苦韻行到東吴春已暮韻正江闊讀潮平穩渡韻望金雀讀觚稜翔舞韻前度劉郎今重到句問元都讀千樹花存否韻愁爲倩句幺弦訴韻

此亦與葉詞同,惟後段第五句添一襯字異。按,韓淲詞"覽德已、而歌鳳去",正與此同。

此詞前段第七句作拗體,多與諸家異,故不校注入譜。

**又一體**　雙調一百十七字,前後段各十句七仄韻。

《豹隱紀談》平江妓

春色元無主韻荷東君讀著意看承句等閒分付韻多少無情風與浪句又那更讀蝶欺蜂妒韻算燕雀讀眼前無數韻縱使簾櫳能愛護韻到如今讀已是成遲暮韻芳草碧句遮歸路韻
看看做到難言處韻怕仙槎讀輕轉旌旗句易歌襦袴韻月滿西樓弦索静句雲蔽昆城閬府韻便恁地讀一帆輕舉韻獨倚闌干愁拍破韻慘玉容讀淚眼如紅雨韻去與住句兩難訴韻

此亦與葉詞同,惟前段第五句添一字異。

**又一體**　雙調一百十六字,前後段各十句六仄韻。

史達祖

西子相思切韻委蕭蕭讀風裳水佩句照人清越韻山染蛾眉波曼睩句聊可與之娛悦韻便莫

賦讀湘妃羅襪韻怕見緑荷相倚恨句恨白鷗讀占了凉波闊韻揀凉處句放船歇韻　道人不是塵埃物韻總狂吟落魄句吹亂一巾凉髮韻不覺引杯澆肺渴句正要清歌駭發韻更坐上讀其人冰雪韻截取斷虹堪作釣句待玉奩讀今夜來時節韻也勝釣句石城月韻

此亦與葉詞同，惟後段第二、三句攤破句法作五字一句、六字一句異。按，李昴英詞四首，並與此同。

此詞前段第九句，亦與調不合。

又一體　雙調一百十六字，前後段各十句六仄韻。

史達祖

緑障南城樹句有高樓銜城句樓下芰荷無數韻客自倚闌魚亦避句恐是持竿伴侶韻對前浦讀扁舟容與韻楊柳影間風不到句倩詩情讀飛過鴛鴦浦韻人正在句斷腸處韻　兩山帶著冥冥雨韻想低簾短額句誰見恨時眉嫵韻别爲青尊眠錦瑟句怕被歌留愁住韻便欲趁讀採蓮歸去韻前度劉郎雖老矣句奈年來讀猶道多情句韻應笑煞句舊鷗鷺韻

此與"西子相思"詞同，惟前段第二、三句俱作五字一句、六字一句異，史詞四首皆然。又，楊炎詞"夢裏驂鸞馭。望蓬萊不遠，翩然被風吹去"，亦與此同。

又一體　雙調一百十六字，前後段各十句六仄韻。

李南金

流落今如許韻我亦三生杜牧句爲秋娘著句韻先自多愁多感慨句更值江南春暮韻君看取讀落花飛絮韻也有吹來穿繡幌句有因風讀飄墮隨塵土韻人世事句總無據韻　佳人命薄君休訴韻若説與讀英雄心事句一生更苦韻且盡尊前今日意句休記緑窗眉嫵韻但春到讀兒家庭户韻幽恨一簾煙月曉句恐明朝讀雁亦無尋處韻渾欲倩句鶯留住韻

此亦葉詞體，惟前段第二句減一字作六字句，第三句添一字作五字句異。

又一體　雙調一百十五字，前後段各十句八仄韻。

馬莊父

客裏傷春淺韻問今年梅蕊句因甚化工不管韻陌上芳塵行處滿韻可計天涯近遠韻見説道讀迷樓左畔韻一似江南先得暖韻向何郎讀庭下都尋遍韻辜負了句看花眼韻　古來好物難爲伴韻只瓊花一種句傳來仙苑韻獨許揚州作珍産韻須勝了讀千千萬萬韻又却待讀東風吹綻韻自昔聞名今見面韻數歸期讀屈指家山晚韻歸去説句也希罕韻

此亦葉詞體，惟後段第二句減二字、第五句添一字異。

**又一體**　雙調一百十三字，前後段各十句六仄韻。

吕渭老

斜日封殘雪韻記别時讀檀槽按舞句霓裳初徹韻唱煞陽關留不住句桃花面皮似熱韻漸點點讀珍珠承睫韻門外潮平風席正句指佳期讀共約花同折韻情未忍句帶雙結韻　釵金未斷腸先結韻下扁舟讀更有暮山千疊韻别後武陵無好夢句春山子規更切韻但孤坐讀一簾明月韻蠶共繭句花同蒂句甚人生見底多離别韻誰念我句淚如血韻

此亦葉詞體，惟後段第二、三句減二字作九字一句，第八句減一字作三字兩句異。

此詞前段第二句"别"字亦以入作平。

**又一體**　雙調一百十五字，前段十句六仄韻，後段十一句六仄韻。

周紫芝

白首歸何晚韻笑一椽讀天教付與句楚江南岸韻門外春山晚無數句衹有匡廬似染韻但想像讀紅妝不見韻誰念香山當日事句漫青衫讀淚濕人誰管韻歌舊曲句空凄怨韻　將軍未老身歸漢韻算功名過了句惟有古祠塵滿韻誰似淵明拌得老句飽看雲山萬點韻況此老讀斜川不遠韻終待我他年句自剪黄花句一酹重陽盞韻君爲我句休辭勸韻

此亦葉詞體，惟後段第二、三句攤破句法作五字一句、六字一句，第七、八句減一字攤破句法作五字一句、四字一句、五字一句異。

前段第二句"一字"亦以入作平。

## 子夜歌一體

調見鳳林書院元詞，與《菩薩蠻令》詞别名《子夜歌》者不同。

**子夜歌**　雙調一百十七字，前段十句四仄韻，後段十二句五仄韻。

彭元遜

視春衫讀篋中半在句浥浥酒痕花露韻恨桃李讀如風過盡句夢裏故人如霧韻臨穎美人句秦川公子句晚共何人語韻對人家讀花柳池臺句回首故園句咫尺未成歸去韻　昨宵聽讀危弦急管句酒醒不知何處韻漂泊情多句哀遲感易句無限堪憐許韻似尊前眼底句紅顔消幾寒暑韻年少風流句未諳春事句追與東風賦韻待他年讀君老巴山句共君聽雨韻

此調衹有此詞，無别首可校。

## 弔嚴陵一體

調見《樂府雅詞》，李甲作。因詞有“嚴光釣址空遺跡”及“離觴弔古寓目”句，取以爲名。又，結句有“回首暮雲千古碧”句，名《暮雲碧》。

**弔嚴陵** 雙調一百十九字，前段十四句七仄韻，後段十句六仄韻。

李　甲

蕙蘭香泛句孤嶼潮平句驚鷗散雪韻迤邐點破句澄江秋色韻暝靄向斂句疏雨乍收句染出藍峰千尺韻漁舍孤煙鎖寒磧韻畫鷁翠帆旋解句輕艤晴霞岸側韻正念往悲酸句懷鄉慘切韻何處引羌笛韻　追惜韻當時富春佳地句嚴光釣址空遺跡韻華星沈後句扁舟泛去句瀟灑間名圖籍韻離觴弔古寓目韻意斷魂消淚滴韻漸洞天曉句回首暮雲千古碧韻

此調祇有此詞，無別首可校。

## 金明池二體

調見《淮海詞》，賦東京金明池，即以調爲題也。李彌遜詞名《昆明池》，僧揮詞名《夏雲峰》。

**金明池** 雙調一百二十字，前段十句四仄韻，後段十一句五仄韻。

秦　觀

瓊苑金池句青門紫陌句似雪楊花滿路韻雲日淡讀天低晝永句過三點兩點細雨韻好花枝讀半出牆頭句似悵望讀芳草王孫何處韻更水繞人家句橋當門巷句燕燕鶯鶯飛舞韻
怎得東君長爲主韻把緑鬢朱顔句一時留住韻佳人唱讀金衣莫惜句才子倒讀玉山休訴韻況春來讀倍覺傷心句念故國情多句新年愁苦韻縱寶馬嘶風句紅塵拂面句也只尋芳歸去韻

此調始於秦觀，有李彌遜詞可校。

按，李詞前段第一、二句“帳錦籠庭，囊香飄榭”，“帳”字仄聲，“飄”字平聲；第四、五句“覓殘紅、蜂須趁日，占新緑鶯喉詫暖”，“覓”字仄聲，“紅”字平聲，“占”字仄聲；第七句“春去也、把酒南山誰伴”，“春”字平聲，“把”字仄聲；第八、九句“更簾暮垂垂，惱人飛絮”，“簾”字平聲，“惱”字仄聲。後段第四、五句“臨黄菊、曾吹紗帽，訝彩樓、催頒紈扇”，“紗”字平聲，“訝”字仄聲；第六句“算功名、於我如雲”，“於”字平聲；第八句“滿簪霜換”，“滿”字仄聲；第十句“鶺鴒原上”，“鶺”字仄聲，“原”字平聲。譜内可平可仄據此，餘參僧揮詞。

**又一體** 雙調一百二十字，前段十一句四仄韻，後段十一句五仄韻。

僧 揮

天闊雲高句溪横水遠句晚日寒生輕暈韻閒階静讀楊花漸少句朱門掩讀鶯聲猶嫩韻悔匆匆讀過却清明句旋占得餘芳句已成幽恨韻却幾日沈陰句連宵慵困句起見韶華都盡韻　怨入雙眉閒鬬損韻乍品得情懷句看承全近韻深深態讀無非自許句厭厭意讀終羞人問韻爭知道讀夢裏蓬萊句待忘了餘香句時傳音信韻縱留得鶯花句東風不住句也只眼前愁悶韻

此與秦詞同，惟前段第七句作五字一句、四字一句異。

## 送征衣一體

柳永《樂章集》注中吕宫。

**送征衣** 雙調一百二十一字，前段十二句七平韻，後段十一句六平韻。

柳 永

過昭陽韻璿樞電繞句華渚虹流句運應千載會昌韻罄寰宇讀薦殊祥韻吾皇韻誕彌月讀瑶圖纘慶句玉葉騰芳韻並景貺讀三靈眷祐句挺英哲讀掩前王韻遇年年讀嘉節清和句頒率土稱觴韻　無間要荒華夏句盡萬里讀走梯航韻彤庭舜張大樂句禹會群方韻鵷行句趨上國讀山呼鼇抃句遥爇爐香韻競就日瞻雲獻壽句指南山讀等無疆韻願巍巍讀寶曆鴻基句齊天地遥長韻

此調祇有此詞，無别詞可校。

前段第六句、後段第五句俱押二字短韻，兩結句俱作上一下四句法，填者辨之。

## 笛家二體

一名《笛家弄慢》，柳永《樂章集》注仙吕宫。

**笛家** 雙調一百二十一字，前段十四句四仄韻，後段十四句五仄韻。

柳 永

花發西園句草薰南陌句韶光明媚句乍晴輕暖清明後韻水嬉舟動句禊飲筵開句銀塘似染句金堤如繡韻是處王孫句幾多游妓句往往携纖手韻遣離人句對嘉景句觸目盡成感舊韻　别久韻帝城當日句蘭堂夜燭句百萬呼盧句畫閣春風句十千沽酒韻未省讀宴處

能忘弦管句醉裏不尋花柳韻豈知秦樓句玉簫聲斷句前事難重偶韻空遺恨句望仙鄉句一晌淚沾襟袖韻

此調祗有朱雍和詞可校。

**又一體** 雙調一百二十一字，前後段各十四句五仄韻。

朱　雍

瓊質仙姿句縞袂清格句天然疏秀韻静軒煙鎖黄昏後韻影瘦零亂句豔冷瓏璁句雪肌瑩暖句冰枝縈繡韻更賦風流句幾番攀贈句細撚香盈手韻與東君句叙暌遠句脉脉兩情有舊韻

立久韻閬苑凝夕句瑶窗淡月句百琲尊芳句醉玉譚群句千鍾酬酒韻向此讀是處難忘攀蕊句送遠何勞隨柳韻空聽高樓句笛聲凄斷句樂事人非偶韻空餘恨句惹幽香不滅句尚沾春袖韻

此與柳詞同，惟前段第三句押韻，後結作五字一句、四字一句異。

## 秋思耗一體

調見《夢窗詞》，吴文英自度腔。因詞有“偏稱畫屏秋色”句，更名《畫屏秋色》。

**秋思耗** 雙調一百二十三字，前段十一句六仄韻，後段十二句九仄韻。

吴文英

堆枕香鬟側韻驟夜聲讀偏稱畫屏秋色韻風碎串珠句潤侵歌板句愁壓眉窄韻動羅箑清商讀寸心低訴叙怨抑韻映夢窗讀零亂碧韻待漲緑春深句落花香泛句料有斷紅流處句暗題相憶韻

歡夕韻簷花細滴韻送故人讀粉黛重飾韻漏侵瓊瑟韻丁東敲斷句弄晴月白韻悄一曲霓裳未終句催去驂鳳翼韻歎謝客讀猶未識韻漫瘦却東陽句燈前無夢到得韻路隔重雲雁北韻

此調祗有此詞，無别首宋詞可校。

## 春風嫋娜一體

調見《雲月詞》，馮艾子自度腔，注黄鍾羽，即般涉調。

**春風嫋娜** 雙調一百二十五字，前段十二句五平韻，後段十五句五平韻。

馮艾子

被梁間雙燕句話盡春愁韻朝粉謝句午花柔韻倚紅闌讀故與蝶圍蜂繞句柳綿無數句飛上

搔頭韻鳳管聲圓句蠶房香暖句笑攬羅衫須少留韻隔院蘭馨趁風遠句鄰牆桃影伴煙收韻　些子風情未減句眉頭眼尾句萬千事讀欲説還休韻薔薇露句牡丹毬韻殷勤記省句前度綢繆韻夢裏飛紅句覺來無覓句望中新緑句别後空稠韻相思難偶句歎無情明月句今年已是句三度如鈎韻

此調祇有此詞，無别首宋詞可校。

## 春雪間早梅一體

調見《梅苑》詞，隱括韓愈《春雪間早梅》長律詩，即以題爲調名。

**春雪間早梅**　雙調一百二十五字，前段十句六平韻，後段十一句五平韻。

《梅苑》無名氏

梅將雪共春韻彩豔灼灼不相因韻逐吹霏霏能爭密句排枝碎碎巧妝新韻誰令香生滿座句獨使淨斂無塵韻芳意饒呈瑞句寒光助照人韻玲瓏次第開已遍句點綴坐來頻韻　那是俱懷疑似句須知造化句兩各逼天真韻熒煌清影初亂眼句浩蕩逸氣忽迷神韻未許瓊花比並句將從玉樹相親韻先期迎獻歲句更同歌酒占兹辰韻六花臘蒂相輝映句輕盈敢自珍韻

此詞採之《梅苑》，與劉伯壽《梅花曲》隱括王安石詩者同一體制，編入以備一體。

## 白苧二體

按，《古樂府》有《白苧》曲，宋人蓋借舊曲名别倚新聲也。王灼《頤堂集》云："《白苧》詞傳者至少，其正宫一闋，世以爲紫姑神作。"今從《花草粹編》，爲柳永詞。

**白苧**　雙調一百二十五字，前段十二句七仄韻，後段十五句六仄韻。

柳　永

繡簾垂句畫堂悄句寒風淅瀝韻遥天萬里句黯淡同雲冪冪韻漸紛紛讀六花零亂散空碧韻姑射韻宴瑶池句把琗玉零珠抛擲韻林巒望中句高下瓊瑶一色韻嚴子陵讀釣臺歸路迷蹤跡韻　追惜韻燕然畫角句寶嶠珊瑚句是時丞相句虚作銀城换得韻當此際偏宜句訪袁安宅韻醺醺醉了句任金釵舞困句玉壺頻側韻又是東君句暗遣花神句先報南國韻昨夜江梅句漏洩春消息韻

此調祇有蔣捷詞可校。

**又一體** 雙調一百二十一字，前段十二句七仄韻，後段十四句六仄韻。

蔣 捷

正春晴句又春冷句雲低欲落韻瓊苞未剖句早是東風作惡韻旋安排讀一雙銀蒜鎮羅幕韻幽壑韻水生漪句皺嫩緑讀潛鱗初躍韻愔愔門巷句桃樹紅纔約略韻知甚時讀霽華烘破青青萼韻 憶昨韻引蝶花邊句近來重見句身學垂楊瘦削韻問小翠眉山句爲誰攢却韻斜陽院宇句任蛛絲罥遍句玉箏弦索韻户外惟聞句放剪刀聲句深在妝閣韻料想裁縫句白苧春衫薄韻

此與柳詞同，惟换頭短韻下减四字一句異。

## 《御定詞譜》卷三十七 起一百二十六字至一百三十九字

### 翠羽吟一體

調見蔣捷《竹山詞》。自序云："王君本示予越調《小梅花引》，俾以飛仙步虚之意爲其辭。余謂泛泛言仙，似乎寡味，越調之曲與梅花宜，羅浮梅花，真仙事也。演以成章，名《翠羽吟》。"

**翠羽吟** 雙調一百二十六字，前段九句六平韻，後段十五句八平韻。

蔣 捷

紺露濃韻映素空韻樓觀峭玲瓏韻粉凍霽英句冷光摇蕩古青松韻半規黄昏淡月句梅氣山影溟濛韻有麗人讀步依修竹句翩然態若游龍韻 綃袂微皺水溶溶韻仙莖清瀣句淨洗斜紅韻勸我浮香桂酒句環佩暗解句聲飛芳靄中韻弄春弱柳垂絲句慢按翠舞嬌童韻醉不知何處句驚剪剪讀凄緊霜風韻夢醒尋痕訪蹤韻但留殘月挂遥穹韻梅花未老句翠羽雙吟句一片曉峰韻

此調祇有此詞，無别首宋詞可校。

汲古閣刻《竹山詞》後段第十二句脱二字，今從《詞緯》抄本訂定。

### 六州一體

《文獻通考》："本朝歌吹，止有四曲：《十二時》、《導引》、《降仙臺》，並《六州》

爲四。每大禮宿齋或行幸,遇夜每更三奏,名爲'警場'。政和七年,詔《六州》改名《崇明祀》,然天下仍謂之《六州》,其稱謂已熟也。"

**六州** 雙調一進二十九字,前段十四句七平韻,後段十五句八平韻。

《宋史·樂志》無名氏

良夜永句玉漏正遲遲韻丹禁肅句周廬列句羽衛繞皇幃韻嚴鼓動讀畫角聲齊韻金管飄雅韻句遠逐輕颸韻薦嘉玉讀躬祀神祇韻祈福爲黔黎韻升中盛禮句增高益厚句登封檢玉句時邁合周詩韻　　元文錫句慶雲五色相隨韻甘露降句醴泉湧句三秀發靈芝韻皇猷播讀史册光輝韻受鴻禧韻萬年永固丕基韻吾君德句蕩蕩巍巍韻邁堯舜文思韻從今寰宇句休牛放馬句耕田鑿井句鼓腹樂昌期韻

此調祇有此詞,無别首可校。

## 十二時慢四體

宋鼓吹四曲之一。《花草粹編》無"慢"字。

此詞有仄韻、平韻兩體。

**十二時慢** 三段一百三十字,前段十一句五仄韻,中段八句三仄韻,後段八句四仄韻。

柳　永

晚晴初句淡煙籠月句風透蟾光如洗韻覺翠帳讀涼生秋思韻漸入微寒天氣韻敗葉敲窗句西風滿院句睡不成還起韻更漏咽讀滴破憂心句萬感並生句都在離人愁耳韻　　天怎知句當時一句句做得十分縈繫韻夜永有時句分明枕上句覷著孜孜地韻燭暗時酒醒句元來又是夢裏韻　　睡覺來句披衣獨坐句萬種無憀情意韻怎得伊來句重諧連理韻再整餘香被韻祝告天發願句從今永無拋棄韻

此調押仄韻者應以此詞爲正體,葛詞句讀多與之同,故平仄悉參之。若朱詞之少一段,恐係脱誤,不校注入譜。

後段第五句,《花草粹編》作"重諧雲雨",雨字不押韻。

**又一體** 雙調九十一字,前段十句四仄韻,後段六句三仄韻。

朱　雍

粉痕輕句謝池泛玉句波浸琉璃初暖韻睹靚芳讀塵冥春浦句水曲漣漪遥岸韻麝氣柔讀雲

容影淡句正日邊寒淺韻閒院寂讀幽管聲中句萬感並生句心事曾陪瓊宴韻　　春暗南枝依舊句但得當初繾綣韻晝永亂英繽紛句解佩映人輕盈面韻香暗酒醒處句年年共副良願韻

此詞較柳詞少一段，前段第六句七字，與柳詞異。後段惟結處句法相似，餘俱不同，疑有脱誤，姑仍原本存之。

**又一體**　三段一百四十一字，前段十一句七仄韻，中段八句四仄韻，後段十句四仄韻。

葛長庚

素馨花句在枝無幾韻秋入闌干十二韻那茉莉讀如今已矣韻衹有蘭英菊蕊韻霜蟹年時句香橙天氣韻總是悲秋意韻問宋玉讀當日如何句對此淒凉句風月怎生存濟韻　　還未知句幽人心事韻望得眼穿心碎韻青鳥不來句彩鸞何處句雲鎖三山翠韻是碧霄有路句要歸歸又無計韻　　奈何他句水長天遠句身又何曾生翅韻手撚芙蓉句耳聽鴻雁句怕有丹書至韻縱人間富貴句一歲復一歲韻此心終日繞香盤句在篆畦兒裏韻

此詞與柳詞校，前段第二句、第七句，中段第二句俱押韻；後段第五句不押韻，第八句减一字，下又添七字一句、五字一句異。

**又一體**　雙調一百二十五字，前段十四句十一平韻，後段十四句九平韻。

《宋史·樂志》無名氏

聖明代句海縣澄清韻惠化洽寰瀛韻時康歲足句治定武成韻遐邇賀昇平韻嘉壇上讀昭事神靈韻薦明誠韻報本禪雲亭韻俎豆列犧牲韻宸心蠲潔句明德薦惟馨韻紀鴻名韻千載播天聲韻　　燔柴畢句雲馭回仙仗句慶鑾輅還京韻八神扈蹕句四隩來庭韻嘉氣覆重城韻殊常禮讀曠古難行韻遇文明韻仁恩蘇品彙句沛澤被簪纓韻祥符錫祚句武庫永銷兵韻育群生韻景運保千齡韻

此詞兩段全用平韻，與前三體異，而前後句法相同，於體最爲完整，惜無别首可校。

## 蘭陵王五體

唐教坊曲名。《碧雞漫志》："《北齊史》及《隋唐嘉話》稱齊文襄之長子長恭封蘭陵王，與周師戰，嘗著假面對敵，擊周師金墉城下，勇冠三軍，武士共歌謠之，曰《蘭陵王入陣曲》。今越調《蘭陵王》，凡三段二十四拍，或曰遺聲也。此曲聲犯正宮，管色用大凡字，大一字、勾字，故一名《大犯》。"

**蘭陵王**　三段一百三十一字，前段十句六仄韻，中段八句五仄韻，後段九句六仄韻。

秦　觀

雨初歇韻簾卷一鈎淡月韻望河漢句幾點疏星句冉冉纖雲度林樾韻此景清更絶韻誰念温柔蘊結韻孤燈暗句獨步華堂句蟋蟀莎階弄時節韻　沈思恨難説韻憶花底相逢句親贈羅纈韻春鴻秋雁輕離別韻擬尋箇錦鱗句寄將尺素句又悲煙波路隔越韻歌殘唾壺缺韻　凄咽韻意空切韻但醉損瓊巵句望斷瑶闕韻御溝曾記流紅葉韻待何日重見句霓裳聽徹韻彩樓天遠句夜夜襟袖染啼血韻

此調始於此詞，應以此詞爲定格，但後段結句作七字句，宋人無如此填者，故以周詞作譜，仍采此詞以溯其源。

**又一體**　三段一百三十字，前段十一句七仄韻，中段八句五仄韻，後段十句六仄韻。

周邦彦

柳陰直韻煙裏絲絲弄碧韻隋堤上句曾見幾番句拂水飄綿送行色韻登臨望故國韻誰惜韻京華倦客韻長亭路句年去歲來句應折柔條過千尺韻　閒尋舊蹤跡韻又酒趁哀弦句燈照離席韻梨花榆火催寒食韻愁一箭風快句半篙波暖句回頭迢遞便數驛韻望人在天北韻　凄側韻恨堆積韻漸別浦縈回句津堠岑寂韻斜陽冉冉春無極韻念月榭携手句露橋吹笛韻沈思前事句似夢裏句淚暗滴韻

此調以此詞爲正體，宋元人俱如此填。若辛詞、劉詞之添韻，陳詞之句讀小異，皆變格也。

按，此詞有葛郯、張元幹、曹冠詞及譜中陳詞可校。趙必象詞平仄不同者多至二十四字，譜内劉詞中段起句添用一韻，辛詞後結用疊韻，另爲一體，俱不參校。

前段起句，彭履道詞“章臺路”，“章”字平聲；第四句，彭詞“花氣分明”，“分”字平聲；第五句，楊澤民詞“芳草侵階映紅葉”，“芳”字平聲，袁去華詞“一目千里總佳色”，“里”字仄聲；第六句，李昴英詞“别來情緒惡”，“别”字仄聲；第十句，高觀國詞“欲去又留”，“欲”字仄聲。中段起句，高詞“十年迴凄絶”，“十”字仄聲；第二句，張元幹詞“想蛾緑輕暈”，“暈”字仄聲；第三句，曹冠詞“綵筆題石”，“綵”字仄聲；第四句，史達祖詞“涉江幾度和愁摘”，“涉”字、“幾”字俱仄聲；第五句，彭詞“唤鳴箏掩面”，“唤”字仄聲，“鳴箏”二字俱平聲，“掩”字仄聲；第六句，葛郯詞“烏啼雲起”，“烏”字平聲；袁詞“古牆竹影”，“竹”字仄聲；第七句，史詞“分開緑蓋素袂濕”，“緑”字仄聲；第八句，曹詞“感往事陳跡”，“往”字仄聲，袁詞“甚良宵閒却”，“宵”字平聲。後段第三句，曹詞“帥旗鼓文場”，“旗”字平聲；第四句，李詞“寶軫慵學”，“寶”字仄聲；高詞“沈沈春酌”，下“沈”字平聲；第五句，高詞“只愁入夜東風惡”，“只”字仄聲；方千里詞“天涯何處相思極”，“何”字平聲；第六句，高詞“整新歡羅帶”，“歡”字平聲；曹詞“有陶令秫酒”，“秫”字仄聲；葛詞“要百柁傾珠”，“珠”字平聲；第七句，彭詞“瓜洲難渡”，“瓜”字平聲；方詞“恨隨塞笛”，“塞”字仄聲；第八句，李詞“猛拍闌干”，“猛”字、“拍”字俱仄聲，“干”字平聲；第九句，葛詞“又空腹”，“空”字平聲；第十句，高詞“更何説”，“何”字平聲。譜内可平可仄據此，餘參下陳詞。

**又一體** 三段一百三十字，前段十句六仄韻，中段八句五仄韻，後段十句四仄韻一疊韻。

辛棄疾

一丘壑韻老子風流占却韻茅簷上句松月挂雲句脉脉石泉透山脚韻尋思前事錯韻惱殺晨猿夜鶴韻終須是句鄧禹輩人句錦繡麻霞坐黄閣韻　長歌自深酌韻看天闊鳶飛句淵静魚躍韻西風黄菊香噴薄韻悵日暮雲合句佳人何處句紉蘭結佩帶杜若韻入江海曾約韻　遇合句事難托韻莫擊磬門前句荷蕢人過句仰天大笑冠簪落韻待説與窮達句不須疑著韻古來賢者句進亦樂韻退亦樂疊

此詞與周詞校，後段第四句不押韻，第九句押韻，第十句疊韻異。

中段第五句“雲合”，“合”字非韻。

**又一體** 三段一百三十字，前段十句六仄韻，中段八句五仄韻，後段十句六仄韻。

陳允平

古堤直韻隔水輕盈颺碧韻東風路句還是舞煙眠露句年年自春色韻紅塵遍京國韻留滯高陽醉客韻斜陽外句千縷翠條韻髣髴流鶯度金尺韻　長亭半陳跡韻記曾繫征鞍句頻護歌席韻匆匆江上又寒食韻回首處句應念舊曾攀折句依然離恨遍西驛韻倦游尚南北韻　惻惻韻怨懷積韻漸楚榭寒收句隋苑春寂韻顰眉不盡相思極韻想人在何處句倚闌横笛韻閒情似絮句更那聽句夜雨滴韻

此和周詞也。前段第四、五句作六字一句、四字一句。楊澤民和詞“幾度嘯日迎風，怡怡釣秋色”，與此同。又，中段第五、六句作三字一句、六字一句，亦與周詞小異。

**又一體** 三段一百三十字，前段十句六仄韻，中段九句七仄韻，後段十句六仄韻。

劉辰翁

送春去韻春去人間無路韻秋千外句芳草連天句誰遣風沙暗南浦韻依依甚意緒韻漫憶海門飛絮韻亂鴉過句斗轉城荒句不見來時試燈處韻　春去韻最誰苦韻但箭雁沈邊句梁燕無主韻杜鵑聲裏長門暮韻想玉樹凋霜句淚盤如露韻咸陽送客屢回顧韻斜日未能度韻　春去韻尚來否韻正江令恨別句庾信愁賦韻蘇堤盡日風和雨韻歎神遊故國句花記前度韻人生流落句顧孺子句共夜語韻

此校周詞添押二韻，故另列一體。

## 大酺二體

調見《清真樂府》。按，唐教坊曲有《大酺樂》，《羯鼓録》亦有太簇商《大酺樂》。宋詞蓋借舊曲名自製新聲也。

**大酺** 雙調一百三十三字，前段十五句五仄韻，後段十一句七仄韻。

周邦彦

對宿煙收句春禽静句飛雨時鳴高屋韻牆頭青玉旆句洗鉛霜都盡句嫩梢相觸韻潤逼琴絲句寒侵枕障句蟲網吹粘簾竹韻郵亭無人處句聽簷聲不斷句困眠初熟韻奈愁極頻驚句夢輕難記句自憐幽獨韻　行人歸意速韻最先念讀流潦妨車轂韻怎奈向讀蘭成憔悴句衛玠清羸句等閒時讀易傷心目韻未怪平陽客句雙淚落讀笛中哀曲韻況蕭索讀青蕪國韻紅糝鋪地句門外荆桃如菽韻夜遊共誰秉燭韻

此調始自此詞，有方千里、楊澤民、陳允平和詞可校。

此詞後段第六句疑亦是韻，查楊和韻詞"遇雙魚客"可證。

此調有劉辰翁詞一首，與此詞平仄多不同。《詞律》云劉用字每多出入，不足爲法。故不參校入譜。

按，前段第三句，吴文英詞"林沼半銷紅碧"，"半"字仄聲；第五句，楊澤民詞"引遊蜂戲蝶"，"戲"字仄聲；第六句，陳允平詞"飛紅翻觸"，"飛"字平聲；第七句，顔奎詞"公子狐裘"，"公"字平聲；第九句，顔詞"怎見此時情否"，"怎"字、"此"字俱仄聲；第十句，顔詞"天上知音杳"，"上"字仄聲；第十三、四句，顔詞"記畫扇題詩，單衣試酒"，"畫"字仄聲，"單"字平聲，"試"字仄聲。後段起句，楊詞"仙郎去又速"，"去"字仄聲；第二句，楊詞"料今在、何許佇雙轂"，"佇"字仄聲；第三句，陳詞"漫辜負"，"辜"字平聲；第四句，吴文英詞"逋塚梅荒"，"逋"字平聲；第七句，吴詞"集楚裳、西風催著"，"裳"字、"西"字俱平聲；第八句，陳詞"夢不到、華胥國"，"不"字仄聲；第十一句，趙以夫詞"極目水雲漠漠"，"目"字仄聲，楊詞"寸心天上可燭"，"天"字平聲，"上"字仄聲。譜内據此，餘校下周密詞。

**又一體** 雙調一百三十三字，前段十五句五仄韻，後段十一句七仄韻。

周　密

又子規啼句酴醾謝句寂寂春陰池閣韻羅窗人病酒句奈牡丹初放句晚風還惡韻燕燕歸遲句鶯鶯聲懶句閒罥秋千紅索韻三分春過半句早朱桁塵凝句翠衣香薄韻傍鴛徑鶯籠句一池萍碎句半簷花落韻　冉冉春夢弱韻楚臺遠讀負雨期雲約韻漫念想讀清歌錦瑟句翠管瑶尊句幾回重醉東園酌韻但兔葵燕麥句倩誰訪讀畫闌紅藥韻況多病讀腰如削韻相如老去句賦筆吟箋閒却韻此情更誰問著韻

此即周詞體，惟後段第六句不押韻異。按，方千里詞"老去疏狂減"，陳允平詞"冷透金篝濕"，正與此同。

## 破陣樂二體

唐教坊曲名。《宋史・樂志》正宫，柳永《樂章集》注林鍾商。

**破陣樂** 雙調一百三十三字，前段十四句五仄韻，後段十六句五仄韻。

柳　永

露花倒影句煙蕪蘸碧句靈沼波暖韻金柳摇風樹樹句繫彩舫龍舟遥岸韻千步虹橋句參差雁齒句直趨水殿韻繞金堤讀曼衍魚龍戲句簇春嬌羅綺句喧天絲管韻霽色榮光句望中似睹句蓬萊清淺韻　時見韻鳳輦宸遊句鸞觴禊飲句臨翠水句開鎬宴韻兩兩輕舠飛畫楫句競奪錦標霞爛韻聲歡娱句歌魚藻句徘徊宛轉韻別有盈盈遊女句各委明珠句爭收翠羽句相將歸去句漸覺雲海沈沈句洞天日晚韻

此詞載《樂章集》，頗有脱誤。後段第七句"聲歡娱"，"聲"字或係"馨"字之僞；第十句"各"字下刻本脱一字，今從《詞緯》抄本校正。

可平可仄參下張詞。

**又一體** 雙調一百三十三字，前段十四句四仄韻，後段十六句五仄韻。

張　先

四堂互映句雙門並麗句龍閣開府韻郡美東南第一句望故園樓閣霏霧韻垂柳池塘句流泉巷陌句吴歌處處韻近黄昏讀漸更宜良夜句簇繁星燈燭句長衢如晝句暝色韶光句幾簾粉面句飛甍朱户韻　歡聚韻雁齒橋紅句裙腰草緑句雲際寺句林下路韻酒熟梨花賓客醉句但覺滿山簫鼓韻盡朋游句因民樂句芳菲有主韻自此歸從泥詔句去指沙堤句南屏水石句西湖風月句好作千騎行春句畫圖寫取韻

此即柳詞體，惟前段第十一句不押韻異。

## 瑞龍吟四體

黄昇云："此調前兩段雙拽頭，屬正平調，後一段犯大石調，'歸騎晚'以下仍屬正平調也。"

**瑞龍吟** 三段一百三十三字，前兩段各六句三仄韻，後一段十七句九仄韻。

周邦彦

章臺路韻還是褪粉梅梢句試花桃樹韻愔愔坊曲人家句定巢燕子句歸來舊處韻　黯凝佇韻因念箇人癡小句乍窺門户韻侵晨淺約宫黄句障風映袖句盈盈笑語韻　前度劉郎重到句訪鄰尋里句同時歌舞韻唯有舊家秋娘句聲價如故韻吟箋賦筆句猶記燕臺句韻知誰伴讀名園露飲句東城閒步韻事與孤鴻去韻探春盡是句傷離意緒韻官柳低金縷韻歸騎

晚句纖纖池塘飛雨韻斷腸院落句一簾風絮韻

此調以此詞爲正體，方千里、楊澤民、陳允平俱有和詞。吴文英别首及張翥詞俱照此填。若翁詞之後段第四句、第十五句不作拗體，另爲一格，不參校入譜。

前段第三句，吴詞别首"住船繫柳"，"繫"字仄聲。中段第二句，"筆底離情多少"，"筆"字仄聲；第五句，方詞"消凝悵望"，"消"字平聲；吴詞"露黄迷漫"，"迷"字平聲。後段第三句，"一宵歌酒"，"一"字仄聲；第四句，楊詞"可謂望風知心"，"可"字仄聲；第六句，"猶殢香玉"，"殢"字仄聲，"香"字平聲；第七句，張詞"總是關心句"，"總"字仄聲；第十三句，吴詞"莫唱朱櫻口"，"莫"字仄聲。譜内可平可仄據此，餘校下吴、陳二詞。

按，此詞後段第十一句"探春盡是"，"探"字有平、仄兩音，歷查宋、元諸詞，此處俱用仄聲字填，不可誤作平聲。

**又一體**　三段一百三十三字，前兩段各六句三仄韻，後一段十八句九仄韻。

吴文英

大溪面韻遥望繡羽冲煙句錦梭飛練韻桃花三十六陂句鮫宫睡起句嬌雷乍轉韻　去如箭韻催趁戲旗遊鼓句素瀾雪濺韻東風冷濕蛟腥句澹陰送晝句輕霏弄晚韻　洲上青蘋生處句鬬春不管句懷沙人遠韻殘日半開句一川花影零亂韻山屏醉纈句連棹東西岸韻闌干倒句千紅妝靨韻鉛香不斷韻傍暝疏簾卷韻翠漣皺淨句笙歌未散韻簪柳嬌桃嫩句猶自有玉龍句黄昏吹怨韻重雲暗閣句春霏一片韻

此即周詞體，惟後段第四句四字，第五句六字，第十五句五字，第十六句四字異。或謂周詞亦可以"惟有舊家"四字作一句，"秋娘聲價如故"六字作一句。查方千里和詞"追想向來歡娱，懷抱非故"，楊澤民和詞"可謂望風知心，傾蓋如故"，句法皆與周詞同，故知此詞當另列一體也。

**又一體**　三段一百三十三字，前兩段各六句、三仄韻，後一段十八句九仄韻。

陳允平

長安路韻還是燕乳鶯嬌句度簾遷樹韻層樓十二闌干句繡簾半卷句相思處處韻　漫憑佇韻因念彩雲初到句鎖窗瓊户韻梨花猶怯春寒句翠羞粉怨句尊前解語韻　空有章臺煙柳句瘦纖仍似句宫腰飛舞韻憔悴暗覺文園句雙鬢非故韻閒拈斷葉句重托殷勤句韻頻回首句河橋素約句津亭歸步韻恨逐芳塵去韻眩醉眼句盡遊絲亂緒韻腸結愁千縷韻深院静句東風落紅如雨韻畫屏夢繞句一篝香絮韻

此亦周詞體，惟後段第十二句三字，第十三句五字異。

**又一體**　三段一百三十二字，前兩段各六句、三仄韻，後一段十七句九仄韻。

翁元龍

清明近韻還是遞趲東風句做成花訊韻芳時一刻千金句半晴半雨句酬春未準韻　雁歸

盡韻數字向人慵寫句暗雲難認韻西園猛憶逢迎句翠紈障面句花間笑隱韻　曲徑池蓮平砌句絳裙曾與句濯香湔粉韻無奈燕幕鶯簾句輕負嬌俊韻青榆巷陌句踏馬紅成寸韻十年夢句秋千弔影句襪羅塵褪韻事往憑誰問韻晝長病酒添新恨韻煙冷斜陽暝韻山黛遠句曲曲闌干憑損韻柳絲萬尺句半堤風緊韻

此詞後段第九句用韻，與吴文英詞同。第十二句減一字作七字句，與各體異。

## 浪淘沙慢四體

柳永《樂章集》注歇指調。

**浪淘沙慢**　雙調一百三十三字，前段九句四仄韻，後段十六句五仄韻。

柳　永

夢覺讀透窗風一線句寒燈吹息韻那堪初醒句又聞空階句夜雨頻滴韻嗟因循久作天涯客韻負佳人讀幾許盟言句更忍把讀從前歡會句陡頓翻成憂戚韻　愁極韻再三追思句洞房深處句幾度飲散歌闌句香暖鴛鴦被句豈暫時疏散句費伊心力韻殢雨尤雲句有萬般千種相憐惜韻到如今讀天長漏永句無端自家疏隔韻知何時讀却擁秦雲態句願低幃昵枕句輕輕細説與句江鄉夜夜句數寒更思憶韻

此詞平仄，無别首可校。

後段第九句，《花草粹編》作"相憐相惜"，今從汲古閣本。

**又一體**　雙調一百三十三字，前段八句五仄韻，後段十五句九仄韻。

周邦彦

萬葉戰讀秋深露結句雁度沙磧韻細草和煙尚緑句遥山向晚更碧韻見隱隱雲邊新月白韻映落照讀千家簾幕句聽數聲讀何處倚樓笛韻妝點盡秋色韻　脉脉韻旅情暗自消釋韻念珠玉讀臨水猶悲感句何況天涯客韻憶少年歌酒句當時蹤跡韻歲華易老句衣帶寬句懊惱心腸終窄韻飛散後讀風流人阻句藺橋約讀悵恨路隔韻馬蹄過讀猶嘶舊巷陌韻歎往事讀一一堪傷句曠望極韻凝思又把闌干拍韻

按，《清真集》二詞句韻互有不同。此詞方千里、楊澤民、陳允平俱無和韻之作，填者當以"曉陰重"一詞爲正體。

**又一體**　雙調一百三十三字，前段九句六仄韻，後段十五句十仄韻。

周邦彦

曉陰重句霜凋岸草句霧隱城堞韻南陌脂車待發韻動門帳飲乍闋韻正拂面垂楊堪攬結韻

掩紅淚讀玉手親折韻念漢浦離鴻去何許韻經時信音絶韻　　情切韻望中地遠天闊韻向露冷風清句無人處讀耿耿寒漏咽韻嗟萬事難忘句唯是輕别韻翠尊未竭韻憑斷雲留取句西樓殘月韻羅帶花銷紋衾疊韻連環解讀舊香頓歇韻怨歌永讀瓊壺敲盡缺韻恨春去讀不與人期句弄夜色句空餘滿地梨花雪韻

此詞後段句讀與"萬葉戰"詞不同,方千里、楊澤民、吴文英、陳允平俱有和詞,故以此詞作譜。

前段第六句,楊詞"情緒似丁香千百結","情"字平聲;第七句,吴詞"有新燕、畫簾低説","簾"字平聲。後段第一句,吴詞"曲折","曲"字仄聲;第四句,"樓閣畔、縹緲鴻去絶","閣"字仄聲;第五句,楊詞"聞西度陽關","西"字平聲;第十一句,"那更第、四聲未歇","那"、"更"二字俱仄聲;第十二句,吴詞"料池柳、不攀春送别","不"字仄聲;第十三句,吴詞"倩玉兔、别搗秋香","玉"字仄聲,餘參下陳詞。

**又一體**　雙調一百三十二字,前段九句六仄韻,後段十六句十仄韻。

陳允平

暮煙愁句鴉歸古樹句雁過空堞韻南浦牙檣漸發韻陽關歌盡半闋韻恨入回腸千萬結韻長亭柳讀寸寸攀折韻望日下長安近句莫遣鱗鴻成間絶韻　　淒切韻去帆浪遠江闊韻悵頓解連環句西窗下讀對燭頻哽咽韻歎百歲光陰句幾度離别韻翠消粉竭韻信乍圓易散句彩雲明月韻浙水吴山重重疊韻流蘇帳讀陽臺夢歇韻暗塵鎖讀孤鸞秦鏡缺韻羞人問句怕説相思句正滿院句楊花落盡東風雪韻

此詞前段第六句校周詞少一字,或係刻本脱落。第八、九句作六字一句、七字一句,與周詞異。

## 歌頭一體

《尊前集》注大石調。

**歌頭**　雙調一百三十六字,前段十四句八仄韻,後段十九句五仄韻。

唐莊宗

賞芳春讀暖風飄箔韻鶯啼緑樹句輕煙籠晚閣韻杏桃紅句開繁蕚韻靈和殿讀禁柳千行句斜金絲絡韻夏雲多讀奇峰如削韻紈扇動微凉句輕綃薄韻梅雨霽句火雲爍韻臨水檻讀永日逃煩暑句泛觥酌韻　　露華濃句冷高梧句凋萬葉韻一霎晚風句蟬聲新雨歇韻暗惜此光陰句如流水句東籬菊殘時句歎蕭索韻繁陰積句歲時暮句景難留句不覺朱顔失却韻好容光句旦旦須呼賓友句西園長宵句宴雲謡句歌皓齒句且行樂韻

此詞無别首可校。

## 多麗九體

一名《鴨頭緑》，周格非詞名《隴頭泉》。

此調有平韻、仄韻兩體。

**多麗** 雙調一百三十九字，前段十三句六平韻，後段十一句五平韻。

晁補之

新秋近句晉公別館開筵韻喜清時讀銜杯樂聖句未饒緑野堂邊韻繡屏深讀麗人乍出句坐中雷雨起鵾弦韻花暖間關句水凝幽咽句寶釵搖動墜金鈿韻未彈了讀昭君遺怨句四坐已凄然韻西風裹讀香街駐馬句嬉笑微傳韻　算從來讀司空見慣句斷腸初對雲鬟韻夜將闌讀井梧下葉句砌蛩收響悄林蟬韻賴得多愁句潯陽司馬句當時不在綺筵前韻競歎賞讀檀槽倚困句沈醉到觥船韻芳春調讀紅英翠萼句重變新妍韻

此詞與“晚雲收”詞句法小異，查宋、元人少有填此體者，故以下詞作譜。

**又一體** 雙調一百三十九字，前段十四句六平韻，後段十二句五平韻。

晁端禮

晚雲收句淡天一片琉璃韻爛銀盤讀來從海底句皓色千里澄輝韻瑩無塵讀素娥淡泞句靜可數讀丹桂參差韻玉露初零句金風未凜句一年無似此佳時韻向坐久讀疏星時度句烏鵲正南飛韻瑤臺冷句闌干憑暖句欲下遲遲韻　念佳人讀音塵隔後句對此應解相思韻最關情讀漏聲正永句暗斷腸讀花陰潛移韻料得來宵句清光未減句陰晴天氣又爭知韻共凝戀讀如今別後句還是隔年期韻人總健句清尊素月句長願相隨韻

此調押平韻者以此詞爲正體。前段第五、六句，後段第三、四句，俱作上三下四句法，宋、元人多依此填。若李詞以下之句讀、押韻、字數不同者，皆變格也。

前段第三句，葛立方詞“未回窮臘”，“未”字仄聲，“窮”字平聲；第四句，楊无咎詞“碧溪萬里澄波”，“萬”字仄聲；第五句，李清照詞“也不似、貴妃醉臉”，“不”、“似”二字俱仄聲；第八句，張元幹詞“一雙白璧”，“一”字仄聲；第九句，王安中詞“圜扉鈴索鎮常閒”，“圜”字平聲；李清照詞“莫將比擬未新奇”，“比”字仄聲；第十二句，張元幹詞“三十載”，“十”字仄聲；第十三句，晁詞別首“依稀向人”，“向”字仄聲，“人”字平聲。後段第一句，張元幹詞“念向來、浩歌獨往”，“向”字、“浩”字俱仄聲；葛立方詞“算何人、爲伊消斷”，“消”字平聲；第三句，張綱詞“蒔七松、便爲小隱”，“七”字仄聲；楊无咎詞“且高歌、細敲檀板”，“擅”字平聲；第四句，張綱詞“開三徑、且樂餘年”，“且”字仄聲；張元幹詞“望爽氣、西山忘言”，“山”字平聲；第七句，王安中詞“琵琶數轉語綿蠻”，“數”字仄聲；第八句，張綱詞“君試聽、陽春佳闋”，“君”字平聲；第九句，葛立方詞“又是隔年長”，“又”字仄聲；第十句至結句，晁詞別首

"拌沈醉，身世恍然，一夢遊仙"，"世"字仄聲，"然"字平聲。譜内據此，餘參後張翥詞。

**又一體** 雙調一百三十七字，前段十五句七平韻，後段十二句五平韻。

李　漳

好人人韻去來欲見無因韻記當時讀竊香倚暖句豈期蝶散鶼分韻到而今讀漫勞夢想句歎後會讀慘啼痕韻繡閣銀屏句知他何處句一重山盡一重雲韻暮天杳句梗蹤萍跡句還是寄孤村韻寂廖月句今宵爲誰句虚照黄昏韻　細追思讀深誠密愛句黯然一晌銷魂韻仗遊魚讀漫傳尺素句望塞鴻讀空咽回文韻帳衾寒句香消塵滿句博山沈水更誰熏韻斷腸也讀無聊情味句惟是殢芳尊韻沈吟久句移燈向壁句掩上重門韻

此詞前段起句用韻，第六句減一字作六字句，後段第五句減一字作三字句，與晁詞異。

**又一體** 雙調一百三十九字，前段十三句六平韻，後段十二句五平韻。

張孝祥

景蕭疏句楚江那更高秋韻遠連天讀茫茫都是句敗蘆枯蓼汀洲韻認炊煙讀幾家蝸舍句映夕照讀一簇漁舟韻去國雖遥句寧親漸近句數峰青處是吾州韻便乘取讀波平風静句荃棹且夷猶韻闕情有讀冥冥去雁句拍拍輕鷗韻　忽追思讀當年往事句惹起無限羇愁韻拄笏朝來多爽氣句秉燭夜永足清遊韻翠袖香寒句朱弦韻悄句無情江水只東流韻舵樓晚讀清商哀怨句還聽隔船謳韻無言久句餘霞散綺句煙際帆收韻

此詞前段第十二句七字，後段第三、四句俱不作折腰句法，與晁詞異。

**又一體** 雙調一百三十九字，前段十四句七平韻，後段十二句五平韻。

張　翥

晚山青韻一川雲樹冥冥韻正參差讀煙凝紫翠句斜陽畫出南屏韻館娃歸讀吴臺游鹿句銅仙去讀漢苑飛螢韻懷古情多句憑高望極句且將樽酒慰飄零韻自湖上讀愛梅仙遠句鶴夢幾時醒韻空留得句六橋疏柳句孤嶼危亭韻　待蘇堤讀歌聲散盡句更須携妓西泠韻藕花深讀雨凉翡翠句菰蒲軟讀風弄蜻蜓韻澄碧生秋句鬧紅駐景句采菱新唱最堪聽韻見一片讀水天無際句漁火兩三星韻多情月句爲人留照句未過前汀韻

此詞字句悉與晁詞同，惟首句用韻異。

**又一體** 雙調一百三十九字，前段十四句七平韻，後段十三句六平韻。

傅按察

静中看韻循環興廢無端韻記昔日讀淮山隱隱句宛若虎踞龍盤韻下樊襄讀指揮湘漢句鞭

雲騎讀圍繞江干韻勢不成三句時當混一句過唐之數不爲難韻誰知道讀倉皇南渡句半壁幾何間韻陳橋驛句孤兒寡婦句久假當還韻　挂征帆韻龍舟催發句紫宸初卷朝班韻禁庭空讀土花暈碧句輦路悄讀呼喝聲乾韻縱餘得讀西湖風景句花柳亦凋殘韻去國三千句遊仙一夢句依然天淡夕陽閒韻昨宵也句一輪明月句還照臨安韻

此體前後段起句俱用韻，後段第六、七、八、九、十句句法亦與各體異。

**又一體** 雙調一百三十九字，前段十三句六平韻，後段十二句五平韻。

葛立方

破波光如鏡句雙翼輕舟韻對雨餘讀重巖疊嶂句何妨影墮清流韻望芙蕖讀渺然如海句張雲錦讀掩映汀洲韻出水奇姿句凌波豔態句眼看一葉弄新秋韻恍疑是讀金沙池内句玉井認峰頭韻花深處讀田田葉底句魚戲龜遊韻　正微凉句西風初度句一彎斜月如鉤韻想天津讀鵲橋將駕句看寶奩讀蛛網初抽韻曬腹何堪句穿針無緒句不如溪上少淹留韻競笑語追尋句惟有沈醉可忘憂韻憑清唱讀一聲檀板句驚起沙鷗韻

此詞前段起句五字，第二句四字，後段第八句五字，第九句七字，與晁詞異。

**又一體** 雙調一百四十字，前段十四句六仄韻，後段十二句五仄韻。

聶冠卿

想人生句美景良辰堪惜韻向其間讀賞心樂事句古來難是並得韻況東城讀鳳臺沁苑句泛清波讀殘照金碧韻露洗華桐句煙霏絲柳句緑陰搖曳句蕩春一色韻畫堂迴讀玉簪瓊珮句高會盡詞客韻清歌久讀重燃絳蠟句别就瑶席韻　有翩若驚鴻體態句暮爲行雨標格韻逞朱唇讀緩歌妖麗句似聽流鶯亂花隔韻慢舞縈回句嬌鬟低嚲句腰肢纖細困無力韻忍分散讀彩雲歸後句何處更尋覓韻休辭醉句明月好花句莫漫輕擲韻

此詞與曹詞俱用仄韻，爲此調之變格，然句讀互異，未可參校作譜。

**又一體** 雙調一百四十字，前段十六句七仄韻，後段十三句六仄韻。

曹　勛

喜雨薰泛景句翠雲低柳韻正涼生殿閣句梅潤曉天句暑風時候韻應乘乾讀彩虹流渚句驚電繞讀瑋霄樞斗韻大業輝光句益建火德句梯航四海盡奔走韻六府煥修句多方平定句寰宇歌元首韻凝九有韻三辰拱北句萬邦孚佑韻　對祥煙霽色清和句鳳韶九成儀晝韻聽山聲讀響傳呼舞句騰紫府讀香濃金獸韻禁御昇平句慈闈燕適句褘衣共上玉觴酒韻齊奉舜圖句南山同永句合殿備奏韻祝聖壽韻聖壽無疆句兩儀並久韻

此詞添押兩韻，前後段句讀亦多與聶詞不同。

## 《御定詞譜》卷三十八　起一百三十九字至一百六十字

### 玉女摇仙佩二體

柳永《樂章集》注正宫。

**玉女摇仙佩**　雙調一百三十九字，前段十四句六仄韻，後段十三句七仄韻。

柳　永

飛瓊伴侣句偶别珠宫句未返神仙行綴韻取次梳妝句尋常言語句有得幾多姝麗韻擬把名花比韻恐旁人笑我句談何容易韻細思算讀奇葩豔卉句惟是深紅淺白而已韻爭如這多情句占得人間句千嬌百媚韻　須信畫堂繡閣句皓月清風句忍把光陰輕棄韻自古及今句佳人才子句少得當年雙美韻且恁相偎倚韻未消得讀憐我多才多藝韻但願取讀蘭心蕙性句枕前言下句表余深意韻爲盟誓韻今生斷不辜鴛被韻

此詞平仄校下朱詞句法同者。

**又一體**　雙調一百三十九字，前段十四句七仄韻，後段十三句七仄韻。

朱　雍

灰飛嶰谷句佩解江干句庾嶺寒輕梅瘦韻水面吞蟾句山光暗斗韻物色盈枝依舊韻憑暖危闌久韻有清香旖旎句却沾襟袖韻賦多情讀窺人豔冷句更是殷勤句忍重回首韻誰知道讀春歸院落句繽紛雪飛鴛甃韻　須謝花神愛惜句碎璧鋪酥句肯把蜚英僝僽韻念念瑶珂句乘颻煙浦句送别猶携纖手韻馥鬱盈芳酒韻臨妝罷讀一點眉峰傷皺韻又只恐讀收夢斷莞句凄風怨曉句早催銀漏韻殘金獸韻參横月墮歸時候韻

此詞前段第五句押韻，結句作七字一句、六字一句，與前體異。

### 六醜三體

調見《清真樂府》。

**六醜**　雙調一百四十字，前段十四句八仄韻，後段十三句九仄韻。

周邦彦

正單衣試酒句悵客裏讀光陰虚擲韻願春暫留句春歸如過翼韻一去無跡韻爲問家何在句

夜來風雨句葬楚宮傾國韻釵鈿墮處遺香澤韻亂點桃蹊句輕翻柳陌韻多情更誰追惜韻但蜂媒蝶使句時叩窗槅韻　　東園岑寂韻漸朦朧暗碧韻静繞珍叢底句成歎息韻長條故惹行客韻似牽衣待話句别情無極韻殘英小讀强簪巾幘韻終不似讀一朵釵頭顫嫋句向人欹側韻漂流處讀莫趁潮汐韻恐斷鴻讀尚有相思字句何由見得韻

此調以此詞爲正體，方千里、楊澤民、陳允平俱有和詞。若吴詞、詹詞之句讀不同，皆變格也。

按，陳詞前段第七句“飛蜂似雨”，“飛”字平聲；楊詞第八句“又留連京國”，“留”字平聲。譜内據之，餘參下二詞。

此詞平仄異同處，遍校諸家，不過數字，可見古人聲律之嚴。

**又一體**　雙調一百四十字，前段十四句八仄韻，後段十三句九仄韻。

吴文英

漸新鵝映柳句茂苑鎖讀東風初掣韻館娃舊游句羅襦香未滅韻玉夜花節韻記向留連處句看街臨晚句放小簾低揭韻星河瀲灧春雲熱韻笑靨敧梅句仙衣舞纈韻澄澄素娥宫闕韻醉西樓十二句銅漏催徹韻　　紅消翠歇韻歎霜簪練發韻過眼年光句舊情盡别韻泥深厭聽啼鴂韻恨愁霏潤沁句陌頭塵襪韻青鸞杳讀鈿車音絶韻却因甚讀不把歡期句付與少年花月韻殘梅瘦讀飛趁風雪韻丙夜永讀更説長安夢句燈花正結韻

此與周詞同，惟後段第三、四句作四字兩句，第九句作七字，第十句作六字異。按，陳允平和詞後段第九、十句“驚回處、斷雨殘雲，倦倚畫闌干側”，正與此同。

**又一體**　雙調一百四十字，前段十四句八仄韻，後段十四句九仄韻。

詹　正

似東風老大句那復有讀當時風氣韻有情不定句江山身是寄韻浩蕩何世韻但憶臨官道句暫來不住句便出門千里韻癡心指望回風墜韻扇底相逢句釵頭微綴韻他家萬條千縷韻解遮亭障驛句不隔江水韻　　瓜洲曾檥韻等行人歲歲韻日下長秋句城烏夜起韻帳廬好在春睡韻共飛歸湖上句草青無地韻愔愔雨讀春心如膩韻欲待化讀豐樂樓前句帳飲青門都廢韻何人念讀流落無際韻幾點摶作句雪綿松潤句爲君裛淚韻

此與吴詞同，惟後段第十二句、第十三句作四字三句異。

## 玉抱肚一體

調見《逃禪詞》。

**玉抱肚** 雙調一百四十一字,前段九句六仄韻,後段十五句九仄韻。

楊无咎

同行同坐韻同携同卧韻正朝朝暮暮同歡句怎知終有抛彈韻記江皋惜別句那堪被讀流水無情送輕舸韻有愁萬種句恨未説破韻知重見讀甚時可韻　見也渾閒句堪嗟處讀山遥水遠句音書也無箇韻這眉頭讀强展依前鎖韻這淚珠讀强拭依前墮韻我平生讀不識相思句爲伊煩惱忒大韻你還知麽韻你知後讀我也甘心受摧挫韻又只恐你句背盟誓讀如風過韻共别人讀忘著我韻把揚瀾左蠡讀都卷盡句也殺不得讀這心頭火韻

此調祇有此詞,無別首可校。

按,元曲有商調《玉抱肚》,與此不同。

汲古閣本此詞後段第六句"强拭"作"强收",第十二句"如風過"作"似風過",第十四句"左"字下脱一字,第十五句"也"字作"與"字,今從潛采堂抄本訂正。

## 六州歌頭九體

程大昌《演繁露》:"《六州歌頭》本鼓吹曲也,近世好事者倚其聲爲弔古詞,音調悲壯,又以古興亡事實文之。聞其歌,使人慷慨,良不與豔詞同科,誠可喜也。"

**六州歌頭** 雙調一百四十三字,前段十九句八平韻八叶韻,後段二十句八平韻十叶韻。

賀　鑄

少年俠氣句交結五都雄韻肝膽洞叶毛髮聳叶立談中韻死生同韻一諾千金重叶推翹勇叶矜豪縱叶輕蓋擁叶聯飛鞚叶斗城東韻轟飲酒壚句春色浮寒甕叶吸海垂虹韻閒呼鷹嗾犬句白羽摘雕弓韻狡穴俄空韻樂匆匆韻　似黄粱夢叶辭丹鳳叶明月共叶漾孤篷韻官冗從叶懷倥偬叶落塵籠韻簿書叢韻鶡弁如雲衆叶供麄用叶忽奇功韻笳鼓動叶漁陽弄叶思悲翁韻不請長纓句繫取天驕種叶劍吼西風韻恨登山臨水句手寄七弦桐韻目送歸鴻韻

此調平仄互叶,當以此詞爲定體。平用東、冬,叶用董、腫、宋、送,不雜他韻。　按,賀鑄,北宋人,其用韻校諸家不同,蓋當日倚聲,必有所本也。後惟汪元量一詞遵之,而體又不同,故不校注平仄。

**又一體** 雙調一百三十三字,前段十六句八平韻六叶韻,後段十九句八平韻八叶韻一疊韻。

汪元量

緑蕪城上句懷古恨依依韻淮山碎叶江波逝叶昔人非韻令人悲韻惆悵隋天子叶錦帆裏叶環珠履叶叢香綺叶展旌旗叶蕩漣漪韻擊鼓撾金吹玉句擁瓊璈讀恣意遊嬉韻斜日暉暉韻

亂鶯啼韻　銷魂此際叶君臣醉叶貔貅散叶事如飛韻山河墜叶煙塵起叶風凄凄韻雨霏霏韻草木皆垂淚叶家園棄叶竟忘歸韻笙歌地叶歡娱地疊盡荒畦韻惟有當時皓月句依然挂讀楊柳青枝韻聽堤邊漁叟句一笛醉中吹韻興廢誰知韻

此詞用三聲叶韻，與賀詞同。惟"遊嬉"句下、"斜日"句上，少五字兩句。前段十三、十四兩句，後段十五、十六兩句，句法亦與賀詞異。

**又一體**　雙調一百四十三字，前段十九句八平韻兩叶韻五仄韻，後段二十句八平韻七仄韻。

韓元吉

東風著意句先上小桃枝平韻紅粉膩叶嬌如醉叶依朱扉平韻記年時韻隱映新妝面换仄韻臨水岸韻春將半韻雲日暖韻斜陽轉韻夾城西平韻草軟沙平句跋馬垂楊渡句玉勒爭嘶韻認蛾眉凝笑句臉薄拂胭脂韻繡户曾窺韻恨依依韻　昔携手處换仄韻香如霧韻紅隨步韻怨春遲平韻消瘦損换仄韻憑誰問韻只花知平韻淚空垂韻舊日堂前燕句和煙雨句又雙飛韻人自老换仄韻春長好韻夢佳期平韻前度劉郎句幾許風流地句到也應悲韻但茫茫暮靄句目斷武陵溪韻往事難追韻

此詞平韻用支、微、齊韻，而仄韻不專用紙、尾、寘、未諸韻用叶，凡换五仄韻，又自成一格也。

**又一體**　雙調一百四十三字，前段十九句八平韻六仄韻，後段二十句八平韻六仄韻。

李　冠

秦亡草昧句劉項起吞併平韻驅龍虎仄韻鞭寰宇韻斬長鯨平韻掃欃槍韻血染彭門戰换仄韻視餘耳句皆鷹犬韻平禍亂韻歸炎漢韻勢奔傾平韻兵散月明風急句旌旗亂句刁斗三更韻共虞姬相對句泣聽楚歌聲韻玉帳魂驚韻淚盈盈韻　恨花無主换仄韻凝愁緒韻揮雪刃句掩泉扃平韻時不利换仄韻騅不逝韻困陰陵平韻叱追兵韻喑嗚摧天地句望歸路句忍偷生韻功蓋世换仄韻成閒紀韻見遺靈平韻江静水寒煙冷句波紋細句古木凋零韻遣行人到此句追念益傷情韻勝負難憑韻

此詞即程大昌所稱"音節悲壯"者也。前段第八句、後段第三句俱不押韻，又前段第十三句六字，第十四句三字，後段第十五句六字，第十六句三字，與前詞異。

以上四體，俱平仄間押者。

**又一體**　雙調一百四十三字，前段十九句八平韻，後段十九句七平韻。

劉　褒

憑深負阻句蜂午肆奔騰韻龍江上句妖氛漲句鯨海外句白波驚韻羽檄交飛急句玉帳静句金韜閉句慨遠馭句振長纓韻密分兵韻細草黄沙渺渺句西關路句風嫋高旌韻聽飛霜令肅

句堅壁夜無聲韻鼓角何神韻地中鳴韻　看追風騎句攢雲槊句殷雷轂句徹天鉦韻飛箭集句旌頭墜句長圍掩句郭東傾韻振旅觀旋凱句笳鼓競句繡旗明韻刀換犢句戈藏革句士休營韻黄色赤雲交映句論功何止蔡州平韻想環城蒼玉句深刻入青冥韻永詔來今韻

此詞全押平韻,句讀亦與平仄韻間押體小異。

可平可仄悉參袁、盧二詞。

**又一體** 雙調一百四十三字,前段十八句七平韻,後段二十一句八平韻。

袁去華

柴桑高隱句丘壑歲寒姿韻北窗下句羲黄上句古人期韻俗人疑韻束帶真難事句賦歸去句吾廬好句斜川路句携筇杖句看雲飛韻六翮冥冥高舉句青霄外句矰繳何施韻且流行坎止句人世任相違韻采菊東籬韻　正悠然句見南山處句無窮景句與心會句有誰知韻琴中趣句杯中物句醉中詩韻可忘饑韻一笑騎鯨去句向千載句賞音稀韻嗟倦翼句瞻遺像句是吾師韻門外空餘衰柳句摇疏翠句斜日暉暉韻遣行人到此句感歎不勝悲韻物是人非韻

此即劉詞體,惟後段第十六句攤破作三字一句、四字一句異。又,此調前段結句三字押韻,此詞移作後段第一句,又不叶韻,與諸家異。

按,譜中韓詞前段結句“恨依依”三字,刻本亦有屬下段者,今從《詞律》本訂定。若此詞,則斷然屬下無疑,以其有押韻不押韻之辨也。

**又一體** 雙調一百四十三字,前段十九句七平韻,後段十九句八平韻。

劉　過

鎮長淮句一都會句古揚州韻昇平日句珠簾十里句春風小紅樓韻誰知艱難去句邊塵暗句胡馬擾句笙歌散句衣冠渡句使人愁韻屈指細思句血戰成何事句萬户封侯韻但瓊花無恙句開落幾經秋韻故壘荒丘韻似含羞韻　悵望金陵宅句丹陽郡句山不斷綢繆韻興亡夢句榮枯淚句水東流韻甚時休韻野竈炊煙裏句依然是句宿貔貅韻歎燈火句今蕭索句尚淹留韻莫上醉翁亭看句濛濛雨句楊柳絲柔韻笑書生無用句富貴拙身謀韻騎鶴來遊韻

此詞前段起作三字三句,第四、五、六句作三字一句、四字一句、五字一句,後段起作五字一句、三字一句,又五字一句,與諸詞異。

**又一體** 雙調一百四十一字,前段十八句六平韻,後段十八句七平韻。

程　珌

向來抵掌句未必總談空韻難遍舉句質三事句試從公韻記當年句賦得一丘一壑句天鳶闊句淵魚静句莫擊磬句但酌酒句盡從容韻一水西來他日句會從公讀曳杖其中韻問前回歸去句笑白髮成蓬韻不識如今句幾西風韻　蒙莊多事句論虱豕句推羊蟻句未辭終韻又

驟説句魚得計句孰能通韻歎如雲網罟句龍伯啖句渺難窮韻凡三惑句誰使我句釋然融韻豈是匏瓜繫者句把行藏讀悉付鴻濛韻且從頭檢校句想見共迎公韻湖上千松韻

此亦劉詞體，惟前段第七句添一字，後段第六句下少三字一句異。以其押韻參差，故不校注入譜。

按，詞中凡三用“公”字，前段第五句是韻，第十四句是讀，後段第十八句押重，或係”翁“字之誤。

**又一體**　雙調一百四十四字，前段十九句八平韻，後段二十句八平韻。

盧　摯

詩成雪嶺句畫裏見岷峨韻浮錦水句歷灩澦句滅坡陀韻鴈江沱韻喚醒高唐殘夢句動奇思句聞巴唱句觀楚舞句邀宋玉句訪巫娥韻擬賦離騷九辯句空目斷句雲樹煙蘿韻渺湘靈不見句木落洞庭波韻撫卷長哦韻重摩挲韻　問南樓月句癡老子句興不淺句夜如何韻千載後句多少恨句付漁蓑韻醉時歌韻日暮天門遠句愁欲滴句兩青蛾韻曾一舸句奇絶處句半經過韻萬古金焦偉觀句鯨鼉背句盡意婆娑韻更乘槎欲就句織女看飛梭韻直到銀河韻

此與劉褒詞同，惟前段第七句作六字句，又前段第五句押韻，第十一句不押韻，後段第七句押韻異。

## 夜半樂二體

唐教坊曲名。柳永《樂章集》注中吕調，蓋借舊曲名另倚新聲也。《碧雞漫志》：“《唐史》：明皇自潞州還京師，夜半舉兵誅韋后，制《夜半樂》、《還京樂》二曲。今黄鍾宫有《三臺夜半樂》，中吕調，有慢、有近拍、有序。”

**夜半樂**　三段一百四十四字，前段十五句五仄韻，中段九句四仄韻，後段七句五仄韻。

柳　永

凍雲黯淡天氣句扁舟一葉句乘興離江渚韻渡萬壑千巖句越溪深處韻怒濤漸息句樵風乍起韻更聞商旅相呼句片帆高舉韻泛畫鷁讀翩翩過南浦韻　望中酒旆閃閃句一簇煙村句數行霜樹韻殘日下讀漁人鳴榔歸去韻敗荷零落句衰楊掩映句岸邊兩兩三三句浣紗遊女韻避行客讀含羞笑相語韻　到此因念句繡閣輕拋句浪萍難駐韻歎後約讀丁寧竟何據韻慘離懷讀空恨歲晚歸期阻韻凝淚眼讀杳杳神京路韻斷鴻聲遠長天暮韻

此調祇有柳詞二首，其句讀亦大同小異，無别首宋詞可校。

**又一體**　三段一百四十五字，前兩段各十句，四仄韻，後一段七句五仄韻。

柳　永

豔陽天氣句煙細風暖句芳草郊汀閒凝佇韻漸妝點亭臺句參差佳樹韻舞腰困力句垂楊緑

映句淺桃穠李句小白嫩紅無數韻度綺燕流鶯鬭雙語韻　翠娥南陌簇簇句躡影紅陰句緩移嬌步韻抬粉面句韶容花光相妒韻絳綃袖舉句雲鬟風顫句半遮檀口含羞句背人偷顧韻競鬭草讀金釵笑爭賭韻　對此佳景句頓覺銷凝句惹成愁緒韻念解佩輕盈在何處韻忍良時讀辜負少年等閒度韻空望極讀回首斜陽暮韻歎浪萍風梗如何去韻

此詞前段起處四字二句、七字一句,與前體異。後段結處八字一句,亦與前體異。

按,汲古閣刻本前段第三句作"芳草郊燈明閒凝佇",多一字,文義又不可解;第九句"小白"作"夭夭","無數"作"光數";次段結句"金釵"作"金斂",皆譌也。

## 寶鼎現八體

調見《順庵樂府》。李彌遜詞名《三段子》,陳合詞名《寶鼎兒》。

**寶鼎現**　三段一百五十七字,前一段九句四仄韻,後兩段各八句五仄韻。

康與之

夕陽西下句暮靄紅隘句香風羅綺韻乘夜景讀華燈爭放句濃焰燒空連錦砌韻睹皓月讀浸嚴城如畫句花影寒籠絳蕊韻漸掩映讀芙蕖萬頃句迤邐齊開秋水韻　太守無限行歌意韻擁麾幢讀光動金翠韻傾萬井讀歌臺舞榭句瞻望朱輪駢鼓吹韻控寶馬讀耀貔貅千騎句銀燭交光數里韻似爛簇讀寒星萬點句引入蓬壺影裏韻　來伴宴閣多才句環豔粉讀瑶簪珠履韻恐看看讀丹詔歸春句宸游燕侍韻便趁早讀占通宵醉韻莫放笙歌起韻任畫角讀吹徹寒梅句月落西樓十二韻

此調以此詞爲正體,其餘或添字,或減字,押韻句讀不同,皆變格也。

譜中惟趙詞與此詞大同小異,故可平可仄悉參之。其後段第一句"綺席成行",減六字爲四字,或係傳寫之譌,不可爲法。

按,此詞後段第三、四句七字一句、四字一句,查各家俱作上五下六句法,疑此有誤。又汲古閣本及《詞律》第四句作"催奉宸游燕侍",未知所本,今姑仍舊,亦闕疑之意也。

**又一體**　三段一百五十五字,前段九句五仄韻,中段八句五仄韻,後段九句六仄韻。

趙長卿

囂塵盡掃句碧落輝騰句元宵三五韻更漏永讀遲遲停鼓韻天上人間當此遇韻正年少讀盡香車寶馬句次第追隨士女韻看往來讀巷陌連甍句簇起星毬無數韻　政簡物阜清閒處句聽笙歌讀鼎沸頻舉韻燈焰暖讀庭幃高下句紅影相交知幾户韻恣歡笑讀道今宵景色句勝却前時幾度韻細算來讀皇都此夕句消得喧傳今古韻　綺席成行句爐噴嫋讀沈檀輕縷韻睹遨遊彩仗句疑是神仙伴侣韻欲飛去讀恨難留住韻漸到蓬瀛步韻願永逢讀恁時恁

節句且與風光爲主韻

此即康詞體，惟前段第五句用韻，後段起句四字，第三句五字，第四句六字異。

**又一體** 三段一百五十七字，前段十一句四仄韻，中段九句五仄韻，後段八句四仄韻。

《梅苑》無名氏

東君著意句化工恩被句灼灼妖豔韻嫋嫩梢輕蓓句縈風惹露句偏早香英綻韻似向人讀故矜誇標致句倚闌全如顧盼韻尚困怯餘寒句柔情弱態句天真無限韻　斷橋壓柳時非淺韻先百花讀風光獨占韻當送臘初歸句迎春欲至句芳姿偏婉孌韻料碎剪就讀繒紈輝麗句更把胭脂重染韻自賦得讀一般容冶句宛勝神仙妝臉韻　折送小閣幽窗句酷愛處讀令親几硯韻盡孜孜觀賞句不枉人稱妙選韻待密付讀如膏雨澤句金玉仍妝點韻任擾擾讀百卉千花句掩跡一時羞見韻

此詞前段第四句五字，第五句四字，第六、第九句俱五字，第十、第十一句俱四字；中段第三句五字，第四句四字，第五句五字；後段第三句五字，第四句六字，又少押一韻，與康詞異。

**又一體** 三段一百五十七字，前段十句五仄韻，中段八句六仄韻，後段八句五仄韻。

李彌遜

層林煙霽句巨壁天半句鴻飛無路韻雲斷處讀兩山之間句十萬琅玕環翠羽韻轉秀谷讀枕蘋花汀漵韻短柳疏籬向暮韻看外壟牛歸句橫舟人去句平蕪鷗鷺韻　並遊不見鞭鸞侶韻只僧前讀松子隨步韻回徑險讀凌風遐想句小憩清泉依茂樹韻正筍蕨讀過如酥新雨韻磯下游魚可數韻縱窈窕讀雲關長啟句寂寂誰爭子所韻　世上丹轂朱纓句春夢覺讀南柯何許韻況榮枯無定句中有歡離愁緒韻盡笑我讀詫盤谷趣韻爲讀昌黎賦韻會有人讀秣馬膏車句相屬一尊清醑韻

此詞前段第八句五字，第九、十句俱四字，後段第三句五字，第四句六字，又多押兩韻，與康詞異。後段第七句“膏”字去聲。

**又一體** 三段一百五十八字，前一段十句四仄韻，後兩段各九句五仄韻。

張元幹

山莊圖畫句錦囊吟詠句胸中丘壑韻年少日讀如虹豪氣句吐鳳詞華渾忘却韻便袖手讀向巖前溪畔句種滿煙梢霧籜韻想別墅平泉句當時草木句風流如昨韻　瘦藤閒倚看鋤藥韻雙芒鞋讀雨後常著韻目送處讀飛鴻滅没句誰問蓬蒿爭燕雀韻乍霽月讀望松雲南渡句短艇敲沙夜泊韻正萬里青冥句千林虛籟句從渠矰繳韻　攜幼尚有筠丁句誰會得讀人生行樂韻岸幘綸巾歸去句深户香迷翠幕韻恐未免讀上凌煙閣韻好在秋天鶚韻念小山叢

桂句今宵狂客句不勝杯勺韻

此詞三段結俱作五字一句、四字兩句,又後段第三句添一字作六字句,與諸家異。

**又一體** 三段一百五十七字,前段十一句五仄韻,中段十句五仄韻,後段九句四仄韻。

陳 合

虞弦清暑韻佳氣葱鬱句非煙非霧韻人正在讀東閣堂上句分瑞祥輝騰翠渚韻奉玉斝句總歡呼稱頌句爭羨神光葆聚韻慶誕節句彌生二佛句接踵瑶池仙母韻　最好英慧由天賦韻有仁慈寬厚襟宇韻每留念讀修身誠意句博問謙勤親保傅韻染寶翰句鎮規隨宸畫句心授家傳有素韻更吟詠句形容雅頌句隱隱賡歌風度韻　恩重漢殿傳觴句宣付祝讀恭承天語韻對南薰初試句宫院笙簫競舉韻但長願讀際昇平世句萬載皇基鞏固韻問寢日句俟雞鳴舞拜句龍樓深處韻

此詞前段起句即用韻,後段第三句五字,第四、第六句俱六字,第七句三字,第八句五字,第九句四字,與康詞異。

**又一體** 三段一百五十八字,前段九句五仄韻,中段八句六仄韻,後段八句五仄韻。

陳允平

六鼇初駕句縹緲蓬閬句移來州島韻還又似讀梅飄冰泮句一夜青陽回海表韻漸媚景讀傍元宵時候韻花底餘寒料峭韻更喜報讀三邊晏静句人樂清平宇宙韻　晝鼓簇隊行春早韻擁煙花讀粉黛繚繞韻開洞府讀桃源路杳韻戟外東風吹岸柳韻正翠靄讀映星橋月榭句十里紅蓮綻了韻慶萬家讀珠簾半卷句綽約歌裙舞袖韻　重錦繡幄圍香句閭鳳管鸞絲環奏韻望非煙非霧句春在壺天易曉韻早隱隱讀半空星斗韻看取收燈後韻趁鳳書讀催入黄扉句立馬金門待玉漏韻

此詞後段結句七字,校諸詞獨異。

**又一體** 三段一百五十八字,前段九句六仄韻,中段八句八仄韻,後段八句五仄韻。

劉辰翁

紅妝春騎韻踏月呼影句千旗穿市韻望不見讀璃樓歌舞句習習香塵蓮步底韻簫聲斷讀約彩鸞歸去句未怕金吾呵醉韻甚輦路讀喧闐且止韻聽得念奴歌起韻　父老猶記宣和事韻抱銅仙讀清淚如水韻還轉盼讀沙河多麗韻滉漾明光連邸第韻簾影動讀散紅光成綺韻月浸蒲桃十里韻看往來讀神仙才子韻肯把菱花撲碎韻　腸斷竹馬兒童句空見説讀三千樂指韻等多時讀春不歸來句到春時欲睡韻又説向讀燈前擁髻韻暗滴鮫珠墜韻便當日讀親見霓裳句天上人間夢裏韻

此詞後段第四句作五字一句，又多押五韻，與康詞異。

### 箇儂一體

調見廖瑩中詞，即用起句爲名。

**箇儂** 雙調一百五十九字，前段十六句六仄韻，後段十六句八仄韻。

廖瑩中

恨箇儂無賴句賣嬌眼讀春心偷擲韻沙軟芳堤句苔平蒼徑句却印下讀幾弓纖跡韻花不知名句香才聞氣句似月下箜篌句蔣山傾國韻半解羅襟句蕙熏微度句鎮宿粉讀棲香雙蝶韻語態眠情句感多時讀輕留細閱韻休問望宋牆高句窺韓路隔韻　尋尋覓覓韻又暮雨讀遥峰凝碧韻花徑横煙句竹扉映月句盡一刻讀千金堪值韻卸襪熏籠句藏燈衣桁句任裹臂金斜句搔頭玉滑韻更怪檀郎句惡憐深惜韻幾顫嫋讀周旋傾側韻碾玉香鈎句甚無端讀鳳珠微脱韻多少怕曉聽鍾句瓊釵暗擘韻

此調祇此一詞，無别首可校。

### 解紅慢一體

調見《鳴鶴餘音》。

**解紅慢** 雙調一百六十字，前段十七句八仄韻一叶韻，後段十八句五仄韻四叶韻。

《鳴鶴餘音》無名氏

杖藜徐步韻過小橋句逍遥游南浦韻韶華暗改句俄然又翠密紅疏叶東郊雨霽句何處綿蠻黄鸝語韻見雲山掩映句煙溪外句斜陽暮韻晚凉趁句竹風清句荷香度韻這閒裏讀光陰向誰訴韻塵寰百歲能幾許韻似浮漚出没句迷者難悟韻　歸去來句恐田園荒蕪叶東籬畔句坦蕩笑傲琴書叶青松影裏句茅簷下句保養殘軀叶一任世間句物態翻騰催今古韻爭如我讀懶散生涯句貧與素韻興時歌句困時眠句狂時舞韻把萬事讀紛紛總不顧韻從他人笑真愚魯韻伴清風皓月句幽隱蓬壺叶

此元詞也，用魚虞、語麌、御遇本部三聲叶，與《中原音韻》北曲不同。

此調祇有此詞，無别首可校。

## 《御定詞譜》卷三十九　起一百六十九字至二百四十字

### 穆護砂一體

唐人張祜有五言絶句一首，題曰《穆護砂》，調名本此，蓋因舊曲名，另倚新聲也。

**穆護砂**　雙調一百六十九字，前段十五句七仄韻一叶韻，後段十四句六仄韻兩叶韻。

宋　裴

底事蘭心苦韻便凄然讀泣下如雨韻倚金臺獨立句揾香無主句斷腸封家相妒韻亂撲簌讀驪珠愁有許韻向午夜讀銅盤傾注韻便不是讀紅冰綴頰句也濕透讀仙人煙樹韻羅綺筵中句海棠花下句淫淫常怕鳳脂枯叶比雒陽年少句江州司馬句多少定誰似韻　照破别離心緒韻學人生讀有情酸楚韻想洞房佳會句而今寥落句誰能暗收玉箸韻算衹有讀金釵曾巧補韻輕拭了讀粉痕如故韻愁思減讀舞腰纖細句清血盡讀媚臉敷腴叶又恐嬌羞句絳紗籠却句緑窗伴我撿詩書叶更休教讀鄰壁偷窺句幽蘭啼曉露韻

此調衹有此詞，無别首可校。

此詞語、麌仄韻中間入枯、腴、書三平韻，蓋用三聲叶也。

### 三臺一體

見唐《教坊記》。《唐音統籤》云："唐曲有《三臺》：《急三臺》、《宫中三臺》、《上皇三臺》、《怨陵三臺》、《突厥三臺》。《三臺》爲大曲。"馮鑒《續事始》曰："漢蔡邕三日之間，周歷三臺，樂府以邕曉音律，爲製此曲。"劉禹錫《嘉話録》曰："鄴中有曹公銅雀、金虎、冰井三臺，北齊高洋毁之，更築金鳳、聖應、崇光三臺，宫人拍手呼上臺送酒，因名其曲爲《三臺》。"李氏《資暇録》曰："《三臺》，三十拍促曲名。昔鄴中有三臺，石季龍常爲宴遊之所，而造此曲以促飲。"《樂苑》云："唐《三臺》，羽調曲。"

**三臺**　三段一百七十一字，前一段九句五仄韻，後兩段各八句五仄韻。

万俟咏

見梨花初帶夜月句海棠半含朝雨韻内苑春讀不禁過青門句御溝漲讀潛通南浦韻東風静

句細柳垂金縷韻望鳳闕讀非煙非霧韻好時代讀朝野多歡句遍九陌讀太平簫鼓韻　乍鶯兒百囀斷續句燕子飛來飛去韻近緑水讀臺榭映秋千韻鬬草聚讀雙雙遊女韻餳香更讀酒冷踏青路韻曾暗識讀夭桃朱户韻向晚驟讀寶馬雕鞍句醉襟惹讀亂花飛絮韻　正輕寒輕暖漏永句半陰半晴雲暮韻禁火天讀已是試新妝句歲華到讀三分佳處韻清明看讀漢宮傳蠟炬韻散翠煙讀飛入槐府韻斂兵衛讀閶闔門開句住傳宣讀又還休務韻

此調祇此一詞，無他首可校。

按，舊刻亦有作雙調者，《詞律》改爲三疊，今從之。

## 哨遍九體

《蘇軾集》注般涉調。或作《稍遍》。

**哨遍**　雙調二百三字，前段十七句五仄韻四叶韻，後段二十句五叶韻七仄韻。

蘇　軾

爲米折腰句因酒棄家句口體交相累韻歸去來句誰不遣君歸叶覺從前皆非今是韻露未晞叶征夫指予歸路句門前笑語喧童稚韻嗟舊菊都荒句新松暗老句吾年今已如此韻但小窗容膝閉柴扉叶策杖看孤雲暮鴻飛叶雲出無心句鳥倦知還句本非有意韻　噫叶歸去來兮叶我今忘我兼忘世韻親戚無浪語句琴書中有真味韻步翠麓崎嶇句泛溪窈窕句涓涓暗谷流春水韻觀草木欣榮句幽人自感句吾生行且休矣韻念寓形宇内復幾時叶不自覺皇皇欲何之叶委吾心讀去留誰計韻神仙知在何處句富貴非吾願句但知臨水登山嘯詠句自引壺觴自醉韻此生天命更何疑叶且乘流叶遇坎還止韻

此調用三聲叶韻，各家俱如此填，惟汪詞獨異。

《詞律》云："此詞長而多訛。又其體頗近散文，平仄往往不拘。"今以諸詞中體調相近、句法相同者參校入譜，其餘概不濫采，亦寧過於嚴之意也。

前段第四句，吴潛詞"集衆賢"，"集"字仄聲。第六句，方岳詞"有乾坤便應有爾"，下"有"字仄聲。第七句，吴詞"暢幽情"，"幽"字平聲。第十二句，吴詞"此娱信可樂只"，"信"字、"樂"字俱仄聲。第十三句，方詞"凡三千五百二年餘"，"凡"字平聲，"五"字仄聲。第十四句，吴詞"或一室晤言襟抱開"，"襟"字平聲，"抱"字仄聲。第十六句，吴詞"當其可欣"，"當其"二字俱平聲；方詞"癡蓄吞吐"，"吐"字仄聲。後段第五句，吴詞"往往俱成陳矣"，"往往"二字俱仄聲，"成"字平聲；方詞"寒光不減些兒"，"不"字仄聲。第六句，吴詞"約境遇變遷"，"變"字仄聲。第十一句，吴詞"痛哉莫大生死"，"痛"字仄聲。第十四句，方詞"但見今冰輪如洗"，"見"字仄聲。餘參下蘇、王、曹、劉詞句法同者。

**又一體**　雙調二百三字，前段十八句五仄韻兩叶韻，後段十九句九仄韻兩叶韻。

蘇　軾

睡起畫堂句銀蒜押簾句珠幕雲垂地韻初雨歇句洗出碧羅天句正溶溶養花天氣韻一霎時

句風回芳草句榮光浮動句卷皺銀塘水韻方杏靨勻酥句花須吐繡句園林紅翠排比韻見乳燕捎蝶過繁枝叶忽一線爐香惹遊絲叶晝永人閒句獨立斜陽句晚來情味韻　便携將佳麗韻乘興深入芳菲裏韻撥胡琴語句輕攏慢撚總伶俐韻看緊約羅裙句急趨檀板句霓裳入破驚鴻起韻正顰月臨眉句醉霞橫臉句歌聲悠揚雲際韻任滿頭紅雨落花飛叶漸鳷鵲樓西玉蟾低叶尚徘徊讀未盡歡意韻君看今古悠悠句浮幻人間世韻這些百歲光陰幾日句三萬六千而已韻醉鄉路穩不妨行句但人生讀要適情耳韻

此詞較前詞減三韻,前段第八、九、十句,後段第三、四句,句法亦異。

前段第七句,《詞律》作"一霎晴風回",汲古閣刻本作"一霎暖風回",非是。

**又一體** 雙調二百三字,前段十六句五仄韻三叶韻,後段二十句八仄韻兩叶韻。

王安中

世有達人句瀟灑出塵句招飲青霄際韻終始追讀遊覽老山棲叶藐千金讀輕脱如屣韻彼假容江皋句濫巾雲岳句攖情好爵欺松桂韻覩向釋譚空句尋真講道句巢由何足相擬韻待詔書來起便驅馳叶席次早焚烈芰荷衣叶敲撲喧喧句牒訴悤悤句抗顏自喜韻　嗟明月高霞句石徑幽絶誰回睇韻空悵猿驚處句淒涼孤鶴嘹唳韻任列壑爭譏句衆峰竦誚句林慚澗愧移星歲韻方浪枻神京句騰裝魏闕句徘徊經過留憩韻致草堂靈怒蔣侯麾叶扃岫幌驅煙勒新移叶忍丹崖碧嶺重滓韻鳴湍聲斷幽谷句逋客歸何計韻信知一逐浮榮句便喪所守句身成俗士韻伯鸞家有孟光妻句豈逡巡讀眷戀名利韻

此詞較蘇詞減三韻,前段第六、七句,後段第十六、十七、十八句,句法亦異。

**又一體** 雙調二百三字,前段十五句五仄韻三叶韻,後段二十二句八仄韻兩叶韻。

曹　冠

壬戌孟秋句蘇子夜遊句赤壁舟輕漾韻觀水光瀰渺接遥天句月出於東山之上韻與客同讀清歡扣舷歌詠句開懷飲酒情酣暢韻如羽化登仙句乘風獨立句飄然遺世高尚韻客吹簫讀音韻遠悠揚叶怨慕舞潛蛟讀動淒涼叶自古英雄句孟德周郎叶舊蹤可想韻　噫句水與月兮句逝者如斯曷嘗往韻變化如一瞬句盈虚兮莫消長韻自不變而觀句物我無盡句何須感物興悲悵韻夫天地之間句物各有主句惟同風月清賞韻念江山美景豈可量叶吾與子樂之興相徉叶聽江渚讀樵歌漁唱韻侣魚蝦句友麋鹿句舉匏尊相向韻人生堪笑句蜉蝣一夢句且縱扁舟放浪韻戲將坡賦度新聲句寫高懷讀自娱閒曠韻

此詞較蘇詞減三韻,前段第四、第六句,後段第十五六句、第十八九句,句法亦異。

按,此詞"怨慕舞潛蛟、動淒涼"句,疑有訛字。

**又一體** 雙調二百四字，前段十八句六仄韻四叶韻，後段二十三句七仄韻四叶韻。

劉克莊

勝處可宮句平處可田句泉土尤甘美韻深復深句路絶住人稀叶有人兮句盤旋於此韻送子歸叶是他隱居求志韻是要明主媒當世韻嗟此意誰論句其言甚壯句孔顔猶有遺旨韻大丈夫之被遇於時叶便入坐廟朝出旗麾叶列屋名姬句夾道武夫句滿前才子韻　噫叶有命存焉句吾非惡此而逃之叶富貴人所欲句如之何讀幸而致韻向茂樹堪休句清泉可濯句谷中別有閒天地韻更鱠細於絲句蕨甜似蜜句采於山句釣於水韻大丈夫不遇時之所爲叶唐處士讀依稀是吾師叶覺山林讀尊如朝市韻五侯門下句賓客擾擾趨形勢韻嗟盤之樂句誰爭子所句占斷千秋萬歲韻呼童秣馬更膏車句便與君句從此逝矣韻

此詞前段較蘇詞添一韻，後段較蘇詞減一韻，前段第六、七句，後段第十一、十二、十三句，第十六、十七、十八、十九句，句法亦異。

詞中"大丈夫不遇時之所爲"句，《詞律》謂"時"字乃羨文，或然。

**又一體** 雙調二百二字，前段十八句九仄韻一叶韻，後段二十二句六仄韻六叶韻。

辛棄疾

池上主人句人適忘魚句魚適還忘水韻洋洋乎句翠藻青萍裏韻想魚兮句無便於此韻嘗試思句莊周談兩事韻一明豕虱一羊蟻韻説蟻慕於羶句於蟻棄知韻又説於羊棄意韻甚虱焚於豕獨忘之叶却驟説於魚爲得計韻千古遺文句我不知言句以我非子韻　噫叶子固非魚句魚之爲計子焉知叶河水深且廣句風濤萬頃堪依叶有網罟如雲句鵜鶘成陣句過而留泣計應非叶其外海茫茫句下有龍伯句饑時一啖千里韻更任公五十犗爲餌韻使海上人人厭腥味韻似鯤鵬句變化有幾韻東遊入海句此計直以命爲嬉叶古來謬算狂圖句五鼎烹死句栢爲平地韻嗟魚欲事遠遊時叶請三思而行可矣韻

此篇後段第十五句以下句讀與蘇詞不同。又全篇純用散文體，平仄不足爲據。故不參校入譜。

**又一體** 雙調二百三字，前段十七句六仄韻四叶韻，後段二十一句九仄韻五叶韻。

辛棄疾

一壑自專句五柳笑人句晚乃歸田里韻問誰知讀幾者動之微叶望飛鴻句冥冥天際韻論妙理韻濁醪正堪長醉韻從今自釀躬耕米韻嗟美惡難齊句盈虛如代句天邪何必人知叶試回頭五十九年非叶似夢裏歡娛覺來悲叶夔乃憐蚿句穀亦亡羊句算來何異韻　嘻叶物諱窮時叶豐狐文豹罪因皮叶富貴非吾願句遑遑乎欲何之叶正萬籟都沈句月明中夜句心彌萬里清如水韻却自覺神遊句歸來坐對句依稀淮岸江涘韻看一時魚鳥忘情喜韻會我已忘

機更忘己韻又何曾物我相視韻非魚濠上遺意韻要是吾非子韻但教河伯句休慚海若句大小均爲水耳韻世間喜愠更何其叶笑先生三仕三已韻

此詞較蘇詞添三韻,前段第五、六句,後段第十七、十八句,句法異。

此調句讀韻叶參差不一,惟此詞有辛詞別首和韻詞可校,故又取爲譜。

辛詞別首前段第一句"蝸角鬭爭","蝸"字平聲;第四句"君試思、方寸此心微","君"字平聲,"試"字仄聲;第八句"何言泰山毫末","何"字平聲;第九句"從來天地一稊米","天"字平聲,"一"字仄聲;第十一句"鳩鵬自樂","自"字仄聲;第十二句"之二蟲又何知","二"字仄聲;第十三、四句"記跖行仁義孔丘非,更殤樂長年老彭悲","跖"字仄聲,"仁"字、"殤"字俱平聲;第十五、六句"火鼠論寒,冰蠶語熱","火"字、"語"字、"熱"字俱仄聲,"冰蠶"二字俱平聲。後段第四句"誰與齊萬物","誰"字平聲,"萬"字仄聲;第五句"莊周吾夢見之","見"字仄聲;第六、七句"正商略遺篇,翩然顧笑","商"字、"翩"字俱平聲,"顧"字仄聲;第十句、十一句"百川灌雨,涇流不辨涯涘","百"字、"不"字俱仄聲;第十二句、十三句"於是焉河伯欣然喜,以天下之美盡在己","於"字、"天"字俱平聲,"美"字、"在"字俱仄聲;第十四句、十五句"渺滄溟望洋東視,逡巡向若驚歎","洋"字平聲,"向"字仄聲;二十句、二十一句"此堂之水幾何其,但清溪一曲而已","之"字平聲,"一"字仄聲。譜内可平可仄據此。

**又一體** 雙調二百字,前段十七句四仄韻三平韻,後段二十二句十仄韻三平韻。

汪 莘

近臘景和句故山可過句足下聽余述仄韻便自往山中句憩精藍句與僧飯訖韻北涉灞川句明月華映郭句夜登華子岡頭立韻嗟輞水淪漣句與月上下句寒山遠火朦朧平韻聽林外犬類豹聲雄韻更村落誰家鳴夜舂韻疏鍾相聞句獨坐此時句多思往日仄韻　噫句記與君同平韻清流仄徑玉琤琮韻携手賦佳什仄韻往來蘿月松風平韻只待仲春天句春山可望句山中卉木垂蘿密仄韻見出水輕儵句點溪白鷺句青皋零露方濕韻雉朝飛句麥隴鳴儔匹韻念此去非遥莫相失韻儻能從我敢相必韻天機非子清者句此事非所亟韻是中有趣殊深句願子無忽韻不能一一韻偶因馱檗附吾書句是山人王維摩詰韻

此詞平仄各韻不用三聲叶,又較各體少三字,録以備體,不參校入譜。

**又一體** 雙調一百六十字,前段十六句五仄韻一叶韻,後段十四句五仄韻兩叶韻。

《花草粹編》無名氏

太皡司春句春工著意句和氣生暘谷韻十里芳菲句盡東風讀絲絲柳搓金縷韻漸次第讀桃紅杏淺句水緑山青句春漲生煙渚韻九十光陰能幾句早鳴鳩呼婦句乳燕携雛叶亂紅滿地任風吹句飛絮蒙空有誰主韻春色三分句半入池塘句半隨塵土韻　滿地榆錢句算來難買春光住韻初夏永讀薰風池館句有藤牀冰簟紗櫥叶日轉午韻脱巾散髮句沈李浮瓜句寶扇摇紈素韻著甚消磨永日句有掃愁竹葉句侍寢青奴叶霎時微雨送新凉句些少金風退殘

暑韻韶華早讀暗中歸去韻

此詞句讀與前八體不同，蓋元人曲也。因《花草粹編》收入詩餘，故録之以備一體。

前段第三句起韻"谷"讀如"古"，見周德清《中原音韻》。

## 戚氏三體

柳永《樂章集》注中吕調。丘處機詞名《夢遊仙》。

**戚氏** 三段二百十二字，前段十五句九平韻，中段十二句六平韻，後段十六句六平韻兩叶韻。

柳　永

晚秋天韻一霎微雨灑庭軒韻檻菊蕭疏句井梧零亂惹殘煙韻淒然韻望江關韻飛雲黯淡夕陽間韻當時宋玉悲感句向此臨水與登山韻遠道迢遞句行人悽楚句倦聽隴水潺湲韻正蟬鳴敗葉句蛩響衰草句相應聲喧韻　孤館度日如年韻風露漸變句悄悄至更闌韻長天静讀絳河清淺句皓月嬋娟韻思綿綿韻夜永對景句那堪屈指句暗想從前韻未名未禄句綺陌紅樓句往往經歲遷延韻　帝里風光好句當年少日句暮宴朝歡韻况有狂朋怪侶句遇當歌對酒競留連韻别來迅景如梭句舊遊似夢句煙水程何限叶念利名讀憔悴長縈絆叶追往事讀空慘愁顔韻漏箭移讀稍覺輕寒韻聽嗚咽讀畫角數聲殘韻對閒窗畔句停燈向曉句抱影無眠韻

此調宋人作者甚少，可平可仄俱參後蘇、丘二詞。

後段兩仄韻亦用三聲叶。

**又一體** 三段二百十三字，前段十五句九平韻，中段十一句七平韻，後段十五句七平韻兩叶韻。

蘇　軾

玉龜山韻東皇靈姥統群仙韻絳闕岧嶢句翠房深迥倚霏煙韻幽閒韻志蕭然韻金城千里鎖嬋娟韻當時穆滿巡狩句翠華曾到海西邊韻風露明霽句鮫波極目句勢浮輿蓋方圓韻正迢迢麗日句元圃清寂句瓊草芊綿韻　爭解繡勒香韉韻鸞輅駐蹕句八馬戲芝田韻瑶池近讀畫樓隱隱句翠鳥翩翩韻肆華筵韻間作脆管鳴弦韻宛若帝所鈞天韻稚顔皓齒句緑髮方瞳句圓極恬淡高妍韻　盡倒瓊壺酒句獻金鼎藥句固大椿年韻縹緲飛瓊妙舞句命雙成奏曲醉留連韻雲璈韻響瀉寒泉韻浩歌暢飲句斜月低河漢叶漸綺霞讀天際紅深淺叶動歸思讀回首塵寰韻爛漫遊讀玉輦東還韻杏花風讀數里響鳴鞭韻望長安路句依稀柳色句翠點春妍韻

此詞中段第七、八句俱六字，後段第六句用韻，又多一字，與柳詞異。

舊本中段第七句脱一“脆”字，後段第九句重一“漸”字，今俱改正。

**又一體** 三段二百十字，前段十五句九平韻，中段十二句六平韻，後段十六句七平韻兩叶韻。

丘處機

夢游仙韻分明曾過九重天韻浩氣清英句素雲縹渺貫無邊韻森然韻似朝元韻金童玉女下傳宣韻當時萬聖齊會句大光明罩紫金蓮韻群仙謡唱句諸天歡樂句盡皆得意忘言韻流霞泛飲句蟠桃賜宴句次第留連韻　皆秉道德威權韻神通自在句劫劫未能遷韻冲虚妙句昊天罔極句象帝之先韻透重元韻命駕恍惚神遊句擲火萬里迴旋韻四維上下句八表縱横句鸞鶴不用揮鞭韻　應念隨時到句了無障礙句自有根源韻看盡清都絳闕句邁瀛洲句紫府筆難傳韻瑶臺閬苑花前韻瑞雲掩映句百和香風散叶四時不夜長春暖叶處處覺讀閒想因緣韻是一點程滿功圓韻混太虚讀浩劫永綿綿韻任閻浮地句山摧洞府句海變桑田韻

此調前段第十三句少一字，中段第八、九句俱六字，後段第七句多押一韻，第十句少一字，第十二句七字，與柳、蘇詞異。

## 勝州令一體

調見《花草粹編》。

**勝州令** 四段二百十五字，第一段十一句七仄韻，第二段十一句六仄韻，第三段十句五仄韻，第四段九句四仄韻。

鄭意娘

杏花正噴火韻朦朦微雨句曉來初過韻夢回聽讀乳鶯調舌句紫燕競穿簾幕韻垂楊陰裏句粉牆影出秋千索韻對媚景句贏得雙眉鎖韻翠鬟信任彈韻誰更忺梳掠韻　追思向日句共箇人讀同携手句略無暫時抛躲韻到今似讀海角天涯句無由得見則箇韻番思往事上心句向他誰行訴韻却會舊歡句淚滴真珠顆韻意中人未睹韻覺鳳幃冷落韻　都是俺嗏錯韻被他閒言伏語啜做韻到此近讀四五千里句爲水遠山遥闊韻當初曾言句盡老更不重婚句却甚鎮日句共人同歡樂韻傅粉在那裏句肯念人寂寞韻　終待把讀雲箋細寫句把衷腸讀盡總説破韻問伊怎下得句憐新棄舊句頓乖盟約韻可憐命掩黄泉句細尋思句都爲他一箇韻你忒煞虧我韻

此詞用韻太雜，無别首可校，姑録以備一體。

## 鶯啼序五體

一名《豐樂樓》，見《夢窗乙稿》。

**鶯啼序** 四段二百四十字，第一段八句四仄韻，第二段十句四仄韻，第三段十四句四仄韻，第四段十四句五仄韻。

吴文英

殘寒正欺病酒句掩沈香繡户韻燕來晚讀飛入西城句似説春事遲暮韻畫船載讀清明過却韻晴煙冉冉吴宫樹韻念羈情遊蕩句隨風化爲輕絮韻　十載西湖句傍柳繫馬句趁嬌塵軟霧韻溯紅漸讀招入仙溪句錦兒偷寄幽素韻倚銀屏讀春寬夢窄句斷紅濕讀歌紈金縷韻暝堤空句輕把斜陽句總還鷗鷺韻　幽蘭旋老句杜若還生句水鄉尚寄旅韻别後訪讀六橋無信句事往花萎句瘞玉埋香句幾番風雨韻長波妒盼句遥山羞黛句漁燈分影春江宿句記當時讀短楫桃根渡韻青樓髣髴句臨分敗壁題詩句淚墨慘澹塵土韻　危亭望極句草色天涯句歎鬢侵半苧韻暗點檢讀離痕歡唾韻尚染鮫綃句嚲鳳迷歸句破鸞慵舞韻殷勤待寫句書中長恨句藍霞遼海沈過雁句漫相思讀彈入哀箏柱韻傷心千里南句怨曲重招句斷魂在否韻

此調以此詞爲正體，吴文英三首皆然，其餘因調長韻雜，每參錯不合，今分各體，類列於後。

按，吴詞别首第二段第四句“面屏障、一一鶯花”，上“一”字仄聲；第三段第四句“翁笑起、離席而語”，“席”字仄聲；第五句“敢詫京兆”，“兆”字仄聲；第四段第六句“永晝低睡”，“睡”字仄聲；第七句“繡簾十二”，“十”字仄聲。餘參後諸詞。

**又一體** 四段二百四十字，第一段八句五仄韻，第二段十三句四仄韻，第三段十五句四仄韻，第四段十五句六仄韻。

吴文英

横塘棹穿豔錦句引鴛鴦弄水韻斷霞晚讀笑折花歸句紺紗低護燈蕊韻潤玉瘦冰輕倦浴句斜拖鳳股盤雲墜韻聽銀牀聲細韻梧桐漸覺涼思韻　窗隙流光句過如迅羽句怨空梁燕子韻誤驚起句風竹敲門句故人還又不至韻記琅玕句新詩細掐句早陳跡句香痕纖指韻怕因循句羅扇恩疏句又生秋意韻　西湖舊日句畫舸頻移句歎幾縈夢寐韻霞佩冷句疊瀾不定句麝靄飛雨句乍濕鮫綃句暗盛紅淚韻練單夜共句波心宿處句瓊簫吹月霓裳舞句向明朝讀未覺花容悴韻嫣香易落句回頭澹碧銷煙句鏡空畫羅屏裏韻　殘蟬度曲句唱徹西園句也感紅怨翠韻念省慣吴宫幽憩韻暗柳追涼句曉岸參斜句露零鷗起韻絲縈寸藕句

留連歡事韻桃笙頻展湘浪影句有昭華句穠李冰相倚韻如今鬢點淒霜句半篋秋詞句恨盈蠹紙韻

此即前詞體，惟第一段第八句"細"字用韻，第四段第九句"事"字用韻，與前詞異。

按，此詞起韻用紙、尾、寘、未，無通語、麌者。或疑第三段第九句"處"字是韻，則第二段之"羽"字，第三段之"雨"字、"舞"字，皆可作韻矣。一調增入四韻，恐未然也。

**又一體**　四段二百四十字，第一段八句五仄韻，第二段十句四仄韻，第三段十四句四仄韻，第四段十四句五仄韻。

黄公紹

銀雲卷晴縹緲句卧長龍一帶韻柳絲蘸讀幾簇柔煙句兩市簾棟如畫韻芳草岸讀灣環半玉句鱗鱗曲港雙流會韻看碧天連水韻翻成箭樣風快韻　白露横江句一葦萬頃句問靈槎何在韻空翠濕讀衣不勝寒句日華金掌沆瀣韻甃花平讀緑紋襯步句瓊田湧出神仙界韻黛眉修句依約霧鬟句在秋波外韻　閣嘘青蜃句簷啄彩虹句飛蓋蹴鼇背韻燈火暮讀相輪倒景句偷睇别浦句片片歸帆句遠自天際韻舞蛟幽壑句棲鴉古木句有人剪取松江水句憶細鱗巨口魚堪膾韻波涵笠澤句時見静影浮光句霽陰萬貌千態韻　蒹葭深處句應有閒鷗句寄語休見怪韻倩洗却讀香紅塵面句買箇扁舟句身世飄萍句名利微芥韻闌干拍遍句除東曹掾句與天隨子是我輩韻盡胸中讀著得乾坤大韻亭前無限驚濤句總把遥岑句月明滿載韻

此亦吴詞體，但第四段第四句，吴詞二首俱用韻，此詞不用韻；第十句，吴詞二首俱不用韻，此詞用韻異。

按，此詞兩用"水"字於斷句處，第一段第七句，吴詞一首用韻，一首不用韻；第三段第十句，吴詞二首俱不用韻，則知前"水"字猶可作韻，後"水"字不可作韻也。

**又一體**　四段二百四十字，第一段八句四仄韻，第二段九句四仄韻，第三段、第四段各十四句四仄韻。

趙　文

初荷一番濯雨句錦雲紅尚卷韻隘華屋讀賦客吟仙句候望南極天遠韻還報導讀飄然紫氣句山奇水勝都行遍韻却歸來領客句水晶庭院開宴韻　窗户青紅句正似京洛句按笙歌一片韻似别有讀金屋佳人句桃根桃葉清婉韻倚薰風讀虯須正緑句人似玉讀手挼紈扇韻算風流讀祇有蓬瀛句畫圖曾見韻　誰知老子句正自蕭然句於此興頗淺韻只擬問讀金砂玉蕊句兔髓烏肝句偃月爐中句七還九轉韻今來古往句悠悠史傳句神仙本是英雄做句笑英雄讀到此多留戀韻看著破曉耕龍句跨海騎鯨句千年依舊丹臉韻　便教乞與句萬里封侯句奈朔風如箭韻又何似讀六山一任句種竹栽花句棋局思量句墨池揮染韻天還記得句生賢初意句乾坤正要人撐住句便公能安穩天寧肯韻待看佐漢功成句伴赤松游句恁

時未晚韻

此亦吴詞體，惟第三段第十二句六字，第十三句四字句法異。

第四段第十一句"肯"字係古韻。

**又一體** 四段二百三十六字，第一、第二段各九句四仄韻，第三段十三句五仄韻，第四段十四句七仄韻。

汪元量

金陵故都最好句有朱樓迢遞韻嗟倦客又此憑高句檻外已少佳致韻更落盡梨花句飛盡楊花句春色成憔悴韻問青山讀三國英雄句六朝奇偉韻　麥甸葵丘句荒臺敗壘句鹿豕銜枯薺韻正潮打孤城句寂寞斜陽影裏韻聽樓頭讀哀笳怨角句未把酒讀愁心先醉韻漸夜深讀月滿秦淮句煙籠寒水韻　凄凄慘慘句冷冷清清句燈火渡頭市韻慨商女讀不知興廢句隔江猶唱庭花句餘音亹亹韻傷心千古句淚痕如洗韻烏衣巷口青蕪路句認依稀讀王謝舊鄰里韻臨春結綺句可憐紅粉成灰句蕭索白楊風起韻　因思疇昔句鐵索千尋句漫沈江底韻揮羽扇句障西塵句便好角巾私第韻清談到底成何事韻回首新亭句風景今如此韻楚囚對泣何時已韻歎人間今古真兒戲韻東風歲歲還來句吹入鍾山句幾重蒼翠韻

此詞較吴詞減四字，句法亦多與諸家不同，在此調最爲變格。

## 《御定詞譜》卷四十 附編

唐之大小曲名見《教坊記》，宋之大小曲名見《宋史・樂志》。如《竹枝》、《柳枝》、《浪淘沙》等調，唐之小曲也，編入第一卷中。《清平調》、《水調》、《凉州》、《伊州》諸調，唐之大曲也，多至十餘遍，必須全載。今另輯一卷，附於卷末。至宋之大曲，傳者甚少，僅得《薄媚》一調。《調笑令》、《九張機》亦爲附載。若元人套數樂府，與詞同源異流，此譜專爲詞作，例不採入。

### 清平調辭三首

李　白

《碧雞漫志》云："《清平調辭》，乃於清調、平調製詞也。"《松窗雜記》云："每遍將換，明皇自倚玉笛和之。"

雲想衣裳花想容韻春風拂檻露華濃韻若非群玉山頭見句會向瑤臺月下逢韻

一枝紅豔露凝香韻雲雨巫山枉斷腸韻借問漢宮誰得似句可憐飛燕倚新妝韻

名花傾國兩相歡韻常得君王帶笑看韻解釋春風無限恨句沈香亭北倚闌干韻

## 水調歌十一首

無名氏

《樂府詩集》云:"商調曲也。"《理道要訣》:"南吕商,時號《水調》。"《碧雞漫志》:"《水調》多遍,似是大曲。"

按,唐曲凡十一疊,前五疊爲歌,後六疊爲入破。其歌第五疊五言,調聲最爲怨切,故白居易詩云:"五言一遍最殷勤,調少情多似有因。不會當時翻曲意,此聲腸斷爲何人。"蓋指此也。

### 第　一

平沙落日大荒西韻隴上明星高復低韻孤山幾處看烽火句壯士連營候鼓鼙韻

### 第　二

猛將關西意氣多韻能騎駿馬弄琱戈韻金鞍寶鉸精神出句笛倚新翻水調歌韻

### 第　三

王孫别上緑朱輪韻不羡名公樂此身韻户外碧潭春洗馬句樓前紅燭夜迎人韻

### 第　四

隴頭一段氣長秋韻舉目蕭條總是愁韻只爲征人多下淚句年年添作斷腸流韻

### 第　五

交帶仍分影句同心巧結香韻不應須换彩句意欲媚濃妝韻

### 入破第一

《碧雞漫志》:"曲遍聲繁,名入破。"

白草河邊一雁飛韻黄龍關裏挂戎衣韻爲受明王恩寵渥句從事經年不復歸韻

### 第　二

滿城絲管日紛紛韻半入江風半入雲韻此曲只應天上有句人間能得幾回聞韻

第　三

昨夜遥歡出建章韻今朝綴賞度昭陽韻傳聲莫閉黄金屋句爲報先開白玉堂韻

第　四

日晚笳聲咽戍樓韻隴雲漫漫水東流韻行人萬里向西去句滿目關山空恨愁韻

第　五

十年一遇聖明朝韻願對君王舞細腰韻乍可當熊任生死句誰能伴鳳上雲霄韻

第六徹

閨燭無人影句羅屏有夢魂韻近來音耗絶句終日望君門韻

涼州歌五首

無名氏

《碧雞漫志》:“《凉州》見於世者,凡七宫曲,黄鍾宫、道調宫、無射宫、中吕宫、南吕宫、仙吕宫、高宫。”

第　一

漢家宫裏柳如絲韻上苑桃花連碧池韻聖壽已傳千歲酒句天文更賞百僚詩句

第　二

朔風吹葉雁門秋韻萬里煙塵昏戍樓韻征馬長思青海北句胡笳夜聽隴山頭韻

第　三

開篋淚沾濡韻見君前日書韻夜臺空寂寞句猶是子雲居韻

排遍第一

三秋陌上早霜飛韻羽獵平田淺草齊韻錦背蒼鷹初出按句五花驄馬喂來肥韻

第　二

鴛鴦殿裏笙歌起句翡翠樓前出舞人韻喚上紫薇三五夕句聖明方壽一千春韻

## 伊州歌十首

無名氏

《碧雞漫志》:"《伊州》見於世者,凡七商曲:大石調、高大石調、雙調、小石調、歇指調、林鍾調、越調。"

### 第　一

秋風明月獨離居韻蕩子從戎十載餘韻征人去日殷勤囑句歸雁來時數寄書韻

### 第　二

彤闈曉辟萬鞍回韻玉露春遊薄晚開韻渭北清光摇草樹句州南嘉景入樓臺韻

### 第　三

聞道黄花戍句頻年不解兵韻可憐閨裏月句偏照漢家營韻

### 第　四

千里東歸客句無心憶舊遊韻挂帆遊白水句高枕到青州韻

### 第　五

桂殿江烏對句雕屏海燕重韻祇應多釀酒句醉罷樂高鍾韻

### 入破第一

千門今夜曉初晴韻萬里天河徹帝京韻璨璨繁星駕秋色句稜稜霜氣韻鍾聲韻

### 第　二

長安二月柳依依韻西出流沙路漸微韻閼氏山上春光少句相府庭邊驛使稀韻

### 第　三

三秋大漠冷溪山韻八月嚴霜變草顔韻卷旆風行宵渡磧句銜枚電掃曉應還韻

### 第　四

行樂三陽草句芳菲二月春韻閨中紅粉態句陌上看花人韻

第　五

君住孤山下句煙深夜徑長韻轅門渡緑水句游苑繞垂楊韻

陸州歌七首

無名氏

第　一

分野中峰變句陰晴衆壑殊韻欲投人處宿句隔浦問樵夫韻

第　二

共得煙霞徑句東歸山水遊韻蕭蕭望林夜句寂寂坐中秋韻

第　三

香氣傳空滿句妝花映薄紅韻歌聲天仗外句舞態御樓中韻

排遍第一

樹發花如錦句鶯啼柳若絲韻更逢歡宴地句愁見别離時韻

第　二

明月照秋葉句西風響夜砧韻强言徒自亂句往事不堪尋韻

第　三

坐對銀釭晚句停留玉箸痕韻君門常不見句無處謝前恩韻

第　四

曙月當窗滿句征人出塞游韻畫樓終日閉句清管爲誰調韻

調笑令十首

毛　滂

竊以緑雲之音，不羞春燕；結風之袖，若翩秋鴻。勿謂花月之無情，長寄綺羅之遺恨。試爲調笑,戲追風流。少延重客之餘歡,聊發清尊之典雅。

## 崔 徽

珠樹陰中翡翠兒,莫論生小被雞欺。鸛鵲樓高蕩春思,秋瓶盼碧雙琉璃。御酥寫肌花作骨,燕釵横玉雲堆髮。使梁年少斷腸人,凌波襪冷重城月。

城月韻冷羅襪韻郎睡不知鸞帳揭韻香凄翠被燈明滅韻花困釵横時節韻河橋楊柳催行色韻愁黛有人描得韻

## 泰 娘

隼旟佩馬昌門西,泰娘紺幰爲追隨。河橋春風弄鬢影,桃花髻暖黄蜂飛。繡茵錦薦承回雪,水犀梳斜抱明月。銅駝夢斷江水長,雲中月墮寒香歇。

香歇韻袂紅翫韻記立河橋花自折韻隼旟紺幰城西闕韻教妾驚鴻回雪韻銅駝春夢空愁絶韻雲破碧江流月韻

## 盼 盼

武寧節度客最賢,後車摛藻爭春妍。曲眉豐頰亦能賦,惠中秀外誰取憐。花嬌葉困春相逼,燕子樓頭作寒食。月明空照合歡牀,霓裳罷舞猶無力。

無力韻倚瑶瑟韻罷舞霓裳今幾日韻樓空雨小春寒逼韻鈿暈羅衫煙色韻簾前歸燕看人立韻却趁落花飛入韻

## 美人賦

臨邛重客蜀相如,被服容冶人閒都。上宫煙娥笑迎客,繡屏六曲紅氍毹。霰珠穿簾洞房晚,歌倚瑶琴半羞懶。天寒日暮可奈何,挂客冠纓玉釵冷。

釵冷韻鬢雲晚韻羅袖拂人花氣暖韻風流公子來應遠韻半倚瑶琴羞懶韻雲寒日暮天微霰韻無處不堪腸斷韻

## 灼 灼

寒雲夜卷霜倒飛,一聲水調凝秋悲。錦靴玉帶舞回雪,丞相筵前看柘枝。河東詞客今何地,密寄軟綃三尺淚。錦城春色隔瞿塘,故華灼灼今憔悴。

憔悴韻何郎地韻密寄軟綃三尺淚韻傳心語眼郎應記韻翠袖猶芳仙桂韻願郎學做蝴蝶子韻去去來來花裏韻

## 鶯　鶯

春風户外花蕭蕭，緑窗繡屏阿母嬌。白玉郎君恃恩力，尊前心醉雙翠翹。西廂月冷濛花霧，落霞零亂牆東樹。此夜靈犀已暗通，玉環寄恨人何處。

何處韻長安路韻不記牆東花拂樹韻瑶琴理罷霓裳譜韻依舊月窗風户韻薄情年少如飛絮韻夢逐玉環西去韻

## 苕　子

白蘋溪邊張水嬉，紅蓮上客心在誰。丹山鸞雛雜鷗鷺，暮雲晚浪相透迤。十年東風未應老，斗量明珠結裹媪。花房著子青春深，朱輪來時但芳草。

芳草韻恨春老韻自是尋春來不早韻落花風起紅多少韻記得一枝春小韻緑陰青子空相惱韻此恨平生懷抱韻

## 張好好

半天高閣倚晴江，使君燕客羅紈香。一聲離鳳破凝碧，洞房十三春未央。沙暖鴛鴦堤下上，煙輕楊柳絲飄蕩。佩瑶棄置洛城東，風流雲散空相望。

相望韻楚江上韻縈水繚雲聞妙唱韻龍沙醉眼看花浪韻正要風將月傍韻雲車瑶佩成惆悵韻衰柳白鬚相向韻

## 破　子

酒美韻從酒貴韻濯錦江邊花滿地韻鸕鶿换得文君醉韻暖和一團春意韻怕將醒眼看浮世韻不换雲芽雪水韻

## 又

花好韻怕花老韻暖日和風將養到韻東君須願長年少韻圖不看花草草韻西園一點紅猶小韻早被蜂兒知道韻

## 遣　隊

歌長漸落杏梁塵，舞罷香風卷繡裀。更擬緑雲弄清切，尊前恐有斷腸人。

### 又一體八首

《樂府雅詞》無名氏

一名《調笑集句》。《樂府雅詞》注："宣和中，自九重傳出。"

蓋聞行樂須及良辰，鍾情正在吾輩。飛觴舉白，目斷巫山之暮雲；綴玉聯珠，韻勝池塘之春草。集古人之妙句，助今日之餘歡。

珠流璧合暗連文，月入千江體不分。此曲只應天上有，歌聲豈合世間聞。

## 巫　山

巫山高高十二峰，雲想衣裳花想容。欲往從之不憚遠，丹峰碧嶂深重重。樓閣玲瓏五雲起，美人娟娟隔秋水。江天一望楚天長，滿懷明月人千里。

千里韻楚江水韻明月樓高愁獨倚韻井梧宮殿生秋意韻望斷巫山十二韻雪肌花貌參差是韻朱閣五雲仙子韻

## 桃　源

漁舟容易入春山，别有天地非人間。玉顔亭亭花下立，鬢亂釵横特地寒。留君不住君須去，不知此地歸何處。春來遍是桃花水，流水落花空相誤。

相誤韻桃源路韻萬里蒼蒼煙水暮韻留君不住君須去韻秋月春風閒度韻桃花零亂如紅雨韻人面不知何處韻

## 洛　浦

豔陽灼灼河洛神，態濃意遠淑且真。入眼平生未曾有，緩步佯羞行玉塵。凌波不過横塘路，風吹仙袂飄飄舉。來如春夢不多時，夭非花豔輕非霧。

非霧韻花無語韻還似朝雲何處去韻凌波不過横塘路韻燕燕鶯鶯飛舞韻風吹仙袂飄飄舉韻擬倩遊絲惹住韻

## 明　妃

明妃初出漢宫時，青春繡服正相宜。無端又被東風誤，故著尋常淡薄衣。上馬即知無返日，寒山一帶傷心碧。人生憔悴生理難，好在氈城莫相憶。

相憶韻無消息韻目斷遥天雲自白韻寒山一帶傷心碧韻風土蕭疏胡國韻長安不見浮雲隔韻縱使君來爭得韻

## 班　女

九重春色醉仙桃，春嬌滿眼睡紅綃。同輦隨君侍君側，雲鬢花冠金步摇。一霎秋風驚畫扇，庭院蒼苔紅葉遍。蕊珠宫裏舊承恩，回首何時復來見。

來見韻蕊宫殿韻記得隨班迎鳳輦韻餘花落盡蒼苔院韻斜掩金鋪一片韻千金買笑無

方便韻和淚盈盈嬌眼韻

## 文　君

錦城絲管日紛紛，金釵半醉坐添春。相如正應居客右，當軒下馬人錦裀。斜倚緑窗鴛鑒女，琴彈秋思明心素。心有靈犀一點通，感君綢繆逐君去。

君去韻逐鴛侶韻斜倚緑窗鴛鑒女韻琴彈秋思明心素韻一寸還成千縷韻錦城春色知何許韻那似遠山眉嫵韻

## 吴　娘

素枝瓊樹一枝春，丹青難寫是精神。偷啼自揾殘妝粉，不忍重看舊寫真。佩玉鳴鸞罷歌舞，錦瑟華年誰與度。暮雨瀟瀟郎不歸，含情欲説獨無處。

無處韻難輕訴韻錦瑟華年誰與度韻黄昏更下瀟瀟雨韻况是青春將暮韻花雖無語鶯能語韻來道曾逢郎否韻

## 琵　琶

十三學得琵琶成，翡翠簾開雲母屏。暮去朝來顔色故，夜半月高弦索鳴。江水江花豈終極，上下花間聲轉急。此恨綿綿無絶期，江州司馬青衫濕。

衫濕韻情何極韻上下花間聲轉急韻滿船明月蘆花白韻秋水長天一色韻芳年未老時難得韻目斷遠空凝碧韻

## 又一體十二首

鄭　僅

一名《調笑轉踏》。

良辰易失，信四者之難並；佳客相逢，實一時之盛事。用陳妙曲，上助清歡。女伴相將，調笑入隊。

秦樓有女字羅敷，二十未滿十五餘。金環約腕攜籠去，攀枝摘葉城南隅。使君春思如飛絮，五馬徘徊芳草路。東風吹鬢不可親，日晚蠶饑欲歸去。

歸去韻攜籠女韻南陌柔桑三月暮韻使君春思如飛絮韻五馬徘徊頻駐韻蠶饑日晚空留顧韻笑指秦樓歸去韻

石城女子名莫愁，家住石城西渡頭。拾翠每尋芳草路，採蓮時過緑蘋洲。五陵豪客青樓上，醉倒金壺待清唱。風高江闊白浪飛，急催艇子操雙槳。

雙槳韻小舟蕩韻唤取莫愁迎疊浪韻五陵豪客青樓上韻不道風高江廣韻千金難買傾城樣韻那聽繞梁清唱韻

繡户朱簾翠幕張，主人置酒宴華堂。相如年少多才調，消得文君暗斷腸。斷腸初認琴心跳，幺弦暗寫相思調。從來萬曲不關心，此度傷心何草草。

草草韻最年少韻繡户銀屏人窈窕韻瑶琴暗寫相思調韻一曲關心多少韻臨卭客舍成都道韻苦恨相逢不早韻

湲湲流水武陵溪，洞裏春長日月遲。紅英滿地無人掃，此度劉郎去後迷。行行漸入清流淺，香風引到神仙館。瓊漿一飲覺身輕，玉砌雲房瑞煙暖。

煙暖韻武陵晚韻洞裏春長花爛漫韻紅英滿地溪流淺韻漸聽雲中雞犬韻劉郎迷路香風遠韻誤到蓬萊仙館韻

少年錦帶佩吴鈎，鐵馬追風塞草秋。憑仗匣中三尺劍，掃平騎虜取封候。紅顔少婦桃花臉，笑倚銀屏施寶靨。明眸妙齒起相迎，青樓獨佔陽春豔。

春豔韻桃花臉韻笑倚銀屏施寶靨韻良人少有平戎膽韻歸路光生弓劍韻青樓春永香幃掩韻獨把韶華都占韻

翠蓋銀鞍馮子都，尋芳調笑酒家徒。吴姬十五夭桃色，巧笑春風當酒壚。玉壺絲絡臨朱户，結就羅裙表情素。紅裙不惜裂香羅，區區私愛徒相慕。

相慕韻酒家女韻巧笑明眸年十五韻當壚春永尋芳去韻門外落花飛絮韻銀鞍白馬金吾子韻多謝結裙情素韻

樓上青簾映緑楊，江波千里對微茫。潮平越賈催船發，酒熟吴姬唤客嘗。吴姬綽約開金盞，的的嬌波流美盼。秋風一曲採菱歌，行雲不度人腸斷。

腸斷韻浙江岸韻樓上青簾新酒軟韻吴姬綽約開金盞韻的的嬌波流盼韻採菱歌罷行雲散韻望斷儂家心眼韻

花陰轉午漏頻移，寶鴨飄簾繡幕垂。眉山斂黛雲堆髻，醉倚春風不自持。偷眼劉郎年最少，雲情雨態知多少。花前月下惱人腸，不獨錢塘有蘇小。

蘇小韻最嬌妙韻幾度尊前曾調笑韻雲情雨態知多少韻悔恨相逢不早韻劉郎襟韻正年少韻風月今宵偏好韻

金翹斜嚲淡梳妝，綽約天葩自在芳。幾番欲奏陽關曲，淚濕春風眼尾長。落花飛絮青門道，濃愁不散連芳草。驂鸞乘鶴上蓬萊，應笑行雲空夢悄。

夢悄韻翠屏曉韻帳裏熏爐殘蠟照韻賞心樂事能多少韻忍聽陽關聲調韻明朝門外長安道韻悵望王孫芳草韻

綽約妍姿號太真，肌膚冰雪怯輕塵。霞衣乍舉紅揺影，按出霓裳曲最新。舞斜釵嚲烏雲發，一點春心幽恨切。蓬萊雖説浪風輕，翻恨明皇此時節。

時節韻白雲闕韻洞裏春情百和爇韻蘭心底事多悲切韻消盡一團冰雪韻明皇恩愛雲山絶韻誰道蓬萊安悦韻

江上新晴暮靄飛，碧蘆紅蓼夕陽微。富貴不牽漁父目，塵勞難染釣人衣。白鳥孤飛煙柳杪，採蓮越女清歌妙。腕呈金釧棹鳴榔，驚起鴛鴦歸調笑。

調笑韻楚江渺韻粉面修眉花鬬好韻擎荷折柳爭相調韻驚起鴛鴦多少韻漁歌齊唱催殘照韻一葉歸舟輕小韻

千里潮平小渡邊，簾歌白紵絮飛天。蘇蘇不怕梅風軟，空遣春心著意憐。燕釵玉股横青發，怨托琵琶恨難説。擬將幽恨訴新愁，新愁未盡絲聲切。

聲切韻恨難説韻千里潮平春浪闊韻梅風不解相思結韻忍送落花飛雪韻多才一去芳音絶韻更對珠簾新月韻

## 放　隊

新詞宛轉遞相傳，振袖傾鬟風露前。月落烏啼雲雨散，游童陌上拾花鈿。

## 九張機十一首

《樂府雅詞》無名氏

醉留客者，樂府之舊名；九張機者，才子之新調。憑戛玉之清歌，寫擲梭之春怨。章章寄恨，句句言情。恭對華筵，敢呈口號。

一擲梭心一縷絲，連連織就九張機。從來巧思知多少，苦恨春風久不歸。

一張機韻織梭光景去如飛韻蘭芳夜永愁無寐叶嘔嘔軋軋句織成春恨句留著待郎歸韻　兩張機韻月明人静漏聲稀韻千絲萬縷相縈繫叶織成一段句回文錦字句將去寄呈伊韻　三張機韻中心有朵耍花兒韻嬌紅嫩緑春明媚叶君須早折句一枝濃豔句莫待過芳菲韻　四張機韻鴛鴦織就欲雙飛韻可憐未老頭先白叶春波碧草句曉寒深處句相對浴紅衣韻　五張機韻芳心密與巧心期韻合歡樹上枝連理叶雙頭花下句兩同心處句一對化生兒韻　六張機韻雕花鋪錦半離披韻蘭芳别有留春計叶爐添小篆句日長一線句相對繡工遲韻　七張機韻春蠶吐盡一生絲韻莫教容易裁羅綺叶無端剪破句仙鸞彩鳳句分作兩般衣韻　八張機韻纖纖玉手住無時韻蜀江濯盡春波媚叶香遺囊麝句花房繡被句歸去意遲遲韻　九張機韻一心長在百花枝韻百花共作紅堆被叶都將春色句藏頭裏面句不怕睡多時韻　輕絲韻象牀玉手出新奇韻千花萬草光凝碧叶裁縫衣著句春天歌舞句飛蝶語黄鸝韻　春衣韻素絲染就已堪悲韻塵昏污污無顏色叶應同秋扇句從兹永棄句無復奉君時韻

歌聲飛落畫梁塵，舞罷香風卷繡茵。更欲縷陳機上恨，尊前恐有斷腸人。斂袂而歸，相將好去。

## 又一體九首

《樂府雅詞》無名氏

無前後口號。

一張機韻采桑陌上試春衣韻風晴日暖慵無力句桃花枝上句啼鶯言語句不肯放人歸韻　兩張機韻行人立馬意遲遲韻深心未忍輕分付句回頭一笑句花間歸去句只恐被花知韻　三張機韻吴蠶已老燕雛飛韻東風宴罷長洲苑句輕綃催趁句館娃宫女句要换舞時衣韻　四張機韻咿啞聲裏暗顰眉韻回梭織朵垂蓮子句盤花易綰句愁心難整句脉脉亂如絲韻　五張機韻横紋織就沈郎詩韻中心一句無人會句不言愁恨句不言憔悴句只憑寄相思韻　六張機韻行行都是耍花兒韻花間更有雙蝴蝶句停梭一晌句閒窗影裏句獨自看多時韻　七張機韻鴛鴦織就又遲疑韻只恐被人輕裁剪句分飛兩處句一場離恨句何計再相隨韻　八張機韻回紋知是阿誰詩韻織成一片凄凉意句行行讀遍句厭厭無語句不忍更尋思韻　九張機韻雙花雙葉又雙枝韻薄情自古多離别句從頭到底句將心縈繫句穿過一條絲韻

## 梅花曲三首

劉　几

以王安石三詩度曲。

漢宫嬌額半塗黄，粉色凌寒透薄妝。好借月魂來映燭，恐隨春夢去飛揚。風亭把盞酬孤豔，雪徑回輿認暗香。不爲調羹應結子，直須留此占年芳。

漢宫中侍女句嬌額半塗黄韻盈盈粉色凌時句寒玉體句先透薄妝韻好借月魂來句娉婷畫燭旁韻惟恐隨句陽春好夢去句所思飛揚韻　宜向風亭把盞句酬孤豔句醉永夕何妨韻雪徑蕊句真凝密句降回輿句認暗香韻不爲藉我作和羹句肯放結子花狂韻向上林句留此占年芳韻

## 又

結子非食鼎鼐嘗，偶先紅杏占年芳。從教臘雪埋藏得，却怕春風漏洩香。不御鉛華知國色，衹裁雲縷想仙妝。少陵爲爾牽詩興，可是無心賦海棠。

結子非貪句有香不俗句宜當鼎鼐嘗韻偶先紅紫句度韻華讀玉笛占年芳韻衆花雜色滿上林句未能教句臘雪埋藏韻却怕春風漏洩句一一盡天香韻　不須更御鉛黄韻知國色稟自句天真殊常韻只裁雲縷句奈芳滑句玉體想仙妝韻少陵爲爾東閣句美豔激詩腸韻當已陰未雨春光句無心賦海棠韻

又

淺淺池塘短短牆，年年爲爾惜流芳。向人自有無言意，傾國天教抵死香。須嫋黄金危欲墮，帶團紅燭巧能妝。嬋娟一種如冰雪，依倚春風笑野棠。

淺淺池塘句深深庭院句復出短短垣牆韻年年爲爾句若九真巡會句寶惜流芳句向人自有句綿渺無言句深意深藏韻傾國傾城句天教與句抵死芳香韻　嫋鬟金色句輕危欲壓句綽約冠中央韻蔕團紅燭句蘭肌粉豔巧能妝韻嬋娟一種風流句如雪如冰衣霓裳韻永日依倚句春風笑野棠韻

## 薄媚十首

董　穎

唐教坊大曲名。《樂府雅府》注道宮。

### 排遍第八

怒潮卷雪句巍岫布雲句越襟吴帶如斯韻有客經遊句月伴風隨韻直盛世叶觀此江山美叶合放懷讀何事却興悲韻不爲回頭句舊谷天涯韻爲想前君事叶越王嫁禍獻西施韻吴即中深機韻　闔廬死叶有遺誓叶句踐心誅夷韻吴未干戈出境句倉卒越兵句投怒夫差韻鼎沸鯨鯢韻越遭勍敵句可憐無計脱重圍韻歸路茫然句城郭丘墟句飄泊稽山裹叶旅魂暗逐戰塵飛韻天日慘無輝韻

### 排遍第九

自念平生句英氣凌雲句凛然萬里宣威韻那知此際叶熊虎塗窮句來伴麋鹿卑棲韻既甘臣妾猶不許句何爲計叶爭若都燔寶器叶盡誅吾妻子叶徑將死戰決雄雌韻天意恐憐之韻　偶聞太宰句正擅權讀貪賂市恩私韻因將寶玩獻誠句雖脱霜戈句石室囚繫叶憂嗟又經時韻恨不如巢燕自由歸韻殘月朦朧句寒雨蕭蕭句有血都成淚叶備嘗險厄返邦畿韻冤憤刻肝脾韻

## 第十攧

種陳謀讀謂吴兵正熾叶越勇難施韻破吴策句惟妖姬韻有傾城妙麗叶名字西子叶歲方笄韻算夫差惑此叶須致顛危韻范蠡微行句珠貝爲香餌叶苧蘿不釣釣深闈韻吞餌果殊姿韻　素肌纖弱句不勝羅綺叶鸞鏡畔讀粉面淡匀句梨花一朶瓊壺裏叶嫣然意態嬌春句寸眸翦水叶斜鬟鬆翠叶人無雙讀宜名動君王句繡履容易叶來登玉陛叶

## 入破第一

窣湘裙句摇漢佩叶步步香風起叶斂雙娥句論時事叶蘭心巧會君意叶殊珍異寶句猶自朝臣未與叶妾何人讀被此隆恩句雖令效死叶奉嚴旨叶　隱約龍姿欣悦句重把甘言説句辭俊雅句質娉婷句天教汝讀衆美兼備叶聞吴重色句憑汝和親句應爲靖邊陲韻將别金門句俄揮粉淚疊靚妝洗叶

## 第二虚催

飛雲駛叶香車故國難回睇叶芳心漸摇句迤邐吴都繁麗叶忠臣子胥句預知道句爲邦祟諫言先啟叶願勿容其至叶周亡褒姒叶商傾妲己叶　吴王却嫌胥逆耳叶才經眼讀便深恩愛句東風暗綻嬌蕊叶彩鸞翻妒伊韻得取次讀于飛共戲疊金屋看承句他宫盡廢叶

## 第三衮遍

華宴夕句燈摇醉叶粉菡萏句籠蟾桂叶揚翠袖句含風舞句輕妙處句驚鴻態叶分明是叶瑶臺瓊榭句閬苑蓬壺句景盡移此地叶花繞仙步句鶯隨管吹叶　寶帳暖留春句百和馥鬱融鴛被叶銀漏永句楚雲濃句三竿日讀猶褪霞衣韻宿酲輕涴句嗅宫花句雙帶繫叶合同心時韻波下比目句深憐到底疊

## 第四催拍

耳盈絲竹句眼摇珠翠叶迷樂事叶宫闈内叶爭知韻漸國勢陵夷韻奸臣獻佞句轉恣奢淫句天譴歲屢饑韻從此萬姓離心解體叶　越遣使叶陰窺虚實句蚤夜營邊備叶兵未動句子胥存句雖堪伐句尚畏忠義叶斯人既戮句又且嚴兵卷土句赴黄池觀釁句種蠡方云可矣叶

## 第五衮遍

機有神句征鼙一鼓句萬馬襟喉地叶庭喋血句誅留守句憐屈服句斂兵還句危如此叶

當除禍本句重結人心句爭奈竟荒迷韻戰骨方埋句靈旗又指叶　　勢連敗句柔荑携泣句不忍相抛棄叶身在兮讀心先死叶宵奔兮讀兵已前圍韻謀窮計盡句唳鶴啼猿句聞處分外悲韻丹穴縱近句誰容再歸韻

## 第六歇拍

哀誠屢吐句甬東分賜叶垂暮日句置荒隅句心知愧叶寶鍔紅委叶鸞存鳳去句辜負恩憐句情不似虞姬韻尚望論功句榮還故里叶　　降令日句吴亡赦汝句越與吴何異叶吴正怨句越方疑韻從公論合去妖類叶娥眉宛轉句竟殞鮫綃句香骨委塵泥韻渺渺姑蘇句荒蕪鹿戲葉

## 第七煞哀

王公子叶青春更才美叶風流慕連理叶耶溪一日句悠悠回首凝思韻雲鬟煙鬢句玉佩霞裙句依約露妍姿韻送目驚喜叶俄迂玉趾叶　　同仙騎叶洞府歸去句簾櫳窈窕戲魚水叶正一點犀通句遽別恨何已叶媚魄千載句教人屬意叶況當時韻金殿裏叶

# （康熙）《御定曲譜》（節録）

《御定曲譜》十四卷係康熙五十四年（1715）詹事王奕清等奉敕所撰，與《詞譜》同時並作，相輔而行。王奕清事蹟詳《御定詞譜》。

《御定曲譜》分理論部分和曲譜部分，理論部分爲諸家論説，包括鄭樵《樂府序》、程明善《嘯餘譜序》、周德清《中原音韻起例》和陶九成、燕南芝庵等人部分論曲語録和《九宫譜論定説》。曲譜爲全書主體，含北曲四卷、南曲八卷，又以失宫犯調諸曲别爲一卷附於卷末。北曲、南曲各以宫調爲提綱，其曲文每句注“句”字，每韻注“韻”字，每字注四聲於旁（文淵閣四庫全書本《御定曲譜》未標注四聲），對入聲字宜作平、作上、作去聲者，都一一詳注；對舊譜訛字，亦一一辨證附於後。明、清所行北九宫譜、南九宫譜，以意編排，頗多舛謬。本書則考尋舊調，使倚聲者知别宫商、赴節者咸諧律吕，亦使聆音者畢解，觸目者易明。但全書不像《御定詞譜》偏重於説明詞體，而是偏重注明聲調，實際成了曲選，故本書未盡收其曲譜，僅收其第一卷部分以見其體例。

本書資料據文淵閣四庫全書本《御定曲譜》。

## 凡　例

一、詞者詩之餘，而曲者又詞之餘也。揆歌之所昉曰詩言志，歌永言，則《三百篇》實爲濫觴。一變而爲樂府，再變而爲詩餘，寖假而爲歌曲矣。當爲樂府之時，雖亦名之曰古詩，而《三百篇》之音不傳；當爲詩餘之時，雖亦號之曰樂府，而古樂府之音不傳。自傳奇、歌曲盛行於元，學士大夫多習之者。其後日就新巧，而必屬之專家。近則操觚之士，但填文辭，惟梨園歌師習傳腔板耳。即欲考元人遺譜，且不可得，况唐、宋詩餘之宫調哉！故斯譜另編於《詞譜》之後，無庸妄合。

一、《嘯餘》舊譜前載玉川子《嘯旨》，又廣及《皇極經世》聲音之數。《律吕本原》、《樂府原題》、《唐宋詩餘》、《樂府致語》皆别爲卷帙，於本譜無所發明，故槩删不録。至

《中原音韻》、《洪武正韻》二書久行於世，亦不更載。

一、北曲宜準《中原音韻》，南曲宜準《洪武正韻》。舊譜出入處甚多，悉爲訂正。

一、每曲字句多寡、音聲高下，大都不出本宫本調，而填者之縱横見長；歌者之疾徐取巧，全在偷襯互犯。譜中不過成法大畧耳，在善用譜者神而明之，斯無印板之病。

一、自崑腔作後，絃索之學講者漸衰，所以南九宫譜雖不擇詞章，足爲科律。北六宫譜絶少師傳，不點板眼。盖板有三，曰頭板，迎聲而下者是也；曰掣板，節於字腹者是也；曰截板，煞於字尾者是也。然亦隨宜消息，欲曼衍則板可贈；欲徑淨則板可减；欲變换新巧則板可移。南北曲皆然。

一、譜中右旁四聲，就現在本字加註，非果字字不可易也。然在句内入拈發調之字斷不可易，習者審之。

一、字有陰聲、陽聲、齊齒、捲舌、收鼻、開口、合口、撮口、閉口之别，惟閉口極難得法。侵尋易混真文，覃咸易混寒刪，廉纖易混先天，故獨加圈識别焉。

一、北曲六宫十一調，内缺道宫、高平調、歇指調、角調、宫調，僅十二宫調。南曲九宫十三調。盖以仙吕爲一宫，而羽調附之；正宫爲一宫，而大石調附之；中吕爲一宫，而般涉調附之；南吕爲一宫；黄鍾爲一宫；越調爲一宫；商調爲一宫，而小石調附之；雙調爲一宫，仙吕入雙調爲一宫，共爲九宫十三調也。

一、宫調雖分，互有出入。《嘯餘》舊譜於曲名下偶註一二，殊未詳核。今據元人宫調全目逐一註明，庶令作者不患拘閡。

一、《嘯餘》舊譜北曲每首列作者姓名，下註所出傳奇，南曲則但列傳奇名目，都無作者姓名。又多有起調、接調兩首出自兩處者，不得不另立一行。今既難徧註作者姓名，止將傳奇名目註每曲之尾，亦便於連合幺篇，不使若又一體也。

一、疊前曲調，昔謂之幺，亦曰幺篇，即前腔换頭也。有起處增减字句者，則曰换頭；有一字不異者，止曰前腔。但起調首句句盡下一截板，接調即通句點板耳，只宜連貫一處，而以"幺"字或"前腔"或"换頭"二字隔之，不可分行立題，使若另爲一體。

一、凡書中作者，例應書名。舊譜都以字行，或著别號。今欲槩易以名，而不可考者十有二三，恐反致錯雜，姑仍其舊。

一、入聲在北曲，悉準《中原音韻》，派作平、上、去三聲，不可互易。而在南曲，則與上、去同爲仄聲。故應用仄而遇入聲但註入聲，一如上、去，惟應用平而借入聲者註云"作平"。其有宜平而仄，宜仄而平，宜上、宜去而入，則註曰"宜某聲"云。

一、舊譜既於句首右偏小書"襯"字，又於句下雙行小書"韻"、"句"，相連不斷，使觀者目眩。今"句"、"韻"皆方其外，一覽瞭然，至每句字數，有目共知，不必更註。

一、曲譜從無善本，元有《太平樂府》，明有《雍熙樂府》，世所盛推，然皆選擇詞章,薈萃名作,與製譜無涉。《嘯餘》舊譜又多舛譌。今北曲參考《元人百種》所載諸家論説,南曲稍採近日所行《九宫譜定》一書,擇其根柢雅馴者附於卷首。(卷首)

## 諸家論説(節録)

參考《嘯餘》舊譜及元人百種選本所列,稍加删節。

鄭樵《樂府序》曰:古之詩,今之詞、曲也。若不能歌之,但能誦其文而説其義,可乎? 奈義理之説既勝,則聲歌之學日微。繼三代之作者,樂府也。樂府之作,宛同《風》、《雅》,但其聲散佚,無所紀繫,所以不得嗣續《風》、《雅》而爲流通也。今樂府之行於世者,章句雖存,聲樂無用。崔豹之徒以義説名,吴兢之徒以事解目,蓋聲失則義起,樂府之道或幾乎息矣!

程明善《嘯餘譜序》曰:“聲音之道神矣哉! 鐸聲振而黄鍾應,温氣至而寒谷生。登樓清嘯,鐵騎解圍;池上聲調,麰賓躍出。至於走電奔雷,興雲致雨,閉洩陰陽,役使神鬼,孰非聲爲之耶?”

周德清《中原音韻・起例》曰:“欲作樂府,必正言語;欲正言語,必宗中原之音。樂府之盛之備之難,莫如今時。其盛則自縉紳及閭閻歌詠者衆;其備則自關、鄭、白、馬一新製作,韻共守自然之音,字能通天下之語,字暢語俊,韻足音調,觀其所述曰忠曰孝,有補於世;其難則有六字三韻,‘忽聽、一聲、猛驚’是也。”

又曰:“夫聲分平仄者,謂無入聲,以入聲派入平、上、去三聲也。作平者最爲緊切,施之句中不可不謹,派入三聲者廣其韻耳,有才者本韻自足矣。字别陰、陽者,陰、陽字平聲有之,上、去俱無。上、去各止一聲,平則有上平聲,有下平聲。非一‘東’至‘山’皆上平,一‘先’至‘咸’皆下平也。如‘東’‘紅’二字之類,‘東’字下平聲,屬陰;‘紅字’上平聲,屬陽。試以‘東’字調平仄,又以‘紅’字調平仄,便可知平聲陰陽字音,又可知上、去二聲各止一聲,俱無陰陽之别矣。且上、去二聲施於句中,施於韻脚,無用陰、陽,惟慢詞中僅可曳其聲耳,此自然之理也。”

又曰:“余嘗於天下都會之所,聞人間通濟之言。世之泥古非今不達時變者衆,呼吸之間,動引《廣韻》爲證。寧甘受鴂舌之誚而不悔,亦不思混一日久,四海同音。上自縉紳講論治道及國語翻譯國學教授言語,下至訟庭理民,莫非中原之音。不爾,止依《廣韻》呼吸,非鴂舌而何?”

又曰:“沈約,吴興人,將平、上、去、入製韻,不取所都之内通言,却以所生吴興之音。蓋其地鄰東南海角,閩浙之音無疑。且六朝所都,江淮之間,‘緝’至‘乏’俱無閉口,獨浙有也。以此論之,止可施於約之鄉里矣。”

陶九成論曲曰:"唐有傳奇,宋有戲曲,金有院本、雜劇,而元因之。然院本、雜劇釐而爲二矣。院本則五人,一曰副淨,古謂之參軍。一曰副末,古謂之蒼鶻。鶻能擊衆禽,末可打副淨,故也。一曰引戲,一曰末泥,一曰孤裝。又謂之五花爨弄。或云宋徽宗見爨國人來朝,其衣裝鞵履巾裹傅粉墨,舉動可笑,使優人效之以爲戲。又有焰段,亦院本之意,但差簡耳,取其如火焰易明而易滅也。"

芝庵《論曲》曰:"古云'絲不如竹,竹不如肉',以其近之也。又云'取來歌裏唱,勝向笛中吹'。"

又曰:"成文章曰樂府,有尾聲曰套數,時行小令曰葉兒。套數當有樂府氣味,樂府不可似套數。"

又曰:"三教所尚,道家唱情,釋家唱性,儒家唱理。"

又曰:"凡聲音各應律吕,分六宫十一調。仙吕宫清新綿邈,南吕宫感歎傷悲,中吕宫高下閃賺,黄鍾宫富貴纏綿,正宫惆悵雄壯,道宫飄逸清幽,大石調風流醖藉,小石調旖旎嫵媚,高平調條物滉漾,般涉調拾掇坑塹,歇指調急併虚歇,商角調悲傷宛轉,雙調健捷激裹,商調悽愴怨慕,角調嗚咽悠揚,宫調典雅沈重,越調淘寫冷笑。"

又曰:"凡唱所忌,子弟不唱作家歌,浪子不唱及時曲,男不唱艷詞,女不唱雄曲,南人不唱,北人不歌。凡歌之格調,有抑揚頓挫,有頂疊垛换,有縈紆牽結,有敦拖嗚咽,有推題宛轉,有摇欠遏透。凡歌之節奏,有停聲,有待拍,有偷吹,有拽棒,有字真,有句篤,有依腔,有貼調。凡歌一聲,聲有四節,曰起末,曰過度,曰揾簪,曰攧落。凡歌一句,句有聲韻,一聲平,一聲背,一聲圓。聲要圓熟,腔要徹滿。凡一曲中,各有其聲,曰變聲,曰敦聲,曰抓聲,曰啀聲,曰困聲。凡歌有五過聲,曰偷氣,曰取氣,曰换氣,曰歇氣,曰就氣,又愛者有一口氣。"

又曰:"歌聲變件有三臺、破子、徧子、攧落、實催、全篇、尾聲、賺煞、隨煞、隔煞、羯煞、本調煞、拐子煞、三煞、十煞。"

又曰:"調有子母、姑舅、兄弟,有字多聲少,有聲多字少,所謂一串驪珠也。如仙吕《點絳脣》、大石調《青杏子》,世稱爲殺唱劊子。人聲音不等,各有所長,川嗓堂聲皆合破簫管。大抵唱得雄壯者失之郫沙,藴拽者失之乜斜,輕巧者失之寒賤,本分者失之老實,用意者失之穿鑿,打掐者失之本調。"

周挺齋《論曲》曰:"凡作樂府,切忌有傷於音律。如女真風流體等樂章,皆以女真人聲音歌之,雖字有差譌,不傷音律,不爲害也。大抵先要明腔,後要識譜,審其音而爲之,庶不忝於先輩。至如詞中字多難唱處,横放傑出,皆是才人拴縛不住之氣,自非老於文學者即爲劣調矣。經史語、樂府語、天下通語,可入雜劇;如俗語、蠻語、謔語、嗑語、市語、譏誚語、各處鄉語、書生語、构肆語、張打油語,皆不可入。如雙聲疊韻語不可專意作之,然亦不可無此體。總之,造語必儁,用字必熟。太文則迂,不文則俗,文而不文,俗而不俗,要聳觀,又聳聽,格調高,音律好,襯字無,平仄穩。"

又曰:"樂府最忌者有四:一曰語病,如'達不著主母機',或戲曰'賁母雞可對燒公鴨',舉坐大笑是也。二曰語澀,謂句生硬而平仄不叶是也。三曰語粗,謂無細膩儁美之詞是也。四曰語嫩,謂詞句太弱,且庸腐,又不切當,專務鄙猥,全無大家氣象是也。"

又曰:"用事要明事隱使,隱事明使。要知某調某句某字是務頭,可施儁語於其上,其餘宜自立一家言,不可多用成語。"

又曰:"逢雙必對,自然之理也。有扇面對,如《調笑令》第四句對第六句,第五句對第七句,《駐馬聽》起四句是也。有重疊對,如《鬼三臺》第一句對第二句,第四句對第五句,而第一、第二、第三句又對第四、第五、第六句是也。有救尾對,如《紅繡鞋》第四、第五、第六句爲三對,《寨兒令》第九、第十、第十一句爲三對是也。有六字三韻,詞家以爲難,如《西廂·麻郎兒·幺》云'忽聽、一聲、猛驚',《太平令》云'自古、相女、配夫'是也。"

趙子昂《論曲》云:"良家子弟所扮雜劇,謂之行家生活;倡優所扮,謂之戾家把戲。蓋以雜劇出於鴻儒碩士,騷人墨客所作,皆良家也。彼倡優,豈能辦此?故關漢卿以爲非是他當行本事。我家生活,他不過爲奴隸之役,供笑獻勤,以奉我輩耳。子弟所扮,是我一家風月。雖復戲言,甚合於理。"

又曰:"院本中有倡夫之詞,名曰'緑巾詞',雖有絶佳者,不得並稱樂府。如黄番綽、鏡新磨、雷海青輩,皆古名倡,止以樂名呼之,亘世無字。今'趙明鏡'譌傳爲'趙文敬','張酷貧'譌傳爲'張國賓',皆非也。"

柯丹丘《論曲》曰:雜劇有九色,曰正末,當場男子能指事者也,俗謂之末泥。曰副末,執磕瓜以扑靚,即古所謂蒼鶻是也。曰狚,當場之妓者也,狚猨之雌者,其性好淫,今俗譌爲旦。曰狐,當場之妝官者也,今俗譌爲孤。曰靚,傅粉墨獻笑供諂者也,古稱靚妝,故謂之妝靚色,今俗譌爲。曰鴇,妓女之老者也。鴇似鴈而大,無後趾,虎文喜淫而無厭,諸鳥求之,即就世呼獨豹者是也。曰猱,凡妓女總稱也。猱亦狷屬,喜食虎肝腦,虎見而愛之,輒負於背,猱乃取蝨遺虎首,虎即死,取其肝腦食焉,以喻少年愛色者亦如愛猱,然不至喪身不止也。曰捷譏,古謂之滑稽,雜劇中取其便捷譏謔,故名。曰引戲,即院本中之狚也。戲房出入之所謂之鬼門道,言其所扮者,皆已往昔人出入於此,故云鬼門。愚俗無知,以置鼓於門,改爲"鼓門道",後又譌爲"古",皆非也。東坡詩有云:"搬演古人事,出入鬼門道。"

又曰:諸曲調中句字不拘,可以增損者一十四章:正宫之《端正好》、《貨郎兒》、《煞尾仙》,吕之《混江龍》、《後庭花》、《青哥兒》,南吕之《草池春》、《鵪鶉兒》、《黄鍾尾》,中吕之《道和》，雙調之《新水令》、《折桂令》、《川撥棹》、《梅花酒》是也。名同音律不同者一十六章：黄鍾、雙調皆有《水仙子》，黄鍾、越調皆有《寨兒令》，仙吕、正宫皆有《端正好》，仙吕、雙調皆有《袄神急》，仙吕、商調皆有《上京馬》，中吕、越調皆有《鬭鵪鶉》，中吕、南吕皆有《紅芍藥》，中吕、雙調皆有《醉春風》是也。

涵虚子論曲曰：戲曲至隋始盛，在隋謂之康衢戲，唐謂之梨園樂，宋謂之華林戲，元謂之昇平樂。雜劇有十二科，一曰神仙道化，二曰林泉邱壑，三曰披袍秉笏，四曰忠臣烈士，五曰孝義廉節，六曰叱奸罵讒，七曰逐臣孤子，八曰鏺刀趕棒，九曰風花雪月，十曰悲歡離合，十一曰煙花粉黛，十二曰神頭鬼面。

又曰："凡唱最忌做作，如咂脣摇頭、彈指頓足之態，高低輕重、添減太過字面，此皆市井狂放輩輕薄淫蕩之聲，徒能亂人耳目。所貴者若游雲之飛太虚，上下無礙，悠悠揚揚，出其自然，使人聽之可以消釋煩悶、和悦性情、通暢血氣，斯爲天地正音。故曰：'一聲唱到融神處，毛骨蕭然六月寒。'"（卷首）

## 九宫譜定論説　《嘯餘》舊譜無一字論及南曲者，故採此補之，稍加芟飾。

套數之曲，元人謂之樂府，起止開闔自有機局。須先定下間架，立下主意，排下曲調，然後遣句，然後成章，切忌湊泊苟且。欲如常山之蛇，首尾相應；又如鮫人之綃，不著一絲紕纇。務求意新語俊，字響調圓，有規有矩，有聲有色，所謂動吾天機，不知所以然而然，方爲神品。

務頭之説無講及南曲者，然南北同法。苟遇緊要字句，須揭起其音，而宛轉其調，如俗所謂做腔處，每曲或一句或二三句，每句或一字或二三字，即是務頭，宜施俊語，否則便爲不分務頭，非曲所貴。周氏所謂衆星中顯一月之孤明也。

出場有引子，或一或二，在過曲之前。每句盡，下一截板，亦有以小板快曲代引子者。各宫調皆有引子，獨羽調無之，當借用仙吕引子。

過曲者，引子下第一曲也，無有不贈板者。或皆有贈板，而彼此可互爲前後者；或過曲以下，挨次不可亂者；或亦可删一二，换一二者；或止一過曲，可於本宫調隨便接去者。大率按《琵琶》、《幽閨》、《白兔》、《荆釵》諸劇本爲之，或不甚錯。他本誤接以别宫調者甚多，不可訓也。

换頭者，即是前腔首句稍有增減，以便下板接調。或即以换頭爲起調者，大誤。過曲常有首句點板者，或偶作接調故也。若作第一過曲，必須直起，秖用一截板。至於再作前腔，乃始點板，即不必换頭可也。篇中曰"幺"曰"衮"皆是，或有二疊三、四疊不同耳。

犯者,割此曲而合於彼曲之謂,别命以名,此知音者之能事,然未免有安有不安,不若只犯本宫爲便。一犯别宫音調,必稍有異,或亦有即犯本宫而不甚安者,宜審慎之。

賺者,即不是路,多有異名,亦多異體,各宫皆有之。然腔無差别,凡到移宫换調、緩急悲歡,必藉此爲過接,斷不可少。

尾聲者,遲以媚之也。或名"餘文",或名"餘音",或名"情不斷",總是十二板。凡一曲名或二或四或六或八,及二曲名各二各四,俱不用尾,大套則必用尾。

板有四節,贈板則有八節,如四時八風,聲與氣通,自然之理也。但襯字之上斷不可下板。曲之有襯字,作者於此見長,唱者於此取巧。然襯字過多使人棘口,或用實字作襯,尤不合律。至於接調,原無贈板,入後必快。若襯字太多,益不可唱矣。

合拍發調,全在平仄,每句中固有不關拍調之字,平仄可通,然必能自歌,方得任意消息。上、去、入皆統統於仄,而亦有不可移易之處。蓋四聲之中,去聲最高最長,上聲稍高而短,入聲則最短最低。其偶然派作三聲,借叶北音,不得已也。兩曲皆可入譜而平仄異,則從其順當者,毋以文詞爲取舍,致傷於調。

用韻之雜,或云無礙於歌,不知若舍字就音,則字不確;若舍音就字,則音不工矣。如先天溷於鹽咸,固爲不辨閉口之異;即先天溷於桓歡,亦不辨一爲微開,一爲中空也。俗多以庚青而奸真文,魚虞而入齊微,尤爲不倫。作者如遇大齣,當用寬韻,不至以險窄自窘,亦一法也。

腔不知何自來,從板而生,從字而變,因時以爲好,古今不同尚,惟知音者審裁之。改舊爲新,翻繁作簡,既貴清圓,尤妙閃賺。腔裹字則肉多,字矯腔則骨勝,務期停匀適聽而已。近又貴軟綿幽細、呼吸跌宕,不必以高裂爲能,所爲時也。

凡聲情既以宫分,而一宫又有悲歡文武、緩急閒鬧,各異其致。如燕飲陳訴,道路軍馬,酸凄調笑,往往有專曲,約畧分註第一過曲之下。然通徹曲義,亦可弗以爲拘也。(卷首)

## 《御定曲譜》卷一　北黄鍾宫、正宫、大石調、小石調(節録)。

### 黄鍾宫　其音富貴纏綿。

#### 醉花陰

丹丘先生散套

無始之先道何祖韻太極初分上古韻兩儀判句混元舒韻四象方居韻一氣爲天地母韻

## 喜遷鶯

同前

日月轉旋樞韻清濁肇三才自鼎扶韻節候有温凉寒暑韻黄鍾子建陽初韻巍乎韻仰太虚韻萬物羣生布八區韻至有虞韻始生后稷句播種耕鋤韻

## 出隊子

前人小令

林泉深邃韻景清幽人跡稀韻遶林玉氣趁雲飛韻出户丹光掩月輝韻半夜鶴鳴松徑裏韻

首句"邃"字即是起韻，舊譜於第二句註"韻"，又"邃"本去聲，亦誤作平聲。"出"字《中原音韻》入作上，"户"字《正韻》本上聲。

## 刮地風

劉東生散套

踈剌剌一弄兒秋聲不斷續韻真乃是萬籟笙竽韻一年兒好景休孤負韻漸看他柳減荷枯韻炎氣浮句日影晡韻送長天落霞孤鶩韻掃纖塵淨太虚韻見冰輪飛出雲衢韻

## 四門子

同前

剔團欒碾破銀河路韻放寒光照九區韻上南樓似入清虚府韻捲珠簾遥望舒韻列玳筵倒翠壺韻玉簫聲似綵雲雙鳳雛韻引小鬟句擁豔姝擺列著清歌妙舞韻

"列"字《中原音韻》入作去，舊譜作平非。

## 古水仙子　或無"古"字。

鄭德輝《倩女離魂》

據著俺老母情韻他則待祆廟火刮刮匝匝烈燄生韻將水面上鴛鴦句忒楞楞騰生分開交頸韻踈剌剌沙鞴雕鞍撒了鎖鞓韻厮琅琅湯偷香處喝號提鈴韻支楞楞爭絃斷了不續碧玉箏韻吉丁丁當精甎上摔碎菱花鏡韻撲通通鼕井底墜銀屏韻

"烈"舊譜誤作"列"。"燄"字閉口音應標圈。"剌"字《中原音韻》入作去。"支楞楞"下考元人曲有"爭"字，蓋"忒楞楞騰"、"踈剌剌沙"、"厮琅琅湯"、"吉丁丁當"、"撲通通鼕"並四字形容也。

### 古寨兒令　“寨”一作“賽”，或無“古”字。

同前

每日價縈縈韻閣不住兩淚盈盈韻手指著胸堂自招承韻自感歎句自傷情韻自悔懊句自由性韻

“懊”字訓恨者應上聲。

### 古神仗兒　亦作“煞”，或無“古”字。

王伯成《天寶遺事》

塵清洞府韻風生桂窟韻夢斷瑶池句魂離洛浦韻鴈行鴛序韻鶯雛燕乳韻侍晨妝翠圍紅簇韻恐要侍兒扶韻宜寫在嬾妝圖韻

### 節節高　“節”一作“接”。

盧疎齋小令

雨晴雲散句滿江明月韻風微浪息句扁舟一葉韻半夜心句三生夢句萬里别韻悶倚篷窻睡些韻

### 者刺古

楊景輝小令

揀山林深處居韻蓋草舍茅廬韻引巖泉入圃渠韻澆野菜山蔬韻窮生涯自足韻遠是非榮辱韻鑿石栽松鋤雲種竹韻無所拘韻樂自如韻

“巖”字閉口音，應標圈。“辱”字、“竹”字《中原音韻》皆入作去。

### 願成雙

顧均澤散套

梅腮褪句柳眼肥韻雨絲絲開到荼蘼韻一春常是盼佳期韻不覺的香消玉體韻忒風流姝媚韻忒聰慧韻怎生般信絶音稀韻丁寧杜宇句那人行啼韻冷落了秋千月底韻

“褪”字舊譜誤作“腿”。“絶”字入作平。“杜”字《正韻》並無去聲，舊譜俱誤。

### 賀聖朝　與中吕、商調出入。

無名氏小令

春夏間韻徧郊原桃杏繁韻用盡丹青圖畫難韻道童將驢鞴上鞍韻忍不住只恁般頑韻將一

箇酒葫蘆楊柳上拴韻

“杏”字《正韻》祇有上聲，舊譜誤作去聲。

### 紅錦袍　即《紅衲襖》小令。

無名氏小令

那老子彭澤縣懶上衙韻倦將文卷押韻數十日不上馬韻柴門掩上咱韻籬下看黄花韻愛的是緑水青山句見一箇白衣人來報句來報五柳莊幽静煞韻

“押”字、“日”字皆入作去，舊譜誤。

### 晝夜樂

趙顯宏小令

遊賞園林酒半酣韻停驂停驂韻看山市晴嵐韻飛白雪楊花亂糝韻愛東君逷地裏將詩探韻聽花間紫燕呢喃韻景物堪韻當了春衫醉韻倒也應無憾韻利名利名誓不去貪韻聽咎曾叅曾叅韻花暮四朝三韻不飲呵鶯花笑俺韻想從前枉將風月擔韻空贏得鬢髮藍鬖韻江北江南韻江北江南韻再不被多情賺韻

“藍”字舊譜誤作“鬖”。

### 人月圓

張小山小令

松風十里雲門路韻破帽醉騎驢韻小橋流水句殘梅剩雪句清似西湖句幺而今杖履清霞洞府句白髮樵夫句不如歸去句香鑪峰下句吾愛吾廬韻

### 綵樓春　即《抛毬樂》。

王伯成《天寶遺事》

雨雲新擾韻那更宿酒禁虐韻儘侍兒催促晨妝句任鸞鏡空照韻手支頤枕並珊瑚句衣襘體衾擁鮫綃韻懶收零落花鈿句寶髻籠鬆句金釵彈鳳翹韻倚春風不展眉尖句一點春心句怕春愁多少韻睡思愈添句粉光瑩損句人間花月妖嬈韻紅愁緑慘句粉悴脂憔韻

“禁”字應平聲。“彈”字本上聲，俗作“觶”，又發去聲非。“思”字、“瑩”字皆應去聲。

### 侍香金童　與商調出入。

關漢卿散套

春閨院宇句柳絮飄香雪韻簾幙輕寒雨乍歇韻東風落花迷粉蝶韻芍藥初開句海棠纔謝韻

柔腸脉脉句新愁千萬疊韻偶記年前人乍别韻秦臺玉簫聲斷絶韻鴈底關河句馬頭明月韻

## 降黄龍衮

同前

鱗鴻無便句錦牋慵寫韻腕鬆金句肌削玉句羅衣寬徹韻涙痕淹破句臙脂雙頰韻寶鑑愁臨句翠鈿羞貼韻等閒孤負句好天良夜韻玉鑪中句銀臺上句香消燭滅韻鳳幃冷落句鴛衾虚設韻玉笱頻搓句繡鞵重攧韻

"鬆"字舊譜訛作"惚"字無解。"徹"字入作上。

## 雙鳳翹　即《女冠子》,與大石調出入。

王伯成《天寶遺事》

奏説春嬌韻爲頭兒引見根苗韻喉舌運機巧韻拳教畫筆句綽染丰標韻如還不暗約韻猛見天顔句便顯妖嬈韻宫嬪也笑色句朝臣也驚訝句東君也懊惱韻吾皇爲要花開早韻上林見嫩黄著柳梢韻催花曲著調韻開元羯鼓句臨軒笑擊句感動青霄韻皇都呈瑞巧韻桃杏花匀句蘭蕙香飄韻良辰乍遇句韶華怡笑韻東月正好韻

"爲"字據文義宜平聲。"拳"字疑譌。著調"著"字據文義宜如字。"杏"字衹有上聲。

## 傾盃序

同前

蜀道中間句馬嵬側近句討根討苗絶地韻帥首獨尊句衆心皆悦句軍政特聽句將令頻催韻鴈行失羣句瓜葛絶藤句鸞鳳分飛韻偏愁慌句傾城國的太真妃韻

"慌"本上聲,舊譜作"荒"非。

## 文如錦

王和卿散套

病懨懨韻柔腸九曲閒愁占韻精神絶盡句情緒不忺韻茶飯減韻悶愁添韻寶釧鬆句羅裙掩韻翠淡蛾眉句紅消杏臉韻愁在眼底句人在心上句恨在眉尖韻對妝奩韻新來瘦却句舊時嬌豔韻空攧金蓮搓玉纖韻販茶客船句做了搬愁旅店韻誰人不道句何人不岾韻嬢意堅句恩情險韻兩行痛涙句千點萬點韻讀書人窘句販茶客富句愛錢嬢嚴韻不中黏韻準了書箱句當了琴劍韻我待甘心守秀士捱虀鹽韻忍寒忍饑無厭韻嬢愛他三五文業錢句把女送入萬丈坑塹韻想才郎於俺話兒甜韻意懸懸一點心常欠韻影兒般不離左右句罪人也似鎮常拘鉗韻

“鬖”字舊譜誤作“惚”。“淡”字、“杏”字、“文”字本皆上聲。“箱”字舊譜誤作“廂”。“人”字入作去。“罪”字衹有上聲。

## 九條龍

白无咎散套

正歡娛誰想離合韻白日且由閒句到晚來冷清清獨卧韻他拋持煞人也呵韻

## 興隆引 “隆”一作“龍”。

《中和樂章》

龍馬獻圖韻鴛鷺簉羽韻後從揚戈句前驅負弩韻平秦下隴句收吴定楚韻握乾符撫安中土韻疆宇大過前古韻

“從”字據文義應去聲。“過”字據文義應平聲。

## 尾　聲

鄭德輝《倩女離魂》

驀地心回猛然醒韻兀良草店上一點孤燈韻照不見伴人清瘦影韻

## 正宫 其音惆悵雄壯。

## 端正好 與仙吕不同。

費唐臣《貶黄州》

道德五千言句禮樂三千卷韻經綸就舜日堯天韻只因兩角蝸蚃戰韻貶得我日近長安遠韻瑶臺昨夜蛟龍戰韻玉鱗甲飛滿山川韻馮夷飲罷瓊林宴韻醉把鮫綃翦韻

“貶”字、“飲”字閉口音，應標圈。“綃”字舊譜譌作“鮹”。

## 滚繡毬 亦作子母調。

同前

我怕不文章如韓退之句史筆如司馬遷韻英俊如仲宣子建韻豪邁如居易宗元韻風騷如杜少陵句疎狂如李謫仙韻高潔如謝安李愿韻德行如閔子顔淵韻爲不學乘槎浮海鴟夷子句生紐做踏雪騎驢孟浩然韻困煞英賢韻

“杜”字、“浩”字本上聲，舊譜皆誤註。

**倘秀才**　亦作子母調。

尚仲賢《歸去來辭》

面對著青山故友韻眼不見白衣送酒韻愁則怕明日黄花蝶也愁韻好教我情緒嬾句意難酬韻無言低首韻

**靈壽杖**　即《呆骨朵》。

同前

西風落葉山容瘦韻呀呀的鴈過南樓韻霜滿汀洲韻水痕漸收韻山潑黛層層險句水泛碧粼粼皺記得是清明三月三句不覺又重陽九月九韻

**叨叨令**

鄧玉賓小令

白雲深處青山下韻茆菴草舍無冬夏韻閒來幾句漁樵話韻困來一枕葫蘆架韻您省的也麽哥句您省的也麽哥句煞彊如風波千丈擔驚怕韻

"文"字無去聲,舊譜誤。

**塞鴻秋**　與仙吕、中吕出入。

張小山小令

直鈎曾下嚴灘釣韻清風自效蘇門嘯韻蜜蜂飛遶簪花帽韻野猿夜守丹鑪竈韻扁舟范蠡高句五柳陶潛傲韻南華夢裏先驚覺韻

"蜜"字舊譜譌"密"。"范"字閉口音,應標圈,又並無去聲。"覺"字入作上。

**脱布衫**　與中吕出入。

張鳴善小令

草堂中夏日偏宜韻正流金鑠石天氣韻素馨花一枝玉質韻白蓮藕樣彎瓊臂韻

"鑠"字舊譜誤作"礫"。

**小梁州**　與中吕出入。

同前

門外紅塵滚滚飛韻飛不到魚鳥青溪韻緑陰高柳聽黄鸝韻幽棲意韻料俗客幾人知韻山林本是終焉計韻用之行舍之藏兮韻悼後世追前輩韻對五月五日韻歌楚些弔湘纍韻

"些"字《正韻》無上聲。

**醉太平**　與仙呂、中呂出入。

張小山小令

黄庭小楷韻白苧新裁韻一篇閒賦秋懷韻上越王古臺韻半天虹雨殘雲載韻幾家漁網斜陽曬韻孤邨酒市野花開韻長吟去來韻

"苧"字無去聲。"上"字凡虚用應上聲。

**伴讀書**　即《邨裏秀才》，與中呂出入。

白仁甫《梧桐雨》

一點兒心焦躁韻四壁裏秋蛩鬧韻忽見掀簾西風惡韻遥觀滿地陰雲罩韻披衣悶把幃屏靠韻業眼難交韻

"躁"字舊譜誤作"燥"。第二句舊譜作"四蛩秋鬧"，句不可解，及考《元人百種曲》，方知脱誤，况徧叅諸家，此句皆作六字。"掀"字非閉口音，舊譜誤標圈。

**笑和尚**　即《笑歌賞》。

無名氏《鴛鴦被》

吉丁丁當畫簷前敲玉馬韻疎剌剌刷正殿裏吹書畫韻忒楞楞騰宿鳥串葫蘆架韻赤力力尺摇翠竹句骨魯魯忽晃窗紗韻可忒忒撲把不住心頭怕韻

"晃"字舊譜作"熀"，乃俗字，且《正韻》音皇上聲，亦無去聲。

**白鶴子**　與中呂出入。

鮑吉甫《衛靈公》

四邊風凛冽句一望雪糢糊韻行過小溪橋句迷却前邨路韻行行裏心恍惚韻前進也意躊躇韻我則道斷岸有舟横句却元來野水無人渡韻

"凛"字閉口音，應標圈。

**雙鴛鴦**　與中呂出入。

荆幹臣散套

玉簫哀韻立閒階韻綵鳳人歸更不來韻隱隱遥山行雲礙韻萋萋芳草遠煙埋韻

**貨郎兒**　有九轉，借用南吕宫。又與仙吕出入。

無名氏

也不唱韓元帥偷營刼寨韻漢司馬陳言獻策韻也不唱巫娥雲雨楚陽臺韻也不唱梁山伯句祝

英臺韻則唱那娶小婦長安李秀才韻二轉我則見齊臻臻珠樓高厦韻低聳聳青簷暗瓦韻途路裏長存四季花韻銅駝陌王侯鬬奢華韻公子士女乘車馬韻翠簾高挂韻都是他王侯宰相家韻三轉李秀才不離了花街柳陌韻占場兒貪杯好色韻看上他柳眉丹臉旱蓮腮韻對面兒相挑泛句背地裏暗窺劃韻背著他渾家交媒人往來韻閒家擘劃韻諸般掉開韻花紅布擺韻早將一箇煙花娶過來韻四轉那妮子舌刺刺挑茶斡刺韻百枝枝花兒葉子韻望空里揣與箇罪名兒韻閒挑刺韻閒尋公事韻挑三斡四韻大渾家吐不的嚥不的去不了心頭刺韻減了容姿韻瘦了腰肢韻病懨懨睡損裙兒袨韻一卧不起難動止韻嗞韻冷了四肢韻將一箇賢會的渾家生氣死韻五轉火逼的花梢上鴉飛鵲散韻更那堪更深夜闌韻則除是火餤山天賜到長安韻燒地户燎天關韻便是火龍降來凡世間韻萬火燒空句老君鍊丹韻介子推縣山韻子房燒了連雲棧韻恰便似赤壁鏖兵風範韻布牛陣火燎田單韻火龍炎戰錦斑斕韻把房簷扯句將春條扳韻急救著連累了官房五六間韻六轉我則見黯黯慘慘天涯雲布韻萬萬點點瀟湘夜雨韻窄窄狹狹溝溝塹塹路崎嶇韻黑黑暗暗彤雲布韻赤留赤律瀟瀟灑灑斷斷續續韻出出律律忽忽魯魯陰雲開處韻霍霍閃閃電光星注韻正值著颼颼摔摔風句淋淋淥淥雨韻高高下下凹凹荅荅水渺糢糊韻撲撲簌簌濕濕淥淥疎林人物韻却便似慘慘昏昏瀟湘水墨圖韻七轉河岸上和誰説話韻我親身向跟前問他韻他言道好夫是船家韻猛將俺家長咽喉掐韻更揪住頭髮韻我是箇婆孃家怎救他韻身亡化韻撲鼕命掩黄泉下韻將他這李春郎的父親向他那番滚滚波心水淹殺韻八轉我則見一品風流人物韻打扮的諸餘裏俏簇韻繡雲肩胸背是鴈銜蘆韻繫著兔鶻兔鶻韻海斜皮偏宜玉聯珠韻無瑕荆山玉韻驟身軀韻也哥句繒髭須韻也哥句打者鬢胡韻走犬飛鷹架著鷹鶻韻恰圍場過去過去韻折跑盤旋驟著龍駒韻疾似流星去韻那行胡韻也哥句恰渾如韻也哥句恰便似和番的昭君出塞圖韻九轉我便寫生時年月句不曾到差池了半米韻未落筆花牋上淚珠垂韻長吁氣呵軟毛錐韻悽惶淚滴滿端溪韻到如今十三年不知箇消息韻相別時恰纔七歲韻那孩兒到如今方纔二十韻恰便似大海内沈石韻自從洛河岸上兩分離韻知他是江南也塞北韻那孩兒富像貌雙耳過肩垂韻胸前一點硃砂記韻長安解庫省衙西韻那孩兒小名唤春郎身姓李韻

二轉“厦”字,《正韻》訓“大屋”則上聲,訓“旁屋”則去聲,此應作上聲。“士”字《正韻》本上聲。三轉“占”字、“泛”字皆閉口音,應標圈。“掉”字舊譜誤作“綽”字。四轉“罪”字無去聲。“三”字閉口音,當標圈。五轉“餤”字閉口音,應標圈。“棧”字應上聲。“範”字閉口音,不應入寒山韻,又無去聲。“扳”字舊譜譌“板”。六轉“陰”字、“閃”字俱閉口音,應標圈。八轉“品”字、“銜”字俱閉口音,應標圈。“軀”字、“須”字、“胡”字如字。俱係韻。“旋”字訓“遶”字者應去聲。九轉“呵”字舊譜誤作“叮”。“恰”字入作上,舊譜誤標作閉口音。“洛”字入作去。

**蠻姑兒** 與中吕出入。

白仁甫《梧桐雨》

懊惱韻暗約韻怎禁那窗兒外梧桐上雨瀟瀟韻一聲聲灑枝葉句一點點滴寒梢韻把愁人定虐韻

**窮河西**　與中吕出入。

無名氏《梧桐雨》

你將那皓首蒼顔老宣差韻下意低情請將來韻我怎敢小覷你那腰間明滴滴的虎頭牌韻便上馬離氊帳句趕站宿步塵埃韻

“皓”字無去聲，“首”字應上聲，舊譜皆誤注去聲。上馬之“上”應上聲。

**芙蓉花**

白仁甫《梧桐雨》

淡氤氲篆煙裊韻昏慘刺銀鐙照韻玉漏迢迢韻纔子是初更到韻暗覩青霄韻望夢裏何來到韻口是心苗韻不住的頻頻叫韻

“淡”字應上聲，又閉口音。

**菩薩蠻**　與中吕出入。

侯正卿散套

鏡中兩鬢皤然矣韻心頭一點愁而已韻清瘦仗誰醫韻羈情只自知韻

**黑漆弩**　即《學士吟》，亦名《鸚鵡曲》。

白无咎小令

儂家鸚鵡洲邊住韻是一箇不識字的漁父韻浪花中一葉扁舟句睡煞江南煙雨韻覺來時滿眼青山句抖擻緑蓑歸去韻想從前錯怨天公句甚也有安排我處韻

漁父“父”字舊譜誤作去聲。“蓑”字不從“竹”。“錯”字入作去。

**月照庭**

無名氏散套

老盡秋容句落日殘蟬暮鴉韻歸來時鴈宿平沙韻水迢迢煙淡淡句露濕蒹葭韻飄紅葉句噪晚鴉韻古岸蒼蒼句寂寞漁邨數家韻茶船上年小的嬌娃韻擁鴛衾句攲珊枕句情緒如麻韻愁難盡句悶轉加韻

“淡”字本上聲。

**六幺徧**　即《梅梢月》，與仙吕出入。

同前

記得當時枕前話韻各指望永同歡洽韻事到如今兩離別句褪羅裳憔悴因他韻休休自家

緣分淺句上心來淚濕羅帕韻薄情鎮日迷歌酒句近新來頓阻鱗鴻句京師裏戀煙花韻

"洽"字《中原音韻》原以入作平，在家麻韻，舊譜以爲叶，非是。上心來"上"字應上聲。

## 甘草子

薛昂夫小令

金風發韻颯颯秋風冷落在闌干下韻萬柳稀重陽暇韻看紅葉賞黄花韻促織兒啾啾添瀟灑韻陶淵明歡樂煞韻耐冷迎霜鼎内插韻看鴈落平沙韻

## 煞

費唐臣《貶黄州》

我把紫袍金帶無心戀韻雨笠煙蓑有意穿韻或向新婦磯頭句鷗鷺鄉中句女兒浦口句鸚鵡洲邊韻漲一竿春水句帶一抹寒煙韻掉一隻漁船韻黑甜一枕睡句鐙火對愁眠韻

## 啄木兒煞 亦入中吕。

谷子敬《城南柳》

柳呵霜凝時剛捱得過秋句雪飄時也怎過得冬韻靦了你這無下梢枯楊成何用韻想著你那南柯一夢韻爭如俺桃花依舊笑春風韻

## 煞尾

費唐臣《貶黄州》

從教臣子一身貶句留得高名萬古傳韻但使歌低酒淺韻卧雨眠煙韻席地幕天韻一任長安路兒遠韻

"貶"字閉口音，應標圈。

## 大石調 其音風流藴藉。

## 六國朝

花李郎《黄粱夢》

風吹羊角韻雪翦鵝毛韻飛六出海山白句凍一壺天地老韻舉目觀琳琅巧筆難描韻仰面瞻天表韻青山似粉掃韻幽窗下寒敲竹葉句前邨外冷壓梅梢韻撩亂野花低句微茫江樹杳韻

"六"字入作去，舊譜竟注平。"壓"字入作去，舊譜標閉口圈，皆誤。

**歸塞北**　即《望江南》。與仙吕出入。

同前

春歸的早韻既不少可怎蝶翅舞飄飄韻梅蕊粉填合長安道韻柳花䌰迷却灞陵橋韻山館酒旗摇韻

**卜金錢**　即《初開口》。

同前

想那捕魚叟蓑笠綸竿句他向寒江獨釣韻和俺採樵人迷却歸來道韻凍雀飛句寒鴉噪韻古林中驀聽得山猿叫韻

"獨"字入作平。

**怨别離**

同前

園林無處不蕭條韻春歸也猶未覺韻滿地梨花無人掃韻寒料峭韻一點青山不見了韻

**鴈過南樓**

同前

則見凍剥剥一行老小韻顫欽欽四體頻摇韻一箇孤聳著肩句一箇拳攣著脚韻正揚風攪雪天道韻兒扯著老父悲句父對著孩兒道韻喫飯處霎時間行到韻

**催花樂**　即《擂鼓體》。

同前

那先生浩歌拍手舞黄鶴韻住在瑶池閬苑句十洲三島韻一曲長笛秋氣高韻數著殘碁江月曉韻

"浩"字應上聲，"月"字入作去，舊譜俱誤。

**淨瓶兒**

同前

那先生兩隻手摇山嶽韻一對眼睒邪妖韻劍揮星斗句胸捲江濤韻難學韻惡像貌韻伏虎降龍德行高韻他是箇活神道韻跨蒼龍曾把曾把玉皇朝韻

### 念奴嬌

鄭德輝《翰林風月》

驚飛宿鳥韻蕩殘紅撲簌簌臙脂零落韻門掩蒼苔書院悄韻潤破窗紙偷瞧韻則爲一操瑶琴句一番相見句又不曾閒期約韻多情多緒句等閒肌骨如削韻

### 喜秋風

同前

虧你也用工描韻却不見無心草韻好門庭到大來惹人笑韻我將著紫香囊待走的夫人行告韻女孩兒甚爲作韻

### 好觀音　亦作《煞》。

白仁甫散套

富貴人家應須慣韻紅爐暖不畏嚴寒開韻宴邀賓列翠鬟韻判酡顔暢韻飲休辭憚韻勸酒佳人擎金醆韻當歌者欵撒香檀韻羅綺交雜笑語繁韻夜將闌韻畫燭銀光燦韻

"飲"字閉口音,應標圈。

### 青杏子　"子"亦作"兒"。本小石調,與仙吕出入。

朱庭玉散套

紫塞冒風沙韻謾區區兩鬢生華韻歸來好向林泉下韻買牛賣劍句求田問舍句學圃耘瓜韻

### 蒙童兒　即《憨郭郎》。

同前

醉醒須在咱韻清濁任從他韻競利名句爭頭角句若蠅蝸韻

### 還京樂

同前

不羡穿紅騎馬韻準備瓿水觀霞韻自去携魚换酒句客來汲水烹茶韻家存四壁句詩書抵萬金價韻豈望皇宣省劄韻壯士持鞭句佳人捧斝韻草堂深况亦幽佳韻自然身退天之道句免得刑罰韻拖藜杖芒鞵刺荅韻穿布袍麻縧搭撒韻撚衰髯短髮鬔鬆韻從人笑從人笑句道咱甚孃勢耍韻籬生竹笱句徑落松花韻

"羡"字舊譜譌"美"字。"杖"字譌"校"字。

**图书在版编目（CIP）数据**

中国古代文体学. 附卷4,清代文体资料集成. 2/曾枣庄著. —上海：上海人民出版社：上海书店出版社，2012

ISBN 978 - 7 - 208 - 11116 - 5

Ⅰ. ①中… Ⅱ. ①曾… Ⅲ. ①古典文学-文体论-资料-汇编-中国-清代 Ⅳ. ①I206.2

中国版本图书馆 CIP 数据核字(2012)第 269940 号

出版策划　王为松　许仲毅
责任编辑　孙　莺　田芳园　邹　烨
特约编审　钱玉林　罗　湘
封面设计　王小阳
技术编辑　伍贻晴

**中国古代文体学**
——附卷4,清代文体资料集成.2
曾枣庄 著
世纪出版集团
上海人民出版社
上海书店出版社 出版
（200001　上海福建中路 193 号　www.ewen.cc）
世纪出版集团发行中心发行
浙江新华数码印务有限公司印刷
开本 720×1000　1/16　印张 399　插页 42　字数 6,042,000
2012 年 12 月第 1 版　2012 年 12 月第 1 次印刷
ISBN 978 - 7 - 208 - 11116 - 5/I·1074
定价 1500.00 元
（全七册）